united
p.c.

D1697420

Alle Rechte der Verbreitung, auch durch Film, Funk und Fernsehen, fotomechanische Wiedergabe, Tonträger, elektronische Datenträger und auszugsweisen Nachdruck, sind vorbehalten.

Für den Inhalt und die Korrektur zeichnet der Autor verantwortlich.

© 2013 united p. c. Verlag

www.united-pc.eu

Ursel Röhlig

Lesru Malrid

Die Herzen von manchen Menschenkindern ähneln
Viel begangenen, immer wimmelnden Wegen,
Wo die Tritte derer, die jetzt eben kommen,
Die Trittspuren derer tilgen, die gegangen.
Ihr könnt da gewiss keine Erinnerung,
Keinerlei Spur einer Liebe hinterlassen.

Rosalía de Castro
(Aus: An den Ufern des Sar)

DIE ÄLTESTEN EINSCHNITTE

Seitdem Lesrus über alle Maßen geliebte Freundin, Carola, am ersten Schultag kalt, kälter, am kältesten gesagt hatte, dass sie eine neue Freundin habe, die aus Polen verspätet zurückgekehrte Ingrid Krach, hat sich Lesrus Welt verdunkelt. Und wenn jetzt ein bekannter Mensch aus dem Dorf Weilrode über die Westberliner Grenze hinausgeht, in Afrika oder in Bayern landet, bedeutet das in ihren braunen, etwas kurzsichtigen Augen ein gleichgültiges Grau, etwas Hinternebliges. Denn das Schönste, Liebste, über jedes Unbill im Hause Sicherhebende, hat gekündigt. Es schmerzt in Schüben, es rattert und sägt alles Sichtbare klein und kaputt, und wenn es sich müde gehetzt hat, winselt es weiter.

Da steht sie schon wieder in der Dorfdunkelheit unter Stiers Birnbaum am Zaun, verkrampft, verlauscht, vertrieben, ein elfjähriges Mädchen im blauen Schulkleid in der Oktoberkälte. Sie probiert zum wiederholten Male das Gestorbensein aus und kann es nicht satt kriegen. Sie erschrickt. Carolas Zimmer erhellt sich und mit ihm die traurigen blätterlosen Äste des Birnbaumes, sie sieht Carolas blasses überaus schönes elfjähriges Gesicht mit den blonden weichen Zöpfen und schaut weg. Niemals kann sie ihr wieder in die leuchtenden warmen blauen Augen sehen. Carola hat keine Augen mehr. Sie hat Kältepole, die Antarktis in den Augenhöhlen. Ich stehe ja auch nicht hier, um DIE anzugucken, sondern weil ich muss. Ein seltsamer Gedanke. Und so betrifft es sie nicht sonderlich, dass sich Carolas angespanntes Gesicht ins kräftig Erboste verzieht, als würde sie von außen ihren ewigen Schatten wahrnehmen und die Übergardine mit lautem Ratsch gebrauchen, um sich Abstand zu verschaffen. Ein großes kahl machendes Gefühl bereitet sich in Lesru aus.

Dass sich das dunkle Herbstdorf so jählings verändert, beginnend mit der Ecke Zimmerstraße, wo sich Stiers niedriges kleines Haus mit dem schmalen Vorgarten befindet, gegenüber einem größeren Grauhaus mit der Gemeindebibliothek, schräg gegenüber dem Friseur und weiteren Dunkelgebieten, ist eine Entdeckung, der sie nachgehen muss. Lesru geht langsam, ungeachtet des strömenden Regens, der seinerseits seufzt und klatscht und angenehm gleichmäßig rauscht, wie sie es sehr gern hat, an den ungeheuren Veränderungen vorüber. Die kleinen niedrigen Häuser an der Hauptstraße, die Ernst-Thälmann-Straße heißt, sind sämtlich zugemauert. Es gibt keinen Gasthof Ernst, der zwar nicht mehr betrieben, aber von Frau Ernst noch bewohnt wird, mehr. Komisch denkt sie. Es ist der Gasthof, wo wir früher mit Mutti und Fritz sonntags essen gingen, weil Frau Ernst so gut kochte, und doch ist das ganze Haus tot. Und drüben die Ziegelei versteckt hinter zwei einstöckigen Häusern, rotzieglig und von einem Schornstein in die Höhe gebracht, eine ganze Fabrik tot. Das ist ja nicht mehr feierlich, denkt das mit unregelmäßig geflochtenen Zöpfen umrankte Gesicht - ein Ausdruck, den sie von ihrer Handarbeitslehrerin übernommen hat. Erschrocken doch, ein wenig, steuert sie auf der trüb beleuchteten Dorfstraße mit dem Kopfsteinpflaster auf dem sandigen Fußweg weiter zum Kaufhaus Möbius. Vom Schaufenster, wo nur Quatsch liegt und sie gewöhnlich sowieso nicht hineinguckt, erhält sie plötzlich dämliche Kochtöpfe gratis angeboten, Mehltüten, Nachttöpfe. Die hässlichen Dinge verschwinden nicht. Komisch.

„Guten Abend Lesru, noch einen Spaziergang gemacht?" Das Regenperlgesicht mit der überaus warmen Stimme von Fräulein Sang, ihrer Musiklehrerin, taucht wie ein Lichtstrahl auf und blendet. Die große Ödnis, die Hauptstarrheit zieht sich widerwillig zurück und macht einem unsicheren Lächeln Platz. „Ja", wird beinahe tonlos entgegnet und doch gibt es sofort etwas zu bewundern: das klatschnasse braune kurzwellige Haar, die dunklen blitzenden Augen mit den nassen

Augenbrauen, die dunkle Regenjacke voller Nässe, die hübsche Nasenspitze voller winziger Tröpfchen.

Ich singe so gern in ihrem Unterricht, es ist, als hätten Sie uns die Schönheit der Volkslieder wiedergeschenkt, Frau Sang. Ich liebe Sie wahrscheinlich, ich liebe Sie ganz doll sogar. Beim Singen wird man ein ganz glücklicher Mensch, Frau Sang --- das hätte Lesru gern gesagt. Unweit der hässlichen Dinge im Schaufenster des Kaufhauses Möbius hätte sie das gern gesagt. Aber das denkt sie nur! Man sagt doch nicht, was man fühlt! Das ist ja ganz ausgeschlossen.

Maria Sang aber ist unterwegs zu ihrem Liebsten, dem Physiklehrer Reinhold Birke. Der junge heitere Mann wohnt bei Familie Stier im Oberstübchen, ein Liebespaar eben. „Na, da mach's mal gut", sagt die Geliebte zu der elfjährigen Lehrertochter, ohne zu ahnen, dass sich im gleichen Haus zwei Geliebte befinden. Es gefällt ihr, dass Lesru im Regen spazieren geht, während die Bauernkinder Rommé spielen. Oder sonst was anstellen.

Anstatt ihre Gefühle schlicht auszusprechen, setzen sich in Lesru andere Gefühle ab und werden pikant. Die geht zum Birke ins Zimmer und was machen die dann? Irgendwelche Schweinereien. Bei diesem Wort Jesses Maria, wird's ihr ganz schummrig.
An dieser Stelle können wir unserem Zögling Einhalt gebieten und eine Frage stellen.
Warum hat ein elfjähriges Mädchen solche Hemmungen ihre zarten und schönen Gefühle für ihre geliebte Lehrerin ihr selbst mitzuteilen? Was liegt quer, was ist warum geschehen?

2

Als Lesru drei Jahre alt war und das erste Paket aus dem Westen in der engen Schulfolterwohnung ausgepackt wurde, eine Folterwohnung, weil in ihr die Familie von Engigkeit, Hunger und Seelenbetrübnis immerfort gefoltert wurde und auf dem einzigen Tisch tatsächlich eine Tüte Bohnenkaffee für die geliebte Großmutter, vier Tafeln Schokolade, eine Tüte Kakao lagen, rannte das Mädchen in einem überwältigenden Seligkeitsgefühl, das sie förmlich in der Luft zersprengen wollte, auf die abendliche Dorfstraße vor das Haus. Sie schrie wie am Spieß, glücksüberladen, vom Glück direkt gepeinigt und gefoltert, wie sie es noch niemals erlebt hatte: „Wir haben Kaffee bekommen, wir haben Schokolade bekommen, die Großmutter kann Kaffee trinken", so laut, so herzergreifend selig und tanzend natürlich, so ganz und gar am eigenen Körperchen bebend, dass sie sich wie im Trancezustand befand. Nur befanden sich leider noch andere menschliche Lebewesen auf der Straße, ziemlich viele sogar, Frauen und Männer mit eiligen Schritten, die dem Arbeiterzug von Torgau müde und hungrig entstiegen waren.

Plötzlich packte sie ihre Mutter mit hartem Griff an, hielt ihren Mund zu und stieß sie ins Schulhaus zurück, wo sie wohnten. „Niemals darfst Du das zu andern Leuten sagen, was wir bekommen haben", sagte sie in solchem kalten Befehlston aus einem ganz und gar wütenden Gesicht, dass Lesru nicht nur wie vor den Kopf gestoßen wurde, sondern etwas Ernsteres geschah. Als auch die Großmutter ihr Verhalten betont tadelte, fühlte das dreijährige Kind ganz deutlich, wie sich in ihrem Inneren ein Riegel bildete. Das Feuer wurde umgeschmolzen zu einem inneren Riegel, zum Verhaltenskodex: Niemals darf ich das, was in mir ist, aussprechen! Es bildete sich ein Niemals, ein Zurückweichen, ein erstauntes blasses Blass.

Welch eine Entdeckung: Unter den Wörtern liegen andere Wörter verborgen, sogar Wortverbindungen, Geschichten...
Die „Schweinereien" sind mutig anzusehen, jetzt:
Es ist so seltsam, dachte Lesru, dicht eingekuschelt neben dem schwarzhaarigen schwarzäugigen Albrecht in der warmen Maisbude liegend, alles wird so anders, so weich. „Ich habe schon lange auf Dich gewartet", sagt der Fünfjährige mit leiser Stimme. Und Lesru antwortete nichts. Die winzige Maisbude, an ein Bäumchen gebaut aus Maiskolben, vom Bauern Oggert nebenan gemopst, dämpfte ein wenig die Geräusche des Garten- und Friedhoflebens, das sich in dichter Nähe befand. „Ich bin eigentlich nur gekommen, weil es seltsam ist", sagte Lesru mit ihrer innigen leisen Stimme, dicht zum Wuschelkopf. Und dabei spürte sie zum ersten Mal in ihrem sechsjährigen Leben, was das Seltsame sein könnte: Das Spüren des anderen Körpers dicht an ihrem, seine nackten Knie an ihren nackten Knien, seine Wärme der Beine an ihren Beinen, so als würde etwas übersprühen, etwas ganz Weiches. Die Kinder lagen auf ihren Rücken und schauten durch das flatterige gelbbraune Blätterdach die Lichtpunkte und Lichtschlitze des Oktoberhimmels an. Aus dem Dorfleben hörten sie Frauenstimmen vom ewigen Friedhof, die Pumpe quietschen, lauter vom Schulhof herüber die Schimpfstimme von Albrechts Vater und Kuhgebläke von einem Bauerngehöft. Sie sahen sich an und sagten nichts. Es war als lauschten sie beide zum ersten Mal in ihrem kleinen Leben einem überirdischen Gesang, einer Ahnung von Gemeinsamkeit, die sie nahezu überwältigte. „Ich habe lange auf Dich gewartet", sagte der Junge mit größer werdenden Augen zu seiner kleinen Freundin. Denn er, der Geschwisterlose, von seiner Mutter viel Umhergetragene, entbehrte sehr eines Spielfreundes. Er hatte die Bude auch für Lesru mitgebaut; es war ihm eingefallen wie die beste Idee, die einem Kind dieses Alters zufallen kann. Lesru fand es wieder seltsam,

dass hier in der Maisbude etwas ganz anderes gesprochen wurde als in der Folterwohnung der Schule und überhaupt. Sie nahm seine rechte Hand, die dicht an ihrem Munde lag, und drückte einen kleinen Kuss darauf, einfach als Antwort auf sein langes Warten. Und dass es so einfach ist, etwas Liebes zu küssen, so überirdisch schön etwas Liebes neben sich zu sehen, zu spüren, etwas das nicht Huhn ist, nicht in Gestalt einer erwachsenen Großmutter neben ihr liegt, mit der sie zusammen ein Bett teilte, das elektrisierte das Mädchen. Elektrisiert, als sei sie fortan an ein Stromnetz angeschlossen und ihr ganzer Körper berauscht von einem Impuls, von einer sonderbaren eigenen Bewegung. Sofort musste sie in sich hineinhören und diesem neuen Sein nachlauschen. Der somit erhörte Albrecht im blauen Pullover mit den Stopfärmelchen wendete sich um und drückte ihr seinerseits einen Kuss auf ihren Mund. So doch nicht, dachte Lesru, wenn du mich auf den Mund küsst, hört doch das Andere auf. „Woll'n wir spielen, Indianer spielen", fragte Lesru irritiert und krabbelte vorsichtig aus der feldnahen Öffnung. Vorsichtshalber musste jetzt unbedingt etwas getan werden, Geschrei und Kampf und auf der Lauer liegen. Schier lustlos, schier verkrampft bewarfen sie sich mit übrig gebliebenen Maiskolben und stiebten nach kurzer Zeit auseinander.

Auch das ist zur geheimen Verschlusssache geworden. Denn das Ende der Liebesandacht kam nach einigen Tagen jäh und entsetzlich, das Wort „Schweinereien" überbesetzend. Die beiden Mütter schlichen sich in der holden Abendstunde zum Ort der absoluten Finsternis, die verwitwete fünfundvierzigjährige Jutta Malrid und die Jüngere, Frau des Hausmeisters Otto, und es klirrte in der Abendstunde aus dem speichellosen Munde der Jutta Malrid ein wütendes Wort: „Heraus Ihr Schweine!" Das rundliche kleine Gesicht der Jüngeren schwieg am Holzzaun, die kleine Bude eher bewundernd und nicht ohne Scham umarmte sie ihren kleinen Sohn. Lesru

aber stürzte klaftertief in den Abgrund, so tief, wie ein kleines Mädchen eigentlich gar nicht fallen kann. Das Schönste, das sich wie ein Gottesgeschenk offenbart hatte, das liebe Sein miteinander, das Hochemporgehobensein, wenn seine kleine Hand sie berührte und es so überaus schön war, wenn er ihren Bauch berührte, der große Zauber, der selbst staunen mochte, dass ihn kleine Kinder so rein empfinden konnten in einer Umgebung und Zeit, wo es ununterbrochen hart zu irgendwelchen Dingen gehen musste, war eine Handlung von Schweinen. Das Zarteste war das Böseste, das Lieblichste das Verachtenswerteste.
Das kleine Mädchen rannte mit Riesenschritten in ihr Entsetzen.

Fortan sprachen diese beiden Kinder, die sich täglich begegneten kein Wort mehr miteinander, sie glitten wie stumme Fische aneinander vorüber. Zehn Jahre später und weiter ins Erwachsene kommend, sahen sie sich gelegentlich an, wie zwei gewaltsam Verstummte, freundlich.

4

Ein dunkles schmutziges klebriges Gefühl beschleicht die elfjährige Lesru, wenn sie an Frau Sang und Herrn Birke in einem gewissen Dachstübchen bei Stiers denkt. Das soll Liebe sein, denkt sie und überquert im nachlassenden Regen die Eisenbahnschienen an der Schranke, wo sie plötzlich hellwach wird. „Alles Scheiße, deine Emma“, sagt sie und schreitet neugierig, umgeben von zweistöckigen Großhäusern in das vor einer knappen Stunde verlassene Leben zurück. Und weil ihr der Satz so gut bekam, sagt sie noch ein Mal: „Alles Scheiße, deine Emma“ und lacht ein bisschen. Da oben sitzt Frau Lang und heult sich die Ogen aus, weil ihr einziger Sohn sie nicht mehr sehen will, sie nicht grüßt, wenn er sie auf der Straße sieht. Dabei blickt sie

von der Straße hinauf auf ein winziges erhelltes Fenster eines mächtigen Mietshauses mit einem großen blechernen Tor. Mit einem sie tief peinigenden Gefühl, das allerverborgendste Scham ist, sieht sie sich auf dem Boden in ihrer Dachkammer liegen und Schweinereien begehen. Auf der weichen ekligen Matratze.
Ich will es nie wieder tun sagt sie sich, nie wieder. Und warum kann ich's doch nicht? Schwamm drüber. Es weiß ja keiner.
Neben uns wohnen Tigers, wie kann man bloß Tiger heißen. Das durchnässte Mädchen, das weder Nässe noch Kälte zu kennen scheint, steht vor ihrem grauen Mietshaus so, als erklärte sie Carola die näheren Verhältnisse. Als müsste Carola unbedingt da sein und zuhören, so wie es vier Jahre lang gewesen war. Der Durchschmerz kommt und hat lange schnelle Beine. Schüttelt, lähmt, dass ihr die Knie weich werden.
Und warum gehst du nicht mehr mit mir? Die Pausenfrage, die furchtbarste Frage, die sie jemals einem Menschen in einer Schulpause gestellt hatte. „Ingrid braucht mich", aus kalter Schulter und einem Eisblockgesicht geantwortet. Weg. Die Spätaussiedlerin versteht schlecht Deutsch und Carola wurde von der Klassenlehrerin beauftragt, als Klassenbeste der stillen Ingrid Nachhilfe und Vorhilfe und überhaupt Hilfe angedeihen zu lassen. Und nix mehr mit Doktorspielen, keine Gespräche mehr, keine GESPRÄCHE. Und dabei war doch Carola die Einzige, der ich meine Sachen, Gedanken mitteilen konnte. Die anderen aus meiner Klasse sind doch alle doof und unterschiedlich langweilig. Die Rückkehr des Schmerzes muss unter den schwarzen blattlosen Kastanien vor dem Mietshaus erst ausgestanden werden, ehe es einen Schritt weiter gehen kann. Also stehen bleiben.

Wie komisch mich Carola angeguckt hatte, als sie ungläubig zurückfragte - in der Schule habt ihr doch früher gewohnt und du weißt davon gar nichts mehr?

Da kannst du noch so dämlich gucken, ich weiß davon wirklich nichts, erinnert sich die Erschreckte unter den triefenden Kastanien der Bahnhofstraße. Sie empfand nur ein Gefühl von innerer Blindheit, etwas Stumpfes.

Der tiefe weiterbohrende Schmerz muss ganz in Empfang genommen werden, angefasst wie eine Ergebenheit, den ganzen Körper umhüllend und ausfüllend. Eine Schmerzensreiche. So steht sie abgewandt von dem erhellten Mietshaus, mit Blick zum Stellwerk und zur Rampe, wo früher die lustigen Russen ihre Panzer auf- und abluden.
Dass es immer so ist, denkt sie, wenn ich von Carola komme. Aber zu Hause bin ich anders. Warum ist das bloß so? Ich bin eben nichts wert, wie meine Mutter sagt, wenn ich wieder nichts aufgeräumt habe, die Sachen liegen lasse und auf meinem Bett liege und lese. Sie versteht nicht, dass ich lesen muss. Sie versteht nicht, dass mich der ganze Dreck in der Küche nichts angeht. Sie redet immer nur vom Fortschritt. Während ihrer körperlichen Abkehr vom großen und doch auch geheimnisvollen Lebehaus spürt sie, wie sich ihre inneren Stacheln aufstellen, ihr Körper Festigkeit und ihr Gesicht ein Panier erhält, als gelte es jetzt: „auf in den Kampf, die Schwiegermutter naht." Blitzschnell die Verwandlung, dass man durchaus von einer Verwandlungsstelle sprechen könnte. Warum ist denn das so? Jetzt kann ich hochgehen. Mit festem Blick fasst sie das Mietshaus vom ehemaligen Getreidehändler Grozer ins Auge, wo die alten Grozers noch immer auf die Rückkehr ihrer letzten beiden Söhne aus dem Krieg warten und sonntags ihre getöteten Tauben an der Pumpe abwaschen. Vier Kinder, vier Söhne, alle tot, die Großmutter sagte dazu „eine Tragödie."

Meine Großmutter ist och gestorben im Mai und dazu sagt keiner was. Bei diesem Erinnerungsgedanken an ihre Großmutter aber verwandelt sich Lesru zurück in ein weiches liebes Wesen, das jeden Wunsch ihrer kränklichen Großmutter von ihren Augen ablas. Sie beide, Großmutter und Enkelin waren immer noch eines Leibes, weil sie jahrelang zusammen in einem Bett schliefen, in der Schulwohnung. Aber das weiß das Mädchen nicht mehr. Das weiche liebe Leben ist verstorben. Mausetot.

Das Wellblechtor, keiner im Dorf hat so ein Ziehharmonikator, das eine schmale Tür für Menscheneintritte besitzt. Daneben der lang gestreckte einstöckige Bau, war früher ein Getreidespeicher, Carola, den sich jetzt die Apostolen zur Kirche ausgebaut haben. Und unter der Treppe liegt unsere Aschengrube. Staub und Dreck, wenn ich den Aschenbehälter ausschütten muss. Warum kommst du denn so selten zu uns? Meine Großmutter hat dich auch gern, Carola.
Und weißt du, was sie sich ausgedacht hatte? Weil ich absolut keine Lust zum Stricken habe, das ist nicht zum Aushalten mit den Stricknadeln in der Hand den Faden halten, hat sie mir einen Wunderknäuel gerollt. Einen Wunderknäuel? Ja, einen Wunderknäuel. Wenn ich also anfange zu stricken und ein Weilchen gestrickt habe, rollt sich aus dem Wollknäuel plötzlich ein Bonbon heraus. Aber weißte, was mein Bruder Fritz gemacht hat, eigentlich wir beide zusammen? Wir haben heimlich den Wollknäuel aufgerebbelt und die Bonbons aufgegessen und dann so getan, als sei nichts passiert. Es gab ein großes Donnerwetter. Das kleine Hoftor vom großen Hoftor ist schwer zu öffnen, aber nicht abgeschlossen. Lesru geht in der großen Dunkelheit auf dem Kopfsteinpflaster einige Schritte hinein in einen von Gebäuden umschlossenen riesengroßen Hof. Das Immerliebe, das Immergute, das Immerernsthafte, das sich nur so anfühlen lässt, fehlt. Es ist nicht mehr da. Das ganz still gewordene Mädchen, das sein Panier verloren, seine inneren Stacheln wieder einzog, kann etwas nicht denken: Meine Großmutter ist gestorben.

Sie kann es wirklich nicht denken. Sie fühlt nur, bevor sie an der unteren Parterrewohnung vorübergeht, dass oben nichts mehr Gutes ist. Es ist nichts Gutes mehr auf der ganzen Welt vorhanden! Wie soll man leben, wenn nichts Gutes in der Welt mehr vorhanden ist? Alle haben geweint bei der Beerdigung, über hundert Leute kamen, weil sie eine sehr beliebte Frau gewesen sei, wie Fritz sagte. Ich habe nicht geweint. Ich konnte nicht weinen, weil ja meine Großmutter nicht sterben kann! Sie ist ja in mir, wird seltsamerweise noch gedacht, ohne geringsten Zweifel. Und mit dieser Behauptung geht sie vorsichtig über die Waage, ein in den Boden eingearbeitetes Holzgestell, worauf sich ganze Fuhrwerke mit Kartoffeln, Getreide, Zuckerrüben zu stellen haben und von Herrn Tiger abgewogen werden. Da ist was los bei uns im Hof, denkt Lesru freudig. Dass das Carola gar nicht mehr wissen will! Auch bei Kulattas dort hinten in dem flachen Schuppen wird gearbeitet. Dort werden Flickenteppiche hergestellt. Bei uns ist's doch viel interessanter als bei euch. Und diese bei den Toiletten gehören Kulattas und den Kirchgängern. Was meinst du, wie schön die immer mittwochs und sonntags singen. Und neben der Waage wohnt Frau Kiebitz mit ihrer alten Mutter, auch eine Umsiedlerin. Und zu ihr schleicht sich jeden Abend Herr Tiger in die Stube, wenn die alte Frau schläft. All so was Seltsames gibt es bei uns und dich interessiert das nicht mehr. Bist du blöde? Hoi, das kann plötzlich gedacht werden, und mit weichem Körper, mit unverstelltem nicht entfremdetem Gesicht. Welch eine gute Wirkung von oben, einer sie immer noch durchdringenden Großmutter.

5

Die Lebensfreude, die Lebensfreude ist ja da, wenn man morgens im kleinen Stübchen erwacht und die nassen Kastanienäste durch das Fenster wieder sich bewegen und kahlhäutig auf die blanken Schienen

starren, sieht. Und die Lichtblicke bleiben, auch wenn sich die Mutter in der sehr nahen Waschecke wäscht, jeden Morgen von Kopf bis Fuß und mit kaltem Wasser. Klatscht und laut atmet.
Das Unterrichtsfach Geschichte leuchtet in das laute Atmen, das atemlose Lauschen, wenn Herr Knobel von Geschehnissen erzählt, die viel aufregender sind als die im Geschichtslehrbuch. Ein schmaler Freudenweg kündigt sich für den heutigen Tag an. Auch gesellt sich beim Freudeeinsammeln morgens im Bett sogleich ein zweiter Freudenweg hinzu: Russisch. Wir haben heute wieder Russisch. Das versteht überhaupt keiner, wie schön und aufregend es ist, ein bekanntes Wort in einer anderen Sprache zu lesen, zu schreiben und zu hören. Eine Fremdsprache, keine Fremdsprache, nur eine andere Sprache. Das ist doch so, als würde man auf der Flöte eine neue Melodie, ein ganz neues Stück spielen. Was könnte noch schön sein?
Das braunhaarige Mädchen liegt in einem braunen Holzbett und hat die Arme unter den Haarwuschel gelegt, angestrengt überlegend. Neben diesem Bett steht ein ebenso braunes Holzbett, die Zudecke korrekt zurückgeschlagen, ein kleiner Nachttisch bewahrt die nützlichen Dinge der Mutter auf. Es ist laut im Haus und Dorf, wo das Leben schon seit geraumer Zeit seine Türen aufgeschlagen hat. Fritz hat eine scheußliche Russischlehrerin in Torgau in der Oberschule und das verengt Lesrus Lebensfreuderinne wieder. Eine Pikobellodame, Frau des Taxifahrers, von Kopf bis Fuß mit leuchtenden Westkleidern bekleidet. Peng, stumpf, gar nichts. Schikaniert meinen Bruder; och noch höhnisch. Fritz sagt das nur mir. Das tut mir richtig weh. Von solch einer Scharteke misshandelt zu werden.

„Du hältst jetzt deine Fresse und lass dich ja nicht wieder blicken“, das schrillt Frau Jutta Malrid beim Zähneputzen und Gurgeln ebenso an, wie ihre Tochter beim löchrig gewordenen Weitersuchen nach Interessantem. Frau Tigers Stimme zu ihrem fünfzehnjährigen Sohn Rudi klirrt, ungeschützt von einem Flur, direkt in die Nachbarschaft. Sie lächeln beide in einem allerkürzesten Augenblick.

„Wenn man einen eigenen Flur hätte, würde man solche Auseinandersetzungen nicht hören", sagt in sachlichem Ton und ohne sich umzuwenden, die Mutter und Biologielehrerin auf Trab. Einen Guten-Morgen-Gruß hatte es zwischen ihnen nicht gegeben. Es war der erste Satz, den sie an ihre Tochter richtet. Er klang wie die Überschrift zu einem Aufsatzthema. Lesru ist nun ein aalglattes Wesen geworden, im Unterricht sitzend, sobald sich der Mund der Mündigen öffnet. Als könnte sie perfekt ihren inneren komplizierten Apparat anhalten, versenken, blockieren und eine unempfindliche Maßnahme selbst sein, dass es sie selbst nicht mehr erstaunen lässt. Die Mutter hat gesprochen und wird sofort weitersprechen. „Deinen Arbeitszettel für heute habe ich gestern noch geschrieben, also richte dich danach. Es wird nichts ausgelassen. Entschuldigungen gibt's nicht. Deine nassen Sachen von gestern Abend habe ich auf den. Bügel gehangen. Kannst du nicht einmal daran denken, dass man nasse Sachen auf den Bügel zum Trocknen hängt? Wie oft habe ich dir schon gesagt, dass du jetzt, da Großmutter nicht mehr bei uns ist, ganz streng auf deine Sachen achten musst. Aber du beachtest meine Anweisungen einfach nicht."

Der Satzteil „da Großmutter nicht mehr bei uns ist" wird seit fünf Monaten immer seltener ausgesprochen. Das könnte ein Zeichen dafür sein, dass Jutta, genau ein halbes Jahrhundert alt, den Tod ihrer Mutter ins Natürliche gebracht hätte. Aber das Gegenteil trifft zu, heute an diesem Morgen, sowie gestern Abend, als sie zum Friedhof mit schwerem Körper gelaufen und anschließend bei der treuen Frau Riemer im Haus gesessen hatte, zwei volle Stunden. Den Ulbrichtschen Sozialismus mitgestalten müssen als Lehrerin an einer

sich selbst einschränkenden Schule, den widerspenstigen Armenhaushalt führen mit Anweisungen und Organisation von Nahrung und Nachschub ohne das geliebte und zuhörende rundliche Gesicht mit den winzigen Haarknoten, ohne die leibhaftige persönliche, persönlichkeitssichernde Verbindung zwischen ihrem Nachkriegsleben und ihrer eigenen ganz anderen Vergangenheit in Deutschland und in Ostpreußen. Das Leben ohne ihre Mutter gleicht einem tollen, jähen, sich selbst immer wieder aufbäumenden Abgrund.
Ein sich aufbäumender Abgrund. Die Fünfzigjährige, nun bereits im Lehrerkostüm bekleidet, das braune Haar wird sie sich in der Küche kämmen und zu einem Haarknoten aufstecken, hatte nie und nimmer mit diesem Totalverlust gerechnet. Ein Blick, eine Geste, angehangen an einen Gedanken oder auch nur an einen Kurzbericht, den sie ihrer Mutter gegeben hatte, genügte immer, um volle Lebensbestätigung von der Mutter zu erhalten. Die Unterstützung von unten, Orten und Personen entnommen, die sie beide kannten, womöglich liebten. Jetzt hatte Jutta Malrid fast keine Vergangenheit mehr, keinen persönlichen Untergrund stabil genug, die Lasten und das Glück jener Vergangenheit zu tragen, auch die Lasten des täglichen Haushalts. Helene Kubus verkörperte die Brücke zu ihrer glücklichen Kindheit und Jugend in Danzig, die Verbindung zum gesellschaftlichen Absturz, sie verkörperte Pflicht und harte Arbeit in Notzeiten wie sie sie ja immer noch erlebt. Wie zwei ungleiche Schwestern, die den Wagen der Not zerren und ziehen, waren Mutter und Tochter. Keine Klage, nie eine Klage wölbte sich jemals aus dem kleinen rundlichen Mund der Mutter, die früher Frau Geheimrat und Frau des Marineadmirals, Dr. Bruno Kubus war. Jurist und ökonomischer Direktor der kaiserlichen Werft in Danzig. Die Absturzerfahrene. Und sie hätte zum sogenannten Volksaufstand am 17. Juni 1953 gesagt, dass Machthaber immer lügen müssen, denn sie säßen auf

einem Lügengebäude, weil Macht immer auf Demütigungen anderer aufgebaut sei. Nun sagte sie das nicht, weder in der Küche noch im Wohnzimmer. Und es sprach auch niemand mehr von Maxkeim in Ostpreußen, wo Jutta im geräumigen Gutshaus ihre fünf Kinder geboren hatte und der Große Krieg wie eine furchtbare Furie dreingefahren war. Wie sie es damals gemacht hatten bei der großen Kälte zum Beispiel.
Ich war mit meiner Mutter verheiratet nach dem Tod Ulis, muss eingestanden werden. Jetzt bin ich mutterverwitwet, wenn es das gibt.

Über den grauen Holzfußboden des Flurs, den drei Familien ihr Eigen nennen, mit zwei Fenstern zur Hofseite, der Holztreppe zum Boden und Frau Lang hinauf, der steinernen gewundenen Treppe zum Ausgang hinunter, geht Jutta zum zweiten Teil ihrer Wohnung, in die Wohnküche. Sie öffnet die Tür mit dem vollen Trauergesicht, das eine empfindlich Lastentragende nur haben kann, unbeobachtet und eingetaucht in unergründliche Starrheit. Sie empfängt Bosheit und Abweisungen von den herumliegenden Dingen auf dem Küchentisch, die ihr Sohn Fritz, der Frühaufsteher, hinterlassen hat, dass sie beinahe wie im Gefangenenlager im Ural laut aufschreien möchte und „Scheiße" brüllen. Was damals im Frühsommer 1945 zusammen mit anderen Frauen zu einer gewissen Erleichterung geführt hatte. Er kann nicht sein Geschirr zusammenstellen, das Marmeladenglas nicht verschrauben, seinen Schlafanzug ins Bett legen. Meine jüngsten Kinder sind solche Egoisten, die anderen könnens ja nachraumen, dass ich schier verzweifle. Wie ich das hasse! Könnte sie prügeln deswegen. Jutta erschrickt ob dieses Gelüstes, aber die Vorfreude auf die sonntägliche Ausbildungskonsultation in Falkenberg lindert die kalte Wut. Wenn Mutter noch lebte, das muss sie sich sofort sagen, hätte ich nicht diesen bodenlosen Hass gefühlt. Aber an jedem Morgen diese Unordnung zu betreten, als sei ich selber nichts, keine Unze wert, keinerlei Rücksicht würdig, als redete ich ins bodenlose Nichts, wenn ich sie zur Ordnung ermahne, das ist jene Menschenverachtung meiner Kinder, die mich so wütend macht. Sie verachten die kleinen Dinge, alle beide.

Denn die Großmutter war Liebe, ein liebendes Band, das Mutter und Kinder durchdrang und Disziplin und Ordnung, wie von selbst herstellte. Es ist zerrissen.

6

Die Vorstellung beizt, schlägt zu, hämmert von allen Seiten: Im Klassenraum in der vorletzten Reihe zu sitzen und schräg hinter sich den grinsenden lachenden Tod zu spüren. Das Nichtswertsein, das Verachtetwerden dringt von der letzten Zweierbank in jede Unterrichtsstunde. Das absolute Zertreten sein.
Das Zertretensein aber kann notfalls allenfalls mit der predigenden Mutter am Frühstückstisch in der osthellen Wohnküche gerade noch sitzen, schlürfen beim Kaffeetrinken und die hässlichen Angewohnheiten wieder durchlassen, die bei der Anwesenheit der Großen Mutter abgestellt worden waren. Und somit einen neuen Anlass spendieren, Jutta Malrids Themenkreis auf die Fehler Lesrus zu beschränken. Diese beiden weiblichen Wesen, die doch auf ihre unterschiedlichen Weisen die Abwesenheit der Großen Mutter betrauern und verletzt sind, immer noch, immerdar, können sich nicht sehen und nichts anderes tun, als sich gegenseitig auszuschließen.
„Heute Abend müssen wir Wäsche einweichen, Du heizt den Heizkessel an und trägst Kohlen, Ellenbogen vom Tisch!" Im rauen Befehlston aus dem morgendlichen straffen ovalen Gesicht mit der Brillenfinsternis am Wachstuchtisch und das gelbe Brotschälchen geschleudert, als seien des Mädchens Ellenbogen auf dem Tisch die Erzfeinde. „Ein Mensch, der nichts lernt, nichts lernen will, taugt nichts, und Du bist so ein Mensch. Solche Menschen sind von ihrer Anlage gefährlich und gefährdet. Ich frage Dich nicht länger, wann Du Ordnung der Dinge lernen willst, ich erwarte, dass Du Dich sofort änderst. Du hast heute eine Stunde später Unterricht, machst den Abwasch, holst Kohlen für Frau Hollerbusch, die Betten sowieso. Hast Du mich verstanden? Nachmittags gehst Du einkaufen."

Die osthelle Wohnküche mit zwei Fenstern zur Welt. Das Linke zeigt über den Abwaschtisch zum lebhaft

gewordenen Hof, das sich der Mutter gegenüber befindliche, zur Grauwand eines Hauses und zum Kaufhaus Plesse und kleineren Gebäuden. Es ist alles ganz tot, wenn die Mutter redet und „Programm macht", denkt Lesru, aber heute hat sie ein Satz angepiekt. „Menschen, die nichts lernen, sind von ihrer Anlage gefährlich und gefährdet", oder so. Dieser Satz ist interessant. Er ist zu gebrauchen, er findet bereitwillig Unterschlupf in dem Mädchen, das im Übrigen die Sachen trägt, die ihr die Mutter bereitgelegt hat.
Den braunen Rock und den hellbraunen Pullover hübsch zueinander passend, nichts weiter. „Ich möchte anziehen, was ich will. Fritz darf sich auch anziehen, wie er will." Diese anweisende Antwort wird nunmehr auf der Mutter Redekanon erwidert.

Juttas Kopf ist mit anderen Dingen überfüllt. Im Kollegenkreis gibt es Sektionen, Gruppen, Liebelein und die äußerste Scharflinie der Linienisten der SED. Es gibt Androhungen von Haftstrafen für Bauern, die ihr Soll nicht erfüllen. Krankheiten von Persönlichkeiten im Dorf, die ihr nahe gehen, nicht zu reden davon, dass sie sechs volle Unterrichtsstunden im Fach Biologie und Deutsch erwarten. Die braune Schultasche steht gepackt im Wohnzimmer auf ihrem Stuhl.
Und meine Sonntagsnachrichten vom SFB um dreizehn Uhr lasse ich mir nicht nehmen, denkt sie beim Aufstehen und Übersehen ihres Tochterhäufleins. Ihr könnt uns doch nicht die Ohren abschneiden, meine Herrschaften. Die andere Seite muss gehört werden. Die Wahrheit wird immer in der Mitte von Gegensätzen gefunden. Aber unsere lieben Scharfmacher - wenn sie sich doch einmal sehen würden - kippen das Kind mit dem Bade aus. Wie gut hat es Gretel Müller mit ihrem Handarbeitsunterricht.
Sie geht mit Freude in den schmalen Fußfesseln durch die angelehnte Wohnzimmertür, wo sie die drei verschlierten Fenster heute nicht ärgern, denn die neuen Lehrer, von ihren Hochschulen frisch entlassen,

bringen Heiterkeit, Jugendlichkeit in die Schule hinein. Staunend erlebte sie wie der Physiklehrer Birke mit den großen Schülern umgeht, auf du und du mit ihnen steht. Wirklich bewundernd registriert sie das bessere Können der Jüngeren und erschaudert doch wieder und unverhofft am leeren roten Sessel, der wie ein Kreuz am runden Tisch steht. Wie gern hätte ich dir von ihnen erzählt, und was du wohl zu ihnen gesagt hättest, erfahren, Liebes.
Das Tochterhäuflein erledigt nach dem tonlosen Weggang, grußlosen Weggang ihrer Mutter schnellstens die Küchenaufgaben. Höchst glühend heute, gefährlich im Nebulösen heute. Denn sie wird von einem untergeschobenen Gedanken erfasst, der ihr als einziger Ausweg, ja überhaupt als der nächstmögliche Lebensschritt erscheint. Ich nehme mir Geld, kaufe im HO viel teures Konfekt und verteile es in der Klasse. Dann sehen die andern, dass ich auch etwas wert bin. Wenn man zu Hause nichts lernt, ist man ein gefährlicher Mensch und ich hab vor nichts Angst. Am schlimmsten ist es wertlos zu sein, das halte ich nicht aus, nie. Mit diesem tollen Entschluss nähert sich Lesru im Wohnzimmer dem Portemonnaie ihrer Frau Mutter, das sorgfältig im Schreibtisch in der Schublade aufbewahrt wird.

Dem Malridschen Wohnzimmer haftet auch noch nach einem Jahr jene Festaktsstimmung an, zumindest in Rudimenten, auch dem dreisten Gelddieb noch fassbar, die vor einem guten Jahr, als die Familie endlich umziehen konnte von einer Behausung in eine eigene Wohnung, ergriffen hatte. Wie wurde das eigene Bett begrüßt, seine Ausgliederung vom gewöhnlichen Tagesablauf! Helene Kubus durfte mit ihrer Enkelin einige Schritte über den Gesellschaftsflur gehen und einfach die Tür abschließen zum Schlafen und Nachdenken. Sie durften sich am Waschtisch waschen, ohne von Hereinkommenden zu erschrecken. Fritz war begeistert und in den ersten Nächten noch ganz aufgeregt, dass er von abends bis morgens in seinem Bett im Wohnzimmer, von einem bunten Vorhang verdeckt, schlafen konnte, ohne in der Nacht sein Bett für seine Mutter, die Nachschläferin, freimachen zu müssen. Ein eigenes Bett immerhin. Und überhaupt und anklingend an andere Wohnorte: Es fanden sich nunmehr beruhigende Zonen in der Wohnung. In der osthellen Wohnküche wurde gekocht und gegessen und im beruhigenden Wohnzimmer hatte der gesonderte Schreibtisch seinen Platz. Er konnte wie ein leiser wichtiger Platz zwischen den beiden hohen schmalen Fenstern stehen wie unter Flügeln, ohne für die Essenszubereitung oder zum Aufdecken gebraucht zu werden. Eine kleine Hoheit war entstanden. Er hörte nicht mehr jedes Wort, das immerzu gesprochen wurde, wie es sich für einen Schreibtisch gehört. Nicht wahr. Ein gelblich brauner Kachelofen war die Voraussetzung für den Einzug bei Grozers gewesen. Er stand und steht wie eine Oberhoheit an der rechten Wand des geräumigen Festraumes, vervollständigt vom roten Sofa, dem runden Tisch, einigen Stühlen und dem roten Lehnsessel der Großmutter. Eine kuschelige Sitzecke, wo Festtage regelrecht gefeiert werden konnten. Die Wege durften sich verlängern. Wenn der runde Tisch gedeckt werden musste, musste man jetzt eine Tür öffnen und das Geschirr und den Kuchen aus der Küche in den Festraum hineintragen. Und es fand sich schier Unglaubliches im Wohnzimmer an. Bilder konnte Jutta an die Wände hängen! Gleich, wenn man von der Küche eintrat, erblickte man zwischen den Schreibtischfensterflügeln ein männliches Gesicht, eine ernste Lithografie eines Menschen, der nicht zur Familie gehörte: Pestalozzi. Schwarz-weiße feine kräftige Gesichtszüge des Schweizer Pädagogen, von Jutta wegen seiner pädagogischen und menschlichen Qualitäten verehrt, ein Lehrer, der auch die armen Kinder in seine Schule brachte und den Unterricht der Anschauung propagierte.

Lesru hatte ihn, als sie noch bei Trost war, ebenfalls bewundert und täglich angesehen.

Und zuletzt, neben dem Kachelofen hatte Jutta zwei Bilder mit schwarzen Rahmen an die Wand nebeneinander gehängt und Dank und Beifall von ihrer Mutter erhalten. Es wurde sogar zwei lange Tage von fast nichts anderem gesprochen, als über diese beiden schwarzen Radierungen. Von ihren Verwandten aus Dessau als Geschenk erhalten, vibrierte Juttas Stimme bei der ersten, überraschten Dankesheimsuchung, die Großmutter schüttelte erstaunt ihren Kopf. Die Danziger Marienkirche und Danziger Krantor hielten Mutter und Tochter im Wohnzimmer in ihren Händen. Für Helene Kubus war Danzig die Stadt ihrer gesellschaftlichen Anerkennung, Heirat und des glückhaften Zusammenlebens mit ihrem Bruno; für ihre Tochter Jutta Geburtsstadt und Ausformungsort zu einer überaus begabten und schönen jungen Vorfrau. „Nein", sagte sie vor einem guten Jahr zu ihrer Cousine aus Dessau, und dieses in breitem Ostpreußisch ausgesprochene „Nein" klang wie tausend jas. Ein heftiger körperlicher Ruck, eine gewaltige Freude durchrieselte sie, etwas Jubelndes behielt der restliche Tag. Dass es nicht nur den aufhorchenden Kindern auffiel, die vom Strauch des Korrigiertwerdens abfielen wie freie Blätter, der Schwung der Lebensschub teilte sich am nächsten Tag auch den Kindern im Unterricht mit. Denn: Es herrschte das allgemeine Verbot in der DDR: Über die persönliche deutsche Vergangenheit durfte offiziell nicht gesprochen werden. Danzig gehört zur Volksrepublik Polen. Das Wort „Danzig" auszusprechen, galt bereits als verdächtig; es war mit den Revanchisten verbunden, die drüben, im westdeutschen Kapitalismus sich der verlorenen Ostgebiete wieder bemächtigen wollen. Pfui, wer da mitspricht!
Helene Kubus kurzes Kopfschütteln war eher einem anderen Vorgang gewidmet. Der Frage nämlich, woher

ihre Nichte aus Dessau diese Bilder hatte. Welch eine leichte Frage! Von Freunden, die Städteansichten gesammelt hatten und die sie eigens für ihren Besuch rahmen ließ. Für die zweiundachtzigjährige alte Dame erübrigte sich ein Lebensschub und ein Freudenlaut. Das Leben glich konzentrischen Kreisen, einem gewöhnlichen Lebensbaum ähnlich. Was vergangen und verloren war, konnte der Untersuchung wert befunden werden; das Leben hat zudem stets nur eine Richtung, die der Vorwärtsbewegung, die Veränderung. Und sie dachte, als sie nach einem Jahrzehnt wieder die Danziger Berühmtheiten sah, wie klein und unscheinbar sie aussehen. Und wie sehr sich Jutta an ihnen erfreuen kann.

7

Der Schulweg ist verriegelt und verrammelt, weil es Lesru ausprobiert hatte, ob sie sich mit anderen Mädchen ihrer Klasse anfreunden kann. Nachdem sich die Mädchen ebenfalls erst daran gewöhnen mussten, dass Lesru nicht mehr mit Carola „geht" und „warum denn" öfter als nötig gefragt, getuschelt und geweibert hatten, bot sich großzügig Rosi von der Zwethauer Straße als Ersatz an. Wie schön, das Angebot war richtig wohltuend: Du kommst heute zu mir nach Hause, meine Mutti freut sich schon. Na so was. Also stakste Lesru am schönen Septembernachmittag los, freudig erregt, hellhörig, vorsichtig. Sollte es so einfach sein, eine neue Freundin zu bekommen? Dieser Satz „meine Mutti freut sich schon" aber klang aus dem fröhlichen Rundzopfgesicht wie eine Klettermelodie in Lesru wider, zum Erbrechen schön. Ich bekomme eine andere Mutti, ha, eine bessere, das stakste durchaus auf der sandigen Zwethauer Straße mit und die Olle kann gefälligst dort bleiben, wo der Pfeffer wächst. Ein fröhliches derbes Knirschgefühl unterstützte die kleine Besucherin, die der anderen, der Ollen zu Hause verkündet hatte, dass sie von Frau Orkowski eingeladen wurde.

8

Zur Erhellung: Bevor der Diebstahl unter dem scharfen Auge des Herrn Pestalozzi stattfinden kann, müssen zwei Annäherungsversuche geschildert werden, die mit herben Niederlagen endeten.

Die neue Mutti erhob sich, als Lesru das kleine Schneiderarbeitszimmer betrat, sie blinzelte vergnügt aus einem jungen, leicht gebräunten Frauengesicht mit kurzem Haar die Gästin an, sagte „endlich kommst Du uns auch mal besuchen" und „na, Lesru, jetzt, wo die Oma tot ist, denkst Du bestimmt noch viel an sie." Sie sagte etwas Wichtiges. Betroffen schaute sich Lesru im fremden Arbeitszimmer um, wo neben der Nähmaschine Röcke und Blusen, teils unfertig auf einem Tische lagen und an der Wand hingen, ein ganzes Kabinett von Verwünschungen. Rosi stand zappelnd und drängend im Trainingsanzug an der Tür, sie hatte sich nicht extra schön gemacht wie Lesru, die zur neuen Mutti eingeladen worden war.
Bei der zweiten Äußerung von Frau Orkowski, sie saß gleich wieder am glatten Arbeitstisch in einem Sommersegelanzug, senkte sich Lesrus ganzes Gesicht ins Unfassbare, es orgelte ab. „Das schöne Holzkreuz hat Herr Walle gestern aufgestellt", konnte sie lediglich erwidern und sich dabei selbst, wie ihre Mutter fühlen. Pflichtgemäß. „Es ist schlimm, wenn man seine Mutter verliert", sagte Frau Orkowski, die der großen Beerdigung von ihrem Hoffenster zugesehen hatte. „Du kannst jetzt oft zu uns kommen, Rosi fehlt auch ein Spielkamerad." Dabei blickte sie ein wenig skeptisch zu ihrer Jüngsten, ihre anderen zwei Töchter hatten schon eine Lehre begonnen, ihr Mann arbeitete in Torgau in der Töppchenbude. Damit waren die beiden gleichaltrigen Mädchen entlassen, und was folgte, war dazu angetan, Lesrus Hören und Sehen zum Totalausfall zu bringen.

Rosi im blauen Trainingsanzug berstete vor Kraft und Kräftemessen. Zuerst sollte Weitwerfen mit einem schweren Dingsbums geübt werden. Obgleich Lesru, in der Seele weich geworden, unbedingt über den Lattenzaun einen Blick zum zweiten Lattenzaun herüber zum Grab mit dem schwarzen, nach Farbe riechenden Holzkreuz werfen musste, sie musste jetzt zur Großmutter sehen, denn sie, die Großmutter war durch die Worte von Frau Orkowski eine andere geworden, schubste und drängte die Eilige sie einfach weg und stellte sie an eine gemalte Linie im Sandhof. „Hier stellen wir uns hin." Also sehen-nicht. „Auf die Plätze fertig los", eiferte das Mädchen mit der kleinen Brille und schoss selbst das Dingsbums in die Hofweite ein ganzes schönes Stück. „Mal sehen, wie weit Du wirfst", sagte die Sehende. Lesru, gezwungen, ihren Rücken der Großmutter zuzuwenden, was schmerzhaft, was doch eigentlich gar nicht möglich war, nahm das Dingsbums in die rechte Hand und versucht krampfhaft einen sportlichen Funken in sich zu entfachen, sie wartete auf das Kommando, das doch eigentlich nur ihre Sportlehrerin, Frau Boeske abzugeben hatte. Ihr Körper, weich wie Seide, warf die Wurfkeule, einen alten Tierknochen ins Aus.
Kein Haus steht im Dorf isoliert da, wenn es nicht das letzte vor dem Feldrand oder Waldrand ist. „Ich möchte doch zuerst Euren Hof ansehen, Rosi", wurde mit schwachem Widerstand mitten im Trainingslager gesagt und geillert. „Der Hof ist doch langweilig", lachte das Sportliche. Der Hof, von zwei kleinen Siedlungshäusern mit ihren Längsseiten gebildet und gemauert, besaß zur Straßenseite einen Eingang, aber nach hinten heraus eine breitere Öffnung. Dort begann die Freiheit aufzuatmen, dort öffnete sich eine besondere erhöhte Aussicht auf das Teildorf mit noch grünen Robinien, der Böttcherheide, Dächern und so weiter.
„Jetzt machen wir heben. Wer kann das Meiste heben, einverstanden?" Lesru in der blütenweißen Bluse und im blauen Faltenrock, in Staatskleidung mitten in der

Woche, obwohl ihre Mutter dagegen war, sich für den einfachen Besuch, wie sie es nannte, sich so herauszuputzen, dachte, sie hört nicht richtig. Also Hören-nicht. Schon schleppte Rosi zwei gewichtige Kilogewichte aus einer Ecke, richtige graue Eisengewichte von sonst wo und schnauft ihre Konkurrentin tapfer an. „Gucke, ich kann beide Gewichte ganz lange halten. Du musst langsam und laut zahlen, ja?" Dabei blinzelten ihre grauen Äuglein unter der Hornbrille so intensiv zu der Ganzschlappen auf, dass es eine Lust war hinzugucken.

9

Carola und Lesru aber brauchten sich nur anzusehen, wenn sie am Nachmittag in einer freien Stunde zusammenkamen, sofort mussten sie sich etwas Wichtiges, Interessantes mitteilen, das erst besprochen werden musste. Zuhörend. Sehend. Und wie! Fiel einem der Mädchen ein, was sie heute spielen könnten, waren sie beide Feuer und Flamme. Selten, dass eine der beiden Freundinnen keine Lust hatte auf das Spiel der anderen. Jeder Gegenstand lockte. Entstammte er der Schule, dem Lehrerleben, Zeitungsberichten, dem Gehörten von anderen Personen oder Geschwistern, oder frisch erlebt auf der Straße, sogar die geheimnisvollen Dinge selbst, wie ein Klavier oder mit anderer Miene vorgetragen, ein Päckchen vom Westen – alles lebte, webte und war schön im Munde des anderen und im eigenen Ohr. Mit einer stechenden Ausnahme. Die Ausnahme zeigt in der Regel den anfälligen, wunden Punkt einer Sache. Und obgleich sich Lesru im schmalen Hof bei Orkowskis mit dem Lautzählen und den Gewichten abplagen und nur staunen konnte, mit welcher Leidenschaft die Sportlehrerin rot anschwoll beim Vorexerzieren, obwohl ein freiwilliger Sportunterricht am Nachmittag ohne Frau Boeske komisch genug war, müssen wir uns in eine höhere Sphäre für kurze Zeit begeben.

Denn es hatte zwischen den Freundinnen eine Unversöhnlichkeit gegeben, die sich nicht waschen konnte. Ein unüberbrückbarer Gegensatz ragte nach der gemeinsamen Lektüre eines Buches auf, spitz, hochtürmig wie die abgesprengten Enden einer Brücke. Scheu und keusch blickte die Wahrheit über die Beschaffenheit der beiden Mädchen in den Tag, der inzwischen auch drei Jahre älter geworden war.
Weil sich mit der Wahrheit, ungebunden wie sie ist, nicht für lange Augenblicke leben lässt, muss sie sofort wieder bedeckt oder verbunden werden.
Es handelt sich hierbei um das schöne Kinderbuch "Die Biene Maja" von Waldemar Beusch, das die Malrids von irgendwem geschenkt bekamen und Lesru in allerhöchste Alarmbereitschaft versetzte. Alarmbereitschaft bedeutet in diesem kindlichen Fall allerhöchste Empfindlichkeit, um nicht zu sagen, Seligkeit. Zum ersten Mal in ihrem Leben konnte sie sich mit einem Wesen identifizieren, das neugierig auf die Welt war und es verabscheute, den Arbeitstrott einer gewöhnlichen Biene mitzufliegen. Die Biene Maja wollte frei sein, schön sein, die Welt erforschen. Sie wollte keine Hühner füttern, nicht nach einem vorgeschriebenen Plan leben und arbeiten, vor allem nicht jeden Tag ins behütete Bienenhaus zurückkehren. Diese Tiergestalt entsprach nun eins zu eins Lesrus innersten Ambitionen. Und es war eine Erleuchtung ersten Grades sich unvermutet so bestätigt und herausgehoben zu fühlen aus dem Familienleben, aus dem kleinen Leben im Dorf und darüber hinaus, direkt angesprochen von einer höheren Macht, dem lieben Gott oder dem allerschönsten Sommerhimmel, dass es eine Art für sich war. Lesru erhielt für einige Tage ein Sprunggelenk an ihren Füßen. Als nun die geliebte Freundin das Buch nach ihr gelesen hatte, kam es zum Brückeneinsturz. Carola verurteilte die Biene Maja und stand auf der Seite der weisen Kassandra, der Warnerin. Man müsse seine Arbeit zu Hause tun, dürfte

die winzigen Bienenkinder doch nicht verhungern lassen, bloß um in der Welt von einer schönen Blume zur anderen zu flattern.
Carola hatte zu dieser Zeit noch ein kleines Schwesterchen bekommen, aber das verstand Lesru in diesem Zusammenhang nicht. Auch zu Hause, noch in der Folterwohnung in der Schule, redete die Familie, sogar die geliebte Großmutter gegen die Biene Maja. Sodass Lesru ein furchtbares großes schmerzendes Fragezeichen selber wurde, das nicht aufhören konnte, die neugierige kleine Schöne, die allen Carolas und Malrids zum Trotz zu lieben. Seitdem lag der Stein des Anstoßes in Lesrus Herz, der jedoch, weil ihn niemand, auch später nicht, erwähnte, wieder bedeutungslos wurde.
Eine Narbe war es nicht. Eine Narbe erhält man nur, wenn man selber bewusst oder unbewusst einen Fehler mit Haut und Haaren begangen hat, der anderen Menschen Schaden zugefügt hat.

10

So denn, als Lesru im unbekannten Hofungetüm den Vorschlag machte, ein wenig spazieren zu gehen, durch das hintere Hoftor zum Sandberg und der schönen Aussicht, weil ihr die körperlichen Ertüchtigungen auf den Geist gingen, wirklich eng und total bekloppt erschienen, wurde die rosige Sportlehrerin jäh angehalten in ihrem Eifer. Sie erschrak. Mit ungläubigen Augen unter dem aufgesteckten Haarkranz rief sie: „Das können wir doch nicht machen, jetzt ist erst Gymnastik dran." Es konnte nicht zugelassen werden, dass ihr Vergnügen Sport zu betreiben um Haaresbreite verlustig gehen sollte.
Das Vergnügen, mit dem eigenen Körper etwas anzufangen, war eine große Entdeckung für die Elfjährige. Und sie hatte es erst entdeckt, seitdem der Sportlehrer eine Frau wurde, sogar eine Weilroderin, eine Bäuerin. Potz Blitz. Sie hatte es satt, immer nur Schweine zu füttern und ein strenges Reglement im Sportunterricht eingeführt, Frau Boeske. Durch diese Verwandlung der kleinen drahtigen Frau hatte Rosi auch ihren Körper kennengelernt, der nun allerdings ewig springen, laufen, Gewichte heben wollte.
„Allein macht es nicht soviel Spaß", wurde ängstlich und beschwörend hinzugefügt im Gegenüberstehen und beim Kirchturmuhrschlagen, während Leute auf der Straße vorübergingen und die Tür zum Friedhof quietschte.

Diese Geräusche hatte aber Lesru doch sehr genau in ihrer frühen Kindheit gehört, um die die Verdrängung einen eisernen Riegel gebildet hatte. Und weil sie nicht fröhlich eintauchen konnte in eine aufsteigende Erinnerung, die vielleicht erzählt hätte, du, wir haben früher in der Schule gewohnt und Herrn Otto „Huslaböckle" gerufen, Hausböckchen, der hat einen vollen Eimer Salat gefressen, stell dir vor, weil also nichts anrückte, nichts dergleichen erzählt werden

konnte, blieb Lesru hart und sagte: „Gymnastik finde ich am doofsten".
Weit entfernt von Toleranz, geschweige von Anerkennung eines Talents, muss die Keule sofort weitergeschwungen werden. „Ich kann nicht mit Dir spielen, weil Du nicht spielen kannst und immer bloß turnen willst, ich gehe." Wenigstens mit einem traurigen Braunaugenblick und doch abgeschottet. Zum Davonlaufen.

Der zweite Versuch eine neue Freundin zu finden, fand eine Woche später statt, als hätte der Erste noch nicht gereicht. Vorgewarnt hatte sich Lesru bei Gudrun Bauer erkundigt, ob sie auch nur wie Rosi von früh bis abends turnt, aber Gudrun mit den zarten Glupschaugen hatte gelacht und stolz erzählt in der Klasse, dass Lesru sie besuchen will und mit ihr spielen. Wegen des ersten ausführlich erzählten Annäherungsversuches können wir es beim Zweiten mit Andeutungen bewenden lassen. Gudrun Bauer besaß einen richtigen kleinen Kaufladen aus Holz mit einer Registrierkasse, sie wollte und konnte nur Kaufladen spielen. Der kleine Kaufladen stand mitten auf dem geräumigen Bauernhof auf einem Holzklotz, ringsum blökten die Kühe, grunzten Schweine, liefen Hühner dicht vorüber. Kaufladenspielen hatte nur zwei Varianten. Entweder wird man zum Verkäufer gemacht, also zu Frau Kastens oder Herrn Möbius oder man wurde zu irgendjemand gemacht, der einkaufen ging. Lange konnte man das Einpferchspiel nicht spielen. Ein wenig Freude empfand Lesru schon, als sie die dicke Frau Kastens spielte.

Das Figurenspielen, das sich Hineinversetzen in eine andere Person war mit Carola äußerst reizvoll und zum Staunen genug. Wie anders Carola sprach, aussah, wenn sie einen Lehrer spielte, einen, den es gar nicht gab an der Grundschule Weilrode, hoi. Und Lesru selber begann, eine Abart von Mensch zu spielen, einen Räuber oder am liebsten einen ungezogenen Schüler.

Wie sehr musste sie dabei in sich hineinlauschen, weil sich etwas Komisches, nie Dagewesenes in ihrem Kopf und Körper abspielte. Und Stiers Laube oder die hochinteressante Sägewerkstatt verwandelte sich in eine ganz andere Welt, wo Wüsten und Städte, fremdnamig und die Erdteile angepurzelt kamen, wie es ihnen passte. Sodass sie nach dem ungestörten langen Spielen beinahe erschöpft taumelten und die Mädchen nicht mehr wussten, wo sie waren.

Kaum aber hatte die kleine Frau Kastens im Tierhof verkündet, dass es heute kein Mehl gäbe und dabei gedacht, wie seltsam es sein muss, wenn ein erwachsener Sohn im Geschäft mitarbeitet, und die spitznasige Gudrun den Mund verzog und lange überlegte, was sie stattdessen kaufen sollte, als das Spiel abgebrochen werden musste. Gudruns Mutter kam aus der arbeitsreichen Küche herausgelaufen und schrie, verpackt in ihre Arbeitsstränge, „Gudrun, Äpfel auflesen". Augenblicklich kam der bekannte große und grässliche Herr Schmerz durch das geschlossene Wagenhoftor in Siebenmeilenstiefeln angelaufen, das dicke Ende und durchfuhr Lesru, stechend und gräulich. Das kannte sie aus dem Effeff. Mitten im Spielen der Abriss. Die kleine Gastgeberin erschrak weniger, sie wendete ihren runden bezopften Kopf zu ihrer Mutter, ein Hahn stellte sich auf den dampfenden Misthaufen am Ende des Hofes und krähte mickrig. Gudrun verlautete, als sei es das Selbstverständlichste der Welt: „Ich muss erst Äpfel auflesen im Garten, dann können wir weiterspielen. Kommst Du mit."
Gudrun lief voran, Lesru wie eine Nacktschnecke ihr nach. Der große Herr Kastens kam auch mit durch den stinkenden Schweinestall und weigerte sich, Falläpfel aufzulesen, damit Frau Bauer einen Kuchen backen konnte. Da lagen nun die dämlichen Falläpfel im grünen Gras verstreut und der nette junge Mann im weißen Kittel, der Sohn von Frau Kastens, bediente ganz andere Leute. Aus einem der geheimnisvollen Kästen

holte er etwas Geheimnisvolles heraus und verpackte es blitzschnell. Außerdem gab er kein einziges Bonbon aus dem gläsernen Behälter ab. Dieses und jenes sollte, musste ein armer faulender Apfel ersetzen. „Der Nächste bitte“ mit dem roten intakten Gesicht, so wie eine ganze Schar Herabgefallener wurde gezwungen, die Frage zu beantworten, warum Kastens keine Bonbons abgegeben, wenn Kinder begehrlich darauf stieren. Denn Lesru hätte so gern ausgespielt, was sie in diesem Geschäft immer vermisste, sie hätte die Bonbons einfach verteilt, alle und an alle Kinder. Ein sie ganz und gar befriedigendes Gefühl hätte sich vorarbeiten können und sie entlasten, hätte sie glücklich gemacht.

In einen blauen Eimer wird gesammelt und auch er hatte etwas anderes zu sagen. Der blaue Eimer erzählte, dass sich Gudruns Mutti nicht über ihren Besuch gefreut hatte, sie mitnichten gegrüßt und sich sofort wieder dem Apfelschälen zugewandt hatte. Dass Kinder, wenn sie zusammenkommen, nur eine Aufgabe haben, miteinander zu spielen, war Frau Bauer ziemlich entrückt. Und als sie den Eimer in die Küche geschleppt hatten und vielleicht ein halbherziges „danke“ gehört oder auch nicht, sah der Kaufladen in der Freistelle des Hofes bereits anders aus als vorher. Winzig stand er auf seinem Holzklotz, fahl in der Farbe bis auf die kleinen roten Knöpfe zum Aufziehen der Fächerchen, die geheimnislos und beinahe gottverlassen die bäuerische Wirtschaft irritierten.

„Wir können ja auch etwas anderes spielen, Gudrun", ein schwacher Einwand. „Nein, ich bin jetzt die Verkäuferin, ich will erst mal das Geld zählen." Rotwangig und energisch gesagt begann Gudrun im bunten Hängekleidchen eifrig das Spielgeld zu zählen. Vor den Schauplatz gehockt, zählte sie bis zur Zahl unendlich und wieder zurück. Weil das nicht fehlerlos verlaufen konnte, musste sie noch mehrere Male von vorn beginnen und warnend sagen, „stör mich nicht, ich muss erst das Geld ganz genau zählen". Als hätte sie sich beim Äpfelzählen darauf vorbereitet, als sei ihr das Liebste beim Spielen das Geldzählen. Sodass Lesru, gelangweilt und doch staunend, wieder einmal Hören und Sehen verging. Wenn ein Mensch Geld zählt, hat er nichts zu erzählen.

11

Mit einer großen teuren Pralinenschachtel und vierzig Mark Restgeld im Ranzen marschiert die Diebin am Schaufenster von Plessens Geschäft vorüber in Richtung Untergang. Die Dorfstraße ist auch an diesem friedlichen Herbstmorgen wie gewöhnlich mit kleineren und größeren Häusern bebaut, ein Hahn hat nicht dreimal gekräht, die kleinen blauen Herbstastern, Mutters Lieblingsblumen, blühen zitternd in den Vorgärten. Nicht hingucken. Denn das schlimmste Untier, das es im ganzen Kreis Torgau und darüber hinaus gibt, wandert eingehakt etwa zwanzig Meter vor ihr auf der anderen Seite. Zwei gleichgroße Mädchen, eine blond, die andere hat überhaupt keine Haare. Kaum gesichtet, verfinstert sich der strahlende blaue Herbstmorgen und Lesrus Herz verdrückt sich und ihr ganzes Sein schlägt Schaum. Ein tödlicher Schmerz wandert eingehakt am Bäcker vorüber, gucken sie hinein, i wo, die unterhalten sich, als gäbe es keinen Bäckerladen. Der Reststolz, das klägliche Restgefühl doch auch etwas zu sein, verschliert sich mit dem Pralinenkasten, und dabei fühlt das wohl gekleidete Mädchen im braunen Schulrock, langen Strümpfen und im hellbraunen Pullover - alle Sachen made in West-Germany - auch etwas. Sie fühlt, dass jetzt das Falsche stimmt, das Falsche erst richtig geworden ist und sie eigentlich neben sich einhergeht. Jetzt mit dem gestohlenen Geld, mit den süßen Rehabilisationsmöglichkeiten im Ranzen, dem Vorzeigen, bitte, ich möchte euch etwas schenken, ich nehme nichts für mich selbst, ist das Leben wieder im Lot. Als hätte sie eine, die letzte Waffe gefunden und

zum Gebrauch gebracht, sich gegen die Übermacht von Lebensentzug, Liebesentzug zur Wehr zu setzen. Zwar nicht ganz rein, das lässt sich noch im letzten Zipfel Ehrlichkeit dazudenken, aber die „Alte" merkt ja nichts. Dass hiermit ihre Mutter zur „Alten" herabgestuft wurde, o, das sagen viele zu ihren Müttern, es klingt überhaupt nicht gut, es klingt nach soviel Menschenverachtung, sodass sich Lesru vornimmt, mit dem Wort etwas vorsichtiger umzugehen.
Die Zwethauer Kinder kommen mit ihren Fahrrädern aus dem zwei Kilometer entfernten Dorf rasend und hintereinander ins Hinterrad fahrend um die Ecke gefahren, und ein Schauer fährt mit, der bei der lachenden Rosi Orkowski mit den Schleifzöpfchen sogleich eine unangenehme Tatsache hervorruft: Rosi hat nicht Geld geklaut! Das muss bei der Begrüßung, die einfach nur "Morjen" heißt, und ein wenig Gewichtheben in Erinnerung bringt, aber sofort und umgangssprachlich abgeändert, gebrauchsfähig gemacht werden in einer anderen Formulierung: Ich habe das Geld ja nur genommen, um den anderen eine Freude zu bereiten. Ich habe es ja nicht für mich genommen und nie, niemals esse ich ein Stück Konfekt von dem da. Von der Rückenlast. Mit dieser Ungenauigkeit und der großen Riesenerleichterung, die diese Umformulierung mit sich bringt, kann Lesru sogleich in den üblichen Quiquaquatschton verfallen, den das Leben zwischen spitzen Steinen und tiefen Löchern mit sich bringt.

DIE ANDERE SPRACHE

12

Sich entwickeln - was ist das, was soll das bedeuten? Das fragt sich die vierzehnjährige Lesru, während sie in einem Bettenhaufen liegt, der zum Zimmer einer alten liebevollen Frau gehört, die sich kurz nach dem Tode ihrer Großmutter als Ersatzoma anbot. Wir nennen sie Marschie. Inmitten einer wundersamen Unordnung auf engstem Raum, nahe der für sich hinbrabbelnden Alten, die für Lesru Zigaretten dreht, fragt sie sich: Sich entwickeln, was ist das? Und dabei fühlt sie, dass sie für dieses komische Ding, das Entwicklung genannt wird, nicht zuständig ist, dass jenes komische Ding, von dem die Partei von früh bis abends spricht, nicht ihre Sache ist, niemals sein könnte. Eine Wand fühlt sie in sich. Und dennoch zum Mäusemelken, zum auf die Barrikadegehen war es schon, dass sich Onkel Ulrich und Tante Lore in Weilburg an der Lahn im mittleren Alter entschlossen, ihre Bauernwirtschaft zu verkaufen, wegzuziehen und in neuen Berufen zu arbeiten. Das kapiert die Vierzehnjährige ganz und gar nicht, es erregte Unruhe und tagelang ohnmächtige Verblüffung.
Marschie ist eine kleine rundliche Ende Sechzigerin im Trainingsanzug und in Filzschuhen, eine Verlachte im Dorf. Sie redet gelegentlich ein bisschen quer, wenn sie pflichtbewusst von Haus zu Haus geht und für die Volkssolidarität monatlichen einen Geringbetrag abkassiert. Auf diese Weise kam sie auch in die Familie Malrid, wo die Großmutter sie stets extra nett bewirtete und ihren neusten und alten Nachrichten zuhörte.

Sie war von den Nazibehörden entmündigt worden wegen Einfältigkeit und hatte bis 1945 in einem Heim gelebt. Über diese Zeit sprach sie kaum. Der Bürgermeister hatte ihr eine „Bude" angewiesen, draußen in der Bergstraße, abseits von den Bauerngelegen. Wie sie auflebte, als sich Jutta Malrid ihres erlittenen Unrechts annahm, indem sie mit ihr zum Rat des Kreises nach Torgau fuhr und ihre

Rehabilitation beantragte. Vor allem einen Personalausweis ihr wieder zuzustellen half, ihre bürgerliche und offizielle Identität wieder erlangen, das erregte Marschie in einem Maße, die viele der Küchenbewohner in den Häusern gar nicht verstanden. „Ich krieg meinen Ausweis", aus der Tiefe hervorgesprochen und wiederholt, erzeugte in ihnen doch nur ein abschätziges Lächeln. „Nun kann ich auch zur Wahl gehen", das reichte auch zum Abschätzigen hin. Als sei das Wählengehen in diesem Land keine freie vorzügliche Angelegenheit. „Ja, ja, nun halt mal Deine Klappe, Marschie" als Wegweisung zur Tür, stattdessen.

Wie wundersam wohltuend es für die täglich Verwundete ist, einen Bettenhaufen, eine liebevolle wunderliche Frau im großen, im Zweitausendseelendorf zu haben, eine Bude mit weißen blühenden Callas im Winter, ein freundliches liebendes Gesicht flüchtig zu küssen und ebenso freundlich zu fragen, „was kann ich heute helfen", das müssen wir einfach hervorheben. Manchmal war es nötig, Marschie zweimal, wenn es unerträglicher noch, dreimal in der Woche zu besuchen, und nie wurde es der alten Frau zuwider. Die Elfjährige spielte Halma wie verrückt mit ihr, später als Vierzehnjährige werden Zigaretten gedreht und über Politik gesprochen. Alles, was sich in Berlin (Ost) abspielte, welche Parteitagsbeschlüsse festgelegt wurden, welche Reaktionen es im Westen daraufhin gab, wollte die kleine Frau mit den Nierenschmerzen wissen, und Lesru gab gelangweilt Auskunft.
Und immer sprach sie mit ihrer eigenen Stimme.

Mit der Allerweltsstimme, Quiquaquatschestimme sprach sie zu den übrigen Weilrodern. Zum Beispiel wurde sie auch von Klassenkameraden hin und wieder gefragt: „Warum jehstn so oft zu Marschie, die ist doch n bisschen doof?“ Ihre Antwort, die sie dachte: Du bist doof; die sie aussprach: „Meine Sache." Dennoch: Die

Sache mit der Entwicklung konnte nicht im Bettenhaufen beantwortet werden. Denn eine Veränderung per Anordnung, per klug durchdachter Parteitagsbeschlüsse wie die Gründungen von LPGs, wie die Gründung von Polytechnischen Oberschulen in allen Orten des Landes konnte Lesru nicht als Entwicklung erkennen noch akzeptieren. Eine gewaltsame befohlene Veränderung ist eine häufig anzutreffende Lebensbehauptung, eine der häufigsten Praktiken eines Staates, aber zum Verändern einer Person wie Lesru Malrid, nicht geeignet.

„Jetzt werden an allen Schulen neue Unterrichtsfächer eingeführt, Marschie, Deutsch und Musik werden stundenmäßig verkürzt und die Schüler müssen mit Werkzeug umgehen, feilen und son Quatsch machen. Mir tut das richtig weh."
Das sagt sich im Bettenhaufen leichter als in der eigenen Familie, wo diese Veränderung durchaus begrüßt und als lebensnaher Unterricht verstanden wird. Ihr Einwurf in der Küche bei Grozers, während Marschie alles in einem Zimmer und in einer winzigen Dachschrägekammer verwahrt und vorzeigt, „aber es wollen doch nicht alle Leute Ingenieur werden", wurde gehörig von Jutta Malrid auseinandergenommen.
Dabei wurde wieder einmal unendlich bedauert, dass eine Vierzehnjährige so wenig, ja nicht das geringste Verständnis für das wahrhafte Leben besäße.
„Och, meine Nieren machen mir wieder zu schaffen", sagt Marschie und krümmt sich vor Schmerzen. Lesru springt aus dem Bett und bietet der Kranken ihr angewärmtes Bett an.
„Jetzt roche! Dass Dus immer noch nicht kannst, mit dem Röllchen umzugehen", wundert sich die Weißhaarige im verkürzten Liegestuhl sitzend. Sie sinniert ein bisschen vor sich hin und starrt ihre vier engen Wände an, aber mit einem wehmütigen Lächeln. Sie stellt sich vor, von ihrem Bruder in Reutlingen und dessen Frau eingeladen zu werden. Ihren Bruder, den

sie seit fünfundzwanzig Jahren nicht wiedergesehen hat. „Spielste noch Geige?" Die überraschenden Fragen, die aus keinem heiteren Himmel kommen. „Klar, in Torgau bin ich bei der Musikschule angemeldet und lerne bei einer Geigenlehrerin weiter", antwortet Lesru gehorsam. „Da wirste mich sowieso vergessen, rede nicht, das weeß ich, in der Stadt triffst Du viele kluge Leute, da ist Dir Marschie nichts mehr wert."
Das Mädchen mit dem braunen Pferdeschwanz und neuerdings einem kleinen Brillchen, auf der Fußbank sitzend und die Selbstgedrehte quarzend, schaut ebenfalls wehmütig in das liebe Mopsgesicht. Ich werde mit fliegenden Fahnen dieses elende Nest verlassen, alles in mir zittert nach Veränderung, ein Kotzbrocken ist dieses Dorf mit allen seinen blöden Einwohnern, die mich nicht einmal Orgel spielen lassen. Misstöne vertragen die nicht. Dieses aber kann nicht bei Marschie ausgesprochen werden, fällt ihr auf. Vieles kann nicht in der Bude ausgesprochen werden.
Wie es sie zur Orgel in der Kreuzkirche zog, wie mächtig, wie unabweisbar sie zu Frau Kamenz zitterte, den Kirchenschlüssel holen.

Dass es neben der Geige und dem eher komisch zu nennenden Geigenunterricht bei Herrn Oneburg sonntags um zehn Uhr noch ein ganz anderes Instrument gibt, gäbe, vorhanden war, auf dem Lesru ihre ganze überladene Seele in Musik ausdrücken konnte und sich selbst lauschen, war eine ungeheure Entdeckung. Es gibt wohl im Leben mancherlei Entdeckungen, die einen selbst betreffen, eine Liebe zu einem Menschen, einem Buch, zu einer fremden Landschaft, zu einer eigenen Art Tätigkeit, ja, gewiss. Aber was Lesru, die zufällig nicht zufällig die leere Kreuzkirche betreten hatte, entdeckte, war für sie selbst wie eine Erlösung ihres ganzen schrecklichen Daseins im täglichen Eifersuchtsdrama und darüber hinaus. Die Orgel hatte auf weißen und schwarzen Tasten parat liegende Töne, Klänge, sie mussten nicht mühsam wie

auf der Geige gegriffen und gestrichen werden. Diese Klänge lagen auf der Hand, und sie wollten von selbst heraus. Sie wollten alle mächtig dröhnen in der neugotischen Kirche und eine Höllenmusik sein. Eine Höllenmusik. Obwohl sie nicht unterrichtet war, Klavier zu spielen, geschweige die Königin der Instrumente zu spielen, tobte sich das dreizehnjährige Mädchen in der Kreuzkirche aus und war nach jedem Spiel restlos erschöpft, offengelegt, hautlos und fand sich nach einer Stunde weder auf der Erde noch in der Hölle, noch im Himmel, überhaupt nicht wieder. Sie verließ die Kirche wie ein Menschlein, das sich um Kopf und Kragen gespielt hatte und nicht ansprechbar war. Ein kleines Wesen voller Musik, sich selbst unbewusst bleibend, denn darüber zu sprechen mit irgendeinem Menschenbruder oder dergleichen verbot sich von selbst.
Das Orgelspielen in dieser Weise wurde auch alsbald von den gestörten umliegenden Hausbesitzern und Hausbewohnern verboten, Lesru erhielt keinen Kirchenschlüssel mehr für derartige Überzeugungen. Ein gewaltiger Abstrom war verriegelt. Das empört die still auf der Fußbank in kurzen Shorts mit braun gebrannten Beinen Sitzende immer noch so grässlich, dass, sobald sie nur daran denkt, das ganze Dorf verfluchen könnte, hunderttausendmal. Mir einfach das Schöne wegnehmen, welch eine Gemeinheit!

13

Befriedigt schaut Jutta Maldrid ihrer Tochter im wohligen hölzernen Treppenaufgang nach. Gut sieht sie aus mit dem neuen Cordrock. Lesru ist auf den Weg zu höherer Bildung gebracht, die Widerspenstige. Eine hässliche Sprache hat sie sich zugelegt, die wird sie sich in Torgau in der Nähe von kultivierten jungen Menschen schnell wieder abgewöhnen. Und sie wiederholt sich, in ihre eigene abschließbare Wohnung wieder eintretend - die Maldrids konnten ihre

Wohnverhältnisse noch einmal verbessern- was Lesru ihr geantwortet hatte auf ihre eindringliche Früh- und Morgenermahnung. Die Frau mit dem ernsten schönen ovalen Gesicht, bebrillt, willensstark wie keine zweite im neuen Umkreis, hatte ihre Tochter ermahnt, sie sollte sich in politischen Fragen unbedingt zurückhalten. Erstens mache es keinen guten Eindruck, zweitens leben wir nun mal in dem Staate DDR, und drittens seien in Ungarn Entwicklungen! im Gange, die hier mit Argwohn und auch mit Ängsten beobachtet werden. Einen demokratischen Sozialismus, ja eine Demokratie wie im Westen würde es weder heute noch morgen geben. Also Mund halten. Die Madame gab ihr in einem gefährlich kalten, segelnden Ton zur Antwort: „Immer nur Schnauze halten. Das ist alles, was Du weißt." Gräulich. Diese rabiaten, offenen und dennoch verschlüsselten Antworten, diese Zacksätze, diese Bestrafungssätze. Es kostete sie viel Beherrschung, dem jungen Ding nichts zu erwidern.
Aber sie hatte eine gute Reserve an Nervenentspannung vom Westen mitgebracht, wo sie zwei Wochen zusammen mit ihrer geliebten Schwester herrliche Ferienwochen in Worpswede verlebte.

Kaum hatte sie die Grenze passiert, ließ der ständige Würgeengel ab von ihr. Lesru hatte zusammen mit ihrem Bruder Fritz vor zwei Jahren diese Totalveränderung an ihrer Mutter sofort festgestellt und ihre Selbsterkenntnis in diese Richtung gesteuert, als sie zu dritt bei Onkel Ulrich zu Besuch waren. Im großen Hause des Onkel Ulrich, war ihre Mutter eine unglaublich schöne Frau mit einer weichen Stimme, mit einem Lächeln, das dich umhaut, sagte sich Lesru und damit zur Carola Stier. Sie meckert nicht mehr. Sie unterhält sich sogar mit mir wie mit einer Freundin, freundlich, mich akzeptierend, richtig anregend. Weil ich mich hier um keine Kohlen kümmern muss, nicht um den aufsässigen Haushalt, nicht um Lehrpläne und Schuldienst. Ja, es ist so, im Westen lebe ich vielschichtiger, freier, gesünder. Und kaum bin ich in Weilrode umfängt mich eine eiserne Kralle, mein ganzes Wesen wird fest, alles ärgert und belastet mich.

Leise schließt Jutta die bunte Glastür, die Erinnerung an die Reedkaten in Worpswede und an die herrlichen Gräserlandschaften noch in der Hand. Im warmen bunten Bademantel, in der schwesterlichen Liebe umfangen, lächelt sie im kleinen eigenen Flur, wo hier und dort nach dem Umzug noch einiges fehlt. Das winzige nackte Fensterchen, das ein weißes Gebilde haben möchte, stört heute nicht. Und beinahe feierlich öffnet sie die Küchentür, sieht die beiden hellen Fenster zur Gärtnerei Jost, wo die gepflegten Dahlien rot und rot-gold und violett an ihren Stöcken blühen, als begänne draußen das Erdland Schön, das Erdland Wunderbar. Und schräg gegenüber sieht sie die Heilandskirche mit ihrem Barockhäubchen, ihr schwarz-weißes Fachwerk, alles Angeblickte noch jungfräulich neumorgendlich.
Nach elf Umsiedlerjahren nun wirklich und wahrlich eine eigene abgeschlossene Wohnung zu besitzen, das wallt unter ihren Füßen bis in die zierlichen blauen Hausschuhe, ebenfalls eine Umarmung ihrer geliebten Schwester.

Lesru erinnert sich nicht mehr an ihre geliebte Puppe Rosemarie, alles weg, das verstehe ich nicht. Gemeint ist ein Gespräch, das Jutta gestern Nachmittag zur Kaffeestunde mit ihrer Tochter geführt zu einem der heikelsten Themen ihrer Erziehungsleistung, zu ihrem schauerlichen Versagen.
„Ich habe einen großen Fehler begangen, Lesru, ich habe damals Deine geliebte Puppe Rosemarie verbrannt, weil mich die Genossen, besonders einer dermaßen bedrängte, sie würde den amerikanischen Imperialismus symbolisch unterstützen etc. Habe nicht auf Deine Großmutter gehört, die mir das nie verziehen hat. Erinnerst Du Dich nicht?“

Sie guckte mich nur achselzuckend an und sagte ganz verächtlich, gelangweilt „eine Puppe, wenn's weiter nichts ist“. An ihre beiden früheren Fehlleistungen, die ungleich gravierender für Lesru waren, erinnerte sich die Mutter nicht.

Auf dem Holztisch in der Mitte der Dahlien stehen die Überreste des gemeinsamen Frühstücks, das nur heute, am ersten Schultag, die Mutter bereitet hatte, anderntags wird es das Fräulein sich selbst bereiten. Sie ist jetzt Fahrschülerin und der Zug nach Torgau, der Arbeiter- und Schülerzug fährt halb sieben. Während sie das Geschirr, das Butterfass und die Konfitüre vom Tisch abräumt, jedes Ding an seinen Platz stellt und draußen auf dem Land die regierende Septembersonne jeden Grashalm einzeln begrüßt und die umliegenden roten Dächer und all die Geheimnisse der ebenen fruchtbaren Landschaft, nivelliert sich das Nochglücklichsein im kleinen Hotel in Worpswede mit ihrer Gerlinde und bricht ab. Auf ihrem schmalen Gesicht mit dem noch ungekämmten Braunhaar, das sich wie ein Flederwisch um Stirn und Brille strähnt, türmen sich ungefragt und uneingeladen die Großsorgen eines Staates, den sie selbst so gern verlässt.

„Die Besten hauen ab, Frau Birke, unsere Musiklehrerin, Herr Birke, und Herr Knobel, der beste Geschichtslehrer weit und breit. Das bringt nur ein Scheißstaat zustande.“

So klirren Lesrus Vorwürfe in die Stille des Winkelmannschen Hauses. Die Nachricht vom Weggang ihres Kollegen Knobel erreichte sie erst vor zwei Tagen, kaum dass sie den Fuß und die beiden Geschenkkoffer in ihrer neuen Wohnung im Flur abgesetzt hatte. Eine Katastrophe dachte sie sofort. Es wurde ihr flau im Magen und im Kopf. Die Besten können es nicht sein, die ihre Kinder im Stich lassen.

Dieses Land, das es ungleich schwerer hat als Westdeutschland, und muss doch auch aufgebaut werden. Verkappte Egoisten. Der Vorgang: Das Lehrerehepaar Birke verließ die DDR bereits vor zwei Jahren. Die gestrige Anklage seitens Lesru jedoch erweckte den Eindruck, als sei dieser Weggang erst vorgestern geschehen. Was darauf schließen lässt, dass es Ereignisse in diesem Land gibt, die in dem Mädchen stehen bleiben als Einschlag und Wunde. Über die das Leben nicht so einfach frisch wegschreitet, dass es möglicherweise ein starres System geworden ist, das Leben in Weilrode und anderswo.

14

Der Bahnsteig ist schwarz vor Leuten. Was wird denn gesprochen? Über die zwei einzigen Gleise hinweg herüber zum Sportplatz und weiter zur einseitig bebauten Kreischauer Straße, die in einem Feldweg endet und an jungen Apfelbäumchen rillig und ausgefahren für Fahrradfahrer nach Torgau führt. Oder zur großen weißen Bahnhofsuhr, dem Gebäudevorstrecker? Es kann überall hingesprochen werden, auch zu einem Hut oder einer Schultasche.

Carola Stier spricht zum Schornstein der Ziegelei, die keine Ziegel mehr herstellt, der kleine Lorenbetrieb ist eingestellt und eine neue Produktionslinie im Entstehen. Denn Ingrid Krach, die Leiseste von allen Anwesenden, wird in der neu gegründeten Mittelschule erleben, was sie noch nicht kennt und die vielmals und ausführlich besprochene Trennung von Carola tatsächlich erleben.

„Ich jedenfalls werde einen technischen Beruf erlernen, das steht fest, deshalb auch der naturwissenschaftliche Zweig auf der Oberschule", sagt Carola unvermittelt und mit Zuversicht, auch, damit die Trennung ihres gemeinsamen Schullebens eine Perspektive gewinnt und das Abschiedsmäßige endet.

Was Carola verschweigt, ist die Freude, die sie nach ihrer Trennung von Lesru an den realen Dingen empfand, die Entdeckerfreude in den Fächern Physik, Chemie, Mathematik, die sie mit Ingrid an den Nachmittagen wiederholen musste. Jene Lesru, die wie von der Tarantel gestochen in Stiers Wohnzimmer laufen musste und Klavier spielen wollte, stundenlang ihren eigenen Melodien und Misstönen lauschen, wurde nicht vermisst. Im Gegenteil, nunmehr war Platz entstanden, wirkliche nützliche Dinge zu tun, Übungen zu erfinden, die eine Aufgabe zum Gegenstand hatten und eine Lösung ergaben. Lösungen suchen, das ergriff Carola und bereitete den Boden für ihre gemeinsamen Übungen und Freundschaft.

Kommt der Zug? Die Schranken sind von der Stellwärterin gerade und per Knopfdruck von oben heruntergelassen worden, was von einigen registriert, von anderen nicht beachtet wird. Nahe des Gebäudevorstreckers stehen zwei ungleiche Mädchen, von den Umstehenden längst in ihrer Ungleichheit geortet. „Ene ist janz neu hier, wer istn das?", wird von einer Frau gefragt, die beschäftigt ist in der „Töppchenbude". „Vielleicht ist das die Tochter vom neuen BHG-Direktor", antwortet ihre Kollegin, der das ziemlich egal ist.

„Jedenfalls hamse die KPD drüben verboten, und das ist ein starkes Stück, diese Schweine", muss stattdessen gesagt werden. Und ergänzt, „wenn die wollten, wie sie könnten, würden die uns drüben doch alle kaputtmachen, aber das könne sie nicht, Grete, wir sind eine starke verbundene Macht".

Es ist Frau Bärbel Schmidt, Brigadierin in der Steingutfabrik Töppchenbude und Vorgesetzte von Grete, die zum Sportplatz sprach. Beide Frauen tragen noch Sandalen.

O, wie freute sich Lesru, als sie die Schranke passiert und nicht geradeaus zur Schule weitergehen musste, sondern nach links in die Bahnhofstraße abbiegen und unter den guten noch grünen Kastanien das neue Stadtleben erforschen wird, das endlich erreichbar geworden. Fort, jeden Tag dieses unselige Nest verlassen, alles abschütteln, alles ausstreichen. Drei Ausrufungszeichen gehen vor ihr her. Kluge, schöne, liebenswerte neue Mitschüler würde sie an der ehrwürdigen Torgauer Oberschule kennenlernen. Sogar in ein ehemaliges Gymnasium würde sie gehen, das schnalzt doch auf der Zunge. Das klingt, es klingen alte, in ihr ererbte Bildungsgelüste vergangener Generationen herauf bei den Begriffen Bildung und Stadt. Alle ihre Vorfahren kamen vom Land und erhielten ihre Bildung in Städten.

Und zu diesem Anfang aller Anfänge ließ Jutta Malrid ihrer Tochter von einer ausgesuchten Schneiderin in Torgau aus englischem Kordstoff einen extra eleganten blaugrauen Rock nähen.
Etwa zwanzig Meter vor dem backsteinförmigen Bahnhofsgebäude verändert sich der freudige Zukunftsweg und fällt zu einem grässlichen kahlen Tunnel zusammen, für den sie sofort einen Namen erfindet. Der Todesweg. Der Gedanke, den Stier mit seinen Hörnern auch heute, im nächsten Augenblick, im höchsten Lebensgenuss wieder zu erblicken, entleert jäh und unabweisbar ihr vierzehnjähriges Dasein. Carola würde dastehen. Ingrid würde dastehen. Ein unendliches weinerliches Gefühl ermattet sie und befragt sie ganz still: Wann wird das endlich aufhören? Wann wird das endlich aufhören? Sie hört die Klingklangklänge der heruntergeleiteten Schranken und erhält, unerwartet und wie von Geisterhand Unterstützung. Im allerletzten Moment fühlt sie in der Hand ihre Geige und eine sonderbare Festigkeit, so, als strömte aus der Geige eine ganz andere Lebensmelodie, eine Lebensbejahung anderer Art und

Weise. Irgendetwas quatscht die Geige, denkt sie und zieht in den Augenkampf auf dem Bahnsteig.
Es fehlt an diesem Arbeiter- und Schülermorgen kein einziger Jugendlicher. Alle sind mit Lehrstellen versorgt und mit höheren Schulbänken, und wenn jedoch einige Jugendliche fehlen, so sind sie mit dem Fahrrad am grüngrasigen Sportplatz vorübergefahren.

Frau Piener im grau gelockten Haar, breitgesichtig, sieht Lesru mit dem grünen Geigenkasten zuerst und lächelt. Die Witwe des ehemaligen Schuldirektors und Angestellte bei der Konsumverwaltung in Torgau gehört zum Freundeskreis der Jutta Malrid. Sie ist die Tante von Lesrus Silvesterfreundin. Obgleich die grüßende Geigenspielerin die tote Stelle, wo zwei Freundinnen wie Galgenvögel im lauen Westwind flatternd stehen, es nicht für möglich hält, wird sie auch von anderen jungen Menschen mit Vergnügen angesehen.
Aus einer kleinen Gruppe junger Mädchen erreichen sie fröhliche Winke und Zeichen, sie sollte unbedingt mit ihnen einsteigen. Es sind diejenigen ihrer ehemaligen Klasse, die sich in Torgau berufsmäßig ausbilden lassen wollen und von Lesru eine Seite ihres Instrumentariums kennen, die sie sich selbst immer nicht eingestehen will. Obwohl die Tatsachen eine andere Sprache sprechen und die ehemaligen Mitschülerinnen ein besonders gutes Gedächtnis für Tatsachen besitzen. Es ist die derbe, gesunde und komische Seite in Lesru Malrid, die Kraft eines inne arbeitenden Widerspruchs immer wieder und zumeist zu unpassender Zeit hervortritt: als umwerfender Einfall, derber Spaß auf Kosten anderer Leute. Dabei ist nichts gemacht, hergeholt aus scharfsinniger Überlegung, es sprudelt unbändig und muss sofort, wenn es kitzelt, realisiert werden.

Wir staunen schon ein bisschen. Als würden uns Menschen und nur sie hervorheben, sehen, anerkennen, und wir selber wären allein doch nur ein Skelett mit einer Träne.

Heftig winken Renate Hollerbusch und Breitlatsche, wir müssen sie jetzt stehen lassen, vorläufig. Denn der Vieltransporteur zieht schon die Bremsklötze, pfeift und zischt, dass die Schwarte kracht. „Hier stehen wir", piepst gewaltig eine dünne Fistelstimme gegen den Strom, unter der weißen runden Bahnhofsuhr stehend wie bestellt und noch nicht abgeholt. Ach du Scheiße, denkt die Geigenspielerin und Leuteärgerin, denn sie erblickt eine weitere Angefreundete des Freundeskreises ihrer Mutter, die schmächtige gleichaltrige Barbara gliche im Mozartzopf und geplätteter Schleife.

Hat ihre Mutter sich aufgeregt, als wir mal bei Gliches Ehepaar spielten, ich den großen BH aus dem Schrank angelte, ihn drüberzog über meine Bluse und wir uns in deren Ehebetten geschmissen haben bei einem Kindergeburtstag. Das plappert und schwabbert ein bisschen durch, während sie gehorsam zur Piepsstimme sich verfügt. So gelacht und komisch war es der empfindsamen Lesru, im Ehebett zu liegen und nicht zu wissen, was man im Ehebett eigentlich zu machen hätte außer Schlafen.

Für einen kleinen Scharfblick, für etwas Neues, Spezielles ist in Weilrode selbst beim Ankommen des Tüchtigen, immer noch Zeit. „He he gucke mal, was die Derre von Malrids für 'n Rock hat, der stinkt geradezu nach dem Westen.“ „Du, das ist englischer Kordstoff, genauso sieht der aus. Man.“ Das sagen laut zueinander und gegeneinander die Frauen aus der Steingutfabrik, mit aufgerissenen Augen, denn einen englischen Kordstoff, verarbeitet zu einem sehr gut aussehenden Rock mit Mittelfalte, graublau, haben sie eben noch niemals gesehen. „Na und. Unsere

Zimmerleute tragen och nischt anderes“, betont die Brigadierin und steigt nach anderen in ein Abteil.
Wie die Alten sungen, zwitschern auch die Jungen.
Barbara blickt mit Schrecken und Neid auf das Glanzstück Lesrus, es scheint, als sei der leibhaftige Selbstzweifel mit in den Zug eingestiegen, wo ein Platz ohnehin nicht zu erwarten ist.
„Das ist Eva Sturz, sie geht in die elfte Klasse", wird gerade noch angedeutet, bevor sie in Unruhe untergeht. Die Stimme ihrer ehrgeizigen Mutter im Ohr und vor Augen, „wir schaffen uns alles aus eigenen Kräften, das ist besser als alles geschenkt bekommen", landet im voll besetzten Abteil des Personenzuges, der sich schnaufend in Bewegung setzt.
Lesru aber ist gleichfalls beleidigt, weil die Weilroder Bevölkerung auf dem Bahnhof nicht sie und ihre Geige ansahen, sondern auf den dämlichen Rock starrten, sogar Worte fanden für diese vorübergehende Unwichtigkeit. Aber sie formuliert nicht – anstarren - sondern anglotzen. Wie denn ihre Sprache ohnehin schlecht und zerfleddert ist. Lang kann sie darüber nicht beleidigt sein, denn es steht ein neuer Mensch neben ihr im Gedränge und schaut sie anders an, als die Weiber im Dorf. Eine Sechzehnjährige mit kurzem Bubikopf und einem so aufmunternden Blick, graublauäugig und in einem Hosenanzug, etwa gleichgroß und sogleich anfragend: „Wie lange spielst ’n schon Geige?" Diese Frage erfordert nur eine knappe Antwort. Aber es liegt etwas in den Augen der Unbekannton, die aus der Ferne kommt, eine gewisse Gescheitheit, eine Art des Schon-weiter-Seins, die mit ihrem Herkunftsort Mittweida, einer Stadt in Sachsen, noch längst nicht erklärt wird. Ein modernes Mädchen. Das zupft, lockt heftig und von allen Seiten an Lesrus Montur und in ihrem Inneren. „Der beleidigt meine Eltern, das lasse ich mir nicht gefallen", sagt voller Empörung ein kurzhaariger sehr elegant aussehender Junge, ein Arztsohn. „Seine Heiligkeit, der Arbeiter", stößt ein kraushaariger Junge ins gleiche Horn. Lesru

hat ihren selbst gewählten Platz, Mittelreihe am Fenster, aufgesucht – Fahrschüler erreichen diesen Raum eine halbe Stunde vor Unterrichtsbeginn – sie versinkt im Dorffrieden. Was spielt sich hier ab, welche Offenheit herrscht in den gleichaltrigen Köpfen, ein eigenes Denken offenbart sich, kaum sind die Schüler unter sich. Widerstand, offenen Protest gegen das vorherrschende Denken aber hat Lesru noch niemals erlebt. Sie kann nur staunen und immer weiter staunen und wünschen, diese Szene, die stehenden erregten Jungen an der halb geöffneten Klassentür, möge nie enden. Die verteidigen ihre Eltern, das könnte ich niemals. An dieser Stelle steht Lesru vor einer toten Wand.

„Die Arbeiter sind genau solche Menschen wie andere, sie haben auch ihre Fehler", sagt Domday, der Kurzhaarige und ergänzt in bestem Hochdeutsch, „also vier Jahre lasse ich mir das hier noch gefallen, dann gehe ich sowieso in den Westen. Das hält doch hier kein Mensch aus. Dieses bekloppte System“. An dieser Stelle versinkt Lesru im Erdboden.

„Ich bin schockiert und als Arbeiterkind beleidigt, hier in der Klasse soviel reaktionärem Gedankengut zu begegnen. Staatsfeinden. Wie die Väter so die Söhne. Genosse Biberitz hatte ganz recht, aber Offenheit ist wichtig", das sagt Beate Ferein in ruhiger Erregung aus der mittleren Reihe zu den Stehenden. Die Einzige im blauen FDJ Hemd, mit hellem rotblonden Haar und unregelmäßigen Gesichtszügen. Ein schönes kurzes Schweigen entsteht. Denn einige der Mitschüler müssen sich orten und einsehen, dass es hier offensichtlich eine „Bonzin" gibt. Auch solch ein Totschlagwort.

„Und was machen denn Deine Arbeiter in Polen, die Vorhut des Fortschritts, na, sie streiken in Posen gegen ihre eigene fortschrittliche Regierung.“ Ein hochgewachsener blondhaariger junger Mann, den die Fahrschüler als einen der ihren bereits ein wenig kennen. Welch eine Jugend! Als wären sie

fremdbestimmt und nichts anderes als ausgepflanzte Schlagwörter. Das indirekt auszusprechen, wagt ein überaus schöngesichtiges Wesen, das während des Morgenappells und auch jetzt immerfort und nahezu ununterbrochen über die Beziehung ihres Vaters zu ihrer Mutter nachdenken musste. „Das Wichtigste von allem ist das Individuelle, das Individuum", mit voller ein wenig scharf klingender Stimme und einem verächtlichen Blick aus dunklen Augen, aus der ersten Reihe gesprochen. Elvira Feine, Torgauerin.
Ein Aufwind entsteht und endlich das Lachen. „Klar, meine Lederhose ist enorm wichtig.“ Ein anderer: „Und meine gefärbten Haare und ich bin überhaupt eine Frau", turtelt ein Torgauer plötzlich vor der schwarzen Tafel und gebärdet sich wie ein Pfau. Das Lachen klingt erzwungen.

16

Das Wort „Individuum", von der Torgauerin Elvira Feine als Fanal ausgesprochen im Dschungel sich widersprechender Meinungen, hat sich vor Lesrus verplombte Seele gelegt und flattert aufgeregt und unsicher umher. Sie weiß nicht, was es bedeutet. Schon mal gehört, selten. Verdammt, was heißt „Individuum“ eigentlich?

Das Mädchen steht mit Schultasche und mit ihrer Geige vor der Musikschule mitten im neuen Lebensabschnitt und betrachtet, da es noch Zeit ist, die Menschenlosigkeit. Gegenüber befindet sich ein Seitenflügel des grauen, wie in den Hintergrund der Zeit getretenen Schlosses „Hartenfels", auf hartem Porphyr gebaut, zur Elbseite sich ausdehnend. Kleine Fenster aus der Renaissancezeit. Das Eisengitter, vor dem sie steht, schützt vor dem Absturz in die Tiefe und dem Gefressenwerden von den Torgauer Braunbären. Im gegenüberliegenden Schlossflügel, nahe des breiten Eingangstors und der ehemaligen Zugbrücke, wohnt die Topschneidermeisterin, die ihr den vermaledeiten

Kordrock genäht hat und den sie immer noch wie einen Hinseher trägt. Nur nicht hinsehen. Durch einen anderen kleineren Torbogen, der nicht mit einem mächtigen Wappen geschmückt ist, ging sie befriedigt. Er schließt die Stadt, ihre alternden Stadtteile frisch ab und lässt das Areal, eine sich senkende kurze Straße aus Kopfsteinpflaster und die im ehemaligen Stadtgraben befindlichen Stadtgärten, lebendiger und aufgelockerter erscheinen, als die Haus an Haus Bebauung.
Die Musikschule, das graue zweistöckige Gebäude im Rücken, könnte man als gar nichts bezeichnen im Vergleich zum majestätischen Schloss, es macht einen dauerverschnupften Eindruck, wenn es nicht aus seinen offenen und geschlossenen und angelehnten Fenstern herrliche Musik ertönen lässt. Tonleitern, singende Stimmen, Klavierstimmen erklingen, brechen ab, wiederholen sich. Lesru ist einige Momente ganz glücklich. Dass es diese Art der Sprache gibt, erfüllt sie angesichts der Weltuntergangsrede und der Gefahr für den Weltfrieden, angesichts der tausend Überlegenheitsbeweise der Torgauer Schüler mit solch einem Kraftgefühl, ja mit einem Kraftgegenstoß, dass sie sich umwendet und über die schmale Gasse die drei Stufen zur Musikschule hinauf stürmt. Wieder einmal ist sie am Ersticken angelangt, wenn sich nicht sofort ein Instrument findet, dem sie Mitteilung machen kann. Der ganze vierzehnjährige Körper rast, brennt lichterloh und gänzlich unfähig, achtet sie nur allernötigst auf die Zeichen der Orientierung, die beim Betreten des Unterrichtsgebäudes doch auch zu beachten sind. Lesru stürmt vor das Unterrichtszimmer, an dessen Tür eine unschuldige 2 eingekerbt ist, darunter das kleine weiße Namensschild "Frau Stege„.
Klopfen, Jacke hinschmeißen, die Geige aus dem Kasten holen, den Bogen spannen, (nicht die Seiten stimmen) und los spielen, was das Instrument ächzend und freiwillig herausgibt. Kreischende Töne, Doppelgriffe, alles, was schön schmerzt, muss

herausgestrichen werden. Egal, wer sich da möglicherweise noch im Zimmer zwei befindet.
"Aufhören", antwortet eine vollstimmige Frauenstimme, die aus einem hellgrauen Umriss hervortritt. "Deine Jacke kannst Du dort an den Haken hängen und eine Hand zum Gutentagsagen wirst Du vielleicht auch haben."
Lesru sinken die Knie ein, gehorsam hängt sie die hellblaue Jacke an den Garderobenhaken, ihren Feind, der höhnisch feixt, stur und verblüfft zur Seite weicht, weil neben ihm ein langer unschuldiger Sommermantel hängt, der wohl allein, ohne Person in dieses Zimmer geraten war. Dann wendet sie sich um, Pfötchen geben. Sie blickt ein ernstes, seinen Schrecken verbergendes feinsinniges ovales Gesicht an, das die graubraunen Haare nicht wie die Dorffrauen gesteckt und geneckt trägt, sie fallen frei um das ernste Gesicht, halblang. Ihre Hände schmoren einen Augenblick zusammen.
Es ist die fünfzigjährige Konzertmeisterin Mimi Stege, Arztwitwe und Mutter zweier erwachsener Söhne, und neuerdings Mitglied des Leipziger Gewandhausquartetts. Sie trägt einen warmen karierten Wollrock und eine winzige blaue Bluse und einer richtigen Eingebung folgend, sagt sie mit weicher Stimme:
„Wir wollen uns erstmal das Zimmer betrachten, Lesru, in dem Du Unterricht haben wirst. Schau, hier siehst Du den großen Spiegel. Hier können wir die Haltung kontrollieren. Da steht mein Klavier, mit ihm können wir die Seiten stimmen, und, falls Du ein Duett spielen gelernt hast, ich Dich begleiten kann. Ein Hocker ist auch für Dich, falls Du müde bist. Und ein Fenster", hierbei lächelt sie mit ihrer schönen Gesamtheit, was hinreißend ist,
„hier heraus kannst Du sehen, wenn Du es satthast oder Dich ein wenig erholen möchtest." Lesru ist so sprachlos wie ein Klumpen Erde, dem ein Geist Leben einhaucht. Und meinen Rock faselt es in der

Großverwirrung, den haben sie ja noch gar nicht angesehen, das ist doch aber ein schicker Rock!
"Alles ist falsch an Dir, Lesru. Wir müssen noch einmal von vorne anfangen. Die Bogenhaltung, die Haltung der Geige auf der Schulter. Bei wem hattest Du zwei Jahre Unterricht?"
Gut, sehr gut, ruft eine innere Stimme in Lesru, korrigiere mich, lehre, biege mich, sei verzweifelt, aber biege mich. Ja, sie verspürt solch eine wunde Sehnsucht nach Tiefschlägen, nach einer Veränderung ihrer ganzen inneren Verwahrlosung, dass sie bis zur Wurzel errötet und einen Blick erhält, der braunäugig tieftraurig aus ihrem Pferdeschwanzgesicht herauf schießt und von Frau Stege sofort erkannt und benutzt werden kann. Hier, an diesem Mädchen, würde Schwerstarbeit zu leisten sein, aber sie ist bereit dazu. Sie stehen sich gegenüber, nicht zu nah in dem kleinen weiß gestrichenen Zimmer mit dunklem Holzfußboden, das Fenster zum Schloss weisend, wo das Mädchen vor einem halben Leben noch gestanden hatte. Erschaudernd vor sich selbst, wirft sie einen kurzen Blick zum Eisengitter und sehnt sich bereits heftig nach der inneren Erziehung, der Fortsetzung der schweren Belehrungen.
„Ich hatte bei Herrn Oneburg Unterricht", sagt sie leise und möchte im Weilroder Jargon los legen:
Jeden Sonntag dreiviertel zehn ging ich mit der Geige allein durch das Dorf, in den Küchen wurde gekocht, dann beim Gasthof Inter links rum, in en kleenes Haus, rein zur Frau Oneburg, die mich erstmal in Beschlag nahm. Die janze Familiengeschichte war dran, jetzt das Gejammer über ihre Tochter, die mit ihren fünf kleenen Kindern in Westberlin im Aufnahmelager Marienfelde lebt und über den fehlenden Schwiegersohn, der in Torgau wegen Republikflucht das Gefängnis hütet. So war schon eine Viertelstunde vom Unterricht verronnen. Ist aber och wichtig, was die Leute erzählen. Finde ich.

„Ja, mein Kollege im Kreisorchester, ein Buchhalter", sagt Mimi Stege seufzend, sie scheint das Ausgelassene zu kennen.

17

Die Niederlage. Wer vermag die vollständige, restlose Niederlegung seines Wesens, Charakters auszuhalten? Und wie lange ist dieses Große und Klare "Nein" zu ertragen? In Augenblicken, Stunden oder sogar länger? Wer würde zugegen sein bei der eigenen Lastenofferte, wer würde in sie ahnungslos hineintreten?

Über das Wort "Holzhammernarkose" hat sie richtig gelacht, als sie mich fragte, wie der erste Schultag an der Oberschule gewesen sei und ich ihr sagte: „Zuerst gab es auf dem Schulhof eine Holzhammernarkose.“ Also kann ich doch nicht so schlecht sein, wenn ich sie zum Lachen bringe. Richtig froh schien sie zu sein. Das ist unwichtig, Lesru. Lenk nicht ab. Ich muss üben. Üben. Keine Duette mehr. Leere Seiten soll ich wieder spielen. Den Bogen anders halten. Die Geige auf der Schulter - im Spiegel kontrollieren. Auch andere Etüden muss ich mir besorgen. Gleich morgen kaufe ich mir die im Musikgeschäft. Hoffentlich sieht mich keiner an, spricht mich keiner an. Alles tut so entsetzlich weh. Die Schloßstraße, grau, schmal, alles zeigt mit dem Finger auf mich, sogar der Milchladen unten. Pfui, da geht eine, die sich was einbildete und in Wahrheit nichts kann. Alles nur Dunst. Ich ertrag das nicht. Komisch, mein Rock scheint eine andere Ansicht zu haben, steif und wohlriechend geht er mit mir über die Kurstraße in Richtung Bahnhof, wie ein viel beachteter Fremdkörper. Wenigstens das, der Kordrock hat in die Gesellschaft geblickt. Eine qualvolle, qualvolle Erinnerung an den Vormittag, und jetzt ist alles aus. Ich bin total falsch. Das Haus da vorn an der Kreuzung, was glotzt mich auch das so eckig an, ich sehne mich nach dem Feldweg, nach der Berührung mit meinen Bäumen und

Rosensträuchern, dem Feldweg nach Eulenau. Nie mehr fahre ich montags mit dem Zug. Montags kann ich nie mehr mit dem Zug fahren. Ich muss mit dem Schrecklichen allein sein. Da gehen Leute von Weilrode, dieselben von früh. Nicht hingucken. Die aus der Steingutfabrik. Ich ertrage sie nicht, wenn ich blute. Ich blute. Und ich will bluten! Zu Hause stürze ich mich auf meine Geige und übe. Warum hat sie mir denn das Zimmer zuerst gezeigt, das ist doch nicht wichtig. Aber mir war so seltsam zumute. So wohl. Als sei zum ersten Mal in mein Leben ein wahrer Mensch, ein wahrer Lehrer gekommen und lehrt mich etwas. Schrecklich. Die vielen Leute auf dem Bahnsteig. Ganz abseits stellen, weit nach vorn laufen. Über die Toiletten fürn Groschen hinaus. Bitte sprecht mich nicht an. Ich flehe euch an. Sprecht mich nicht an! Ich sterbe, wenn ich nicht nachher zu Hause sofort übe. Am liebsten würde ich hier und sofort und egal wo, die leeren Seiten streichen. Warum kommt denn der Zug nicht? Warum dauert es so unerträglich lange? Ich muss doch üben. Zwei Jahre Unterricht, und nur das Falsche gelernt.
Wider Willen und voller Entsetzen sieht Lesru ihren Geigenlehrer, Herrn Oneburg, lachend und schwatzend am Bahnsteig unter der Uhr stehen, den schön geformten Kopf, seinen hellen Sommermantel, Gott im Himmel, er winkte mir noch zu, ich grüße in die Finsternis.
Aber sie hatte meine Bitte nicht erfüllt. Ich bat sie so sehr, so inständig, mir auf ihrer Geige etwas vorzuspielen, ein Stück, wo mir hören und sehen vergangen wäre. Vielleicht das nächste Mal. O Gott, wie ich mich darauf freue. Sie wird mir etwas Schönes auf ihrer Geige vorspielen, ein wunderschönes Stück, etwas ganz fernes Wunderbares. Bei diesem hoffnungsvollen Wunsch und Gedanken aber wird Lesru plötzlich ganz ruhig, so ruhig wie eine Erdschicht.

Die anderen Schüler, Berufsschüler, Schüler der Mittelschule und natürlich Carola Stier, Barbara Gliche und die Neue sind längst mit dem Schülerzug nach Hause gefahren, einem Zweiwaggonzüglein, ein Jugendzug, der nur bis Falkenberg fährt. O es ist schön in diesem Züglein zu sitzen, man fühlt sich herausgehoben und ernst genommen von der Deutschen Reichsbahn. Und sitzt ein Erwachsener dazwischen, der von einem Arztbesuch daherkommt oder von der Kreispolizei, wo er einen Antrag auf eine Reise in den verhassten und begehrten Westen Deutschlands ängstlich verschüchtert gestellt hat, wird er von den Jugendlichen von einer hohen Warte angesehen, kurz und schmerzlos. Der oder die sind Außenseiter, sie passen nicht in den Zug, in dem für fünf Minuten Fahrzeit die Jugend, das Jungsein regiert, residiert, das große Hallotria, zumeist jedoch der Anführer einer Gruppe oder Clique. Kaum in Torgau eingestiegen, fühlt man sich so gegen 14 Uhr von aller erlittenen Schmach oder auch erlebten Freude und Aufregung befreit und unter seinesgleichen. Fahrschüler allesamt und sonders. Hier können sie sich, die unter der Torgauer Elite gelitten haben, auch morgens im überfüllten Arbeiterzug keinen eigenen Stellenwert besitzen, wie kleine Fürsten fühlen.

18

„Ich geh mir noch das Dorf ansehen", sagt Eva Sturz im wohligen Wohnzimmer zu ihren Eltern, die ihr plötzlich wie umgekehrte Mistgabeln erscheinen. Zum Lachen. Der hagere strenggesichtige Vater in seinem Sessel mit Pfeife im Dunst seiner neuen Verantwortung, den Saustall seines Betriebes ausmistend, die blondhaarige schöne Mutter, sich über den Saustall Torgau beklagt. Zum Ersticken, wenn Klage auf Klage trifft. Dabei lächelt die Sechzehnjährige beim Aufstehen von ihrem Sofaplatz, erhebt sich und freut sich ihres Lebens. So lässt es sich sagen. Ungebunden, und im Neuland befindlich, und das Neuland untern Arm nehmend.

„In diesem Kuhdorf gibt's nichts zu sehen, ebenso wenig wie in Torgau, wo ich nach meinem Insulin rennen muss", sagt Peggy Sturz, ihrer gesunden Tochter nachblickend wie einer Vertrauten, die sich dem Vertrautsein wieder entziehen will.
„An jedem neuen Ort gibt es etwas zu sehen und zu erkunden, auch Reitpferde haben einige Bauern, Eva, ich habe mich schon erkundigt", sagt mit sehr angenehmer ruhiger Stimme der Vater im Anzug. Immer im Anzug.
„So?", ne schnelle Bemerkung, aber doch nichts wie weg, der elterliche Sog zu bleiben, verstärkt sich. Die Liebe zwischen den Eheleuten und ihrem Kind will schon wieder ihren Bereich ausweiten, das hat die Liebe so an sich, und die überaus schöne Zimmereinrichtung tut ihr übriges, das Bleiben zu verlängern. Also „Tschüss", aus dem braunhaarigen, kurzhaarigen Kopf an der Tür gesagt.

In ihrer neuen elften Klasse an der Oberschule hat Eva Gleichaltrige gesehen und erlebt, wenig aufregend. Keiner von ihnen hatte sich über die Kampfesrede beklagt. Aber sie hatte im Zug ein Mädchen mit solchen Hilfe suchenden braunen Augen gesehen und war regelrecht in sie eingeschwommen, dass es sie jetzt, fast zwölf Stunden danach, unwiderstehlich hinzieht zu diesem Mädchen. Als sei bei der kleinen Geigenspielerin mit dem Westrock und dem traurigen Gesicht eine neue Welt oder etwas Unbekanntes zu erwarten. Vielleicht etwas Wichtigeres als die politisch gesellschaftliche Hoffnung ihres Vaters auf Umsturzereignisse in Budapest, auf eine Demokratisierung des Sozialismus. Dieses Gleis wird täglich im Wohnzimmer der Teppiche, Bücherschränke, des schwarzen Schreibtisches mit Telefon ausgefahren, und die ganze Kleinfamilie muss auf dieser Strecke mitfahren, jeden Abend, vor und nach den SFB-Nachrichten. Ein trauriges Mädchen mit einer Geige. Das lockt, das widerspricht, das will erforscht werden.

Wie auch das fremde Dorf lockt, verspricht und erforscht sein will. Und welcher Jugendliche will sich nicht vom Elternhaus lösen, auf die eigenen Hinterbeine stellen und größer machen, als er ist? Nach dem Umzug vor acht Tagen von der Industriestadt Mittweida in Sachsen nach Weilrode, für Holger Sturz ein Karrieresprung, für Peggy Sturz eine Katastrophe, ist es die erste Gelegenheit für die sechzehnjährige Tochter, sich auf ihre Hinterbeine zu stellen. Den Klagesprüngen entfliehen und der angesammelten Neugier auf Land und Leute genüge tun.

Im Hof der Dienstwohnung, wo sie das Parterre bewohnen, und statt der schönen Aussicht in Mittweida auf Berge vom Küchenfenster braune hässliche Schuppen beschnuppern, trifft Eva an der Pumpe den etwas zerzausten Mozartzopf Barbaras wieder. Sie lacht die Jüngere an. „Na, willst Du noch mal weg?", wird gefragt, weil sich Eva im blauen Morgenanorak anschickt, ihr Fahrrad in die Hand zu nehmen. Es gibt also auch andere neugierige Leute.

Und es gibt, muss hinzugestottert werden, Hochspannungen zwischen beiden Familienoberhäuptern. Seitdem Herr Sturz Direktor der Bäuerlichen Handelsgesellschaft geworden und als Erstes eine Revision durchgeführt hat, beherrschen unerhörtes Gewisper und leise geführte Diskussionen die erste Etage, wo die Familie Gliche wohnt. Seither bemüht sich Barbara, besonders leise im Hause zu sein und aufzutreten. Glichens arbeiten beide in der BHG, als Buchhalter und Sachbearbeiterin. Sie haben sich nichts vorzuwerfen. Dass sie seit einer Woche von einigen Bezugsquellen von Lebensmitteln wie zu Weihnachten von einer Gans oder immerfort von frischen Eiern bei dem Verkauf von Arbeitsmitteln an bevorzugte Bauern, nunmehr abgeschnitten sind, ist eine unangenehme Tatsache. Die eine Hand wäscht nun die andere nicht mehr.

„Ja, ich fahre zu Lesru", antwortete Eva so fröhlich und keck zur sich in der Finsternis beschnittener Dienstverhältnisse befindlichen Barbara an der Pumpe, dass jene sofort den Kopf einzieht. Gegen 19 Uhr, wo alle Leute am Abendbrottisch sitzen. Den Weg hatte sie ihr bereits im Schülerzug beschrieben, weil Eva wissen wollte, wo Lesru wohnt, wer ihre Eltern sind. Solch ein Interesse an der und nicht an ihr ist auch unangenehm. „Aber es ist doch schon spät", muss mahnend wie eine Großmutter hinzugefügt werden. Denn es darf doch nicht sein, dass Sturzens auf allen Ebenen neue Moden einführen und überhaupt hier machen können, was sie wollen.

Trostlos, denkt Eva, besteigt ihr Herrenfahrrad und schaut den gegenüberliegenden backsteinförmigen Bahnhof an wie ein Scheunentor, durch das die Massen morgens wieder hineinströmen. Befreit von Ober- und Unterbeschränkung in ihrem Hause, radelt sie mitten auf der Bahnhofstraße unter den gutmütigen Kastanien los und weiter. Eine junge Gestalt, nach vorn gebeugt, in blauem Anorak und blauer Popelinhose. Langsam und bedächtig fährt sie an jedem unbekannten Hause vorüber, so, als wollte sie jeden Augenblick absteigen. Die Sonne, von der zu reden auch nötig ist, hat sich an diesem ersten Septembertag reichlich sehen lassen und ist aber jetzt einer grauen Wolkenfront zuliebe, zurückgetreten. Es ist trübe, aber noch warm, der Regen jedoch lauert schon jenseits der Elbe.
Der neue Wohnort - über zweitausend Einwohner, nicht Stadt, nicht Dorf, etwas Uneinheitliches, das kann man aushalten für die nächsten zwei Jahre. Dann würde sie sowieso nach Leipzig ziehen und Landwirtschaft, wahrscheinlich studieren. Mal sehen. Vielleicht fällt ihr noch etwas Besseres ein. Aber die Landwirtschaft hat eine große Perspektive, so ihr Vater und Wegweiser, denn die Bauern würden sich, ob sie wollten oder nicht, doch zu Produktionsgemeinschaften

zusammenschließen wie in Amerika. Es würde und müsste wie in Amerika nur noch große Farmen geben. Dann hast du ein sicheres Betätigungsfeld, von den politischen Zwängen unabhängig. Im Krieg der Systeme und Ideologien muss man sich eine unabhängige Nische suchen, die Zukunft hat. So die Vorstellung und Wegeplanung dieses Vaters für seine Tochter.
Die Berge fehlen mir, überall, wo ich durch die Zäune gucke, sehe ich bewachsenes Land, weit entfernt den Kiefernwald. Aber Lesru kann vielleicht mit mir herumstrolchen, die Gegend kennenlernen macht vielleicht Spaß mit ihr. Halt, hier steht das einzelne zweistöckige Haus mit dem grünen Holztor. Unten eine Tischlerei, die aus Altersgründen die Säge nicht mehr kreischen lässt. Eva stellt das Herrenfahrrad an den Zaun, betrachtet den grünen hölzernen Briefkasten mit dem Namen "Malrid", den zweiten an der Tür mit dem Namen "Winkelmann" und schreitet mit leichten federnden Schritten den langen Gang bis zum kleinen allseitig umschlossenen Hof. Über diese seltsamen winzigen Höfe muss sie lachen, als dürfte hier keine Menschenseele von außen erkennen, wie die Hausbesitzer leben.

Vor dem Weiterschreiben die Minuten der Konzentration, ich liebe sie. Das innere Ausprobieren des nächsten passenden Ansatzes, seine Abwägung oder Verwerfung. Das Warten auf den Weiterfluss, auf die innere Hand, die sich mir nach außen reicht.

Jutta Malrid hat den bäuerlichen Abendbrottisch mit Sorgfalt gedeckt im von Wolken verdeckten Abendsonnenlicht. Sogar Radieschen hat sie säuberlich gewaschen, jedes Rotgesicht einzeln und sich an diesem Fortschritt erfreut. Im Spätsommer kann man durchaus noch einmal Radieschen säen und im Herbst verzehren. Die Einheimischen wundern sich ob dieser Reihenfolge, aber es hatte ihr noch mehr Freude gemacht, als sie von ihren Schülern hörte, dass sie ebenfalls Radieschensamen vom Frühjahr aufgehoben und gesät hatten und nunmehr dieses vorzügliche Frühjahrsgemüse im September auf einer Butterschnitte essen. Wenn eine kleine Wohltat erfunden und von anderen angewandt wird, kann man auch im geringsten Maßstab, von einem Fortschritt sprechen. Kleine Verbesserungen sehen und anerkennen, gehört zum Verständnis des baren Lebens, das ist eine der Überzeugungen der Biologielehrerin und vierfachen Mutter.

Außerdem ist sie von besonderer Freude erfüllt, weil ihr Herr Sturm, der reichste Bauer im Dorf, heute Nachmittag den neuen zukünftigen Schulgarten mit Pferd und Pflug schnell und perfekt umgepflügt hat. Nicht die LPG hat ihr geholfen, obgleich sie dort mehrmals vorgesprochen. Das wippt immer noch beim Brotschneiden in ihrer rechten Hand und funkelt ein bisschen an ihrem goldenen Ring der linken Hand mit, dem Witwenring. Nun kann sie mit den siebenten und achten Klassen gleich morgen mit dem Wegemachen, Beete abstecken beginnen und ihren Plan der Schulgartengestaltung, der seit Langem fertig in der Schublade liegt, verwirklichen. Etwas verwirklichen, das Hand und Fuß hat, beflügelt die Brotschneiderin.

Der alte Schulgarten, dem die Lehrergärten weichen mussten, musste seinerseits einer Baugrube weichen. Neuerdings wird der Fortschritt vom Weilroder Schulsystem regelrecht eingefangen: Für die Ganztagsbetreuung von Kindern wird ein Hortgebäude errichtet.

Die kleinen Freuden werden heute wie gestern von der Brotschneiderin auch sehr gebraucht, weil das Gegengewicht, die Quertreiberin heute wie gestern ihr Handwerk treibt. Gestern, indem sie die armen Kinder bedauerte, die nach der Schule noch nachmittags beaufsichtigt und in Gefangenschaft gehalten würden, heute, indem sie wie eine Furie nach Hause kam, ihre Schuhe im Flur hinschmiss, kaum gegrüßt hatte und sich ins Schlafzimmer begab und mit der Stimme eines

Erdzwergs befahl, eine Stunde nicht gestört zu werden. Jutta Malrid traute ihren Ohren nicht. Es wurde sofort Geige gespielt. Nicht das bekannte Pleylsche Duett, sondern leere Seiten gestrichen. Eine Stunde dauerte und tobte das leere Feuerwerk im leeren Schlafzimmer, wohin sie doch auch einmal gehen musste. Um Himmelswillen, was war das für ein Gesicht, ein grimmiges, versetztes, und wenn es nicht um ihre Tochter gehandelt hätte, wäre dieses sich tief geöffnete Gesicht, das an seiner Fehlerkorrektur arbeitete, zum Ziehen am Pferdeschwanz gerade gut genug gewesen. Einfach dran ziehen. So aber äugte sie nur neugierig nach der Gestalt vor dem Spiegel, als sie zum Schein im braunen Kleiderschrank kramte. „Raus", schrie eine fürchterliche Stimme, „ich ersticke, wenn Du hier bist." Erklärend. Für solch einen Hieb brauchte man doch die Radieschenfreude und die Hilfsbereitschaft eines recht schaffenden Mannes.

19

Der nächste Tag. Mein Gott, was soll das schon wieder bedeuten. Lesru fürchtet sich vor dem nächsten Tag. Denn sie hat am gestrigen soviel innere Prügel erhalten, dass sie glaubt, nie wieder einen Schritt vor den anderen setzen zu können. Sie kann nicht Geige spielen und kann kein guter Mensch sein. Etwas Wildes, Unerzogenes hausiert in ihr, auf dass sie sich beim Musikbrechen immer sonst was eingebildet hatte. Ein Kraftstoß, dem sie unterlegen war und den andere Musikausübende nicht in sich trugen, etwas großes Besonderes - aber es war nichts. Es war nicht nur Nullkommanichts, es war schlicht schlecht. Ein Steg hatte es ihr gesagt, sie in den Abgrund gestoßen und ihr gleichzeitig gezeigt, wie sie den Ungeist Schritt für Schritt besiegen könnte. Und als sie gestern Abend im Schlafzimmer vor dem elenden Spiegel ihre Haltung immer wieder betrachtete, ihre innere Musik unterdrückte und wieder gegen sich selbst arbeitete,

abbrach, guckte, ob die Geige jetzt richtig an der Schulter lag, spielte, ihre innere Musik wieder unterdrückte, abbrach, guckte, ob die rechte Bogenhand den Bogen richtig hielt, als sie hätte davonlaufen können und der Versuchung widerstand, fühlte sie auf einmal, auf ein zweites Mal eine ganz neue innere Befriedigung in sich. Solch ein tiefes inneres Erstaunen, als hätte sie endlich den Zipfelbeginn eines anderen Lebensweges gefunden. Den Weg harter innerer Arbeit mit unbekanntem offenen Ziel. Und als sie das zum dritten Mal innerhalb einer Stunde spürte, es gibt eine Lebensmöglichkeit für mich, einen Willen, eine Kraft, die geübt, die korrigiert werden konnte, etwas ganz neues, das sich selbst gern in mir ausbreiten will und das Falsche in mir, in meiner ganzen Person, bekämpfen will, rechnete sie nicht mehr in Tagen. Die nächste Woche, der nächste Montag war der Tag aller Tage und die Übungsstunden täglich ihre einzige Lebens- und Kampfesstätte. So will sie leben. Hurra, hätte als eine im Krieg Geborene ausrufen können: Ich habe den Weg gefunden, den einzigen, auf dem ich ein guter Mensch werden kann. Die Richtschnur war gezogen, und ich habe die Chance täglich mich selbst zu verbessern. Gegen den alten Strich, gegen das Hallotria, gegen die Ungeduld und für einen besseren Strich, für die Achtung vor anderen Menschen, für die Aufmerksamkeit für ihre Dinge. Ein schwerer Weg bei der allgemeinen und speziellen Verlotterung der Dinge und Menschen.
Dass sich die Richtschnur plötzlich in Luft auflösen kann und ein Gesicht zeigen, einen offenen Hemdkragen trägt und vor der Glastür die seltsamen Worte sagte: „Ich habe im Zug deine traurigen Augen gesehen und Du gefällst mir eben", – das ist ja, du lieber Gott, ein starker Windstoß. Den eigenen Standpunkt, den endlich errungenen Startplatz sofort wieder verlassen? Das passt doch überhaupt nicht in ihren Plan!
Lesru starrte, Radieschen kauend, in das offene graublauäugige Gesicht Evas und auf ihren schönen

Halsausschnitt der Bluse. Verdattert ist gar kein Ausdruck. Sie starrte schnell an ihr vorbei zur bedeckten Nähmaschine ihrer Mutter, wo ein alter Weihnachtskaktus sich ausbreitet und blindlinks seiner blühenden Zukunft zuwächst. Denn ein Fenster, unentbehrlich für alle Lebenslagen, befand sich den Mädchen gegenüber, von dem freilich der Kaktus den meisten Vorteil hat. Eigentlich eine Frechheit, dachte sie, kommt in das Dorf, sieht jemanden und erklärt ohne Umschweife, dass sie denjenigen gern hat. Sie scheint eine große Liebe, die sich nachts von Vergeblichkeit zur Vergeblichkeit schleichen muss, nicht zu kennen.
„Wir essen gerade Abendbrot", sagte sie mit ihrer dümmsten Stimme, auch, weil ihre Mutter als lebensbedrohlicher Schatten aufgetaucht war und die große Sense schwang.
„Das ist Eva Sturz, die Tochter vom neuen BHG Direktor", sagte sie in der schmackhaften Allmacht der Küche zu ihrer Oberlehrerin, die ernstgesichtig und mit Menschenkennerblick sogleich ins Frösteln gerät.
„Guten Abend und setzen Sie sich doch." Steif, steifer, am steifsten.
Eva lächelte und sah sich um, als sei sie überall zu Hause, als seien die notwendigen Dinge im Haushalt einer ehemaligen Umsiedlerfamilie, geschichtslos und nicht der Rede wert.
Nach einem Blick verständigten sie sich, hier musste sofort gehandelt werden, diese kauende Steifheit und Verletzung der Familienordnung musste Hals über Kopf verlassen werden.
Als hätte es zuvor nicht das erste ruhige gemeinsame Abendessen mit ihrer Mutter gegeben, nicht die neue beruhigende Berührung mit ihrem gefundenen Entwicklungsplatz, jagte Lesru als erste aus dem belebten Raum. Sie verließ als Erste den schönen neuen Platz der Vernunft und sagte: „Komm, draußen ist es schöner." Zusammen flogen sie durchs Haus.
„Barbara erzählte mir, dass Du mit komischen alten Personen im Dorf befreundet bist", sagte Eva Sturz vor

ihrem Herrenfahrrad stehend, dabei blickte sie Lesru aufmunternd an, aber auch herausfordernd, als wollte sie sie aufs Korn nehmen. Zunächst aber hat die Angesprochene mit dem blauen Herrenfahrrad zu tun, warum, weshalb kein Damenfahrrad. „Damenfahrräder finde ich doof." Eine Antwort, die zu nichts führt. Lesru sah herüber zur barockhaubigen Heilandskirche, ihrem schönen Fachwerkbau hinter den grünen Robinien des kleinen Friedhofs, zum alten Schulhaus und auf die stille Dorfstraße, die plötzlich lichterloh brannte. Sie fühlte, wie sie dieser blaue Eindringling von ihrem wunden einsamen Weg, ein guter Mensch zu werden, abbrachte. Evas Neugier schien grenzenlos.
„Die Alten sind einfach nett. Sie freuen sich, wenn man sie besucht“, antwortete sie leise und ärgerte sich über Barbara, die Tanzstundenschülerin, die sie wieder als komische Nudel dargestellt hat.
„Ich finde die Alten auch interessanter als die Jungen, die immer bloß Geld verdienen wollen. Guck mal dort in dem schmalen Haus links, wohnt der alte Schneidermeister Binger, er hat bei den Nazis ein Jahr im Torgauer Gefängnis gesessen. Er ist Astrologe, borgt mir astrologische Bücher. Er geht grundsätzlich zu keiner Wahl. Und wenn ein Wahlhelfer kommt, schmeißt er nach ihm mit seinem Plätteisen. Toll, was?"
Lesru zeigte auf ein einstöckiges graues Haus mit einem großen Parterrefenster, von einem knorrigen Birnenbaum beschattet, am Seitenweg zur Hauptstraße gelegen.
„Und darüber wohnt seine ehemalige Lebensgefährtin, die Weilroder Leichenfrau. Sie leben jetzt in Todfeindschaft. Die Leichenfrau wäscht die Toten und fährt in die Dörfer weit, wenn sie gerufen wird. Du solltest sie mal sehen, wenn sie von der Leichenwaschung zurückkommt mit ihrem Fahrrad, wie die dann lacht und den Gepäckträger voller Gaben hat", erklärte Lesru mit ihrer kleinen Singstimme, sich selbst wundernd, dass es in diesem Dorf solch herrliche Gestalten gibt. Von Marschie erzählte sie nichts, sie war

nicht ablösbar erzählbar. Außerdem musste sie morgen unbedingt die Ševčík-Etüden im Torgauer Musikhaus kaufen, eine viel wichtigere Aufgabe als die gegenwärtige Leuteerklärung. Eva Sturz schien befriedigt zu sein von ihrer ersten Begegnung mit Lesru Malrid. „Du siehst die Menschen anders an, als üblich, das gefällt mir", erklärte sie nachdenklich immer noch vor dem großen einstöckigen Wohnhaus vom Tischlermeister Winkelmann stehend. Und wahrlich, das graue vielfenstrige Haus stand allein in einem Seitenwinkel der Seitenstraße, ein Domizil. Die Mädchenaugen wussten in diesem Augenblick nicht wohin und fielen ineinander.

Lesru aber hatte jetzt etwas zum Nachdenken gefunden: Wieso sehe ich die Menschen anders an als üblich? Aber ich muss doch üben, üben, den Schweinehund in mir besiegen, diesen fürchterlichen Hund! Ich habe doch endlich erfahren, dass ich nichts kann. Weshalb lobt sie mich?

20

Die zweite Unterbindung ihrer neuen Zeitrechnung lässt auch nicht lange auf sich warten. Als hätten es die realen Herrschaften des Lebens auf Lesru abgesehen, sie auf ihrem guten Weg zu stören, abzulenken wo sie nur können und sie erneut ins Labyrinth des Zufälligen, Willenlosen zurückzustoßen. Ins Füllhorn des Hallotria. Statt sich am nächsten Tag im Unterricht der Oberschule in den einzelnen Fächern still und lernfreudig zu erhalten, den neuen Mitschülern nur ein begrenztes Interesse zu zeigen, statt sich dort zu erhalten, wo sie wirklich und essenziell lebt - im Geigenunterricht bei Frau Stege, denn es gibt fortan keine wirklichen Lehrer mehr für sie, sie können sich

allesamt auf den Kopf stellen – wird Lesru von einer Aufgabe herausgefordert.
Die Aufgabe, vom Deutschlehrer mittleren Alters sitzend am Lehrertisch formuliert, lautet: Beschreiben sie ihr schönstes Ferienerlebnis. Peng. Ein Klassenaufsatz. Inmitten der noch reichlich unbekannten Bankgenossen, dreireihig aufgestützt, im noch fremden Territorium, gegenüber einem zweistöckigen Grauhaus, bewohnt, sollen nun die kleinen Füße, die Genüsse gefunden werden, die möglicherweise mit einem ganz anderen Leben etwas zu tun haben. Herr Wondrej, der Deutschlehrer, besieht sich schon seine Fingernägel. Ein Grammatikexperte. Obwohl Lesru doch ihre Lehrerin gefunden hat, ist sie enttäuscht von diesem wandelnden Semikolon. Die Zeit tickt, eine andere Zeit, sie sollen nicht lange überlegen und die Zeit einhalten.
Barbara Gliche, als Banknachbarin stört. Sie hat Lesru auf dem Bahnsteig erleichtert angesehen, den blauen Cordrock trug Lesru heute nicht, Barbara war wieder gleichberechtigt. Wie soll sie in dieser Nähe zu ihren tiefsten Erlebnissen gelangen? Sie hört bereits nach einem leisen gemeinschaftlichen Aufstöhnen, was sehr schön ist, die ersten Federhalter auf dem Papier kratzen. Die Fahrschülerin aus Falkenberg, Margit, die ihre Geige an den Nagel gehangen hat, wirft ihr, als sie sich Hilfe suchend nach ihr in der letzten Reihe umwendet, einen kecken Blick zu, so, als wolle sie sagen, auch noch der Schreck. Die Zeit tickt.
„Vergessen Sie nicht Ihren Namen zu erwähnen", meldet sich mit ironischem Oberton noch einmal Herr Wondrej. Er zieht tatsächlich ein Buch aus seiner abgebrauchten Ledertasche, pflanzt sich vor die Augen der Torgauer Elitedamen, die genau wissen, was ein Individuum ist und beginnt "Das siebte Kreuz" von Anna Seghers zu lesen. Ein unmerkliches Erstaunen wellt in den drei Langreihen. Warum liest er ausgerechnet das unheimliche Buch, das jeder in der Klasse kennt? Was will er uns damit sagen?

Lesru beginnt allmählich aus ihrer selbst gesteckten Begrenzung herauszufallen, und in ein großes Schwungrad zu geraten. Hitze überfällt sie und eine unheimlich tiefe Erregung. Barbara hat schon etwas auf einer Viertelseite in kleiner sauberer Schrift zu Papier gebracht. Es ist ein seltsames Gemisch von Fluchtbewegung der aus dem KZ Geflohenen, namentlich von Rolf Häßler, ihrer Verfolger und ihrer Reise nach Weimar, die sie mit Gundula, ihrer Ferienfreundin im Sommer unternommen hatte. Mit den Fahrrädern waren sie nach Weimar gefahren. Dieses Gemisch von Bewegungen, dieses Suchen nach Rettung, dieser Gleichklang und Unterschied von Raum und Zeit, arbeitet in ihr, ohne ihr bewusst zu werden. Für Lesru war bisher die Stadt Weimar der alle ihre tiefsten Sehnsüchte aufnehmende Ort, der einzige Ort der Rettung. Die Kunst war Lebensrettung! Das fühlte sie, noch bevor die Reise vorbereitet wurde und zusammen mit der Mutter und Gundulas Tante (Frau Piener) besprochen wurde. Auch sie musste um Beistand fragen, an Türen klopfen. Da sie aber nunmehr ihre Rettung bei Frau Stege gefunden zu haben glaubt, erachtet sie die Literatur nicht mehr als so relevant, obgleich sie am relevantesten doch ist und bleiben wird.
Deshalb schreibt sie im laxen Ton von der Fahrt durch die immer bergiger werdende Landschaft anfangs, dann setzt sich die tiefe Erregung durch und sie schreibt gegen Frau Stege, von ihrer Liebe zur Stadt Weimar, die ein Herr Wondrej nur mit Verwunderung zur Kenntnis nehmen kann. Vom großen Herzklopfen, als sie die Türme und Dächer der Stadt mittags im Licht sahen, von der anrührenden Nähe, die sie am Frauenplan empfand und später im Goethehaus. Warum diese Nähe, woher dieses Verlangen nach körperlicher Nähe zu den Männern der Literatur kommt, vermag sie nicht zu sagen. Es schwirrt im Kopf, denn es kann nur schwirren. Lesru weiß nichts von sich, sie trägt nur das tiefe Verlangen nach sich selbst, wie zwei

leblose Hände. So drang sie in nichts ein, sie stand nur bedeppert davor.
Es entsteht ein schwärmerischer Aufsatz über Weimar in einer holprigen, gewöhnlichen Sprache. Abgegeben wird er allerdings, nach vorne gereicht, in höchster, allerbester Erregung.

21

Nach dem Unterricht – welche drei Wörter!
Die Unterrichtung findet ja nicht nur im Klassenraum, wo zwei Drittel der Schüler die Rücken und Hinterköpfe ihrer Mitschüler betrachten können, statt, wo das Wunder ihrer Seitenansichten, ihrer völligen Umdrehung zu erleben ist, der Unterricht setzt sich außerhalb des ehrwürdigen Gebäudes fort. Ein weiteres Wunder. Die jungen Damen und Herren, von den Lehrern in den Sie-Zustand erhoben, schicken sich tatsächlich an, ihre werten Köpfe aus dem Englischunterricht zu heben, sie fallen auch aus dem ehrwürdigen Latein mitten auf die Straße. Das kann Lesru gar nicht verstehen. Sich auf den Sportunterricht in einem Sportstadion freuen, einfach lässig den von einer Klassenarbeit erhitzten Lebensort zu verlassen und mit Beinen und Armen in der Luft herumzustrampeln, findet sie widerwärtig. Ein Leerlauf steht bevor.
Nach dem Unterricht - lässt sich also noch lange nicht sagen.
Unter der Führung der bereits wartenden Sportlehrerin im blauen Trainingsanzug verlassen sie die Oberschule durch das Haupttor, stehen unter den freundlichen Hofbäumen wie zur großen Pause und steigen ein Treppchen herab, die zu einer terrassenartigen Gartenanlage führt.
Das graue Renaissanceschloss auf dem „Hartenfels„ schaut die Absteigenden aus vielen schönen Fensterlein an. In den Unterricht drängt sich die Stadt Torgau gern, Lesru möchte etwas über die Fürsten und ihren Alltag erfahren, von den wirklich hohen

Herrschaften etwas hören, vom Erbauer der berühmten Wendeltreppe aus einem einzigen Sandstein, den steinernen Figuren des Hofnarren und die Ritter in Ritterrüstungen, von Johann Walter und Heinrich Schütz mehr Erlebbares an sich ziehen, auch von den großen Saufgelagen, die mit Hilfe eines Flaschenturmes leichter durchzuprosten waren. Aber es muss zum Sportunterricht gegangen werden.
So bleibt ihr nichts anderes übrig, als zu beobachten, wer mit wem geht und der leichterdings mit ihr schwatzenden Margit aus Falkenberg ein Ohr zu leihen. Der Abweg vom Schlossgarten mündet vor einem großräumigen Gebäude, dem Internat der Oberschule und führt durch ein Gittertor auf die Fischerstraße. Es ist schönes Herbstwetter. Voran mit flottem Schritt schreitet die Lehrerin, ihr auf den Fersen folgen die Torgauer, die sich sogleich in ernste oder alberne Gespräche vertiefen. Sie müssen nicht wie die Dörfler Ausschau halten nach dem Weg und Steg, nach seinen Krümmungen oder gar Schönheiten, Giebeln oder Türmen. Den Namen der Sportlehrerin hat sich Lesru noch nicht merken können, sie fragt Margit auch nicht, denn sie erzählt leise und mit rollenden begeisterten Augen von Radio Luxemburg und der jüngsten Hitparade, sodass Lesru nur die Hacken ihrer Vorgänger betrachten kann.

Es muss hier auf der verkehrsreicheren Straße und nicht auf dem anderen möglichen Weg, dem Ernst-Thälmann-Platz, wo sich viele Schulen befinden, gestottert werden, dass das Hören von Westsendern strikt verboten ist. Welch eine herrliche Lebenszutat! Welch eine großartige Unterstützung für eine Romanschreiberin! Warum? Weil sie die Menschen zwingt zu flüstern, und die Autorin deshalb umso näher an ihre Figuren heranrücken muss. Das ist ihr Metier: die Nähe! Die liebe Nähe, mein Gott, meine lieben Herrschaften, die Nähe also. Sie entsteht in einer Diktatur des Denkens im Handumdrehen und ist deshalb verdächtig und oberflächlich. Warum? Weil man das Nächstliegende, den roten Torgauer Wasserturm, wo selten genug ein Zirkuszelt aufgestellt wird, nicht sehen kann, während die Nähe in grüner Hose und grüner Bluse, schneiderschick sich aufdrängt.

Das Verbotene drängt sich auf. Es will sich ausbreiten und lässt dem Nächstliegenden keine Chance. Es zwingt zur Stellungnahme.

Junge Menschen gleichen selbst Verboten, weil sie die bebrillte Welt, die Brillenwelt, noch mit ihren eigenen Augen ansehen.

Fieberte die vierzehnjährige Margit mit der blonden Schüttelfrisur, drei Ohren dem Sender Radio Luxemburg zur Verfügung stellend am Sonntagabend in ihrem Zimmer, erregt bis in die Zehenspitzen, die sowieso mitwippten, wurde ihre mitteilsame Freude noch am ersten Plauz- und Neutag gebremst, wirbelt sie jetzt auf dem Wege ins unbekannte Sportstadion heraus und befreit sich. Der Gefährtin im Westoberrock vertraut sie. Westmusik, die internationale Hitparade gilt als dekadent, gefährlich und arbeiterfeindlich. Somit baut Margit ein Mäuerchen auf und die Zuhörerin soll dahinter ein Stückchen mitgehen.
„Ich interessiere mich mehr für klassische Musik", sagt Lesru leise am wunderbaren großen roten Wasserturm, fügt aber sofort hinzu, als sei ihre Meinung zu anstößig, dass sie gelegentlich in die Hitparade hinein höre. Catharina Valente. Aber seit Frau Steges Einwirkung erscheint ihr diese berühmte Sängerin im Nebelland verschwunden zu sein.
Es ist ungemütlich zwischen den beiden Mädchen, die auf dem Pfad des Verbotenen gehen.

Lesru sieht Beate Ferein, die Rothaarige allein gehen, die sich gegen die Arztsöhne und für die Arbeiter ausgesprochen hatte und seither gemieden wird wie die Pest. Ein Arbeiterkind, das die Brille ihrer Eltern aufgesetzt. Lesru sieht ihr Alleinsein, und es tut ihr weh.
„Gefällst Dir im Internat?", fragt sie schnell und etwas aufgeregt.
„Ja, es ist ein gutes Internat", antwortet Beate mit verschalter Stimme, also steif. Dabei hat sie geradeaus

geblickt, und Lesru denkt wider Willen an einen furchtbaren Satz, den ihre Silvesterfreundin und Arzttochter Gundula an einem Sommertag an der Alten Elbe gesagt hatte: „Die Kommunisten müsste man alle an die Wand stellen.“ Welch ein schrecklicher Satz und Gedanke, und sie fühlt ihn, neben Beate in ihrer Isolierung gehend, wie eine geballte Kriegsfaust, die sich nie wieder lösen und fingergleich machen kann.
„Und wie weit ist es zu Deinem Dorf?", fragt Lesru weiter und schon dankbar, schon überaus dankbar, dass sie diesen furchtbaren Faustsatz an Beates Seite abarbeiten kann, was nur im Gespräch mit ihr möglich ist, in der Hinwendung an eine lebende kleine Kommunistin.
„Fünfzehn Kilometer, das ist mir mit dem Fahrrad zu weit", antwortet Beate und sieht die Fragerin kurz an.
„Das wär mir auch zu weit", ergänzt Lesru, denn auf eine beiderseitige Ergänzung kommt es jetzt an. Auf eine gewisse Solidarität auch gegen die Torgauer Arztsöhne, die am Morgen des zweiten Schultages schon laut verkündet hatten, dass sie nur Westsender hörten und dabei frech und höhnisch Beate Ferein angeblickt, angedreht, angeschossen hatten. Sie packte ihre Schulsachen aus, errötete und blieb stumm wie ein Stück Kreide.
„Im Internat kann man gut lernen. Da hast Du immer jemanden, den man fragen kann. Schüler der oberen Klassen, das gefällt mir", ergänzt Beate im rötlichen Starkhaar. O, eine kleine Paukerin, Lesru weicht ein bisschen aus. Eine weitere Ergänzung scheint nicht mehr möglich zu sein. Sie wird von morgens bis abends vor ihren Lehrbüchern sitzen, auswendig lernen, was das Zeug hält, Einsen schreiben nach Strich und Faden.
„Meine Eltern sind einfache Arbeiter, sie wissen nicht soviel wie die Torqauer Ärzte, und deshalb muss ich viel lernen", ergänzt Beate noch.
Tja, was ist denn dazu zu sagen? Lesru rückt innerlich noch ein bisschen mehr ab, denn die ganze Elternei ist ihr suspekt, zumal Liebe der Tochter zu ihren Eltern

sich ausbreitet auf der Weiterstraße. Wann kommt denn das dämliche Sportstadion?
„Könnten die Damen bitte etwas schneller gehen, wir sind im Sportunterricht", sagt Frau Kosig, ohne zu lächeln auf der Dahlener Straße. Sie musste zurückgehen zu den miteinander lebenden Damen, während die Jungen, ein Trupp für sich, vorne immer schneller gehend, plötzlich vor einem großen Oval die Straße überqueren und sich sportlich betätigen wollen.

Ein Sportstadion mit tribünenartigen Sitzplätzen, dunklen Laufbahnen nebeneinander um das grüngrasige Oval, Nebengebäuden hat Lesru mit eigenen Füßlein noch niemals betreten, aber Barbara auch nicht. Sie kennen nur den Weilroder Sportplatz, der ein Fußballplatz mit feststehenden Toren gegenüber von Maisfeldern ist. Und immer, wenn man Neuland betritt, sucht man unwillkürlich Beistand zumindest mit den Augen, eine Augenblicksverständigung. Barbara versagt sie ihr.

Lesru blickt scheel in den Umkleideraum, kein Seitenblick, keine Verständigung. Barbara ist modern, passt sofort in die sportliche Anlage und findet in Margit eine vorzügliche Zuhörerin für ihre Ferienerlebnisse. Sie war mit ihren Eltern in den Harz gefahren. Nun haben die Mädchen die Aufgabe, abgetrennt von den Jungen, in einem Raum, den modernen Kommandoton noch in den Ohren, sich schnellstens in Sportler zu verwandeln. Barbara kann beim Schuheausziehen und Pullover ausziehen von der Stadt Wernigerode weitererzählen, während Lesru in einen trüben Zustand gerät. Dass sich aus den so bunt und verschiedenartig gekleideten Mädchen eine Ansammlung von Turnhemden und Turnhosen bildet, eine vereinfachte Masse, bringt sie zum Erstaunen und in eine sonderbare Eintrübung. Alles ist futsch, alles ist hin, o, du armer Augustin. Und sie kann nur inbrünstig und mit wahrhaft tiefstem Verlangen an Frau Stege denken. Frau Stege in ihrer

schönen etwas nachlässigen eleganten Kleidung mit dem konzentrierten halb ovalen Gesicht würde sich niemals entkleiden und Turnzeug anziehen! Und was sagt Barbara mit der spitzen Nase und den kleinen Sommersprossen auf der Nase zu den Ungeheuerlichkeiten im Umkleideraum? Sie erzählt vom Hexentanzplatz ihrer geduldigen Zuhörerin.
Das ist also das Sportstadion unter freiem Himmel, so sieht ein Sportstadion aus: mehrere Aschebahnen für Laufwettkämpfe, Springgruben für Weitspringer, eine Hochsprunganlage, Messlatten und eine Haupttribüne. In der Mitte der gepflegte grüne Rasen, an seinen beiden Ovalenden die Torbereitschaft. Hier erklingen die Menschenchöre der Begeisterung und die Aufschreie, hier geht es zu wie in allen Sportstadien der Welt.
Lesru ist beeindruckt und erschaudert zugleich. Frau Stege verliert. Frau Stege steht ganz allein auf dem grünen Rasen. Als der Befehl erschallt, „Auf die Plätze, fertig, los“, setzten sich die Jungen auf der Aschenbahn prompt in schnellste Bewegung. Der junge Sportlehrer erwartete seine Zöglinge bereits im Umkleideraum der Männer. Frau Stege spielt auf dem leeren Rasen und sieht Lesru an, aber die senkt ihren Blick und blickt den Schnellläufern nach. Wie sie die braun gebrannten Beine voranstellen, immer schneller, Lesru ist hingerissen. Es sieht putzig aus. Weit entfernt, den Widerspruch zwischen Körper und Geist zu verstehen, fällt sie ungelenk und plump heißa ins Loch des Widerspruchs. Widersprüche schmerzen.
Der sehr kurzsichtige Arztschüler Doms jedoch lässt die Truppe laufen und spaziert sehr langsam den Wegstürmenden nach, sodass die Mädchen auf ihn aufmerksam werden und ins Kichern, ins laute Lachen sogar geraten. Und dieses Nachhinken, dieser Gestalt gewordene Unwille des Peter Doms ist es auch und kann es nur sein, der sie aus dem schmerzenden Zwiespalt befreit.

Lesru ist zum ersten Mal glücklich in dieser Klasse. Ein Verweigerer ist erste Klasse, und dass sie das in Torgau erleben darf, versetzt sie in eine beglückende Lebensweite. Wie viel Individualisten würde es noch in dieser Klasse geben, wie viel Talente sich herauswagen! Die ehemaligen Mitschüler in der Grundschule im Dorf waren doch alle samt kleinformatige Hanswürste, denkt sie oberflächlich und abgeschieden. Weil man aber eben Gesehenes nicht mit Vorhergesehenem vergleichen kann, ohne zu verletzen, packt sie auch prompt das schlechte Gewissen und stählt ihre Beine. Auch die Mädchen müssen einen Einhundertmeterlauf absolvieren, und Lesru rennt mit grimmigem Vergnügen wie um ihr Leben.

Peter Doms aber hat sich nicht ungewappnet ins Abseits gestellt. Er zog ein hellbraunes Reklambüchlein aus der Hosentasche und liest hinter den schnell fliegenden Beinen aus dem "Odysseus" von Homer einige Seiten weiter. Im Gehen unter freiem Himmel in einem griechischen Sportstadion. Ein Vergnügen, auf das er sich vorbereitet hat und es auch in vollem Umfang erhält. Den ersten Tadel nimmt er lächelnd im Anschluss an den Sportunterricht in Kauf.
Wenn ein Mensch etwas tut, das nicht der Norm, auch nicht der Ausbuchtung einer Norm entspricht, kann er sich auf Reaktionen gefasst machen, zumal wenn seine Anmaßung unter den Augen anderer geschieht. Frau Kosig, am Ende der Hundertmeterbahn mit einer Stoppuhr stehend, sendet einen zornigen Blick zu Herrn Kosig, der am Ende der Zweihundertmeterbahn mit seiner Stoppuhr steht. Der lesende lang geschossene Doms blättert eine Seite um auf der Aschenbahn. Er lässt sich nicht vom Gejohle - welch eine Sprache – seiner Klassenjungen stören. Winkende Schreie, halb in der Kehle stecken geblieben. Die später gestarteten Mädchen rennen am lesenden lang geschossenen Peter Doms vorüber geradewegs ins Verderben.

Nach dem Unterricht des zweiten Oberschultages – erst jetzt lässt sich das sagen - eilt Lesru mit dem einzig verbliebenen Wortpaar "Scheiß droff" die schmale Schlossstraße hinauf, über den Marktplatz mit seinem wunderschönen Renaissancerathaus, wo Abiturienten vor drei Jahren Stalins lebensgroßes Pappstandbild bepinkelt hatten. Warum fällt mir denn das jetzt ein, kann auch noch gedacht werden. Das Wortpaar "Scheiß droff" ist gut und riegelt alles Erlebte hinter sich ab. Denn das, was an diesem zweiten Unterrichtstag erlebt worden war, der Domsche Fall, das sich selbst zeigen, provokant aber ganz, stieß in Lesrus versteinerte Vergangenheit wie ein Trompetenstoß in den Sand, Staub und Schmerz aufwirbelnd. Denn ihre verdrängten Erlebnisse waren allesamt Aufbegehren gegen die Normen in Familie und Gesellschaft. Und dieses hoffnungslose Domsche Anrühren und Anklopfen an die zugewachsenen Eigenerlebnisse erzeugte hochgradige Energie, die sich im Sand verlieren muss. Sie muss mit diesem Wortpaar erneut verdammt werden.
Die Ševčík-Etüden, sie allein begrünen und begründen den Schnellweg von der Oberschule zur Breiten Straße, wo sich das Musikgeschäft Maas befinden soll. Während es in ihrem Kopf forthämmert, bitte, sei noch geöffnet, obwohl es schon nach dreizehn Uhr ist, fühlt sie plötzlich einen sonderbaren Rückenwind am ganzen Körper. Sie fühlt, wie die Wörter „Scheiß droff", leeres Gewäsch in Torgau werden, sich verdünnisieren, sodass sie sie, vor dem Musikladen stehend, nicht mehr braucht! Eine sonderbare Beruhigung und große Verwunderung empfindet sie, so, als müsste sie jetzt einen Knicks vor der Stadt machen. Die haben jetzt nichts mehr zu sagen, denkt sie und betritt das ehrwürdige Musikgeschäft, das beim Türöffnen eine Melodie ertönen lässt.

Zornig auf sich selbst, ein seltener Zustand, eilt Jutta Malrid an diesem Abend vom Hof des Großbauern Sturm. Es ist merklich kühler geworden, im westlichen Himmel hat sich eine graumächtige Wolkenwand aufgebaut. Der Blick zum Wettergeschehen beruhigt sie ein wenig, und so entschließt sie sich, zu ihrer Kollegin Gretel Müller zu gehen. Sie sehnt sich nach einem normalen menschlichen Gespräch, das sie zu Hause mit ihrer eigensinnigen Tochter wohl nicht haben kann. Dort muss sie sich ebenfalls selbst behaupten, und dazu fühlt sie sich heute gar nicht in der Lage, im Gegenteil, es ist ihr als hätte sie sich selbst enthauptet.

„Stell Dir vor, Gretel, ich musste zuhören, wie der Genosse Biberitz von der Kreisparteileitung meinen netten Herrn Sturm attackierte, Du weißt doch, Herr Sturm hat mir den Schulgarten gepflügt. Ich saß daneben und schämte mich in Grund und Boden."
Die angesprochene Gastgeberin, ein schmales temperamentvolles Fräulein, hat ihren freudigen Mund offen stehen, die schwarzen Augenbrauen hochgezogen und beide Arme auf dem Tisch aufgestützt, so, als wollte sie jeden Augenblick in ein schallendes Gelächter ausbrechen, das man bis zum Gasthof hören könnte.
„Siehste, das hast Du davon. Musstest ja in diese Partei eintreten. Bin ich nie. Ich bin ein freier Mensch. Und Du machst Dich zum Handlanger für die Kollektivierung der Landwirtschaft oder wie die das nennen."
Das Zimmer, in dem dieses abendliche Frauengespräch stattfindet, ist so winzig wie eine Nussschale. Die frühere Gesindestube des Bauern Honig mit einer zweiten Tür, die zur halbierten Nussschale führt, Gretels Schlafraum. Gretel hantiert am grünen Kachelofen, um ihrer jüngeren Kollegin eine Tasse Tee zu kredenzen. Die Nussschale aber riecht nach herrlichen Waldpilzen, nach Steinpilzen und den braunhäutigen Maronen, die fertig geschmort, vor einer halben Stunde mit Hochgenuss und allein verzehrt worden sind. Sie trägt

ihr selbst genähtes braunes Hauskleid mit offenem Kragen, nur ohne Gürtel. Mich habt ihr immer mitleidig angesehen als Handarbeitslehrerin, ich wusste nichts von der neusten Entwicklung, von den neusten Parteitagsbeschlüssen. Ich brauche nicht gegen mein Gewissen zu handeln, und jetzt kommste zu mir - so etwa denkt sie, die doch viel lieber mit einem dritten Mann eine Runde Skat gespielt hätte. „Der Biberitz ist wohl ein ganz scharfer Hund", fragt sie, bemüht den ganzen Politkram, der sie nur aufregt, wegzuschieben. Auch ist es ihr im braunen Hauskleid unangenehm, zu unerwarteter Stunde Besuch zu empfangen, die Küche, die ihr „Wohnzimmer" ist, diese Gesindewohnung, die ihr „Haus" ist, in ungelüftetem Zustand vorzuzeigen.

Denn auch sie hatte wie ihre Eltern in großen Häusern vor dem Kriege gelebt, in Forsthäusern, wo ihr Vater Forstmeister war, und auch sie hatte, wie manche andere Umsiedler die Beschränkung und den Verlust von Großräumigkeit nicht überwunden. Sie besitzt deshalb Widerwillen gegen die Politik, gleich welchen Inhalts, einen starken Widerwillen, der bis zum Ende ihres Lebens ausreicht.

„Der Biberitz bringt es fertig dem Großbauern Sturm ins Gesicht zu sagen, dass er reaktionär ist wie fast alle Bauern in der Geschichte. Und dass er jetzt endlich die Chance hätte, auf die fortschrittliche Seite überzutreten. Besitz mache egoistisch. Auch, wenn er nur einen Knecht besäße, würde der ausgebeutet." Gretel Müller, die gern plautzartig lacht, bleibt das Lachen im Kehlkopf stecken.

„Ach nein, und wie reagierte Herr Sturm?" Im Gespinst einer fremden Auseinandersetzung befindlich, fühlt sie sich plötzlich ruschlig, fast wohl, so wie es immer bei Menschen ist, die fremden Streit zuhören. „Herr Sturm rauchte in der Küche, seine Familie, Frau und Töchter lauschten an der Tür, er sagte nichts. Später sagte er

von der Ausbeutung seines Karl wüsste er nichts. Und ich glaube ihm. Sieh mal, diese Bauern haben ebenso wie die kleinen Unternehmer, die es noch gibt, keinerlei marxistische Schulbildung erhalten. Sie kennen nur die Schlagzeilen unserer Zeitung, wenn überhaupt und dann die RIAS-Nachrichten. Und der Biberitz bombardiert die Bauernschädel mit Schlagworten des Marxismus, die sie noch nie gehört haben.“
Nachdenklich, als hätte die Erzählerin soeben eine Entdeckung gemacht, rührt sie, auf dem roten Sofa sitzend, im Teeglas. Ein kleines Glasgeräusch, hell klingend und rührig.
„Warum bist Du damals eigentlich in diese Partei eingetreten, Jutta? Gegen sein eigenes Gewissen zu handeln, das ist doch gottlos.“ „Nach diesem furchtbaren Kriege sagte eine Partei und meinte es ernst damit: Deutsche fassen nie mehr eine Waffe an. Erinnerst Du Dich?“ Gretel senkt ihren dunkelhaarigen Dauerwellenkopf über das rot gepunktete Wachstuch ihres Universaltisches.
Damals erhielt sie mit ihren betagten Eltern diese ehemalige Gesindestube mit Abstellraum zum Kampieren.
„Und Du glaubtest das, wie konntest Du das glauben!"
„Ich glaubte das. Auch dass große Kapitalvermögen infolge von Expansionen Kriege verursachten. Mein Gott. Jetzt haben wir Diktatur. Und wenn ich jetzt aus der Partei austrete, bin ich meinen Beruf los. Ich liebe meinen Beruf. Was soll ich denn machen? Aber eines habe ich heute gelernt, ich gehe nicht mehr mit zu diesen Überredungsgesprächen. Die Bauern sind kluge Leute, sie sollen selbst entscheiden, was ihnen nützt. Morgen soll ich mit Biberitz und dem neuen BHG-Direktor zum Bauern Oggert gehen. Unmöglich. Oggerts haben uns nach dem Krieg heimlich und gegen das strenge Verbot Milch abgegeben, und viele Male geholfen. Nein, das tue ich nicht.“

Zum grünen Kachelofen gesprochen, wo noch ein grauer Scheuerlappen zum Trocknen an der Ofentür aufgehangen ist. Eine Entscheidung ist gefallen.
„Eine Unruhe ist in die Dörfer gekommen, ich sage Dir, man sitzt wie auf dem Pulverfass", sagt in gebremster Erregung Gretel und schließt das kleine Fenster zum Hof. Es grunzen, schreien und raunzen die Schweine im nahen Schweinestall, die erst jetzt gefüttert werden. „Der wird doch nie fertig. Für meinen Hauswirt wäre die LPG ein Segen", lächelnd hinzugefügt. Lächelnd, weil es noch andere Verbindungen zwischen den Frauen gibt und die sich, von den gesellschaftlichen Vorgängen ins Abseits gestellt, freudig hervordrängen. „Wie geht's denn Deinen Kindern, wie gefällt Lesru die Oberschule und hast Du von Fritz schon etwas gehört?", fragt mit klarer freier Stimme die Unverheiratete die Witwe und Alleinerzieherin.
Als gäbe es zwischen diesen beiden ein bewährtes älteres Lebensband, als das Augenblicksgeschehen, das der Alleinlebenden etwas bedeutet. Ihr zartes Gesicht mit hohen Augenbrauen leuchtet geradezu, denn es muss, nach der Geräuschminderung, Abfütterung der Schweine, Licht gemacht werden, ein steifes Licht aus einer kugligen Deckenlampe.

Zwei Freundinnen also in einer Stube. Sie kennen sich seit zehn Jahren, als sie zusammen auf den Trümmern des Großreiches saßen, und mitten im splittrigsten Gerümpel froh waren, für ihre alten Eltern bzw. ihre Kinder ein paar Quadratmeter Dach überm Kopf zugewiesen zu bekommen. Jutta hatte immer die alten Eltern bewundert, die hier anspruchslos und nie klagend zusammen mit ihrer schnell berufstätig gewordenen Tochter gewohnt hatten. Und sie hatte die schwer belastete Kollegin freundlich unter die Arme genommen und in ihren Freundeskreis eingeladen, der sich in den ersten Nachkriegsjahren gebildet hatte. Nach dem Grundsatz: Wer es am schwersten hat, dem muss zuerst geholfen werden, handelte sie. Das Thema

Kinder konnte auch deshalb erfragt werden, weil sich die beiden Frauen bereits mehrmals im Dorf nach Gretels Pensionierung getroffen hatten und ihren neuen arbeitsfreien Lebensbeginn erörtert. Dabei klang Jutta noch im Ohr das Bedauern ihrer Freundin, keine Verwandten im Westen Deutschlands zu haben, sie wäre so gern zu einer langen Reise in den Schwarzwald aufgebrochen.

„Fritz wusste lang nicht, was er werden und studieren sollte. Das weißt Du sicher noch. Jetzt, kurz entschlossen studiert er in Zwickau an einer Fachschule Geologie, zuvörderst macht er Praktikum in einem Bergwerk, unter Tage."
Wenn eine Frau über ihre Kinder spricht, erweicht sich in der Regel ihre Stimme, sie fließt und fließt. Das tut sie in diesem Falle auch, wenn auch der weiche fließende Ton in Juttas Stimme nur andeutungsweise herauszuhören ist. „Ich bin sehr froh darüber". Dies aber klingt so, als sei ein Sportler soeben vom Startloch ins große Rennen geschickt worden.
„Und Lesru", fährt die Mutter fort, und Gretel, gespannt wie ein Flitzebogen jetzt, denn Lesru ist ihr kein unbekanntes Blatt, "stellte fest, dass unser lieber Otto Oneburg, bei dem sie zwei Jahre Geigenunterricht genoss, eine musikalische Niete sei, sie zwei Jahre jeden Sonntag Vormittag nichts gelernt und nun bei ihrer neuen Lehrerin in Torgau noch mal von vorn anfangen müsste." „Was Du nicht sagst", lacht die Zuhörerin, freudig gekitzelt von des Lebenswitz und Erleuchtung. Endlich lebt sie wieder im Lebenswasser, das, ohne Grund, schaukelt und ihr das so nötige Heitere erschließt.
„Jetzt übt sie und übt sie. So kenne ich sie gar nicht. Jedenfalls hat es in meinen Augen für den Anfang gereicht, sie soll ja nicht Konzertmeisterin werden. Aber gearbeitet hat sie fleißig in den Sommerferien bei Boeskes, vierzehn Tage bei der Getreideernte geholfen,

auch wenn sie eine ganze Fuhre mit Weizengarben umgeschmissen hatte.“
"Ja, sie donnerte mit leerem Gespann durch die Dorfstraße, dass die Leute von den Fahrrädern abstiegen, um nicht unter die Räder zu kommen", ergänzt Gretel ermuntert und erfreut, wiederum.
Denn ein Mensch, der überall aneckt, über die Stränge schlägt, ist allemal ein belustigender Gegenstand.

Ohne Übergang scheinbar verdunkelt sich Gretel Müllers Gesicht, sie blickt zur Sofawand und räuspert sich. Die fünfundsechzigjährige Förstertochter ist ein Waldfräulein geblieben, die auflebt, groß lebt, sobald sie vom grünen Wald umgeben ist. Sie erträgt weder einen längeren Besuch in ihren Wänden noch gesellschaftliche Lasten. Und gesellschaftliche Lasten werden jedem DDR-Bürger zugemutet und kostenfrei ausgeteilt.
Und so geschieht es auch hier. Die Last – ein Gerücht, das je länger es umlacht und ausgelassen wird an ihrem Wachstuchtisch, wächst –. Im Gegensatz zu Jutta kann Gretel nicht diplomatisch sprechen, einen Auffanghaken nicht auslegen. Sie flattert wie ein ängstliches Insekt auf der glatten Scheibe auf und nieder. „Stell Dir vor, Jutta, was im Dorf erzählt wird. Du wärst Mitschuld an der Verhaftung von Willi Knobel. Deine Frau Hollerbusch ist doch die Schwiegermutter von dem Peter Schürer. Und ihr habt euch vielleicht beim Erzählen verquatscht und Frau Hollerbusch hat sich auch verquatscht."
In welchem Ton kommt dies zur Sprache? In einem leisen geflüsterten Ton, das steife Gesicht an das andere steife Gesicht der anderen gerückt. „Die Wände haben überall Ohren, und Du weißt, dass ich keinen Flur habe." Geflüstert. An den Geschichtslehrer Willi Knobel, für ein Jahr nach Schnellverurteilung im Torgauer Gefängnis sitzend, will Jutta nicht mehr denken. Zu egoistisch und kurzsichtig erschien ihm seine Begründung für den Staatenwechsel - er könnte

seine fünf Kinder im Westen besser ernähren, als im armen Osten. Aber ihn dafür einzusperren wie einen Verbrecher erschien ihr ebenso wenig richtig zu sein. „Ich habe von seiner Absicht doch gar nichts gewusst, Gretel", sagt im beruhigenden Ton Jutta zu ihrer ängstlichen Freundin. „Die Leute erzählen gern ihre Spinnegankern, weil die Wahrheit nicht gesagt werden darf. Herr Schürer ist in meinen Augen ein anständiger Mann. Willi hat es vielleicht zu offensichtlich angestellt. Erst lässt er seine Frau mit den Kindern nach Westberlin reisen, danach, einen Tag später kauft er sich auch eine Fahrkarte nach Berlin. Bei der Bahn, unserem Bahnhof sitzt vielleicht der Melder."
„Schreckliche Zustände und nächste Woche feiert Otto Oneburg seinen Geburtstag mit uns, ich freue mich gar nicht." Auch das muss und richtungweisend zur Türe ausgesprochen werden. Denn der Freundeskreis ist für die beiden Frauen ein Schwibbogen, unter dem sie gern und beleuchtet von Nähe und Freundlichkeit sitzen in diesen durchlöcherten, gerüchtereichen Zeiten. „Aber ich danke Dir, Gretel, für Deine Mitteilung. Ich werde mich etwas mehr kontrollieren und auch Lesru Bescheid sagen, wenn unsere liebe Frau Hollerbusch bei uns ist. Mit diesem Misstrauen im Bunde kann man kein gutes Leben aufbauen. Das sage ich in der Parteigruppe immer wieder."
Jutta ist aufgestanden wie Gretel auch, eine Aufrechte neben einer Zitternden, weil Jutta die letzten Sätze wieder so laut gesprochen hat.

23

Der Sonnabendmittag ist die Zeit der Erleichterung im ganzen Land, zumindest für die meisten Menschen, die ihr Zuhause regelmäßig wochentags verlassen müssen. Ein Aufatmen, ein Sichausstrecken, eine notwendige Abkehr von den Arbeitskollegen und Mitschülern. Bis Montag Früh, aber soweit denkt kaum jemand. Denn das Eigene, das eigene Ausgelassene, es mag sein, was es will, lockt.

Auch Lesru stürmt, den Zwölfuhrzug verlassend, zusammen mit der Arbeiterklasse aus Weilrode durch das Bahnhofsgebäude, drängelt und quetscht sich durch dessen Nadelöhr, den schmalen Schalterraum.
„Machs gut, Hilde", und „Du och Beate", so erklingt es im fliehenden Auseinander mit austauschbaren Namen. Ein richtiges schönes Kurzkonzert. Alles erledigt? Der netten Margit aus Falkenberg hat sie fröhlich zugewunken, sie wird erst in einer Viertelstunde in Falkenberg sein und vielleicht ihre Geige wieder in die Hand nehmen. Lesru hat ihr zugeredet. Niemals darf man die Geige ruhen lassen.
„Tschüss", sagt zu Barbara, die befriedigt nach der ersten anstrengenden Oberschulwoche ihr Wohnhaus gegenüber vom Bahnhof nach Rauchspuren auf dem Dach absucht. Lesru sieht ihr mit Erleichterung nach, denn längere Zeit mit ihr zusammen zu sein, gefährdet schon. Es ist ihr dann, als wollte sie sie in ihr altes gewöhnliches Stricktuch einstricken, in ihre akkurate Haus- und Lebensordnung. Niemals würde Barbara über die Stränge hauen. Aber sie hatte einen Gruß von Eva Sturz bestellen müssen, die krank zu Bette liegt und auf ihren Besuch am Nachmittag wartet.
Auch nicht schlecht. Eine Freude, die Freude? Nein, das Unbekannte kann noch keine Freude bereiten, höchstens eine Erregung verursachen. Aber dies ist nicht der Grund für das Tempo auf der kastanientreuen Bahnhofstraße.
Vor ihr in zwanzig Meter Entfernung sieht sie das weibliche Liebespaar eingehenkelt gehen: Carola Stier und Ingrid Krach. Und, es tut nichts weh! Lesru blickt noch einmal prüfend zwischen die Schultern und Rücken der Arbeiterklasse und fühlt keinen Schmerz. Das ist so ungewohnt und neu. Sollte dieses Wunder mit dem erlebten höheren Bildungsniveau zusammenhängen oder allein mit ihrer neuen

Zeitrechnung, mit Frau Steges Anziehungskraft? Mit den täglichen Rücken- und Handgelenksschmerzen, der Entdeckung des wahren Wegs? Eine Frage bedeutet noch lange nicht, auch eine Antwort zu haben. Der Grund für ihren Schnellgang vom Bahnhof zum Winkelmannschen Haus aber liegt in einem Buch. Es ist natürlich sofort ein heiliges Buch, eine Verteidigungswaffe gegen alle Mütter, Unbilden des Lebens, das sie nur lesen und verstehen muss, um gegen die Welt gewappnet zu sein.
Die Mutter hatte ihr heiliges Buch "Die Grundlagen der Psychologie" von Sergej Rubinstein, das sie mit dem höchst denkbar klopfenden Herzen in Torgau in der Kreisbibliothek ausgeliehen hatte, angesehen und mit dem fürchterlichsten Blick, den jemals eine Mutter und Lehrerin gebrauchte, nämlich verächtlich und verlachend, verworfen.
„Das verstehst Du ja sowieso nicht, das ist etwas für Studenten, lies doch solche Bücher, die Du verstehst, Lesru." Eine umfassende Backpfeife, die ihren ganzen Körper bepfiff und bekloppte.
Die Mutter ahnte nicht im Geringsten, wie Lesru zum Ende des achten Schuljahres das Wort „Seele" in die Seele gefahren war. Wie ein Sehweg zum äußersten Horizont, wie ein Licht inmitten großer labyrinthartiger Dunkelheit.
Mit 14 Jahren durfte man sich in der Stadt- und Kreisbibliothek als Leser anmelden, und sie stand anderntags im August vor geschlossener Tür, wegen Umbau geschlossen. Einknicken der Beine. Aber nun hatte sie es in der ersten Schulwoche ausgeliehen, stolz und schwer, wie ein Adler nach Hause gebracht.
Das Buch ist ein Gegengewicht gegen die Tiefenenttäuschung, die sie im Fach Deutsch bei Herrn Wondrej erlitten hatte. Er hatte nicht ihren schwärmerischen Ausflug nach Weimar als besten Aufsatz vorgelesen, er hatte Elvira Feines Aufsatz über eine Katze am Straßenrand vorgelesen und sie damit schrecklich beleidigt. Aber nunmehr besitzt sie einen

Wegweiser und Schlüssel, um in die Geheimnisse der Seele, die in ihr eingebrannt liegen, hineinzukommen. Denkt die Vierzehnjährige. Wieder hatte die Mutter das Schönste, Tiefste, das neben der schweren Arbeit mit der Geige existiert, vermiest.
Deshalb musste der Befehl ausgesprochen werden: „Rühr es nicht an!"
Von der Freudschen Tiefenpsychologie weiß Lesru nichts, wohl aber die Mutter. Und Jutta hütet sich, aufzuklären. Sie ist der Ansicht, solange ein junger Mensch nicht seine eigene Unordnung beseitigt, seine Schuhe ordentlich abstellt, seine Kleidungsstücke nicht ordentlich über den Stuhl hängt, kann er sich nicht mit den schwersten Fragen beschäftigen.
„Tag", sagt Lesru zu Frau Hollerbusch in der Küche mit dem gedeckten Mittagstisch und sieht die Freundliche in der blauen Küchenschürze wie eine dringend benötigte Ermunterung an. Die Ältere erwidert Lesrus lebhaften Blick und Gruß dankbar und schwungvoll, weil es nun endlich losgehen kann mit der Magenbefriedigung. Die Mutter - im kleinen Wohnzimmer, die Tür ist angelehnt. Sie muss jeden Augenblick die schöne Atmosphäre, das Sichverstehen, stören, aufschneiden.
Während sich die Oberschülerin auf die Couch setzt und zuvor mit einem abgekühlten Blick gesehen hat, dass ihre Mutter den Befehl befolgt und das dicke Buch auf dem Kopfteil der Couch nicht berührt hat denkt sie, Frau Hollerbuschs Schwiegersohn soll irgendwo in Torgau bei einer komischen Behörde arbeiten. Und ich soll ab sofort nichts Anrüchiges in ihrem Beisein erzählen.
Ich lasse mir doch nicht unsere liebe Frau Hollerbusch nehmen. Kommt gar nicht infrage. Obgleich ein Misstrauen sich breitmachen will und an der kräftigen Hand, die die Suppe mit der Kelle austeilt, festhängen will, bekämpft sie dieses Misstrauen mit der einfachen Aussage: Da habe ich ja niemanden mehr in diesem Hause und sie lächelt die schöne Schwarzäugige für alle Zeiten an. Die Unterhaltung bei Tisch kann,

nachdem Lesru die aus dem Wohnzimmerchen herausgetretene Mutter mit einem viel leiseren „Tach" gegrüßt hat, auch ohne ihre Wenigkeit auskommen. Welche Bauern zur LPG beigetreten, welche sich strikt weigern und welche Herrschaften ihre Entscheidung in der Schwebe lassen, wird erörtert. Die Kartoffelsuppe aus dem roten Kochtopf liebäugelt in Tellern mit den Mägen der Essenden, eine Gemeinsamkeit, die sie verbindet. Obenauf die grüne Petersilie, die Frau Hollerbusch regelmäßig vergisst, und in hellen rotbraunen Scheiben die zerschnittenen Extraklassebockwürste vom Fleischer Latzmann. Schweigen im Walde. Sie haben Zeit. Der Sonnabend kommt wieder herein durch die Fenster zur Gärtnerei und zu anderen Häusern, er döst in den Vor- und Hintergärten. Plötzlich beginnen die Glocken zu läuten von der ziemlich entfernten Kreuzkirche, vom Westwind befördert und näher gebracht und Frau Hollerbusch sagt:
„Ach ja, heut ist ja Beerdigung von der alten Frau Busch" und isst weiter. Zur Bauernfamilie Busch haben Malrids keinen Kontakt.
„Versteht man janicht, dass man eines Tages verschwindet und wohin, Frau Malrid?" Eine echte Frage. „Sterben heißt Platz machen für einen neuen Menschen. Ich glaube nicht an die Auferstehung des Fleisches, wie es in der Kirche so schön heißt. Leben heißt seinen Platz ausfüllen, und sterben heißt, seinen Platz wieder zurückgeben."
Das schöne ovale ernste Gesicht der Mutter, links von der Couchquetscherin, hat soeben eine Wahrheit klug formuliert. Sie blättert ihre grauen Augen unter der feuchten, von der Suppe beschlagenen Brille auf, nimmt die Brille vom Landungsplatz und sieht verschwommen die barocktürmige alte Heilandskirche, die sie eben noch scharf umrissen unter den Robinien gesehen.
„Das will man manchmal janich einsehen, dass man sein Feld räumen muss. Für die Kinder ja. Außerdem wird man nich gefragt. Man hat einzuschlafen. Mein

Mann ist vom Dach gefallen und war tot. Mein Junge kam in die Stromleitung und war tot. Das kann ruck zuck gehen. Da kommt man nicht zum Sinnieren. Aber hier bei Malrids kommen mir solche Gedanken und deshalb komme ich och so gerne her„, erklärt die Waschfrau und Haushaltsstütze. Lesru ist gänzlich sprachlos. Die Kirchenglocke läutet noch, dreizehn Uhr Großbeerdigung. Die Leichenfrau hatte die alte Frau Busch sicherlich gewaschen und war mit gefülltem Riesengepäckträger wieder ins Haus ihres Todfeindes zurückgekehrt. Sie wundert sich, dass sie nur solche blödsinnigen Gedanken hat. Sie sieht die schwarz gekleideten Leute mit Kränzen, die unten in der Gärtnerei bei Jost gebunden worden waren, sie versucht ernsthaft an Tote zu denken, an die Erschossenen in Buchenwald, an den ertrunkenen Schüler vor einigen Jahren. Nur an den Tod ihrer Großmutter vermag sie nicht zu denken.

Auch ihr kindlicher Versuch, sich selbst das Leben zu nehmen, den Platz vorzeitig zu räumen für einen neuen Menschen, nach dem Geldklau, nach der furchtbaren Enttäuschung, die sie ihrer Mutter also bereitet hatte – Lesru war nachts zu den Schienen gelaufen - auch das ist verdrängt und hindert sie, etwas Passendes zu denken. Was sie vor dem Liegeversuch auf den Schienen bewahrt hatte, war der Anblick der dunkelblauen Kornblumen im Mondschein und anderer Pflanzen, die auf dem Bahndamm wuchsen und überaus schön waren. Von ihnen mochte sie sich wegen der paar Mark, die sie geklaut hatte, doch nicht zu trennen.
So ist fast alles, was vergangen ist, kein Thema mehr; es stürmt, hetzt, schleicht alles nur vorwärts.

24

Wir wollen eine langsamere Gangart wählen und von einem Gespräch erzählen, das vor einigen Wochen, just

nach dem Einzug der Malrids in ihre erste abgeschlossene Wohnung in ebendieser Küche stattfand. Frau Piener war zur Begrüßung gekommen, nicht lange. Die kleine bis Sonnabendmittag in Torgau arbeitende Frau hatte nicht Zeit mitgebracht, wohl aber einen Vorschlag. Pieners und Malrids kannten sich seit 1946, wo beide Familien in beengtesten Quadratmetern unter dem Dach der Schule hausten, dort hatte sich auch die Kinderfreundschaft zwischen Lesru und Gundula, ihrer späteren Silvesterfreundin ergeben. Gundula war die Nichte von der kinderlosen Frau Piener, sie wuchs unter ihrem Schutz bei ihrer Tante auf bis zur Einschulung. Fortan kam die um zwei Jahre jüngere Gundula sehr gern in den Ferien zu Besuch zu ihrer Tante und gern zur befreundeten Familie Malrid.
Auch diese beiden Frauen gehörten zum Freundeskreis, der sich nach dem Krieg gebildet hatte wie ein gesuchtes Inselchen im Meer der Nöte. Frau Piener hatte zehn Jahre lang und länger ihren kranken Vater gepflegt, einen Schulmeister aus Schlesien, ohne zu klagen, auch die letzten Pflegejahre war sie klaglos geblieben, als der alte Herr sich entschlossen hatte kein Wort mehr zu sprechen. Sie hatte auch den zunehmenden Alkoholbedarf ihres älteren Mannes, des ehemaligen Schuldirektors in Weilrode ertragen, mürrisch wurde sie davon allenthalben. Etwas zur Seite geneigt, pessimistisch mit einem anderen Wort, wurde sie, bevor ihr eigenes, wirklich ihr eigenes Leben als Angestellte im Konsum der Kreisverwaltung begann. Zum ersten Mal in ihrem Leben nach ihrer Heirat konnte sie morgens aufstehen und zu sich selbst gehen, nicht zum Haushalt, nicht zum wartenden Kranken …
Sie lernte voller Elan mit verspäteter Begeisterung andere Vorgänge außer Haus kennen, Schreibmaschinenkenntnisse besaß sie. Herr Oneburg, Freund des Freundeskreises, war ihr vergnügter Lehrmeister und die jüngeren Kolleginnen im Büro teilten ebenso Ratschläge und Verwaltungsbögen aus, amüsiert und ernsthaft. Es wurde jetzt ein ganzes

Kreisgebiet mit Waren versorgt und nicht bloß ein einziger Kleinhaushalt. Hilde Piener lebte auf und lebte in tausend Ängsten anfangs und je sicherer sie wurde, umso lebendiger wurde sie. Das Frühaufstehen, das morgendliche Fahren mit dem Arbeiterzug genoss sie, sie stand oft allein auf dem Bahnsteig, ein Dauergeschwätz brauchte sie nicht.
Wenn nun ein derart entwickelter Mensch zu einem sich gleich gebliebenen tritt, kann es zu Unvorhersehbarem kommen. Es war Anfang August, als dieses Gespräch in der kleinen braunsonnigen Küche stattfand. Im August hatte keiner der Freunde Geburtstag, die beiden Frauen hatten sich also nicht unlängst gesehen. Gundula und Lesru waren mit den Rädern zum Baden an die Alte Elbe gefahren, einem schönen, inmitten von Wiesen und Elbdamm begrenzten länglichen Wasserarm, der Urelbe. Unangemeldet stand die kleine schlanke Frau im grauen Friseurhaar, einem breiten mimikreichen Gesicht, entwegten dunklen Äuglein, als wollten ihre Augen Versäumtes nachholen, so rollend, so schnell abbiegend, waren sie. Noch in der Bürokleidung, braunes Kostüm, nur die Bluse hatte die Tante gewechselt.
Jutta Malrid aber besaß für ihre Duzfreundin zum Zeitpunkt des Besuchs weder Ohr noch Auge, nur ihre anerzogene Höflichkeit. Für sie ungleich wichtiger war der Besitz der Fahrkarte nach Weilburg für ihre Westreise, die am nächsten Tag endlich, von Papieren gesichert und überhaupt erst ermöglicht, stattfinden sollte.
Die Besichtigung der Wohnung war schnell durchlaufen, als Hilde, die ebenfalls Zeitarme, im Flur auf die außerhalb des Flures befindliche Zimmertür hinwies mit den kühnen, absolut unpassenden Worten: „Na und dieses Zimmer wirst Du wohl Lesru geben. Sie ist jetzt vierzehn, geht zur Oberschule und hat endlich ein eigenes Zimmer." Jutta wurde sofort von dieser ratschlägigen Anmaßung auf den Boden der Tatsachen katapultiert. Denn sie hatte doch schon in

vorauseilenden, vor einer Westreise nie zu zügelnden Gedanken an der gefürchteten Grenzstation in Bebra gesessen.
„Nein. Lesru braucht kein eigenes Zimmer, das wäre ja noch schöner. Ich vermiete das Zimmer mit separatem Eingang an Lehrerpraktikanten, das nützt den jungen Studenten, und es bringt mir noch etwas ein.“ Unwillig und zugleich praktisch selbstbefriedigend gesagt, so, als würde kein Balken im Auge sitzen.
„Das ist sehr schade, Jutta. Es würde auch Eurem besseren Verständnis zueinander dienen; ein eigenes Zimmer wertet doch auch etwas auf, und jetzt hättest Du die Chance." Ermunternd von der kleinen Sommerfrau zur mittelgroßen Vogelscheuche (so erschien Hilde ihre Freundin) gesagt. Indessen ward jedoch der brummige Motor der Verachtung angesprungen, der Verachtung zu einem neunmalklugen Kind, das sich nicht einordnen, das Schauspielerin werden wollte, ihr, der Mutter Anweisungen erteilte, wo welche Dinge im Haushalt liegen dürfen und nicht berührt, beiseitegeschoben werden dürfen, die ihre dreckigen Feld-, Wald- und Wiesenschuhe hinschmiss, wie es ihr einfiel, nicht kochen lernen wollte, oh, der Boden der Büchse der Pandora ist unausschöpfbar.
„Nein, das kommt gar nicht infrage, Hilde. Lesru braucht kein eigenes Zimmer. Sie soll erstmal Ordnung lernen."
Dies wurde mit augenfälligem Ernst zur Kinderlosen gesagt, ein wenig erstaunt also doch. Als wüsste Jutta tausendmal mehr über richtige Kindererziehung als die Kinderlose, an deren Hand mit Abstand sich nur Gundula zeitweise aufhielt. Wahrscheinlich, so dachte Jutta später, weil sie nur Gundula vor Augen hat, die keine Geschwister hat, kommt sie auf diese Schnapsidee.
Hilde Piener ging bald aus dem gepflegten Haus mit breitwilliger Treppe und Zwischentür. An ihre haarsträubenden Wohnverhältnisse bei einem Menschenhasser dachte sie nicht. Die Jutta hat

manchmal Haare auf den Zähnen wie ich auch, dachte sie.
Am Abend vor der Westreise, Koffer und Tasche waren säuberlichst gepackt, erzählte die Mutter nebenbei von Frau Pieners merkwürdigem Vorschlag der Badenden. Denn Lesru badete immer noch im heißen Angesicht des Augusttages an der Alten Elbe.
Ein eigenes Zimmer? Lesru musste lachen bei diesen Worten. Wozu brauche ich denn ein eigenes Zimmer? Sie stand eingemauert in ihrer Schulwohnungsvergangenheit. Es ärgerte sie jedoch nachhaltig, mit welcher Kälte und Verachtung ihre Mutter von diesem Ansinnen Frau Pieners gesprochen, so, als würde Gundulas Tante nicht recht zurechnungsfähig sein. Ein eigenes Zimmer, ha, ich bin doch nicht Carola Stier, auch nicht das junge schöne Mädchen aus dem Buch „Wie der Stahl gehärtet wurde", das ein eigenes Zimmer voller Bücher besaß. Ich doch nicht.

25

Endlich ist die Luft rein.
Wer Lesru diesen unpassenden, ewig falschen Satz eingeflößt hat, ist nicht zu ermitteln. Wahrscheinlich der Volksmund, der allerhand weiß. Frau Hollerbusch ist heimgegangen. Sie wusch während ihrer Abwesenheit (ein schönes Wort) Malrids Wäsche, und Lesru half ihr nach dem Essen, die Wäsche im abgeriegelten Hof aufzuhängen. Gern tat sie das, auch, weil das Zusammenarbeiten mit Frau Hollerbusch Freude macht, die Dinge sind frei von vergangenem Gezeter. Am fröhlich derben Wesen der Älteren fühlte Lesru, dass kein Garn der Lüge oder des Verrats in ihr existieren kann. Der Älteren Arbeit abnehmen, damit sie auch zu ihrem Schläfchen kommt, bereitete ihr Freude.

Leben im engen abgeschlossenen Hof des Hausbesitzers ist aber auch deshalb möglich, weil es einen Protestweg gibt. Eine steile schwarze Holztreppe führt an der Hauswand entlang über die flache Tischlerwerkstatt nach oben zu einem Holzlager. Er führt geradenwegs aus der schrecklichen Enge in die Freiheit, zumindest in ihren Anblick: Zu den gelben Stoppelfeldern, zur Alten Ziegelei, bis nach Graditz und seinen Baumriesen, und, stände der knorrige Birnenbaum im Hof nicht im Wege, könnte Lesru die geliebte Silhouette vom Torgau sehen. Wenns brennt, stürzt sich Lesru die Treppe hoch und kann sich sehnen, immerfort sehnen.

Die Mutter legte sich nach ihrem anstrengenden Schultag zum Mittagsschläfchen für ein Stündchen im gemeinsamen Schlafzimmer mit einem Seufzer nieder.
Die Luft in der Küche ist rein. Sie hält sogar den Atem an. Das besagte Buch „Die Grundlagen der Psychologie" von S. L. Rubinstein liegt unangetastet am Kopfende der Holzbrettercouch. Sie haben solange auf

mich gewartet, bildet sich Lesru ein. Die Grundlagen. Das Mädchen im silbergrauen Pullover mit dem feinen rot eingestickten Hemdkragen atmet dreimal durch, weil mehrere Widerstände und Hindernisse zu erwarten sind. Erstens ist es ein wissenschaftliches Werk über die Grundlagen der marxistischen Psychologie, 800 Seiten stark, das ihre Mutter bereits frech angefasst und grell als schwer verständlich beurteilt hatte. Zweitens hat es Lesru vor diesem hoch konzentrierten Blick schon mehre Male selbst durchblättert, das mehrseitige Inhaltsverzeichnis versucht zu lesen, das mit Fremdworten und Fremdbegriffen vollgepflasterte Buch, die niemals ein anständiges Pferd im Galopp verlieren kann, und einen Schock geerntet. Das erstens und zweitens darf sie aber niemals zugeben, ihre heiße klopfende, fragende, bedrängte Seele sagt sich: Fresse dich durch den Rost. Und: Zügle dich! Denkt: Kam ich nicht wie ein wild gewordener Akkord in Frau Steges Musikzimmer, das ich nach einer Stunde schamvoll verließ?
Es ist still im großen Tischlermeisterhaus. Unter Zwang schlägt sie die erste Seite des graudeckligen Buches auf und beginnt das kürzere der beiden Vorworte zu lesen. Das kürzere zweite Vorwort wurde im Mai 1945 zur zweiten Auflage verfasst, und ein leiser Schrecken erfasst sie. Am Kriegsende. Sie liest vom Großen Vaterländischen Krieg der Roten Armee gegen die faschistische Barbarei, vom Sieg der Roten Armee und der daraus abgeleiteten Notwendigkeit, Philosophie und Psychologie neu zu durchdenken. Damit, so weiter, die „Dekadenz" nie wieder solche Verbrechen zulassen kann.
Was ist Dekadenz, fragt sie die braunrote Gardine des Küchenfensters.
Mit der Gardinenfrage beginnt sie langsam, das erste Kapitel zu lesen. Es handelt sich um den Gegenstand der Psychologie, um seine Erklärung. Dabei frohlockt sie bei jedem Satz, den sie versteht. Ein kleines Leuchten vereinigt ihre braunen Äuglein unter der hellen

Brille und stützt ihre Ellenbogen auf dem Wachstuchtisch. Rubinstein nimmt mich ernst, denkt sie. Er sagt: „Unsere Wahrnehmungen, Gedanken, Gefühle, unsere Strebungen, Absichten, Wünsche "..." der innere Gehalt unseres Lebens". Jetzt kräuseln sich ihre vorwitzigen Locken auf der gebräunten Stirn, ihre ganze sitzende junge Gestalt erfährt von allen Himmelsrichtungen eine ungeheure Stärkung. Welch eine Kraftübertragung! Endlich, endlich, denkt sie, gibt es einen Menschen, der meine Sehnsüchte, der meine unendliche Liebe zu Carola versteht. Lesru ist so überhöht, dass sie gar nicht weiterlesen kann. Gegenüber das zweistöckige große Grauhaus vom Gärtner Jost, weit genug entfernt, die Dahlien blühen und das Gewächshaus grau und glasig, hat auch seinen Platz auf der Erde.
Und Rubinstein versteht auch, redet es in dem aufsehenden Mädchen am stillsten Küchentisch, warum es mich so gewaltsam zur Orgel in die Kreuzkirche hinauf zog, wo ich, als ich die Treppe hinauf ging, am ganzen Leibe gezittert habe. Das versteht Herr Rubinstein. Mit diesem Einblick vor Augen lässt sich auch nicht weiter lesen. Es kommt aus einer Verdammnis hoch und springt sie wie ein winselnder Hund an, das unbekannte Schreckliche. Es muss sofort eine Zigarette zur Hilfe geholt werden und gegen das strikte Rauchverbot angeraucht werden. Den Aschenbecher holt sie sich aus dem braunen Küchenschrank, der wohl auch noch da ist.

Ja, ja, und nein, nein! Ausgelacht. Der heißeste Wunsch ihres Lebens erinnert sich „plötzlich" hervor. Ich wollte Schauspielerin werden, das denkt sich wie in einer ersten Befreiungsaktion hervor. Der Kunst fühlte ich mich dermaßen heiß und zugehörig, dass ich mich jetzt noch erschaudernd daran erinnere, denkt sie, eine deutsche „Turf", die Arbeiterzigarette rauchend.
Dieser Wunsch wurde freigelegt von einer schriftlichen Anfrage am Ende der 8. Klasse, wo innerhalb einer

allgemeinen Rundfrage nach den Berufswünschen der Schüler gefragt wurde. „Schauspieler“, dieses Wort explodierte wie glühende Lava aus ihrem verschütteten Inneren heraus und musste und konnte mit steifen Buchstaben formuliert werden. Es stand fest, es war herausgebrochen, ein künstlerischer Beruf. Ihr selbst noch ziemlich ungeheuer, sodass sie tagelang geglüht, mit diesem seltsamen Ding im Bauch umhergegangen wäre, wenn.
Wenn das Wörtchen wenn nicht wär, wär ich doch ein großer Herr.

Nicht lange, nur Stunden erlebte dieser tiefste heißeste Lebenswunsch sein Dasein. Von ihrer Mutter, damals sogar ihre Klassenlehrerin, wurde er alsbald in der Grozerschen Küche energisch und kalt, nochmals kalt ins Lächerliche geredet und zu Tode geredet. Vollends abgewürgt mit einer Tatsache, gegen die sich zu Tode Erschrockene nicht wehren konnte. Sie sei nicht hübsch genug. Lesrus Äußerlichkeit durchlief daraufhin eine fremde Skala von Bewertungen und schwieg. Das nicht kämpfende, nur zu Tode erschrockene Mädchen musste auf dem formellen Fragebogen den Beruf „Schauspieler" streichen. Noch tagelang fühlte sie die sonderbare Lähmung in ihrer kleinen Seele, so, als hätte sich wieder ein unförmiger Stein vor ihre Tiefenöffnung gelagert. „Die Spalte bleibt offen", befahl die Ungütige.

Die Zigarette lebt in veränderter Form in der Winkelmannschen Küche weiter und Lesru ist genötigt, das Küchenfenster zur Kreischauer Straße zu öffnen. Diese einseitig bebaute kurze Straße liegt nicht dicht am Haus, sondern am Ende langer Beete der Gärtnerei. Beim Lesen und der Erinnerung an ihren Berufswunsch, der wie ein Schwerthieb noch in die verqualmte Luft saust, ist sie sich sicher, dass nunmehr von Herrn Rubinstein etwas über ihre Mutter gesagt werden müsste. Stattdessen sind die Wörter „uns, unsere

Wünsche, unsere Sehnsüchte“ unvermittelt durch das kalte Wort „Subjekt“ ersetzt.
Fortan sind Lesrus Wünsche, Gedanken, Gefühle einem Subjekt zugehörig und das zugehörige Adjektiv „subjektiv" ist, soviel weiß sie schon, sehr sehr zweifelhaft. Nicht astrein. O, welch ein Fallen bahnt sich an! Das zweite Kennzeichen des Psychischen ist die Beziehung des Subjekts zum Objekt. Erstaunt liest sie, dass die Beziehung zum Objekt unabhängig vom Psychischen existiert. Wie das?
„Das Psychische, das Bewusstsein spiegelt die objektive Realität wider, die außerhalb und unabhängig von ihm existiert. Das Bewusstsein ist bewusst gewordenes Sein." Das Bewusstsein ist also offensichtlich etwas Höheres, Anderes, als das Subjektive. Und weil Lesru den Begriff des Bewusstseins in beiden Ohren trägt und Herrn Rubinstein nicht versteht, assoziiert sie mit dem Objekt sofort ihre Mutter. Sie ist die objektive Realität, die immerfort recht hat. Sie existiert objektiv, auch ohne mein Bewusstsein, denkt Lesru. Und mit ihr die DDR und die Verästelungen der Partei, der Sozialismus, die Revanchisten drüben, die Saboteure, die von Westberlin aus ihre miesen Werke betreiben. Sie alle sind Objekte. Und wenn ich das richtige Bewusstsein habe, kann ich ein kluger interessanter Mensch werden. Vor dem aufblickenden Mädchen entsteht eine Pahwüste. Ihre kleinen Wünsche und Gefühle, soeben doch angesprochen, heiß wiedererweckt, aus dem Tiefschlaf emporgerissen, sind schon wieder versunken. Sie ließen sich leicht an eine objektive Realität schleudern und niedertreten. Ihr matt glänzendes Gesicht mit dem hellen Brillchen gleicht einer öde gewordenen Fläche.

„Jetzt gang i ans Brünnele, trink aber net,
jetzt gang i ans Brünnele, trink aber net."
Ein neuer Versuch.
„Der Mond ist aufgegangen,

die goldnen Sternlein prangen,
am Himmel hell und klar."

Dass es mir wieder so ergeht wie seit Kurzem: Kein Lied kann ich zu Ende spielen. Kein einziges geliebtes Volkslied! Als würde ein unbekannter Geistmann meine Hand führen. Lesru versucht es noch einmal im kleinen Wohnzimmer stehend, das gebräunte Gesicht bis zur Ohnmacht verbissen zum Fensterkreuz haltend, die Mutter ist längst zu ihrem neuen Schulgarten gegangen, es geht mit rechten Dingen nicht zu. Wie ist es möglich, dass ich bis zu einer Stelle komme und dann meine Finger wie von selbst in eine Variation ausbrechen, in Triller, dunkle Melodien, in Klagetöne und in Dissonanzen übergehen? Wer spielt hier Geige?
Sie versucht es noch einmal mit dem schönen Abendlied, sich fest vornehmend, sich diesmal nicht versuchen und abbringen zu lassen von der Mozartschen Melodie. Zur Unterstützung heftet sich ihr brauner Augenblick energisch an den grünen Hofnussbaum des Nachbarhauses, als sei er so freundlich, sie bei der melodiösen Stange zu halten. Leise beginnt sie mit dem Mond, etwas lauter werdend, erbost und zugleich neugierig auf sich selbst, ob es wieder an der Stelle „und klar" kommt, und prompt greifen ihre Finger irregeleitet und mit solcher eigenen Intensität in ein anderes Spiel über. Wieder nicht das ganze Lied gespielt!
Sprachlos und etwas zitternd steht Lesru vor ihrem leeren Geigenkasten. Zu denken, dass das Volk selbst vielleicht gespalten und kein schönes Ganzes mehr sei, ist nicht vorstellbar. Warum geht es mir so, warum können andere einfach die Volkslieder durchspielen? Noch weniger vermag sie zu denken, dass ihre Seele nur ein Gradmesser, ein Medium, ein Messinstrument sein könnte für die allgemeine Beschaffenheit der Volksseele.

Außerdem hat sie das enge Lerngleis verlassen. Aber geübt hat sie vorher die neuen Ševčík-Etüden, bis ihr wieder die rechte Bogenhand wehtat. Im unteren Drittel, im mittleren Teil, in der oberen Bogenhälfte die stursten Noten spielend. Bis zur Vergasung.

Diesen Ausdruck „bis zur Vergasung", vom unverfälschten, unkorrigierten Dorfdeutsch übernommen, frühzeitig gehört, war im Jahre 1956 noch ohne Bedenken zu benutzen. Ein Gefühl.
Auch deshalb das unverstandene Vorwort des Herrn Rubinstein. Was sie aber am heftigsten zum Versuch mit den Volksliedern wieder trieb, waren die angesprochenen Kräfte, die Herr Rubinstein in dem Mädchen freisetzte. Ihre Sehnsucht nach sich selbst (Volksliedern) war heiß und unabweisbar geworden.

27

Wenn man sich selbst am Schlafittchen gefasst und gespürt hat, möchte man am wenigsten an eine kahle Wand prallen. Ein rohes Ei ohne Schale. Ein rohes Ei ohne Schale aber hegt kein anderes Verlangen, als sich mit einem anderen Ei ohne Schale zu vereinigen. Zu einem Vereinigungsparteitag.
Lesru setzt sich also sofort auf ihr blaues Damenfahrrad, nach dem Zwischenspiel und fährt zu ihrem Vereinigungsparteitag. Eva Stolz liegt krank zu Bette, sie hat sie eingeladen, zu sich gebeten, das ist eine warme feuchte Spur auf der Dorfstraße. Eine gewisse Feuchtigkeit ist immer für die alsbaldige Vereinigung nötig. Dabei muss man weder rechts noch links gucken, die Feuchtigkeit darf nicht austrocknen, unterwegs. Die innere Wärme, angeheizt von der Selbsterfahrung, der schalenlose Zustand eines Selbst, erzeugt zwangsläufig Feuchtigkeit. Zur Erklärung. Kaum hat sie den geputzten und bescheuerten Hof verlassen, in dem unter dem grüngelben Nussbaum die alten kinderlosen Wirtsleute ihr geliebtes Kind, ihre weiße

Ziege, aus dem Stall geführt und zu kämmen angefangen hatten, und Lesru im allgemeinen Sonnabendputz bei den Harkern und Fegenden auf der Dorfstraße gelandet war, muss sie plötzlich umkehren. Sie kommt sich nackt und hilflos vor. So mir nichts, dir nichts kann sie unmöglich bei Stolzes, den unbekannten Herrschaften, eintreten. Sie möchte etwas mitbringen, was sie garantiert nicht kennen. Sie will mehr sein, sich erhöhen. Und deshalb schnappt sie sich aus ihrer Schlafzimmerecke ein gelbes Büchlein, das, wie sie weiß, kaum ein DDR-Bürger besitzt. Geschrieben hat es Ingeborg Bachmann, Gedichte mit dem Titel „Die gestundete Zeit". Ihre Mutter brachte es von Worpswede mit, nicht, weil sie die junge österreichische Autorin liebt, sondern auf ausdrücklichen Wunsch ihrer Schwester, es Lesru zu übergeben.

Gedichte, die sie furchtbar erregten. Eine ungehörte weibliche Stimme, singend und Worte verschlossen. Eine traurige Stimme. „Es kommen härtere Tage" und „Bald musst Du den Schuh schnüren und die Hunde zurückjagen in die Marschhöfe„. Vom Sozialismus war gar nicht die Rede. Vom friedlichen Aufbau des neuen Lebens war nicht die Rede. Die Dichterin war in London und hatte dort nichts gesehen. Außer Nebel und soviel Traurigkeiten. Viele Zeilen, Zeileninhalte verstand die Vierzehnjährige nicht. Was zur Folge hatte, dass völlige Traurigkeit über ihre Blödheit sie bestürmte, beschlug und auf sie einprügelte.

Mit diesem Buch in der Hand und gleichsam bewaffnet, geht sie wiederum an den alten Ziegenkämmern vorüber, bloß nicht hingucken. Zwangshaft vereinigt mit Ingeborg Bachmann rast sie an den Harkern vorüber, grüßt wenn nötig, biegt in die Bahnhofstraße unter den unerschütterlichen Kastanienträgern ein und kommt als voll vollendete Belastung im offenen Durcheinanderhof bei Glichens an. Eine vollendete Belastung ist ein lebendes Menschlein im Stein. Wer gegenüber vom

Küchenfenster der Familie Stolz vom Rad absteigt, flüchtig zu Glichens Küchenfenster hochschaut, ist eine Vierzehnjährige mit Pferdeschwanz, die 1. nicht Geige spielen kann, 2. Rubinsteins Psychologie nicht richtig versteht und 3. die Gedichte Ingeborg Bachmanns auch nicht wirklich versteht. Also eine Niete, die es zudem von ihrer Mutter täglich gesagt bekommt, dass sie endlich „vernünftig" werden solle.
Mit der gestundeten Zeit in der Hand, mit der Zeit, die geliehen ist, die man wieder zurückgeben soll, steht sie im schmalen Durchgangsflur vor einer Tür. Sie hat sich, bevor sie zum ersten Mal losfuhr, den extraschönen Pullover, gelb mit weißen Streifen, angezogen, und dieser hört genau in Barbaras Fingerübungen am Klavier hinein. Lesru schämt sich. Aufgedonnert für wer weiß was, und Barbara sitzt vor dem Klavier mit gradem Kreuz und übt schon kleine Klavierstücke. Wieder eine Niederlage. Als sei sie ein Mensch, der überall, wo er steht und geht, seine Niederlage abholt. Sie klopft und hofft, nicht gehört zu werden.

Frau Sturz öffnet mit frischem, jugendlichen Lächeln und zieht Lesru warmhändig sogleich zu sich in die winzige Küche. „Geh bitte weiter, hier kann man es nicht aushalten", sagt sie fröhlich. Eine blondhaarige mittelgroße Frau mit ausgefeilten Gesichtszügen, in einem grünen Sommerkleid weist auf die angelehnte Tür, hinter der sich ein Esstisch und vier Stühle befinden. Dabei sagt sie in einer tieferen Stimmlage als eben noch, „ich weiß schon, wer Du bist, brauchst Dich nicht vorzustellen. Eva hat uns von Dir erzählt und freut sich auf Dich. Sie hat eine Halsentzündung, es geht aber schon etwas besser."

Lesru wird augenblicklich von ihrer Niederung erlöst und angehoben und gerät nun vollends ins Staunen. Welch eine schöne leichtfüßige Frau hat sie in diesem Dorf angesehen und angesprochen! So, als sei nicht schlecht und keine Niete! Kann es gar nicht begreifen

und steht schon in einem wohligen großen Raum, der all ihre Sinne in Anspruch nimmt.
„Guten Tag, Lesru" ergänzt Frau Sturz die stumme Anrede ihres Mannes, der behaglich im Sessel vor einer Tasse Tee sitzt und sich plötzlich in eine Mannslänge ohne Ende verwandelt und ihr die Hand reicht. Eben noch ein sitzendes Wunder, jetzt ein stehendes Wunder im grauen Anzug, wohlgeformtem länglichen Hinterkopf, brauner Brille und einem schönen Lächeln. Dieses schöne Lächeln gleicht einer Einladung zu einem elysischen Leben, wie die Angekommene sogleich begreift. Denn es bezieht sämtliche schönen Gegenstände ein, die scheinbar dieses Lächeln reflektieren: den großen dunklen Schreibtisch mit dem Telefon und ausgelegten Papieren, das halbhohe Bücherregal, nochmals den quergestellten Schreibtisch auf dem wunderschönen rotblumigen Teppich, ein altes gepflegtes Stück, die warme blaue Couch und den zierlichen Teetisch.
Holger Sturz sieht, dass Lesru ein Buch in der linken Hand trägt und er fragt danach. Frau Sturz hat ihre Arme unter der Brust verschränkt, wie ein Stern seine Arme unter der Brust zusammenhält, und wartet neugierig und zugleich lässig auf die Auskunft.
„Ach", sagt Lesru leicht errötend, weil jetzt wieder die Niederlage genannt werden muss und sie so herrlich emporgehoben sich fühlt, „es sind Gedichte von Ingeborg Bachmann, einer Österreicherin, aber ich verstehe sie nicht alle." Muss gestanden werden. Ein perfekter Absturz.
„Gedichte soll man auch nicht verstehen. Sie sind zum Anregen geschrieben. Und oft verstehen die Dichter ihre Werke selber nicht", sagt die Hoheit scherzend und ein hässliches Grübchen wickelt sich in seinem hageren Gesicht aus. Das schmerzt!
Lesru ist nun gänzlich verwirrt. Denn einen Empfang wie diesen, das Sofortgespräch über Gedichte hat sie in diesem lausigen Nest noch niemals erlebt, noch jemals erwartet. Mit einem fremden Mann in einer vornehmen

Wohnung über Gedichte zu reden, über Dichter gar, das liegt doch jenseits aller Vorstellungen von Tod und Teufel. Ihr schlägt das Herz über den Kopf hinaus. Schrieb sie nicht auch gedichtartige Gebilde in ein kleines Konsumheft, Klageschreie, Schreiklagen, wenn es ringsum brannte, und hat sie nicht zuverlässig nach der Eruption diese Erleichterung gefühlt? Außerdem ist es doch selbstverständlich, dass man heimlich „Gedichte“ schreibt.
Das Mädchen kann nichts antworten und lässt sich wie auf Händen von Evas Mutter über den Klavierflur tragen. „Das Geklimper", sagt jene wohlweislich, und Lesru erkennt an ihren lächelnden blauen Augen, dass es ihr nicht unangenehm sei. Mit beiden kräftigen Armen schleppt sie Lesru über den alten Steinflur, stöhnt und schleppt, öffnete geschickt mit griffbereitem Schuh die Türklinke und setzt Lesru in Evas Salon ab.
Dann sieht sie verliebt von der Mitte des teppichübersäten Zimmers zum Alkoven, wo ihre Tochter unter einem großen weißen Federbett liegend, sich aufsetzt und freundlich mit ihren feinen Wimpern fächert.
„Möchtest Du noch etwas?", fragt sie plötzlich mit einer geradenwegs Erbsen zählenden Stimme, dass die Besucherin erschrickt. Dann geht sie rasch durch eine sich anschließende Tür, den Weg durch das Schlüsselloch nehmend, versteht sich zum elterlichen Schlafzimmer.

Allein mit einer Salondame muss Lesru sofort etwas Vertrautes suchen und findet es sogleich, als sie, stehend noch, aus den beiden Fenstern schaut. Sie sieht eine Ecke von Boeskes Bauernhaus hinter einem Gartenzaun aus Draht und ein Stück graue Stallwand von Boeskes Pferdestall, wo ihre geliebte „Mausi" steht. Die Liebe zu diesem kleinen alten Schimmelpferdchen erreicht sie und besetzt ihr kleines Selbstvertrauen. Richtig froh wird sie beim Bildlichmachen des warmen weichen Pferdekörpers, das im Stall an letzter Stelle

das Gnadenbrot zu fressen bekommt. Voran stehen die beiden starken Zugpferde. Eva im blauweißen Schlafanzug strahlt Lesru an, denn eine Bettkur mit geschwollenen Mandeln und dicker behäbiger Behandlung ist das Langweiligste in ihrer Vorstellung, was es geben könnte. Sie hat zwar Radio gehört, Radio Luxemburg, auch den Sender RIAS mit seinen unverschämten Beleidigungen der DDR-Regierung und ihren Zwangskollektivierungen, Interviews von nach Westberlin geflüchteten Bauern, Lehrern, Studenten, aber sind doch fern, sehr fernliegende Vorgänge und Menschen. In ihrem schönen Zimmer mit dem zierlichen Schreibtisch, dem barockartigen zierlichen Sessel, einem zweiten blumigen Ohrensessel, wo ein rosiger BH auf der Rückenlehne thront, den weißen bis zum Fußboden greifenden Gardinen, umherliegenden Büchern und Zeitschriften und einem halbgefüllten Bücherregal, diese Dinge haben scheinbar mit den nach dem Westen geflohenen Bürgern nichts zu tun.
Das einzige Gesundheitsbuch, das ihr Vater empfohlen und nicht locker lässt, es wiederholt zu empfehlen, liegt unberührt wie eine steife Festung oben auf dem Regal. „Der Untergang des Abendlandes" von Oswald Spengler sollte doch endlich zur Klärung des Bewusstseins studiert und im Bett, im Ruhezustand gelesen werden.
„Dort drüben steht „Mausi", ein alter Schimmel von Boeskes, den ich, soviel ich will, reiten darf", sagt die Jüngere schüchtern und mit Ingeborg Bachmann in der Hand.
„Setz Dich doch, Lesru. Ich freu mich so, dass Du gekommen bist. Vielleicht können wir mal zusammen reiten."
„Aber Du hast doch gar kein Pferd?", sagt Lesru mit dem schwerer werdenden Buch in der Hand.
„Pff, ein Reitpferd besorge ich mir schon. Es gibt Bauern, die haben Reitpferde."
Lesru ist sprachlos. Sie musste hart wie ein Mann arbeiten, das Getreide einfahren, eine ganze Fuhre

umschmeißen, um sich das Vorrecht zu sichern, auf „Mausi" reiten zu dürfen. Und Eva, kaum vierzehn Tage hier, hat schon ein Reitpferd parat. Schwindelerregend. Ohne zu arbeiten, hat sie über ihren Vater Beziehungen geknüpft.
„Setz Dich doch", sagt das Lächelnde im Bett und weist auf den mit Kleidungsstücken behangenen Ohrensessel. Lesru fühlt sich angezogen: Sie fühlt ihren BH, ihr Unterhemd, ihren Vorzeigepullover, Hose und Schlüpfer, sogar ihre bunten Socken fühlt sie an den Füßen und ist platt. Niemals in ihrem Leben haben ihr ihre Klamotten am Leibe ein derartiges Gefühl ihrer Anwesenheit beschert! Sie setzt sich auf den Teppich, nicht zu nahe am Bett und stellt die ortsüblichen Fragen nach dem Befinden, Krankheitsverlauf etc. Eva antwortet gelangweilt.
„Ich dachte, Du bringst Deine Geige mit und spielst mir etwas vor?" Ein aufblitzender Blick aus Evas blaugrauen Augen direkt aus dem steilen Kopfkissen herunter auf Lesrus Niederung. Auch das noch. Die schlimmste Niederlage im Leben muss in der völligen Freiheit eines Mädchens ausgebreitet werden, das sie, bei allem, was sie sagt, anblitzt wie ein Leuchtfeuer. Strahlend erzählt sie von Frau Stege, und schon bei den ersten Worten empfindet sie buchstäblich die Grenzverletzung, Frau Stege und ihr Geheimnis passen nicht zu der alles einnehmenden, assimilierenden Eva. Das Reine nicht zum Unreinen. Ihr wird erst später eine stärker spürbarere, funktionierende Bremse eingepflanzt, ein scharfes Unterscheidungsvermögen dafür, was passend und was unpassend für bestimmte Menschen ist.
„Immer siehst Du Dich in Deinen Mängeln. Warum quälst Du Dich so?“, lebhaft und aufrecht sitzend und der Jüngeren ganz zugewandt gefragt. „Das Leben ist so schwer. Ich kann es auch nicht ändern. Die meisten Leute sehen nur die Schwierigkeiten oder Freuden für den nächsten Tag. Ich kann das nicht. Ich finde, dass das Leben eine unendliche schwere Bedeutung hat.

Und manchmal, wie eben jetzt, erdrückt es mich geradezu.“
Gefühlte Wahrheit. Vom nahen Bahnhof pfeift der Halbsechszug, der am Samstag fast nur von Fernreisenden in Richtung Falkenberg besetzt ist. Den Klingelton der sich zuvor schließenden Schranke hat Lesru überhört. Aber sie ist gewiss geschlossen worden.
„Ich möchte für Dich da sein, mit Dir Schönes erleben. Ich glaube, ich kann es nur mit Dir. Weil Du eben anders bist“, lässt sich spontan die erregte und erregbare Eva vernehmen. Damit gibt sie der Unendlichkeit ein Stichwort.
„Ja, es gibt tausend schöne Angelegenheiten. An der Elbe bei Graditz auf den Bunen, wo der Schnittlauch wächst, spürst Du diese Schönheit. Im Rücken die tausendjährigen Eichen, alte knorrige Ungetüme und die Pferdekoppeln. Dort kann man richtig glücklich und weit sein. Oder auch mit alten Klamotten im Regen spazieren gehen, das ist schön", ruft Lesru begeistert aus. Denn nunmehr ist die Begeisterung, die hochstrebende Kraft der Jugend, in das Einzelzimmer gekommen. Flugs ist sie da und verlangt höchste Gegenstände. „Manchmal ist es auch schön, wenn man ganz alleine ist. Findest Du nicht?" Es lauscht vom Leuchtturm. „Wenn man plötzlich etwas Schönes fühlt, weiß, es ist da und doch nicht sagen kann, was es ist. Es raunt so wie ein Frühlingsregen", singt Lesru und schnappt nach Luft. Sie ist am Ende ihrer Berauschungen.
„Und welche Unterrichtsfächer gefallen Dir?", fragt die Motorrollerbesitzerin in spe. Sie muss gegensteuern, denn die ihr begreifbare Realität droht sich in Unerklärlichem aufzulösen. „Latein", antwortet Lesru abflachend und verletzt, weil der Gang zur Schule eingeschlagen. „Latein war die offizielle Sprache vieler europäischer Völker. Viele Wörter aus dem Latein finden sich in der englischen, französischen und italienischen Sprache, dort am häufigsten, wieder, und

das gefällt mir." Nahezu die gleiche Formulierung, die ihre alte dünnhaarige Lateinlehrerin gebrauchte.
Eva indessen kommt aus dem Staunen nicht heraus, eine schöne Abart von Mensch und Mädchen redet so seltsam und mit einer faszinierenden Stimme. Dennoch oder gerade deshalb fühlt sie sich herausgefordert.
„Mich interessieren mehr die Naturwissenschaften, Biologie, Physik und Chemie. Mathematik nicht so sehr. Und in Torgau sind die Lehrer ganz gut.“ Sie hustet einen keuchenden Husten, ein Schleimgebirge muss zerkleinert werden. Das Klavierspiel oben aus Glichens Wohnzimmer ist unterdessen und unbemerkt beendet worden.

„Kann ich Dir helfen, kann ich Dir etwas bringen?", fragt die Besucherin ängstlich und eingeschlüpft in die Hilfsbereitschaft, die auch zu ihrem Wesen gehört und in der Nähe ihrer Großmutter und anderer älterer Personen seine Daueranwendung gefunden hat. Als helfendes Wesen, als pure Hilfsbereitschaft, ob es sich nun um Menschen oder Tiere handelt, hört sie auf, widersprüchlich zu sein. Es existiert nur das reine Feld der Bedürftigkeit eines Wesens, nur ein reines Tun und folglich kein Erdschmerz, kein Riss in ihr.

„Scheißhusten" sagt Eva errötet und lachend errötend. Lesru ist wieder auf die Erde gestellt, der Schwerkraft zugehörig. „Kennst Du Ingeborg Bachmann?" Eva hebt ihre feinen, vom Husten nicht beeinträchtigten Augenbrauen hoch und schaut das kleine gelbe dünne Buch an, das sie schon längst gesehen. Es liegt extra und vornehm und isoliert auf ihrem bunten Sommerteppich, ihre zurückgehaltene Neugier endlich befriedigend. Sie wollte nicht vorzeitig nach ihm fragen, weil ihr Lesrus Anwesenheit wichtiger erschienen war. Lesru versucht etwas von den Gedichten der Bachmann zu erzählen, das ganz Neue, schwer Verständliche in Worte zu fassen. „Kein Wort vom Sozialismus". Dabei fühlt sie eine schmale Verachtung zur Kranken, denn

Eva hatte nicht sofort, wie es sich gehört hätte, nach dem Buch gefragt. „Gedichte", lacht Eva und fühlt sich aus dem frühen Deutschunterricht herauf gekitzelt, sodass Lesru auf ihren schönen Mund mit den kerzengraden Zähnen starren muss.
„Diese Zeit ist eine Wende - noch bedrückt uns Schuld, doch wir machen ihr ein Ende, schaffen in Geduld."

Die kranke Übermütige mit angenehmen Kindheitserinnerungen wohl versorgt, zitierte unter dem blauen Alkoven sitzend ein Gedicht von Walter Dehmel aus dem Jahre 1946. Es trägt den Titel „Diese Zeit braucht deine Hände" und steht in allen Schulbüchern des Landes. Sie leierte absichtsvoll, aber auch ohne zu leiern, hätte sich Lesru gewaltig erschrocken. Dieses einfache wohlmeinende Gedicht zerrt und ragt als verstoßene Masse in ihrem Erinnerungsland auf, es erzeugt eine solche tiefe Erregung, körperliche Hitze, dass sie nicht weiß, wo sich oben und unten in diesem Zimmer befinden.

Als blaue Schutzhütte bietet sich Eva an, mit weit geöffneten Armen, und so setzt sich Lesru spontan auf die Bettkante.
War es Lesrus abgründig erschrockenes Gesicht, das unverfälscht sich selbst anblickte, war es der intensive Kontaktverlust, gelegentlich gibt es keine Erklärung für ein bestimmtes Tun. Eva breitet ihre warmen Arme aus und um dieses seltsame Geschöpf. Sie hält die Herabgeneigte fest, die sich's geschehen lässt, und küsst zart Lesrus braunes Haar, ihr am nächsten liegend. Das heimgesuchte jüngere Mädchen fühlt plötzlich etwas unerhört Süßes, eine herrliche Süßigkeit, wie sinnenberauschenden Honig. Sie saugt an ihm. Und als Eva, ebenfalls erstaunt über ihr eigenes, sich auslebendes Gefühl, das Zuneigung in der Tat genannt werden kann, das schöne bebende Mädchen fester an sich drückt, ihren schmallippigen Mund mit ihrem volleren Mund bedeckt, versetzt Lesru

allen sich aufdrängenden Frageleitern einen Tritt, um das ganze Sonderbare auszukosten.

28

Mitte des 20. Jahrhunderts war das Briefeschreiben für die allermeisten telefonlosen Menschen noch eine angenehme Hinwendung zum entfernten Freund oder Verwandten. Zumal im geteilten Deutschland und zumal in der geteilten Welt. Hierbei jedoch galten bestimmte Einschränkungen, schrieb man doch sein weißes Brieflein mitten durch beiderseitige politische Hasstiraden, ökonomische und kulturelle Kriegsschauplätze, waffenstarrende Theorien und vor allem durch die Mauer der Missgunst. Das kleine weiße Brieflein musste leicht genug sein, um durch alle Aufhänger, Spickhaken hinwegzuschlüpfen.

Dass es für bezahlte Mitleser Hinweise gab, musste sogar Dostojewski in den siebziger Jahren des 19. Jahrhunderts erfahren. Seine Briefe vom europäischen Ausland nach Russland wurden von eifrigen russischen Geheimpolizisten genaustens studiert. (Sicherlich enttäuschend für sie, weil in den meisten Briefen nur vom fehlenden, dringend benötigten Geld für die nächsten Lebensmonate die Rede war.)
Alle Briefschreiber aber vereinte etwas zu allen Zeiten: die Hinwendung zu einem entfernten Menschen, für den es keine Entsprechung in der äußerlichen Nähe gab. Der andere Mensch wurde gebraucht. Er wurde auch förmlich gebraucht mit Anrede, Datumsanzeige auf einer Unterlage, einem weißen Papier und mit Verabschiedungsgrüßen. Und der Briefschreiber musste sich selbst kontrollieren, seine Sätze und Mitteilungen überprüfen. Er stand im Papier. Der Briefschreiber war noch kein Mitteilungsteilchen geworden wie fünfzig Jahre später: jederzeit ansprechbar, erreichbar, unabhängig von Ort und Zeit.

Ein Mitteilungsteilchen besitzt nur Ohr und Mund. Andere Körperteile bleiben unsichtbar, sind überflüssig.

Jutta Malrid wird diese Entwicklung nicht mehr miterleben. Sie freut sich auf die Stunde des Briefschreibens an ihre geliebte und einzige Schwester, ihren wirklichen Lebensmittelpunkt. Lesru, der Unruhherd, ist zur neu angesiedelten Familie Sturz gefahren. Sie hätte eigentlich. Marschie Hosenbein besuchen sollen, die nach ihr verlangt hatte.
Die Samstagsruhe ist freundlich und so einladend zu ihr eingekehrt, dass sich Jutta zum Kaffee eine Extrazigarette, eine gebürtige „Astor" leistete und nun im blauen Dunst ihres kleinen Wohnzimmers ohne zu lüften vor ihrem viereckigen Schreibtisch sitzt, vor einem bläulichen Luftpostbriefbogen. Mit einem Flugzeug würde ihr Brief über den Atlantik fliegen, eingestapelt in einen Postsack.
Eine höchst seltene schöne und natürliche Frauenliebe verbindet die beiden Schwestern, Juttas Sprödigkeit, ihre verkümmerte, ausgetriebene Zärtlichkeit öffnet sich nur in dieser Hinwendung zu ihrer Schwester Gerlinde. Das ist ihr nicht so bewusst. Sie fühlt sich nur niemals so frei und warmherzig wohl wie bei Gerlinde, ob nun in ihrer Gegenwart im Westen oder vor dem dünnen Luftpostpapier.
„Meine geliebte Schwester", schreibt sie in makelloser aufrechter Schrift mit dem Faber Füllhalter, den ihr Gerlinde in Worpswede geschenkt hatte. Der erste ausführliche Brief nach ihrem ersehnten Wiedersehen in Worpswede, der zu schreiben drängt und nun nach Waterford in Connecticut gesandt werden muss. Eine Rückbesinnung ist nötig und eine Berichterstattung vom Gegenwärtigen.
Ich liebe dich, ich war so glücklich in deiner Nähe, diese Sätze kann sie nicht aussprechen. „Meine geliebte Schwester", ist das äußerste ihrer Gefühlsabgabe, Jutta aber schreibt nach einem Plan. Was sie sich vorgenommen zu schreiben, schreibt sie, ohne von

einem Quergedanken verstört zu werden. Zuerst die Danksagung für die herrlichen vierzehn Tage in Worpswede. Es folgen Fragen nach ihrem Rückflug und nach der Vorbereitung ihrer großen Südamerikareise. Weder mit Worten noch durch ein unmerkliches Stöhnen verrät sie, dass ihr die Eingewöhnung, Festbindung an ihre primitiven Verhältnisse schwergefallen sei. Der Trichterweg von der Fülle des Lebens zum engsten Fleck. So entsteht ein Brief der Auslassungen. Die Auslassungen aber vermehren sich noch. Vom hilfsbereiten Bauern Sturm, der ihren neuen Schulgarten gepflügt, schreibt sie federleicht. Aber kein Wort von ihren Bittgängen zum LPG-Vorsitzenden, der ihr den kleinen Acker nicht gepflügt hat. Sie erwähnt auch nicht ihre Mitgänge per Parteiauftrag zu Bauern, um sie zur Kollektivierung zu überreden. Dafür beschreibt sie die Vorteile der neuen Winkelmannschen Wohnung gegenüber der Grozerschen ausführlich. Und vom Geschichtslehrer Knobel, der im Torgauer Gefängnis wegen Republikflucht sitzt, verkündet sie so selbstverständlich nichts, dass wir annehmen müssen, ein eingeübtes Verhalten liegt hier vor, ein perfekt eingeübtes Sortieren der Vorgänge in mitteilbar und verschweigen. Ein Denk- und Schreibgerüst, in das sie sich freiwillig setzt. Raum bleibt auf dem zweiseitigen Dünnpapier für Familiennachrichten. Es ist die mitteilsame Freude über die gesicherte Zukunft ihrer drei Söhne, die ihre rechte Hand an dieser Stelle ein wenig schneller bewegt. Ein schöner Ernst drückt sich in ihrem ovalen gesenkten Gesicht aus, schwer zu beschreiben wie etwas Unfassbares. Eine hohe Konzentration von Stirn und Mund und zugleich ein leises Lächeln, das anhält. Alle drei Söhne sind auf ihren erwünschten Lebenspfaden angelangt. Der Älteste, Max, wird die Offizierslaufbahn einschlagen. Das aber ist unnötig zu schreiben, das wurde bereits in Worpswede erzählt, wozu Gerlinde im Gästezimmer pfiffig sagte: „Offiziere gab es in unserer Familie häufig." Conrad hatte nach seinem guten Fachschulabschluss

mühelos im WTZ (Wissenschaftlich-Technisches Zentrum) in der Autoindustrie in Chemnitz eine Anstellung erhalten. Er bezog jetzt, wie er in einem Brief geschrieben hatte, ein kleines Zimmer bei einer halb blinden älteren Frau, die er kräftig unterstützen wird. Das ist neu und erzählbar. Fritz, der Achtzehnjährige, der lange Zeit nicht wusste, was er studieren wollte, entschied sich im letzten Moment für das Fach Geologie in Zwickau. Auch er besitzt ein Studentenzimmer und erhält sogar ein Stipendium von seinem Bruder Max. Das besonders ist erzählenswert. Was vor Wochen geplant, ist nun Realität geworden und muss von der befriedigten Mutter bestätigt werden.
Als sei ihre Schwester auch so etwas wie eine höhere Instanz, der Jutta gern ihren Rechenschaftsbericht abliefert. Ein feiner Ton Langeweile durchzieht somit ihre Zeilen. Von Lesru wird am Schluss berichtet. Die alte kränkelnde Marschie verlangte nach ihr, und die Madame hat etwas Besseres zu tun. Das muss weggelassen werden, und, zusammengefasst, Lesru sei infolge des Schulwechsels eingebildet geworden, lese Bücher, die jenseits ihres Horizonts liegen.
Der Brief endigt mit den Worten: „in Liebe Deine Jutta".

29

Lesru verlässt taumlig und nicht mehr Herrin ihrer Sinne, also ganz und gar verliebt, verlobt, verheiratet das einstöckige graue Betriebshaus, einzeln stehend wie ein Guckauge gegenüber vom Bahnhof. Auf dem Fahrrad sitzend, das ihr fremd und ungehörig erscheint, radelt sie zur Bahnhofstraße mit den treuen Kastanien und jede ihrer Körperbewegung, Beinbewegung widerspricht ihrem neusten, brodelnden Inneren, sodass sie selbst unwillkürlich etwas lächeln muss. Als sei diese Liebe etwas Hochgeschnelltes, etwas unendlich Großes wahrscheinlich auch, das mit dem gleichförmigen Strampeln auf dem Rad nichts, aber auch gar nichts zu tun hat. Im Gegenteil, das Radfahren

zieht herab, erdet wieder, die Eisenbahnergärten, die sich hinter den Kastanien nicht mehr lange verbergen können, dann kommt der kahle Durchblick, erreichen die Liebende mit einem kleinen privaten Gartenfest. Es wird gesungen am friedlichen Sonnabend, angelehnt an einen alten ausrangierten Personenwagen der Deutschen Reichsbahn.
Das Mädchen muss hinsehen und hinhören, und der große Kuss, die weltbedeutenden Mädchenküsse erfahren eine komische Abschwächung, einen Stich. Ich muss doch alles hochhalten, denkt Lesru, ich muss alles Erlebte in den Himmel halten, und was machen die? Die funken mir einfach dazwischen, andauernd hat jemand in diesem Dorf Geburtstag.
Am besten, am allerdringlichsten wäre jetzt eine Schnellfahrt nach Graditz, zur Elbe und zu den geheimnisvollen Bunen, wo die Steine geklopft sind und der stechend scharfe Schnittlauch wächst und riecht, und wo, wenn man sich vom glänzenden Fluss abwendet und zum Land schaut, die alten, tausendjährigen Eichen dem Wetter in jeder Hinsicht drohen, wenn man jetzt dorthin fahren könnte und sein übervolles Herz dem übervollen Herz dieser Landschaft einverleiben würde. Merkwürdig, dieser vernünftige Wunsch wird abgeblockt und einer höheren Vernunft untergeordnet. Als müsste überhaupt erst mal etwas geordnet werden.
Mit den geküssten, geliebten und folglich zerzausten braunen Haaren im Pferdeschwanz entschließt sich das Mädchen, der Freiheit zwar einen Willen und Weg zu bahnen, aber zugleich abzuwarten und die Gartenstraße zunächst zu benutzten. Nach Hause geht nicht. Nach Graditz auch nicht mehr so ohne Weiteres, weil ihr der Wunsch vorausging, er machte sich in Graditz bereits schon breit. Auf der Gartenstraße, einer Parallelstraße zur dörflichen Hauptstraße, stehen kleine einzelne Siedlungshäuser, als wohnte hier die zweite Garnitur der Dorfbewohner, die Häusler und nicht die Bauern. Dort gibt es grüne und blühende

Zwischenräume, niedrige Holzzäune und keine roten Backsteinmauern, dort auf dem breiten erdigen Fahrweg lässt sich vielleicht das große Glück, das nach allen Seiten ausschlägt, durchbugsieren ohne Verlust. Außerdem kann sich Lesru auf diesem Wege langsam, und wenn es unbedingt sein musste, Marschie nähern, an diesem späten Nachmittag, fast schon Abend. Es ist genauso gekommen, denkt sie plötzlich, wie es Marschie gesagt hatte, es zieht mich nichts mehr zu ihr, in ihre alte Bude, seit ich in Torgau zur Oberschule gehe. Aber das ist denn doch zu viel Recht haben, Blick ins Weißbuch. Jetzt fahre ich gerade, schnurstracks zu ihr, denn es ist doch unerträglich, dass ein Mensch wie Marschie über mich Bescheid weiß. Die Gartenstraße endet in einem schönen Wiesengeviert, im Unbebauten, aber sie führt weiter zur Falkenstrut und zum Gretel Müllerwald. Rechts, und diesen Blick versäumt Lesru in keiner Lebenslage, schaut man in einiger Entfernung die Heilandskirche im Robiniengrün stehen, die kecke Barockhabe hoch erhoben, ein Übergewicht, eine Mahnung gegen das Schweinegrunzen, und davor der von Zäunen umgebene, beinahe grasbewachsene alte Dorfteich, eine grüne unbetretene Kleinlandschaft. Lesru äugt und äugt über den wildwuchernden Teich bis zur schwarzdächrigen Scheune, die zum Pfarrhaus gehört, und eine undeutliche aber angenehme Erinnerung schwingt sich flugs vom Kirchenareal bis zu ihr, zweihundert Meter Luftlinie.

Bei Pfarrer Schurmann wurden in jedem Sommer zwei Kindergeburtstage gefeiert, in der ummauerten Laube, hochanständig, dort wurden ausgiebig und auf weiten Wegen des vernachlässigten Pfarrhofes Kinderspiele gespielt, in freier Erfindung und in nicht freier Erfindung, immer in einer gewissen Spannung und Ehrfurcht vor dem Pfarrer, seiner Familie, immer mit eingeklemmten Pobacken. Sich erinnern ist also doch möglich mit der Einschränkung: Die angenehme Erinnerung ist nur ein vages Gefühl ohne den Schatz der Einzelheiten zu erkennen. Das geschieht beim gemächlichen Radfahren und in jener Weise, die Lesru beinahe selbst durchschaut, so, als wollte das Dorf oder ein Teil des Dorfes sich zur Wehr setzen gegen solche Höhenflüge wie die erlebte unendlich schöne Liebe, als hätte die Gegend um die Heilandskirche auch noch ein Wörtchen mitzureden, gerade heute.

Die Bergstraße ist ein unbefestigter Weg wie alle diesen Seitenwege mit gewichtigen Straßennamen. An ihrem Ende steht ein zweistöckiges dominantes Haus, aber weil es von keinen Häusern rechts und links unterstützt wird, dominiert es gegen die Pflaumenbäume und den von allen Seiten neugierigen Wind. Der Berg ist kein Berg, kein Hügelchen, er ist nur eine unmerklich ansteigende Bodenwelle. Es ist ein unsystematisch erbauter Dorfteil, mit einzeln stehenden niedrigen Häusern in Feldnähe, dessen Mittelpunkt der neue Friedhof bildet. Marschie wohnt in der Bergstraße linkerhand in einem grauen kleinen einstöckigen Haus in der Dachwohnung. Ein Holzzaun zur Straße umgibt das Anwesen, das Gott weiß wem gehört, gegenüber befindet sich ein ähnliches Haus, umgrenzt von Gärten und Wildnis.
Lesru kennt keine der Menschen aus diesen Häusern, selbst in einem einzigen Dorf bleiben Gegenden unbekannt, entziehen sich der Neugier und Begegnung. Sie lehnt ihr Fahrrad an den Gartenzaun, der warme Septemberwind sagt „Guten Abend" und weht auf Kopf und Hände, es riecht nach Abendrauch, kein Hund bellt, kein Schwein grunzt, aber sie ist sich sicher, dass sie beobachtet wird. Wie ein Fremdkörper, der nicht in diesen Bezirk passt, so fühlt sie sich und heute besonders. Zum ersten Mal wünscht sie sich, dass sie aus dieser vermaledeiten Gegend so schnell wie möglich verschwinden möchte. Auf den letzten hundert Metern drängte sich Evas bunter Sessel hervor, dann wieder der Kopfteil des Bettes, der mit blauem Samtstoff bezogen war, ein Wunderbett, und unweit des

neuen Friedhofs, zudem sie sonst immer einen neugierigen Blick übrig hatte, sah sie voller süßem Schrecken Evas hellbraunen Hals vor sich. Und wie soll ich zu Marschie gehen, mit alldem? Aber, und das hatte das Mädchen in engster Nähe zu ihrer Großmutter gelernt: Ein kranker Mensch genießt Vorrang, unbedingt.
Auch dieses kleine Siedlungshaus besitzt einen Hof, eine Absperrung gegen die Außenwelt, und wenn die Vordertür abgeschlossen ist, die sich gegenüber einem lang gestreckten Gärtchen befindet, muss Lesru durch das Hoftor gehen, sich unter Marschies Fenster stellen und hinaufrufen. Es ist dem Mädchen immer etwas unangenehm den Hausbewohnern zu begegnen, die sich im unteren größeren Teil des Hauses ausbreiten, eine kinderreiche Familie, deren Mann Volkspolizist und in seiner Schulzeit Sitzenbleiber gewesen war. Es ist das gerade noch geduldet sein, das diese Familie Marschie gegenüber an den Tag legt.
Gott sei Dank, die Haustür lässt sich öffnen, Lesru betritt den steinernen kleinen Flur, ohne nach den Geräuschen im Haus zu lauschen und geht die Treppe hinauf ins Halbdunkle. Rechts oben hat die Richefamilie ihre Bodenkammer, in der zweiten, einige Schritte neben dem Schornstein befindlichen wohnt die zweiundsiebzigjährige Frau. Zaghaft klopft Lesru an die Dachkammertür. Hinter einem Vorhang neben dem Schornstein steht Marschies Schmutzeimer, den wird sie gleich hinuntertragen auf den Hof, ins Plumpsklo vorsichtig hineinschütten. Diese Aufgabe sichert.
Sie klopft noch einmal, und, weil niemand antwortet, öffnet sie die Tür zum geliebten Tausendundeindingzimmer.
„Komm rein, mach die Tür zu, hat Dich jemand gesehen?" Marschie schliddert vom Liegestuhl aus in ihre Schnellsprache und gibt erst Platz zum Erwidern und Grüßen, wenn die Tür wieder geschlossen und die dicke graue Decke vor der Tür zurückgezogen ist. Sie hat noch immer Angst vor dem belauscht werden.

„Guten Tag",
was sonst folgte, „meine liebe Marschie", kann heute nicht ausgesprochen werden. Zu groß ist der Unterschied zwischen dem teppichgeschmückten Wohnzimmer von Sturzes mit dem Schreibtisch und dem Telefon und dem Tausendundeindingzimmer. Steif gibt Lesru ihrer älteren Freundin die Hand, schaut in das mausgraue runde Gesicht, aus dem sie denn auch durchgemustert wird.
„Du hast Dich ja aufgedonnert, für wen denn?"
Schrecklich, entsetzlich, furchtbar.
„Siehste, ich hab's Dir gesagt, Du brauchst mich nicht mehr, jetzt habe ich keinen Menschen mehr und rede nicht. Es ist wahr." Das kleine Blumenfenster, das breite offene Bett, der große Kochkachelofen, die braune Tür, zu einer winzigen Speisekammer führend, eine verbreiterte Dachrinne, der vertikoähnliche Schrank mit angeschraubten Kleiderhaken, ein Kleiderschrank steht draußen gegenüber vom Schornstein, der wachstuchbezogene Tisch mit Zeitungsstapeln, Äpfeln und Birnen, die Fußbank aber ist Lesrus Platz.
Eingerollt wie eine Spirale setzt sich das erschreckte Mädchen im schönen weißgelben Pullover und brauner Trevirahose auf ihren Platz.
„Willste rochen, hier ich hab eine gedreht für Dich. Los roche, und dann erzählst Du, wie es in Torgau auf der Oberschule ist."
Das Mädchen gehorcht auf der Stelle. Etwas ganz Trauriges befällt sie wie ein Nebel, die Tatsache nämlich, dass ihr gemeinsames Leben beendet ist, endgültig und das heißt, für alle kommenden Zeiten. Es schmerzt, es muss gefragt werden, warum ist das so, warum kann es nicht leichter sein. Zögernd kommen die ersten Sätze, die zugleich schon fließende Eindrücke befestigen müssen. „Es ist alles ganz neu und aufregend, Marschie, die Lehrer, die Mitschüler, aber wie geht's Dir, was machen Deine Nieren?"
„Ach, ich komm schon zurecht. Aber was machen die Ungarn, kannst Du mir das erklären?", wird von halber

Höhe ins tiefer Gelegene gefragt, von ihrem Fußende, wo ein Rauchwölkchen aufsteigt.
Wieder ist eine Erklärung nötig von Vorgängen, die das Mädchen auch nicht richtig versteht. Hier bei der lieben Frau merkt sie es immer. Und nicht im Schulunterricht, wo die erlaubten Fragen sich von den unerlaubten unterscheiden. So schaut sie auf Marschie schwarze Trainingshose und ihre karierten Hausschuhe, unten bleiben ihre Augen, aber weil sie genau weiß, wovor Marschie, eigentlich Margit, Angst hat, sagt sie mit belegter Stimme:
„Du brauchst keine Angst haben, der Sozialismus bleibt. In Ungarn wollen nur einige Studenten andere Zeitungen haben."
Das Zimmerchen füllt sich mit Nebel und Mehltau, und Lesru fühlt sich schwer und angebunden wie an eine Hundehütte.

30

„Du schließt Dein Fahrrad ab?", fragt Lesru am Montagmorgen vor dem Fahrradständer der Oberschule, einem offenen Blechdachgehäuse Lia und blickt sie verständnislos an. Lia ist eine Pfarrerstochter aus Beckwitz, eine athletische Gestalt mit dicken dunklen Zöpfen, die gebückt und mit einem wahrlichen Kettengerassel ihr Rad vereist. Täglich muss sie bei Wind und Wetter zehn Kilometer nach Torgau fahren.
„Na klar mache ich das. Es kann doch geklaut werden."
Lesru lacht leise. „Geklaut! Aber bei uns wird doch nichts geklaut“, antwortet sie und sieht Lia wirklich an, kurz aber wirklich. Lias breites errötetes Gesicht, ihren etwas hochmütigen Ausdruck, ihre hochgezogenen dichten Augenbrauen.

Ebenjetzt fühlt Lesru wieder diese dummdämliche andere Frage, die sie Eva am Bett sitzend, gestellt hatte. Sie hatte Eva gefragt: „Was hast Du mir denn in den Mund gesteckt?" Denn sie hatte beim Küssen ein fremdes Stück Fleisch in ihrem Munde gespürt, etwas, das nicht hineingehörte. Etwas Unangenehmes eben. Und Eva wandte ihren Kopf zur Seite und schoss einen verächtlichen Blick ins Fragende, ganz kurz, ganz knapp und fragte zurück: „Hast Du denn noch nie jemanden geküsst?"
„Auf den Mund nicht". Stille, dann ein leises Lächeln und Nasehochziehen. Nur Tante Gerlinde küsst Lesru auf den Mund.
„Das war meine Zunge, Lesru, ein Zungenkuss geht eben so." So, nun wusste sie's. Ein Kuss mit einem Schwarzfleck.

„Du hast ja gar keine Ahnung. Natürlich wird bei uns geklaut", sagt Lia in der Morgenröte. Die Mädchen stehen sich gegenüber und Lesru mit dem Kuss plus Schwarzfleck.

„Das glaube ich nicht. Hier gehört doch alles allen. Was soll denn bei uns geklaut werden, hat doch keiner was davon", behauptet sie hartnäckig und fühlt, wie dieses Mädchen in ihr ein Ideal zertrümmern will. Das kann sie nicht zulassen. "Gestohlen wird doch nur im Westen".
„Ich an Deiner Stelle würde mir schnellstens ein Fahrradschloss besorgen. Guck, hier sind einige Räder auch angeschlossen", sagt Lia Pfaff im flachen einsilbigen Ton und lässt die Weilroderin mitsamt der Geige stehen.
Die Geige, die ja auch noch da ist. Fremd und verständnislos blickt das Instrument um sich. Sie liegt im schwarzen Geigenkasten auf der niedrigen Ummauerung. Sehr verständnislos, und das nicht nur, weil sie einen grünen derben aufknöpfbaren Überzug trägt über dem Geigenkasten, sondern weil sich die Geige doppelt verraten fühlt. Sie mag Lia Pfaffs Nachsatz gar nicht, der bei ihrem schnellen Weggehen zu hören ist: „Da irrst Du Dich aber gewaltig, was meinst Du, was bei uns alles gestohlen wird." Ein Untersatz. Eine schreckliche Behauptung. Die spinnt ja, denken Lesru und die Geige.
Und ferner wehrt sich die Geige, als sie in die Hand genommen, dagegen. Dagegen. Lesru soll Eva nicht allzu sehr auf dem Schulhof suchen, das Lernen bei Frau Stege ist doch die heiligste Sache der Welt. Drückt ihr die Geige direkt und sofort in die Hand. Und Lesru drückt zurück. Fest trägt sie sie, ungeachtet der jugendlichen Heerscharen, die zu Fuß um die Ecke des rustikalen Schulgebäudes kommen und sie kurz anblickend, ins breite Eingangstor drängen.

Bei uns gehört doch alles allen, da kann doch niemand etwas dem Anderen wegnehmen. Das verstehe ich nicht. Und mein altes blaues Fahrrad einfach wegnehmen. Lesru muss lachen. Es gehört doch mir. Es kann mir überhaupt niemand wegnehmen. Es gehört zu mir wie meine Geige. Dass das Lia nicht kapiert! Meine liebe Karrete. Es trägt mich aus den Stürmen in

einem bestimmten Haus in Weilrode weg. Ich brauche es als mein Fluchtfahrzeug.
Die Vorstellung, dass draußen während des Unterrichts eine dunkle Gestalt ihr Rad anfassen könnte, den alten ausgemergelten Sattel berühren, ihren Lenker in Besitz nehmen und losfahren, obwohl die Klingel wieder einmal kaputt ist, erregt sie noch in der ganzen ersten Unterrichtsstunde. Denn diese Vorstellung beginnt sich, in ihr einzufräsen wie eine Säge ins Holz. Es unerträglich. Dem Englischunterricht bei der kleinen Frau Bär kann sie kaum folgen, da hilft auch Barbara Glichens Begeisterung für Englisch nicht, noch der kurze Blick auf die Geige, die auf dem Fensterbrett liegt. Umso heftiger blickt sie auf den breiten athletischen Rücken Lias, die schräg vor ihr sitzt, die Verräterin.
Ob es vielleicht doch stimmt? Wenn das wahr wäre, würde doch unser neues einmaliges schönes Leben, das wir aufbauen, unser Ziel, das zwar in Weilrode ganz anders aussieht, das aber doch unbedingt, angestrebt werden muss, das irgendwann doch kommt, unmöglich sein zu erreichen. Diese bebende große durchlässige Frage wird im Englischunterricht nicht beantwortet. Lesrus bedrängtes Herz schlägt nach hinten aus in die dritte Sitzreihe, wo Margit Herholz, die Falkenbergerin, sitzt. Sie schreibt ihr noch in der Englischstunde einen kleinen Zettel mit der dreimal verfalteten Nachricht: „Ich muss Dich in der Pause etwas fragen."
Die Schneiderstochter aus Falkenberg weiß mehr von der rauen, wunderbaren und schrecklichen Wirklichkeit als sie. Die Sommersprossige mit den hellgrauen Augen und einer Art Pagenfrisur hat ein offenes unkompliziertes Wesen, das sich ihrerseits Lesru und Barbara auf dem gemeinsamen Weg zum Bahnhof anvertraute. Sie hatte den ungleichen Zuhörerinnen erzählt, wie ihr Vater, ein Damenschneider ständig agitiert wird, in eine Produktionsgenossenschaft einzutreten und gesagt hatte, eher schließe ich meine Schneiderwerkstatt zu als zusammen. Ihr Vater, so dachte Lesru daraufhin, tobt und rennt mehrmals am

Tage mit seinem Kopf gegen die Wände seines Hauses. Es bedrückte Lesru, und sie wunderte sich, dass Margit trotzdem so oft lachen konnte.
Margit aber hatte ihrerseits an diesem Morgen, als Lesru in Torgau nicht aus dem Zug mit ausgestiegen war und allein den Klassenraum betrat, der Raum, der am Wochenende so gar nichts erlebt hatte, zwei Fragen auf einmal gestellt. 1. Warum sie heute mit dem Rad gekommen sei. 2. Warum sie ihren wunderbaren Cordrock nicht mehr anziehe. Lesrus Antworten fielen lapidar aus. Wie hätten sie auch wahrheitsgemäß, unverkürzt ausfallen sollen mit dieser tief eingekerbten Gefühlsbremse in sich! Niemals wollte sie doch, nur aus Scham bestehend, nach dem Stegeunterricht, zu anderen Menschen treten. Und niemals wollte sie wieder mit dem Westrock wie eine bunte Kuh betrachtet werden.

Nach dem Klingelton steuern beide Mädchen sofort den langen dunkelbödigen Korridor draußen vor der Tür an und stellen sich etwas abseits an die Wand. Vom Fenster aus könnten sie den schönen grünen, den sanften Innenhof sehen, der von keinem Menschen betreten wird und unweit davon die gotische grausteile Franziskaner Kirche, umgebaut als Kulturstätte.
„Sag mal, Margit, ist das wahr, wird in unserem Lande geklaut?" Die von einem Zettel angesprochene und somit aus dem geliebten Englischunterricht herausgebrachte Mitschülerin sieht Lesru von links nach schräg an. Eine kitzlige Frage, die ihren schmalen Mund verbreitert.
„Wie kommstn jetzt darauf, Lesru?“
Es steht alles auf dem Spiel. Lesru zittert und bangt und hofft auf ein klares „Nein". Sie sieht die ersten gelben Ahornblätter auf dem Unberührbaren liegen. Sag doch bitte „Nein". Warum überlegt sie solange? Der Anlass der Frage wird widerwillig, aber schnell erklärt. Jetzt wird es konkret, und die generelle Frage kann leicht zerstückt und an ein Fahrrad gebunden, erklärt werden.

„Klar, ich würde mein Fahrrad auch anschließen, Lesru. Das Private gehört jedem selbst, und da kann kein Mensch seine Hand ins Feuer legen, ob dort nicht auch gestohlen wird".
Sagt's im roten Überschwangpullover, lässt die Fragerin stehen und geht schleunigst zurück in den Klassenraum zu leichteren Gesprächen. Nicht befriedigt, eher platt wie eine Flunder, steht Lesru auf ihrem Standort. Was hat sie gesagt? Kein Mensch kann... und etwas gestohlen… Etwas ganz Dumpfes quält sich von sonst wo herauf, als sei sie selbst soeben überführt worden. Ich klaue doch nicht, muss gedacht werden. Dass sie jedoch einmal selbst Geld ihrer Mutter gestohlen hatte, das erzeugt lediglich eine ekelhafte Unruhe, ihre Selbsteinsicht erreicht sie nicht.
Nun sag mal, Lesru, wie war das mit dem Diebstahl? Keine Antwort, Schweigen im Walde. Die Erzählerin muss helfen. Es war nicht zu übersehen, dass die Elfjährige beim Verteilen der Gaben ein ziemlich dämliches Gesicht machte, morgens im Klassenraum, dessen Fenster zum Hof, Schuppendach und weiter in die Felderferne zeigten. „Ich hab Euch was mitgebracht“, wurde leicht dahin gesagt und sogleich die Pralinenschachtel mit den herrlichsten Gaumenstücken aufgerissen. Es sollte nur möglichst schnell gehen, das Verteilen, Verschlingen, danke sagen. Und die prompten Anfragen: „Wie kommstn denn, hast Du Geburtstag?" mussten möglichst aufwandslos beantwortet werden Dem Liebespaar aus der letzten Reihe wurde keine Praline angeboten. Das war zumindest etwas wert. Aber an den Reaktionen von Rosi Orkowski und Gudrun Bauer, den Nichtgespielinnen, an den etwas eingesunken wirkenden Reaktionen der Jungen, spürte Lesru, dass beschenkt werden in diesem Falle nur komisch, seltsam, eigentlich langweilig sei. Etwas tief Unbefriedigtes lag in dieser kurzen Handlung, so als wüssten die Kinder, dass es nicht mit rechten Händen zugegangen war. Aber Lesru sagte sich das passende

Wort „Scheiß droff" und folgte dem Unterricht. Aber am nächsten Tag gaukelte und gallerte erneut die Gier, sich in der Klasse Freundschaft, Freundlichkeit, Aufmerksamkeit zu ergaunern, packte und rüttelte sie, auch, weil es so seltsam glatt ging und glatt war auf ihrer neuen Lebensbahn. Der Weg zur Schule hatte sämtliche geheimnisvollen Ecken, Häuser und Bäume verloren, er war leer wie eine Wüste, auch dieses neue Lebensgefühl reizte sie, es noch einmal im HO-Lebensmittelladen zu versuchen.
Die freundliche HO-Verkaufsstellenleiterin kannte Frau Malrid, sie hatte ihr alte Klaviernoten geschenkt. Umso mehr wunderte sie sich, dass Lesru am nächsten Tag wieder für zwanzig Mark die teuersten Pralinen kaufte und im Ranzen verschwinden ließ. „Schönen Gruß an die Mutti", sagte sie noch, dem bezopften Mädchen mit stechendem Misstrauen nachblickend. Nun wanderte Lesru in der entleerten Ernst Thälmann Straße weiter zur Schule, zwei stechende Augen im Nacken. Die weiß alles, dachte Lesru und sagte "scheiß droff". Heute nahm sich das Mädchen jedoch vor, genau zu beobachten, wer von ihren Mitschülern freundlicher wurde, wer von ihnen sie zu lieben begann.
Das will ich jetzt genau wissen. Zu ihrem dumpfen, immer wieder zu erlebenden Schrecken jedoch, war die Abwehr gegen sie und die Pralinen gewachsen. Keiner freute sich über diese Wiederholung, einige sogar nahmen nichts aus ihrer Hand. Recht so. Nun saß Lesru inmitten in ihrem Jammer und musste jede einzelne Absage, jedes einzelne Gesicht des Pralinenverweigerers mit in den Unterricht nehmen, ein neues Beziehungsfeld zu ihm aufbauen, Kreuz- und Querstricke waren gut ausgelegt. So war sie den ganzen Vormittag beschäftigt.
Am Nachmittag dieses Schultages bat ihre Mutter sie zu einem Gespräch ins Wohnzimmer. Jutta Malrid hatte nur eine Frage und ihre Tochter nur eine Antwort.

„Hast Du mir Geld gestohlen und damit Pralinen bei Frau Hofmann gekauft?“ Ihre Stimme klang todernst und leise.
Die Tochter antwortete mit gesenktem Kopf, klein, kleiner am größten: „Ja, ich habe aber nichts davon gegessen, ich habe sie alle in der Klasse verteilt." Wahrheitsgemäß, denn es klebte die Selbstverachtung an jeder einzelnen Praline. Jetzt schlägt sie mich, dachte Lesru, wie sie es früher bei geringeren Anlässen getan hatte. Ab in den Keller, Hosen runter und her mit dem Lederriemen. Umso mehr wunderte sie sich, dass nichts dergleichen geschah. „Ich bin so sehr enttäuscht von Dir, ich kann es gar nicht sagen. Trotz allem dachte ich immer, Du bist doch ein anständiger Mensch. Aber seit heute glaub ich das nicht mehr. Geh jetzt."
Das war schlimmer als Prügel, das war Füße abhacken.

Das schnitt ins Ungeschützte beiderseits so tief ein, dass sich die Mutter lange Zeit nicht beruhigen und die Tochter jahrelang als Diebin umherlief. Fehlte, um es vornweg zu nehmen, innerhalb einer Gruppe Geld, glaubte Lesru sofort, sie sei die Diebin.
Sie fühlte sich immer wieder neu schuldig, zweifelte an ihrem Verstand, weil sie kein Geld weggenommen hatte, es auch nie mehr tun würde, und doch fühlte sie sich jedes Mal nahe dran, sich selbst anzuzeigen.

31

Die noch immer überaus beunruhigte Geigenschülerin verabschiedet sich schon im Korridor von Barbara und Margit, gehetzt und gevierteilt eilt sie den langen Korridor entlang. Die besetzte Ausgangstreppe erzieht jedoch zum Schritthalten. Befreit eilt sie nach rechts zum Fahrradständer. Unbedingt will sie die angeschlossenen Fahrräder sehen, hoffentlich sind noch einige da. Und tatsächlich stehen einige Fahrräder im verrosteten Ständer, die neueren Fabrikate, drei, sind mit einem kleinen silbergrauen Schloss

angeschlossen, aber zu ihrer Beruhigung sind sieben Fahrräder rein geblieben. Sie klemmt ihre braune Schultasche auf den Gepäckträger, wartet ein Weilchen, bis der größte Trupp vom Hof verschwunden ist, wundert sich, dass ihr Eva, die noch krank zu Hause ist, so gar kein Trost mehr ist und geht das blaue Fahrrad schiebend mit der Geige, den Hof verlassend, nun auch in die wie in holder Ferne lebende Stadt. Aus dem engen splittrigen Filtrat des Schulstoffes kommend, bieten sich die nahen, reichlich betagten Häuser und ihre Hinterseiten, ihre Dachwinkel und kleinen Fenster als eine andere Lebensmöglichkeit an. Kochtöpfe und Geschirr klappern, Rufe erschallen, aus unbekannten Mündern gesprochen. Aus der nahen Schlossstraße herunter, deren Rückseite ein unübersichtliches Dach- und Mauergewirk bildet, dicht genug, jeden Schüler aus der Schule abzuziehen und sanft in altes Leben zurückzuführen.
Träumend und alles profane Leben abwehrend, steht die graue gotische ehemalige Franziskanerklosterkirche auf der linken Seite da, turmlos, viel nützend gebraucht, jetzt als Kulturstätte, früher als Lazarett. Zur Zeit der Reformation warfen beherzte selbstbewusste Torgauer Bürger die das Kloster bewohnenden Bettelmönche aus ihren eigenen vier Wänden, das Kloster wurde 1525 geschlossen. Später nannten die Torgauer diese Kirche „Alltagskirche“.

Lesru mag dieses ernste, stille Gebäude, auch heute vergewissert sie sich mit einem langen Blick auf die schmalen hochstrebenden Fenster seines Daseins und Bestandes, als Zeichen des Andersseins und gegen das Kochtopfgeklapper. Sie hat ihre Schnitten noch in der Brottasche, sie hat noch eine halbe Stunde Zeit, und das Rad ist ein braver Gefährte, der sich führen lässt. Die Geige ist einverstanden.

Torgau ist ihr aus einem besonderen Grund und Anlass unheimlich. Sie kann es sich nicht erklären, dass sie

gelegentlich das Gefühl hat, irgendetwas stimmt nicht, als ginge sie barfuß auf einem Nagelbrett. Was da freilich als unheimliches Gefühl mitgeht, heute und beim Betreten der schmalen Schlossstraße sich wieder breitmacht, heute, wo sie sowieso eingestimmt auf Verlust ist, ist ein Erlebnis, das in ihrem vierten Lebensjahr hier in der Stadt in Empfang genommen werden musste. Es mussten unbedingt Schuhe gekauft werden, und das kleine Mädchen mitgenommen zur Anprobe. Schuhe, Kinderschuhe aber waren das Letzte, was eine vom Krieg völlig zerstörte Warenproduktion herstellen konnte. Es sprach sich in den Dörfern wie ein Lauffeuer herum, an welchem Tage es in Torgau wieder Kinderschuhe geben sollte. So fuhren denn die nach dem Unterricht ermüdete Lehrerin und Lesru in die unzerstörte fast tausendjährige Stadt Torgau, gingen hinein mit höchst unterschiedlichen Köpfen. Das kleine Mädchen mit dem Hahnenkamm aber staunte über die gartenlosen Straßen, über die steinernen Plätze, jedes Haus entzückte und wollte am liebsten stehend bewundert werden, während. Während die Mutter nur Sorge hatte, die allernötigsten Dinge wie ein Stück Seife in einer Drogerie zu ergattern. So schritten sie weiter in die immer älter werdende Stadt und kamen zu sehr alten Häusern mit bögigen Türen und steinernen Sitzmuscheln beiderseits am Eingang und zu den Gesichtern aus Stein.
Gesichter aus Stein aber mussten doch unbedingt angesehen werden, angefasst natürlich und die herrliche Süße gespürt und eingesogen (wie die Biene Maja), die eine solche Berührung von Hand zu Köpfchen erzeugte. Ein ganz und gar unbekanntes süßes Gefühl, das in Dörfern nicht erreichbar, nicht sichtbar, das unbedingt zum nächsten Haus und Hausblick führen, geleiten musste, wollte leben und sich nie mehr trennen vom geliebten schönen steinernen Gesicht. Abrupt, wie man sich denken kann, verlief der Abschied. Die Mutter rief mehrmals, dann riss sie das Kind los, das aber schrie. Das schrie noch im

Schuhladen wie am Spieß, es wurde beschimpft von anderen Müttern, von anderen Kindern missfällig angesehen, wo es doch nur um passende Schuhe ging, in übervollen Läden das Geschrei. Bis es der Mutter zu bunt wurde, sie nahm ihre Tochter in einen Hauseingang eines älteren Hauses und vermöbelte ihre Tochter nach Strich und Faden. Nach Hause kamen schließlich zwei völlig erschöpfte, geprügelte weibliche Wesen. Ohne Schuhe.
Zehn volle Jahre legten ihr Gewicht auf dieses Erlebnis. Die kleinen runden Männergesichter, die aus den Hauswänden herausschauten, lächelten oder traurig guckten, waren Lesrus erste Begegnungen mit der Bildenden Kunst. So herrlich erregend, zum Anfassen schön. Die abrupte Trennung und ihre Bestrafung aber zerstörten eine frühe, tragfähige Beziehung zur Bildenden Kunst.

Die Vorderfront der alten, meist einstöckigen Häuser in der Schlossstraße, die vom erhebenden Marktplatz mit seinem schönen breiten Renaissancerathaus zum ebenfalls sich erhebenden Schloss „Hartenfels" führt, leitet dennoch zu einem vorsichtigen Eintritt in die Stadt ein. Vorsichtig, wie auf Zehenspitzen geht die Vierzehnjährige an den kleinen Fenstern und bögigen steinernen Türen vorüber.

In der Katharinenstraße, einer winzigen Gasse, die sich von der Schlossstraße löst, soll, wie irgendjemand erzählt hat –, der Irgendjemand war der Weilroder Pfarrer Schurmann-Luthers Frau und Witwe elendiglich gestorben sein. In der großen hochdächrigen Marienkirche ist sie begraben. Sie kam zusammen mit drei Kindern aus Wittenberg, wo die Pest Angst verbreitete, nach Torgau herüber. Auch die Wittenberger Universität war nach Torgau evakuiert. Unterwegs brach ein Rad von der Kutsche und sie verletzte sich so sehr, dass sie qualvoll nach Monaten in einem Haus in der Katharinenstraße starb.

Eine milde, von Wolkenfäden angeschleierte Sonne aber scheint dem erregten Mädchen geradenwegs auf den grünen Anorakrücken. Das mächtige graue Schloss mit seinem vielgliedrigen Fürstenwappen über dem breiten Eingang, zu dem die steinerne Brücke führt, zeigt seine eigentlichen zierlichen und großartigen Schönheiten aus der Zeit der Frührenaissance innen, im geräumigen schattigen Innenhof. Dort sehen die Fenster wie Vorhänge aus, dort steigt die aus einem Stück gebaute symmetrische holde Wendeltreppe auf, dorthin kann Lesru schon gar nicht hingehen. Sie fühlt sich zu bedrückt, zu klein für einen derartigen Hochgenuss. In ihr toben, je mehr sie sich dem unscheinbaren Haus der Musikschule hinter dem Torbogen des Durchgangs nähert, dicht überdrängt die unklarsten Gefühle. Sie führt ihr blaues Fahrrad mit der toten Klingel wie ein Pferdchen am Zaum zum Schuppen. Bleib ja stehen, lass dich nicht klauen, das muss in höchster Erregung gesagt werden.
Denn der reine Weg, der reine Zutritt zum reinen lieblichen Lernen ist ihr nach einer Woche höchst intensiven Lebens verwehrt, nach unten verdrängt und verküsst worden. Wie kann ich Frau Stege die Hand geben, ich habe ein Mädchen geküsst, ich habe gehört, dass in unserem Land Menschen leben, die anderen etwas wegnehmen! Und der alte Geschichtslehrer, auf den ich mich so gefreut hatte, ist auch eine große Pleite. Er lässt uns nur die Schlachttermine von den Punischen Kriegen auswendig lernen, und ich...
Dieses und jenes trommelt und rührt dermaßen in dem Mädchen, dass sie sich gefährlich den Zuständen nähert, die sie vor dem Hinaufeilen zur Kirchenorgel auf der Treppe empfunden hatte. Jetzt benötigt sie unbedingt ein Klavier, ein Zimmer, wo ein Klavier steht. So rast sie mit ihrem Geigenkasten die steinerne Treppe hinauf, schleicht sich herzhochklopfend an Frau Steges Tür vorüber, steuert die letzte Tür im dunklen Korridor an und denkt, wenn kein Klavier drinsteht,

sterbe ich, und wenn jemand drin ist, sterbe ich auch. Sie öffnet die Tür - das Zimmer ist leer und riecht nach Tabak, das geschlossene schwarze Klavier schreit nach ihr. Alles hinschmeißen und wie eine wahrlich Ertrinkende, stürzt sie sich auf die weißen und schwarzen Tasten.
Aber bevor sie zu spielen beginnt, muss sie innehalten. Gerettet. Die Tasten scheinen heilig zu sein. Sie fühlt in sich soviel Glut, die sie weder versteht, noch beeinflussen kann, die sie aber noch anhalten kann und sogar einen vagen Blick aus dem Fenster wagen. Bevor sie beginnt, fühlt sie das Einssein mit dem Instrument und Hochachtung für den Klavierbauer, beide reichen ins Unendliche.
Ein Blick zur Uhr, es ist fünf Minuten vor zwei Uhr, und Lesru schrumpft in dem weißwändigen Zimmer mit dem Blick zu einer kleinen Häuserreihe jenseits des großen Gartengrabens zu einem Kehrrichthäuflein zusammen. Nichts, nur ein unglückseliger Körper. Der sich, auf dem Tiefpunkt seines Unglücks mit langen Händen zur Wehr setzt. Und spielt. Lesru spielt mit vollen Händen und dem Fuß auf dem Pedal, von den ersten Akkorden und Tongruppen aufgenommen wie von einem dehnbaren Gefäß. Immer dunkler und misstöniger werden die Klänge und sollen doch schreien, hauen und stechen. Noch längst nicht schrecklich genug, muss sie, denn von wollen kann keine Rede sein, tiefer in die schreckliche Tiefe und Misslage dringen und sie halten. Sie hält die Misslage mit der linken Hand im forte fortissimo und versucht mit der rechten Hand ein leises helles Liedchen zu spielen, eine ganz leise Gegenmacht. Vor allem versucht sie grimmig in die schreiende Schwärze hineinzuhören und zu verstehen, was sie ihr sagen will. Vergeblich. Nach dem eruptiven Ausstoß fällt ihre Seele totenstill zusammen. Sie schließt den Deckel vom Klavier, ergreift ihre Geige und die Schultasche und versucht über die dunklen Holzdielen zu Frau Stege im Zimmer 2 zu gehen.

Sie klopft, grüßt artig und im Selbstschwund. Ein wunderbares aufmerksames Gesicht folgt befriedigt ihren Bewegungen, als sie ihre Jacke ordentlich an den Haken hängt.
„Ich habe geübt Frau Stege, wie ich noch niemals in meinem Leben geübt habe", sagt sie mit entstelltem Gesicht, also sehr traurig und abgestraft aussehend. Und dabei fühlt sie wie eine ganz andere prächtige Realität an Boden und Aufnahmefläche in ihr gewinnt.
Das echte Leben, das dem Lernen zugewandt ist. Das einzig wahre.
Und was soeben noch ein Rausch am Klavier war, stiebt davon, erledigt wie ein Sturm, der seine Kraft eingebüßt hat.
„Das freut mich, Lesru. Nun zeig mal", sagt Frau Stege und beobachtet mit Staunen Lesrus ruhige Vorbereitungen und Körperbewegungen. In diesem Moment beginnt sich Zuneigung zwischen der Lehrerin und Schülerin zu bilden, die sie in ihrem sich weiter verzweigenden Leben begleiten wird. Die Schülerin spannt den Bogen und reibt ihn mit Celophon ein, gleichmäßig und ruhig. Frau Stege steht schon am geöffneten Klavier mit dem a-Ton zum Stimmen der a-Seite. Das KLAVIER aber muss sofort abgelegt, abgeheftet werden zu den Akten. Es hat hier nichts zu sagen. Lesru stimmt ihre verstimmte Geige. Und nach dem Gehör die anderen drei Seiten. Die hohe e-Seite, die mittlere d-Seite und die tiefe g-Seite. Herr Oneburg hatte in seiner ersten Unterrichtsstunde den Merksatz zur Unterscheidung der vier Violinseiten mit Augenzwinkern erklärt: „Geh-du-alter-Esel."
Dann nimmt Lesru die Geige auf zum Vorspiel. Die Ševčík Etüden hat Mimi Stege selbst auf den Aluminium Notenständer gelegt, das Mädchen atmet ruhig und formt ihren ganzen Körper zu etwas Wachsartigem, Ernsthaften und beginnt vorzuspielen. Bereits beim ersten Ton und bei der ersten Übung, wo sie ganze Noten zu streichen hat, dieselben sogleich mit dem unteren Bogendrittel, lugt Evas verdutztes Gesicht in

ihre wächserne Gestalt, und Lesru schämt sich in Grund und Boden.
Sie wird nicht unterbrochen. Weiter muss gespielt werden, die ganze Nummer 2.
„Wirklich, Du hast fleißig geübt. Allmählich bekommen wir bei Dir wieder einen Grund rein, eine Basis, auf der wir weitergehen können", sagt Frau Stege, ein wenig unkonzentriert geworden. Sie erinnert sich an Lesru Beurteilung der Eröffnungsrede vor einer Woche von Herrn Genossen Biberitz, die sie als „Holzhammernarkose" volkstümlich bezeichnet hat. So lässt sie ihre Schülerin nach der Nummer 2 unvermutet anhalten und erzählt von ihrer Feindin an der Volksmusikschule.

Denn in einer Diktatur ist es leicht und vielerorts nötig kleine Begegnungsstätten zu schaffen, wo man sich in seinen Einzwängungen dem anderen zeigen kann. Ein offener Blick, ein offenes Wort. Mehr nicht. Freundschaften können in dieser Millimeteröffnung nicht entstehen. So ist Lesru überrascht, als Frau Stege den reinen Lernweg verlässt und eingeschüchtert von ihrer permanenten Einschüchterung spricht. Frau Kallmer heißt ihre Feindin, eine Sängerin, die sich einbildet, die beste Stimme im Kreis Torgau zu besitzen. Die Schülerin erschrickt. Zu Frau Kallmer geht sie nach dieser Stunde eine Treppe hinauf zum Theorieunterricht. Zusammen mit fünf anderen Schülern hat sie vor einer Woche in einem Klassenraum von einer schönen charmanten Frau begonnen, etwas von der Unterseite der Musik zu hören. Wegen ihrer Totalbeschädigung am ersten Tag allerdings vermochte sie nur ihrer äußeren Erscheinung zu folgen. Die Aufmerksamkeit, die Frau Kallmer ihr widmete, sog sie auf wie eine dringend benötigte Linderung ihres Gesamtschmerzes. Sie erschrickt tiefer. Diese Madame ist die Frau eines „hohen Tiers" wie auch die verehrte Frau Stege nicht umhinkommt, zu formulieren; die Frau

des ersten Kreissekretärs der SED, in Lesru rutscht etwas nach oben und schüttelt sich.
„Sie nennt mich eine Bourgeoisin, Verräterin sogar, weil mein ältester Sohn nach Braunschweig gegangen ist zum Studium. Hier erhielt er keinen Studienplatz. Außerdem würde ich mich schlampig anziehen und keinen guten Einfluss auf meine Schüler ausüben. Das macht mich krank."
Mimi Stege im blauen Kostüm aus derbem Stoff hat in wirklicher Traurigkeit zum Fenster an dem Mädchen vorbei gesprochen und jene prüft unwillkürlich, ob vor ihr eine schlampig angezogene Frau steht.
Sie findet keine.
„Die hat sie wohl nicht alle, die Kallmern. Frechheit. Ich würde mich von dieser Trantute gar nicht ärgern lassen. Frau Stege", erwidert sie im flotten Ton, als sei diese Sache glasklar. Die sechsundfünfzigjährige Geigenlehrerin mit dem lose herabfallenden Haar aber saugt die beherzte Meinung ihrer neuen Schülerin wie eine echte kleine Ermutigung auf, weil sie ihrer bedürftig ist. Immer wieder hetzt und redet ihre Kollegin dem Direktor gegenüber gegen sie, beobachtet täglich, in welcher Kleidung sie im Lehrerzimmer erscheint, welche Worte sie in den Mund nimmt und fordert bei Lehrerkonferenzen demonstrativ ihre Meinung, ihre Stellungnahme zu politischen Vorgängen heraus. Sodass Wilhelmine Stege bereits eine ganz verängstigte DDR-Bürgerin geworden ist.Zumal in ihrer Wohnung kein Mensch auf sie wartet, mit dem sie solche hässlichen Vorgänge und harschen Anschuldigungen wegbesprechen kann. Zumal die Musik ihr Leben bestimmte, auch als sie, die Konzertmeisterin und Violinistin in Oppeln ihren geliebten jungen Arzt heiratete und im hochbürgerlichen Haus ihr Musikleben fortsetzen konnte. Die Violinkonzerte waren ihr Leben, auch als Mutter ihrer beiden Söhne, setzten sich die Hauskonzerte fort, bis der Krieg allem den Garaus machte.

Politik und Machthaber sah sie stets am Rande, vom Rande in ihr Herz hereinfunken, und obwohl das Radikalste geschehen war, das Menschen zugelassen haben und sie sich als Witwe mit der Geige auf dem Rücken und zwei kleinen Söhnen in der Hand nach der Flucht in Torgau ansiedelte, blieb die Musik das blaue Schiffchen auf dem geläuterten Strom des Lebens. Auf ihm gab es keine Wassernotstände, noch Springfluten, auf ihm musste nur täglich geübt und gearbeitet werden. Deshalb war sie auf allen Landwegen weniger geschickt, angreifbar und eben hilflos.
Dass ihre Verdienste - die Gründung eines Torgauer Streichquartetts, ihre hervorragende Tätigkeit als Konzertmeisterin im Torgauer Kreisorchester - so wenig Anerkennung finden, verunsichert die Lehrerin hin und wieder. Aber sie weiß wohl, man fährt nicht kostenlos auf dem Strom der Musik, auf Beifall ist von den Am-Ufer-Stehenden nicht oft zu hoffen.

32

Die locker gelassenen bunten Fäden wieder aufnehmen, straffen und weiter weben, das tut die Weberin.
Obwohl die Realität gepflastert ist mit schauerlichen Vorgängen - es gibt Diebe, ein Fahrradschloss musste gekauft werden, im Zug erzählen die Leute immer noch vom Brand in der Dommitscher Margarinefabrik, Sabotage, ein besonders schauerlicher Vorgang, obwohl Frau Stege eine Todfeindin hat und der beste Geschichtslehrer im Torgauer Gefängnis sitzt - hält Lesru das Ideal einer besseren Gesellschaft sehr hoch. Sie ist noch nicht da, aber sie wird kommen, die Zeit wird kommen, in der die Menschen freundlich zueinander sind, Platz haben zum Wohnen, Platz haben zum Spielen und jeder sein Auto haben wird. Das Letztere hält Lesru für nicht unbedingt nötig.
Die genannten realen Vorgänge sind in ihren Augen niedere Ereignisse. Nur wenn die ungarischen

Studenten gegen ihren Staat demonstrieren, den Kapitalismus wieder einführen wollen, ist das beängstigend, da schlägt das Herz auf und wird augenblicklich von Kälte gepresst. Aber selbst ganz junge Menschen wie die drei Oberschülerinnen, die aus dem frühen Torgauer Bahnhof im Strom der Arbeitenden heraustreten, wollen sich nicht ununterbrochen ängstigen, auch nicht ununterbrochen über die Stadt Budapest diskutieren. Sie wollen leben.
Barbara Gliche, Margit und Lesru Malrid haben es nicht so eilig wie die zur Arbeit Gehenden. Gemächlich gehen sie die Treppenstufen vom Backsteinbahnhof herab, so gemächlich wie ihre Vorgänger, Barbaras Bruder Norbert und Lesrus Bruder Fritz, die Abiturienten. Und wie in einigen anderen Städten auch, beginnt nicht in Bahnhofsnähe sogleich die städtische Bebauung, sondern ein grüner lebender Baumgürtel, Glacis genannt, lockt und erfreut die angekommenen Reisenden. Hohe Pappeln mit Misteln besetzt stehen entlang des Schwarzen Grabens, einem Flüsschen, das zur Elbe sich schlängelt. Die schmale Fußgängerbrücke ist zu überqueren, ehe die hohen noch grüngelben Buchen und Ahorne die Menschen im Glacis beruhigend und befächernd aufnehmen. So, als sagten sie, lass dir Zeit, die Stadt wartet gern. Ein frischer Oktobermorgen, man muss schon festes Schuhwerk tragen. Auch diese drei Mädchen tragen Halbschuhe, Barbaras sind braun und geputzt, Lesrus beigefarbene, sind mit winzigen Gräserspuren verziert, Margits schwarze Halbschuhe glänzen ebenfalls. Ein kleines Wunder ist zu erleben: Die Jugend kann das Unmögliche, sie wendet sich ab von der Realität, gräbt sich ihren eigenen Maulwurfhaufen, stellt sich obenauf und lacht bis zum geht nicht mehr. Barbara hat sich kurzerhand bei einem Torgauer Friseur den Mozartzopf abschneiden lassen und hält ihren kurzhaarigen Kopf vorsichtig ins Licht. Das muss gebührend von Margit gewürdigt werden. Aber, ach du Schreck. Lesru und Margit haben vergessen, eine Aufgabe im

Deutschunterricht zu lösen, und deshalb suchen sie sich im stillen Glacis einen Fleck aus, wo sie das Versäumte mit Barbaras Hilfe nachholen können.
Es ist ein kleiner, von einem Kettchen umzäunter Platz mit einem abgeflachten Steinsockel, wo ein Denkmalsturz stattfand. Welche Persönlichkeit gestürzt wurde, wissen sie nicht.
„Ik gehorta dat seggen", beginnt Barbara mit leicht geneigtem Kopf im grünen, nicht erneuerten Anorak das berühmte „Hildebrandslied" zu zitieren.
Das um 800 im Kloster Fulda aufgeschriebene erste literarische Heldenepos der Deutschen, in Stabreimen gefasst, ist nur noch in Bruchstücken erhalten. Herr Wondrej hat diesen Text in altdeutscher Sprache in strengem Ton versucht seinen Schülern, nahe zu bringen. Die erste Strophe ist auswendig zu lernen.
Lesru und Margit kugeln sich vor Lachen. Bereits nach der ersten Zeile reißen sämtliche Vernunftsreißverschlüsse, so bald die eine der anderen ihre Zähne zeigt, usw., als sei das Althochdeutsche, vom neusten Modefriseur vorgetragen, das Komischste, was es an diesem Morgen geben kann.
Obgleich die Erzählung vom unheimlichen Kampf zwischen Vater und Sohn Lesru im Unterricht betroffen gemacht hatte und sie sich sogar gefragt hatte, ob mich meine Mutter auch eines Tages töten wird, - Hildebrand, der Vater, erkannte nicht seinen Sohn Hadubrand, sie kämpften mit dem Schwert um Leben und Tod - kreischt sie vor Lachen, jetzt. Kaum hat die lächelnde Vorsängerin mit ihren kleinen Grübchen, eine weitere Zeile vorgesprochen, geht Margit in blauer Stoffjacke in die Knie, kneift ihre Beine zusammen und prustet, „nun hör Dir das an".
Das Althochdeutsch erscheint angesichts der vielen auf- und abtretenden Realitäten das Komischste zu sein, was vorstellbar, es gleicht einer Schiene, aus der Vorzeit mitten ins Glacis gestellt; auf der nur die Lore „nun hör Dir das an" fahren kann.

Lesru aber spürt beim gemächlichen Weitergehen und Ankommen auf der villenumsäumten Bahnhofstraße, dass etwas falsch war an ihrem Lachen, irgendjemanden hat sie betrogen.
Beim Einbiegen der Bahnhofstraße auf einen ovalen bebauten Platz, in dessen Mitte ebenfalls ein flacher Steinsockel steht - hier stürzte Friedrich der Große ins Geschichtslose - fühlt Lesru wieder den unbehaglichen Torgauer Untergrund, als könnte sie nie und nimmer normal und gesund auftreten. Und als Margit plötzlich fragt, wo denn heute Eva sei, und Barbara allwissend sofort antwortet:
„Eva fährt jetzt mit ihrem Motorroller zur Schule", errötet sie und fühlt eine ganz starke Sehnsucht nach ihrem eigenen, alle Realität auslassendem Leben. Am mit schwarzen Eisenketten verschlossenen sowjetischen Soldatenfriedhof am Ausgang des Glacis, wo sowjetische Frauen und Männer ruhen und jedes einzelne Grab bepflanzt und von sauberen Kieswegen umschlossen ist, zusammengefasst von einem Denkmal in der Mitte des Friedhofs, sind diese drei Oberschülerinnen vorbeigegangen. Lachend und unbeeindruckt.

33

Im Hof des Guckhauses, das der Bäuerlichen Handelsgenossenschaft gehört und von zwei Angestellten mit ihren Familien bewohnt wird, ist es schattig, grauerdig und eng. Gegenüber des Wohnhauses befinden sich Schuppen mit Türen für Holzställe, Toiletten, Abstellräume. Aber ein offener Blick zum immer freundlichen Bahnhof bietet sich an. Die hintere Tür zur naheliegenden Schwarzbaracke der Genossenschaft gibt den Weg und den Blick frei auf die Straße zu Boeskes großen Obstgarten auf der anderen Straßenseite und auf ein der Molkerei vorgelagertes Haus. In diesem tristen Schmalhof ohne Tiere steht in blassem Blau aufgebockt auf seinen zwei Standbeinen

der Motorroller neuster Produktion wie ein Fanal für andere Zeiten. Lenker, Armaturen, das Radwerk leuchten und bestürmen in Eleganz die alten grauen ausgelaugten Holztüren der Schuppen, betrachten die unerschütterlichen Grauwände des dumpf daliegenden einstöckigen Mietshauses, das nicht dafürkann, dass es so aussieht: Alt, mickrig, unverbesserlich. Die neue moderne Zeit thront in der Allmacht und im Abgeschmacktesten wie ein junger Löwe auf geheimnisvollem Sockel. Er bittet geradezu um Bewunderung, fleht geradezu um Berührung, bittet ums Anspringen in Laufbereitschaft. Die grauholzige Pumpe, bisheriger Mittelpunkt der höfischen Hässlichkeit, mit ihrem hoch erhobenen Schwengel und dem sturen rostigen Eisenrohr aber möchte zur Seite weichen und weichen, nur einen Meter entfernt vom eigentlich still versonnenen Motorroller, dessen Sitze auf gleicher Ebene, eine Sitzbank bilden.
Hinter der Schuppenwand aber befindet sich ein großer langer Speicher aus Backstein mit einem Extragleis, Rangiergleis, mit einer langen grauholzigen Rampe und weiterem Nebengelass. Sodass die Welt im engen Hof nicht zu Ende ist, obgleich man es vermuten könnte, im Gegenteil, die Welt öffnet sich für Güter und Waren eigens auf einem Rangiergleis für Züge und Güterzüge, sobald man durch die hintere Tür geschritten und nach vorn in den Wind und auf die Speicherstraße schaut.
Das denkt und fühlt denn auch Lesru, die von der Bahnhofsseite in den Hof kommt, ihr blaues Damenfahrrad an einen Holzstapel lehnt, sie denkt, bloß raus hier. Und es ist ihr, als seien sämtliche Höfe ohne den lebendigen Tiergeruch hier in diesem einen versammelt, verriegelt und verrammelt, das Kleinliche, Ärmliche, Misstrauische, sich gegeneinander Abschottende.

Eva tritt aus dem Haus wie eine kundige, verschämte Siegerin, im blauen Anorak und einer blauen Männerhose, ihre blaugrauen großen Augen blitzen vor mitteilsamer Freude, die Mädchen begrüßen sich unter den Augen der oberen Mieter, förmlich und mit warmem kurzen Handschlag. Es folgt sofort eine Erklärung des Fabrikats auf seinen Standbeinen, hübsch laut, sodass Barbara hinter der Gardine des kleinen Schlafzimmers, wo einst die Großmutter zusammen mit ihr schlief, jedes verständliche Wort hören kann. Für sie, Barbara, fand nämlich noch keine Erklärung geschweige Vorführung des Motorrollers statt. So überaus, überfenstrig ungerecht geht es in der Welt zu, und man kann gar nichts dagegen unternehmen.

Die Welt der motorisierten Antriebe ist für Lesru langweilig, verdutzt schaut sie mit ihren gelenkten Blicken auf den Tacho, hört die PS Zahl, staunt ein wenig. Wie kenntnisreich und männlich ihre Was-ihre-Freundin-ihre Was darüber spricht und immer noch nicht aufhört, über dieses technische Ding, das doch in ihren Augen fast nichts Eigenes ist, weil man es bedienen und anlassen muss, immerfort weiter zu reden. Allein gelassen kann es nicht Piep sagen im Gegensatz zu jedem kleinsten tierischen Lebewesen. Das kann sich doch wenigstens auf eigenen Füßen bewegen.

Die Haustür öffnet sich noch einmal und quer Beet steht Barbara Gliche in rosa Hausschuhen auf dem Hof.

„Tag, Lesru", sagt sie geziert mit einem blauen Eimer in der Hand, denn Wasser muss sein. „Tag, Barbara, wie geht es eigentlich deinem Bruder?" „Norbert geht's gut, er studiert doch Mathematik in Leipzig." „Hat er seine Geige mitgenommen?"

„Klar. Er spielt sogar schon in einem Studentenorchester mit." Das war richtig herzerfrischend und gut und ein Gegengewicht gegen den Motorroller. Dringend gebraucht. Auch fragte Lesru, weil Norbert vier Jahre Einzelunterricht, Privatunterricht bei Frau Stege erhalten hatte, ein guter Geigenspieler geworden war, der alles perfekt spielte, aber ein wenig zu perfekt, wie Frau Stege ihr anvertraute.

„Fahren wir", entscheidet Eva und schiebt ihren Stolz auf zwei blitzenden Rädern in Richtung Hofende und Bahnhofsanfang auf die Straße und macht somit der komischen, auseinander strebenden Dreiheit ein Ende.
„Und wohin?", fragt Lesru im sicherer gewordenen Zweiraum außerhalb des Hofes und außerhalb des Privatunterricht Frau Steges. Dass sie solchen auch gibt neben ihrer Anstellung als Musiklehrerin in der Volksmusikschule, war zu Hause bei der Mutter eine halbe Frage und eine ganze Aufregung wert. Sie wird nicht zu viel Geld verdienen, sie muss ja noch ihren jüngsten Sohn, der in Halle studiert, mit ernähren, so etwa erklärte ihre Mutter bereitwillig Lesrus Frage. Dennoch, es blieb eine Resteifersucht zurück, die sich soeben im Hof hervordrängelte.
Solche unpassenden Hervordrängungen gibt es unter Menschen am laufenden Band, und wir haben nur eine angesehen. Ich habe bei Herrn Oneburg gar keine richtigen Noten gehabt, erst jetzt habe ich die Geigenschule von Seling und für die Technik Ševčík, denkt Lesru in der momentanen Wirrnis.
„An die Elbe natürlich", antwortet Eva und lässt den Motor an, indem sie auf dem Armaturenbrett auf einen Knopf drückt. Sie hat schon gemerkt, dass Lesru nur ein höfliches Gesicht machte, dass sie nicht mit ansprang, und das reizt sie umso mehr, diesem seltsamen Mädchen eine Freude zu machen.
„An welche Elbe, die bei Graditz, von der ich Dir erzählt habe oder bei Zwethau, im Nachbardorf?"
„Nach Zwethau", entscheidet Eva, auf dem Motorroller sitzend, breitbeinig und kerzengrade.
Das ist Lesru sonderbar, sie muss, um das zu verstehen in Evas große graublaue Augen sehen, unter die dunklen beweglichen Augenbrauen, in ihr ganzes längliches Gesicht, sogar in ihre etwas zu groß geratenen Nasenlöcher. Warum will sie nicht nach Graditz, wo es viel schöner ist als an der Zwethauer Elbe, wo nur Hochspannungsmasten und Wiesen sich gegenseitig anstarren?

„Und wo soll ich mich festhalten?"
„Hier ist doch ein Griff, Lesru und außerdem kannst Du Dich an mir festhalten. Komm, steig auf."
Der blassblaue Motorroller knattert ungeduldig, der Ärmste.
Er fährt, wie er fahren muss, der Wind lacht sich eins und auch zwei, spürbar im Rücken, am Hals, alles hat Beine bekommen. Die anständige Molkerei mit offenem Hof und Rampen hat noch niemals zwei Mädchen auf einem fahrenden Untersatz gesehen, sie starrt ungläubig, ebenso wie der letzte Zaunpfahl von Boeskes nie endenden Garten, die Bäume beiderseits der Ausfahrtstraße, herbstlich gefärbt und gewundert, ratschen vorüber, festhalten. Evas kurze braune Haare flattern mit ihren Spitzen, du lieber Gott, an der von einer hohen Backsteinmauer umgebenen Böttigerheide, wo doch der namhafte und einzige Arzt wohnt und praktiziert, Dr. Rolle, fahren sie im Affentempo vorüber, warum denn so schnell, so schnell kann man gar nicht gucken. In den einzigen Sohn vom Dr. Rolle, den Friedrich mit dem schön geformten Kopf war ich richtig verliebt, in der siebenten Klasse, hat keiner gemerkt, das winkt von hinten nach, schon am neuen Sportplatz vorbei. Rechts die kleine Straße ist die Elbstraße, dort wohnt noch ein Sohn unserer früheren Waschfrau, die ist auch schon tot, wieder andere Häuser in Richtung Zwethau.
Lesru regt sich arg auf. Alles Interessante flitzt vorbei, am besten die Augen schließen. Ist auch unangenehm. Es ist doch aber schrecklich am schönen Zwethauer Wäldchen, wo sie einst nur glücklichste Stunden mit der Großmutter und Kinderfreunden verlebt, gelebt hatte, mir nichts, dir nichts vorüberzusitzen und nicht ein einziges Mal „halt" schreien zu können. Diese Motorradfahrt ist eine einzige Gemeinheit. Auf ihrer gebräunten Stirn bildet sich eine kleine Zornesfalte, das ist doch kein Leben, wenn man die schöne wertvolle Landschaft sieht, die im Abendlicht aufschauenden Wiesen und Kartoffelfelder, die tausendjährige

Spukeiche in der Kurve und vorher die geliebte Silhouette Torgaus, das lang gezogene Dach der eintürmigen Marienkirche, daneben das stolze Schloss "Hartenfels mitten über den grünwarmen Wiesen, und nicht den Fuß vom Rad nehmen kann und anhalten. Und sehen und fühlen, wie es ist, der Augenblick und die Landschaft. Halt an, das ist schrecklich, das ist purer Lebensentzug, das lässt sich noch nicht sagen, aber das staut sich an.
Das kleine Dörfchen Zwethau wird auf seiner Hauptstraße wie ein Blitz ohne Wirkung durchfahren, nur die hohen und seltenen Bäume im ehemaligen Gutspark grüßen die Hintersitzende. Gegen ihre Abholzung nach dem Kriege hatte sich Jutta Malrid zusammen mit dem Naturschutzbeauftragten von Torgau vehement eingesetzt – alles schon hinterrücks, fort. Auch gingen in Lesrus Klasse einige Mädchen und Jungen aus Zwethau, und in einem Haus werden sogar Erinnerungen an die liebenswerte und verständnisvolle Lehrerin Frau Malrid aufbewahrt, weil sie die Eltern von zwei Schülerinnen im Kuhstall besuchte und viel Verständnis gezeigt hatte für die Kaumzeit ihrer Töchter beim Lernen. Das huscht auch vorbei. Denn jetzt muss Eva die weitere Wegstrecke beim Fahren erklärt werden, hinter der Kirche rechts, kommt der Feldweg. Je länger die Fahrt dauert, umso wärmer wird Evas blauer Rücken, umso näher rückt Evas Windnacken und die alte Dorfkirche am Ende des Straßendorfes mit ihrem einzeln stehenden romanischen Glockenturm kann durchaus im Dorf gelassen werden. Komisch ist das. Beleidigend und anziehend. Wer soll das aushalten, geschweige erklären? Es ist ein romanischer Glockenturm, uralt und über eine vergraute Holztreppe zu erreichen, die von einem Extradach vor jahrhundertlangen Regenschauern geschützt wird.
Das bleibt zurück auf dem ausgefahrenen Feldweg, auf dem Eva Sturz langsam, und wie es aussieht, mit Vorsicht und Genuss fährt.

Die Elbe ist auch innerhalb der kürzer werdenden Entfernung nicht zu sehen, aber die grünen kurzmähnigen Wiesen, die wieder erblühte Kamille, der ins Kraut geschossene braunstielige Sauerampfer, die niedrigen sanftstieligen Gräser, dicht an dicht wachsend, beruhigen ungemein. Sie haben keine menschlichen Erinnerungen gespeichert, sie entlassen ins Heitere, sie entlasten den menschlichen Überbau.
Nur vollzieht sich diese „Umstellung" nicht haargenau, sondern zeitverzögert. Die Natur arbeitet langsam in uns, und wir können niemals ihre Einwirkung abwarten.

Der blaue erwärmte „Troll" wird am Ende des Feldwegs abgestellt, aufgebockt und eine grenzenlose Stille umgibt die Mädchen. Ihre Köpfe heben sich zu dem endlosen Hochspannungsmasten, der breitsocklig auf noch festeren Füßen steht, mit einem Gefahrenschild vor seinem Betretenwerden warnt und seine schweren Stahlseile hoch über die Elbe hinaus und herüber schwingt bis zum Bruder jenseits des Flusses. Ein leiser feiner Sington dringt von den Stromleitungen herunter zu allem Erdigen. Die Sonne steht fern hinter einer Wolkenbank, auch der Himmel darf jetzt angesehen werden. Eva ist fremd hier, sonst würde sie nicht mit dem Motorroller so schnell durch die Gegend fahren, denkt Lesru, die Freundin der Unlogik, beim Absteigen. Die Elbe, grauweiß und träge, wie etwas Tragendes fließt und glitzert trotz des eingetrübten Himmels unbeirrt von Zuschauern in einiger Entfernung, sagen wir zwanzig Metern. Sie sendet ihren Riechboten, den scharfen feuchten Wassergeruch ans Ufer, das an dieser Stelle von Bunen eingeschnitten ist.
Die Beifahrerin muss sogleich davonlaufen, aus dem Trommelfeuer durchschnittenen Lebensweg, weit weg zu den sandigen Uferstellen und auf das Kopfsteinpflaster der Bunen und herüber schauen zum anderen Ufer, zum grünen Damm. Den diesseitigen Damm aber haben sie vorher überquert, ein schmaler Seitenpfad führte hinauf und wieder abwärts.

„Na, wie war's, Lesru, so schnell kamst Du noch nie an die Elbe." Eva steht nicht auf der Bune, sie fragte von der Wiesenhöhe die Abwesende rücklings vor sich.
„Furchtbar war es, an allem Schönem so schnell vorbei zu fahren, ich bin ganz platt, ich mag das nicht, verstehst Du. Deshalb setze ich mich auch nicht aufs Motorrad meiner Brüder. Hab nichts davon."
„Du bist ja lustig, ich muss richtig lachen über Dich", sagt Eva stehend und gegenüber der Elbe, ohne rot zu werden.
„Du bist so ein seltsamer Mensch", und dabei fühlt Eva nicht nur einen Drang zu rauchen, sondern dieses eigensinnige Mädchen in den Arm zu nehmen. Die macht mich ganz verrückt, denkt sie und erinnert sich an ihre ersten Küsse und an die notwendig gewordene Erklärung ihres Zungenkusses.
„Wenn's nach Dir ginge, sollte es keine Autos, Motorräder geben, vielleicht auch keine Züge, Lesru. Du bist dermaßen altmodisch, dass ich mich frage, wie Du im Leben zurechtkommen willst. Geht überhaupt nicht. Am liebsten würde ich Dich hier stehen lassen und alleine zurückfahren. Du machst mich richtig wütend."
Ein kalter Wind im Rücken. Beim Blick auf die dunklen Drehlöcher vor der Bunenspitze überfällt Lesru das zähe, furchtbar zähe Gefühl: Alles sei fruchtbar und gut, nur versteht es kein Mensch. Es versteht kein Mensch, dass das Leben noch eine andere unbekannte Seite hat, die sich nicht auf ein Motorrad setzen kann. Und dieses Geschwätz im Rücken gehört ebenso dazu wie ihre Ablehnung desselben. Und das immer noch der Elbe, dem grünen Damm gegenüber zugewandte Mädchen saugt aus allem, was sie umgibt, Sicherheit. Ganz sicher ist sie sich, dass sie recht hat und nicht die Andere.
Sie geht der Zeitgenossin entgegen, der Unwilligen und Enttäuschten, als hätte sie keine grundsätzliche Kritik an ihr geäußert, sie lässt sich führen, sie setzen sich ins Gras, und plötzlich, überraschend, weint dieses stolze Mädchen an Lesrus Schulter. Nun muss Lesru, den Arm

um die weinende Freundin legen und zärtlich sein, so gut es geht. „Du machst mich ganz sinnlos, wertlos, ich fühle es", muss mit der brüchig gewordenen Stimme gesagt werden.
In Lesru aber arbeitet etwas, eine Ahnung ihres Selbst, und es muss sofort diese Bekräftigung genutzt werden zu allerlei Tröstungen. Unbedingt will sie Eva wieder froh machen. Also arbeite Lesru.
„Ich hab Dich doch gern, weil Du anders bist, als ich, weil Du Deinen Kopf ins moderne Leben hältst, und da kann man auch eins auf die Bonnie kriegen. Du bist viel klüger als ich."
Der kühle Wind kommt aus den abgekühlten Gräsern und aus der himmlischen Weite, und die ineinander versenkten Augen beginnen ihr Eigenleben auszubreiten. Im Sitzen sind sie sich nicht so nahe wie sie sein möchten, aber wenn sie beieinanderliegen wie zwei fallende Sternblumen, können sie sich besser sehen, und so bedarf es nur einen kleinen Anstoßes von Eva, sich nebeneinander ins Gras zu legen und etwas zu tun, was wohl das Beste ist nach den Tränen und Tröstungen. Sie legen ihre Münder aufeinander und Eva ihren Körper auf Lesrus ungeschützten Körper. Sie empfangen Küsse voneinander und wohltuende Körperwärme und noch etwas mehr. Etwas sinnlich Süßes, etwas überraschend sinnlich Süßes, das der Welt mit allem Bestehendem - und das ist weiß Gott unendlich viel - ade sagt, sie abtreibt wie eine unreine Frucht und Plage. Da ist der eine schöne Hals, diese zarte Haut unterhalb des Kopfes und der andere schöne zarte Hals, der den Mund will, und der andere Mund will auch die gleiche Stelle am Hals des anderen, und die hellhörig gewordenen Gliedmaßen, die Füße und der besonders hellhörig gewordene Leib, beginnen ihre eigenen Laute und Temperaturen auszusenden. Stärker werdend, diese Süße zwischen den Beinen, was ist denn da unten los, zwirbelt Lesrus Fühlen. Ach, es ist herrlich, so zu versinken, fühlt sie, aber was es ist, weiß ich nicht. Immer tiefer möchte sie versinken und küsst

Evas Mund ganz vorsichtig zuerst mit ihrem kleinen gewagten Zünglein (an der Waage) und fühlt, wie dabei die Süße zwischen den Beinen zunimmt. Saugt und stößt. Denn es kann keiner kommen, die Tür aufreißen, sie müssen nicht auf Nebengeräusche achten, sie sind frei und nach allen Seiten frei.
„Rauchen wir eine", sagt Eva und den Tiefentaumel verlassend, die Zeit des Sprechens ist wieder gekommen.
„Wenn man sich so küsst und umarmt, verschwindet alles um einen herum, wie kommt denn das, die Gräser, der noch blühende Klee, die Elbe, sogar die schöne Silhouette von Torgau, alles eben. Verstehst Du das?", wird irritiert und also wirklich fragend zur Freundin gesagt, die ihr blankes Benzinfeuerzeug aus dem Anorak fingert. Wieder so eine unwirkliche, unlösbare Frage, und Eva lächelt und küsst die Fragerin gleich noch einmal auf die Wange.

Eva Sturz hatte über diese Frage aller Fragen noch niemals nachgedacht, obgleich sie in Mittweida einen Freund und später auch eine Freundin hatte, geküsst und umarmt. Und es ist wieder der leise Schreck zurückgekommen, den sie aus Lesrus Art empfängt und gelassener als eben noch aushält, der Schreck, der ihr bestätigt, Lesru fragt wie überhaupt keiner.
Nun lässt sich über dieses und jenes erzählen, aber sie kommen nicht weit, der Oberschüler Doms im Sportstadium, setzt bereits eine Hürde. Eva platzt Lachen in die Elbe und verurteilt den Lesenden, und Lesru sitzt im Gras mit ihrem Wunsch, ein volles Stadium sollte dem Homerlesenden Beifall klatschen.
Sie diskutieren und die soeben erlebte süße Weltferne und Liebesnähe rückt ab, aber die Augen und die lippenfesten Münder sprechen eine andere Sprache, eben keine.

Die große erstmalige Entdeckung, dass es so etwas wie Liebe gibt, die die ganze lebendige und doch ebenfalls geliebte Elblandschaft vor den Toren Torgaus in ein blankes Nichts verwandeln kann, fühlt sich beim Durchschreiten des nächtlichen Hofes bei den Ziegenliebhabern, ungeheuerlich an. Eine ungeheure Entdeckung und Lebenserweiterung. Gar nicht passt dazu, dass Lesru die saubere Holztoilette, die linke neben der des Hausbesitzers, benutzen muss, schleunigst die Hose herunterziehen und Wasser lassen, als sei das eine unzumutbare Beleidigung des ganz Großen. Auch noch pupsen muss ich. Wer kann das verstehen?
Das Mädchen setzt sich in der stern- und mondlosen Anfangsnacht auf die erste Stufe der Rettungsleiter, die Dorfdunkelheit mahnt kühlere Nächte an, sie lauscht in die Stille. Oben hat sie kein beleuchtetes Fenster gesehen, die Wirtsleute schließen ohnehin ihre Jalousien und gehen mit der Ziege ins Bett. Ein Hund aus der Gegend hinter der dunklen Heilandskirche ist zu hören, ihm antwortet ein noch fernerer. Wie schön wäre es jetzt, denkt sie, wenn ich oben allein sein könnte, in Ruhe etwas essen, vielleicht leise Radiomusik hören, mich ganz nach oben mitnehmen könnte, wenn nicht das wieder kommt, was mir so unangenehm ist: Sobald ich die Treppe hochgehe, verwandle ich mich, schließe ich mich fest zu und bin ein eingeschlossener Mensch, bedrückt und panzerartig, auf jeden Schuss vorbereitet.

35

Dass das Große, Schöne, auch Liebe Genannte, sich nicht bereits auf dem morgendlichen Regenbahnhof zeigen, sich ausbreiten kann, beim Anblick der Freundin auf dem Bahnsteig, zu dem Eva mit Barbara im Gleichschritt angekommen, dass es sich verstecken, klein machen muss, damit niemand etwas merkt, empört Lesru, die Zitternde, höchstgradig.

Welch eine Gemeinheit! Wie verschrumpelt fühlt man sich, wie verschaukelt, wie nebensächlich! Auch wenn Evas Augen strahlen, ihre Hand lieblang in ihrer ruht, muss sogleich irgendein Mist gequatscht werden. Das halte ich nicht aus.
Jetzt reden die Leute im Zug schon von Ungarn. Ein Blick aber aus dem Zugfenster, nachdem der Zug ordentlich arbeitend, den kurzen Straßentunnel passiert, o der Blick zum entfernten Zwethau, ihrer alten Wehrkirche weit weg hinter den Feldern in Elbnähe, der muss unbedingt eingenommen werden wie eine stark helfende Medizin gegen die Allgemeinheit des Landes, der Welt. Hat Eva auch aus dem Fenster gesehen? Sie stehen weit voneinander entfernt im Gang zwischen den Weilroder Füllungen, ein Meter ist sehr weit entfernt, aber Eva guckte aus dem anderen Fenster zum Torgauer Brückenkopf, zum anderen Leben der Elbe. Warum denn das? Weiß sie nicht mehr, wo Zwethau ist?
Es müssen noch ganz andere Menschen und Dinge angenommen werden, unentwegt, fortlaufend, aus nächster Nähe zum geliebten Menschen, ertragen. Wie durch ein Schlüsselloch neben Margit Herholz am Russenfriedhof vorübergehend, angesehen. Nur der nasse Hinterkopf im Schrägstrich des Regens, vor dem sich Barbara mit einem schwarzen Regenschirm schützt und Lesru einlädt, ihren Kopf dicht an ihren zu halten.
„Mein Vater hat sein Geschäft jetzt abgemeldet, er hört auf zu arbeiten. Und frage nicht, was er diesen Leuten erzählt hat", sagt Margit. Sie trägt neuerdings auch eine modische Frisur, die man später mit Schüttelfrisur bezeichnen wird. Ihr ovales schmales, sommersprossiges Gesicht wirkt voller, sie ist eine Vollheit geworden.
Lesru schluckt. Margit nimmt Eva untern Schirm, und Lesru geht allein und ihrem Zustand angemessen kopfüber im Regen. Das Kleinerwerden, das Kleinsein muss also wieder und neu erlernt werden. Die Neigung, das tiefe Betroffensein, weil doch gestern Abend an der

Zwethauer Elbe ein Mensch tief in ihr Inneres geblickt und verzweifelt war, um dann dieses Wesen Lesru noch tiefer an sich zu binden, weil doch etwas geschehen war, das mit Küssen erst in zweiter Absicht zu tun hatte, all das muss auf der Bahnhofstraße gegenüber der Villen und der Jugendstilhäuser, vertreten, ausgelassen werden. Es darf nicht heraus, es muss unbeachtet bleiben.
Barbara fragt höflich, was denn Herr Herholz nun tun wird, ob er nebenbei noch nähen würde.
„Der fasst keine Nadel mehr an."
Vier Mädchen lächeln ein wenig. Auch Lesru wird von ihrer schmerzhaften Schritt-für Schritt-Entfernung vom Tiefen angehoben und in die Zeit gestellt, wo es sehr leer ist.
"Und meine Mutter ist immer so ängstlich, sie hat Ängste ausgestanden, weil mein Vater nicht wieder kam, dachte, sie hätten ihn sofort verhaftet", erzählt Margit von vorn nach hinten zu den beiden Ungleichen.
Am Kinogebäude hängen noch die großen Aufrufe zum Jahrestag der Republik am 7. Oktober, und acht Augen huschen unwillkürlich auf das Größte: „Nie wieder Kapitalismus! Es lebe die SED".
Jetzt aber ist Lesru total aus der Begegnung gefallen, Eva vor ihr mit dem nassen braunen Kopfhaar entwirklicht sich zu irgendjemand, denn nie wieder Kapitalismus bedeutet: Nie wieder Krieg, und das bedeutet: Nie wieder Entsetzen ohne Ende. Lesru wird hölzern, kann über Eva hinweggucken, hinein in die erste Unterrichtsstunde, die heute Biologie heißen wird.
„In Ungarn wird's immer schlimmer", flüstert Margit in einer hellen Stoffjacke an der Straßenkreuzung, wo sie sich zusammenfinden und ein Auto vorüber fahren lassen müssen.
"Die wollen sogar aus dem Warschauer Pakt austreten, die wollen, glaube ich, den Sozialismus abschaffen". „Na, das werden sie bestimmt nicht", sagt Barbara kühn. Auch, weil ihr ihre Eltern strikt verboten, sich in diese Diskussionen einzumischen wie ein Mischling, sie

sollte zuerst daran denken, dass sie, die Glichens Katholiken sind.
O, das schmerzt. Es schmerzt Lesru in tiefer allgemeiner Weise und zugleich denkt sie verwundert daran, dass gestern Abend kein Wörtchen über Ungarn, kein politisches Wörtchen in den Mund genommen wurde, dass sie trotzdem lebten - und wie anders! O la, es gibt also doch eine reale Möglichkeit, ohne Politik auszukommen, ohne abgelenkt von Dominanten, ganz für sich selbst da zu sein, und natürlich sucht ihr weitergehender Blick Eva, die ein blaues Regencape über ihren festen Schultern trägt, so intensiv, dass sich Eva tatsächlich umdreht und ihr einen warmen Blick schenkt.
Danke, du Rettung.
Dennoch sagt sie, zu ihrer eigenen Überraschung, als sei auch sie durchaus ein politisch mitdenkender vierzehnjähriger Mensch: „Meine Mutter geht auch nicht mehr mit zu den Bauern, um für die LPG zu werben. Von einigen von ihnen haben wir nach dem Kriege Milch erhalten, trotz des Verbots, und jetzt soll sie sie zum Beitritt in die LPG überreden". Mit etwas beklommener Stimme gesagt und, plötzlich selbst verdunkelt. Es muss sofort eine jüngste Stimme - wie zur Bestätigung ihrer Selbstverdunklung (Gedächtnisverlust) erinnert werden, die des jungen Parteisekretärs, der im Fach „Staatsbürgerkunde" vorgestern erklärt hatte: „Wir haben zum ersten Mal in Deutschland unsere Geschichte überwunden. Wir schauen nur noch nach vorwärts. Die Bodenreform.......“ Stimmt doch. Kein Blick zurück ins nötig. Vorwärts geht's endgültig. Was früher war, auch bei uns in Weilrode, ist alles geklärt, Käse, weltpolitisch unwichtig. Bravo.
„Das wusste ich gar nicht, dass Deine Mutter gehen musste. Meine Eltern hätten das sowieso nicht getan", sagt Barbara mit ihrer hohen gestelzt klingenden Stimme.

„Dafür geht mein Vater mit, er ist ein erklärter Befürworter für große Flächen, er sieht in den amerikanischen Farmen das Vorbild für ertragreiche Landwirtschaft", sagt Eva mit lächelndem Mund schon in der schönhäusrigen Bäckerstraße, die hinauf zum leeren Markt führt. Den muss ich doch mal eins geben, denkt sie amüsiert, diesen Dörflern. Und tatsächlich, der Wind auf großen, auf Riesenflächen mit amerikanischem Weizen weht und fächert sich in die Breite Straße, wo an den alten Häusern noch kleine lebendige Kinder auf ihren Sockeln, in ihren Nischen sitzen und mit irgendjemand spielen wollen.
„Geht er wirklich mit?" Der neue Direktor der BHG macht so was, muss Barbara nun wirklich geklärt haben, damit sie ihren misstrauischen Eltern zu Hause klaren Wein einschenken kann.
„Ach was, dazu hat er keine Zeit. Er würde es jedoch tun und eben anders argumentieren, als die hiesigen Bonzen."
Das Wort „Bonzen" reißt nun alles ein oder heraus, es ist ein altdeutsches, von drei Staatsordnungen nacheinander gebrauchtes Wort mit einer Zementladung, und es ist auch auf der schönen Bäckerstraße noch so zementhaltig, dass es die muntere Unterhaltung zunächst lähmt. Gleichbedeutend mit Knebel im Kopf und im Mund.
Und obwohl Lesru einen starken Widerwillen gegen diese politisch eingefärbten Gegenwartsvorgänge empfindet, weil sie die jungen Menschen missachten und gar nichts mit ihren Wünschen, Sehnsüchten gemein haben, sie werden in allem glatt ausgelassen, meldet sie sich bei der unterbrochenen Diskussion und gibt ihren Beitrag ab. Weil - weil doch ohnehin ihre Zuneigung, ihr Erregtsein nicht leben kann, sie nicht mit Eva allein auf der Straße ist, was ohnehin noch gar nicht ausprobiert worden ist, was ja noch offen liegt wie eine erst zu machende Entdeckung, weil also ohnehin alles, was die Erwachsenen tun „Scheiße" ist, sagt sie im flotten derben Ton:

„Unser Geschichtslehrer, ein prima Lehrer, der uns vom Bauernkrieg nicht nur erzählt hat, der ihn uns vorgespielt hat und selber unterm Strauch gestanden, als die Ritter vorbeikamen, der sitzt hier in Torgau im Gefängnis. Ist das nicht eine Gemeinheit?" (Das Wort Skandal gab es im Sprachgebrauch der DDR nicht). „Der wollte nach Westberlin abhauen, seine Frau mit fünf Kindern war ihm schon vorausgegangen. Nun sitzt er für ein Jahr hier in Torgau", ergänzt Barbara nüchtern und gelassen. Als sei es selbstverständlich. Wenn es Gesetze gibt, müssen sie eingehalten werden, kommentierte ihr Vater den Vorgang; ein strammer Soldat. Margit erschrickt, Eva lauscht nach hinten, ob noch ein Nachsatz kommt. Lesru spricht mit zwei Stimmen, denkt sie, eine innige und eine derbe, sie möchte sich umdrehen, tut's aber nicht. So gehen denn diese vier Oberschülerinnen über den leeren rechtwinkligen Marktplatz, der das Grau des unvermindert anhaltenden Regens mit dem der ergrauten Häuser mischt, sie gehen schweigend die Diagonale über den Platz zur Schlossstraße, weit von sich selbst weggebracht. Als besäßen sie kein Eigenleben mehr, als trottete hier eine seltsame Nachhut von den Kämpfern, den Erwachsenen, Jugendliche ohne Kindheit, Jugendliche ohne Jugend, Menschenattrappen. Für lange zehn Minuten.
Denn Ungarn ist mit dieser Lesruschen Nachricht auf den Torgauer Marktplatz gekommen, geht mit, droht mit, fuchtelt in den Westsendern um die Hoheit. Die lähmende Angst vor einem Volksaufstand, vor Mord und Totschlag und einem gesellschaftlichen Chaos, steckt dieser Generation in Deutschland noch in den Knochen, die im Krieg geboren wurden. Sie halten inne. Sie fürchten sich auch vor der Wiederholung des 17. Juni vor drei Jahren, als sowjetische Panzer auf Streikende schossen und der ganze Staat am seidenen Faden hing. So bleiben sie stumm, alle vier.

Wir haben noch gar keine Verabredung getroffen, wann wir uns wieder sehen, wann hast du heute Zeit, oder auch erst morgen, Eva, das beunruhigt und findet sich allmählich als Gedanke im Kopf, der freilich arg nass geworden ist. Dieser Gedanke entsteht erst unmittelbar im Korridor, wo es die breite Treppe hinaufgeht und Eva in den zweiten Stock alleine gehen muss. Solange liefen die vier Mädchen in Bedrückung, in Angst, es könnte jederzeit in Budapest ein Brand entstehen.
Mickrig, reduziert wurde das große, am Morgen noch hell lodernde Glückserlebnis, die Vorfreude, die Freude auf das Wiedersehen auf dem Bahnhof, auf den ersten Blick. Denn Liebe, und sei sie noch so zart, ist eine Aktiva, sie will immer fort sein, da sein und sich bestätigt fühlen. Jetzt, nach einer Dreiviertelstunde, ist davon nur noch ein versetzter Gedanke übrig geblieben.

36

Liebe - dieses bekannteste Wort neben Krieg und Frieden, ist es denn brauchbar, anwendbar für so etwas Zartes wie eine Zuneigung zwischen ganz jungen Mädchen? Für die hellste Erregung, die eine Vierzehnjährige erfasst, wenn sie einen Blick aus den blaugrauen Augen erhält, für die abgrundtiefe Traurigkeit, die das Aneinandervorbeigehen am Bahnhof bewirkt, das ohne Verabredung, ohne Sicherheit bleiben, wie ein hinter sich herziehender Schleier - lässt sich dabei und davor und dahinter von "Liebe" sprechen. Sollte ein einziges Wort alles meinen, alles bezeichnen?
An diesem Tage der Schwebe klingelt es abends gegen zehn Uhr Sturm an der Glastür von Malrids.

Eva Sturz aber konnte sich deshalb nicht mit Lesru verständigen, weil sie vom gefürchteten Musiklehrer der Oberschule, einem prächtigen weißhaarigen Herrn, einen Nasenstüber erhalten hatte. Sie, die Sofortanerkennung in ihrer Klasse gefunden, seitdem

sie mit ihrem Motorroller vorgefahren war, musste den gleichen ausgefahrenen schweren Weg des Vorsingens gehen, der dem Komponisten und Dirigenten des Johann-Walter-Chores ein Mittel war, die Charaktere der Schüler zu überprüfen. Lesru hatte diese Prüfung noch vor sich und empfand keine Angst, im Gegenteil, gern würde sie vor der Klasse vorsingen. Denn es erfolgte postwendend nach dem Versuch die Auswertung: eine käsige Bemerkung, eine leichte Anerkennung, eine Totalvernichtung. Dann hatte man sich aus der in der Nähe stehenden Musiklehrers im Musikraum wieder zu entfernen und im Klassenkörper einzureihen. Eine Prozedur, vor der sich die Oberschüler reihenweise und generationenlang fürchteten.
Zu Eva hatte Herr Möhring gesagt, nachdem sie ein Volkslied ihrer Wahl mit sturer Kraft vorgesungen hatte, als Hinzugekommene der elften Klasse:
„Nicht der Rede wert. Setzen." Von ihren Mitschülern wurde Eva mitleidig wieder in Empfang genommen, doch der Stachel im Fleisch saß tief.
„Welches Volkslied hast Du denn gesungen?", fragte Lesru auf dem Rückweg auf der Diagonale auf dem halb getrockneten Marktplatz, und auch Margit und Barbara hörten, in sich gekräuselt, zu.
„Leise zieht durch mein Gemüt. Vor Schreck fiel mir nichts anderes ein." O, wahrscheinlich hat sie es nicht leise, sondern selbstbewusst und laut gesungen. Und sie erklärten Eva zum Trost, dass Herr Möhring zu jeder Musikstunde die Neuen vorsingen lässt, und die Abkanzlung ein „Ding für sich" sei. Lesru aber war davon so sehr betroffen und in einen Zustand äußerster Hilfsbereitschaft geraten, dass sie es erst recht nicht verstehen konnte, weshalb es am Weilroder Bahnhof keine Verabredung gab.
Eva schloss einfach ihre Tür ab.
Ich habe keine Bedeutung für sie, ich habe keinen Wert, sonst würde sie mich gerufen haben - damit musste Lesru den langen Nachmittag und Abend leben. Eine

schöne Niedergangsstimmung, bevor es gegen 22 Uhr, als sie bereits eingeschlafen war, zu einer unerhörten hell auflodernden Hoffnung kam. Vorher musste fleißig und heute mit besonderer Anstrengung Geige geübt werden, das reine Zimmer dem Schloss gegenüber wieder betreten, das aber lag heute diesig im Nebel. Aber die Noten wollten davon nichts wissen, sie nahmen keine und keinerlei Färbung und Veränderung an, diese stolzen kleinen Noten mit den Balken, Fähnchen, die gesamten Tonarten in Dur und Moll weigerten sich, von Ängsten und Befürchtungen einer Vierzehnjährigen einen Gran aufzunehmen.

Eva kommt, sie will mir etwas Dringendes, Wichtiges mitteilen, denkt Lesru, als sie von ihrer Mutter mitgeweckt wird, im gemeinsamen Schlafzimmer, im Kluftzimmer. Der drehbare Klingelansturm an der Glastür ist so heftig, dass beide Frauenzimmer in Rage geraten, und die Mutter sich erst mal den Bademantel, der weiß, wo ist, anziehen muss, auch die braun karierten Hausschuhe sind nötig, anzuziehen, barfuß im Nachthemd geht man bei ungebetenem Besuch nicht an die Tür. „Wo ist denn der Bademantel?"
„Im Schrank bei Deinen Röcken", antwortet die gehorsame Tochter, sich aufrichtend in der Nachttischlampenbeleuchtung, in der Hoffnung auf Erlösung und in Unklarheit schwankend.
Für die lebenserfahrene, im Leiden erfahrene ehemalige Gefangene in einem riesigen Kriegsgefangenenlager im Ural bedeutet ein nächtlicher Überfall: Achtung und Selbstverteidigung. In der Zeit danach: Todesnachricht, Unglücksnachricht.
In jedem Falle Ruhe bewahren. Die Russen, an die sie erfahrungsgemäß sofort dachte, tun so etwas zehn Jahre nach Kriegsende nicht mehr. Noch einmal, der mehrtönige Klingelton wird wie das Rad der Geschichte heftig gedreht. „Jaaa", fragt sie im kleinen noch nicht erhellten Vorflur und blickt ins Helle durch die Glastür. Ihre braunen dünnen Haare sind schulterlang, was

ihrem Aussehen eine höchst seltene Fraulichkeit verleiht. Lesru indes sitzt wie ein Krampf im warmen Bette.
„Mutti, erschrick nicht, ich bin's", sagt im warmen freundschaftlichen Ton Conrad. Es ist in der Tat Conrad aus Karl-Marx-Stadt, der zweiundzwanzigjährige Lieblingssohn, dem die dennoch verängstigte Mutter, nun erst recht verängstigt, die Tür öffnet.
„Komm in die Küche", sagt er und in blauer Montur gekleidet, vorangehend. So als seien sie beide allein und kein Dritter in der nächtlichen Wohnung. Sie schließen hinter sich die Küchentür. Und Lesru, die Jüngste, die wohl auch zur Familie gehört, ist wieder einmal ausgesperrt, zählt nicht, kann im Bett bleiben und sich tot stellen. Das Wichtige wird unter Erwachsenen besprochen. Für nicht voll genommen zu werden, wieder einmal, nicht eingeweiht werden in Geheimnisse, egal welcher Art, sogar nicht beachtet.
Nicht Beachtetsein, das ist, als kröche man wieder zurück in eine Leiblichkeit, zurück in einen fremden Mutterleib. Und wie ist es im fremden Mutterleib? Dunkel, dunkel, dunkel, eng, man muss sich zusammenkringeln. Das geht denn doch nicht lange, das gewaltsame Ausmerzen einer vollen Gegenwart, erzürnt wehrt sich Lesru. Sie nimmt all ihr klägliches Selbstbewusstsein, das sich in diesem Hause von selbst so leicht abschaltet, verbergen muss zusammen. Sie fühlt, wie sie aus dem Bette heraustritt, jeden Knochen einzeln, fühlt, wie sich ihr Bewegungsapparat wieder aufstellt. Barfuß schleicht sie im gelben Schlafanzug am aufgeschlagenen Bett ihrer Mutter vorbei, setzt ihre lautlosen Füße in den erhellten Flur und horcht einen Augenblick vor der braunen Küchentür. Dabei empfindet sie, dass sie bis hierher bereits eine Leistung vollbracht hat.
„Nein, wie kann der Wilhelm das nur machen und mit seiner kranken Frau. Unverantwortlich." Die mahnende Stimme ihrer Mutter.

Im aufflackernden Bewusstsein, das jederzeit wieder verlöschen kann, eine neue Freundin zu haben und von Frau Stege auch geachtet zu sein, betritt die gelbe Lesru die Heiligkeit der Erwachsenenberatung. Zwei erregte Menschen sitzen am Küchentisch, eigentlich ein bis zum Hals geschlossener blauweißer Bademantel und ein bekannter Monteur, die bei Lesrus zögerlichem Eintritt nur flüchtig aus ihren wichtigen Mitteilungen aufblicken.
„Du könntest schlafen gehen, ich habe etwas mit Deinem Bruder zu besprechen", die Anweisung.
„Guten Abend Lesru!" Conrad hat sich höflich erhoben, schließlich hat er nur eine Schwester. Lesru sieht ihren immer freundlichen älteren Bruder grüßend und kaum fragend an, die Weggehgasse ist bereits beleuchtet.
„Lass sie doch mithören, sie kriegt sowieso alles mit", bestimmt der Sohn, an seiner Zigarette ziehend. Weich wie ein Schmelz wird augenblicklich die Mutter, und, nach einem verächtlichen Blick auf ihre Herumtreibetochter sagt sie: „Setz Dich und halt deinen Mund." „Onkel Wilhelm ist mit Tante Elisabeth heute nach dem Westen abgehauen, nach Stuttgart, wo er hofft, durch seines Bruders Hilfe bei der Firma Bosch eine Anstellung zu erhalten. Das ist Tatsache Nummer eins. Die Zweite: die Stasi reißt sich alles Hinterlassene unter den Nagel, der Staat kassiert einfach privates Eigentum. Und um das zu verhindern, habe ich kurz entschlossen die schönen Biedermeiermöbel mithilfe eines Kumpels aufgeladen, zugedeckt und bis vor euer Haus gefahren. Mein Kumpel steht unten."
Wie gut, wenn ein Dritter Unbeteiligter hinzutritt, dem eine besondere Situation erlautert werden muss, denn nur so lässt sich im Zusammenhang sprechen. Begreift keiner.
„Ich will sie nicht, es ist ganz ausgeschlossen, sie werden mir immer eine Last sein. Und überhaupt, was denkt sich Wilhelm denn. Glaubt er, er wird mit offenen Armen im Westen aufgenommen mit seiner rheumakranken Frau?"

„Das ist ja nicht unser Problem, Mutti. Man kann doch der Stasi nicht alle privaten Schätze in den Rachen werfen. Ich muss heute noch zurückfahren. Es ist ein runder Tisch mit Intarsien, ein kleines hochlehniges Sofa, vier zierliche Stühle. Passt alles in Dein Wohnzimmer. Den jetzigen Tisch und das alte Sofa tragen wir Dir gleich in das Vorzimmer, das Du vermieten willst. Jetzt, Mutti, muss gehandelt, werden. Außerdem, vielleicht kommen sie auch zurück, wenn drüben alles schief läuft, dann hast Du die Möbel eben für sie aufbewahrt." Lesru hält nicht nur ihren Atem an, sie hat keinen. Ohne ihr Brillchen, das auf ihrem braunen Nachttisch liegen geblieben, sieht sie die beiden Akteure groß vor sich und weiß zugleich, dass sie nichts ist. Ein Nichts atmet nicht und verfügt über keine Sprache.
Was sie bei diesem Vorgang verpasst hatte, zu hören, waren die näheren Gründe ihres Onkels für seinen Weggang aus der DDR.
Onkel Wilhelm ist ein Bruder ihres deutschamerikanischen Onkels Jo, der in der Firma Bosch in den USA eine hohe Position innehatte, vor dem Krieg und der jetzt als gefragter Berater bei Bosch Dienst tut. Onkel Wilhelm, weniger begabt als sein Bruder, besaß bis heute die letzte in der DDR verbliebene Bosch-Firma, eine kleine Autolicht Werkstatt, in der übrigens Conrad eine ordentliche Lehre als KFZ-Schlosser absolviert hatte. Er wohnte in seiner unversehrt gebliebenen Villa, umgeben vom prachtvollen Garten und in Nähe seiner kleinen Werkstatt. Die private Bosch-Licht-Werkstatt will, soll, könnte am besten verstaatlicht werden, zumal der Besitzer das Rentenalter erreicht hatte. Wilhelm weigerte sich aus Prinzip. So weit die vorläufigen Fakten. Die nachläufigen Fakten: Der sensible Klavierspieler und Träumer Wilhelm raffte seinen Lebensmut zusammen und rechnet im Westen mit der Bruderliebe: ein schönes Häuschen, politikfern,

angenehmer Ruhestand in seinem Geburtsland Schwaben.
Nach einer halben Stunde sind die Möbel perfekt hochgetragen und die beiden Männer mit einem Kaffee verabschiedet.

37

Die zum Nachdenken angereicherte Nacht kommt beschwingt und auf leisen Sohlen zu Jutta Malrid, nachdem die Wohnung wieder still geworden. Die Tochter wurde ins Bett geschickt. Die Tür zum Wohnzimmer, wo der Eklat steht und steht, ist angelehnt, und, weil die Lehrerin nicht untätig sein kann, das Nachdenken nicht ohne Bewegung der Hände vor sich gehen kann, hat sie ihr Strickzeug aus dem Körbchen geholt und setzt die Strickarbeit, einen, zwei warme Schals für ihre Schwester fort. Ein roter Schal, der erste, aber dieses Rot beginnt, eine andere Bedeutung zu erhalten. Wenn Mutter noch gelebt hätte, und der alte Schmerz fasst wieder nach der Sitzenden auf dem Lederstuhl, fasst unvermindert und seit längerer Zeit frischneu zu, hätte sich Conrad nicht mit dem Möbeltransport nach Hause gewagt. Niemals. Da hätte eine Sperre gestanden. Was einem nicht gehört, nimmt man nicht an sich. Das ist das eherne Gebot. Er hat es überschritten, er ist ein Pragmatiker. Er hat einen Fehler begangen, und ich habe ihn nicht korrigieren können. Schlecht, Jutta. Ich hätte ihn zwingen sollen, mit der Fuhre wieder zurückzufahren. Was sagte er empört – „gut, dann schütte ich den ganzen Kram in den erstbesten Straßengraben!" Mein Junge! Lesru hat den Mund zu halten, das schärfte ich ihr ein, hoffentlich hält sie sich daran.
„Das schlaue Füchslein", die komische Oper von Janàček soll in Berlin ein großer Erfolg sein, Inszenierung Walter Felsenstein, ein Gedanke, der eilfertig und dringend gebraucht, ihre kleine Küche heraushebt aus dem Langdorf und aus der

bevorstehenden Mitternacht, ein freundlicher Zug. Möcht ich gern sehen. Damit nicht genug, gesellt sich auch die Wiedereröffnung der Dresdner Sempergalerie mit den zurückgegebenen Gemälden aus sowjetischem Besatzungsbesitz vor ihr strickendes Auge, als müsste und vor allem wollte sie gegensteuern gegen die Niedertracht, gegen den Egoismus des verwandten Schwippschwagers in Karl-Marx-Stadt. Immer angeblich ins Bessere gehen. Ist es denn besser? Und wie soll es denn besser werden, wenn die Begabten ins Leichtere abfallen? Ich fühle mich doch im Westen nur deshalb so wohl, weil ich in der Liebe meiner Schwester lebe, verwöhnt werde, Erholungsmensch bin und nicht Arbeitende.
Nur die Holzhammermethoden unserer Ideologen sind unerträglich. So geht es nicht, meine Herrschaften. Und wenn es in Ungarn knallt, habt ihr euch das selbst zuzuschreiben.
Er wird kläglich scheitern, der Wilhelm, er ist kein Geschäftsmann und auch kein Ingenieur, er hat keinen Ruin erlebt und setzt jetzt alles aufs Spiel.
Die Nachbarn werden denken, nanu, bei Malrids brennt in der Küche noch Licht, ist jemand krank? Man muss und kann sich in diesem Lande an jedem Fortschritt freuen, das tun die im Westen nicht. Dort denkt jeder nur an seinen Vorteil. Wie viele junge Leute strömen freiwillig nach Eisenhüttenstadt, hausen in Baracken und bauen fröhlich etwas Neues auf. Straubens. Auch sie brachten, ehe sie hier von unsinnigen Ablieferungssollvorschriften aus dem Lande getrieben wurden, ihre ganze vollständige Vorratskammer mit Weckgläsern, Eingemachtem, noch mit frischen Broten zu uns, einen ganzen Pferdewagen voller Lebensmittel zu uns, auch spät abends.
An dieser Stelle hört Jutta im Bademantel, auf zu stricken. Sie legt das fortgesetzte Stück Schal zurück ins geflochtene Körbchen, und eine sie ganz und gar einhüllende Traurigkeit lässt sie nichts denken. Sie sieht ihre geliebte Frau Straube in einem fremden Haus an

Brustkrebs dahinsiechen, dem ausgebrochenen Kummer über den Verlust ihres Sinns. Im Westen zwei Jahre nach ihrer Flucht unter furchtbaren Umständen gestorben. Weil man ihnen angedroht hatte, ihren Mann einzusperren, falls sie ihr Soll nicht erfüllen. So geht es nicht, meine Herrschaften.

38

Auch in Lesru schlägt ein fröhliches Weltherz.
Besonders dann tritt es hervor, wenn die eigene Umgebung zu dicht mit Verhaltensvorschriften verengt ist, mit Verboten zugestrickt.
Nicht einmal zu Eva am Bahnhofsmorgen, noch in der Schulpause noch am Nachmittag darf etwas von dem nächtlichen Vorfall erzählt werden. Doch dann kommt die Konferenz von Bandung, die im vorigen Jahr die ersten blockfreien Staaten erstmalig versammelt hat und ersetzt den fehlenden Platz Freude, Kommunikation. Auch Tunesien hat sich von der britischen Kolonialherrschaft befreit, alles Unterdrückte erhebt sich.
An Evas morgendlichem Stolz des Kopfaufwerfens hatte das Mädchen erkannt, dass Evas Eltern trösteten, geradebogen, was ein alter Musiklehrer eingedellt hatte. Ja, sie halfen.
Dennoch sitzt zuweilen ihre Mutter mit im Unterricht, direkt neben ihr, dort, wo sie nicht hingehört, die enttäuschte, aufgeregte angeschmierte Frau, von ihrem eigenen Sohn und Lieblingssohn hintergangen. So kennt sie ihre Frau und Muttervorsteherin nicht, so blamiert. Blamiert ist das richtige Wort. Conrad hat der Versuchung nicht standgehalten, das kostbare Mobiliar sollte gerettet werden über alle Entfernungen und Vorbehalte hinweg, einfach seiner Mutter ans Bein gebunden. Sich windend hatte Lesru ihre Mutter nicht gesehen.
Und dieser Einblick muss nun von dem siebzigjährigen, fast blinden Geschichtslehrer mit dreifach geschliffener

Brille und Alexander dem Großen, seinem Kampf gegen die Perser, möglichst ausgelöscht, möglichst beiseite gerückt werden.
Herr Stöhr ist ein kluger, etwas altmodischer Historiker. Er sagte seinen Schülern in der ersten Stunde, dass das, was sie bei ihm hören würden, nicht immer und sofort anwendbares Wissen sei. Aber er gäbe ihnen vom geschichtlichen Verlauf der Menschheit einige wichtige Daten und Grundlagen, auf denen später jeder für sich seine Weltsicht bauen könne. Das war eine sehr aufschlussreiche Einleitung, ein Moment der Wahrheit und Hellhörigkeit.
Nur dieses Lesrusche Weltherz, angeschlossen an den politisch aktuellen Kreislauf ihrer Zeit, entnahm daraus weniger die Wahrheit, als die Botschaft, der alte glatzförmige Schädel ist kein Freund der Kommunisten. Somit stellen sich die Salonmöbel, der hellbraune Tisch mit seinen feinen Intarsien, die hellen mit braungelber Seide bezogenen Stühle, auf denen zu sitzen Arbeit bedeutet, mitten in das Streben des Feldherrn, die griechische Kultur bis ans damalig bekannte Weltende zu tragen. Koste es, was es wolle. Ein kühner Feldherr, der, von einem misstrauischen Blick Beate Vereins begleitet, - sie hat Geschichte bei diesem alten Zopfvertreter ungern - durchaus die Sympathie des Lehrers erhält.
Dennoch, eine merkwürdige Erholung ist diese Stöhrstunde, denn bereits die nächste, Staatsbürgerkunde, wird das Gegenteil sein, Ungarn steht nicht nur vor der Tür, sondern kommt herein. Und, das Allerschlimmste: Mit Eva ist immer noch keine schöne Nähe verabredet worden, Lesru hängt wie eine Luftwurzel in der Luft. Denn die Erinnerung an die Zwethauer Elbe ist bereits dermaßen ausgesaugt und wiederholt begangen worden, dass die Hochspannungsmasten von dieser Grundbesichtigung eigentlich längst umgefallen sein müssten. Aber danach kommt Chemie unten im Labor.

Da wird wieder etwas stattfinden, was das Mädchen nicht für möglich gehalten hatte. Dann wird ein weißhaariger Herr, der sie, ausgerechnet Lesru, ins Herz geschlossen hat, was ihr gar nicht recht ist, und die Andern verstohlen beobachten, dann wird sie mit sonderbarer Freude in die chemischen Elemente und Vorgänge hineinhören, Experimente (wie in der Grozerschen Wohnung auf ihrem Korb) zitternd und möglichst genau durchführen. Dass es zerlegbare Elemente gibt, Verbindungen, Vorgänge, die unterhalb der Sichtbarkeitsschwelle verborgen liegen - welch eine umwerfende, ja, heilig zu nennende Tatsache. Eine Tatsache, die fröhlich macht, die beschwingt macht, und die mit Sicherheit Biedermeiermöbel, halb geklaut, halb gerettet vor noch größeren Dieben, in nichts auflösen werden.

Diese Affinität zum Fach Chemie deutet auf ein viel später einsetzendes Interesse und Zerlegen Lesrus an ihrer eignen verdrängten Kindheit hin. Ein Vorgang des Späteren. Nur, die sonderbare Lust am Eindringen in die Tiefe, am Überwinden des Oberflächlichen, kündigt sich hier an. Wer kann schon in die Zukunft schauen?

Fritz fehlt. Der Schülerin links außen in der mittleren Reihe, wo gegenüber ein großer Langweiler steht und steht, ein graues Wohnhaus jüngerer Bauart, ein Klotz fehlen die klaren Erklärungen für die Vorgänge in Ungarn. Was ist denn eine Demokratie, würde sie ihren um vier Jahre älteren Bruder fragen, während im Klassenzimmer der halb blinde Glatzkopf mit sonorer Stimme sitzend am Tisch, denn er kann sich nur mühsam durch die Freiräume bewegen, von Aristoteles erzählt. Bei diesem Namen beobachtet Lesru, wie sich der Rücken von Elvira Feine, der es auf das Individuum ankommt, auf den Einzelnen, wie sie nun weiß, wie sich der grüne Wollrücken steift und Elvira Blick aufmerksam anhebt, zur Tafel, schwarz wie die Nacht.

Das Gute an dieser Art Unterricht ist, die keine Beteiligung abfordert, man kann wunderschön seinen ankommenden Gedanken nachgehen, sie begrüßen, wieder verlieren, einfach und toll in der unbekannten Welt spazieren gehen. Wie Tante Gerlinde und Onkel Jo sich jetzt in Mexiko befinden und in einem alten tollen Hotel lange Briefe schreiben, speziell an Frau ..... und ihre eifrige Nachleserin. Alles ist in diesem Geschichtsunterricht möglich, auch lässt sich an das erste melodiöse Stück aus der neuen Seling-Schule denken, dass sie Frau Stege mit solcher Leidenschaft vorspielte, endlich befreit aus dem technischen Gerüst fallend, ins Kräftige vordringend. Dennoch weiß Lesru nicht, was eine Demokratie ist und traut sich nicht, zu fragen. Und der Portsch, ein dicklicher Junge, der im Johann-Walter-Chor bei Herrn Möring mitsingt, erdreistet sich am Ende ihrer und Barbaras Reihe, also in Türnähe, Faxen zu machen und dem alten Herrn den Vogel zu zeigen, sodass Margit, die feixende Vielbeobachterin in der letzten Reihe ins bebende Lachen getrieben wird. Alles Bebende muss unterdrückt werden.
Denn das In-Gedanken-Leben im Unterricht war in der Weilroder Grundschule so gut wie ausgeschlossen. Jene Mädchen und Jungen kannten sich acht Jahre lang, zumindest die Einheimischen, und die Schulbank war dort eine Fortsetzung des dörflichen Lebens, mit Erinnerungen an Höfe, Geburtstage, Fußballspiele, Kinobesuche, Schlangestehen vor Läden, durchsetzt und durchwachsen, dass es seine Art hatte. Hier in Torgau indessen sitzen die Erinnerungen weit weg, bis auf den Pferdefuß Barbara Gliche. Die glücklich ist in der Tanzstunde, Tanzschule, Lesru gelegentlich hilft, eine mathematische Unmöglichkeit möglich zu machen. Die Gedanken können ungestört spazieren gehen, sich gegenseitig ermutigen, und das tun sie denn auch.

Unwiderstehlich ist der Gedanke, und er kommt erst hier und nach dieser belebten Nacht zum Tragen, über

Aristoteles hinweg, dass Conrad („Conrad sprach die Frau Mama, ich bleib hier und Du bleibst da") nicht mehr mit seiner geliebten Freundin Lisa geht. Der Dumme. Lisa studiert Medizin in Leipzig, und mein Bruder möchte nicht ihr Assistent sein. Son Quatsch. Die schöne leidenschaftliche Lisa, mit dem kräftigen Pferdeschwanz, die mir zur Konfirmation ein Buch schenkte, „Ivanhoe" von Walter Scott. Dauernd kam sie jedes Wochenende zu uns und fragte nach Conrad. Ein düsteres Kapitel, das mich ganz mitgenommen hat. Der redet immer noch über Aristoteles, und Elvira kann immer noch zuhören. Was findet sie an Aristoteles? Ich kann nicht zuhören. Portsch soll mit dem Quatsch aufhören.
Eva wird jetzt gebraucht, ihre Liebe suchenden blaugrauen Augen, ihr spöttischer Blick, wenn eine Schuhart besprochen wird, auch ihre kleine Verzweiflung im Elbgras, sie insbesondere wird in der Stöhrstunde neben Barbaras aufmerksames Gesicht platziert. Dieser unaufhaltsame Drang zu ihren Tränen. O, es gibt viel Raum für eigenes Leben in der Stunde vergangener Schlachten und Eroberungen, auch, weil jene Zeiten endgültig vorüber geschoren sind, und wir, so denkt Beate Verein, im Sozialismus leben.
Portschi soll aufhören, bebt Margit in der Schüttelfrisur, aber sie kann nicht aufhören hinzusehen, wie er seinen (denkste) Lehrer imitiert. Eine Pantomime findet in der mittleren Reihe statt, ein vollhaariger Schüler mit der Nase auf dem Buchtisch, lautlos seinen Mund bewegend. Das ist nicht zum Aushalten. Die Nase auf dem Buchtisch, so kurzsichtig ist kein anderer Lehrer, Herr Stöhr sollte aufhören zu arbeiten, das dachten alle Schüler bereits nach der ersten Stunde Geschichte.
Das tut denn doch weh, wenn einer so ausgekehrt wird, zum Abfall, Ausfall verurteilt und scharenweis verlacht und gepiesackt wird. Das spürt auch Lesru, von Eva getrennt, diese allgemeine dumme Macht dem Schwächeren gegenüber, der ihren Vorstellungen von einem Lehrer, von einer Autorität nicht entspricht.

Warum habe ich ein Mädchen gern? Das muss in der sich zum Eklat entwickelnden Stunde plötzlich gedacht werden. Und angefühlt dieses Anderssein: dieses ganz weiche Sein, eine Zweisamkeit, die ohne Stachel und Widerspruch ist, dieses Höchstzarte, dieses über allem Schwebende. Ein Kuss, und alles Erdische, Irdische löscht sich selbst aus, und übrig bleibt nur das Schweben und die süßeste Dehnung. So etwa fühlt sich Lesrus Liebe zu Eva an.
Und natürlich muss Carola weit abgeschlagen werden in der Stöhrstunde, eingeordnet in ein früheres unerklärbares Muss. Eine Kinderfreundschaft mit barem, traurigstem Ausgang, eine Totkrankheit, die - und das ist dem Mädchen nicht bewusst - deshalb solange und zähe ausgehalten werden musste, weil sie von Natur eine Liebende ist.
Weil sie als Einzige von achtundzwanzig Schülern, die jetzt – du lieber Gott, einen Zettel hervorkramen müssen und eine Kurzarbeit schreiben, so rächt sich der Gefoppte - immer einen „Grund" braucht, ihre ständig zum Lieben aufrufende Seele anzuwenden. Wenn schon keine Freundschaft mehr, dann eben die Traurigkeit, der nie endende Schmerz über den lieben Verlust.
Zu dieser Einsicht gelangt das ebenfalls erschreckte Mädchen nicht. Nur Zahlen verlangt Herr Stöhr von diesem Abschnitt der griechischen Geschichte.

Man kann ja etwas essen. Die Klassenzimmertür steht wieder offen. Erstaunlich. Hinausdrängen in den Korridor, der selten ein Weg ist. Um den kleinen gedrungenen Portschi, den Helden, sammeln sich einige Mitschüler, Klassenraum, Korridor, das ganze Haus redet und spricht, ein volltönendes Haus. Lesru empfindet tiefe, furchtbare Sehnsucht nach Eva, so stark hatte sie noch nie ihre Zuneigung gefühlt, so stark den Wunsch, nach dem alles Verlassen und Segeln auf zwei Grashalmen, und, falls das nicht möglich sei, auf

zwei Pferden. Eva wird sich ein Reitpferd bei einem Bauern besorgen, sagte sie im Zug, sodass es Barbara mithören konnte. Fremd steht sie am Fenster zum schönen ganzherbstlichen Innenhof, wo die Ahornbäume auch die letzten Blätter fallen ließen und keine Kraft hatten, auch nur eines festzuhalten. Die schönen kahlen Bäume. Margit kommt, eine Schnitte in der Hand, warum ist sie nicht bei ihrem Verehrer Portschi stehen geblieben? Wie schade, dass der schöne stille Innenhof zwischen dem Schulgebäude und der gotischen Alltagskirche nicht zu betreten ist, nur von den Korridorfenstern zu besehnen, immerfort. Dort, auf den hellgrünen Gräservereinigungen unter den dunklen Bäumen möchte Lesru stehen, umherlaufen, bleiben.
Für die nächste Stunde, Staatsbürgerkunde, braucht man einen Panzer ohne Schießrohr, ein eisernes glattes Gewebe, um die Angriffe gegen die jungen Persönlichkeiten abzuwehren. Beim ersten Klingelton, einem Schrillton nähert sich mit schnellem Schritt der Lehrer, der Lehrer. Das bedeutet noch nichts. Die jungen Damen und Herren flitzen nicht auf ihre Plätze wie die Grundschüler, sie stehen noch nicht stramm auf ihren Plätzen, sie unterhalten sich bis zum Satzende und Punkt noch vor der Tür, an der Tür und im Klassenraum. Es bilden sich Formationen, Grüppchen, die, so trügt der Schein nicht, es zu diesem Fach nicht besonders eilig haben. Auch, und der Schein trügt nicht, bildete sich eine Eskorte von drei vier männlichen Schülern, die sich gewappnet haben für eine Streitstunde.
Barbara Gliche hat ihren modernen Kurzhaarkopf vorsorglich eingezogen, sie trägt heute ihr Herbstkleidchen, Rock und Unterrock in Taille gearbeitet, ein kariertes passendes Jäckchen angesichts der nachmittäglichen Tanzanschlussstunde. Bitte schön. Ein Tanzpartner ist ihr aus der elften Klasse zugeteilt, ein fröhlicher Mann mit falschen (abstehenden Ohren), sie hätte lieber einen feineren Tanzpartner

gehabt. Die Kurzstrafarbeit in Geschichte hat sie mit links gewusst und geschrieben.
Das eigentliche Thema „Die Geschichte des Arbeiter- und Bauernstaates", angekündigt, ist reizvoll, handelt es sich doch um ihre eigene, miterlebte Geschichte, um Vorgänge im Land DDR, die sie mit ihren eigenen Erinnerungen beleben, korrigieren, zumindest befragen können. Man muss sich nicht über eine Landkarte beugen und in Abzeiten bis zu fernen Geschehnissen herunterreichen.
Der junge Lehrer, Herr Schwarz kommt aus dem Lehrerzimmer, wo die älteren Herrschaften, wie Herr Möhring und Herr Stöhr einen offenen Bogen um ihn machen. Zuvor unterrichte er Evas elfte Klasse, wo die Geschichte der Oktoberrevolution wiederholt wurde. Er sieht blass aus, ein unregelmäßiges Gesicht mit Tollhaar und wie verpflanzt wirkender Nase, schmalmundig, im grauen Jackett, mittelgroß. Er sieht heute nachdenklich aus. Von allen Schülern der Oberschule hinlänglich beguckt, angesehen wie kein Zweiter, als sei von ihm Gefährlichkeit zu erwarten.
„Ich möchte heute sogleich auf ein aktuelles Thema zu sprechen kommen, eines, das unsere eigene Geschichte ins Abseits zwingt. Aber wir befinden uns gegenwärtig mitten im Klassenkampf und darüber hinaus in einer Phase, in der Weltimperialismus, der Kriegstreiber einen Keil in unser sozialistisches Weltsystem treiben und in Ungarn das Rad der Geschichte zurückdrehen will."
Seine Stimme klingt ruhig und unaufgeregt. Erstaunlich. Er geht mit leichten Schritten vor der schwarzen Tafel mit den grauen Schwammspuren auf und ab, so, als ginge er vor Bäumen spazieren und führte ein Selbstgespräch. Sein kurzes Haar ist zur Seite gekämmt, unter dem grauen Jackett ist ein sauberes weißes Hemd zu sehen. Er wird angestarrt, angesehen, mit Augen durchlöchert, jedes Knöpfchen seines Jacketts wird beachtet, seine auf den glatten

Lehrertisch gelegte flache Aktentasche wird von Nahem und von Weitem betrachtet.

„Bevor wir nun im Einzelnen nach Ungarn gehen, möchte ich Sie fragen: Was sollen und können wir lieben? Gefühle sind uns allen eigen, die Frage ist nur, sind unsere Gefühle auch die richtigen?"

„Bitte. Überlegen Sie und dann antworten Sie."

Wie bitte, was bitte, was ist denn in den gefahren? Ein ungläubiges Staunen pflanzt sich unter den Sitzenden fort, von einem Nachbarn zum nächsten, nach vorn und nach rückwärts. Herr Schwarz traf ins Schwarze und was nun. Es muss konstatiert werden, dass noch niemals ein deutscher Lehrer diese Generation der Heranwachsenden so offen und direkt nach ihren Gefühlen gefragt hatte. Ein offenes Feld, das sich sofort zurückzieht mit all seinen Einkerbungen und Bepflanzungen. Auch die Arztsöhne, die sich am Türeingang bereits verabredet hatten, welche Fragen zur ungarischen Studentenbewegung zu stellen seien, sogar, wer welche Frage vortragen würde, auch, warum eine Demokratie denn so schlecht sein sollte, auch sie sind verblüfft und in ihre Körperlichkeit zurückgetrieben.

Beate Verein, die rothaarige Stütze, meldet sich mit schwer angeschwollenem Lippenmund, von einer blauen Strickjacke gegen das sommerdünne Schwingkleid geschützt. Sie weiß scheinbar sofort, was zu lieben Not tut.

„Es ist doch klar, und ich wundere mich, dass sich keiner meldet, dass wir zwei herrliche Dinge lieben müssen. Den Sozialismus, weil er die Menschheit vor Ausbeutung und von Kriegen für alle Zeiten befreit, und unsere Heimat. Die Landschaft, in der wir aufgewachsen sind. Ich kann mir keine stärkeren Bindungen vorstellen."

„Man kann ja auch seine Eltern lieben", sagt Domday, ein Torgauer Arztsohn. Er sagte es aber so kläglich, dass sein Vorschlag ein seltsames Lächeln in die Bankreihen bringt, als sei das Thema nun verfehlt.

„Man kann doch auch einen anderen Menschen lieben. Ich wehre mich gegen die Ausschließlichkeit des hier Genannten."
Elvira Feine ohne Ankündigung, ohne Meldearm, einfach und nachdenklich aus der ersten Reihe - wie für sich selbst - gesprochen. Mit ihrer warmen natürlichen Stimme. Welch eine Musik in Lesrus Ohren!

39

Wohin mit den unerträglichen Spannungen? Mit dem Gefühl - ich explodiere gleich?
Jede Beschulung erzeugt in dem Aufnehmenden Spannungen, von einer Stunde zur anderen, von einem energiereichen Lehrstoff zum anderen, sie muss ausgehalten werden und in die Nachmittage verteilt und verschoben werden. In Zeiten der gebrauchten Arbeit wird die Spannung umgewandelt und benötigt für Hausarbeiten, Feldarbeiten, sie kann verbuttert werden oder sonst wo enden. Und wenn sie besonders stark ist und sich keinem Empfänger mitteilen kann, wandelt eine lebendige Granate (ohne Bombengürtel) unter den Mitschülern, schleicht sich am besten auf schnellstem Wege davon.
Lesru hat an diesem heutigen Tage alle ihre guten Manieren verloren, auch die von Frau Stege neu erworbenen Korrekturen. Das Sichsehnen, das Himmlische einer Liebe ist in Torgau ausgesprochen worden. Es darf sein. Es ist eine Realität. Die Liebe gibt es nicht nur von vorne bis hinten in den Büchern. Sogar im wackeren und hehren Sozialismus gibt es Menschen, die die Liebe von einem Menschen zum anderen, höher stellen als alle Vernunft. Amen.
Es ist, als hellte sich der weite Horizont auf und eine helle Hand reichte sich in das Lesrusche Dunkel vor. Welch eine Veränderung, welch ein weicher wirklicher Boden unter ihren Füßen. Man muss nicht länger davon träumen, dass es so ist, dass die Liebe die Basis allen Lebens ist, sie ist es wirklich und Elvira Feine hat es

ausgesprochen und die ganze Klasse hatte zugehört. (Mein Herz hat sich einmal aus seiner Verankerung herausgelöst und ihr zugewandt, eine volle Umdrehung). Elvira Feine hat einen Weg gekennzeichnet und überall Fähnchen aufgestellt, damit ihn jeder in seinem Dunkel findet und nachgehen kann. (Wie bei einer Schnitzel-Schnipseljagd im ungeliebten Ferienlager.)
„Ja, die individuelle Liebe wollen wir nicht vergessen, auch nicht unterschätzen, aber sie ist nicht die Hauptsache unserer Gegenwart", urteilte Herr Schwarz in die allgemeine Verblüffung. Dies aber hatte der Staatsbürgerkundelehrer ohne mit der Wimper zu zucken sagen können, weil die Gefühlswelt dieser Menschen keine eigene mehr war und der Faschismus alles Individuelle ohnehin bagatellisiert, nivelliert und mit den Zementringen des Rassismus verbunden hatte. Aber Lesru hörte der nachfolgenden Diskussion schon nicht mehr zu. Sie war bedient. Hörte nicht mehr, wie der Arztsohn Doms, der Homerleser auf dem Sportplatz, heftig in Elvira feines Liebeshorn stieß, ausgerechnet er, der Hässliche und andere Stimmen aus der wunderbaren Stadt Torgau sprachen. Die Stimme Elvira Feines besaß einen dunklen ruhigen Klang, sie trug nicht die eifernden Spelzen der Nachredner, sie klang nach Leiden.

Und als das Merkwürdigste geschah: Auf dem Bahnsteig Eins des Torgauer Bahnhofs, als Eva angehetzt und etwas verspätet zum Schüler-Fürstenzug eintraf, übersah Lesru die Freundin, sie erschien ihr auf ihrem eigenen Hellweg, der sich inzwischen gebildet hatte, klein, fremd, wie irgendwer.

Das musste nun obendrein ausgehalten werden, als sie in den verschlossenen Tischlereihof eintrat.
Wenn sie oben ist, explodiere ich, denkt sie und weiß nicht weiter. Auch die wartende Geige sendet keinerlei Bereitschaft aus, ihre innere Revolution in Empfang zu

nehmen. Aber oben ist's still, die Mutter glänzt wahrlich durch Abwesenheit und das einzige Instrument, was ihre hochgefahrenen Energien aufnehmen und vielleicht umwandeln kann, in irgendwas, ist das Radio.
Das kleine unschuldige Radio steht im Wohnzimmer auf dem kleinen unschuldigen Bücherregal der Mutter. Mit einem Hechtsprung muss es bedient werden und vorher, o Gott, näseln und raunen und zacken sich die Biedermeiermöbel penetrant und unschuldig ins Augenlicht der Schülerin. „Scheißmöbel". Doch der Herd birgt einen zugedeckten Topf mit dem Mittagessen auf seiner Herdplatte, etwas Nahrhaftes, etwas, das dem Revoltierenden gut tut. Alles wird auf einmal getan, Jacke hingeschmissen, Radio aufgedreht, Kochtopfdeckel angehoben - wir kennen das schon - nach der Uhr gesehen, damit kein Nachrichtensprecher (Gequatsche) hier ein Wörtchen der Neuzeit wie Salz in die Suppe hineinstreut.
Aber es kommt etwas anderes, kaum dass sich Lesru an den Küchentisch gesetzt hat. Es gibt Königsberger Klopse mit Kartoffelbrei in einem erwärmten Topf, die Mutter hatte das gestrige Essen noch einmal aufgewärmt und war zu einer Lehrerkonferenz gegangen, wie Lesru weiß. Aber es kommt etwas anderes.
Caterina Valentes junge leidenschaftliche Stimme singt aus dem geöffneten Wohnzimmer, leise: „Ganz Paris träumt von der Liebe" .... Wie ein innerer Aufschrei dringt aus Lesru Leidenschaft und Überzeugung für die Liebe als einzige Lebensgrundlage, auch, weil der Schmerz hinzustreicht, warum denn Eva davon ausgeschlossen sein soll. Sie springt vom Esstisch auf und dreht das Radio auf eine millionenfache Lautstärke. Alles muss klingen, singen, und vor allem muss die Entfernung von Weilrode bis nach Paris, wo sie nur den hässlichen kleinen verwachsenen Quasimodo, den Glöckner von Notre Dame kennt, ihr verwandt in seiner Verwachsenheit, die Entfernung muss mit der Lautstärke verkürzt, ja abgeschafft werden. Ein einziges

ins Unendliche schlagende Gefühl der Liebe fühlt Lesru und horcht in sich hinein und in jeden Zungenschlag der Sängerin.
Musik ist ein Allgefühl, es entgrenzt. Und tatsächlich, das ganze ordentliche Haus des Tischlermeisters wird angehoben, legt sich zur Seite und hat nichts mehr zu sagen.
Denn es kann auch Nacht werden in Paris, in der unbekannten Stadt; aber, und das musst du dir vorstellen, ganz Paris träumt von der Liebe, alle Verkäuferinnen, Studenten, Arbeiter, Kinder und Jugendliche träumen von der Liebe; wissen, was Liebe ist, sein kann; über der ganzen Stadt schwebt etwas, ein herrliches entfesseltes Leben.
„Du hast sie wohl nicht mehr alle", murkst die Mutter mit einem Totenglöckchen den Sender ab. Geisterstille.

Mit dem Triumph aus voller Brust - wenn auch nicht selbst erfunden noch gesungen, wohl aber geliebt und hoch verstärkt - lässt sich's einige Stunden in der mütterlichen Wohnung aushalten. Der Sturz in die Stille war absolut, also nicht fassbar. Nur die Ränder der Absturzstelle sichteten sich auf. Hätte Lesru Ikarus, den Sonnensehnsüchtigen, den Höhenflieger mit seinen Wachsflügeln gekannt, sie hätte ihn mitliebend in ihren Abgrund gerissen und sich vielleicht verteidigen können.
Die Lehrerkonferenz findet erst morgen statt, ein Irrtum der Tochter. Das Nächstliegende ist zu tun. Schularbeiten, also das, was aus der Schultasche als schriftliche oder mündliche Aufgaben mitgekommen, sind zu erledigen. School, ungläubig wird in der Küche diese braune Kunstledertasche, die Fritz vier Jahre zuvor nach Torgau und zurückgetragen hatte, angesehen. Das Mädchen muss sich wieder fächern lassen. Zurückversetzen in das Fach Russisch, das auch am Vormittag, nach der Großerhellung, wie ein kleiner freundlicher Reiseausflug ausschaute. Vokabeln lernen. Sie sitzt am eichernen Küchentisch, die

Wohnzimmertür im Rücken, zwei Ausguckfenster als Wegweiser vor sich, die Erzieherin ist im Schlafzimmer abgetaucht.
Sie überfliegt die kyrillischen Buchstaben im Russisch Lehrbuch. Der Kreml und der Rote Platz sind schwarz-weiß abgebildet, ein Gedicht von Becher fällt ihr ein: „Im Kreml brennt noch Licht".
Alle Menschen schlafen tief in der Nacht, ein Mensch arbeitet allein, wacht und denkt, Lenin. Hat ihr gefallen und gefällt ihr noch. Denn ab jetzt sieht die Welt doch so aus, dass man sie akzeptieren kann. Man darf einen Menschen lieben, sehr sogar, einen einzigen und erst danach, viel, viel später ist die Heimat dran, „das sind nicht nur die Städte und Dörfer", und zuletzt und eben nicht zuerst, die neue Menschen befreiende Gesellschaftsordnung. Das ist die Reihenfolge. Und weil es so klar und wegbereitend ist, und außerdem einige schöne Sätze von Maxim Gorki im Lehrbuch stehen, und dieses Russland, diese Sowjetunion nichts mit dem Erlebten der Mutter im Ural zu tun hat, weil Russisch immer noch die Sprache von der geliebten Frau Linde aus der fünften Klasse ist, lernt Lesru mit einem Blick die neuen Vokabeln, schließt ihre Augen bei der Wiederholung, und ist damit fertig.
Es ist plötzlich so angenehm zu Hause. Als säße auf jedem Möbelstück noch eine Straße von Paris, ein Platz jener unbekannten Stadt, die zum Geheimnis geworden, ebenso zur Gewissheit: Ganz Paris, also alle Männer und Frauen und Kinder träumen und wissen etwas von der Liebe. Wenn man von etwas träumen kann, muss man ja etwas zuvor wissen. Was noch? Mathematik. Die auf dem zweiten Lederstuhl mit den Knöpfen auf der Lehne stehende offene gähnende Schultasche erhält keinen weichen Blick mehr, das grüne Mathematikheft wird herausgenommen wie eine schwierige Sachlage. Unruhe überfällt das Mädchen im grauen Wollpullover, eine ganz bestimmte Unruhe.
Sie muss plötzlich sofort aufstehen vom Tisch, aus dem Arbeitsrhythmus sich entfernen und einen Blick auf die

fremden Möbel im Wohnzimmerchen werfen. Denn die Verdinglichung selbst, die Dinge, die sie im Blut und in der Kiste der Verdrängung in sich trägt, rumoren, stehen auf, widerständigen sich angesichts einer schweren Mathematikaufgabe. Sie bedrücken inständig, sie hemmen die Lernfähigkeit.
Sofort etwas anderes lesen. Wo steht etwas von Kultur? Den Leitartikel auf der ersten Seite des „ND“ und die Schlagzeilen, wo dem internationalen Imperialismus wieder der Weiterkampf angesagt wird und im Besonderen den Bonner Imperialisten lässt Lesru aus. Ein Blick genügt, um eine merkwürdige Müdigkeit zu empfangen, eine leichte zwar, aber eine verdrießliche. Ja, sie haben die KPD verboten, eine gut funktionierende Wirtschaft, aber dieses Westdeutschland ist trotz zweimaliger Besuche fern, ein Fernland. Ein Land, das hinter der Gegenwart zurückgeblieben ist, nicht mit der Sowjetunion zusammenarbeitet für ein hohes menschenfreundliches Leben auf der Erde. Dort sitzen alte Knurrhähne, sogar alte Nazis, Geldbomben, Nackte, Verwandte, die sich verändern und entwickeln und dennoch nur ständig ans Geld denken. Furchtbare Leute. Daher weht der Wind, die leichte Ermüdung.

Lesru möchte doch lieber von hier und heute abgelenkt werden, hingewiesen auf etwas Schönes.
In Weimar findet eine internationale wissenschaftliche Heine Konferenz statt. Gehört doch gar nicht dorthin Heine wurde von Goethe schlecht empfangen, weil er von seinem Faust sprach; und Heine hat sich nach dem Gespräch arrogant geäußert. Überall mussen die sich in „meins" einnisten und einmischen, denkt Lesru.
In Prag wurde ein Kultur- und Informationszentrum der DDR eröffnet. Überall wird etwas eröffnet: in Bautzen ein Haus für sorbische Volkskunst; auf Hiddensee eine Gerhart-Hauptmann-Gedächtnisstätte; in der Akademie der Künste in Berlin eine gesamtdeutsche Ausstellung

„Ein Bekenntnis zum Leben"; in Zwickau eine Robert-Schumann-Gedenkstätte. Andauernd passiert etwas.
Im April, erinnert sie sich, wurde in Berlin das Haus der Polnischen Kultur eröffnet. Und natürlich darf nicht fehlen, in Leipzig die Iskra-Lenin-Gedenkstätte. Ein Institut für Volkskunstforschung wurde auch noch in Leipzig eröffnet. Bereits beim ersten Blick in die zweite Tageszeitung, die „Leipziger Volkszeitung" sieht Lesrus Welt ganz anders aus. Sie befindet sich mitten im zweiten Fünfjahrplan und in jener Entwicklungsetappe, deren Hauptinhalt die Durchsetzung der sozialistischen Produktionsverhältnisse in allen Bereichen der Gesellschaft ist. Leicht ist ihr zumute, als sei sie sämtlichen eigenen Erschwernissen enthoben. Wie in einem filigranen Gitter schwebend, blättert sie, die Erfolge von neuen Produktionsgemeinschaften in der Republik überlesend, mit Herrn Herholz aus Falkenberg, der keine Nadel mehr anfasst.
Der Widerspruch ist amüsant. Er schmerzt nicht. Die neusten LPG-Gründungen samt Stellungnahmen der LPG-Leiter indessen langweilen schon, weil sie sich täglich in der Presse wiederholen.
Von den Vorgängen in Ungarn steht kein Wort in der Zeitung, das hatte die Lesende auch nicht erwartet. Mulmig wird ihr nur, wenn von der Jugend die Rede ist. Wenn die Partei (die Herrschenden) nach der Jugend, also auch nach ihr, ihre Arme streckt und in einen dunklen Sack hineinstecken will. „Der Jugend unser Herz und unsere Hilfe", ein Beschluss des ZK der SED für die nächste unabsehbare Zeit. Das sollen sie nur machen, aber ohne mich. Das ist abschreckend und abstoßend. Das ist ganz und gar nicht auf die leichte Schulter zu nehmen. Das nicht.
Das dick Aufgetragene auf den Lokalseiten, die in einem höflichen Schwarz eingefassten Todesnachrichten überliest die Zeitungsleserin. Wer nicht gekannt wird, stirbt für sie auch nicht, nur für andere.

Die Zeitungslektüre enthebt uns unserer Schwerkraft. Auch wird man verbunden, ob man will oder nicht, mit seiner engeren und weiteren Umgebung, denn der Mensch ist auch ein gesellschaftliches Wesen, das sich anschließen und verbinden will mit seinesgleichen.
Von einem anspruchsvollen Buch aber wird man gefesselt. In der Zeitung wird man hübsch und bequem geleitet und aufgefordert von einem Hügelchen zum anderen zu hüpfen. Es sind lauter Abklatsche, die uns entgegenkommen: Hinweisschilder, Großvorgänge, Großbemühungen, Appelle, untermalt von Fotos, grellen Beschriftungsarten. Und all das unter der Devise der Ablenkung, Hinlenkung, Weiterlenkung. Kindchen, so heißt es, schau nur, wie seltsam leicht die Welt ist, über die wir dir berichten.

Die Gleichungen mit zwei Unbekannten auf dem Küchentisch stehen still und unschuldig im grünen Mathematikheft, fast rührend. Lesru stutzt denn auch und fühlt sich hingezogen zu diesen Zahlen und den beiden kleinen Buchstaben x und y. Welch eine Nachricht geht von diesen unschuldigen Zahlen aus? Keine! Nur eine Anordnung, nur eine Anordnung, die überlegt sein will. Freude, erstaunliche, vibriert in der ersten Zahlenanordnung, die ein Mensch tatsächlich verändern kann und verändern soll. Lesru schaut und schaut, verblüfft und entgeistert in die ganze Mathematik, so, als begriffe sie etwas vom Gegenstand der Zahlen. Was aber nicht zutrifft. Sie löst nur im Handumdrehen eine Aufgabe nach der anderen, sie spürt nur einen Schauer einer unfassbaren Größe und begnügt sich damit.

40

Die mit Elvira Feine vertrauten Mitschülerinnen sagen „Vira" zu ihr, sie lässt es sich gefallen, sogar jetzt, mitten auf dem Kartoffelfeld unter dem Anhänger im strömenden kalten Regen. Es klatscht und patscht aus

dem unbarmherzigen Himmel auf die hellgelben Kartoffeln, immer darauf, die in langen, endlosen Reihen unter den Wolken liegen wie kleine Aufmerksamkeiten.
Die gewöhnlich in schlichter Eleganz gekleidete Verteidigerin der individuellen Liebe hockt im Kreis im Trainingsanzug und an den Füßen mit nassen Turnschuhen bekleidet, die Knie vom Aufstützen eingebeult und braunerdig, gleichgemacht mit den anderen Städtern, die nicht aus dem Schrank Arbeitskleidung für die Landarbeit herausnehmen konnten wie die Dörfler.
Nach vier Wochen Unterricht - und was das allein bedeutete – erhielt der Direktor der Oberschule eine dringende Anfrage vom Leiter der LPG „Roter Oktober" in Rosenfeld, ob er nicht Schüler zum Arbeitseinsatz für die Kartoffelernte zur Verfügung stellen könnte.
Er hat keine Leute für die Kartoffelernte.
Rosenfeld ist etwa fünfzehn Kilometer von der Kreisstadt Torgau entfernt, in Wahrheit aber unendlich weit. Die Schüler der neunten Klasse werden täglich mit einem LKW vom frühen Torgau abgeholt und am späten Nachmittag zurückgebracht, wo sich die Wege weiter teilen und verzweigen.
Es ist der dritte Tag, und Lesru empfindet immer noch die große Gemeinheit, die ihnen allen widerfahren ist: Aus dem schönen Lern- und Lebensrhythmus gewaltsam entfernt worden zu sein, mitten aufs Epernfeld hingeklatscht, zurückversetzt in die Steinzeit.
Sie hat genau die Rückverwandlung der Schönen in triste Landarbeiterinnen beobachtet und für sich beklagt. Die weißen Blusen, die leuchtenden Kragen, herausgesteckt aus farbigen Pullovern, die langen Kleider und dazu die passenden Schuhe, die neusten Jacken und Mäntel blieben in der Stadt, und was hier zum Vorschein kam, waren Arbeitsklamotten, alte Hüte, Gummistiefel, wenns hoch kam. Diese äußerlichen Veränderungen waren indessen so groß, dass sie von den Schülern selbst registriert und sogar thematisiert

wurden. Jedes Kleidungsstück der Städter wurde am Morgen und unterwegs genaustens begutachtet, belacht und kommentiert, sodass sich Lesru schon wie in einer Beklopptenklasse vorkam. Wie schnell der geistige Abstieg Einzug hielt!
Wie schnell auch die Teilung in Städter und Dörfler, die durch vierwöchiges gemeinsames und einzelnes Lernen, Lernleben an der Oberschule aufgehoben, wieder aufbrach und sich von Tag zu Tag verstärkte.
Das beobachtete die kleine Beobachterin mit scharfem und gekränktem Auge.
Es tat ihr weh, dass das geliebte Intellektuelle an Elvira Feine, die unweit von ihr in der Mädchentraube saß, auf halbfeuchten Säcken, traurig in die Schrägstriche des klatschenden Regens sah.
Als sehnte sie sich weg. Wohin? Denn Lesru hatte ihren Kampf gegen den Abriss, gegen die Steinzeit nach drei Tagen aufgegeben.
Sie war wieder folgsam und weich wie Wachs geworden, eine fleißige Sammlerin, eine schweigsame duldende Zuhörerin. Wie sie es doch in ihrer Kindheit gelernt hatte - arbeiten, das Schöne vernachlässigen, das Gemeinsame über das Eigene stellen.
Noch einmal schaut sie in das schöne, fast klassisch griechisch zu nennende Profil, das braune Kurzhaar, die schwarzen strengen Augenbrauen, die sehr dunklen Augen, während die Unterhaltung unter dem Anhängerdach ihren Fortgang nimmt. Denn es gibt über jedes und alles zu reden, wenn kein ernstes Interesse für einen Gegenstand dem Geplauder Einhalt gebietet.
So ist ein neues Blickfeld im Entstehen, eine sorgliche Hinwendung, die Lesrus verkümmerter Natur gemäß, geheim gehalten werden muss. Ein neues geheimes Spiel bahnt sich selbst im dicksten Streifenregen an, ein "Achtung", sobald Elvira ihren Mund öffnet und eine Meinung äußert. Und dass sich „Vira" nicht an den faustdicken Unmutsäußerungen über die LPG Bauern beteiligte und jeden Morgen wieder beteiligt wie die Torgauer Stammvätersöhne, dass sie bislang

geschwiegen hat und weiterhin schweigt über die politische Lage in den Dörfern, das rechnet ihr Lesru hoch an.
Denn die Kartoffeln, aufgewachsen unter dem Himmel in brauner lehmiger Erde, sie werden doch gebraucht, sie wollen in die Körbe, sie können doch nicht lebendigen Leibes verfaulen. Und egal ist's, wem sie gehören. Diese Meinung bezeugen die wieder arbeitenden Hände von Beate Ferein, die aufrecht im nachlassenden Regen vor dem Hänger steht und sagt: „Kommt Leute."
„Wir kommen nicht", sagt Domdey über die Felder blickend zu einem Wassergraben und der nicht fernen Kirchturmspitze.
„Wir sind schon gekommen und können nicht noch einmal kommen", ergänzt Portsch, der Pantomime.
„Ich habe die falschen Schuhe an", ledert eine weibliche Stimme, die Lesru als Königin des Spottes kennt, es ist die Tochter eines Rechtsanwalts, die zu Elvira das vertraute „Vira" sagen darf.
Lesru aber sitzt wie ein Kohlen. Sie möchte mitarbeiten. Es ist ungewiss, wie lang die tönernen Missklänge, das Spiel mit den listigen faulen Ausreden noch dauern wird, es geht ihr auf die Nerven.
Aber sich offen auf die arbeitsame Seite zu stellen, die selbst hier auf dem schmalen Feld unweit einer traurigen Baumreihe eine politische Färbung erhalten hat, getraut sie sich nicht. Sie will nicht auffallen. Sie duckt sich, blinzelt Barbara Gliche an, die sich über ihre Schnürsenkel duckt, sie blinzelt zu Margit Herholz, die mit vollem Gesicht lächelt und ebenfalls die Zeit zu mieten scheint, die Schüttelfrisur beniest den Kampfplatz.
„Los kommt, ein bisschen können wir ja noch machen, wir sitzen schon zwei Stunden hier", sagt Peter Doms, der Homerleser im Stadion. Er kriecht aus dem Nest, reckt sich, gähnt, eine unnatürlich lange Stange junges Leben. „Ich entdecke die interessanten Erdfrüchte mit ihren unterschiedlichen Knollengesichtern, aber das

schwarzgraue Kraut ist auch untersuchbar, und, falls noch andere Entdeckungen gewünscht werden, Steine unterschiedlichster geologischer Beschaffenheit sind reichlich vorhanden."

Ein aufmunternder Vortrag, der das Aufstehen veranlasst. Keiner lässt sich das zweimal sagen, ein Lebensinteresse ist geweckt, dort, wo fast alle schon ins Leere gelaufen und ihren Geist aufgegeben hatten.

Die Hände werden wieder Hände, die Rücken wieder Rücken, die Fleißigen wieder fleißig, die Ungeschickten wieder ungeschickt, die männlichen Träger der Körbe werden wieder Abkipper.

Es flutscht, die Sonne kommt erschrocken aus einer Wolke hervor, als traute sie diesen großen Kindern nicht. Die zuvor mit einer Kartoffelschleuder aus der Erde hervorgetrudelten gelben Kartoffelreihen, die aussehen wie eine Knopfstraße, haben nur noch die eingedrückten Absätze der Schuhe und Gummistiefeln zu befürchten; das niedergetrampelte Unkraut, die Melde, das Hirtentäschel richten sich abends wieder auf. Es ist wunderbar still auf dem langen Feld, das neben einem grauen Stoppelfeld wie eine Schwester liegt, es ist, als hörten diese großen Kinder sich selbst in ganz anderer Weise zu, jeder in sich hinein. Später aber wird Elvira Feine zu Peter Doms sagen: „Das hast Du gut gesagt", und jeder, der zufällig in ihrer Nähe sitzt beim Mittagessen, weiß, was gemeint ist.

Gibt es eine Möglichkeit, sich dieser Elvira zu nähern? Was das auch bedeuten und sein könnte. Lesru kann doch diese Schöne nicht immerfort heimlich, unter dem Schirm von Gleichgültigkeit ansehen, der Schirm muss ein Loch bekommen. Immer umgeben von der Spottdrossel aus ihrer gemeinsamen Grundschulzeit, interessiert an der Sportskanone und Pfarrerstochter Lia aus Beckwitz, selten allein. Lesru aber hat nun etwas zu tun, sie muss das Alleinsein von Elvira abpassen. Und das beschäftigt sie einige Tage. Seltsam zur Seite, eigentlich in die Walachei ist Eva Sturz gerückt, ohne Federlesen beim Kartoffellesen auf fremdem Feld, ist

Eva zu einem Schemen geworden. Hier spielt die Musik und zwar nach allen Seiten. Ob im Waschraum der LPG im ehemaligen Bauerngehöft, in einem primitiven Waschhaus, stets ist die Nachdenkliche von anderen Mädchen umgeben. Ob auf dem Feldweg, einem der vielen in der ebenen Landschaft, entfernt von Wäldern, die Vorangehende, die Lesru nicht „Vira" nennen darf, bleibt unnahbar, kilometerweit entfernt. Auch einige Jungen gehören zu ihrer Hofhaltung, und ihre Gespräche, die die Auserkorene mit den jungen Herrschaften führt, schüchtern Lesru erst recht ein. Da kommt sie nicht mit.
Und ausgerechnet hier an einem der nächsten Morgentage, spricht die städtische Intelligenz, noch auf den umgekehrten Körben sitzend, noch unlustig im Dauergekräusel einer kühlen Sonne über Theateraufführungen in Torgau und in Leipzig. Die meisten Kartoffelsammler stehen um die besetzten Körbe, ein Mann aus dem Dorf Rosenfeld, der LPG-Vorsitzende, nähert sich als Ungestalt dem sitzenden und stehenden Haufen in unübersehbarem Tempo, als Lesru, neben Barbara stehend, das in die Kniekehlen versunkene Herz bis zum Hals wandert und klopft.
Ihre Mutter sah jüngst in Leipzig „Das Nachtasyl" von Maxim Gorki und war erschüttert. Noch niemals hatte sie ein Theaterstück so bedrängt, war in sie eingedrungen wie eine Hochdruckflüssigkeit, sodass sie ihre Erlebnisse unmittelbar und spontan ihrer Tochter mitteilte, am noch früheren Morgen als jetzt.
Es fährt ein Theaterbus einmal im Monat von Weilrode bis ins 60 km entfernte Leipzig und wieder zurück. „Ein Schauspieler hat sich erhängt", der vorletzte Satz und die Entgegnung eines Zuhörers muss uns der das Lied verderben. „Ein Narr" klang, klagte die Mutter am Frühstückstisch dieses Morgens, sodass Lesru doppelt aufmerksam wurde. Dadurch wurde die vermaledeite Möbelangelegenheit außer Sicht gerückt, die Mutter war wieder ansprechbarer geworden, sie hatte sich im mitfühlenden Kunstgenuss wieder selbst gestärkt. Sie

pflanzte ihre andächtige Begeisterung für Gorki und die Leipziger Schauspieler direkt in Lesrus Herz, und mit dieser jüngsten Anpflanzung hört Lesru der Theaterdiskussion auf dem Feld zu.

„Das Elbe-Elster-Theater in der Bernhard-Kellermann-Halle gibt mittelmäßige Vorstellungen, für Menschen, die sonst nicht ins Theater kommen, finde ich es gut, ein Anfang", sagt Elvira zu Peter Doms, dem dürren Brillenträger und Homerleser. Ihre Stimme klingt eine Nuance zu betont, lehrerhaft, als spräche sie einem Elternteil nach.

„Du musst nach Berlin fahren, dort finden die besten Theateraufführungen statt. Ich hab es gesehen „Das schlaue Füchslein" von Janàček in der Komischen Oper. Das sitzt, das kannst Du getrost nach Hause tragen." Das hagere Gesicht mit der scharfen Brille des Kurzsichtigen strahlt von innen nach außen, und, wie Lesru genau beobachtet, wird von Elviras dunklen Augen sogleich voll in Empfang genommen wie eine herrliche Botschaft.

„Nun, Leute, wie lange wollt ihr hier denn noch stehen und quatschen, eine halbe Stunde ist rum, und ihr habt immer noch nichts getan. Ihr seid Pfeifen, das muss ich schon sagen."

Der Mann mit der öligen schwarzen Schirmmütze, mit einem runden traurigen Gesicht, das über einer grauen Regenjacke wie ein beredter Schopf hervorragt, schweigt wieder.

„Sie wissen doch gar nicht, worüber wir uns unterhalten haben, Herr Kockewitz", sagt mit kecker Stimme die braunhaarige Spottdrossel Gudrun, so, als müsse die Rechtslage geklärt werden und 'keiner darf dem anderen das Wort verbieten.

Und in diesem Augenblick allgemeiner Verwirrung, Gesprächsabbruch, Aufstehen, Auseinandergehens nähert sich Lesru, heute mit hochgebundenem Pferdeschwanz, Elvira Feine. Sie sieht sie einen Augenblick allein, sich nach dem Ende des

aufgeschlagenen Feldbuchs umsehend und sagt in höchster Erregung: „Meine Mutter:::::"
Die Angesprochene hört sich das von der Ulknudel Malrid an, die vom Chemielehrer bevorzugt wird, und es nicht merkt, sodass sie auch ihren Kleinspaß daran hat, dieses verschmitzte Mitlächeln, das ein alter Herr verursacht - und redet irgendwas zu ihr. Dumm. Der Kockewitz hat ja recht. Wir sind nicht gut. Elvira Feine geht hundert Zentimeter vorwärts zu Gudrun mit dem Korb.

Der Anfang, „meine Mutter", diese Riesenanstrengung, diese Hochlast, konnte gestemmt und sogar weitergetragen werden bis vor die Tore einer festen Mädchenburg, bis vor die Intellektuelle, um sich dort als „Nachtasyl" in einem Leipziger Theater zu verlieren, im Bedeutungslosen zu verrinnen. Sie hat gar nicht kapiert, was ich meinte. Sie hat die Elenden in dem Kellerloch, die meine Mutter gesehen hatte, glatt übersehen. Was sagte sie? Was sagte sie?
„Ich möchte gern „Das schlaue Füchslein" sehen". Lesru schaut querfeldein zum spitzen Rosenfelder Kirchturm, es ist ihr, als würde sie erneut von der Erde verschlungen werden und darüber würden Pilze wachsen. Als sei sie endgültig ein Erdmuffeltierchen. Nicht erkannt worden zu sein von der einzig denkbaren geistigen Leuchte, in die sie doch schon soviel Aufmerksamkeit, Zuhörbereitschaft und Beobachtung wie Öl ins Feuer hineingegossen hatte. Von ihr ein „Ich" erhalten zu haben, das sich nicht im geringsten ihrem zitternden Bericht zugeneigt hatte, das ist nun freilich ein eigenes inneres Leben wert.
Dabei und dadurch werden die Kartoffeln in der Hand zu bloßen Steinen, die man in den Korb schmeißt, Barbaras Rücken wird besonders behände und stur, und der Freitag ritzt sich in das Feld tief ein. Morgen nur noch ein halber Tag Arbeit, und was dann für Erlösungen kommen, hört sie mit den Steinen in den Händen. Aber mit einem Seitenblick sieht Lesru,

gebückt arbeitend, die braungrünkrautige Reihe der noch nicht aus ihrer Lage befreiten Kartoffeln, die kleine Hügelkette der Pflanzen, die wer weiß wer nächste Woche aus der Erde holen wird, und sie empfängt eine Tröstung aus diesen Wartenden unter der Erde. Sogar ein leises Gefühl, wie - es ist ja gut -.
Und, weil es nicht gut ist, riskiert das übersehene Mädchen einen Blick in die andere Richtung und sieht schadenfroh, wie sich diese Dame Vira auf ihre Knie gelassen hat, ebenso wie die erschöpfte Spottdrossel Gudrun, sie rutschen wie alte Weiber auf dem Acker entlang.

41

Am Sonnabendnachmittag deckt Jutta Malrid mit weichen Körperbewegungen den Kaffeetisch im Biedermeierzimmer. Mit ihrer fleißigen Tochter, die kann, wenn sie will, möchte sie ein Stündchen zusammen sein, bevor Lesru nach allen Seiten abschwirrt. Das Mädchen hatte ihr in der vergangenen Woche gut gefallen, sie war brav, ausgeglichen, nicht aufsässig und ruhig. Könnte sie doch immer so sein! Ausgeglichen und interessiert an anderen Menschen!
Für unruhige Wankelmenschen ist körperliche Arbeit die beste Schule, sie wissen, was sie tun und ihre Gedanken sind an Gegenstände gebunden. Sie eilen nicht die Wände hoch und fallen dann mit Beulen herab. Den kostbaren Intarsientisch bedeckte sie mit einer gelben runden Decke, er muss geschont werden, und, wenn er schon mal hier steht, muss er schließlich auch benutzt werden. Alles andere ist töricht.
Das blaue Steingutgeschirr, für besondere Gäste und Anlässe, stellt sie mit Freude in den Händen auf den bildhübschen Tisch, erfreut sich und betrachtet das ganze bildhübsche Ensemble im Stehen, so, dass sie sich gar nicht sattsehen kann. Dieses leicht geschwungene Sofa, eine Eleganz für sich, sein orangebrauner Streifenbezug im hellen Holz

zusammenlaufend, diese zierlichen Beine, die Lasten tragen können, dieses Gesamtzierliche schwingt inmitten der anderen klotzartigen Möbel. Völlig unpassend zum einfachen Vierkantenschreibtisch, unpassend auch zur offenen Küche mit der Holzpritsche, also doch nur ein betreten machendes Provisorium.
Wie eine Unterrichtsstunde bereitet sie das Gespräch mit Lesru vor, denn es kann hier nicht einfach geredet werden wies kommt. O, dieser Nebel draußen. Der Elbenebel dauert schon den ganzen Tag, man sieht nicht mehr die Heilandskirche, auch nicht den Sattler Naumann mit seinem viereckigen Hof, die Feuchtigkeit zieht in die Fensterritzen nach innen. Nur hier nicht. Der Tischlermeister hat anständige Fenster für seine Mieter installiert.
Die Mutter trägt ihr warmes graues Wollkleid, die Schürze hat sie schon abgehängt, der Kaffee ist gebrüht, Lesru liegt noch im Schlafzimmer und im Korridor noch das Häufchen Unrat, die Arbeitsklamotten, die Lesru trotz Ermahnung, nicht weggeräumt hat. Das aber lässt sie heute gelten. Ich werde ihr heute etwas von der Geschichte dieses Dorfes erzählen, das wird sie erfreuen. Für Geschichte interessiert sie sich. Nichts werde ich ihr, zumindest nicht gleich, von dem ungeheuren Vorfall erzählen. Junge unreife Menschen muss man wie rohe Eier auf Händen tragen, manchmal kann ich's.

Der reichste Bauer, mein Gott, muss er sich auch dermaßen negativ über die Partei und die DDR äußern, bei der Werbung zum LPG-Eintritt passierte es, Herr Schicketanz vergriff sich in Wort und Ton, nun ist er verhaftet, und die Bauern sind wie gelähmt im Dorf. Wirkt wie ein Fanal, eine Einschüchterung. Das werde ich hübsch bleiben lassen. Sie geht die Wände hoch. Auch von den Sorgen und vom Leiden des Pfarrers Schurmann werde ich nicht gleich etwas erzählen. Ihm gehen die Konfirmanden aus. Immer offener reden und

argumentieren die Genossen gegen die Kirche, ich finde das nicht zulässig, ein Zeichen von Schwäche, er aber hat's auszubaden. Der nette alte Herr. Der Kampf um die Jugend dauert an, aber es hat ihn zu allen Zeiten gegeben. Das tröstete ihn nicht, als ich ihm das sagte. Mit sichtlicher Freude stellt die Mutter den Aschenbecher auf den zierlichen Tisch, legt die Schachtel Astor hinein, zur Feier des Tages und stellt den Streuselkuchen, frisch vom Bäcker Braune auf einem ovalen blauen Teller dazu. Nun kann sie nur hoffen, dass eine gewisse Madame nicht die kleine runde Klingel an der Glastür dreht.
Über die sich dramatisch zuspitzenden Vorgänge in Ungarn will die Lehrerin erst recht nicht anfangen zu sprechen, wir leben nicht dort, und von seiner Umgebung etwas zu wissen, hilft immer.

Lesru kommt tatsächlich, fast zärtlich geweckt von ihrer Mutter im grauen Wollkleid und setzt sich wie eine Schlafmütze, wie ein Sack auf den Stuhl gegenüber der Mutter, zum ersten Mal auf dem Schleudersitz Platz nehmend.
„Nachdem Du so fleißig und befriedigt eine Woche auf dem Feld in Rosenfeld gearbeitet hast, meine Kleine, wollen wir gemütlich Kaffee trinken. Auch das gehört zum Zusammenleben, man setzt sich und erzählt sich so, wie wir das zu Hause sonntags immer getan haben. Dein Vater war ganz erpicht darauf, auf die Ruhestunde."

Das schöne ovale Gesicht der Erzählerin erhält einen lichten Glanz an dieser Stelle und beim Kaffee-Eingießen. Unter ihrer braunen Hornbrille strahlen ihre braunen Augen ins matte Ostpreußen, über Stock und Stein des Krieges und Nachkrieges hinweg, mitten in die Wohnstube in Klein Maxkeim. Nicht weiter, nicht in das gute Zimmer, wo eine vollständige Biedermeiereinrichtung, das Hochzeitsgeschenk ihrer Eltern, stand und stand und nur zu Weihnachten benutzt wurde. Denn Kinder haben immer die Besonderheit, die Mutter an ihre Vergangenheit zu erinnern, und Lesrus unbesonnene Art, ihr dominierendes Gefühlsleben, erinnert sie sehr an ihren Mann. Der Gutsbesitzer Ulrich Malrid schoss sich vor der Ankunft der Russen, die letzte Kugel, die es im Kleindorf noch gab, in den Kopf. Den eigenen Kopf bis zum Anschlag durchsetzen, endet tödlich. Weiß sie.

„Du konntest Dich sicher etwas leichter auf dem Feld zurechtfinden, als die Torgauer, die Städter, habt ihr den LPG-Leiter zufriedenstellen können?"
„Ich bin selber zur Knolle geworden. Konnte gar nicht mitreden. Die ham sich über Schauspieler unterhalten, über Bücher und lange Pausen gemacht. Die Kartoffeln taten mir leid. Die wollten doch auf den Hänger."
Mit belegter monotoner Stimme vom Stühlchen zum Sofachen gemurmelt, wo eine lächelnde Dame sitzt. Prima schmeckt der weiche fette Butterstreuselkuchen, den Lesru frisst. Sie frisst ihn in sich hinein wie eine total Ausgehungerte.
„Iss doch langsam, es nimmt Dir doch keiner etwas weg." Die erste Ermahnung.
„Und Barbara Gliche hat doch sicher auch fleißig mitgeholfen." „Die hat andauernd ihre Fingernägel bedauert."
Wieder lächelt Jutta, aber schon etwas unwohl sich fühlend, als ahnte sie, dass die Rückverwandlung ihrer Tochter von einer Knolle zu einem Mädchen nicht ohne ein neues Theaterstückchen vor sich gehen würde.
„Überall muss man etwas von sich dazugeben, damit ein positives Ergebnis, das der Gemeinschaft nützt, zustande kommt. Das geht jedem Menschen so, der arbeitet, Lesru. Mir auch."
Das Mädchen hebt den Blick auf das Danziger Krantor und die Marienkirche an der Wand, eigentlich nur in die gefüllten schwarzen Rahmen der Lithografien, der Nebel aus dem Schlafzimmerfenster möchte auch etwas, als ihr bewusst wird, dass sie mit der

Ungeliebten am Kaffeetisch sitzt und möglicherweise mit ihr gemeinsam an einen Wagen gespannt ist - und mit ihr zusammen etwas ziehen muss. Das aber geht zu weit, sie wehrt sich gegen die Andeutung eines Gleichklangs, es muss sofort etwas dagegen getan werden. Die Unruhe erreicht nur die Beine unterm Tisch, Schultern und Kopf fühlen sich wohl.
„Du weißt doch, dass Weilrode 1938 erst seinen Namen erhielt", erklärt die Mutter, am Kopf der Tochter haarscharf vorbeisehend in den Nebelbaum des Nachbarn, einen gewaltigen Nussbaum, kahl und gespenstisch im Nebel. Sie will jetzt ihre kleinen Geschichten erzählen, auch, weil von der Tochter keine Fragen an sie zu erwarten sind.
„Seit dem 13. Jahrhundert gab es die Ortschaften Zeckritz und Zschackau, zwei von den Slawen gegründete Siedlungen, wie übrigens Torgau auch. Torgawa ist auch ein slawischer Name. Und 1928 hatte der Lehrer, Herr Markus, vorgeschlagen, dieses zusammengewachsene Dorf sollte sich Zeckritz nennen, weil dort die meisten Einwohner wohnen. Es gab einen Aufstand in Zschackau, also wo wir jetzt leben, zehn Jahre wehrten sich die Zschackauer Bauern gegen diese Namensgebung. Dann wurde in Berlin die Sache geregelt. Es gab untragbare kuriose Auswüchse. Der Bahnhof gehörte zu Zschackau, der Wartesaal zu Zeckritz. Und es gab im Laufe der Geschichte schreckliche Brände im Dorf, in den Dörfern, und deshalb muss man Hochachtung vor Schmidts haben, die in jeder freien Minute die örtliche Feuerwehr aufbauen und sich Nachwuchs heranziehen. Sie erhalten wenig Unterstützung vom Staat."
Geschichte aus dem Mund der Mutter klingt nicht. Sie klingt wie Extrawurst und Festessen. Mit feierlicher Stimme vorgetragen ein Stückchen Fremdland, das sie sich angeeignet hat. Ohne Mimik auf dem glatten scheußlichen Gesicht. Nur die Leute von der Feuerwehr, die uneigennützig sind, kann Lesru anerkennen. Ansonsten ist das Gehörte doch

abgestandener Quark, der keinen Menschen interessiert. Ja, wenn sie im Bauernkrieg mitgekämpft hätten, sehe die Sache anders aus.
Das füllt die eingetretene Stille am eleganten Kaffeetisch, und Lesru bringt die Kraft nicht auf, diese Erzählung in die Rubrik – uninteressant - zu verweisen.
Jutta möchte weitererzählen, weil sich heute kein Widerstand erhebt, es ist ihr so wohlig zumute. Ach, könnte es doch immer so sein! „Ja, rauch mal eine gute Astor", sagt sie und lässt sich, ein wenig über das blaue Kaffeesahnekännchen gebeugt, von ihrer Tochter auch eine Zigarette geben.
„Die Kreuzkirche, in der Du konfirmiert wurdest, wurde erst 1908 gebaut, im neugotischen Stil, wie Du weißt. Aber auch hierbei war ein jahrelanger Kampf nötig. Der Pfarrer Brase, der übrigens auch 1902 die neue Schule erbauen ließ, beantragte einen Neubau der alten Kirche, die sich in Zeckritz hinter dem Bauerngehöft Mährend befand, die zu klein und zu baufällig geworden war. Von der zuständigen Behörde in Merseburg wurde das abgelehnt, und der Pfarrer musste erst zum Gericht gehen und gegen diesen Beschluss klagen."
An dieser Stelle verzieht sich das Erzählerinnengesicht ins Kaiserreich, sie lächelt rauchend in sich hinein, ein Lungenzug kommt nicht infrage, sie pustet den Rauch ab, stellt die Tochter fest, schade um den Tabakgeschmack, und was ist jetzt los?
Je länger die Mutter von diesen Weilroder Begebenheiten erzählt, umso unruhiger wird Lesru, allerdings wird ihre Unruhe zugleich aufgenommen von einer Wanne von Lethargie und Firlefanz.
„Ohne Kampf kein Fortschritt, und stell Dir vor, am Mittwoch haben die Ungnädigen Herrn Schicketanz verhaftet, weil er sich wie ein Volksfeind gegen die Regierung gestellt hat" Dies ist wie geplant an dem Punkt gesagt worden, den sich die Mutter vorher ausgesucht hatte.
„Ich möchte jetzt Geige spielen", sagt Lesru leise, weil ihr alle Felle fortzuschwimmen drohen.

„Aber wir räumen erst ab", befiehlt in unangenehmen Ton die Befehlsstimme, die für zwanzig Minuten nicht zu hören war. Wie gern hätte die Mutter weitererzählt, beschwichtigt von der Friedfertigkeit (Erloschenheit) der Tochter. Sie fuhr gleichsam von Lesrus Ankündigung auf in die Ermahnung, in ihre eigene Unzulänglichkeit.

42

Die Geige - die Mutter hatte sie von ihrer ersten Prämie gekauft und noch etwas hinzugelegt - steht im kühlen Bettenzimmer aufrecht neben dem braunen Nachttisch hochkant wie ein ziemlich unbekannter Strauch am Feldrand. Diese braunen Betten und der zweite, bedeutendere Nachttisch der Mutter hatte ebenso wie einen Kleiderschrank ein anderer Tischlermeister nach dem Kriege für Malrids angefertigt, Grund genug, den Vermieter, Herrn Winkelmann, der nur Fenster und Bretter durchschneidet, eine Kategorie darunter anzusetzen. Im Schlafzimmer ist es kühl, die Heizerei des grauen Kachelofens wird erst ab zehn Grad Minus in Angriff genommen.
Unschlüssig steht das Mädchen im Sonntagsstaat vor den weiten neblig verhangenen Zweigen des Nussbaums im Vornachbargarten, der sich unbeirrt hochreckt, abgeerntet längst ist und ihr mitteilt, dass der Bauer Schicketanz von seinem Riesenhof abgeführt wurde, in ein Auto gesteckt, wie in vielen Filmen über die Nazizeit gesehen und eine heulende Familie in der Küche zurückgelassen hat. Das teilt ihr der Baumstamm, ein undeutlicher harter Körper mit. Gleich, als Lesru mit dem Schülerzug gegen 14 Uhr nach Hause, zum Tischlermeister Nummer zwei, zurückgekehrt war, flüchtete sie ins Schlafzimmer, wusch sich flüchtig in der Porzellanschüssel, wischte den Schmutzrand der Schüssel nicht ab und floh in schönste Sonntagsgarderobe. Auch körperlich wollte sie sofort ein anderer Mensch werden. Was aber zur Folge

hatte, dass ihr die Mutter den Dreck nachräumen musste, wörtlich hörbar und eigenhändig.
Wie herrlich kurzsichtig und unverantwortlich Jugendliche sein können!
Dieses vorangegangene Theaterchen muss zunächst wieder angeblickt werden und sich angesichts der heulenden Familie in der Bauernküche gesagt werden, dass die Geige noch lange nicht dran kommt. Erst muss eine sonderbare Versetzung, eine Verneblung anderer Art beleuchtet werden. Oder doch nicht? Lässt sich das abgesackte, in Kartoffelkörbe versenkte Verhältnis zu Eva Sturz nicht viel leichter „durchdenken", wenn die Geige gestimmt, der Bogen mit Kolophonium bestrichen und zuvor der Notenständer aufgestellt ist? Aus den Augen, aus dem Sinn? Denn es kriecht tatsächlich aus allen mitgebrachten Gedankenkartoffeln nur eine Gestalt heraus, und sie heißt - wir wissen schon - Elvira Feine.
Hat mich nur vorwurfsvoll angeillert, als sei ich eine Doofe, die voller Stolz etwas von ihrer Mutter erzählt. Alles ist verquer. Die ganze Welt ist wieder einmal nur verquer, doppelt und dreifach und deshalb blickt die Geige blitzfreundlich und will endlich in Arbeit genommen werden.

Nun gibt es Vorgänge, Nachgänge, die nicht in unserer Hand liegen, die mit dem zähen, sich den ganzen Tag über haltenden Elbnebel nichts zu tun und zu schaffen haben. Sie finden statt und werden, wenns hoch kommt, in den Radionachrichten ausgesprochen. Wenns hoch kommt und nicht länger verschwiegen werden können. So eben. In einer Lebens- und Denkdiktatur werden diese unbekannten Vorgänge, bevor sie über die Sender laufen, genaustens von den obersten Signalwächtern, Stellwerkspezialisten angenommen, analysiert, und solange in Mitteilbares verschnitten, dass sie am Ende der Durchsage als lapidares Etwas neben anderem Beschnittenem und Zurechtgemachten dastehen können.

So hörte Jutta die Sechzehnuhrnachrichten vom Wohnzimmer in der Küche durch die geöffnete Tür, denn dem Zigarettenqualm musste durch Querlüftung die Richtung gewiesen werden. Er sollte sich dünnemachen. Es war ja ein guter Rauch, ein wohliger parfümierter und nicht der stechende raue der hiesigen Arbeiterzigarette „Turf", deren Name ihr achtzehnjähriger Sohn Fritz englisch aussprach und deshalb an jeder „Turf" etwas Unfreundliches fand. Die Mutter hatte das kleine Küchenfenster geöffnet und mit einem kleinen Eisenhaken angehängt, damit es nicht zuschlägt, wenn der Gegenzug kommt - Herr Winkelmann hat an alle möglichen Beschwerden im normalen Leben gedacht, so auch an den kleinen Eisenhaken. Ihn in der kräftigen aderreichen Hand dachte Jutta voller Anerkennung an ihren umsichtigen Hauswirt. Zuvor hatte sie im Wohnzimmer das rechte Fenster geöffnet, das linke zugelassen und dem Nebelnussbaum keinen Hinblick gegeben, denn sie hätte ihrer Tochter zu gern die Geschichte vom Franzosengrab am Wiesenweg erzählt. Die Geschichten, die ihr netter Kollege und Heimatforscher, Herr Einboth immer in petto hat und in sich trägt wie einen Sporn.

Der schmale Franzose, ein Mitläufer Napoleons, hatte sich aus Angst vor den Suchtrupps der Ulanen im Wald in einen Buchenbaumspalt versteckt, 1814, so tief hineingezwängt, dass er nach todesängstlichen Stunden wirklich nicht mehr ohne Hilfe aus dem Baum herausfand und elendiglich starb, verhungert und krepiert. Jahre später fand man am Wiesenweg, etwa drei Kilometer im Wald von Weilrode entfernt, Uniform- und Körperreste und bestattete sie. Grund genug, ein Geheimnis um das Franzosengrab zu machen und durch ein Jahrhundert als grauliche Schleppe mitzunehmen. Aber richtig herzensfroh und wie aus dem Häuschen war der nette Kollege mit der weichen Stimme, als ihm vor wenigen Tagen ein Mann aus der

Falkenstrut ein uraltes Steinbeil brachte, das er beim Pflügen auf seinem Acker entdeckt hatte.
Ein Steinbeil! Unversehrt und grau, etwa vierzig Zentimeter lang, ja, Werner Einboth hat es ja immer gewusst, hier haben frühzeitig Menschen gelebt, schon in der Bronzezeit. Die Elbe hat mehrmals ihren Lauf geändert. In vorgeschichtlicher Zeit floss sie sogar durch die Dörfer Zeckritz und Zschackau. Zwei Tage besaß Herr Einboth dieses Steinbeil allein, es lag auf seinem dunklen Schreibtisch im weinumrankten Haus, er kostete seine Übergabestelle aus, ehe er es persönlich im Kreismuseum in Torgau dem Direktor, Herrn Feine, übergab. Diese Übergabe dauerte nur zwanzig Protokollminuten.

Dies wurde in Windeseile und in noch kürzerer Zeit von der Mutter beim Lüften gedacht, als sie, einen Augenblick versonnen in Richtung Heilandskirche hinaussah, denn die barocke Kirchturmhaube und ihr schönes schwarz-weiß Fachwerk verschwamm der Nebel, dieser Unersättliche. Der Radiosender, der Berliner Rundfunk, der Ostsender, den sie am Tage nur einmal hört, damit sie weiß, wie die Koordinaten liegen, vermeldet als Erstes eine sonderbare Nachricht. Eine so einmalige Nachricht, dass sie noch gar nicht zuhört. Sie hat wie fast alle DDR Bewohner, die Landesnachrichten hören, die gewöhnliche Reihenfolge der Meldungen im Ohr, die da beginnt mit den Worten: „Die Partei- und die Staatsführung der DDR" oder „Die Werktätigen...." Stattdessen hört sie: „Zwickau: Im Steinkohlenbergwerk Zwickau ereignete sich ein tragisches Grubenunglück durch Methangasbildung.
Die Partei- und Staatsführung unternimmt alles Erdenkliche, um die Bergleute zu retten, die Verletzten in Krankenhäuser zu bringen, aus der ganzen Region und darüber hinaus sind Hilfstrupps und Rettungsaktionen angelaufen...."
Durch ihr vernebeltes Gehirn bahnt sich in Juttas Kopf allmählich der Schreck, der Todesschreck. Fritz. Der

Junge absolviert doch ein achtwöchiges Praktikum im Steinkohlenbergbau, wo, in welcher Grube? An den Füßen setzt sich der Schreck, der Todesschreck zuerst fest, sie muss sich setzen. Dann fasst er heimtückisch wie ein Steinschlag in ihren Rücken, und, als sei körperlicher Schmerz nötig gewesen, beginnt ihr Gehirn ruhig zu arbeiten.

Ich muss sofort ein Telegramm an Fritz aufgeben: „Melde Dich, ich bin in großer Sorge". Der Schrecken lässt sich von einem gedachten telegrafischen Satz nicht an die Kette der Vernunft legen. Er will stürmen, zerren, umhauen, sich ständig verwandeln, unterschlüpfen, Drachenköpfe gebären, den Schlaf vertreiben und sich in jedem Satz einnisten, sei er ausgesprochen oder gedacht. Er ist der Lebensunterbrecher par exellence.

So hört und sieht Lesru, den mahnenden Blick ihrer Geige im Kopf, plötzlich ihre vom Schreck erfasste, ganz eingefasste Mutter in der Tür des Schlaf-, ein wenig Musikzimmers stehen, blass und wie auf einem seltsamen gurgelnden Grund stehend, sagen:

„Bei Zwickau ist ein großes Grubenunglück geschehen, Fritz arbeitet doch dort in einer Grube als Praktikant. Ich muss sofort ein Telegramm aufgeben, er soll sich melden. Wo ist denn meine Tasche, wo ist denn mein Portemonnaie?"

„Hier ist Deine Tasche, Mutti, und draußen hängt Dein Mantel." Eine piepsige Stimme ebenfalls abgesackt und aus dem Untergrund. Der Schrecken triumphiert, er hat nun zwei Menschen erobert. „Ist doch gar nicht genug Geld drin, wo ist denn das andere Portemonnaie?" „Im Schrank im Wohnzimmer, Mutti, wo Du es immer hast", wird vorgegangen durch die sprachlose Küche, schnellstens, und siehe da, im kleinen halbhohen Schrank verwahrt Jutta die größeren Scheine, sie nimmt einen Zwanzigmarkschein und steckt ihn in das richtige Tagesportemonnaie, weil Lesru genau darauf achtet. Achtsamkeit ist geboten. „Soll ich mitgehen". „Nein, mein Gott."

Schon hört Lesru die festen Abwärtsschritte auf der hölzernen und gewienerten Treppe, ein Grubenunglück. Krach. Gestank, eine furchtbare Explosion. Tote Bergleute mit schwarzen Gesichtern und der noch brennenden Helmlampe auf dem Kopf. Keine Luft zum Atmen, aber das Lämpchen brennt. Feuerwehrautos, Krankenwagen vor dem Werksgelände, unter der Erde...
Der Vorstellung sind Grenzen gesetzt, aber Fritz lebt. Fritz lebt, vielleicht war er nicht an der Stelle, wo es passiert ist oder er hatte heute am Sonnabend keinen Dienst. Sie soll nicht solchen Heckmeck machen, mein Bruder ist nicht tot. Kann gar nicht sein. Die Geige ist zum Felsen geworden, sie kann in die Hand zum Stimmen genommen werden. Arg verstimmt. Das Mädchen stimmt ihre vier Seiten nach dem Gehör und beginnt, entgegen der Stegeschen Lehre und Strenge auf dem braun lieben Instrument zu fantasieren, einige musikalischen Fremdkörper an die anderen zu setzen, immer so fort, unbeteiligt, fast automatisch, als sei sie selbst zu Stein geworden.

Es klingelt draußen vor der Tür. Es klingelt immer zur Unzeit, aber eigentlich ist's doch gut, dass das Leben weiter geht und man aus dem Familienkreisel herausgeschleudert wird. Ists Marschie wird Lesru ihre langen Eselsohren aufstellen und zuhören in der Küche, komme, was wolle. Mit dem Satz „meine Mutter ist nicht da" bewaffnet, legt das Mädchen die Geige wieder zur Ruhe in den grünen ausgeformten Kasten. Neuerdings ist Jutta Malrid Pilzbeauftragte für die gesamte Zweieinhalbtausend Gemeinde aus Zeckritz und Zschackau, das grüne Emailleschild-Pilzberatungsstelle prangt an der hölzernen Hoftür, von Lesru übersehen, von Herrn Winkelmann eigenhändig angebracht. Es kommen immer noch junge Leute mit irgendwelchen alten Morcheln im Korb und Mutti - dieses Wort lässt sich jetzt leicht denken - muss von jeder Verhandlung ein Protokoll anfertigen und unterschreiben lassen.

Mühelos öffnet sie die rillige Glastür, hinter der ein Schemen steht.
„Hallo, Lesru", sagt Eva Sturz mit glitzernden Augen aus einem Kurzhaarkopf und Lesru muss zweimal, dreimal hinschauen, denn aus dem Schemen, der doch gar nicht zum Grubenunglück und ihrer verwirrten Mutter passt - so irritiert hat das Mädchen noch niemals ihre Mutter erlebt, Lesru konnte ihr sogar einmal helfen – ist Eva Sturz geworden, die noch weniger in all diese Vorgänge passt.
„Tach", ermüdet und erstaunt und unwillig. Als hätte die junge Gastgeberin Sprache und Höflichkeit gänzlich verloren und was schwerer sich hürdet, den hellen runden Tanzplatz in ihrem Leben, den Kussplatz total verlebt, verbückt und durch Elvira Feines Regie fallen gelassen, als sei ein Rückweg wieder anzutreten. Ein Rückweg ins Sonstwo, in die enge Macht der Zweisamkeit.
„Ich habe Dich vermisst", sagt Eva freudig und mit einem zunehmenden Kontrollblick und. Sie trägt ihre braune Allwetterjacke und ihre blaue Hose und schon spürt Lesru in ihrem Sonntagsstaat, gelb oben, dunkelblau unten, einen warmen Mund auf ihrer alltäglichen, nein Sonnabendwange. Und es baut sich tatsächlich ein schmalster Steg, eine Ritze Weg in die gebirgige Hochgebirgslandschaft. O la la, was ein Kuss auf die Wange doch für Kräfte hat und bewirken kann.
„Jetzt kannst Du mir vielleicht etwas auf der Geige vorspielen, Du hattest doch gerade gespielt."
„O, mein Gefiepe hast Du gehört, ich habe eine Woche nicht gespielt und fast alles wieder verlernt", wird bereits im kleinen Flur ausgedrückt, als ginge das Leben tatsächlich weiter. Lesru befindet sich im Selbststudium, allem, was sie sagt, muss sie hinterherhören, als sei sie nunmehr zum Schemen geworden.
Sie ist baff.
„Deine Mutter habe ich unterwegs getroffen, sie hat mir erzählt, was in der Steinkohlengrube passiert ist, aber Dein Bruder ist bestimmt nicht betroffen. Als Praktikant

ist man nicht direkt in der Produktionslinie beschäftigt."
Wie bitte, was bitte. Warum weiß diese Eva wieder einmal das Neuste, kennt sich überall aus, drängt sich in jede Ritze, schleicht sogar im Bergwerk herum? Da bleibt zu sagen nichts übrig, da ist kein schön geformter Kopf in eine ferne Richtung gebogen und sehnt sich aus dem Lebensschlamassel dringend heraus, nein, da steht jemand in unserer Küche und weiß überall Bescheid. Mensch, lass mich doch in Ruhe, geh wieder, ich kann heute nicht. Stattdessen steift sich in Lesru das falsche Gefühl, auch irgendwas sein zu müssen, nicht nur ein klappriges vierzehnjähriges Gestell, irgendwas muss man doch sein angesichts so viel Überlegenheit und Wärmeverbreitung.
„Hier, guck mal. Verwandte von uns aus Karl-Marx-Stadt sind nach dem Westen abgehauen und mein anderer Bruder hat diese Biedermeiermöbel über Nacht aus ihrem Hause abtransportiert, damit sie der Staat nicht kassiert. Meine Mutter will sie gar nicht haben. Sie war außer sich."
Abgespult, zeigend, nur, um etwas zu sagen und zu sein.

Eva wirft einen Blick auf die Macht des Biedermeier, „schick" sagend. Das lässt sich leicht ihrem Vater erzählen, der in den Zwanziger Jahren Jura studierte und während der NS Diktatur ein Rechtsanwalt für „kleinere zivile Delikte" gewesen, nach dem Kriegsende wie alle praktizierenden Richter und Anwälte aus ihren Berufen und Ämtern entfernt wurde, ihrem Vater, der dann Volkswirtschaftslehre, Ökonomie studierte. Er würde ihr gern einen Vortrag über Besitz und Eigentum halten. Warum es möglich sei, dass ein Staat sich fremdes Eigentum einfach untern Nagel reißen könnte. Das ist der Hintergrund ihres Wörtchens „schick" und nichts weiter. Eva hatte Lesru eine Woche lang vermisst. In der Oberschule ohne ihre Gestalt, ohne ihr Blitzauge auf dem Hof, besaß sie auch kein leuchtendes Auge mehr, es schien der Zugewanderten,

Zugezogenen, als hätte sie ihren Standort gewechselt und stände nunmehr vor einer geschlossenen Dorf- und Stadtgemeinschaft, alles zu. Denn die anderen Mädchen und Jungen, ihre neuen Klassenkameraden wurden, ohne dass es Eva bewusst wurde, allein nach Lesrus Zuwendungsvermögen, nach Lesrus Anziehung, nach dem „Kick" beurteilt und empfunden.
Und angesichts des ersehnten Mädchens in ihrem Familiennotstand, des Alleinseins mit ihr, schlägt kräftig in ihr die liebe Leidenschaft zu, ein merkwürdiges Gefühl. Als könnte sie ein sonderbares Wesen, das so souverän allein ist, und dieses Alleinsein ausstrahlt, manchmal als Schmerz, manchmal als Weltprotest, nicht ertragen. Als müsste Eva es sofort umschlingen, an sich drücken - oder eigentlich vernichten? Es drängt und brennt in ihr unter der braunen Allwetterjacke, die sie nicht abzulegen wagt, denn alles spricht dafür, dass heute kein Stuhl für sie da ist.

„Spiel mir doch bitte etwas Schönes auf Deiner Geige vor", bittet sie mit ihrer inneren Stimme. „Es war nicht schön ohne Dich, diese Woche."
Das trifft. Das Wort „schön" in all seinen Variationen wirkt zu jederzeit und unter allen Umständen wie ein „endlich befreit".
„Aber ohne Noten", schon forteilend, die Geige aus dem Intimsten, das es in dieser Wohnung gibt, herausholend. Das Intimste, wo die schrecklichen bleiernen Nächte mit der Mutter in einem Ehegrab harren, wo eine hölzerne auch bleierne Tochter neben einer warmen Mitte Fünfzigerin liegt, horcht. Wo auch die reinigenden zähen Übungsstunden stattfinden, dort also bloß nicht.
In der warmbraunen Küche, wo die Hollerbuschgespräche dominieren, geht's auch nicht, zu sich selbst zu kommen. Kein Raum ist geeignet, aber dieses fremd gewordene Wohnzimmer vielleicht, und außerdem steht da hinten irgendwo in weiter Ferne eine

fremde Zuhörerin. Es gibt nur ein Thema, und das heißt Bedrohung.
Aktuelle Bedrohung potenziert mit einem fremden Tod unter der Erde - dafür sind Doppelgriffe nötig und ein hartes Staccato.
Gräuliche Dissonanzen, die sich selbst finden - in der ersten Lage gespielt, mit geschlossenen Augen. Dumm, aber notwendig.
Für eine unbefangene Zuhörerin wird auf der Geige geheult, gekratzt, absichtlich falsch gespielt.
Für Eva, die sich unerlaubt auf ein Biedermeierstühlchen niedergelassen hat, klingt diese Musik alles andere als gut, aber sie muss ausgehalten werden wie der Musikunterricht bei Herrn Möhring.

Lesru findet erlösende helle Töne, sogar eine kleine Melodie findet sich angesichts Elvira Feines Gesicht auf dem Feld, vor ihrem Gesprächsversuch, ein schöner Thriller und dann noch einer spielen sich gegenseitig in die Hände. Sie hat sich innig mit der Intellektuellen vereint, und, sie hat es sogar beim Spielen gemerkt, sie hat "Vira", die sie nun auch so nennen darf, wie der Torgauer Hofstaat, heimlich auf ihre Stirn geküsst.
Ein kurzer Ausflug zu den leibhaftigen Gestirnen.

„Warum nicht mit Noten?", fragt die Sitzende. Sie hat ein solches freies Musikstück noch niemals live gehört, es war ihr nicht angenehm, aber als Forschungsobjekt ist es brauchbar. Sie hatte etwas Bekanntes erwartet, bei dem sie mitreden könnte.
„Nach Noten zu spielen ist eine harte Schule, und ich wollte frei sein", erklärt die ganz schnell Erschöpfte mit geviertelter Anwesenheit und fügt hinzu eine Abschiebung. „Meine Mutter kommt gleich zurück, hoffentlich ist meinem Bruder nichts passiert. Schrecklich so ein Unglück."
„Ich muss Dir noch etwas geben, aber Du darfst es erst lesen, wenn ich gegangen bin", sagt die weit entfernte Freundin an der Glastür. Aus ihrer Allwettertasche

kramt sie einen gefalteten Zettel übergibt ihn dem gastgebenden Mädchen und eilt langsam die Treppe herunter, die von einer Vortreppe und Vortreppentür unterbrochen wird. Was soll denn das bedeuten? Lesru liest den Zettel, auf dem steht nichts anderes als „Ich liebe Dich".

43

Wer kann helfen in der Not?
Der erste Schritt. Es gibt aber Nöte mit der heimtückischen Eigenschaft, die, je näher man ihnen kommt, umso größer werden und gleich mehrere Schritte, ein ganzes Bündel Handlungen nach sich ziehen.
Mit einem Telegramm an Fritz Malrid ist's nicht getan.
Das denkt beim Bezahlen und Abschiednehmen die Notleidende im stillen Postamt des Dorfes, in der Küche von Frau Winkler. Die alte weißhaarige Dame hat die Poststelle längst in jüngere Hände gelegt, aber, wenn Not am Mann ist und außerhalb der Kassenstunden ein Telegramm aufzugeben ist, tut sie ihre Pflicht.
„Ja, ja und vielen Dank", antwortet die Notleidende mechanisch und im Aufstehen, nachdem sie über die Enkel, erwachsene Söhne, noch die neusten Nachrichten gehört hat.
Draußen auf der weißnebligen Dorfstraße - ach dieser lästige, immer klebende Nebel, weiß Jutta im grünen Lodenmantel genau, wohin sie jetzt zu gehen hat. Es kommt nur ein einziger Mann im Doppeldorf infrage, ein einziger Mensch, der ihr diese grausige innere Weichheit nehmen kann, diesen Vorläufer der Todesangst. Ein Mann, der mit ihr zusammen denken kann, die Situation klarer ansehen und Vorschläge machen kann, die Ungewissheit zu beseitigen.
Am liebsten würde die Mutter sofort mit dem nächsten Zug nach dem Süden des Landes fahren, nach Zwickau, um an Ort und Stelle von der Betriebsleitung das Erlösenste oder das Schrecklichste zu erfahren.

Zwei Extreme, die so weit voneinander entfernt liegen, dass sie lähmend wirken, wenn man sie ins Auge fasst. Auch deshalb geht sie mit festem Schritt, sich leicht wiegend am Dorfteich vorüber und an der kühnen backsteinigen Kreuzkirche, um die so lange prozessiert wurde. Sie steht eingenebelt ein Stück von der Dorfstraße im Hintergrund mit all den Missklängen im Hintergrund, die Lesru auf ihrer Orgel erzeugt hatte. Beim Wiedergehen spürt die Frau Erleichterung, auch darüber, dass sie ihren Helfer, Ratgeber der hoffentlich zu Hause ist, hat und nicht gleich zum nächstbesten Telefonbesitzer gerannt ist.

Denn es existieren in Weilrode außer bei der Feuerwehr, dem Arzt, neuerdings Herrn Sturz und dem Pfarrer Schurmann keine Telefonanschlüsse. Die Post, den Hauptstrang hatte sie bei ihrer geistigen Vorzählung vergessen, weil sie sich auf dem Wege zur Post befand. Und das Schultelefon war ihr beim gehetzten Gang zur Post nicht als technische Einrichtung bewusst geworden. Natürlich gab es beim forschenden Überlegen noch andere Telefonanschlüsse, im Bahnhof, dem Guckhaus gegenüber, auch besaß irgendein Obergenosse den Draht zur höheren Instanz. Wer denkt daran, wenn er ein Ziel gefunden hat.

Für die alte Postfrau, deren Mann Tischler war und unlängst verstorben, dessen Betten, Nachttische und Schränke bei der Familie Malrid überleben, ist der Fall klar. Malrids Fritz ist im Bergwerk umgekommen. Sie wollte der Frau und Mutter, die im Ural um Gefangenenlager war, schon ihr Beileid aussprechen und sagen, "Ihnen bleibt auch nichts erspart", weil sie einen Drall zur Schwerkraft hat, eine Hinwendung zum Tiefpunkt anderer Leute. Über Jahrzehnte durch die gesamte Kriegs- und Nachkriegszeit waren viele Todes- und Vermisstennachrichten in ihrem kleinen Postamt neben der Küche angekommen und ausgetragen

worden. Sie konnte sich jedoch angesichts einer noch spürbaren Fassung der Lehrerin im Mundzaum halten. Den Sarg kann sie sich ja beim alten Winkelmann machen lassen, oder der hat noch welche parat, dachte sie.
Die rote Backsteinschule aus dem Jahre 1912 steht in den vage gewordenen Umrissen wie eine große Glucke hinter dem hölzernen Schulzaun, kein Mensch zu sehen. Dass sie selbst ab 1946 im Parterre dieser Schule gewohnt hatten, Hühner hielten und im schmalen Garten die „Gute Luise" ernteten, in fürchterlicher Enge mit der geliebten Mutter leben und arbeiten mussten, das ist längst im Boden der Geschichte versunken, im nachgebenden Boden der unpersönlichen Zeit. Die Grundschule ist die Arbeitsstätte Juttas geworden und geblieben, sie hat ihren festen Platz im Lehrerzimmer auf der Hofseite und dorthin geht sie in ihrer Einsamkeit. Nichts krallt sich an sie, keine Hand aus der Vergangenheit berührt, im Gegenteil, das neu entstehende Hortgebäude links vom Schulhaus hat schon sein festes Dach erhalten, Richtfest wurde schon gefeiert. Es sieht im Nebel aus wie eine offene Nussschale mit festen Balken und unverputzten Mauern.
Unter dem Giebeldach, über den Klassenzimmern, mit Blick über das entstehende Hortgebäude, weiter über den Lindenfriedhof schauend und über die Dächerreihe der Zwethauer Straße bis zu den offenen Feldern, lebt Juttas Konzentrationsziel, der zuverlässige Ratgeber: Harald Mittelzweig. Ihr Chef und Schuldirektor. Chef, dieses Wort benutzt sie nie, auch nicht für sich. Es ist der umsichtige, ruhige und hilfsbereite Mensch, einer, dem man etwas aufladen kann, ein Mann für spezielle Fälle. Jutta umgeht im leeren Schulhof das Gebäude, das jetzt nicht ihre Arbeitsstätte ist, und schaut zu seinen Giebelfenstern auf, ohne den Kopf anzuheben. Sie schaut in Gedanken auf und grüßt ihn in seiner Wohnung, bevor sie die grüne ausgewaschene Holztür, die zum Sekretariat und zur Wohnung führt, öffnet. Sie

war, sie ist schon oben, um ihre Sätze und ihr Anliegen zu formulieren. Und nebenbei grüßt sie seine junge sehr freundliche Frau, die nach zehn Jahren Ehe noch ein halbjähriges Töchterchen wiegt. Den zehnjährigen Sohn Alexander, nach Alexander, dem Großen, ausdrücklich nicht benannt, begrüßt sie im Vorversuch nicht. Wer weiß, wo der steckt. Und dass der dreißigjährige drahtige Mann mit dem blonden Lockenkopf – schön zu nennen nicht gerade - gern bei noch jüngeren Kollegen und Kolleginnen sich aufhält und durchaus an einem Besäufnis teilnimmt, namentlich mit dem Ehepaar Linde und Knobel, den Landesverrätern, glückliche Abende und Nächte verlebt, ausgelebt hatte, das ist eine Sache, ein Stolperstein, den Jutta Malrid beiseite räumt und auch hier während des ängstlichen Hinaufsteigens, Stufe um Stufe, nicht spürt. Ein Mann ist ein Mann, und es bleibt nicht aus, dass er sich im Laufe seines Lebens in andere Frauen verguckt. Ganz natürlich.
Der Hausmeister, das „Huslaböckle", von ihren eigenen Kindern im schlesischen Dialekt ausgerufen, ist nicht zu sehen noch zu hören, als sie sich auf der oberen Treppe befindet und plötzlich denken muss, ich habe gar nichts mitgebracht. Denn man macht keinen Besuch, ohne eine kleine Aufmerksamkeit in der Tasche zu haben. Eine Tasche ist nicht vorhanden, nur ein Taschentuch und die Geldbörse. Sie streicht sich mit der ganz leeren Hand über die Stirn und empfindet ein Loch, das Loch, in dem sie sich tatsächlich befindet. Dass sie selbst mitverschüttet ist, ein wenig, das muss nicht unbedingt analogisiert werden. Es ist nur alles sehr hilfsbedürftig.
Es schiebt sich Vieles zusammen zu einer Hürde in Hals und Kopf. Bevor Jutta an die braune Holztür im Freiraum vor der Wohnung klopft, im Dachgebälk stehen bleibt, muss sie notgedrungen an den einzigen Sohn ihrer Freundin in Arzberg den lebensgefährlich Erkrankten, denken. In Arzberg, einem sechs Kilometer entfernten Kirchdorf, aus dem Harald Mittenzweigs Frau stammt; sie wird ihr die Tür öffnen. So klammert sich die

Sorge ihrer Lehrerfreundin an ihre eigene und zieht zwei Frauen ins Tiefe. Und weil der Tiefe noch nicht genüge getan, denkt sie an den vierzehnjährigen ertrunkenen Sohn vom Schuster Lehmann, der vor einem Jahr an der Alten Elbe im Beisein des Lehrerkollegen Einboth elendiglich in einen Strudel geriet und die ganze Klasse, das ganze Dorf, einen Schock erhielten. Und wie standhaft und umsichtig Kollege Mittenzweig seinen Kollegen vor der Wut vieler Familien im Dorf bewahrt hatte und ihn vor dem Gefängnis gerettet hatte. Diese Tragödie gesellt sich der Leiderfahrenen in Form einer Wand, Tür, in Form von Dachstuhlluft hinzu.

Bevor es zur Begegnung kommt, sehen wir durch die Tür Herrn Mittelzweig im blauen Trainingsanzug im wohnlichen Wohnzimmer sitzen, auf dem rechteckigen wachstuchbezogenen Tisch die Wäsche legen. Sorgsam gefaltete und geordnete Stapel Handtücher, daneben Kopfkissen, Bettlaken und an der Seite den geflochtenen Wäschekorb mit Kleinzeug überladen. Sein schmales Gesicht mit glupschartig hervorquellenden Augen pfeift leise ein Liedchen, so, als müsse jede angenehme Arbeit, die man allein und nicht vor Augenzeugen einer Klasse tut, mit einem Summton begleitet werden. Es ist still im ganzen Lebenshaus, die Tür ist zur Küche geöffnet, wo seine junge Frau einen Brief schreibt am Küchentisch, ebenfalls mit buntem Wachstuch bezogen, auf gelben Tulpen schreibt sie einen Brief an ihre Eltern in Arzberg. An einer markanten Stelle seines Denkens endet abrupt das Liedchen, sodass seine Frau unwillkürlich stutzt und aus dem Konzept gebracht wird. Von dem jüngsten Enkelchen, ihrer Tochter im Körbchen, der Hauptperson der Mittenzweigs, neben sich im Ställchen spielend, hatte sie ihren Satz angefangen.

Karl Marx hat geschrieben, dass der Kommunismus in allen maßgebenden Ländern zugleich aufgebaut

werden müsse; in einem einzelnen Land hätte er nur eine lokale Bedeutung und sei nicht überlebensfähig. Das hatte Harald unlängst wieder gelesen, das kommt ihm jetzt zwischen die Handtücher und die Ereignisse in Ungarn, zuvor in Polen, zuvor in Jugoslawien - Chruschtschow hatte Tito einen eigenen Weg zum Sozialismus zubilligen müssen - entmündigen seine singenden Lippen und bringen sie zum Stillstand. Seine immer wieder einrückende Sorge ist, dass das Ganze frühzeitig zerfällt, bevor es überhaupt entwickelbar ist, weil Marx auch in dieser prophetischen Frage recht hat. Nicht die Doktrin der Sowjetunion bedroht das sozialistische System in der Welt, sondern das Nichtwollen einzelner Uneinsichtiger, mit den Kapitalisten paktierender Leute bedroht das große einmalige Experiment des Sozialismus. Sie schimpfen auf die Russen, anstatt zu erkennen, dass es die Kapitalisten sind, die das Rad der Geschichte wieder zurückdrehen wollen. Wie gern und am besten sofort.
Harald Mittenzweigs Lied lässt sich nicht weiter singen.

44

Der gefaltete Zettel, so groß wie vier Briefmarken, wanderte sofort nach der Übergabe in Lesrus linke Hosentasche und rührte sich zunächst nicht. Die berühmtesten drei Worte der Menschheit waren still wie der Tod. Das Mädchen, ins Familienchaos verbannt, horchte und horchte. Häusliche Arbeiten boten sich bereitwillig stattdessen an nach dem Weggang der Mutter, der leere Wassereimer ermutigte plötzlich, auch der halb gefüllte Holzeimer sah Lesru freundlich an, alle zeigten sich hilfsbereit, und Lesru seufzte. Die immer verpönten Daueraufgaben, von denen heut noch keine Rede gewesen, lieferten ein nicht angenehmes, aber mühseliges Gewicht ab, und irgendein Gewicht musste doch gegen den Steinschlag im Bergwerk gesetzt werden. Oder Gasexplosion, was ist denn das? So stieg die Schwester mit dem hilfsbereiten leeren roten Wassereimer die zweimal unterbrochene Treppe hinab, laut und getösig. „Du trittst wie ein Mann auf, Mädchen gehen geschmeidig“, die Kritik der Entwichenen wieder ins Ohr hallend, als es am linken Hosenbein „ich" sagte. Das war so merkwürdig und verblüffend, dass Lesru unwillkürlich ganz wenig lächeln musste und nunmehr ganz Ohr wurde für weitere Botschaften. Ausgerechnet heute dachte und fühlte sie, als sie den gepflegten und in den Hauptwegen gepflasterten Hof betrat. Flugs sah sie trotz Nebel wie sich die Innentür zum Ziegenstall schloss, im Stall Licht brannte und sich die Hausbesitzer und Eltern einer weißen Ziege zurückzogen, aus Ärger und Weltverdruss. Eine Begegnung mit ihr lehnten sie offensichtlich ab, ein Thema, das mit Frau Hollerbusch mehrfach erörtert worden war. Welch ein Gefühl: Sobald ich komme, verschwinden sie in ihren Mauslöchern samt Ziege.

Sie haben keine Kinder, dafür ihre Ziege, sie sprechen mit ihr und kämmen sie. Beim Pumpen an der frei stehenden Pumpe, die abseits vom flachen

beleuchteten Ziegenstall stand, im Geharkten, wo auch das letzte Blatt des schönen Birnenbaumes aufgesammelt, während der kräftigen Körperbewegung also, spürte Lesru einen warmen Fleck an ihrem Hosenbein. Etwas ganz Warmes. Sie war erstaunt. Etwas ganz Warmes trug sie die Treppe hinauf, etwas, das nicht kalt wurde. Dann knisterte es in der Hosentasche, und eins stand fest: dieser wundersame Zettel durfte noch lange nicht gelesen, noch lange nicht wieder gelesen werden. Und plötzlich, nach dieser angenommenen Vorgabe, empfand sie einen wunderbaren Schutz, ein Schutzband wider Tod und Teufel, das eigentliche Gegengewicht gegen das Bergbauunglück. Es spann sich unaufhörlich etwas zusammen, und es musste sofort ausprobiert werden, ob dieses milde Feuerchen in ihrer Hosentasche Belastungsproben aushalten würde, könnte, möchte.
Warum hat sie mir denn - das - auf einen Zettel geschrieben? Warum nichts ins Ohr geflüstert? Und sie stellte sich vor, wie Eva an ihrem Schreibtischsekretär sitzt, saß, hastig einen Zettel abreißt... Auf einmal hast du keinen Bruder mehr. Von Angst gehetzt, knallte das Mädchen die Türen, donnerte die Treppen herunter und öffnete die linke Klotür, die rechte war schon entriegelt und von einem der alten Hinterteile besetzt. Doppelsitzer, durch eine massive Wand getrennt. Man grüßt sich ungern, doch Schieten muss man notgedrungen nebeneinander. Das Mädchen lauschte wider Willen auf die Auswärtsgeräusche ihres Hauswirtes oder Hauswirtin, als sie die grüne Hoftür hörte und die gleichmäßigen Schritte ihrer Mutter vernahm.

Assoziationen wollen sich aneinanderreihen, sie wollen uns stützen oder über den Umweg der Schwächung uns stärken. So denkt denn auch Lesru, die sich an der Pumpe die Hände wäscht, „plötzlich" an Andreas, den Nierenkranken. Der Sohn einer mit ihrer Mutter befreundeten Familie aus Arzberg, sechs Kilometer von Weilrode entfernt, ist ein Jahr älter als Lesru und nicht nur ein „Sorgenkind", sondern ein todgeweihtes Kind. Kein Arzt kann ihm helfen, das lässt sie starr werden und einschlüpfen in ihre Verpanzerung. Es weht von Arzberg herüber beim Treppenachsteigen, von der Ebene östlich der aktuellen Elbe, durch Triestewitz und seinen verwilderten Gutspark weht es mit dunkler Fahne voran, immer die Hauptstraße entlang, wo die Bierdümpfels immer noch in dem roten Schulgebäude wohnen. Mutter Lehrerin. Links beim Eingang zum Dorf die Koppeln und der alte Dampfmaschinenpark, zwei oder drei komplette schwarze Dampfmaschinen stehen im Wind, im Wetter, worüber Conrad, der Maschinenliebhaber regelrecht entzückt ist. Wie kann man sich nur für Maschinen interessieren, das muss innerhalb der Verpanzerung auf halber Treppe gedacht werden, das ist kein neuer Gedanke, aber er muss herhalten, wenn es in die Bedrohung hinaufgeht. Was aber ungefragt, und wie selbstverständlich mit der Treppe hinaufgeht, ist der warme Fleck in der Hosentasche, sodass Lesru von heftiger Sehnsucht gepackt und geschüttelt wird, diese Schrift auf dem Zettel zu lesen, noch einmal und mit klarem Verstand das Liebe, Erwärmende entziffern. Aber sogleich weiß sie, dass sie in diesem Hause niemals einen Platz, ein Plätzchen reicht nicht, einen Raum für die Wundertätigkeit des lieben Textes, des unerhörten Textes finden kann. Sie muss raus hier. Und außerdem Andreas und Fritz in Zwickau, das sind viel schwergewichtigere Sorgen, als mein bisschen, das muss gedacht und überprüft werden. Der warme Fleck aber hält auch diese Selbstverschiebung aus. Jetzt brennt er auch noch.

Das Mädchen stürzt plötzlich durch zwei Türen, in die von der Deckenlampe, einer kleinen runden unschuldigen bunten Glaslampe erhellten Küche, ihr Lebensraum ist nur eine enge hohle Gasse, die Tür zum fremd bestimmten Salon ist angelehnt, als die Mutter mit der gelben Bernsteinkette am Hals erscheint.

„Das Telegramm mit Rückantwort ist aufgegeben. Ich war aber noch bei Harald Winkler, und er half mir wie immer, zuverlässig, wie er ist. Er rief im Sekretariat sofort die SED-Kreisleitung in Zwickau an, er ließ sich nicht vertrösten. Es dauerte. Und dann erhielten wir Bescheid, dass der Student Malrid nicht in den Schacht eingefahren war. Aber ich warte nun auf sein Lebenszeichen. Das ist er mir schuldig."
Mit ernster monoton klingender Stimme wurden diese Fakten vorgetragen, noch im dunkelblauen Lehrerkostüm wie vormittags und nachmittags, im Stehen, vor dem Fenster zur Heilandskirche, mit der gelben Bernsteinkette am faltigen Hals - einer Tochter gegenüber, die bekanntermaßen wenig Wert hat. Die Abwertung dieser jungen Bezopften liegt so schwer in der Luft, bestreicht Juttas Brillengesicht mit so zahlreichen Tupfern, füllt ihren Blick, der aus der Notlage kam und bei einem anderen Erwachsenen Hilfe erhalten, dass für diese überkluge, schnippische egoistische Dame kein neues Gefühl übrig bleibt. Es

kommt keine warme Hand, die der Tochter über den Kopf streicht.
„Gott sei Dank", hört sich Lesru sagen.
„Du hattest auch Angst um Deinen Bruder", erklärt die Mutter, und fährt fort vom Grubenunglück zu reden. Nicht lange, dann lobt sie die beruhigende, lebensreife Art des Schuldirektors, das Erstaunliche, denn er ist noch so jung. Und Lesru kann ihrem Bericht entnehmen, wie der junge Mann die Sechsundfünfzig unter seine Fittiche genommen, mit ihr die Treppe durch das leere Schulhaus hinabgestiegen, die Tür zum Sekretariat, Frau Nentwichs Reich, aufgeschlossen, sie kann sich vorstellen, dass er von etwas anderem geredet hatte, zwischendurch. Sie empfindet ebenfalls Wärme und Hochachtung zu diesem Mann mit den Tränensäckchen, wellig blondem Haar, ihrem Lehrer, der ihr 1953 in der fünften Klasse das Ideal vom Kommunismus – das reife Zusammenleben von Menschen - eingepflanzt hatte.
Nur Autos für jeden, das ist doch nicht nötig, dachte die Elfjährige damals.

45

Der Sonntagnachmittag ist auch für den ehemaligen Zivilrichter und jetzigen Diplom-Ökonomen, Holger Sturz, die angenehme Zeit, in der er Privatmann sein kann. Er braucht seine beiden Frauen, seine eigene schöne Peggy, die immer noch über dem lausigen Landdorf schwebt wie ein fremder Zugvogel und seine leidenschaftliche Tochter, der ein Freund zu fehlen scheint. Das Zusammensein mit seiner Familie, der freie Umgangston am Teetisch außerhalb der ständigen Notversorgung mit landwirtschaftlichen Produktionen, außerhalb eines geschickt zu knöpfenden Zulieferungsnetzes mit seinen Bindegliedern Mensch und Kollegen im Ort und auf Kreisebene, das nur an ihn selbst gebundene „du" in zweifacher Hinsicht, erfreut den Mann. Der Bruch in seiner Biografie, verursacht

durch die Entnazifizierung und dem sofortigen Berufsverbot, - er war in zivilen Rechtsfragen Rechtsanwalt in Mittweida und dauerabhängig vom NS-Staat - hatte zur Folge, dass er sich mit Überzeugung der Ökonomie eines Besseren zu belehren wusste, die handfestere und überprüfbarere Realität eines Betriebes, seiner ökonomischen Berechnungen und Gesetze mit Leidenschaft ergab. Dabei stellte sich heraus, dass die Führung eines Betriebes, wenn man sie denn beherrscht, Freude machte, sogar Unabhängigkeit mit sich bringen konnte. Er war nicht länger von krummen Touren anderer abhängig. Vom Missratenem und, was ihm ebenso gefiel, das private Geld wurde nicht von einzelnen Fällen abhängig gemacht, es wurde nicht dauernd zerstückelt, er bekam sein monatliches Gehalt und aus.
Er war nunmehr von den positiven Kräften der Menschen abhängig, und diese Wendung in seinem Leben schürte in ihm einen lebhaften Optimismus in Bezug zur Wirtschaft. Holger Sturz, der schlanke große Brillenträger, der nur zur Schlafenszeit seinen Anzug ablegte, hatte eine wirkliche Entwicklung erlebt und durchlaufen und besaß wie seine kostbare Frau und auch Eva wohl wissen, eine gehörige Verachtung ehemaligen Berufskollegen gegenüber, die in Westdeutschland schon wieder recht sprechen. Er mag diese ganze Bagage nicht.

Diese Familie sitzt im wahrhaft wohligen Wohnzimmer um den runden Teetisch versammelt, der Vater im Sessel, die schöne Frau ihm gegenüber in einem leuchtenden Herbstkleid, die Tochter in ewigen Hosen und aufknöpfbarer Bluse. Auf dem dunklen Tisch stehen zierliche Teegläser und Gebäck in einer Glasschale, ein Licht brennt, eine rote Flackerkerze. Es ist der Zeitzenit, gegen sechzehn Uhr, und die Sitzenden unterhalten sich gerade über die Vorbereitungen zum 7. Oktober, dem Nationalfeiertag der DDR, als es hörbar, aber doch recht leise an die Wohnzimmertür klopft.

„Es hat geklopft", sagt Eva und schaut ihre gähnende Mutter an. „Es hat nicht geklopft, wer dürfte uns jetzt stören, es brennt doch nicht, die Sirene habe ich nicht gehört", antwortet Peggy bewusst langatmig.
„Es wird für Dich sein", erklärt mit warmer mittellagiger Stimme der Berichterstatter, der Pfeife rauchende Vater. Dabei sieht er seine spürbar erwachte Tochter freundlich an.
Die braune Wohnzimmertür vom steinernen Flur abgehend wie die zur oberen Glichewohnung führende Treppe jedoch, ist nicht der offizielle Eingang zum BHG-Direktor. Wer an sie klopft, weiß zumindest etwas von der hinter ihr lebenden Familie. Der offizielle Eingang befindet sich durch den Hof, wo vor der Küchentür ein Namensschild mit Klingel angebracht ist. Wer also am Offiziellen vorbei sich drückt, wählt aus einem bestimmten Grund den kürzesten Weg. Eva erhebt sich beinahe widerwillig, denn auch sie genießt dieses Miteinanderleben, zumal ihre Eltern vor der Berichterstattung die unendliche Geschichte ihrer ersten Liebe erzählt hatten, scherzend und doch so innig noch miteinander verwoben, dass sie davon noch ganz glücklich benommen ist. Und sich gedacht, solch eine Liebe möchte ich auch einmal erleben mit meinem Mann. Natürlich kannte sie die Geschichte schon, aber Holger Sturz Freiersfüße waren besonders groß und quadratlatschig und die Schöne, wie auch jetzt noch, unbeholfen auf einer Sonnenblume sitzend. Vor der Tür steht die Zettelgeschichte.
„Ach nein", und „kommst Du mit?", „wann, jetzt?", „ach komm doch erst mal rein", diese Stichworte werden von zwei Mädchen im kalten Steinflur vor der angelehnten Sonntagstür geflüstert. In größter Verwirrung. In solcher herrlichen Verwirrung, dass wir davon ein Lied singen möchten.
Denn wir Zeitgenossen lieben nicht die Verwirrung, uns kommt es auf Klarheit, Durchschaubarkeit an.

Es dauerte bis zum im Bettliegen, ehe der Zettel in seiner ganzen Länge und unabsehbaren Breite in Lesru „angekommen" war. Im Liegen erst, nachdem sie lange für ihn nach einem Versteck gesucht hatte, im Nachttischfach, hinten an der hölzernen Wand, steckte sie behutsam den kostbaren Zettel unter ihr Vokabelgedichtheft, im Liegen erst, entfaltete sich dieses - Ich liebe Dich - als ein gleichmäßiges brennendes Treiben in ihrem Körper. Sie staunte. Sie staunte, zum ersten Mal in ihrem Leben erhielt sie eine, die Liebeserklärung, und auf welchem Wege! Da war eine richtige kleine Zettelwirtschaft entstanden. Und dieses schöne Gehabe entwickelte sich gegen die anfangs sickernden, dann sprudelnden erhobenen Vorwürfe gegen ihren Bruder Fritz, der es für unnötig hielt, seiner Mutter telegrafisch zu antworten, dass er Fritz heißt und lebt. Lesrus Frage, was denn Rückantwort hieße, beantwortete die Mutter ausführlich während der Zettelwirtschaft, sodass sie kaum zuhörte. Erst am Sonntagmittag erschien die alte Frau Postwinkler mit seinem Telegramm. Sie hatte ihr langes Leben fast nur Todesnachrichten ausgetragen, und sie saß in der Küche bei Malrids fest, es ging ihr gegen den Strich, keine Todesnachricht abgeliefert zu haben.
In dieser Zeit aber erhob es Lesru wellenartig, und sie war mehrmals drauf und dran, zu Eva zu sausen, zu fahren, es riss sie immer wieder vom Stuhl, Geigespielen und vor allem aus dem befohlenen Plätten. Denn ab jetzt gab es ein großes unbetretenes Land, ein Liebesland, das mit so viel Sonnenblumen bepflanzt, mit so viel unheimlich schönen Entdeckungen versehen war, auch mit einem totalen Herauswurf aus dem Nest Weilrode einherging, dass es schier unmöglich war, brav seine Hausarbeiten weiterhin zu erledigen. Alles, was sie notgedrungen anfasste, ob Wassereimer, Plätteisen, brannte in ihren Händen. Sie konnte nichts mehr anfassen.

So kam sie als brennende Flamme vor die Sonntagstür. Und musste, wie kläglich, wie jämmerlich, aufmerksame Löscharbeiten an sich selbst erfahren. Kein Arm löst sich im Ungesehnen aus Evas freiem Hemdhals, ihr lippiger Mund küsst nicht, es gibt keine Küsse, wo bleiben sie denn, wohin gingen sie fort, sie liebt mich, denkt es in Lesru und sagt: „komm erst mal rein", das geht doch jetzt nicht, wenn man sich liebt, kann man doch nicht zu andern Leuten gehen.

Und Eva hatte vor der Gesamtstörung gedacht, warum können sich die Beiden nicht immer so gut verstehen, so tief harmonieren, es ist einfach schön, wenn sie sich ihrer Liebe besinnen, und sie schaukelte in diesem Gefühl, erweitert, leicht. Und als sie durch das Klopfen an Lesru erinnert wurde, sprang sie gleichsam von der Schaukel ab, freudig, und wollte sogleich ihrer geliebten Freundin den Garten der elterlichen. Liebe zeigen.

„Guten Tag, Lesru", sagt Holger Sturz, sich wieder aus dem Sessel in eine unvorstellbare Länge ziehend, ihr freundlich seine Hand reichend, als sei ein willkommener Gast gekommen. „Setz Dich", seine weitergehende führende Anweisung, „aufs Sofa, zu Eva, auf ihren Stammplatz, trinkst eine Tasse Tee mit uns." Furchtbar. Die Flamme muss einige Schritte weitergehen, zur sich nicht erhebenden Frau im goldgelben Herbstkleid, die Liebe muss sich zum zweiten Mal verkriechen, einen anderen Menschen anlächeln. Obwohl hier doch nur ein einziges Mädchen existiert. Lesru muss eine Haut ausbilden und hat keine. In Evas körperliche Nähe wagt sie nicht zu blicken, Eva verschwindet auch sofort im kleinen Esszimmer, wo sie Geschirr, eine ganze Tasse wohl, eine ganze Untertasse herausholt, hoffentlich lässt sie alles fallen, das wird während der überaus schmerzhaften Hautausbildung gedacht.
Zur Hautausbildung tragen wirklich einige Dinge fleißig bei, die allmählich, während des Sichwiederfindens

seitens der Gastgeber, aus sehr weiter Ferne auftauchen, bzw. angesehen werden, weil sie sich nicht vom Fleck rühren. Da steht wieder der große Schreibtisch mit dem Telefon, dahinter das Fenster zum Bahnhof, ein total fremdes Gebäude. Ein zierliches Bücherregal, halbhoch. Alles schmerzt ist unanständig, aufdringlich, die allergrößte Gemeinheit. Nur einen blutroten Nelkenstrauß in der Tischmitte - woher hamse denn den, es gibt doch keine Nelken für gewöhnliche Sterbliche – erträgt Lesru und umgekehrt. Er lässt sich anstarren, in seine offenen Blüten kann das Mädchen hineinwandern, ohne rot zu werden.
Die spielerische Unterhaltung zwischen Herrn Sturz und Frau Sturz setzt sich fort, ein Thema nicht ansteuernd, eigentlich frei beweglich über den Teetischdingen schwebend. Sie sehen sich verliebt an, wissen mal diese Aufmerksamkeit, mal jene, scherzend einander zu bereiten, ein Kragen oder die Tabaksorte, sodass Lesru auf dem blauen Sofa folgerichtig in das Ausstrahlungsfeld einer erotischen Frau hineindämmert, hineintappt und darin sitzen muss. Ihre Freundin wird merklich dünner, obwohl sie freundlich Tee aus der dickbäuchigen Teekanne eingießt und versehentlich ihren Mund öffnet. Dann muss Lesru zur Seite rücken, denn beide Mädchen sollen auf dem Liegenden Platz nehmen. Es glitzern und flitzen die Spannungen kreuz und quer an diesem Tisch, wenn nicht bald ein ernstes Wort gesprochen wird. Lesru sitzt zum ersten Mal in ihrem vierzehnjährigen Leben (das ist nicht gerade viel) einer erotischen Frau gegenüber, deren harmonisches Gesicht, vollmundig, gelockt und gelockert von blondem weichen Haar bei jeder Bewegung auf ihren seidigen Körper hinweist, auf den weichen freien Hals, ihre weichen hellen Schultern und auf den nahen warmen Körper zwischen Busen und Knien. Verwirrend. Eine ganz neue Art der Verwirrung.

Unwillkürlich, natürlich, vergleicht Lesru SIE mit anderen erlebten Frauen und Ehefrauen, mit Frau

Gliche oben, die immer genau wissen will, wie die Leute im Westen leben. Mit der neuen Russischlehrerin Frau Lehmann, vor der man sich in Acht nehmen muss, um nicht eine Vier zu bekommen. Mit Frau Oneburg, die ständig das Leidenslied über ihre einzige Tochter in Westberlin singt: Alle besitzen eine markante Zusatzstelle, einen Haken, keine sitzt in ihrer Schönheit bloß so im Sessel. Dieser Vergleich spielt sich in Lesrus Halbbewusstsein ab, innerhalb einer Vorstufe zum Unterbewusstsein. Denn es gefällt ihr, mit welchen liebevollen kleinen Gesten der Mann seine Frau - wieso eigentlich seine Frau? - umgibt, bedient. Lesru sitzt gerade und beim Heranrücken Evas, das freundlich heiter geschieht auf der gleichen Sitzfläche, erschrickt sie bereits ein wenig, denn ihre ganze Aufmerksamkeit ist dem Miteinanderleben, Lieben der Ehemenschen gewidmet. Das Halbbewusste kann unabhängig davon in ihr arbeiten.

Das Wort, das für alle taugt und hörbar wird, das Wort aber muss ergriffen werden und damit die Kaskade von anderer Wirklichkeit. „Wir leben in angespannten Zeiten, und eine Teestunde mag darin keinen rechten Platz haben, aber wir leisten uns sie, Lesru. Es ist nötig, dass der interessierte DDR-Bürger auch seine Privatheit hat und pflegt", sagt in herrlich geräumigem Ton der Raucher endlich. „Das finde ich schön", antwortet Lesru mit zaghaftem Lächeln. Ihr goldgelber Pullover mit dem offenen Krägelchen sonnt sich in dem schmalen klug geformten männlichen Gesicht, ihre braunen widerspenstigen Löckchen auf der Stirn und an den eng anliegenden Ohren kräuseln sich noch einmal um eine Locke mehr, sodass Peggy, die Erotische, ins kurze Lächeln hineinmanövriert wird.
Wenn ich zu andern gegangen wäre, würde sofort von Herrn Schickedanz gesprochen, gemahnt es die sich Wohlfühlende, und sie denkt noch etwas Unpassendes hinzu: Bude zu, Affe tot. „Haben Sie sich schon etwas eingelebt?", fragt Lesru die Erotische. „Ich werde mich

hier nie einleben, ich lebe mich nur bei meinem Mann ein", erwidert die herbstlich Schöne mit einem unbeschreibbaren Blick zu Holger Sturz, der nicht weit entfernt sitzt und von einem inneren und äußeren Lächeln bewogen wird. Da sind sie wieder, die befremdenden unbekannten ehelichen Dickichtbeziehungen, die die jungen Mädchen ausschließen, und nicht nur sie. Wie weit entfernt sie von Weilrode leben, so, als säßen sie nicht im Dorf, säßen irgendwo in einer Stadt, das muss genaustens gefühlt werden, zusammen mit dem höchst unbequemen Gefühl, neben Eva so dicht auf dem Scheißsofa sitzen zu müssen und so zu tun, als wären wir nur beliebige Freundinnen. Deine ganze Liebe musste hier verstecken. Aber Eva macht das nichts aus, sie lächelt von einem zum andern. „Lesrus Bruder Fritz lebt, er war nicht unter Tage im Bergwerk", erklärt Eva stolz. Diese Nachricht aber hatte ihr Lesru als Erstes ins Ohr geflüstert.
„Wenn es wenigstens genügend Insulin in den Torgauer Apotheken gäbe, ich muss mich gegen die Diabetes schützen, ohne Spritzen geht gar nichts mehr", antwortet die Erotische mit herabhängendem Kauwerkzeug und finsterem Blick. „Deshalb kann ich kein interessierter DDR-Bürger sein", mit und ohne Stirnfalte hinzugefügt. „Das freut mich und für Dein Insulin sorge ich schon", sagt mit gemischten Gefühlen der Mann des Tages, wobei er Lesru einen Augenblick scharf ansieht.
„Lesru, ich möchte Dir ein Buch zum Lesen geben. Du interessierst Dich doch für Kunst und Kultur, und dieses Buch sollte Eva auch studieren, sie ist aber nicht weit gekommen." Blickwechsel zwischen Vater und Tochter, der etwa soviel bedeutet wie: Dein Leben ist nicht mein Leben. „Es wird hier nie erscheinen, ein verbotenes Buch sozusagen, ganze Generationen haben es vor euch schon gelesen, es wurde überall in Deutschland diskutiert, hol es doch bitte, Eva." Eva springt ab von der sich drehenden Schaukel und verlässt flugs das

weit entfernte Zimmer neben dem Weilroder Bahnhof. „Es ist", sagt der sich straffende Mann beim schnellen Erscheinen seiner Tochter, „Der Untergang des Abendlandes" von Oswald Spengler. Er beweist darin, dass auch Kulturen zum Anwachsen, Blütezeiten und zum Aussterben angelegt sind, auch unsere abendländische. Umfassend erklärt er alle auf der Erde entstandenen Kulturen."
Das angesprochene Mädchen aber ist erschreckt, die ganze europäische Kultur, was das auch sei, ist zum Tode verurteilt, und so blickt sie erstaunt, ihr Inneres zurücknehmend, den neuen Lehrer an. Sie ist zu jung, um die Beweggründe des Holger Sturz zu erkennen. Denn diese stehen in dichtem Zusammenhang mit seiner Biografie. Mit tief erschrockenen Augen, so, als würde ihr ihre eigene Existenz auf Dauer entzogen, fühlt sie nur, wie aus dem vorgeneigten Mann mit dem dicken rot eingebundenen Buch in den Händen, eine betonte Selbstbestätigung herausfließt. Sie fühlt, dass eine greifbare Identität eines Menschen mit einem Buch nicht ganz richtig sein kann, es sind zumindest zwei verschiedene Wesen. Aber auch die Angst, die regelrechte Angst, sie könnte auch dieses Lehrstück nicht verstehen, setzt sich als drittes weibliches Wesen zu ihnen aufs Sofa.
„Gegen die verkommene bürgerliche Kultur versuchte ja ein Hitler mit großen schwülstigen Phrasen und mit seinen Rassebegriffen vorzugehen, was in der Katastrophe endete, und auch unsere sozialistische sogenannte neue Kultur wird nichts gegen den Untergang einer sich verbrauchenden Kultur ausrichten. Davon bin ich überzeugt."
„Aber was soll man denn da machen?", fragt das sich wehrende Kind. Sollten die Volksmusikschulen, die schönen Heimatlieder und die wunderbaren alten Volkslieder samt und sonders nichts mehr wert sein? Die Eröffnung der Komischen Oper in Berlin, die zahlreichen neuen Kunstausstellungen, die Wiederherausgabe von Werken von Thomas Mann, von

ihrer Mutter begrüßt, sogar das nächste Woche stattfindende Konzert im Gasthof Büttner, wo das Kreisorchester mit Frau Stege ein Konzert gibt, all das sollte nichts mehr wert sein? „Man muss sich damit abfinden, Lesru und sich nach sicheren Tatsachen umsehen. Die Ökonomie zum Beispiel ist noch ein sicheres Terrain. Die Technik. Letztlich auch die Landwirtschaft der großen Flächen. Es bleiben noch genügend Lebensmöglichkeiten übrig." Dies wurde mit ruhiger Stimme wie von einem Berg sitzend, herunter ins Tal der Jugendlichen gesprochen.

Mit der Abfindung im Arm verlässt Lesru alsbald die Sturzsche Wohnung. Es ist, als seien sämtliche Gegenstände verplombt, vergittert, ins Zynische aufgenommen, auch die kleine dringliche Liebe.

LEHRLINGE

46

Abgebrochen.
Die Wege zu Platons innigen Männergesprächen über das Schöne unter alten Bäumen im „Phaidros", die Wege zum erregenden Gedicht „Kindheit" von Rilke – von Elvira Feine initiiert - enden abrupt am tristen Bahnhof Neuenhagen bei Berlin. Ein anderer Weg weist höhnisch mit zehn Fingern auf eine graue Bahnhofsbaracke und lässt die singende S-Bahn in Richtung Strausberg schnell weiterfahren. Das ungläubige Staunen, es hat einen berühmten Griechen gegeben, der das „Gleiche" wollte wie ich, der das Schöne, was es auch sei, untersucht hatte, Platon eben, dieses viele Tage und Nächte durchziehende Staunen durfte nicht mehr stattfinden. Und das tiefe Erschrockensein, das Rilkes Kindheitsgedicht in Lesru bewirkte, der holde Schrecken, in Weilrode ausgetragen und nirgends absetzbar außer in Viras schmalem Zimmer, in der Allmacht geistiger Verbundenheit, auch dieses Zimmer durfte, sollte, konnte nie mehr betreten werden.
Verloren, gänzlich verloren, verraten und verkauft steht die sechzehnjährige Lesru Malrid mit ihrem braunen Köfferchen und ihrer Geige auf dem entleerten Bahnsteig.
Es existieren aber in der bilderreichen Menschheitsgeschichte noch ganz andere Gestalten, die missverstanden und abgeschoben wurden.

Es riecht nach Pflaumen in den blumengeschmückten Gärten, nach Staub auf dem ausgefahrenen Landweg, nach Holunderkleinigkeiten, als Lesru, eingewiesen von einem älteren Mann mit Schirmmütze, dem Lehrlingsinternat, als müsste ein Fuß vor den anderen gesetzt werden, sich nähert. Neben dem Weg, hinter Sträuchern verborgen, summt die S-Bahn in beiden

Richtungen, nach Berlin und von Berlin ins weitere Jenseits.
Noch im Bahnhofsgebäude, wo zwei elegante Großstädterinnen an ihr vorüber modeten, erfasste die Verwirrte, aus ihrem schönen Lernleben gewaltsam Entfernte, ein Blitzgedanke. Die nach allen Seiten freie Weltstadt Berlin öffnete sich ihr in dem Augenblick, als sie sich schon wieder entfernte; aber sie setzte sich als Fata Morgana, als ein Entdeckungsgegenstand, als ein heißes Entdeckungsland in ihr fest, das allen Teufeln zum Trotz „och was wert“ sei.
Blitzgedanken äußern sich in schlechter Aussprache.

47

Vor zwei Tagen aber hatte Lesru Abschied genommen von ihrem brennenden häuslichen Leben in dem lang gestreckten Dorf Weilrode und von ihrem innigen Leben mit Elvira Feine und Frau Stege in der Stadt. Die Mutter hatte kräftig an ihr gearbeitet und des Mädchen Inneres mit den Pflastersteinen der Pflicht, der Vernunft, des Verstandes ausgelegt, sich gebückt, sich die Knie wund gestoßen, um aus der bogigen Gestalt noch so etwas wie einen vernünftigen Menschen zu klopfen. Einen, der seine Mutter achtet und jedwede Arbeit anerkennt. Sie hat sich, ihrer eigenen jugendlichen bogigen Gestalt nicht mehr eingedenk, schön altmodisch gesagt, entschlossen, den Charakter des aufsässigen, eigensinnigen Mädchens zu brechen und sie auf jeden Fall von einer künstlerischen Ausbildung fernzuhalten. Denn sie vermutete, dass eine künstlerische Ausbildung, das regelrechte Studieren im Fach Musik wie Frau Stege vorgeschlagen und nach dem Abitur im Konservatorium in Halle hätte beginnen können, das Fräulein Tochter gänzlich von den Realien des Lebens entfernen würde. Sie befürchtete, dass Lesru noch eine Stufe höher in der Winkelmannschen Wohnung sich aufhielte, ihre unsinnigen und unverschämten Gedanken von einer anderen Welt, ausbilden und also

sich selbst gefährdender werden könnte. Ihr erschien das zweite Oberschuljahr, das ihre Tochter erlebte, wie heiße Luft zu sein, die aus Lesru einen unnatürlichen Menschen hervortrieb und immerfort trieb.
Es gab Tage, an den sie beide kein Wort miteinander sprachen. Das Allerschlimmste. Dann nur Bruchstücke, dann wieder die Entladung. Und so hatte sich Jutta Malrid in ihrer höchsten Not in Absprache mit ihren ältesten Söhnen entschlossen, Lesru einen praktischen Beruf erlernen zu lassen, außer Haus. Das praktische Leben sollte ihren aufmüpfigen, ewig protestierenden Kopf wieder gerade rücken. Weil man aber einen jungen willensstarken Menschen in seiner glücklichen Ausbildung nicht einfach, mir nichts, dir nichts, versetzen, aus seinem fruchtbaren Umfeld herausreißen kann, suchte und fand sie die entsprechenden Hebel. Die Zweifel. Die Vier in Mathematik auf dem zu erwartenden Zeugnis der 10. Klasse galt als hebelnder Fakt, die Abiturfähigkeit der Tochter anzuzweifeln. Noch hilfreicher war ihr ein Teil des Gewächses selbst, das einen rechten Arm mit einer Narbe vorzuweisen hatte. Die verantwortungsbewusste Frau Stege wollte die Verantwortung nicht auf sich nehmen, zu entscheiden, ob Lesrus in der Kindheit am Ellenbogengelenk gebrochener Arm tauglich sei für eine Berufsmusikerin oder nicht tauglich. Als käme es doch schon auf Zielgenauigkeit und Gehaltsfragen an. Kurz, zwei gewichtige Zweifel waren ausgemacht, freuten sich, ihrer Entscheidung zuvor zu kommen.

Zwei ausgereifte Gegensätze kämpften tapfer miteinander. Der erste Satz: „Geld ist die Grundlage des Lebens, deshalb ist es nötig, einen Beruf zu lernen, um sich und seine Familie zu ernähren“.
Der zweite Satz: „Das Leben ist etwas Unbekanntes, Schönes und nach diesem strebe ich und kein Geld, kein Mensch kann mich davon abhalten“.
Du hast ja keine Ahnung, was das Leben ist, aber dachten beide.

Wunderbare Gegensätze. Schlagsätze. Kein Streifchen Toleranz dazwischen, aber die ganze Menschheitsgeschichte in ihnen eingeschlossen.

Totalverbündete braucht der Mensch für solche Überzeugungen, besonders in Kampfsituationen. Jutta Malrid fand sie zuhauf in ihrem eigenen Leben und bevorzugt und angepriesen in der DDR-Gesellschaft. Lesru fand ihre Verbündeten in der Musik, die unerklärbar bis zum heutigen Tage ist, in Elvira Feines Freundschaft, in ihrem nachdenklichen Gesicht, vereinzelt in Gedichten, sofern sie sie verstand, und vor allem in der freien atmenden Natur. Denn sie, die Feldwege, die zu anderem führten und selbst schon frei genug waren, entpuppten sich zuverlässig als letzte Rettung vor Tod und Teufel.
So war auch der vorletzte Tag an ihrem Kampfplatz in Weilrode von der letzten Rettung geprägt, als sie mit ihrem Fahrrad und dem kleinen blauen Vokabelheftchen in der Hosentasche, mit einem Bleistiftstummel auf dem Feldweg zu ihrem Gedichtbaum raste. Es musste gerast werden, weil das ganze Dorf lichterloh abbrannte mit Mann und Maus. Der Gedichtbaum, eine alte, nickende knorplige Kiefer, am grünen Kiefernwaldrand, war zum Hinaufklettern geeignet. Unter ihren Zweigen trollten sich die Bahnschienen.
Die Wochen vorher lebte Lesru in sich ständig vertiefenden Beziehungen auch zu anderen Mitschülerinnen ihrer Klasse, als stände kein Abschied bevor, als gäbe es keinen letzten Tag. Sie fand immer mehr Zugang zu den verschiedenen Töchtern bürgerlicher Häuser, wurde eingeladen, erlebte sich in anderen Beziehungen und staunte darüber. Auf die Frage, warum sprechen die jetzt gern mit mir, gab es freilich gar keine Antwort, sie wusste es nicht. Und so ergab sich oft die Klarheit des Unterschieds zwischen ihrem Mutterhaus und ihrem Torgauer Leben. Hier kann ich immer freier leben, mich entwickeln, dort werde ich

totgeschlagen. (Aber dort schlug sie ihre Mutter auch halb tot).

Und eben hier, auf dem knochigen Altbaum, wo das blaue Vokalheft ihre ausgestoßenen Schreie in krakliger Schrift festgehalten hatte, wo das lang gestreckte Häuserdorf weit genug lag und sie während der rasenden Rillenfahrt auf dem Feldweg nur an das Vokalheft dachte, nur daran, dass sie es in höchster Not endlich öffnen könnte auf dem Baum, geschah etwas. Statt sich wieder in die leeren Zeilen hineinzuschreiben, redete plötzlich die ganze Natur zu ihr. Sie musste nur still halten, und sie hielt ganz still. Eine Offenbarung. Es erhebt sich die Frage, ob sie anderen Menschen mitteilbar sei. Sie hat sie keinem Menschen mitgeteilt, so groß und so weise und so wunderbar festigend war das, was die Natur ihr gesagt hatte. Morgenappell!

48

Das ist doch gar nicht zu verantworten. Junge Menschen, die sich gerade oder ungerade kennenlernen, aus den verschiedensten Städten und Dörfern dieses Landes kommend, aus den herrlichsten Familien, die kaum eine Nacht in noch unerforschten Zimmern geschlafen haben, in einem noch unerforschten Landstrich, zusammenzustauchen zu einem Block. In Blöcken unter einem Fahnenmast vor dem ockerfarbigen einstöckigen Lehrlingsinternat zu summieren und zu vereinigen, das geht doch wirklich nicht auf eine Kuhhaut. Für eine auch noch bedeutende Viertelstunde aus den Flatternden, Schnatternden, Ängstlichen, in ihren Hinterköpfen andere Vorstellungen vom neuen Leben hegend, Paradebürger zu machen.
Mutter Staat aber hat aufgerufen, und man muss gehorchen. Oder es nicht möglich? Kann sich Lesru Malrid, zwischen ihren neuen Bettgenossinnen, die schon deshalb gut sind, weil sie nicht Mutter Staat sind, die tatsächlich einen anderen Körper haben und komisch lachen, komische Ängste kundgetan, einfach wie eine Tote hinstellen? Stillgestanden! Stillgestanden? Beileibe nicht. Sie versucht es redlich.
Die anderen Blockbildner des zweiten und dritten Lehrjahrs sind lässig angetreten und schauen unbeeindruckt auf das Grüppchen Erwachsener und zum Redner, dem Direktor des Volkseigenen Gutes. Ein schlanker intelligenter ruhiger Mann, Dr. Wasmich, lobt mit reiner unhysterischer Stimme Mutter Staat für diese Einrichtung der landwirtschaftlichen Lehrlingsausbildung, welche im ganzen Land in dieser Form begehrt ist. Aus Rostock und Karl-Marx-Stadt, aus der Umgebung von Berlin und aus Mecklenburg kommen die Lehrlinge, um hier eine gute und vielseitige Ausbildung zu erhalten.
Das aber passt nun gar nicht rein in Lesrus Schädel. Sie zappelt wie der berühmte Fisch im Trocknen, faxt

vorwärts und seitwärts, bringt ihre Zimmerbewohnerinnen zum Lachen und sprudelt fortwährend leise Liedfetzen, ja, sie setzt regelrecht ein Störfeuer in Gang.
Herr Leopold Tunicht, der leitende Erzieher, hält ebenfalls eine Ansprache. Ein rätselhafter Mann, einfach gekleidet, begleitet von zwei unterschiedlichen Damen, spricht vor allem die neuen Lehrlinge im unverbrauchten Hochdeutsch an. Er kommt sofort auf die geografische Lage des Ausbildungsortes zu sprechen, auf die Frontstadt Westberlin und leitet daraus seine Erziehungsaufgabe ab.
„Der Feind steht nicht nur in Westberlin und lockt mit Kriegsfilmen, Westernfilmen, neuen Klamotten, sondern er lauert auch in jungen Menschen, die sich verführen lassen. Deshalb mein Appell: Fahrt nicht nach Westberlin, und wenn Ihr unbedingt Eure Neugier befriedigen wollt, lasst es uns wissen. Sprecht mit uns, damit wir gemeinsam Eure Fragen klären können."
Die herauslugende Fürsorge lässt Lesru einen Augenblick ganz stillstehen. Ist sie wohl gemeint oder ist es nur eine Falle? Wer weiß das schon zu sagen?

Es ist ja alles Äußere so irrsinnig neu. Die Nähe der Peststadt, hervorgerückt sogar vom Chef der Erzieher. Eine neuartige Ausbildungsklasse mit Mittelschülern und Abiturienten, vor denen eine zweijährige Ausbildung zum Facharbeiter für Pflanzenzucht oder Tierzucht wie eine fröhliche durchlässige Wand steht. Im Vergleich zu den Grundschulabgängern, die drei Jahre lernen müssen. Der Speisesaal im Parterre mit den langen Tischen zu beiden Seiten eines Mittelgangs, zu dem die jungen Damen und Herren bereits am Vorabend in Hauslatschen gegangen waren. Die räumliche Trennung der Geschlechter in untere Jungenflügel, mit einsteigbaren Fenstern und in obere Mädchenflügel. Die Hausordnung! Der Aufenthaltsraum mit Klubtischen und Sesseln, in dem sich niemand aufhält. Die Waschräume. Ein Näh- und Plättzimmer,

du lieber Himmel. Das Krankenzimmer, noch nicht besichtigt. Und die Großküche, über deren Liefereingang sich Lesrus abgeschiedenes Zimmer befindet.
All diese äußeren Merkmale wachsen im Blickwinkel der Jugendlichen zusammen zu einer neuen Oberfläche mit bekannten Bausteinen. Was aber wirklich neu ist und ins Tiefere, Innere hineinwirken kann oder auch abprallen, ist jeder einzelne unbekannte Mensch.

Lesru wurde am Vortag und Ankunftstag bereits von einer Spitzfindigen aus ihrer Reserve gelockt. Die Spitzfindige hatte sie am Fenster ihrer „Bude" herausgeäugt, als unter den Fahnenmasten ein Mädchen mit einer Geige stracks in den Schweinestall spazieren wollte und sie sich des Lachens und der Neugier nicht enthalten konnte. Die Spitzfindige hatte Glupschaugen und bat die Reservierte sogleich, ihr und den anwesenden unbekannten Mädchen etwas vorzuspielen. Es war eine Überrumplung und Fehlbekanntschaft, dennoch war Lesru genötigt, den schmalen Mund aufzumachen. Und dabei hörte sie wieder etwas, was sie in ihrem Leben noch des Öfteren hören würde und ihr auch Eva Sturz schon gesagt hatte. Sie hätte eine ganz andere Stimme. Mensch, dafür kann ich doch nicht, was finden die andauernd an meiner Stimme. Es war eine eigenartige innere Stimme, unglaublich singend und zart und angeheftet an den inneren Bogen der Dinge. Und nur deshalb, auf sich selbst neugierig gemacht, tat sie das Unmögliche, stimmte in einem fremden Dreibettenzimmer ihre Geige und ließ vor drei unbekannten Menschen ihrer Fantasie freien Auslauf, ein wenig nur, einige Doppelgriffe, ein Schluchzen sowieso.
Nach dem Appell hört sie von der Spitzfindigen sie Lesru, sei der einzige Grund, überhaupt hier zu bleiben, es gefällt ihr nicht im Geringsten in Neuenhagen, aber da reißt der Bogen schon wieder.

49

Die Unterrichtsstunde im Fach Biologie neigt sich bald dem Pausenton zu, die Klasse 6a schreibt, und zeichnet noch den Zellaufbau einer Pflanze von der Tafel ab, den Jutta Malrid mit klarer Auskunftsschrift und Kreide auf die Mitte der Tafel geschrieben hat. Die Köpfe mit den kurzen Brandhaaren und Zöpfen sind im Wechsel nach vorn und wieder nach unten auf die Heftseite gewandt, im Wechsel. Licht, das allernötigste Element, dringt von drei geschlossenen Fenstern auf Schüler und stehende Lehrerin, die, es lässt sich eine Dreiviertelstunde lang ansehen, in einem grünen Kleid lebt. Ihr ovales Gesicht mit der Brillenkühnheit ist ein wenig blass, aber immer ernst und aufmerksam. Gern lernen die Schüler bei ihr, das aber spürt sie heute besonders. Sie lernen gern ihre Pflanzen und Tiere der Heimat kennen, mit denen sie täglich Umgang haben oder pflegen.

Von einem unberührten Bett, von der stets aufgeräumten Küche, von ihrem kleinen Wohn- und Arbeitszimmer strömt so viel Friedlichkeit auf sie zu, ja eine Gesamtfreude besucht den Klassenraum, dass ihr, nach einem Blick auf die Armbanduhr, noch etwas Schönes einfällt. Ich muss nicht mehr täglich dem Widerspruch in den Rachen greifen und mich verdammen lassen, das eben stärkt. Ich war ja schon ohne Selbstvertrauen, ich war ja nur noch ein schlotterndes Bündel, denkt sie soeben und mit dem freundlichen Darüberblick vor ihren Kindern.

„Wenn Ihr fertig seid, wollen wir noch einen Sprung ins Anschaulichere machen und uns die Wiesenkräuter ansehen, ja. Ihr alle kennt den schönen Wiesenweg im Wald, nahe beim Franzosengrab. Dort wachsen der Wiesenstorchschnabel, der Kriechende Günsel und wer kennt noch andere besondere Wiesenblumen?"

O, welch eine Erlösung! Die Kinder wachsen aus der Zelle mitten hinein in den Wiesenweg im Wald, wo die Wassergräben in jedem Tageslicht leuchten und das unheimliche Franzosengrab immer noch Schaudern einflößt.
Aus dieser Vorfreude der Kinder auf die baldige Exkursion zum Wiesenweg, wie ihre Lehrerin sogleich erläutert, entspringt in Jutta der Wunsch, ihrer so plötzlich dauerabwesenden Tochter ein Paket zu schicken. So, als könnte sie ihre Liebe zu diesem Kind nur verpacken, verdinglichen und verkleiden. Das mache ich gleich heute denkt sie, es klingelt schrill im Schulhaus.

50

Es ist kaum eine Woche vergangen, was das auch an äußeren Veränderungen bedeuten mag, als Lesru Malrid von einer Heimsuchung betroffen wird. Müde und kaputt von einer schweren Spezialarbeit - die Lehrlinge mussten Rübensamen ernten – schleicht sie auf dem Korridor zu ihrem Zimmer, aus dem Wanda, die Spinatwachtel, handtuchschwenkend mit ihrer blauen Waschtasche tritt und ihr, der halb Bescheuerten freudig zuruft: „Du hast ein Paket bekommen". Ein Paket mitten auf dem Rübenfeld, wo doch nur aufzupassen war, was die Abiturienten sich erzählten. Nur was die Gebildeten miteinander sprechen, zählt. Und als noch die zweite Zimmerschlafgenossin Lisbeth mit dergleichen Zutaten aus dem Zimmer kommt, Lisbeth, die Großköchin, die Handarbeitskünstlerin, die Allerfleißigste vom neuen Lehrjahr und murmelt: „Kaum eine Woche da und schon hast Du ein Paket", da ahnt, schwant Lesru nichts Gutes. Ich werde von dieser Arbeit ganz blöde, das muss wiederholt gedacht werden. Und die Erinnerung an gestern Abend, als sie Elvira Feine einen schönen klagenden Brief im leeren Aufenthaltsraum geschrieben und ihre ganze heftige Sehnsucht nach dem Torgauer Leben darin ausgedrückt, in Worte hineingeschoben hat, ist schon längst, von 24 Stunden verriegelt und verrammelt worden. Eine doppelte Gemeinheit. So abgeschnitten zu sein von allen lebensnotwendigen Menschen, ihrer geistiger Anwesenheit, ihren Freuden und Augen. So total ausgespuckt, versetzt, ausgeliefert zu sein einem Leben, das immerfort abzulehnen ist. Und morgen wieder.

Die Landarbeiterin in blauer Arbeitshose und schweißdurchtränktem grauen Nicki öffnet rechter Hand die Tür, nicht ohne einen winzigen Blick auf das Flurfenster am Kopfende des Ganges zu werfen.

Ein kurzer flehentlicher Blick auf die unschuldige Landschaft der Pappeln, das grasige Ödland bis zu den entfernten S-Bahngleisen. Die S-Bahn, die Tag und Nacht in den Schlaf und in die Schlaflosigkeit dieser jungen Menschen fährt, die einzige Rechthaberin, weil sie die unleugbare Verbindung zu einem anderen Leben herstellt. Lesru erinnert sich noch blitzschnell, bevor sie die Heimsuchung trifft, an die beiden eleganten Damen im S-Bahnhof Neuenhagen bei ihrer Ankunft und an das, was sie angesichts der eiligen schön Zurechtgemachten dachte: Ich bin hierher gekommen, weil ich muss, das ist die eine Hälfte, aber die andere Hälfte ist meine Neugier auf die Großstadt Berlin. Dabei fühlte sie ein kräftiges inneres Bestreben nach Neuland, nach Welt, nach Erweiterung ihres in einer Kreisstadt wurzelnden Daseins. Ins Große. Ins unbekannte Weltstädtische. Dieses Lied summt die singende S-Bahn durch die verunkrauteten Flächen bis zu diesem allein und ockerfarbig dastehenden Gebäude am Ende eines ausgefahrenen schwarzen Schotterweges.

Das Dreimädchenzimmer besteht aus Luft, einem über dem Kücheneingang befindlichen, hellhörigen Fenster, zwei Holzbetten mit Spinden und einem vorgelagerten Bett mit Spind, und, als einzige Hoheit ein schlanker Schrank neben der Tür. Ein Tischchen für zwei Untertassen, zwei Stühle. Wie beim Militär hatte sie erschrocken gedacht, als sie diesen schmalen Raum zum ersten Mal betrat.
Auf ihrem unübersehbaren weiß bezogenen Bett klafft ein viereckiger Klotz in braunem Packpapier. Während das vorinformierte Mädchen mit dem sperrigen braunen Pferdeschwanz in der blauen Arbeitshose die mit blauer Tinte geschriebenen schönen reinen Schriftzüge ihrer Mutter erblickt, den Namen Malrid zweimal liest, einmal als Adressat und einmal als Absender, fühlt sie in einem furchtbaren Schrecken, der sich zu einer großen Verdunklung ausweitet, dass dieses Paket eine Bombe enthält. Ja, die schrecklichste Bedrohung ihres ganzen

bisherigen Lebens verkörpert. Eine Armlänge von dem Paket entfernt, jagen ihre Augen sofort zum Fenster, und mit einem leisen Schrei jagt sie aus dem Zimmer, rennt den belebten Korridor entlang, wo Türen und Stimmen offen stehen, rennt immer weiter. Sie weiß, dass dieses Weglaufen nicht normal, sondern durchaus krankhaft ist. Nur, man kann doch seinem Henker, gleich, in welcher Gestalt, nicht noch Guten Tag sagen, man kann sich doch über das Todesurteil nicht noch freuen und es als Geschenk missverstehen. Sie rennt um das einstöckige und zweiflüglige Gebäude am Kücheneingang vorüber zu einem baumbewachsenen kleinen Teichgebiet, so, als würde das ganze Gebäude brennen.

In die Büsche schlagen, das tut Not, wenigstens das trübe Wasser im kleinen Pfuhl ansehen, wenn man schon nicht löschen kann. Sie raucht eine Zigarette und steht still, soweit der durch und durch erregte Körper einen Stillstand erlaubt. Es ist nur alles etwas unheimlich. Wieso kann eine fremde Frau aus einem weit entfernten Dorf eine Brandbombe schicken und das ganze Internat in die Luft jagen, fragt sie sich und illert vorsichtig durch die grünen Wegweiser der Erlen und Schmalbirken, wo sich Fenster an Fenster reiht, offensteht oder geschlossen, wo sich im rechten, von der Vorderseite verborgen, der Unterrichtsflügel befindet, wo man in den Wintermonaten hübsch sitzen kann und Unterricht über Pflanzen und Tiere und ihre Haltung erhalten würde.

Es brennt ja gar nichts, stellt die Mundglühende erstaunt und erleichtert fest. Es brennt nichts, sie hat keine Macht über das Internat. Gott sei Dank. Sie hat nur Macht über mich.

51

Von dem in einem höchst seltsamen und heißen Kampf geöffneten Paket entnahm Malrid die zwanzig Mark Extrazulage und steckte sie sofort dorthin, wohin sie gehörten, in ihr Portemonnaie. Was in Berlin möglicherweise bedeutet, in die Wechselstube in Westberlin. Dieses Geld, vom Mund der Mutter abgespart, ist giftig, Gift und muss im Giftladen entsorgt werden zu etwas Handlicherem. Sie muss es aus ihrem Leben entfernen, am liebsten sofort. Es liegt noch am stillen Sonnabend wie Blei über ihrem Kopfkissen, im Spind, als das Haus nahezu leer ist, und nur die Weitentfernten wie der Abiturient Johann aus Karl-Marx-Stadt, Arno aus Rostock und Mandelblüte (ohne Eltern) umherschwirren. Die anderen Dinge aus dem Paket, säuberlich eingepackt wie Unterwäsche, saubere Socken, eine neue Bluse, übertragen aus einem anderen Paket, hinübergewechselt, eine volle ungeöffnete Schachtel „Astor", Lesrus Lieblingszigarette, vor allem zum Angeben, muss sie zumindest anziehen oder inhalieren und ihren Besitz aushalten. Aber das „freie Geld" will die Ärmste weit von sich stoßen. Und was bitteschön, ist mit dem inliegenden Brief in der Musterhandschrift? Gelesen, überflogen oder nicht gelesen?

Lisbeth, die dem Chefausbilder Herrn Stalmann aufgefallen war als ein kräftiges, lernwilliges schwarzäugiges Mädchen, jetzt ebenfalls aus dem Internat ins Häusliche abgedampft, konnte sich gar nicht an Lesrus vorzeigbare Unordnung gewöhnen. Sie schimpfte sie regelwidrig aus, als sie gestern Abend zu dritt in ihren Betten lagen. Die erste Schimpf und Schande, die die Verursacherin von einer Gleichaltrigen erhalten hatte, entzündete sich gestern Abend an einem Haufen Unglück. Das aufgerissene Paket mit seinen leidvollen Papierfetzen, durchgeschnittenen Bindfäden,

die nach allen Seiten traurig ihre Enden sehen ließen, stand im Spindregal wie eine Fanfare über dem Haupt Lesrus.
„Ich kann das nicht mehr sehen, Lesru. Steh auf und pack das Paket weg. Wie sieht denn das aus! Es liegt genau in meiner Richtung. Dass Du nicht selber siehst, dass man solche Sachen aufräumen muss." Die dritte mit erheblichem Zorn gesagte Ermahnung, sodass sich Lesru, die Welt der Ordentlichen verfluchend, erheben und ihren Unrat beseitigen musste. Und die bescheidene Wanda, Spinatwachtel ihres Zeichens, fügte im Halbschlaf hinzu den allerletzten Murmelspruch: „Kriegt ein Paket und freut sich nicht, gute Nacht".

Wer sich selbst nicht kennt, hält seinen installierten Spiegel verkehrt herum auf die Welt, seine Blindfläche und hat die fröhliche Aussicht, über Stock und Stein zu stolpern. Um am Ende mit der angesammelten Blindfläche, dem Packen unreflektierten Lebens, in einem vollen Tintenfass zu ersaufen. Schöne Aussicht.

Am freien Sonntag, dem Ersten in der Neuenhagener Wirtschaft, eilt denn auch die Sechzehnjährige, an der offenstehenden Erziehertür des Herrn Tunicht vorüberhuschend, in die Weltstadt Berlin. Es muss sofort das Giftgeld in den Rachen eines noch größeren Ungeheuers geworfen werden. Dass sie damit ihrem Staat, ihrem Heimatland DDR schadet, weil man verdientes Geld nicht westlichen Geldwuchern anbietet, ist ihr durchaus klar.
„Wohin geht's, Fräulein Malrid?", klopft es zu einer leisen Radiomusik aus dem Erziehungsmuseum, eine kahle Stimme aus kahlem Oberkopf. Kräftigst muss jetzt gelogen werden, denn die Wahrheit ist für den Museumsangestellten zu neu.
„Guten Morgen, Herr Tunicht. Ich fahre zu meinen Verwandten nach Friedrichshagen."
„Na dann viel Spaß." Der Mann im bunten Sommerhemd sehnt sich nach einer Segeltour auf dem Müggelsee.

Der Weg vom Rübensamenfeld in die Weltstadt mit der Grenzpassierung zweier gegensätzlicher Gesellschafts- und Weltsysteme verlangt ein Höchstmaß an Anpassung innerhalb von 40 Minuten. Lesru hat sich so schön wie möglich gemacht. Die Haare gewaschen im leeren Duschraum, als ihr einfiel, dass sie dort gelandet sei, wo das Wort „Scheiße" mit seinen Variationen angewandt wird und diesen Zustand als Rückschritt begriffen. Ich schreite wieder zurück, hat sie im Spiegel mit klatschnassen Haaren am Sonnabend gesehen und das Gesicht sofort abgewandt, weil sie vorausahnte, dass diesem Rückschritt noch weitere folgen würden. Es geht rückwärts, Madame, hinein in das Erdloch, fühlte sie und etwas weigerte sich jedoch, diesen Rückwärtsgang anzunehmen. So doch, als lebte in diesem Mädchen die Dialektik in Reinkultur, denn es musste sofort dagegengesetzt werden: Dieses ockerfarbene Haus mit den schönen Pappeln, zweiflüglig mit der breiten geschwungenen Holztreppe, der zwei Kilometer lange Fußweg zum Gut entlang der blühenden Gärten, den so wunderschönen gelben und roten und violetten Dahlien, der Pferdestall mit dem netten Pferdemeister und die anderen jungen Menschen, sollten samt und sonders nur ein „Rückschritt" sein? Etwas empörte sich energisch in Lesru gegen diese Gesamtreduzierung und etwas gab ihrer eigenen Reduzierung Recht. Im Widerspruch gefangen und so eigentlich zu Hause. Das ist grausam und wahr. Mit der Wunderwaffe im Leibe, mit dem grollenden rollenden Widerspruch aber muss sie ins Gegensätzliche wie in ein Meer hineinsteigen. Im größeren äußeren Konfliktfeld, ha, da lässt sich doch mit der Waffe im Leibe schon eher leben, dorthin zieht es die sich ewig Widersprechende hin: mitten ins gesellschaftliche Kampffeld, wo die Fetzen fliegen.

Den eleganten weißgrauen Streifenrock mit zartem Brustteil und zwei breiten Trägern zog sie über eine schneeweiße Bluse und entlockt den S-Bahn-Einsteigenden, die ihre Augen noch nicht während der Langfahrt zugedeckelt haben, den Eindruck von Frische und hinsehenswerter Jugendlichkeit. Das gebräunte Landmädchen in der eleganten Kleidung aber fährt nicht ganz unwissend nach Westberlin, zum Zoologischen Garten, in die Andersartigkeit des Hochkapitalismus, sondern unterstützt und ihrer Natur gemäß von einer lieben Frau begleitet.
Über Hoppegarten, Mahlsdorf, Kaulsdorf bis zum S-Bahnhof Lichtenberg im halb leeren Sonntagszug setzt sich ihre geliebte und verehrungswürdige Tante Gerlinde aus den USA auf die Sitzbank. Damit hat die Ausfahrende nun gar nicht gerechnet. Ihre Augen entfernen sich vom Fahrenden und sie fühlt so viel Liebe, unerklärlich und Bewunderung für die Schwester ihrer Todfeindin, für jene sehr lebendige kluge und zärtliche Schöne, eigentlich für die Ganzentwickelte, dass es heiß wird auf der Sitzbank. Ganz entwickelt, mehrsprachig, nicht ganz zu fassen - so möchte Lesru

selbst sein. Sie war es, die ihr die Gedichte Ingeborg Bachmanns ans Herz legte, sie als Einzige auf den Mund küsst - einfach drauf - während Lesru ihr nur ihre Wange angeboten hatte.
Obwohl die abwesende Frau Stege ihr große und einzige Lehrmeisterin bleibt, trifft ihre geliebte Tante eher ins Schwarze der schönen Unerklärbarkeit des Lebens und der Kunst.
Was sich jedoch vor einigen Sommerjahren in Westberlin bei Familienzusammenkünften mit diesen Amerikanern und Malrids in einem Tophotel abspielte, wird jetzt zur Seite geschoben und nur lediglich jene Szene im Zimmer erinnert, wo Tante Gerlinde neben ihrem klugen Manne liegend, ununterbrochen seine Füße massierte und liebte.

Auf eigenen Füßen in der Glanzblase Westberlin stehen und gehen, das ist doch ganz schön spatzenschilprig. Zum höchsten Erschauern geeignet. Mit offenen Augen in den Rachen des Kapitalismus einfahren. Auch wenn Lesru dort Gift zu entsorgen hat, mag sie nicht so schnell daran denken. Vor der Grenzanbetungsstelle Bahnhof Friedrichstraße hat sich Tante Gerlinde in Luft aufgelöst. Die Verstellung von Gesichtern, Haltungen und Handtaschen vor den Richtern des Friedensstaates, die nach der Ansage leibhaftig in Uniformen die Reisenden von Abteil zu Abteil scharf ansehen, ihre Ausweise zur Kontrolle verlangen, vertreibt auch die angenehmsten Gedanken und Sehnsüchte. Die Begegnung mit der Macht ist keine Frage, sondern eine Tatsache.
Die Grenzanbetungsstelle, der eigentliche messerscharfe spitzfindige Schauplatz ist dennoch fahl und platt, weil er die Menschen reduziert, platt macht, in positiv und negativ einteilt. Die rasche Umwandlung von einem freundlichen Sitznachbarn im hellen Sommermantel in einen Siebenschläfer und seine ebenso schnelle Rückverwandlung in einen Hyperaktiven nach der Weiterfahrt in den Westsektor

vor den eigenen klein bebrillten Augen kann zu denken geben. Sie kann aber auch zu einer Seh- und Erlebnisstruktur führen, die das eigene Denken auslässt.
Die viel gelobte Freiheit gibt es gar nicht, denkt Lesru denn auch bei der Einfahrt in den Lehrter Bahnhof, ist alles bloß Gerede.

Das flirrende Geschiebe, das hervorstechende Geäuge, das achtlose Sichdurchdrängen auf dem Kurfürsten Damm endet abrupt in einer großen, nie endenden Stille, als Lesru vor einem Schaufenster steht und ganz allein ist mit einem Buchtitel von Sigmund Freud: „Der Witz und seine Beziehungen zum Unbewussten". Das Unbewusste. Das Unbewusste hämmert fröhlich gegen die pikfeine Scheibe und löscht alles Leben ringsum aus. Ach, wie sehr wünscht sich die Erstarrte, dass das Unbewusste mit offenen Armen aus diesem kleinen Fischertaschenbuch herauskäme, sie freundlich anlächelte, und sagt: du, Lesru, da bin ich.
Daneben liegt ein zweites Buch von Freud „Abriss der Psychoanalyse“. Der berühmte Psychoanalytiker und Wissenschaftler ist ihr nur als Feind der Arbeiterklasse bekannt, also muss er etwas wissen, was gefährlich und aufregend genug ist. Aber das einzige Wort, um es noch einmal auszuposaunen, „Das Unbewusste" ergreift das Mädchen derart, dass sie, je länger sie auf den bunten kleinen Buchumschlag starrt, hinsieht, hineinäugt, fühlt: Das ist meins, das bin ich! Niemals in ihrem kurzbeinigen Leben fühlte sie sich mit einem gedruckten und ausgestellten Wort so verbunden, von ihm eingenommen, total aus der Wirklichkeit herausbefördert, dass schon von einer Entfremdung gesprochen werden kann.

„Interessiert Dich das Buch von Freud?", fragt eine einbrechende, eindrängende Mannsstimme, dicht an ihrem aufgesteckten Haardutt mit den dreinfallenden widerspenstigen Löckchen.

Da sind sie wieder, die fahrenden Autos, die in den Straßencafés sitzenden schön aussehenden Frauen, zu denen sich Lesru gern dazugesellte, die Kaufhäuser, die Seitenstraßen, sie alle melden sich zurück mit dieser unbekannten Mannsstimme. Unangenehm, so direkt und schnell aus der Versenkung in die Mittäglichkeit zurückgepfiffen zu werden. Und was, und wie, hatte der Unbekannte sie sogleich mit dem vertrauenswürdigen „Du" angesprochen. Lesru muss sich wieder einem Menschen zuwenden. Aber dieser im Spiegel des Schaufensters zu dicht stehender Mensch, mit einem Seitenblick als eleganter Herr mit wohlfeilem Gesicht in einem grauen Registrieranzug dastehender Mensch weiß etwas über Siegmund Freud und über das Unbewusste! Welch ein Zufall, welch ein Potzblitz, welch eine wegweisende Stimme und Rettung sowieso in der unendlich großen Stadt! „Ja, ich möchte unbedingt etwas von Sigmund Freud wissen, schade, dass die Geschäfte heute geschlossen sind, ich brauche diese beiden Bücher. Was wissen Sie denn von Freud und dem Unbewussten?"
So also, mitten hinein in des Esels Kern hineingefragt.
Ohne Umschweife, auch ohne Höflichkeit, die eine Annäherung erst möglich machte.
„Komm mit, wir unterhalten uns ein Weilchen. Wie heißt Du denn, wo kommst Du her, lass uns gehen", antwortet der Lächelnde und berührt das Mädchen mit sanftem Druck von der Buchhandlung lösend. Lesru aber steht angewurzelt vor der Glanzscheibe. Sie kann nicht gehen. Sie hat durch das kleinsteinige Pflaster ihre Wurzeln geschoben und steht fest wie eine alte Eiche.
„Ich bin Amerikaner und habe schon viel Bücher über und von Sigmund Freud gelesen."
„Bei uns wird er nicht gedruckt", sagt Lesru plötzlich und beginnt ihre braun gebrannten Füße langsam anzuheben und zu bewegen, und wie es ihr selbst vorkommt, einen leeren Fußplatz an der Scheibe hinterlassend. Ein Amerikaner denkt sie, kein Deutscher, ein Amerikaner ist wieder einmal der

Klügste. Augenblicklich baut sie sich einen Weg zu ihrer geliebten Tante Gerlinde, die ihr die Bachmann geschickt und sie immer mitten auf den Mund küsst, zur Weltfrau. Ein Menschmann aus dieser Richtung steht an ihrer Seite. Welch ein Glück!
Jetzt erst kann sie sich bewegen, es geht!

„Und was machen Sie in Berlin?", fragt sie vorschnell, dass es ihr schon leid tut, denn sie will doch unbedingt beim Unbewussten bleiben. Und warum geht er denn so schnell und an jedem Caféhaus vorüber, schickt es sich nicht, dass er mich zu einem Kaffee einlädt. Wie gern wäre ich doch hier eine Dame, rauchend und am Boulevard sitzend bei den anderen eleganten und schönen Frauen. Und was soll denn das bedeuten? Er grüßt in seinem grauen Registrieranzug plötzlich unbekannte Frauen, die an den Tischchen auf dem Ku-Damm sitzen, da, schon wieder eine. Oh, der Herr ist hier bekannt. Unangenehm.

Während sich der Halbfreund (zum Halbfreund wird er bereits erkoren, weil er intellektuell gebraucht wird) vorstellt als Dr. Gerry Toms, Dozent an einem amerikanischen College, der sich studienhalber in Westberlin aufhält, eine Schwester in den USA hätte, an welche ihn, Lesru lebhaft erinnert, während dieser Auskünftelei also erinnert sich Lesru ebenso lebhaft an ihre Herkunft. An das kasernenmäßig eingerichtete Zimmer mit den Spinden, an den elenden Morgenappell, an die Paketwüste und Lisbeths Befehl, die Überreste des Pakets aus dem Weg zu räumen, wie das aussähe und an die stundenlangen Zwänge, einer Feldarbeit nachzugehen. Eine Wand von Unfreiheit und Zwang drängt und bedrängt sie, sodass ihr Mitgehen mit dem Amerikaner, der nun endlich etwas von Sigmund Freud erzählt, wie ein Weg in die Freiheit, in die Zukunft und sich breitmacht. Sogar ein schadvolles - hach, ihr könnt mich mal -, lockert sich in ihr auf, steift sie und stärkt sie nicht.

„Das „Es" hatte Freud entdeckt und ein „Überich" und Neurosen und Psychosen behandelt und geheilt. Er musste in Wien vor den Nazis emigrieren, ging nach London", das wird mit der süßen Akzentstimme verauskunft. Sie sind stehen geblieben an einer Kreuzung.
Bloß nicht, fleht Lesru, bloß nicht wieder etwas lesen, was ich nicht verstehe, aber sie schweigt. Wieder eine Lesehürde steht bevor, aber die Hürden sind nur vorhanden, um sie einzureißen.

Schnell geht der Mann, als stände eine wichtige Arbeit bevor, schnell entfernen sie sich von der Kaiser-Wilhelm-Gedächtnis-Kirche, über deren teilweisen Wiederaufbau die Westberliner viel reden und schreiben, und notgedrungen muss Lesru eine Schnelle sein. Aber an der nächsten Kreuzung darf sie stehen bleiben, verwirrt und im Aufschwung einer wichtigen Bekanntschaft. Gesichter von Frauen träufeln vorüber, die sie sich so gern länger angesehen hätte, blättern auf und gehen ohne Lesrus Erstaunen zu erwidern vorüber. Es sind junge intellektuelle Gesichter, die sie sucht und sofort herausfindet, o, so viele kluge und schön markante Gesichter, die wohl auch einen Leib unter sich tragen.

Während des Sammelns von schönen Frauenantlitzen passiert es, dass die amerikanische Frage, nach ihrem Tun und Lassen in Berlin, einschlägt wie eine verspätet sich entzündende Bombe aus dem Zweiten Weltkrieg.

Es wird nicht mehr in eine Seitlichkeit gesprochen, sondern in das staunende gut rasierte Wundergesicht des Älteren.
„Ich hätte so gern Musik studiert, wäre so gern bei meinen Freundinnen geblieben, meine Mutter hat mir alles versaut. Ich verkümmere jetzt. Ich gehe ein wie ein Primeltopf und muss noch jeden Tag meine Zimmerkameraden freundlich grüßen. Ich hasse diese Frau, ich kann Dir gar nicht sagen, wie ich diese Frau hasse, Gerry."
Unter dem warmen Berliner Septemberhimmel ausgesprochen, erhalten diese Ausführungen sofort ein inneres Fragezeichen angeheftet. Ist das wahr, ist das wirklich alles nur Schuld dieser Mutter, der Inhalt des Fragezeichens. Ein Huschgefühl. Das Huschgefühl aber gibt an, dass etwas nicht wahr ist und stimmen kann.
Ein warmer leichter Arm legt sich um die weißblusige Schulter des Mädchens und Lehrlings des Volkseigenen Gutes in Neuenhagen. Angenehm. Etwas ganz Neues. Der warme männlich schützende Blick aus braunen Augen, die regelrecht aufzuleben scheinen.
„Aber es ist doch schön auf freiem Feld zu arbeiten und etwas zu lernen und das in der Nähe Berlins, Lesru."
Der liebe Mann aus Amerika versteht gar nichts. Und das ist entsetzlich. Lieber Gott, hilf mir doch, er muss es doch verstehen, dass man abstirbt im Kopf, wenn man solche eintönige Arbeit stundenlang tun muss. Es darf doch jetzt, wo ich mein lebenswichtigstes Geständnis aussprechen durfte, nicht schon wieder ein Deckel daraufgelegt werden.
„Darf ich Dich in die Staatsoper einladen, sehr gern würde ich mit Dir in die Oper gehen, wenn Du so gern Musik hörst", das wird noch in der allerletzten Minute vor der Gesamtverzweiflung gesagt und um die Schulter gelegt. In einer hochbürgerlichen Seitenstraße voller Fensterreihen, Türreihen, nur noch vereinzelt gehenden Passanten, wo Lesru von einem leisen Schrecken erfasst wird, als hörte das Leben im Strom der Masse in

einer Seitenstraße auf, verlagert sich zu etwas Neuem, Vorsicht ist geboten.

Dr. Gerry Toms aber ist ein Menschenfänger der besonderen Art. Ein klirrender Fall, ein musikalischer Paukenschlag. Mit einem konkreteren Wort ein CIA-Agent beauftragt, junge Menschen aus dem Ostsektor oder aus der DDR auszuhorchen, zumindest bildet er sich das ein. Eine Mischung aus Sendungsbewusstsein und Triebhaftigkeit, junge Mädchen zu studieren und zu verführen. Für die Fotos, die er von den schönen Nackten knipst, erhielt er von einer der Stripteasezeitschriften gute Honorare. Er ist also ein Nacktfänger. Seit zwei Jahren in Westberlin und mit einem halben Bein in Ostberlin lebend, liebt er diese splitternackte Stadt wie keine zweite in der Welt. In ihren Straßen und Bewegungszonen, in ihren Häusern und Restaurants wippt, hechelt, feixt das Verbotene aus überquellenden Türen. Er muss nur ein Mann sein. Ein halber Arzt noch dazu, Bildung steht ihm ohnehin gut zu Gesicht, er hat tatsächlich einige Jahre auf einem College in Oregon zugebracht, kurz ein Amerikaner mit einem betörenden Aufnahmevermögen. Ein Mann Mitte dreißig, über dem ständig eine schallende Backpfeife in der Luft hängt.

Im Gespann einer misstrauischen Erleuchtung antwortet Lesru auf seine Frage, ob sie seinen tollen Fotoapparat sehen wolle, verblüfft und höflich „ja", auch weil sie Sigmund Freud immer noch als weiterführendes Thema für möglich hält. Ein Bürgerhaus wird schnurstracks betreten, die breite Treppe findet Lesru auch ganz interessant und betritt im Gefühl des Sonderbaren ein großes möbliertes Zimmer, dessen Fenster einen enttäuschenden Hof belichten. Das Sonderbare aber ist stark, ein wenig Starre, Beklemmung im Hoheitsgebiet eines fremden Mannes. So macht man das also, denkt sie registrierend, vergleichend auch mit Gelesenem, Ereignissen auf Leinwänden, jetzt erlebe ich das auch. Aber kein Hinweis, kein Trost, keine Frage. Dämlicher Fotoapparat. Gerry öffnet ein Schrankungetüm, lächelnd auf der ganzen Linie, bittet Lesru zu sich und drückt unversehens und unangekündigt das Mädchen an die Schranktür. Was soll denn das? Erstaunt erlebt sie wie der Mann sie drückt und presst und seine Finger aufspreizt und seine Finger in ihren Jungmädchenbusen unter der weißen Bluse hineinspazieren lässt, was doch gar nichts mit dem Apparatzeigen zu tun hat. Findet sie.

„Nein, das möchte ich nicht", sagt sie verwundert und gelassen. "Ich gehe auch lieber", hinzugefügt und mit dem Ausdruck von Entschiedenheit. Sie befürchtet einen Abgrund, mit dem sie nichts zu tun hat.
Gibt dem unbeleidigten Mann ihre Anschrift auf sein Verlangen hin und taumelt aus der Gefahr, die sie noch gar nicht versteht. Die schöne Treppe abwärts. Das vergiftete Geld aber hatte sie bereits vorher in fünf D-Mark umgetauscht. Was wollte der denn von mir?, fragt sie sich auf dem dehnbaren Rückweg.

52

Es ist unsere schöne Pflicht, überall hinzuschauen. Das sind wir uns schuldig. Wobei "überall" nur ein Kerbholz ist. Jutta Malrid kommt gerade noch rechtzeitig zum Halbsechsuhrzug auf dem bevölkerten Bahnsteig in Torgau an, mitten in die frohe Arbeiter-und

Angestelltenpracht, die auf dem Bahnsteig eins ruhig auf die Fahrt in die Weiterdörfer wartet. Auf dem gegenüberliegenden Gleis hält laut ausschnaufend der sich etwas verspätete D-Zug aus Leipzig, der die Weiterdörfer glatt auslässt. Und noch bevor Jutta einige Bekannte aus der Standmenge heraussehen kann, sieht sie zuerst eine herausgehobene Geige aus dem D-Zug-Waggon steigen und erkennt in einer unmerklichen inneren Bewegung die zu ihr gehörende Person, Frau Stege.

Übersehen kommt nicht infrage. Obwohl sie den Kopf voll hat - Oneburgs neue zierliche Wohnung in Torgau mit Bad und Gasherd war zu besichtigen und neidlos als Fortschritt anzuerkennen, obgleich durch den Wegzug Oneburgs der Freundeskreis im Dorf zusammengeschrumpft ist - stellt sie sich mit verhaltener Freundlichkeit der Konzertmeisterin am Hauptausgang in den Weg.

Es ist regnerisch im Oktober, der ländliche Abend umsäumt von den freistehenden Seiten auch die Lehrerin im grünen nagelneuen Lodenmantel. In Erwartung eines zeitbegrenzten Gesprächs mit Frau Stege zerrt ein ganz neuer Gedanke an ihrem Kopf, Hals oder sonst wo: In einer Stadt leben! Die Toilette mit Wasserspülung in der eigenen Wohnung. Abends kann man in ein Konzert gehen und danach noch nett irgendwo ein Glas Wein trinken. Schwärmte Maitje, Oneburgs Frau mit strahlenden Augen der Besucherin vor. Der Danzigerin, die bis zu ihrem 17. Lebensjahr in der Weltstadt Danzig gelebt hatte. Wichtig war Jutta aber auch zu hören, dass ihr Kollege, der Geschichtslehrer Willi Knobel mitsamt seinen fünf Kindern gut in der Nähe von Gießen lebt und wieder unterrichtet, nachdem er sein Gefängnisjahr in Torgau abgesessen und erneut nach Westberlin gefahren war. Sodass sie der Gedanke selbst überrascht, eines Tages, wenn sie pensioniert werden würde, Weilrode den Rücken zu kehren und zu eines ihrer Kinder in eine Stadt umzuziehen. In eine Stadt.

„Guten Abend, Frau Stege, ich bin die Mutter ihrer Schülerin Lesru. Wir sahen uns einmal beim öffentlichen Konzert im Rathaussaal", sagt sie mit verhaltener Freundlichkeit.
Mimi Stege im karierten Herbstkostüm aber kommt aus der anziehenden alten und neuen Handels- und Kulturstadt Leipzig, aus dem frisch Erinnerlichen, den Gesprächen mit ihren Quartettkollegen plötzlich vor das Angesicht einer nahezu fremden Frau. Nur der ausgesprochene Name Lesru erhellt einen Augenblick ihre grauen, beweglichen Augen, sie wechselt schnell die Geige aus der rechten Hand in die linke und sagt: „Ach, guten Abend, Frau Malrid."
Sofort liest Mimi Stege die schönen klagenden aber auch komischen Briefe ihrer ehemaligen Schülerin aus Neuenhagen, die darin behauptet, Rindviechern Musikunterricht zu erteilen, aber dennoch immer nur ihre Geige liebt und im Gesellschaftszimmer ganz allein mit schwer gewordenen Fingern Geige spielt, und so lebhaft fragt, wie es ihr, geht. Deshalb sagt sie mit weicher Stimme der Vorbilderzieherin, wie sie Frau Malrid für sich benennt. „Ich war in Leipzig bei meinen Quartettspielerkollegen, man muss ständig neu hinzulernen, aber das kennen Sie ja auch."
„Ja, ich musste sogar mein Französisch wieder ausgraben und einen Schüler aus Mocambique unterrichten, dessen Eltern beide Medizin in Leipzig studieren. In unserem Zweitausendseelendorf gibt es außer mir keinen, der etwas Französisch spricht."
Die beiden Frauen lächeln sich wirklich und in gemeinsamer Erfahrung über den Bildungszustand der sie umgebenden Menschen an. „Ja, so ist das", erwidert Mimi und möchte am liebsten ein wenig Französisch mit Frau Malrid sprechen. Aber der Platzanweiser kommt gebieterisch angefahren und angebremst, recht so, der fehlende Name ergänzt sich zu fehlenden Worten, nur schnell noch ein „dann alles Gute, Frau Malrid, Bonjour".

Lesru muss sich durchkämpfen, mein Gott, ich sehne mich oft nach dieser Schülerin, denkt Mimi Stege beim gemächlichen Durchgehen des Torgauer Glazis, bunt sind schon die Wälder.
Und Jutta Malrid redet schon wieder mit der fröhlichen Frau Piener, die hochbefriedigt von ihrer Büroarbeit und stolz wie ein Äffchen im Abteil Platz genommen hat.
So gehen flüchtige Bekanntschaften weiter und führen nirgendwo hin.

53

Betriebsberufsschule
des VEG Neuenhagen bei Berlin
Ziegelstraße 16 /Telefon 321

Beurteilung der Jugendfreundin Lesru Malrid

Lesru Malrid ist ein begabter, vielseitig interessierter Lehrling im 2.Ausbildungsjahr der Fachrichtung Viehwirtschaft. In der beruflichen Ausbildung fiel sie durch ihre Tierliebe auf und konnte mehrfach den Stallmeister im Pferdestall bei Krankheit und Urlaub vertreten. Infolge ihrer musikalischen Vorbildung wurde sie in unserem neu gegründeten Schalmeienorchester ein aktives Mitglied, das gern die Anfänger unterrichtete. Ihre gesellschaftlichen Einsichten entsprechen unseren sozialistischen Idealen, sodass wir sie gern zum weiteren Studium an die Arbeiter- und Bauernfakultät in Berlin delegieren. Ihre fachlichen Kenntnisse bemüht sie sich, stetig zu verbessern.

Graf

Direktor der BBS

„Warum die mich loben, möchte ich wissen, die kennen mich doch gar nicht", sagt schwer rauchend Lesru noch im blauen Arbeitsanzug zu Ute im grünen Arbeitsanzug. Sie sitzen mitten im fleißig arbeitenden, aufbrechenden Frühling auf einem Brett am Pfuhl.

Ute hat einen wunderschönen geschwungenen Lippenmund, und was ihm entweicht, sind kluge Sätze, verhaltene Anspielungen aus einem intellektuellen Kopf, der seinerseits viel Mädchenhaftes an sich hat. Außerdem besitzt die Abiturientin zwei gefährlich hohe dunkle Augenbrauen, die, wenn sie sie ins Allerhöchste erhebt, unwiderstehlich sind, eine Erzürnung bedeuten können oder einen Vorfall beobachten, der nicht alltäglich ist.
„Du passt gut in ihr Bild von einem sozialistischen Lehrling. Tierliebe ist Voraussetzung für diesen Beruf. Volksmusik ausüben weist auf die schöpferischen Möglichkeiten des Volkes hin. Und weil Du nichts von Westberliner Filmen erzählst, sondern brav in die Staatsoper gehst, kurz nach dem Kuhstalldienst, auch nichts berichtest von Westklamotten, und weil Du wirklich gern lernst, kommst Du zu dieser Beurteilung. Außerdem müssen die eine Quote erfüllen, so und so viel Prozent müssen an die ABF delegiert werden."
„Ein Kuss von Dir wäre mir viel lieber", das muss von blau zu grün unter den aufsprießenden unheimlich neugierig wirkenden Birkenpalmen und Erlenblättchen leise gesagt werden, während sofort eine von Strausberg summende, singende, sägende S-Bahn ihren Senf dazugibt.

Ute Klapprot bläst den sich kräuselnden Rauch der Zigarette mit ein wenig angezogenen Augenbrauen aus Mund und Nase, schlägt ein Arbeitsbein um das andere und ist froh über den Zwischenraum auf dem nur wacklig befestigten Sitzbrett. Ein wenig ärgerlich schon, weil mit dieser Madame neben ihr einfach nicht fertig zu werden ist. Ein Mensch, der andauernd mit allen Vieren in der Luft schwebte. So viel Irrationalität auf einen Haufen hat sie in ihrem intensiven Leben noch niemals erlebt und auch keine Sehnsucht mehr, diese Lesru länger als fünf Minuten in ihrer Nähe zu dulden. Alles, was sie so von sich gibt, schwebt, ist fassungslos, ist meinetwegen schön, aber ohne Anfang und Ende. „Die reinste Seelenmarterin“ hatte ihre geliebte Mutter in dem nur fünfzehn Kilometer entfernten Eggersdorfer Waldhaus gesagt, nach welchem sie eine heftige Sehnsucht erfasst. Heraus aus der Kameraderie, dem Internatsleben, dem ständigen Gesellschaftszwang, sich mal aufs Klo setzen, ohne irgendeine Weiberstimme zu hören, denkt sie und stellt fest, wie weit sie bereits unten, auf der Wunschliste angekommen ist.

„Ich liebe ja die Pferde und die anderen Tiere nur deshalb, weil mich die Menschen, die ich mag, nicht mit Küssen bedecken. Außerdem haben sie auch ihre Eigenheiten, und das freut mich immer, sie sind individuell. Weißt Du, wie herrlich es ist, den ganzen Tag mit zwei Pferden unter dem unendlichen Himmel zu eggen, mit den Lerchen zusammenleben, langsam in dieser Weite meinen beiden Braunen und der Egge hinterher zu gehen. Ich versteh’s nicht, ich empfinde eine solche tiefe Seligkeit, die immer tiefer wird, je länger der Tag dauert, dass ich so wie heute, ganz erschöpft bin von diesem Aufnehmen von Land und Landschaft."
Es geht schon wieder los, denkt Ute und erhebt sich mit Ächzen. Sie erinnert sich an ihr schier unendliches und ergebnisloses Gespräch im Pferdestall zum Begriff Realität, als sie auf der Haferkiste saßen.

Was ringsum existiert, der gepflasterte Gutshof, das große ramponierte Gutshaus, in dem die Verwaltung des Volksgutes sitzt und an Schreibtischen arbeitet, das sie durch die geöffnete Tür von der Haferkiste aus sahen, der wie ein Junker auftretende Lehrmeister in Reitstiefeln und mit dem landwirtschaftlichen Spezialblick redende Lehrmeister, der neben ihnen befindliche Kuhstall, du konntest nehmen, was du wolltest, sogar ganz Westberlin oder Ulbricht, von allem leugnete Lesru die den Dingen und Menschen zustehende Realität. Sie behauptete im Gegenteil, dass

alles, was existiert nur eine Teilrealität sei, zu der, wenn es vollständig und lebendig zuginge, eine andere Wirklichkeit hinzukommen müsste. Und auf Utes mit leisem Isegrim gestellte Frage, welche Realität denn hinzukommen sollte, antwortete die Überzeugte schlicht und locker: „Das weiß ich nicht".
Die Antwort aber würde sein: Es müsste ein Subjekt hinzukommen, das sich diese Dinge einverleibt hat und verändert wieder ausscheidet.

„Die Arbeiter- und Bauern-Fakultät in Berlin ist übrigens eine Kaderschmiede für Kommunisten, da wirst Du bearbeitet werden, Lesru, da geht es nicht so leger zu wie hier." Das muss noch beim Fortgehen zurückgesagt werden, vom scharf geschliffenen Gesicht zurück in das erschöpfte Gesicht, das die Unendlichkeit liebt.
Wie ein Nebel geht sie den schmalen Weg zwischen den aufgrünenden Birken und Erlen um die kleine Kurve des Teichs und weiter den Grasweg hinauf zum hinteren Internatsplatz, wo aus den offenen Fenstern fröhliche Lautstimmen von den Lehrlingen herausdringen wie Musik. Lesru rennt plötzlich an Ute vorbei, rast an der Küchentür vorüber und schreit „Wanda" in das obige geöffnete Fenster. Wanda, ihres Zeichens Spinatwachtel, steckt ihren schmalen hellen Kopf heraus: „Wirfst Du mir bitte meine Schalmei heraus". „Pass off", und schon landet das silberhelle kleine Blasinstrument in den gefälligen Händen der kleinen Musiklehrerin. Denn auch Wanda wie auch Lisbeth hat Lesru erste Notenkenntnisse beigebracht und sie zum Spielen ermuntert. Lesru verschluckt das Danke und rennt mit dem Instrument, das nunmehr zu ihrer Rettung geworden, hinaus zum Pfuhl.
Noch weiter entfernt vom Sitzbrett, am Ende des kleinen runden Teichbereichs, wo die Sträucher dichter und die Bäume höher gewachsen, setzt Lesru die silberhelle Schalmei an und spielt ihren Großschmerz, von Ute verursacht, in kräftigen Tönen aus. Klare klagende, schnell wechselnde Töne, unerhörte

erscheinen und verbinden sich, trennen sich und lassen Lesru im Fluss. Entspannen das Mädchen und spannen sie auf die Folter.
Aber Wanda, das spinnendürre Mädchen, das einfach weint, wenn sie die schweren Aufgaben des Herrn Stalmann nicht erfüllen kann mit ihren dünnen Ärmchen, sodass Lesru kein einziges Mal mehr zu ihr „Spinatwachtel" sagt, hat Lesrus Bitte missverstanden. Sie fühlte sich aufgefordert herunter zu kommen und zusammen mit Lesru am Teich die Stücke für den Umzug zum 1. Mai zu üben. So läuft sie mit Noten und Schalmei und steht wie der Blitz vor der außer sich befindlichen Spielerin.

54

Nicht diesem Zusammenspiel wollen wir lauschen, das ein versetzt fröhliches ist, sondern wir wollen einer Frage nachgehen, die sich unbemerkt wie eine Blüte einer selten blühenden Pflanze geöffnet hat. Wie entstand das Vertrauen und die Kenntnis voneinander zwischen den beiden Jugendfreundinnen Klapprot und Malrid? Denn, wenn das Schaukelwörtchen Kuss in den Mund genommen werden darf, müssen gewisse Vorgänge vorab stattgefunden haben. Eine Nacherzählung wird statt einer Blüte in den Teppich eingestickt.

Nach den ersten Umschauwochen, Eingewöhnungszeiten und dem Erleben von Abtötungen des jugendlichen Geists und seiner Ausläufer durch den landwirtschaftlichen Arbeitsrhythmus, nachdem die neuen Zweijahreslehrlinge von den erwachsenen Kollektiven beguckt und unterschieden wurden, und der Lehrmeister Stalmann mit seinem Assistenten ebenfalls und seinerseits erlebt hatte, dass mit den neuen Lehrlingen die Arbeit und die Einteilung der Arbeit machbar war, als die Ställe mit den neuen Lehrlingen beschickt und die Felder mit den Neuen bestellt waren, als alles also so einigermaßen flutschte, gingen Lesru und Ute eines späten Nachmittags zusammen vom Gut nach Hause. Der zwei Kilometer lange Fußweg vom alten Dorfkern Neuenhagen zum neueren Dorfteil führt über eine alte Dorfstraße an Gärten und eingeduckten Häusern vorüber, entzweit sich mit den Menschen und wird ein Feldweg, Wind und Wetter ausgesetzt. Unweit von diesem Grenzverkehr führt die Berliner Autobahn nach Rostock ihr hoch erhobenes Leben, und jenseits von ihren Bahnen lagert ein umfangreiches Umspannwerk mit seinen Großklötzen und unentwirrbaren Stromleitungen. Die neben ihm liegende Chaussee reicht nach Altlandsberg. Aber auf dem Feldweg geht's immer der Nase nach in die S-Bahnnähe und zu ihrem Sington schlechthin. Dass die beiden Mädchen zusammen zurück ins Wohnheim gingen, war ungewöhnlich und einem Umstand geschuldet. Gewöhnlich wanderten sie in Gruppen, aufgelösten Reihen, nach Sympathie geordnet, schwatzend und meistens von den Jungen reichlich unterhalten. Es gab immer etwas zu erzählen, zu lachen und das Allerneuste sowieso. Das Leben in diesem Alter ist ein Ausguckwirbel, was denn sonst. Aber an diesem Fünfuhrnachmittag Mitte Oktober hat sich die ältere Ute im Kuhstall, wo sie mitgearbeitet hat, mit dem Schweizer in ein Gespräch über Rinderrassen eingelassen und den Anschluss an ihre Vorgänger verpasst. Schnell wollte sie ihnen nachgehen, als Lesru die große Tür zu ihrem Pferdestall schloss und sie beide als letzte Lehrlinge sich zufällig gegenüberstanden.

Wenn man im Pferdestall Dienst hat und den Willen, den netten erkrankten Pferdemeister zu vertreten, weil dieser sofort herausgefunden hatte, dass Lesru und nur sie mit seinen sechs Pferden und dem besonderen Früchtchen umgehen konnte und keiner von den langen Kerlen, dann musste Lesru ihren Stall sorgfältig und wie einen heiligen Raum behandeln. Es musste nicht nach der Uhr gesehen werden, sondern abgewartet, bis die anderen Lehrlinge mit ihren Gespannen von der Arbeit zurückkamen, ausspannten und ihre heiligen Geister in ihre Boxen führten, wo sie von Lesru begrüßt, angesprochen und ordentlich gefüttert wurden. Auch das Sprechen mit den Langköpfen und braunen großen Leibern, wedelnden Schwänzen und vier kräftigen Zugbeinen war für Lesru eine kleine Entdeckung insofern, dass man zu jedem Pferd, das Namen und Adresse besaß, gerecht sein musste. Außerdem: Es war eine Entdeckung, dass sie hier Liebessprache sprechen konnte, in einem Tonfall, die sie mit Menschen nicht sprechen konnte. Und das war eine ganz freudige Entdeckung. Mit ihren braunen Ackergäulen sprach sie Hochdeutsch, Hochliebisch, und sie freute sich an jedem frühen Aufstehmorgen auf den neuen besonderen Kontakt, auf die Gespräche mit ihren sechs Pferden und der "Biene", der alleinstehenden gefährlichen Dame. Nur, wenn sie morgens ihre ehrwürdigen Kameraden begrüßt und sie gefragt, ob sie gut geschlafen und was sie geträumt hatten, und sie wieder über sich erstaunt gewesen, wenn die später eintreffenden Lehrlinge ihre Freunde kurzerhand zum Putzen anfassten, als wären sie eine leblose Masse, empfand sie schwere Verachtung ihren Altersgenossen gegenüber und Schmerzen. Besonders aber schmerzte es, wenn ihre Freunde den Stall verließen und sie mutterseelenallein im geräumigen, nach Pferdeurin stechend riechenden Stall zurückblieb. „Biene", die elegante Warmblutdame in der Einzelbox wurde wegen ihrer Gefährlichkeit nicht zum Anspannen weggeholt. Und wenn die Pferde am Nachmittag vor dem Stall nach und nach ausgespannt wurden und die kleine Pferdemeisterin ihre hungrigen und durstigen Gesellen in Empfang nehmen konnte, war sie glücklich, denn nun kam sie wieder zum Zuge. Jetzt konnte sie wieder und zu ihrer eigenen Überraschung mit den fleißigen Arbeitern ein Liedchen anstimmen.

> Freilich, der Übergang vom Sprechgesang mit der braven Berta, die zumindest ein pfiffiges Ohr besaß, vom unausstehlichen Hansi mit seinem riesigen Gelbgebiss und seiner Augenverlockung und den Entdeckungen des individuellen Mists zu einem Menschen, die ungeübte und niemals einzuübende Stottersprache, war schwierig wie eine Flussüberquerung. Warum nun das wieder sein musste, fragte sich Lesru und ging unfreudig mit Ute mit.

Allerdings hatte sie auf dieses kluge aber in sich verschlossene Mädchen mit dem zwiefach geschliffenen Gesicht schon ein Auge geworfen, die Ältere führte ein Eigenleben, in das sie keine Einblicke gestattete. Nun musste also zunächst der Übergangsfluss begangen und erwartet werden.
„Dir macht die Arbeit im Pferdestall offensichtlich Spaß, Lesru, wie kommt das?", wurde aus weiter Kirchturmferne herunter gefragt, kreise kreise kreise hinunter zu der Watenden. Die Watende aber schritt offensichtlich in ihrem Reichtum, während der Habicht nach Hasenhoppeln suchte.
„Tiere sind liebenswürdig. Sie haben keine politische Meinung und hacken nicht auf einem herum. Außerdem ..."
„Ich dachte gar nicht, dass Du so denkst und fühlst, dass Du Liebenswürdiges brauchst", sagte die erstaunte Begleiterin und sah Lesru dreimal an. Auf gleicher Feldwegebene. Sie hatte die Malrid für eine komische aber anpassungsfähige Nudel gehalten. So schnell hat sie ihre Verblüffung in Ziehworte gefasst,

dass Lesrus „außerdem" nicht ausgesprochen werden musste.

„Wer hackt, oder hackte auf Dir herum?", eine wirkliche, die allerwirklichste Frage, die Lesru, voller Pferdeatem jemals von einem Mädchen, das voller Kuhstall roch, gehört hat. Da dampfte die Kardinalfrage in alle Himmelsrichtungen, vor allem quoll sie aus dem abgeernteten Kartoffelfeld links vom feuchten Feldweg. Dorthinein sprach ohne zu stottern eine verwundete Seele, und je weiter sie sich öffnete, um so torgaute es um Ute, und sie erkannte zu ihrem tieferen Erstaunen ein ganz anderes Mädchen, eine reizvollere Person, als sie vorher wahrgenommen hatte.

Eine, die lieber Musik studiert hätte und mit einer Mutter zusammengeschweißt war, die die alte deutsche Tugend: „Zuerst die Arbeit, dann das Vergnügen", verkörperte.

„Meine Gefühle, alles, was ich fühle und denke, verachtet sie.“ Da war sie also ausgesprochen, die ferne Gesamtverurteilung auf dem Feldweg ausgebreitet wie das röteste Tuch. Das wird Folgen haben. Das lässt sich der grasige Feldweg nicht einfach so bieten. Ute stutzte noch mehr und schluckte. Sie liebte ihre Mutter sehr, eine Lehrerin, mit der sie ebenfalls zusammen musizierte, ihre Mutter begleitete ihr Cellospiel auf dem Klavier. Sie hatte ihr auch den guten Rat gegeben, nach dem Abitur zunächst nach Neuenhagen als Lehrling zu gehen, einen handfesten Beruf zu ergreifen, weil die politische Lage äußerst unsicher geworden war.

In der Nacht nach diesem Feldgespräch brach Lesru zusammen, sie lag zitternd im Bett, im leisen Schlafgeräusch Wandas und Lisbeths, und es war ihr, als müsste sie lebendigen Leibes verbrennen. Als stülpte sich alles Reale, Lieblose, Unschöne, Lebenspraktische über sie wie ein Feuer.
Schmerz um Schmerz, und nicht die Bohne, half ihr der Gedanke, dass sie ja ihr Leid einem Mann, einem Amerikaner in Westberlin erzählt hatte und sie einen Halbfreund doch dort und überhaupt besaß, dieses Wasser löschte nicht. Um nicht vollends zu sterben, schlich sie sich vorsichtig aus dem Endzimmer, lief geräuschlos barfuß durch den halbdunklen Flur, im Schatten an der nur wenig geöffneten Erzieherzimmertür vorüber, aus der leise Radiomusik drang, mit nur einem Ziel, mit nur einem zähneklappernden Wunsch, bei Ute zu sein. In Utes Zimmer schliefen drei Mädchen, das Fenster geöffnet, drei Abiturientinnen unterschiedlicher Art und Weise.
„Ich sterbe, ich kann nicht mehr leben, Ute", flüsterte kniend Lesru in Utes offene Augen und wurde augenblicks in ihr warmes Bett gezogen.

Dort aber, am warmen fremden Mädchenkörper geriet Lesru vollends außer Fassung, ein unendliches Beben, unterstützt von endlosem Schluchzen erfasste sie, das nahezu geräuschlos sein musste. Sie wusste weder ein noch aus, es überkam sie das ganze Elend ihres Daseins in großen Wogen. Unerklärlich, ein widerstandsloses Absinken und Senken ins Bodenlose. Wenn da nicht eine warme Hand gewesen wäre, die ihre Wange und bloße Schulter streichelte und eine ganz leise Stimme. Nach einigen Minuten endlosen Fallens und Gehaltenwerdens glitt Lesru aus der Halterin Bett, eine Entschuldigung gewiss flüsternd und schlich taumlig und höchst benommen wieder am Erzieherzimmer mit

Radiomusik vorüber und stieg in ihr klammes Bett.
Was war um Himmelswillen geschehen? Totwach lag sie unter ihrem braunen Spindregal in der Nacht, erschöpft, unzurechnungsfähig, erledigt, als sich plötzlich ihre Zimmertür öffnete und Ute auf fliegenden Sohlen ins Zimmer trat. Sie legte sich zu Lesru ins Bett, von ihrer Erschütterung getrieben.
Es musste um Himmelswillen auch in diesem Zimmer nur geflüstert werden, auch in diesem Zimmer mit dem geöffneten Fenster dem Sington der vorüberfahrenden S-Bahn genügend Raum gegeben, als sich das Blättchen wendete. Statt einer Selbsterklärung begann sich in Lesru ein lebhaftes anderes Gefühl auszubreiten, sie empfand eine starke unwiderstehliche Sehnsucht Utes Brüste zu küssen, und sie küsste diese vollrunden kleinen Leiber unterhalb des Halses. Sie gierte plötzlich nach Liebe dieser heiklen Art, was nunmehr ausreichte, Ute zum Verlassen des schrecklich Schönen zu bewegen.

Anderntags sah die Welt anders aus, gerade so, wie sie sich Lesru wünschte. Es existierte beim Aufstehen nur ein Mensch, beim Waschen nur ein Mensch, beim gemeinsamen Frühstücken im Speiseraum, wo die Lehrlinge im Stalldienst anderthalb Stunden vor den anderen Lehrlingen saßen, wartete Lesru nur auf das Hereinkommen eines einzigen Menschen. Sogar das Treppengeländer vom Stockwerk des Schlafens wurde zum Heiligtum erklärt, sogar das braune Holz, das Ute auch berühren würde, war zuvor gestreichelt worden. Wieder hatte das Mädchen ihre große Liebe gefunden, ihre Schutzpatronin, ihre Augen ein Ziel, ihre Gefühle eine einzige Richtung. Und ein Herzeleid, das unweigerlich daraus entspringen würde, war unvorstellbar.

55

Das Abschlussfest.

Was soll denn das bedeuten?

Lesru betrachtet die Vorbereitungen zum Schönheitswettbewerb in ihrem Zimmer, auf dem Gang, im Waschraum vor den größeren Spiegeln mit Unruhe und in einem völligen Danebengefühl. Sie freuen sich und schmücken sich für etwas, das gar keinen Wert hat, denkt sie und hütet sich, es auszusprechen. Es ist niemand da, dem sie sich mitteilen kann, das Wichtigste nicht sagen. Überhaupt niemand. Das krault sich nach dem Abendessen ein zu einer runden Rolle, und sie muss gegen die zu erwartende Lustigkeit das ockerfarbene Haus sogleich verlassen, an den geöffneten Fenstern des Speisesaals vorübergehen wie eine Hinscheidende, immer weiter, um die Hausecke, an der geschlossenen Küchentür vorüber zum immer noch heißen Teich gehen.
Rauchen. Was in den vergangenen zwei Jahren wirklich gewesen ist, der erste Austrieb der Kühe nach den Wintermonaten, wo die Leitkuh zum Schrecken des Schweizers die Böschung zur Autobahn herauflief, sich über die Brüstung mit zwei Vorderbeinen hängte, anstatt brav den Weg durch die Unterführung zu benutzen, in Richtung Altlandsberg, das soll nun weggeschwoft und weggetanzt werden. Verstehe ich nicht. Muss zu den staubigen Erlen und Birken an diesem Augustabend augenblicklich gesagt werden. Dieses: Versteh ich nicht. Dieses versteh ich nicht wandert in ihrem ganzen achtzehnjährigen Körper umher, auf und ab und steigert sich noch. Wie können sie das alles abtun? Die schönen Winterabende, als wir im Hause im warmen Unterrichtsraum Unterricht hatten, in Hauslatschen zum Unterricht gehen konnten, Pflanzenkunde, Tierkunde, sogar etwas Literatur hatten

oder wenn man krank war, durfte man im Hause bleiben und in der Küche zusammen mit den netten Küchenfrauen arbeiten, meistens Kartoffeln schälen, blöd aber es war friedlich und amüsant mit diesen Frauen.
An die näheren Niederlagen und Katastrophen aber mag Lesru nicht denken. Doch die Erlen und Birken am fast ausgetrockneten Pfuhl lassen sich nicht irritieren noch wegschubsen. Unerschütterlich stehen sie nahe beieinander, angewachsen und bieten der Rauchenden eine Lücke zum Eintritt ins Unsagbare. Komm, flüstern sie, und nicht, heraus mit der Sprache. Die deutliche Absage von Ute alsbald nach den nächtlichen Untergängen und Umgängen, dieses Herumlaufen mit schweren hängenden Schultern. Selbst sie putzt sich heute heraus wie eine Staatsoperndame.
Die Jungen, nur schnell weg von der Katastrophe, aber lernten hier Motorrad und LKW fahren, toll, sogar Lisbeth lernte Motorrad fahren, andere Mähdrescher fahren, das freut sich in Lesru mit, das ist doch ein positiver Grund. Und auf einem positiven Grund lässt es sich sicherer stehen. Tatsächlich, sie fühlt sich gefestigt und ist nur zu gern bereit, weitere positive Fußstellen zu finden. Alle haben die Prüfungen im Praktischen und in der Theorie bestanden, keiner ist durchgerauscht, eine weitere anständige Plattform. Morgen sind wir alle verschwunden, dabei sind einige Felder noch nicht abgeerntet.
Unversehens schaut Lesru im einfachen blauen Pulli und ihrer Nebenbeihose durch das lichte Grün zum oberen Waschraumfenster und erinnert sich voller Erschaudern an einen Vorgang, den man durchaus als einen vorzeitlichen bezeichnen kann. Der große Charmeur aus Chemnitz, Johann, dunkelhaarig mit einer Intellektuellenbrille, Abiturient, der übermorgen schon im Westberliner Aufnahmelager in Marienfelde sein wird, ein wunderbarer Undurchdringbarer, ein andrer Schwebender als Lesru, ließ sich zum Ende der Lehrzeit herab, auch Lesru den Hof zu machen. Es

schien, als probierte er alle infrage kommenden Mädchen aus, auch Ute unterhielt sich gern mit Johann.

„Na, rauchst Du wieder, Lesru", fragt sagt aus dem warmen Gebüsch auftauchend ein junger Mann im weißen Festhemd, in einiger Entfernung stehenbleibend. Es ist der interessanteste Junge, eine schlanke Gestalt, heute mit Igelfrisur, der Lesru auch heute sofort einschüchtert. „Nambt, Karl-Heinz", erwidert sie leise und ist überwellig froh, dass die Schreckenserinnerung, die mit dem Waschraum zusammengewebt ist, ins Verlies abgeführt wird. Auch so eine verlässliche Erfahrung: Immer kommt jemand von außen, der uns von uns selbst wegführt. Was anstelle der entstehenden Verlegenheit und Spannung heiter am letzten Abend zu sagen wäre, bleibt ausgesperrt. Es ist Lesru nicht möglich, zu diesem nachdenklichen Altersgenossen zu sagen:

Du hast mir von Anfang an gefallen, und weißt du warum? Weil du im Gutshof erklärt hattest, du hättest nur einen Namen, Kulka, und du wünschtest dir einen zweiten dazugehörigen Namen. Das hat mich sofort betroffen gemacht, denn es klang wie eine abgerissene Melodie wie etwas Fehlendes in dir, nach dem du suchtest. Ich dachte damals erstaunt - geht es dir auch so wie mir?

Aber schließlich sagt Lesru, auch, weil sie sich nicht traut, ein Weiteres zu benennen, dass es ihr immer weh tut, wenn Kulka in Utes blaue Augen blickt, sich in dieser Bläue verliert. „Ich finde diese Schwofabende doof." Kläglich. Dabei versucht sie in das braun gebrannte schmale weit entfernte Gesicht des Kulka zu sehen, seinen schönen länglichen Kopf und weil sie fühlt, dummes Zeug gesagt zu haben, fragt sie ihn mit trauriger Stimme: „Gehst Du auch in den Westen wie Johann?" „Ich weiß noch nicht, ich finde es eigentlich bei uns auch nicht schlecht." O, wie schön das klingt!

Wie wohltuend von allen Seiten. Da steht ein junger achtzehnjähriger kluger intellektuell bestimmter Lehrling im grün wedelnden Gebüsch und wird von geliebten Landschaften, Erlebnissen, Kindheitserinnerungen festgehalten!
„Ich verstehe es auch nicht, warum Johann geht, er will in die Welt ziehen“, sagt Lesru so deutlich, als sei sie selbst nur ein Fragezeichen ohne Kopf, Beine und Weltinteresse.
„Jeder will irgendwann die Welt sehen, aber ich finde das Leben überall Scheiße. Es ist einfach Scheiße", erklärt der stehende Nichtraucher und überschüttet die erschreckte Lesru mit seinem Kübel Unrat. Sie duckt sich unwillkürlich und pokert aus der Zigarettenschachtel eine zweite Zigarette heraus. Das große Ungemach dieses Jungen - es wird verweigert anzunehmen.

Immer wieder hatte Karl-Heinz aus Bernau seiner Sternfrau, Ute Klapprot, vorgeschlagen, dem Leben blank ins Gesicht zu sehen, die Lehre, das Internat geradenwegs zu verlassen, mit ihr zusammenzuleben, zu gehen, nicht wissen, wohin, zusammen nicht wissen wohin. DAS entsprach seinem Liebes- und Lebensvermögen, seiner Potenz. Sich das andere Untertan machen, die Ernährung, das Geld, jeder Tag sollte ein großes Wunder und etwas Wunderbares sein. Mit Ute hätte es erlebbar sein können. Ein Revolutionär ohne Revolutionärin aber muss wohl zu diesem Nichtmöglich „Scheiße" sagen.
„Aber Du willst doch zum Zirkus gehen, das ist doch was Schönes", wird hoffnungsvoll ins Weite gesetzt, im Sington einer nach Berlin fahrenden S-Bahn und eine sehr blasse Erinnerung klopft sich in Lesrus versperrtes Gehirn durch zur Reflexionsstelle, kommt aber nicht hinein.
Der erste erlebte Tier- und Zigeunerzirkus auf dem alten Weilroder Sportplatz, wo auf den Rücken der im Kreis laufenden Ziegen die kleinen Hunde der Besitzer

saßen, so umwerfend ulkig, so herrlich Spaß machend, weil alle Leute im Dorf verlernt hatten, was Spaß eigentlich ist und mit welchen wenigen Mitteln er gestaltet werden kann. So ist das Wort Zirkus nur ein Lustwort ohne Anschauung und Begründung, und es kann Karl-Heinz nicht weiter aufgeholfen werden.
Winkt ab, geht an dem Mädchen vorüber, seines Wegs, vielleicht zur Autobahn, vielleicht darüber ins unwegsame Gehölz oder auch nur an den Feldrand eines großen Kartoffelschlages.

Wie hemmend aber und sehr beeinträchtigend, wenn uns unsere eigenen Erinnerungen beim Umgang miteinander nicht unterstützen, wenn sie nur ein bisschen rot werden, ein bisschen funkeln und alle Detailtreue und Sachlichkeit vermissen lassen.

Unzufrieden mit sich selbst, unbefriedigt erhebt sich Lesru vom alten ausgewaschenen Brett, das über zwei Baumstümpfe gelegt worden war, von einem Vorgänger vielleicht und denkt, weil das Gespräch mit dem einnamigen Kulka wieder nur so kurz und hoffnungslos gewesen, an Leipzig Markkleeberg. Dort, auf dem größten landwirtschaftlichen Ausstellungsgelände der DDR lebte und arbeitete sie zwei Monate. Zusammen mit zwei anderen Lehrlingen war sie delegiert, den zahlreichen Besuchern das Maschinenmelken am Fischgrätenstand vorzuführen, zweimal am Tage das zuvor in einem Kurzlehrgang erlernt werden musste. Aber nicht daran kann sie sich im Unfrieden festhalten, sie kann sich nur an den Brüdern Karamasow festhalten. Ihre tiefste Erschütterung, verabreicht von Dostojewski an heißen Sommertagen, wieder hervorholen wie einen wackligen Steg durch den Sumpf. Nie zuvor hatten sie Menschen aus einem Roman so tief erschüttert und waren gleichsam in ihre eigene Verplombung eingedrungen, sodass sie nach dem Lesen wie in Trance taumlig und ihre

Ausstellungsrealität ganz aussperrend, umhergegangen war.
Problembeladene Menschen, Brüder und andere, und der Autor, festgehalten im sibirischen Gefangenenlager, das traf, und hämmerte von allen Seiten ein, auch als Lesru in blendend weißer Kleidung im Fischgrätenstand die elektrisch betriebenen Saugnäpfe an die Kuheuter ansetzte.
Das ist doch gar nicht wichtig, sogar Ute, der ich gleich nach meiner Rückkehr als Erstes von Dostojewski erzählte, fand Dostojewski nicht so wichtig, denkt Lesru beim Näherkommen zum Haus, wo sämtliche Fenster offen stehen und sie fühlt wieder den dumpfen Schlag, den sie von Utes Desinteresse erhalten hatte. Insgeheim aber hatte sie gedacht, nun sieh mal an, selbst Ute ist doof. Ein Rückzug mehr.
Und was sagte die Gesellschaft zu diesem Unterfall? Die Gesellschaft veröffentlichte in einer bekannten Illustrierten sogar ein großes Foto von Lesru Malrid im weißen Kittel unter der Überschrift „Kuh müsste man sein". Na prima. Etwas anderes interessierte nicht.
Weil auch diese Pleite erinnerlich wird, von ihrer Mutter im fernen Weilrode sorgfältigst ausgeschnitten, und Lesru doch jeden Augenblick zu den festlich gestimmten Jugendlichen hinzutreten muss, sucht sie eilends einen anderen Halt.
Denn ihre Jugend, sogar ihr ganzes weiteres Leben scheint ein Aufsuchen nach lebenserhaltenden Verbindungen zu sein, nach einer ausbaubaren Freundschaft, wenn nicht Liebe. Seitdem sie das schöne intensive Lernen und das Lieben im Einklang in Torgau abrupt verlassen musste und das schöne Sicherweitern mit zumeist stumpfmachenden Tätigkeiten vertauschen musste, bedarf sie zunehmend eines Halts, einer freundschaftlichen Verbindung, die über jedem Schlamassel steht. Und schon allein der Gedanke, dass da jemand da ist, entfernt, der Brieffreund im entferntesten Kanada, der ein Zipfelchen

von ihr braucht, stärkt ein wenig dieses schwankende Schilfrohr.
Der festlich geschmückte Saal im Parterre kann betreten werden. Mit dem Brieffreund in Kanada, aus einer West-Illustrierten als Annonce herausgefischt - lässt sich der laute lebhafte Saal der Abschiednehmenden betreten, eine Bauchstütze.
Im geräumigen sauberen Foyer aber steht anmutig und unschlüssig die junge Frau Leinicke, die leise Erzieherin, Begleiterin, wenn es darauf ankommt, eine schön gewachsene junge Frau mit aufgebrachten Augenbrauen, die ihr Leben für sich lebt, wie es Lesru immerfort erschien. Auch heute Abend blicken sich die beiden freundlich an, Lesru grüßt warm und wieder etwas schüchtern, als müsste sie um Menschen, die eine erwachsene Persönlichkeit sind, einen Anstandsbogen machen.

Sie machten uns nicht ständig aufmerksam auf unsere Dreckecken wie Frau Wacker, die Altmütterliche, sie zupften nicht hier und nicht dort, sie wussten, wer nach Westberlin ins Kino fuhr und wer mit einer feinen neuen Bluse sonntags umherspazierte, sie beförderten uns nicht mit Spießen und mit Stangen in eine sozialistische Tretmühle. Sie lasen im Nachtdienst gute Bücher ...

Holla, das lässt sich wieder nicht sagen. Wem einmal im frühsten Alter der Mund, die Seelenöffnung zur Sprache zugewachsen war, gewaltsam und unter heftigsten Schmerzen den Riegel erhalten hat, sagt nie mehr in seinem Leben, was er denkt und gefühlt hat zu einem nahestehenden Menschen. Die eingewachsene Verschlussklappe reagiert mit. Und was Lesru der anständigen sympathischen Frau Leinicke mitteilen kann, was übrig bleibt von Anerkennung und Dankbarkeit, ist ein kurzer freundlicher Blick, mit dem Wort „Nambt".

Die heilige Treppe hinauf zum Wunder eines Menschen ist längst entweiht und wieder säkularisiert worden. Die leeren Zimmer mit den gepackten Koffern wären auch ansehenswert, aber mit dem flüchtigen Augentrefferblick mit Frau Leinicke und dem erfreuten trocknen Berichtston des fernen Brieffreundes kann das Feld betreten werden, das bereits begonnen hat, zu tanzen. Lisbeth, die Tüchtige, rauscht an der Zögernden vorüber in einem Sommerkleid, mein Gott, wo sie das wieder herholte und zischt Lesru ins kleine Ohr, „Du könntest ja och mal n Rock anziehen." Keine Regung, denn jetzt muss nach Ute Ausschau gehalten werden, nach dem verlorenen Leuchtturm.
Aber anstelle des schönen geschlossenen ovalen Gesichts mit dem geschliffenen Schmetterlingsmund muss gesehen werden, dass das Schiebefenster zur Essensausgabe noch geöffnet ist, die Küchenfrauen noch nicht heimgegangen sind, dass die stets verschlossene Tür zum Klubraum für höhere Herrschaften breit und breitnäsig geöffnet ist, alles offen, gar nichts zum Sichzurückziehen geeignet. Kein Winkelchen bleibt, alles tanzt und schwoft. Ute habe ich noch nie tanzen sehen, denkt Lesru auf der Eisfläche.
Die Jungen haben Musik organisiert, Tonbänder mit heißen und mit Polkarhythmen abwechselnd, Lisbeth wird sofort von ihrem Verehrer in den Arm genommen und hineingedreht,

Lesru sieht anstelle von Ute Herrn Stalmann im schwarzen Anzug. Ebenfalls so noch nicht erlebt, dass sie zweimal dieses nüchterne Scheusal von Mensch ansehen muss, ein Mann, ein Wort, eine Leistung, der von der Schönheit der Natur rein gar nichts zu wissen scheint und die Natur allein nach Hektarerträgen berechnet und beurteilt. Pfui.
Mit diesem Bedenken über einen Mann kann sich Lesru schließlich doch auf ihren angestammten Essensplatz am langen verwaisten Tisch hinsetzen. Stalmann war Einzelbauer in der Mecklenburger Börde, verkaufte

seinen gut funktionieren Hof an die erfreute LPG, lernte sich als Lehrlingsausbilder zu qualifizieren, zog nach Neuenhagen, quälte die verbliebenen schönen Seelen mit Leistungsanforderungen, und nicht genug, denkt Lesru bei einer Rheinpolka, er will an der Humboldt-Universität weiter studieren. Ein unheimlicher Mann. Als würde sich ein ausgewachsener Mann durch ein hoch reifendes Maisfeld mit der Machete durchschlagen, so erscheint es ihr, anstatt um das Feld herumzugehen und einen Anfang zu setzen.

Der lange Schneider mit der entsetzlich langen Nase, ein Hässlicher, auffällig von Anfang an, tanzt mit Wanda, ihres Zeichens Spinatwachtel. Arno, der kernige Rostocker tanzt mit seiner geliebten und hier gefundenen jungen Frau mit dem altnordischen Namen Edda. Ein echtes Liebespaar, zwei Jahre fast im scheuen Umblick, im tabuisierten Nahblick, auch das lebt hier und verschwindet in einigen Stunden auf Nimmerwiedersehen.

Die schöne Marianne erscheint im Eingang des Speisesaals, eine zwanzigjährige Abiturientin mit Facharbeiterausbildung, eine voll ausgebildete junge Frau, die am Leben nicht rütteln muss, die es durchschreiten kann und ihr fröhliches Lächeln im Voraus zur erstarrten Lesru schickt. In ihrem grünen, weit ausgeschnittenen Sommerkleid schreitet sie im kurzblonden Haar, andere im Saal verstreut sitzende Lehrlinge achtend, geradenwegs zu Lesru, der alles, so auch Mariannes Kommen nicht ganz geheuer ist. Marianne und Ute kennen sich seit ihrer gemeinsamen vierjährigen Oberschulzeit in Strausberg, beide entschlossen sich in Ermanglung anderer Angebote, zunächst in Neuenhagen zur Berufsausbildung. Und wenn Marianne auftaucht aus den Fluten des Internats, lebt Ute in der Nähe, sodass auch diese sich nähernde Nähe ausgehalten werden muss.

„Na, Lesru, hast Du Deine Schalmei abgegeben?", eine freundliche sogar lustvoll gestellte Frage, mit einer Gesichtshälfte. Während die andere mit einem mausgrauen Auge die Gesellschaft voll erfasst, die Tanzenden, den in einen Tänzer verwandelten Herrn Stalmann und erkennt, wie die Liebesverhältnisse im kleinen Tanzsaal zutage liegen. Also eine rutschende gleitende Frage, und Lesru kennt diese Fragestellungen aus dem Effeff. Die Unaufmerksamkeit, die Oberflächlichkeit in persona, dieses - sie will gar nichts mit mir zu tun haben.
„Warum durftest Du eigentlich nicht zu Hause wohnen, Marianne, bei Deinen Eltern im schönen Garten?“, wird stattdessen ernsthaft gefragt und damit eine Vorübereilende am Rockzipfel gepackt. Unangenehm. In Neuenhagen wohnhaft, jenseits der singenden S-Bahngleise in einem Kleingartenhäuserviertel, wohin Lesru und einige andere Mädchen im Frühling eingeladen waren und mit einer Vogelscheuche auf der Straße demonstriert hatten, fasst die Fragerin noch einmal direkt in das Verbot hinein, nur aus Verlegenheit. Die Lehrlingsausbildung ist streng an das Internat gebunden.
„Gab’s nicht, außerdem war es doch auch ganz lustig hier. Ich war hier so fröhlich wie noch nie. Wie große Kinder waren wir aufgehoben. Lesru, das kommt nicht wieder. Ich werde zwar auch Landwirtschaft wie Ute studieren aber ob’s wirklich meins ist, weeß ik noch nicht. Gucke mal Schneider an, wie viel Mühe der sich beim Foxtrott gibt". Diese Sätze müssen sich die beiden am wachstuchbedeckten Esstisch zu schreien, versteht sich.

Somit geht auch die kleine flüssige Antwort im erregten Körperbewegungsdrang, im Liebesgeknisper ganz und gar unter: die kleine Traurigkeit halt, als Lesru bereits am Vortag ihre geliebte silbern glänzende Schalmei im Erzieherzimmer abgeben musste,

Die kleine Freundin, leichter zu handhaben wie die zweiteilige Geige. Ein kleiner Schmerz musste hinzugelegt werden.

Wenn Ute mich ein wenig gern hätte, würde sie im schwarzen Trainingsanzug erscheinen, sie würde Guten Abend sagen und sofort mit mir in den schönen Abend gehen, denkt Lesru, denn es ist der letzte Abend mit ihr, auch noch, unser letzter Abend. In Wallung denkt sie das vor dem Angesicht der lächelnden Marianne.
Aber Ute Klapprot erscheint nicht im schwarzen Trainingsanzug, sondern im schwarzen Kostüm ohne Jacke, in der blauroten Stickereibluse, und dass es ein letzter Abend mit Lesru sein könnte, kommt ihr schon gar nicht in den Sinn.
Bleibt stehen am vertrauten Esstisch, stützt ihre erstaunten Hände auf, das ovale Gesicht mit den kühnen Augenbrauen mustert mit Vergnügen die An- und Abwesenheiten, sagt: „Na, ihr Jugendfreunde, auf zum letzten Tanz." Dabei spaziert die ungeheure Erleichterung über das Ende der Unfreiheit, dem ständigen Zwang zum gemeinsamen Schlafen, Essen, Arbeiten so offensichtlich in ihren blauen Augen voran, dass sie wahrlich blitzen und leuchten. Ein blaues Licht auf zwei Beinen.

Ja, ja da kommen wie gerufen, nicht gerufen weitere erwachsene Herrschaften: Der Haupterzieher Tunicht mit grauem Kraushaar, von dem berichtet, dass er nachts heimlich an den Türen lauschte; der dicke gemütlich geräumige Herr Fuchs, Dozent für Pflanzenkunde an den Wintervormittagen, ein jüngerer Lehrmeister, schlaksig und nach Erklärungen suchend.
Was wollen sie denn alle hier, fühlen sie nicht, dass sie alt, älter sind und zu uns nicht mehr passen? Das tobakt in Lesru am Tisch, weil sie die Nutznießerschaft der Älteren fühlt an den Schönjungen.

Tanzabende in dieser Form, auch nicht in einer anderen, waren rar im Hause, und was Lesru mit zunehmender Anteilnahme trotz aller jugendfreundlichen Abfuhr sieht und miterlebt, ist die schöne eigenständige Jugend auf dem zum Tanzen veränderten Klubzimmerboden. Da spelzt sich der sorglose schwarze Pferdeschwanz von Pummelchen - ein Spitzname von Kulka für eine dralle Kleine - der Einnamige vergab breitwillig Spitznamen für seine Mitlehrlinge. Sie tanzt mit dem Goldblonden, mit Klamauke. Der Pferdeschwanz wirbelt und dreht sich, Platz beanspruchend. Klamauke hat die besten Zensuren für alle Fahrzeuge erhalten, und er tanzt. Schlank, goldköpfig tanzt er, seine Tänzerin fix führend und übersehend. Alles muss gleichzeitig beobachtet werden. Mit Pummelchen hat der auch schon im Stroh in der Scheune gelegen, weiß Lesru, aber nicht so genau, was zwei junge Leuteleiber im Stroh zusammentun. Nicht so genau. Pummelchen hat wohl schon mit jedem Sohne der Arbeiterklasse im Stroh gelegen, so raunte es an vergangenen Tagen, Monaten immer wieder von einem Ohr zum anderen. Sie wird als Einzige im Volksgut bleiben, sie fand hier ihre Arbeitsstätte. Du lieber Gott denkt Lesru, jetzt kommt der schlaue Fuchs, der Peter zum zweiten Mal zu Lisbeth, die er verehrt, obwohl sie doch in ihrem Heimatnest einen stolzen Halbverlobten hat. Und was macht die vollbrüstige Lisbeth, die aussieht wie die vollfrauliche Gesundheit persönlich? Na, was macht sie? Lehnt nicht ab, tanzt noch einmal mit Peter Schlaumeier, der von Ehrgeiz getrieben, in jedem Fach der beste sein wollte.

Marianne und Ute verließen längst ihren Esstisch und landeten in heißen männlichen Armen, Lesru verguckt sich in die schöne bewegliche Menge, denn sie ist mit dem Schrecken beschäftigt, dass morgen ein krasser Tag sein wird. Noch unvorstellbar, überhaupt nicht akzeptierbar, dass es den Morgen geben wird und sie

alle diese Vertrauten, Halbvertrauten in den Wind zu schreiben hätte.
Sie können doch nicht einfach abhauen und verloren gehen, denkt sie und wehrt sich. Wie wehrt sie sich? Sie denkt, dass das Leben einen großen Verrat begeht, dass es nichts taugt, wenn es möglich ist, dass das, was man kannte und gelegentlich doch auch liebte, abgesehen von der Heißliebe zu Ute, dass das fröhliche Miteinandersein ob in den Hühnerställen, Schweineställen, im Kuhstall, auf den verschiedensten Feldern, die der Stalmann „Schläge" nannte, an einem bestimmten Tage enden sollte. Mir nichts, dir nichts, alles auseinanderstieben, das sei doch vom Leben eine ungeheure Gemeinheit, das sei doch nie und nimmer zu akzeptieren.
Wie seltsam, bei dieser gedanklichen Aufstellung von Arbeitsorten verpasste sie ihren ureigensten Pferdestall, als sei er allein etwas Besonderes.

Schließlich kommt Johann zu ihr. Geht lächelnd mit seinen langen Schritten an ihr vorüber, an den Sitzinseln vorbei aus dem Saal. Er geht eine Zigarette rauchen. Lesrus Herz klopft wie das einer Lautenschlägerin, denn es ging soeben auch eine intellektuelle Kraft an ihr vorüber, blieb nicht stehen, forderte sie nicht auf, mitzukommen. Schrecklich, mit einem leisen Lächeln abgewiesen zu sein, wie ein Trottel am Tisch übrig geblieben, während alles tanzt. Das aber ist's nicht allein, was sich so schrecklich anfühlt, allein am Tanztisch sitzen und nicht von einer Männlichkeit abgeholt zu werden, das trägt bereits die Spur der Erfahrung, wie beim Dorftanz in Weilrode, wo ihre älteren Brüder sie unbedingt einführen wollten und keiner außer ihnen sie aufforderte, das Tanzbein zu heben.

Es ist vielmehr die heftige Traurigkeit darüber, dass Johann offensichtlich nicht ihre Fragen braucht. Nicht mehr ihre Meinung zu der gesellschaftlich neuen

Bewegung des Bitterfelder Wegs, in der Schriftsteller und Künstler aufgefordert werden, ihre Zimmer zu verlassen und in die Betriebe und landwirtschaftliche Produktionsstätten zu gehen, um Erfahrungen, allerneuste vom wirklichen Leben der alten und neuen Menschen im Lande zu sammeln. Wie hatte sie das aufgeregt, empört und veranlasst, sich den Kopf zu zerbrechen über Menschen und Dinge, die doch eigentlich außerhalb ihrer Reichweite lagen.
„Warum regst Du Dich so auf, Lesru, lass sie doch machen. Na klar, kommt dabei nicht viel heraus", sagte Johann zu ihr, als sie zusammen im D-Zug von Falkenberg nach Berlin fuhren. Es regte das Mädchen allerdings auf, weil sie fühlte, dass sich Künstler nicht auf Beschluss irgendeiner Macht versetzen lassen dürfen, dass sie sich nicht wie Kinder behandeln lassen dürfen und überhaupt. Überhaupt hat jeder Künstler sein Eigenes zu berichten, zu gestalten und von keiner Instanz außer seinem eigenen Gewissen, sich herein- und herausreden zu lassen. Das ausgesprochen, stand fest wie ein Felslein und es amüsierte Johann eher, als er permanent widersprochen hätte.

Vor dem erleuchteten Lehrlingswohnheim steht ein Mensch nicht lange allein. Zu viele verspüren gleichzeitig das Verlangen nach Ortswechsel, frischer Luft, nach Abendverlockungen. Kaum vor den doppeltürigen Ausgang getreten, nähert sich nicht, stellt sich Karl-Heinz Kulka sofort neben den Rauchenden. „Ich werde gleich morgen nach Westberlin fahren und nicht erst nach Karl-Marx-Stadt, um mich zu verabschieden. Ein kurzer feiner Schnitt, und das neue Leben beginnt, Kulka." Im warmen Ton in mittlerer Preislage zum etwas kleineren Zuhörer gesagt, vertraulich und so selbstverständlich, als handelte es sich nicht um Vaterlandsverrat, wie es die Mächtigen ansehen würden, nicht um einen Sieg des Imperialismus über einen jungen Intellektuellen aus der

DDR, sondern um einen Ortswechsel und Berufswechsel.
„Und Du glaubst wirklich, dass Dir das alles so leicht fallen wird, Du in Frankfurt studieren kannst, Dir das Geld dafür vom Himmel fällt?" Vorsichtig und mit einer ganz leisen Traurigkeit untermengt, gefragt vom Igelhaarschnitt in der sich gleichmäßig ausbreitenden Abenddämmerung. Die schwarzschottrige Straße vor ihnen liegt schon schattig und nachtbereit da, die Sträucher und dürren Robinien, an denen sie zwei Jahre treulich zweimal täglich vorübergingen, dunkeln ebenfalls vor sich hin, der leise Windhauch, vom Osten kommend, weht kühl, endlich kühl ins völlig Ungewisse. Der Abend wächst, und die Nacht ist groß über dem Land, in dem so eine hässliche und gefährliche Kröte wie Westberlin immer wach liegt, denkt Kulka. Und wundert sich wieder einmal über die Zielstrebigkeit und Gelassenheit seines Kumpels. Hatte er schon geantwortet?

„Mich interessiert alles, wie es zugeht im verpönten Westen, wie die Frauen dort sind, die Alten und die Geldsäcke, ich bin neugierig. Und neugierig darfst Du hier nur im fest bestimmten Rahmen sein. Wir haben doch darüber gesprochen. Tu doch nicht so, als sei ich Dir fremd." Eine kleine Ermahnung.
„Doch Johann, das wollte ich hören, sehen, genau das, wie Du mir jetzt schon fremd wirst. Ich mag das nicht, dass man sich so schnell fremd wird. Und soeben hast Du meinen Entschluss bekräftigt hier zu bleiben, im Warmen, im warmen Mief, wie Du immer sagtest."

DER AMERIKANISCHE MILITÄRMANTEL

56

Ein eigenes Zimmer und noch dazu ein Studentenzimmer zu besitzen - welch großräumige Sehnsucht, in vielen Ackerstunden ausgebildet, in engsten Schlafgefilden auserkoren - auf eigenen achtzehnjährigen Füßen endlich sich in der unendlichen Stadt Berlin zu bewegen, ohne Pfiff und Morgenappell, ganz allein der Lebenslust gegenüberstehend und gehend, -dieses neue Grundmaß, dieses Offensein nach allen vier Himmelsrichtungen, muss fortan von Lesru ausgebildet, hochgehalten und getragen werden. Welch ein Anfang!

Das späte klare Septemberlicht liegt wie ein Seidenschleier auf dem großen Marx-Engels-Platz und auf der Kuppel des großnäsigen Berliner Doms, es flirrt bezaubernd in Augenhöhe und darüber hinaus und trägt sogar die Klarheit eines Ostseestrandes in Spuren in sich, als Lesru, erschüttert von soviel Stadtgröße und eigenem Lebensrausch zum Alten Museum weitergeht. Immer im Staunen gehend und doch gewaltsam von den Museen und Geistesschätzen in seinen Mauern hingezogen. „Meine Stadt", sagt sie mehr als deutlich, in ihrem schwarzen Rock und eleganter Seidenbluse, gekleidet, wie eine Konzertbesucherin und erschaudert. Als hätte es nie eine Vorgeschichte gegeben, wo aus dem Kuhstall kommende Lehrlinge über die lange S-Bahnfahrt in die Deutsche Staatsoper flüchteten und dort ihre zitternden berstenden jungen Körper der Musik, einer Oper, ganz anheimgaben. Wo ein gewisser Herr Gorry Tomo Lesru in den „Fliegender Holländer" eingeladen hatte und im zweiten Rang ständig in ihren kleinen festen, fest abgeschlossenen Busen mit seiner Fremdhand hineingriff.

Davon war keine Rede noch Gegenwart in der Achtzehnjährigen, als sie das große Wort „meine Stadt" aussprach und weit in die Straße Unter den Linden

aufsah. Man muss sich schon wundern. Als gäbe es in ihr - und wir wissen es - ein perfekt funktionierendes System für Verdrängungen aller Art. Das Unangenehme kann zur Seite geschoben werden, es existiert nicht. Denn als sie „meine Stadt" fühlte und zu sich selbst sagte, meinte sie nur das vor ihr Liegende, das Silberhelle, das Lernen dürfen, das bewusste Eindringen in die Größe dieser Stadt und sie erlebte sogar ein Echo ihres Höchstgefühls. Ich nehme mir diese ganze Stadt, sie wird mir gehören, echot es vom nahen Spreeufer, von den Abendmöven und ausladenden Dächern und den steinernen Figuren des Zeughauses, sogar von weit her, vom Westberliner Bezirk Wedding echot es zu ihr zurück, wo eine entfernt verwandte Diakonissenschwester wohnt, es echot, vom ganzen Westberliner Stadtteil freilich mit einem Gerry Erschaudern zusammen zurück. Die Anmaßung, doch begriffen. Warum denn ich, fragt sich Lesru, warum sollte denn ich diese ganze Stadt Berlin bekommen, soll `n sich doch Andere die Stadt aufhalsen.
Ein anderer Standort ist aufzusuchen, etwas Reineres, Begrenzteres als diese Größe, sodass sie ihre braunen Augen unter der vergrößerten braunen Brille niederschlägt und langsam zum Alten Museum weitergeht. Von einer Ursehnsucht getrieben nach klassischer Bildung, die sie bereits verkörpert fand in den Schinkelschen Säulen, steht sie dicht am längst geschlossenen Gebäude und horcht in sich hinein. Jetzt fühlt sie endlich die unheimliche Süße, die sie mit dem Begriff klassischer Bildung verbindet, ein tiefes Weitergehen in die Reiche der Schönheit bis zu den herrlichen Griechen, ja. Ein winziger Aufschrei durchpulst ihren ganzen jugendlichen Körper, als sie sich angekommen fühlt bei den Griechen, wo die Schönheit ihren Ursprung, ihre Vollendung sogar erreicht hat. Hier will sie niederknien, auf diesem herbstlichen grünen Rasen und mit Platon und mit Sokrates unter diesen Säulen wandeln und Schülerin sein. Muss mich ganz hingeben, denkt sie, hier in Berlin

unter diesen klassisch schönen Säulen ist mein einziger Lehrort.
Endlich, Vira, ich habe meinen Anfang gefunden, sagt sie zu der weit Entfernten und empfindet zugleich einen kühnen Luftzug.
Vira Feine war nach Moskau geflogen, um dort an der Filmhochschule Dramaturgie zu studieren, und sie mag mich immer noch ein wenig.
Augenblicklich verschwindet die Geschichtstiefe, übergangslos, ohne sich mit einem Wink zu verabschieden. Verdattert, beklommen steht Lesru vor den grauen Säulen an diesem Sonntagabend mit sich immer mehr zersplitternden Gedanken.

57

Felizitas Kleine saß in ihrem von derselben Berliner Spätsonne warm durchleuchteten Wohnzimmer aufrecht am Esstisch und zählte ihr kostbares Westgeld. Ihr schöner weißhaariger Kopf mit dem so seltsam flachen Gesicht, rundlich und von einem achtzigjährigen eintönigen Leben eingesunken, sah konzentriert zunächst auf zwei D-Mark Scheine und auf das Häuflein Hartgeld, das in der Nähe der blauen Asternvase sich lustlos hingestreckt hatte. Es fehlte ein Groschen. Es musste noch einmal gezählt werden. Das Sichverzählen war ihr bei geöffnetem Fenster im ersten Stock der belebten Straße zwischen Köpenick und Friedrichshagen, lang nicht passiert, und es ärgerte sie. In ihrem warmen braunroten Sonntagskleid, das ihr Sohn, ein Rechtsanwalt aus Stuttgart geschickt hatte, regte sich der Ärger ringsum und verbreitete sich mit einem Affenzahn in der ganzen Wohnung.
Ihre Wohnung befand sich seit Kurzem, genau seit zwei Stunden, im Zustand größter Unordnung, und das musste ja ins Geld gehen. SIE war weg. Gott sei Dank. Aber sie würde wiederkommen. Eine entsetzliche Vorstellung.

Sie stand auf vom Tisch mit der weißen Sonntagsdecke aus Leinen, die ihre vierzig Jahre gut auf dem Buckel trug, kein Löchlein, keine verdächtig dünne Gewebestelle, Vorkriegsware, wenn es jemand genau wissen wollte. Wollte keiner. Die Blumentöpfe am breiten Empfangsfenster, die traurig in ihren Töpfen nebeneinanderstanden, immer bereit, die Fliegen und Mücken der Straßen auf sich zu nehmen, die deshalb traurig und bedeppert dastanden und lebten, weil ihnen die grünen halbmächtigen Eichen und Ahornbäume gegenüber zu Gesichte standen und immerfort von und in der Freiheit zuwinkten. Dazwischen der Fürstenwalder Damm mit seinem regelrechten Verkehr, die Straßenbahnoberleitung und die Straßenbahnunterleitung, die dunklen glänzenden Gleise. Verkehr musste sein. Ausflugsverkehr. Frau Kleine hatte schon auf die Wanduhr geschaut, eine Viertelstunde vor sechs Uhr. Eben noch erinnerte sie sich an den gestrigen Abend, wo die häusliche bürgerliche Abendwelt im schönen Friedrichshagen gegenüber des Wäldchens noch in heiterer Ordnung sich befand, wo sie geduldig und zugleich von der typischen Berliner Nervosität ergriffen, auf die RIAS Achtzehnuhrnachrichten wartete, eben an dieser Gardinenfensterstelle, als sie sich der neuen Aufregung bewusster wurde, die durch die Vermietung ihres Herrenzimmers an ein junges Mädchen entstanden war und Heraufbeschwörungen nach sich ziehen würde. Das wusste sie.

Ich möchte doch meine Kleine begrüßen und hatte gedacht, dass sie uns begrüßen kommt, ich zusammen mit ihr ein kühles Bad in der Spree nehmen könnte, nach der Bahnfahrt wäre das doch angenehm, so dachte Maria Puffer. Sie schritt, von der Badestelle unter alten und jungen Kiefern kommend, vom Abendfluss sozusagen, der sich an dieser Stelle einigermaßen breit wohlfühlte zwischen grünen Büschen und Bäumen, auch das muss gesagt und

eingewendet werden, in ihrem gelben Knöpfkleid und der Basttasche über den breiten Fahrdamm. Schnell musste die Autolücke erwischt werden. Ihre nach einem fünfundsechzigjährigen Leben in gediegener Häuslichkeit verbrachten immer noch braunen dünnen Haare tropften noch im zierlichen Haarknoten im Nacken weiter, die rote Badekappe taugte nichts. Eine eigentlich ganz unstatthafte Sehnsucht nach ihrer Nichte hatte sie im wieder gewonnenen Wäldchen erfasst, auf dem Waldboden, der von vielen eilenden Füßen zum Fußweg breit getreten und verhärtet worden war. Eine statthafte Sehnsucht nach Frische, nach dem Erzählenkönnen, Fragenkönnen, kurz nach dem Weiterleben. Von Dankbarkeit ihr gegenüber - sie hatte ihr das Studentenzimmer bei Frau Kleine nach langer Überredung abgerungen - haben die jungen Dinger nichts gehört, muss auch nicht sein. Denn, ich habe es vor allem für Jutta getan: Die Tochter sollte im großen und gefährlichen Berlin, wo die Töchter scharenweise dem Untergang geweiht sind, wohlbehütet und durchaus ein wenig unter Kontrolle ihr Studentenleben führen. Ich hab sie in meiner Nähe, sie kann jeden Sonntag zu uns essen kommen, ach natürlich, ist doch selbstverständlich. Denn, ich habe die Kleine wirklich gern, hat so was Liebes.
Was sie sich selbst noch nicht eingestand, war, dass nunmehr mit dem Einzug von Lesru für die nächsten beiden Jahre für Freude in ihrem Leben gesorgt, vorgesorgt worden war. Wohl bekomm's. Denn seit dem Auszug Ihrer älteren unverheirateten Tochter aus ihrer gemeinsamen Wohnung nach Kaulsdorf ins Schwesternwohnheim klaffte eine umränderte Lücke in ihrem Leben, die auch der kluge, ständig mit einem interessierten Gegenstand beschäftige Georg nicht ausfüllen wollte noch konnte. Ein Mann, der gut allein leben konnte. So einer eben.
So schritt sie also am Ende des Eichen- und Kiefernwaldes in des Igels Abendstunde zum zweiten Mal über den Fahrdamm, nachdem sie die Autolücke

erwischt hatte. Vor ihr standen die grauen zweistöckigen Häuser in einer Linie, die mit den Loggias zur Straßenseite, ein Karree zweigte sich seitenstraßig ab, einen kleinen Platz bildend mit einigen Geschäften. Die Straßenbahnhaltestelle vor ihrer Nase. Die „84", musst du dir merken, fährt nach links nach Friedrichshagen, nach rechts nach Köpenick. Weißt du ja schon, kennst du ja schon; Lesru, warst doch schon oft bei uns und hast uns so herrlich von Neuenhagen erzählt, von den Pferden, Kühen und eurem kleinen Schalmeienorchester. Von dem einäugigen Polizeiwachmeister, der deine Fähigkeiten bewundert hatte, meine Kleine.
Merkwürdig war bei diesem Waldspaziergang von der Badestelle bis zur Wohnung von Frau Kleine und der aufregenden Wiederbegegnung mit Lesru, dass Maria Puffer wie so viele Menschen bereit war, sich so ganz den neuen Tatsachen hinzugeben, ohne sich einige trockne Gedanken über das Warum, Weshalb, Woher zu machen.

Die alte Felizitas Dame ging – sie hatte den fehlenden Groschen nicht gefunden, ein Skandal, wen sollte sie in Verdacht haben, eine eigene Vergesslichkeit schloss sie aus - noch einmal zurück in die vor Sauberkeit und Unberührtheit starrende Küche. Kein Blick zum schönen herbstträchtigen Innenhof, wo die Kinder zu Hause waren aus den anderen Lebensbewahranstalten, nichts. Zehn Westpfennige, mal vier sind vierzig Ostpfennige, acht Brötchen auf einen Schlag. Der sich leise an ihre Fersen heftende Ärger schlug um und begattete sie erst recht, als es zwei Minuten vor 18 Uhr an ihrer Flurtür klingelte. Vom maßlosen Ärger begattet zu sein, kein angenehmer Zustand. Denn sie war doch gerade damit beschäftigt, dem fehlenden Geld davon zu laufen, mitten hinein in das politische heiße Berlin, in die Alltagsschlachten und die damit verbundenen eigenen Vergrößerungen zum Radiohörer, zum Zeitgenossen. Auf dieser Schwelle dem wirklich unwirklichen

Herausgehobenwerden, von der bekannten angenehmen Stimme wieder entfernt zu werden, verursachte einen Stich. Denn ich bin arm, ich habe nur diese lächerliche Witwenrente, dachte sie und ging betreten zur Flurtür. „Ja, guten Abend, Frau Kleine, meine Liebe, ich wollte."
„Kommen Sie rein, Frau Puffer", antwortete mit verspätetem Flachgesicht die alte Dame und ging sogleich im schmalen Dunkelflur voran, denn zwischen Tür und Angel durfte es in diesem Hause keine Gespräche geben. Wer weiß, wer in diesem Hause nicht alles Kommunist ist. Sie fühlte plötzlich eine Unsicherheit in ihrer eigenen Wohnung, was sie noch mehr in Aufregung versetzte. „Setzen Sie sich bitte“, befahl sie ihrer bekannten Besucherin im Wohnzimmer, wo das Licht wie eine Schlafmütze über den Möbeln hing. Maria Puffer aber, an Lesrus stillstem Zimmer vorüber gegangen, musste den Weg von ihrer Herzlichkeit zurückgehen zur Konversation mit der nicht einfachen Frau Kleine. Sie hatte mit Kuss und Lesrus inniger Stimme gerechnet, mit übertragbaren Grüßen von ihrer Cousine aus Weilrode, einem Fernland, stattdessen musste sie sich auf die nicht einfache Alterswitwe und Systemkritikerin par exellence einstellen am Sonntagstisch.
Mit hörbarem Seufzen stellte die Radiobesitzerin das Radio aus, das mitten im Vertiko wie eine hölzerne schwarze Hörblase aufrecht und dusslig stand.
„Wie geht es Ihnen? Ich wollte nach Lesru sehen, sie kam nicht zu uns, hätte sie gern zum Schwimmen eingeladen", sagte mit hellerer Frauenstimme die fast jugendlich wirkende Spreenixe im gelben aufknöpfbaren Badekleid. Marias Gesicht war leicht gebräunt, ein ovaler Schnitt mit dem unübersehbaren Doppelkinn, und eine Enttäuschung lag obenauf, in der sich Frau Kleine gut räuspern konnte.
Eine Witwe hat es immer schlechter einer Nichtwitwe gegenüber – dies, die natürliche Ungleichheit saß auch mit am Tisch, und heute besonders.

„Wissen Sie, Frau Puffer, ich habe es schon schwer bereut, dass ich mein Herrenzimmer an Ihre Nichte vermietet habe. Kaum hatte ich ihr die nötigen Dinge und Anweisungen erklärt, o, bedankt hatte sie sich, als sie hier nebenan so grässlich begann Geige zu spielen. Nein, wissen Sie, solche gräulichen Töne habe ich mein Lebtag noch nicht gehört. Das war ja nicht zum Aushalten! Und das habe ich doch nicht nötig zu ertragen. Ich habe es ihr auch sofort verboten. Wenn jemand richtig spielt, habe ich meine Freude daran."
Allein stehende, allein liegende, allein gehende Menschen haben den ungebremsten Drang, aus einem gräulichen Vorfall eine Klage abzuleiten. Der Selbstkritik langjährig entwöhnt, muss sofort bei Angriffen zurückgeschlagen werden, Verbote ausgesprochen, die nur allzu gern kontrolliert werden können. Maria Puffer aber konnte nichts anderes tun als lauthals lachen, solch ein aufgebrachter und stolzer Trauerkloß am Sonntagstisch. Eine Wichtigtuerin von Gottes Gnaden, Georgs Formulierung.
„Meine liebe Frau Kleine", musste im herzlichen Ton nun allerdings gesagt werden und etwas von der sonnigen Wärme am Sandstrand der Spree (und der ehelichen Lebenslust) mitgeteilt. Und augenblicklich begannen die starren Augen der Vorherrschaft ein wenig zu schimmern, und wieder etwas zu sehen. Nicht viel, nur wieder die eigene so lang unreflektierte Gestalt, ihr eigenes Schwimmen vor einer Woche, als es noch wärmer war, und sie als Achtzigjährige in der Spree schwamm. Von keinem bewundert. Die Ichsucht, beinahe unerträglich, dachte Maria. Aber was soll denn ein Mensch nur machen, wenn er abgehängt und noch stolz ist auf seine Bizarrheit? Wenn das einzige Kind, der Rechtsanwalt in Stuttgart, seine Mutter nicht haben will und sich mit einer kleinen Rente, die er ihr auf ein Westberliner Konto überträgt, für seine Dauerabwesenheit rechtfertigt.
„Sie hilft Ihnen auch gern, Kohle hoch tragen zum Beispiel." Eine Aufmunterung? O, die beste

Aufmunterung wäre der Sturz des SED-Regimes, einer Regierung, die von Frau Kleine gehasst wird. Bloß davon wollte Maria heute Abend nicht auch noch sprechen, als sie sich verabschiedete.

58

Lesru macht es sich zur Aufgabe, alles, was sie am Tage ihrer Immatrikulation an der Humboldt Universität sehen, hören, wittern würde, aufzunehmen wie ein großes, wenn nicht immenses Geschenk. Nichts übersehen, nichts überhören, alles in allem volle Fahrt voraus. Zu sehr wohl hatte sie darauf gewartet, an der reinen Quelle der Wissensaufschlürfung zu sitzen und all diese Köstlichkeiten zu trinken, die früher in ihrem Leben wie ein unverstandenes Buch, Bücher, Unglück an ihr vorüberrauschten. Jetzt würde sie „haltet den Dieb" sagen können, hiergeblieben. Jetzt käme Jutta Malrid ihr nicht ins Gehege mit diesem Oberzitat „Das verstehst Du ja doch nicht", ha. Jetzt könnte sie auch nie mehr sagen „Erst die Arbeit, dann das Vergnügen." Jetzt muss sie, ja was denn überhaupt.
Heute ist nur Seligkeit zu erwarten, und ich muss mich schön machen, wie es sich gehört. Aus den einladenden Unterlagen, die ihr ihre zukünftige Bildungsstätte geschickt hatte, entnahm sie wie die etwa hundert Neuimmatrikulierten auch, die sich aus anderen Berliner Stadtteilen auf den Weg zum Bahnhof Friedrichstraße begaben, dass sie sich mit dem schlichten Blau des FDJ-Hemdes zu bekleiden hatte. Das aber erscheint der Morgenaufsteherin so unpassend, deplätziert und widersinnig, als ließe sich ihre Freude auf Bildung von vornherein uniformieren, dass sie nur verächtlich schnauft und ihre beste seidige rot-weiße Bluse aus Weilburg anzieht, über den tadellosen schwarzen Rock, wie es sich gehört für eine Studentin. Hätte ja gleich meine Schweineklamotten anziehen können, denkt der derbe Teil in ihr.

Der derbe Teil in dem achtzehnjährigen Mädchen trägt sogar einen Namen, einen zweiten Vornamen, abgekürzt - Jette.
Wie denn eine größere anspruchsvollere Umgebung all unsere Kräfte hervorziehen kann und es auch unweigerlich tut, so geschieht es auch in diesem braunhaarigen jungen Mädchen mit dem kecken Dutt auf dem Kopf. Die Jette, die im praktischen landwirtschaftlichen Leben die Oberhand haben musste, an der Lesru oft vorbeisehen musste, die fleißige freundliche Lesru-Jette, will partout am heutigen Tage wieder nur eines sein: Lesru. Ein reiner Atem.
Die Jette war es auch, die gestern Abend, als sie nach ihrem großen weit schweifenden ersten Zentrumsbesuch, wo sie ins herrliche unumstößliche Staunen geriet, einen handfesteren Krach, einen polternden Zusammenstoß mit Felizitas Kleine in der Küche verursachte. Sie hatte Hunger, war in die zuvor erklärte und erklärbare Küche getreten, hatte im Speiseschrank, wo sie ein kleines Fach erhalten hatte, gesehen, dass sie selber so gut wie nichts zu essen hatte, außer einigen noch gut essbaren mitgebrachten Hasenbroten. Und, und ohne zu fragen, entnahm sie aus der Wirtin Besitz Pfanne, Öl und zwei Eier, klatschte sie zusammen in der festen Annahme, sie ihr morgen wieder zu geben, in die Bratpfanne. War doch nichts, wenn ich Hunger habe, und sie hat alles hier doppelt und dreifach stehen. Genug, ein Zischen und Zaschen, Frau Verängstigt trat aus ihrer Festung und verteidigte sich mit Worten des Entsetzens vor so viel Unverfrorenheit. Lesru wurde ganz klein, und Jette erhielt zu Recht eins über den Deetz. Was sich ebenfalls im vergrabenen Hort der Erinnerung befindet, ist ein Vorfall, der mit mein und dein zu tun hat. So gar nicht erinnerlich, dass man schon einmal einen Übergriff auf fremdes Eigentum unternommen hatte. Nicht der Gelddiebstahl ist gemeint und gefragt, der einer ausweglosen Bedrängnis geschuldet war, sondern zurückliegender stibitzte die vierjährige Lesru, immerhin

auch schon ein Menschlein, kostbare wunderbare frische Gelbäpfel vom Apfelbaum des Schuldirektors, die heruntergefallen waren. Er wollte es genau wissen, fragte und maß Lesrus Fußabdrücke auf dem nachgebenden Erdboden aus, sie aber log, was das Zeug hielt und rutschte mit ihren Füßlein ein Stück vor, um zu überzeugen, dass ein größeres Kind die Äpfel gestohlen hatte. Sie war hungrig und fressgierig. Und es ging so leicht, überzugreifen....
Auch verschwunden.

Nach soviel schier unerträglich erlebter Größe unter den Schinkelschen Säulen am Alten Museum, Unter den Linden, an den großen barocken Figuren des Zeughauses und gegenüber der häufig besuchten Staatsoper - an zwei ausgeborgten Eiern zu scheitern, das pochte und quälte Lesru den weiteren Abend in ihrem Zimmer. Sie hätte die Wände hochgehen können. Und als sie nach geraumer Zeit an die verfestigte Wohnzimmertür ihrer Frau Verängstigt noch einmal klopfte und um einen Hammer bat, um ein sehr geliebtes, dringend benötigtes Bild an die grässliche Kahlwand mit einem ebenfalls zu erborgenden Nagel zu befestigen, platzte Frau Verängstigt nicht nur ein Kragen, sondern sämtliche Kragen im Kleiderschrank aus ihrem Schlafzimmer erregten sich. „Das dulde ich nicht, Fräulein Malrid, in meinem Hause dürfen Sie keine Bilder aufhängen." Lesru-Jette stand neugierig und anständig bedeppert vor einem wohlig eingerichteten Zimmer mit den Lautnachrichten und sagte nur ein leises „Ach". Das leise „Ach" aber wandelte sich in ihrem kahlwändigen Zimmer zu ganz anderen Ausdrücken und später noch zu einer einzigen Traurigkeit. Lesru stand fassungslos hinter der geschlossenen Tür ihres Zimmers: Links der grüne Kachelofen, ihm gegenüber eine braune Kommode, hinter ihr das braune Leichenbett, ein steriler Korbtisch mit zwei sterilen Korbsesselchen, ein Sachenschrank, und hinter dem Bett wie eine total versunkene Tatsache

stand das Unschuldigste, ein glatter Tisch mit einem Stuhl. Sollte ein Schreibtisch sein. Sie aber trug das geliebte Bild in der Hand, einen kleinen Picasso Druck aus dessen Blauer Periode: Ein Knabe ging am Strand an der Hand einer schwer schreitenden Frau, beide im Schweigen, im Zauber.
Wie hatte sie sich gefreut, in ihrem eigenen Zimmer, dem ersten in ihrem Leben, ihr geliebtes Bild aufzuhängen und mit dem Jungen am Meer zusammenzuleben, anstelle von Wanda und Lisbeth.
Es ist alles Scheiße, sagte Jette dazu, und dazu noch der ganze Verwandtenschwanz, der uns zum Schwimmen einladen wollte. Als käme ich nach Berlin, um einträchtig mit der Tante in der Spree zu schwimmen. Das war gestern. Der späte Abend und die frühe Nacht gegenüber dem Eichenwald rieben sich jedoch ihre Hände in Lebensfreude.

Dass Lesru sich jedoch schon einmal auf einer Lebensstufe befand, wo sie zur Einsicht gefunden hatte, dass das Wort „Scheiße" die sichtbaren Dinge verbittert, zuhängt wie mit einem schwarzen Vorhang, dass diese Einsicht in der Torgauer Straße vor dem Musikgeschäft wirklich stattgefunden und einigermaßen nachhaltig gewirkt und vorläufig bleiben konnte, daran erinnerte sich die Fluchende nicht mehr. Sie hatte ja keine Ahnung davon, dass auch sie eine Verantwortung sich selbst und den Dingen gegenüber besaß, entwickeln musste wie jeder lebende Mensch. Zwei Jahre primärer landwirtschaftlicher Arbeit aber hatten kräftig bewirkt, dass sie jenes Hilfswort für eine schwierige Situation wieder häufiger benutzte, ohne mit der Wimper zu zucken. Wie wir nun längst wissen, war Lesrus Erinnerungsmechanismus blockiert, festgeschrieben in den frühen Kinderjahren, was dazu führen konnte, dass sie sich generell nicht gern umsah, zurücksah. Denn es war keine Bewegung im Sicherinnern entstanden, keine Spielfläche und sie war dazu verdammt, alles neue

weiterschreitende Leben unbesehen anzunehmen, ohne es in sich einordnen zu können.
Und die Gesellschaft war mit sichtbaren Ergebnissen zufrieden, wenn sie in die Spalte ihrer Erwartungen passten. Nur ein dumpfes Gefühl, ein unklares Unrechtsbewusstsein nach dem kleinlichen Übergriff auf die Essvorräte ihrer Wirtin bemächtigte sich ihrer, wütete sich in das Wort „Scheiße". Kein echtes Gefühl für sich selbst und das Eigentum des anderen. Nur Verworrenheit und das jämmerlichste Wort.

59

Mit der Niederlage an den Fersen geht s über die „Gummiwiese". Der Morgen zwischen dem S-Bahnhof Hirschgarten und dem Fürstenwalder Damm ist auf einem schmalen Fußweg über Wiesen, an Pappeln und grünen Gehölzen zu bewundern. Vorgelagert vor der riesigen Stadt, deren weit ausgestreckten S-Bahnarme bis nach Erkner und über Westberlin bis nach Potsdam reichen. Die Arme summen mit ihren gelbroten Zügen hörbar und bald auch schon sichtbar zwischen einzeln stehenden Einfamilienhäusern.
Wie ein vergessenes Flüsschen aus der Eiszeit schlängelt sich die Erpe zwischen den hohen Gräsern und einigen Weißdornbüschen, wie eine unschuldige vergessene Nachricht ohne Ufer. Dieselbe Erpe, die Lesru von Neuenhagen kennt, nur erkennbar an einer schmalen Brücke, die den Fußweg über das fließende Gewässer hebt.
Die sogenannte Gummiwiese ist ein Teilstück des Fußweges, ein auf weichem Moorboden ausgetretener Querweg für Schnellgeher und wohl ein typischer Berliner Ausdruck für einen leicht begreiflichen Zustand beim Auftreten des Fußes auf nachgebendem Boden.
Lesru kennt den Weg bis zur S-Bahn Station Hirschgarten und zurück von Besuchen bei Puffers, die in derselben Straße wohnen.
Aber an diesem Morgen hat alles anders zu sein, anders auszusehen. Sie verbrachte keinen arbeitsfreien Sonntagnachmittag bei ihren Verwandten, es war nicht abends, sie genoss nicht die Zuneigung ihrer Tante und war nicht wie ein verlorenes Schäfchen im heimatlichen Stall gesessen. Heute beginnt der Tag richtig herum. Ein Morgen, ein Aufstand, eine Befreiung aus der Verwandtenfürsorge. Hinein ins Unbekannte, Große, Weltstädtische, wo man tatsächlich in einer Institution namentlich registriert ist.

Darüber staunt die aus den letzten Beistraßen Heraustretende, auf die frühsonnige Wiesenlandschaft blickende Gestalt im neusten makellosen anthrazitfarbenen Nylonmantel und brauner Aktentasche am Arm. Ich werde erwartet, zusammen mit anderen. Mein Name steht auf irgendeiner Liste, ich fahre nicht ins Konzert, nicht in die Anonymität. Das muss den schwarz-weiß-schwänzigen Elstern und schwarzen Krähen, die die weite Landschaft überfliegen, mitgeteilt werden, sie sollen sehen, dass hier eine zukünftige Studentin ihre Weggefährtin zukünftig sein würde.
Und sie studiert nicht allein in Berlin. Berlin, was ist das eigentlich, denkt sie und geht zwischen Meldestauden und wucherndem Unkraut, die Weite bis zum Kiefernwald hinter dem Bahnhof im Blick.

Margit Herholz studiert in Karlshorst Außenhandel und wohnt in einem Studentenheim. Zwei Jahre Nichtsehen liegen zwischen ihnen, als Fadigkeit spürbar. Gudrun Spottdrossel, ein braunhaariges braunäugiges Mädchen taucht aus der Erinnerung wie ein freundlicher Wink auf, ein Mädchen, das Lesru erst im letzten Moment ihrer Oberschulzeit kennengelernt hatte, sie wird Afrikanistik in Berlin studieren. Fast keine Verbindung mehr, aber auch bald in diesem unbekannten Berlin lebend. Wieder nur dieses fade Gefühl. Etwas Entferntes, das einst wichtig gewesen, das unweigerlich fade geworden, einen dicken müden Schleier ausbildend. Vorbei und vergessen denkt Lesru. Und dass das Leben eben so sei, wahrscheinlich, vielleicht und sie nichts ändern, verbessern kann. Das denkt sie.

Aber das GELIEBTE ist weder müde noch verschleiert, es brandet in Lesru Malrid geradezu hoch und auf, noch bevor sie über die Erpebrücke geht, beileibe nicht allein. Hinter ihr und vor ihr stöckeln und schwingen, schlurfen und gehen einzelne Frühaufsteher und Normalaufsteher, noch keine Masse.

Denn was Lesru aus der Fadigkeit des Zugelebten herausbildert, ist ein Sommerfest bei Margit, das den Namen „Party" noch nicht kannte. Mit Wissen ihrer Eltern, des Damenschneiders, der seine Werkstatttür zugeschlossen und nicht dem kollektiven Produzieren geöffnet, hatte Margit, sechzehnjährig einige Vertraute und ein paar junge Männer zu sich eingeladen. Das muss als Umrahmung zugesetzt werden, für die sich Erinnernde aber kommt nur eines in ihren Sinn. Sie fühlt zu ihrem süßen Erschrecken mitten auf dem Fußweg durch die Wiesen diesen wundersamen, wunderschönsten ersten Kuss auf ihrem Mund, den ihr ihr Tänzer, der junge Chemiestudent im sommerlichen Garten des Hauses mitteilte. Eine solche Mitteilung passte und passt wahrlich in kein Sprachgebilde. Der erste Kuss von einem Jüngling war nämlich dermaßen beredt, in solche weiter anhebende nur schöne, nur selig machende Regionen weisende Hochgabe, dass die noch nicht Sechzehnjährige mit diesem Kuss noch tagelang und nächtelang beschäftigt war. Sie sah - auch das müssen wir einschweben – ihren Chemiestudenten aus Halle, einen blonden Trotzkopf, so fassungslos und erstaunt an und tanzte weiter mit ihm. Aber sein Kuss, der doch ein wundersames Einlippen, Horchen nach süßesten Aufwallungen war, einer Beschwörung gleich, eine Ankündigung vom Allergrößten, Weichsten, unumränderten Ländereien, Gott weiß was, blieb wie eine künstliche Lampe im Garten und in der ausgeräumten Schneiderwerkstatt stehen. An schwarzen zur Seite gerückten Damenkörperpuppen tanzten sie, einige Pärchen, doch an der Decke hing ein Kuss.

Hat sich einfach nicht mehr um mich gekümmert, ich hatte ihm doch nach Halle geschrieben, keine Antwort, aus. Das denkt Lesru wider Willen, sie will doch ganz Berlin umarmen und aufnehmen. Stattdessen muss ich schon wieder an meine Niederlagen denken. Ärgerlich. Und Johann, den hatte ich doch auch lieb. Als gälte die

Selbstermahnung keinen Pfifferling, sieht sie sich wieder in der peinlichsten Situation, die sie bisher mit einem Freund erleben musste. Ein Freund, meine Elstern und Krähen, was ist denn das? Sieht sich im überfüllten D-Zug von Karl-Marx-Stadt nach Berlin sitzen, Johann, der Abiturient und Mitlehrling aus Neuenhagen, hatte sie als letzte interessante Freundin erkoren. Ein zwanzigjähriger Mann mit einer ganz eigenen Atmosphäre von Freisein und Überlegenheit, klug, sparsam im Wort, heiter, selber ein wenig schwebend. Er hatte Lesru auf dem Bahnsteig in Falkenberg, in jenem Ort, wo in einer Schneiderstube noch immer ein Kuss an der Decke hing, umarmt. Sie fuhren gemeinsam nach Berlin Ostbahnhof und weiter ins Lehrlingswohnheim. Erregt darüber, dass sie wieder einen Platz an der Seite eines Freundes gefunden hatte, mit einem Freund leben, war ohnehin ein Kapitel für sich, trat sie vor Glück Johann von Zeit zu Zeit auf den Fuß, zärtlich, ganz vorsichtig. Ein Mann gegenüber zeigte sich unwirsch, die Bahnpolizisten traten zwischen die Reisenden, verlangten Personalausweise, sandten Blitze in die hochgespannte Zugluft. Misstrauen, eine absolute Kahlheit verbreitend, denn es gäbe mindestens dreißig Personen, die der DDR den Rücken zuwenden wollten (als könnten sie das jemals). Als Johann und seine Freundin sich im Ostbahnhof erhoben, sie hatten sich über Bücher gewiss unterhalten, stellte Lesru mit tiefstem Erschrecken fest, mit einem Schrecken, der sofort ins Innerste ihrer erreichbaren Substanz sauste und sich fest verankerte, dass sie über eine Stunde den falschen Fuß berührt hatte, den falschen Schuh, den falschen Mann.

60

O, im vollsten Berufsverkehr vom stillen S-Bahnhof Hirschgarten bis zum oberirdischen und unterirdischen S-Bahnhof Friedrichstraße als sehendes Wesen, als ein aufgeregtes Jungding, sogar als eine etwas zu groß geratene Liebende zu fahren und dort tatsächlich anzukommen, ist keine Bagatelle. Um alles zu sehen, jedes Auge, jeden Mundwinkel im großen Stehen, im Geschiebe dort, wo bereits auf dem Bahnsteig Köpenick Massen von Menschen sich in die gelbroten S-Bahn-Waggons schieben, einzelne Flinke, sprechende Zweier, lesende Frauen und Männer, alle aus unbekannten Wohnungen auf einen Schlag erschienen aus Zimmern, die Lesru gern besichtigt hätte, und zwei Stationen weiter am S-Bahnhof Karlshorst noch einmal eine leibhaftige Menschenwand in die verstopften Türen sich zwängt, um auch und sogar die Nächsten gegenüber, an deren Knie man nicht unbedingt stoßen will, nicht aus dem Unterschlag der Augen zu verlieren, dafür braucht man wahrlich einen ganzen Körper voller Augen und einen elefantengroßen Menschenkopf. Der aber fehlt. Lesru atmet diese Menschenwelt ein wie eine bestürzende Objektivität, und, weil es sich um Menschen handelt, liebend. Dieses dunkle Frauenauge, das sich neu in die Menge der Stehenden schiebt und sie mustert, muss sofort geliebt werden, auch jener in Bravour gewachsene Männerkopf mit länglichem Zuschnitt und einem offenen und dennoch abwesenden Gesicht, ein nachdenkliches, muss sofort lautlos angesprochen werden und sich verrücken lassen von anderen Kopfmenschen. Dabei spürt sie wieder, wie gut es ist, dass innerhalb dieses unüberschaubaren Chaos, das Berlin in der S-Bahn ist, auf einer weißen gedruckten Liste ihr Name steht, Lesru Malrid, und sie nur deshalb in diesen sich so schnell verändernden Großraum gehört. Sie muss nicht untergehen, sie steht auf einer Liste. Das aber ist erstaunlich – wieso stehe ich auf einer Liste? Lesru muss lächeln, denn sie fühlt, dass sie niemals als ein Zweiwort auf irgendeine Liste passt. Ist ja nur der Name, redet sie sich ein, erschreckt über sonst was.

Sonst was ist auch das Raucherabteil, in das sie sich sogleich bei der Wald- und Wiesenstation Hirschgarten gesetzt und damenhaft eine internationale Zigarette der

Marke "Astor" angezündet hatte. Im Laufe der Massenzufuhr erstirbt die zum Atmen nötige Sauerstoffzufuhr und macht einem hochkarätigen Qualm Platz, es stinkt bestialisch, der Raucherwaggon hüllt sich in violetten Nebel ein, und auf jeder Station stehen Männer mit soeben angezündeten Zigaretten auf dem Perron. Ich muss jeden Menschen ansehen, ermahnt sie sich, ich muss alles wirklich erleben, ermahnt sie sich, als ihr bereits vom Bahnhof Ostkreuz und seinen vielen um- und aussteigenden Menschen, ermüdete Blick droht summarisch zu werden. Auf diesem unübersichtlichen Umsteigebahnhof, wo sich mehrere wichtige S-Bahn-Linien kreuzen und die Treppe hinaufführt zum Ostring, hatte sie in den letzten zwei Jahren in den verschiedensten Lebens- und Liebeslagen gestanden, als sie von Neuenhagen kam, um in die nahen Arme ihrer Verwandten in Friedrichshagen hinein zu steuern.
Kein Blick zurück. Kein Nachdenken. Vorwärts. Nicht das geringste Interesse an der eigenen Gestalt, weil.
Weil sich aufdringlich ein jüngstes Anerleben vor die Reisende vorschiebt und beinahe bedrohlich näher rückt, das auf dem Fernbahnsteig des Berliner Ostbahnhofs stattfand. Bloß nicht daran denken, verordnet sie sich, es war zu komisch.
Aus einem generelleren Blickwinkel betrachtet, lässt sich sagen: Entzieht sich die eigene Vergangenheit dem Bewusstsein, weil sie einerseits von großen Beschwerden zugewachsen und nicht einsichtbar, abrufbar ist und andrerseits die Gesellschaft keinerlei Anstalten macht, den Menschenblick auf sich selbst zu richten, das Individuum zu fördern sich nicht anschickt, dann besteht dieser Mensch nur aus einer einzigen Substanz, der der Bewegung. Ein Mensch ohne Vergangenheit ist ein Teilchen der Bewegungsmasse.

Gedanken lassen sich aber nicht verordnen, noch um die Ecke bringen, das sollte eine achtzehnjährige DDR-Bürgerin eigentlich wissen. Und so geschieht es auch.

Beim Einfahren des immer noch überfüllten S-Bahn-Zuges aus Richtung Erkner im Berliner Ostbahnhof zur Weiterfahrt nach Potsdam über Westberlin unter dem runden Glasdach erscheint das Anerlebte, Komische in Form eines kleinen weißen herausgerissenen Zettels mit einer Männerhandschrift, der gestern Abend noch einmal flüchtig betrachtet und im einzigen Schreibtischschubfach hinterlegt worden war. Man kann nie wissen. Auch das noch. Nunmehr linst Lesru ungläubig durch bewegliche Mauern von Menschen hinweg herüber zu den Fernbahnsteigen und sieht diesen schwarzhaarigen Studenten wieder vor sich, den Ansprecher. Der Ansprecher hatte sie am letzten Tag vor drei Wochen, als sie von Neuenhagen hier eintraf, mit Koffer und Verwunderungsschmerz, wieder einmal Abschied von einem Lebensort genommen zu haben, aus ihr gänzlich unbekannten Gründen angesprochen, sie nach dem Wohin gefragt und sich sogar erboten, sie mit seinem Motorrad nach Hause, nach Weilrode selbst zu fahren. Potz Blitz, Blitz Potz. Das war ja kein Anerbieten mehr, eher eine Notdurft, die sich mit glühenden dunklen Augen aussprach. Er sei ein Veterinärmedizinstudent im letzten Studienjahr, aus dem Nachbarkreis von Torgau kommend, dem fernen Bad Liebenwerda und eine Motorradfahrt an diesem schönen Augusttag sei, so wurde regelrecht beteuert, eine wahre Freude, mit einer Zugfahrt gar nicht zu vergleichen. Das stand fest, mannshoch und in einem fahlen graublauen Hemd und in einer ausgebeulten Hose, ein Student. Ein Student, von dem sich träumen ließ? So schnell und auf dem ersten besten Bahnsteig in Berlin antreffend? Oh, war Berlin also doch die unheimliche Stadt, wo Ansprecher en masse herumstrolchten und süße Mädchen ins Gehölz ziehen und zerren konnten? Und war vor allem das sichere "Du", die Sogleichansprache zwischen Studenten eine Gewähr für freie Auskünfte? Denn es musste auch etwas gesagt werden. Es musste schüchtern erwidert werden, dass hier im noch siebzehnjährigen frischesten

Grün auch eine Studentin in spe stand und auf den D-Zug nach Karl-Marx-Stadt wartete, eine, die an der ABF ihr Abitur in zwei Jahren nachlernen und nachpauken würde, durfte, um danach Veterinärmedizin (mit höchster Unlust) studieren zu können. Ein Blick ins Schwarze traf Lesru.

61

Ausgegliedert aus dem Strom der fahrenden Köpfe, der zigtausend beschuhten Füße, steigt Lesru aus dem ungeheuren Verlustzug im S-Bahnhof Friedrichstraße die Treppe Schulter an Schulter mit nicht mehr ansehenswerten Menschen herab. Es ist, als könnte sie, unten im vollen Bahnhofsgebäude angekommen, keinen Schritt mehr vor den anderen setzen. War das soeben Erlebte, ihr eigenes Verschwinden im überwallenden Strom von Menschen das Ersehnte?
Langsam und wie in Trance gehend, stellt sie ernüchternd fest, Kopf und Kragen verloren zu haben und dass es unmöglich so weitergehen kann. Sämtliche Anstrengungen, einzelne Menschen genau zu erkennen, sie anzusehen und sich zu merken, besonders auffallende schöne Gesichter beiderlei Geschlechts in Blitzesschnelle in ihr Leben hineinzuholen, mit ihnen eine halbe Minute zusammenzuleben, sogar das sollte stattfinden, ihre auf sie einstürmenden, einrauchenden, einsprechenden Fragen, wer seid ihr, wer bist du, wo arbeitest du, in welchem Büro, sogar die Frage in Ost oder West, wie sieht deine Küche aus, was trägst du in deiner Handtasche, auch jene von einer dunkelhaarigen Schönen aufgemundete Frage, warum guckst du mich so an? All das war bereits am Bahnhof Alexanderplatz ins Rutschen geraten, wo Menschenmassen, ohne sich voneinander zu verabschieden, in vielerlei Richtungen sich schoben und neue Massen im lauten Bahnhofsgeräusch ankommender und abfahrender Züge wieder einstiegen. Und hier nun, vor den großen

weißen Glasscheiben des Cafés, das ganz leer ist, fühlt das Mädchen, sie muss unbedingt ihren Kopf wieder haben, er muss sich auf den braun gebrannten Landhals wieder setzten. Berlin ist ja riesengefräßig. Durch die die ganze Seite ausfüllende Wandglasscheibe erblickt sie sehnsüchtig den runden kleinen Ecktisch, ihren Tisch und an der Theke ihre freundliche schwarzhaarige Kellnerin, die rauchend mit der Dame an der Theke redet. Alles an Lesrus Körper dringt, zerrt, zurrt zur Eingangstür des Cafés, sie muss doch ihren Kopf wieder bei einer Tasse Kaffee am weißen Tisch in der Stille des Lokals wieder aufrichten. Die S-Bahn hat ihn abrasiert. Aber mit einem Blick zur weißen Unerschütterlichen, zur Uhr, ist das ihr Zustehende nicht einzulösen.
Es war unverschämt, gewalttätig. Wie soll sie ohne Kopf in der ABF auftreten, wen soll sie ohne Kopf grüßen, wem die Hand geben, wenn der Kopf im Berufsverkehr in Berlin auf der Strecke geblieben ist? Im Tempo einer Altschnecke schreitet sie am einzigen Rehabilitationsort vorüber, wütend, durchschmerzt und sich obendrein noch selbst lächerlich vorkommend. Es ist ganz falsch nicht ins Café zu gehen, ich muss ins Café gehen, ich habe keine Bohne Lust auf weiteres Leben. Und, nachdem die kürzere Treppe herab zur Straße und zur Unterführung gegangen, und ihr ganzer Körper droht, sich nach rechts zu den Linden, zur Kunst, zu den Opernhäusern zu wenden, muss Lesru sich bereits zum zweiten Mal auf innerhalb wenigster Minuten zwingen, sich Gewalt antun, um nach links zu gehen. Nach links die Friedrichstraße ein Stück hinauf, am Metropol-Theater vorüber. Dennoch: Es ist die falsche Richtung. Und draußen in der frischen feuchten Spreeluft wimmert ein leises Stimmchen in ihr: Lesru, du kannst aber auch gar nichts!

Die Herren waren am Morgen auf leisen Herrensohlen durch die ihnen nicht gehörende Wohnung gegangen, auf Freiersfüßen, hatten das Bad rücksichtsvoll geräuschlos benutzt, weil, wie sie sofort erspäht hatten, sich das Schlafzimmer der goldigen Frau Felizitas daneben befand; o, die Herren Ingenieure und Beamten in den Ministerien! Ein Ausruf besagt noch nicht viel. Sie hatten zur Begrüßung mindestens eine Flasche Rotwein oder einen üppigen Blumenstrauß, wie es sich gehört, in das Pfeilgesicht der unbekannten Dame mit abgelegt, weil sie wussten, dass möblierte Zimmer in bester Lage in Ostberlin nur sehr schwer zu bekommen waren. Und ein Gesamtpreis von fünfzig Mark der DDR war nicht zu hoch veranschlagt.
Die noch immer Grollende, im gelben Nachtgewand mit abgelagerten weißen hübsch verschleierten Haaren aufstehende Frau Kleine aber hat soeben den Zipfel Lust noch denken können, und der trägt einen Namen, wie fast jedes Ding seinen Namen trägt, gleichgültig. Ihre kleinen graubraunen Augen flitzen und lächeln sogar im schmalen Bettzimmer, das lediglich wie ein ausgestrecktes Bett mit Halbschrank aussieht, schummrig weiß und einem bunten Umrandungsläufer, den liebt sie sehr. Und weil sie ihn sehr liebt, vergrößert sich ihre Freude an jenem Wortding noch.
Das Wort "Ernteeinsatz", es muss tatsächlich wie ein Wort zum Morgengebet gehörig mit ausgesprochen werden. „Na, na", sagt sie im Hinblick zum quadratischen Fenster, wo die Morgensonne anklopft auf Teufel komm raus. Lichtstrahlen wie im Märchen. Der letzte ihrer nächtlichen Gedanken entsprach deckungsgleich ihrem ersten Morgengedanken.
Heute immatrikuliert, morgen Abfahrt zum Ernteeinsatz, vierzehn Tage Freiheit in meinem Reich, das steht fest, das lass ich mir gefallen, das war eine Voraussetzung für meine Bereitschaft, mich in meinem Alter noch einmal mit einem jungen Mädchen in Positur zu stellen. Sie muss sich in die lockigen, schläfrigen Rundhaare mit beiden Händen greifen, so als irrte sie sich nicht, als

würde tatsächlich der ganze Spuk am morgigen Dienstag vorüber sein und sie die gesunde Luft in all ihren Zimmern wieder atmen und beleben können.
Und doch und jesses, ihre Neugier auf die Überreste eines jungen Menschen's Anwesenheit ist geweckt. Noch bevor sie ihre eigenen Gewohnheitshausschuhe, weiche, violette Samtschuhchen beherzt anzieht und noch bevor sie ihr Morgengebet im Sitzen ihrem lieben Gott aufsagen will, kann, muss, läuft sie im wallenden Baumwollgelb zur hohen fensterlosen Tür, überschreitet die Grenze im Flur und öffnet vorsichtig die gelbliche Tür zum Verrat. „Nun siehste, wie es hier aussieht", erklärt sie doch erschreckt ihrer weniger alten Freundin aus dem Haus, eine Etage höher. Denn ein fröhlicher Altrauch schlägt ihr entgegen, ein schwarzer unausgepackter Koffer verbarrikadiert den braunen Schrank, Brotkrümel lagern hopp hopp auf den braunroten Holzdielen, ohne Brille erkennbar, alles kehrt den Verrat hervor. „Furchtbar", sagt sie und ist schon längst zur Balkontür geschritten, um den Verrat heraus zu lüften. Und, was liegt auf dem unordentlich gemachten Bett wie eine Seele? Die Geige aufs Bett geschmissen.
Fluchtartig verlässt Felizitas das Herrenzimmer, denn sie hatte seit dreißig Jahren nur an verheiratete Herren vermietet und war also mit abwesenden Männern alt und sehr alt geworden. Wenigstens das benutzte Frühstücksgeschirr am verabredeten Platz, auf dem Küchentisch, unter den Topflappen.

Nach Luft schnappend, nach dem Küchenstrafblick, setzt sie sich wieder auf den Bettrand, wartet ein Weilchen, weil sie an sich selbst Verrat zugelassen hat, und betet das wunderbare Vaterunser: „Vater unser, Dein Name werde geheiligt, Dein Reich komme. Dein Wille geschehe auf Erden wie im Himmel. Unser täglich Brot gib uns heute. Und vergib uns unsere Schuld, wie wir vergeben unseren Schuldigern. Und führe uns nicht in Versuchung, sondern erlöse uns von dem Übel. Denn

Dein ist das Reich und die Kraft und die Herrlichkeit in Ewigkeit. Amen."

63

Die Schreckensvorstellung, bereits am nächsten Tag aus Berlin, dem heiß begehrtesten Ort des Lernens an der Humboldt Universität, wieder entfernt zu werden, hat Lesru gehorsam ins Nichtdrandenken verbannt. Sie taucht unerwartet auf und verliert ihren Schrecken, dort, wo Realität ansässig ist, im wirklichen Gespräch zweier noch unbekannter junger Frauen, die vor der Weidendamm Brücke rechts abbiegen und in geplätteten FDJ-Blusen den gleichen Weg wie Lesru zu ihrer Bildungsstätte gehen. Lesru traut ihren Ohren nicht. Die beiden ungleichen Frauen unterhalten sich vom Urlaub im Thüringer Wald im FDGB-Heim; Männernamen stolzieren in Richtung Bode-Museum unter einem leicht bewölkten Septemberhimmel. Auch der windschwache Himmel muss erwähnt werden. Es ist Lesru wichtig, genau zu beobachten, genau abzuhören, wer etwas mit wem redet, wer allein wie sie im lockeren Pulk die kurze, wenig befahrene Straße parallel zur Spree geht. Auf dem neuen Lernschulweg muss alles genau registriert werden. Als sie den beiden Freundinnen folgt, die weißen Möwen auf dem Eisengesims des Flussgeländers im Auge, aber nicht im Ohr, erschreckt sie gehörig über die Profanität des Gesprächs. Vom Thüringer Wald erhält sie sofort die Mitteilung, dass der heutige Tag der Immatrikulation, nur ein Zwischenspiel sei, das große Glück in vierundzwanzig Stunden bereits wieder zu Ende sein wird. So funktioniert Realität am besten.
Georg Puffer, ihr Onkel im fernsten Friedrichshagen, hatte ihr den Weg vom Bahnhof Friedrichstraße zur ABF genau beschrieben. Alles stimmt genau.

Vom überfüllten, fahrenden, lärmenden Berlin einfach per pedes wegzugehen und von einem unbekannten

Gebäude verschluckt zu werden, ist das nächste Ereignis. Hineingehen in eine steinerne Lehranstalt mit großen schmalen Fenstern, Treppen, ohne sich von den weißen Möwen verabschiedet zu haben, ohne sich vom nahen Berliner Ensemble verabschiedet zu haben, das man schuldigerweise noch gar nicht recht gewürdigt hat, ohne den fröhlichen Friedrichstraßenverkehr am Morgen so richtig gesehen und eingeatmet zu haben, ohne dies und ohne das, stoppt urplötzlich das ganze Leben. Eine Tür öffnet sich und verschließt tausend andere Türen gleichzeitig. Das kann beim besten Willen nicht mit rechten Dingen zugehen. Tut's aber.

Da ist zunächst die große Enttäuschung zu absolvieren, die Lesru erfasste, als sie beim Einschreiten in einen kasernenmäßigen Hof merkte, dass die vor ihr Gehenden zukünftigen Kommilitonen nicht nach rechts zu dem so einladenden ockerfarbigen Gebäude zustrebten, das sie an Weimar gleich erinnerte, an klassische Bildung, sodass ihr Herz schon freudig aufsprang, sondern, denkste Puppe, zum ungleich hässlicheren grauen Kasten wie auf Kommando gehen. Dabei bläst ihr ein kalter Wind entgegen.

Ich habe hier gar nichts zu melden, das muss auf niedrigster Achse gefühlt und erkannt werden. An einer Tafel im Eingangsbereich steht schwarz auf weiß der Name ihrer Seminargruppe und der zugehörige Klassenraum, und was nicht auf der Tafel steht, was aber das Einleben sehr erleichtert hätte, ist die genaue Beschreibung der Luft in diesem Hause. Es riecht viel schrötig, streng muffig, nach Jahre altem Körperschweiß, Bohnerwachs, nach kalten Tagen und Nächten.

Spätestens jetzt, spätestens hier beim Besteigen einer grausteinernen Treppe zusammen mit anderen Unbekannten, lässt sich Ausschau halten nach etwaigen Schönheiten, dicht genug treten sie auf. Oder lässt sich nach all den Übererlebnissen mit und in der Stadt Berlin doch noch kein Auge freimachen, sind die Augen noch überbesetzt? Zumal Lesru, wie sie soeben

eindringlich erfuhr, dass in dem schönen ockerfarbenen Gebäude wahrscheinlich nur die Verwaltung sitzt und für die armen Studenten das Hässliche gerade gut genug sei. Davon schimmern doch nur die Augen. Aber immerhin, es bereitet körperliche Lust mit jungen Menschen, die zu einem geistigen gemeinsamen Ziel streben, die Treppe hinauf zu gehen. Je länger es dauert, umso fröhlicher wird Fräulein Malrid. Eine schöne gemeinsame Kraft strebt nach oben zu den Bildungsseligkeiten. Wenn das nichts ist. Lesru wird immer glücklicher, tatsächlich, ohne auch nur einen Anderen näher unter die Lupe zu nehmen. Es berauscht sie das Erlebnis Gesamtkraft, das vielköpfige Streben nach Bildung und noch etwas Höherem. Guten Tag Glück! Guten Morgen Glück!
Leider lässt sich nicht ewig die Treppe zur Bildungsseligkeit hinaufsteigen, im zweiten Stock korrigiert und verflacht ein leichtsinniger Gang vor geöffneten Türen das herrliche Streben. Vor der ersten Tür stehen auffallend schöne Damen, zum Halsverrenken schön, rauchend und miteinander redend, auch sympathisch. Leider muss Lesru an ihnen vorbeigehen, noch enttäuscht von dem plötzlichen Abbruch des Steigens und der Niederung des Auf-gleicher-Höhe-Gehens. Die erste Tür zeigt nicht die ausgewiesene Nummer der Seminargruppe, wo sie sich einzufinden hat. Schade. Später hört sie, dass in jenem Raum die zukünftigen Sprach- und Geisteswissenschaftler ihr Abitur ansteuern.
Ja, und schrecklich, sie hatte sich für die Naturwissenschaften vorentscheiden müssen, weil sie, ungetröstet wie sie war, als späteren Studienwunsch Veterinärmedizin im Bewerbungsschreiben angegeben hatte. Als Delegierte eines volkseigenen Gutes kam wohl auch nichts anderes infrage. Dabei interessiert sie sich einzig für Psychologie, die wohl auch mit der Natur engstens zusammengenäht ist. Nur traute sie sich mit keinem Menschen bisher über den Wechsel ihres Studienwunsches zu sprechen. Sie kommt sich doch

schon während des barfüßigen Gehens im Lernhaus wie eine Verräterin vor.

Drei Türen mit Türstehern auf dem nach Durchlüftung und frischem Zigarettenrauch riechenden Gang. Vor die letzte Tür tritt die bereits reichlich geschwächte Lesru im anthrazitfarbenen Nylonmantel zu zwei jungen Männern mit dem leisen Gruß „Guten Morgen." „Morjen." In der Fremde mit dem kurzen Hemde. Aber das Fenster, geöffnet von dem schlichter aussehenden Mann mit kurzem Haar, funkt und fuchtelt Lebensbeweise von unten nach oben, vom Eisengitter der Spree, den gar nicht bänglichen fliegenden Möwen, sogar vom berühmten Berliner Ensemble erhält Lesru einen anständigen Gruß. Das ist hilfreich. Das ist sogar sehr hilfreich, weil sie von dem eleganten Herrn sogleich angesprochen wird mit einem himmelschreienden Satz: „Na, die Genossen kommen in Blau." Gemeint sind die beiden nachfolgenden Gemeindeschwestern, unter ihren Mänteln blaue FDJ-Blusen tragend. Augenblicklich sendet ihr der Elegante einen Sympathiebeweis, belässt es nicht dabei, taxiert die gänzlich überforderte Lesru in das Feld der Opposition zur Regierung, Volk und Vaterland und findet sich bestätigt, als Lesru so lässig wie möglich ihre braune länglich schöne Astorschachtel der Unterrichtstasche entnimmt und sich vom Herrn des Morgens und des Anfangs Feuer geben lässt. Im Rücken fühlt sie ihre Verbundenheit mit dem ockerfarbigen Sehnsuchtsgebäude, mit der langen, alle Gedanken vertreibenden Menschenfahrt in der S-Bahn. Von vorn illert sie in einen dunklen Klassenraum mit drei langen Bankreihen und weiter zu einem ebensolchen vielfenstrigen Gebäude gegenüber, aus dessen Fenster winkende, grinsende Soldaten aus der Friedrich-Engels-Kaserne grüßen. „Will'ste och die Errungenschaften der Arbeiter und Bauern verteidigen?", fragt der Zumacher und Arztsohn eines Berliner Chefarztes Lesru und blickt sofort zu einer munter herankommenden jungen Frau mit blondem Haarturban.

„Warum nicht, jeder tut, was er kann", antwortet statt der sprachlos gewordenen Lesru, Rosalka Klar, die junge Frau im blauen Anorak und blondem Haarturban. Lächelnd, eher feixend und jedem die kleine feste Hand verabreichend wie eine Medizin zur Erhöhung des Allgemeinbefindens.
Sofort arrangieren sich in Lesru sämtliche Minderwertigkeitsgefühle um eine auffällige lebenspraktische Gestalt, begrüßen sich untereinander, weil sie sich vollzählig lang nicht gesehen hatten und lauern, harren der nächsten Vorgänge, wo sie sich wieder bemerkbar machen können.
Aber Rosalka Klar stellt sich zum niedergeschlagenen Komplex, sagt mit der in dieser Stadt aufgewachsenen Schnellstimme, wie sie heißt und fragt Lesru, als hätte keine innere Verschiebung stattgefunden, munter nach ihrem Namen und Studienwunsch. Die Eingangsmänner werden einfach wie Toren ignoriert. Mit ihrer leisen Stimme antwortet Lesru, von den fremden nichtfremden Elementen in ihrem Inneren zurückgehalten, sodass nur eine sehr schwache Luftbewegung entsteht. Anstelle des Studienwunsches erscheint ein ebenfalls auffälliger großer, sogar stattlicher Mann mit schwarzem Kraushaar an der Tür und grüßt mit dem Wort: „Bitte."
Die Autorität, der zukünftige Chemiedozent und der Seminargruppenleiter, geht mit leichter schwarzer Aktentasche in den von Rampenlicht erhellten Dunkelraum. Lesru findet in der zweiten Reihe neben einer ebenfalls auffälligen weiblichen Erscheinungsdame noch einen freien Platz, sodass ihre hochlebhaften Mindergefühle fröhlich in die Hände klatschen. Mehr können sie allerdings nicht. Minderwertigkeitsgefühle in diesem Stadium verfügen noch nicht über Sprechwerkzeuge.
Gesprochen wird vorn. „Sie werden lächeln, mein Name ist Robert Schwefel, ich bin Ihr Chemielehrer und Seminarleiter. Wir sehen uns nur eine Viertelstunde, dann führe ich Sie zum Audimax, wo Sie Ihre feierliche

Immatrikulation an der Humboldt-Universität empfangen können, zu der ich Ihnen schon jetzt gratuliere."
Pause und ein erschrecktes Hin- und Herblicken, ein deutliches Gefühl des Nichtwillkommens, der schnellen Abfertigung, ein ganz und gar liederliches Lebensgefühl verbreitet der Mann im Kraushaar und genießt es offensichtlich.
„Zum Ernteeinsatz morgen fahren Sie ohne mich, die Leitung des Einsatzes liegt in den Händen der Genossin Stif. Ich bitte die Genossen im Anschluss an die Immatrikulation noch einmal herzukommen, um einige Dinge zu besprechen. Sie müssen nach der Feierstunde auch noch einmal ins Sekretariat kommen, um Ihre Studentenausweise abzuholen. Das Ding hat viele Vorteile, wie Sie sicher schon wissen. Zum Ernteeinsatz noch einige Worte, bevor wir uns selber vorstellen."
Lesrus Minderwertigkeitsgefühle packen ihre sieben Sachen ein und verschwinden auf Nimmerwiedersehen. Hier herrscht eine völlig neue Lebenslage und -situation. Lesru schaut verstohlen nach links und rechts, öffnet ihre Rückenaugen und spürt allenthalben eine gewisse allgemeine Verstörung. Hier vor den Dreierreihen hatte kein Mensch gesprochen, sondern die Nüchternheit persönlich. Interessant. Die Nüchternheit ist etwa vierzig Jahre alt, besitzt ein verschmitztes gut rasiertes Gesicht mit einer kleinen Nase, einer wenig temperierten lauten Stimme und kämpft ständig mit der Langeweile, weil sie etwas Besseres vor sich weiß. Ein Mann in Eigenspannung.
So doch, von der heiligen Nüchternheit platt gemacht, muss man sich neu bedrucken lassen. Im Klartext: anstatt liebevoller Begrüßung und Einführung in die Lehranstalt Zahlengerassel und Informationen. Informationsgerassel, das besagen will: Seele zu, Herz zu, Kopf nur zum Gehorchen spaltartig offen halten.
Dies aber ist für Lesru Malrid dermaßen körperfremd und nicht bloß halsabschneidend, sondern es ist vielmehr total lebensverstörend und schier

unbegreiflich, dass auf der Stelle Gegenmaßnahmen getroffen werden müssen. Deutlich fühlt sie und just schon Ausschau haltend - wenn ich mich nicht verliebe, gehe ich kaputt, ich muss mir sofort einen Liebsten oder eine Liebste suchen. Und während ein DAVORN entstanden ist, das sich weiter in Informationen wie über einen schönen Kiesweg ergeht, erkennt Lesru den jungen Mann wieder, einen halbblonden mit ernstem, sogar verbiestertem Gesicht, der den Zuweg zur Lernkaserne ebenso wie sie allein gegangen war. Einer, der allein ging, ist schon immerhin etwas.
Zudem misst sie ihre dunkeläugige elegante Nachbarin vorsichtig aus, empfängt ihre warme auf einem mittleren Tulpenbeet schwingende Stimme und horcht nervös in ihre Antwort.

Du lieber Himmel, das DAVORN stellt die Entblößungsfrage: Jeder soll seinen Namen in den allgemeinen Informationsbasar hineingeben, seinen erlernten Beruf gleich mit, sein Studienwunsch hineinstreuen und dreimal schütteln. Schon ergäbe das Ganze die Seminargruppe 1 c, die Abgeordneten aus der Hauptstadt auf dem Kartoffelfeld und mit Mix und Max gemischt, ein vorbildliches Kollektiv eifriger vorbildlicher Studenten.
Lesru in ihrer rötlich goldenen Seidenbluse und schwarzem keimfreien Rock empfindet die Entblößungsszene als Totalentblößung, reihenweise. Reihenweise müssen sich die unbekannten jungen Menschen vor dem DAVORN ausziehen, sich zeigen, sich belächeln lassen und im großen Schatten des Kleiderhaufens schnell wieder anziehen. Als ginge das so leicht.
Was erlaubt sich Herr DAVORN, so gewalttätig und knapp, vor allem, so ungewollt aus sich selbst herauszutreten, sich eine Glühbirne auf die Stirn anschrauben zu lassen. Das macht man ja nicht einmal auf einer Tierschau. Dort lässt man sich wohl Zeit mit der Beäugung und Beurteilung nach eigener Herkunft.

Die kecke Nachbarin sagt mit unscheuer Stimme „Barbara Kloß, Sekretärin und Medizin möchte ich studieren." Wen interessiert das? Jeder ist mit dem Hervorwürgen seiner ins Abseits versetzten Persönlichkeit beschäftigt, sie muss namentlich und mit einem Affenzahn wieder retour geholt werden, hineingeschlitzt in die Wortfabrik. Es kann gut sein, dass nur der DAVORN zuhört, obgleich er auch nicht zuhört. Denn Schwefel kennt die Eindringlinge in sein Leben. Bevor das Enthauptungsschwert Lesru trifft, versucht sie, ihrer Nachbarin etwas Lieberettendes abzugewinnen. Sie fühlt zwar nichts, redet sich aber ein, wer so rassig aussehe, muss intellektuell begabt sein. Und, als sie zum Sprechen gezwungen, muss nach der Namensnennung sofort eine kleine biografische Korrektur vorgenommen werden. Es ist ihr widerwärtig "Schweinezüchterin" in den Ring zu geben, sie lässt das stechend riechende Wort aus und sagt "Tierzüchterin" und muss zur Strafe ein zweites Mal ihre Biografie unkenntlich machen; statt "Psychologie" muss "Veterinärmedizin" angezeigt werden. Sie erschaudert, wird grün und blass, und niemand sieht's. Die Wahrheit ist also von Anfang an nicht beim Buchstaben A ansässig. Denn die Seele ist nach Walter Ulbrichts lautstark bekannt gemachter Definition unwichtig. Lyrik ist Seelenkäse; psychologische Vorgänge interessierte nur die Bourgeoisie. „Sie merken, wir befinden uns hier nicht auf einem bürgerlichen Gymnasium, hier weht ein schärferer Wind. Bei uns werden sofort Leistungen von Ihnen verlangt." Das muss Genosse Schwefel abschließend sachlich nüchtern sagen.
Wenn ich liebe, verschwindet das Ganze, ha, dann hat der mir gar nichts zu sagen, dann lebe ich im Sonst wo und herrlich müsste es sein, zu lieben. Das denkt immerfort und arbeitet ihr enthaupteter Körper unentwegt, als sich die Leistungsgesellschaft erhebt, zur Tür drängt, Geräusche verursacht. Lesru spinnt sich selbst ein. So, von der Liebe als Gegenmacht zur Wirklichkeit, sprach sie noch niemals zu sich selber.

Musizierend. Und ohne ihren Kommilitonen nahe zu treten, ohne sich im Geringsten um einen Einzelnen zu kümmern, schreitet sie in der Liebeswolke taumlig aus dem Seminarraum, aus dem öligen Gebäude, hinaus in die allerschönste Berliner Spreeluft. Sie baut sich ihren Selbstschutzraum.

64

Det jeht ja hier gleich jut los, denkt im allgemeinen Aufbruch Rosalka Klar und wirft einen Blick aus der letzten Reihe in die mittlere zu der Kloßbrühe neben der Sonderbaren. Also wat es hier alles gibt: Uhrmacher, LPG Bauern, Kellner, Krankenschwestern aus dem Regierungskrankenhaus, Junge, Junge, Sekretärinnen wie ike, Elektriker, klar, der Lange aus Dessau, Richter och en Elektriker, da staunste bloß. Und der vor der Tür kommt gleich aus Westberlin, Kowicz oder so heißt der, zehn Jahre Gymnasium in Westberlin, will hier seine naturwissenschaftliche Seite ausbilden, det jibt es alles. Da schnallste ab. Mehr kann ik mir ja nicht merken of die Schnelle. Die blonde Turbanhafte fühlt sich einstweilen so richtig wohl und schnalzt sogar mit dem kleinen Mund und fühlt die gesunden Männerblicke der kasernierten Soldaten von gegenüber vor allem auf sich ruhen und ihretwegen pfeifen.

65

Nach allen abträglichen Erlebnissen, die das Ideal Lesrus, der schönen Ausbildung näher, ganz nahe zu kommen, aushöhlen, zerstücken, indem sie ihre Realseite ungehindert ausbreiten und scharf zeigen, sogar nach der ersten Abfuhr, die sie von ihrer Auserkorenen, der rassigen Barbara Kloß erhielt - die schwarzhaarige kleine Dame, bereits von mehreren Augenpaaren anvisiert, hatte ihr unterwegs erklärt, sie findet es nicht so schlimm, dass die Wirtin das

Aufhängen des kleinen Picasso Bildes verbietet - selbst diese furchtbare kunst-und gewissenlose Aussage, für die Lesru ihre Grundverachtung aus ihrem Fundus holen musste - selbst dies und das vermag nicht das sich endlich wieder einstellende Gefühl des großen Glücks auf dem Wege zu den Brüdern Humboldt zurückzunehmen, geschweige zu behindern. Es arbeitet sich endlich wieder heraus, während die Korona der neuen ABF Studenten, circa achtzig - ja, achtzig WAS, auf der schmalen Friedrich-Engels-Straße zum Hintereingang der Universität in langen Reihen unterwegs ist. Im schönen frischen Großstadtgeraune, Großstadtlärm, der ein Anschwellen, Abschwellen stetig ist. Wir werden feierlich immatrikuliert, und alles, was vorher war, das Gequatsche von Leistung, zählt nicht, redet sich Lesru ein und bedauert zugleich, dass der Einzelgänger, der Mann mit dem kantigen Kopf und Uhrmacher, sich an Barbara Rassig heranredet, ihr offensichtlich imponieren will. Nicht hingucken. Der weiß gar nicht, wie doof die ist, warum guckt er nicht zu mir, das muss trotz aller hohen Flötentöne, die zu erwarten sind, geärgert werden. In der Marschkolonne zur Universität. Was soll denn das bedeuten? Alle anderen Studenten der Humboldt Uni beginnen später ihr Semester bzw. erhalten später ihre Immatrikulation, hatte irgendjemand gesagt. Wir sind die Ausnahme, die Extrawürste. In den engen Straßenschluchten aber wächst Lesrus Sehnsucht und Vorfreude auf die Sonnen tragende Straße Unter den Linden, schräg gegenüber von der Staatsoper, mit dem weitenden Blick zum Brandenburger Tor, genau dort, wo das geistige Berlin im 19. Jahrhundert gelebt und gearbeitet hatte, dort will sie auch durch das glänzende Eingangstor die Pforte zu allem Erhabenen betreten. Und, viele Menschen, zufällige Passanten auf beiden Boulevards der Straße sollten es sehen: Holla, schaut her, hier werden junge Menschen zur Universität eingeladen, zugelassen, die vor Kurzem noch in ihren Arbeitskollektiven, in irgendwelchen Bruchbuden

gehaust haben. Sie linst nach dem Weg nach vorn, nach rechts und links, weil sie immerzu geradeaus gehen und vor einem grauen mehrstöckigen breiten undefinierbaren Gebäude stehen bleiben, die Vorhut, die aus einigen Dozenten besteht. Sie rühren sich nicht vom Fleck, bis die ganze Mannschaft sich zusammendrängt. Was soll denn das bedeuten? Sie öffnen um Gotteswillen eine hohe Tür, es spricht sich herum, von vorn nach hinten, vom Rand zur Mitte und zum Rand: Wir sind da, am Hintereingang der Berliner Humboldt-Universität.
Wen juckt's? Es juckt einige noch, nur Lesru Malrid so stark, dass sie sich kratzen muss. Im Inneren spürt sie die Verachtung der Behörde, das Halsabschneiden, ihren Unwert, sodass das Staunen beim Betreten des Universitätsgebäudes, das Treppensteigen zum berühmten Auditorium maximum schwarz durchflort bleibt. Überall hängen schwarze Fahnen der Trauer. Es muss sofort nach Beistand gerufen werden, und Rosalka Klar, ihr am nächsten stehend, wird zugeflüstert.
„Ich dachte, wir gehen durch den Haupteingang, aber wir sind ja nichts wert."
Die kleinfüßige Blondschäumige lächelt zur Braunäugigen mit dem schiefen Dutt und dem kleinen Brillchen auf der Nase, „Wat solln wir wert sein, nischt, ist allet bloß Gerede." Zurückgeflüstert. Und welch ein Kaliber.

Das sich steil wie ein Amphitheater ausbreitende Audimax ist nur zu einem Viertel mit Menschen und Jacken gefüllt und die Höhenunterschiede dieses einen Raumes müssen bemerkt werden. Es gibt ein oben und ein unten, und Zwischenstufen. Am untersten Ende steht ein sehr einsames Pult, hohe Fenster lassen fremdes Licht in den größten Hörsaal, der ein schöner neuer Lebensraum hätte sein können. Im Schrägen sitzen und im Schrägen genau zuhören. Aber gewiss, wie wir Menschen zu sein pflegen, ob nun

wissenschaftlich untersucht oder nicht, wir sind uns selbst in neuster Umgebung zunächst genug. Wir entdecken Köpfe, Hinterköpfe und Haarfrisuren, vor uns sitzend, Schultern und Rücken im schönsten Durcheinander, Redende von hinten und im Profil, Kühne, die den Blick nach rückwärts werfen, Winkende, einige, die ihre aufklappbaren Tischbretter sogleich herunterklappen, andere, wie Lesru, die ängstlich zum Uhrmacher schaut, um den Mechanismus abzugucken. Nachdenkliche sind auch zu entdecken, die mit ernster Miene in die Berliner Luft sehen.
Lesru aber beobachtet, neben Rosalka sitzend, die sie immer noch etwas einschüchtert, weil sie den Männerblickfang auf ihrem Kopfe trägt, der sich an diesem würdigsten Orte nicht ausziehen und auf die Stuhllehne ablegen lässt wie Jacke und Mantel, sie ärgert sich über sich selbst, weil sie mittendrin sitzend, nur auf die zum Vorschein kommenden Blauhemden glotzt. Lesrus Glotzaugen zählen pauschal etwa 25 blaue Rücken, blaue Blusen. Aber sie merkt auch, dass der feine Herr Ralf Kowicz, der Westberliner Gymnasiast, dieselben Zähl- und Glotzaugen aufstellt wie sie, was sie peinlich berührt.
Dabei hängen ihre Restaugen doch noch an den beiden großen Marx- und Engelsbüsten am Eingang, die wie zwei Torpfeiler jeden einzelnen Eintretenden streng anzusehen schienen und sogar zu prüfen: Was seid ihr wert, was bist du wert, Freundchen?

Rosalka Klar indes hat sich schon für Lesru Malrid, die Tierzüchterin, entschieden. Die gefiel ihr sofort. Die hat eine besondere innige Stimme, sie fällt aus dem Rahmen ihrer bisherigen Mädchenbekanntschaften. Vor allem gefällt ihr, dass die noch Illusionen im Kopfe hat, eine komische Type und die kann sie gut gebrauchen. Die hat noch was im Koppe, denkt sie und wat, det möchte ik herauskriegen. Nicht lange denkt sie an ihre Nachbarin, denn plötzlich betritt ihr wüster Vater den Basisraum des Audimax und verprügelt vor allen

Anwesenden ihre Mutter. Heute ist Zahltag, heute kommt er mit dem Haufen Geld, das er sich in Westberlin in einer Maschinenfabrik verdient und eins zu vier in einer Wechselstube eingetauscht hat, nach Hause, nach Henningsdorf Grenzweg 5. Bei Richard schon so viel gesoffen, dass die Küche erschlagbar zum x-ten Mal zertrümmert werden kann. Heute ist aber kein Zahltag, denkt Rosalka finster. Aber in 14 Tagen, wenn ich noch an der Ostsee bin, kann ich meine Mutti nicht schützen vor dem Untier, und eine große Angst fällt wie ein Untier über sie her.

Auf den untersten Plätzen haben in der ersten Reihe deutlich erkennbar der Dekan der ABF, der FDJ-Sekretär und ein Vertreter der Universitätsleitung Platz genommen. Ein schlanker Mann im Blauhemd, Anfang vierzig, erhebt sich und geht schnurstracks zum Rednerpult, das nun nicht mehr einsam zu sein scheint. Stille tritt gehorsam ein, als noch einmal die untere Tür geöffnet wird und ein blaukittliger Hausmeister mit zwei Grünpflanzen in der Hand das Audimax beschlürft. Alle Augen betrachten ihn wie eine höchst willkommene Erscheinung. Als hätte er Pflicht oder Nichtpflicht versäumt, stellt er die Töpfe auf einen unscheinbaren Beitisch ab und setzt sich wider Erwarten, nachdem er mit einem scharfen Blick die Hochsitzenden gemustert hat, mitten hinein in die Immatrikulationsfeier auf einen unteren Platz. Ein schöner Blickfang für all jene Studenten, die sich der Arbeiterklasse verbunden fühlen und einen Vertreter ihresgleichen vielleicht vermisst haben.
„Liebe Genossen, liebe FDJler! Der Krieg steht vor unserer Tür. Amerikanische und westdeutsche Kriegstreiber haben nur eine Absicht, das Rad der Geschichte wieder zurückzudrehen. Den alten Menschheitsfluch - Zerstörung durch Krieg - um höhere Profite zu erzielen, wollen sie wieder bekräftigen. Wir sind ihnen nicht nur ein Dorn im Auge. Sie sehen klar, dass wir die Welt friedlich umgestalten wollen, die

Menschheit von ihren alten Denk- und Wirtschaftsvorstellungen befreien. Ich sage: nie wieder Kapitalismus! Nie wieder Imperialismus! Nie wieder Krieg und Kriege!
Ihr kommt aus der ganzen Republik zu uns. Aus guten und geachteten Arbeitskollektiven, und ich sage Euch, Genossen und Jugendfreunde, Ihr werdet hier in Berlin dringend gebraucht. Hier ist tatsächlich eine Frontstadt. Aus unserer Hauptstadt machen sie eine Frontstadt, wo sich unzählige westliche Geheimdienste befinden und zusammen mit dem reaktionären Berliner Senat alles tun, um unseren Sozialismus zu stürzen. Niemand in dieser Stadt ist davon verschont, alle leben im Kalten Krieg. Hier ist nicht Greifswald und nicht Halle. Hier erwarten wir von Euch, dass Ihr unsere sozialistischen Errungenschaften, unseren schwer erkämpften Aufbau des Sozialismus verteidigt. Von Euch erwarten wir, dass Ihr nicht "Dr. Schiwago“ im Zoopalast Euch anseht, sondern Flugblätter gegen die weitere Ausblutung durch Abwerbung von unseren Menschen, zum Beispiel verteilt, Ihr habt das sozialistische Bewusstsein, sonst würdet Ihr hier nicht sitzen. Zwei gute Jahre Studium und Kampf stehen vor Euch und dazu beglückwünsche ich Euch!"
Der erste Redner. Der zweite, der Dekan der Fakultät, spricht dasselbe mit heiserer Stimme.
Die große Angst vor einem neuen Krieg - das eigentliche Thema der Redner und die Zuhörer haben es genau verstanden.
Plötzlich, nach einer Stunde, stehen die Studenten reihenweise auf und singen die Nationalhymne "Auferstanden aus Ruinen"... Lesru aber kann nicht mitsingen, ihr fehlen Worte und Liedmelodie, sie spürt nur sämtliche zweihundert Knochen in ihrem Körper. Sie ist eine Knochenfrau geworden, eine perfekte Gliederpuppe.
Denn die alle ihre Zellteile ausfüllende Angst vor einem neuen Weltkrieg, ob vermeintlich oder eingeredet und an die Wand gestellt, griff von der im Krieg Geborenen

vollständig Besitz, alarmierte die untersten Schichten ihres Unbewussten, sodass sie tatsächlich nur aus Angst bestand und den Liedvers "vergessen" hatte.

66

“Friedrichshagen wurde im Jahre 1753 von Friedrich dem Großen als Kolonie für Spinnerfamilien gedacht und gegründet. Einhundert Spinnerfamilien waren zunächst vorgesehen, sie erhielten einen Morgen Land und einen Morgen Wiese und mussten von ihrem Handwerk leben. Als jedoch die Baumwolle um 1800 die einheimischen Produkte verdrängte, mussten viele Friedrichshagener als Tagelöhner oder als Pendler nach Berlin fahren. Später erhielt Friedrichshagen immer mehr den Charakter von Sommerfrische, und an manchen Häusern siehst Du noch die schönen Balkons, die Verandas und andere Spielereien. Und durch den großräumigen Bau des Wasserwerkes erhielt Friedrichshagen eine großstädtische Bedeutung. Das siehst Du, Lesru, noch an der Villa am Müggelsee, in der der Direktor der städtischen Wasserwerke wohnte"
Diese gutbürgerliche Erklärung über die Entstehung von Friedrichshagen verabreicht Georg Puffer im heiteren Tenor einer hohen Männerstimme am Kaffeetisch seiner Nichte und seiner Frau, zwei Häuserblocks von dem Kleinschen entfernt. Weit entfernt. Das achtzehnjährige Mädchen im sonnenhellen Wohnzimmer gegenüber des noch wichtig grünen Eichenwäldchens sitzt steif wie ein Aufnahmegerät am Kaffeetisch. Alles in dieser bürgerlichen Wohnung arbeitet an ihr, ist um die Wiederherstellung von “Kopf ab“ zu einem normalen Menschen bemüht. Die Erklärung ihres Onkels, eines leisen Vielwissenden, summt angenehm in ihren eng anliegenden Ohren, heute ja, heute besonders, obwohl sie seine stets ausführlichen und anschaulich formulierten Erklärungen nahezu jeden Dings auf der Welt, sonst nicht sonderlich mag. Die Geschichte Friedrichhagens rauschte angenehm vorbei und stieß nur auf ein leises Seufzen ihrerseits. Maria Puffer, die tüchtige Spreeschwimmerin, aber hat endlich ihren zukünftigen Stammgast im Haus,

am Tisch und nach dem Kaffee würde sie ihr sogar erlauben, auf den Blumenbalkon zu treten und eine Zigarette zu rauchen.

Diese Wohnung im zweiten Stock eines neu erbauten Wohnblocks am Rande der großen Fahrstraße zwischen Friedrichshagen und Köpenick gelegen, wirkt in Lesrus Inneren wie eine altneue abgeschlossene Welt. “Kopf ab“ war nach einigen Zwischenaufenthalten teils in der ABF, teils im mittäglichen Mensabetrieb, zu dieser Wohnung gerannt. Ihre Verwandten erschienen ihr wie die dringendste Gewähr und der dringendst benötigte Beweis, dass das ganze Leben doch kein Schlachtfeld sei, keine Totalumstellung auf ein soldatisches Kämpferdasein für den Weltfrieden nötig macht, vielleicht nicht. Vielleicht doch, um Himmelswillen. “Kopf ab“ hatte im schmalen Flur ihre kleine Tante herzlich und locker umarmt und einen süßen Kuss auf der Stirn empfangen. Einen Kuss auf den Stahlhelm, der sofort dünn wie Kristall wurde. Dann war sie gleich ins helle freundliche Bad gegangen, sah die eingenähten Schildchen "für Gäste", die Zahnputzbecher mit der DDR-Zahncreme, hörte von der kleinen Küche den Kaffee mahlen, den gescheiten Onkel hatte sie noch nicht gesehen, und, weil der Ort so klein war, rückten heerweise die Imperialisten an, und Lesru konnte sich nur zitternd den Hintern wischen. Auf dem Scheißhaus sind sich alle Menschen gleich, es mussten die Unterschiede her, so raste sie aus der Toilette.
„Wir müssen Soldaten des Weltfriedens sein, glasklar, wir sind keine Studenten", hatte sie hervorgebracht, als der Onkel Georg, im Anzug wie immer, ihr mit dünner Stimme zur Immatrikulation im Wiederkorridor gratuliert hatte. Ein feines Lächeln wirbelte sich geschmeidig aus seinem hohen Schädel, setzte sich schamvoll auf sein braunes Brillengestell, lockerte seinen Mund, der von einem silbergrauen Lippenbärtchen befestigt war. Er erschauderte nicht bei diesen Worten wie seine Frau in

der kleinen Küche. Er öffnete seinen Mund und holte aus dem Wohnzimmer im Stehen eine Welterklärung heraus.

Mit warmer ruhiger Stimme spricht Georg Puffer vor der geöffneten Schiebetür zum "Blauen Salon" von der falschen Annahme der Marxisten, die Welt und ihre Geschichte sei nur ein Verdienst der arbeitenden Klassen gewesen und nicht eine Ergebnisreihe widersprüchlicher Entwicklungen, nicht auch ein Ergebnis von Auseinandersetzungen nicht materieller Art. Erstaunlich, was dieser Diplom-Ingenieur und Mitarbeiter im Energieministerium zu ungewohnter Stunde "Kopf ab" mitzuteilen hat.
Georg Puffer ist ein unermüdlicher Geistesarbeiter, und er hatte sich aus eigenem Interesse mit dieser Theorie und Praxis beschäftigt und, was noch erstaunlicher, seine studentischen Philosophie Vorlesungen hier in Berlin nicht ad akta gelegt. In seinem Kopf flossen Flüsse, und jeder Mensch, der von außen in sein nach außen recht abgeschlossenes Denkreich eindringt, ist ihm willkommen und Anlass, sein Wissen aufzufrischen und an den Empfänger abzugeben.

"Kopf ab" aber steht vor den beiden Blumenfenstern, dem kleinen Tagessofa, die Fenster gardinenlos, damit die Eichen hereinschauen können, was sie gewiss nicht tun und lässt sich von den anwesenden Gegenständen des Zimmers in ganz eigener Weise bearbeiten. Der um einen Kopf größere Mann im grauen Anzug und einem kleinen sich hervortuenden Bäuchlein spricht nicht in ihrem Rücken, sondern in ihr Profil, das sich langsam zu einem Untergesicht wandelt. Ein Leben mit dem Klavier, mit schwarzen und weißen Tasten, erinnert sich Lesru im Trancezustand, wie seltsam, es gibt Leute, die ein Klavier in Berlin in ihrem Wohnzimmer stehen haben. Dabei schaut sie an ihrem ruhig weiter sprechenden Onkel, der seine Hände auf der Lehne des hohen Stuhles festhält, vorbei auf das geschlossene

Klavier an der Wandseite, gegenüber der recht seltsam winkenden ganz grünen Eichenvorladungen.

Ihre frühsten und angenehmsten Kindheitserinnerungen waren mit dieser Familie und mit all diesen Gegenständen verbunden, die einst in Dessau in einer Villa lebten und standen. Dort hatte sie die ersten Füllungen bürgerlicher Gegenstände erhalten. Nur waren diese Erinnerungen zusammen mit den bösartigen Erinnerungen aus Weilrode verschüttet und zum Stein verfestigt. Deshalb arbeiten diese Gegenstände an ihrer Nulllage vergeblich und doch nicht ganz vergeblich. Sie sieht vom schwarzen Klavier zur schmalen Wanduhr, die kleinen Schritte ihrer Tante hörend und sehend, sie nickt mit dem ganz hellhörig und in ihre eigene Tiefe lauschenden Kopf. Wie gern hätte sie sich selbst als bezopftes kleines neugieriges Kindergartenkind in Dessau stehen gesehen, genau an diesem Klavier, wo sie die Töne, die Klänge mit aller Gewalt angezogen hatten. Aber sie sieht nur den gelben Studentenblumenstrauß auf dem Dach des Klaviers. Der Onkel spricht schon über Oktoberrevolution.

So sehen wir hier den wahren Grund für Lesrus Kopflosigkeit, hervorgerufen von einer einstündigen und zweistimmigen Kampfesrede. Der Befehl, sich auf das ideologische Schlachtfeld zu stellen, um den Weltfrieden zu retten, wurde von ihr widerstandslos angenommen. Freilich verlor sie ihren Kopf dabei. Denn: Allein die eigenen Erinnerungen an das eigene Erleben der diffizilen und realen Welt bewahren uns vor Kopflosigkeit und unbedachten Handlungen.

Durch die gläserne offene Schiebetür wird sie freundlich und sanft von der holden lila Biedermeiergarnitur, dem geschwungenen Sofa, den Armlehnsesseln und zierlichen Stühlchen angesehen. Sie scheinen zu fragen - kennst du uns nicht mehr, wir haben uns doch schon

in Dessau gesehen. Aber Lesru erhält nur einen leisen elektrischen Unterschlag und sagt sich etwas anderes: Es gibt Menschen, die wissen gar nicht, was Kriegsgefahr bedeutet, die trinken ihren Kaffee, während die Welt untergeht.
Sie geht in das verlockende Festzimmer begleitet von ihrem munter weiterredenden Onkel, der die schnöden Abwerbemethoden des westdeutschen Staates kritisiert, als sie von einem tiefen beruhigenden Gefühl heimgesucht wird. Sie steht vor der bis zur Decke reichenden Bücherwand des Georg Puffer und sieht seinen hölzernen hohen Schreibtisch mit dem breiten Ledersessel und spürt die inliegende Ruhe dieses Zimmers als höchst nötige Wohltat. Ja, im Arbeitszimmer eines Mannes, kann sie wieder zu sich selbst kommen, zu ihrem inneren Arbeitsstock, sodass sie das sägende Thema verlässt und fragt: „Und womit beschäftigst Du Dich gerade?" „Ich lerne spanisch“, sagt Georg Puffer und zeigt auf einen Bücherstapel.

67

Dass der Lesru Weg in Berlin – was das auch sein mag – für zwei Wochen versperrt ist, muss ausgehalten werden. Es gibt doch schon Erfahrungen, jüngste erinnerbare Erinnerungen. Helfen, stützen sie? Der Ernteeinsatz in Rosenfeld vor vier Jahren entfernte doch auch abrupt und schmerzlich die Lernende von den erwachten Lernbegierden. Sie helfen und stützen beileibe nicht, denn es lagern sich zwei volle Jahre landwirtschaftlicher Tätigkeit wie eine Verlängerung von Rosenfeld auf ihre Sehnsucht nach Bildung und

(Erlösung). Dass sie Bildung und Erlösung für sich gleich setzt, ist ihr nicht bewusst.

Somit befindet sich auch in ihrem braunen Köfferchen, das auf dem Fernbahnsteig im Berliner Ostbahnhof wie anderes Gepäck der Studenten abgestellt ist, das Unentbehrlichste. Sie hatte Freuds Taschenbuch “Der Witz und seine Beziehung zum Unbewussten", eine Fischerausgabe, unter die Arbeitsklamotten gepackt, nicht für alle Fälle, nicht für den Gebrauch in freier Zeit, sondern als ihre eigene Identität. Die seit zwei Jahren vernachlässigte und deshalb traurige Geige kann schlecht mitgenommen werden, es fand auch eine gewisse Verschiebung ihrer Interessen statt. Obwohl sie das schlaue Büchlein mehrmals angelesen, wieder gelesen hatte und sehr wenig verstanden hatte, ist ihr der Begriff "Das Unbewusste" wie eine geistige Mutter geworden, an deren Nabelschnur sie nun hängt. Um keinen Preis will sie sich von ihr entfernen. Das schmale Buch mit dem Porträt des Sigmund Freud, dieses kluge Gesicht, dessen Psychoanalyse bis zum damaligen Tage verpönt und ins Raster westlicher Dekadenz eingeklemmt war, liegt wie ein Wegweiser, Rettungsanker, gut verborgen im Frühlicht des Bahnhofs.

„Ich freue mich auf die Ostsee", sagt mit ausgestreckten Armen der Uhrmacher, seinen Oberkörper im bereits fahrenden Zugabteil ins Endlose dehnend. Der kantige Kopf des Einzelgängers äugelt mit etwas Unbekanntem, Großem, von dem Lesru keine Abmessung in sich trägt, und erntet ringsherum Beifall. Wer sich bereits als Zimmernachbar im Studentenwohnheim in Biesdorf kennengelernt und eine erste lockere gemeinsame Sprache gefunden hat, wie zwei norddeutsch sprechende junge Männer, sitzt im fremden Zug alteingesessen, zum Erstaunen.

„Ich freue mich auch auf die Ostsee", vibriert die Picassoablehnerin im schwarzen eng anliegenden Pullover, zwischen dem Wegbereiter Kowicz und seinem neusten Freundkumpel, dem Kellner Adam Schmidt, einem auffällig ärmlich gekleideten Berliner thronend.
Wie leicht die sich miteinander unterhalten können, denkt Lesru, gestern wurden wir doch alle zu Soldaten gemacht, heute tun sie so, als sei nichts geschehen. Sie fürchten sich nicht vor der politisch gesellschaftlichen Lage, vor dem Ausbluten der DDR, vor all dem Schrecklichen, stellt sie fest. Sie sucht dabei und beobachtet die beiden Herdenführerin, die Genossin Schwestern, die zusammen im schrägen Blickfeld sitzen und das "Neues Deutschland" aufgeschlagen und sich dahinter verschanzt haben. Es tut ihr wohl zu wissen, dass es auch "solche" gibt, Frauen, die etwas Festes, Sicherndes verkörpern, die auch wissen, dass man zugunsten einer allgemeinen Arbeitsleistung seine Persönlichkeit zurückstellen muss, und aus diesem Denkgespinst keimend, fühlt sie sogar etwas Verachtung zum Herrn und Schöpfer Kowicz. Seinen Vornamen Ralf traut sie sich noch nicht auszusprechen, als sei der Familienname übergenug abgrenzend.
„Is hier noch frei?", fragt die Blondturbanige plötzlich Lesru am Fensterplatz, sie war offenkundig auf der Suche nach einer Gesprächspartnerin. Lesru bejaht erschreckt, gern hätte sie ihren eigenen gefühlten Gedanken gelauscht und hin und wieder ins faszinierende Schauspiel der ersten Bekanntschaften

hineingesehen. Was da aus unbekannten Gesichtern, Körpern, Bekleidungen zum Vorschein kommen, welche Art Stimmen, Meinungen, Körperbewegungen, vor allem Blicke und Augen, alles doch absolut neu und einmalig, das ist einfach zu schön und zu kostbar, um es nicht wahrzunehmen. Denn sie starrte nicht auffällig herüber, sie sah aus dem Fenster dabei in rückwärtiger Fahrtrichtung, immer nach Norden ziehend, an Eggersdorf schon vorüber, wo Ute... Sie hörte ihrem eigenen Summton des Lebens zu, als die Eindringende erschien.

Und just, wo Rosalka Klar, von ihrem Liebsten kommend, dem sie das dringende Versprechen abgenommen, während ihrer Abwesenheit nach ihrer hilflosen Mutter zu sehen, von Waggon zu Waggon im fahrenden Herrscher gelaufen war, um das Mädchen zu suchen, das im AUDIMAX geflüstert hatte, - wir sind nichts wert - und sie endlich gefunden, ihr sogar einen freien Fensterplatz anbot, während all dieser "Währends“, hat Lesru einen dringend benötigten Unterschlupf gefunden. Sie brauchte den geistig körperlichen Unterschlupf, weil sie das bildschöne Ovalgesicht der Picassoverneinerin ständig vor sich sah, das sich während der Unterhaltung mit Ralf Kowicz und dem berlinernden Berliner veränderte, das so offensichtlich in jedem Satz, Lustsatz, Spaßsatz des anderen lebte, sich krümmte vor Lachen, dieses Gesicht, dass also eine Gegenmaßnahme getroffen werden musste.

Sie dachte an das gemeinsame Musizieren mit Vira Feine im kleinen schwarzdieligen Saal der Musikschule. Sie spielten ihr Járdányi Konzert für Geige und Klavier. Und sie sah sich im Zug einen Augenblick wieder so weit geöffnet wie vor drei Jahren, als das Einanderzuhören ein Kapitel für sich war. Es war lesruseits ein seltsames Lieben, das mit höchsten Mitteln geschah, ja es war, je länger sie spielte, ihre ganze Liebeskraft, die ihren Part spielte und zugleich so intensiv nach Viras musiktragenden Antworten lauschte, suchte, in jeden Takt hineinspielte und hineinlauschte. Ein doppeltes Spiel in höchstem Grade.

Denn im zweiten Oberschuljahr lebte sie das Viraleben. Das, um so inniger, weil sich eine organische Entzweiung von Eva Sturz angebahnt und ergeben hatte. Eva verliebte sich in einen Medizinstudenten aus Leipzig - was nur natürlich war und Lesru eher verwunderte, als betrübte.

Ein schwerer blauer Koffer und ein grüner Rucksack sind indessen ins Gepäcknetz gewuchtet und ein freundliches pfiffiges Gegenüber, ein ungebräuntes Gesicht mit sehr beweglichen grauen Augen, schmalem Mund, einer kleinen Gesichtsvorsteherin (Nase) über dem blonden hoch toupierten Haar nahm Platz. Zuerst glaubt Lesru - sie las es an den Männerblicken ab, die sofort wie Pfeile Rosalka musternd und durchdringend abschätzend trafen - dass sie ruhig in ihrem Blickfeld verbleiben könnte und sich Rosalka jenen Frauenbeurteilern zuwenden würde. Was denn sonst, denkt sie innerhalb einer sich steil aufwallenden Sehnsucht nach ihrem Viraleben. Solche auffälligen blonden Frauen wollen doch nur eins, und sie fühlt wieder etwas leicht Glitschiges ihrer "Schweinevergangenheit".

„Ik hab Dir im janzen Zug gesucht", sagt mit spitzem Kinn das Blondgestöber, nachdem sie ihren simplen grünen Anorak hinter sich aufgehängt und in einem verwaschenen Grauweiß als ein Bündel voller Fragen Platz genommen hatte. Die trägt keine Sachen aus dem Westen, denkt irritiert die Gesuchte. Dabei fühlt sie wieder diese Schäbigkeit, unter der sie selbst schon unzählige Male in Berlin gelitten, andere Menschen nach ihrer Kleidung zu taxieren und nicht nur das, sondern unbekannte Menschen sofort anhand der Kleidung in zwei gegensätzliche Kategorien einzuteilen: in Westleute und Ostleute. Der Kleiderblick ist's, der hier wie falsches Fahrwasser das schmale Gegenüber überschwemmt.
„Schließlich fahren wir lange im Zug bis nach Rostock und weiter nach Ribnitz-Damgarten, da brauchste jemanden, mit dem Du Dich unterhalten kannst", erklärt die zwanzigjährige junge Frau ins heillos Verfangene und Verhedderte.
„Wo kommstn her, wat hasten vorher jemacht? Ik komme aus Henningsdorf, Stahlarbeiterstadt, aber mein Vater arbeitet nicht dort, der holt sich seine Moneten aus Westberlin in einer Fabrik. Det is aber ja nicht jut, sag ik Dir."
O, welche sonderbaren Töne während des immer schneller fahrenden Zuges, er führt geradenwegs in den hochbrisanten politischen Alltag Berlins, in das große Betrugsgeschäft. Lesru hebt ein wenig die von der braunen Brille verdeckten Augenbrauen, sie ist unsicher und ins geifernde Hassgetriebe gequetscht. Auf welcher Seite sitzt die - wie heißt sie überhaupt - ? Jedermann im Osten, von der Kategorie eins also, wünscht sich Westgeld, Apfelsinengeld, Kinogeld, Büchergeld, Pullover- und Strumpfgeld, und dieses Spitzkinn findet das gar nicht gut wie das Politbüro, wie Ulbricht. Will die mich aushorchen? Den eigentlichen Grund für die Ablehnung des im Westen erarbeiteten Westgeldes aber wagt die treibende Kraft Rosalka noch nicht zu benennen. Der hochgradige Vatersäufer und

Wohnungszertrümmerer kann noch nicht auf die Eingangsschwelle gelegt werden. So schaut sie den schnell vorüberfliegenden Bäumen zu, Lesru ihnen nach. Im Nachblick aber sieht sie zur festen Burg der Genossinnen, die sich gegenseitig auf Artikel im "Neues Deutschland" hinweisen. Sie erscheinen ihr plötzlich angreifbar.
„Und was hast Du vorher gemacht?", Lesrus Frage, denn von sich wagt sie ebenfalls nicht zu sprechen.
„Also zehn Klassen, dann dreijährige Lehre als Technische Zeichnerin, aber dann hat's mir im Büro nicht mehr gefallen, obwohl ik jutes Jeld verdient habe.“
„Und warum hat es Dir nicht mehr gefallen?" Da will es ein Mensch genauer wissen. Rosalka beugt sich dicht an die Fensterscheibe, dicht in die grünherbstliche Landschaft, beinahe in ein Stellwerk hinein, das backsteinrot von schwarzen Holunderbüschen umgeben am Wegrand steht, mit einer Zahl beweißt, und holt fordernd Lesrus Kopf ins sich anschließende Maisfeld.
„Die männlichen Kollegen waren mir zu blöd. Die haben frech nach meinem Busen gegriffen, und wenn de wat gesacht hast, hamse Dir noch volljemeckert oder jelacht." Den tieferen Grund für die Bewerbung zur Abiturierung und für das Medizinstudium aber nennt die Werbende auch nicht sofort, erst am Meer werden sich die Ungleichen näher kommen und sich das Unterste gestehen.
Von diesem erläuterten Tatbestand in einem volkseigenen Betrieb und Zeichensaal ist die Zuhörende regelrecht zerschlissen, alle Stühle wackeln in sämtlichen Betrieben, sodass sie sehr Hilfe suchend zum Uhrmacher schaut. Der sitzt auch auf einem Extraplatz und ist dabei eine große Landkarte auszubreiten.
„Landkarten finde ich doof", erklärt Lesru spontan, auch weil sie viele männliche Angestellte aus den volkseigenen Betrieben entlassen muss. Rosalka lacht mit einer ganzen weißen kleinen Zahnparade. „Warum

denn das, Lesru?" Sie hat sich meinen Namen gemerkt und ich nicht ihren.
„Weil die Zeichen auf Landkarten nie die wirkliche Landschaft wiedergeben, die muss man nämlich zu Fuß oder mit dem Fahrrad allenfalls befahren, am besten zu Fuß. Man muss sie sich ansehen, beriechen, einatmen. Mit Landkarten wird ein großer Verrat und Betrug betrieben, ich hasse sie."
Rosalka lächelt noch einmal, gleich wird sie diesem Mädchen etwas zu erklären haben. Siehste, sagt sie zu sich, die ist wat nicht Alltägliches.

An dieser Gesprächsstelle hätte sich eine gegensätzliche Erinnerung auftun können, ein positiveres Bild dazu gesellen. Denn Lesru hat nicht nur das Unschöne in ihrem kurzen Hemde verdrängt, sondern gleich alles Übrige in die Versenkung fallen lassen müssen. Ihr erstes intellektuelles Staunen über eine blaue Linie, die ein Fluss bedeuten sollte, ein runder Kreis ein Dorf, kleine Kreuzchen Wald, von ihrem Bruder Fritz erklärt und vermittelt, diese Verzauberung hat sie auch von sich selbst verstoßen müssen. Und übrig und lautstark ist nur der heiße unbewusste Wunsch geblieben, ihre eigene innere Landkarte kennenzulernen, das verlorene Land endlich wieder zu betreten.

Es macht sie geradezu wütend mit anzusehen, wie bereitwillig der kräftige Uhrmacher mit dem Vierkantgesicht den drei Lustvollen Prerow auf der Karte zeigt, seinen Zeltplatz sowie den ganzen schmalen Darß, wohin diese Seminargruppe unaufhörlich reist. Es schmerzt Lesru unheimlich, wie klug und freundlich der Uhrmacher diese Karte vorstellt, liest, herumzeigt. Es ist die falsche Karte, fühlt sie.
„Ohne Sternkarten, Meereskarten hätte es doch niemals Entdeckungen gegeben, und wandern nach einer Karte macht och Spaß, Lesru.

Man kann doch nicht alle Entfernungen im Koppe haben, wat Du Dir denkst, is nicht richtig, da biste auf dem Holzwege." Und Rosalka ergänzt, weil ihr der Gegenstand Freude bereitet, „es sind doch nur Zeichen, Symbole für etwas, Verkleinerungen".
Und genau diese Verkürzungen, Verkleinerungen mag ich nicht, denkt die Braunhaarige am Fenster, wo sie eine entfernte Birke am Feldrand festhält, solange es die Geschwindigkeit zulässt.
„Ich war noch nie an der Ostsee" krümmt es sich schließlich durch ihren schmallippigen Mund, als die Birke alt und einsam aus dem eiligen Blickfeld verschwunden ist.
„Wat, noch nie am Meer? Det is ja jut, dann zeig ik dir das Meer, darauf freu ik mir schon", ruft, nicht sagt, ruft Rosalka mit geheimnisvollsten Augen aus, sodass Lesru fortan von diesen blaugrauen Augen gesteuert wird. Fremdsteuerung.
„Das Meer ist ne Wucht für sich, Du wirst kieken, det wird Dir gefallen. Als ik von Prerow hörte, Mann! Off den Zeltplatz fahren wir immer zelten, mein Freund und ik. Hast Dun Freund?" Du liebes Bisschen und Herr Gesangverein. Hinter dem Berliner Dialekt kann man sich einigermaßen verstecken, diese Sprache ist wie ein mit Dornen besetzter Weg. Aber die Frage „Hast Dun Freund?", drängt doch schon sehr ins Hochdeutsche.
Der Fußboden ist ölig staubig, die Gepäcknetze sind gefüllt, was mögen die Koffer und Taschen. Nur Adam war mit einem schäbigen Wanderrucksack gekommen, er ist bestimmt der Ärmste von allen und ausgerechnet der geht mit dem eitlen Lackaffen Kowicz. So direkt gefragt, so platt wie ein Plakat an der Litfaßsäule.
Schließlich: „Ich weiß noch nicht, ob ich einen Freund habe", mit feiner inniger Stimme an lauter Gotteshäusern eines von Schienen durchtrennten Dorfes geantwortet. Zum Ergötzen der in der Liebe- und Leibeswissenschaft erfahrenen jungen Frau mit dem Hochhaarturban. Dreimal wäre die Zunge herauszustrecken gewesen, aber man muss sich an die

sprachlichen Tatsachen halten. Der schwarzhaarige Student vom Berliner Ostbahnhof mit seinem Schnellangebot wurde von Lesru als "Freund" ausprobiert, geprüft, ob er zu ihr passe und abgelehnt, aber als Antwort auf die Pistolenfrage angeheuert. Ein ehrliches "Nein" wäre klarer gewesen, befriedigender und die Sache beendender. Aber Lesru fürchtet sich in ihrer Wertlosigkeit dazustehen, nachdem sie von ihrem ersten Weggang aus ihrem Zimmer auf dem Wege zur ABF und innerhalb dieses ersten Tages dort selbst unablässig Abfuhren und Niederlagen einstecken musste. Noch weniger als ein Nichts zu sein, das erträgt sie angesichts dieser selbstbewussten Frauen und Männer, eingeklemmt in eine fahrende Bereitschaft zu leben, nicht.

Die weltpolitische Lage des gegenwärtigen Jahres, September 1960, ist indessen drei Sitzreihen von ihrem Fensterplatz entfernt, ein Gesprächsthema. Es wird von einem Umgänger, Tom Bredenbeck, mit den beiden Krankenschwestern geführt, in Lesrus Sicht- aber nicht Hörweite. Tom Bredenbeck ist ein längenmäßig großer Mann aus Dessau, ein Unruhiger ohne Bedenkenden, der die "Leute" anspricht, um sie kennenzulernen. Er hockt nicht in einer Ecke und wartet, bis jemand vorüberkommt und ihn betrachtet. Ein Vorgänger.
Er spricht das breite Anhaltinisch, nun schon vor Neustrehlitz, wo die ersten Seen, die ersten glitzernden Wasserflächen den wolkenverhangenen Himmel graublau spiegeln, größere und kleinere, schmalere, von Schilf und Wald umwachsene Seen, da schon wieder eine Uferstelle. Sein rundes glatt rasiertes Gesicht mimt den Fragenden. Sein weißes makelloses Hemd hatte er gestern Abend im Studentenwohnheim als Erstes aus dem Koffer genommen und auf einen Bügel gehangen, damit er heute tadellos aussehen kann.
„Jetzt müssen die Westdeutschen und die Westberliner einen Passierschein für den Eintritt zu uns beantragen,

finde ich jut, kann nicht jeder, wie es ihm passt, die gute Stube betreten. Prompt haben die Helden von gestern das Interzonenabkommen gekündigt, ein Schaden für unsere Volkswirtschaft. Wie geht's nun weiter meine Damen?" Grit Stift, die OP-Schwester, schaut vom See auf ihre gut schmeckende Wurstschnitte und auf den Frager, der sich ohne Bedenken zu ihnen gesetzt hat. Er ist ihr unangenehm, er besitzt keinen festen Klassenstandpunkt, ein Fragezeichen voller Unehrlichkeit.
Etwas geziert, von seinen gestelzten Worten mitverrückt, antwortet sie: „Das war vorauszusehen. Die fehlenden Importe werden wir von der Sowjetunion erhalten. Wir lassen uns nicht unterkriegen." Und genau diese Kraftanballung fehlte ihr in der Meinung des Nichtgenossen. Wieder einer, denkt sie, der nicht begriffen hat, in welchem Land, in welcher Zeit er lebt. Dabei schaut sie ein wenig verärgert zu Bärbel Nahe, ihrer Freundin, mit der sie sich gestern – wann war das eigentlich – über den schönen Thüringer Wald unterhalten hatte. Bärbel mit ruhigem fleißigem Gesicht, einem fröhlichen Sommerkleid mit mäßig großem Busen, leckt sich tatsächlich die Finger ab vor dem großen Besuch. Sie hat eine Birne aus dem eigenen Garten geteilt und den süßen Saft wie eine Biene geleckt. „Der Fortschritt muss überall erkämpft werden, es gibt kein Ausruhen. Und er wird erkämpft. Selbst de Gauille musste dem algerischen Volk eine Volksabstimmung zugestehen. Und wenn Du an die vielen afrikanischen Völker denkst, die ihre Unabhängigkeit von den Kolonialstaaten nicht im Schlaf, sondern durch harte Kämpfe und Opfer erreicht haben, dann erkennt man, in welcher Zeit man lebt und was zu tun ist."
Dozierend mit angespannter Stimme im Mittellagenraum zu den Knöpfen des weißen Bügelhemdes gesprochen.
„Deshalb habe ich mich auch entschlossen, noch einmal die Schulbank zu drücken, zu studieren, um

dieser Zeit, um unseren Kampf gegen den Imperialismus qualifizierter zu dienen. Ich wollte eigentlich nicht, ich habe sogar Angst, dass ich das Studium nicht schaffe, aber Grit hat solange geredet." Entäußert sich zu Toms Ertüchtigung die mittelblonde Sommerfrau, ihm Knie an Knie gegenüber sitzend. Über die Welt ist die Landkarte der Ideologie ausgebreitet. Und Bredenbeck empfängt eine Schelle des Pioniergeists, sodass er in den Mittelgang schaut, als käme von dort eine andere Gestalt, der siebzehnjährige Brasilianer Pele zum Beispiel, der große Fußballspieler, dem er sich bedingungslos anschließen könnte.
Der Überragende erhebt sich nach kurzer Zeit, um mit anderen zu "schwatzen"; beneidenswert, wer seinen Kreis verlässt und dem Anderen sich nähert.
Somit kann Grit ihre Ungehaltenheit sogleich aussprechen: „Wir haben wohl im Regierungskrankenhaus und in unserer Parteigruppe nicht unterm Volk gelebt. Das, was uns als das Höchste und Beste erscheint, der Sozialismus, nennt dieser Durchschnittsbursche "gute Stube". Da siehst Du's Bärbel, im Denken, im eigenen Sprachgebrauch des Volkes ist der Sozialismus noch gar nicht verankert. Dass ich das hier bei den ABF-Studenten erlebe, hätte ich nicht gedacht. Mein Gott, wo leben wir denn", muss ausgerufen werden, wobei ihre dunklen starr gewordenen Augen unter den flachen Augenbrauen immerfort nach den Feldern draußen sehen, so als benötigt sie von jedem großen Schlag, der kollektiviert eine vergrößerte Fläche bildet, die persönliche Genugtuung wirklich und tatsächlich in ihrem eigenen Land der Umgestaltung zu leben. Die Partei hat recht, das sieht sie während der langen abwechslungsreichen Fahrt in den Norden. Und es überrascht sie gelegentlich ein leises Glücksgefühl, das in ihrem Kopf entstand, einen kleinen Absatz bildend, eine Stufe, auf die sie sich setzt, von der sie die Übereinstimmung zwischen sich und den zusammengelegten Feldern draußen

befriedigt ablesen kann. Auf einem Gerüst sitzend, mitten im D-Zug.

68

"Wo ist denn das Meer, wann kommt es endlich?", fragt Lesru am späten Ankunftsnachmittag den blondhaarigen Leuchtturm an ihrer Seite. Schwitzend, mit den ausgezogenen Sandalen in der Hand. Rosalka lächelt, is die offgeregt, denkt sie und eine große Mitteilungsfreude bemächtigt sich ihrer.

Der am frühen Morgen vom Berliner Ostbahnhof abgefahrene Zug mit achtzig ausgesuchten Erntehelfern hatte in Rostock den größten Teil dieser Menschenlast an andere Beförderungsmittel abgegeben, und nur Grit Stiffs Seminargruppe war per Bus von Barth über die Bresewitzer Brücke hinauf auf den Darß gefahren, bis zur Endstation in Prerow. Unterwegs gab es große Wasserflächen aus dem Busfenster zu sehen, aber Rosalka sagte nur wiederholt "Bodden" zu diesen einladenden, schier endlosen Wasseransammlungen. Nach einer anstrengenden Reise mit Altersgefährten, auf die es möglicherweise in den nächsten zwei Jahren ankommt, mit denen man nur vorübergehend auf einem endlosen LPG-Feld Kartoffeln sammeln muss, mit denen man in gewisser, noch unbekannter Weise zusammen lernt und belernt werden wird, werden die Instrumente auf sicherem Boden sogleich andere Melodien hervorbringen. Bei jedem Standortwechsel der Gruppe hatte Lesru dieses Anderssein als vorher beobachtet, plötzlich stand ein noch ganz unbekannt Gebliebener neben dir oder das Krankenschwesterpaar ließ einen Dritten in ihre Mitte. Kurz, eine jugendliche Gesellschaft, die sich noch auf dem Wege zu sich selbst befindet, wo Meinungen, Ansichten voneinander noch im Entstehen sind, in der Ausbildung sozusagen. Und jeder, stellt Lesru fest, zeigt sich bewusst oder nicht, etwas steif von seiner einsehbaren Seite, so als schwebte über der Gruppe ein Zusammenhang, ein hohes ehernes Gesetz, das ausgesprochen hieße: Sei

vorbildlich! Deshalb fiel Ralf Kowicz auf Schritt und Tritt in seiner demonstrativen Schaustellung des Individualisten auf, er bildete auf Bahnhöfen, Busabfahrtsstellen, auf jedem Quadratmeter Erde einen natürlichen Mittelpunkt und erzeugte im Laufe der Zeit eine abstoßende Wirkung in Rosalka und Lesru und in anderen noch wunderbar unbekannten Menschen.
„Einen Affen jibst doch immer", erklärt der Leuchtturm kurzerhand und „ik wundre mir, dass Adam, der Kellner, der offensichtlich nicht viel Jeld hat, ausgerechnet mit dem Affen sich einlässt." Darauf weiß Lesru nichts zu erwidern, denn sie hatte noch im Zug so viele neue Worte und Ostseebegriffe gehört und sich sogleich einverleibt, dass sie zum Nachdenken über diese sonderbare Brüderschaft von Reich und Arm nicht kommt. Von dem herrlichen Prerower Zeltplatz war kreuz und quer sprechend noch im Zug die Rede. Einen Zeltplatz kannte die Unschuld vom Lande nicht, nicht in einer Größenordnung. Die Buchstabenreihe "FKK" wurde in Münder genommen und darüber wurden die Augen gerollt. Strandkörbe sollten persönlich gesehen werden. Dünen durchlaufen. Rettungstürme, bewachte Strände, Quallen und Schwimmverbote bei großem Sturm, all das musste sorgfältig angehört und in ihrem eigenen inneren Gepäcknetz verstaut werden. Auch eine Arbeit. So konzentrierte sie sich in den letzten Stunden nur auf das Meer. Und wo sie in Prerow schließlich gelandet waren, in einer etwas abgelegenen Jugendherberge, wie die Hausordnung lautete und eingehalten, wo die Betten standen, wie es morgen sein würde, das ließ sie alles leichterdings aus: Es lebte nur ein einziger Gegenstand in ihr, und er war tatsächlich groß.

„Es dauert ja ewig", stöhnt diese Lesru, als sie bereits in Sichtweite der ersten Dünen sind, was sich noch mehr als lustig anhört.
Rosalka schielt dicht neben diesem Mädchen auf die leuchtenden roten und orangefarbenen

Sanddornbüsche, die krumm gewachsenen Kiefern, sie sah schon längst das Meer, aber es ist ihr komisch zumute. Die Sonne scheint noch kräftig schön aus ihrer Westseite auf Land und Meer, Rosalka erinnert sich im süßen Schrecken nicht an ihre erste Begegnung mit dem Meer vor vier Jahren, als sie mit ihrem Verlobten zuerst das Zelt aufbauten, erst danach zum Strand und Aufblick gegangen waren. Das zählt jetzt nicht. „Hörst Du nichts, bleib mal stehen", wird stattdessen kommandiert. Jetzt soll ich och noch stehen bleiben und in die Luft hören, denkt die in ihrer Hingabe, Vorausgabe befindliche Lesru, angehalten, gestoppt wie die schnellste Läuferin der Welt, ja so etwa.
„Ich höre nichts, irgendwo ein Radio." Unwilligst steht die Rasende still, sieht in der Nähe einen weißen Holzturm, eine Rettungsstation, Kinder jauchzen irgendwo vorn hinter der Düne.
Im ganzen Haus wird kein Westsender gehört, dieses Verbot, von Kowicz und Co. sofort befeixt, das fällt ihr jetzt ein als Hauptstörung beim Heimgang zum Meer. Dass die Leute immer bloß Ostsee sagen ist auch solch eine Abschwächung, andauernd findet eine Abschwächung statt. Aber mit einem klaren Blick zum grauen Waschpullover neben sich, der freundlichen Verlobten, die so unwahrscheinlich es ist, ein Interesse an ihr hat, schleicht sie nun vollends mit den Barfüßen in den feinen Sand sackend, den Fußweg zur Düne nehmend.

Auf der Düne angekommen, wird Lesru von solchem Schrecken erfasst, dass ihr eiskalt wird und sie sich sofort setzen muss. Das ist sie, die Unendlichkeit, paukt ihr Gehirn in regelmäßigen Rhythmen, das ist die Unendlichkeit, endlich sehe ich sie denkt sie unablässig. Was sie wirklich sieht, ist das blauweiße Meer mit leichtem Wellengang, ein leises Raunen und Rauschen, das Horizontlose. Das Mächtige, Unbebaute, das Grenzenlose mit weißen Wellenbändern, auch die mächtig am Riemen reißende Sehnsucht nach

Erforschung und Begehung der Ferne. Und sie fühlt, von ihrer Begleiterin in Ruhe und Andacht gelassen, wie in ihr eine andere Dimension aufspringt, eine erste Vorstellung von Größe entsteht und sich beginnt häuslich in ihr einzudrücken. Und als sie das fühlt, weiß sie, dass sie still halten muss, sitzen bleiben, sich bearbeiten und beschenken lassen, denn sie würde nie wieder die wahre Größe der Natur in dieser Weise erleben. So greift sie nur still nach ihrer Zigarettenschachtel, höhlt ihre Hände zu einem windlosen Raum und zündet sich geschickt im Ostseewind eine Zigarette an.

Aber mit den auch notwendigen von Mensch zu Mensch-Worten "Ich wusste gar nicht, wie groß, wie herrlich das Meer ist", ganz tief aus ihrem veränderten Innersten leise gesagt, sodass auch Rosalka einen Stich ins Herz abbekommt, einen kleinen Freudenherd, eine Bedeutung, als dies gesagt, verflacht sofort die erste Tiefenwirkung. Ein Verlust tritt daher von den Vorgängen, die noch in Fluss, keine Besprechung, keinerlei Sprache, Festhaltungen vertragen, ein. Ein schales Gefühl. Aber unerlässlich, denn nunmehr kann sie die Düne auf der Strandseite herabgehen, den Strand sehen, unter die Füße nehmen, die Sandburgen und einzeln stehende Strandkörbe mit bis zur Schmerzgrenze erweitertem Sinn in Besitz nehmen.
Und, das Unglaubliche geschieht, der große Zauber hält an bei jedem Kind, Ball, sogar beim weißen unbesetzten Rettungsturm, bei und vor Vorübergehenden, bei jedem Neuaufschlag der Augenpaare auf das Meer links und rechts, der Zauber hält, die neue Dimension des Fühlens, das ja noch kein Denken ist, berührt alle Gegenstände freudig und allerwilligst.

Im frischen meereshellen Morgendunst liegt das Darßland, der Grasnebel seufzt, die noch grünen Buchen halten ihre unteren Zweige noch bedeckt, aber die oberen und obersten beschwichtigen schon die prall einfallenden Sonnenbündel. Auf den grauen Steinplatten liegt Reif, und jeder Fuß beeilt sich per Abdruck zu bleiben, alles will bleiben, ermuntert vom Ostwind, der auch seine Energie nicht dem Gegner, dem Westwind mir nichts dir nichts, überlassen will. Sogar die Luftströmungen liegen miteinander im Kampf.

Bredenbeck, der Dessauer Anredner, sagt beim ersten gemeinsamen Frühstück, das hastig zusammengegessen wird: „Ich habe im Radio gehört, Leute, Wilhelm Pieck ist gestorben."
Was heißt hier, Leute? Lesru, neben der Briefschreiberin sitzend - sie konnte es gar nicht verstehen, wieso Rosalka, nachdem sie das Meer doch so deutlich gesehen, einen Brief schreiben konnte, das Meer passt doch überhaupt nicht auf ein weißes Papier - erschrickt tief.
Und umgehend muss sie diesem Schrecken in sich nachlauschen. Etwas von unten, aus ihrem Leben schmerzt herauf und bleibt sitzen. Sie blinzelt dennoch sofort und wie automatisch zur "Regierung", zu den bevollmächtigten Abgesandten der Partei, die kauend und abgewandt vor ihren Schmalzstullen sitzen und so tun, als hätten sie nichts gehört. Grit Stiff im blauen, neu gekauften Feldanzug, ihre Beifahrerin in grünem Feldanzug mit ihren frisch gewaschenen Haarköpfen.
„Er war schon seit längerer Zeit erkrankt. Die Partei bedauert sein Ableben, aber jeder Mensch ist ersetzbar. Es wird weitergehen." Dieses und nicht jenes erlaubt sich Grit in die allgemeine Stille mit dem Kaffeepott in der Hand zu verlautbaren.
Wilhelm Pieck war der erste Präsident der DDR.
Lesru, aber auch Rosalka, wie sich später herausstellt, aber auch Bredenbeck und Adam Schmidt, auch der Uhrmacher Fred Samson erwarteten nach dieser

Hiobsbotschaft eine andere Reaktion von der "Partei". Wenigstens einen leisen Schrecken. Lesru erwartete sogar Tränen. Ein Aufschluchzen, schließlich ist der erste Repräsentant der Republik gestorben. „Wieder einer weniger", leuchtet Ralf Kowicz den Weg voran.

Es starb aber ein geliebter, verehrter Mann der ersten Stunde, den alle jungen Männer und Frauen, bis auf die Ausnahme Kowicz, von Kindheit an kennen. Sie alle kennen bis auf die Ausnahme Kowicz die spannende Geschichte seiner Befreiung aus den Fängen der Gestapo. Und in Vielen lebt die Kindersehnsucht wieder auf, einmal von Wilhelm Pieck nach Berlin zu Kuchen und Kakao eingeladen zu werden. Zum Väterlichen, weißhaarigen, kinderlieben Vater. Nicht Idol, nicht Ideal, etwas durchaus Liebes und Verehrungswürdiges lebt innerhalb des starren und unsichtbaren obersten Parteiapparates nicht mehr.

„Jetzt könnt die da oben machen, wat se wollen, jetzt ham die keine Bremse mehr, keinen, der den Kopf schüttelt", sagt Rosalka auf dem Weg zum blauen nagelneuen Ikarusbus, der im schönsten Morgentau vor der Herberge brav steht.
„Ich verstehe das nicht. So wenig ist selbst Wilhelm Pieck wert, aber er hat doch Otto Grotewohl, der von der SPD kam, die Hand zur Vereinigung gereicht, Mitbegründer der SED. Und jetzt? Jeder ist ersetzbar. Das regt mich dermaßen auf, macht mich richtig fertig." Lesrus Morgenklage. Ausgesprochen sticht es weniger im Inneren. "Siehste, so sind die Kommunisten. Kein Gewissen. Immer nur eins droff, wie die Mächtigen drüben. Unsre sind jenauso." Rosalkas Kommentar vor dem blauen Ikarusbus.
Die Vergangenheit fällt flach, sie ist flach, ist ersetzbar, das ist zumindest sonderbar. Wenn schon in dieser Gegenwart mit Ausnahme des unendlichen Meeres und zugegeben der leicht geschwätzigen Rosalka alles scheußlich ist, keiner der Mitstudenten eine

liebenswerte Seite anstimmt, so ist der Tod Wilhelm Piecks und seine Versenkung in die Bedeutungslosigkeit, ein Grund mehr, sich wie eine verlorene Möwenfeder zu fühlen. Wie ein Dingsbums sogar nur. Gequält, nirgends zu Hause und jetzt noch ohne Vergangenheit. Dieses Gefühl, denkend formuliert - jetzt noch ohne Vergangenheit - schmerzt während der Busfahrt, schmerzt in das wieder einsetzende Fluxigelächter, die nehmen mir alles, auch das denkt Lesru richtig, ohne zu wissen, was es im Einzelnen sein könnte.

Denn ihre zugeplompte Seele hatte einiges gesammelt, hatte viel zu bieten und zu erzählen, die Verplombung hatte einen Gruß von außen erhalten und sauer reagiert. Das unterscheidet Lesru von den anderen, die leichterdings ihre Lebensfäden an diesen Morgen knüpfen als sei nichts geschehen. Sie reden von den Stechmücken auf dem Darß, die gestern Abend und in der Nacht in großen Schwaden aus dem nahegelegenen Wald zu ihren Fenstern und Türen strömten, wobei sich Lesru wunderte, dass über jede politisch ideologische Grenze hinweg die Mücken zum Generalthema wurden, jeder nur mit einem feuchten Handtuch nach den Feinden klatschte. Alle Verdächtigungen, Beargwöhnungen waren nicht existent: Wenn einer zu lange beim Eintritt die Türe offen ließ, schrien die Empörten auf. Du meine Güte. Aber an meinen Wilhelm Pieck denken sie nicht, denkt Lesru, immer noch empört und beleidigt und sehr einsam geworden.
Denn die Liebende hatte diesen fernen, freundlich dicken Mann aus Berlin als Schulkind geliebt. Einen Vater hatte die vaterlos, in der Dauerumarmung mit ihrer Großmutter Aufwachsende, doch immer ein klein wenig vermisst, und dort, fern oben in der Regierung saß ein freundlicher Mann, der die Kinder liebte. Alle durch die Bank, auch so eine wie Lesru Malrid. Oben in der Regierung saß Wärme auf einem Stuhl, gab es ein

Zimmer, wo es schön war, viele kleine Stühle standen und ein Mann namens Wilhelm Pieck, der alle Kinder, die hereinkamen, umarmte. Nicht Kuchen und Kakao waren wichtig, sondern die Umarmung und die Aufregung, die bis zu diesem Zimmer führten. So hatte sich die sechs- und siebenjährige Lesru den Präsidenten Wilhelm Pieck lange Zeit vorgestellt und immer höher gebaut, je mehr andere Männer und Väter in Weilrode erlebbar wurden: Meckernde, Unheimliche, Arbeitsversessene, Schweigsame, Fürchterliche, Gefährliche. Aber einen Mann gab es, der anders war, der nicht so war.

Das klopft so zart an ihre verwachsenen Innenwände von unten, eine Liebe wiederum. Denn nicht nur diese, jede stark empfundene Liebe besitzt das Potenzial energiereich zu sein und, wenn sie nicht ausgelebt wird, zu bleiben. Die unausgelebte Liebe ist unverwüstlich und unvergänglich. Denn sie ist die elementarste Art Menschen zu verbinden.

Was war das nur mit dem Meer, fragt sich Lesru im Bus sitzend, allein an einem Fensterplatz, durch das Geraune hindurchhörend. Es war wie der deutlichste Fingerzeig, den sie von der Natur persönlich erhalten hatte, dass es über allen menschlichen und gesellschaftlichen Angelegenheiten noch eine ganz andere Größe gibt, die immerfort da ist und ausgibt. Das wäre zu denken nötig gewesen, aber weil sie im Denken nicht so beheimatet ist, fühlt sie nur wieder diesen offenen Reiz, diese herrliche innere Erweiterung als ein süßes ausgedehntes Gefühl. Und dies bildet nunmehr ihren eigentlichen Sitzplatz und was weiter vorn oder neben ihr geredet wird, gelächelt und gefeixt, ein fabrikneuer Bus, den es nicht mal in Berlin gäbe, führt die Studenten direkt neben den Misthaufen oder das leise unhörbare Gespräch der regierenden Schwestern über Wilhelm Pieck, das große Nebenbei, ist Lesru zwar nicht gleichgültig, aber sie will auf ihrem

Sitzplatz sitzen bleiben. In dem Meeresglück, in seiner Ansprache.

Auch fällt es ihr nicht ein, diese offizielle Reaktion auf ein Individuum zu vergleichen mit Elvira Feines Satz in der Oberschulklasse, die damals behauptet hatte: Das Wichtigste ist das Individuum! Dann hätte sie möglicherweise bemerkt, dass in dieser Seminargruppe, nach vier Jahren Weiterentwicklung der DDR eine Rolle rückwärts gemacht worden ist, ein Rückzieher, von dem sogar Wilhelm Pieck an der Spitze des Staates betroffen ist. Ein höchstes Alarmsignal hätte schrillen müssen, aber Lesru denkt nicht daran. Sie vergleicht nicht. Sie webt und spinnt und bewegt sich nur in ihrem eigenen Netz.

Um denken und vergleichen zu können, muss man sich aus seinen Bindungen, Windungen heraussehen können, sichtbar werden, aus der Unterfläche in die Oberfläche gelangen, frei sein, um solche abstrakten Gedanken wie das Individuum und die Gesellschaft vor sich ausbreiten zu können. Wenn Lesru an Vira denkt, dann kommen unlösbar die Ritterstraße 11 in Torgau mit, das dreistöckige Bürgerhaus mit dem letzten Fenster rechts, der freie Blick durch die Ritterstraße zum Wappentor des Schlosses und ihr Getriebensein. Ihr Herzklopfen, das Stehen vor ihrem Haus, die unendliche Sehnsucht nach einem weiteren Gespräch mit diesem Mädchen, nach ihrer warmen, stark melodiösen, modulationsreichen Stimme. Denn mit Vira begann das gemeinsame innere Leben eigentlich, nicht mit Eva Sturz. Sie entdeckten sich in den Armen der Musik, des gemeinsamen Musizierens und in der Literatur, zu beiden hatte Eva keinen eigenen Zugang. Vira forderte sofort die Gedichte von Ingeborg Bachmann heraus und begeisterte sich an ihnen, sie empfahl nicht nur Platons "Phaidros", sondern lieh Lesru das kleine Reklambüchlein "Über das Schöne", umgehend aus, an dem sie sich freilich wieder die

Seele wund las. Das Schöne wurde von der Intellektuellen verstanden und hoch gehalten, so hoch, dass Lesru wie unter einem Schirm gehen konnte. Vira, die Ältere, lauschte, wenn Lesru über ihre Gefühle sprach.
Und dass sie vermisst wurde, nachdem sie gewaltsam von dem gemeinsamen schönen Lernen und Lieben entfernt wurde, sogar von der ganzen Klasse, besonders von ihr, Vira, das tröstete doch in Neuenhagen einen halben schweren Tag.

Vielleicht aber erblickte ihre erinnerungstote Seele auch im Angesicht der Unendlichkeit des Meeres ihren eigenen, schier unendlichen Weg zu sich selbst, eine Art Verwandtschaft, ein Synonym für sich selbst - aus welchem anderen Grunde hätte sie sonst diese Größe in sich aufgenommen?

Nach einer halben Stunde Fahrzeit, Plauderzeit, Schweigezeit, Fühlzeit, in der es Lesru genoss, dieses andere Verhalten der Gruppe in sich aufzunehmen, ein natürlicheres Dasein zu beobachten, man kennt einander ein wenig, die Dominanten sind erkannt, hält der blaue Ikarusbus plötzlich auf einem Feldweg. Es waren alle rotdächrigen kleinen und reedgedeckten Häuser von unterwegs verschwunden. Aussteigen. Ein riesiges Kartoffelfeld führt von einem Horizont zum anderen und ein noch größerer wolkenverhangener Himmel überschaut freundlich das kleine ungewöhnliche Schauspiel. An dieser Stelle des grasbewachsenen Feldwegs stand noch niemals zuvor ein fabrikneuer Bus, tatsächlich, er sieht zwischen den krautgrünen Kartoffelreihen und den gelben Erdfrüchten exotisch fremd und ungehörig aus. So stehen also der Uhrmacher neben der Zeichnerin, die Krankenschwestern aus dem Regierungskrankenhaus neben dem LPG-Bauern, Otto Wauf, der Kellner neben den Elektrikern, die Sekretärin neben den Maurern, der Westberliner Gymnasiast neben einem zukünftigen

Geologen und blinzeln in ihren parat liegenden Alltag. Mitten auf dem Feld ein offener Hänger, vor ihm tanzende Weidenkörbe.
„Det is ja wie im KZ, wie im Gulag" offeriert Ralf Kowicz die Lage, nachdem sie alle einigermaßen vergnügt ausgestiegen und die Morgenkälte sie begrüßt hat.
„Halt doch mal Deine Schnauze", eckt Adam Schmidt, der Kellner, seinen reichen Kumpel an.
„Wieso, Arbeit für alle als Strafe. Det is jenauso!"
Ein Motorradfahrer fährt knatternd dem wegfahrenden Bus entgegen, hält am Ort der Auseinandersetzung, ein großer hagerer Mann stellt den Motor ab und schreitet mit langen festen Sätzen auf die fremden Feldarbeiter zu.
Sein gebräuntes Gesicht, unbemützt, lächelt, Lesru merkt ihm die leichte Erregung an. Mit weicher Stimme stellt er sich als LPG-Vorsitzender vor und hält die folgende kurze Rede:
„Es ist uns eine Ehre, die Studenten der ABF aus Berlin auf unserem Feld begrüßen zu können. Wir freuen uns sehr, dass Ihr uns helfen wollt; unsere LPG ist noch jung, uns gibt's erst seit zwei Jahren, und zur Ernte brauchen wir leider noch Unterstützung. Den Bus haben wir gemietet, weil wir Euch nicht zumuten wollten, in der Scheune mit Plumpsklo auf dem Hof zu kampieren. Mittagessen wird gebracht".
Er sagt noch einiges mehr zum Anwesenden, Otto Lauf, aber das hört nur dieser eine. Es sprach aber ein Wohlwollender im feinen norddeutschen Dialekt auf dem großen Feld. Ein Wohlmeinender. Und was zuvor an Vorwürfen, Vergleichen, wie Stacheldraht das lebendige endlose Feld umgeben hatte, entfernt sich vorübergehend mit dem sich entfernenden Mann. Randbäume werden sichtbar, einige weit abstehende Häuser, und wenn man in die südliche Richtung guckt, sehen die Fröstelnden das blaue Boddenmeer wie eine wunderschöne Linie, den Gegensatz zu allem Erdigen.
Dennoch: Der Aalglatte steht wie ein unerlöster Ölgötze im Morgenlicht und wird nach dem Verschwinden des

Wohlmeinenden wieder zum Feind der fertigen Antworten.
„Du bist ein Klassenfeind, Kowicz, Du musst exmatrikuliert werden! Die Parteigruppe wird das beraten, ein Bericht an den Prorektor ist fällig", sagt schrill, also laut und monoton, als sei sie nicht vom Wohlmeinenden berührt worden, in keiner Weise, Grit Stiff. Ihr hageres Gesicht hat sich zusammengefaltet wie eine Fahne im Hochregen, ihr blaues kleines Kopftuch, das sie um den Hals trägt, versuchte mit seinen blauen Zipfelchen vergeblich gegen die Härte da zu sein. Es weiß ja keiner etwas vom anderen.

Grits Vater war im KZ Sachsenhausen als Kommunist eingeliefert und umgebracht worden. Sie stürzte durch den KZ-Vergleich in den tiefsten Abgrund deutscher Geschichte, denn Millionen Ermordete klammern sich an sie. Ermordet vom uniformierten faschistischen Geist. Und Unrecht wirkt nach, das Abgetötete wirkt und wirkt.

Aber Otto Lauf gibt den Ton an. „Los geht's". Er selber nimmt Ralf Kowicz unter seine Fittiche und redet ernsthaft mit dem Kapitalistensohn. Zum offenen Lkw-Anhänger, eine Aufforderung auf vier hohen Rädern, sind es kaum fünfzig Meter. Ineinander gesetzte Weidenkörbe erinnern Lesru an Bienenkörbe auf alten Gemälden. Die Übrigen schleichen zu ihnen, auf die gelben Kartoffelreihen sehend, als trauten sie noch immer ihren Augen nicht. Als sei das KZ mit auf dieses Feld gekommen, und weil keine offene Diskussion mit Kowicz, mit den Genossen und Nichtgenossen stattfindet, weil eine Sofortverurteilung stattfand, kleben Ängste an ihren Schuhen und Turnschuhen. Eine bleierne Lustlosigkeit gleitet in die warmen Hände, und wer sich noch nicht an einen anderen gebunden hat, sucht sich jetzt seinen Partner. Zwei sammeln in einen Korb, und die stärksten Männer tragen die gefüllten Körbe zum Hänger.

„Bredenbeck, Du bist lang genug, und Fred ist stark genug", sagt kurzerhand Barbara Kloß, die Picassoversetzerin zu aller Erstaunen. Sie kann hell sprechen, sie kann überhaupt das erste Wort wieder aus einer schier endlosen bleiernen Gegenwart hervorholen und damit den Bann brechen.
„Na, wenn Du meinst ich sei stark genug", erwidert der Uhrmacher mit charmantem Lächeln vor der offenen Aufforderung auf vier Rädern stehend, „freut mich das." O, von Freude ist soeben die Rede, und wie sehr wird sie gebraucht! Augenblicklich finden auch die übrigen ihre Sprachanfänge wieder, das erlösende lockere Dasein. „Los Lesru, nun zeig mir mal, wie dat geht, Kartoffeln ernten", sagt halb ernsthaft Rosalka im blauen Trainingsanzug zu Lesru, „die alte Knolle och?"
„Die alte nicht, die bleibt im Boden", erklärt Lesru mit einer Stimme, über die sie sich selber wundert. Es ist ihr, als hätte sie durch Ralf Kowicz ihre Sprache verloren, ein für alle Mal, solch ein komisches Gefühl. Und dass sie jetzt ganz normal antworten kann, Worte wieder in ihren Mund nehmen, erstaunt sie immer noch beim gewöhnlichen Weiterquatschen.

70

Einen ganzen vollen Tag aufrecht gehen, am Meer... Was soll denn das bedeuten eine Strandwanderung? Was machen denn die anderen?
Nach einer bis zum Sonnabendmittag reichenden Arbeitswoche entstehen am herrlichen Sonntagmorgen diese drei Fragen. Die Sonne über dem Meer und Darß hat es sich überlegt, sie will den ganzen Tag ohne geringste Wolkenverwischung herunter scheinen, sie will das Meer blau sein lassen, die glitschigen Quallen grün, die Möwen weiß und ihr frechen Schnäbel schwarz, o, sie hat die Macht in der Hand. Sie kümmere sich nicht um das Geschwätz, Gezanke auf dem Feld, die Hoheitsvolle vertritt absolut keine Meinung, sie schafft und schafft nur blaue Räume. Die großen

Räume aber sollten bewohnt und ausgefüllt werden, dachte sich vielleicht die Septembersonne.

Grit und Bärbel, das Schwesternpaar - Bärbel hatte auch endlich ihren dauerhaften Vornamen ins Gedächtnis der Gruppe geprägt, wie, ist eine weitere Frage, ein ganzer Fragenknäuel war entstanden, natürlich, wenn mehrere Menschen zusammengestaucht werden - die beiden Frauen also, die Ältesten der Frauen, wollen zu Hause bleiben. Sie werden auch nicht vom Anflug des Sonnenwunders hinausgelockt, sie wollen Kleinwäsche waschen, ihre von Wind und Wetter zerzausten Frisuren reinigen, pflegen, in Fasson bringen.

Das hältst du nicht für möglich, denken Lesru und Rosalka, als sie die von roten Sanddorn umwachsene Herberge in Richtung Strand verlassen. Bleiben zu Hause und gucken sich ihre dreckigen Schlüpfer an. Lesru trägt noch einen sauberen Schlüpfer, und morgen kann sie immer noch mit Seife einige Leibsachen waschen, man muss nur tüchtig rubbeln. Barbara Kloß, die erste Sprecherin damals auf dem Feldabgrund, war längst mit Kowicz und mit Adam, dem wie an Kowicz angebackenen Kumpel, in Richtung Strand abgedampft. Na, da wird was Schönes rauskommen, denkt Lesru, von der Maisbude noch immer geprägt. „Zuerst will ich Dir Prerow zeigen, die alten Kapitänshäuser und die Kirche", erklärt so vergnügt und an einem geheimen Übermutsfaden hängend, Rosalka. Die beiden Mädchen tragen eine gemeinsame kurze Hose, was natürlich unmöglich aussieht und ebenso unmöglich ist, aber es erscheint Lesru so, sie fühlt sich auf Gedeih und Verderb der blondhaarigen Kartoffelsammlerin ausgesetzt.

Betreten ist gar kein Ausdruck, Lesru ist von der einwöchigen monotonen Wiederfeldarbeit, vom ununterbrochenen Gebücktsein dermaßen niedergetreten, klumpig schwer, als sei sie von Tag zu Tag mehr zur Kartoffel geworden. Zu einer, die auf keinen Hänger passt und in keinen Weidenkorb. Sie fühlt ihre Missgestalt, als sie neben Rosalka, die ihre Haarlast leicht in einen Pferdeschwanz gebunden, auf einer Dorfstraße geht. Die bunten kleinen Häuser mit knallbunten Türen darunter ängstigen sie plötzlich so stark, als drohten sie mit Riesenmistgabeln von Weilrode, das doch überhaupt nicht auf den Darß gehört, dass ihr beinahe übel wird. Alles Kleinliche, Spießige, Geldzählige, jegliche Fantasie Vermindernde droht aus den blumenumwachsenen Häusern, bildet die leibhaftige Kernmauer um ihre frühe Kindheit, sodass Lesru in das allgemeine Touristenstaunen nicht einschweben kann. Ihr ist schlecht.

„Na, wie jefällt dit Dir, Lesru? Is dit nicht en niedliches Dorf?", muss gefragt werden von der Quartiermacherin.
„Furchtbar. Nur die Blumen in den Gärten finde ich schön. Ansonsten könnten mich die kleinen Häuser totschlagen. Weiß auch nicht warum", antwortet Lesru unumwunden und direkt. In ihren eigenen Angelegenheiten besitzt sie noch die Offenheit, die das Leben offen lässt. Auch die Frage „aber wieso denn, die Häuser tun Dir doch nichts", kann nicht beantwortet werden, wohl aber Rosalkas Interesse und Vergnügen an ihrer Begleiterin steigern. Immerzu fordert die Malrid zum Nachdenken heraus, und dit gefällt ihr.

Sie stehen auf der kopfsteingepflasterten Straße, der weiche Wind spielt schon an ihren nackten Beinen. Die Dahlien und letzten Sonnenblumen nicken und trösten, aber Lesru ist's, als klebte sie fest auf der Straße. Sie gehen weiter zur abseitsstehenden Kirche, die eine Rarität sein soll, aber Lesru hat das erhebende Gefühl, auf dem Kopfsteinpflaster einzusinken in eine unendliche Tiefe, und es ist ihr erst recht unheimlich. Was sie soeben erlebt, ist ein unbewusst bleibender Vorgriff auf ihre Zukunft, den Einsturz der verwachsenen Tür, die zu ihrer frühsten Kindheit führen wird, zu grausamen, ehrlichen, scheußlichen Vor- und Nachgängen, zu Zusammenbrüchen am Stück. Auf der Dorfstraße in Prerow klopft ihre verschüttete Vergangenheit erstmalig an, sie will untersucht und freigelegt werden.

Beim Betreten der kleinen Kirche fühlt sich Lesru etwas besser, beinahe vorübergehend geschützt und bestaunt nun den goldenen schmalen Verlobungsring der Zeigerin. Von der flachen Decke herab hängt tatsächlich ein helles ganzes Schiff, ein Schiffsmodell, das um allzeit gute Fahrt für die Schiffer bittet. Die Vorstellung mit einem Schiff in See zu stechen, das tausendmal verfluchte Land zu verlassen, in einem Akt, auf einem Ritt, auf Nimmerwiedersehen, möglichst allein, stärkt augenblicklich die Totalgeschwächte. Ihr eingeduckter Körper richtet sich auf, sie fühlt die Verbindung zu jenen Seefahrern, die keine Fische, etwas anderes wollen, etwas ganz Anderes. Da hängt ein Hilfsmittel von der Kirchendecke herab, etwas ganz und gar Positives. Mit vollen Segeln, winzigen Bullaugen, kleinen Rettungsbooten, an Bord winzige Tischchen und Stühlchen, einem weißen Rettungsring, fantastisch, als wartete es nur auf des Mädchens „Leinen los!"

Endlich das Saumselige, das endlose Blaue, die steife Brise und der Sand unter den bloßen Füßen und der Schauplatz. Oben auf der ersten erreichbaren Düne (nach dem Weltuntergang) wird mit heraushängender Zunge Platz genommen. In das Meer geschaut, lange, im Atem des leise rauschenden Wassers, das in weißen Zickzacklinien auf den hellen Strand zuläuft, wieder und wieder. Geifernde Möwen, im Schreien und Krächzen Meister, Badende. Gehende.
„Wie ist es, wenn man verlobt ist, Rosalka, geht's einem dann besser?" Die beiden Kurzhosen sitzen dicht in Hörweite nebeneinander und Lesru raucht sich einen

Teil ihrer Lebenslast ab. Bläst sie durch die schmale Nase in den zuvorkommenden Ostwind.
Rosalka lächelt. Wieder so eine angenehme Frage.
„Na schön ist dit, wenn de einen Freund hast. Ik kann mir ohne Torsten jan ischt mehr vorstellen. Und Torsten ist klug, ein Ingenieur, aber vor allem kann ik mir auf ihn verlassen. Er geht zu meinen Eltern, war auch diese Woche dort, guckt, ob wat gebraucht wird." „Ist einer von ihnen krank?"
Rosalka aber kommt unumwunden und beinahe zu schnell an ihre zehrende Wunde, diese Wunde muss nicht erst ausgegraben werden. „Mein Vater ist ein berufsmäßiger Säufer. Da staunste, wa." „Ein Säufer", staunt Lesru wirklich und alle Säufergestalten aus Büchern vereinigen sich in ihr zu einem unklaren Bild. „Säufer gibt es doch gar nicht mehr in der DDR." Die grauen weit draußen im Meer feststehenden Schiffe, Betonklötzen gleich, sollen laut Rosalkas Auskunft, Verteidigungsschiffe der Volksarmee sein.
Die passen auf, dass uns kein Imperialist angreift, und in Henningsdorf sitzt ein berufsmäßiger Säufer. Auch aus Weilrode ist ein solcher der noch nicht ganz Betroffenen bekannt.
„Was ist denn ein berufsmäßiger Säufer, Rosalka?" Leise angefragt. „Dit is janz einfach. Der arbeitet nur, um zu saufen. Wenn mein Vater seinen Lohn in Westberlin kriegt, tauscht er den um in Ostgeld, geht in Henningsdorf in die Kneipe und trinkt. Anschließend geht er nach Hause, zerschlägt regelmäßig die janze Kücheneinrichtung, meine Mutter und mich, wenn ik nicht vorher zu Torsten abhaue. Det macht ein berufsmäßiger Säufer. Primitiv, wa. Sein Beruf ist Saufen."
Rosalkas bleiches schmales Gesicht ist weiß wie der Tod, aus furchtbaren Nächten an den Strand geholt, ihre schmalen Hände aber graben im Sand. Handlos sitzt sie im Schneidersitz. Ihr blauer Pulli mit dem V-Ausschnitt, eng an den Brüsten anliegend, scheint die

Prügelszenen, das schreckliche Geschlagenwerden zu bestätigen, denn er hatte auch zugesehen.

„Und warum trinkt Dein Vater so, und die Jugendhilfe?" Lesru steht nun auch einem einsamen Gewalttäter gegenüber. „Wat weeß ik, der hat den Krieg nicht verarbeitet, er war fünf Jahre dabei, erzählen tut er nichts. Und det is der Grund, warum ich unbedingt Medizin studieren will, Lesru. Ik will, dass dit ja nicht erst entstehen kann, solche Defekte, ik will erforschen, warum dis so ist." Dies wird mit beiden Sandhänden geflochten und Lesru genau ins dichte braune Auge, gepflanzt, direkt hinein gepflanzt, das durchaus vom heilsamen Schrecken gesprochen werden kann. Steile Hochachtung steht wie eine feine Mauer aus Seide zwischen ihnen. Rosalka muss augenblicklich aufstehen und zum Wasser laufen. Wer solch ein Ziel vor den Augen hat, bleibt nicht sitzen.

Die Nachgehende aber fühlt sich wieder einmal total unterlegen. Sieh, die blonde Wasserläuferin, will die Menschheit verbessern, sie will mitwirken, komische Defekte ja nicht erst zuzulassen. Und was will ich dagegen und im Vergleich? Klatsch an den Füßen, Kühle an beiden Fußsohlen und ein wehender, wimmernder Blick zum Meeresende. Den interessanteren Beisatz - er war im Krieg, schuldet seine Verzweiflung einschneidenden Kriegserlebnissen - aber beachtet sie gar nicht. Diese Erklärung wird sogleich von eingehämmerten Dominanten umstellt und erdrückt, Dominanten wie: Wir haben die Geschichte überwunden. In der sozialistischen Welt wird es nie mehr Kriege geben. Krieg ist etwas, was die Ewiggestrigen in westdeutschen Buchläden ausstellen, Berichte von Nazigenerälen. Und außerdem würde Lesru, wenn sie an andere Kriegsteilnehmer wie Herrn Oneburg und Herrn Gliche denken würde, was sie nicht tut, einsehen, dass diese beiden Herren bei Geburtstagen im Freundeskreis sich öfter absondern und ihre Kriegserlebnisse lachend und sehr fröhlich besprechen. Das war ihr schon aufgefallen.

Dennoch zieht sie sie nicht zurate, weil sie auch Rosalka etwas Furchtbares, etwas Wahres gestehen möchte. So beginnt sie beim Nebeneinandergehen auf der feuchten Sandspur, wo man mit den Füßen nicht leicht versackt, zu sprechen:
„Ich muss Dir auch etwas gestehen, was ich hier niemandem außer Dir sagen kann."
„Ja, Lesru", sagt Rosalka, die erst nach diesen Worten sich einen Schritt und noch einen weiteren von den entsetzlichen nächtlichen männlichen und weiblichen Schreien entfernen kann.
Denn der Staat, die Jugendhilfe, hilft ihrer Familie nicht. Ihr Vater gehört keinem Kollektiv an, das sich im Betrieb um ihn und seine Familie kümmert. Er ist ein Außenseiter und ein Abtrünniger.
„Ich möchte nicht, wie ich im Fragebogen angegeben habe, Veterinärmedizin studieren, ich möchte unbedingt Psychologie studieren. Ich interessiere mich nur für die Seele, möchte wissen, was sie ist. Verstehst Du. Und die Seele ist doch bei uns ganz schlecht angesehen. „Seelenkäse" nennt Ulbricht Gedichte. Das ist so gemein." Besonders der letzte Seufzer wurde so ehrlich und traurig an die erste Auskunft angenäht, dass die gestärkte Zuhörerin nicht länger nach einer Antwort suchen muss.
„Na klar, Lesru, Du musst Psychologie studieren, det steckt in Dir drin, dit weeß ik. Und lass Dich ja nicht irremachen von Ulbricht, Du musst kämpfen für Deine Psychologie. Hat sich eben geändert, Deine Studienrichtung. Basta."
Wie sich das anhört: Lass dich von Ulbricht nicht beeinflussen! Von der Staatsmacht soll sich eine kleine unbedeutende Lesru Malrid nicht irremachen lassen. Das sagt mit Entschiedenheit eine junge Frau, die gegen den Alkoholismus kämpfen will. Das rollt aus der Ostsee auch an den Strand, lugt von Weitem aus den

entfernten Sandburgen und einzelnen Strandkörben, das geht wie eine dritte Genossin mit. Eine kleine unsichtbare Kämpferin gesellt sich zu den Beiden. Guten Tag! Wer bist du?

Ich bin Walter Ulbricht; die Partei hat beschlossen, das Präsidialamt abzuschaffen und einen Staatsrat an dessen Stelle zu bilden, dessen Vorsitzender der Genosse Ulbricht sein wird. Sagt das jemand am Strand? Es haftet nur in beiden Frauenköpfen, als der Name von Lesru genannt ward, es haftet wie eine neue Entwicklung in Berlin.
Dagegen scheinen aber die Wandernden am Strand in beiden Richtungen berlinverloren zu sein. Unaufgeregt spazieren ältere Ehepaare mit leichter Kopfbedeckung in Richtung Darßer Ort an die Spitze der Halbinsel, wo das Sperrgebiet liegt, vielleicht von Zingst kommend, wohin Rosalka zu gehen gewillt ist. Eltern mit ihren Sonntagskindern liegen, laufen am Strand von Strandkorb zum Wasser, genug, es gibt nach dieser Untergründe öffnenden Unterhaltung reichlich zu sehen. Blasse, sogar weiße Körper markieren ihre junge Anwesenheit, bronzefarbene offenbaren ein längeres scheintotes Leben.

Schade, dass es keinen Gott der Unruhe gibt. Er säße trotz aller Hin- und Herbewegung Däumchen drehend auf einer Düne, denn all diese Menschen sind offensichtlich beruhigt und beschäftigt mit Baden, Sehen, Gehen, Spielen, Kreischen, sogar mit Lesen wie Lesru feststellt.

Das abgründige Dorf Prerow verliert allmählich seine Nachwirkung, das Erzählte und das ständig raunende Meer gewinnen Einfluss. Rosalka, die eine schwere Last abgeworfen, läuft plötzlich voran wie ein kleines Mädchen, wedelt mit ihren hellen Armen, winkt, lacht und bleibt vor einem bedeutenden Schild stehen. Auf

einer Tafel drei Buchstaben, blau, an einem dunklen Pfosten befestigt.
„Jetzt kommt der FKK-Strand, Lesru", sagt sie lächelnd mit ihrem kleinen Zahnwerk im Mund.
„Und was bedeutet das?"
Lesru war mit ihren Gedanken tatsächlich übers Meer nach Amerika gefahren und hatte an die schönen Briefe ihrer Tante Gerlinde gedacht, die jenseits des Atlantiks ein großes Haus am Meer bewohnt und manchmal diese furchtbare Sehnsucht nach Europa empfindet. Dieses Haus hatte sich Onkel Jo nach seiner Pensionierung gekauft, und mit keinem Nebengedanken ankert sie bei ihrer Mutter fest. Keine verwandtschaftliche Beziehung stört dieses Ausmessen der Entfernungen. „Hier baden die Leute nackt, ohne Badeanzug."
Rosalka liest lustig die anmutige Bewölkung ab aus Lesrus erschrockenem Gesicht, es ist eine glatte Fläche. Im mückenübersäten Heim hörte Lesru diese drei Buchstaben wieder, im Zug hatte Bredenbeck davon gesprochen und blöde gegrinst.
„Und was machen wir nun?", eine ängstliche Frage, durchaus, sie waren stehen geblieben, denn es geht nicht weiter. Lesru fühlt ihre Bekleidung als sicheren Schutz, und es passt nicht in ihren Schädel, wie sich die „Leute" freiwillig ihres sicheren Schutzes entledigen können.
„Na, weitergehen, Lesru. Ist nichts dabei. Torsten und ich gingen oft an den FKK-Strand, Du fühlst Dich viel freier als im Badeanzug."
Wieder muss sie über diese Lesru lächeln, eigentlich ist sie von A bis Z eine Wunderblume, ein Gewächs, das dich froh macht. Und sie sieht sich in Torstens Zimmer im Bett schon liegend, von dieser Lesru erzählen. Wie wir zum FKK-Strand kamen und ...
Jeder Abschnitt endet in der Freiheit, und so gilt es, Zähne zusammenbeißen. Die Augen auf dem Meer weiden lassen, nur ganz kurz zu den Unbekleideten schielen, die frech die Sicht auf das Sandland, das

Dünenland und die knorpeligen Kiefern versperren, zu denen Rosalka „Windflüchter" gesagt hatte. Ihr scheint der mit nackten rohen Brüsten und wer weiß was noch verbarrikadierte Strandwege gar nichts auszumachen. Im Gegenteil, sie wasserfallt drauflos: Kowicz ist jetzt dran. Wie Otto Lauf dem den Laufpass gegeben, ihn verteidigte gegen die Grobansicht der Partei und Parteispitze, alles nur von Bredenbeck gehört, die Schlafraumdebatte. Wer in Westberlin zur Schule gegangen und folglich kaum etwas vom Sozialismus gehört und verstanden hatte, der sei ein Neuling.

Die Sonne blendet jedes Auge, sie tanzt nicht mehr über zarten Schleiern hoch oben im Weltraum, sie lässt sich herab auf das weiß beränderte Meer und, wer keine Sonnenbrille trägt, wer keinen Sonnenschutz hat...
Ein Volleyballnetz steht unversehens mitten auf dem trockenen Strandgelage, Rosalka bleibt stehen und sagt aus heiterem Himmel: „Guck mal, die winken uns, wir sollen mitspielen. Du kannst doch Volleyball spielen? Klar kann ich", klagt Lesru unhörbar, denn sie wird bereits von der Leichtigkeit des Lebens angezogen. Sie geht Rosalka nach, vom Strand weg, wo die ankommenden und weglaufenden Wasserlinien eigentlich ein ewiges, aber tumbes Spiel spielen.
Auf dem Spielfeld stehen jeweils nur drei Mitspieler, einer von ihnen hat der auffälligen Blonden zugerufen, ob sie nicht ....
„Los, Lesru, wir ziehen uns hier aus und spielen ein bisschen mit." Hier nun, da nun und überhaupt erkennt die Angesprochene ihre höchst enthauptende, die Enthauptung bringende Lage. Die Spieler, zwei junge Mädchen oder Frauen und vier nacktpoige Männer strecken und recken sich nach dem Ball.
Sie werfen ihre goldglänzenden und bronzefarbenen Körper vom Kopf bis zur Sohle nach den Spielregeln in die Höhe, laufen einige Meter zurück, dann wieder schnell zum Netz, schmettern den braunen Ball auf den

Sand, wieder ein Punkt für und wider den Gegner. Nicht stumm wie Ölgötzen, sondern in der Sprache des Sports, also mit „Jetztrufen, Holla, Klasserufen".
„Ich trau mich nicht, ich kann mich doch hier nicht ausziehen vor allen Leuten, Rosalka, ich kann doch in meinen Sachen mitspielen." „Nee, dit jeht nich, is ja nichts dabei, brauchst keene Manschetten haben", sagt ein grünlicher Pullover, schwups übern Kopf gezogen und in den Sand fallend. Rosalka im schwarzen BH an der Ostsee, öffnet auch dieses Beweisstück für die freiwillige Gunstlage, lässt ihre mittelgroßen Brüste unter die Leute, zerrt an ihren Shorts. Rosalka in der weißen Unterhose an der Ostsee, zieht auch dieses letzte Mitglied einer Zivilgesellschaft aus und steht ohne weitere Auszugsmöglichkeit an der Seitenkante des Spielfeldes. „Los, Lesru, die warten schon auf uns, die freuen sich, wenn wir mitspielen, mach es einfach so wie ike."
Der Dialekt einer Sprache schwächt jede Aussage.
Lesru aber hatte sich weder vor einer ihrer geliebten Freundinnen noch vor einem Freund, letzteres bis auf eine grässliche amerikanische Ausnahme, ausgezogen, ins unübersehbare Nackte begeben. Die wasserperlenden nackten Mädchenkörper im Duschraum des Neuenhagener Wohnheims anzusehen, war bereits eine Überschreitung der guten Konvention, die doch auch schützte vor Tod und Teufel. Aber jene Mädchenkörper besaßen zu ihrem Erstaunen die gleichen Köpfe und Stimmen, wie im bekleideten Zustand, ihr Lachen und ihre frechlustigen Bemerkungen sprudelten wie vorher, und nur diese Gewähr überwand ihre Scheu und ließ sie in den fröstelnden nackten Stand unter der Dusche geleiten.
Daran erinnert sie sich am Rande des Spielfeldes stehend, auf einem Bein, ja, so lässt es sich erzählen - sie wird von der Erinnerung an ein zweijähriges Duschleben geschnappt und beginnt dem Einrührer zu gehorchen. Fröstelnd fallen die Hüllen unweit des blauweiß anschlagenden Meeres und der den Ball

schlagenden jungen Wissenschaftler. Denn diese Nackten, Braun gebrannten, Springenden besitzen wohl auch ihre Hüllen, Kleiderhäufchen und Berufe, und man muss sich nur vorstellen, dass sie bekleidet in Häusern leben, bekleidet in Zügen sitzen, bekleidet irgendetwas tun und dieses kurze Spiel eben nur ein vorübergehendes Spiel, ein Spiel ohne Musik, also ein Nichts sei. Derart gestärkt geht die weißleibige, weißbrüstige, weißpoige Lesru mit braun gebrannten Armen und Beinen ins Spielfeld und kassiert einige lächelnde Männer- und Frauenblicke. Weil sie und Rosalka Volleyball, verstehen, stellen sie sich sofort an den richtigen Platz, schauen nach dem Spieler, der mit der Angabe dran ist, drehen ihre Köpfe blitzschnell zum und nach dem Ballflug, sehen durch das gespannte hellbraune Netz einen braunen Oberschenkel, eine kreischende Möwe, ein ernstes unbekanntes Männergesicht. Lesru nimmt sich vor, nur bis zum Bauchnabel der Männer zu gucken, ihre Unterleibszugaben erheischen ein natürliches Tabu. Ihr Herz schlägt schrecklich laut, bloß gut, dass es keiner hört. Rosalka soll in die gegnerische Mannschaft, Lesru kapiert nicht, wer hier gegen wen überhaupt spielt, sie vermisst den Mannschaftsgeist und sieht nach einigen Umdrehungen, Ballverlusten, Ballabgaben über das Netz auf und noch einmal auf.

Von einem dunkelhaarigen Mann hinter dem Netz wird sie angestrahlt, in seinem schönen Gesicht lächelt ein unbekannter Stern. Sie stutzt, rennt mit ihren Augen unter dem Brillchen zum Strand zu Spaziergängern, o, das ist angenehm. Leute zu sehen und nicht in das magische Gesicht.

Während die anderen Mitspieler zu nackten Menschen werden, aus deren Mündern komische Lautstärken dringen, in gebückter Stellung, beim Zubodengehen, in

gestreckter Stellung, beim Aus- und neuen Abschlag, am Meer wird der Eine ein seltsam freundlicher Mensch. Lesru wagt einen Blick durch das Hanfnetz und noch einen zweiten, denn sie will sich vergewissern, ob sie tatsächlich auch etwas gesehen hat, und schlägt ihre Augen sofort zu Boden. Dicht vor ihr steht ein Mensch, der sie unaufhörlich mit warmen wie erhellten Augen ansieht und seine Netze vor sie hinlegt, dass es ihr unheimlich wird. Unheimlich schön. Er, der Unbekannte, fand seinen Blickpunkt und Blickfang und Lesru empfindet etwas durchaus Himmlisches, Überirdisches. Das Himmlische lächelt ununterbrochen, seine gerade Nase, sein zurückhaltender Mund sind genau zu erkennen, sogar seine ganze Gestalt bei einem ersten verschämten Ganzblick und Lesru kann nicht anders, sie kann überhaupt nichts anderes tun noch denken, sie lächelt zurück, vor, vor allem vor.
Es ist, als seien sie allein, sie spürt eine nie zuvor empfundene Seligkeit, ein zärtliches, den ganzen Körper erfassendes Sehnen zu Gott weiß was. Das einzig und allein von diesem Fremden ausgeht, der einen Strahlungsgürtel bildet und aus dem Lesru bis zu ihrem Lebensende eigentlich nie heraustreten wird.
Die Sprache versagt, sie stottert.
„Komm Lesru, wir gehen", sagte Rosalka in ihrem Berliner Dialekt nach einer halben Stunde Weltzeit, sie schwitzt ordentlich und die Strandwanderung hat doch erst begonnen und eine Station erreicht.
Der Mann, der Menschmann aber sagt mit solch rührend warmer Stimme: „Ach schon, Ihr müsst schon gehen." Sodass Lesru sein unendliches Bedauern mitfühlt, das sie mit allen ihren leisen, erstaunten Sinnen teilt. Ein unsagbar schönes Bedauern....

71

Im D-Zug nach Berlin sagt Bier trinkend Ralf Kowicz zu seinem selbstständigen Trabanten Adam Schmidt, der

immer noch in aller Augen Kellner geblieben, „Ik freue mir auf das kulturvolle Leben, auf ein heißes Bad, auf ein Glas Wein und ein gutes Buch, dieser Scheiß hat endlich offgehört", mit einem Seitenblick erreicht er Lesru und Rosalka. Der schnelle Zug rast querfeldbeet durch Mecklenburg auf seiner befestigten Bahn, durch die großen Fenster stürzen Kartoffelfelder, mit besonderen weiblichen Augen anvisiert, es rattert und bebt gleichmäßig und die beiden Strandspaziergängerinnen, am Fenster sitzend, hörten genau zu.
Er hat vollkommen recht, denkt Lesru, aber vom Lernfieber ist sie noch entfernt.

Sie hatte stattdessen auf jedem Bahnhof, wo der Städtezug hielt, die Ängstlichen mit großen oder kleinen Koffern gesehen und überlegt: Hauen die nun ab oder nicht. Sie hatte das grässliche Misstrauen auf den Bahnsteigen mitgespürt, die Starraugen der mitfahrenden Bahnpolizei erkannt, das Zittern und innere Weinen der Unbekannten, die möglicherweise ihren Heimatort dort, wo sie geliebt worden waren, verlassen wollten oder mussten, sie hatte diesen Sog des Misstrauens und der Untersuchung, Abhörung der Menschen sofort als Unterwegsgabe miterhalten.

Rosalka erwidert dem Angeber auch nichts. Sie ist vergnügt und sehnt sich nach ihrem Torsten. Am Ostbahnhof würde er stehen und sie kann ungehemmt seine Frau sein, seine Liebste und auch Lesru wäre endlich aus ihrem Blickfeld. Ständig so eine um sich, geht auch an die Nerven.

Ein weiß bejackter Kellner läuft durch den Gang mit gefülltem Tablett, und was geschehen muss, geschieht. Die Strandspaziergängerinnen wissen zwar genau, was passieren wird, aber sie beobachten beide doch genau aus unterschiedlichen Stirnaugen den kurzen Vorgang. „Zwei Bier und zweimal Bockwurst", sagt der erlöste

Ralf im Dreitagebart von unten nach oben zum weiß gedeckten Tisch. Lesru schaut nur verschämt, wie es sich gehört, den kurzhaarigen Adam an, aus dessen Mund auf dem Feld die komischsten Figuren und Sachen sprudelten, knapp, knackig, kühl serviert. Adam blickt seinen Kollegen wirklich an, mit leisem Bedauern und voller Achtung. Er steht nicht mehr bis Mitternacht in seiner Berliner Eckkneipe im Prenzlauer Berg, er sitzt in einem Schnellzug.
Ein Blick aus seinen grauen Augenwinkeln genügt ihm, er beobachtet seinen Kollegen nicht länger und schaut auf die Felder und auf nichts. Er will Mathematik studieren.
Rosalka, hungrig geworden, der selbst geschmierte Proviant ist aufgegessen, rümpft ihre schlanke Nase, bevor es etwas zu rümpfen gibt. Sie sieht in das offene Maul des angeblich ausgehungerten Chefarztsohnes tief hinein, denkt an Adam Kellner, der sie zum Feixen, Lachen, zum genauen Zuhören zwischen den Epern gebracht hatte, eine Ulknudel, die ihr gefiel, und wendet abrupt ihren wieder hoch toupierten Kopfschmuck ab und zu Lesru. Kowicz teilt tatsächlich nur das Bier, nicht aber die zweite, parat dampfende knackige Bockwurst mit seinem Kompagnon. Er beißt die Viertelwurst mit einem Abbiss nieder, sagt "Prost" und etwas von Kohldampf und lässt die zweite Bockwurst auf dem Fensterbrett liegen und dampfen.
Niedergemacht ist Lesru. Sie schluckt mit Speichelabgang: “Mensch, Adam hat auch Hunger und kein Geld, siehst du das nicht Geheimchef?", hätte sie sagen wollen, sagt aber wie oft nichts. Rosalkas und Lesrus Gelder sind auch flüchtig, es reicht gerade bis zur nächsten Hoffnung.
Von Fahrstunde zu Fahrstunde vermehrt sich lauthals die Freude des Egoisten, die Vororte von Berlin heben ihn aus dem Häuschen, und er teilt sich unentwegt mit.
„Ik rieche den Rhythmus, den Asphalt, die Kinos, dit jeht mir durch Mark und Bein", triumphiert er mit strahlenden Augen nach allen Sitzplätzen. Er fühlt sich wie ein Kind,

das in den Schoß seiner Mutter zurückkehrt. Unübersehbar. Hinreißend findet Lesru, wieder verunsichert. Noch niemals hatte sie einen jungen Mann sich so auf Berlin freuen sehen, es schlängelt sich auch an ihrem Bein hoch.
„Alles beginnt wieder zu leben, alles war da oben eingemottet, Mann o Mann", noch einmal. Er schlenkert die Arme wie beim Gehen, steht auf und setzt sich nicht mehr auf die Wartebank. Sodass Lesru, die sich mehrenden Häuser und Straßen, das Dichtstruppige zwischen ihnen als hässliches Hindernis ansieht und mit Ralfs Begeisterung das Ungetüm Berlin versucht zu begreifen.

Auch Rosalka ist aufgestanden, einer tat's nach dem anderen, den Fern- und S-Bahnhof Lichtenberg hervorsehend, obwohl die Berliner im Ostbahnhof erst auszusteigen gewillt sind, auch die Umsteiger in andere Fernzüge. Rosalka ist ein freundliches flatterndes Etwas geworden, eine zu lange Alleingelassene. Sie gleicht nicht mehr jener ruhig gehenden Frau, die am Meer in ein ganzes Brot biss, am Meer das gemeinsame Brot getragen hatte und die volle Schönheit des Sonntags Meter um Meter von Zingst und zurück mit Lesru gemeinsam genossen hatte. Wie zwei wirkliche Schwestern waren sie gewesen. Alles futsch, stellt Lesru sitzend fest.

Sie war lange unschlüssig gewesen, was sie tun solle, tun könne, sobald sie auf dem Ostbahnhof ausgestiegen und den sich Umarmenden schnell ihren Rücken zukehren sich beeilt haben würde. Aber je länger sie den Intellektuellen Kowicz beobachtet, die bald sich vereinenden Liebes- und Ehepaare, umso kleiner und trostloser fühlt sie sich, ein richtiges Häufchen Unglück. Auch hatte sie auf dem Darß in der Herberge nur ein einziges Mal versucht, ihren heißen roten Faden zu berühren und das Buch von Freud „Der Witz und seine Beziehung zum Unbewussten"

aufzuschlagen abends, als alle noch im Speiseraum saßen. Aber sie hatte sofort wieder ihre Backpfeife erhalten, vom Buch, von der Feldarbeit, die sie geistlos gemacht hatte. Das drückt jetzt mit und danieder. Die Nichtberliner aber hatten von der ABF jeweils Fernfahrkarten zu ihren Heimatorten erhalten, und eine solche nach Weilrode befindet sich in ihrem bunten Indianerbeutel. Dieser aus rotem und blauem Hanf, mit feinen schwarzen Lederriemen verzierte Beutel aus Südamerika hatte beim Aufbruch in Prerow wieder die Aufmerksamkeit der anderen auf sich gelenkt. Wieder nicht ich, sondern das Ding, hatte Lesru traurig denken müssen, Sie hatte ihn dann im Zug schnellstens neben sich in einer Reiseluke versteckt, damit das Gegucke aufhört.
Es erscheint ihr beim Aufblicken, als erhielte jeder und jedes Gesicht eine befremdliche Eigenständigkeit, eine Härte und Konzentration auf Dinge und Menschen, die noch gar nicht da sind, als zerfiele die Gruppe, die doch immerhin auch etwas war. Und sie empfindet bei der gedrosselten und immer langsamer werdenden Einfahrt auf dem Fernbahnsteig Lichtenberg unverhofft eine solche starke Sehnsucht nach Liebe, nach Anerkennung, dass es sie auch vom Fensterplatz hebt.
„Ist erst Lichtenberg", sagt Rosalka beruhigend und blickt die Träumerin einen Augenblick zärtlich an. Lesru war für sie zur Träumerin avanciert, einen anderen Begriff und Namen fand sie nicht. Und was vielleicht wichtiger war, sobald sie ihrer gewahr wurde, fühlte sie eine leise Freude und ein munteres leises Überlegenheitsgefühl.

72

Dieses vermaledeite Dorf, das imstande gewesen, Lesru im Zug an die Ostsee unter der Beleuchtung eines ihr fremden Mädchens, schwere Gefühle, sogar ein unerklärbares Unwohlsein nachzusenden, sodass sie sich zur Waggontoilette begeben musste, dieses komische Dorf, das Erstickungszustände auf der Dorfstraße in Prerow verursachen konnte, dieses Lumpending muss doch untersuchbar sein. Es muss neugierig wieder begangen werden, der Feind von allen Seiten unter die Lupe genommen.

Das dachte Lesru noch bevor sich die jungen Frauen auf dem Bahnsteig des Ostbahnhofs in den geöffneten Armen ihrer Liebsten um Kopf und Kragen küssten. Sogar ein Offizier war erschienen und fackelte nicht lange, als er Grit Stiff, die Obergenossin vom Feld abholte. Lesru angelte sich noch einen Beiblick auf den blonden, schmal aussehenden Torsten, der Rosalka liebevoll und wie ein Mann begrüßte, als hätte ein Mann hier überhaupt etwas zu sagen. Die Männer und Liebsten wussten doch nur die Bohne von den Vorgängen oben an der Ostsee, auf dem riesigen Kartoffelfeld, sie nehmen aber ihre Frauen mit, als seien sie immer dabei gewesen.

So geschieht es, dass Lesru Malrid wie Don Quijote zum Kampf gegen ihr Dorf antritt und nicht nur gegen eine Windmühle zu kämpfen hat. Außerdem ist die Zugfahrkarte bezahlt, der Koffer voller Schmutzwäsche, der Geldbeutel leer und die Mutter, dreimal räuspern, eine Andere geworden. Daran liegt dem Mädchen im zerknitterten Nylonmantel nun freilich am wenigsten. Die Mutter wird in ihrem Leben immer die letzte Stelle einnehmen, das steht fest wie das Amen in der Kirche.

Gedacht, getan. Noch nicht ganz angekommen.
Ruhig steht sie am späten Nachmittag auf dem oberen Bahnsteig in Falkenberg an der Elster, einer Eisenbahnerstadt, einem Verkehrsknotenpunkt, von dem man vor dem Kriege in einer knappen Stunde in Berlin war und seine frischen Eier und andere Frischfrüchte verkaufen konnte. Ein rasender Zug wie ihr der Bauer Ockert erzählt hatte. Da schlüpft doch unkontrolliert etwas Nettes vom Feinddorf in die junge

Rauchende und beginnt ihre große Lanze anzufressen. Irgendwas war mit Ockerts, denkt sie, irgendwas von früher, ein hoch tänzelndes unsicheres warmes Gefühl will sich ansiedeln und findet keinen Fleck. Gegenüber der Zweigleisigkeit des Bahnsteigs steht erhöht ein Stellwerk mit dem Ansagedienst, drüber weg tanzen die noch grünen Robinienwipfel, weiter unten Böschungspflanzen samt Hundescheiße, aber weiter im Straßen- und Gartengeviert erkennt Lesru mit endlich heimgekehrter Freude den Turm der katholischen Kirche und daneben Margits Elternhaus. Dort im Garten des Hauses geht der erste Kuss eines Studenten spazieren, sucht und sucht einen passenden Mund. Er hat mir nicht geschrieben, das muss zwei Jahre später im Herbst dazugeseufzt werden.
Die eigentliche Freude aber fächert vom unsichtbaren Birnenbaum der Familie Herholz zum oberen Bahnsteig herüber, und sie wird von der Lanzen tragenden gierig aufgesaugt. Drei Generationen saßen an einem Spätsommertag unter dem Birnenbaum und schälten Birnen zum Einkochen für den Winter. Es war eine dreifache Harmonie von Großmutter, Mutter und Margit-Lesru, die sich breitmachte, sang, zuhörte, lächelte und lachte zuweilen. Und es erfasst sie eine Ursehnsucht nach dieser Art Ländlichkeit, nach Fülle und menschlicher Harmonie, sodass sie selbst erstaunt und die Lanze sinken lässt.

Was Lesru nicht weiß, noch für möglich hält, ist die Tatsache, dass ihre Frau Mutter vor zwei Stunden zum Bahnhof Weilrode gegangen war, um ihr Töchterchen vom Zug abzuholen. Die Achtzehnjährige ist in ihren Verstandesaugen zu einem akzeptablen Töchterchen herangewachsen und wer sich draußen im Leben bewährt, kann schon einmal vom Bahnhof abgeholt werden. Obwohl Lesru nicht geschrieben hatte, dass sie nach dem Ernteeinsatz übers Wochenende nach Hause kommt, käme, kommen würde, rechnet Jutta Malrid mit ihrem Besuch. Ja, sie sehnt sich sogar nach diesem friedfertigen, waffenlosen jungen Wesen, das nun aus eigener Kraft Studentin an der Berliner Humboldt-Universität, Fakultät Vorbereitung, immatrikuliert worden war. Pustekuchen, sie kam nicht.

Mutig blickt Lesru in die sich nähernde Dahlienbuntheit der Gärten beiderseits der Gleise, nachdem sie den Gedichtbaum am Ende des einstöckigen Kiefernwaldes übersehen hat. Der steile rotsteinige Kreuzkirchturm blickt fest und feuerwehrartig über die Häuser, Straßen, von ihm scheint keinerlei Gefahr auszugehen. Auch beim Aussteigen aus dem Personenzug am vertraut gewesenen Bahnhof mit der runden Weißuhr späht die Lanzenträgerin vergeblich nach Feinden, Feindesregungen. Sie grüßt einige Leute, die ihr freilich nicht nahestanden. Beim ersten Aufblick zu Eva Sturz Haus, indem auch Barbara Gliche einst ein und aus gegangen, fühlt Lesru sich wieder zurückversetzt in das Malridsche Schlafzimmer, wo Eva eines unverschämten Nachmittages versuchte, ihren, Lesrus Unterleib zu berühren, mit bloßer Hand zwischen ihre, Lesrus Beine, zu greifen. Eine unschöne Erinnerung, aber Lesru war erschrocken aus dem Bett gestiegen, das nicht, soweit kann die Liebe doch nicht reichen. Nur einige Sekunden dauert diese erboste Erinnerung, als sie mit ihrem Koffer unter den sich braunblättrig verfärbten altbekannten Kastanien weitergeht. Wo steht der Feind, wohin hat er sich verkrochen? Da steht noch immer und bis zu allen Zeiten das große zweistöckige Haus von Grozers, wo Tigers noch wohnen, die Ratten in den Kohlenkellern ganze Geschwader bilden und doch viel näher, die geliebte Großmutter gelebt und gestorben war. Rührt sich was? Sie schaut auf, wirft einen warmen Blick zum betreffenden Fenster im ersten Stock des Grauhauses, es sieht miesepetrig aus. Frau Tiger guckt aus dem Nachbarfenster, abgehärmt, betrogen von Mann und Maus. Das Mädchen grüßt erschreckt hinauf. Einer ihrer Söhne, Horsti, wurde Pionierleiter und verabschiedete sich großartig in den Westen, nachdem

er seinen Namen an den Giebel des Hauses mit schwarzen Buchstaben geschrieben hatte. Der Sohn, der den Scheuerlappen seiner Mutter am häufigsten in seinem Gesicht erlebt hatte.
Davon geht keine Gefahr aus, eher ein Lächeln. Aber als Lesru sich nach rechts zu den Schranken wendet, spürt sie wie sich die Dorfstraße zur Kreuzkirche verdickt, dass etwas Ungeheures gegenüber der Kirche und in der Nähe des Schulhauses wohnt und zurückgeblieben ist. Etwas Dämonisches, Verdunkelndes, das sich ringförmig ausbreitet und ihr Angst und Kümmernis bereitet. Da hilft nun kein vorauseilender noch nachhinkender Mut weiter, denn der Feind überfällt sie von hinten und allseitig: Ein dumpfes, unendlich trauriges Gefühl umkost sie, total schlappmachend. Weil sie nicht weiß, was es konkret ist, dass sie eine ganze düstere Nachkriegsgeschichte in sich verwahrt, schleppt sie sich wie ein wandernder Stein die hundert Meter weiter bis zum hochstolzen Winkelmannschen Haus. Es ist ihr, als hätte sie eine Schelle ins Gesicht bekommen, eine doppelte Backpfeife von Unbekannt. Irgendwas stimmt nicht mit diesem Dorf, denkt sie und mehr ist ihr auch zu denken noch nicht möglich.
Bevor sie das grüne Holztor öffnet, sieht sie zwei jüngere Nachzüglerinnen schwatzend und lachend mit einem Pilzkorb, sie waren offensichtlich zur Pilzberatungsstelle nach oben gestiegen. Die junge Dame im Nylonmantel made in Westgermany fühlt sich seltsam berührt von der Unbefangenheit der jüngeren Mädchen, die sie freundlich grüßen. Sie fühlt sich den kleinen Dorftrinen haushoch überlegen, weil sie nicht auf dem weichen nachgebenden Boden ihrer Kindheit läuft, sondern auf kalter Gemengelage. Im Hof und kühlen gepflegten Haus sind Geruch und Sauberkeit zu akzeptieren, weil man von außen kommt und schon morgen nach Berlin wieder abreisen würde. Vor der Wohnungstür sieht die heimkehrende Tochter durch das Flurfenster zur gewohnten Dahlienpracht der Gärtnerei

Jost, aber dort ödet nur Brachland, Holzpfähle mit roten Zahlen stecken in bestimmten Abmessungen. Sie dreht an der kleinen runden Klingel wie eine Fremde.
„Da bist Du ja doch gekommen", ruft eine freudig bewegte Frau mit braunem Dutthaar und im grauen Kostümrock schon im Kleinflur aus. Ich war zum Dreiuhrzug gegangen." Kein Handschlag, keine Umarmung, aber die Mutter in umgreifenderweise Mutter.
Lesru saugt die sie umgebende Freundlichkeit auf wie ein Löschblatt den Tintenklecks. Sie ist ihr nicht geheuer. Dass diese Person ihretwegen zum Bahnhof gegangen sei, will auch nicht in ihren Kopf und so lebt sie fortan im Erstaunen. Als sei die Vergangenheit der Oberschulzeit auf den Müll gekippt worden. An dem Dorfrand, wo sich die größere Müllhalde auf dem Weg nach Graditz befindet und der Schneidermeister Binger immer noch nach Brauchbarem stochert. Kahl ist die jetzige Plattform des Zusammenlebens geworden.
„Wie geht's Dir denn?", das kann mutig auf der leer gefegten Tenne gefragt werden, in der gemütlichen Küche, im Wohnzimmer, aus dem die Biedermeiermöbel längst verschwunden sind.
Die Verwandten aus Karl-Marx-Stadt fanden im Westen nicht die ausgestreckten Geldhände, sie kehrten mit geschlossenen Augen reumütig wieder zurück.

„Mir geht es gut Lesru, danke", erwidert Jutta im Eifer des waffenlosen Gefechts, ihr Lesruchen ist gekommen, und augenblicklich das ganze Leben der Jugend. Etwas Wichtiges ist gekommen, das eigene Fleisch und Blut, höchst erwünscht bei so vielen anderen Kindern und Jugendlichen. Denn ein leibhaftiges Kind, noch in der Ausbildung, ist wie ein Tür- und Schranköffner: Die sorgsam gehüteten und gesparten Dinge rascheln, regen sich, wollen verschenkt werden. Ebenso werden die verwandtschaftlichen Vorgänge der sich verzweigenden Familie geöffnet, die sonst beim Besuch ihres afrikanischen Französischschülers hübsch geschlossen bleiben. Von der Pilzberatung zu schweigen, das Private erblüht. Und so hantiert beschwingt und fragelustig, erzähllustig die Mutter in der Küche, wo erneut Kaffee bereitet, die kostbare Schachtel "Astor" aus dem Schlafzimmer herbeigeholt wird. Das Schlafzimmer, das ja auch noch da ist und heute in der Nacht zwei weibliche Wesen beherbergen würde. Alles geht mir besser von der Hand, denkt Jutta.

Umgekehrt als früher, denkt Lesru. Ich musste den Tisch decken und wehe, es fehlte etwas, jetzt bedient sie mich. Auf dem Sessel im duftenden kleinen Wohnzimmerchen sitzen, auf die Kellnerdienste ihrer Mutter warten, das aber ist nicht zum Aushalten. Zum gemeinsamen Tischdecken hat sie auch keine Lust. Also sucht sie sich uneinsichtbare Ecken, betritt das stille Schlafzimmer mit dem Breitfenster zum Nussbaum und Hof des Nachbarn. Die Dorfstraße mit dem Gehöft des Sattlers, der auch keine Werkstatt mehr betreibt, der kleine Konsum daneben. Sie sucht den umwachsen wilden Teich und, wenn sie ganz nach links tritt, sieht sie die alte schöne Heilandskirche. Ein Ort zum sich-tot-schlafen stellt sie fest, weil sie sich an Berlins Gewaltfähigkeiten erinnert.
Sie erschrickt noch einmal und wie nachträglich vor ihrer ersten S-Bahnfahrt zur ersehnten Bildungsstätte, wo ihr Hören und Sehen tatsächlich gestohlen worden war und sie so gern ins Café im Bahnhof Friedrichstraße gegangen wär und unten an der Uhr so gern nach rechts in Richtung Unter den Linden. Wie unsagbar schwer es ihr gefallen, den Rechtsdrall zu überwinden und nach links in Richtung Weidendamm Brücke zu gehen. Das Ersehnte, war es eine Illusion? Die Kampfansage an die Feinde des Friedens in der Aula während der Immatrikulation stellt sich quer zum Waschtisch und hält Einzug in dieses stille Schlafzimmer. Es ist nirgends zum Aushalten.

Entsetzt vor der Berliner Wirklichkeit, die sie hier in der Nähe ihrer realistisch denkenden Mutter gratis erhält, flieht Lesru zurück in die ungeliebte Familie.

„Wie geht's den Brüdern?", fragt Lesru scheu am Kaffeetisch, als sei die Brüderlinie ein wohlgefälliger Weg, auf dem sie fernab ein bisschen leben könnte. Denn ein bisschen leben möchte man doch auch, nicht wahr. Nur ein bisschen.
Die Gegenfrage: „Hast Du Conrad und Max nun endlich zur Geburt ihrer Töchter gratuliert?" Höchst nüchtern und beobachtend gefragt seitens der Mutter, im Beisein der alten Danziger Bilder und im Beisein des Schmutzwäschekoffers im Flur. Die Mutter trägt die Schande noch im Blick, hinter der braunen Hornbrille, die in Warin am Hochzeitstag ihres ältesten Sohnes Max durch die strikte Abwesenheit ihrer Tochter entstanden war. Lesru hatte keine Lust zur Hochzeit ihres Bruders zu fahren. Ein verwandtschaftlicher Totalausfall. Jutta muss sich am Besuchsriemen reißen, so gallert der jüngste Beweis der Unzuverlässigkeit ihrer Tochter in ihrem Denkgewebe. Dass eine Gratulation zur Großmutter fällig sei, das scheinen nur die Alteingesessenen in Weilrode zu wissen, das kommt und kam nicht aus dem gierig essenden Mädchen heraus.
„Muss man das tun?", fragt die Pflaumenkuchenesserin. Kleine Kinder sind für sie eine Unglaublichkeit, Fremdkörper auf fremden Planeten einer noch entfernteren Galaxis. In der Mutter Gemüt gallert es gewaltig, ihre arbeitsfreudigen Hände rutschen auf dem Tischtuch entlang und umher und es fehlt nicht viel, eine Grundsatzrede über menschliches Verhalten vom Zaune zu brechen, ihrer bitteren Enttäuschung über Lesru freien Auslauf zu gewähren. Aber vor ihr liegen Beurteilung und Zeugnis des Direktors des VEG Neuenhagen, das zählt.
„Gleich heute schreibst Du ihnen, ich bitte darum." Es folgt eine ruhige Erzählung vom Gedeihen der Familien.

Und Fritz sei ein hoch motivierter Geologiestudent geworden.

Am Herbstsonnabend, wo die Leute draußen ihre Straße längst gefegt und nur manchmal die Schranken in der Dorfmitte heruntergedreht werden und kling klang machen. Die herbstliche Erde mit ihren Zuckerrüben in den Feldern, nahe der fruchtbaren Elbwiese, den abgeernteten Kartoffelfeldern, vereinzelt hoch aufragendem braungelblichen Mais, die noch blühenden Wiesenblumen und von weither der ganze grün gekämmte Kiefernwald dringen gemeinsam als weicher Geruch, als Pilzvorkommen und als ein still bewegtes Etwas in das kleine Zimmer. Es entsteht plötzlich das Gefühl unerschütterlicher Ruhe, das Lesru am ganzen Körper empfindet und das sie so dringend braucht, ein Gefühl des staunenden Bleibenkönnens.
Auf diesem Platz der Naturberührung lässt sich auch ein wenig von den Anfängen in Berlin erzählen, von den erwachsenen Kommilitonen, das, was die Mutter wirklich wissen möchte.

„Die politische Lage ist furchtbar, der Staat ist gefährdet und jeder leidet daran; wenn nicht bald etwas dagegen getan wird, gibt es eine Katastrophe", konstatiert die erfahrene Frau mit ernster kühler Stimme, auf dem alten roten Sofa sitzend und zum Nussbaum redend. Weil aber Mutter und Tochter diese Lage nur beschreiben können, diese Schwerstlast nicht schultern noch verändern können, sagt die Mutter zum Trost: „Morgen Vormittag kommt Conrad mit seiner kleinen Familie, seine kleine Susanne vorstellen." Denn das private Leben muss auch ein Gewicht haben, man kann sich wegen einer furchtbaren staatlichen Lage nicht alles wegnehmen lassen. Auch eine alte Lebenserfahrung der sechzigjährigen Deutschen.
Lesru aber hat sich schon entschieden: Der einzige Mensch, den sie nur anblicken muss, um zu Hause zu sein: Zu Mimi Stege wird sie morgen Vormittag fahren.

73

Die geliebte, immer noch unheimliche Stadt Torgau wieder zu sehen, Fahrrad schiebend wieder zu betreten - unweit der Elbbrücke soll sich Mimis neue Kleinwohnung befinden – das ist aufregend genug. Aufregender, als ein Baby anzusehen. Außerdem war Frau Stege, die Liebe, Lesrus Lebenshilfe und Korrektorin, in Portugal bei ihrem Sohn zu Besuch gewesen und die Schülerin möchte noch einen Ausschnitt Welt miterleben, nacherleben. Das Prinzip der Mutter: Die Familie geht vor, die Gemeinschaft geht vor den Interessen des Einzelnen spazieren mit Mann und Maus; muss erneut verletzt und zum Teufel gewünscht werden. Das alte bockbeinige und dicktürmige Schloss Hartenfels unterstützt im puren Sonnenschein stehend, die Schülerin ohne Geige, es fächert, aus tausend Fenstern Lebenslust auf die sich gehorsam anschmiegende Elbe, ein Flunkern und Gleißen. Das andere Torgau, das Oberschultorgau, vor allem die Ritterstraße 11, Lesrus Elektrizität zu Elvira Feine bleiben heute oberhalb des Schlosses unaktiviert, ausgeschlossen liegen. Alle ihr bekannten Abiturienten ihres Jahrgangs hatten fluchtartig diese Stadt verlassen und bemühten sich, an neuen Wohnorten Fuß zu fassen. Dies ist nur einen Schauer wert.
Wonach sich Lesru sehnt, ist dieses sofortige Ankommen, Aufgenommenwerden, die .... Klein und mickrig, Teller klappernd, erscheint dem in hochfeiner Kleidung neben der alten Karrete laufenden Mädchen plötzlich diese Stadt. Sie sieht sich im Westberliner Bezirk Wedding auf der belebten Geschäftsstraße, der Müllerstraße, laufen zum Diakonissenhaus, wo eine alte liebenswürdige Diakonissin ihren Altenteil aktiv auslebt und so manche Westgeldreglung initiiert. An kleinen geduckten Vorstadthäusern vorüber, auf der Suche nach einer hundsgemeinen Straße, der Schlachthofstraße, wo sich ein Neubau sehen lässt und

die Leute in hässlichen Schuppen ihre Fahrräder verwahren, empfindet sie ein Hochekelgefühl gegen alles Kleinliche, Geduckte, Unveränderbare. Wie kann man hier leben und alt werden bis zum Jüngsten Gericht? Es zerrt gewaltig am staubigen blauen Fahrrad und in Lesrus Körper, jede Torgauer Gasse zeigt ihr den Vogel, und wenn sich nicht ein wunderbarer und sehr benötigter Mensch in diesem frisch langweiligen Block befunden hätte, wäre Lesru entsetzt und mit großen Fahrradsprüngen aus dieser Stadt geflohen. Schlachthofstraße 5. Warum ihre Geigenlehrerin die schöne großräumige Wohnung am Thälmann-Platz aufgegeben hatte, wo die Noten auf der Erde ausgebreitet lagen und hervorsehen konnten, wo das Leben Größe hatte in Wort und Ton und wenn die Sonne von den hohen Fenstern in das Elysium herein schien, eine ganze Batterie von Träumen sich sofort aufstellte, wo auch ein Pianissimo noch hörbar war und sich ausweiten konnte, warum sich Mimi selbst verengte, einschachteln ließ - das bleibt eine Schwellenfrage.
Vor der Tür im ersten Stock, vor ihrer Tür empfindet das achtzehnjährige Mädchen (ohne Geschenk) auch jetzt wie früher dieses Hochhebegefühl. Eine Konzentration ihres unbekannten Wesens, eine Art Sammlung wie bei keinem einzigen Menschen sonst (auch dieses wäre erzählenswert: die unterschiedlichsten Ankünfte vor Türen zu bestimmten Menschen). Noch zögernd, die Hand noch nicht auf der weißen Klingel, alles Beiläufige, Zufällige von sich weisend, auch das jüngste klebrige Ekelgefühl, ganz Dasein für den Anderen, voll anwesend, so gut es nur irgend möglich ist. Herz klopfend, Sinn klopfend, aufnahmefähig, bis an die Grenzen, bis zum Schmerz, erst dann klingeln.

Unangemeldeter Besuch am Sonntagvormittag, wo der Mensch doch gern allein sein möchte, die Geschäfte nicht rufen und von der zu Ende gegangenen Woche noch Reste zur Überlegung übrig geblieben sind, von

den mittäglichen Vorbereitungen aufs nächste Essen ausdrücklich abgesehen, stört und ängstigt Wilhelmine Stege immer noch. Seit vierzehn Tagen von Beja im Süden Portugals zurückgeflogen und zurückgefahren, ohne körperliche Anwesenheit seitdem wieder Privatunterricht im Fach Violine und Bratsche erteilend, liegen alle ihre Seufzer und Hoffnungen auf ein wieder zu erlangendes Gleichgewicht in diesem Septembersonntag. Nachmittags wird sie unbedingt mit dem Bus in den bunten, erstaunten Herbst nach Schmannewitz fahren. Aber vormittags will sie die große Holzkiste aus Portugal mit den Erinnerungsstücken ordnen, mit ihnen wieder leben. Die zwei vorherigen Wochen glichen einem Leben auf steilem abschüssigem Gelände, einer Rutschpartie ohne Griffe und voller Beleidigungen. Ohne Besinnung eben.
So öffnet sie im Vorausgefühl ihres Wiederverlustes die schmale Tür ihrer Behausung, denn von einer Behausung sprach sie sofort nach ihrer Rückkehr. Ein wenig nur öffnet sie, einen Krächzer im Hals, als sie in die freundlichen warmen braunen Augen über einer jugendlichen Stirn, in die widerspenstigen Seitenlocken Lesrus hineinschaut und von einem warmen Gefühl geschoben wird. Ein wenig ungeschickt, ein wenig linkisch, als sei selbst die geliebte Schülerin ein Hindernis noch, öffnet sie Tür und Arme und spürt bei der Berührung mit diesem leichten Individuum, noch gegen ihre eigene Zielrichtung, Lebenslust und zugleich eine große Freiheit.
Lesru aber sagt in ihrem dunkelblauen Hosenanzug stehend nur „Guten Tag, Mimi" mit ihrer innigsten, vollsten Stimme und spürt ringsum Wohlklänge und in sich Tiefe. Und beim Weitergehen durch den schmalen Neubauflur in das Wohnzimmer, über dem das wunderbare hohe und lang gezogene Dach der Marienkirche steht und herabblickt, die große eintürmige Stadtkirche, fühlt sie sich mit der neuen Wohnung ausgesöhnt, nur der Name Schlachthofstraße bleibt unannehmbar. Tiefe fühlt sie auch beim sich

umsehen und ansehen der frisch gebräunten Mimi mit dem Grauhaar, in ihrem hellen und blauroten Sommersonnenkleid sieht sie exotisch aus und schon vertraut. Auf dem Holztisch steht eine rohe Holzkiste und um sie herum liegen verstreut Korkteller, Korkuntersetzer, bunte Gläser und zwei Portweinflaschen, Fotografien - aber wir können noch so korrekt alle Dinge aufzählen, Lesru sieht nichts dergleichen.

„Ich musste Dich sehen, ich hatte unüberwindliche Sehnsucht", sagt sie mit heruntergeschlagenen Augen, und beginnt das geschlossene braune Klavier anzusehen. Von der Tür hört sie die passende Antwort, "einen Aschenbecher, Lesru?" Und, „Ich freue mich immer, wenn Du kommst."

Zwei Vertraute, und es ist eine Lust, ihnen zuzusehen.

„Wie geht es Dir?" aber sag "wie geht es Dir?" Kreuzfragen, und jede spannt sich für die andere ins offene Dasein.

„In dem kleinen Ort Ribiero im Süden Portugals, erlebte ich wunderbare Menschen, warmherzige, gastfreundliche, nicht Reiche, dass ich ein hohes Lied von ihnen singen könnte. Hier fühle ich mich verkrüppelt und verstoßen, ich kann Dir gar nicht sagen, was ich bei meiner Rückkehr fühlte."

Sieh an, denkt ein Teil von Lesrus Schädel, im kapitalistischen Land unter Führung des reaktionären Alleinherrschers Salazar, leben liebenswerte Menschen; ein anderer Teil von Lesrus Gehirn aber denkt nichts, er schwingt nur mit im hörbaren Bereich und lauscht. Mimi hat im kleinen Sessel Platz genommen, während die ehemalige Schülerin am runden Tisch sitzen geblieben ist. Dort, wo der runde Aschenbecher hingestellt, muss sie sitzen.

„Und was arbeitet Dein Sohn in Portugal?" Das Wort Portugal sprach das Mädchen, eine "Astor" rauchend, schon anders aus als in Weilrode, das aus der Landkarte rutschte, leiser.

„Er ist Leiter einer großen Korkfabrik, hat viel zu tun und fröhliche Arbeiter. Aber Maria, seine portugiesische Frau, ist eine Schönheit, und sie nahm mich gleich in ihr Herz auf. Noch nie gesehen und schon lieb gehabt. Sie wohnen in einem geräumigen Haus mit vielen Zimmern, in meinem stand sogar ein Klavier. Hier in Torgau leben nur Karikaturen von Menschen, eitle dumme Lauscher und Besserwisser, nein, nicht zum Aushalten, Lesru."
Ein Rückfall, nicht der letzte.
„Stell Dir vor, mich hat sogar der Bürgermeister von Riebero im Rathaus empfangen und für mich und seinen Rat ein Festessen bereitet, als sei ich eine wichtige Persönlichkeit." Mimi lacht, ihre graublauen Augen lachen vergoldet mit, sodass Lesru mitten ins Wunderland gerät und dort versonnen sitzen bleibt.
Wie ist denn das möglich, eine Bürgerin aus der DDR, eine mögliche Kommunistin, wird vom Bürgermeister empfangen, nur weil der Sohn eine Fabrik leitet. Diese portugiesische Art von Gastfreundschaft klirrt hoffnungslos am Gitter der ideologischen Verhärtung auf und nieder, ohne es aufheben zu können. Ein kleiner Neid tut sich auf und streicht über das schöne ovale Gesicht mit dem tanzenden Grauhaar hinweg, fällt direkt in das Beethoven-Bild, das über dem Klavier hängt. Ein Stocken und gestaucht werden.
„Was macht die Geige, Lesru? Wirst Du in Berlin Unterricht nehmen?" Eine abgesetzte Frage. Aus einem nicht mehr lächelnden, mit leichter Selbstironie verzierten Gesicht, ernsthaft und sogar ein wenig traurig gefragt. Ein harter Brocken Schicksal sitzt ihr gegenüber, ein Problemmensch.
„Ja, in Berlin Köpenick gibt es eine Volksmusikschule, dort werde ich mich anmelden und furchtbar enttäuscht sein, wenn Du nicht zur Tür hereinkommst. Ich habe ja zwei Jahre nicht gespielt, und als ich bei meiner Wirtin ein Fantasiestück spielte, stand sie plötzlich im Zimmer und bekam einen Tobsuchtsanfall."
Das liebe ich an ihr, lacht die Geigenlehrerin, das Unvermittelte, Natürliche, eigentlich ihren blinden Trieb

zu leben und das Ihre zu suchen, was es auch sein möge.
„Möchtest Du jetzt etwas spielen, ein Fantasiestück, auf meiner Geige, Lesru?"
Die Frage übersetzt sich Lesru so: Möchtest Du vor der portugiesischen Schönheit deine Jämmerlichkeit zeigen? Denn die eigene verfluchte Schwere ist doch niemandem vorzeigbar.
„Ich würde glatt sterben, wenn ich auf Deiner Geige spielen müsste, alles ist verkrampft. Danke, ich kann nicht." Schweißausbruch.
Mimi lacht ein schnelles burschikoses Heitersein, ihre beiden braven Enkelkinder wieder im Schaukelstuhl wiegend. Ein Gröllchen gegen die Beschwerdeführerin rollt sich zusammen, als sei Lesru doch auch nichts anderes als die Nachbarin, die sich über den Nachbarn beschwert. Wegen der Hausordnung.

Lesru aber ist es, als ginge sie über ein endloses Neuenhagner Feld, mit Lehmklumpen an den Schuhen und der Feldrand, bewachsen mit Gräsern und trocken, wandert mit und ein Ankommen ist unmöglich. Dass sie die nie zuvor gespielte Geige, diese alte wertvolle, dieses Schöninstrument ausschlug, bohrt sich als Beweis ihrer Niederlage ins Herz. Und noch tiefer, dorthin wo das Herz schon nicht mehr existiert, ins endlose Vakuum.
„Es lebt eine wunderbare Sängerin an den großen europäischen Opernbühnen, eine gebürtige Griechin, Maria Callas: Hast Du schon von Ihr gehört im Radio?" Da ist es wieder, dieses hochsinnige überlegene Gesicht mit dem inneren Blick, es muss von der Läuferin angesehen werden. "Von irgendwelchen Skandalen habe ich nur gehört." "Oh, Lesru, streich diese skandalöse Boulevardpresse. Sie singt immer um ihr Leben, und das kann keiner der teuren Glimmerzuhörer aushalten. Du musst sie mal hören, vielleicht kannst Du sie in Westberlin sogar sehen."

Eene, von der dauernd geschrieben wird in den Zeitungen kann doch nicht gut sein, denkt die Feldläuferin und verabschiedet sich kurzerhand.
Das geht doch zu weit. Ik stehe in der Jauche und sie empfiehlt mir die Callas mit ihrem Lächeln und Geschmeide am Hals. Das lässt sich abwehrend fühlen, zumal die Kirchenglocken kräftig den Gottesdienst beenden. Sämtliche Dächer in der Umgebung bis zum nahen Glazis haben mitzuschwingen und ansonsten die Klappe zu halten.

Es war gut, dass ich ihr in der vorletzten Stunde des Unterrichts das “Du“ angeboten habe, sie brauchte es. Als Liebesbeweis und als Anerkennung. Sie braucht mich immer noch als eine Art Gradmesser, als Freundin und das ist schön, denkt Mimi nach dem abrupten Aufbruch. Was aus ihr wird, weiß keiner.

74

Auch Rosalka ist fremd geworden.
Alle Kartoffelsammler und Korbträger scheinen sich am Montagmorgen in individuelle Hüllen gekleidet zu habend. Sie stolzieren auf eigenen Laufstegen zu ihren Karrieren, als hätten sie am Wochenende in dafür eigens bestehenden Rehabilitationseinrichtungen gelebt. Sie tragen wieder Röcke und auffallende Knöpfe an den Jacken, ihre Blicke laufen nicht mehr lose und frei umher, sind nicht mehr auf Mückenschwärme und auf Waschtaschen beschränkt, sie tragen ein festes Gerüst in ihren Augen. Eine Ausrichtung.
Lesru, wieder rauchend im Flur gegenüber der Weidendamm Brücke und Friedrichstraße am Fenster stehend, erhält die Verwandlung von jedem Ankommendem gratis. Von der breiten Treppe kommend, den langen Flur bis zur Öffnung der Welt betretend, erscheint noch hochmütiger als bisher, die Genossenschaft, Grit Stiff und Bärbel Nahe. Lesru grüßt leise und viel zu früh, aber die Genossin OP-Schwester

des Regierungskrankenhauses würdigt sie keines Blickes, weil von besonderen Maßnahmen die Rede ist. Dumme Ziege, denkt Lesru und fühlt das Dumme an dieser Sache wie einen durchgängigen faden Magensaft. Ralf Kowicz kommt aus dem Klassenraum mit Rauchermunition heraus, ihn hat Lesru schon begrüßt und vergeblich auf seine Lobgesänge der Zivilisation gewartet. Er ist schweigsam und unnahbar auf seine Weise. Der einzige Unveränderte aber ist Adam Schmidt, der Kellner, er jokelt an den anderen geöffneten Klassenzimmertüren vorüber, mit seinem alles überschauenden Blick mustert er die Gesellschaft, er gibt Lesru sogar die Hand, erfreulich. Der Einzige, der überall er selbst ist.

Auch Rosalka ist fremd geworden. Sie erscheint aufgeregt in ihrem verwaschenen blauen Popelinanorak und sagt als Erstes: „Nun geht's endlich richtig los, Lesru."
Aber du Liebe, aufs Erste kommt es doch an, aufs Erste hat sich Lesru gefreut, auf die erste warmherzige Begrüßung, die nur von Rosalka zu erwarten war und erwartet wird. Handschlag und Einillern in die sich neu zusammensetzende Gesamtheit im Raum. Was soll denn endlich losgehen, fragt sich erschrocken die Anspruchsvollere ernsthaft. War Rosalka nicht endlich in den Armen ihres Liebsten versunken, hatte sie kein Liebesglück erlebt? Warum hatte sie es so weit weggetan, dass man aber auch nicht die lindeste Spur mehr davon wahrnehmen kann? Hätte ihr denn der sonntägliche Strandspaziergang mit dem Brot gar nichts bedeutet? War ihr Näherkommen auch bloß einen Pinnatz wert? Fragen, die allesamt auch keinen Wert haben, angesichts von etwas Anderem, das jetzt beginnt. Lesru wehrt sich heftig gegen ihre Wertminderung, sodass sie völlig verdüstert Rosalka nachgeht in den Dreireihenraum.

Das wieder Nebeneinandersitzen in drei Reihen und Gliedern vor zwei hohen Fenstern gegenüber einer Fensterreihe der Friedrich-Engels-Kaserne. Im gebeugten Licht aufschauen, auf die breite schwarze Tafel schauen, einen Lernkörper gemeinsam bilden, das ist doch auch eine reale Veränderung, die erregt. Wer wird was können, wer wird dumm oder dämlich sein, wer wird hervorragen, was steckt überhaupt in den Kartoffelsammlern? Plötzlich ist Lesru sehr einverstanden mit der neuen Reallage, sie ist neugierig geworden auf das Herausschlüpfen von Wissen und auf das Können der anderen. Ein anderes, lieberes Dasein sollte sich doch jetzt auftun.

Dies zeigt uns, wie kurzzeitig Unlust an und für sich ist, eigentlich die unstabilste Gefühlslage. Denn das Leben verfährt gröber und großartiger mit uns, zur Unlust bietet es sich am wenigsten an.

Die graue Tür wird mitten in der Gesprächslage der Sitzpartner sanft von einer Frauenhand geschlossen, von einer Frauendame im hellen Jackenkleid, von einem mittelgroßen Rücken, der sich, als er sich vollgesichtig am Lehrertisch umwendet zum Lernkörper, als beängstigend schön und dauerhaft schön zeigt. Der schmale Rücken, ein schmales, ovales Gesicht umgeben von einer braungrauen Schüttelfrisur. Im Halsausschnitt liegt eine bewegliche runde Goldkette und all diese Details verschmelzen zu jener Behaglichkeit, die ein intelligenter schöner Mensch ausstrahlt, der sich selbst bewusst ist.
„Meinen Namen schreibe ich an die Tafel", sagt sie nach dem schlichten Guten Morgen, "ich unterrichte Sie im Fach Mathematik." Wohlklingende Stimme. "JUPÉ".
„Das ist die Frau vom Schauspieler Walter Jupé am Deutschen Theater", flüstert Barbara Kloß, die Alte-Frauen-Versteherin, Lesru in der Mittelreihe zu. Herrlich! Lesru steht unter den Säulen des Alten

Museums in Berlin und ist im Bildungszauberland tatsächlich angekommen. Sie glüht.
„Kollege Schwefel, Ihr Seminargruppenleiter, kommt in der zweiten Stunde, von ihm erhalten Sie den Stundenplan und er wird auch einen Klassenspiegel anfertigen. Wir wollen gleich mit einigen Übungen anfangen. Alles Organisatorische erfahren Sie vom Kollegen."
Und sie schreibt mit fester Hand Gleichungen an die Tafel, dem Lernstoff einer sich neigenden zehnten Klasse entsprechend.
„Bitte schreiben Sie die Aufgaben mit, versuchen Sie sie zu lösen, ich möchte mir einen Überblick über Ihr Wissen verschaffen, denn Sie haben in Ihren Berufen gearbeitet, und die reine Mathematik links liegen lassen müssen."
Rein ins Wasser des Lebens. Stille. Disziplin.
Adam Schmidt, der Kellner, lacht sich eins, er schreibt nichts mit, er hat die Lösungen sofort errechnet. Belustigt schaut er Kowicz und die dämlich erstaunte Malrid an, schiebt die Unterlippe nach vorn, legt die Arme über die Brust.
Hui, das sitzt bereits im Leuchtturm am Meer der Mathematik, funkt Licht in die Dunkelheit.
„Sie kennen die Lösung", ein wenig herausfordernd gefragt von der Dozentin, die die Unseligen unterrichtet. Adam nickt. Ein unterirdisches Raunen stößt sich von Person zu Person, ein Matheass. Na dann gute Nacht oder vielleicht kann ich den mal fragen. Das raunt sich auch von Reihe zu Reihe. Der erste Platz ist also sofort besetzt. Ein Leistungsgitter ist entstanden.

Sehr merkwürdig. Aus den fünfundzwanzig jungen Menschen im Raum ist ein Leistungsgitter entstanden, ein Koordinatensystem auf kleinem Rechenkästchenpapier, wo fortan die Leistungsträger sich selber eintragen werden.
Der raucht nicht, ist das Einzige, was Lesru dazu einfällt.

Wenn Erwachsene bzw. Spätjugendliche die Schulbank drücken, so liegt immer etwas Gebahntes, Vorgefertigtes im Raum: die Bereitschaft zu lernen unterdrückt alle anderen Regungen, man nimmt sich zusammen. Und dieses sich zusammennehmen muss der Dozent nur kontrollieren, und wenn er's hat, kann er wie auf einer Lernschiene fahren. Es fällt der erfahrenen Frau Jupé, mitten und rücklings zum Fenster stehend, auf, dass sie angesehen wird. Aus einem anderen Auge. Sie fühlt diesen Blick irgendwo aus der mittleren Bankreihe, wo Stille und über das Heft gebeugt sein vorherrschen. Er lenkt sie ab von ihrer eigenen Aufregung vor der heutigen abendlichen Premierenvorstellung des "Nathan" im Deutschen Theater, wo ihr geliebter Mann den Nathan zu spielen hat. Das Theater und Theater spielen ist eine ganz andere Sache, sie gehört weder in die Mathematikstunde noch in diesen Roman an dieser Stelle, es spielt hier nur hinein. So erblickt sie das sie unverwandt ansehende Fremdgesicht eines Mädchens, das in sie hinein und durch sie hindurchsieht (wie ein Geschoss aus nächster Nähe), ein strahlender braune-Augen-Blick durch Glasscheiben, versonnen und aufrichtig. Als sei sie keine Mathelehrerin, sondern eine Frau, die zur Verklärung der Menschheit beitragen könnte! Zur Abwechslung schaut sie auf die geschlossene Tür, auf die niedergebeugten Köpfe der Studenten, die sie gern unterrichten wird, denn sie sind die dankbarsten Schüler, sie buckeln sich alle vor dem Wissen, als sie wieder diesen durchdringenden braune-Augen-Blick auf sich spürt. Schon will sie etwas sagen, als der Blick plötzlich verschwunden ist.

Für Rosalka Klar in der hinteren Reihe, neben zwei Elektrikern wie eine blonde Leuchte sitzend, ist das übergangslose Eintauchen in die Mathematik eine wahre kleine Freude. Sie hat mit bla bla gerechnet, auch mit organisatorischer Aufklärung, vor allem wo und

wann es am heutigen Tage das erste Stipendium geben würde, und nicht damit, sich in Gleichungen, in ein herrliches neutrales Gebiet zu versetzen. Bei x und y, im reinen Terrain flachbrüstiger Zahlen, die felsenfest in ihren Positionen stehen und doch durch reine Logik und Bedrängnis in andere Positionen umgewandelt werden wollen, lacht ihr Teilherz. Ein Teilherz ist ein besonderes Organ, ein angeborenes Prinzip, das die abstrakten Dinge des Lebens emotionslos aussieht und im spielerischen Umgang mit ihnen Freude erzeugt. Die Mathematik ist eine solche Freude hervorbringende.
Schon beim Abschreiben von der Tafel in ihr Kästchenheft verschwanden gehorsam wie hinter einen Vorhang die mitfahrenden Gedanken in der S-Bahn, vor allem die neuste Schikane, die sich Arbeiter in einem Ostberliner Großbetrieb auf Weisung der SED ausgedacht hatten. X, Y und die Zahlenanordnung sind imstande, die Aufregung im Hennigsdorfer zu Hause auszulöschen.

Die Arbeiter jenes Großbetriebes haben diesen Vorschlag gemacht: Alle in Westberlin arbeitenden DDR-Bürger sollten ab sofort ihre Mieten, Strom- und Wasserpreise in Westgeld an die DDR-Behörden entrichten bzw. einen höheren Betrag bezahlen. Weil sie im besonderen Nutznießer der Teilung sind, in dem sie die vom Staat niedrig gehaltenen Preise für Mieten und Versorgung mitnehmen, ihre Steuern jedoch in Westberlin bezahlen. Das sorgt in Henningsdorf in der Waldsiedlung nicht allein für große Auf- und Abregung, in tausenden Familien und Haushalten wird dieser neuste Vorschlag diskutiert und seine Realisierung befürchtet.

Das unehrsame, unehrliche Abschreiben ist in der ersten Stunde des gemeinsamen Leistungsantritts noch ein vages unerprobtes Feld. Etwas Nichtkönnen und zum Nachbarn schielen, gilt eigentlich für die besten

Arbeiter- und Bauernsöhne nicht nur als unehrenhaft, sondern als reaktionär.

Barbara Kloß, die Sekretärin, die aussieht, wie ihr eigener Chef, elegant gekleidet, rotmundig, sitzt nun mal neben der abwesenden Lesru und neben dem hilfsbereiten Uhrmacher, Fred Samson und es muss, weil sie von der Verlockung der Gleichung nicht heimgesucht wird, die erste Moschelei begangen werden. Sie sieht, wie seine rechte Hand die Lösung niederschreibt, die an der Tafel fehlt, wie sich Zahlen danieder setzen auf sein Papier und sie muss mit einem leisen Seufzer und Augenausschlag versuchen, seine Hilfsbereitschaft auf das Gebiet des Unehrsamen auszudehnen. Denn Lesru hat noch gar nicht angefangen. Barbara lebt zusammen mit ihrer berufstätigen Mutter in Karlshorst in einer Altbauwohnung, ihr Freund studiert an der Technischen Universität in Charlottenburg. Auf eine sofortige Hilfe und Unterstützung im elenden Fach Mathematik ist sie so früh am Morgen noch nicht vorbereitet. Deshalb auch fordert sie mit Seufzern die ehrsame Hilfe Freds an, und erhält sie stumm. Außerdem entspricht dieser Studienanfang nicht ihrem Tagesrhythmus, man fällt nicht mit der Tür ins Haus, man verschafft sich erst einen Überblick. Wir haben noch nicht mal einen Stundenplan und stecken schon tief im Chaos. Klar, dass Adam rechnen kann, der war ja Kellner, das lässt sich noch gutmütig hinzudenken.
Wer Blut und Wasser schwitzt, ist Bärbel Nahe, die Stationsschwester. Aus dem schwesterlichen Wärmeberuf gerissen und auf das sich spiegelnde Eisfeld der Mathematik ohne Vorwarnung katapultiert, rutscht sie zappelnd vor Angst von einer Zahl zur anderen. Sie betastet sie wie eine Krankheit, schreckt zurück und davor. Bärbel, die sich nicht gescheut hatte, stinkende eiternde Wunden zu besalben und zu verbinden, verzweifelt. Sie kann nur eines denken: Grit, warum hast du mich hierher gebracht? Ich weiß doch,

dass ich dieses Studium nicht schaffe. Und Grit, die Oberschöffin im inneren Gerichtsprozess, flüstert der Freundin etwas zu: "Schreib von mir ab, Mittwoch üben wir zusammen."

So sind wir, ohne es zu beabsichtigen, zu Charakteristiken einiger Studenten gekommen, in dem wir sie an einen einzigen kleinen Gegenstand gebunden haben. An eine Aufgabe, die mehr verlangt als sich bücken.

Lesru indessen wird von der Schauspielkunst zum Ehrgeiz getrieben. Dieser stillen schönen Frau, in deren Hintergrund sich das Deutsche Theater befindet, o lala einer ganzen Bühne, kann man unmöglich als Niete Guten Tag sagen. In der landwirtschaftlichen Lehre hatten die Pantoffelschüler im winterlichen Klassenzimmer gesessen und nur angewandte Mathematik erlernt, Tonnen und Dezitonnen unterschieden, Prozentrechnung aus Textaufgaben herauslösen müssen, ein halber Spaß. Aber hier ist die Mathematik ohne Wenn und Aber zu Gleichungen ohne Düfte geworden und es gibt nur den Ehrgeiz, aus diesen Wunderwerken eine geordnete Lösung herauszupressen. So presst sie. Ihre Erfahrungen mit dem letzten Mathelehrer an der Oberschule, einem jungen Hochschulspunt, der immer verschlafen und einmal mit offenem Hosenstall unterrichtet hatte (eine Minusstunde), dringen mutig in die Pressende. Schließlich wird sie aufs Kreuz gelegt und von männlichen Zahlen missbraucht, von der eins, der zwei, der drei, der vier ..... Was am Ende der Stunde bedeutet: Lesru weiß nicht mehr, wo ihr der Kopf steht.

Wir beschreiben den ersten Studientag, Unterrichtstag deshalb so detailliert, weil wir uns die Wiederholung sparen werden und das unheilvolle und schädliche Gesetz des falschen Lernens demonstrieren wollen.

Dieser misstönige Rhythmus: Die großen Gegenstände zerhacken, scheibchenweise proportionieren, in kunterbunter Unordnung von Stunde zu Stunde die Abschnitte wie in einer Tombola vermischen und auf dieser Trennung und dem Zerschnippeltsein des Ganzen Wissen aufbauen zu wollen. Wissen von einer Sache, Wissen von einem großen Gegenstand. Von klein auf werden wir somit zerstückt und lernen stetig nichts - begreifen.

Bevor Frau Jupé die ersten leichten Kenntnisübersichten einsammelt, erklärt sie in milchigem Ton weitere Aufgaben, verteilt die Mathelehrbücher, die trauernd abseits auf dem Lehrertisch gestapelt lagen, sie nennt die Seitenzahl für die Hausaufgaben und verlässt nach 45 Minuten den Seminarraum.

Fünf Minuten Pause, in der Lesru ohne Kopf auf den Flur hinausgeht. Es ist widerwärtig mit abgeschlagenem Kopf aus dem zweiten Stock hinaus nach der Friedrichstraße zu sehen, den Mund für die Zigarette zu finden. Sie sieht nur Beine und Bäuche und nimmt eine allgemeine Unordnung wahr, deren Ursache sie sich nicht erklären kann. Sogar Bärbel Nahe drängt aus dem Wespenhaus ins Freie, erschöpft sagt sie zu Lesru ohne Kopf:
„Das war schrecklich, die erste Stunde schon eine Katastrophe."
Was antwortet man ohne Kopf? Oder kommt dieses Kopfding, von einer einzigen wahren weichen menschlichen Stimme gerufen, wieder angewackelt, setzt sich auf seine Halsfugen, weil es sich verbunden mit einem anderen Menschen fühlt? Kann es deshalb wieder sprechen? So ist es wohl. „Ich war auch wie vom Donner gerührt", erwidert Lesru und fühlt, zugleich, dass diese Formulierung nicht adäquat ist. Vergröbernd ist sie. Als hätte sie ihre eigene Sprache noch nicht wieder erreicht, als plappert sie drauflos. Schmerzhaft.

Der nächste Kopfverdreher ist schon im Anmarsch. Genosse Robert Schwefel geht mit wiegenden großen Schwarzhaarschritten und mit einer schwarzen gefüllten Aktentasche den langen, noch bevölkerten Flur lächelnd entlang. Wie ein Sieger schreitet er die Ehrenformationen vor den Klassentüren ab und kracht seine überfüllte Aktentasche ohne Akten auf den Dozententisch.
Soeben aus sich selbst ins Abstrakte herausgeschleudert, soeben noch die so dringend gebrauchte menschliche Nähe aufsaugend, der Lesru gern noch etwas Näheres, Besseres, als ihre Plapperstimme gegeben hätte, muss ein lachender Sieger, ein Mann, der Chemie unterrichten und wer weiß was noch zu verkünden hat, angesehen werden. Potzblitz, wie im Film, die nächste Einstellung.

Aber bitte, meine Damen und Herren: So kann man doch nicht mit Menschen umgehen, die etwas lernen wollen. Mit Menschen, die ihre eigenen Regungen haben, ihre eigenen Reaktionen auf das Vorherige in sich tragen. Es handelt sich doch um ausgewachsene Gebilde auf einer höheren Lehranstalt und nicht um einen Zirkus, um einen Rummelplatz, wo man geschoben und bedrängt wird, um sich zu amüsieren. Ein Schausteller aber ist gekommen.

Zur Freude der meisten Frauen und Männer verlangt der anfängliche Angstmacher und Taktvorgeber nicht eine Wissensüberprüfung, er setzt sein eigenes Wissen hintenan und setzt sich gemütlich. Gemütlichkeit ist sehr gefragt. Der Vierziger im grauen Jackett und gelbem Kahlhemd - von ihm erwartet nicht nur Lesru allein, sondern auch Rosalka hinter ihr ein freundliches Fragen und sich erkundigen, wie es ihnen beim Ernteeinsatz auf dem Darß ergangen sei - holt umständlich sein eigenes Schreibgerät aus der Taschenritze, schraubt seinen Füllfederhalter auf, ein DIN-A4-Bogen ergibt sich und sagt stattdessen: „Zuerst muss ein Klassenspiegel

angefertigt werden. Von links nach rechts zum Mitschreiben, bitte langsam diktieren".
Wir sind dem ganz egal, denken Rosalka und Lesru. Während er den angesagten Namen in Druckbuchstaben schreibt, entstehen Pausen und Päuschen zur Unterhaltung. Auch zur Unterhaltung für die nahe am Fenster Sitzenden strecken junge Männer in Uniformen ihre Obergesichter aus den Fenstern mit schmalem und breitem Grinsen, winken freudig herüber, nicht nur zu ihren, sondern die gesamte Fensterfront entlang. Die Nachbarn.
Diese Nachbarn erinnern sofort an die ganze Stadt Berlin mit ihren ober- und unterschwelligen Problemen, an einen fernen Krieg, an einen immer drohender werdenden Krieg und an die täglichen Wegspülungen von fruchtbarem Humusboden durch ständige Erosion. Lesru kann deshalb gar nicht mit hinsehen, aus der Bankmitte kann sie ohnehin nur die Reaktionen des Blickwechsels an den Gesichtern der Frontreihe ablesen.
Durch die eigene Namensnennung, die angesagte und die zu erwartende vom Nächsten, entsteht ein silbrig schönes, steifes Netz Leben der Gruppe so, als würden sie hübsch eingefädelt, zum ersten Mal überhaupt hervorgehoben, um für immer als hörbarer Unterschied unterzugehen. Angehoben und fallen gelassen.
Der Banknachbar von Barbara, der Uhrmacher Fred Samson, nutzt die Zeit und schlägt ein Buch auf seinem Tischplatz auf, einen historischen Berlinführer. Er liest. Irritiert von diesem Vorgang, hört Lesru die Selbstansage näher und näher kommen, sie erschreckt vor beidem. Sie errötet von innen, es ist nichts zu machen, auch sie muss dran glauben, sich zu sich selbst bekennen vor allen und überhaupt. Warum erschreckt mich denn das, fragt ihr ganzer Körper. Und es ist ihr, als müsste sie in eine Flamme fassen, so lichterloh brennt sie, und als der Name herausgesprochen, sackt sie zusammen, als hätte sie eine Hochleistung vollbracht. Tot, Asche, rein gar nichts

bleibt übrig, wohl aber ein Gelehrter, der sich mit der Geschichte Berlins befasst.

75

Felizitas Kleine hat ihr rotes Saubermachschürzchen umgebunden, die weißen Haare mit einem Kopftuch bedeckt, als sie vom Läuferklopfen im grünen Hof hintereingangs die Treppe hinaufgeht, Läufer und Klopfer in der Hand.
Das Haus gehört zum Westviertel und war Anfang der Dreißiger Jahre mit Bad, Keller und diesen offenen Loggias gebaut, verhalten zur Straße zurückgelehnt. Montags hat der kleine Friseurladen im Hochparterre Ruhetag und sie freie Hand, ihre schmutzigen Dinge ungestört durch das Haus zu tragen. Sie hat sich deshalb auf Montag versteift, denn der Mensch muss sich schließlich auf irgendetwas Praktisches versteifen.
Dass sie seit gestern Abend ihr Heim wieder mit einer Nebenfrau zu teilen hat, war ihrer jüngeren Freundin, Gerda Feil, aus der Darüberetage schon klagend und larmoyant mitgeteilt worden als jene, schwarzhaarig und vor allem besser bemittelt, ihren Kopf und ihren Frauenkörper zur Ansicht und zur Begutachtung vorgestellt hatte. Die kann gut lachen, dachte sie vor zwei Stunden, als in anderen Häusern und Räumen der großen Stadt Berlin anderes gedacht wurde. Eine Unsumme von Blitzgedanken, die allesamt nichts Neues bewirkten, wohl aber für Einzelne etwas. Gerda hat ihre Tochter in Westberlin, ihre Enkel, sie räumt am Stölpchensee die Wohnung auf. So hat jede Witwe etwas zu tun, eine im Kapitalismus, eine im Sozialismus, wenn auch keine von beiden diese Bezeichnungen gebrauchen. Einen betrüblichen Neid fühlt Felizitas neuerdings. Jahrelang war sie doch die erste Dame im Haus, zu der die rechtschaffenen Diplom-Ingenieure schlafen gingen, immer heiter, wohlmeinend, mit einer Gefälligkeit in der Aktentasche, mit Erzählbarem sie versorgend, mit Anekdoten auch, die geheim gehalten werden mussten. Aber seit gestern Abend fühlt sie sich nur noch als alter Latsch. Und

Gerda gegenüber erst recht als ein Objekt, das ausgebeutet wird, das, weil es ärmlich vor einem jungen Ding auf Knien rutschen muss und ihm den Dreck wegräumen. Warum? Um den Kirchennachbarn, dem ehrwürdigen Ehepaar Puffer, dem Hochbeamten im Ministerium für Energiewirtschaft und seiner berufslosen Gattin, einen Gefallen zu tun. Nie wieder, nie wieder. Um nicht noch einmal die Treppe zum Briefkasten herauf bzw. herunterzusteigen, öffnet sie mit dem kleinen Blechschlüssel den Blechbriefkasten, wo ihr mehrere Briefe in die rote Schürze segeln. Siehste, sagt sie sich, Post haben meine Herren auch nicht bekommen, ganz selten, jetzt werde ich noch in das Leben der Karline hereingezogen. Aus Russland, ein Flugpostbrief aus Russland, ein Zweiter aus Ka-na-da, liest sie, ein Dritter mit dem Ulbrichtstempel. Am liebsten hätte sie den ganzen Kladderadatsch wieder fallen lassen oder zurückgetan, aber irgendetwas bewegt sie, diese Last auch noch zu tragen.
Das Wort "Sowjetunion" aber hat sie noch niemals in ihrem Leben ausgesprochen.

Kann man einen Menschen erklären? Die Gründe und Hintergründe für seinen Charakter und sein Verhalten offenlegen? Und sind nicht alte Menschen besonders geschichtsträchtig, Wunderwerke, die sich langzeitig von den längst verschwundenen Verhältnissen prägen ließen und sie bizarr genug in sich tragen? Wir müssen die Mode, der nächste Tag ist immer ein Kampftag, ein Durchsetzungstag, nicht mitmachen. Wir dürfen sogar das tun, was niemand außer einem zu Hilfe gerufenen Psychiater, Psychologen erfahren könnte, wir können eine Biografie mithilfe unserer Fantasie und Einsicht in die Zeit entwerfen. Weil ihre Untermieterin auch nicht im Traum daran denken wird, Frau Kleine nach ihrer Vergangenheit zu befragen und sich nur an ihren scharfen Ecken und Bizarrheiten reiben wird, mit einer Ausnahme natürlich, weil sie ihre merkwürdige Gewohnheit, unbekannte Menschen in fahrenden

Zügen plötzlich die Frage zu stellen, „wer sind Sie?", nicht auf die alte Frau ausdehnt, müssen wir theoretisch werden.
Ihre Vorstellungen vom Leben basieren auf einem alten deutschen Ideal: Das Leben sollte immer wie ein gedeckter Tisch sein, um den die Familie gemütlich von Haus und Garten umgeben versammelt ist. Der Vater, Lehrer, Dorfpastor, Kleinunternehmer öffnet Biss und Mund nach dem Gebet und alles, was sich außerhalb dieses Raumes befindet, ist feindlich, heimtückisch. Denn der Herr des Hauses und der Herr Jesus Christus sind zwangsvereinigt zur lebenslänglichen Autorität. Er wird so durchdringend geachtet, erhöht, weil er allein ernährt, aufbaut, erhält. Die kleinen Geschwister neben Felizitas am Tisch um das Jahr 1890 in der Kleinstadt Nebensache, ducken sich freiwillig, halten freiwillig den Mund, wenn die Großen sich auch kauend unterhalten dürfen. Dieser Vater wie auch jene Väter lieben ihre Kinder wie Vasallen, wie Nachwuchs, der erzogen werden muss, und weil sie selbst nicht die sie umgebende Wirklichkeit durchschauen können, verpflichten und belehren sie sie zu ihren eigenen Prinzipien, die strikt einzuhalten sind. Sie ziehen Maschen über die Wirklichkeit und werden einmaschig. So wird an gemütlichen Abenden gestrickt und so werden die vorhandenen Ansichten wie Judenverachtung, Kommunistenhass, Details über Bismarck und den Kaiser, des Kaisers Ball und Jagdergebnisse, Ansichten über den rasanten Aufschwung der Gründerjahre in die überkommenden Denkstrukturen eingebettet, eigentlich in das Herrschaftsgebaren eines Urvaters wie in ein vorbereitetes Beet eingepflanzt. Jeder Gedanke ist Pflanzung, Frucht und Uraltes zugleich. Felizitas hatte sich in ihren Kopf gesetzt, einen Pfarrer zu heiraten. Einen Mann, der dem Heil sehr nahe war. Irgendwo im Pommerschen in einer Kleinstadt. Oder einen Offizier, was einer noch größeren Ehre entsprach.

76

Die Verwirrung ist grenzenlos. Fünf Stunden Längenausdehnung in fünf verschiedenen Wissensgebieten, Wissensländern ohne sich vom Sitzfleck zu rühren, sich anstellen im Sekretariat, um aus einer lohnenden Studententüte das erste Stipendium zu empfangen, dabei die heiße Freude einiger Kommilitonen zu beobachten, die Essenmarken für das Mensaessen gleich dort zu bezahlen, das Wort "Mensa" muss im anhaltenden Getriebe wenigstens hochgehalten werden, mit der unentwegt schwatzenden, ebenfalls vom Sitzdruck erlösten Rosalka über den sonnenhellen Hof zu gehen und sich fragen, woher denn die Sonne käme, denken, die Sonne da oben hat gar nichts gelernt, schließlich in der sonnenhellen Mensa Platz nehmen dürfen, in einem großen Saal mit Tischen und Köchinnen im Grund. Außerdem mit dem Zettel in der Tasche, auf dem die in der Universitätsbuchhandlung zu kaufenden Lehrbücher verzeichnet sind. Die Verwirrung ist grenzenlos.

Zwischendurch musste Rosalka doch auch gefragt werden: „Wie war's zu Hause?" Nachdem zuvor eingestanden, "Ich weiß nicht, wo mir der Kopf steht" und gefragt: „Weißt Du jetzt, wie das hier abläuft?" Immerhin, das waren doch annäherungsweise vertrauliche Sätze. Lesru aber sehnt sich verdammt nach Geborgenheit, nach einem zärtlichen Wort, nach einem klugen aufmunternden Satz, wie sie jene Sätze in der Oberschulklasse in Torgau gelegentlich gehört hatte. Oder nach einem glatten Kontra, nach einer Gegenbewegung zur offiziellen politischen Linie, nach einem mutigen Ausfall, der ihr klar gemacht hätte, wie trostlos schwach und indifferent sie an sich sei. Nichts dergleichen, gar nichts, nur einkrachende, sich überhäufende Wissensvermittlung am laufenden Unterrichtsband.

„Na klar, hat er wieder alles zusammengeschlagen, jeht nich anders", sagt die Hochblonde im Bohnengeruch der Mensa unter dem Hochbild von Walter Ulbricht an der langen unbefleckten Wand.
„Aber ik freue mir, dass ik jetzt hier bin, der erste Schritt is jetan, und Jeld jibs och, 205 Mark, janz schön viel, mit Berlinzuschlag."
Ein Lob, aus der Brust kommend am vierkantigen Tisch beim Bohnensuppe essen, beim angestarrt werden von Augenpaaren an anderen Tischen. Das hochtoupierte Haarblond zieht fast alle Blicke auf sich, sodass ein sodass entsteht. Lesru findet ihre sogenannte Freundin unbegreiflich. Wie kann sie diese Totalwirrnis gut heißen, dieses Springen von Stein zu Stein und nichts Gutes, Bedeutendes vermissen? Sodass sie instinktiv zu anderen Studenten schaut, nach links und rechts, um diejenigen herauszufinden, die sich nicht von der Blindheit ablenken lassen. Und wieder wird sie von einem starken Gefühl heimgesucht, einer anwachsenden Sehnsucht nach Geborgenheit, Wärme, vielleicht sogar Liebe, die alle diese Angriffe auf ihre Person, auf ihr liebendes Wesen abgehalten und die Liebe über alles gestellt hätte.
Weil sich Lesru selbst nicht kennt, kann sie ihre Ansicht über den ersten erlebten Tag an der ABF nicht anders beschreiben, als mit den trostlosen Worten: „Ich finde es doof an der ABF". In Kauf nehmend, dass sich ein Riss zwischen sie beide schiebt.
„Aber wieso denn, Lesru", es folgen die positiven Aspekte.
Kommt die Bekümmerte an die Wahrheit heran, wird sie sie finden?
„Von Stunde zu Stunde jedes Mal ein anderes Fach, das gefällt mir eben nicht."
„Aber so wird es doch überall gemacht, nur wenn Du richtig studierst, bleibst Du bei einem Thema und Fach, das kommt doch noch". Aha, das kommt also noch. Ich weiß aber gar nicht, wie ich das aushalten soll, ich

werde an jedem Tag mehrmals durchgeschnitten, denkt die Belehrte.
„Ik finde, Du bist en bisschen undankbar", sagt am Fischtisch die Tochter eines Quartalssäufers, von Teller zu Teller herüber, wo Lesrus Augen längst auf Fischfang gegangen sind. Sitzt denn keiner oder keine in meiner Nähe und sieht meine Notlage?
Sich schuldig fühlen. „Ich weiß ja, Du hast recht." Sich elend fühlen und irgendwo fühlen, dass Rosalka nicht recht hat, auf Dauer niemals recht haben kann. Nur so ein Knotengefühl am hellerlichten Mittag. Kurze Verabschiedung. Obgleich die Beiden noch gemeinsam aus dem großen Innenhof der Lehranstalt hinaus gehen, die neutrale Spree sehen, im Hintergrund den mächtigen Turm des Bodemuseums als Masse spüren, haben sie sich innerlich verabschiedet. Jede geht für sich nebeneinander. Und Lesru fühlt die immer erregte quirlige Stadt bis zur Friedrichstraße wie die Fortsetzung des Unterrichts. Alles bewegt sich, kein Stillstand, auch die Häuser und Gebäude scheinen sich auf den Weg zu machen. Beinahe zum Lachen.
An der Einbiegung zur Friedrichstraße aber steht etwas Neugebautes unweigerlich fest, ein nagelneuer gelber Pavillon für polnische Kultur, an seinen Schaufenstern hängen Filmplakate, die sofortigen Stillstand der Bewegung einfordern. Ansehen. Etwas Modernes, unbekannte Symbole ansehen. Die grazilen Bewegungen der Abgebildeten, Angedeuteten - anders als die plumpen DDR Plakate der Filmkunst - holen Lesrus Beweiskraft ihres Lebens wie von selbst hervor. Sie fühlt sich, neben der personifizierten Dankbarkeit stehend, angesprochen wie von keinem Dozenten, sie steht fest und neben ihr Rosalka, die eine Lobrede anhören muss.
„Ich war noch nicht drin, aber ich gehe, das ist Kunst sag ich Dir." „Ik muss mich beeilen Lesru, mach's gut, bis morgen, tschüss."
Rosalka geht eilig die Friedrichstraße in Richtung S-Bahn, schon im Passantenstrom untergetaucht, Lesru

winkt und hat mit dem schrecklichen Wort „bis morgen" zu tun.
So aber kann sie nicht leben, nicht bis morgen und nicht bis zur nächsten Stunde. Es muss unbedingt ein Gegenleben erfunden und gestaltet werden, ein eigenes Terrain erobert, das dieser Zerstückelung Paroli bietet. Und dieses Paroli kann nur das bewährte alte Hilfsmittel, die Geige und die Musik sein. Es kann auch eine tiefe Liebe, eine unerhörte Leidenschaft sein, die sich beherzt gegen alle getrennte Wissensvermittlung wendet.

Der Bücherkauf in der Universitätsbuchhandlung geschieht nahezu mechanisch, enttäuschend nüchtern und gut beraten. Aber "Das kleine Latinum" befindet sich nun in Lesrus Tasche, wenigstens eine schöne Aufregung, als sei das alte Gelehrtenlatein und die Originalsprache des Dante und Vergil ein flüssiger Weg durch alle Gegenwartssteine. Eine Befriedigung, leichtgewichtig genug, gesellt sich neben das Russisch-Lehrbuch. Auch das Physik- und Chemiebuch kann man zu Hause am eigenen Schreibtisch unter die Lupe nehmen. Still für sich sein, auf einem Fleck wieder unbeobachtet sitzen, das ist noch gar nicht vorstellbar.
Wenn nicht diese grässliche Dame, dieser Drachen, der ihr stilles Dasein bewachen und zerstören würde, mit offenem Rachen dasäße, diese blühende Kleinlichkeit, dieser Todfeind! Heftigst sehnt sich die Schülerstudentin in der gelbroten S-Bahn in Richtung Erkner nach einer echten Studentenbude ohne Fremd- und Naheinwirkung. Nach Freiheit, Freiheit vor der immer wieder zäh nachkommenden, nachschleichenden, bestimmenden Vergangenheit. Weg davon möchte sie sein, fahren und nicht wieder in dessen verfluchte Nähe hineinfahren; als würde die Familie Malrid selbst hier in Berlin noch das große Sagen haben. Schauerlich.
Dagegen muss sie sich auch noch wehren. Wenn ihr schon von der Lehranstalt nur die permanente

Selbstreduzierung bevorsteht, das Hüpfen auf einem Bein, darf es nicht noch zugelassen werden, dass der beschädigte Rest von ihrem Dasein den Verwandten zum Fraß vorgeworfen wird. Sie muss sich jetzt und sofort auf ihre Hinterbeine, stellen, in Köpenick aussteigen und sich zur Volksmusikschule durchfragen, fragen, ob sie sich noch anmelden könnte zum Unterricht, der Anmeldungstermin ist überschritten. Gedacht, noch längst nicht getan, erst Ostkreuz, der große Umsteigebahnhof mit dem Ringverkehr. In Torgau bei der geliebten Frau Stege möchte sie in Berlin wieder Unterricht nehmen, inzwischen zweifelt sie, weil Mimi unersetzbar und jeder neue Lehrer nur eine einzige Pleite sein wird, aber darum geht es nicht mehr. Ums Überleben geht es wieder einmal mehr, ums Kämpfen und Schwitzen und Heißwerden, weil die öffentliche S-Bahn bereitwillig und breittürig an jeder Station stehen bleibt. Endlich nach den Rummelsburger Bahnhöfen Karlshorst, und wenn sie nein sagen? Furchtbare Vorstellung, als stände der Sensenmann bereits hinter ihr. Auch schmerzt die neue Erfahrung, die jeder Berufstätige nach der Arbeit zu erleiden hat: Sie kann sitzen, wo sie will, es können sich sämtliche Schönheiten beiderlei Geschlechts neben ihr versammeln, sie erkennt n i c h t s. Sie hat das Gitter des Stundenplans vor Augen, den Lehrerwechsel, die einseitige Belastung mit Mathematik, später die Freude an der alten zierlichen Lateinlehrerin, die bestimmt keine Genossin ist, eine Zufreude, dann noch die Gesellschaftswissenschaftlerin, die Marxismuslehrerin, entsetzlich, alles hinterlässt in ihrem armen und einzigen Schädel, der keine Nachköpfe bilden kann, einen Strudel von Nachrichten, ein Kreuz und Quergewebe.

Mit dem Wetter, das in Lerus Leben an diesem ersten Tage und wie anzunehmen in den folgenden Null Bedeutung hat, beschäftigt sich stundenlang und unter genauer Beobachtung, Felizitas Kleine. Sie hatte kleine

Wäsche gewaschen und im grünen Innenhof aufgehängt.

Endlich Köpenick, wo die Köpenicker ebenso wie die zahlreichen Bewohner in Karlshorst, am Zugende einsteigen, weil sich der einzige Ausgang zur Stadt am Bahnsteiganfang befindet, das war von Onkel Georg mitgeteilt worden. Auch noch er, der große Berlinerklärer steigt jetzt mit die Riesentreppe herunter. Der Bachkantantenhörer hatte den Weg vom S-Bahnhof Köpenick zur Musikschule genau beschrieben, die Bahnhofstraße geradeaus, wo Straßenbahnen, Busse und Autos einen eigenen Verkehrsstrom bilden, die Geschäftsstraße entlang bis in die Nähe der Schlossinsel, wo der Hauptmann von Köpenick im Rathaus die Stadtkasse plünderte etc.
Und er hatte erzählt, wie er als junger Student in Berlin ängstlich sein Kochgeschirr mit Essen in der überfüllten S-Bahn an sich presste, unversehens hätte es ihm entwendet werden können. Sein hageres fünfundsechzigjähriges Gesicht mit dem grauen Lippenbärtchen blickte am Kaffeetisch noch immer erschrocken auf, als stände er wieder im Hungerjahr aufrecht, an die Leiber gepresst. Auf Lesrus Frage, was sich denn im Kochgeschirr befunden hätte, antwortete der verlängerte Student, „mein Essen, ich konnte mir kein Essen kaufen, Brot oder eine Suppe, das weiß ich nicht mehr".
Schnell weg von diesem Hungerthema. Es ist unangenehm, weil die Überwindung des kindlichen und familiären Hungers seitenweise gespickt in Lesrus Unterlagen liegen, wo der Hunger als Befehlshaber aufgetreten und gegen frühe Spiele und Fantasien zu Felde gezogen war. Das tief verletzte Seelchen hatte die Türe hinter sich zugeschlossen, und wer von Hunger zu jeder Jahreszeit erzählt, wird strikt abgewiesen.

Überraschend präzise, der Beschreibung entsprechend, findet Lesru im Straßengewirr das graue Gebäude der Volksmusikschule in Köpenick, und wieder wie vor vier Jahren eilt sie Herz klopfend und am Ende ihrer Litanei hinein. Diesmal ohne Geige, etwas selbstbewusster doch, weil Frau Stege sie auf ihren Weg gebracht hatte, aber dennoch hängt sie wieder am seidenen Faden. Der seidene Faden, das höchst gefährdete Selbst zittert wieder, denn es muss unbedingt bestärkt und zur Realität gegen die Realität erhoben werden.
Eine junge ganz freundliche Frau empfängt die junge Anfragerin, die so seltsam scheu und innig, gleichklängig nach einer noch möglichen Anmeldung im Fach Geige fragt, eine im anthrazitfarbenen Nylonmantel mit verzaustem Pferdeschwanz, schmalgesichtig und verrutschter Brille.
„Natürlich nehmen wir noch Schüler an, gern. Wie lange haben Sie schon Unterricht gehabt oder sind Sie Anfängerin?"
„Ich habe vier Jahre Geigenunterricht gehabt, aber die letzten beiden Jahre wegen einer landwirtschaftlichen Lehre nicht spielen können", antwortet Lesru beruhigt, den Hafen ansteuernd, der sie vor den großen Stürmen und Unwettern der Zeit bewahren soll. Sie funkt sogleich Blickfreude in die Augen der dunkelhaarigen Sekretärin, es ist die erste Freude, die sie an diesem Erstlingstag von einem Menschen erfährt, und sie genießt diese Freude über Gebühr. Es freut sich ein Mensch, dass sie, Lesru, gekommen ist. Wer hätte das gedacht und für möglich gehalten. Am liebsten hätte sie bei Frau Sekretärin Unterricht gehabt und gewünscht. Der Name des zukünftigen Lehrers "Herr Karge" ist bereits eine Abgleitung. Es folgen Formalitäten. Schon diese Woche Donnerstag um 17 Uhr hat Herr Karge unterrichtsfrei, passt es.
Es passt überhaupt nicht. Dennoch: Die hohen eng zusammengebauten Bürgerhäuser, unten Geschäfte, oben Gardinen und Wohnungen, das kleinsteinige Pflaster, sogar einzelne Passanten können nach der

notwendigsten Anbindung ihres Selbst an die Musik wie nach einer Beleuchtung wieder und Schritt für Schritt angesehen werden. Erstaunlich. Kerzengrade schreitet das Mädchen mit einem ihr selbst etwas komisch erscheinenden festen Rückgrat im Summton spätnachmittaglicher Geschäftigkeit in Richtung Leben, in Richtung Möglichsein. Sogar bezahlt habe ich schon, denkt sie stolz, auch, weil es fortan nichts zu denken, nur zu bestaunen gibt.

Mit den hasserfüllten Worten: „Jetzt muss mein Sohn, wenn er mich von Stuttgart besuchen kommt, einen Passierschein beantragen und noch dafür Geld bezahlen", begrüßt Felizitas Achtzig, sie ist in der putzhellen Küche beschäftigt, ihre leise in den Korridor herein tretende Untermieterin.
„Was sagen Sie dazu?" Ein strenges breites faltenreiches Gesicht, mitten in den dunklen Korridor gestellt.
„Guten Tag, Frau Kleine." Sich ansehen, den Lichtstrahl, der vom geöffneten Wohnzimmer in den Korridor fällt.
„Vielleicht machen die das nur, weil sie nicht wollen, dass in Westberlin dieses Vertriebenentreffen stattfindet, eine Hetzveranstaltung gegen die DDR. Ich weiß es auch nicht genau."
„Furchtbar ist das, ach würde doch dieser Staat endlich bald zusammenbrechen. Ulbricht ist doch ein Verbrecher, Fräulein Malrid."
„Ich muss noch etwas einkaufen gehen."
Schleunigst muss man sich freimachen, wenn man ahnungslos nach Hause gekommen und mir nichts, dir nichts in das gärende, stinkende Schlachtfeld des immer unerwartet auftriumphenden Krieges gezerrt wird. Entgeistert schließt Lesru ihre Zimmertür von innen. Das späte Sonnenlicht über der Loggia, die sie grüßenden Ahornbäume und jungen Eichen vom Wäldchen zwischen Friedrichshagen und Hirschgarten wippen unmerklich und so unbeirrt ruhig mit ihren gelb

und rötlich gefärbten Blattspitzen, dass Lesru ganz still und plötzlich verzweifelt sich auf den Fußboden setzt. Ist es nicht zum Heulen? Da steht der grüne Kachelofen in der Ecke, das Sonnenlicht späht in ein hübsches Zimmer, hinter dem Bett lugt ein Tisch, der sich als Schreibtisch gebrauchen lässt, hervor, ein zweijähriges Lernen und Studentenleben steht bevor, ist geöffnet worden und doch klotzt und kracht so etwas Übles wie ein ökonomischer und psychologischer Krieg bis in jedes Schlafzimmer hinein. Kein Quadratmeter ohne Machtworte. Noch im Mantel sitzend, zieht die Heruntergesetzte ihre Zigaretten hervor und raucht in der hasserfüllten Stadt und in ihrem Inneren schreit ununterbrochen eine Stimme: Ich will das nicht, ich halte das nicht aus.

Ihr Verstand kommt zu Hilfe und analysiert die Last, er sagt: Diese Entstellungsworte, die den Einzelnen unsichtbar machen, wie "Klassenfeind, Provokateur“, kannst du auf den Tod nicht leiden; aber auch die anderen Falschworte wie "die Machthaber Pankows", anstatt DDR-Regierung zu sagen, sind eine Gemeinheit mehr, ebenso wie "Bonner Ultras" anstatt Regierung Westdeutschlands.
Per Distanz gesehen, enthalten diese Begriffe ein kleines Potenzial von Lächerlichkeit. Aber Distanz angesichts der vom Hass besetzten Küche zu erreichen, ist nur kurzzeitig möglich.

77

Gespannt sitzt Grit Stift neben ihrer schon ermüdeten Freundin, Bärbel Nahe, mittags in der voll besetzten Aula der ABF, als sich die Tür unten öffnet und der Parteisekretär mit zwei Studenten und großen Stapeln bedruckten Papiers hereinkommt und sogleich zum Rednerpult *steuert.* Es ist für die sechsundzwanzigjährige Tochter kommunistischer Eltern, ihr Vater war in Sachsenhausen umgekommen,

eine selbstverständliche Sache, beim Kampf gegen die faschistische revanchistische Politik des Westberliner Senats, der westdeutschen imperialistischen Hintermänner, mitzuhelfen. Flugblätter gegen den Westberliner Senat sind auf dem geschützten Gelände der Technischen Universität zu verteilen, dort wo uns Polizisten nicht verhaften können. Wir müssen nicht mehr unser Leben riskieren wie meine Eltern noch, dank der Existenz der DDR und der Verbindung mit der SU.
Das ist leicht: Nach Charlottenburg mit der Seminargruppe fahren, das TU-Gelände aufsuchen und Leute ansprechen.

Viel schwerer ist es, hunderttausend Menschen zu überzeugen, nicht täglich nach Westberlin zu fahren und dort zu arbeiten. Das schaffen wir einfach nicht. Sie verdienen drüben oft genauso viel wie im Osten, sogar für die gleiche Arbeit weniger, aber sie tauschen ihr Geld zum Schwindelkurs von 1:4 um und sind die reichen Protze. Lassen sich ihre Bäder kacheln, kaufen sich Autos, bauen sich noch ne Datsche. Und das in ein und demselben Haus. Nachbarn, Tür an Tür wohnend, werden vom Neid zerfressen. So arbeitet der Imperialismus. Und mit Freude hört sie dem Genossen Priegel zu, einem Mann mit Halbhaar, Halbglatze. Ja, er muss die Jugendfreunde, die Ahnungslosen erst einstimmen und anspitzen für den Kampf. Nein, er hat nicht recht, er soll das Wort "Klassenkampf" nicht dauernd benutzen, es ist ein Kampf auf Leben und Tod. Wie unklar und unnötig er sich in die Geschichte begibt. Menschenhandel und Menschenschmuggel ja, RIAS Hetzsender ja, gestern sollen es wieder achtzehntausend junge DDR-Bürger gewesen sein. Verdammt noch mal, er soll doch von den Berlinern reden, die jeden Morgen nach Westberlin fahren, die DDR verraten, ihre Ausbildung und Kraft beim Gegner investieren, diese täglichen hunderttausend Schweine, Staatsfeinde. Wenn sie nicht wären, gäbe es auch keine große Abwanderung. Es sind die Ostberliner, die in Westberlin arbeiten, sie sind die Schmarotzer und Kleinbürger. Ihr kleiner Kehlkopf schluckt unaufhörlich die fehlenden Worte. Und dieser Brandt, fällt ihr ein, der redet auch nur vom "Kreml", wenn er die Sowjetunion meint, „der Kreml hat gesagt“. Sie fühlt sich wieder mit Dreck überzogen, sie hat immer dieses Gefühl der persönlichen Überschmutzung, sobald die drüben von unserer Regierung schimpfwörterisch geifern, reden ist das ja nicht.

„Wer sich weigert, steht nicht an unserer Seite und ist es nicht wert, Student der Arbeiter- und Bauernfakultät zu sein."

Richtig, das ist sowieso klar. Sie schaut herunter zu Kowicz und Co, zwei Reihen unter ihr, ihr Feixen ist noch an den runden Hinterköpfen zu erkennen.

Nach der Aussprache mit dem Prorektor der ABF - geschehen nach dem Ernteeinsatz – erliegt Grit nicht mehr den täglichen Auseinandersetzungen mit Ralf Kowicz: Der Prorektor hatte ihr gesagt, es gäbe Lebenslagen, die sich eines Tages von selbst lösten. Sie fragte nicht weiter, was er damit meinte, aber sie konzentriert ihre Kraft seitdem auf die Hilfe, die sie ihrer Freundin, Bärbel Nahe, angedeihen lassen muss. Und das ist nicht wenig.

Ja, so machen wir das, wir fahren in einzelnen Gruppen unter Führung eines Genossen von Friedrichstraße bis zum Bahnhof Zoo, gehen dann gemeinsam zur Technischen Universität und verteilen uns auf dem riesigen Gelände. Sprechen alles an, was zwei Beine hat. Sagte er das oder ich? Bewegt stößt sie Bärbel an, die ihr immer wie ein Mütterchen mit Kopftuch erscheint. Otto wird sich die Gruppe um Kowicz, Adam, Samson schnappen. Ich werde mit Klar, Kloß, Malrid und den andern gehen, organisiert sie im Kopf. Das Ansprechen ist wichtig.

„Wir haben das Glück Genossen, nicht mit der Waffe in der Hand in unseren Kampf gegen den Imperialismus zu ziehen, sondern friedlich mit einem Flugblatt in der Hand. Wir dürfen diskutieren, und diskutieren Sie mit den Westberlinern. Seien Sie sich immer dessen bewusst, dass Sie Soldaten für den Weltfrieden sind, unsere Sache die Sache der Menschheit ist. Seid stolz, Soldaten des Friedens zu sein."
Bewegt, beinahe glücklich klatscht Grit Beifall, zögerlich fallen andere ein, bis der Beifall stärker und zum Gesamtmanifest der Hände wird.

Abmarsch.
Otto, der Landwirt, der kein LPG-Bauer mehr ist, beaufsichtigt wie abgesprochen die Gruppe um den Westberliner Gymnasiasten, streng und rundgesichtig. Bärbel Nahe leitet eine andere Gruppe und geht mit ihr zum S-Bahnhof Friedrichstraße. Grit selbst steckt unter ihren Hut den Rest, wortlos und mit eiserner Miene läuft sie den schnell gehenden Männern nach.
Ralf Kowicz aber hatte während der Befehlserteilung und Befehlserklärung nur gefeixt, es steht schlecht um den Ulbrichtstaat. Hab ik zu Hause wat zu erzählen, denkt er, und zu Lesru hatte er beim Hinausgehen aus der Aula bereits gesagt, was er heute Nachmittag tun würde: Flugblätter in den nächsten Papierkorb schmeißen und ab ins Kino.

Lesru hörte diese ungebetene Nachricht aus großer Entfernung, denn sie war eine Soldatin geworden, eine freilich, die sich ständig und fortlaufend wundert. Sie fühlt sich selbst wie ein Geschütz, wie etwas Metallisches an, das auf zwei Beinen läuft und noch nicht schießen darf. Im Osten der Stadt noch nicht. Die rebellendierenden Flugblätter in ihrer Tasche, die

Blähenden, zucken und zerren dennoch und das Mädchen muss lernen, eine Last einfach zu tragen.
Im Bahnhof Friedrichstraße auf dem Weg zum oberen Bahnsteig in Richtung Zoo, wo das Gestöhn der S-Bahnen, Lautsprecheransagen erdröhnen, Flüchtlinge und Gauner um ihr Leben und ihre Freiheit bangen, wo sich die sichtbare und unsichtbare Grenze zwischen Krieg und Frieden unfreundlich die Hand reichen, sagt Sabine zu Lesru im untersten Dienstgrad: „Ich war noch nie im Westen, ich habe richtig Schiss."
Sabine, ein Mädchen aus dem Norden, das auf dem Darß immer allein Strandwanderungen unternahm und keinen näher an sich heranließ, hat geflüstert. In ein kleines schadhaftes Ohr. Deshalb hörte ihren Satz auch Rosalka Klar, die sich vorher vergeblich bemühte, ein Gespräch mit Lesru zu führen. Aber jene besitzt nur ein kleines schadhaftes Ohr. „Wat, noch nie?" Des Staunens kein Ende und ein hörbares Gesicht anheben. Sabine Voll wird mit einem Lichtschlag sichtbar: eine mittelgroße Gestalt im fahlen Lodenmantel, berockt, mit dunklen Strümpfen, einem wohlgeformten kurzhaarigen Gesicht, ein Heimchen, das sich nach Biesdorf ins Studentenwohnheim verirrt hat.
„Ich hatte immer Angst vor Westberlin", das muss nun auch noch im abfahrenden Zug auf der Holzbank zu Rosalka geflüstert werden. Und Rosalka muss jetzt die Mutter sein.
„Ik fahre täglich durch Westberlin, durch Tegel und zurück bis nach Henningsdorf und mir is noch nie wat passiert." Dabei lächelt sie die rückwärts sitzende Lesru an, die auf den Berliner Reichstag glotzt unter ihrer völlig beschlagenen Brille. Als sei nun wahrlich mal eine Stellungnahme von Lesru fällig. Aber jene kann sich nicht regen noch rühren. Ich muss die Flugblätter verteilen, verteilen, jemanden ansprechen, befiehlt immer noch ihr vom Anführer beeinflusstes Gehirn. Sie befindet sich im Krieg und kann sich nicht mit dieser Sabine beschäftigen.

„Na, da wirste Ogen machen, wenn wir im Bahnhof Zoo aussteigen, ik amüsier mir richtig über Dich." Und sie fährt fort, weil ihr so wohl ist neben der Staunenden, die sie an Lesru am Meer erinnert, "bleib immer an meiner Seite, Sabine, uns wird schon niemand wegfangen, außerdem beschützen uns doch unsere Jenossen. Kiek mal, die Grit guckt nicht hinaus, die interessiert det Leben in Westberlin och nicht."

Die Nichtangesprochene, Grit, fährt wie durch einen Schlund durch Westberlin direkt in die Nichtanerkennung der DDR und was gefährlicher, in die Nichtanerkennung der Oder-Neiße Grenze.
Mit dem im Osten gebliebenen Parteisekretär Genosse Priegel hatte Grit - sie sitzt steif in ihrem besten blauweißen Kostüm in der unwirtlichsten Stadt der Welt - ein Streitgespräch geführt über die Lösung der "Berlinfrage". Grit und auch ihr Mann, ein Offizier, plädieren für einen sofortigen Einmarsch sowjetischer Truppen in Westberlin, für einen Ausgleich der Ansprüche der westlichen Alliierten auf ihre Besitzansprüche und Rechte, damit ganz Berlin zur endlich befriedeten Hauptstadt der DDR werden kann. Und die DDR endlich das Recht und die Chance erhält, ihren friedlichen Aufbau des Sozialismus fortzusetzen.
„Das bedeutet Krieg." Priegels Antwort im Zimmer neben dem Sekretariat. Was ich bezweifle. Zwei etwa gleichstarke Atommächte werden keinen Krieg riskieren, in dem jeder Totalverlust erleidet. Schon gar nicht wegen uns Deutsche, noch weniger um eine Stadtteilhälfte, die im Herzen der DDR liegt. Ach! Grit stöhnt mit klugen, ins Weite gewandten Augen und mit der rechten schmalen schöngliedrigen hellen Hand mit dem Goldring. Wenn ich das doch noch erleben könnte: Unsere Kraft ganz, unvermindert für *den* Aufbau des Sozialismus einsetzen und konzentrieren!
Und sie hört wieder die tiefe Bassstimme ihres Mannes: Weil die Freunde aus Moskau es nicht tun, müssen wir

Antifaschisten noch immer gegen die Folgen der Nazizeit kämpfen und leiden.
Gegen Gewalt hilft nur intelligent eingesetzte Gewalt. Stattdessen, mein Lieber, müssen wir auf Samtfüßen mit losen Flugblättern an wortreiche Belehrung glauben, Agitation betreiben, lachhaft. Es ist lächerlich. Im Imperialismus wird jeder Bürger zum Kapitalisten, so formulierte es Brecht schon in den dreißiger Jahren.
Ihre graublauen Augen unter den schwarzen Strichaugenbrauen bleiben jetzt an Sabine und an Rosalka haften, die miteinander leise reden.

Das Leben einer Gruppe, das der Einzelne nie so erlebt, wie wir es im Roman sehen dürfen, auseinanderziehend, hat auch für Fred Samson, den Uhrmacher, seinen nicht unerheblichen Reiz. Er hat einem älteren Baedecker Berlinführer entnommen, dass die Technische Universität in Berlin-Charlottenburg im Jahre 1884 als Technische Hochschule gegründet wurde, wobei er natürlich nicht wusste, noch jemals erfuhr, dass an ihr Lesrus Onkel Georg in den zwanziger Jahren studierte und mit dem gefüllten Kochgeschirr durch Berlin fuhr, immer ängstlich, es könnte ihm im Gedränge entwendet werden. Aber er hatte sich auch in Westberlin einen Westberlin-Führer gekauft und erfahren, welche neuen und älteren Institute dort selbst sich befinden und entstehen. Der Greifswalder hatte auch gelesen, dass die als Gegengründung zum geteilten Berlin entstandene Freie Universität in Berlin Dahlem viele Professoren aus der Humboldt-Universität abgeworben und es vielerlei Streit und Zank deshalb gegeben hatte. So war er, gebunden an Wissensdurst und Orientierungswillen, mit seinem lesenden Augen und seinem Talent, sich an Karten zurechtzufinden, wie schon im Zug zum Ernteeinsatz auffällig, mitten in die unerbittlichen Kleinkriegskämpfe der Stadt geraten. In seinem Studentenzimmer in Biesdorf, als die anderen ihm durch ihre Abwesenheit Ruhe gaben.

Eine Abwesenheit erzeugt immer Ruhe für eine Anwesenheit.
Deshalb ist er jetzt ganz Ohr und Auge: Der Mann mit dem kantigen Gesicht und mit der hochdeutschen Aussprache freut sich auf den Vergleich zwischen maßstabgerechter Skizze, Plan und dem wirklichen Areal, das er betreten wird. Dass nebenbei noch etwas zum Verteilen ist, sieht Fred als normale Aufgabe an. Es gibt Menschen, die immer beschäftigt sind, weil sie sich gern selbst ein Bild von den Realien des Lebens machen wollen. Dass er die Erkundung der Technischen Universität unter der Obhut und gemeinsam mit seinen Kommilitonen tun kann, erfreut Fred Samson. Die Gruppe gewährt die gute Temperatur für solche kleinen Experimente.

Durch den umgängigen, vielgeschäftigen Bahnhof Zoo, durch vollen Orangenduft, an knallfarbigen plakativen Einladungen zu Theater und Konzerten, Filmen und Boxveranstaltungen als Abgesandte des Friedens und des Fortschritts zu gehen, als Gruppenkämpfer für den Sozialismus ist zumindest ungewohnt. Die bei Einzelbesuchen weit geöffneten Augen müssen verkniffen werden. Der bei Einzelbesuchen allseitig unter die Arme greifende Rausch, im freien, schillernden Westen zu sein, wo die Wechselstuben großmündig um das arme DDR Geld warben, wo kein Mensch dir sagt, wie du zu leben hast und welche Ziele der Parteitag sich stellt, wo du nichts als belebte Luft in der duftenden Luft bist, dieser Rausch verfliegt im Gruppengang. Belebte Straßen sind zu gehen und schnell. Kowicz und der Rechenkünstler haben die Führung übernommen, und Grit eilt ihnen nach, alle anderen ihnen nach, schnell, als seien sie auf der Flucht.
Eine späte, sich ständig die Augen reibende Sonne, erhellt das dicht bewohnte Wohn- und Geschäftsviertel.

Ein fremdes Land. In jedem lang gestreckten Hause wohnen Kriegstreiber und Menschenhändler, die ihre Amerikaner lieben und vor den Russen panische Angst haben, denkt Sabine Voll neben der gar nicht ängstlichen Rosalka laufend, von Gehen kann keine Rede sein. Die lockenden gaukelnden Obststände am Bahnhof Zoo hatte sie übersehen, weil sie weiß, mit Speck fängt man Mäuse. Ihr ist nicht wohl. Ein Gehetzte und Gejage. Alle gehen hier schneller als im Osten der Stadt, auch das missfällt ihr.

Als die Laufgruppe endlich vor dem Eingang zur TU angekommen, sagt Grit mit kalter Stimme, weshalb hätte sie auch wärmer klingen sollen: „Wir verteilen uns auf dem Gelände, sprecht die Leute an, diskutiert mit ihnen. Deshalb sind wir gekommen". Das gepflegte Grün. Weitläufig mit sich herbstlich verfärbenden Bäumen, Straßen und Wege. Stille, der Verkehr umfährt diese Insel. Flache und einzeln stehende Gebäude, Menschen aber - fehl am Platze.

Das Fremdgeschoss Lesru Malrid aber verlor unterwegs ihre Munition und steht nun, umgeben von tausend Ängsten, als letzte der auseinander fliehenden Gruppe im Kampfgebiet. Im Hinblick auf den sich schleunigst entfernenden Kowicz und Co, auf die rufende Rosalka, die mit den Armen winkt, denkt Lesru nur immerfort an ein und dasselbe: Was war das nur in der S-Bahn, warum fühlte ich mich so metallisch an, als hätten die aus mir eine Granate gemacht. Sie erschauderte vor diesem Vorgang und vor sich selbst so tief, dass sie immer noch nicht recht weiß, wo sie ist und wie sie hierher gekommen war. Wie ist es möglich, dass die aus mir eine Granate machen konnten, diese Frage begleitet sie zu den Vorgängern. Und jetzt diese Flugblätter verteilen, wie denn, was soll ich denn sagen? Sie schwitzt im Kragen, unter dem Kragen, und als eine ältere gut aussehende Dame mit einer hübschen Tasche ihren sandkörnigen Weg kreuzt, sagt

Lesru unter der Allmacht eines doppelten bodenlosen Schamgefühls: „Entschuldigen Sie bitte, würden Sie mir ein Flugblatt abnehmen?"
„Was denn für ein Flugblatt?"

> Lesru weiß es auch nicht und überreicht der Dame ein Flugblatt, wortlos. Sie hat ihre Sprache verloren.

Lesrus zeitweilige Verwandlung in einen metallischen Körper erheischt eine Erklärung. Als Kriegskind geboren, ihre frühsten wesentlichen Kindheitserlebnisse und in seinem inneren Sog damit verbundene andere Kindheitserlebnisse abgedrängt, sich selbst also nicht habbar gemacht, unverankert, unverwurzelt, braucht es nur einer ausgesprochenen Gewalt, um sich blitzschnell in eine Waffe zu verwandeln - im Gefühl. Beileibe nicht wirklich, nicht vollständig. Aber sich so fühlend, im Kampf gegen das Böse, für den Weltfrieden, lässt sich die verplombte Seele durchaus breit schlagen, unbrauchbar für sich selbst und abtöten. WEIL sie schon mehrmals abgetötet wurde und sich eine Breitspur von Erfahrungen abgelagert hat. Deshalb.

78

Der Sonntag - für die ausgedünnte Familie Puffer noch immer ein Festtag, einige Kilometer vom Gottesdienst in der Friedrichshagener Kirche entfernt, innig verbunden mit der Bachschen Sonntagskantate, die um zehn Uhr im Radio zu hören ist. Zur Kirche am Friedrichshagener Markt war Frau Kleine ohne Frau Puffer gefahren, auch gut.
Maria erwartet einen lieben Gast, den sie "Leschen" nennt. In Erinnerung an ein kleines drolliges Mädchen vom Lande, das zusammen mit ihrem Bruder Fritz nach dem Krieg die hochbürgerliche Wohnung in Dessau den

Sommerferien besuchte, ist Leschen nicht gewachsen, ist doch gewachsen, kann jedoch namentlich nicht verändert werden, weil Maria Puffers Entwicklung nach ihrer Heirat stagnierte.
Der gute Rinderbraten riecht durch den Treppenflur des vor vier Jahren neu bezogenen und neu erbauten Hauses am Straßenrand des Fürstenwalder Damms, gegenüber dem jungen straffen Eichenwald. Eine bequeme sonnige Vierraumwohnung mit Balkon, Keller und Bodenkammer gehört der Familie Puffer, die sich mit anderen Familien die Freude am Einzug im Neubaublock teilte.

Lesru ist um halb eins zum Essen und doch bitte zum ganzen Sonntagnachmittag eingeladen, aber, kein aber. Sie fürchtet sich vor dem Rückfall in ihre Kinder-Steinzeit, denn sie ist von einer Woche ABF Leben in der heimtückischen Kriegsstadt mit Enttäuschungen beladen und geschmückt wie ein Weihnachtsbaum zur unrechten Zeit. In Abwesenheit ihrer Wirtin hatte sie Geige gespielt und anstelle der Etüden ihren neuen Geigenlehrer vor Augen. Einen kräftigen Kerl, der sie sofort bewunderte, als sie den ersten Satz des Járdányi Konzerts begann auswendig vorzuspielen. „Prima", sagte er, dieses grässliche "prima". Anstatt sie zu korrigieren, wie es nach zweijährigem Pferdeaussatz nötig gewesen wäre, begabte er sie sofort zur Begabung und schlug vor, sie sollte am Wettbewerb der Berliner Volksmusikschulen teilnehmen, der im November jährlich veranstaltet wird. Och noch der Schreck.

Tiefer noch enttäuschte sie ein Besuch bei Ute in der Ackerstraße, bei ihrer zeitweiligen Liebe und Intima der Neuenhagener Pferdezeit, Kuhstall- und Schweinezeit. Ute bewohnt eine Studentenwohnung im vierten Hinterhof der endlosen Ackerstraße. Eine richtige eigene Wohnung mit Küchenandeutung, Klo auf der halben Treppe, Licht aus dem seltsamen Hinterhof, der

nur aus Fenstern und Geräuschen besteht. Kühl wurde die einstige Liebende empfangen, sehr kühl. Die Essenz dieses Besuches gipfelte in der vorwurfsvollen Frage:
„Was bist Du? Ein Dichter ohne Werk?"

Denn Lesru war klagend und in ihrem Inneren total erschöpft wie ein schwerbeschädigtes Schlachtschiff zum einzigen Hafen bei Ute, der Studentin für Landwirtschaft, eingelaufen und hatte von der Unmöglichkeit in dieser Stadt zu leben, gesprochen. Sie hatte sogar, weil sie sich selbst so nahe gekommen, sämtlichen vorhandenen zeitgenössischen Künstlern und Kunstwerken ihre Existenzberechtigung abgesprochen und die ebenfalls Beladene, auf die höchste Spitze der Palme gebracht. Ein Rausschmiss war unvermeidbar.
Sie hat mich rausgeworfen, das rollte nach ihrem Abgang wie ein vor ihr ausgebreiteter schwarzer Teppich unablässig auf der Ackerstraße. Das rollte schwarz vor Lesru her. Einen Tag nach dem Besuch der Technischen Universität in Berlin-Charlottenburg.

Ute indes hat ein anderes Elend zu tragen und in der Klagenden kein Fleckchen gefunden, von ihrer Last etwas abzugeben. Einen Liebsten hatte sie gefunden, eine Pracht von einem gescheiterten Menschen: Uwe, den westdeutschen Fremdenlegionär. Er bat in der DDR, dem ersten sozialistischen Staat auf deutschem Boden, um ein sinnerfülltes Leben. Nur verhielten sich die staatssichernden Organe äußerst misstrauisch einem ehemaligen Fremdenlegionär gegenüber, der im Freiheitskampf der Algerier auf der falschen Seite, in der Fremdenlegion der Franzosen gekämpft hatte. Sie hörten ihm zu, gaben ihm Arbeit und versetzten ihn vierwöchentlich in andere Betriebe und Arbeitskollektive, weil sie schlechten Einfluss auf die Arbeiter befürchteten. Springer wurde er, ein Studium verweigerten sie ihm.

Damit war Ute beladen. Und ein vollmundiger Grashüpfer, eine Grille, die sich als Dichterin fühlte, aber nichts schreibt, der das Flugblattverteilen auf einem geschützten Gelände schon zu viel ist (Lesru verschwieg ihre Verwandlung in etwas Metallisches), musste mit ihren luftleeren Anmaßungen verscheucht werden.

„Guten Tag, mein Leschen", strahlt die Tante im beigefarbenen Sonntagskleid an der Wohnungstür in der ersten Etage, als Lesru steif, steifer, am steifsten vor ihrem Lächeln steht und in das warme Lächeln hineingeht. Ein sanftes Hineingleiten, ein sanfteres ist nicht vorstellbar. Dennoch fühlt sich die mit Enttäuschungen Geschmückte wie auf glattem Eis mit unprofiliertesten Schuhen gehend, stehend, sitzend. Jederzeit kann sie hinkrachen. Die Anrede, ein Zärtlichkeitsbeweis, muss überhört werden. Der Tisch im geräumigen Wohnzimmer mit Ausblick auf das Eichengeplauder jenseits des Fahrdamms, der weiß gedeckte Tisch mit den alten spitzfindigen Messerbänkchen für das Besteck, steht mitten im Jungwald, denn es fehlen die bei anderen Familien hängenden Gardinen. Die Natur soll und will scheinbar auch, direkt in das Leben der Familie Puffer wie seit Junkers Zeiten auf Pommerschen Landgütern, hineinsehen. Sie, die Natur will bei allen Tischgesprächen mit anwesend sein, und das ist hochherzig von ihr, einladend, weiß Gott. Selbst für ein junges Mädchen, das von der kriegslüsternen, in Fronten zersägten Stadt zumindest mitgenommen, wenn nicht gar schon beschädigt worden ist. Mit einem Lesruschen Wort: Berlin ist nicht schön, es leben keine schönen Menschen in dieser Stadt. Und das genügt einer Lesru Malrid bereits für eine Dauerablehnung. Versonnen, als traute sie ihren Augen nicht, saugt sie den wispernden Eichenwald, grün und gelb geschlagen von der Jahreszeit, in sich auf, so, als träte das große Hässliche freiwillig ab und eine ganz andere Seite

Berlins wandelt nunmehr vor diesem Haus auf und ab. „Der schöne Blick", sagt die Ganzfröhliche im Gediegenen ihrer Wohnung mit schwarzem geschlossenen Klavier, der Anrichte, einem zierlichen Sofa und der schlagenden Standuhr stehend. Und wie sie es sagte, verbinden sich zwei die Schönheit der Natur verlangende Seelen miteinander zu einem Flügel, in den freilich Georg Puffer, groß, hager, klug und sich unnatürlich zierlich gebend, hineinplatzt. Ein Knall.
„Guten Tag, Lesru", sagt der Hochgebildete im hausgrauen Anzug. Seine weiche rechte Hand, die jemals nur ein volles Kochgeschirr tragen musste, legt er sogleich, was unanständig ist, um die Großnichte, die weißblusig wie ein Eindringling dasteht. Er hat Lesru beim Namen genannt, aber das klang unwirklich in diesem übereinandergeschichteten Familienleben. Die offene Schiebetür zum Blauen Salon gibt den Blick zu weiteren Annehmlichkeiten frei.
„Willst Du Dir vor dem Essen noch die Hände waschen?", fragt die kleine muntere Sonntagsfrau ihren Mann, ihre Nichte und eilt in ihren festen braunen Schuhen zur dampfenden Bratenküche. Keiner in dieser Familie trägt Hausschuhe, Latschen, Pantoffeln, das passt nicht zu ihrem Stil. Die Frage - breit gestellt, kann überhört werden. Lesru wird unwiderstehlich von etwas anderem angezogen, und nicht vom geschlossenen Klavier, wie man als Leser meinen könnte. Sie zieht es in den Blauen Salon zur Bücherwand ihres Onkels, wo Bücher vom Fußbodenparkett bis zur Decke breitfächrig stehen und ungeduldig mit ihren Buchrücken sich aneinander drücken und ins Freie dringen wollen. Sie wollen befreit werden. Über dem blauen sich selbst schwingenden blauen Sofa thront in einem Gemälde eine adlige Ahnin mit nackten Schultern und hochgestecktem schwarzem Haar. Ein persönliches Gesicht, das nichts anderes ausdrückt als eine Persönlichkeit. Weshalb sie auch von Lesru übersehen und stattdessen der dunkle türmige breitflächige Schreibtisch des Onkels, nach den Büchern ihre

Aufmerksamkeit findet. Es schwirren die Aufmerksamkeiten nur so umher, man muss sich nur seinen passenden Gegenstand, der sie zu fesseln versteht, suchen. Maria in Gelb kredenzt das Festessen und Lesru beeilt sich, zur häuslichen Hilfsbereitschaft erzogen, zur Aufmerksamkeit für volle Schüsseln, beim Hereintragen zu helfen. Die Bücher wird sie sich später, wenn sie allein auf der Couch im Salon liegt, wenn die gläserne Schiebetür geschlossen, heimlich ansehen. Bestimmt.
Setzen, Hände falten, beten. Zartgliedrig mit innig geschlossenen Augen, die ein wenig hervortreten beim Hellsehen, betet Maria das Mittagsgebet vom Dank und Gott der Güte mitten hinein in den betörenden zarten braunen Rinderbraten, in das zarte Dampfgestöber der Kartoffelschüssel, in die lockenden gläsernen Kompottschälchen und die ungeduldig zappelnden Gerätschaften auf den gelblichen Messerbänkchen. Das rotfettige Rotkraut neben der Sauciere aber erhält Lesrus alleinigen Schmachtblick. Amen.
„Guten Appetit, Leschen endlich haben wir Dich wieder bei uns zu Gast." Freundlich. Jeder im Besitz einer leinernen Serviette, die aus einem silbernen Serviettenring entrollt wird.

Nicht unvorbereitet kam das von Berlin gänzlich zusammengeschrumpfte Mädchen in das Privatleben ihrer Verwandten, sie hatte am späten Sonnabend endlich wieder ein Buch lesen können. Das war kein Kinderspiel, wo man die Karten wieder hervorholt und auf den Tisch legt. Es war mühsam in den Geist eines Großen wieder einzudringen, nachdem man zerflattert und tagelang zerstäubt worden war. Sodass sie beim Verlassen ihrer Wohnung bis zum nahe gelegen Haus ihrer Verwandten wie auf anderen Sohlen ging, und es war ihr so angenehm, in der begonnenen Geschichte weiterzugehen, die sie gerade angefangen hatte, zu lesen. Heimlich ein anderes Leben, ein Leseleben zu führen.

Sie hatte sich von Friedrich Nietzsche das im westdeutschen Fischer-Verlag erschienene Büchlein "Vorspiel einer Philosophie der Zukunft" in Westberlin in einer Buchhandlung gekauft (die DDR verraten, zur weiteren Kriegsgefahr beigetragen) und war als Dritte im Bunde mit den zwei jungen Studenten zu einem lauschigen Plätzchen am Rhein gelaufen, von dem sie ein Gespräch eines Philosophen und seines Begleiters anhören konnte, das sich mit falscher und mit richtiger Bildung befasste. Dort saß sie im Versteck am Rhein während des Essens und des Ausgefragtwerdens, ein sicheres Plätzchen.

„Das Übel ist historisch bedingt, in der Unklarheit der Alliierten, die nicht voraussahen, dass sie alsbald manifeste Feinde sein werden und die Stadt Berlin in vier Sektoren unter sich aufteilten.
Adenauer ist ein unbedingter prowestlicher Politiker, der die Einheit Deutschlands ebenso wenig will wie Walter Ulbricht. Wir leben in einer Zerreißprobe, Lesru. Aber anstatt die Sehnen zu lockern, die Oder-Neiße als östliche Grenze endlich anzuerkennen und unseren Staat als zweiten deutschen Staat anzuerkennen, wird von Tag zu Tag die wirtschaftliche Schraube angezogen."
Dies war als Stammtischerklärung im Privaten nötig zu sagen, weil Lesru vom Flugblatteinsatz in Westberlin erzählte und sich Abscheu um den Esstisch versammelt hatte. Unaufgeregt hatte Georg gesprochen im warmen hellen Tenor eines denkenden Mannes und Zeitgenossen.
Mit dieser vernünftigen Erklärung jedoch hat Lesru auch ihr lauschiges Plätzchen am Rhein verloren und sitzt nun als verlorenes Hühnchen am Tisch eines Mannes, der für jedes Ding und jede Erscheinung eine Erklärung parat hat.

Denn die Welt ist für den Fünfundsechzigjährigen, Anfang der fünfziger Jahre als Experte ins

Energieministerium von Dessau nach Berlin berufen und nur ungern in den Ruhestand entlassen, eine höchst interessante Sache. Leichter aufschließbar, wenn man sich an Erfindungen und Entdeckungen hält, die Einzelne im Geschichtslauf gemacht haben; eine sich sofort anschließende Such- und Erfolgsstrecke, wie sie verwertet wurden. Er zieht Linien durch das Kreuzworträtsel Erde, auch weil er gut und sicher gerüstet ist durch eine strenge christliche Erziehung.
Gern hätte er sich einem etwas reiferen Zuhörer oder gar Altersgenossen gegenüber am Tisch, nunmehr beim Nachtisch, beim gelben Reneklodenkompott oder bei sonst was in den Glasschüsselchen, über seine Lebensfreude nach seiner Pensionierung geäußert. Von all diesen zappelnden, solange unterdrückten Interessen an der Astronomie, griechischer Kulturgeschichte, römischer Geschichte aber auch von seinem Interesse nach den wirtschaftlichen Vorgängen in der UdSSR und in China erzählt. Seine Fragen vorgestellt, von seinen Suchwegen berichtet und seinen Vormittagen in der Deutschen Staatsbibliothek ein wenig mitgeteilt. Aber die kurze Mittagszeit will er nicht missbrauchen, am Nachmittag zum Kaffee, bei einer guten Zigarre lässt sich sicher davon ausführlich erzählen. Neuerdings lernt Georg Puffer Spanisch, denn es besteht die ersehnte Aussicht, mit dem Schiff "Völkerfreundschaft" nach Kuba zu reisen.

Das Mädchen hat ihre Denkwege noch lange nicht gefunden. Die Welt lässt sich weder von ihr abtrennen und einer vielseitigen Betrachtung unterziehen, noch in Einzelstücke zerlegen. Lesru ist ein winziges Teil von ihr und vom Ganzen umschlossen. Nachdem der Onkel, der so gar nichts mit der Wilhelm Busch Figur eines Onkels zu tun hat - diesen Mann mit der Zipfelmütze im Bette sieht sie ausgerechnet jetzt vor sich - seine Berlinerklärung abgegeben, verschwinden sämtliche schöne Dinge auf dem Tisch, eine nackte Tischplatte erhebt sich und das Mädchen wird von einem gewaltigen Sog erfasst, sofort dieses vernünftige Haus zu verlassen. Nur fort, trümo. Zurück zum lauschigen Plätzchen am Rhein, zum Kritiker des gesamten deutschen und europäischen Bildungssystems.

Wirklich weit entfernt, einen Gegenstand in seiner Objektivität zu erfassen, den Autor zu begreifen und ihm allein zuliebe seine eigene Person zurückzustellen, (weil sie selbstbewusst ist), und etwas Neues zu lernen, sich wieder ein Stück Wirklichkeit zu erobern, indem man sie sich aneignet, einverleibt im ganzen Leibe, mit einem unmissverständlichen Wort: Eigentlich und rein zu lesen, dies ist noch eine unmögliche Aufgabe. Das Gegenteil praktiziert Lesru jahraus, jahrein: Sie sucht sich instinktiv einen lebenswerten Ort aus in ihrem Buch, eine schöne Stelle, die sich gravierend von ihrer Umgebung unterscheidet, und wandert dann mit diesem Schatz vereinigt im Alltag umher. Ihre liebende Seele ist gleichsam geschützt und auf gehoben. Und wenn es bedrohlich wird in der Umgebung und die Spannung ins Unerträgliche steigt, muss sie sich losreißen vom schönen Ort und wieder aktiv werden. Die nächste störende Umgebung erkunden. Unter Schmerzen, wie denn sonst.

Maria aber ist untröstlich, als Lesru nach Tisch unter einer Danksagung fortgegangen war. Warum denn das, und wir haben sie doch fest eingeplant. Das ließ sich nicht offenen Mundes aussprechen, das kann im ehelichen Schlafzimmer als trauriger Vorwurf ins Bett gesetzt werden. Was sie ihrem Georg verschweigt: Wie gern wäre ich mit euch zum Müggelsee gelaufen, ein froh machender Sonntagsspaziergang mit all den Fragen, die Lesru gewöhnlich stellt in der Geborgenheit der Gastfamilie. Mit deinen langatmigen Erklärungen, bei denen ich auch lerne und staune, was du alles weißt. Herrlich wäre es gewesen! Wie gern hätte ich ihr von unseren Dessauern Freunden erzählt, die nach Berlin kommen.

Jetzt kommen sie einzeln und besuchen Westberlin, wir sind wie eine Transitstätte geworden, ein wichtiger Anlaufpunkt für alle Verwandten und Bekannten. Die Freude, wenn Besuch kommt, empfindet mein Mann nicht, er ist immer beschäftigt. Von alldem hätte ich dem aufmerksamen Mädchen gern erzählt. Auch von Belkes über uns, von Frau Kleine und ihrem Starrsinn auch. Von Tina, ihrer Tochter in Kaulsdorf, ihrem hübschen Schwesternzimmer weiß sie auch noch nichts.
Dass Lesru nach Tisch nicht postwendend gegangen war, sondern den Abwasch in der Küche mit Bratenpfanne, Töpfen etc. selbstverständlich erledigte, ihre kleine Aufgabe anstandslos erfüllt hatte, wie in den vergangenen zwei Jahren, als sie von Neuenhagen ganze und halbe Sonntage bei ihnen verbrachte, die Strieme der guten Erziehung vorzeigend, erfüllt die bestürzte Ältere mit wenig Befriedigung.
„Sie ist jetzt Studentin und will auf eigenen Füßen gehen.“. Diese Georgerklärung ruft sogleich bitteren Protest in der liebenden Frau hervor: „Aber doch nicht so", sagt Maria in ihrem schwachsinnigen Bett.

79

Kahle Tapetenwände, die leeren Korbstühle - Ute hat herrliche polnische Filmplakate zur Anregung in ihrer Wohnung - die braunen Holzdielen. Alleinsein. Vorsichtig und völlig zusammengeschnürt steht die Abwäscherin in ihrem nichtssagenden Zimmer.
Ein nichtssagendes Zimmer aber ist auch eine Herrlichkeit. Wie ein schwerer angeschlagener Klotz, zum Kleinholzmachen geeignet, setzt sich Lesru in eines der gelblich vergilbten Korbgeflechte und beginnt zu rauchen. Im braunen mit einer abgegriffenen bläulichen Decke verschlossenen Bett hatten jahrelang fremde Männer und Herren gelegen, das Gerüst sieht zumindest unschuldig hölzern aus. Ein totes Bett. Hinter ihm im äußersten Versteck steht ein Stuhl vor einer mit Wachstuch bedeckten Tischplatte, das soll der

Schreibtisch sein. DAS SOLL DER SCHREIBTISCH SEIN! Ein Schreibtisch gehört als Mittelpunkt in die Mitte des Zimmers, er muss geheimnisvoll sein mit tausend Fächern wie Onkel Georgs Schreibtisch. Mi*r* so einen Gammeltisch anzubieten. Wo ist meine Sehnsucht nach einem Schreibtisch geblieben, wo meine Freude am eigenen Zimmer? Lesru fühlt nur Erschrecken. Das muss mitgeraucht werden. Das Erschrecken. Und noch abscheulicher, sich in kleine verschiedene Fächer zu verkriechen und die Hausaufgaben zu machen. Ins Russische juche hinein, ins Mathematische, ins liebe Latein, ich weigere mich. Sie raucht mit Hochgenuss und klopft sich plötzlich selbst auf die Schulter bei dem Satz: Ich weigere mich. Ich mach das nicht mit. Er hebt sich wie ein Ölgötze, lächelt und würde am liebsten einen Dauertanz beginnen, der auf einem einzigen Takt aufgebaut: Ich weigere mich gegen alles: gegen den dämlichen grünen Kachelofen, die dämlichen weißen Stores, die alles Schöne verdecken, gegen den Lehrbetrieb, gegen das Seelen zerstörende Berlin, gegen die einnehmenden Verwandten, gegen die neunmalkluge Ute. Nicht mal Lust habe ich weiterzulesen im “Vorspiel einer Philosophie der Zukunft.“
So also sieht ein nichtssagendes Zimmer aus. Wo liegt die Geige? Mittags darf ich nicht spielen, in der verbotenen Zeit lagert die grüne Geige.
Lesru versucht sich, in ihre Gruft zu legen und Totenwache zu halten. Ein Schläfchen im Entleerten. Überstürzend und grausam - unerträglich und zum Ersticken vorzüglich geeignet - in einen Lebensknäuel eingerollt und nichts Füßiges, Eigenes, - nur Körperstumpf auf einem Bett - plötzlich.

Alles bereitet sich langsam in der Natur vor, ein "plötzlich" kennt sie nicht.

Wie eine letzte Rettung erscheint Lesru, der aufsässig Verzweifelten, Liegenden, Sichaufrichtenden der Ruf jenes Studenten in dieser kollabierenden Stadt. Ein Student, ein richtiger Student, der sich um nichts anderes kümmert und sorgt, als um sein Studium, ein echtes Studierzimmer wie bei Faust hochwändig und mit Büchern vollgestopft. Wie hieß er gleich? Franz, erinnert sie sich, und er hatte schon dreimal geschrieben, sie sollte ihn unbedingt besuchen kommen. Besuchen, als sei das so einfach, wenn man im Chemieunterricht sitzt und das Periodische System wiederholend lernen muss. Da sitzt man doch mitten in den Elementen mit ihren Abkürzungen und kommt so schnell nicht heraus. Oder wenn das einzige Schöne, das Hallenschwimmbad in der Gartenstraße, zusammen mit dem Schwimmlehrer besucht wird und man sich erfreut an der Badenden im Foyer. Wenn man mitten im Winter im warmen sonnendurchfluteten Wasser liegt und schwimmen kann, die Erlösung am ganzen Leibe spürt: Die Reinwaschung vom Hyänentum der Geldwechsler, den Westberliner Kriegern, von sämtlicher Lebensbürde sich reinwaschen. Da ist doch an einen rufenden Studenten gar nicht zu denken.
Der dritte Brief von Franz steht in einem zierlichen Briefständer auf dem Notschreibtisch, erkennbar an der Ulbricht Briefmarke. Nun arbeitet das nichtssagende Zimmer an seiner Bewohnerin und wirft sie mit Karacho hinaus. Komm ja nicht wieder in diesem beleidigenden Zustand, such dir ein anderes, wir Ärmsten wollen mit dir nichts zu tun haben. Raus!
Gehorsam, ein wenig verwundert, folgt Lesru diesem Ruf, nachdem sie ihren bunten mexikanischen Beutel mit etwas Geld und den Unvermeidlichen, vor allem mit seinem 3. Brief gefüllt hatte.
Ein neues Kapitel entsteht nicht, wenn Alles mit Allem verbunden ist.

Aber der Franz ist doch aufdringlich, deshalb rührte ich mich bisher nicht, das äußern die Pappeln und gelblichen Weiden auf dem Wiesenweg, über der kleinen Brücke über die Erpe, außerdem studiert er Veterinärmedizin, dorthin will ich doch nicht. Ein Wechselgespräch in der sonnigen herbstlichen Wegenatur zwischen der Eilenden und den Verwurzelten unter dem Himmel. Wenn ich aber muss, erwidert Lesru, setzt sich in die leere Sonntags-S-Bahn und fährt viel zu langsam bis Ostkreuz, steigt die Treppe zum Berliner Ring hinauf, wo die S-Bahnen in kurzen Abständen einfahren. Nur eine Station bis Frankfurter Allee fahren, hatte der künftige Tierarzt genau geschrieben, parallel zur Frankfurter Allee läufst du die Bönschstraße hinauf, in der Nähe der Samariterkirche wohne ich. Unterwegs aber hascht und vermehrt sich das schöne Bewusstsein, zu einem richtigen Studenten tatsächlich zu fahren. Zu einem Menschen, der das Wissenwollen dem Leben vorzieht. Denn so muss ein Student in dieser Stadt sein: Ihr die Stirn zeigen! Das Eigene tun und sich einen feuchten Kehricht kümmern um all die aussaugenden Vorgänge um sich herum.
Sich einlullen lassen von der gelbroten und unbeirrbaren S-Bahn, sitzen bleiben in der Bewegung - nur eine dünnleibige Versuchung. Die S-Bahn weiß genau, wohin sie zu fahren, wo sie anzuhalten hat, beneidenswert ist die S-Bahn schon. Sie lässt die Schotten abdichten und singt sich davon.

Überhaupt scheinen die Ausgestiegenen und die zum Ausgang Gehenden ebenso wie die Angekommenen genau zu wissen, wohin sie *wollen, es* lebt ein Wissen in ihnen, das Lesru fehlt. Aber jene gut angezogenen Herrschaften (Westmenschen) und die weniger gut angezogenen Ostmenschen befinden sich sicher nicht auf dem einzigen Weg zur Lebensrettung, sie sehen nicht so aus. Genau versucht Lesru die treppabwärts Gehenden und Heraufkommenden per Durchblick zu untersuchen, ob sie das Veilchen des Glücks auf ihren Wangen tragen, viel zu schnell gehen sie vorüber. Am besten wäre eine Sichtbude, wo sich die anderen anzustellen hätten und von der Achtzehnjährigen diesbezüglich untersuchen ließen. Unten am windigen Aus- und Eingang des Bahnhofs aber traut Lesru ihren ausgeweideten Augen nicht, dort neben einer Litfaßsäule, auf die man im Osten sowieso nicht guckt, steht eine Blumenfrau mit einigen schönen Gartenblumen, und das am Sonntagnachmittag, wie im Westen. Sie hält Blumen feil, blaue Herbstastern und leuchtender denn je gelbe Studentenblumen. Darüber hinaus zieht sich endlos die breite Frankfurter Allee mit glänzenden Westwagen, so als seien sie hier mitten auf der Avus. Bedeppert - weil diese geteilte und sich mit ihren Kriegsteilen ständig bekämpfende Stadt überall lebt und wirkt, und du sie an jeder Stelle spürst, selbst am Müggelsee liegen im Gras leere Zigarettenschachteln vom Westen - schaut das Mädchen ihnen nach. Bedeppert ist gelinde gesagt, eher doch wieder erschrocken, und so erscheint ihr der Weg zur Erlösung nur mit Hilfe eines Sträußchen Studentenblumen für den Studenten gesichert und befestigt zu sein. Ein Blumenstraußdamm gegen die Kriegs- und Raubzüge dieser Stadt. Die Blumenverkäuferin, eine Gärtnerin aus Not und Liebe, wird mit seidiger Stimme angesprochen, und als sie die goldgelben Blütenkörbchen mit Stängel, die sich noch einmal zur Wiederblüte entschlossen, in ihrer rechten Hand hält, ist es als trüge sie ihre Fahnenstange durch die Stadt. Ein geschmücktes Schild gegen den Selbsthass dieser Stadt, gegen wortschwülstige Reden und Plakate auf beiden Seiten, auch gegen die zahlreichen Gehlenagenten im westlichen Teil, von denen sie gehört hatte.

Die Bönschstraße, eine triste beiderseits eng bebaute Straße, endlos grinsend die hässlichen Häuser und die Samariterkirche als Anhaltspunkt noch weit entfernt.

Nun muss man gehen und die Abschwächung der gelben Studentenblumen von Haus zu Haus erfahren. Denn die Hässlichkeit besitzt die Eigenschaft, das Schöne, Natürliche und sei es noch so gering, einen Strauß Blumen, abzuwerten, sogar bei massiver Statur, sich einzuverleiben, sodass am Ende solch ungleichen wortlosen Kampfes, aus einem frischen Studentenblumenstrauß ein ausgerissenes Bündel Unkraut übrig bleibt. Denn niemand, so registriert das Mädchen, achtet, bewundert sieht überhaupt auf der hässlichen Graustraße, dass Blumen in der Hand getragen werden. Kein Auge.
Jeder denkt nur daran, wie komme ich zu Westgeld, denkt die schon wieder Geschwächte mit dem Unkraut in der Hand.

„Guten Tag", grüßt die weiße Hausnummer am vielfenstrigen blumenlosen Haus, glattwandig, balkonlos, „immer herein spaziert", sagt die Hausnummer. Was die sich einbildet! So schnell und widerstandslos, wie sich das die 144 denkt, geht's nicht, fühlt Lesru. Erst muss ich gewaltiges Herzklopfen haben und das kommt denn auch, verspätet und angesichts des Namens "Heber" auf dem Briefkasten im Hausflur. Der Hausflur mischt gewaltig mit, er stinkt zum Gotterbarmen nach Erbsensuppe, Pfannkuchenöl, ein grausiges fettes Gemix, das jeden Eindringling wieder des Weges verweist. Ich gehe einfach zu einem fremden Mann, erläutert der Mischmief, und es ändert sich auch nichts, als ein junger Bursche pfeifend die Treppe herab sich fallen lässt und an dem Mädchen vorübergeht. Im ersten Stock wohnt der Student bei einem anderen Namen, bei Sowieso. Es hilft nichts, antwortet Lesru dem Mischmief, ich muss zum einzigen echten Studenten der Stadt und sie macht sich schön, bevor sie sich traut zu klingeln. Eine schöne Frau wird mir öffnen, das hofft sie innigst, eine anziehende Dame und erst jetzt klopft ihr Herz und das Herz beginnt ihre Stimme ins Innigste zu transportieren. Sie ist bereit.

Ein einfacher Klingelton, unüberhörbar eintönig, ein Misston, jeder Klingelton ist ein Misston. Schritte hinter der Tür, das Treppenhaus ungepflegt mit abbröckelnder Farbe, es fuhrwerkt in Lesrus Anthrazitrücken. Die unverpackten gelben Studentenblumen, vom ewigen Händedruck erwärmt, wechseln von der rechten Hand in die linke, halten sich in Brusthöhe auf.
Die Scheidewand in der Türangel wird aufgerissen und vor der jüngeren Unbekannten steht eine ältere Unbekannte. Schrecken durchfährt beide, die Ältere im Graukleid scheint gerade aus Küchenabfällen zu kommen, die jüngere leuchtet mit einem Blumenstrauß den dunklen Winterflur aus.
„Guten Tag, ich möchte zu Herrn Heber, er hat mich eingeladen." „So? Na dann kommse man, ich hole ihn." Schon verschwunden von der Erdoberfläche, nicht ohne einen Donnerblick, zehn strafende Augen auf das elegant wirkende Mädchen geworfen zu haben. Etwas Verwerfliches. Lesru aber kann sich über die Desillusionierung noch gar nicht beruhigen, die schöne Frau fehlt an allen Ecken und Enden, und ehe sie darüber gründlich weinen kann, steht sie im Studentenzimmer vor dem schwarzlockigen Franz, der seinerseits überrascht und beinahe verlegen ist, als ihm die ihre Tränen noch suchende Lesru, den Blumenstrauß überreicht.
„Du schenkst mir Blumen?", fragt der ganz häuslich wirkende Mensch in braunen Latschen und grobem braunen Pullover, in einer ausgobcutelten Hose in einem schmalen Zimmer. Er verschwindet sogleich, um aus der Küche eine Blumenvase zu holon. (Die bedauernswerten Blumen sollen von einer Wasservase umschlossen und eingesperrt werden).

Das Mädchen aber beginnt sogleich, am Ziel ihrer höchsten Vorstellung, im Studentenzimmer zu leben und zu arbeiten. All ihre Augen und Sinne dehnen sich aus, lagern sich zuerst am Schreibtisch rechts vom blanken Fenster ab und bewundern, betasten die aufgestapelten Bücher und zwei aufgeschlagene Bücher. Herrlich, so muss es sein, das Wissen ist heilig und die passenden Bücher ebenfalls. Und sie sehnt sich verdammt nach ihren eigenen Büchern, die es nirgends zu geben scheint, sie sehnt sich dermaßen gewaltig nach Einsamkeit und einem heiligen Studium, wie es hier in Franz Zimmer offenkundig geschieht, dass sie ganz schwer wird von *dieser* Sehnsucht nach und zu sich selbst. Komm bitte nie wieder, lass mich bitte hier noch staunen, hämmert es in ihrem Rücken, du zerstörst alles, wenn du wieder hereinkommst.

„So, hier sind die Blumen", sagt der fremde Mann in seinem Zimmer und „zieh doch Deinen Mantel aus. Dass Du mir Blumen schenkst, macht mich ganz verlegen". Eine blühende Unsicherheit und etwas Eilfertiges vereinen sich im heiligen Raum, die Filzlatschen stören. "Aber einem richtigen Studenten muss man doch Studentenblumen schenken", erwidert etwas Gestörtes. Das schmale Lehrreiche mit einem schlichten Bett und haariger karierter Bettdecke ducken sich, als nun das erste Gespräch aufgenommen. Die Stimme des verlegenen Mannes liegt locker im Mittelton.
„Darf ich mich an Deinen Schreibtisch setzen?"
„Gern."
„Und was sind das alles für Bücher und Bücherstapel, Franz?"
„Die meisten sind langweilige Bücher, aber ich muss sie alle durchpauken zum Staatsexamen, das ich in diesem Studienjahr ablegen will. Anatomie der Tiere, fachmedizinische Bücher usw."
„Willst Du nicht auch Veterinärmedizin studieren nach der ABF?"
„Eigentlich möchte ich Psychologie studieren, ich weiß noch nicht." Vom Sitzbett zum Arbeitsstuhl und in den Rücken des Mädchens gesprochen, hin und her.

„Und wie lebst Du, wie kannst Du es in dem schrecklichen Berlin aushalten, traktieren die Euch auch so? Wir mussten Flugblätter gegen den Westberliner Senat auf dem Gelände der TU verteilen, es war ganz schrecklich." Eine so komische klagende Stimme, dass der fremde Mann in seinem Zimmer lächelt und näher heranrücken möchte an die Verlorene.
„Ich pauke von früh bis abends, ich gehe kaum aus meinem Zimmer und kümmre mich nicht um Politik, ist mir egal, was die reden. Ich hatte eine Verlobte, wir studierten zusammen Veterinärmedizin, vier Jahre waren wir zusammen und jetzt im August ist sie nach dem Westen gegangen, einfach weg."
„Was?" Ein Schrecken, der unter dem Bett hinwegfegt. Lesru fühlt sich doppelt beleidigt und gerät ins Sprachlose. Tränen, hatte der fremde Mann in seinem Zimmer Tränen in den Augen, wie es sich gehört hätte? Der Lockenkopf mit kräftigen und unregelmäßigen Gesichtszügen schaut die kleine Dumme an und lächelt mit allerbesten Zähnen. „Jetzt habe ich ja Dich und Du weißt gar nicht, wie ich mich freue, dass Du gekommen bist."
„Das möchte ich auch, nur in einem Zimmer studieren und mich um nichts Anderes kümmern, das muss herrlich sein", sagt Lesru, die sich nach seinem Geständnis wie auf einer schiefen Bahn fühlt. Etwas ist durchaus schieflagig. „Warum ist sie denn abgehauen, das verstehe ich gar nicht."
„Ich versteh's auch nicht und kurz vor dem Staatsexamen." Der vom Bett aufgestandene Mann blättert in seinem Gedächtnis, aber es rückt keine Einzelheiten heraus. Das Zimmer gähnt und Lesru fühlt sich herausgeworfen.
„Und auch zum Essen gehst Du nicht aus Deinem Zimmer?"
„Meistens nicht, ich sitze festgebunden hier." O lala. Einer, der nur büffelt. Einer, der sein Studium ernst nimmt und sich nichts gönnt. Ein fester schwerer Arm legt sich auf ihre Schülerinnenschulter und belastet das

Anwesen. Ein zweiter Arm, als gäbe es überhaupt so etwas, ein zweiter Arm lagert sich wie eine neue Furt auf ihren Unterarm, so als wollte der fremde Mann in seinem Zimmer eine Umkehrung der Verhältnisse herstellen. Geängstigt steht das Mädchen auf gleitet in die freie Lebenslücke und sagt, dass sie nun lieber gehen wolle, aber vielleicht hätte Franz noch Zeit, ein wenig mitzukommen, die Straßen entlang zu gehen, einen Kaffee zu trinken. Aber Franz hat keine Zeit und hilft ihr in den Mantel.
„Komm bitte wieder, so bald Du kannst", sagt der Student.
„Und" - immer dieses verräterische "und", „willst Du dann Großtiere oder Hunde und Katzen verarzten?", fragt Lesru im Flur, ohne zu flüstern, wo sich hinter der Küchentür das lauschende Dreieck befindet.
„Rinder und Schweine in den großen LPG-Ställen, da verdient man das meiste Geld", prompte Antwort mit kostbarem überlegenen Lächeln. Enttäuschung nach dieser Lebensdefinition. Es muss im schwangeren Küchenvorflur sogleich nachgehakt werden: „Warum willst Du denn das meiste Geld verdienen? Das Geld ist doch nicht wichtig." Mit anderen Worten und anderem Blick: entsetzlich, wenn das so einer ist.
„Na zum Beispiel brauche ich Geld für mein Motorrad, fürs Benzin." „Ach so", sagt das Gastmädchen und reicht ihre Hand in die kostbare Leere. „Auf Wiedersehen" , aber rufen sie beide.

80

Ralf Kowicz betrachtet die Dozentin für Marxismus-Leninismus (ML) im weiten Feld der ausklappbaren schwarzen Tafel als Witzfigur. Sein kurz geschorener Kopf grinst ganze und halbe 45 Minuten neben dem Archimedes vom Dienst, der mit luchsartigen, manchmal zurückgenommenen Augen mitdenkt. Für die blondhaarige vierzigjährige Frau Hedwig – keiner weiß ihren Vornamen stark geschminkt im schwarzen

Kostüm, ist dieser aufsässige blinde Fleck in der letzten Sitzreihe am Fenster, eine Zumutung, deshalb umspricht und umgeht sie ihn.
Auf Anraten seines Vaters enthält sich Ralf offenen Protests. Nur, wenn es unumgänglich, ein Denkfehler auf offener Hand groß und sichtbar liegt, meldet er sich.
Es herrscht in diesen beobachteten Minuten ein leises geräuscharmes Nachdenken und Gebeugt sein über Papieren, eine schriftliche Anfrage ward gestellt. Ein Zettel genügt für die überraschend gestellte Frage nach der Definition der Marxistischen Philosophie.
In der Vorderstunde hatte die Dozentin ihr Wesen und ihre Bestandteile vorgestellt und analysiert, um sich nunmehr zu vergewissern, was diese jungen Arbeiter- und Bauerntöchter noch behalten haben. In der Vorderstunde aber hatte die Rotmundige ihre ganze geistige Begeisterung für die sämtlichen Fragen des Lebens, beantwortende Denkweise mitgeteilt und mitgefeiert. Immer, wenn Frau Hedwig vom Marxschen dialektischen Denken spricht, gerät sie, ohne dass es ihr so genau bewusst wird, in eine Hochstimmung, als könnte sie das ungeheure Format seines Denkens und seiner Beweiserbringung nur mithilfe ihrer Freude hochstemmen.
Die Studenten haben zehn Minuten Zeit. Danach werden die Ergebnisse der Reihe nach vorgelesen. Der Pleite oder der Richtigkeit anheimgegeben.
Die exakte Antwort lautet:
„Die Marxistische Philosophie in ihrer wissenschaftlichen Gestalt als dialektischer und historischer Materialismus ist die Wissenschaft von den allgemeinen Bewegungs- und Entwicklungsgesetzen der Natur, der Gesellschaft und des Denkens."

Sabine Voll schreibt die Definition in umgekehrter Reihenfolge und hängt den Materialismus mit einem Komma an, wobei sie sich auf der Gosse liegend fühlt, weil sie die große Wahrheit nicht erkannte. Gestern waren schon wieder zehntausend, vor allem junge

DDR-Bürger in den Westen sang- und klanglos gegangen, hatte sie wider Willen im Radio im Studentenwohnheim in Biesdorf vom RIAS gehört und sie hatte Schlagseite davon ausbilden müssen. Und wir sitzen hier und lernen das Herrlichste der Welt, hat sie querulant denken müssen, bevor sie zu schreiben begann, und vermieden in Richtung Kowicz zu sehen. Dieser schwarze Peter steckte seine Flugblätter vor ihren Augen in den steinernen Papierkorb mit der Aufforderung: „so musst Dus machen, Sabinchen".

Rosalka Klar hat sogar nur das Wort "Bewegungsgesetze" auf ihrem linierten Papier stehen und wappnet sich in Gedanken, der Alten vorn, ein X vorm U zu machen. Wenn sie dran sein würde, hätten die anderen schon längst ihre richtigen Definitionen vorgelesen und sie brauchte nur nachplappern. Ik habe nur ein Stichwort aufgeschrieben, denkt sie. Nur weiß keiner der gekrümmten Rücken, wer zuerst und ob überhaupt wer aufgerufen werden würde. Sie hält ML für bloßes Gequatsche, hat Schwierigkeiten, abstrakt zu denken und muss sich von Lesru einfache Erklärungen abholen, wie die zu den Produktionsinstrumenten oder Produktionsmitteln. Lesru versteht diese Abstrakta auf Anhieb.

Von dieser vierundzwanzigköpfigen Seminargruppe des naturwissenschaftlichen Zweiges zur Abiturausbildung ist Lesru in der Tat die einzige Person, die beinahe leidenschaftlich am Fach Philosophie interessiert ist, und sie ist vorgebildet. Sie hatte seit ihrer Oberschulzeit immer wieder den namhaften Geistesgrößen ein freundliches „Guten Tag" zugerufen. Hatte von Elvira Feine beeinflusst "Phaidros" von Platon gelesen, wenig verstanden, Kant versucht zu lesen. Von Aristoteles nur als Hemmschuh der Wissenschaft gehört, also etwas ganz Falsches in sich aufgenommen. Aber die Philosophie elektrisierte sie. Und so sitzt sie auch in dieser Stunde als Stromstoß neben der niemals verlegenen und immer eleganten Barbara Kloß und dem Uhrmacher Fred Samson. Dass dieser Marx die allgemeinen Bewegungs- und Entwicklungsgesetze der Natur, der Gesellschaft und des Denkens bloß gelegt und aufgestellt hatte, das fasziniert sie. Eine Erklärung für alles! Weil sie gern in ansonsten schwülstigen Lehrbuchtexten, Zitaten, seine Originalsätze liest, staunt sie immer wieder über die Lebensnähe seiner Formulierungen. Es ist fast an jeder ihr bekannten Textstelle der lebende gegenwärtige Mensch gemeint, nicht ein abstrakter, nicht nur eine Seite von ihm. Eine Erklärung für alles! Sie würde sich am liebsten an ein Musikinstrument setzen und aus dem Vollen für sich selbst spielen.

„Bitte, Fräulein Voll", sagt Frau Hedwig, rücklings zum Fenster stehend, in Erwartung der vollständigen Definition des großen Gegenstandes. Sabine aber hat sich kurzerhand gemeldet, was kaum einer registriert hat, sie sagt hocherhobenen Kopfes:
„Ich habe eine Frage, die mir schwer zu schaffen macht, Frau Hedwig“: ungewöhnliche Formulierung zu einer Höhergestellten und überhaupt. Der Klassenfeind öffnet die Tür und tritt in voller Montur herein. „Warum gehen so viele Menschen in den kapitalistischen Westen zu ihren Feinden? Ich verstehe das nicht. Ich ginge doch niemals freiwillig zu meinen Feinden arbeiten und schlafen. Das sind doch nicht alles Klassenfeinde und Verräter, die das tun.
Unangenehm, unangenehmer, am unangenehmsten ist Lesru dieser Fragenkomplex. Von der schönen starken Philosophie, die wie eine Partitur voller Stimmen vor ihr liegt, wird sie energisch und ordinär mit den alltäglichsten Vorgängen konfrontiert, sodass sie wie ein Frosch auf heißem Stein in der Sonne sitzt. Und eintrocknen wird. Ein scharfer Blick von ihrer Mitte nach links außen zu Sabine sollte jener sagen, dass es besser gewesen wäre, die Büchse der Pandora nicht zu öffnen.

Wir lassen die Wutantwort, die Grit Stift ohne Aufforderung gibt, aus. Auch alle anderen erheblichen Reaktionen auf diese zum ersten Mal offen ausgesprochene Frage über die Realität in Berlin lassen wir unbeachtet. Denn eine offen ausgesprochene Wunde, die von starken Binden verdeckt und elegant ignoriert wird, spontan aufgedeckt und vor allen stehend, erzeugt soviel Aufregung, Anteilnahme, Gefühlsreichtum, dass wir dieser Sache gar nicht gerecht werden können, ohne uns zu verlieren. Deshalb hören wir nur auf die abschließende Antwort der überaus geschminkten Dozentin, die sie nach gewährter Diskussion gibt. Die Philosophiestunde nimmt eine unerwartete Wendung.
„Sie alle kennen die Beantwortung der philosophischen Grundfrage - das Sein bestimmt das Bewusstsein -. Unsere DDR gibt es seit elf Jahren. Aber die Menschen, die unser Land verlassen, sind keine Kinder. Sie sind älter und tragen in sich die gesellschaftlichen Auffassungen und Verhärtungen zum großen Teil des Kapitalismus noch in sich. Sie denken, wenn man das als Denken bezeichnen will, nur an ihren persönlichen Gewinn, an bessere Waren, Lebensverhältnisse. Und glauben Sie doch nicht, dass die meisten Menschen als Kämpfer und Mitstreiter, als Entsagende geboren werden, ja dafür nicht einmal von zu Hause aus erzogen werden. Der Kapitalismus, der Imperialismus ist kein Menschenfreund. Er macht sich! Um seine Macht zu erhalten und dazu ist er sogar gezwungen durch den ständigen Konkurrenzkampf, bedient er sich dieser alten Substanzen in den Menschen: Er lockt, lügt, weil er locken und lügen muss.
Locken und Lügen, den alten Adam in uns, das ist ja gerade das Verhalten, das in unserer von Ausbeuter befreiten Gesellschaft endlich abgebaut und verändert werden kann und muss. Es werden herrliche tapfere, schöpferische Menschen in den sozialistischen Ländern sich entwickeln. Und dafür leben wir, kämpfen wir in einer Stadt, die nur zum Teil unsere Hauptstadt und

zum anderen Teil das Kampfgebiet unseres Todfeindes ist."

Innig und stark schlägt Lesrus Herz, auch das anderer Mitschüler nach dieser Erklärung und Aufrichtung.
„Und wenn es gar nicht dazu kommt, wenn uns die Imperialisten schon vorher vernichten und jede Gelegenheit benutzen, uns zu manipulieren, zu schwächen und unseren Staat zu ruinieren, dann müssen wir hart sein, gestählt sein", der einsetzende schrille Klingelpausenton beendet abrupt den leidenschaftlichen Nachsatz von Bärbel Nahe. Sie hätte so gern noch eine halbe Stunde weiter gesprochen, so drängen ihre Worte aus den sie bedrängenden Hinterhergedanken. Vor allem die sichere Aussicht auf Entwicklung der Menschen, auf ihre Herrlichkeit, die die Dozentin in mildem Ton vorhergesagte, traf Bärbel Nahe in die linke Herzklappe, denn das war sie selbst: die Entwicklung von Fleiß und Zähigkeit zu etwas Höherem.
Eine gute Stunde. Eine ehrlich bewegte Frage und eine besonnene Antwort. Eine Sache von fünf Minuten, die, weil sie gut war, die ganze Unterrichtsstunde vergoldet.

Nicht Bärbel Nahe wird umringt im Freilauf der Pause, sondern die sommersprossige Sabine Voll im dirndlhaften Zerrkleid. Neben ihrer Ehrlichkeit und Unschuld lässt sich gut Platz nehmen. Sie hat die in jedem Ostberliner Raum stehende ungelöste Frage aufgegriffen, sie abgesondert vom Schwulst der Ideologie und sie als ihre eigene Beschwernis hingestellt.
Lesru zwängt sich am Zulauf im Korridor vorbei. In eine blöde Hitze, in blöden Schweiß getrieben, läuft sie beschleunigt eine Treppe abwärts auf die Toilette. Die Ehrlichkeit und Naivität der Sabine Voll erregt sie nunmehr nachdem die Spannung abgefallen, in höchstem Grade. Unerklärlich für sie selbst, sodass es in ihr qualmt, als brannte ein Kohlenfeuer in ihrer Seele

ab. Schlecht fühlt sie sich beim Sitzen auf der klaren Klobrille, unrein, glitschig wieder, als sei ihr Ehrlichkeit nie und nimmer erreichbar! Warum habe ich nicht gefragt, warum kann ich das nicht, warum ist mir im Grunde die Realität scheißegal? Diese sich gegenseitig wegstoßenden Fragen sitzen zur Debatte auf dem Klo. Eingeklemmt wie Rumpelstielz im Baumstamm. Denn es hatten hier nicht reaktionäre denkunwillige Ärztesöhne höhnisch gefragt wie vor vier Jahren in der Torgauer Oberschule, eine ehrliche weibliche Stimme hatte ihr Mitleiden in der kriegsbeteiligten Stadt kundgetan. Und angesichts der nächsten kommenden Stunde, die wie ein Schlund die jetzige verschlingen wird, Chemie und Formeln, vielleicht eine Kurzarbeit, fühlt sie so deutlich ihre Erbärmlichkeit, ihre völlige Nietenqualität, dass ihr schwarz wird vor Augen. Nur unübersteigbare Hürden. Zappenduster Wiedertreppe und Korridor mit den schöngesichtigen Damen rauchend vor der Tür, an denen sie vorbeigehen muss, die den sprechenden Zweig der Ausbildung gewählt haben, den Ast, auf dem sie eigentlich sitzen müsste. *Wieder* ein Tritt in den Hintern. Da aber sieht sie, entlang des stolzen Berlinausschnitts gehend, auf die Bürgerhäuser am Weidendamm, auf die ebenfalls hochnickenden Bürgerhäuser der Friedrichstraße endlich die scheinbar von allem befreiende Freiheit: Luft, Licht und Straßenverkehr, Doppelstockbusse, Straßenbahnen, U-Bahnen unter der Friedrichstraße fühlend und sich zufächernd. Um am Ende von all diesen Zuweisungen einen Mann zu sehen, der in einem Studentenzimmer nur an seinen Büchern hängend gesagt hatte: Komm bald wieder zu mir. Wie? Hatte Franz das gesagt? Und warum? Ich bin doch ganz schlecht, hab es doch heute wieder erlebt. Wie kann Franz zu mir sagen - komm bitte wieder, ich warte auf dich.

Bitte sei ein Mensch, setz eine Miene auf und geh zu den Trauben, die dich ansehen. Rosalka, vom Lachen

über Kowicz Dreiwortsatz noch den verflossenen Tränen nahe, wird von Lesru angesteuert. Was Rosalka allein entgegenkommt, ist aber ein Segelschiff auf blassem Meer, ein Hingucker, ein bemalter Pullover, der eine kurze Verkaufsgeschichte in sich trägt. Es sieht ungewohnt, wenn nicht schön aus, auf den wankenden nicht zu kleinen Brüsten eine Landschaft am Meer zu sehen, ein Kunstgewerbeprodukt, das Lesru heute zum ersten Mal trägt.
In Köpenick in einem renommierten Geschäft in der Bahnhofstraße hatte das Produkt Lesru beredet, es unbedingt zu kaufen. Das einsame Segelboot brauchte ihre Brust und diese Trägerin.
Und siehe, beim Näherkommen schaut denn auch die halbe Klasse auf die Meerlandschaft. In Grits Augen glaubt Lesru, Verachtung zu erkennen. Rosalka aber hat ihr Lob schon morgens abgegeben.
„Hast Du nicht mitgekriegt, was Ralf gesagt hat. Hart wie Kruppstahl, sollen wir werden.“ Sie schießt Lachen in die offene Runde und wirbelt Staub, Lachen auf. Sogar Sabine Voll, die noch längst nicht im Augenblick lebt, wird von seiner Wiederholung fortgerissen, ins angenehme Nichts, ins fläzige Lachen befördert.
Ein unbeirrbarer Charakter kann wohl im Deutschen nur mit Stahl der Firma Krupp verglichen werden, ein Slogan aus vorsozialistischer Zeit. Und Lesru, eingehüllt in die anerkannte Schönheit ihrer Umhüllung, beginnt sich nach dem Abgang wieder zaghaft zu fühlen Gerade jetzt, wo sie sich selbst doch als feiges Stück gesehen hat, heiratet sie ihren Segelschiffpullover.
„Was ist denn Kruppstahl?", muss die Übersetzerin leise gefragt und die Erklärung zusammen mit ihrer deutlichen Hinterbliebenheit eingesteckt werden. Wieder eine halbe Niederlage. Nicht die berühmte Kriegstreiberfirma in Zusammenhang mit Stahl und Härte in einen Zusammenhang bringen zu können. Das unvermutet Schützende auf ihrer Brust hält auch den ganzen zerstückelten und zerstundeten Vormittag

zusammen, sodass sie wie hinter einem Vorhang in der Klasse sitzt.

Rosalka Klar aber denkt später, wie lange wird Mutti heute wieder beim Arzt sitzen, es gibt nur noch einen einzigen in Henningsdorf, die anderen sind getürmt. Und sie fühlt die schiefe, steile Ebene nach unten. Und später denkt sie, wie wenig Lesru vom normalen Leben weiß, so wenig, das jeht auf keene Kuhhaut.

81

Von 205 Mark Stipendium waren 65 auf einen Ruck ausgegeben, in individuellen Anschein verwandelt, unbedingt. Obwohl Grit Stift einen feindlichen Blick ohne Abfederung in das unerlässlich Schöne geworfen, trägt sich der Pullover als etwas Hellhöriges, nicht ganz Passendes den Tag lang. Mit 140 Mark drei Wochen lang wirtschaften, von wirtschaften kann keine Rede sein, also auskommen. Hauptsache es reicht für einen Kaffee im Café und für Zigaretten, schließlich. Wenns ganz enden sollte...

Mit einem Schwarznetz, das Frau Kleine nach zögerndem Schlaf zur Verfügung stellte, geht die Untermieterin, am Tage des Pullovers, die Treppenstufen herab zum aufgeblähten Herbst, um einzukaufen. Sieh an, die Blätter vom nahen Eichenwald segelten lautlos nach unten, sie hätten auch nach oben flattern können. Das Geld muss eingeteilt werden. Ein hartes Tun, ein messerscharfer Einschnitt bei jedem Wurstgedanken, Buttergedanken, Brotgedanken. Überall, auf jedem Ding lastet die Berechnung, die Vor- und Nachberechnung. Wenn man davon nicht schwer und anstößig wird. Das beginnt schon beim Gemüse- und weniger Obstladen, der sich am Fürstenwalder Damm schräg unter der Felizitaswohnung sicher befindet und eine stattliche Reihe Marmeladengläser ausstellt. Was ein Glas teurer

Konfitüre im Schaufenster zu sagen hat, ist allerhand und Lesru hört erstaunt in die Konfitürenansammlung. Wie viel Geld von 140 überhaupt auszugeben sei, heute und nicht morgen, das hat die Unzählbare noch nicht errechnet; und es ärgert sie, dass sie so unvorbereitet einkaufen geht. So im Schwung des nie endenden Geldes. Zunächst also vorübergehen, denn auf dem kleinen Eckplatz, von dem einige Wohnstraßen abmünden, befinden sich noch der Fleischer, manche Berliner sagen Schlächter, warum denn das und ein Konsumladen, der gute Brötchen, die Berliner sagen Schrippen, auch eine Warumfrage, verkauft. Das leere Schwarznetz von der Oberfürstin sperrt sich in Lesrus Hand. Die baldige Oktobersonne warnt alles Lose, Fragile, Ungeschützte und sie hat kein, aber auch nicht das minimalste Verständnis für ein Einkaufsnetz, noch dazu ein geborgtes.

Im Fleischerschlächterladen beginnt Lesru, im betörenden saftigen Wurstfleischgeruch durchzuatmen. Der Geruch erinnert sie an den Kindheitsladen in Weilrode, wo Frau Latzmann die lange Frauenschlange Kopf für Kopf zerkleinerte und verkürzte. Nur eine Geruchsähnlichkeit, die nicht wie bei Proust eine ganze Assoziationskette, ein Lebenswerk entstehen ließ.
Dieser Stadtfleischer kann nur eine Bedrückung hervorbringen. Nach einiger Kundenabfertigung ist es dem Liebling des Herbstes nicht geheuer, noch länger zu warten. Irgendetwas biegt sich zu ihr hin, eine Gemeinheit wahrscheinlich. Sie verlangt hundert Gramm Leberwurst und Finito.
Als drohte ein ewig hungriges und ewig neugieriges kleines Mädchen mit zwei Zöpfen sich ins Geschäft des Lebens zu mischen und zu hören, dass Frau Latzmann behauptet: Hitler sei nicht tot, er lebt und lebt in Südamerika. Frau Latzmann verstummte aber sofort, wenn die Frau des Bürgermeisters Teile, eine Schönheit für sich, nach der sich das kleine Mädchen ohnehin alle

Augen verdrehen musste. Sie sagte das von Hitlers Unsterblichkeit nicht, wenn Frau Teile sich anstellte. Unerklärbare Bedrückung. Auf Wiedersehen!

Umso mehr Sehnsucht auf dem gepflasterten Herbst, Sehnsucht nach Freisein. Nun muss der weitere Einkauf schnell gehen, Schrippen, ein halbes Stück Butter, ein halbes Brot im Konsum und zum Trotz das teuerste Glas Konfitüre. Zu allem steht der Winter vor der Herbsttür und ich habe keinen Wintermantel, nur das alte hässliche Ding, zu welchem die Mutter meint, er ginge dieses Jahr noch. Der braune Wintersack hängt noch in einem fernen Dorf, im doofsten, das du dir überhaupt vorstellen kannst, den trage ich nicht. Bei dieser durchaus direkten Vorstellung, als hässlichstes Subjekt an der ABF zu erscheinen, graut es Lesru. Lieber friere ich und trage im Winter meinen Nylonmantel, als mich so zu verunstalten. Freiwillig zu verunstalten, darüber muss sie sogar lächeln.
„Hart wie Kruppstahl", dieser Satzteil und Vergleich spukt beim Hinaufgehen in das breitfenstrige graue Haus noch in ihrem Kopf, dumm und dämlich wie ein unzertrümmerbarer Stein des Anstoßes, als sie mit dem stolzen Netz im Hausflur stehen bleibt und den Briefkasten öffnet.

Es war aber in der Philosophiestunde von etwas ungleich Wichtigerem die Rede gewesen, von der Möglichkeit ein besserer und kreativer Mensch zu werden. Warum fällt ihr denn das nicht wieder vor die Füße? Warum nur war sie allzu leicht bereit, ihre tief empfangene Scham, ihr Ungenügen an sich selbst angesichts eines ehrlichen Menschens und seiner Frage, hinter einem auffallenden Kleidungsstück zu verstecken. Seine Grenzen öffnen lassen und schnell wieder das Faule, Plätschernde mit Schick bedecken, was ist denn das für ein Gebaren! Vom Leben keine Lehre annehmen, wohin soll das führen? Wir müssen mit Lesru Malrid zu Gericht sitzen, es ist kein anderer

da, der es tut, ihre Mutter ist weit weg. Sie fehlt uns. Nicht mal was ihre eigenen Finanzen betrifft, besitzt Lesru ein sauberes ehrliches Gefühl. Ebenso wie sie bei ihrer Wirtin Übergriffe im Haushalt machte, einschließlich sich ein Einkaufsnetz erbat, ebenso ist es ihr selbstverständlich, dass ihre Mutter die hohe Miete von 50 Mark monatlich Frau Kleine bezahlt plus Extrageld für Schulbücher bereitstellte. Alles selbstverständlich und nur eines schlichten Dankes würdig. Die Erklärung, die nicht vollständig sein kann: Wenn man sich nicht erinnern kann an die schier unbegrenzte Hilfe, die die Flüchtlingsfamilie nach dem Orts- und Lebenswechsel nach dem Kriege von den amerikanischen Verwandten erhalten hatte, immer nur erhalten und genommen hat, immer von Zuschüssen gelebt, hält man die Hilfe, wenn man kein nachdenkender Mensch ist, für normal und für gegeben. Dieser Mensch ohne Erinnerung aber kann auch die Kämpfe für Brot, die Kämpfe gegen Unterdrückung und für politische Unabhängigkeit nicht verstehen; er schwebt über ihnen.
Natürlich ist es nicht die gekappte Erinnerung allein, die Lesru untüchtig und im Grunde unsozial macht. Hierbei wirken noch ganze Generationen von Gutsbesitzerfamilien und Pastorenfamilien mit, von denen weder hier in Berlin noch sonst wo in der Gegenwart gesprochen werden kann, vom Einschlag, den man erhalten hat. Und auch diese Schuldzuweisung und Schuldverschiebung erklärt nicht vollständig, warum das Mädchen am Briefkasten im fremden Netz ihre schlichten Einkäufe versammelt hat und nicht im eigenen Beutel. Der eigene bunte mexikanische Beutel soll nämlich geschont werden, das besondere Schöne erhalten werden, unbedingt. Das Schöne gleich das Absolute, das Besondere gleich das Reine, das Heilige, das sind die eingepflanzten Prämissen. Aber selbst dieser Rangfolge ist sich Lesru nicht bewusst. Wer schwebt, kann sich wahrlich nur der Luftverhältnisse, bewusst werden und sein.

Nicht der andere Mensch ist wichtig, auch nicht man selbst, sondern eine schwebende Papierkrone, ein Krönchen ohne Kopf.

Das kann sich um ein weniges verändern, wenn man angeschrieben wird. Wenn gleich zwei Briefe auf das unschuldige Trapez fallen, der eine mit der Ulbrichtbriefmarke ein kurzes Lächeln hervorruft, der andere aber Totalbetroffenheit. Sofort fallen die Dinge aus dem Netz. Eine Westberliner Kundin vom Friseurladen mit glühendem Kopf tritt nach für sie billigster Inanspruchnahme einer Dienstleistung freudestrahlend in Lesrus Gemengelage, Duftwölkchen hinterlassend, bis an die Tür von Frau Felizitas.

„Was sagen Sie dazu, mein Sohn kommt nach Westberlin, aber er will mich nicht hier besuchen, er will den Eintritt nicht bezahlen, wir können uns nur drüben sehen. Ach, ich bin so unglücklich, Fräulein Lesru." Das muss beim Auspacken in der Küche gesagt und beinahe geschluchzt werden, in dem Gemeinschaftsraum, den Lesru doch am liebsten wegen der Totalbetroffenheit umgehend verlassen hätte. „Vielen Dank für das Netz", das lässt sich wenigstens anbringen. Wie eine langsam brennende Burg, weißhaarig über dem Runzelgesicht, steht Frau Kleine im Adrettkleid in ihrer Ohnmacht, eine Tröstung erwartend, wenigstens. Wenigstens von der Studentin, die es ganz furchtbar fand, in Westberlin Flugblätter zu verteilen. Kommt noch etwas nach?
„Dann fahren Sie eben rüber, Frau Kleine, das Wiedersehen ist doch das Wichtigste." Eine kühne Behauptung, aus dem unfreien Inneren kommend.
„Aber hier bin ich doch zu Hause, im Restaurant, im Hotel bin ich nicht zu Hause und dass er das gar nicht sehen will. Nein, was sind das für Kinder heutzutage, alles muss schnell schnell gehen, und dass die Mutter ihrem Sohn einen Kaffee kochen möchte, zählt nicht."

Die erste echte und wirkliche Klage von Frau Kleine, die Lesru mit Erschrecken hört. Da leben also auch die grauen Äuglein, kaum zu sehen inmitten des Faltenaufwurfs, voller unausgeweinter Tränen, da stecken noch ganz andere Anlässe und Unterlassungen im Verhältnis von Mutter und Sohn und das würgt Lesru mit. Ein wenig. Jetzt hätte man doch den Arm um die traurige spitze stolze Frau legen können, nicht wahr, einfach spontan, aber.

Aber man muss und will ja in sein eigenes Leben schlottern. Tür zu. Obwohl die gekauften Dinge noch auf dem Küchentisch wie verstreute Einzelheiten liegen, sich unwohl fühlen im Tageslicht und sich in der gemeinsamen Speisekammer wohler gefühlt hätten, was Frau Felizitas auch unter Seufzern zum Handeln zwingt, ist an einen Freundlichkeitsbeweis nicht zu denken. Franz hat geschrieben, warum denn das, warum denn sofort und das geliebte Griechenland hat aus Moskau geschrieben.
Elvira Feine, Vira, die niemals geküsste und unendlich geliebte Frau und Musikerin, die ihr nicht nur Platon ins Bett gelegt, sondern auch aus dem unübersichtlichen literarischen Gestrüpp Hölderlin näher gebracht, überhaupt vors Angesicht gebracht hatte, schrieb zum zweiten Mal aus Moskau. Endlich gibt es wieder einen inneren Beischlaf, einen Höhepunkt, ein Land, das man immerfort lieben kann, das schöne Griechenland, das Lesru nur in der ersten Mathematikstunde wieder gefühlt hatte. Die Illusion von Griechenland, das Ideal von einem schönen Leben. Das rückt energisch in Korbstuhlnähe, das macht sofort Lust, Geige zu spielen, Hölderlins Gedichte wieder zu lesen und die vorherigen abgeblockten Leseversuche, das Nichtmehrhineinkommen in die herrlichen Verse, für ungültig zu erklären.
Voller Lebenslust sein, angefüllt mit Glück bis zum Bersten. Wenn nebenan nicht ein frischer alter Schmerz säße, der die Glücksfüße absägt. Wenn es doch in der

Seminargruppe einen einzigen Menschen gebe, der Lesrus geistige Sehnsucht mittragen würde, der bei dem Wort Griechenland zusammenzuckte wie sie selbst! D*er* eine eigene Entdeckung gemacht, eine Dichterin entdeckt, die um des Überlebenswillen gelesen und hochgehalten würde wie eine schöne Flagge und nie aus den Händen gelegt werden könnte. Gibt's nicht, denkt Lesru, auf den braunen Dielen sitzend, im Rücken den grünen Kachelofen. Rosalka denkt bei dem Wort Griechenland nur an Urlaubsreisen der Westberliner. Schaurig.
Der Brief von Franz in der blauen schrägen Mannshandschrift wird zuerst gelesen und danach eine Pause gemacht. Ein Aufstehen und Umhergehen - folgerichtig. Er sehnt sich auch, und wie, aber leider nicht nach dem schönen betretbaren Griechenland, sondern nur nach einem Mädchen, das ich sein soll, denkt die Geschmeichelte. Morgen soll ich schon kommen. So schnell und was hat er denn, das ihn so treibt? Der Schmeichelschal wird lang und länger und legt sich sogar wie ein Läufer über die braunen Holzdielen, das hört nicht auf, sich zu kräuseln.

Aber ein Blick auf die kurze mitgebrachte Bücherreihe - ein Bücherregal fehlt - der lange atemlose Blick auf die schmalen Reklambücher, die die Bewohnerin eigentlich nur hingestellt hatte, dieser Hinblick intensiviert sich endlich und macht der Verschalung den Garaus. Meine Bücher, das wird nicht nur gedacht, es wird gelebt in der Versteifung. Da stehen sie, von der geliebten Freundin aus Moskau mit angeblickt, die solange Vernachlässigten: Die "Antigone" von Sophokles, die "Elektra von Euripides", dabei die Lücke, der große Wunsch, die wenigen Gedichte Sapphos zu besitzen, auch Platons “Phaidros oder die Lehre vom Schönen", ein von Vira geschenktes Exemplar, sie stehen und stehen. Auch eine alte Feldpostausgabe von Hölderlin Gedichten krümmt sich dazwischen und sie alle schauen mit gleichgültiger

Strenge auf die Hinschielende.

Denn diese Leserin besitzt keinen inneren Zeitschacht. Sie liest in höchster Erregung diese seltsamen Schauspiele so etwa, wie man mit einem Finger die Temperatur des Wassers abprüft, ohne die Masse, ohne Rand und Gefäß zu sehen, sie tunkt nur ein. Sie kann Elektra und ihren Bruder Orest nicht mit sich verbinden, denn sie sieht sich selbst nicht. Geschichte, V e r ä n d e r u n g, unmöglich zu denken, wenn man in sich keine Veränderung, in sich nur Blockade erfahren hat. Die großen antiken Frauengestalten werden nur während des Lesens miterlebt, gesehen in schönster Verwunderung, Erregung, sie wühlen sich in Lerus Inneres, aber dort bleiben sie sitzen, sie können in ihren Kopf nicht gelangen. Der frei denkende Kopf aber braucht und will sie einordnen und begründen in der Zeit, in die wirkliche griechische Geschichte stellen des größeren Genusses wegen des Verständnisses wegen. Der sich nicht kennende Kopf verweigert Transport und Arbeit.
Deshalb schielt Lesru mit schlechtem Gewissen zu ihren Büchern, bevor sie Elviras Brief aus Moskau öffnet.

„Meine liebe Lesru", das ist solch ein warmer Empfang, der erste heimatliche und der begehrteste in dieser verrückten Stadt Berlin, dass Lesru diese Begrüßung einsaugt, wie etwas Elementares, Höchstgebrauchtes. Sie fühlt sich weich und zart bis zur Unendlichkeit werden. Im ersten Brief hatte die Studentin aus Torgau, sie war bereits Anfang August nach Moskau geflogen um sich einzuleben, von dem großen Neuen geschrieben, das ihren Horizont schmerzhaft erweiterte. Sie hatte aus einer Höhe und von einer wunderbaren Sprache berichtet, von einer Hauptstadt, die alle ihre

Vorstellungen unterbrochen, abgejäht, verändert hatten, dass die Erstleserin diesen Brief noch gar nicht ausmessen konnte und die Briefschreiberin mit einem langen Seufzer in der Sowjetunion lassen musste. Aber jetzt, an diesem diesigen Nachmittag, dringt der Kugelblitz ins Zimmer und was die Zweitleserin liest, erleuchtet und verbrennt sie, schmerzlos. Es erhellt sie in einem Grade, als begänne erst jetzt der ganze Reichtum ihres inneren Lebens voll anzuschlagen: Vira bat sie, wann, schon übermorgen, in eine Wohnung im Fürstenwalder Damm, in ihre Straße zu kommen, um fünfzehn Uhr, um sie, die Leibhaftige, um Elvira Feine zu sehen. Wiederzusehen. Sie kommt für kurze Zeit zurück nach Berlin, aus unbekannten Gründen und wohnt bei einem Regisseur in dessen Wohnung. „Komm bitte, unbedingt."

82

Wieder fährt eine Straßenbahn, von Köpenick kommend, vor dem Hause Fürstenwalder Damm 353 quietschend klingelnd ab.
Geräusche, die durch das kleine geöffnete Fenster dringen und von der beruhigten, um nicht zu sagen, hoch erzürnten Frau Felizitas überhört werden. Oder wieder gehört werden als ein Signal, das die dreiste Rechnung ihres Sohnes noch unterstreicht.
„Stell mir bitte einige Fotos und Familienandenken zusammen und bring sie mit." Ein Wunsch an die Mutter mit dem Hintergedanken, den sie wohl verstand und der sie noch mehr in Rage bringt. Mit anderen Worten: Mutter, mit deinem Ableben, muss ich rechnen, aber gib mir die Familienfotos schon mal vorsichtshalber mit für die Nachfolgenden und noch tiefer verborgen: Auf deinen häuslichen Trödel verzichte ich. Das ist ein Abgrund, frisch aufgegraben und sichtbar erst

geworden durch die neue Maßnahme der DDR-Regierung, Passierscheine für den Besuch von Westdeutschen in Ostberlin zu beantragen. Und für den Eintritt in das Kabarett DDR Geld zu verlangen.
Eine Radikalität bringt die andere ans Tageslicht.

Ach, wie sehr fehlt ein Mensch, eine Stunde vor den RIAS-Nachrichten, der der Zornigen zuhören und aus dem achtzigjährigen traurigen Kopf eine freudige Auskunftsstätte hervorrufen könnte. Jenseits des aktuellen Stolzes mit achtzig noch in der Spree zu schwimmen, allein die Kohlen aus dem Keller heraufzutragen, allein ihre Wäsche zu waschen. Es ist kein Mensch da.
Und was sie zu tun hat, aus dem Vertiko die kleine Kassette mit Altbildern holen, ist eine Farce ihres Lebens.
Auskunft ohne Partner, Selbstgespräch, gezwungenermaßen. Was können Fotos ohne Augen und Ohren erzählen?

Herrn und Frau Puffer aber hatte sie im Jahre 1956 nach einem gemeinsamen Kirchgang in die Friedrichshagener Kirche kennengelernt. Am Adventssonntag bei ihnen eingeladen, hatte sie freudig und ohne Luft zu holen von ihrem Leben erzählt.
Ihr Vater, ein liebenswerter Angestellter, war Kontorist eines Handelshauses in Görlitz, als sie 1880 als sechstes Kind das deutsch kaiserliche Licht erblickte. Ein Stück Land außerhalb der Stadt, Gartenland, war zu nutzen und von der großen Kinderschar zu bearbeiten. Der Vater war bei Puffers nicht wie jetzt, vier Jahre später ein braunes Hartpappfoto mit Schnurrbart und etwas müden Augen.
In der freundlichen Atmosphäre des Blauen Salons bei Puffers sagte sie sogar, was sie als Quintessenz ihres Lebens verstand: die zweimalige Ruinierung des unter schwierigsten Umständen angesparten Kleinvermögens durch die verlorene Kriegsanleihe im Jahre 1918 und

durch die Superinflation 1923. Als sich auch ihr inzwischen eigener Haushalt mit Mann und Maus in Trillionen aufgelöst hatte. Seitdem traut sie keinem Staat mehr über den Weg. Aber das war bei Puffers gar nicht nötig zu erzählen, Frau Puffer wollte viel mehr Genaueres über ihre Geschwister und ihre Konfirmation hören.

Ihr Gedächtnis, vor die strenge Kontrolle ihres Sohnes gebracht, muss auswählen, und es wählt die wenigen schwarz-weiß Fotos ihrer Geschwister weg: Zwei verheiratete Schwestern im Kindsbett gestorben, ein Bruder im Krieg gefallen, 1915, zwei Brüder bei der Novemberrevolution, dem “Aufstand der Roten" in München gefallen. Dem alten Vater brachen seine Kinder ab wie tote Äste im Sturm. Davon will der Rechtsanwalt in Stuttgart mit seinen zwei Kindern nichts wissen, was da alles noch gelebt hatte. Strich drunter. Das muss akzeptiert werden, eine fleißige rechte Hand, die Häufchen bereitet. Was hatte er bei seinem letzten Besuch am Müggelsee in die Kiefern hineingesprochen? „Die Geschichte interessiert mich nur als ewiger Rechtsstreit." Und er hatte seiner Mutter klar zu machen versucht, dass man von der immer länger werdenden Geschichte nur den Gang der Völker sich merken müsse und es auf zu viele Details nicht ankäme. Den Vater dieses Gedankens hatte er auch genannt: Schopenhauer. Noch nie gehört, auch unwichtig, wenn der kleine weiße Dampfer von Rübezahl herüberschaukelt. Klaus Erwin war 1910 in Breslau als einziges Kind des Bankangestellten Martin Kleine geboren. Das weiße Steckkissen habe ich noch, denkt die Verwirrte am Esstisch. Es geht doch alles durcheinander, wenn man nur noch eine halbe Stunde Zeit hat. Dann kommt die heutige Aufklärung und der Zustandsbericht über die politische Lage in Berlin, über den baldigen Zusammenbruch des Kommunistenstaates. Da muss ich doch bereit sein. Wofür? Für die sich endlich entspannende Lage, die der

Angst und Not ein Ende macht. Plötzlich klingeln die Russen an der Tür und durchkämmen jede Wohnung, jeden Schrank. Vor meinen Augen wird alles zertrümmert, dein Vater mitgenommen. Er ist nicht wieder gekommen. Er wurde erschossen, weil er „Heil Hitler" rief. Er hat aber nicht diesen Gruß gerufen, er hatte, das weiß ich genau „Gott erbarme dich" gesagt. Hildegard über uns hatte es auch gehört.
Die Kassette schließt sich von selbst. Es ist schier unerträglich, in der eigenen Biografie zu wühlen und Bilder zu sortieren für einen reichen komfortablen Haushalt in Stuttgart Cannstädt. Natürlich hatten wir ein Hitler Bild im Flur hängen, war dieser Mann doch derjenige, der unsere Wirtschaft aus dem Abgrund riss. „Den hänge ich auf", sagte mein Mann.
„Das war sehr unklug von ihm und von Ihnen", sagte im hellen Ton Georg Puffer an dieser brisanten Erzählstelle.
Aber Frau Puffer erzählte sogleich, wie die Russen ihren Bruder auf der Terrasse des Gutshauses erschossen hatten und das linderte ungemein. Das vertrug sich mit der angestauten Wut beider Frauen, die seitdem eine innere Verbindung eingingen.
Er kann sich selber aussuchen, was er braucht. Ich nehme die Fotos in einem großen Umschlag mit. Es ist zum Gotterbarmen, denkt die selbstständige Frau, dass ich vom Geld meines Sohnes wie ein Kind abhängig bin, von der monatlichen Zuwendung von fünfzig Westmark. Denn mit meinen zweihundert Mark kann ich nicht auskommen. Eine Hungerrente und schlecht angesehen bei der Schwiegertochter. Furchtbar, heute kann ich meine Wohnung gar nicht betreten, alles kommt hoch. Sie stellt energisch und mit der Erlösungsschwinge das Radio auf dem braunen staublosen Vertiko an, dröhnende amerikanische Jazzmusik wimmelt vor ihren kleinen Ohren.

„Wir haben die Lehren aus der Geschichte ein für alle Mal gezogen und somit unsere deutsche Geschichte überwunden. Es ist lachhaft, aber viele nicht mitdenkende Menschen in unserem Land, scheinen das noch nicht zu wissen. Wüssten sie's, wären sie fröhlicher, stolzer und mitarbeitender. Bitte, sagen Sie mir Ihre Meinungen dazu. Wir wollen, bevor ich Ihnen das bedeutende Buch von Anna Seghers "Die Entscheidung" zur Pflichtlektüre empfehle, über den Stand des sozialistischen Bewusstseins diskutieren."
Frau Renate Vertracket, die Deutschlehrerin unterbricht sich, eine Frau und Stimme, die, wo sie geht und steht so etwas wie eine kahle Fläche um sich verbreitet. *Auch* jetzt schaut sie verblüfft die Dreiherreihen entlang, wo die meisten Studenten irgendwohin starren, nur nicht auf sie blicken.
„Also bitte, welche Lehren haben wir aus unserer deutschen Geschichte gezogen, Herr Kowicz?"

Auch Lesru sitzt in dieser Deutschstunde wie viele ihrer Kommilitonen mit der nach außen gestülpten Sonderhaut auf ihrem Platz, die sich sofort bildet, wenn eine Autorität vom “sozialistischen Bewusstsein" spricht bzw. gesprochen hat. Dieses Bewusstsein ist eine vorgeschriebene Denk- und Gefühlslage, ein Korsett, das alles Individuelle ins Abseits drängt.
Es will sagen: Das sozialistische Bewusstsein ist das höchste Bewusstsein überhaupt. Es basiert auf der Einsicht und dem Willen des Einzelmenschen, seine Kraft dem Sozialismus zur Verfügung zu stellen, seine eigenen Wünsche zugunsten der Gemeinschaft zurückzustellen und ein unermüdlicher Mitstreiter am Aufbau einer neuen gerechten Welt zu sein.
So fällt auch die mühsam formulierte Antwort des jungen Mannes nicht in Lesrus Ohr. Sie wird stattdessen mir nichts dir nichts in die Weilroder Küche im Grozerschen Hause versetzt, wo sie am Küchentisch sitzt. Ihre Vergangenheit, wenn man solch ein Wort überhaupt gebrauchen darf, für eine man grade

achtzehnjährige Verschlossenheit, ist doch ebenfalls überwunden, die Lehren aus ihr gezogen: Die Kapitalisten, Grund und Boden und die Banken sind enteignet, die jahrtausendalte Unterdrückung der Arbeitenden ist in den sozialistischen Ländern beendet worden. Ein für alle Mal. Und auch die eigene Verschlossenheit, sie stört überhaupt nicht.
Warum zum Teufel sehe ich mich mit Zöpfen am Küchentisch sitzen, sehe die Tür zum Wohnzimmer, den Herd, das Fenster zum Grozerschen großen Hof? Das fragt sich Lesru erstaunt und immer unfähiger werdend, der interessanten Diskussion zuzuhören. Umso bedauerlicher am frischen Mitteilungsdrang der Anderen nicht mehr teilzunehmen und wie ein Fossil in Weilrode sitzen zu müssen. Weil sie die oft gefühlte und gedachte Genugtuung persönlich, nichts aber auch gar nichts mit dem Faschismus zu tun zu haben, heute nicht wie eine Mitschwingende berühren kann. Die Genugtuung ist heute nicht erreichbar. Denn die Diskussion war zum Faschismus und seine gesellschaftlichen, oberflächlich ökonomischen Ursachen gelangt, den strukturellen kapitalistischen Voraussetzungen, nicht weiter, nicht tiefer. Dennoch bleibt dem Fossil der hilfreiche Aufwind fern, den sie sonst immer empfand: Jenes; Gott sei Dank, das ist vorbei und jenes, ich habe damit nichts zu tun, die ganzen Geschichten aus der Nazizeit liegen so weit zurück, liegen in einem fremden Land, irgendwo unter der Erde. Dieser Aufwind, hinein in eine befreite Zukunft, nimmt sie heute nicht unter seine Fittiche.
Ebenfalls störend ist in der Pause, wo andere Mitteilungen an ihre fossilierten Ohren nur abprallen, das Sichnichtmitfreuenkönnen.
Barbara Kloß hat zwei Karten für das Konzert mit David Oistrach anlässlich der IV. Berliner Festspiele in Berlin ergattert, oh, und Grit und Bärbel Nahe strotzen vor Befriedigung, dass sie zwei Karten für das Gastspiel von Paul Robeson, dem amerikanischen Sänger und Freiheitskämpfer erhalten haben.

Der große Geiger David Oistrach würde in wenigen Tagen nach Berlin kommen, auch nach Leipzig zur Eröffnung des neu erbauten Opernhauses, und ich muss in der Küche hausen!

Es hat sich also zum ersten Mal die fest verwachsene Tür zu ihrer Vergangenheit geöffnet, schwer ächzend und ein Bild herausgerückt. Eines, das ziemlich genau die Gegenstände abgebildet sowie sie selbst als Zehn, Elfjährige. Unbeweglich darin die am Tisch Sitzende. Ein körpereigner Fingerzeig sozusagen auf ein massives Fehlurteil über die jüngere Vergangenheit. Denn diesen gewaltigen Satz von der Bewältigung der Vergangenheit, von der alten Menschheitsgeschichte weg zu neuen erlösenden Lebensformen, diese gewaltige Schubkraft hatte Lesru im Laufe ihrer Schulbesuche mehrfach, wiederholt gehört und gefühlt. Zum letzen Mal in der Torgauer Oberschule vom damaligen FDJ Sekretär. Damals hatte sie jenseits dieser Behauptung für sich ein Fragezeichen empfunden, das unterstützt wurde von der allgemeinen Ungläubigkeit der Klassenkameraden. Sie erhoben zwar keinen Einspruch, aber ihre ebenfalls empfundenen kleinen Fragezeichen unterstützten die Zweifel und das Unbehagen Lesrus, das an jene Behauptung geknüpft war.
Nunmehr hat sich ein ganzes Bild quer gestellt, unheimlich zwar, und von Lesru selbst nicht deutbar. Sie fragt sich immerfort, auch über die fröhlich klingende Pause im Vorfeld der Berliner Festtage hindurch: Warum sehe ich die Küche bei Grozers andauernd vor mir? Auch deshalb eindringlich, weil die Küche nicht verblasste, sie ist mitgekommen in die ABF, in die Geschwister-Scholl-Straße in Berlin-Mitte.
Es antwortet aber niemand. Es hat auch im Unterricht während der Diskussion kein Mensch Zweifel geäußert, noch angemeldet, ob diese Lebensauffassung von der Vergangenheit richtig sei. Grit Stift hat zehn Finger auf den Westen Deutschlands gerichtet und

hervorgehoben, wie unfähig der kapitalistische Staat sei, die jüngst faschistische Vergangenheit zu bewältigen. Sie sprach von jenen Tatsachen, die alle im Klassenraum kannten, von der Herrschaft alter ehemaliger Nazirichter in erneuerten Kanzleien, vom KPD-Verbot, sodass auch Lesru wieder Angst und Bange wurde.
Und, als Sabine Voll in der Draußenpause leise Lesru ins verstopfte Ohr flüstert: „Ich glaube auch bei uns leben noch unerkannt alte Nazis", stimmt erschrocken und total abwesend Lesru dem munteren Schnellflockengesicht zu. Aber selbst diese Vermutung bringt sie sich selbst nicht näher, wohl aber diesem Mädchen, das immer im schönsten Sonnenschein mit ihren Fragen, ob laut oder leise, hereinschneit. Sie kann denken. Ihre Biografie sparen wir uns noch auf, auf eine bessere Gelegenheit. Denn genau das Zugeflüsterte, die Nazis im eigenen Land, entfernt Lesru wieder von sich selbst. Unter diesen großen ehernen Nazischatten erscheint die Verweilerin in der Küche noch winziger, banaler, unerheblicher zu sein.

84

Wie ein Vogel, der seine Flügel zu Stacheln und seine leichten Füße mit festem Schuhwerk, wenn nicht mit Stiefeln verunzieren musste, sich freut und sich fühlt, wenn er in seine natürliche Form, in seine ihm angeborene Natur zurückschlüpfen kann, so etwa fühlt sich Lesru auf dem kurzen Oktoberweg zu Elvira Feine. Ihr ganzer Körper schwebt.
Der Fürstenwalder Damm, eine der Hauptverbindungsstraßen zwischen Köpenick und Friedrichshagen ist mäßig in beiden Richtungen befahren, wochentags. Nicht wie an Sonntagen, dominiert von Westautos, den langen schwarzen und hellen Limousinen, heute am Nachmittag fahren einige Lkws und Personenautos sowie die gute alte 84. Dass es das völlige Einssein mit einem anderen Menschen

noch geben könnte - Lesru lebt es bereits, seitdem sie ihr Haus in der Westendsiedlung verlassen - dass kein Hindernis, kein fremder Mensch in die S-Bahn hineinstarrt, hineinglotzt in ihr Glück, kein Dozent etwas zwischendrin ihr abverlangte, das erfüllt sie mit vornehmen Staunen. Beinahe unwirklich erscheint ihr ihr Leben jetzt auf dem kurzen Weg zum Herzklopfen. Dass der Weg kurz sei, nur wenige Blöcke weiter in Richtung Friedrichshagen, wo es den Friedrichshagener Dichterkreis gegeben hatte, das hat sie schon am Tag vorher ausgekundschaftet. Dieser Weg musste sofort ausprobiert werden, er konnte doch unmöglich solange ungeöffnet wie ein Brief liegen bleiben. Weil noch Zeit ist, um 15 Uhr hatte die Studentin der Filmkunst aus dem fernen Moskau vorgeschlagen, geht die Hochaufgeregte langsam ohne zu sehen und zu hören. Sie schwebt in ihrem eigenen Raum.

Moskau, das ist ja immer noch die Stadt des Kreml, wo Lenin als Nachtarbeiter am Schreibtisch gesessen und in der Dunkelheit und Schwere der Nacht noch Licht gebrannt hatte. Wie es im Gedicht von Becher hieß "Im Kreml brennt noch Licht". Moskau ist auch die brennende leere Stadt, die Napoleon betrat. Das Moskauer Bolschoi-Theater und die Stadt David Oistrachs und der Lomonossow-Universität am Stadtrand.
Darüber hinaus ist Moskau die Hauptstadt des Sozialismus, zu der regelmäßig die Sekretäre der kommunistischen Arbeiterparteien fahren, Platz nehmen auf Ehrentribünen und ganz Ohr sind, wenn auf den Parteitagen der KPdSU neue Weichenstellungen verkündet werden.

Leider wurde Moskau nicht auch das Klassenzimmer in Weilrode, wo eine ganze Klasse das berühmte Gedicht von Becher über Lenin im Kreml andächtig las, andächtig übertragen bekam, das von Lesru auch

bewundert worden war. Das Gedicht und der immer lernende, arbeitende Lenin.
Das deutsche Klassenzimmer fehlte in Lesrus Assoziationen über Moskau, die ihr natürlich in Vorbereitung auf das Wiedersehen mit Vira in ihrem Zimmer in den Kopf kamen. Abends im Bett kam stattdessen Moskau aus der Geschichte, aus Büchern, Gemälden, Zeitungen, Unterrichtsstunden angerückt, aber den Ausgerückten gefiel es nicht zur Untermiete bei Frau Kleine. Denn der wahre Zugang, wir wiederholen es, das bewundernde Mädchen im Klassenzimmer der Grundschule, das ein Gedicht und den Besungenen gleichermaßen bewundert hatte, empfing nicht die Moskauer Gäste mit Brot und Salz. Auch die daraus Erwachsene fühlte sich nicht bemüßigt, einen Moskauer zu begrüßen. Sie ist eine Abgeleitete. Abgeleitet von ihrer eigenen Erinnerung, ist sie lediglich ein Auffangorgan für Informationen, ein Speicherorgan für Informationen.

Dass Vira Lesru sehen möchte, ist nach gut zwei Jahren Nichtsehen, vergleichbar mit der Wiederbegegnung mit dem Eigenen, Eigentlichen, das wir das Schöne nennen. An diesem Nachmittag, der doch auch einen Morgen und einen Vormittag mit seinen Stunden, Unterrichtsfächern und S-Bahnfahrten durch Berlin aufwies, fühlt Lesru zum ersten und kräftigsten Male, dass sie alles Detaillierte, jede Einzelheit des Tages und überhaupt, nichts angingen und sie fühlt es erstaunt.
Ja, die ganze Stadt Berlin samt Rosalka Klar und Kowicz, sogar die alte freundliche Lateinlehrerin büßen ihre Bedeutung und Anwesenheit ein. Auch die Lateinlehrerin, die sie im Unterricht aus der Weilroder Küche endlich befreit hatte. Erstaunt sah Lesru an diesem Tage aus den Fenstern und in die Hefte und in die unaufhaltsame Vergrößerung ihres inneren Raumes. Nun steht sie vergrößert im ersten Stock vor einer Wohnungstür mit dem fremden Namen “Kubik“.

Lesru und Vira hatten sich erst nach einem Vorspiel Lesrus im Musiksaal der Oberschule kennengelernt, zu dem sie der Komponist und Musiklehrer, Herr Möhring, aufgefordert hatte. Ein ganzes Oberschuljahr hatte Lesru die Klassenbeste, die Schönste und Individuellste nur heimlich bewundert, ihre Bemerkungen tief in sich geborgen. *Zu* einem persönlichen Kontakt aber reichte es nicht. Das änderte sich von Stund an, nachdem Lesru den ersten Satz des Járdányi Konzerts vor der Klasse gespielt und all ihre Lebensproblematik in diese Musik des ungarischen Komponisten hineingepresst hatte, in jede Synkope, in jeden Doppelgriff, mit Hilfe des kraftvoll benutzten Bogens. Umgehend sprach Vira Lesru in der Pause an, als sei ihr etwas Wichtiges entgangen, als entdeckte sie einen ganz unbekannten leidenschaftlichen Mitmenschen. Ja, sie wollten zusammen das Járdányi Konzert spielen, Vira die Begleitstimme des Klaviers übernehmen. Und schon am Nachmittag des ersten Tages probten die beiden Mädchen in der kleinen Aula der Musikschule das ganze Stück. Lesru, verwundert von der warmen Umgarnung, die sie von Vira empfing, hörte bereits beim ersten Ton des gemeinsamen Spiels in der leeren Aula etwas Anderes, als die bekannten Klaviertöne. Sie war höchst gradig erregt, denn sie empfing unerwartet und begierig Viras Wesen. Sie sah, weil sie ihren Part auswendig spielte, das schmale, arbeitende, konzentrierte Gesicht mit dem dunklen Haar wie eine Offenbarung an. Eine Offenbarung, die ihr so offensichtlich zulebte und selber in sich hineinhörte, die ganz für sich und wieder auch für Lesru lebte, dass es einem unschätzbaren gemeinsamen Aufleben gleichkam, so, als schwängen sich zwei Seelen höher und höher.

Das dauerte und brach plötzlich ab, als die technisch schwierigen Stellen für die Klavierstimme wie ein Hochgitter sich vor Vira stellten. „Ich kann das nicht mehr vom Blatt spielen, ich muss zu Hause üben.“

Fortan gab es für Lesru nur noch einen Menschen, der sie belehren durfte und immerfort konnte. Aufbauend auf den elementaren Veränderungen, die Frau Stege in ihr ausgelöst und bewirkt hatte, lernte Lesru weitere Schritte auf dem Wege zur Verbesserung ihres Selbst kennen.
Während einer abendlichen Fahrradfahrt zum Konzert in den Torgauer Schlosssaal, zu dem sie von Vira eingeladen war, übte sie wie besessen die deutsche Sprache. Vira sagt nicht: "Mist, Scheiße, halt Deine Klappe." Nein, das fällt ihr gar nicht ein. Auch hat sie kein Lieblingsbuch. Darüber lachte sie sogar, als ich sie im Schulhof danach gefragt hatte. „Man liest immer zu einer gewissen Zeit ein Buch, das einem gefällt, bildet sich ein Urteil und zu anderer Zeit gefällt mir wieder ein anderes. Ein Lieblingsbuch gibt's nicht."
Ich darf nie wieder „Mist" sagen, auch nicht mehr „och nicht", das bewegte ihre Beine auf dem ausgerillten Feldweg zwischen Weilrode und Eulenau. Als sie sich selbst ertappte, das schwarze enge Konfirmandenkleid, das sie auf Befehl ihrer Mutter zum Konzert in der Reihe "Stunde der Musik" anziehen musste, „Mistkleid" nannte, erschrak sie: wie schlecht ich Deutsch spreche! Ihr wurde übel.

Ganz Dasein vor der Tür des Anderen ist es überhaupt noch möglich? Strolchen ungeordnet nicht auch zwei Jahre landwirtschaftlicher Lehre in diesem Mädchen, das ihre Ausbildung an Elviras Seite abbrechen musste. Wer ist sie jetzt? Und war sie nicht auch stolz gewesen, ihr Leben mitten im Sturm auf fremden Boden zu setzen, abseits von Tanzstunden und Schulbänken, dem wirklichen Leben nahe einer Großstadt mit Haut und Haaren anzugehören? Das schrieb sie in einem Brief von Neuenhagen an eine Unbeteiligte. All das brodelt und stürzt jetzt vor die Tür. Sie klingelt.

Aber bevor diese Tür geöffnet werden kann, muss ein Selbstschutz gefunden werden, die Herabsetzung Viras.

Die Erinnerung an Viras Umwandlung von einem natürlichen fünfzehnjährigen Mädchen in eine hohle Gestalt: Als Vira im kleinen Konzertsaal die Honoratioren der Stadt Torgau sah, ihnen zunickte und deren Blicke auf sie (die Tochter des Museumsdirektors) einheimste, als sie mit einer fremden steifen Stimme mit Lesru sprach, abgehakt, lapidar, ohne Klang. Als sie Verrat beging an Lesru und ihrer schönen Naivität. Das muss jetzt auch in ihr Gesicht mit hinein, das stärkt und höhlt zugleich aus.

„Was macht das Leben?" Mit dieser ganzen Frage empfängt eine lächelnde schlanke überaus fließende junge Gestalt im Ganzkleid, die sich auf ihre Hinterbeine stellende Lesru und zieht sie ins Labyrinth einer fremden Wohnung. Viras schmales dunkeläugiges Gesicht mit kurzem wohl geschnittenem Haar durchlebt jeden Augenblick ein anderes Dasein, so sieht es aus, ein starkes Gesicht.
Lesru zieht ihren Nylonmantel aus und wirft ihn irgendwohin, in ihrem Inneren frohlockt etwas unendlich. So herrlich umfassend gefragt zu werden, welch Freude und Aufplatzen einiger Nähte. Sie fühlt sich so frei, dass es gesagt werden muss.
„Bei Dir, Vira, geht es mir gut, ich fühle mich frei, wusste gar nicht mehr, was das ist: Freisein. Das Leben ist schrecklich, vorallem hier in Berlin, ich lebe wie in einer Zentrifuge, alles ist beschleunigt, dreht sich, man weiß nicht, wo oben und unten ist."
Die Gastgeberin hört ernst zu und stellt zwei rote Gläser auf einen zierlichen Tisch, „trinkst doch Tomatensaft?"
„Die Wohnung gehört einem Künstler, einem Regisseur, der zurzeit in Moskau lebt, er beauftragte mich, für ihn einige Sachen hier in Berlin zu erledigen. Übermorgen fliege ich wieder nach Moskau", erzählt Vira bequem im schwarzen Sessel sitzend, gegenüber der schwer

Klagenden. Lesru versucht, die Sechzehnjährige in der Neunzehnjährigen zu finden. Aber der unbekannte Regisseur stellt sich zwischen die Sessel, mitten in das quadratische wenig möblierte Zimmer, das die Atmosphäre eines frei denkenden Mannes verbreitet mit ungesehenen Bildern und Gegenständen, sodass Lesru auf einen Schleudersitz gerät und fühlt, dass sie nicht mehr zu Vira gehört. „Und wie geht es dir in Moskau, was hast Du Schönes erlebt?"
Die ganze junge Elvira Feine in ihrem braun gepunkteten Kleid mit den festen Schultern, dem bloßen Hals und den wohligen Brüsten ist voll von Erlebtem und von Moskau. Sie platzt aus allen Nähten und muss ihr Neuerlebtes, Großartiges nur zuspitzen und zu Sätzen vor einer Fragenden ordnen und sie tut es mit Genuss.
„Wie klein und dumm man lebt und wird in einer Kleinstadt, das erfährt man nur, wenn man wirklich Stadt und Land verlässt. Nicht ein einziges Buch kann Dir das sagen." Bong, der erste Glockenschlag, der in Lesru weiter schwingt. Viras Stimme klang voll und wie ein Akkord in Dur.
„Jeden Tag fühlst und erkennst Du mehr, dass andere Menschen und Völker ihr eigenes Gesicht, ihre unterschiedlichsten Gebräuche haben. O, es war in den ersten Wochen kein Vergnügen, in Moskau zu sein. Aber das wollte ich doch, weg vom Vergnügen."
Sie sahen sich in die Augen, ein Blick, der sie wieder vereint und Worte erübrigt. Ein leises, sehr kurzes Glücksgefühl auf beiden Seiten des hölzernen unbedeckten Tisches. Lesru trinkt den roten Tomatensaft und anstatt weiter zuzuhören, denkt sie an das, was sie selbst von der Zentrifuge gesagt hat. Dieses Bild hat sie vorher nie für sich gefunden. Und ferner denkt sie mit einem Weitblick, weil das Augenglück mit Vira so überaus tiefschön ist, dass es nicht dauerhaft ertragen werden kann, sie denkt also mit einem Fernblick an die kleinbürgerliche Wohnung von Frau Kleine. Mit Erschauern, ein Endpunkt.

Hier die Wohnung eines Künstlers. Nur wenige sehenswerte Gegenstände, Frau Kleine hebt alles auf. Vira auf dem Wege zur Künstlerin, Filmregie studierend. Lesru reicht der ebenfalls Abwesenden, Gedankenreichen, beinahe Ausländerin eine Zigarette, aber Vira raucht nicht mehr. Moskau entfernt sich auf Nimmerwiedersehen, und Lesru stellt sich rauchend die Frage: Will ich denn Künstlerin werden? Antwortet jemand, antwortet etwas? Vor vier Jahren explodierte ein krasses „Ja, Schauspieler" in meinen ausgebreiteten Fragebogen hinein, zwei Jahre später wollte ich Musik studieren, jetzt Psychologie.

Sie horcht in sich hinein, sieht einen blauen großen Himmel über sich und auf einem letzten winzigen Wölkchen segelnd, in kaum erkennbarer Ferne, geistert das hohe Wort "Künstlerin". Und Torgau, die geliebte Renaissancestadt mit all den sie fördernden Menschen, wird vor ihren nach dem Wölkchen blickenden Augen zur Kleinstadt, zum Tristesten zusammengeschrumpelt, das muss geschluckt werden.

„Du bist schon Anfang August nach Moskau geflogen."

„Ach, ich konnte es zu Hause nicht mehr aushalten, ich hatte mich zersehnt."

O, dieses ernste feine Gesicht, das sich noch einmal aufwölbt zu erkennbarem Schmerz, der wie ein stumpfes breites nieder gesenktes Schwert wird. Lesrus Augen fühlen jede Bewegung dieses Gesichts mit, atemlos, als sei viel Platz entstanden füreinander und für tiefe Erregungen.

„Dann gab es soviel Neues zu lernen, nicht nur die Sprache, auch im Studentenwohnheim, wo viele Ausländer wohnen. Schon, dass man nicht der Mittelpunkt einer Gruppe ist, sondern ein Fastnichts in einer schier endlosen Stadt, in einem riesigen Land. Und das Wunder zu erleben, dass Du gleichberechtigt aufgenommen wirst, egal, was Du denkst."

„Die Ideologie ist gar nicht wichtig?"

Diese alles bekleckernde Frage, alles in seinem Ursprung Bedrohende springt aus der ungläubigen

Zuhörerin wie ein Springkreisel heraus und versetzt Vira zurück in unangenehmste, engstirnige, engherzige Raster. Ein Elend. Vira sieht ein solch staunendes offenes Gesicht, hinter der verrutschten braunen Brille, die ins Gelb der Sonne blinzelnden braunen Augen, ein vollständiges rauchendes Fragezeichen in einem ansehenswerten Segelpullover, dass sie lächeln muss.
„Was denkst Du, sie haben es doch gar nicht nötig, so bekloppt wie hier zu sein. Von Ideologie habe ich bisher nichts gemerkt, die Russen haben viel mehr Sinn für den Anderen, sie sind herzlich, gastfreundlich, eben normal, Lesru."
Das gerät aber nicht genau auf Lesrus Verladerampe. Sie muss ihre jüngste Befehlausübung ins Künstlerzimmer setzen und vom Flugblätterverteilen in Westberlin berichten. Von Erzählen keine Spur. Etwas Glattes, Unpersönliches schiebt sich in das Vertrauen und verursacht augenblicklich Fremdheit, die Lesru schmerzt. So etwas Unwichtiges macht sich hier breit, etwas, das mit ihnen beiden nicht das Geringste zu tun hat.
Genau zu merken, dass man das gemeinsam Schwingende verlassen hat, dies war das Markenzeichen ihrer Begegnungen immer gewesen. Und Lesrus innige Sorge, das Falsche, das sich eingeschlichen hatte, sofort wieder gut zu machen, das Wichtige wieder zu suchen.

Und später? O, diese grenzenlose Gottverlassenheit, diese von allen vier Wänden umgebende endlose, Wände durchdringende Traurigkeit, dieses weinende Nichts, so fühlt sich Lesru an, voller Leben und doch ein Nichts. Das Nichtkönnen umfließt das Mädchen wie ein finsterer Raum in ihrem Zimmer und sie hätte schreien mögen. Denn Vira fragt, fröhlich sogar, fragt sie „und was schreibst Du?" Das lässt sich mit hilflosen, in der Luft schwirrenden, verstörten Worten gar nicht beschreiben, was nach dieser fragenden Selbstbestätigung von Lesrus Wesen in ihr vor sich

geht: das festeste Nichtkönnen. Der sie selbst verwundernde Schrecken schon am ersten Tage, als sie in ihrem eigenen Zimmer saß, am Schreibtisch hinter dem Bett vor der unbekleideten Wand: Es kam nichts aus ihr heraus, kein Strömen, kein in unzimperliche Worte gebannter Schrei. Ein Stock, dem man sagte, nun red mal, ein Steinklotz, der zum Gedichtschreiben aufgefordert wurde.
„Ich kann zur Zeit gar nichts schreiben", das muss ins Künstlerzimmer hineingetan werden, eine Ohnmacht.
Bloß nicht weiterfragen, bitte. Und Vira schaut brav und enttäuscht zur Uhr.
Dass das völlige innere Verstummen, sodass sich auch kein Blättchen rühren konnte, möglicherweise mit dem Vielfraß Berlin, mit ihrer Lebenslage in der Zentrifuge zusammenhängen könnte, mit der Pflicht, sich täglich zerstreuen zu lassen von einem Stein zum anderen zu springen, zu tun hat, das ahnte die in ihrem Innersten errötende und Leidende nicht, nicht im geringsten.
„Das kommt sicher noch, das weiß ich", sagt Vira mit ihrer leicht seufzenden und bereits abwesenden Stimme zu ihrer Besucherin, und aufstehend, sodass das braun gepunktete Kleid bis zum Fußboden herabfällt wie ein Teppich auf zwei Beinen. Lesru staunt und staunt über dieses wallende Kleid, als hätte sie noch nie ein Kleid gesehen. Was soeben gesagt, war angenehm, kann aber nicht angenommen werden. Von Prophezeiungen dieser Art will sie nicht leben. Dennoch winkt am Ende von allen Weltuntergängen doch ein leises Rinnsal Freude, nicht Zuversicht, nur ein Rinnsal Freude.

In Elvira Feine aber hatte sich im Laufe des Gesprächs mit ihrer deutschen Freundin schorfige Abneigung gegen diese typisch deutschen DDR-Verhältnisse angesammelt. Es schien, als würde sie durch Lesrus Anwesenheit gewaltsam von ihrer Liebe, von Moskau, von der Hochschule für Filmkunst und ihren Mitstudierenden entfernt, zurückgeworfen ins Stickige,

sattsam Bekannte. In ihren Untergang sogar, dass sie Lesru kurzerhand verabschieden musste.
Denn Vira lebt zunehmend in ihrem Auftrag: Im Auftrag der Liebe zu ihrem deutschen Geliebten sollte sie nach Westberlin fahren und mit seiner nach Westberlin geflüchteten Schwester reden, einer, wie er sagte, hochbegabten, äußerst sensiblen jungen Frau. Sie sollte fragen, wie sie lebt, ob sie in Westberlin studieren möchte und wie er ihr von Moskau aus helfen könnte. Vor allem sollten sie sich kennenlernen. In diesem Hochgefühl des beauftragten Lebens störte Lesru plötzlich erheblich.

85

„Wie geht's Deinem Freund, dem Tierarzt?", erkundigt sich frohgemut Rosalka, blond und bleichgesichtig auf dem Treppenflur zum Chemiefachraum. Lesru hat vor Jahren eine Andeutung gemacht, und die verlobte Rosalka fand es interessant, dass und wie die Schwebende auf handfeste Beziehungen und Unterwasserwelten reagieren würde. Am Tag nach der Begegnung mit dem geliebten Vorbild jedoch kann sich Lesru so gar nicht in den Trupp Herabsteigender, Lernender einreihen, sie hat ihre Vergleichsaugen auf die Brille obendrauf gesetzt und spürt beim Abstieg kräftigste Verachtung zur Halbfreundin. Wie platt und direkt sie fragt, und an ihrem Aussehen, Jacke wie Hose, fasziniert nichts, nicht der geringste Charme durchleuchtet diesen blauen Pullover. Ein stumpfes neugieriges Besteck wird Rosalka Klar, dass sie ihr am liebsten ins Gesicht gespuckt hätte. Das nicht, aber das doppelt bebrillte Erschrecken: Und ich dachte, du bist was wert, du bist nichts wert. Eine jämmerliche Ausrede kann gefunden werden.
Ebenso ergeht es ihr mit den anderen weiblichen Wesen, sie erhält eine Ohrfeige nach der anderen. Nur die geheimnisvolle schöne Frau Jupé, die scheue Mathematiklehrerin, deren Mann zusammen mit

anderen anlässlich des Republikgeburtstages den Nationalpreis 3. Klasse erhalten soll, nur an Frau Jupés Körper fühlt sie die Ausfüllung mit Geisteskraft, die sich in jeder Körperbewegung ausdrückt. Solch anziehendes Zusammenspiel von inneren Vorgängen im lebhaft zarten Gesicht und den Arm-, Hals- und Beinbewegungen, als füllte Frau Jupé ähnlich wie Elvira Feine einen Raum aus.

Der zu betretene Raum im Keller, der Chemieraum sieht indessen einladend aus mit seinen braunen zerrillten Tischen und den aufgebauten Leitungsrohren, es riecht nach chemischen Versuchen, und alle Augen und weiteren Sinnesorgane können unbeschadet anderer Erlebnisse, geöffnet werden. Jetzt darf experimentiert werden. Hier verweilt der Helfer in allen Lebenslagen, der Uhrmacher Fred Samson gern, neben ihn setzen sich Barbara Kloß und Lesru von Stund an. Etwas Fröhliches, Natürliches zieht in die Seminargruppe ganzreihig ein. Als seien die natürlichen Elemente, wie sie in der Natur vorkommen und wie sie in den Laboratorien und chemischen Fabriken erzeugt werden, eine wunderbare klare, meist unklare Sache für sich, vom Klassenkampf und der Sucht nach staatlicher Anerkennung frei, tatsächlich frei. Was auch nicht stimmt, wenn sie als Bodenschätze verklumpt betrachtet werden. Aber hier war Schwefel noch Schwefel, Natron noch Natron und der schwarzhaarige Lockenkopf Schwefel im weißen Kittel, Herr und Meister. Hier lassen sich Verbindungen nach Anweisung herstellen, etwas in die Hand nehmen, gucken, wie die anderen es machen, hier darf leise miteinander geredet werden, wenn der Bunsenbrenner schon brennt. Hier hören sie gelegentlich von den großen Chemikern und ihre Entdeckungen, wenn Herr Schwefel von ihnen erzählt, nicht lange, nur eben so. Und das Studentenlaboratorium nimmt die Entdeckungen auf, sodass ein lebendiger Atem und Geruch zur Geschichte der chemischen Forschung sich ausbreitet. Beinahe glücklich und vorsichtig hält Lesru die Flamme des Bunsenbrenners in der rechten Hand unter eine Substanz, glücklich, weil sie an fast allen Gesichtern diese Teilnahme erkennt: dieses Sichhingeben an die schier sprachlosen Elemente. Warum ihr das gefällt, ist schwer zu sagen. Sie ist ihrer eigenen Natur und Beschaffenheit sehr nahe. Unbewusst tut sie das Richtige, das Experimentieren mit sich selbst.

Wenn aber aus dem eigenhändigen Tun und Lassen Buchstaben und Formeln in Form von mathematischen Gleichungen werden, schwarz auf weiß auf die Tafel geschrieben, und Herr Schwefel die Augen kneift, wenn sich die Mathematik in die Chemie einmischt, auch ein natürlicher wissenschaftlicher Vorgang, wenn also durchschaut werden soll, abgebildet, was man eigenhändig getan, dann verließen sie ihn. Wenn Eisen Fe und Sauerstoff O2, Wasserstoff H, Wasser H2O genannt werden, nichts Neues für diese Lernenden, sie von den Rillenbänken weg ins Abstrakte gehoben werden, dann bleibt für Lesru ebenso wie für Bärbel Nahe und Barbara Kloß nur eine sture mathematische Aufgabe übrig, die sich mit Hilfe von klugen Männern lösen lässt. Aber der Vorgang selbst, das Anschaulichmachen eines energiereichen Vorgangs, einer Verbrennung zum Beispiel in leeres aber wahres Gerede auf der Tafel, erstaunt Lesru und lässt sie jene Männer, die diese Erfindung gemacht hatten, bewundern. Gerade heute, wo sie den Feinischen Raum verlassen hat, fällt ihr das auf.

Kommt keine Erinnerung ins Bewusstsein? Verbindet sich mit den chemischen Verbindungen das Selbst nicht mit der gegenwärtigen Aufregung zur Selbststütze, zu einer Kontinuität des Ich? Ein flüchtiges Sicherinnern an eine Korbecke im Großmutter-Schlafzimmer, wo sie mit Reagenzgläsern hantierte. Dieses, falls sie befragt worden wäre, „hab ich och mal gemacht", wäre erinnerlich. Aber ungreif- und unsichtbar bliebe der achtzehnjährigen Lesru, mit welcher Leidenschaft und sie selbst überraschenden Freude sie damals laboriert hatte. Wie sehr sie erstaunt war über diese Einzelheiten und Elemente der Natur, wie hellhörig sie geworden war nach näherem Wissen. Es fragt sie weder Herr Schwefel noch ein anderer. Außerdem ist ein Erlebnis in der Kindheit, der noch nicht ganz verdrängten, überhaupt nicht wichtig. Sie selbst ist doch ganz unwichtig. Ein verpasster Anknüpfungspunkt.

Zumal das Wissen große Fortschritte macht, immer wieder, und das Erstaunen darüber nur nachhinken kann. So sind es die Atome der Elemente und ihre Weiterteilungen in Elementarteilchen, die der Chemielehrer in einem anderen Zusammenhang erwähnt und somit in den Physikunterricht zu Besuch kommt. Keine Grenze ziehend, fragt er plötzlich: „Wo kommt unser Universum her, wie war es entstanden?“ Lesru liebt diese letzteren Fragen. Unversehens sind sie in der Chemiestunde zur Astrophysik gelangt.

Nach solch einer Stunde, in der der Dozent seinen Faden verloren hat und bei der Urfrage nach dem Woher und Wohin der Natur, der Materie angekommen, ist es notwendig zu sagen, dass der Mensch ein Nullkommanichts ist und die aufstehenden Studenten im Chemieraum eine verwirbelte Masse bloß noch sind, sich selbst wundernd, dass sie noch Tasche und Mund besitzen und gebrauchen können.
Im Chemieraum hat das Weltall Platz genommen, wo aus Superzusammenstößen und explodierenden Sternen die Elemente entstanden sind, aus denen vierundzwanzig Studenten plus einem Dozenten allhier bestehen. Da kann man nur mit den Ohren schlackern, jetzt weißt dus endgültig, wie klein, staubig du bist, wie unbedeutend.

Mit einem fröhlichen Grinsen entlässt Robert Schwefel die Klasse. Es ist ihm heute angenehm, die Aufstrebenden ins Nirwana, wie er es nennt, zu entlassenen, in die Staubkörnigkeit, in den großen Erzählfluss der Materie. Sollen sie ruhig nachdenken und verstehen, wie sich alle Einzelwissenschaften berühren und miteinander verwandt sind.

86

Franz Heber litt unter der abrupten geschlechtlichen Abstinenz, in die er durch den Erhalt einer Ansichtskarte vom Bodensee, eingeklemmt worden war wie ein Tier im Käfig eines Volksparks.

Vom intern bekannten Paar saß eine Hälfte im Hörsaal, sodass er reihenweise Auskunft geben musste. Dies belastete ihn nicht nur, es verletzte seinen Stolz in abartiger Weise.

„Ich kann in diesem Lande nicht mehr Leben", so stand es auf dem Glanzpapier der bunten Ansichtskarte mit der Blumeninsel Mainau in der Mitte. Es passierten noch einige liebe Sätze Franzens ungläubig lesende Augen, aber die Hauptmitteilung, Clara, die rassige unentwegt lebhafte Bettgenossin und Mitstudentin, könne in der DDR nicht länger leben, ein Jahr vor dem Staatsexamen, die Hauptmitteilung war ihm anvertraut. Er musste sie ertragen.

Der zweiundzwanzigjährige Student hatte sich um gesellschaftliche und speziell um Berliner Verhältnisse nicht wesentlich gekümmert, ihm genügten Hörsaal und die Institute der Humboldt-Universität und sein Motorrad.

Seine nagelneue schwere 250iger MZ, sein Schwungrad, das ihn lustvoll stimmte und neben Clara, das Auswegsorgan war, wenn er Studium, Bude und Berlin satthatte. Auf diese Maschine hatte Franz lange gespart, in den Semesterferien hart gearbeitet, als Assistent bei Landtierärzten in der Republik, wo er bei einigen schon angesehen war.

Mit Clara wollte er zusammen nach Mecklenburg ziehen, sich ein Haus bauen und ihr die Kleintiere in einer Stadt überlassen, alles war x Mal ausgedacht, beschlossen, sogar eine Reihe von Kindern vorgesehen. Ha, ha.
Stattdessen musste er vor der Parteileitung des ganzen Studienjahres Rede und Antwort stehen und sich als mitverdächtiges Subjekt, als halber Vaterlandsverräter beworten lassen, als Pfeife gar, die es nicht vermochte, die Verlobte, deren Ausbildung dem Staat viel Geld gekostet hatte, an sich zu binden. Niete im Bett, Niete als Staatsbürger, Niete als Student. Der seit vier Jahren im Glanz einer Studentenliebe und Studentenverbindung lebende Mann Franz, dem fast jedes Experiment im Labor, im Institut glückte, der ein Büffel war, ihm wurden die Beine unterm Hintern eingerollt. So kam er sich vor nach den ersten offiziellen Gesprächen im September.
Viel Geld verfuhr er in jenen Tagen und Nächten, teures Benzingeld, das ihm zum Essen fehlte.

Wie das sanfteste Zurechtrücken, wie eine Genugtuung erschien ihm dagegen der erste Besuch des Mädchens mit dem Blumenstrauß, den gelben Studentenblumen am vorherigen Büffelsonntag, das unerwartet im Bratkartoffelflur stand. Dem Versager wurde ein Blumenstrauß überreicht. Jetzt, am Freitagnachmittag, wo er den heiß erwarteten Brief jener Erscheinung endlich in seinen Händen hielt, zitterten seine schweren Harthände sogar ein wenig, als sei er sich bewusst, dass ihm so eine noch nicht über den Weg gelaufen sei und die Frage offen war, ob auch die Tür offenstehen würde. Dieses Fräulein hatte er Ende August auf dem Berliner Ostbahnhof angesprochen, weil er außer sich gewesen, weil es ihm unerträglich war, verwirbelt, allein gelassen worden zu sein, und es musste so schnell wie möglich ein Ersatz gefunden werden. Als sei sein Körper mit allem, was dazugehört wie der Heilige Sebastian mit Pfeilen übersät und nur ein zweites

weibliches Wesen könnte ihm das tief zerschnittene Selbstvertrauen wieder flicken. Es musste sofort geschehen und sofort verbunden werden, was sich Tag und Nacht nach Carlas Absprung in ihm an Rachegefühlen, Anfällen, Ausfällen gegen das gesamte weibliche Geschlecht versammelt hatte.
Ein Anderer hätte weibliche Gegenden gemieden wie die Pest nach solch einer empfangenen Wertlosigkeitserklärung, ihm hätten die Frauen zunächst den Buckel herunter rutschen können. Anders Franz Heber. Statt Rückzug dachte er an einen Angriff auf das weibliche Geschlecht, bluten sollen sie! Sogar reihenweise vernichtet werden, was als Unschuld im allgemeinen Sprachgebrauch bezeichnet wird. Investieren, ein bekömmliches Gefühl investieren, wollte Franz indessen nicht. Sein vergiftetes Herz war unfähig, eine echte Bindung einzugehen, er wollte und konnte nur zurückschlagen und seine Fallen aufstellen.
Als er Lesrus ersten Brief am Arbeitstisch mit den hochgestapelten Büchern las, nur einige mit blauer Tinte geschriebene Zeilen, in denen sie sich brav für die Einladung bedankt hatte, und andeutete, dass sie ihn möglicherweise auch gern haben könnte, weil ihr sein studentischer Fleiß gefiele, seine Abgeschlossenheit gegenüber allen Verlockungen in der Millionenstadt und, dass sie wieder am Sonntagnachmittag kommen könnte, da drückte ein Lächeln in seine kräftigen Gesichtsteile.
Ein weicher Zug entspannte sein vertrotztes Antlitz mit den scharfen schwarzen Augenbrauen, die dominierende kräftige Nase rückte gleichsam ein Stück zurück, und sein fleischiger Mund innerhalb der dunklen Bartfläche sagte sogar leise „Du kleine Lesru". Und es klang beinahe zärtlich.

87

Seit das Geigeüben an eine Uhrzeit gebunden, ab halb zehn Sonntagvormittag nur gut möglich geworden, weil

Frau Felizitas pünktlich bei jedem Wetter zur Kirche nach Friedrichshagen fährt, ist es ein schlichtes Notenabspielen geworden. Eine seichte Übung, aber die Geige zahlt es der Fremdgeherin heim. Sie lässt nicht den uninteressierten, etwas dickbäuchigen neuen Geigenlehrer aus Köpenick als Lusthemmer und Hauptschuldigen gelten, nicht die neue Klavierbegleiterin, ein unschönes neutrales Klavierfräulein als pure Ödnis empfinden, als schwindelerregende Enttäuschung im Vergleich zu Vira, - wenn man zusammen musiziert, muss man sich lieben, sogar begehren - die braune aus dem schwarzen Kasten gehobene Geige liest Lesru vollständig und inständig die Leviten. So könne es mit ihr nicht weitergehen, sagt sie, nachdem die Tür ins Schloss gefallen und die Luft rein oktoberhaft geworden ist. So nicht, meine Liebe. Ich bin verstimmt, weil du nicht mehr stimmst, sagt sie allen Ernstes beim Seitenstimmen. Das – a - hast du nicht mehr im Ohr und musst die Stimmgabel benutzen, pfui. Lesru trägt ihre Trainingshose, eine blaue in den Knien ausgesessene Schlamperhose, sie hört wie unter Zwang der mahnenden Geige zu. Alles wird falsch an dir, wenn du so weitermachst, mal hier eine Seite liest, dann wieder zum Balkon guckst, die Schularbeiten hinklatschst, an Franz denkst, an Frau Kleine denkst. Nur weil sie ihren Sohn in Westberlin getroffen hat und er ihr sagte, dass er nichts von ihr haben wolle, wenn sie mal die Augen schlösse, kein einziges Erinnerungsstück. Was geht dich das alles überhaupt an? Guck mich an! Das Mädchen starrt wirklich ihre braunholzige Geige an, die Vernachlässigte, die zu wenig, die Nichtmehrgebrauchte! „Alles ist Scheiße", sagt sie ihr unverhohlen ins Gesicht und erschreckt vor ihrer eigenen Stimme und vor dem ortsüblichen Inhalt dieses Auswurfs. Es ist, als hätte das Instrument nun wirklich eins aufs Dach bekommen, es dirigiert das Mädchen zur Eiablage, zur Geigenablage auf das Bett. Dort liegt die Geige auf der braunen Schlafdecke, der

schwarze zierliche Steg mit seinen vier Seitenwirbeln, die leichte braune Wölbung mit seinen violinartigen Öffnungen, Violinschlüsseln, sie liegt wie eine Strafe da und rührt sich nicht. Ein Strafgericht wird abgehalten, und Lesru weiß nicht ein noch aus. Was ist los und wie sollte sie, die beim besten Willen nicht über sich nachdenken kann, es herausfinden?
In ihrem achtzehnjährigen Leben gab es immer bewährte Rettungsmittel für unerträgliche Situationen. Eines dieser Instrumente waren Musikinstrumente und der ungehinderte Zugang zu ihnen. Ein noch tieferer Widerstand gegen Unerträglichkeiten aber war, was sie noch weniger wusste, noch achtete, ihre eigene Fantasie. Ihre Fantasie gaukelte ihr bereits auf dem Wege zum dritten Lebensjahr, der tatsächlich der Fluchtweg mit Pferd und Wagen von Schlesien nach Sachsen unter der Obhut ihrer Großmutter war, vor, dass in Bälde eine wunderschöne junge Frau käme, die sie von allen Schrecken und Ungemach erlösen würde. Später, in der engen Weilroder Schulwohnung war es die Natur, ein Haselnussbaum, auf den sie hinaufkletterte und den Entzug von aller Drangsal am eigenen Leibe erleben durfte. Je länger sie auf dem grünen Ast im Blätterleben lag, umso leichter fühlte sie sich. Ein wenig später aber schon war es eine Puppe aus Amerika, die aus einem Amerikapaket herausspazierte und direkt in ihre ausgehungerten Sinne hinein. Mit dieser bunten strahlenden Stoffpuppe lebte sie wie mit einer klügeren kleinen Freundin eine vollständige Symbiose. Sie wurde aus ideologischen Gründen (heimlich) im Küchenherd verbrannt. Dann liebte sie ihre wirkliche Freundin Carola in den ersten Schuljahren, und als auch sie im Nebel verschwand, lebte sie im Eifersuchtsturm. Rannte in die Liebe der alten Marschie und später zur Orgel in die Kreuzkirche und entdeckte ihre Verwandlungsfähigkeit. Das Unerträgliche konnte und musste musikalisch ausgedrückt, umgesetzt werden in Tonverbindungen. Schließlich nahm diese auf der Bettdecke liegende

braune Geige die Stelle der abhängigen Orgel ein. In Neuenhagen übernahm die Schalmei diese Aufgabe.
Die Schreigedichte jedoch, die sie draußen auf dem Gedichtbaum am Waldrand ins kleine Vokabelheft schrieb, nahm sie ebenso wenig ernst wie all diese Äußerungen auf den Instrumenten. Sie nahm sich selbst nicht für voll, denn sie selbst steckt fest im Erinnerungslosen.

Auch die Geschichten im blauen Schreibheft, die sie in der 8. Klasse schrieb – eine Liebesgeschichte und eine Faustvariation – erreichten nicht ihr Bewusstsein; sie waren etwas Selbstverständliches und deshalb nicht der Rede wert. Nur Frau Stege konnte mit diesem verwahrlosten Wesen etwas anfangen und tat es in lebensrettender Weise. Aber nunmehr fehlt sie, und es ist schrecklich für die Darniederliegende, dass Mimi Stege nicht mehr erreichbar ist.

Denn hier in Berlin gibt es tausend Mittel und Wege, den neusten und ältesten Unerträglichkeiten zu entrinnen. Man kann zum Beispiel einen Vielleichtfreund besuchen oder einfach ins Café gehen. Man kann jeden Tag das eigene stechende Ungenügen sofort verlieren, sobald man sich in die S-Bahn setzt und von den Vielmenschen verschlungen wird. Dann, im Fahrenden unter Fahrenden, spürt man seine Sinnlosigkeit, seine Gedankenlosigkeit nicht mehr, man gibt sich der Beförderung hin.
Die Sonntagsgeige beklagt sich tief und solange, bis Lesru es nicht mehr aushalten kann, sie nimmt sie in die Hand. Sie spielt endlich wieder sich selbst, eine endlose traurige Melodie mit Variationen.

Ein Vielleicht(freund), ist das nicht der eigene süße, blumenumwachsene Weg, ein Weglein aus der Misere, die Lesru droht, wie eine Dornenhecke zu umwachsen? Auf dem Pflichtweg zum Essen bei ihren Verwandten, auf dem feuchten Blätterweg, kann sich solch ein süßes

Gaukelspiel breit machen. Jemanden haben, den man lieb hat, vielleicht sehr, dann führt eine Himmelsleiter aus den ekelhaften Niederungen und dem Zerstückeltwerden jeden Tag neu, heraus und wohin? Ja, wohin denn, fragt sie sich beinahe erschreckt, denn Franz sitzt in seiner Studentenbude fest wie ein Angewachsener. Muss denn immer alles einen Zweck haben, genügt es nicht, dass Franz mich unbedingt und dringend zu sehen wünscht.

Er ist nicht Dr. Gerry Toms, der mich an den Schrank drückte, mit mir ins Bett wollte und sonst was anstellen. Und wenn ich nicht ihm zu Willen war, auf mich einprügelte! Die Erinnerung an die würdeloseste, schmachvollste Behandlung, die ihr jemals von einem Manne zuteil wurde, das Geschlagenwerden von seiner Wohnung über die nächtlichen Straßen bis zum S-Bahnhof Zoo sogar bis zum Einstieg in die rettende S-Bahn, das Vorbeisehen aller Passanten, das Nichthelfen, diese weggedrückte Erinnerung kommt jetzt beim Einbiegen in die schmale Vorstraße des Wohnblocks wie etwas Unerledigtes zurück und stellt sich vor Lesru Malrid. Das liegt zwei Jahre zurück, dieses Enderlebnis, und es ist vom Wegdrücken verkantet, unansehnlich geworden. Aber Franz ist ein emsig Studierender, im torgaunahen Kreis Bad Liebenwerda beheimatet, nach seinen Geschwistern werde ich ihn heute befragen, nach seinen Eltern. Das blickt das plötzlich eilig weitergehende Mädchen an und nicht die sich fortsetzende S-Bahnfahrt bis nach Neuenhagen, die ein einziges lautloses tränenloses Heulen gewesen war. Das Enderlebnis in voller Ausdehnung - die Tage und Nächte danach ohne eine einzige erleichternde Ableitung zu einem anderen Menschen, dieses am Boden Zerstörtsein und ihre Verwunderung darüber, als hätte die sechzehnjährige Lesru nicht nur sich selbst erlebt, als hätte sie sich auch zugesehen dabei, sich beobachtet, ein drittes Auge übrig gehabt - das wird auch jetzt nicht in voller

Ausdehnung betrachtet. Es stört die Vorbereitung und geraume Vorfreude auf Franz, also weg damit.

Überrascht wird Lesru, der Mittagsgast, von der stolzschön verkündeten Mitteilung, dass sie am heutigen diesseitigen Abend zur Dommesse in den Berliner Dom mit eingeladen und eine Karte für sie mitbesorgt worden war. Schon im schmalen Flur, auf dem blanken Linoleum stehend, wohin der Kasslerbratengeruch freiwillig eingedrungen war, soll sie ein freudiges und dankbares Gesicht machen. Maria Puffer, kurzsichtig, brillenverachtend wie Goethe, zwinkert sie freundlich an: das wird schön.

Sie hat den Vormittag zum Briefe schreiben am Esstisch im Wohnzimmer genutzt, im Blauen Salon wurde indessen etwas ganz Neues getan, etwas, was wie ein großes Geheimnis die eheliche Familie Puffer bewegt. An ihre leibhaftige Cousine Jutta Malrid hat sie geschrieben, das Familiengeheimnis nicht verraten, aber umso lieber von Lesrus Fortschritten und ersten Gehversuchen in Berlin und an der ABF berichtet, soweit sie ihr bekannt waren. Im November wird das Mädchen sogar an einem Wettbewerb aller Berliner Volksmusikschulen teilnehmen im Fach Violine, das sah im Brief an Jutta wirklich gut und vornehm aus. Und sie konnte sich in ihrem Brief nicht verkneifen zu sagen, wie sehr sie diese Möglichkeiten auf Kosten des Staates zu studieren, schätzt, das hätte es doch in allen vorherigen Staatsformen nicht gegeben. Auch mit Frau Kleine hätte sich Lesru arrangiert, das musste hinzugefügt werden.

Von der vorausplanenden Verwandtenliebe erfasst, von einer warmen Wolke angehoben, verliert Lesru den Boden unter den Füssen, das hellbraune Linoleum. Sich klein machen, sich zurückdrücken zum anhänglichen Kind, das mit Onkel und Tante in der S-Bahn zum Berliner Dom eingemütlicht fährt, unterhalten von interessanten Erklärungen des Onkels zu nahen Gegenständen, getragen von der immer gleichbleibenden Liebe der Tante Maria, eingebacken in das warme Brot des unreflektierten Lebens. Sich dumm und tot stellen und beglückt sein. Und mit Sicherheit, wenn das alles eintreten sollte, am Ende und Anfang des Konzerts in der Seitenkapelle des Doms von dem Mozartschen Requiem ins Schönste unendlich gehoben werden, ins außerhalb von Berlin Befindliche lange Zeit hineingeschickt. Weit entfernt von einem Gegenstand, der beim Eintritt in das Verwandtenhaus eigenwillig und sperrig ins Bewusstsein drang wie eine unendlich große riesige hässliche Kröte.

Die Pflichtlektüre "Die Entscheidung" von Anna Seghers. Ein 600 Seiten starkes Buch, ein Roman über die Entstehung der DDR im großräumigen, internationalen Rahmen mit über achtzig Romanfiguren gestaltet, das, seit seinem Erscheinen im vorherigen Jahr wie ein Großereignis propagiert und gefeiert wird. Sämtliche lernende Köpfe im Erwachsenenalter müssen es nicht nur lesen, sondern anerkennen und sogar lieben. Die Liebe zu diesem Buch wird ebenfalls zur Pflicht gemacht. Das aufgeschlagene Buch liegt einige Blöcke weiter auf dem Korbtisch, es muss in zwei Wochen gelesen sein, so der Kommandoton der Deutschlehrerin. Es liegt Lesru wie ein Stein im Magen, sie kann sich im ständig wechselnden Text der Schauplätze und der Personen nicht zurechtfinden. Die Hauptursache für ihre Totalblockade aber liegt in ihrer eigenen Blockade frühster Erinnerungen an die ersten Nachkriegsjahre. Hier, wo Anna Seghers sehr genau und realistisch von Trümmern, kaputten Fabriken und vor allem engsten, katastrophalen Wohnverhältnissen erzählt, lagert in der Lesenden genau diese Wohnverhältnisse, die Überzahl von Menschen in einem einzigen Raum. Wie eine Wand steht die zugewachsene Erinnerung als Abwehr auf. Eine einzige Abwehr erfasste die Lesende. Stark, anhaltend, als müsste sie bei jeder Seite mit ihrem Kopf gegen die Wand rennen.

Kann das Mozartsche Requiem im Dom dieses unsägliche Leseerlebnis schwächen, ins Nichts befördern? Nein, die Gesamtverwahrung in der Verwandtenliebe kann Lesru nicht aus ihrer Verdammnis erlösen, es muss dankend abgelehnt werden, was so freudig und friedlich angeboten. Mittagsschläfchen hier, Kaffee trinken hier, erlaubte Zigarette auf dem Balkon, um dann gemeinsam, Jung und Alt über die noch herbstliche Wiese zum S-Bahnhof Hirschgarten zu gehen.

Das erste große Konzert in Berlin erlebte die Jüngere auch zwischen den älteren Schultern im Metropol-Theater, wo das BSO ein Symphoniekonzert spielte, das der Onkel, auch in der Musik zu Hause, der sich auf jedem Gebiet außer in der moderneren Kunst, häuslich eingerichtet, nicht versäumen wollte. Als Vierzehnjährige wurde sie damals, als Puffers ohne Getöse, aber mit Elan nach und in Berlin eingezogen waren, sogleich mit ins Symphoniekonzert mitgenommen.

So müssen diese beiden am vorzüglichen Esstisch gegenüber den dunklen, fast blattlosen Eichen, belogen werden. Dieses: "Danke, aber ich kann heut nicht mitkommen", entspricht noch der Wahrheit, es hinterlässt keinerlei Rest sowie Beschwerde, aber das Folgende, der dicke Hund der Lüge: „Wir schreiben morgen eine Lateinarbeit, und wahrscheinlich auch eine Mathearbeit", ist ebenfalls nicht gelogen, wohl aber als dicker Hund vorgeschoben. Denn sie selbst hat bisher mit keinem Gedanken die morgigen Hauptaufgaben berührt. Ins großmaschige Netz der Unwahrheit fiel sie beim besten Mundbissen, wohl bekomm's. Ein Rückzug, der sogar weiter schwächt. Die Vorstellung von einer fleißigen Studentin, die ihre Studien ernst nimmt. Nichts dagegen zu sagen, nur ein trauriges „schade". Sich einfach gehen lassen, das schöne Angebot annehmen, das Nächstliegende tun, anderen eine Freude machen, dafür ruhig ein anderes Angebot verschieben, das zu tun ist Lesru ebenso unmöglich zu tun wie die wahre Begründung laut werden zu lassen. Wenn man permanent wie von der Tarantel gestochen

wird, windet man sich. Das graue kurzsichtige Auge des Gesetzes sagt noch einmal "schade". Der die weiblichen Esswesen überragende Mann und Geheimniskrämer am Tisch sagt etwas Interessantes über die alten Sprachen. "Ich habe den Tacitus noch im Original lesen gelernt, und auch Platon in Altgriechisch und muss sagen, dadurch habe ich einen echten Zugang zu dieser Geschichtsperiode erhalten, es sind Sprachen, die das Wesentliche viel besser ausdrücken, als unsere modernen Sprachen." Gern hätte Georg weitergesprochen, aber ein Blick aus dem Hinterhalt einer schwebenden Gabel in der Luft lässt ihn brav schweigen. Das große Geheimnis, die beantragte Schiffsreise nach Kuba, darf unter keinen Umständen vorzeitig in die Hauszeitung der Verwandten gesetzt werden, zumal der Antrag in einer höchsten Stelle zur Genehmigung vorliegt und es jederzeit, wie ein trockener Traum vom Winde verweht werden kann.
Sprachen aber sind für Lesru, außer dem ehrwürdigen Latein und dem lustigen, luftigen Russisch formal immer an Lehrer gebunden, sie hatten sich als persönlichkeitsbildende ineinandergreifende Wurzeln nicht, noch längst nicht, in ihr Bewusstsein gegraben. Man lernt sie, weil man muss. Wie Bretter, in die Löcher zum Kennenlernen hineingebohrt würden. Deshalb kann sie über den Professor Onkel nur staunen.
Ich habe einen Vielleicht-Freund, auf der Straße kennengelernt, einen angehenden Tierarzt, ihn besuche ich heute Nachmittag in seiner Studentenbude, deshalb kann ich heute nicht mit ins Konzert gehen. Weshalb aber ist das zu sagen unmöglich? Eine schöne Frage.

88

Franz öffnet selbst die Flurtür und Lesru wird von einem schwarzen Rollkragenpullover mit Wuschelkopf umfangen, in eine Flurumarmung hineingepresst, dass sie lächeln muss, noch nicht „Guten Tag" gesagt, und

gleich so was. „Aber Franz, ich muss Dir doch erst ..." Schon verschluckt und auf den Hals geküsst.
„Ist Deine Wirtin nicht da?", das kann in der Wirrnis gerade noch ins Herz der Dinge geflüstert und seine Ja-Antwort mit Vorsicht und minimaler Erleichterung aufgenommen werden. Es geht jedoch heiß, heißer, am heißesten im Zimmer des Vielleicht-Freundes weiter, Mantel ausgezogen, hingeworfen, sodass Lesru gar nicht zu Worten kommt, und sich ein striktes Achtungsgebot vor sie stellt. „Achtung, Achtung, hier spricht die Deutsche Volkspolizei, lassen Sie sich nie mehr mit amerikanischen Staatsbürgern ein!"
„Aber Franz, Du bist ein Wildgewordener, hast Du eigentlich Geschwister und was machen denn Deine Eltern in Bad Liebenwerda, erzähl doch mal etwas über Dich, ich weiß so wenig über Dich."
Im sanften Ton der Lebenskorrektur gesagt und mit etwas Anderem im Mund, als gewöhnlich bei einem Kussanfall gebraucht wird, mit einer lebenswichtigen Zigarette, die die Situation sofort im Zimmer vernebelt, also aufklärt. Es erscheint Lesru, als herrschte in diesem schmalen, mit Bett, Schrank und Hochschreibtisch voll gepflanzten Raum eine geheime Übereinkunft mit ihr, eine Art Übereinstimmung, die Dinge des Lebens in ruhiger Weise anzusehen, sie beim Namen nennen zu können und zu müssen, und deutlich spürt sie jetzt, wie ihr das Zimmer zunickt. Es will da - sein und nicht von einem wild gewordenen Mann missachtet und an den Rand gedrängt werden. Während Franz sich über den Qualm ärgert und einen Aschenbecher auftreiben muss, vereint sich das rauchende Mädchen mit den stillen Wänden, mit der schäbigen Alttapete, grüßt die Alttapete und den hoch aufragenden Bücherstapel. Endlich fällt Berlin von ihr ab, auch die Notlüge, die sie auf dem Weg bis zu Franz immer wieder gelöchert und gepiesackt hat, bleibt draußen beim Fußabtreter zurück. Sie fühlt sich plötzlich so frei, frei auch von jeder "Entscheidung" und Lesequal. Es ist alles herrlich, ja, wenn er mit dem

Aschenbecher aus der fremden Küche zurückkommt, wird es vielleicht unendlich schön sein.
Mit hochrotem Kopf, mit abgedrückter Raucherverachtung erscheint Franz in der Tür, eine verrostete runde Blechbüchse, eine ehemalige Sarotti-Schokoladenbüchse, Vorkriegsware, in der Hand haltend, „hier kannst Du rauchen, bis Du schwarz wirst".
„Wie ist es Dir in der Woche ergangen, Franz, hattest Du viel zu tun?" Noch eine Frage. Es gibt keinen Korbtisch, keine Korbsessel, es gibt, wie es sich plötzlich zusammenrechnen lässt, nur ein breites Bett an der Tapetenwand, die Lesru schon kennt und soeben kennengelernt hat, einen Schreibtischstuhl und sonst nur Stehraum.
„Wo isst Du denn, wenn Du hier bist?" Noch eine Frage. Franz steht im Bann weiblicher Anziehung mitten im Zimmer, er besitz keinen Platz mehr in seinem Zimmer, er fühlt sich rausgeworfen und verarmt. Mit jeder neuen Frage von diesem seltsamen Mädchen zerbröckelt sein Liebes- und Leibesdrang. Das ist widerlich. Lesru hat sich vorsichtig auf die Bettkante gesetzt, weil sonst kein Platz in der Herberge, und an den Schreibtisch will sie sich nicht schon wieder setzen wie vorigen Sonntag.
„Ich habe mich so doll auf Dich gefreut, ich konnte an gar nichts anderes mehr denken, ich konnte auch nichts lernen", das kniet Franz vor der Sitzenden, die aufpassen muss, Franz nicht Asche aufs Haupt zu streuen. Es rührt sie an, es rührt sie sogar sehr an, es ist einen Augenblick unendlich schön in Berlin. Jetzt kommt's, denkt Lesru, jetzt wird er mir sagen, wo er in diesem Zimmer isst.
„Ich sehne mich so sehr nach Dir“, spricht es aus Kniehöhe und Lesru fühlt sich nicht nur umgarnt, sondern umfasst.
„Aber ich bin doch da", lacht sie, „wie kannst Du Dich nach mir sehnen, wenn ich da bin". Dies ist für den liebesstarken Hecht im Karpfenteich ein tolles, entmutigendes Stück, und er muss einen Schritt weitergehen und fragen: „Hast Du noch nie einen

richtigen Mann gehabt, mit ihm geschlafen?" „Ich habe immer allein geschlafen“, erwidert Lesru, denn sie weiß nicht, was er eigentlich meint und außerdem hat er keine ihrer Fragen beantwortet.
Diese, Lesrus Auskunft, pfercht den Pfercher noch enger ein und er freut sich auf seinen Schatz. Dacht ich mir’s doch. Er legt seinen starken Pulloverarm um sie und küsst sie zärtlich auf die Wange, dann aber dorthin, wo ein ordentlicher Kuss hingehört, seiner Erfahrung gemäß, längst nicht mehr kniend, sondern sich auf seinem wüsten Lager ausbreitend, sodass Lesru denkt, ja, das Bett gehört ihm und nicht mir. Sie will nicht in die Liebes- und Leibesszene eintreten, die sie in Filmen reichlich gesehen hatte, in die Umarmungen, erst muss doch ein ordentliches Gespräch stattfinden. Warum will Franz denn nur So was. Das So was ist fremd und erstickt ihr Mitdenken.
Deshalb gleitet sie aus der horizontalen Zwangslage und sagt herzlich bewegt, „und nun erzähl mir etwas von Deinen Geschwistern und von Liebenwerda, und wo isst Du in dem Zimmer oder bei der Wirtin in der Küche?" Krabbl krabbl Käferchen, dein Vater ist ein Schäferchen, Franz stockt und schnaubt, er muss die schöne Arbeit beenden, bevor die Sonne aufgegangen. Aber er empfindet ein anderes Vergnügen, jenes tiefere, das ein komisches natürliches Wesen verursacht, wenn es, es selbst ist. Das Mädchen kitzelt sein Herz.
Er setzt sich wieder neben sie, was doch etwas dumm und dämlich erscheint und sagt: „Dort esse ich, am Schreibtisch, da habe ich ein Tablett, Platz genug zum Essen. Befriedigt?" Seine Stimme klingt unschuldig und gut, tief wie das Blöken eines Ziegenböckchens, also nicht ganz tief. Er streicht sich selbst über den Kopf, streichelt sein eigenes schwarzes Lockenhaar, eine fahrige Bewegung und schaut gebannt auf Lesrus braune Halbschuhe am Bettrand.
„Darf ich Dir die Schuhe ausziehen", fragt er anheimelnd, und beginnt, ohne auf die Antwort aus Sibirien zu warten, an dem Schnürsenkel zu nesteln, mit

einem Griff. Das ist seltsam, so von unten begrüßt zu werden. Lesru spürt jeden Finger an Schuh und Bein, das ist etwas Bedeutungsvolles, denkt sie und vage an irgendwelche Fußwaschungen. Er hat mir noch immer nichts von sich erzählt, aber sie sagt etwas ganz anderes:
„Bei meinen Verwandten, sie wohnen in meiner Nähe, ist es üblich, dass keiner Hausschuhe, Latschen oder Pantoffeln trägt. Das ist unfein. Onkel und Tante tragen feste Schuhe im Haus, wie sie sie früher in fußkalten Häusern getragen haben. Außerdem passen Latschen oder Pantoffeln nicht zu den Herrschaften. Sie sagen auch, wenn sie nach dem Mittag keinen Mittagsschlaf sich genehmigen und mit dem Besuch stattdessen spazieren gehen wollen: „Der Mittagsschlaf wird durch stramme Haltung ersetzt."
Franz ist verblüfft und beeindruckt. Nun sieh mal an, aus solch einer Ecke stammt die Madame.
„Meine Eltern sind nicht feine Leute. Mein Vater ist Hausmeister und (was verschwiegen wird, war in sowjetischer Gefangenschaft, er hatte an den reihenweisen Erschießungen von Juden teilgenommen, was er seiner Familie verschwiegen und somit sich selbst untersagt, zu sagen) meine Mutter ist angestellt in der Wäscherei, Geschwister habe ich keine." Trostlos und trocken, seine Auskunft. Im Profil sieht Lesru genau sein Gesicht, seine hängende Schulter, die eben noch wie eine Mauer aussah, seine großen kraftlosen, sich reibenden Hände, die eben noch Sanfttatzen waren, seine an die Türwand starrenden Augen, die kräftige Fleischnase, die sich ins Leere bohrt, und sie empfindet einen Augenblick Mitleid mit diesem Abgelösten. Wieder einer ohne Geschwister, einer von den Unberechenbaren. Sie fühlt sich gleich wohler und angenommener von Menschen, die mit Geschwistern aufgewachsen waren und ihre Erlebnispalette mit ihnen in sich tragen.
„Ich habe noch drei ältere Brüder", das muss sogleich hingepflanzt werden in den Pflanzraum und wie zur

Bestärkung, nach einer weiteren Zigarette gegriffen werden.
„Du rauchst aber viel." „Und wie willst Du leben, Franz, wenn Du mit dem Studium fertig bist?“ Und, weil es etwas unbequem, wenn nicht gar langweilig, sogar ausgesprochen stillständig ist, sagt Lesu, „Wollen wir nicht ein bisschen raus gehen oder in ein Café?" In ein passendes Café gehen, rauchen und sich über die Kunstauffassungen der Partei unterhalten: Über die Verdammnis, Aburteilungen vieler berühmter Künstler der westlichen Welt ohne sie überhaupt gesehen bzw. gelesen zu haben. Einfach, simple Urteile über Satre, Hemingway, Picasso, Strawinsky zu fällen. Und damit ihre Anziehungskraft auf junge Menschen im steril gewordenen Kunstleben der DDR zu erhöhen, geradezu heraufzubeschwören. Das hätte Lesru so gern mit diesem, einen Studenten erörtert. Das liegt ihr auch am Herzen, das bietet sich doch an, wenn man einen älteren Studenten zum Freund hat, der außerhalb der ABF lebt. Vielleicht sogar etwas Neues vernehmen von jenen westlichen Künstlern, etwas von ihrem Leben womöglich, dieses herrlich blühende Feld, lockt das Mädchen im weißen Kragenpullover und der eleganten braunen Trevirahose mächtig aus der Bude in ein angenehmes Lokal.
„Wie findest Du die DDR-Kunst und diese Aktion "Greif zur Feder Kumpel!“ und den "Bitterfelder Weg?" Das platzt förmlich in die bewegte Stille, die so still nicht ist, denn es fahren einige Autos auf der Straße vorüber, durch die entkitteten Fensterscheiben, und im Wohnhaus geräuschen sich auch Lebenszeichen, ferne Radiomusik und der Sonderklang des RIAS zur Nachrichtenzeit, alles da und sehr fern. Lesru aber fragt, weil sie zum Eigentlichen auch kommen möchte, nicht nur zum Liebeempfangen. Es ist nicht leicht, dieses Blümchen zu pflücken, denkt Franz und an seine übrig gebliebenen 20 Mark, mit denen er noch eine Woche wirtschaften muss. Er erhält keinen Pfennig von seinen Eltern zur Unterstützung, die sich, nebenbei

gesagt, auch nicht bestens verstehen. An der Tür steht Franz, kräftig und unfroh, er schaut auf Lesrus leere braune Halbschuhe neben dem Bett, sie sehen so seltsam aus, so anzüglich und verlockend, dass er ins Strömen gerät und sich keine Gewalt antun will. Schließlich tut sich dieses Mädchen auch keine Gewalt an und plappert die seltsamsten ungehörtesten Dingfragen. „Ich will Dich küssen", sagt er und wirft sich über den in einem passenden Café sitzenden Mädchenkörper mit Bravour. Last und Erschwernis, Küsse am Ohr und sonst wo, Arme, aus denen sich Hände herausspreizen, als sei etwas zum Anfassen und Greifen da, Hände, die einen Nagel in die Wand schlagen können oder Kohlen für die Wirtin herauftragen. Diese Hände tun etwas sie selbst Entfremdendes, denkt das Mädchen und rutscht an die Wandkante des sich verwundernden Bettes. Er rutscht nach, und weiter geht's nicht, also wieder zurück in die Bettmitte. Rutschen. Auf seiner harten Stirn bilden sich Schweißtröpfchen, das Brillchen aber lagert verrutscht oberhalb ihrer Köpfe und schreit wie ein hungriger Säugling nach der Mutterbrust.
„Mein Brillchen, zerdrück ja nicht meine Brille, ich sehe dann eine andere Welt", das muss energisch und niedergehalten von allem, ängstlich ausgerufen werden.
„Ich bau Dir ein Haus in einer schönen Flusslandschaft", flüstert Franz in Lesrus ungeschützte braune Augen und umfasst ihre Brüste unterhalb der Oberkante des kragenweißen Pullovers. Lesru glaubt, nicht richtig gehört zu haben. Der Mann baut der Frau ein ganzes schönes Haus in einer Flusslandschaft.
„Aber das dauert ja noch lange, bis ich dort einziehen kann." Ein neuer Gedanke, eine neue Vorstellung, die so viel Entspannung und Glück und von ganzweit das Gefühl vorgaukelt: Ja dort werde ich zu mir selbst kommen, in einem Haus in einer schönen Flusslandschaft werde ich das Zerrissensein, Zerstörtwerden von Berlin verlieren, o, der ganze volle Lebenstag wird mir gehören, und dieser Franz wird nur

abends von der Arbeit kommen, irgendwie wird es schon gehen, auch wenn er von Kunst nichts versteht. Peng.
„Nein, lieber nicht, Franz, ich kann heute nicht Deine Frau sein." Musste mit dem kostbaren Brillchen im Sichwiederaufrichten gesagt werden, eingebettet mit dem Zusatz „sei mir bitte nicht böse“. Die Haare lassen sich streicheln, dieses schwarze kräftige Lockengewirr. „Lass mir noch Zeit."

89

Im Hochgefühl, das im Vorfeld ein Ereignis von Weltrang, zu dem man unterwegs ist, auslösen kann, steigt Lesru an einem der nächsten Stadtabende aus der S-Bahn im Bahnhof Friedrichstraße, nicht ohne einen verächtlichen Blick auf die Weiterreisenden zum Bahnhof Zoo, die vermeintlichen Kinogänger zu werfen. David Oistrach spielt in der Staatsoper, und ihr Idioten setzt euch in irgendeinen Schlauch. Obwohl sie nicht weiß, ob sie noch eine Stehkarte für den vierten Rang in der Staatsoper ergattern kann, rechnet sie fest damit, denn die Dame in schwarzen Stöckelschuhen, Nylonstrümpfen aus dem Westen und einem rot-schwarzen eng anliegenden Seidenkleid, ist berauscht.

Geführt und geschoben von ihrem abwesenden Freund Franz, einer Antriebshilfe, einer Lebenshilfe auf Schritt und Tritt, die sich schon am nächsten ABF-Morgen bemerkbar machte im etwas sicheren Auftreten und Gebaren als sonst. Zu ihrer Verwunderung konnte sie ihren Kommilitonen direkt ins Auge sehen, sogar lange. Welch ein neues Erleben! Sie saß nicht mehr solo im Klassenraum, sie näherte sich auf einmal den Gepaarten an, den jungen Eheleuten, sie sah neben Grit einen Ehemann sitzen, neben Bärbel Nahe einen anderen Mann, und Rosalka Klar schlief sowieso jede Nacht in den ganz starken Armen ihres Verlobten. „Meiner" ist aber noch stärker, das musste sogar früh bei der Begrüßung gedacht werden. „Meiner", das war so herrlich neu und Stadt erneuernd, dass sich Lesru erst recht von der speziellen Aufregung der IV. Berliner Festtage anstecken ließ und den Vorschlag Barbara Kloß, es an der Abendkasse mit einer Stehkarte zu versuchen, ohne zu zögern, annahm.

Wenn die Besten der Welt in die Stadt kommen, in den Osten Berlins wie David Oistrach und Paul Robeson, von dessen Konzert Bärbel und Grit am Morgen und Mittag des heutigen Tages so begeisternd erzählten, dem schwarzen Folklore Sänger aus den USA, von dem zum Gesang erhobenen internationalen Solidaritätsgedanken gegen den Imperialismus, vom zum Gesang erhobenen Friedensgedanken mit nicht enden wollenden Beifall, mit Ovationen, dann wird ein junger Mensch nicht nur angesteckt, sondern gleichsam mit zusätzlicher Energie beladen. Hurra könnte man schreien, wir sind nicht allein, wir sind mitgeliebt, anerkannt, wenn solch ein dunkelhäutiger amerikanischer Sänger zu uns kommt und die Berliner nach einer Karte fiebern. Das hebt sich gewaltig ab von den Kleinkonzerten der "Stunde der Musik" in den Städten und Dörfern, wo Karten und Plätze sicher waren. In Berlin gehört die Angst, etwas Weltbewegendes zu verpassen, dazu und zum Leben.

So ist Lesru, die am Ausgang des Bahnhofs Friedrichstraße endlich nach rechts zu den "Unter den Linden" abbiegen kann, doppelt berauscht und angehoben: von dem Wort „meiner" und von der leibhaftigen Nähe David Oistrachs. In der Oktoberdämmerung geht's schnurstracks vorwärts, unter den Straßenlampen müssen wegen des engen Kleides und der Absatzschuhe nur kleine Trippelschritte gemacht werden. Unangenehm, dass man nicht losstiefeln kann. Weil Franz immer nur das Eine wollte, aus seiner Bude nicht herauszubekommen war, - es sei denn bis zum Schuppen im Hof, wo sein blinkendes

Motorrad traurig und allein und nur zum Bewundern da stand – fehlt, er Lesru auf der von Westberliner Autos mit dem Kennzeichen "B" bevölkerten Friedrichstraße bis zu den Linden auch nicht. Wie kann etwas fehlen, das nicht vorhanden ist?

Die Ostberliner Autos schleppen ihr "I" auf den kleinen weißen Schildern, sie sind in beiden Verkehrsrichtungen in der Minderzahl, sodass sich Lesru, weil sie sich von sich selbst weit entfernt hat, ordentlich darüber aufregt. Tun so, als seien sie hier zu Hause, machen sich überall breit, die Westberliner, überall, wo du hinguckst, ob am Müggelsee oder in der Ackerstraße, stehen sie, in jedem teuren Lokal, kannste Gift nehmen, sitzen DIE und fressen uns das Teuerste weg. O jemine, Lesru trippelt auf dem tiefen Neidweg Unter den Linden und wundert sich in diesem engen dunklen Schacht, warum sie sich noch gar nicht auf das Konzert freut. An den schönen alten steinquadrigen Gebäuden wie der Staatsbibliothek vorübergehend, im Beleuchteten, am lustvollen "Kommode" genannten Gebäude, sich der Humboldt-Universität schon nähernd. Jedes Haus Unter den Linden ist ein eigengesichtiges Gebäude, das kleine Menschen unweigerlich größer machen will. Hier steigert sich ihr deplatziertes Fremdgefühl in Hass - (hurra!) - gegen diese reichen Westberliner. Sie, die Protze und eleganten Damen aus den Illustrierten, die Frau Kleine von der Nachbarin geschenkt bekommt, werden sogleich in Ballung im Foyer der Staatsoper wieder ansichtig sein, ausgeruht mit übergeschlagenen Beinen da sitzen und auf die Ostberliner herabsehen. Diese Schweine denkt Lesru sogar Finster. In der ersten Reihe werden sie sitzen, im ersten Rang Mittelloge und mit ihren Blicken soviel Distanz und Unflat verspritzen und verteilen, dass du dir im eigenen Hause, in der Staatsoper fremd, deplatziert und geradezu geduldet vorkommst. Die Macht der Westberliner gegen uns DDR Bürger, das muss gedanklich ausgebreitet werden; nur wundert sich

Lesru, als sie die Fahrdämme zur Staatsoper überquert, nicht vor der schönen anmutigen Staatsoper zu stehen, sondern eine Etage höher, mitten im luftleeren Klassenkampf angekommen zu sein. Der Augenkampf der Blicke hat begonnen, also Anstellen an der Abendkasse, wo eine lustige Schlange von Jung und Alt in wenig exquisiter Kleidung lebt und atmet. Welch Labsal! Sofort reiht sich Lesru ein, reiht sich in den Klassenkampf, der per Augen und per Nase betrieben wird, denn die Westberliner, Reichen duften aus Paris und orientalischen Geruchsküchen. Auch das noch. Ja, Franz ist weit, und warum er weit entfernt ist, und Lesru hier allein im schönen Foyer der Staatsoper, das wäre doch zu ergründen gewesen in erster Linie. Dass sie beide möglicherweise nie und nimmer zueinanderpassen, dass sie eine Notgemeinschaft eingegangen sind, das wäre doch zu erörtern gewesen, das täte doch Not, zu denken. Aber, aber stattdessen mischt sich Lesru mit Haut und Haaren unter das Ostberliner Volk, mischt sich mit den Niederen gegen die in Abendnerzen und Abendgarderoben hereinstolzierenden Westberliner Damen und Herren, die die jetzt noch an der Kasse stehenden Leute keines Blickes würdigen.

Franz, der liebenswerte Pauker, aber wird wieder zum Vorscheinen gebracht, zur Anwesenheit durch einen netten Blick eines unbekannten Studenten im dunklen Pullover hinter ihr, dankbar angenommen, sodass das Gezeter auf die Westberliner abbricht. Auch der lebhafte Wunsch im Café im Foyer noch einen Kaffee zu trinken, an den zierlichen Wiener Tischchen eine zu rauchen, sich ganz und gar beschlagen zu lassen von dem großen Ereignis, verschwindet. Mit Franz im Hintergrund hat es Lesru nicht nötig, sich öffentlich zu präsentieren. Mit Franz im Hintergrund ist das ganze Leben verändert, und das muss gehörig erforscht werden. Vorsichtig beobachtet sie die Zweisamkeit ankommender Paare, die ihr alsbald langweilig

vorkommen. Meistens sieht sie männliche vorausblickende, leitende Augenstellungen und verwirrte oder sehr selbstbewusste Frauenblicke. Nicht solche, die sie am liebsten gesehen hätte: Menschen, die sich so intensiv miteinander unterhalten, dass sie nicht merken, wo sie sich befinden, die sich quasi in das Foyer der Staatsoper hineinsprechen, aneinander klebend, das schöne strahlende Haus betreten.
Es gibt tatsächlich noch eine Karte im 4. Rang, einen Seitenplatz und für die nachfolgenden Wartenden auch noch Restkarten. Das bringt das Mädchen in die Realität des David Oistrachs Gastspiel zurück. Denn sie war abwesend und selbstbezogen gewesen, dauernd fühlte sie Franz um sich. Statt Franz nun also Ludwig van Beethoven. Ein Programm wird gekauft, das flach in der Hand liegt.

Es muss nun freilich eröffnet werden, während sich Lesru zur freundlichen Garderobenwelt hinter den Empfangstischen für Mäntel, Umhänge, Regenschirme, Überschuhe und Taschen begibt, dass sie ein eigenes Verhältnis zur Musik besitzt und dennoch von der bekannten berühmten Musikliteratur so gut wie keine Ahnung hat. Obgleich durch den theoretischen Teil des Musikunterrichts an der Musikschule vorgebildet, im Stegeunterricht an einige große musikalische Werke im Babyschritt herangeführt, blieben ihr die weltberühmten, immer gespielten Werke mit sieben Siegeln verschlossen. Die Musik ist ein Augenblickserlebnis, ein Hochhinaufgefahrenwerden, ein außerirdisches Leben. Ihre Formen, ihre einzelnen Bestandteile aber versteht sie nur als Geigenschülerin, einstimmig. Denn ihre eigene Musik ist essenzieller Art, sie strömt aus ihr heraus, notenfremd, papierfremd, ein eruptives Gebläse, das ihrem Überleben zu dienen hat und vielleicht doch die ursprünglichste Art des Musizierens ist.

Franz hat sich verflüchtigt, er ging die mit roten Teppichen ausgeschlagenen Treppenaufgänge nicht mit herauf. Eine Freude fehlt, im allgemeinen Summton großer Erwartung, im allseitigen Hin- und Herblicken im ganzen Haus. Mein rechter Platz bleibt leer, ich wünsche mir das neu erbaute Leipziger Opernhaus her. Dieser aus gelbem Sandstein erbaute große Theaterbau wird übermorgen eröffnet, David Oistrach spielt und Wagners "Meistersänger" in der Regie von Joachim Herz eröffnet den großen Reigen kultureller und künstlerischer Höchstleistungen in Leipzig. Für die DDR. Diese Freude nimmt an Lesrus Seite Platz und erfüllt sie. Sie wird gebraucht, weil Franz fehlt.
Musik ist nicht beschreibbar.

Wer nicht aus Erz beschaffen ist, verliert bei den ersten Volltakten Mozartscher Musik seinen Verstand, seine Augenverbindungen zum unbekannten Nachbarn, verliert seine Anreise zur Deutschen Staatsoper aus dem Gedächtnis, verliert permanent seine Hülle, die Schuhe beginnen im Rang zu kreisen, an ebensolche ausgezogenen Schuhe und Pantoffeltiere zu stoßen, der Daumen des Nachbarn erhält plötzlich eine überdimensionale Größe, ein unterdrückter Hustenreiz einer Dame erhält reihenweises Mitleid, die Platzanweiserin im vierten Rang öffnet noch einmal kurz die Tür und lässt eine Geschundene blitzartig ein, und schließt man die Augen, wird all das Einzelne, einzeln Gesehene zu einer unsichtbaren Masse, und die Musik kann endlich Besitz ergreifen von den Lebewesen. Weil man aber noch längst nicht wirklich vor dem Auflösungsstand Musik angekommen ist, öffnet man vorsichtshalber noch mehrmals die Augen, andere sind jedoch schon in Auflösung begriffen, und was man nunmehr sieht, ist abstoßend, erschreckend: Köpfe, Haare, gegenüber die Sitzenden mit dem weißen Programmheft auf den Schößen, der halbdunkle Raum mit dem ausgeleuchteten Orchester, man möchte sich noch nicht verlieren und denkt an die erstklassigen

Musiker der Staatsoper und an seinen berühmten Dirigenten; wenn das eintritt, hat man einen Teil der Musik und ihrer Reichhaltigkeit schon versäumt, es ist alles zu Ende. Die nötigen Lebensbegriffe wie Zeit, Warten und natürlich Überlegen kennt die Musik nicht. Entweder man verliert sich oder man sitzt als ein unglückliches Gerippe neben seinem Nachbarn.

Und wenn man wie Barbara Kloß mit ihrem Verlobten im zweiten Rang der Spielstätte in der Mitte zweite Reihe sitzt, wo wie in jedem Rang eine andere Atmosphäre darauf wartet, von den Zuhörern gefüllt zu werden, wenn man also Orchester und den Solisten voll angesichtig sehen kann, dann findet das Verstand verlieren nur ruckweise und vielleicht nie vollständig statt. Das Arbeiten des Dirigenten und seiner Orchestermusiker verhindert das wichtige Entrücktwerden, die eigene Auflösung, man hält sich selbst in Distanz und in Distanz zu den Agierenden. So ergeht es auch Barbara Kloß, die vergeblich nach Lesru Ausschau gehalten hat. Sie sitzt lächelnd im gelben Hochzeitskleid neben ihrem schwarzen Anzug und bereitet sich auf David Oistrach vor. Ihn, den kleinen korpulenten Geiger aus Odessa will sie sehen! Und Mozart, der im Wiener Armengrab Versenkte, sollte nun machen, dass er fertig wird. Und sie sieht, dass auch andere im 2. Rang Mitte sich nicht von der Stelle rühren und auf das ungleich größere Ereignis warten. Sie blättert im Programm.

Weil aber die Staatsoper ein Lusthaus ohnegleichen ist und man nicht nur nebeneinander, sondern auch übereinander sitzt, sich gegenübersitzt, brodelt das ganze bespielte und in Mozartsche Lust getauchte Haus in anmutigstem Vergnügen. Die Zuschauer und Zuhörer entbehren nicht im geringsten ihre eigenen vier Wände, ihre häuslichen Nachbarn, nicht ihre oft gebrauchte Bratpfanne und auch nicht ihr Bett, ein großes Vergnügen hat sie allesamt erfasst, gleich, in welchem

Auflösungsstadium sich jeder Einzelne befindet, das sich noch von Minute zu Minute steigert, das sie alle zusammenhält und zu Mitproduzenten des Konzerts werden lässt. Das glücklich Aufgelöste, das Abgelöste ihrer Persönlichkeiten, wird kraftvoller denn je zurückkehren und sich Platz verschaffen.

Der Beifall! Wie rau, eintönig hart, jedem musikalischen Leben den Tod bringend, klingt der Beifall, das Wiederaufleben und die Wiederkunft der zurückgedrängten menschlichen Substanzen, ein greller klatschartiger Klang aus allen Stufen des Hauses. Dringend. Erschreckend. Ein ordinäres brausendes Händegetöse, durchdrungen von einzeln hörbaren Bewunderungspfiffen, und, was nach David Oistrachs Konzert sich noch zum Fußgetrampel aus den oberen Rängen steigern wird. Auch Lesru klatscht mit, ohne sich des Abgrunds bewusst zu werden, über den sie soeben geflogen war. Aus der ganzen Mozartschen Schönheit war eine musikalische Darbietung und Arbeit geworden, für die man sich anständig bedanken kann, beim Dirigenten, dem Kapellmeister und anderen Musikern der Staatskapelle. Ein Abriss entstand und eine Neuorientierung ist notwendig.

Es darf auf der neu entstandenen Flüsterstraße geflüstert und gehustet werden, im Programmheft, falls nötig, nachgelesen, wann das Violinkonzert Beethovens entstanden war, wer es wann uraufführte, wie alt der Komponist, der gehörlos werden sollte, welch furchtbare Strafe für einen Komponisten, wie alt er war, als er diese Komposition geschrieben hatte. Man kann, nachdem man doch mehr oder weniger innerhalb der Mozartschen Beflügelung, die Staatsoper verlassen hat, schier abrupt wieder ein Lesender zu werden.
Ein Lesender im Hexenkessel der eben noch entfesselten Hände, kein guter Leseplatz. Fast gewaltsam muss man sich wieder vom Nachbarn trennen, von den Vorder- und Hinterköpfen, von den

Knien und Ohrringen, zu denen man doch gerade erst Kontakt wieder aufgenommen hat, nach herrlicher Abwesenheit. Ein Zwischenzustand ist erreicht, in den die Vorfreude auf den berühmten Geiger sich einnisten will und soll, zumal unten im Orchester schon einige Notenständer gerückt werden, ein Steh- und Lebensplatz für David Oistrach zurecht gemacht wird. Überhaupt: Jetzt wird EIN MANN, EIN KÜNSTLER kommen. Nachdem alle Einzelnen im ausverkauften Kunsthaus untergegangen sind.

Mit Lesru können wir unsere Beobachtungen nicht fortsetzen. Sie sitzt in der Klemme und denkt, weil sie den großen Bogen zum Weltbesten auf dem Instrument Violine und sich selbst, ihren Stümpereien auf der beleidigten Geige nicht ziehen kann, an die unbekannten Privilegierten im ersten Rang Mitte, in der Königsloge oder ebenfalls nicht einsichtbar, an die unbekannten Zuschauer im Parkett auf den teuersten Plätzen. Sie denkt an die Unbekannten, die es angeblich besser haben, als sie selbst, weil sie zusätzlich von ihrer Erinnerung an einen Besuch in dieser Staatsoper gepeinigt wird. Mit dem amerikanischen Dozenten Dr. Jerry Toms aus dem Großlügenland saß sie vor zwei Jahren im dritten Rang in "Der fliegende Holländer".
Mit kühler Hand an ihrem Hals vorüber griff er in ihren Busen. Mitten beim Spiel, mitten in der Musik, mitten im Gesang Sentas fingerte der Amerikaner zwischen ihren Brüsten. Das muss während des allgemeinen Sichentspannens, das schon wieder eine Konzentration auf die nächste Fortführung ist, gedacht, verdrängt und zu den Privilegierten gesetzt werden: Guten Tag Herr Staatssekretär, Guten Abend Herr Friedrich Luft, Guten Abend Herr Botschafter aus Moskau.

Eintausendvierhundertvierzig Menschen sitzen an diesem Abendtag in der Deutschen Staatsoper, sie sitzen nebeneinander, übereinander, sich gegenüber,

und sie können ihre hochteuren Frisurköpfe und dunklen Anzüge recken, soviel sie wollen, sie versinken alle in der Menge. Die Masse löscht das Individuelle aus. Die teuren Garderoben, Ringe und Edelsteine, Ketten und wohlriechenden Parfüms. Alles muss eingetauscht werden gegen einen Platz in der Menge auf rotem Samt, muss sich funkelnd oder nicht, unterordnen unter einen einzigen Gast, der sie nicht beachtet, nicht ahnt, welch reizende Blicke mit seinem Auftreten verschwinden müssen. Scheinbar gern lassen sich Alt und Jung, reiche Westberliner wie arme Ostberliner, Damen und Herren, Männer und Frauen, Mädchen und Jungen aus ihren Hüllen und Nebensächlichkeiten entfernen, fast widerstandslos einem untersetzten kräftigen Mann mit Geige und Bogen in der Hand, ihrer Individualität entkleiden, zuführen. Sie berauschen sich ob ihrer Weggabe und Hingabe an diesen Einen mit Ovationen, auch für den Zweiten, Franz Konwitschny, den Dirigenten, der beim vorigen Stück der Erste gewesen war. Dass der Mensch der Masse sich so offen und gern hingibt, seinen Partner verlässt, einem internationalen berühmten, einem Weltstar, zujubelt, erweckt wird aus seinen Niederungen und die Kluft von seinem eingedrückten Taschentuch zu diesem Mann auf der Bühne, zu einem Meister, nur mit Beifall überdrücken kann, mit Begeisterung sich selbst vergessend, das ist schon etwas unheimlich.
Ein anderer Künstler hätte vielleicht die Hand erhoben und gefragt: Warum jubelt ihr mir zu, ihr kennt mich doch gar nicht! Warum entfernt ihr euch so blitzartig von euch selber? Euch geht’s wohl nicht besonders? Ihr findet in euch nur Saures, ihr schreit um Hilfe und wollt erhoben werden. Ich interpretiere doch nur Beethovens Geist, und ihr macht einen Aufstand. Hitler habt ihr auch zwölf Jahre zugejubelt in dieser Stadt. Soviel ich weiß, wolltet ihr damals auch erlöst werden, war er nicht auch Musik in euren Ohren?

Die Geste wird ausgespart. Aber David Oistrach dachte es, bevor er seinem Freund und Dirigenten Franz durch ein ernstes sanftes Nicken seines schweren Kopfes zu verstehen gab, zu beginnen.

90

Nach dem Konzert. Vom vierten Rang die strahlenden Treppen heruntersteigend, aus dem Lichtgewölbe kommend, wo sich Lesru halb tot geklatscht hat, schwebt und schwankt sie wie ein Mensch, der seine Geh- und Stehwerkzeuge eingerollt hatte. Erstaunt sieht sie einzelne Gesichter, nicht die dazugehörigen Körper. Ein Lächeln aus einem älteren Frauengesicht, ein stures Drängen eines Manneszipfels, befriedigenden Glanz in einem abwesenden Herrengesicht. Sie nimmt die schnellen Bewegungen von Studenten schemenhaft wahr und hört in das Sprechgemurmel, das sich verstärkt zum großen Gesumm dort, wo sich das Foyer öffnet, an den Garderobenausgaben. Das Konzert ist zu Ende. Auch der abschließende Teil, noch eine Symphonie von Mozart nach der denkwürdigen Pause nach Beethovens Violinkonzert, gespielt, genossen und nicht angehangen, hat auf Lesru gewirkt, und nicht nur auf sie. Geduldig stellt sie sich in die Herrenschlange, unterbrochen von einigen Frauen, die Mäntel, Taschen, Regenschirme abholen, und sie kann sich nicht genug wundern über Körpergrößen, Kopfgrößen, Knöpfe, Hände, Nacken, Sichvordränger. Massenhafte Gliedmaßen drängen sich in ihren groß gewordenen erhabenen Raum der Musik, er muss sich betreten lassen, das aber ist nur zu ertragen, wenn man diese Körper nicht beachtet und nur die vornehmen, lebendigsten Teile, die Gesichter in sich aufnimmt. Und für Gesichter, besonders für anziehende, ist viel Platz in der Herberge. So ergibt sich ein schönes Sehen, eine Fortsetzung der Musik, ein Nachspiel, das Lesru in leise Nachbegeisterung versetzt. Mit jener Dame mit den hohen Augenbrauen, umrahmt von einem schwarzen

Pagenhaar, hätt sie gern ein Wörtchen geredet, oder mit der Rothaarigen im schwarzen Abendkleid, o, vielleicht sogar einen Kuss auf ihre pausbäckige Schulter fallen gelassen. Mit jener Dame, die sich selbst beim Sprechen zusieht, die ihre eingesperrte Intelligenz herauslässt, mit jener nichts, abstoßend. Abstoßend, wenn sich einer oder eine vor das Publikum hinstellt und eine Rede hält, eine Interpretation des Unbeschreibbaren für nötig hält, abzugeben. Wer so etwas tut, findet Lesrus vollste Verachtung.
Und wüsste sie nicht ihren Franz in dieser Stadt, hätte sie wieder die Kleinlust verspürt, solchen Grobianen und Wichtigtuern einen Stoß zu geben. Gruppen bilden sich, kleine Zirkel, die Masse verändert, verklumpt, zertritt sich selbst und löst sich vor den Türen der Deutschen Staatsoper in Scharen zusammen und später auf. O, bitte redet nicht jetzt über das Tempo des ersten Satzes, nicht über das klassisch Lyrische des Beethoven-Violinkonzertes, o, bitte zerredet doch nicht das Schöne, ihr Hundsgemeinen! Aus einem der zum Zirkel Vereinigten hört Lesru solche Anstößigkeiten, solche blitzenden Degen und Schläge, und sieht, wie die Zuhörenden verkrampft nach Gegenworten ringen, nach Mitsprache gieren, als kämen sie aus einer Parlamentssitzung. Das ist entsetzlich und macht den Herausgang aus der holden Staatsoper erforderlich und gehertüchtigend. Beine, die Beine befinden sich wieder dort, wo sie angewachsen, und die beleuchtete Nacht Unter den Linden guckt neugierig dem Ablauf der Menschenmassen zu.

Da stehen die Gebrüder Humboldt wie angewachsen auf ihren Fundamenten und sind noch größer geworden, die ganze Universität mit ihren Flügeln und dem schöneisernen Tor, das barocke Zeughaus mit den Schlüter-Skulpturen. O, im dachbeschwärzten nächtlichen Dunkel mit ihren Gesimsen und leeren Sälen, der dunkle kupplige Dom weiter rechter Hand, alle geschlossen, wie seltsam. Obwohl sie doch von

David Oistrach und den Musikern größer geworden waren, stehen sie schwer in der Nacht und lassen die gelben Doppelstockbusse, die Taxis und die schwarzen B-Autos unbeirrt an sich vorüberfahren. Diese Nacht war von der Musik Unter den Linden doch weit geöffnet worden, so weit, als führte diese eine Magistrale zur großen Goldenen Kugel mit dem Lebenswasser, über Stock und Stein, durch zahlreiche Zarenreiche, immer geradeaus. Solcherart in die wehende Weite entlassen, fühlt sich Lesru, sie fühlt sogar, dass sie auf dem roten Faden des Wollknäuels genau geht und bedauert einige alte Schachteln, ebenfalls vom Konzert gekommen, die sich brav an die Bushaltestelle anstellen, ihre Beine freiwillig in Fußfesseln legen und stramm nach Hause in ihre Buden fahren wollen. Da vergeht's einem doch, denkt sie und ist schon befangen im Freiheitsschritt, im Ausschreiten der gewonnenen Freiheit. Immer musste etwas sehen, was stört, denkt sie und sucht die nächste Störung. Aber es kommt keine. Passanten und Fahrzeuge auf beiden, weit voneinander getrennten Straßen gleiten in ihrer Begrenztheit an dem Mädchen vorbei, sie sind plötzlich zielstrebig geworden.
Gegenüber, in dem mächtigen Gebäude der Staatsbibliothek mit ihrem quadratischen hübschen Innenhof, wo in der Sommerzeit anmutige Konzerte stattfinden, saß Onkel Georg im Lesesaal. Lesru schaut ungläubig und widerwillig auf, überall hat sich Onkel Georg Puffer breitgemacht, endlich eine Störung. An jedes Gebäude Berlins hat sich der Studierwillige geheftet, einer, der immerfort und ohne Unterlass lernt - eine gehörige Verachtung muss angepackt und weggeschüttelt werden. So nicht, so möchte man doch nicht werden.
Als sei die Ankunft der Gedanken bei vertrauten Menschen notwendig, als gäben sie allein dem entleerten Gerüst im Kopf wieder Struktur und Eigenbewegung, denn wie sollte man mit einem glücklichen aber leeren Kopf die Goldene Kugel erreichen. So entschließt sich die wieder Angebundene,

die große Freiheit zu verlassen, sie überquert den Zwischenweg für Mensch und Tier unter den kleinen, blattlosen Lindenbäumen und will ins Café gehen und etwas Konkretes essen. Zwei Lieblingskellnerinnen hatte sie sich im Café im Bahnhof Friedrichstraße im Laufe von zwei Lehrlingsjahren erworben, eine von ihnen würde bestimmt da sein.

91

Die Niederlage war blutig.

Vier Wochen später aber sagt Ralf Kowicz, der alles Diesbezügliche weiß, im Flur gegenüber der grauen kalten Spree: „Es gibt in Westberlin bisher nur einen einzigen Laden, wo man die amerikanischen Kutten kaufen kann, die neuste Mode, der neuste Schrei, aber in Paris und in New York werden diese Sachen schon haufenweise produziert.“ Er blickt die ihm ängstlich erscheinende Lesru anerkennend dabei an, von oben bis unten, und ein zweites Mal von oben bis unten, sodass Lesru erbleicht, sogar denkt, er weiß es. Er weiß, dass mich Franz ... „Die sind prima, innen mit ausknöpfbarem Schaffell, bei jedem Wetter zu tragen, fünfzig freie Westmark kosten die, ik will mir auch eine holen." Und er beschreibt Lesru genau den Weg zum einzigartigen Laden in Westberlin. In der Nähe vom Lehrter Bahnhof, einige Seitenstraßen entfernt. Psst, Bärbel Nahe nähert sich den Beiden am Flurfenster. Die Rücken steif machen und vom Mathematikunterricht laut reden, bis die Gefahr vorbeigeht. Die Gefahr freundlich lächelnd vorüber. „Es ist ein Spezialgeschäft für amerikanische Militärsachen, dort gibt es nur ausrangierte Sachen vom US-Militär. Ist aber nichts dabei. Diese Kutten kommen ursprünglich vom US-Militär und entwickeln sich zur großen Mode, Lesru. Manche Leute sagen auch "Parker" dazu."

Die Angst, in diesem Berlin, mit diesen heimtückischen Menschen, im Sang- und Klanglosen zu versinken, unterzugehen, Deckel zu und ab im Namenlosen zu verschwinden, ist seit vier Wochen groß und zäh geworden in Lesru Malrid. Von einem Mann zertreten zu sein, der aus nichts als aus Lügen bestand, der ihr seinen Fuß auf ihren Leib stemmend erklärte, er hätte ein weiteres Mädchen, die Tochter eines Tierarztes "entjungfert", das ließe sich vielleicht im Garten Eden ertragen oder in einer hüftstarken schönen Toskana, wo man von einem Lieblingsplatz zum anderen gehen kann, aber schlecht im überfüllten S-Bahngestänge, auf rollenden Rädern, in der Lernwüste, in den Entscheidungsschlachten eines hochgelobten Romans. Überall fühlte sich Lesru "seitdem" unterlegen, sinnlos von Tag zu Tag mehr. Als würde sie in ihrem Wollkleid aufgerebbelt, irgendwas nagte und rollte unaufhörlich an ihrer Substanz. Ein Schutzbedürfnis, ja ein Schutzkleidungsbedürfnis entwickelte sich in ihr, denn das Aufrechtgehen als Erniedrigte und Beleidigte, glich immer stärker einem nackten Spießrutenlauf. Zu keinem passen, zu nichts passend, sich niemals mehr freudig an einer Diskussion beteiligen, die kleinen Freuden im Lateinunterricht, beim Schwimmen in der Gartenstraße, stießen sogleich an ihre blutige Niederlage, die sich wie ein Wall um ihr Leben gelegt hat. Von ganz unten sah sie das Leben zunehmend an, aus der Perspektive einer frierenden Ameise. Und was ist ein Konzert mit David Oistrach, wenn es nach vier Wochen absolut untergegangen, folgenlos, ja überhaupt nicht stattgefunden zu haben schien?
Auch die Vorbereitung auf den Wettbewerb der Berliner Volksmusikschulen, ihr Auftritt dort im "Haus der Jungen Talente" hob die frierende Ameise nicht in die mittlere Temperatur der Gesellschaft. Sie folgte nur den Anweisungen der Köpenicker Lehrer und dem Reglement eines organisierten Weitergereichtwerdens, Menschen, die sie nicht liebt. Und wenn man die Lehrer nicht liebt, fiedelt man. In vierzehn Tagen wird sie das

Járdányi Konzert mit der in Torgau erfüllten und gefühlten Liebe zu Frau Stege und zu Vira Feine wieder spielen. Im ganzen Violinkonzert ist ihre doppelte Liebe zu diesen beiden Frauen erhalten geblieben, und sie wird es in Erinnerung an sie spielen. Egal, wer es dann hören wird oder dabeisitzen. Es ist egal.
Wenn man entjungfert, geknickt wie ein Strohhalm, wenn die kleine Liebe schon zertreten ist und die einzige Aussicht zu überleben und zum geheimnisvollen Zusichselberkommen im Haus am Fluss, gebaut von Franz und allein für sie eingerichtet, in tausend Stücke zerfleddert ist, in eine endlose Zukunft verbannt, wenn man dennoch täglich in der S-Bahn und an der Schule so tun muss, als sei nichts geschehen, als sei die Welt nicht umgekippt und sich gar keine Möglichkeit anbietet, sich zu zeigen, auch in seiner Zerstörung nicht, dann geschieht meistens ein Wunder. Keiner ist endgültig verloren.

So gesehen und immerfort unbewegt gesehen sah Lesru plötzlich mit anderen Augen eine junge Frau in einer grünen Kutte, die kein Mantel war und auch keine Mönchskleidung. Lässig umkleidete sie die weibliche Gestalt, derber grünlicher Stoff, ausstaffiert mit innerer Wärme, Kapuze und Reißverschluss, in der S-Bahn: wenig später schritt ein junger Mann in derselben Kutte vom Bahnhof Alexanderplatz in die gegenüberstehende S-Bahn. Holla, ein Kleidungsstück also, das von Männern und Frauen gleichermaßen getragen wurde. Das frappierte sie. Das bedeutete Schutz, Aufnahme eines ganzen Menschen, Aufnahme für die Liebe zu Eva, Ute, Vira, Frau Stege und für ihre Berührungen mit Männern. Plötzlich begehrt man ein Kleidungsstück, das sich sofort im Inneren eingenistet hat und weil es im Inneren nicht getragen werden kann, fortan keine Ruhe geben wird, bis es außen auf der Haut sitzt.

Na, wunderbar: Anstelle mit einem liebenswerten Menschen, einem aufrechten Freund, hat sich Lesru mit einem amerikanischen Militärmantel verlobt und wird ihm alsbald auch einen Heiratsantrag machen.

Nachts lag sie in ihrem Holzbett und dachte: Nun werde ich ganz blöde. Ich will die Kutte nicht. Kaum gedacht flatterte dieser Schutz wütend um sie umher und entfaltet erst recht wüste Gedanken. Franz hatte sie nicht ein einziges Mal besucht. Nur ein einziges Mal nach der E::::: holte er sie mit seinem Motorrad ab und raste langsam, viel zu langsam mit ihr zum Müggelsee in den Wald, wo Lesru ihn küssen wollte und er sie nicht küssen wollte. Mantel, Kutte, ich sage dir. Dort unter den zarten wackligen Birken strotzte Franz nur so von Franz und erzählte die Geschichte mit der Tierarzttochter.
Wenn ich keinen Freund habe, der mich lieb hat, will ich wenigstens die Kutte haben, die so auf mich einredet, dachte die Weinerliche in den dunklen Nächten.

Erst, als sie den Einflüsterungen des Universalmantels erlegen war und die Mittel für den Erwerb tatsächlich aus weiter Ferne in die Nähe gerückt waren, fragte sie Ralf Kowicz im Korridor vor dem Seminarraum nach dem Hochzeitsweg.
Den Hochzeitsweg aber baute und ebnete ihre geliebte Tante Gerlinde. Sie hatte Lesru 50 Westmark geschickt, geschenkt, die nun ihrerseits nicht auf dem Schreibtisch Walter Ulbrichts zur Weiterleitung lagen, sondern auf dem Konto der pensionierten evangelischen Krankenschwester Luise in Berlin-Wedding, im Diakonissenhaus.

92

Der Bittgang zu Schwester Luise, von Puffers Schwester Luischen genannt, ist anzutreten und alles andere als leicht. Schließlich befindet sich die Studentin der Arbeiter- und Bauern-Fakultät auf einem politischen Irrweg, der schnurstracks in den politischen Abgrund, ins Schlammloch führt. Man hat in Westberlin nichts zu suchen, außer, Flugblätter und Informationen über die Ausbeutung, Agententätigkeit der Westberliner Kriegshetzer zu verbreiten. Alle anderen Säumnisse und Aufenthalte bergen die Gefahr in sich, von der tödlichen, unheilbaren Krankheit, genannt Aufweichung, befallen zu werden. Jeder kann sich an einer Hand ausrechnen, dass ein Staat nicht gern noch seine Staatszweifler großzügig bezahlt und ausbildet. Schließlich soll der Inbegriff der infektiösen Ansteckung, der Bazillus Westgeld, eigenhändig abgeholt, angefasst werden. Im Körper des Westgeldbesitzers wird er gefährliche Schwellungen, Hautrötungen (besonders beim Passieren der Grenzen) hervorrufen, die oberen Sinnesstübchen beträchtlich ins Dämmerlicht versetzen und noch andere nicht kontrollierbare Auswirkungen im Körper des Infizierten hervorrufen. Davor steht der Grüne Engel mit dem Schwert und warnt die Gedankenlosen.

Lesru, kaum in die Ringbahn zur Müllerstraße nach dem Stadtbezirk Wedding auf dem oberen S-Bahnsteig in Ostkreuz eingestiegen, wird schwer von diesem Bazillus in ihrem Eigenleben gestört. Denn vor dem Fall steht der leibhaftige Engel mit dem Schwert, die liebenswürdige, ihr ganzes Leben für andere Menschen hingegebene Schwester Luise. Sie wohnt im Dachstübchen des Diakonissenhauses, dort, wo sie jahrzehntelang uneigennützig gearbeitet hatte. Zu ihr muss Lesru fahren und gehen. So kann das Mädchen, immer noch vom dünnen Nylonmantel bekleidet, den Kopf recken oder einziehen, wie sie will, sie fühlt sich schmutzig, falsch, kleinkariert und schuldig. Auf falschem Wege, das stockt sich von einer S-Bahnstation zur anderen, besonders nach der ersten Station, Frankfurter Allee, wo sie einst freudig ausgestiegen war und einen Strauß gelber Studentenblumen für Franz gekauft hatte. Eklig, sagt sie sich, ich fahre nach Westberlin, um mir Geld zu holen,

ich bin och nicht besser als diejenigen, die krumme Geschäfte machen. David Oistrach hat mir gar nichts genützt, und während sie an dieses Konzert denkt im Sing- und Fahrtton der S-Bahn, wird ihr kotzübel, als sei die Fahrt zum Westgeld das Muffigste, was sie jemals getan hat. Alles Helle, Weitläufige, was es in Ostberlin doch auch gibt, wird muffig wie ein alter vertrockneter Scheuerlappen. Sogar die Ostsee, das herrliche blaue Meer mit dem Strandspaziergang mit Rosalka Klar, der ihr eingefallen, zieht sich zurück und streckt sogar seine Finger nach ihr aus: Seht, was die macht, machen will, die Blöde.
Das ist ja entsetzlich, denkt Lesru, noch immer im hellen Bezirk Ostberlins fahrend, als würde mich alles Schöne ausspucken, nie mehr ansehen, warum denn, wieso denn. Und warum entstand diese Verfinsterung niemals auf der anderen Strecke, als ich mir Geld für Bücher umtauschte und Bücher mit meinem Westgeld kaufte, warum denn jetzt? Sie versteht sich selbst nicht, nicht den hohen Unterschied zwischen dringend benötigten geistigen Werten und einem ungeistigen Wert, einem Mantel, einer gefräßigen Kutte, die im Hintergrund lauert.
Dennoch: Wir leben von unseren Fehlern, von unserem Halbwissen, sie allein bilden den fruchtbaren Boden zu unserer Entwicklung, zu diesem Mehr, das sich jeder Mensch in irgendeiner Form wünscht.

Das Diakonissenhaus steht mit vollen Fenstern, vom Krieg unbeschädigt in einer Seitenstraße, baumumstanden. Vor seiner Tür registriert unsere aufmerksame Selbstbeobachterin wieder eine Unglaublichkeit. Nach der Grenzüberschreitung durch die sture S-Bahn, die in den Bahnhof Gesundbrunnen einfuhr, wo viele Schnelleinkäufer des Ostens ausstiegen, um ihre kleinen Besorgungen zu machen, empfand Lesru prompt eine Riesenerleichterung. Das tapfere schlechte Gewissen, das sie im Osten Berlins heimsuchte, das mit dem Finger auf sie selbst zeigte, weil sie auf dem Hochzeitsweg zu einem außergewöhnlichen Mantel sich befand, das klappte im Kapitalismus zusammen. Wie ein Zelt wurde es flugs abgebaut und seine Bestandteile ad absurdum geführt. Brauche ich kein schlechtes Gewissen zu haben? Fragt sie sich verblüfft. Und die erste bunte Reklame, die ersten Bananenbeutel und weitere Ausschreibungen antworteten ihr solch ein glattes, lautes, aufreizendes „Nein", dass es schon wieder unangenehm war.

Was geht hier überhaupt vor? Vor und zurück? Wie ist es möglich, dass eine seiner frühen Kindheitserinnerung beraubten Seele, so deutlich, zuverlässig auf äußere unterschiedlichste Reize reagiert und sich ein Merkzeichen, eine Kerbe in sein Gedächtnis eingräbt? Wir wissen es nicht.

Vor der warmen Haustür des Diakonissenhauses stehend, stellt sich das helle Ostgefühl Berlins wieder ein, das schlechte Gewissen! Ich komme hierher, denkt Lesru, beklommen, zu der weißhaarigen Schwester Luise mit der weißen Haube, die ihr ganzes Leben für andere Menschen helfend gelebt hat, und will mir das eklige Geld abholen. Will ich das? Ich muss, hämmert ein anderer Befehl in ihr, ich soll es ja nur abholen. Tante Gerlinde möchte ja, dass ich mir etwas Gutes antun soll. Belog sie sich selbst.
Schwester Luise aber war eine Freundin von Maria Puffer. Auf dem väterlichen Gut Marias in Pommern hatte sie als junges Mädchen, das sie noch immer war, gern als Freundin und Schwester gelebt und somit auch die drei Geschwister der verwandten Familie Kubus Jutta, Gerlinde und Ulrich kennengelernt. Maria Puffer hat Lesru Straße und Lage des Diakonissenhauses noch einmal genau beschrieben und herzliche Grüße an die alte Dame ausrichten lassen. Somit ist auch ein Verwandtenknäuel zu betreten, und das reicht Lesru die Klinke in die Hand.

Diakonissen sind Frauen, die, aus der frühchristlichen Kirche kommend, lebenslang Dienste in ihrer Gemeinde verrichteten. Die weibliche Diakonie der evangelischen Kirche wurde im Jahre 1836 von Th. Fliedner erneuert, der das erste Diakonissenmutterhaus gründete. „Die Diakonissen erhalten kein Gehalt, nur ein Taschengeld, freie Unterkunft und Altersversorgung." Diese Auskunft erhielt Lesru von Onkel Georg. Weil aber Lesru sich und die Dinge nicht vollständig sieht, verkürzt sie zu: Sie arbeiten für nichts. Schwester Luise, aus ihrem privaten Dachstübchen in einen kleinen Empfangsraum gerufen, betrachtet das Baby Lesru, das vollmundig im Kriegsaugust 42 in Ostpreußen zur Welt gekommen war, und jetzt aussieht nach achtzehn Jahren wie ein schüchternes, nicht unbeschriebenes Blatt. Ihre Stimme klingt tiefer als gedacht. Welche Stimme?
Anmutig und stumm stehen kleine Tischchen und Sessel im Empfangsraum mit zwei Durchgangstüren. Blumen- und Landschaftsbilder hängen an den Wänden. Ein Kruzifix bleibt allein an der Schmalseite zwischen den Fenstern. Es riecht nach Alter. Fünfundsiebzig ist die Gastgeberin im blauen Kleid mit der weißen Haube auf dem dunklen Haar, ein schönes Gesicht, ebenmäßige Züge, schmaler Mund und mit dem Blick einer überreifen Frau, die sich Zeit nimmt. Obwohl etwas Besseres zu tun wäre, als Geld aushändigen.
Die Ostberliner sind ihr ebenso unsympathisch wie die Leute, die aus der Zone kommen mit Ausnahme vertrauter Menschen.
„Du willst nicht in den Westen", sagt sie ohne Umschweife. „Das ist gut, die meisten Leute, die von Euch kommen, glauben nämlich nicht, und denken, im Westen fielen ihnen die gebratenen Tauben in den Mund."
Lesru schaut verblüfft in die Hoheit, die noch höher wird. Im Mantel sitzen geblieben zu nichts aufgefordert, hat sie eine angedeutete Biografie seitens der Hoheit

erwartet, einen Sofortbericht über das Diakonissenhaus, über Alter und Krankheit.
Stattdessen wird sie aus klarem blauen Auge aufgefordert, eine politische Stellungnahme abzugeben.
„Nein, nach dem Westen will ich nicht", sagt das Baby und würde gern eine Zigarette rauchen. „Aber die politische Hetze in Berlin finde ich furchtbar", sagt Lesru kleinlaut, sich orientierend.
Ein politisch denkender Mensch auf dem kleinen runden bräunlichen Sessel im Haus der Stimmen, Blumen auf den Gängen und lauter unbekannten Leuten.
„Hier sagt jeder, was er denkt, auch das Ungrade kann sich äußern. Bei Euch werden Mitglieder der Jungen Gemeinde drangsaliert, wie ich hörte, die Jugend soll Staatsjugendweihen erhalten und keine Konfirmation mehr. Du siehst, Ihr tut alles, was Euer Staat vorbetet, hier geht das nicht so einfach. Geschwindelt, verleumdet wird auf beiden Seiten. Wie geht's Deiner Mutter, ist sie noch Lehrerin?"
Eine Wendung. Genauso unangenehm wie die Festschreibung der unterschiedlichsten Lebensbedingungen. Kopf einziehen, auf den bräunlichen Parkettfußboden sehen, von dort die Antwort heraufholen.
„Sie ist noch im Schuldienst, hat einen neuen Schulgarten und eine Pilzberatungsstelle und einen zwölfjährigen Afrikaner, dem sie Französisch beibringt, seine Eltern studieren in Leipzig Medizin und gehen danach zurück nach Mocambique."
Schwerfällig antwortete die Examinierte.

Aber Lesru merkt auch, wie erfreulich normal, gesund und hassfern, politikfern die Lebensweise der Mutter in der DDR, auf dem Lande, sich hier unter den zustimmenden Augen der Schwester anhört. Eine grüne kleine Insel inmitten heißester Wortschlachten und Verdächtigungen. Beinahe komisch hörte sich das an, und sie lächelt zum ersten Mal die hohe Person an. Eine Pilzberatungsstelle. Ein junger Afrikaner, der

Unterricht nimmt. Ein neuer Schulgarten. Lauter vergilbte Sachen, die hier wieder aufblühen.

„Deine Mutter ist sehr tüchtig, nach alldem, was sie in der russischen Gefangenschaft erlebt hat, sich allein mit vier Kindern und den beiden Altchen, eine neue Existenz aufzubauen. Ich habe sie immer bewundert", singt mehrstimmig die hohe Person, sodass Lesru auch nicht das geringste "aber" fühlen kann. Eine große alles platt machende Walze rollt von Ost nach West, die Tüchtigkeit grenzenlos anerkannt, und sie kann nur zur Seite springen, um nicht von ihr erfasst zu werden. Die Walze Tüchtigkeit.
Danach gibt es nichts Wesentliches mehr zu fragen, noch zu antworten.

Aber es rührt sich plötzlich eine Seite aus dem Buch "Aus dem Leben eines Taugenichts" von Eichendorff.
Die Freude am Anderssein eines jungen Mannes, der nicht tüchtig sein will, wagt sich hier im Kapitalismus mutig hervor.
Raum genug für den nächsten Atemzug. Im sozialistischen Osten wäre Lesru der "Taugenichts" nie als Gegensatz zur Tüchtigkeit erschienen, er wäre nie als ein Rettungsstrohhalm gebraucht worden, denn dort gilt ja alles, was unsozialistisch ist, als vorläufig, nicht auf der Höhe der Zeit, wenn nicht gar als purer Gegner.

Bedient verabschiedet sich Lesru von Schwester Luise, die nicht mehr Leiterin des Diakonissenhauses ist und einige körperliche Beschwerden hat, nach denen sich Lesru nebenbei erkundigte.
Lesrus Resümee: Es gibt nur tüchtige Leute, die von anderen tüchtigen Leuten geliebt werden und ich gehöre unter den Rest. So tief ist die von Schwester Luise empfangene Verletzung in sie eingedrungen, die hohe Stellung ihrer Mutter in den Himmel genagelt, dass sie nicht schnell genug in ihr Zimmer kommen kann, um sich zu verkriechen. Am liebsten würde sie

den ganzen Vorgang ungültig machen, das Geld im Kuvert zerreißen und sich mit einem Schlag von ihrer eigenen Minderwertigkeit befreien.

Das GELD aber ist anderer Meinung.

Zu ihrem Erstaunen beginnt es hinter ihrem Rücken zu wirtschaften. Als sie nämlich am späten Nachmittag am Schreibtisch sitzt und Frau Kleine munter in der Küche hantieren hört, als sie endlich vor den Mathematikaufgaben lebt und Latein noch vor sich hat, dem Lernenmöchten nahe, als das ganze wüste Leben zusammengeronnen zu einer leeren Heftseite und von der fernlenkenden Lehrerin wieder hübsch klein und anschaulich geworden ist, erdreistet sich das GELD von der Kommode aus, eine Bemerkung zu machen. Es trompetet: Endlich bin ich da! Und just in dem Augenblick, in dem sich Lesru freut, weil sie die Lösung der Gleichung begreift, und das Wachstuch, mit dem der Tisch bezogen ist, anstarrt, das kleine rote Karo, ertönt von hinten die Stimme des GELDES: Ich hätte ja auch an der Grenze geschnappt werden können und läge jetzt nicht auf der Kommode!
Das geht aber zu weit. Das Mädchen eilt von der friedlichen Arbeit weg und legt zur Strafe das umfangreiche rote Buch vom Marxismus-Leninismus auf das blaue Kuvert. Halt deine Klappe! Dann raucht sie aufrecht am grünen Kachelofen stehend, und findet das Geschehen nicht uninteressant. Ebenso wie sie die Pleite - sie war nicht länger eine blutende Niederlage, sondern nur noch eine Pleite – interessant fand und damals, als sie am Boden zerstört, aus seiner Umarmung und Wohnung geschlichen war, eben doch dachte: Aha, so ist das und das soll schön sein. Wenn man das Leben kennenlernen will, und das will ich hundertprozentig, muss man so etwas eben auch erleben. Peng.
Den zweiten Teil der Hausaufgaben erledigt sie abgelenkt, unkonzentriert. Wenn das GELD solch ein Eigenleben hat, kann ich es nicht zerreißen, denkt sie

und bleibt neugierig auf weitere Äußerungen, aber es stummt.

Es fängt jedoch im unschuldigen Bett den Schlaf in sein Netz und macht Lesru die poltrigsten Vorschläge. Es rechnet im aktuellen Wechselkurs sich selber um, zählt auf, welche Dinge in Höhe ihres monatlichen Stipendiums auf einen Schlag zu kaufen möglich seien, ein Paar Schuhe, auch nötig, es verlagert sich in seinen Herkunftsstadtteil und schlägt vor, erstmal an Hand vieler Schaufenster zu sehen, was man denn außerdem brauchen könnte, wobei das intelligente Geld die Buchläden meidet. Es gaukelt und glitzert in der Nacht, es zupft in Schaufenstern mal dieses und jenes wandelbare Geschmeide vor und zurück, es kommt außer Atem. Lesru hat noch niemals solch einen ausführlichen Anfall von Geldwechselgestalten erlebt, sie liegt aufrecht im Bett und hört die alte klapprige 84 ankommen, ihr Abbremsen vorm Haus, und mit einer gründlichen Geldverachtung und dem Wunsch, diese Störquelle zu beseitigen, versucht sie sich Ruhe zu verschaffen. Gar nichts werde ich, sagt sie im von der Straßenlaterne angedunkelten Zimmer, es wird nichts gekauft, basta.
Feixend legt sich das GELD im blauen Briefkuvert unter dem dicken Lehrbuch zur Nichtruhe.

Der nächste Morgen - klar und deutlich. Er äußert sich mit kaltem trüben Wetter plus Nachtgespenster und erzeugt in Lesru, die ihre Marmeladenschnitte kaut, einen Nescafé trinkt, auf Zehenspitzen in der Wohnung ging, tiefe Traurigkeit. „Alles ist Scheiße", diesen glorreichen Satz findet sie am dunklen Morgen und noch einiges mehr. Warum strenge ich mich so an, warum? Warum will ich durchaus etwas Anderes sein, als die andern? Warum lasse ich nicht alles über mich ergehen, egal, was rauskommt? Und sie schielt mit Erschaudern zur Kommode, wo das Unheil immer noch eingeklemmt lagert. Es kann doch nicht sein, dass dieses Geld solch eine Macht hat über mich. Warum kann ich mich nicht bescheiden, lerne mein Pensum in der Schule, quatsche mit Rosalka, höre, wie Grit Stift von der „Entscheidung“ schwärmt, dem ersten großen Roman über Anfang und Gegenwart unseres Staates, sehe dem pfiffigen Adam in Mathe zu, der alle Aufgaben auswendig kennt, ihre Lösung weiß, kaum, dass Frau Jupé sie an die Tafel geschrieben hat? Ich muss gleichgültiger werden, dann passe ich, also werde ich gleichgültiger wie eine taube Nuss. Als taube Nuss kann man wahrscheinlich auch leben. Holla, diese Vorstellung, das neue Gewand der tauben Nuss anzuziehen, erfreut plötzlich. Ja, das mache ich, sagt sie sich, ich werde eine hohle Nuss, mal sehen, was ich dann erleben werde. Sie streckt ihren Körper, ihren violetten Schiffspullover mit beiden Armen aus, reckt und gähnt, spürt eine unverhohlene Freude auf die neue Rolle, die sie zukünftig übernehmen würde, raucht schnell. Denn es besteht die Gefahr, dass sie beim stillen Rauchen der ersten wohlschmeckenden Morgenzigarette in ihr altes nachdenkliches Dasein zurückfallen könnte, und das will sie um keinen Preis. Anderssein, Sichanpassen, das ist die Devise. Als sie sich den Mantel angezogen, räumt sie sorgfältig ihren Frühstücksteller in die Küche auf den befohlenen Platz, schraubt das Marmeladenglas sorgfältig zu, entleert den Aschenbecher im Mülleimer, bedacht, Frau Felizitas nicht zu wecken, wobei sie kräftig stöhnt, als sei jeder dieser kleinseitigen Handgriffe ein Schlag gegen ihre Natur. Furchtbar, ich halte bereits diese Anpassung nicht aus. Was ich bisher nebenbei und ohne meine Anwesenheit getan habe, soll ich jetzt mit vollem Bewusstsein tun, ist das die große Wandlung zum Besseren? Nicht einmal das kann ich und eine Welle von Verzweiflung schlägt über ihr zusammen. Zurückgekehrt in ihr Zimmer, öffnet sie die Balkontür zum Lüften, nimmt ihre Kollegtasche in die Hand und will an der Kommode vorbeigehen. Nimm mich bitte mit, piepst das G. Lass mich nicht allein, piepst das G. Nur sein Anfangsbuchstabe wird noch groß geschrieben.

94

Rosalka Hochdutt hat immer ein Auge für Lesru Schwebe übrig, seitdem sie sie im D-Zug zur Ostsee erwählt und angesprochen hatte. Das weite geräuschvolle Meer und sein schmaler feuchter Sandstrand fehlen freilich, um die beiden Halb- und Halbfreundinnen fröhlich oder bitter ausschreiten zu lassen. Ihre Gespräche finden im Flur unter den Augen der anderen statt, auch am Mensatisch lässt sich in der vergrößerten Öffentlichkeit nicht ohne Fern- und Nahbeschauer ein ausgedehntes Privatgespräch führen. Beim Treppensteigen in die unteren Fachräume können auch Worte gewechselt werden. Kurz, es besteht keine objektive Notwendigkeit mehr, miteinander zu leben. Es geht auch so. Lesru von der innigen Weite Elvira Feines wieder erneuert, musste sich die Begrenztheit von Rosalka eingestehen. Die Neugier Rosalkas nach ihrem "Freund" Franz, dessen Anwesenheit sie einmal erwähnt hatte und zu ihrem Erstaunen ein großes Frageinteresse ausgelöst, ist ihr äußerst unangenehm. Sogar suspekt.
So haben wir nicht gewettet, dass ich dir alles von mir erzähle.
Was da also flüchtig abgesprochen wird, sind Klagefetzen von Rosalka, wenn der Zahltag des Vaters bevorsteht, er erhält vierzehntätig seinen Lohn in Westberlin und am nächsten Tag Lesrus bange Zwischendurchfrage, wie es gestern Abend gewesen war. Und wenn die blonde Augenanzieherin am Morgen strahlend in den Klassenraum kommt, ist Lesru erleichtert; wenn sie mit müdem Gesicht kommt, liegt die Auskunft in der Luft und wandert zu Lesrus Platz. Dann wird Lesrus erste Unterrichtsstunde beschattet, es zieht sie zu Rosalka in der Pause, wo das erneute Unglück, der neue Küchenschrank wieder zu Kleinholz

verarbeitet, von Rosalkas Seele ein wenig entfernt werden kann.
Ihr gemeinsamer neuster Gegenstand ist der Roman "Die Entscheidung" von Anna Seghers, die Pflichtliteratur.
Notgedrungen seitens Rosalka, sie versteht nur "Bahnhof", weil die Menschen und Orte der Handlungen wechseln in rasantem Tempo, in der halben Welt zu Hause, unüberschaubar und modern auf den ersten Blick und auch sie einen zweiten Blick nicht Lust hat, zu riskieren. Lesru gefällt nur die Gestalt des Robert, der es besonders schwer hat, sich zurechtzufinden, aber, um an ihn wieder heranzukommen, muss die Leserin andere Gestalten in anderen Wohnungen und Gesprächen begleiten, in die Zeit des Spanischen Bürgerkrieges verwickelt werden, nach Westdeutschland reisen, in New York leben.
Ein Riesenproblem dieses Buch, das von der Deutschlehrerin Genossin Vertrackelt wie eine große rote Fahne aufgerollt und geschwungen wird, sodass niemand außer Grit Stift sichtbar bleibt.
Das Nichtverstehen dieses Romans aber tangiert Rosalka längst nicht so wie Lesru. Ein Sensationsfilm am Ku-Damm, gesehen mit ihrem Verlobten, ersetzt allemal Rosalkas ausgebliebene Lesefreude.

Über die Entscheidung von Franz Heber aber will Lesru nicht im Detail sprechen, sie sagt lediglich: „Wir haben uns getrennt." Entspricht nicht der Wahrheit, aber Lesru fühlt sich, kaum in der frischen Spreeluft ausgesprochen, aufgewertet. Sie muss ihrem Satz nachsinnen, sich auf die kleine erhöhte Stufe setzen und denken, ach so ist das: Wenn man sagt, wir haben uns getrennt, dann klingt es so, als hätte ich auch ein Wörtchen dabei mitzureden. Hat ich aber nicht. ER hat mich schmählich sitzen lassen. Eine unsichtbare Schieflage ist zwischen den Gehenden entstanden. Rosalka blickt bestürzt die Schwebende an, es beschäftigt sie mehr als sie sich eingesteht. Lesrus mannslose Lage. Sie war beruhigt gewesen, als Lesru endlich von einem Freund erzählte. Wenig, aber sichernd.

„Warum denn das, wieso warum, erzähl doch mal", das spektakelt und mirakelt über ganz Berlin wie ein über der Stadt im Tiefflug rasender Düsenjäger, sodass Lesru unwillkürlich den Kopf zum Himmel hebt, aber dort ist nichts als grauer Wolkenschleier.

„Möcht ich nicht, bitte Rosalka."

Da ist sie nun wieder, die Schieflage, die Rosalka neben sich zur Mensa herübergehen sieht. Die wieder unabhängig Gewordene regt sie auf. Als hätte sie selbst ihre jugendliche Unabhängigkeit zu schnell aufgegeben, als würde sie ihren geliebten Verlobten wie einen Schutzwall benutzen, der ihre familiäre Tragödie einmauert. Das Unterdrückte kommt zum Vorschein und will ein bisschen mitreden. Bitte Rosalka.

Mit fünfzig Mark Westgeld in der Tasche, in einem zugeklebten Kuvert im Russisch-Lehrbuch versteckt, den großen Innenhof zur ABF betreten, wo die Besten der Republik die Besten sein sollen, ist wider Erwarten nicht leicht. Das intelligente Geld beginnt sich, wieder bemerkbar zu machen. Es stochert in der braunen Kollegmappe wie etwas Krankes, Aussätziges, es bläht sich wie ein Fremdkörper, sodass Lesru völlig gefangen ist vom Eigenleben dieses Dings.

Im Lateinunterricht lag es flach und mundtot in der Tasche.

Aber im entscheidenden Deutschunterricht, wo Frau Vertrackelt die Eckpunkte für die große Hausarbeit zum Roman festlegte und den Aufsatz in einer Woche kontrollieren will, raschelte der Verrat an Lesrus Bein. Er raschelte nicht nur, er sagte Lesru klipp und klar, dass sie eine Verräterin sei, und Frau Vertrackelt sich

überhaupt keine Mühe mit ihr geben sollte, bei ihr sei Hopfen und Malz verloren. Hier sitzt die Verräterin, sie brauchen gar nicht nach Westdeutschland zu gehen, wo die alten Nazis wieder ihre Fühler ausstrecken. Hier in der Klasse sitzt die Verräterin mit 50 DM, zwar geschenkt, aber dennoch im Besitz des Bösen, Glitzernden. Das fühlte die Studentin in der zweiten Reihe neben Barbara Kloß und Fred Samson, dem Uhrmacher sitzend, dass sie den Kopf hochstreckte und sich wunderte, dass sie keiner beim Namen nannte. Eine komplette Betriebsleitung eines Werkes verließ die Jung-DDR und ging nach dem Westen zu den besseren technischen Voraussetzungen. Aber hier in der Jung-DDR begannen andere menschliche Beziehungen sich zu entwickeln, sagte die Lehrerin, im Rücken die aus den Fenstern guckenden Soldaten der Kaserne, nur hier war das möglich. Das prallte an den 50 DM ab, das verstand der Schein nun ganz und gar nicht, und folglich auch Lesru nicht. Wieso denn bei uns?
Dass sie eine wesentliche Veränderung im Zusammenleben der Menschen nicht verstand, als erhöbe sich eine undurchdringliche Mauer zwischen ihr und Fred Samson, seinem kantigen Schädel und seinem stillen Zuhörgesicht, ärgerte Lesru sehr. Als sei das Geld die Mauer, die Scheidewand, die Veränderungen in den Menschen nivelliert, ablehnt, platt abwürgt und sie selbst außen vor, in die Isolation zwingt.
Das durchschaute sie nicht. Sie hatte Geld im Mund und wunderte sich, dass sie nicht mitdenken und nicht sprechen konnte.

Fred Samson dachte sich auch seinen Teil. Angeregt von den internationalen Schauplätzen im Roman einschließlich Südamerika, dachte er an die geheime Staatsaktion des Israelischen Geheimdienstes in Argentinien, die in der Festnahme und Entführung Adolf Eichmanns mit einer Diplomatenmaschine nach Tel Aviv gipfelte. Der international gesuchte Massenmörder

lebte unter falschem Namen als Kleinbürger mit seinen drei Söhnen unbehelligt, und als er an einem regnerischen Abend im Mai diesen Jahres gestellt worden war, von Unbekannten von der Straße weg in ein Auto gehievt und in einer geräumigen angemieteten Wohnung von den Israelis verhört und identifiziert wurde, verlangte er ein deutsches Gericht. Nur die Deutschen hätten einen Anspruch auf ihn, er hätte nur die gültigen Gesetze erfüllt.
„Verantwortlich für die Zusammenstellung der Transporte nach Auschwitz und Treblinka", u. a. ein Schreibtischtäter, das musst du dir einmal vorstellen, dachte Fred. Wir sind doch Schlappschwänze, allesamt, ob im Westen oder hier, was wir hätten tun müssen, haben die Juden selber getan. Und ein tiefes Gefühl der Niederlage, aus der jüngsten und zweitjüngsten Geschichte kommend, ergriff ihn, sodass er noch schneller seinen Bleistift in der rechten Hand drehen musste. Der Prozess wird immer noch vorbereitet, er soll erst im nächsten Jahr stattfinden, das hatte der Uhrmacher in einem Westsender kürzlich gehört.

Sabine Voll, von der wir angekündigt hatten, Näheres über sie an geeigneter Stelle zu erzählen, dachte auch an die Festnahme von Adolf Eichmann, weil die Assoziation von untergetauchten Nazigrößen in Südamerika im Roman und der aktuellen Festnahme einer Größe in der Luft lag. Erregt saß sie am Fenster in der dritten Reihe, tadellos angezogen in eine Kostümschwachheit, Hosen zog sie nicht gerne an, auf ihrer Zunge lag die Frage, warum die Deutschen nicht Adolf Eichmann gestellt hätten. Im kurzen braunhaarigen Bubikopf arbeitete ihre Gedankenfrage von Wand zu Wand. Allein der Name flößte ihr unheimliches Grauen und Entsetzen ein, die eine Wand, die andere bestand aus der Furcht, eine falsche, sie entlarvende Frage zu stellen. Sabine Voll, wie an der Ostsee Einzelgängerin, entstammte einem protestantischen Elternhaus, ihr Vater war Pfarrer in einer mecklenburgischen Pfarrgemeinde, wo das offene Fragen in der Familie geübt worden, aber nur dosiert und vorkontrolliert nach außen drangen. Niemals hätte sie als Pfarrerstochter die Zulassung zur ABF erhalten, die nur privilegierten Schichten zustand, aber sie durfte sich bewerben, nachdem sie zweieinhalb Jahre in der örtlichen LPG gearbeitet hatte und sich Kenntnisse von der Klasse der Bauern und Arbeiter erworben. Zur Oberschule war sie zuvor auch nicht zugelassen worden, so war sie eine Unpassende, die sich auf Umwegen zum Studium und höherer Bildung durchschlagen musste. Vor allem wollte. Wenn ich nach der Festnahme Eichmanns jetzt fragen würde, dachte sie, wäre die todsichere Antwort: Wir haben in der DDR die einzige richtige Konsequenz nach dem Faschismus gezogen, wir haben die Wurzeln des Faschismus in unserem Staat beseitigt. Das sozialistische Leben weiter zu entwickeln, das ist unsere vornehmliche Aufgabe und nicht den amerikanischen Imperialismus in Israel zu unterstützen. Denn Israel ist ein imperialistischer Staat, und wenn er sich Eichmanns bemächtigt und ihn verurteilt, ist das seine Sache. So nahm auch sie ihren Füllfederhalter in die Hand und drehte ihn, während Frau Vertrackelt in einem blauschwarzen Winterkleid Schwerpunktfragen für die Hausarbeit an die Tafel schrieb, die man in Kurzform in sein eigenes Gedächtnis einschreiben konnte.

Sprache ist Mitteilung. Es muss einen gemeinsamen Schatz (das Gute) und einen Entdecker dieses Schatzes geben, der den Anderen davon Kunde gibt, damit auch er davon angereichert und besser wird. Das ist der Sinn der Sprache: Das Gute miteinander teilen.

Wem aber lässt sich das schlechte Gewissen mitteilen? Ist das schlechte Gewissen ein Schatz? Man sitzt in der Deutschstunde mit dem Kleingeld des Feindes in der Tasche, des Imperialismus, der nur darauf aus ist, einen neuen Weltkrieg anzuzetteln, einen neuen, und man hat noch die Verwundungen vom letzten im Leibe, eine ganze Kriegsmaschinerie steht auf den eigenen Zehen, die einen Menschen wie Lesru noch immer hindern, selbstständig und in feineren Kategorien zu denken, da kann doch kein Laut nach außen dringen. Der Laut kann nur nach innen wandern und weiter Selbstsabotage betreiben. Siehste, bist wieder nichts wert, du sitzt hier mit 50 Westmark, diesmal nicht gestohlen, glatt geschenkt und. Weil man sich aber nicht unbegrenzt selbst unter Wasser halten kann, muss man doch den Kopf wieder auftauchen lassen und Ralf Kowicz in der allergrößten Pause des Tages, auf dem Heimweg zwischen Tür und Angeln zuflüstern, „Heute hole ich mir eine Kutte". „O, Lesru, gratuliere, ich kaufe mir auch bald eine", sagt mit echter Anerkennung und mit einem Gesamtblick auf Lesrus erfreuliche Gestalt, der achtzehnjährige junge Mann im fein gearbeiteten Jackett. Es erfreut ihn wirklich und sogar länger als voraussehbar, dass ein Mensch, eine Mitstudentin seiner Seminargruppe noch etwas anderes im Koppe hatte, als den Sozialismus und die Anfangsschwierigkeiten der Jung-DDR. Endlich mal wat Erfreuliches, denkt er beim Zusammengehen mit Adam Schmidt, dem Keller, der noch immer ohne Mantel neben ihm geht, sodass Lesru doppelte Männerblicke hinter sich spürt. Wie Zeigefinger. „Ik friere nie", hatte Adam gelegentlich gesagt, als er von Rosalka nach einem Mantel, nach irgendeinem gefragt worden war. Er hat kein Geld, sich einen Mantel zu kaufen, dachten Rosalka und Lesru, damals.

Nichts Liebes freit. Im Lehrter Bahnhof steigen aus der voll besetzten S-Bahn in Richtung Charlottenburg zwei Personen aus, eine von ihnen mit niedergeschlagenen Augen. Der kalte Wind pfeift und hat partout Lust, seine nahen Kältegeschwister anzukündigen, auf den leeren Straßen und leeren Grasflächen regnerisch in die Beine zu peitschen. Sich nach links haltend, wie von Ralf geboten, sieht Lesru zu ihrer Überraschung ein Stück

leeres Berlin, Häuser befinden sich irgendwo verstreut, eine kalte, fast menschenleere Straße ist zu belaufen. Und die werte Depression, die aus der Leere fröhlich heraufsteigt, umfängt die langsam Gehende mit vollen Armen.
Ich bin nichts, denkt Lesru gehorsam, ich muss mir mein Glück in Form einer Kutte erkaufen, ich muss einen Mantel lieben, weil mich kein Mensch liebt und weil ich in dieser Stadt verloren bin. Niemand weiß, wie ich wirklich bin, niemand. Ein Schauer erfasst sie, als sei sie ihrer wahren Substanz sehr nahe, eine verlorene kullernde Träne mit 50 Westmark in der Tasche. Dass es in dieser doppelten Stadt, wo Millionen Menschen leben, keinen einzigen Menschen geben sollte, der sie wirklich kennenlernen möchte, keinen einzigen, der sich nicht nur mit ihrer politischen Einstellung begnügt, mit diesem und jenem, sondern, der an ihrem Wesen interessiert sei, das sich vorzustellen, ist ihr auf der menschenleeren Straße erst möglich, und es lähmt sie geradezu. Dich will niemand, das trompetet jeder Fußschritt auf dem regennassen Pflaster, sodass Lesru, haarnass, tatsächlich tiefer auf den Bürgersteig schielt, vor jeder Pfütze innehält und horcht, ob denn diese Pfütze auch ihren Ausschluss aus der Menschengemeinschaft der Berliner, unterstützt.
Und es scheint immerfort nur eine Zustimmung zu geben, die der Gesamtverurteilung, millionenfacher Abweisung und herausgesteckter Zungen. Mit dir will keiner etwas zu tun haben, mit dir doch nicht!
Man hätte doch umkehren können, sich besinnen, aber wer ist "man"? Die Sehnsucht nach Einhelligkeit, nach Zustimmung von irgendeiner Seite flammt in dem Mädchen auf, aber wem könnte ich drüben denn mein Herz geben? Es ist noch ganz wund und ausgefranst. Und Ute, die Neuenhagener Busenfreundin und Intellektuelle in ihrer Studentenbude in der Ackerstraße hat mich vor die Tür gesetzt, weil ich einen anderen Begriff von der Realität habe und nicht anders kann. Und Rosalka, bei diesem Aufhängergedanken, errötet

etwas in ihrem Herzen. Sie hat mir gesagt, was Frauen tun, wenn sie Sehnsucht nach Männern haben. Sie machen's mit Kissen, manche sogar mit Bürsten oder sonst was. Schrecklich hatte sie auf dem Innenhof der ABF gedacht und sich gefragt, warum Rosalka ihr solche grässliche Sachen erzählt und vermutet, dass Rosalka noch schlimmere Sachen weiß. Seitdem misstraut sie auch Rosalka, existiert eine dünne Zwischenwand zwischen ihnen. Und dass sie jetzt im kalten Regen auch noch an diesen Scheiß denken muss, zeigt ihr, wie tief sie gesunken.

Aus diesem schönen Strudel Selbstbezichtigung erwächst Panik glatt und die Panik ist sehr einverstanden, inmitten von leeren Straßen, den deutlichsten Hinweisen auf vorangegangenem Totalkrieg, von einem Menschlein, das sich nicht auskennt, Besitz zu ergreifen. Ängste liegen noch Jahrzehnte nach der Zerstörung von Leben auf ihren Plätzen. Wenn es diesen Laden mit amerikanischen Militärsachen gar nicht gibt, was mache ich dann? Dann fahre ich ins KaDeWe und wühle mir, nicht auszumalen, dann, nicht auszumalen. Alle in Berlin erfahrenen Nöte, Kopf- und Halsabschneidungen pressen Lesru mit vereinten Kräften zusammen und lassen so gut wie nichts übrig von ihr als ein winselndes Hundeheulen. Ohne grünen und ohne amerikanischen Schutz fühlt sie sich offen adernrissig, verblutend, zerfranst, zertreten, dass man schon ein wenig staunen kann und sich fragen könnte: Weshalb ein junger Mensch, der an einer höheren Lehranstalt mit Stipendium studiert, erfolgreich, erfolgreich auch an der Volksmusikschule Geige spielt, von Verwandten geliebt wird, sich dermaßen vernichtet fühlt.

Wir können uns diesen Totalausfall erklären: Sie hatte ihre kleinen Füße im Dorf Weilrode gelassen, die Erinnerung an ihre ersten wesentlichen Ich-Erlebnisse sind blockiert, der Zeiger stehen geblieben, sodass der ganze arbeitende Mechanismus von Eigenerfahrung und Welt durchgängig streikt. Somit ist das winselnde Hundeheulen eben doch ihr tiefstes und reinstes Selbstgefühl, ein reineres gibt es nicht.

Ein Mensch muss in dem Jammerloch zu Hilfe gerufen werden, sofort, und es nähert sich in hohem Bogen auf der anderen Leerstraße ein Mensch. Auch ihm pfeift der kalte Kriegswind unter den dünnen Mantel.
„Entschuldigen Sie bitte, hier soll es ein deutsches Geschäft geben, wo man nur amerikanische Sachen erhält, wissen Sie vielleicht."
„Da drüben, in dem Haus, dort gibt es die Kutten", antwortet fröhlich der junge Mann und so familiär zur Unbekannten, dass es Lesru wohl tut.
Auf seinem Wohltuen segelnd, betritt sie alsbald das beleuchtete Geschäft im Parterre, ängstlich, weil es jetzt ernst wird.
Was für ein Geschäft! Die Hauptfarbe Grün. Reihenweise hängen auf Bügeln grüne Kutten, in einer Ecke stapeln sich amerikanische Rucksäcke, in einer anderen stehen geputzte Stiefel, auf einem Regal an der Wand sogar Essgeschirre und Feldflaschen, es fehlt nur noch eine alte Kanone mitten im Laden. Eine trippelnde Verkäuferin, Gott sei Dank mit warmer Deutsch sprechender Stimme, fragt das junge Mädchen nach ihren Wünschen, nachdem sie sie abgeschätzt und unten angesiedelt hat.
„Für fünfzig D-Mark haben wir hier Kutten aller Größe. Alle sind Original amerikanische Militärmäntel. Hier sehen Sie sogar noch die Nummern des Soldaten, und manche sind bereits maschinell gestopft, alles Original."
Im Laden halten sich noch zwei andere männliche Kunden auf, aber Lesru Malrid heiratet schon den für ihre Körpergröße ausgesuchten Mantel. Ein anderer Mensch hatte ihn getragen, da steckt jemand in der grünen Kutte, und sie müsste nie wieder allein sein, nie wieder! Eine eigenartige Symbiose steht ihr bevor und als sie den offen gehaltenen Mantel mit seinem gelblichen Schaffell, das ausdrücklich von der

Verkäuferin gelobt wird, anzieht, ihren Nylonmantel hat sie auf den Boden fallen lassen, fühlt sie voller schönster Erregung die Berührung mit einem fremden Menschen. JA. Immerfort JA. Eine unglaubliche Wärme produziert das warme, im Sommer ausknöpfbare Schaffell, in ihren Rücken bis zum Nacken, gleichmäßig auf ihren Leib, in ihre ausgekühlten Arme, sodass sie weiß, ich muss sie tragen, anbehalten, wenn ich sie jetzt wieder ausziehen müsste, sterbe ich ab. Die großen Taschen auf dem zeltartigen Gewebe der Außenhaut werden erklärt, ebenso der doppelte Verschluss mit Reißverschluss und obendrein Druckknöpfen.

„Und hier sehen Sie unter der Kapuze die schwarzen kleinen Zahlen und auf dem Rücken gibt's den kleinen grünen Maschinenstopfer." „Ich möchte sie gleich anbehalten", erklärt Lesru mit fester Stimme. Denn sie hat keinen Mantel gekauft, sondern ein Lebewesen erworben.

95

Das neue Dasein lockt und springt am nächsten Morgen mit aus dem Bett. Es zupft, verführt, lockt an allen Ecken und Enden, denn es war bereits einmal ausprobiert: Gestern, schon ewig her, fuhr nicht Lesru Malrid eingetrauert wie gewöhnlich mit der S-Bahn nach Hause, sondern ein redseliges stolzes Schiff landete im stillen, dem Kiefernwald gegenüber befindlichen S-Bahnhof Hirschgarten. Kaum in der Dunkelheit ausgestiegen, dem singenden S-Bahnton nachhörend und in den Kiefernwald zwangsläufig hineinlauschend, fasste sich die amerikanische Kutte wie ein schlapper Hut an, sagte nicht Piep und nicht Papp. Niemand sah das Mädchen mit dem neusten Schrei an. Beleidigt und etwas irritiert ging die Aufgeblähte durch den langen feuchten Tunnel wieder hinauf auf die beleuchtete Straße mit den Einfamilienhäusern und war doch froh, dass sie das hinter sich hatte: das erste

Angesehenwerden, die musternden Augen von Westleuten und die überraschend aufblickenden von Ostleuten. Dass sie, die doch niemals zuerst angesehen wurde und immer das Angesehenwerden auffälligen attraktiven Superfrauen überlassen musste, was schon zum gewohnten öffentlichen Zustand sich manifestiert hatte, dass das in der warmen Kutte plötzlich und zuverlässig, wie sich herausstellen würde, anders sein würde, das konnte die geschützte Lesru noch gar nicht verstehen. Damit hatte sie nicht gerechnet, und das wollte sie auch nicht: Auffallen will sie nicht. Denn das Auffallen störte und unterbrach das sofort einsetzende Zwiegespräch mit dem unbekannten Amerikaner. JENER sagte ihr nämlich, schon auf dem Rückweg vom Geschäft zum Lehrter Bahnhof: Gut, dass du mich trägst, dass sich einer in Deutschland an mich erinnert. Er raunte es, er sprach es so deutlich nicht aus. Vielleicht raunte er auch nur: guten Tag. Jedenfalls war Lesru durch den ersten Kontakt mit dem jungen Mann sofort tief beeindruckt, sogar verzaubert. Sie war so sehr bereichert und verzaubert, so neugierig auf seine weitere Reaktion, dass sie tatsächlich ein besonderes glückliches Bild ausbildete, eine beinahe verklärt aussehende junge Frau, die wie angegossen in der grünen zeltartigen Kutte dasaß, aufstand, ging, wie ein Licht in seiner Fassung und auch deshalb gern angesehen wurde.

Alles (Selt-same) kann erklärt werden. Jede Erklärung unterbricht das gegenwärtige Geschehen. Die Frage lautet: Warum ist die Studentin ausgerechnet von einem amerikanischen Kleidungsstück so fasziniert? Warum nicht ein Westdeutsches, Französisches oder Schwedisches? Wer hatte bei dieser Wahl noch ein Wörtchen mitzureden? Denn es redete tatsächlich aus dem Verließ des verdrängten Lebens ein anderer Gegenstand mit. Weil Gegenstände an sich kein Mundwerk besitzen, und Lesru die blanke Erinnerung an diesen in vorschulaltriger Kindheit geliebten

Gegenstand verloren hat, abgestellt in die Kammer der Verdrängung, äußert sich das Vorbild in anderer Weise. Das Vor-Bild, gleichbedeutend mit dem ersten Einüben einer großen Entdeckung, des Selbstseins, der Selbstbefreiung aus schwersten Bedrängungen, geschah in Form einer wunderbaren amerikanischen Puppe, die im Jahre 1947 einem Amerikapaket entschlüpfte, Lesru zugedacht war und die, kaum erhalten, sofort als große geliebte Freundin gebraucht und die eingeknickten Flügel ihrer Fantasie wieder auszubreiten half. Mit dieser strahlenden, zöpfigen, blauäugigen Stoffpuppe (sie avancierte später zu einem Romantitel) konnte die Fünfjährige hochleben und überhaupt leben. Die Puppe wurde ein Jahr später im Ofen verbrannt, weil die SED ein Spielzeug aus Amerika verabscheute. Die Erinnerung an dieses überaus schöne und interessante Zusammenleben mit der Puppe steht Lesru nicht zur Verfügung. Was aber durchschlägt und dieses gewisse Wörtchen ist, ist das Muster einer konkreten Erfahrung, die Lust und Rettung, die von einem Gegenstand aus Amerika ausgehen kann. In Zeiten großer Bedrohung, Einpressung, Einschüchterung, Ängsten, zertreten zu werden, stocherte sich dieses Muster wieder hervor und gab den Ausschlag für die Hinwendung zur amerikanischen Kutte.
Nun wissen wirs, aber Lesru hatte keine Ahnung von ihrem unbewussten und zielgerichteten Handeln.

In der ersten gemeinsamen Nacht jedoch kam, was kommen musste, der Realitätssinn sprang aus dem Bette und schlich sich ängstlich auf die Damentoilette.
„Du hast doch keinen Menschen getötet, oder hast du einen Menschen im Koreakrieg getötet?" Die jemals gedachte entsetzlichste Frage musste sich Lesru im langen schweren Nachthemd stellen, und es war ihr, dass sie, falls die Antwort positiv sein sollte, gleich miterschossen, mitverbrannt werden sollte. Mit einem Schuss ist alles aus und schwarz. Wasser lassend, den

rosa Waschlappen von Frau Kleine ansehend, die ihr heute freudig ihre Vorfreude auf die "Grüne Woche" im Januar in Westberlin bereitwillig mitgeteilt hat, war es unvorstellbar, dass ihr junger Amerikaner einen anderen Menschen getötet haben sollte. Er nicht. Ich könnte sonst niemals mehr froh werden, ich könnte hier in Berlin überhaupt nicht weiter leben, entschied sie. Töten denn alle Menschen in Uniform jemanden, schießt einer nicht auch mutwillig daneben? Und haben die Amerikaner uns nicht auch vom Faschismus befreit, es waren doch nicht nur die sowjetischen Truppen. Das muss sich gesagt werden und das musste sogar mit bebender Hand über die auf dem Bügel gehängte Kutte am Schrank gestrichen werden. Meiner hat keinen Menschen getötet, nicht wahr du Liebes?

96

Am Sonnabendnachmittag ist das Café Friedrichstraße im Gewölbe des Bahnhofs gewöhnlich leer. An den großen von weißgrauen Gardinen behangenen Fensterscheiben regt sich nichts, kaum jemand sieht von innen auf die vorübergehenden Passanten und auch nicht auf die Fahrkartenverkäufer, die hinter ovalen Kleinschaltern hocken. Und kaum jemand schaut von außen auf die leeren Stühle und Tische, fast alle hatten etwas anderes zu tun. Gelegentlich treten durch die Eingangstür Reisende, die durch das Café weitergehen zum dahinter befindlichen Restaurant, wo man anständig und zu jeder Tageszeit essen kann. Den Zugang zum Cafe und Restaurant bilden zwei kurze, durch eine Steinmauer getrennte Treppen, die von der Friedrichstraße direkt in den Bahnhof führen und sich unter dem Hochgleis, innerhalb der Unterführung befinden. Dort, wo jeder Wind um die Ecke kalt pfeift, der Geräuschpegel von der belebten Straße und von den Zügen am stärksten anschwillt, braucht man nur die kleine Treppe hinauf gehen, das Licht hinter den Gardinen sehen, um beim Eintritt in das Café von der

Stille verschluckt und sofort wieder ausgespuckt zu werden. Ein Schritt vom Lärm in die Stille.

Gisela, die schwarzhaarige Kellnerin, liebt ihre Arbeitsstätte. Sie unterhält sich mit ihrer Kollegin am Tresen, der das längliche Café am Vorderende wie ein Balken abschließt. Sie lacht gern mit Angelika, die ihrerseits jeden Gast aufs Korn nimmt. Alle Kellnerinnen tragen hübsche weiße Kragen, dunkle enge Röcke und aufgebunden, schneeweiße Schürzchen. Die beliebten Plätze sind die Tische entlang der Rückwand und entlang der Fensterseite, in der Mittelreihe nehmen die Gäste Platz, die die Mitte bevorzugen. "Sieh mal", sagt die ältere Kollegin zu Gisela, die mit ihrem Rücken nicht sehen kann, als ein mittelgroßer Herr im unjugendlichen Alter im eleganten schwarzen weiten Mantel ohne Zubehör durch die dickglasige Eingangstür schreitet und zielgerichtet zu seinem Lieblingsplatz, dem äußersten Ecktisch an der Wand, geht.. Er zieht seinen Mantel aus, hängt ihn an einen Garderobenständer in der Nähe, hüstelt und besetzt eines der kleinen roten Sesselchen. Auf seinem unjugendlichen Gesicht liegt noch die Rötung, die der kalte Wind vom Alexanderplatz, die Straße Unter den Linden und weiter bis zum Bahnhof Friedrichstraße in herrlichen ungestümen Anflügen hinterlassen und verursacht hat.
Gisela erzählt ihrer Kollegin am Tresen die Geschichte von ihrem in Westdeutschland verstorbenen Vater zu Ende, ehe sie sich gemächlich umwendet, ihr freies, tischtuchbedecktes Arbeitsfeld in Augenschein nimmt und mit netten Schritten zu ihrem „Sir" geht. Das liebt sie: die kurzen Wege zum Vertrauten, zu Bekannten, das Ankommen und

das Scherzen. In welch einem anderen Beruf könnte sie diese Neigung ausleben, befriedigen? Sie wüsste keinen.

„Guten Tag Sir, Sie sind wieder mein Gast, es ist Feierabend im Büro", ein warmer Redestrom, der den in einer Musikzeitschrift lesenden Mann richtig erfreut. Er hat nicht achtgegeben auf das heutige Personal. Er kommt vom privaten Klavierspielen daher.

„Ja, bitte, das Normale und einen Wodka bei der Kälte." Seine Stimme klingt angestrengt.

Just in diesem Augenblick kommt eine andere Type durch die sperrangeloffene Tür, die ein anderer Gast dem jungen Mädchen mit Geige aufgerissen hat. Nach über zehnjähriger Zusammenarbeit mit Angelika am Tresen, pressen sich für Gisela die Menschenmassen zu Typen. Man muss sich retten vor der Unzahl von Individualgesichtern unter einem großen Bahnhof, der auch die Untergrundbahnen und U-Bahn-Gleise aufnimmt, wo das Leben in drei Etagen übereinander ankommt, abfährt, wartet und sie im Café und die Kollegen im Restaurant nur auf der Zwischenstufe etabliert sind: Sie kann sich nicht mehr vorstellen, in einem Straßencafé zu arbeiten, mit der Sonne im Arm, mit den schönen Lichtreflexen, wenn es geregnet hat, sie sind hier allesamt Nachtgewächse. Denn das Licht durch die große Glasscheibe ist ein vorgeleuchtetes.

Die Type in der grünen todschicken Kutte neuerdings kennen beide Frauen seit geraumer Zeit, sie haben sie in die Kategorie Alleinseglerin eingeordnet. Früher kam sie mit jungen Frauen, öfter nach dem Ende von Theater- und Konzertvorstellungen, voller Worte und Begeisterung, dieser junge Fidelbogen. Aus einem kaum nennbaren Grunde freut sich Gisela auch auf diesen Gast. Sie kann beim besten Willen nicht ahnen, dass das junge Mädchen sich einfach nur am Aussehen dieser weiß und schwarz

bekleideten Kellnerinnen erfreut, an der schönen Uniformierung und Berufsbekleidung. Das Adretteste von Berlin sind in ihren Augen diese schneeweißen Kragen und die herzförmigen Schürzchen auf dunklem Grund, wahrscheinlich denkt sie dabei an Märchengestalten.
Auch der Angesprochene, aus der Musikzeitschrift hervorgeholte Herr am hinteren Ecktisch schaut auf und wohlgefällig auf das gut verpackte Lebewesen mit der grünen Geige im Schutzumschlag. Sie gefällt ihm auf Anhieb, und er setzt sich zurecht, um ein kleines internes Schauspiel zu beobachten. Ihr Haardutt droht jeden Augenblick auseinanderzufallen, eine Haarnadel baumelt gefährlich im Nacken, er ist gespannt, welche Gestalt sich aus der Kuttenverpackung herauslösen wird. Und er staunt nicht schlecht, als eine rosafarbene stolze Seidenbluse und ein dunkler eleganter Rock zum Vorschein kommen. Hastig wird die Kutte wie ein Übel über den Stuhl geworfen, ein nervöses Besteck, denkt er und hat schon ein Lächeln in seinem Gesicht, ein sonderbares, das von innen kommt und ihn überrascht. Natürlich, sofort eine Zigarette angesteckt und das von Giselas Wärme beschlagene: braune Brillchen wird abgenommen, ein ungestutztes Gesicht. Mit dem Blusenrand wird unter dem Tisch die Brille von Beschlier und Beschlagung gereinigt. Jetzt ein klarer Durchblick. Der Herr muss wieder lächeln. Die Geige hat sie auffallend sorgfältig auf den leeren Stuhl neben sich gelegt, sodass für Gisela kein Hindernis entstanden war. Da eilt sie schon zu ihr, an des Herren Nebentisch, lächelt das Mädchen mit ihrer ganzen Augenschwärze an und sagt: „Heute mit Geige, mein Fräulein, was darf ich

bringen?" Das aber klang so mütterlich fraulich, als sei diese Kellnerin nur für diesen jungen Gast da, und der Herr beobachtet, wie plötzlich aus dem nervösen schmalen Gesicht eine einzige liebevolle Konzentration herausspringt, eine innere Weisung, und er hört zu seiner dritten Freude, eine unerhört faszinierende Mädchenstimme.

„Einen Kaffee bitte und ein Setzei mit Brot." Das aber klang wie eine musikalische Bestellung, eine Bestellung mit tiefen musikalischen Untertönen. Nun verändern sich seine grauen, etwas hervorstehenden Augen in seinem breiten flachen Gesicht zu Glotzaugen.

Lesru aber hatte während des Vorspiels im Haus der Jungen Talente am Alexanderplatz vor dem Menschenpodium nur an Elvira Feine gedacht. Sie hatte ihre junge steife Klavierbegleiterin in Viras schönes mitarbeitendes Gesicht umgestaltet, sie bei jedem Doppelgriff vor sich gesehen, wie sie den roten Tomatensaft eingoss und nachdenklich im Sessel in der Künstlerwohnung saß, nahbar und nahbar. Sie ist es nicht, das spielte an den jähen Fortissimostellen mit, sie ist es nicht am Flügel, das eroberte den ersten Platz, den die Jury zu vergeben hatte. Welch eine Enttäuschung am Ende und überhaupt

Noch im Café sitzend und von einem Herrn beobachtet, muss sie sich ständig sagen, dass das Vorspiel mit dieser Angelika doch nichts war und so leicht der erste Preis zu erhalten, eigentlich ein Betrug gewesen war. Da kam der Geigenlehrer aus Köpenick ihr gerade recht, der sich strahlend hervordrängte und sich und ihr gratulierte, sodass sie ihm ins runde dicke Gesicht sagen musste: „Aber warum denn, es war doch nichts", und sie seine entsetzliche Brüskierung auch noch schlucken musste wie einen bitteren Schnaps. Wenigstens den habe ich geärgert, das ging als dritter Fuß schnell weg und mit vom Alexanderplatz bis zu Unter den Linden, wo es nur ein Ziel gab, nur einen warmen Sessel und nur eine freundliche Bedienung. Ich bin zurzeit die beste Geigenspielerin von Berlin-Ost, beurteilt und gemessen nach dem Maßstab der Volkskünstler, der Volksmusikschulen. Ich trübe Tasse. Das kann ich mir nicht vorstellen, das bin ich auch mit Sicherheit nicht. Außerdem habe ich ja mit meiner geliebten Vira Feine gespielt, die mir früher einmal gesagt hatte, dass sie kein Lieblingsbuch habe. Jedes zu seiner Zeit.

So hockt sie in ihrem eigenen Gefängnis. Bis sie der Tischnachbar anredet, eine warme freundliche, besorgte Stimme aus dem Hochdeutschen gewachsen, „entschuldigen Sie bitte, aber es freut mich, dass Sie Geige spielen. Darf ich mich ein wenig zu Ihnen setzen?"

> Aus weiter Ferne erscheint ein Mensch an ihrem Tisch, legt irgendwas, das er von irgendwoher mitbringt, vor sie hin und singt. Er spricht nicht, er singt die alte Melodie von der Schönheit der Musik. Gebannt hört sie auf diesen alten Lobgesang.
> „Denn es gibt wenig junge Leute heutzutage, die ein Instrument erlernen, man muss dieses Sichbemühen unbedingt unterstützen. Menschen, ohne eigene Fingerübungen und Notenkenntnisse gehören zur unansehnlichen, dennoch interessanten Welt!"
> Wie bitte? Was ist denn das? Lesru senkt den Blick, es ist ihr, als käme ein Mensch vorüber, der sie, ein blühendes Pflänzchen mitten im Vorwinter hockend und frierend, ansieht und aufhebt.

„Ich kann überhaupt nicht spielen, ich habe zwar soeben beim Wettbewerb der Berliner Musikschulen den ersten Preis gewonnen im Fach Violine, aber nur, weil keine besseren Geiger da waren." Eine beneidenswerte Klage, die den Beisitzer im schwarzen Feinpullover und braunem Jackett wieder zum Lächeln bringt.

Gisela und ihre Kollegin Angelika am Tresen jedoch haben alles im Auge, und Gisela überwächst das Gefühl, an jenen Doppeltisch zu gehen und den Herrn der Sparkasse, soviel weiß sie über ihn, nach neusten Wünschen zu befragen. Als wüssten diese Damen genau, was sich anspinnt, was gebraucht wird, sie hören das Gras wachsen. Für sie und ihre Kollegin ist der Herr Sparkassendirektor der großen Sparkasse am Alexanderplatz im Hochhaus.

Der Geist des Gedankens, die Teilung der Welt in Unansehnlichkeit (unmusikalisch) und Ansehnlichkeit (musikalisch) aber ist schon in Lesrus sehnsüchtige Seele eingedrungen und beginnt sich in ihr häuslich einzurichten. Etwas unverhofft Befriedigendes fühlt sie und sieht das Gesicht, aus dem dieser Gedanke herausbefördert wurde, an. Die kleine keusche Nase, die große Flachstirn, die ins Bläuliche aufgesteckten Voraugen, der schmale kluge Mund. Auch die unansehnliche Welt sei interessant, dieser Satzteil ist ihr ebenfalls willkommen. Ja, nichts darf verabscheut werden, nichts unter den Tisch fallen, alles hat seine Lebensberechtigung und sei es zur Kampfansage. Welch ein Wohlgefühl jetzt, ein Sichfreifühlen nach allen Seiten und das mitten im Berliner Klassenkampf.

„Das tut richtig gut zu hören, die Welt in ansehnlich und unansehnlich zu teilen, das befreit mich von diesem ideologischen Zangenblick.
Was machen Sie denn beruflich?"
„Wünschen die Herrschaften noch etwas Zusätzliches?"

Giselas unerwünschte Kletterfrage, ihre dunklen Augen klettern von einem Berggesicht zum anderen.
Der Angesprochene bestellt irgendetwas in Lesrus Augen, für Giselas Ohren zwei Cognacs, echten Weinbrand. Die Empfangende stolziert mit kleinen Schritten zur Erörterung vorn, sie liebt diese Gäste, die nicht alle Tassen im Schrank haben, sie sind ihr viel lieber als die Westberliner Kojoten, die gleich ins Restaurant durchmarschieren und sich dort durchfressen, sämtliche Schnitzel auf einmal bestellen und mit Judasgeld bezahlen.

„Ich arbeite in der Sparkasse am Alex, in dem Hochhaus."
„In der Sparkasse, das muss ja entsetzlich sein und langweilig", sagt das Mädchen errötend und so ungläubig, ja total verwirrt, dass man meinen könnte, sie hätte eins mit der Grabschaufel eines Friedhofgärtners übergezogen bekommen und trüge lauter blaue Flecke im Gesicht.
Diese Äußerung, aber auch die vorherigen gefallen dem klugen Herrn sehr, ja, er fühlt, wie er seit Langem wieder einmal den Boden unter seinen Plattfüßen verliert und sich in die Hängeposition begibt. In das Sichdranhängen und nicht Anderskönnen. Etwas lebt in diesem Mädchen, das er auf achtzehn, siebzehn Jahre schätzt, das ihm unvermittelt in die Seele hineinspricht. Sie regt sich in ihm wie ein lange ausgelassener Quell, und er wird süchtig nach diesen Äußerungen. Das kann nicht lange gut gehen und dem Zufall überlassen werden. Er muss handeln.
„Mit Geld habe ich direkt nichts zu tun, das handhaben andere Kollegen. Ich bin Justiziar der Sparkasse." Geld kann ekelhaft sein, das fühlt er an ihren entgeisterten Augen, die sich, braun und bebrillt wie sie sind, versuchen, in eine gewisse Aufmerksamkeit zurück zu versetzen.
„Ich komme gerade von dort, ich habe ein Klavier in der Sparkasse, auf dem ich üben kann. Zu Hause habe ich

keins. Beethovens Sonaten sind schwer zu spielen, und eine habe ich heute wieder versucht zu spielen". Das muss an dieser Stelle gesagt, offenbart werden, bevor der glühende Ball, der in ihn gefahren, droht, sich irgendwo abzusetzen.

„Der ist doch viel zu alt für die Kleene", sagt am Tresen Angelika, die auch immer ein Auge auf das Restaurantinnere frei hat, wo ein Trupp Westberliner Studenten, Verhungerte, sich lautstark am langen Tisch niedergelassen hat. Die Kolleginnen drüben haben alle Hände voll zu tun, wir nicht, Gott sei Dank.

Diese Auskunft des Herrn mit den blauen Augenschlitzen und dem schon schütteren Haar aber ist die Brücke für Lesru, die Rettung für den Justiziar der Sparkasse. Zum ersten Mal fühlen sie sich wie zwei getrennte Orangenhälften, orangefarben, süß und saftig.
„Ach, das ist ja schön", entfährt es Lesrus Seele. Ein Grundvertrauen kehrt ein wenig umständlich noch, aber es kehrt zu ihr zurück. Der Musikliebende, Musizierende, einer, der nach Feierabend in der Sparkasse bleibt und Klavier spielt, allein für sich, stundenlang. Dieser ist weder Mann noch Weib, er ist das Vertrauen auf zwei Beinen. O, welch eine willkommene Entdeckung. Das Grundvertrauen auf zwei Beinen kommt so schnell nicht wieder, es muss unbedingt erhalten, wie eine gemeinsame Melodie geübt und begleitet, gegen die Kriegsstadt Berlin ins Erlebnisfeld geführt werden. An seiner Seite fühlt sie sich, noch am Tisch sitzend, bereits wie eine Kämpferin, eine Amazone gegen die geilen, hässlichen oder auch neidvollen Blicke, die sie an der ABF in ihrer grünen Kutte aushalten muss. Alle glotzen nur auf die Kutte,

unverhohlen, seitlich, aber hier sitzt ein Klavierspieler, der noch kein Wörtchen über ihren Mantel verloren hat. Davon muss jetzt sofort geredet werden, genau davon.

Der Klavierspieler lächelt wieder und staunt, worüber sich dieses Mädchen aufregt, über Blicke! Mein Gott gibt es etwas Anmutigeres?

97

Ein unbekanntes Abendviertel in Berlin, wenn das nichts ist! Im feinen kühlen Regen lachen die Straßenlampen, die am Tage in der Licht- und Schatten-Beleuchtung griesgrämig dastanden. In allen Spektren des Gelb und in einem vergilbten Weiß lächeln sie von oben herab auf ihre Untergebenen. Dass sich Lampen auch immer oberhalb der Menschen und Fahrzeuge befinden müssen, keine einzige erhellt die unteren, unsichtbaren Wege. Eine Tatsache. Schon beim Ausstieg aus der S-Bahn am Bahnhof Prenzlauer Allee flunkern die Oberlampen jede Kopfbedeckung an, flimmern die beleuchteten Wohnungen schon bald in den eng bebauten Straßen, wedelt Licht aus offenen Eckkneipen und gedehnten Restaurants, leuchten die Scheinwerfer, die Augen der Fahrer und Autos auf viel befahrener Allee. Das Abendlicht summt.

„Mein Name ist Hase, ich weiß von nichts", hatte Gunter Taste, der von seiner Verliebtheit bereits eingeschüchterte Diplom-Jurist auf ihre Frage nach seinem gebräuchlichen Namen, scherzend und versonnen geantwortet. Das geschah nicht unter Giselas und Angelikas hervorragenden Blicken, sondern unterwegs, als die Nähe, am Caféhaustisch gewonnen, sich von selbst zum Lüften des Vertrauten anschickte. Plötzlich wollten die beiden Abgänger wissen, mit wem sie es zu tun hatten.

„Wollen Sie nicht mit mir kommen, ich möchte Sie einladen, mir etwas auf Ihrer Geige vorzuspielen, ich bin ganz neugierig geworden auf Ihr Spiel. Ich glaube nämlich nicht, dass Sie schlecht spielen." Wieder eine Vorlagerung, ein Vorspiel. Wir haben es nur mit Vorspielen zu tun.

Das war nun gar keine Frage mehr für Lesru Malrid. Im Geiste spielte sie bereits eine ihrer Fantasien, die sie im Haus der Jungen Talente nicht spielen durfte, sie spielte eine große freie Melodienfolge über ihr gegenwärtiges Leben in Berlin, und die Dissonanzen waren frisch gefüllt mit den Blickkämpfen, Blickkrämpfen auf ihre äußere Erscheinung seitens der Genossen aus ihrer Klasse.
„Ich würde an Deiner Stelle die Kutte nicht anziehen", sagte Grit Stift nach wenigen Tagen der Kuttenerscheinung im Flur leise zu Lesru, "sie sieht nicht gut aus, kommt vom amerikanischen Militär". Ein Tarantelstich und die Tarantel stach zurück. „Aber das ist doch jetzt ganz modern und warm ist sie, innen mit Schaffell gefüttert, jeder beneidet mich um sie." Auch das noch.
„Ich nicht, Lesru, ich würde dieses Ding niemals anziehen, es ist mir so zuwider." Grit Stift empfand ein anhaltendes Ekelgefühl gegen jeden Fetzen amerikanischer Militärbekleidung, obwohl ihr Otto, der ehemalige LPG-Vorsitzende offen erklärt hatte, dass es doch auch USA-Soldaten waren, die Hitler und den Faschismus mit besiegt hatten. Oder nicht?
Von ihren heimlichen Gesprächen mit dem unbekannten Mann und Vorbesitzer der Kutte konnte Lesru ihr doch nichts erzählen, nichts von der ersten Angstnacht und noch weniger von dem sie seitdem nie verlassenen Gefühlt des Schutzes. Ja, Lesru hatte eine Schutzhaut auf dem Leibe, und jeden Morgen, wenn sie in der ABF ihre Kutte auszog, fühlte sie sich beinahe nackt und fror.

Diese Gespräche aber müssen vorangehen. Tonnenweise und tröpfchenweise werden die Klagen über den politischen Harnisch an der

ABF begonnen, mit der Ausrichtung zum Kämpfer während der Immatrikulation bis zum Flugblattverteilen an der TU in Westberlin, bis zur "Entscheidung" auf das Haupt des Gunter Taste abgeladen. In einem Restaurant jetzt, wo es gut nach gutem Essen riecht.
Ängste, Vorwürfe gegen eine ganze Genossenschaft gelangen auf den weiß gedeckten Tisch mit zwei vollen Weingläsern, unweit der anderen Stammgäste, die vergnügt sind. Wohl deshalb, weil Lesru glaubt, einem Juristen gegenüberzusitzen, der sich schon Berufswegen für das Wohl der Staatsbürger interessiert.

Der Klavierspieler sieht sie dabei aus seinen blaugrauen Augen an, die Klagen erinnern ihn peinlich an die Nazizeit. Er stammt aus einem pazifistischen Elternhaus, wo dennoch bei kleinstädtischen Demonstrationen die Hitlerfahne aus dem Balkonfenster gehangen wurde, aus Sicherheitsgründen. Ein Mantel wurde um die Kaufmannsfamilie gelegt. Während er unverwandt auf Lesrus freien Hals und auf den verlockenden Halsausschnitt glotzt, starrt, fällt ihm die Parallelität äußerer Formen diktatorischen Denkens auf und wie Schuppen vor den Augen. Nur handelt es sich in der DDR doch um andere Inhalte. Merkwürdig ist ihm, dass er sich mit der Nazivergangenheit nie persönlich und wirklich auseinandergesetzt hatte, sie wurde ihm, wie den meisten DDR Bürgern, mit einer kühnen Gedankenkonstruktion abgenommen. Er ist baff. Da sitzt ein Mädchen vor ihm und beklagt sich, dass sie etwas tun und vor allem sein muss, was sie nicht ist. Seine Frauenkolleginnen in der Sparkasse haben hingegen andere Probleme in Berlin, mit

Männern, Geschäften und auf höherer Ebene mit dem ständigen Geldabfluss nach Westberlin und mit dem Menschenabfluss in den Ausguss Westberlin. Und während seines Jurastudiums an der Humboldt-Universität hatte er die neuen vereinfachenden Gesetze und Gesetzeswerke in der Rechtsprechung, im Zivilrecht etc. untadlig gefunden und gelobt. Der ganze und umfängliche Bereich des privaten Eigentums ist zusammengeschrumpft, sodass ihm viel mehr Zeit übrig bleibt, in Konzerte zu gehen als seinen Westberliner Studienkollegen.

Nachdem Lesru ihren Kübel über das schüttere Haar des nachdenklichen Glotzer ausgeschüttet hat, fühlt sie sich auf einem Abweg angekommen und sitzt in der Tinte. Das alles auszusprechen, das war doch gar nicht so wichtig, das ist Nebensache, fühlt sie genau. Das sind nur Umstände. Das bin ich nicht. Dennoch ist sie erleichtert, ihre Klagen ausgesprochen und einem Juristen vor die Füße gelegt zu haben.

LIEBENSWERTE

98

Gescheitert.

Im August des Jahres 1962 sitzt der Schatten von Lesru Malrid im blühenden kleinen Sommergarten ihrer Mutter, die zum letzten Mal in Weilrode umgezogen war, ins letzte Haus einer Sackgasse. Sie endet auf dem Feldweg, den die Einheimischen Kirschallee nennen. Wie eine unbewegliche Statue sitzt Lesru in kurzen Hosen und barfuß auf dem Liegestuhlrand, schaut die gelben Studentenblumen auf der Rabatte an, erschaudert, weil sie Erinnerungsstücke geworden, sie hätte sie am liebsten nicht gesehen. Ihr Körper ist schwer, eine schwere Masse, und wenn sie einige Schritte geht, ist es ihr, als wöge sie Zentner und könnte ihre Last kaum tragen. Eine wunderbare Gleichgültigkeit macht sich bereit, seitdem sie Berlin verlassen hat. Wir sagen Berlin. Aber sie kann diesen Namen nicht mehr aussprechen, nie mehr werde ich B.. sagen können. Es scheint, als trüge sie eine Hauptlast.
Auch die übrige Natur schüttelt anständig und inständig mit ihrem Kopf, weder der duftende Felderblick bis zum grünen, ehernen Kiefernwald, vorüber an Boeskens Feldscheune, beruhigt, berührt die Zwanzigjährige, noch ein Apfelbaum vom Nachbars Garten, der stolz und fest seine pausbäckigen Früchte trägt, nichts. Alles lebt ohne sie, und sie muss sich an die täglichen Abweisungen ihrer geliebten Natur gewöhnen. Nicht mal sie mag mich, das leiert ihr wunder Kopf nun auch noch dazu. So ist es, wenn man von der Gesellschaft ausgestoßen wurde, sogar die Natur kneift.

Schöne Aufgaben verjüngen uns. Die zweiundsechzigjährige Jutta Malrid will schon ihre Tochter zum Essen rufen, aus dem offenen Wohnzimmerfenster aus dem Parterre in Ameisennähe sagen, "komm bitte", aber sie beißt sich auf ihre Lippen.

Seitdem Lesru als stummes Ding von Berlin zurückgekehrt war, hat sie eine schöne Aufgabe erhalten und erblüht wie eine goldgelbe Dahlie. Mit Vielreden, mit Recht haben nichts zu lockern, wohl aber mit sich-auf-die-Lippen-beißen. Die Pellkartoffeln kann sie auch allein schälen. Wie eine stille Freundin hat die Mutter zu sein, und sie wird es zu ihrem eigenen Erstaunen.

Leise geht sie vom Wohnzimmer mit dem offenen Fenster zum Garten über den kurzen Flur zur Küche, wo die Schüssel mit den dampfenden Pellkartoffeln für vier Hände parat steht, sie setzt sich auf den immer noch stolzen Lederstuhl und beginnt die Kartoffeln zu schälen. Ihr alter Grundsatz: Kinder helfen im Haushalt mit, erhält einen Seitenhieb. Sie fühlt sich wieder und neuerdings so angenehm weich werdend. In ihrem alten amerikanischen Sommerkleid mit rundem Kragen und den bunten Blumenköpfchen auf dem Leinenstoff sie richtig gut aus.

In Ehren gescheitert, das hatte sie ihrer geliebten Schwester Gerlinde geschrieben, ein junger Mensch war an den Zähnen und Zäunen einer schwer bewaffneten Gesellschaft gescheitert, aus Eigensinn. Wieder sieht sie beim geschickten Abpellen der alten Kartoffeln, eine neue Sorte gab es noch nicht, die erstarrten, wie hölzern wirkenden Gesichter der jungen Kommilitonen im Klassenraum der ABF vor sich. Jutta hatte sich nach den kurzen Osterferien zur entscheidenden Sitzung, in der über das Schicksal von Lesru Malrid gesprochen und entschieden werden sollte, selbst eingeladen. Sie kam mit ihrem Parteiabzeichen am Revers und einer sehr gefestigten Rede zur Verteidigung ihrer Tochter zu diesem Prozess. Da saßen in langen Dreierreihen aalglatte gleichgültige Karrieristen, das sah sie auf einem Blick und zwei hasserfüllte junge Frauen. Es ging um die sofortige

Eximmatrikulation ihrer Tochter, zwei Wochen vor dem Abitur.

Es war der einzige schöne Tag mit Frau Kleine, erinnert sich Lesru auf dem Liegestuhl, in den sie sich auszustrecken, nicht wagt. Am Rand muss sie hocken, denn sie ist von der Gesellschaft ausgestoßen und zur Randfigur geworden. Im November vergangenen Jahres gingen wir beide durch den S-Bahnhof Hirschgarten hindurch in den grünen, ganz stillen Kiefernwald, um Zweige für das Grab ihres Mannes zu holen. Wie gut es zwischen uns war, wie still und wie sehr sie die Natur liebte. Ich hatte ihr von den ständigen Sticheleien und Mahnungen der Genossen gegen mich und meine Kutte erzählt, die nach dem Bau der Mauer so massiv geworden waren, als sei ich die allergrößte Feindin der DDR. Das verstand sie sehr gut und sie nahm mich einfach unter ihre Fittiche. So kann man einen Menschen auch kennenlernen, im Wald wird jeder weicher, und sie beklagte sich seither auch nicht mehr so heftig gegen das Mauerregime, das sie einschneidend ärmer machte.
Was ist noch erstaunlich? Ich rauche jetzt die sechste Zigarette und meine Mutter wettert nicht mehr dagegen. Sie lässt mich einfach rauchen. Die Erinnerung an den Waldspaziergang mit Frau Kleine lässt in ihrem verwundeten Kopf eine Lücke entstehen, eine Gelegenheit, Gunter Taste über sich zu sehen und wie er bei der Umarmung in seinen großen Fernsehapparat glotzte, den er seinem breiten Bett gegenüber aufgestellt hatte. Widerlich. Es schmerzt wieder, das Widerliche, sodass der Drahtzaun des Gartens bis zu den Eisenbahnschienen angesehen werden muss.

Ich bin vollkommen vergiftet, das kann gerade noch gedacht werden, ehe sie wieder in einen Dämmerzustand gerät.

99

> Fahrrad fahren, beide Hände am Lenker, der Rücken gebeugt, den Kopf angehoben, nur die ahnungslosen Beine funktionieren leichtfüßig und ohne Kommentar, das ist möglich. Sich bewegen. An diesem letzten Augustsonntag aber gilt es, vierzig Kilometer in die Zukunft zu fahren, vierzig Kilometer von Torgau entfernt.

Lesrus verblüffende Entdeckung nach ihrer Rückkehr aus der niemals mehr zu nennenden Stadt, als sie das erste Mal seit zwei Jahren ihr altes blaues verstaubtes Fahrrad besteigt: Sie konnte sich schmerzfrei bewegen. Zum Totengestein erstarrt, konnte sie sich dennoch aufs Rad setzen. Sie fuhr langsam die kurze Schöppenthaustraße herunter, an der Kreuzkirche vorüber, am Teich nur bis zum Friedhof, wo das Rad von selbst stillstand. Dort ging sie unter den Linden zum Grab ihrer Großmutter und betete heimlich, nicht ohne sich umgesehen zu haben. Als sei das Beten wieder ein Affront gegen die neue Gesellschaft. Zurück schob sie das eilfertige Zweirädrige. Lesru wagte sich nicht in die dörfliche Gesellschaft, von der sie vermutete, dass es alle bereits wüssten: Malrids Lesru ist ein Staatsfeind, wurde von der ABF-Leitung für unwürdig befunden, aus der FDJ herausgeworfen und nach dem Abitur, das sie auf Intervention ihrer untadligen Genossinmutter noch ablegen durfte, zu zwei Jahren Produktion bei der Arbeiterklasse verurteilt. Hui in großem Bogen aus der Stadt mit dem niemals mehr zu nennenden Namen an die Luft gesetzt. Ängstlich auf Schritt und Tritt.
An dieser Stelle kantet sich eine entsprechende Musterstelle aus Lesrus Vergangenheit, die ihre Überängstlichkeit erklärt, von der sie heimgesucht wird und die auch jetzt noch auf dem Fahrrad mitfährt. Eine eingekerbte Stelle, Initialen, die auf der Rinde

mitwuchsen und nur von einem Spaziergänger gelesen werden können.

Just im Jahre 1946 ging die noch nicht vierjährige Lesru in den verhassten Kindergarten, zusammen mit über vierzig Kindern, in die graue Steinbaracke neben der Sandgrube. Eines schrecklichen Tages brachte ein Kind ein Bilderbuch zu den ausgehungerten, in einem einzigen Raum bei Regenwetter Tobenden. Es gab kein Spielzeug und keine Bücher. Es gab einen einzigen schlaffen Ball und eine Kindergärtnerin. Das Bilderbuch war aus Hartpappe, bunt und zeigte ein Haus, schön aufgemalt mit Dach, Fenstern, Gardinen, einer Tür und einem kleinen Blumengarten davor. Jeder durfte das Buch in die Hand nehmen und sich ganz kurz ansehen. Zu diesem Zweck musste eine Schlange gebildet werden, eine zählbare Reihe. Es war ganz still im Zimmer, so still wie nie wieder. Als Lesru endlich das heilige Buch anfassen und hineinsehen konnte, erschrak sie mit ihren kleinen Eingeweiden so sehr, denn sie assoziierte dieses eine Haus mit ihrem Geburtshaus in Ostpreußen, wo sie zwei Jahre, die ersten zwei Jahre glücklich in der Wärme einer großen Familie in Saus und Braus gelebt hatte. Das spitze Dach, die kleinen Gardinenfenster sprachen zu ihr von einem ganz und gar unfassbaren Glück, von einer Seligkeit, die ihren ganzen Körper erfasst hatte, sodass sie sich nicht trennen konnte von der Seite, von dem ganzen Buch. Die Kinder wurden unruhig, und die Kindergärtnerin schrie: "Weitergeben". Lesru hörte nicht, sie musste ihre Seligkeit wie eine heiß begehrte Mohrrübe essen und benagen. Auch die zweite, schon zornigere Mahnung hörte sie nicht. Das Mädchen fand sich erst wieder, als sie vor allen überraschten Kindern als böses Kind verurteilt wurde, als die anderen Kinder aufgefordert wurden, sie, die Missetäterin genau anzusehen: „So sieht ein böser Mensch aus, seht ihn Euch genau an."

Sie musste den Raum mit schwersten Schultern verlassen und allein vor der Tür des Kindergartens stehen. Denn böse Menschen waren die Nazis und alle Ungeheuer, und es schmerzte das kleine Mädchen bis ins letzte Mark hinein, dass sie ein böser Mensch war und für alle Zeiten bleiben sollte. Es war dermaßen entsetzlich von der Gesellschaft herausgeworfen, verurteilt zu sein, dass sich in ihr das Leid breiter als nötig machte. Die Kindergärtnerin ging sogar nach Hause zu ihrer Mutter und Großmutter, um sich über dieses Verhalten zu beklagen. Und die Erwachsenen schoben ihre Kritik nach und noch einmal drauf. Was entstand war ein nachhaltiger Ekel vor allen Büchern.
Diese Kerbe nun wütet in der Zwanzigjährigen munter weiter, im sterilen Mumienraum. Weder vom Verstand noch von einem Spaziergänger von außen betrachtet, verliert sie nicht ihre Konsistenz. Sie schlägt ihre Ängste erneut auf und reicht ihre gespickten Felder bis in die gegenwärtigen Tage und Nächte. Der Bazillus Volksfeind und das niedergeschlagene Ich, werden wiederbelebt und vereinigen sich mit dem akuten Fehlverhalten zu einer abgeschlagenen Gestalt.

Die ersten sechs Kilometer in Richtung Zukunft sind heruntergestrampelt und Lesru befindet sich wieder dort, wo sie nie und nimmer sein wollte, in der Sekundärheimat, über der Elbe auf der Brücke wo ihr das graue türmige Torgauer Schloss die kalte Schulter zeigt! He, du wolltest in die Welt ziehen, sogar nach dem Abitur nach Heidelberg gehen und dort in der alten ehrwürdigen Universitätsstadt Psychologie studieren - aber wen sehen wir denn jetzt? Ein Häufchen Unglück auf dem Fahrrad. Das Schloss der Renaissance grinst mit allen seinen schönen Gardinenfenstern. Der Fluss unter ihr aber enthält sich der Schadenfreude, er muss sein Niedrigwasser zusammenhalten. Und Mimi Stege in der krummen kurzen Schlachthof-Straße musste Langmut entwickeln, um ihrer ehemaligen Schülerin Mut zuzusprechen in einem kurzen Brief. Sie hatte einen

alten, noch vitalen Freund, einen Leipziger Pfarrer in Ruhe aufgegabelt und legt sich mit dem ins Bett. Große Liebe, denkt Lesru. Keiner muss wie ich in derselben Ackerfurche kriechen, mirakelt es in dem strampelnden Mädchen. Vira in Moskau. Gudrun, eine Torgauerin, studiert weiter Afrikanistik, Margit aus Falkenberg weiter Außenhandel in Karlshorst. Karlshorst aber lässt sich denken und aussprechen, der Gesamtname nicht. Sie fährt nicht durch die Stadt, sondern am Rande bleibend, die Straße nach Dahlen weiter.
Zwischendrin und zwischendurch stellt sich der geflügelte Vorschlag wieder vor sie hin, ein Teufel mit Engelsflügeln, er hatte etwas zu sagen: Wenn du das damals gewagt hättest, wärst du jetzt entweder im Gefängnis oder in Heidelberg. Der hinterhältige Vorschlag jedoch verliert angesichts des dicken roten Wasserturms seine Aussagekraft und Lesru fährt in gemäßigtem Tempo weiter in Richtung Pflückhoff. Es ist schön warm an diesem Augusttag, unter dreißig Grad, das muss auch gesagt werden. Ruhig ist sie nunmehr.

Der hinterhältige Vorschlag, die Republik auf kürzestem Wege zu verlassen, mit einem großen Schritt, überkam sie am ersten Unterrichtstag Anfang September des Jahres 61, als sie von Gunter Taste längst verlassen war und sich auch von Gott verlassen fühlte. Sie saß in der mittäglichen halb leeren S-Bahn im Zug nach Erkner im Bahnhof Friedrichstraße, wo es gen Westen nicht mehr weiterging, wo die hohe Milchglasmauer zwischen den Gleisen noch nicht erbaut worden war und Polizisten strengstens die Züge bewachten. Nebenan stand eine S-Bahn, die nach dem Bahnhof Zoo in wenigen Minuten abfuhr. Ich brauche nur schnell meine Tür öffnen, die Nachbartür öffnen und mit einem großen Schritt in die große freie Welt gelangen. Es feuerte unter ihrem Sitz, mach's doch, wedelte der Teufel, ich kann nicht, wedelte eine vernunftartige Ansicht. Die schießen dich ab, so schnell können die nicht schießen.

„Jeder normale Mensch besichtigt seinen zukünftigen Lebens- und Arbeitsort, bevor er anfängt, nur Du nicht", sagte mehrmals im August Jutta Malrid zu ihrer Tochter in der Tonleiter des Vorwurfs. Das aber vermochte die Angesprochene nie und nimmer. Die Zukunft zu betreten, das hieße doch als Aussätzige der Gesellschaft sich Verweise, Fingerzeige, Verachtung vor der Zeit abzuholen, denn es grauste ihr vor der wiederholten Verurteilung von Fremden. Lesru wollte den harten Knochen der Verweisung erst dann benagen müssen, wenn die Zeit nicht locker ließ. Deshalb waren ihre Geige und ein Köfferchen mit Utensilien schon vorgefahren worden zum Ort der Zukunft, gebracht von ihrem hilfsbereiten Bruder Conrad aus Karl-Marx-Stadt, der diese Fahrstrecke regelmäßig befährt.

Den beneidenswerten Zustand aussätzig zu sein, erlebte Lesru ein knappes Vierteljahr an der ABF vor und während der Abiturvorbereitungen und kurze Zeit danach bis zum fliegenleichten Ende. Als in der letzten FDJ-Versammlung vor Ostern ihr unverrückbares Fehlverhalten, das währende Tragen des amerikanischen Militärmantels (mit ausgeknöpftem Schaffell), das sichtbare Vorzeigen des amerikanischen Imperialismus wiederholt zur Sprache kam, platzte Lesru Malrid der Kragen, und sie schrie Otto, den LPG-Vorsitzenden an. „Du hast wohl Angst vor der Kutte, Du Kommunist." Das war gar nicht fein. „Jetzt biste geext", sagte Ralf Kowicz nach der Auflösung der Versammlung, und Rosalka Klar, miterschrocken, sagte zu Lesru, „vor allem das Wort Du Kommunist" klang wie eine Beschimpfung, das verzeihen sie Dir nie. Sagte es und verschwand.
Ort und Arbeitsstelle für den dringend benötigen Nachhilfeunterricht im Hauptfach Sozialistisches Bewusstsein, konnte sich die Aussätzige selbst wählen. Die Arbeiterklasse wird's schon richten. Zwei Jahre "Produktion" nennt sich diese Strafmaßnahme auch. Danach erst darf sie sich in der DDR zu einem Studium

wieder bewerben. Bei der Suche nach einem geeigneten Ort - eine Fabrik kam nicht in Betracht - aktivierte Jutta Malrid all ihre ohnehin starken Lebensgeister, überlegte, bedachte und schlug der weit Abgeschlagenen, stummen Tochter im Weilroder Garten vor, in einem Krankenhaus zu arbeiten. Das Torgauer Kreiskrankenhaus kam nicht infrage, es lag zu nah, es sollte ein Ort der Zukunft sein, noch nie betreten, ganz neu.
Also wählte die muntere Frau Malrid einen neuen Ort der Zukunft, schrieb eigenhändig eine kleine Anfrage auf Papier, nannte die Gründe für die Anfrage, ideologisches Fehlverhalten, und erhielt postwendend eine positive Antwort vom Ort der Zukunft. Die positive Antwort enthielt ein Zauberwort, das Lesru sofort den Vorschlag ihrer Mutter annehmen ließ.
Das Zauberwort hieß "Psychiatrie".
Kaum hatte die steife und zeitweise vor sich hindämmernde Ex-Berlinerin dieses Wort gehört, empfing sie von ihrer Seele vielfältige Zustimmung. Aus der Gesellschaft eximmatrikuliert, empfand sie sofort Zuneigung zu all den Geisteskranken in diesem Lande, zu den Gescheiterten. Und sie erwachte in der Folge dieser Aussicht und ruhigen Pflegetage zu Hause allmählich wieder aus ihrer Totenstarre. Unwiderstehliche Sehnsucht entwickelte sich in ihr nach diesen Geisteskranken, denn da lebten Menschen, es gab sie doch noch, Menschen, die sie lieben konnte. Denn das Schlimmste, Ärgste, was ihr widerfahren, war der Entzug von Liebesmöglichkeiten, der Entzug von Menschen, das Grundlossein, das Sinnlossein auf Dauer.

Auf dem Großen Teich am Ende der Bebauung, eine kurze Strecke nach dem Sportstadion, wo früher Peter Doms auf der Aschenbahn in seinem Homer las, lagert die freie Sonne wie eine glitzernde Seifenblase. Die Straße nach Oschatz über Dahlen zeigt sich schnurgerade, umsäumt von hohen Mitgliedern der

Baumgesellschaft, es blendet und alles riecht nach Entfernung, nach Zukunft sogar. Das Mädchen, Korrektur: Die junge Frau, die noch blassbraun aussieht wie ein Mädchen in gelben Shorts, hübschen roten Sandalen, einem blaugestreiften Nicki, empfindet einen Abschnitt an dieser Stelle. Sie steigt am Ufer des sich ins Diesige verlierende vom Rad, staunt über die Steilwände am Ufer, sie kennt nur die Breitseite des Wassers am Torgauer Strandbad, sie setzt sich auf eine Sandhaufenspitze und raucht eine Zigarette. Die gute "Astor", die ihre ringsum sorgende Mutter ihr anstelle eines Abschiedskusses geschenkt hat. Hier war ich noch nicht, denkt sie, und hier beginnt das neue Leben. Alles ist neu und wird neu sein. Eigentlich liebe ich das Neue, fühlt sie und sieht auf ihre gebräunten Liegestuhlbeine. Eine kühne Welle Lebenslust erfasst sie. Seit Wochen das erste Mal wird sie von etwas Großem endlich wieder geschüttelt. Ich stelle mich ganz der neuen Sache. So wunderbar neu ist von jetzt ab jede Minute, jede Stunde. Hurra, dieses alte Schlachtwort schleicht sich allem Neuen zum Hohn doch wieder ins Denken hinein wie ein alter Schweif. Dennoch: Die Vergangenheit mit dem Nest Weilrode, der Kreisstadt Torgau, die Jahre in Neuenhagen, die Jahre in der Unaussprechlichen liegen glatt hinter mir, ich bin zwanzig und darf wieder ein anderes Leben leben, ein ganz anderes, unbekanntes; das geht noch gar nicht rein in meinen Schädel. Lesru fühlt eine unbändige Freude. Ein Vierteljahr nur Jammer und auf den Zehenspitzenleben, das bricht in diesen Minuten zusammen wie ein ausgedientes Gerüst, und dennoch fühlt sie beim Weiterfahren, dass etwas noch auf dem Boden schleift, etwas bleibt unbeteiligt.

Gelegentlich überholen sie Autos und in der Nähe von abseits der Fernverkehrsstraße liegenden Dörfern kommen ihr auch Radfahrer mit alten, nicht erneuerten Gesichtern entgegen. Die Straße führt zunächst über Beckwitz zum Waldkurort Schmannewitz.

Je weiter sie sich vom Abschnitt ihres Lebens entfernt, umso deutlicher fühlt sie, dass es möglicherweise falsch war, den neuen Gegenstand, das komische Ding zurückgelassen zu haben bei ihrer Mutter. Dabei fühlt sie, in der zunehmenden Distanz, die gleiche Funkenfreude wie vor vier Wochen, als sie die Reiseschreibmaschine auf ihrem Geburtstagstisch entdeckte. Jutta Malrid hatte einen sehr vernünftigen Gedanken und schenkte ihrer an der Gesellschaft gescheiterten Tochter eine Schreibmaschine. Und hier auf der rechten Straßenseite, unter den hohen Pappeln und mit der Aussicht in einem dunkelgrünen Mischwald zu verschwinden, empfindet sie zu ihrem süßen Schrecken, den süßen Schrecken von neulich wieder. So, als sei es dennoch unmöglich, ganz neu zu sein, das Vergangene hinter sich zu lassen, wegzuschieben wie eine unbrauchbar gewordene Kulisse. Wir sahen uns, die Schreibmaschine und ich, und waren sofort Eins. Komisch war das, aber überhaupt nicht wichtig. War eben so. Sie stand nun in dem letzten Häuschen am Bahndamm, wo die Mutter hingezogen war, und Lesru, die sich damals wie heute scheut, diese innerste Verbindung mit der Schreibmaschine anzuerkennen, auszuleben, ärgert sich, dass das Neugefühl schon wieder einen Knacks bekommen hat.

Vorwärts! Jeder Baum, ob Birke oder Buche, jede Waldlichtung und Einsicht in die Baumverschwägerungen, Einblicke in Schneisen und auf schmale, Gras bewachsene Waldwege liefern der sich so rastlos sehnenden Seele nach Rettung, Erneuerung, nach Gesundung sehnenden Lesru ihre individuellen Körperlichkeiten ab, und sie sammelt ihre Schönheiten alle einzeln ein. Sie fühlt sogar, wie sie sich festsaugt und einsammelt, was grün und gut und besonders ist. “Herrlich“, dieses Wort kann sie sogar einer hochgewachsenen alten Kiefer, die inmitten grüner Laubschwestern steht, abpflücken, und es radelt etwa zehn Kilometer mit, das Wort und Gefühl: herrlich!

Ob gelbes Straßenschild mit der Ankündigung eines neuen Ortes oder die wieder messbare Waldumfänglichkeit, alles ist herrlich geworden, sodass es nicht mehr feierlich ist, sondern lästig und eklig, das Überherrliche. Sie muss absteigen, ihr schütteres Gepäck auf dem Gepäckträger, ein pralles Säckchen mit dem Nötigsten ansehen. Das Inhaltliche darin, ein Buch von O'Neill "Trauer muss Elektra tragen", ihr unentbehrlicher Schreibblock, einige Adressen, Zigaretten, etwas Geld zum Anfang, von der Mutter reichlich bemessen, all diese Sachen können nicht herrlich sein. Sie müssen nach der Überhebung erstmal an die richtige innere Stelle versetzt werden. Sie existieren im Faltbeutel, der an einer unteren Stelle ein kleines rundes Loch hat, das Loch beruhigt.

Ich lasse mich von der Schönheit der Landschaft, von den Hügeln und Ausblicken auf neue Kirchtürme regelrecht in Seligkeit hinauftragen, verdammt noch mal, das will ich nicht: Ich muss ein besserer Mensch werden! Ein besserer Mensch, Lesru, hast du das endlich verstanden? Du fährst nicht zu deiner Freude vierzig Kilometer durch die herrliche Sommerlandschaft, du bist strafversetzt und ein Volksfeind. Am Ende eines duftenden, schattigen Walds sitzt Lesru im Schatten einer viel plaudernden Eiche und blickt in eine goldgelbe, grasgrüne bewegte Landschaft. Ängstlich bemüht, ihre glücksseligen Empfindungen sofort auszustreichen, gegen sich selbst den Kampf aufzunehmen, hartgesotten und unempfindlich zu werden. Weil das falsch ist, wie die Gesellschaft sagt, was ich empfinde, darf ein sozialistischer Mensch nicht empfindenden. Er muss für Andere unentwegt etwas tun, tolle Verbesserungsvorschläge sich ausdenken. So muss ich werden. Ich kann's nicht, ich kann nie so werden, wie ihr euch das vorstellt, das klagt eine große Jämmerlichkeit im rauchenden weiblichen Besteck am Waldrand, und ein großes Schuldgefühl hüllt sie ein. Von Kopf bis Fuß, das alte blaue Fahrrad mit eingeschlossen. Und es schmerzt von Kopf bis zur Sandale. Weiter zieht der Schmerz, das Schuldgefühl, es wächst über die goldgelben Stoppelfelder, ins Weite, es lagert sich auf Baum und Strauch. Alles ist plötzlich schuldig, weil Lesru ein schlechter Mensch ist. Sie kann ihren kurzhaarigen Kopf nur noch senken und die Augen schließen und warten, bis es endlich aufhört.

100

Die Zeit wird in die Pedalen genommen und mittags, in der größten freundlichen Augusthitze, die freilich Ende August schon in den September hineinschmilzt, biegt Lesru der Straße folgend, um eine Kurve und sieht in geringer Entfernung auf der rechten Straßenseite ein hochgestemmtes gelbes Ortsschild. Im buschigen grünen Wald zuvor hat sie lange und geräumig mit den Bäumen und mit dem Lichterspiel gelebt, im Kopf nur warme Dehnung. Im wieder sichtbaren leicht hügligen Land, vom Rad erschöpft absteigend, es an die neugierige gelbe Tafel lehnend, fällt es ihr wie die berühmten Schuppen vor den Augen ein, dass sie im letzten Vierteljahr erschreckend wenig in der politischen Gegenwart gelebt hat. Den Eichmann Prozess in Israel hatte sie kaum beachtet, von ganz weit weg nur ertastet, und sie schämt sich dafür. Sie krabbelt auf allen Vieren die steile Straßenböschung hinauf, um den erreichten Ort der Zukunft noch als freies Mitglied der Landschaft anzusehen.
Ihr und dem mächtigen Waldrand gegenüber steht unübersehbar ein ausgedehnter Schlossbau auf einem Hügel, eine barocke Turmhaube scheint in die freie Landschaft grüßen zu wollen und darf es aus unbekannten Gründen nicht. Die Anlage, von Bäumen und Häusern ins Dörfliche gesetzt. Unterhalb des Majestätischen ragt ein weiterer schmaler Turm auf, und beiderseits des Geradeausblicks sind Häuser reihenweise zu sehen.

Ich kann noch immer abhauen, ich muss nicht dorthin gehen, Blödsinn. Nach wenigen hundert Metern befindet sich Lesru auf einem runden von hübschen Häusern umbauten Platz in der Ortsmitte, wo ein umfänglicher Gasthof "Zum weißen Hirsch" alle Türen und Fenster geöffnet hat und mit kühlen Getränken und beladenen Tellern Gäste aller Art lockt und versorgen kann. Hier will sie auch essen und sich stärken. Wie in alten Freundschaftszeiten stürmt sie in das bestens gefüllte Gasthaus, das von Fremden, Leipziger Ausflüglern belagerte Haus und erschreckt beim ersten Anblick einer Kellnerin, beim ersten Anblick der spektakelnden Leipziger Reisegesellschaft und Anblick des an der Theke hantierenden Wirts mit Lederschürze. Ihre Sinne verdunkeln sich, sie ist doch ein Volksfeind und darf ein Volksfeind überhaupt ins Gasthaus gehen und sich unerkannt zum Volk drängen? Müssen die Anderen nicht mit dem Finger auf mich zeigen und sagen: Nun gucke an, hier kommt ein Volksfeind, der hat aber hier nischt zu suchen. Raus!
O, lala, mit diesem Ansturm von Verachtung hat die Abiturientin nicht gerechnet, sie zittert im inneren Leibe tatsächlich wie Espenlaub und setzt sich an den Tisch eines Einheimischen. Das Volk! Weil sie sich wehren muss gegen ihren Untergang, ob eingebildet oder nicht, setzt sie sich auf ihre Hinterbeine und beginnt grimmig das Volk zu beobachten. Obgleich sie sich sagt, die Leute kennen mich nicht und bis hierhin kann es sich doch nicht herumgesprochen haben, dass ein Volksfeind, verurteilt in der unaussprechlichen Stadt, hierher kommt, vielleicht doch, befindet sie sich im unauflösbaren Alarmzustand. Aber sie hat jetzt eine Aufgabe, und die heißt: Beobachte das Volk!

Das Volk der Deutschen Demokratischen Republik aber ist abwesend, es sitzt in seinen Häusern oder arbeitet, das denkt Lesru mit etwas Erleichterung, sodass der Außendruck abnimmt. Sie hat es hier nur mit einem zufälligen Ausschnitt zu tun. Alle können mich gar nicht

verachten, nur diejenigen, die meine Kaderakte gelesen haben. Der vielköpfige Mann an ihrem Tisch wendet sich strikt von der jungen Dame ab, als sie zu rauchen beginnt und blickt über ihren belockten Brillenkopf hinweg auf den blauen Bus. Kennt er eventuell meine Kaderakte? Das fragt sich Lesru, während sie seinem Wegblick aus dunklen Augen folgt. Man wird vom Volk verachtet, wenn man in Shorts in ein Gasthaus geht und raucht, erste Erkenntnis.
Man wird weiter vom Mann hinter der Theke aufs Korn genommen. Zweite Erkenntnis.
Die fressende Reisegesellschaft lacht mit vollen Backen, dass die Schwarte kracht, die Einzelnen fühlen sich am gemeinsamen Tisch sicher und lassen nur vereinzelt Augenfürze auf mich nieder, dritte Erkenntnis. Die vollbusige Kellnerin beachtet mich nicht sonderlich, sie lacht lieber mit den Witzemachern, das Volk macht Witze und lacht gern, vierte Erkenntnis.
In Lesru dreht sich der Magen dreimal um, er scharrt sogar mit den Füßen. Draußen gibt es den Rundplatz und einige Bäume zu sehen, fremde Häuser und Straßenabgänge. Plötzlich öffnet sich die Tür, die Arroganz erscheint, eine Berliner Dame in gelben Shorts und buntem Nicki, roten wippenden Sandalen und mit einem Gesicht, das die Gesamtverachtung der Hauptstädterin auf ein Provinznest vor sich herträgt. Nun kiekt mal, diesen August am Tisch an, der kommt aus seinem Federbett gekrochen, der hat noch nie den Ku-Damm gesehen, noch nie die U-Bahn, der hat Viscontis Film "Rocco und seine Brüder" im Zoopalast bestimmt nicht gesehen, der weiß überhaupt nicht, wat in der Welt los ist, und dennoch verachtet der mich. Warum? Bloß, weil ich existiere.
Fünfte Erkenntnis, das Volk ist dumm und hat nahe an der Verachtungsstelle gebaut.
Bei der zweiten Wartezigarette im luftleeren Raum übersieht der im Gasthaus gut bekannte Mann im karierten Hemd Lesru, räuspert sich und schweigt. Nur sein Augenhintergrund tadelt unaufhaltsam. Diese

Reaktion erinnert die Hungrige an eine fatale Erfahrung in einem Weilroder Gashaus.

Auch in Weilrode erlebte sie Einheimische im Gasthaus, die sie wie eine Aussätzige angesehen und gemieden hatten. Bei dieser Erinnerung rebellierte der verräucherte leere Magen und reagiert mit Schmerz. Jutta Malrid hatte aus Stolz und bürgerlicher Tradition ihrer Tochter ein festliches Kleid gewünscht, eines, das der Großstadt Berlin würdig und angemessen war. Denn die Mutter erinnerte sich ihrerseits an ihre Studentenzeit in Berlin-Dahlem, wo sie an der Gartenbauhochschule studierte und an die Kleiderfrage, wenn sie zusammen mit ihrer Schwester zu Bällen eingeladen waren. U. a. solche Feste, die Hugenberg arrangiert hatte. Für ihre Tochter sollte es ein besonderes Kleid sein, dessen Stoff extra aus Westberlin besorgt worden war. Ein feiner rot durchwirkter Brokatstoff wurde zu einer bewährten Schneiderin, von Tante Maria Puffer belobigt, nach Köpenick zusammen mit der Desinteressierten gebracht, wo die Schneiderin in neusten internationalen Modejournalen ein Modell auswählte. Ein Ballonkleid, der neuste internationale Trend. Bis über die Knie lang, mündete der Apparat wie ein Ballon in einem Rundbogen. Lesru fand kein Gefallen am Festkleid und trug es einmal.
Sie trug es an einem Tanzabend im Gasthof Winter in Weilrode, zu dem sie ihre Brüder eingeladen hatten. Die kleine Schwester der Malridschen Brüder, die bei dörflichen Tanzabenden eine gewisse Rolle spielten, sollte auch auf Drängen der Lehrerinmutter in die Jugendgesellschaft eingeführt werden. Als die blass gewordene im internationalen Trendkleid, das eher in einen Pariser oder Warschauer Salon passte, den ausgeräumten Kinosaal betrat, vorüber an voll besetzten langen Tischen und im Kneipenodem, zackte sich Sprachlosigkeit von Tisch zu Tisch. Das Volk stutzte. Geleitet vom Lieblingsbruder Fritz, ballonlierte

der rötliche, mit goldenen Fäden durchwirkte Stoff an bunten Röcken und Kleidern vorüber bis zum Platz unter der Bühne, wo Conrad mit seinen Freunden saß und so tat, als sei nichts Besonderes gekommen. Die Musik setzte dröhnend von der Bühne ein und blies das Ballonkleid auf zum Tanzen. Von Lesru blieb an diesem Abend nichts weiter übrig als ein Rauchfähnchen im Mund und das zur Ausstellung übergebene Ballonkleid. Es wurde von den Tanzenden mit vollen Augenwinkeln betrachtet, es wurde beflüstert und besprochen, es wurde auseinander gezerrt, und vor allem hämisch und schadenfroh festgemacht am hinteren Tisch, denn niemand tanzte mit dem Ballonkleid. Lesru blieb sitzen, Runde für Runde, und nur ihre beiden Brüder tanzten ein Ehrentänzchen mit ihr. Zwei volle Stunden Mundrauch und Qual allein am Tisch im Rhythmus der Schadenfreude und Ausgelassenheit. Ein Affront.
Das erinnerte Volk also mag nicht das Extravagante, es tötet es ganz schnell ab. Die sechste Erkenntnis.

Aber die Arbeiterinnen im Berliner Glühlampenwerk waren warmherzig, eingangsfreundlich und dankbar, dass wir ihnen vierzehn Tage unter die Arme greifen konnten, das denkt sich angesichts der Schieflage in der Beurteilung des Volkes von selbst hervor und besetzt den Zweiertisch. Ein flinkes Lächeln eilt von Auge zu Auge. Wir hatten keine Ahnung von Tuten und Blasen, das wussten sie, und wir machten irgendwelche Hilfsarbeiten, aber sie lobten uns.
Das Volk in den Städten ist fortgeschrittener als in den Dörfern, das ist die siebente Erkenntnis.
Mit dieser unneuen Erkenntnis lässt sich das Schnitzel veressen. "Mahlzeit", sagt der Überseher.

Wie schlecht Lesru Inhalt und Form zusammen denken kann, zeigt uns diese siebente Erkenntnis. Denn Lesru erschien im großen Glühlampenwerk NARVA weder im Brokatkleid noch in der amerikanischen Militärkutte zur Arbeit. Sie wahrte die zweckmäßige Form. Woraus wir schlussfolgern müssen: Sie sieht sich selbst nicht mit, nicht ihre äußerliche Form. Sie empfindet nur den Inhalt der Reaktionen auf sich. Das eigene Denken aber hat sehr mit der Wahrnehmung äußerer Formen zu tun. Dazu gehört, dass man sich selbst mit einschließt und ein kritisches Gefühl für seinen eigenen Körper entwickelt. Von diesem kritischen Gefühl zum eigenen Körper kann bei Lesru keine Rede sein. Sie besitzt es nicht, auch, weil der Erinnerungsspielraum verbarrikadiert ist, von Anfang an, wie wir nun endgültig wissen.

Von einem besonderen Kleidungsstück ist ferner zu berichten, das zwei höchst unterschiedliche Männer auf die Palme und schlecht wieder herunterbrachte.
Der höchst gebildete Mann Onkel Georg Puffer, der Andere, ein Kriegsveteran im dreirädrigen Rollstuhl in Weilrode. Beide Männer wurden in höchste Erregung versetzt, als Lesru ein Kleidungsstück trug, das ihr wieder eine ferne fremde Hand zugeschenkt hatte. Eine schwarze Hose mit rotem Seitenstreifen hatte ihr Brieffreund aus Canada in Toronto gekauft und zu Weihnachten nach Friedrichshagen geschickt. Udo Leppla, ein ausgewanderter einsamer Deutscher, der in den Wäldern Kanadas in der Nähe von Toronto mit seinem Hund allein in einem Hause lebte. Die Hose saß wie angegossen, und als Lesru zum sonntäglichen Mittagessen bei Puffers erschien, errötete der Onkel, verschwand aus dem Begrüßungsflur, flüsterte mit seiner Frau. Zum Essen sagte er kein Wort, nach dem sonderbaren Essen sagte er zu Lesru, sie sollte doch bitte nach Hause gehen, die Hose sei unpassend. Tante Marla druckste, verharmloste seine Ansicht ins Undeutliche. Die Hose aber trugen in Georg Puffers Augen nur Huren, und das.... Ein dunkles Kapitel.
Der Kriegsveteran im handbetriebenen Rollwagen hatte Malrids Tochter einige Male in dieser Hose gesehen und stellte sie zur Rede an der Schranke. Sie beleidige alle Soldaten des Weltkrieges donnerte er, sie trüge

eine Generalshose, und das lasse er sich nicht gefallen. In beiden Fällen wurde Lesru weiß vor Schreck. Sie kannte weder die eine Ableitung der Gedanken noch die andere. Man darf gar nichts mehr anziehen, bei jeder Hülle regen sich die Leute auf, so ihre bittersüße Lehre.

101

„Zum Schloss?" „Zum Schloss dahinten durch und immer gerade aus", antwortet ein Handfeger vor dem Gasthaus, und weil es kein Handfeger ist, sondern ein jüngeres Mädchen mit einem Fahrrad, sagt sie „zur Hub dahinten durch und immer geradeaus." Denn die Einheimischen bezeichnen ihre Gebäude mit ihren eigenen Abkürzungen. Das Schloss, in dem sich die Krankenanstalten befinden, heißt "Schloss Hubertusburg", soviel weiß die Fragerin schon.
Was ist denn Hub, fragt sich Lesru und geht, das blaue Fahrrad schiebend durch eine Toreinfahrt den beschriebenen Weg. Unsicher, weil sie sofort eine sprachliche Kerbe vernimmt, so schnell will sie doch nicht ins Neue eindringen. Es gilt doch langsam Schritt für Schritt in der Zukunft Fuß zu fassen, sich nicht an die erstbeste Antwort binden zu lassen. Sie staunt dennoch, als sie auf einem kleinen Platz steht, umgeben von einem verwahrlosten Renaissanceschloss.
Ein graues nicht hohes Gebäude mit kleinen staubigen Fenstern, still und schweigend, Fahrräder und ein Handwagen, kein einziger Kranker schaut aus den Fenstern. Ein altes verwahrlostes Schloss mit einem Turm, nichts weiter. Der Torweg öffnet sich breit zu einer Allee voller schönster Bäume und führt in sanfter Steigung zu einem sichtbaren ockerfarbenen Gebäude, wenn nicht Gebäudekomplex.
Ich gehe bewusst langsam, jeden Meter gehe ich bewusst in mein neues Leben, denkt Lesru, nachdem sie sich im Gasthaus gestärkt hat. Vor allem darf mich jetzt keiner mehr anquatschen und ich rede auch kein

Wort. Denn es weiß ja niemand, wie herrlich es ist, in ein neues Leben wirklich hineinzugehen.
Rechter Hand sie zu ihrer Freude eine Pferdekoppel, einige grasende Pferde, aber nicht solche rassigen Pferde wie in Graditz, nur Gäule, das muss auch gedacht werden. Dazwischen einige Kinder, die Freude an ihren Pferden haben. Glotz nicht so, denken die Kinderaugen. Linkerhand vor einem zwiebelförmigen Kirchturm reihen sich farbige Gärten aneinander, es blüht in tausend Farben. Wenn das nichts ist, wenn das kein wunderbarer Weg zum richtigen Schloss ist, wenn das nicht der mir gemäße Weg zur neuen Arbeitsstelle ist, zum neuen Leben. Das muss ohne Verkürzung auch gedacht werden.
Wieder ein runder Torbogen, umfasst von einer breiten Gebäudewand im ockerfarbenen Ton. Daran befestigt ein weißes Schild mit dem Namen der Krankenanstalten, ein weiteres mit dem Verkehrszeichen, Durchfahrt verboten und ganz klein ein weißes Schildchen mit der Aufschrift: Bitte Personalausweis vorzeigen. Du lieber Gott. Ein Totalschreck rasselt in das frisch erblühte Schöne, das sich Schritt für Schritt in der Seele des Mädchens ausgebildet, das soeben wieder geboren wurde, tief hinein. Es rasselt und riecht nach Gefängnis. Der Personalausweis, in dem eine Berliner Anschrift verrät, in Wolken geheimer Dienstanweisungen gehüllt, welch ein Feind des Sozialismus vor der Türe steht. Jetzt erkennt sie auch, dicht neben ihrem wackligen Rad eine breite Fensterscheibe und eine weitere Beschriftung "Wache" auf einem weißen Schild. Sie sieht, ohne sich zu rühren, die Sonne durch einen weiteren runden Torbogen drängen, sie sieht wie freundliche Schwestern mit Rädern durch diesen Torbogen direkt auf sie zukommen und freundlich in die "Wache" grüßen. Zwischen ihr und dem weiteren Sonnentorbogen befinden sich kleine geduckte Gebäude, die wiederum einen Innenhof bilden. In scheußlichen Schmerzen, vom

heftigen Abgedrängtwerden vom Schönen verursacht, tritt sie vor das Fenster, das sich von innen öffnet.
„Guten Tag!“
„Guten Tag!"
Eine dunkellockige Frau mit klugen Augen steht im Eingemachten und blickt Lesru aufmerksam an.
Lesru schiebt ihre Verdammnis durch das geöffnete breite Fenster und fühlt sich gespießt und gebraten wie in Dantes Hölle.
„Ich soll hier als Praktikantin arbeiten und zur Oberin gehen", das kann man grade hineingeflüstert werden, vor allem in die vielen kleinen Brieffächer. Es ist auch die interne Poststelle, vor der sie wankt. Und deshalb empfindet sie die Pflastersteine unter ihren roten Sandalen, wegig und fest. Auch die Hitze im Hals und unter den Achseln kühlt sich ab.
„Ich hab auch gleich Post für Sie. Zukünftig können Sie auch Ihre Post über die Station bekommen, auf der sie arbeiten, Fräulein Malrid", sagt Frau Schmidt mit warmer Stimme. Frau Schmidt hat heute in Vertretung die Wache übernommen, später wird Lesru sie auf einer psychiatrischen Station wieder sehen und schätzen lernen.
Udo Leppla hatte per Luftpost nach Wermsdorf geschrieben, auch Tante Gerlinde pünktlich einen Willkommensbrief nach Wermsdorf geschickt. Neu und unbekannt steht dieser Name der Zukunft auf den Briefumschlägen, dass Lesru ihn immerfort und also auch beim Weitergehen anschauen, ansehen, anstarren muss. Als wüsste sie erst jetzt, wo sie ist: Wenn es die Freunde bereits wissen und schreiben, dann muss es wohl wahr sein, dass ich jetzt in Wermsdorf bin.

Es geht sich etwas leichter fort, auf einer schmalen Zunge, auch, weil Frau Schmidt - weiß sie was oder weiß sie nichts? – “Guten Anfang“ wünschte und ein dritter Brief sogleich ins allerletzte Verließ befördert wurde. Rosalka Klar aus der nicht benennbaren Stadt

hat auch an eine Lesru Malrid in Wermsdorf geschrieben.
Da muss dem dritten, sonnenüberfluteten gelben Torbogen sich nähernd, gewaltig gegengesteuert werden, d i e hat hier nichts zu suchen, die sie nicht verteidigt hatte, in keiner Weise. Dass sie in ihrem Dämmerzustand selbst allen Bekannten ihre neue Adresse ab September mitgeteilt, aus Angst verloren zu gehen, diese Tatsache hat sich jetzt auch zu trollen.
Unter dem letzten Torbogen gehend, in den letzten Metern Schatten, blendet die Sonne, ein Lichtbogen reinster Sonne, aber beim Verlassen des Schattens steht Lesru in einer anderen Zeit. Sie bleibt stehen und schaut mit ungläubigen und mit ihren gierigsten Augen in die mit stolzen Rosenstöcken bepflanzte Hauptachse einer großen barocken Schlossanlage. Steinerne Figuren im schönen Grauschwarz auf steinernem Podest, die Jahreszeiten verkörpernd wie sie später erfahren wird, entlang der Hauptachse. Rechter Hand wölbt sich der prächtige ockerfarbene Schlossbau mit Schlosskirche in einem, und links und rechts schwingen kleinere Gebäude ihre zugehörige Schönheit in das Ensemble, sodass jeder Gedanke an das sozialistische Bewusstsein zerstäubt wird. Das ist Lesrus erster nachweislicher Gedanke: Wer hier lebt, muss nicht ständig an das fehlende sozialistische Bewusstsein denken. Die Rosen nicken. Jede einzeln und die ganze Reihe bis zum Ende des schönen Ovals nickt zur Unterstützung der Verstoßenen mit. Ein unablässiges Rosengefühl, eins der Zustimmung erfüllt Lesru, sie setzt sich auf eine Bank und lebt im 18. Jahrhundert. Sie möchte es, gern die Räder der Kutschen hören, Rufe vom lauten Gastmahl im Schloss hören, und sieht, rauchend, wie sich die Hauptachse in der Mitte teilt in zwei gegensätzliche Wege und am Ende des niedrigen Ovals wieder ein Torbogen.
Von rechts kommt eine Menschengemeinschaft. In grauen Kitteln sich bewegend, einen großen Wagen schiebend und ziehend, ein Mensch in Weiß. Repins

russisches Ölgemälde "Die Wolgaschlepper" fällt ihr ein. Sie nähern sich auf dem Hauptweg Lesru, der das Herz still steht. Es plumpst heraus aus der Barockhochzeit und ihr geradenwegs vor die Füße, sodass sie es mit dem deutenden Gedanken, es sind Geisteskranke mit ihrem Pfleger, sich wieder einsetzen muss. Die Turmuhr schlägt eins.

102

Wie ein Hund an der Leine fühlt sich Lesru bei der ersten Besichtigung der Krankenanstalten Hubertusburg, die Frau Oberin, Sybille Parenseit, persönlich mit ihr veranstaltet. Dressiert. Die hochgewachsene Dame im pudellila Haar und in einer oberen Schwesterntracht steigt mit dem Neuling die halbkreisförmigen Steinstufen abwärts, dem Rosenhof zustrebend, in der linken Hand, die Geige des Hundes tragend.

„So gehe ich nicht mit Ihnen durch die Anstalt, haben Sie nicht eine lange Hose im Koffer?" Wie bitte, was bitte, schon wieder bin ich falsch angezogen? Völlig perplex und in grellroter Scham versinkend, öffnete vor einer Viertelstunde das verschwitzte Mädchen vor den Augen der Frau Oberin in einem geräumigen schönen Arbeitszimmer ihren privaten Koffer und zog mit zitternder Hand die oben liegende schwarze stramme Hose ins mittägliche Tageslicht, wartete, bis die Frau Lila sich einen Augenblick abwandte und fauchte. Kaum fünf Minuten in der neuen Arbeitsstelle muss ich mich ausziehen und in Schlüpfern dastehen, das fauchte und lebte in gesottener Scham.

„Wir gehen zunächst in die Neurologie, dort werden Sie morgen früh um sieben Uhr anfangen und acht Wochen bleiben. Dann werden Sie in der Aufnahme P1 arbeiten. Wir gehen jetzt, ich stelle Sie vor und danach zeige ich Ihnen, wo Sie Ihr Zimmer haben und wohnen werden.

Das Zimmer teilen Sie sich mit einer anderen Abiturientin, die ein Jahr Praktikum bei uns macht." Die Stimme klang wie die eines Hundeführers, etwas metallisch, kurz angebunden, die Gegend mehr beobachtend, als die trottende Zuhörerin. Lesru knallt den Koffer auf den Gepäckträger, denn sie soll ihre Sachen gleich mitnehmen und die Geige kann die Hundeführerin tragen, eine Geige in der Hand sei auch mal angenehm.
„Aber ich wollte doch zur Psychiatrie", knurrt das Hündchen.
„Ja, da kommen Sie auch hin, nur muss man sich allmählich an Kranke gewöhnen, Fräulein Malrid, wenn man von der Schule kommt. Das ist nicht so leicht. Außerdem können Sie sich bei uns qualifizieren, in Kürze beginnt wieder ein zweihundert-Stunden-Lehrgang zur Ausbildung als Hilfsschwester. Würde ich Ihnen sehr empfehlen. Dann gibt's auch mehr Geld, falls Sie das brauchen."
Die Rosenfreude vor dem breit schwingenden Schloss ist wie die ganze ovale Barockanlage unter diesen richtungsweisenden Worten und vorangegangenen Schlüpferumständen in fernste Weite gerückt.
Nichts als ein leerer Platz, den die Führerin mit scharfen Augen nach anderen Opfern, Grüßenden abzusuchen nicht nachlässt.
„Sehen Sie das Nebengebäude, dort rechts, dort befindet sich ein sehr schöner Musiksalon mit einem Flügel. Wenn Sie Lust haben, können Sie dort spielen, den Schlüssel holen Sie sich von der Pforte." Das ist doch ein Wort!
Sofort blühen die Rosenstöcke wieder, und das Schloss mit der breiten Einfahrt döst wieder in der Augustsonne.

Die siebenundfünfzigjährige Sybille Parenseit hatte sich entschieden, diese Abiturientin aus Berlin persönlich zu beriechen, weil sie die Umstände ihrer Strafversetzung von der ABF durch ihren Bruder erfahren hatte. Ihr Bruder arbeitet in der Parteileitung der Humboldt-

Universität, war aber seit dem Mauerbau bestrebt, wieder nach Greifswald zurückzugehen. Er hatte ihr den Fall Malrid als unglückliche Bagatelle beschrieben, der eskalierte, weil die Malrid einen Genossen in der Seminargruppe als Kommunisten beschimpft hatte.
Das Corpus Delicti bestand in einem Kleidungsstück, du lieber Gott, das Parker oder Kutte hieß und mit amerikanischer Militärkleidung gleichgesetzt wurde. Es tat sich etwas in Sybille Parenseit, als sie den dienstlichen schwarzen Telefonhörer von ihrem Ohr nahm. Ein inneres Kopfschütteln und der allgemeine Satz: Na, die haben Sorgen da oben. Und als vor einigen Tagen ein feiner Herr in langen Hosen mit einem Geigenkasten und einem schwarzen Köfferchen erschien, um die Sachen für seine Schwester abzugeben, erweckte dies sowie das Vorangegangene, das Zeugnis mit Beurteilung der ABF, gepaart mit einer kurzen Anfrage, ob usw., das Interesse an diesem Mädchen. Und wieder ein Satz mit als: als ihre Vorzimmerdame, die Oberschwester Gertrud ihr durch die geöffnete Tür zurief: Frau Oberin, wir haben hier eine Anmeldung und sie dieses junge Ding in Shorts, in nackten Beinen erblickte, fauchte sie leise. Diese jungen Leute denken sie seien überall zu Hause, kein Anstand, denken nur ans Praktische.
„Das Besondere an unseren Krankenanstalten besteht in der Kombination von normalem Klinikum und psychiatrischen Stationen und dazu gehörend eine bekannte orthopädische Abteilung. Insgesamt haben wir 1200 Betten. Das ist also eine sehr große Institution!“
Sie sagt Betten zu den Menschen, denkt Lesru und befindet sich nicht auf der Höhe des gemeinsamen Weges, sie sitzt frohlockend im Musiksalon an einem Flügel. Welch eine schöne Aussicht, unerwartet und die kann mir viel erzählen. Dass diese Stakse ihre Geige, die Unentbehrliche, in der Hand trägt, ist ohnehin solch eine Anmaßung, ein Übergriff, eine Wand aufziehend, hinter der Lesru nur noch sinnferne Worte einfängt. Sie spazieren mit dem Fahrrad, dem aufgeladenen Koffer

auf dem Gepäckträger und mit der Lastenträgerin Frau Oberin zum Hauptweg, biegen dann nach links und entfernen sich vom warmen Schlossgesicht. Dieses Sichentfernen vom Schönen schmerzt bereits, wie kann man denn nur das Schloss und die Rosen schon wieder verlassen, denkt Lesru und muss stattdessen ansehen, wie Frau Oberin von anderen Schwestern gegrüßt wird, ehrfürchtig, auch spöttisch. Auch das noch.
"Warum wollen Sie unbedingt zur Psychiatrie, Fräulein Malrid?", wird außerhalb des Schönen vor einem grauen dreistöckigen hässlichen Gebäude stehenbleibend gefragt. Hier wachsen zwar grüne Bäume, aber der Hintergrund der zum Schlossplatz gehörenden Nebengebäude verzackt solche gedehnte Hässlichkeit, dass sie Lesru den Atem verschlägt. Ihre Antwort müsste sein: Es zieht mich zu den Eigenen, zu den Ausgesonderten, Abgeschlagenen. Die gegebene Antwort war Routine.
„Ich möchte später Psychologie studieren."
„Aha. Ich sehe zwar keinen direkten Zusammenhang, aber das ist die Neurologie. Oben Männerstation, unten die Frauenstation, wo Sie ab morgen anfangen werden. Der Direktor der Krankenanstalten ist Dr. Asmus, er ist Neurologe und Chefarzt dieser Klinik." Frau Oberin übergibt kurzerhand den grünen Geigenkasten der Elevin und steigt einige Treppenstufen voran.
Die Geige liegt tot im Gehäuse. Es wurde lange nicht auf ihr gespielt. Sie ist eine tote alte Bekannte geworden.

103

DAS GANZE ZWEISTÖCKIGE HAUS MIT DEN AUSGEBAUTEN GIEBELN SUMMT VOR LEBEN, EIN RICHTIGES MENSCHENHAUS. DREIFLÜGLIG STEHT ES AM ENDE DES UMFÄNGLICHEN KRANKENHAUSGEBÄUDES, WO ES TATSÄCHLICH KEINEN ERNEUTEN DURCHGANG ZU EINEM WEITEREN GEBÄUDE GIBT. HINTER IHM LEBEN BIRKEN UND PAPPELN IHR VON DEN MENSCHEN ABGESONDERTES LEBEN

Und ihnen gegenüber zieht ein Feld wirklich und wahrhaftig einen Hügel hinauf und hinab. Die Nachmittagssonne, noch immer klar wie am Morgen, doch etwas milder jetzt, grüßt die breite Fensterfront und die kleineren Giebelfensterchen mit gleich bleibendem, von den Wipfeln durchstriffenen Licht. Unterhalb der Schwesterwohnungen im Dachgeschoss haben die Patienten die Übergardinen zugezogen.

Lesru, am geöffneten Fenster, markiert die Landschaft mit ihren weiten braunen Augen. Eine sanfte bewachsene Hügellandschaft, die gehört mir jetzt, flüstert sie so leise, dass es auch der kleinste Floh im Bett gehört haben könnte. Es fehlen aber solche Tierchen. Rechts vom Auge führt eine schnurgrade Pappelallee den Berg hinauf, wohin, muss ausgekundschaftet werden. Auch ein Wäldchen bäumt sich am Hügel in die Breite. Fruchtbar und warm fächern sich die grünen hohen Maisfelder auf.

Ein Menschenhaus! Ich darf zwei Jahre in einem Menschenhaus leben, denkt sie endlich und setzt sich an den runden Tisch des einfach möblierten Zimmers und raucht. Die vielen neuen Gesichter, Gebäude, Menschen, die sie in der letzten Stunde an der Seite der Oberin eingenommen hat wie eine Medizin, bilden das nur kurzlebige Gewebe eines Fühlens und Denkens, das sich noch auf alles gleichermaßen bezieht, wo etwas Einzelnes zwar aufragen, aber nicht bleiben kann. Dieses kostbare flüchtige Gewebe aber hat den treffenden Namen für den gegenwärtigen Ort kristallisiert; das Menschenhaus. Unkorrekt, weil es sich um ein gewöhnliches Krankenhaus mit Schwesternzimmern im Obergeschoss handelt. Eine ihr schon ganz abhandengekommene Freude an Menschen durchbricht ihre innere, in der unbenennbaren Stadt festgewachsene Barriere und sickert sehr langsam in sie hinein. Nebenan hört sie die

Wasserspülung einer Toilette, vom zweiten Stock hört sie Rufe hinaus und vom Baumgarten hinauf zu einem Krankenzimmerfenster, von der höchsten Pappel wippt, und krakelt eine Elster mit schwarz-weißem Schwanz. Sie hört auch Geräusche fahrender Autos und sieht die geräumige leere Gemeinschaftsküche vor sich, die ihr missmutig die Oberschwester Gertrud gezeigt hat. Die Oberschwester löste die Oberin ab, die es denn doch vorzog, ihre Mitarbeiterin mit der Einweisung ins Zimmer zu beauftragen.

So verdrängt das Nächstliegende das Zurückliegende unaufhaltsam. So wurde aus dem prächtigen, sonnenfangenden Schloss mit seinen blühenden Rosenwegen eine Station P10 im Parterre mit hohen Mauern und breiten Gängen, wurde eine Seitentür, die mit einem Schlüssel auf und wieder zugeschlossen werden musste. Die Schlossbewohner waren freundliche Frauen, die zutraulich auf die Frau Oberin zuliefen und sie am liebsten küssen wollten. Auch die Stationsschwester von der P10, eine kleine undurchsichtige Obere in makelloser Schwesterntracht gehörte zum Vorstellungszeremoniell. Chronisch Kranke leben hier, wurde erläutert. Das schöne Schloss verwitterte augenblicklich zum Albtraum, wenn da nicht die freundlichen sehnsüchtigen Frauen gewesen wären, die Lesrus armes Herz erwärmt hatten.
Außerhalb des riesigen belebten Schlosses führt ein Fahrweg aus Sand und Lehm wieder zurück zu den Baumgesichtern und zwei niedrigen Gebäuden, die sich gegenüberstehen.
„Viele Patienten arbeiten in unseren Werkstätten, in der Wäscherei, in der Küche, in der Gärtnerei, aber auch auf den Stationen selbst werden viele Arbeiten von Patienten verrichtet, eine gute

therapeutische Maßnahme", erklärte die Geigenträgerin munter. Es war ihr wichtig, diese Abiturientin selbst zu den späteren Arbeitsstationen zu bringen, sie fühlte sich für sie mehr verantwortlich als für andere, weil sie gestrauchelt war und auch ihr Bruder in Berlin diese Strafmaßnahme nicht unbedingt für gerechtfertigt hielt.
Das Schöne, dachte Lesru auf dem Weg zu den beiden Aufnahmestationen, wo ist es jetzt, das, was mich so sehr ergriffen hatte und mich aus der Zeit rief. Das schöne Schloss kann doch nicht einfach verschwinden, wenn ich in sein Inneres gesehen habe. „In diesen beiden Gebäuden befinden sich die wichtigen Aufnahmestationen, links für Männer, rechts für Frauen. Zu diesen gehen wir. Dort regiert Schwester Lena, merken Sie sich diesen Namen. Hier werden psychiatrische Patienten untersucht, sie bleiben in der Regel einige Wochen hier oder werden auch nach einer Therapie entlassen. Es ist eine sehr verantwortungsvolle Arbeit, die hier geleistet wird."
Allmählich hatte sich Lesru an die lilafarbene Auskunft gewöhnt und begann die Frau Oberin zu achten. Und deshalb entging ihr nicht, wie die Schwestern beim ersten Anblick der Frau Oberin auf ihren Stationen in Verwirrung gerieten, um nicht zu sagen, Aufregung. Sie war offensichtlich eine Größe, die ohne Zwischenstufe und Vorwarnung in der untersten Ebene der Hierarchie einbrach und wer weiß was beobachtete. In die Kaffeestunde zum Beispiel bei Schwester Lena im Dienstzimmer, wo den unerwarteten Besuchern eine Lachwoge entgegen schwappte. Da stand nun mitten im Weiberwitz, um eine schwarzhaarige brünette stolze Frau mit herrlichen weißen Zähnen und mit drei weißen betagten Hilfsschwestern am voll beladenen Kuchentisch versammelt, plötzlich die Spitze der Krankenanstalten mit einer Geige in der

Hand und einem blassen, eingeschüchterten jungen Mädchen im Dienstzimmer. Die Hilfsschwestern grüßten und rannten aus dem Raum, die alleingelassene Schwester Lena beherrschte sich und die Lage.

Dieses hockt nun auch oben im Dachzimmer und raucht. Die Briefe lassen sich noch nicht lesen, nur das Bett am Fenster wählen, in den kleinen Nachttisch das Wichtigste hineinlegen: Schreibblock und Stift, sowie das neuste Westbuch von Tante Gerlinde, das der Amerikaner O'Neill geschrieben hatte "Trauer muss Elektra tragen". Es sind Theaterstücke. Das der Tür nahestehende Bett überlässt Lesru der Unbekannten, einer Abiturientin, die nach einem Jahr Praktikum Medizin studieren will. Eine Normale. Das sagte die Oberin nicht, aber sie sagte, eine Arzttochter aus Oschatz, die auch ein Instrument spiele, Querflöte. Das klang etwas nach Vormoschelei.

Ins Freie, ins Umsichtige zu gehen verspricht der erste Gedanke nach der Einweisung. Wo das Maisfeld randet, zwitschert sicher noch Freiheit und die Stunden bis zur endgültigen Beschlagnahme von Lesru durch eine unbekannte Arzttochter und darüber hinaus vom ersten wichtigen Arbeitstag auf der Neurologie, diese herannahenden Schrecken müssen erst mit der Natur abgesprochen und gesichert werden. Es muss sofort mit dem Rad losgefahren werden und Ausschau gehalten nach einem schönen Platz, nach einer sichernden Aussicht, wenn alle Stränge wieder reißen sollten. Ein schöner Anblick soll helfen, Tröstungen verabreichen, die wohl bitter nötig sein werden. Denn nun wendet sich wieder das Blättchen, wie es sich gehört, und aus allem Neuen posaunt nichts als das Neue sich aus und arge, starke Beklommenheit erfüllt sie. Eine

Beklommenheit steigt auch aus dem Krankenhaus auf, über dem sie sich befindet, das vor einer Zigarettenlänge noch ein willkommenes Menschenhaus gewesen war. Schrecklich, denkt sie erschrocken, und so was wie mich wird morgen auf die Menschheit losgelassen, kein Wunder, dass mich die Oberschwester links liegen ließ.
Sie öffnet behände das Naturwunderfenster, schon wieder entleert sich ein fremder Po nebenan. Die Geige lässt sie mitten auf dem runden Tisch liegen, damit die Arzttochter gleich Bescheid weiß, und zieht sich, dem oberen Anstand zum Trotz, wieder ihre gelben kurzen Hosen an. Dann schließt sie ihre Zimmertür von außen mit einem einfachen Bartschlüssel ab und illert vom Flur durch die kleine obere Milchglasscheibe in der Tür. Dabei fühlt sie ihre Angst und Beklommenheiten abnehmen, mit jedem Schritt auf der Treppe nach unten setzen die Füße in den staubigen roten Sandalen auf dem Boden der Lebenslust und Lebensneugier auf.

104

Gelassen nicht, gespannt wie ein Flitzebogen, der es sich zur Aufgabe gemacht, alles, was menschenmöglich ist, an einem Flugtag zu lernen, schreitet Lesru am nächsten Morgen zur Arbeit. Der Morgen, septemberschön, klare Luft zum Atmen und Verweilen, und er muss als erster liegen gelassen werden. Ich darf mir jetzt nichts Schönes ansehen, weder das frische grüne Gras, noch die bunten Dahlien, ich darf mich auf keinen Fall ablenken lassen von den Rosenstöcken, o, wie sie wohl aussehen werden am Morgen, ich muss hart bleiben und ein besserer Mensch werden. Das sagt sich der gespannte Bogen bereits beim Verlassen des Krankenhauses, das außerhalb der Mauer und ursprünglichen Anlage wie ein Außenposten steht.

Im Parterre der Dreiflügelanlage ist die Chirurgie beheimatet, eine Etage höher befinden sich zwei Stationen des Inneren. Dies hat die erste Enttäuschung vor zehn Minuten erklärt, die dunkellockige Ulrike aus Oschatz, die erst an diesem wichtigen Morgen im gemeinsamen Zimmer oben angekommen war. Lesru hat den halben Abend auf die Unbekannte gewartet und reichlich inneren Platz freigemacht für die neue Erscheinung.

„Ich werde nicht viel in diesem Zimmer wohnen, Du kannst es für Dich haben, meistens fahre ich nach Hause." Tolle Begrüßung. Begrüßt man sich in dieser verkanteten Weise, wenn man sich noch nie in seinem Leben gesehen hat? Eine Frage, die sich Lesru beim aufmerksamen Auf-den-Weg-achten stellt, die einfach mitkommt, die mitschielt zur gelblichen Mauer und auf die eingedunkelten Flachgebäude, wo es aus den Schornsteinen dampft und kocht. Diese Frage kommt sogar mit durch die kleine Pforte der Mauer, die zu einer baumbestandenen Grünfläche und dahinter zu einem mehrstöckigen weiteren Krankenhausbau führt. Zur namhaften orthopädischen Klinik. Ihre Fenster sperrangelweit geöffnet und Kinderstimmen rufen nach drinnen und nach außen, ein volles Haus. Hier verabschiedet sich die aufdringliche Frage endlich, denn auf dieser Station will Ulrike, die Bezäunte, ihr Praktikum beginnen. Und als ich sie bat, mir sofort etwas auf ihrer Querflöte vorzuspielen, denn die packte sie zuerst aus, das wäre doch sehr schön gewesen, zu unserem neuen Leben ein neues Lied zu spielen, das wäre förderlich und lieb gewesen, da starrte sie mich nur blöde an. „Nein, jetzt nicht." Diese Absage heftet sich an Lesrus Hacken, aber es gibt einen Trost vor der Orthopädie, auf den sie schon die mürrische Oberschwester Gertrud hingewiesen hat, ein kleiner Konsum-Laden. Wenigstens das, denkt

Lesru, und ein unmäßiges Gelüst nach Süßigkeiten drückt in ihre Gemütslage.
Durch das lebhafte Gebäude führt ein schlichter Durchgang, es ist dreiviertel vor sieben Uhr, und auf allen möglichen Wegen innerhalb der Krankenanstalten laufen Schwestern in weißer Tracht und andere Lebewesen zur Arbeit. Auch im Durchgang ist Lesru nicht allein und auch nicht in einem weiteren Areal, das zum ockerfarbenen Torbogen führt, an dessen Flanken sich wieder diese seltsamen ehemaligen Hofgebäude für die Schlossbeamten befinden. Mit sturem Blick durchgeht Lesru den letzten schönen Torbogen und schaut auf das goldgelbe Sonnenschloss und die besonders freundlichen roten und gelben und rosafarbenen edlen Rosengewächse. An dieser Stelle lassen sie alle Balken und Vorsätze im Stich, und sie genießt in vollstem Bewusstsein die ausgebreitete Schönheit des Platzes, die von vielen Morgengrüßen der Schwestern mit Fahrrädern und zu Fuß hörbar unterbrochen werden. Langsam wie eine Träumende geht sie auf dem Hauptweg in des Platzes Mitte und schwebt mit den schwebenden Gebäuden um den ovalen Platz. Die sehen das gar nicht mehr, wenn sie hier durchfahren, denkt sie und bittet plötzlich den lieben Gott, den sie wer weiß woher einbezieht, so abgebrüht und stumpfsinnig wie jene nicht zu werden. Bitte nicht, lieber Gott!

Stationsschwester Marga von der Neurologie I (Frauenstation), erwartet die Neue missmutig und widerwillig. Es gab eine unschöne Auseinandersetzung zwischen ihr und der Oberin Parenseit, wobei sie den Kürzeren ziehen musste. Und nur, weil die da oben ihre Beziehungen hat und durchsetzen will, denkt die Mitte Fünfzigerin im Stationszimmer am Schreibtisch sitzend, über das Nachtwachenbuch gebeugt. Ihr strenges Gesicht, ihre makellose blauweiße Schwesterntracht, ihre

gepflegten Fingernägel, sogar ihr Kugelschreiber in der rechten Hand, alles überträgt Strenge ins grell erhellte Zimmer. Eine Berlinerin, die die große Klappe hat, eine politische Niete hat mir hier gerade noch gefehlt. Ich muss meine ohnehin komplizierten Patienten schützen. „Die kann ich nicht gebrauchen, Frau Parenseit", hatte sie wörtlich gesagt und vorgeschlagen, sie gleich zu Schwester Lena zu bringen. Das aber lehnte Frau Parenseit energisch und ohne nähere Begründung ab. Sie hatte eine Anweisung erteilt und war nicht gewillt, ihre Anweisungen zu rechtfertigen. Wo käme sie hin in solch einem großen Krankenhaus. Gestern, als die Parenseit die Madame, wie hieß die, Lesru Malrid, komischer Name, persönlich zur Vorstellung brachte, hatte Marga Stutze ihren freien Tag und endlich im Garten die Äpfel pflücken können und im Keller verstauen. Zum Mosten blieb ihr nicht mehr viel Zeit. Davon aber trägt sie noch die gärtnerische Befriedigung in sich, sodass sich ihr Unmut über das schnöde Übergangensein von der Parenseit legt, sobald sie an die gute Ernte denkt.
Ich werde ihr gleich den Mund verbieten, ehe sie die Patientenzimmer betritt, ich verbitte mir politische Gespräche am Krankenbett. Das fehlte noch, dass meine Nervenkranken in unnötige Aufregungen versetzt werden. Ein guter Gedanke und Plan! So will sie beginnen und allem Unheil vorbeugen.

Lesru sammelt sich, bevor sie die wenigen Treppen zur Neurologie hochsteigt. Es ist ihr, als müsste sie in eine Kaserne hineingehen, in stationäre Räume, wo alles, was sie bisher erlebt und gesehen hatte, kein Ansehen und keine Gültigkeit mehr besitzen. Hinter schmalen hohen Fenstern dominiert die Krankheit, und ich habe zu lernen und zu dienen. Dienst tun. Und was sich als sich Sammeln anfühlt, ist in Wirklichkeit das Bewusstsein, sich selbst aufzugeben, ohne Ich fortan zu leben. Das schwant ihr. Und, man sollte es nicht für möglich halten, sie ist bereit dazu und empfindet sogar eine kleine helle Freude, von ihrem schweren Ich beiseite gedrängt zu werden. Auf Teufel komm raus, sagt sie sich und schreitet energisch in die Heiligen Hallen der Krankheit.

Nach der Doppeltür der breite Gang mit den bezifferten Zimmertüren, die noch nicht erfassbaren Lämpchen über den Türrahmen tragen, keine Stille, sondern unsichtbares Leben. Anders als im Schutz der obersten Schwester gestern, geht die Anfängerin allein zum unsichtbaren Leben hinter den Türen. Gern wäre sie vor den weißen Türen, vor diesen geheimnisvollsten, stehen geblieben, hinter denen kranke unbekannte Menschen leben, aber sie will nicht schon vom ersten Moment an auffallen. Sie muss den Stimmen nachgehen, die aus einer offenen Tür, dem Stationszimmer dringen. Frauenstimmen, leise dröhnend. Sie nimmt also schon inneren Kontakt auf mit den Kranken, ein tiefes Gefühl, eines der Solidarität und Neigung, von dem sie sich gar nicht schnell und ratsam lösen kann als sie, viel schneller als gedacht, im überbelichteten Stationszimmer und in Anwesenheit mehrerer Schwestern und der Stationsschwester mit dem Klotzgesicht, eintrudelt. Lesru grüßt artig, wird aber außer grüßend, nicht beachtet, weil ein dienstliches Gespräch zwischen der Chefin am Schreibtisch und einer Schwester stattfindet und die Unteraugen der Einheimischen Lesrus Zivilkleidung (aus Berlin) betrachten. Das Gespräch dauert. Lesru erschreckt tüchtig. Man muss immer tüchtig erschrecken. Ein Glanz von Alltäglichkeit erfüllt das sauberste Zimmer der Station, zwei Frauen, die sich unterhielten, drei andere, die herumstehen und schweigen. Denkt denn niemand an die Hauptpersonen, die Kranken hinter den weißen Türen, findet hier nur eine gewöhnliche

Arbeitsbesprechung statt, denkt Lesru gelangweilt. Und prompt streckt ihr die Rückwand des niedrigen Schlossnebengebäudes kräftig die Zunge heraus. Wo ist das Besondere, das Einmalige? Weil Lesru in ihrer Verdammnis sich nicht traut, den Frauen und Mädchen im weiß funkelnden Zimmer ins Gesicht zu sehen, heftet sie ihren Blick auf die Gerätschaften im offenen Zimmer. Das Gespräch setzt sich fort. Ein weißer Schrank, ein Glasschrank, ein Telefon auf dem gut angelegten Schreibtisch, einen Papierkorb erspäht Lesru in ablenkender irritierender Freude. Aber es gibt auch eine beigefarbene elegante Hose zu sehen, ein beigefarbenes Blusending mit großem Ausschnitt auf leicht gebräuntem Hals und gucke an, staubige rote Sandalen aus Berlin. Aus Berlin-West wie die beiden Küchenhilfen, die jünger sind als Lesru denken und in blauer Küchenhilfenkleidung geradenwegs ins Neuland gemütlich blinzeln.

Schwester Marga pflegt den Arbeitsablauf für den Tag nur mit ihrer Stellvertreterin zu besprechen, der dreißigjährigen schlanken, ebenso verschlossenen Schwester Wally, und dass sich heute alle übrigen bei ihr einfinden ist ihr nicht angenehm. Der Frauenneugier ist nicht beizukommen. Wegen einer Gestrauchelten aus Berlin, so hatte sie den Wermutstropfen der nächsten vier Wochen ihren Mitarbeitern angekündigt, stehen die auf einem Bein und glotzen. Das war nicht vorgesehen.

„Das ist Schwester Wally, meine Stellvertreterin, das ist Schwester Anna mit ihr werden Sie heute zusammenarbeiten, das sind Jux und Juxi, unsere Küchenhilfen", erklärt das siebenfaltige Haubengesicht mit ihrem sich vom Stuhl erhebenden Körper, der wohl proportioniert mit Brüsten, Leib und Beinen neben dem träumenden Papierkorb Aufstellung nimmt. „Komm meine Kleene", sagt die tiefste Stimme, die Lesru jemals aus einem Frauenkörper gehört hat. Sie schaut in ein altes freundliches Gesicht, das auf dem Kopf eine vierkantige kleine Haube trägt, breithüftig. Es ist ihr, als würde sie sogleich in ein Paket gepackt und fortgeschoben.

„Sie bleiben erst noch einen Augenblick hier", befiehlt Schwester Marga, sodass Lesru sich wieder ausgepackt fühlt.

Widerwillig wartet Schwester Marga bis die Kollegen außer Hörweite gegangen und blickt dabei durch das Fenster. Seiteneinsteiger mag sie nicht. Ein ehrbarer Beruf muss von der Pike auf erlernt werden und das junge Gemüse erlernt denn auch in der Schwesternschule am Ort zunächst auf der Schulbank, wie man sich Patienten zu nähern hat. Eine Durchreisende, die keine Ahnung hat, noch dazu von der Parenseit protegiert …

„Es ist Ihnen verboten über Politik mit unseren Patientinnen zu sprechen; sie sind nervenkrank und benötigen Ruhe; es ist verboten, Geschenke von Patienten anzunehmen, laut auf Station zu sein; Sie werden als Schwester Lesru vorgestellt werden, diese Anrede ist bei uns üblich; es ist verboten in der Küche zu essen, Töpfe auszukratzen; Sie können die Mahlzeiten bestellen und bezahlen, das machen wir dann; Sie erhalten von mir einen Laufzettel, mit dem gehen sie nach der Frühstückspause zur Verwaltung, um sich ordentlich anzumelden. Noch etwas: In das Zimmer 8 gehen Sie nicht hinein, es ist Ihnen verboten, darin liegt eine junge Patientin, die einen Selbstmordversuch unternommen hat und nur von Schwester Wally betreut werden darf. Ist das klar?"

„Wofür braucht man dieses Gerät?", fragt die Gezüchtigte mit aufrechtem Blick mitten hinein in die graublauen Augen des Strafgerichts, sie hat alles verbal und inhaltlich nichts verstanden. "Das ist

unser Spritzenkocher, in dem sterilisieren wir unsere Kanülen, das macht der Nachtdienst."
„Und in diesem Schrank befinden sich die Medikamente?"
Höchst pikiert, um nicht zu sagen, brüskiert, reagiert Schwester Marga auf dieses ungewöhnliche Verhalten der Praktikantin. Vielleicht fragt die noch, wo sich die Stationskasse befindet. Ich wusste es doch, die Malrid ist nur ein Ärgernis. Das sehe ich mir nur zwei Tage an, dann fliegt die raus.
„Wir haben zu tun. Ihre Fragen werden später beantwortet. Sie gehen zur Schwester Anna, sie wird Sie einkleiden und sagen, was zu tun ist."

Lesru geht aus dem Stationszimmer, wo ihr kein Stuhl angeboten, wie ein Fragezeichen. Sie fühlt sich wirklich als Fragezeichen, das nicht verstehen kann, weshalb es nicht länger fragen darf. Während des Verbotsvortrags fühlte sie in sich tausend Fragen erwachen. Alles will sie auf einmal wissen. Und sie spürte sogar ein wenig Lust an jeder Frage hängen wie ein schmackhaftes Beiwerk, sodass sie sich jetzt absolut blockiert vorkommt. Als hätte ihr die Stationsleiterin Sand in den Mund gestopft. Was für Patienten denn in den Zimmern auf Station liegen, welche Krankheiten sie haben, und wie sie behandelt werden, das will sie doch so gern w i s s e n. Die Frage nach dem Spritzenkocher war doch nur der Anfang.

Wie aber soll, kann man arbeiten, wenn man seine Arbeitsstätte nicht kennt, die Arbeit unbekannt und der Rhythmus, in dem sich das Arbeiten vollzieht, ebenso unbekannt ist? Ist dann dieser Anfang ein Karussell, in das man einsteigt und am Ende nicht weiß, wo oben und wo unten, wer die Mitfahrenden in schwindelerregender Höhe sind, also ein Kreisen? So erdlos und fußlos steht Lesru nach der

Gardinenpredigt im breiten Korridor, wo es leise sein sollte und es nicht ist. Aus der Küche hört sie Geschirrklappern, aus anderen offenen Türen Niesen und das Klirren von Metall.

„Nun komm mal, meine Kleene, ich verpasse dir einen Kittel", sagt der Basston mit Häubchen, schwerfällig aus einem offenen Kabuff. Der warme Ton erdet Lesru augenblicklich, und sie dankt der hüftbreiten warmstimmigen Frau mit einem Vollblick. Auf Holzregalen lagern akkurat Bettwäschestücke, Handtücher Kante auf Kante. Lesru erweckt sofort ihre hundertzehnprozentige Anwesenheit wieder. Alles einprägen, alles genau ansehen - so ihre im fernsten Morgenzimmer erhobene Devise und Selbstverpflichtung.
„Wie lange arbeiten Sie schon hier?", fragt sie die Ältere, die ihr einen weißen Kittel vor die Nase hält. „Nun zieh mal an, ob der passt. Ich, ach schon mein ganzes Leben arbeite ich in der Hub, schon vor dem Krieg lange auf der Psychiatrie, viele aus dem Ort arbeiten hier und viele kommen aus den umliegenden Dörfern. Hinten wird der geknöpft, warte, ich helfe." Erschreckt erlebt Lesru, wie ihre ansehnliche Hülle, die beigefarbene Bluse, die helle elegante Hose, die sie sich extra für die Begegnung mit den ersten Patienten erwählt hat, in vergleichbares und nichtssagendes Weiß verwandelt, vom sturen Weiß ausgelöscht wird. „So kann's losgehen, meine Kleene, und lass Dich nicht von der Schwester Marga einschüchtern, wir machen nämlich unsers. Wir gehen jetzt von Zimmer zu Zimmer Betten machen." Mit dem fremden Weiß von der Schulter bis zum Knie, mit dem Farb- und Formverlust, fühlt sich Lesru zu ihrem eigenen Erstaunen entblößt, verarmt. Daran hatte sie nicht gedacht, auch nicht daran, dass dieser Kleiderverlust ihr etwas bedeuten könnte. Er bedeutet.

„MORCHEN, IHR LEUTCHEN", DRÖHNT IM WARMEN BASS DIE MORGENSTIMME VON SCHWESTER ANNA, SIE MUSTERT MIT FLINKEN DUNKLEN AUGEN DIE GESAMTSITUATION VON VIER FRAUEN, DIE DARAUF GEWARTET HABEN VON IHR IN DIESER WEISE BEGRÜßT ZU WERDEN. ZWEI GROßE HELLE FENSTER LASSEN DEN REINEN, VON BÄUMEN GETRAGENEN MORGEN IN DAS ZIMMER, WO SICH JEWEILS ZWEI BETTGESTELLE GEGENÜBERSTEHEN. LESRU ERSCHRECKT TIEF. SIE HAT MIT UNBEKANNTEN HERRLICHEN MENSCHEN GERECHNET, WAS SIE ABER SIEHT, SIND NACHTHEMDEN MIT KOPF UND ARMEN, DIE AUFLEBEN NACH DIESER VOLKSTÜMLICHEN ANREDE.

„DAS IST SCHWESTER LESRU AUS BERLIN, SIE MACHT BEI UNS EIN PRAKTIKUM. SO, UND WIE HABT IHR GESCHLAFEN?" IM GANG STEHEND GEFRAGT, AUS DEN LIEGESTÜTZEN IM BETT GEANTWORTET. IM GRÜNEN BLATTGEHÄUSE DRAUßEN SITZT EIN AMSELPÄRCHEN UND UNTERHÄLT SICH MITEINANDER. LESRU ENTDECKT ES, BEVOR IHR DER BODEN UNTER DEN SANDALEN WEGGEZOGEN WIRD UND SIE HINKLATSCHT IN EINER GOSSE BERLINS.

„NUN FANGEN WIR MAL AN, GERDA. KOMM LESRU, DU STELLST DICH HIERHIN, UND SCHÜTTELST DAS KOPFKISSEN AUF. HEB MAL DEINE KISTE HOCH, GERDA", FEUERT SCHWESTER ANNA DIE ERSTE SCHMERZ BELADENE FRAU AN UND HEBT DAS GESÄß DER FRAU GERDA HOCH, DAMIT EINE GUMMIUNTERLAGE UND EIN WEICHES SCHMALLAKEN DARUNTER GLATT GEZOGEN WERDEN KÖNNEN. DIE SCHWARZE AMSEL MIT DEM GELBEN SCHNABEL STÖßT ZORNIGE GREIFLAUTE AUS, SIE FLIEGT ZU EINER HECKE MIT WIPPENDEM SCHWANZ, ALS WÜSSTE SIE ETWAS GANZ BESONDERES. IN GRUND UND BODEN SCHÄMT SICH LESRU UND WAGT NICHT, DIE ANGESPROCHENE FRAU GERDA ANZUSEHEN. WIE TIEF MUSS MAN SCHWER ARBEITEND GEFALLEN SEIN, UM DIESE FORMULIERUNG FÜR DAS GESÄß EINES MENSCHEN GEFUNDEN ZU HABEN. WIE VERARBEITET, VERBRAUCHT, WIE MENSCHENUNWÜRDIG. ES BEKLAGT SICH KEINER UND LESRU FASST MIT AN, SO GUT SIE ES VERMAG.

Die anderen Patientinnen beobachten die kleine Handlung. Eine aber beachtet weder Schwester Anna noch die Neue, sie starrt zur Decke.
So also kann man auch wieder aufgerichtet werden: Wenn man vom Tatort flach gelegt wird, kann man sich aus Protest gegen etwas Schlimmeres wieder aufrappeln.

„Berlin ist eine große Stadt", erklärt die Nachbarin am Fenster und schaut in Lesrus ungeschickte Hände. Jeden Augenblick erwartet die Ungeschickte einen Satz über die Mauer, über das total veränderte Berlin mit seinen großen neuen Umfahrungen. Rosalka braucht die doppelte Fahrzeit jetzt und muss mit dem "Sputnik“ über Karlshorst fahren. Keine erinnert an die nach dem Mauerbau noch Getürmten, unter Lebensgefahr Entronnenen, und natürlich spricht keiner von den vielen Menschen, die auf einen Schlag verarmten. Lesru horcht und horcht in die weiteren munteren Sätze, die sich schnell von Berlin entfernen. Vielleicht redet doch noch eine von dieser unheimlich gewordenen Stadt. Aber auch beim nächsten Bett, wo Schwester Anna ihren Haupt- und Gesäßsatz wiederholt, wird Berlin im Norden gelassen.

„Mein Bett brauchen Sie nicht zu machen, ich werde morgen entlassen“, sagt die dritte Patientin frohgemut. „Dann wird sich ja Dein Alter freuen", antwortet Anna im robusten Ton, sodass sich die Hochschwingende wieder auf dem Boden befindet. Zwei Hochschwingende, die Mitte Vierzigerin; die morgen entlassen wird und die Zwanzigjährige, die von Menschen eine hohe Wertschätzung in sich trägt, beide Frauen werden von Anna wieder klein und kleiner gemacht.

Zwinge dich, zwinge dich, hämmert die innere Stimme Lesrus wie die beste Freundin auf sie ein. Ein tröstliches Wort vor jeder neuen Tür, vor jedem neuen Frauengesicht im Nachthemd und Bett, vor jedem neuen medizinischen Wort und Gerätschaft. Das tröstliche Wort heißt: Zwinge dich weiter. Die "MS", die multiple Sklerose, erklärt von Schwester Wally trockenen Mundes beim Frühstück, unheilbar, eine fortschreitende Muskelschwäche, die zum Tode führen kann, sei bei Frau Sowieso aus Döbrichau, zu der Schwester Anne das Wort von der Kiste gesagt hat, im vorletzten Stadium. Aus Döbrichau, und als Lesru beim Staubwischen im gleichen Zimmer erzählte, sie sei eigentlich aus dem Nachbardorf Weilrode, starrte die an der MS Erkrankte, nur leblos ins Leere, eine nachbarliche Beziehung kam nicht zustande. Auch ist das vorsichtige Herumgehen mit einem kleinen Eimerchen Fitwasser und einem Lappen, um die Nachttische der Frauen vorsichtig zu säubern, eine so armselige Tätigkeit, dass Lesru die Stimme der Freundin am liebsten zum Teufel gewünscht hätte. Dabei merkt sie nicht, wie ihr Gehirn aufmerksam und dankbar jede erklärbare Krankheit aufnimmt, registriert und wie ein Neuland auffasst. Es ist gierig nach neuem erfrischendem Material nach den Wochen der Erschlaffung. Und so geschieht es prompt, sie kann es nicht ertragen, den privaten Haus- und Gartengesprächen beim Frühstück geduldig zuzuhören, sie muss ihre drängenden Fragen nach Erhellung dunkler Begriffe misstönig zwischen Apfelernte und Schulbeginn, Fahrradschläuche und andere Versorgungsengpässe werfen. Den Unmut auf sich ziehen. Während dieser ungemütlichen halben Stunde klingelt das Telefon, ist auch von anderen Stationen und Schwestern die Rede. Nur von einem jungen Menschen nicht, an dessen Tür Lesru, je

länger sich der Uhrzeiger von der Acht fortbewegt, klebt.
Eine Sechzehnjährige hatte versucht, sich das schöne junge Leben zu nehmen, warum? Liegt allein im Einzelzimmer, ich darf dort nicht Nachttisch und Fensterbrett abwischen.

Der einzige Mensch, der mich wirklich interessiert, den darf ich nicht sehen, und wer mich am wenigsten interessiert, der Parteisekretär, und zu dem muss ich gehen. Mit dem Laufzettel, den Schwester Marga ihr nach dem gestörten Frühstück in die Hand gedrückt. Ein offenes bedrucktes Formular mit der Überschrift "Laufzettel". Empört wie ein richtiges Stück Empörung verlässt Lesru das Gebäude der Neurologie und geht, verändert als noch vor anderthalb Stunden, zurück in den Schlosshof. Nicht hinsehen, hämmert die Freundin, als das Schloss voller Sonnenlicht wie ein breites Festgebäude dasteht und die Rosen, vom frischen Morgen, hochgereckt blühten und tropfen vor Eigenglück. Nicht hinsehen! Den Wegweisungen folgen, nur den Wegweisungen. Ich schreie gleich, ich schreie ganz laut, denkt Lesru in höchster Halsabschneidung. Ich halte diesen Tausch nicht aus, die Unfreiheit gegen die Schönheit, aber kaum gedacht, wird sie von den kranken Frauen in ihren Betten mit ihren traurigen Augen und Sehnsüchten umstellt. Sie sind mitgekommen. Zu ihrer großen Überraschung zieht sie die Kranken mitsamt ihrer Betten hinter sich her. Schnauze halten, befiehlt die Freundin, die wohl auch nicht von den besten Eltern abstammt.

Das Betreten von Büroräumen, das Grüßen und Sprechen mit Nichtkranken, mit Frauen in fröhlicher Kleidung, beeindruckt Lesru. Es ist unvermutet leicht und zeigt, wie sehr sie sich in einer guten Stunde vom normalen Leben entfernt

und zu den Kranken hinbegeben hat. So gibt es wieder etwas zum Staunen. Die lachen und quatschen, denkt sie in der Allgemeinen Verwaltung, in einem der niedrigen, sich schwingenden Gebäude untergebracht, als gäbe es kein hundertfaches Herzeleid ringsum. Hier wird in ihren SV-Ausweis ein Eintrag vorgenommen. Na klar, die können nicht dauernd an die Kranken denken, aber sie liegen ihnen doch so nahe! Das steht unsichtbar vor einem der Schreibtische und bleibt auf dem weißen Laufzettel haften.
„So, und nun gehen Sie zur Oberschwester Gertrud und melden sich bei ihr", sagte eine Verwaltungsangestellte in lässigem Ton.
„Und was soll ich da?" Vorwitzige Frage.
„Das wird sie Ihnen schon selber sagen." Nachwitzige Antwort.
Andere Frauen sehen von ihren Schreibtischen auf, als Lesru grüßend hinausgeht in den öligen Flur. Dass sie wagte, eine Frage außerhalb der Station zu stellen, impulsiv, das stärkt ein wenig auf dem Wege der Bürokratie, wo sie spürt zu einem Blatt Papier zerstoben zu sein. Ein Blatt Papier, das von Behörde zu Behörde weiter gereicht wird, hat den Mund aufgemacht. Eines von den geschwungenen Nebengebäuden aber besitzt nun einen Namen und ein vorstellbares Innenleben, die Verwaltung.
Oberschwester Gertrud, gestern noch widerwillig mit Lesrus Geige unterwegs, empfängt die Hereinkommende, steif, steifer, am steifsten, als hätte es keinen Vortag gegeben. Sie solle Platz nehmen und warten. Die Tür zum Arbeitszimmer der Oberin Parenseit angelehnt. Lesru hört einem Telefongespräch zu, ohne zu hören. Aus dem Lernprozess herausgewirbelt zu sein und auf die lange Bank geschoben, ist keine Kleinigkeit. Leck mich am Arsch ertönt es in ihrem Inneren wie eine monotone Melodie. Gleich wird die Frau Oberin aus ihrem schönen Zimmer mit dem kostbaren Schrank

heraustreten, mich begrüßen und fragen, wie ich die erste Nacht am fremden Ort geschlafen habe, wie ich mich mit der Ulrike verstehe. Überhaupt nicht, denkt Lesru gegen ihren anderen Arschbefehl. Hoffend. Es wird still, gleich kommt sie, denkt die Hoffende und blickt zur unbeweglichen Tür.
„Wie ich hörte, wollen Sie an unserem Lehrgang zur Ausbildung von Hilfsschwestern teilnehmen, einem 200-Stunden-Lehrgang, Beginn Oktober diesen Jahres. Ist das noch gültig?"
Die Angesprochene, die Enttäuschte muss sogleich einen Antrag ausfüllen und erntet danach ein aufmunterndes Danke.
„Der Lehrgang findet wöchentlich einmal zwei Stunden an den Abenden statt. Sie erhalten noch eine schriftliche Bestätigung. Wir verfügen über gute Lehrkräfte, denn wir haben hier eine Schwesternschule. Aber eben auch genügend unausgebildete Kräfte, die ein Hilfsschwester- bzw. Hilfspflegerexamen erwerben wollen."
Die unbewegliche Tür. Warum kommt sie nicht?
„Danach erhalten Sie auch ein höheres Gehalt."
„Auf Wiedersehen."
Rausschmiss mit Gruß.

Mit dem weißen schmalen Laufzettel in der Hand heraus in den Sonnenschein, die halbrunde Steintreppe hinab.
Das Schloss ist entschieden abgerückt, die Rosenstöcke haben ihre sieben Sachen eingepackt und der Parteisekretär bemächtigt sich aller Dinge. Das schlottert den Sandweg entlang unter den Augen des barocken Schlossturmes.
Aber eigentlich heilen doch die Ärzte hier und nicht die Partei, das kann Lesru gerade noch hervordenken, bevor sie wieder zum Klassenfeind mutieren muss. Das kann sie sich nach und im neuen Erleben aber gar nicht mehr vorstellen, Schwester Lesru ein Klassenfeind, eine, die gesagt

hatte: „Du hast wohl Angst vor der Kutte, Du Kommunist." Ein Kommunist kann doch nicht Angst vor einem Kleidungsstück haben oder? Es schien, als bisse sie auf einer uralten Semmel, nicht weich zu kriegen, ein altes Stück Leder könnt's auch sein. Wieder ist eine halbrunde Treppe herauf zu steigen, ohne Geländer, einfach der steinernen Schwingung nach, was sehr angenehm ist.

Und, weil sich in ihrem Inneren alles aber auch alles dagegen sträubt, nicht nur ein Klassenfeind sein zu müssen, sondern, vor ihrem Richter stehend, eine totale Niete, etwas Abfälliges, was hier sein Gnadenbrot erhält, schweifen ihre Gedanken ab ins Kühne. Sie sieht sich plötzlich auf dem Zehnmeterturm im Stadtbad Saalfeld stehen, unter sich die blaue rechtwinklige Wasserfläche und die Klassenkameraden der zehnten Klasse. Außer Vira Feine, sie war nicht mitgefahren zur Klassenfahrt, sie war allein nach Buchenwald gefahren. Klein und zu ihr aufschauend die Klasse, weil sie als Einzige das dritte Mal nacheinander springen wollte. Sie spürt die Todesverachtung wieder und springt.
Das bringt keine Unterstützung, jetzt.
So sucht ihr unteres Bewusstsein, das den Hauptanteil ihrer Substanz bildet, eine andere Selbstbestätigung, bevor sie die Klinke herabdrückt. Sie dreht sich um, ein schöner halbhoher Blick zum runden Torbogen, durch den sie gestern gekommen war, das ganze ockerfarbene Ensemble beruhigt augenblicklich, ein fester Punkt ist erreicht, und sie denkt an die Leipziger Versuchung. An jene Nacht, in der sie mit einer fremden, aber schönen Frau zusammen in einem Ehebett schlief und sie sich wünschte, von dieser Frau umarmt zu werden. Das liefert das Unterbewusstsein in den Minuten der Hilfesuchung nach oben ab, die Liebe und die Sehnsucht.

Als sei dies fester Boden, auf dem ein gescheiterter Mensch vor dem Hauptrichter stehen könnte. Das Unbewusste liefert sein Wesen ab, das zu erkennen und zu akzeptieren Lesru nicht fähig ist. Und so fühlt Schwester Lesru nur die Qual wieder lebhaft, das Verlangen, diese freundliche Frau zu berühren.
Die Fakten werden nicht vom Körperteil Seele gespeichert, sie gehören dem Verstand, und der wird im Moment nicht gebraucht. Dass sie als Berlinbeste im Fach Violine der Volksmusikschüler zum DDR-Ausscheid nach Leipzig delegiert wurde und dort von einer freundlichen Familie über Nacht aufgenommen, dass sie beim Vorspiel der Violinklasse jämmerlich einbrach und keinen Preis, nur einen Blumentopf gewann, das verweigert die Seele mitzuteilen.

Verwirrt wegen der Eigenmächtigkeit dieser Erinnerung an die Sehnsuchtsnacht und auch an ihren Widerstand - sie hatte der Versuchung widerstanden – öffnet sie die braune Holztür, riecht im steinernen Flur Zigarettengeruch und Kaffeedünste, liest Wegzeichen und Namensschilder.
Anstelle von Verachtung, Misstrauen und dergleichen, drückt sie der Parteisekretär, ein rundlicher Mann mittleren Alters im weißen Kittel nach zaghafter Begrüßung ihrerseits an seine warme Brust. Potzblitz, das erwartete sie nicht. Lesru traut ihren Augen und Ohren nicht. In einem geräumigen Schreibtischzimmer mit Konferenzecke fordert Genosse Herbert Rund nicht den Laufzettelinhaber, sondern den Neuankömmling zum Platznehmen auf und überreicht ihr im gleichen Handlungszuge einen zweiten weißen Zettel, ein Formular.
„Tja, Fräulein Malrid, ich empfehle Ihnen unbedingt den Besuch in unserer Gedenkstätte zur

Geschichte der Arbeiterbewegung, hier befand sich um die Jahrhundertwende das Landesgefängnis. Hier saßen August Bebel und Wilhelm Liebknecht ein. Wir sind sehr stolz auf diese Gedenkstätte. Und natürlich werden Sie gern wieder in die FDJ eintreten, das Formular können Sie gleich hier ausfüllen." Dabei hüpfen aus seinen dunklen Augen einzelne kleine Lacher, sie tanzten wie eine Staubkette im Sonnenlicht auf Lesru zu. Ein lustiger und lustvoller Parteisekretär im Sessel.
„Aber ich."
„Kein Problem, Sie füllen das Formular aus und sind wieder Mitglied unserer Jugendorganisation."
Das strenge Gesicht Walter Ulbrichts an der Wand wie eine fallende Fahne, ein Landesgefängnis war das Schloss früher, die Vorbilder, die Bedeutungsschweren lebten hier, und der Parteisekretär trägt einen weißen Kittel. Das muss sich schleunigst zu einem Tun vereinigen, die kleinen Sonnenlacher erwarten ihre Schreibhand, der blaue Stift liegt schon parat: Fix fix fix, mache hin.
Es sind die Vorbilder, die den Ausschlag gaben, sich mit dem Formular an den Nebentisch zu setzen, die Nöte der Gefangenen, die Ziele, für die sie freimütig und sich selbst treu bleibend, kämpften, ungeachtet der Folgen und Verfolgungen. Diesem Chor stimmt ihr Inneres zu.

105

Als die Malrid hinausgegangen, kann der konfliktscheue Mann endlich in seinem Buch weiterlesen. Er hat es in die Schreibtischschublade über Parteitagsbeschlüsse gelegt. Dieses Buch, von Max Seydewitz verfasst, war schon im Jahre 1958 im Kongress Verlag Berlin herausgekommen. "Deutschland zwischen Oder und Rhein". Nicht mehr in allen Teilen aktuell, dient es Herbert Rund bei seiner privaten Ursachenforschung nach den

Bedingungen, die zum Zweiten Weltkrieg führten, als festes Beweisstück. Überraschend. Um die Malrid schnell los zu werden, hatte er das Wichtigste gesagt, und in die Hand gedrückt, hatte gelächelt, obwohl seine konzentrierten Gedanken bei einem unerhörten und kaum bekannten Gegenstand verankert geblieben waren.

Professor William E. Dodd, ein persönlicher Freund und Berater von Präsident Roosevelt, war von Juni 1933 bis Ende 1937 amerikanischer Botschafter im Nazideutschland. Er schrieb heimlich ein Tagebuch, das 1941 nach dessen Tod unter dem Titel "Ambassador Dodd Diary" in New York erschienen war. In ihm befinden sich, so Seydewitz, die schlagendsten Beweise für die Mitwirkung amerikanischer und englischer Konzerne bei der Hochrüstung Deutschlands. Die amerikanische Firma Curtiss & Wright lieferte allein von Januar bis Februar 1934 modernste amerikanische Kriegsflugzeuge im Werte von
1 Million Dollar, die von Deutschland in Gold bezahlt wurden.

Anfang 1933 schloss ein Vertreter der Firma E. I. Pont de Nemours & Co mit einem Vertrauensmann der Hitlerregierung ein Geheimabkommen über Massenlieferungen von Kriegsmaterial an die deutsche Wehrmacht. So ist das also, dachte der aufgeregte Leser Herbert Rund, und wir dachten, wir hätten unsere Kriegsrüstung alleine aus dem Boden gestampft. Er dachte noch immer: wir und unsere, der im Jahre 1932 geborene Mann. Für die Motorisierung arbeiteten die in Deutschland ansässigen Tochterfirmen von General Motors und die Opelwerke auf Hochtouren. Treibstoff wurde in großen Mengen für
20 Millionen Dollar bei Standart Oil of New Jersey über die IG Farben gekauft und in Hamburg gelagert. Das musst du dir einmal vorstellen, sagt der Mann im weißen Kittel mit dem glatt rasierten

rundlichen Gesicht, hellen fasrigen Augenbrauen und einer auffälligen kleinen Nase, das musst du dir vorstellen. Sagte es in den leeren Raum zum Konferenztisch herüber und sagt es wieder, als Lesru Malrid gegangen war.

„Auch die englischen Monopolkapitalisten haben sich um die Aufrüstung Hitlerdeutschlands nicht weniger verdient gemacht als die amerikanischen Konkurrenten", liest der immer mehr staunende Weißkittel. Der britische Rüstungskonzern Armstrong-Vickers selbst verletzte den Versailler Vertrag, ha, indem er vertraglich abgesicherte Waffenlieferungen nach Deutschland einbrachte. Nun sieh mal an. Als Mr. Dodd seinen amerikanischen englischen Botschaftskollegen im Jahre 34 zur Rede stellte, dachte Sir Eric Phipps nicht daran, gegen diese Geschäfte etwas zu unternehmen. Grund: Der damalige Ministerpräsident Chamberlain war selbst an den Geschäften der Firma Armstrong-Vickers beteiligt. Herbert Rund schüttelt den Kopf, greift zur Zigarette und verlässt, wie von der Tarantel gestochen seinen Auskunftsplatz. Er rennt zum kleinen viereckigen Fenster, blickt auf die Hauptachse des Rosenplatzes und fühlt sich sehr eingeschlossen. Sehr klein und winzig fühlt er sich gegenüber diesen internationalen Konzernen, die hinter dem Rücken ihrer Regierungen ihre verheerenden Kriegswaffengeschäfte mit ihren deutschen Geschäftspartnern abschlossen. So macht man das also: Man macht Geschäfte, Hauptsache Geschäfte. Und Schweigen ringsum. Wer die Waffen dann gegen wen richtet, sogar gegen das eigene Dach und Volk, das ist uns gleichgültig. Gleichgültig! Mit englischen Waffen wurde England bombardiert! So stellt er sich das vor: Am 2. Weltkrieg waren amerikanische, englische und bestimmt auch französische Rüstungskonzerne Mitschuld. Endlich weiß er's. Die

Internationalen und die größten Rüstungskonzerne bestimmen die Weltpolitik und Hitler war denen ein höchst willkommener Auftraggeber. Was sich unter dem Begriff "Imperialisten" verbirgt, glaubt er jetzt zu wissen.
Warum werden diese Leute nicht angeklagt, warum saßen sie nicht mit in Nürnberg auf der Anklagebank, fragt er sich und stellt sich vor, wie er dem Bezirkssekretär Hubert diese Frage stellen würde. Ob überhaupt. Dessen Antwort weiß Herbert Rund im Voraus.
„Deshalb, Junge, bauen wir den Sozialismus ohne Monopolkapitalisten auf, die Basis für derartige Machenschaften haben wir in den sozialistischen Ländern zerstört, es gibt sie nicht mehr, die Geheimverhandlungen, die Waffenproduktionen gegen andere Völker und das eigene Volk. Freu Dich lieber daran, Junge und lass die schlafenden Hunde ruhen."
Ich kann's nicht, ich kann diese Verbrecher in feinen Anzügen nicht ungeschoren lassen. Nur einer, Max Seydewitz, zog sie bisher aus der Geschichte ins Tageslicht und er verlangt Verantwortung.
Das redet und redet lautlos im Zimmer des Parteisekretärs, plötzlich so anschwellend und grässlich wie am 13. Februar 1945 in Dresden. Wo er in der Brandnacht seine ganze Familie verlor. Als Dreizehnjähriger auf seinem Rücken noch ein Geflecht von Narben unter dem Hemd. Und es kommen mit dieser Erinnerung: das Schwindelgefühl, die Sehstörung, dieses Gleich-trifft-mich-der-Schlag.

106

O, diese Wirrnis! Anstatt mit der Sommerlandschaft auf du und du, im Liegestuhl sich an Dahlien und Immerblühenden aufzubauen, an Schwalben, den Berlinfernen, an leichten vertrauten Tätigkeiten im

EINPERSONENHAUSHALT GEHT MAN MIT GRADEM KREUZ UND EINEM LERNBEREITEN KOPF ACHT STUNDEN VON NEUEM ZU NEUEM. ENTDECKT, DASS HINTER JEDEM SCHRITT UND MEDIZINISCHEM GEGENSTAND EINE WISSENSWELT STECKT, LAUERT. ZU ENTDECKEN, DASS MAN SELBST NUR EIN WASSERFLOH IM MEER DER MEDIZINISCHEN ERKENNTNIS IST, DAS IST SCHON EIN GUTER ANFANG. ABGETRETEN IST DAS EMPFANGSBEREITE MAJESTÄTISCHE SCHLOSS, ALS LESRU NACH 16 UHR DEN INNENHOF UND DIE ROSENPARADE WIEDER BETRITT. IHR SEID ARMSELIG DRAN, ABSOLUT BLÖDE, DENKT SIE IM ANBLICK UND HINBLICK DES SCHLOSSPLATZES, DER VON FEIERABENDEN BEFAHREN UND BELAUFEN WIRD IM FRISCHEN NACHMITTAGSLICHT. DABEI EMPFINDET SIE JEDOCH SO ETWAS WIE EIN SCHLECHTES GEWISSEN UND EINE TIEFE UNSICHERHEIT BEWEGT SICH AUF DEM MEER DER MEDIZINISCHEN ERKENNTNIS. DA SIEHSTE MAL, WIRD ZU EINEM UNSICHTBAREN GEGENÜBER GESAGT, WIE SCHLECHT ICH BIN: DAS, WAS ICH LIEBE, FINDE ICH DOOF, UND AUF DER STATION BIN ICH EBENFALLS DOOF. EIN SCHMERZ MACHT DIESEN SELBSTVORWÜRFEN SCHLIEẞLICH EIN ENDE, EIN FURCHTBARER SCHMERZ. SIE WIRD IN IHRER BEIGEFARBENEN ZIVILKLEIDUNG REGELRECHT ANGEHOBEN VOM SCHMERZ, DEM BAREN NICHTSKÖNNEN, DASS SIE SICH AUF IHRE SCHMALEN LIPPEN BEIẞT UND EINIGE SCHRITTE IN RICHTUNG PFORTE GEHT. ALLEIN. SO ALLEIN WIE SIE SICH IM LEBEN DURCHGÄNGIG FÜHLTE UND IMMER WIEDER GEFÜHLT HATTE, ABER HEUTE IST DIESES ALLEINSEIN MIT GROẞEM SCHRECKEN VERBUNDEN. MIT NOT UND KRANKHEIT ANDERER MENSCHEN, MIT DER WISSENSCHAFT MEDIZIN, AN DEREN ÄUẞERSTER ECKE SIE STEHT UND VORWÄRTS GEHT. GUT UND STÄRKEND ABER IST DER SELBSTZWEIFEL, WENN ER BIS ZUM GRUND REICHT.

WO HABE ICH ALL DIE JAHRE GELEBT, IN WELCHEM DUNST? DAS IST DURCHAUS EINE FRAGE WERT. RETTUNG, ERLÖSUNG VOM GEMARTERTWERDEN, WOHER KOMMT SIE, KÖNNTE SIE KOMMEN?

„Das haste aber schnell gelernt, meine Kleene", hat Schwester Anna vor den Patientinnen im Zimmer eins beim Pulszählen zu der erröteten Schwester Lesru gesagt. Den Puls zählen mit einer kleinen Sanduhr, am Unterarm vor der Hand pulsiert die Schlagader. Und es berührte Lesru hartnäckig, dass sie die fremden Frauenarme berühren und sogar ein wenig drücken musste, um den Puls zu fühlen. Und erst dann, wenn sie das ruhige oder unruhige Schlagen des Pulses fühlte, musste sie die ovale kleine Sanduhr nach oben drehen und zählen. Das tröstet. Das sah doch beinahe danach aus, dass sie zu etwas taugen könnte. Und der unheimlich bittere Schmerz wandelt sich um in die allergrößte Sehnsucht, etwas taugen zu wollen, eine Substanz zu bilden, die anderen Menschen Nutzen bringt.
Nun, mit dieser Sehnsucht ist sie vertraut und ihr überlässt sie sich, sodass die Sehnsucht sofort alle Register zieht und ihr den Weg weist zu dem Ort, wo übergroße Sehnsüchte zu befriedigen sind.

Sie kann. Sie kann den skeptischen Langblick von Schwester Marga verlassen, die stechenden medizinischen Wörter, die aufgescheuchte Andacht, die die Chefvisite von Dr. Asmus im breiten Korridor erzeugte. Hurra, sie kann einfach den kleinsteinigen Weg durch den Torbogen gehen, ohne an Zimmer und Nachttische zu stoßen, und Lesru genießt es. Das Nichtanstößige. Den Saum freier Schritte. Die erste späte Septemberluft, die nach Äpfeln und Kartoffelfeldern riecht, auch nach Waldseen, die fröhlichen Rufe der feierabenden Schwestern und Pfleger. Ihr geht nach Hause, denkt sie, und ich geh auch, in den Musikraum, ihr braucht das, und ich brauche ihn. Ein ruhig gedachter Gedanke ohne Hetze und Wanken. Sogar eine filigranhafte Übereinstimmung fühlt sie mit den eilig zu ihren Häusern Ausschreitenden. Eine tiefe Verbindung. Gern hätt sie diese neuartige gewebeartige

Verbindung zu den anderen Menschen noch länger gefühlt, es ist, als würde sie von ihnen getragen und sie selbst, die Ausgestoßene, würde Handanfassen an einem großen Tuch, an einem gemeinsamen Tun mittragen. Aber da steht sie schon vor dem aufschiebbaren Glasfenster der Pforte. Soll sie nicht weitergehen mit den süßen kleinen Verlobungsringen? Gibt es jemals etwas Zarteres, Besseres, als die wieder erlebbare Menschenliebe?

Das ist wohl etwas Anderes, etwas Ansätzigeres als das Aussätzige, das Lesru in den letzten Monaten in Berlin durchschreiten musste. Die täglichen Verachtungen, seitens der Genossenschaft in der Klasse, das Geduldetsein, die Oberkontrolle ihrer Äußerungen, das fehlende solidarische Verhalten, nachdem festgelegt wurde, dass sie nach dem Abitur als Einzige keinen Studienplatz erhalten würde. Als Einzige des gesamten Jahrgangs zur Bewährung für zwei Jahre in die Produktion abgeschoben wird. Inmitten von Verachtung, strengster Beobachtung leben, auch in lässiger Schadenfreude. Und vor allem ohne die schützende Hülle, die geliebte grüne, auch im Sommer so leicht zu tragende Kutte - sie erhielt ihr Bruder Fritz zum Abtragen in Thüringer Wäldern - ohne die Ich-Verschwörung mit ihrer kindlichen Vergangenheit, sie fiel Lesru nicht nur schwer, sondern diese Lebenslage erwies sich als unerträglich. Es bot sich nur ein einziger Ausweg an, der ihr ramponiertes Selbstbewusstsein, das jeden Morgen neu aufstehen und sich zur Beleidigung bereit machen musste, und der heißt: Einen Freund haben. Mit jemandem gehen. Die private Liebe gegen die hundsgemeine Welt hochhalten und möglichst viel von ihr im Arm halten. Einen Mann aus der nächtlichen S-Bahn über den angeleuchteten Wiesenweg mit zu Frau Felizitas Kleine nehmen, ihn flüsternd ihrem Untermieterzimmer unterjubeln, das Ganze als Abenteuer einer Wild gewordenen deklarieren, vor sich selbst, einer Rand- und Bandlosen und erschaudernd feststellen, also das kann ich auch, dazu bin ich och fähig. Am nächsten Morgen aufgeblasen, mit künstlich erzeugtem Sauerstoff, ließ sich ein ABF-Tag ertragen.

„Ich möchte bitte den Schlüssel zum Musikraum, die Oberin hatte mir…“ „Schon gut", sagt eine andere Frau in der Pforte und reicht aus der Tiefe des begrenzten Raumes einen einfachen Schlüssel durchs Fenster. "Die Vordertür ist auf, dort sitzt die Kultur drin.“ Schönes Deutsch. Mit dem Schlüssel in der Hand, mit dem merklichen Gewicht eines Vertrauensbeweises, weicht jäh das auf der Neurologie Erlebte zur Seite und eine wilde unbehelligte Freude durchfährt Lesru und wächst zu einem regelrechten Sturm an. Ein unbekanntes Musikzimmer darf betreten werden. Vielleicht mit einem Klavier, o Gott, bitte mit einem Klavier! Die letzten Meter und durch den Torbogen zurück sind schier unerträglich. Lesru fühlt sich wieder schwer wie ein Baumstumpf, als hätte sie nichts gelernt, als sei alles vergeblich, als mündete jede Belehrung, jedes neue Terrain doch nur in einem musikalischen Ausbruch, in einer Explosion ihres Inneren. Gleich rechter Hand soll es sein, in einem der niedrigen alten Gebäude, sie klinkt an der alten Tür, und die Tür erweist sich eingängig und still.
Kopfschüttelnd und doppelt erregt hält sie im schmalen Flur vor einigen unbekannten Türen inne. Aus einem der kleinen Fenster erkennt sie die roten und gelben Rosenstöcke hautnah, einige Menschenbeine gehen zielgerichtet woanders hin und sie verflucht sich. Sie ist so sehr verzweifelt über sich und die soeben erlebte Bedrängung durch die Musik in ihrem Inneren, über ihre Unfähigkeit, etwas Gutes und Guttuendes zu lernen, von ihrem Trieb abhängig zu sein.

Und wenn die Welt zum Teufel geht, werde ich immer noch auf irgendein Instrument loshämmern, das muss dazu gedacht werden. Kleine Zahlen an den Türen, an denen sie vorübergeht, auch Namensschilder. Die nächste Tür öffnet sich von selbst und Lesru betritt staunend eine Reihe von leeren Kleiderhaken, eine Art Garderobe. Zu hören ist nichts als die Stille der Räume und Mauern, auch fürchtet sie sich plötzlich von einem Menschen entdeckt und überrascht zu werden, jetzt, im Verzweiflungsakt angesprochen zu werden. „Sie wünschen bitte?", eine strenggesichtige Dame im dünnen Rollkragenpullover, baut sich vor dem Verzweiflungsakt auf. Sprache nicht möglich, Stottern möglich und die Namensnennung der Frau Oberin. Von Kopf bis Fuß Musterung. Kulturkälte bis zum Grund. An den höhnisch werdenden Augen der Dame aber kann sich Lesru wieder etwas aufbauen, sogar stärken, die allgemeine Verachtung gegenüber Künstlern ist keine neue Erfahrung. Sie fühlt sich wie Frau Mimi Stege im fernen Torgau, sie schlüpft in Mimi Stege und die Dame ist kein anderer als Mimis persönlichste Feindin, Frau Killmer ist sie aber nicht.

„Na, wenn Ihnen Frau Oberin das erlaubt hat, dort ist der Musiksalon, aber bitte nichts anfassen." Die blödeste Zicke der Welt, sagt sich Lesru, weil ihr nichts Besseres einfällt, und empfindet ein Lot Freude. Dieser Zusammenprall ist das Beste, was passieren konnte, hier im Vorfeld zur Musik fühlt sie sich sicherer als auf Station. Dennoch sind die uralten Spinnenfäden auf ihrem braunen kurzen Haar nicht abzustreifen, sie fühlt sich entheiligt und beschmutzt, und entheiligt und beschmutzt öffnet sie die Saaltür. Ein wunderschöner barocker Musiksalon mit roten Stühlchen und hellem Parkettfußboden, einem breiten Mittelgang und einem geschlossenen schwarzen Flügel in der Bühnenmitte ist nicht nur zu sehen, nicht nur zu

betreten, sondern sofort zu lieben. Ehrfurchtsvoll begrüßt Lesru die unbekannten Menschen, die hier seit gepflegter Zeit gesessen hatten, der Musik gelauscht, und etwas ganz Fröhliches, Anmutiges springt aus den verzierten Wandtapeten. „Mensch", sagt Lesru. Aber die blödeste Zicke der Welt dringt frech in die fröhliche jauchzende Anmut, sodass Lesru sich still auf eines der roten Stühlchen setzt und warten muss, bis der Ungeist den Salon verlassen hat. „Nichts anfassen." Gesagt getan. Der schwarze geschlossene Flügel steht wie ein schönes Schlaftier auf seinen Rollfüßchen und wartet auf sein Erwachen. Er kann unmöglich im Schlaf am hellerlichten Nachmittag stehen gelassen werden, er zittert und wartet mit tausend Anspannungen und Freuden - worauf? Auf den ersten Ton. Oder ist er gar verschlossen? Lesru erträgt diese Frage nicht länger, sie peitscht sie von allen Seiten ins Fleisch, sodass sie sich erhebt und in den Mittelgang an den unsichtbaren Herrschaften vorübergeht und in einem heißen, fürchterlichen Gehabe den Deckel zur Tastatur öffnet - und voller Entzücken im vollsten Lebensrausch die schwarzen und weißen Tasten wohlgeordnet nebeneinanderliegend, erblickt. Welch eine glitschige Last rutscht ihren Buckel herab! Ein runder Sesselstuhl, "Blüthner" in zierlicher vergoldeter Schrift. Auch noch ein Blüthner-Flügel. Sie lässt ihren Kopf auf die Füße sinken, prüft sich, prüft sich lange.
Ist es richtig hier zu spielen, darf sie sich bereits am ersten Arbeitstag etwas zu Schulden kommen lassen, ist sie nicht zur Bewährung ausgesetzt? Lauscht etwa die unfreundliche Kultursachbearbeiterin, und was sagen die zwei hellsilbrigen Pedalen unter der Tastatur?
Zwei mittelgroße Frauenhände dürfen die ersten wohlklingenden Töne, zauberhafte Klänge

ZWISCHEN DIE BELEGTEN BETTEN UND NACHTTISCHE RÜCKEN UND SICH, DA ES GESCHEHEN, TRAGEN UND FORTTRAGEN LASSEN IN IMMER SCHNELLER WERDENDEN TONFOLGEN. HINAUS AUS DEM BAROCKSCHLOSS SAMT KULTURABTEILUNG, HIN ZU DEN MISSHELLIGKEITEN, DIE DISSONANZEN VORBRINGEN UND IHNEN LAUSCHEN, WEIL EINE DERARTIGE KOMPOSITION NOCH NIEMALS ZUVOR ERKLUNGEN. SIE KOMPONIERT UND LAUSCHT UND HERRLICH IST DER GUTE KLANG DIESES FLÜGELS, ER LÄSST SICH MIT DEM PEDAL AUSDEHNEN, ER LÄSST SICH INS GRELLSTE LAUT FÜHREN, UND ER LÄSST SICH GANZ LEISE WEITERFÜHREN. O, IHR GÖTTER DER MUSEN UND FLÜGELBAUER!

107

AN EINEM DER NÄCHSTEN TAGE FÄHRT DIE ANFÄNGERIN SCHON MIT DEM FAHRRAD ZUR ARBEIT, DIE INNENHÖFE, DER SCHLOSSPLATZ SIND ZUM ARBEITSWEG GEWORDEN UND ALS GELÄNDE ZU BEZEICHNEN. DAFÜR WEIß SIE WAS I.M. UND WAS I.V. BEDEUTET: EINE INJEKTION IN DEN MUSKEL HEIßT INTRAMUSKULÄR, EINE SPRITZE IN DIE VENE, INTRA VENÖS. SCHARFE UNTERSCHEIDUNGEN. INS GESÄß DARF SCHWESTER ANNA EINE SPRITZE RAMMELN, IN DIE VENE NUR EINE VOLLSCHWESTER. LESRU WEIß AUCH, DASS EINE AUSGEBILDETE SCHWESTER WIE SCHWESTER WALLY UND DIE STATIONSSCHWESTER MARGA WEIßE HAUBEN MIT SIEBEN FALTEN AUF DEM KOPF TRAGEN UND EINE HILFSSCHWESTER EINE HAUBE MIT NUR EINER FALTE. LÄCHERLICH. JEDER MENSCH BLEIBT FÜR SIE EINE NEUIGKEIT, JEDER PATIENT EIN ANSPORN, IHM GUT UND ZUVERLÄSSIG ZU DIENEN. SIE ENTDECKT EINE FREUDIGE BEREITSCHAFT IN SICH, DEN KRANKEN ZU DIENEN. WAS SIE NICHT ENTDECKT, SIND DIE ZURÜCKLIEGENDEN KINDLICHEN BEWEISE UND ERPROBTEN FÄHIGKEITEN, HILFSBEDÜRFTIGEN ZU HELFEN. WEDER AN IHRE KRANKE GROßMUTTER NOCH AN DIE HILFSBEDÜRFTIGE MARSCHIE DENKT SIE IN EINEM ATEMZUGE. WAS GELEBT WORDEN WAR, GEHÖRT NIEMANDEM.

Und so genießt sie es, dass nach einigen ersten Wochen manch eine Dauerpatientin ihre Stimme gern hört, eine andere sie gern anblickt, wenn sie nicht plump wie eine Bestimmte, sondern fragend morgens ins Zimmer tritt und die Frauen grüßt; wenn sie mittags nach der Schlafruhe schon allein mit dem Messbuch, mit Thermometern und Pulsuhr zu den Frauen gehen darf. Es sind die winzigen Augenblicke der Begegnungen mit den Frauen, die sie entzücken, auf die sie sich morgens freut und das schöne Schloss links liegen lassen.

Eingebunden in einen täglichen Kennenlernprozess, ist sie ganz Aug und Ohr. Nach heftigem inneren Zittern hat sie sich auch daran gewöhnt, Patientinnen, Frauen beim Auskleiden zu helfen, ihre Körper nackt im großen Baderaum zu sehen, wo bestimmte medizinische Maßnahmen durchgeführt werden. Die Scheu voreinander hat sie tief mitgefühlt und wieder zu Schwester Anna aufgeblickt, die keinerlei Scheu und Scham beim Hantieren mit unbekleideten Frauen empfand. Mit ihr ist es nur lustig. Und wenn sie nach der Prozedur den Patientinnen im Bett und Zimmer wieder begegnet, ist schon ein anderes Verhältnis, eine Art neuer Bindung entstanden, die die vorherige noch verstärkt. Nun weiß Lesru wie ihre Brüste aussehen und ihre Pobacken und der ganze schmerzhafte Körper und das tapfere Gesicht der Frau. Der einen wie der anderen. Das geht unter die Haut.

Was kann als Ausgleich unter die Lupe genommen werden? Was ordnet sich von selbst an? Das Zimmer mit dem Ahorn- und Hügelblick, das hellhörige neben der Toilette, von der Mitbewohnerin Ulrike eher als Umkleidekabine genutzt, ist immerhin ein Ort im Ort. Man kann sich an den runden Tisch setzen und einen Brief nach dem anderen schreiben, den fester verbundenen. Tante Gerlinde noch in den USA an der Ostküste und

nebenbei mithören, dass die kraftvolle Zimmernachbarin, eine Krankengymnastin, schon wieder ihren Freund zu Besuch hat. Es hört sich so liebes-leibesverdächtig an. Wieder nur Leibesübungen.
Aber auch das mitgebrachte nagelneue Buch von O'Neill, „Trauer muss Elektra tragen", Theaterstücke, die den amerikanischen Familienalltag wie ein undurchschaubares Dickicht mit antiken Andeutungen personalisieren, liegt ziemlich beleidigt auf Lesrus Bett. Lesru wundert sich und stutzt nur, weshalb eine junge Amerikanerin ihre Mutter so stark hasst. Mutterhass wirbelt ins fensteroffene Zimmer, in die prächtigen Ahornverfärbungen draußen, dass ihr mulmig wird. Ein Verdacht, eine Fährte wird nicht geahnt. Betroffenheit bleibt, die Betroffenheit, die nicht weiß, wohin sie gehen soll. Ihrem Zimmer gegenüber wohnt eine siebenfältige junge Schwester, vor deren Tür auch alle Nase lang ein kräftiger junger Mann steht, klopft, hämmert und wieder verschwindet. Es fällt Lesru auf, dass die Freunde der jungen Frauen ausgesucht höflich zu allen anderen weiblichen Wesen in der Etage auftreten, grüßen, als gäbe es geheime Abmachungen und Gepflogenheiten. Irritierend.
Nur in die große Gemeinschaftsküche, wo Kühlschrank, Töpfe, Bratpfannen, Küchengeräte kleinerer Art allen Bewohnern in der Geheimhaltungsetage zur Verfügung stehen, trifft man kein männliches Wesen an; hier hantieren die schwatzenden, lachenden, brutzelnden Frauen allein mit sich und ihren Lebenserfahrungen. Es ist der Ort, an dem Lesru in der Geheimhaltungsetage sofort und herzlich von unbekannten Frauen und Mädchen aufgenommen wurde. Als Mitköchin.
Dieses also soll die Haut-Hautverbindung Lesrus mit ihren Patientinnen lockern, auf andere

Gedanken, zu anderen Gefühlen bringen, damit von einer Erholung gesprochen werden kann.
Damit somit. Bleibt die Erkundung des Ortes und der Landschaft. Ein weites Feld, das den neuen Reiz aussprüht, ein wenig, als Teilchen zu diesem Ort mit dem hohen Schlossturm dazuzugehören und ihn nicht wie noch vor Kurzem mit ganz fremden Blicken als zitterndes Etwas zu betreten. Es ist schon etwas geschehen. Wenn sie sich mit dem Fahrrad am kleinen Wäldchen neben der Neurologie, das Lindchen heißt, vorüberbewegt, die Allee, die auch viel zu sagen hat, schnurgerade weiterfährt, wenn sie das "Gelände" im Rücken hat und die Allee auf die Hauptstraße in Richtung Oschatz fährt, am Ortsausgang in das Gasthaus hineingeht, dann umfängt sie hellste Aufregung, untersetzt mit einem leisen Gefühl, wieder eine kleine Eroberung zu tätigen. Denn es muss immer etwas getan werden. Das ganze Leben eine Expedition. Mehr als Leibesübungen. Nicht die absolute Freiheit ist notwendig, sondern die relative.

108

Gelegentlich, wenn sie spätabends allein in ihrem Bett liegt, von der Mitbewohnerin nichts zu sehen ist und der Tag voller Lerngewölk gewesen, fasst sie doch jäh das altbekannte Gefühl ihrer Nichtigkeit tüchtig an. Du bist nichts. Alle haben ihre Familien, Freunde, Liebhaber, bereitwillige Berufsaussichten, andere haben gemostet und Pilze eingelegt, ich bin zwanzig und habe nichts. Ich bin ganz und gar nichts, eine ziemlich entsetzliche Tatsache, die, wenn sie an morgen denkt, wo wieder einzutreten ist in die verehrten Besitzstände und ihrer Träger, droht und drängt es sie in der Kuckucksnacht, auch etwas Positives vorweisen zu müssen. Auch zu zeigen, so befehlen diese

UMZINGELUNGEN, DASS DIR DAS LEBEN NICHT NUR SO DURCH DIE FINGER RINNT WIE SAND.
UND SIE ZÄHLT IM GOLDGELBEN NACHTHEMD AN IHREN ZEHN FINGERN, WIE VIEL MÄNNER UND MÄNNLICHE WESEN SIE BEREITS UMARMT HATTE, NEIN, DEN HABE ICH NOCH VERGESSEN, ALSO NOCH MAL VON VORN. ES IST IHR BITTERKALT UND BITTERDUMM DABEI ZUMUTE, EINE HARTNÄCKIGE STÖRRISCHE ART VON DUMMHEIT UND STOLZ. SO, ALS HÄTTE SIE LEBENDIGEN LEIBES EINE RATTE SEZIERT, WIE ES AN DER ABF IM BIOLOGIEUNTERRICHT VORGEKOMMEN WAR. SCHLIMMER NOCH: ALS WÜRDE SIE DIE MÄNNER IHRER UMGEBUNG BERAUBEN, IHRER CHARAKTERE, IHRES ALTERS, SIE ENTKLEIDEN UND ZU ZAHLEN REDUZIEREN. EIN VERBRECHEN BEGEHEN.

109

ICH HABE SIE GEKÜSST, ICH HABE SIE MITTEN AUF IHREN SCHMALEN MUND GEKÜSST UND IHRE BLINDEN OFFENEN AUGEN, SIE STÖHNTE DIESES "ACH", ALS ICH IHRE NÄHE UND DAS ZIMMER VERLIEß.
KOPFÜBER, KOPFUNTER VERLÄSST LESRU AM LETZTEN ARBEITSTAG DIE STATION, IN IHR SCHLAGEN ZWEI FRAUENHERZEN UND DER WIRBEL EINER UNERHÖRTEN GRENZÜBERSCHREITUNG. MIT DEM DANK UND MIT ANERKENNUNG VON SCHWESTER MARGA FÜR IHRE HILFE, „SIE HABEN SICH GUT ANGESTELLT", VERABSCHIEDETE SICH LESRU FORMAL VOM SCHWESTERNPERSONAL UND STEIGT DIE TREPPE ABWÄRTS MITTEN IN DEN OKTOBERTAG.

DER HAT SOFORT ETWAS ZU SAGEN. DIE MILCHIGE WÄRME DES ZART BEWÖLKTEN HIMMELS UMSCHLINGT DIE SCHLANKE GESTALT, DIE GELBEN BLÄTTER DER ALLES SEHENDEN HOHEN PAPPELN DES NAHEN LINDICHT FLATTERN EMSIG UND UNAUFGEREGT IM MÄßIGEN WIND, SIE GRÜßEN REIHENWEISE. DIE RÖTLICHEN GEFIEDERTEN UND GEZACKTEN BLÄTTER DER AHORNBÄUME, DIE LESRU GESTERN NOCH FRAU BODE BESCHRIEBEN HAT, WIE SIE IHR SEIT EINER WOCHE MORGENS DAS WETTER, DEN HERBST,

das Schloss mit mündlichen Worten beschrieben hat, sogar der graubraune erdige Weg nimmt die Weggehende auf wie eine erfreuliche kleine Erscheinung. Was ist denn das, fragt, sich die Liebende, warum strahlt mich alles an? Das Schloss, vom sächsischen Baumeister Knöffel erweitert und ins Träumerische als Jagdschloss mit riesigen Festsälen und einer hochbarocken Kapelle vollendet, sein ovaler Mittelrisalit, der hohe Dachreiter mit der Zwiebelhaube blicken in weichem Licht auf alles Niedere und Höhere, und jeder Mensch scheint willkommen zu sein.

Ich musste sie küssen, sie liebt meine Stimme, und mir bereitete es soviel Freude, ihr mit Anstand etwas zu erzählen, was sie nicht mehr sehen kann. Denn sie ist blind. Blind geworden durch einen Tumor im Kopf, der in der Leipziger Uniklinik nicht reparabel war.
Beim Anblick eines ersten Menschen allerdings wendet sich sofort das Blättchen, und Lesru erschreckt. Jetzt werden sie mich endgültig rausschmeißen, ich habe eine Patientin auf den Mund geküsst zum Abschied, jetzt werde ich haushoch rausfliegen. Ich konnte nicht anders. Ich musste ihr sagen, dass ich morgen nicht mehr zu ihr kommen kann, eine Hepatitis Epidemie ist ausgebrochen, und ich muss morgen auf der Infektion arbeiten zur Aushilfe. Und wie bestürzt sie mich ansah und sagte, ich werde sie vermissen.
Denn Lesru hatte ihr ihr Augenlicht mit Worten empfindsam wiedergegeben, jeden Tag dauerte das Augengespräch länger. So musste doch der erzählende Augenmund sich dem nur sprechenden Mund nähern, er musste sich vereinigen zu einem leichten, zum schwersten Kuss, den Lesru jemals einem Menschen geben konnte.
Radfahrer, die aus allen Wegen hervortretenden Menschen aber wandeln dieses wunderbare und einmalige Geschehen um, in einen Rucksack Last, in trommelnde Beschwerde, in Abart und in Perversität,

sie drohen mit rostigen Zaunlatten. Zwischen den bemäntelten und unbemäntelten weißen Gestalten hindurch leuchtet der frischgrüne Rasen, blühen die taufrischen Rosendelegationen und bei diesem Lesruschen Ansehen empfängt die Verstockte sofort wieder die süße Freiheit und das unheimliche Glück wieder, das große Geschenk, das sie beim Küssen von Frau Bodes Mund und ihrem heiligen Schrecken empfand. Menschenliebe hatte sich entwickelt und ward in einem letzten kurzen Augenblick besiegelt worden.
Das verstehen die Schweine nicht, das muss natürlich als unreflektiertes Relikt ihrer frühkindlichen Zeit hervorgeknastert werden.

Am vergangenen Sonntag waren zehn ausgewählte Kinder in Sonntagskleidern mucksmäuschenstill die Treppe zur Frauenstation der Neurologie hinaufgegangen und unter Führung einer Lehrerkollegin auf dem breiten Korridor, wo es streng nach Medikamenten roch, stiller als still weitergegangen. Jedes Kind der vierten Klasse trug ein Mitbringsel mit sich, ein Blumensträußchen, ein Glas Holundergelee, einen braunen Tannenzapfen, zwei aufgeklebte bunte gepresste Ahornblätter, zwei Flaschen selbst gekelterten Apfelmost trugen zwei Mädchen in einer kleinen Tasche.
Voran ging Schwester Marga ins Zimmer, um Renate Bode den Besuch ihrer ehemaligen Klasse anzukündigen. Ihr hatte sie vor einer Stunde die vom Chefarzt verschriebene zweite Morphiumspritze gegen die wahnsinnigen Kopfschmerzen verabreicht, und sie hatte Frau Bode schlafend im Bett vermutet. Die Patientin im Einzelzimmer schlief nicht.

Es kam äußerst selten vor, dass eine Patientin mit einer unheilbaren Krankheit aus dem Leipziger Universitätsklinikum in ein anderes Krankenhaus verlegt wurde. Völlig erblindet und mit den Tag und Nacht hämmernden Kopfschmerzen, die den ganzen Körper erniedrigten und sich weiter fraßen, hatte Renate Bode den Wunsch geäußert, im Krankenhaus Wermsdorf sterben zu dürfen, in der Nähe ihres Wohn- und Arbeitsortes Dahlen. Ihr Wunsch wurde vom Leipziger Klinikchef gern erfüllt, er rief nur seinen ehemaligen Studienkollegen Asmuss an, dieser rief Schwester Marga an, diese ließ sofort ein Einzelzimmer vorbereiten und instruierte ihr Personal, dass eine Privatpatientin von Dr. Asmuss aus Leipzig käme und sie allein ihre Versorgung zunächst übernehme. Zum morgendlichen Bettenmachen aber hatte sie die Praktikantin bestimmt, denn sie hatte eine angenehme Art, mit Menschen umzugehen, das hatte Schwester Marga bald gemerkt. Zur Frau Bode, einer dreißigjährigen Lehrerin, die unter der Obhut vom Chefarzt stand, konnte sie nicht Schwester Anna senden und sie mit der Bassstimme sagen lassen: „Morjen, na, nun heb mal Deine Kiste hoch."

Die Kollegin von der Sterbenskranken stand wie ein Mahnmal vor der Krankenzimmertür. Sie war schlank und in einen bräunlichen Herbstmantel gehüllt, ihr blasses Gesicht, der Mittelscheitel ihres braunen glatten Haares, ihre weißen, ein wenig hervorstehenden Zähne im Unterkiefer im rundlichen Gesicht, alles wurde von den Mädchen und Jungen höchst intensiv angesehen und gebraucht. Vor allem das jetzt verstummte Zureden, sie sollten so sein wie immer und ein wenig von sich erzählen, das sich jetzt im stillen Ausdruck ihrer braunen Augen wieder und besonders zeigte, dies wurde vor der Tür noch einmal versammelt.
Renate Bode sah seit einem Vierteljahr immer ins Schwarze. Sie hatte ihre Lehrerinnenzeit an der Dahlener Oberschule krankheitshalber vor einem halben Jahr beendet und als sie von der steifen Stationsschwester über den Besuch informiert worden war, kam sie sich vor wie ein ausgestopftes ausgestorbenes Tier. Wie ein Präparat im Naturkundemuseum. In der dritten Klasse musste sie

ihre Kinder zurücklassen, jetzt kamen sie als vierte Klasse mit der Kollegin Weichler, Eva Weichler, erinnerte sie sich. Der Schmerz war hinterhältig, nicht beherrschbar, als aber die Kinder stumm wie eine Wand ins Zimmer traten, gingen und schlurften und sich wie zum Fahnenappell aufstellten, setzte er aus. Gierig und ungläubig, weil der Kopfschmerz aussetzte wie ein Herzschlag, sagte Renate hilflos und breitgesichtig wie eine Bäuerin aus dem Kopfkissen heraus: „Guten Tag, Kinder." Ihre grauen Augen starrten zur Decke, als säßen die kleinen Wänster wie Engel an der Decke. Die Kinder antworteten im Chor: „Guten Tag Frau Bode." Dann, weil einstudiert, trat jeder einzeln vor und sagte einen kleinen Vers auf, die Klassenbeste das lange Gedicht „Bunt sind schon die Wälder.“ Ein Junge bestellte Grüße von seinen Eltern. „Vielen Dank", sagte Renate Bode mit ihrer herben spröden Stimme und begann zu husten. Dann wurden die kleinen Geschenke überreicht, wobei die sehende Lehrerin, befriedigt vom Programm, kommentierte, übersetzte, was jeder Einzelne in der Hand trug und auf einem weißen leeren Tisch ablegte. Das wollte sie allerdings vermeiden. Die Blindheit wurde nach dem Kinderprogramm so grässlich sichtbar, dass sie die Rolle des Sichtbarmachens wie von selbst übernahm. Ein Fehler. Ein ganz dummer Fehler.

„Wie sehen Sie aus, Schwester Lesru, ich möchte mir vorstellen, wie Sie aussehen", sagte anderntags Renate Bode zur Betten machenden jungen Stimme. Das war freilich eine Aufgabe, gestellt von einer Lehrerin, die durch Mark und Bein ging. Alle anderen Patientinnen baten um Handreichungen, um irgendwelche Dinge, auch um Nachrichtenvermittlungen zum Stationszimmer.
Voller Schrecken erinnerte sich Lesru an ein Urteil, das Bredenbeck zusammen mit anderen jungen Männern über sie gefällt und es ihr bereitwillig mitgeteilt hatte. Sie waren bei einem der wiederholt stattfindenden

Ernteeinsätze baden gegangen, allesamt FKK und die jungen Männer wie Kowicz, Adam Schmidt, Fred Samson hatten auf einem Hügelchen stehend, die gesamte weibliche Garde fachmännisch gemustert und festgestellt, dass die Malrid den besten Körper hatte. Ein Gruseln und Grausen, jetzt noch.
Lesru stand vor dem Gabentisch der Kinder, hoch errötet und suchte nach Worten.
„Ich bin kurzsichtig und trage eine Brille, eigentlich sehe ich aus wie ein Pferd, das Geige spielt." Es musste unbedingt etwas Komisches gesagt werden. Renate lachte auf dem hohen Kopfkissen. „Und die Haare?" Braun, kurzhaarig, mit einigen nicht zur Vernunft bringenden Locken.
Lesru fiel der Tag ein, an dem sie sich in Berlin die Haare abschneiden ließ. Es war nach der Majestätsbeleidigung, als sie überzeugt war, ab jetzt und heute käme es auf schönes langes Haar im Leben nicht mehr an. Ab damit. Sie unterdrückte diese Erzählung und zog das Laken glatt.

Mund verschlossen, Mund verschlossen bleibt die blinde Traurigkeit, schwer, wie eine sich stets nachfüllende Last, mit der Lesru sich unten auf der Erde fortbewegt. Wie ein endloser Schal, ein endloser Wollknäuel, der sich bei jedem Schritt aufrebbelt, zieht sie die Traurigkeit Frau Bodes und ihre eigene mit sich. Sie täuscht sich nicht, auch wenn sie den ganzen Schlossplatz vom letzten Torbogen übersieht und den Abzweig rechter Hand, wo es zur Neurologie weitergeht, es ist etwas Unerklärbares mitgekommen. Eine gemeinsame Traurigkeit, etwas Unerfüllbares. Es lagert auf jeder Rose, es durchweht die Herbstluft mit dem dunklen Westhimmel, es führt durch den Ein- und Ausgang der Orthopädie, wo Ulrike ein beglückendes Praktikum macht. Es dringt sogar in die Spielzeit von zehn Minuten, als ihr die Oschatzerin in fröhlicher Laune auf ihrer Querflöte etwas vorgespielt hatte. Selbst dorthinein kriecht der Schmerz über ein Leben, das ein Tumor auslöscht: unabweislich, energisch. Der Feind: Der Tumor räuspert sich allmählich; Lesru hätte ihn totschlagen mögen, an die Wand klatschen, auf ihm herumtrampeln wie Onkel Fritz auf den ausgerissenen Beinen der Maikäfer in Wilhelm Buschs Geschichte.

Abends kann es Lesru allein in ihrem beleuchteten Zimmer nicht länger aushalten, das ganze Leben. Sie schleicht sich noch einmal zur Neurologie und sieht von den dunklen Bäumen begutachtet ins beleuchtete Zimmer Frau Bodes. Es ist alles gesagt und munddicht verschlossen. Sie kann nicht einen Nachzieher machen. Es bleibt nur das Grausen.

110

Immer, wenn etwas in der Seele brennt, geht Herbert Rund an den Horstsee, der am Ende des Dorfes flach und Schilf umwachsen an der Waldseite liegt. Du bist falsch gewickelt, hatte ihm der Bezirkschef gestern in Dresden gesagt, es kommt darauf an, was die Macht mit den eingekauften Waffen tut. Und wenn du den Sydewitz und seine Entdeckungen jetzt ans Tageslicht ziehst, quasi eine Mitschuld der amerikanischen und englischen Kapitalisten an deutschen Verbrechen beweist, kommst du ins Zwielicht. Zu Recht, mein Lieber. Du kannst Waffen anhäufen und dennoch keinen Schuss abgeben. Also steckt in dir noch ein kleiner Ungläubiger, ein kleiner Deutscher, der sich mit der deutschen Schuld noch nicht ganz abfinden kann. Also prüfe dich weiter. Immer dieses dämliche also.
Herbert Rund im schwarzen Lodenmantel umrundet das dunkle Wasser, am Strandbad mit Steg und angetauten Booten bleibt er stehen. Prüfe dich. Du lieber Gott, wie soll ich mich denn prüfen?
Den Stier an den Hörnern packen. Dann prüfst du dich. Wer ist denn der Stier? Angelehnt an eine geschlossene Holzbude, denkt der konfliktscheue Mann mit eingezogener Oberlippe, ha, vielleicht hätte ich mit

der Berlinerin ein Gespräch beginnen sollen, eines über meine Fragen, einfach so. Die ist noch neu hier, aus der FDJ rausgeworfen, anfällig für die Probleme anderer, den Stier kopfüber anpacken und fragen. Die Hiesigen sehen mich wie eine Autorität an. Warum habe ich's nicht einmal gedacht, geschweige gemacht? Man muss an den Sozialismus glauben, redet er sich wieder ein, beim Weitergehen, dann lösen sich alle Probleme von selbst, Rundkopf.

111

Am sonnigen Oktobermorgen gebraucht werden, wirklich von einer überlasteten und überbelegten Krankenstation angefordert werden - welch ein freudiges, kleines redseliges und neues Gefühl! Nicht nur von einer kranken, schwerkranken Frau erwartet, sondern von einer unbekannten kleinen Allgemeinheit als Hilfskraft angeheuert, bestimmt und versetzt. Das ist doch für einen verteufelten Menschen ein unerwarteter Lichtblick, ein erster Schritt auf festem Boden, wenn man aus dem eigenen Schlamm kommt. Die Gesellschaft, ob klein oder groß, städtisch oder halbdörflich, bleibt doch immer der Ansprechpartner, der Erlebnisgeber. Und Menschen sind es allemal, die in einer Gesellschaft in bestimmter Weise organisiert sind, die neu sind, deren Gesichter, Körper aufs Neue in uns schwingen werden, achtungsgebietend. Es war dieses Achtungsgebietende, das Lesru am frühen Morgen zur Arbeit auf die unbekannte Infektionsstation lockt, zudem war eine Seuche ausgebrochen.
Eine Seuche wie im Mittelalter, Hepatitis, Gelbsucht, wie Schwester Wally auf Anfrage erklärt hatte. Dort müsse man sehr genau und präzise arbeiten, der geringste Fehler kann die größten Folgen haben, warnte Schwester Marga und sah Schwester Lesru durchdringend an, beim Frühstück. Genauigkeit und Präzision aber sind böhmische Dörfer, Fachchinesisch für die Zuhörende, und ihr wurde schwarz vor Augen.

Genauigkeit ist für Lesru Kieterei, der Gipfel von Fantasielosigkeit, Beklopptheit hoch zehn, zum Mäusemelken bestens geeignet. Sie hatte es im Handarbeitsunterricht beim Stricken einer Socke erfahren, was Genauigkeit und Präzision verlangen, und war über die Hacke nicht hinausgekommen.
Somit schließt sie ihre Zimmertür mit dem Drohwort Genauigkeit ab, fühlt Flips und Flaps in sich, ein inneres aufreizendes Rascheln, so, als stände sie ihrer Machart ohne Distanz gegenüber.
Die Infektion außerhalb der Schlossanlagen, ein erniedrigender Flachbau, umgeben von einer Extramauer, grau wie eine Bleistiftmine.

Mit zwei ungleich geschnittenen Leberwurststullen und einem Apfel in der unsauberen Brotbüchse im Faltbeutel, der auch die Speichen des Vorderrades näher angesehen hatte, steigt Lesru Malrid von Stufe zu Stufe herab im hell erwachten Klinikum. Im zweiten Stock, auf den zwei Inneren Stationen sind fröhliche und herbe Rufe zu hören, die Stationstür angelehnt, eilige Schritte vorstellbar.
Das Klappern von Tassen, Geschirr und Schiebern, ergänzt ihr Gehör, sodass sich Lesru zum ersten Mal seit ihrer Ankunft in Wermsdorf, weit weg wünscht.
Sie wünscht sich in das berühmte Balkonzimmer von Adolph Menzel, das in einer Berliner Galerie unzählige Menschen entzückt, ja, die lange Gardine sollte leise wehen und andere Licht durchflutete Räume betretbar sein. Sie wünscht sich auf einem Diwan liegend, Chopin-Walzer vom Plattenspieler zu hören, den ganzen lieben Tag.
Einen Plattenspieler für 250 Mark aber hatte sie sich vom ersten Gehalt hier gekauft. Das Staatsstück thronte auf dem Universaltisch, und wenn die Toilette nebenan, die Schritte von Männern und Frauen nicht zu rammdösig auf ihrem Flur zu misshören waren, konnte sie auch die leisesten, die pianissimo Stellen der Walzer in sich hinein lassen.

In Zivil, im anthrazitfarbenen Nylonmantel, brauner Trevirahose und einem dünnen Pullover, derben braunen Halbschuhen schreitet sie, total überrascht von dieser Wunschvorstellung in zwei Realitäten zugleich. Plötzlich befindet sich die lehrreiche Krankenhausrealität, in der sie ihre seelische Gesundung erfahren hat, eben noch das Gebrauchtwerden lustvoll gefühlt, vor fünf Minuten, im Abschwung, im Absturz, im Nichts.
Die Wermsdorfer Realität ist zum Nichts geworden, sehr schön, und das Menzelsche Balkonzimmer zum ersehnten Lebensort, ertönt von den schnellen Walzern Chopins. Verwirrt sieht Lesru um sich, vor sich und kann es nicht begreifen, dass sie bereits nach vier Wochen befriedigender Arbeit wie der Fliegende Robert fortgetragen wird und immer kleiner wird am Horizont, samt aufgespanntem Regenschirm.
Sie erinnert sich an die Widerworte und Diskussionen mit Ute auf der Futterkiste im Pferdestall sitzend über die Frage: Was ist Realität? Und an ihre Selbstbehauptung, dass Realität nicht das allein sei, was man vor sich sehe, sondern dass etwas Gewichtiges hinzukommen müsse, das diese Realität trüge, ausspucke.
Aber diese Erinnerung stützt sie nicht, alles Sichtbare und Erlebbare hier ist ein gefährliches Nichts, dröhnt es in ihr. Verdammt noch mal, sagt sie sich im Durchgang durch die ebenso hell erwachte Orthopädie und sehnt sich nach dem Anblick des barocken Schlosses, das kann doch nicht alles nur „nichts sein." Das berühmte Jagdschloss, von Knöffel aus einem älteren Objekt vergrößert und ins Festliche erhoben, hier wurde der Hubertusburger Frieden beschlossen, ein historischer Ort, sagt sie sich und blickt die Pracht des Sonnenstrahlen empfangenen ockerfarbigen dreistöckigen Schlosses an, bereit sich selbst zu verdammen. Jene Stimme, die bei diesem Anblick immer noch behauptet: Auch das ist nur ein Dreck wert. Zum Verzweifeln dieser Anblick, Selbstblick und eine

Durchunddurcherschütterung erfasst sie. Was bin ich, warum ist das so, ein Fragenwust und keine Antwort. Muss ausgehalten werden.

Die Tür zur Infektionsstation ist verschlossen, der bange Blick von unterwegs zum Fenster von Frau Bode, steht mit vor der Tür, es muss geklingelt werden. Es muss ins grelle Licht getreten und die Hektik betreten werden.
Es muss der wesentliche, fragende Teil Lesrus draußen vor der Tür gelassen werden, tschüss halbe Lesru! Und sogleich in eilige uninteressierte Schwesterngesichter gesehen, die Arbeitseinteilung, wer, welche Zimmer heute zu betreuen hat, angehört, die dicke Schwester Käthe als Mentor angenommen und die weitere Reduzierung Lesrus zu einem einzigen Ohr und einzigem Auge ausgehalten. Wieder muss etwas ausgehalten werden, diesmal die Reduzierung. Kein bohrender Fragenwust, sondern die scheinbare Erlösung des Fragenwust durch Konzentration auf neue Gegenstände und unbekannte Menschen.
„Schwester Käthe ist so rund und ruhig, dass, wenn sie in Hektik gerät, die halbe Welt schon untergegangen ist", sagt zur Aufmunterung ihrer Kolleginnen die Stationsschwester Traudel, eine jüngere, dynamisch wirkende Stationsschwester im Hinblick auf die neue Arbeitskraft. Die Angesprochene lächelt, „was soll denn sonst auch werden, wenn man nicht die Ruhe bewahrt."
Das Stationszimmer ähnelte dem der Neurologie, nur sind hier im erniedrigenden Flachbau die Wände eckiger, steifer, die Wege kürzer, kleiner wie bei den Sieben Zwergen.
„Hier kommt alles auf die Hygiene an, Mädel. Vor jedem Zimmer steht eine Waschschüssel mit Desinfektionslösung; bevor Du ins Krankenzimmer gehst, Hände waschen. Dann siehst Du vor jeder Tür einen weißen Kittel hängen, den ziehst Du Dir über, bevor Du hineingehst. Wenn Du herauskommst, wieder Hände waschen und den Kittel zurückhängen an den Haken. Alle Patienten in den Zimmern dürfen nicht zur

Toilette gehen, sie müssen auf den Schieber. Dort hinten auf der Toilette entleeren wir die Schieber, säubern und desinfizieren sie. Es darf kein Gegenstand von einem Zimmer ins andere getragen werden, kein Buch, keine Zeitung. Die Leute drinnen leben wie in einem Gefängnis, und Du musst Dir manchmal ihre Wutausbrüche anhören. Das gehört dazu, Mädel." Dies erscheint Schwester Käthe nötig zu erklären, als sie, nachdem Lesru einen halben Kittel erhalten und angezogen hat, das Stationszimmer verlassen und um die erste eckige Ecke biegen und vor der Zimmerflucht stehen, wo die weißen Kittel wie Kleidung Geköpfter an den Türhaken hängen. Die Halbierte hört nahe Kinderstimmen. „Und Kinder sind auch hier?" „Na klar, ganze Familien", seufzt die munter aus ihren Hüften Watschelnde und zieht sich über ihre runden weißen Hüften noch eine Schutzhülle über.

Die Kinder überraschen Lesru in den kleinen ebenerdigen Zimmern und Schwester Käthe überraschen sie nicht. Sie hat sofort richtige pausbäckige Morgenworte für die zappelnden ungeduldigen, auf den Betten sitzenden Schäfchen mit Zöpfen oder kurzen Haaren. Sie sieht sofort, wer wieder geärgert und wer sich ärgern lassen musste, sie regiert das Kampfgebiet. Lesru steht sprachlos daneben und versucht im grünen Innenhof Halt zu finden. Selbst hier im Krankenhaus bekriegen sie sich.
Eine vage undeutliche Erinnerung klopft an ihre Herz-Verstandtür, will unbedingt herein. Aber Käthes Anweisung – der zwölfjährige Bösewicht soll sich erstmal gefälligst waschen und die Klappe halten, das angegriffene Mädchen soll den bösen Franz dem Oberarzt vorstellen, nur Mut, es muss alles erzählt werden, und ihr Hinweis, Lesru soll sich einen Schieber mit Deckel nehmen und draußen warten - verhindern das Aufsichselbstachten.

Es entsteht nur eine wunderliche Sehnsucht nach dem eigenen Hörton, und weil er nicht angehört werden kann, wieder ein neuer Schmerz.
Die weißen Emailleschieber mit Deckel besitzen Vorrang und Vorrechte gegenüber einer scheuen eigenen Stimme. Klar. Sie müssen zur geräumigen Toilette getragen werden, wo von einigen Extrementen Abstriche mit einem hölzernen Stäbchen gemacht werden müssen und in personifizierte Glasröllchen abgefüllt, genaustens nach Käthes Anweisung. Die Anweisungen hören nimmer auf. Das Drohwort Genauigkeit wird gehätschelt und getätschelt, die Desinfektion ebenfalls, und schnell muss ein Kind auf das andere gesetzt werden.

Was aber an die lebensvolle Erinnerungspforte klopfte, war die zaghafte Erinnerung Lesrus an ihren eigenen Klinikaufenthalt als Fünfjährige in einer Orthopädischen Klinik in Halle. Wo ein komplizierter Ellbogenbruch wieder operiert wurde und sie mit älteren Kindern in einem großen Zimmer lag. Ein Junge warf seine Exkremente großartig an die Wand und verschmierte sie. Das Alleinsein in diesem bunten Kinderhaufen wollte wieder entdeckt werden, das getrennt Sein von der geliebten Großmutter und von ihrer Ersatzliebe, der Liebe zum braunen Italienerhuhn „Schnudeline", die sie als Einzige küssen konnte und jede Menge erzählen, wenn es darauf ankam. Von ihrer Sehnsucht nach dem Haselnussbaum im Garten, der Baum, der ihr mit absoluter Sicherheit alle Haus- und Familienschmerzen abnahm und sie tapfer trug, das alles und noch einiges mehr wollte nach fünfzehn Jahren das Licht der Welt erblicken. Es wurde per Genauigkeit und Exaktheit verbannt und auf Nimmerwiedersehen zurückgeschickt ins Lager der Unterdrückten.
Nur die am hartnäckigsten klopfende Einzelerinnerung bahnt sich während der intensiven Kittelaus-, Kittelan-Bewegung ein Loch und zeigt Schwester Lesru eine Szenerie: Während der Mittagspause an einem Sonntag

schlug der besagte Scheißjunge vor, auszustibitzen. Alle sechs Kinder sollten sich urleise am Stationszimmer mit ihren eingegipsten Armen und Beinen vorbei schleichen, die Treppe zum Dachboden hinaufgehen, wehe, es redet jemand, um auf dem freien Dach spazieren zu gehen. In höchster Aufregung und auf leisesten Sohlen schlich die Karawane an der nur angelehnten Tür vorbei, einzeln, die Schwester hielt ein Nickerchen, dann versammelten sich alle Kinder zum Treppensteigen, darunter die widerwillig mitlaufende Lesru und stiegen schwer atmend zur offenen Dachtür. Oben angekommen hatten einige Kinder nicht nur die schöne Dächer- und Schornsteinaussicht über Halle im Auge, sondern auch einige winzige Passanten, denen sie mit Gipsarmen und Gipsbeinen zuwinkten und johlten. Ein Passant lief zum Eingang der Klinik, es folgte eine Kettenreaktion, die mit einem großen Donnerwetter des Chefarztes endete.
Dies, was wir hier aufgeschrieben haben, blitzt in Lesrus Kopf nur als ein sehr kurzes inneres Missvergnügen auf, als ein Höhepunkt ihres Klinikaufenthaltes, während die alltägliche Erinnerung, ihre Sehnsüchte und die Gegenstände der Sehnsucht darniederliegen bleiben.

112

Wie entsteht eine Freundschaft mit einem Menschen? Welche Abgrenzungen zu anderen sind dafür nötig? Welche Worte zielen ins Freundliche, immer Mehrwissenwollende. Welcher Raum bietet sich an?
Lesru flüchtet sich in das halbstädtische Café im halbdörflichen Wermsdorf, weil die Stuhlabstriche, Kinderkämpfe und Blutentnahmen penetrant vor ihr hergaloppieren und nachrennen. Irgendwo muss es doch einen Tisch geben, wo man noch normal seine Zigarette rauchen und in die farbige Nachmittagswelt schauen kann. Wenigstens über die Hauptstraße, die viel befahren nach Oschatz und weiter ins Südliche

führt, die Conrad auf dem Wege nach Karl-Marx-Stadt regelmäßig befährt, in eine gegenüberliegende Häuserfront, wo es Wohnzimmer, Schlafzimmer und Küchen gibt, schauen. Lesru kann sich gar nicht mehr vorstellen, dass ein Leben ohne Nachttischchen, Laboruntersuchungen, ohne bittende, befehlende Gesichter existiert.

Den jüngsten Anlass dieses Café im Ort, diesen rauchigen Sitz- und Dämmerladen mit Musik aus einer Musikbox aufzusuchen, war eine Auskunft, die ihr Schwester Anna, im Knöfelschen Schlosshof auf Anfrage gegeben hatte. „Die Frau Bode ist schon eine Woche nach Deinem Weggang gestorben.“ Und „tja, so ist das meine Kleene." (Sie selbst, die Sechzigjährige wird nach einem Jahr von Brustkrebs zerfressen, ihren Kindern vorübergehend Schmerzen bereiten.)
Diese Nachricht muss einen Ablagerungsort erhalten; ein Austausch mit dem ahnungslosen gesunden Lebensgang muss ermöglicht werden. Allein im Dachzimmer mit den sich Umarmenden Wand an Wand, kann Lesrus tiefes Erschrecken nicht existieren.
Die Trauer setzt sich im Halbdunkel an einen hinteren Tisch, pflanzt sich in einen der roten Schalensessel, begutachtet die wenigen Gäste mitten in der Woche, lässt sich von der freundlichen Kessen bereitwillig bedienen, macht schlapp gegen 16 Uhr. In zwei Stunden muss die Trauer um Renate Bode ein anderes, zuversichtlicheres Gesicht zeigen, ein Abenddienst wegen der Seuche ist anzutreten. Dieser Druck im Hals soll doch ein wenig weichen. Der Klatschregen draußen, der an die beiden großen Schaufensterscheiben höflich panscht, die Mäntel und Regenschirme im Ständer, dunkelblau, grün, anthrazitfarben, grau, schwarz, die braunen Augen der blonden Kellnerin mit ihrem Dauerlächeln, der runde Sanddorntisch, die Tortenauswahl und das Flaschenbier, alles aufgefüllt und getränkt mit einer Schlagermusik aus dem Staatsstück, all das erhält von

Lesru Schmerzen aus dem Hals zugesandt. Denn ein Mensch darf nicht mehr teilnehmen an diesem Regennachmittag, keinen Kaffee mehr trinken, das Dauerlächeln der Kellnerin, die auch fleißig raucht, nicht sehen! Diese Tatsache kommt zurück von den Dingen und einem jungen Liebespaar an der Schaufensterseite, die Dinge haben Lesrus Bestürzung nicht angenommen, scheinbar. Sie haben sie aber sehr wohlwollend aufgenommen, denn sie ermöglichen der Trauernden erst das Bewusstwerden des Verlustes eines Menschenlebens.
Und auch dies muss herausgedacht werden: Frau Bode hat mich nicht verraten, sie hat meinen Abschiedskuss keinem mitgeteilt. War es richtig oder falsch, ich weiß es nicht, ich musste es einfach tun. Frau Bode lebt nicht mehr, sie ist einfach abgetreten. Wie glücklich war ich, als ich morgens zu ihr gehen und ihr irgendetwas beschreiben durfte, wie neugierig war ich auf mich selbst, welcher Gegenstand sollte heute versucht werden, mit meinen Worten sicher dargestellt zu werden. Mein Gott, wie aufregend und schön war das. Dies setzt sich endlich zu Lesru mit an den Tisch in der hinteren Ecke und bleibt ihr Gast.

„Auch neu hier?", fragt beim Servieren die kurzhaarige Blonde und verschüttet ihr Dauerlächeln in Lesrus offenes hochstirniges Gesicht. Sofort klinkt sich die Verdammnis wieder ins Bewusstsein: Ich bin auch noch da, was denkst denn du, glaub ja nicht, dass du der gesellschaftlichen Kontrolle entzogen bist, hier wird jeder genau beobachtet, und du Kommunistenbeleidigerin erst recht. Das kriecht während der Augenberührung Lesru ins Kreuz und deshalb muss sich ihre Antwort, die sich nach Entlastung und Ausweitung sehnende Sprache reduzieren, zusammendrücken zu einem schlichten „ja, ich bin Praktikantin im Krankenhaus." Das hört sich vornehmer an als „ich arbeite in der Hub", was hier im Dorf jeder versteht.

Eine schlichte natürliche Sprache fehlt, es wird herumgeeiert und sich ins Vornehmere gerettet, sobald Lesru mit Fremden spricht. Nur mit der blinden Frau Bode konnte sie in ihrer natürlichen Freiheit sprechen.

113

Carola Wille kommt eine Stunde vor Dienstbeginn zum Nachtdienst, und als Lesru am Stationszimmer vorübergeht, nimmt sie eine schlanke Gestalt wahr, die anders als die anderen bekannten Schwestern mit der Stationsschwester Traudel spricht. Prägnanter, fachmännischer und vom Sauwetter, Einkochen, Kindern ist nicht die Rede. Lesru horcht auf. Etwas erfreut sie - wahrscheinlich die Souveränität eines anderen Menschen. Da kommt jemand zum Dienst und lässt seinen ganzen Familienkram draußen, dort wo er hingehört, das ist doch wie eine schöne Stufe. Ein Ausdruck von Bereitschaft zum ernsten Dienst an den Kranken und gegen die Seuche. Hellhörig ist Lesru geworden und sehnt sich bereits, als sie mit den letzten Schiebern bestückt zu der Toilette geht und wieder zurück und Gute Nacht sagt den Gelbsüchtigen. Eine reine Lust nach Aufklärung medizinischer Vorgänge und rein medizinischer Absprachen beherrscht sie plötzlich und sogar gewaltig. Als würde sie Lebenswichtiges verpassen, ein Schwesterngespräch über die Patienten und Krankheitsverläufe, Arbeitsabläufe ohne die vermaledeiten Privatgewürze.

„Ich will nach Hause, brauchst gar nicht erst reinkommen, Du Zicke, verfluchtes Schwesternpack, wie ich Euch hasse!", auch eine Begrüßung im lichthellen Abendzimmer mit klitschnassen Fenstern. Lesru duckt sich unwillkürlich, als läge ein Gegenstand in der Luft. Herr Krieg, ein jüngerer Gelbsüchtiger, hasst alles, was jung und gehen kann. Mitgetrieben in einen Strudel, der zum Abgrund treibt, fühlt sie sich ausgesetzt. Ihre Halsschlagader schlägt bis zum

Anschlag, dem lebenden Menschenhass im Bett ist sie noch nicht begegnet. „Wünschen Sie noch etwas?", fragt sie, denn es ist doch jemand gekommen, ein Mensch, den sie im Stationszimmer fragen kann, das weissagt sich durch die Gänge.
„Ihr behandelt uns wie Vieh, schmeißt das Essen rein, mistet uns aus und Tür zu. Meine Frau kommt jeden Abend von Oschatz nach der Arbeit her, stellt sich auf den Stein und guckt über die Mauer zu mir, nicht mal das Fenster darf ich aufmachen, wie das Vieh." Das muss der hager wirkende Zornesmann mit dem glatten öligen Kopfhaar unbedingt betonen. Zwei junge Männer sitzen freudestrahlend auf ihren Betten und spitzen Augen und Ohren, ein vierzehnjähriger Junge starrt ins Kopfkissen. Keiner entlastet. „Aber Sie wollen doch wieder gesund werden Herr Krieg und keinen mehr anstecken", wagt die Schwester in zwei Kittel übereinander einzuwenden mit leiser Stimme und sehr kraftlos. „Ich habe niemanden angesteckt, Du Arschloch, das beweise mir erstmal, wen ich angesteckt habe. Na, beweise es mir. Du stellst Behauptungen auf, also beweise es mir. Jetzt, sofort." Die Patienten im Zimmer elf hören, als sie die Schwester rausgeekelt haben, wie sich vor ihrer Zimmertür zwei Hände im Waschbecken rekeln, das bis zum Verdruss bekannte Geräusch von sich gegenseitig stützenden Händen, sauberen Händen. Dann die Schritte der sich Entfernenden in Richtung Ecke.
Warum habe ich das gesagt, was ich nicht weiß und nicht beweisen kann, fragt sich Lesru mit Schrecken. Auf ihrem erröteten Gesicht liegen die Beleidigungen wie eine faulende Strohschicht. Warum passiert mir das immer mal, dass ich etwas Ungenaues sage, einfach drauflos quatsche? Noch niemals in ihrem zwanzigjährigen Leben aber stellte sich die Genauigkeit, gepaart mit Ehrlichkeit vor sie hin wie ein Spiegel, ja wie eine Barriere und lässt sie keinen Schritt weitergehen. Nur wenige Meter vor dem still gewordenen Stationszimmer bleibt sie wie eine

angehaltene Uhr stehen, sieht Schwester Traudel im blauen Mantel zur großen Gesundheitstür hinausgehen.
„Gute Wache, Carola."
Ich weiß gar nichts, denkt und empfindet Lesru in eisiger Umklammerung.

Carola Wille sitzt im Startloch und erhebt sich mit aller Kraft ihres zwanzigjährigen Körpers vom mit Berichten, Anweisungen bedeckten Schreibtisch wie eine Rakete, als die Gesundheitstür geschlossen war. Auf in den Kleinkrieg, denkt sie, der erste Rundgang der Nachtschwester ist zu erledigen. Ihre körperliche Kraft zeigt sich in ihrer Art zu gehen, den fest auftretenden Füßen und in der Schwingung ihrer Hüften, die knöchern mitlaufen. In ihrem Gesicht der Ausdruck von Festigkeit, zwei vergrößerte Augen aber scheinen die Unregelmäßigkeit der Züge nicht ganz ausgleichen zu können, eine vorspringende Nase, wie ein Höcker mit zwei Löchern, ein wie in der Luft hängender Mund ergeben kein harmonisches Ganzes, ein bewegliches Harmonium also. Sie ist überrascht, als sie die Aushilfskraft noch im seelenlosen Gang antrifft, der wie ein Querriegel im Winkel von 90 Grad die Seitenflügel verbindet, wo sich die erkrankten Persönlichkeiten befinden. Sie hat die Aushilfe noch nicht gesehen, war nur landläufig an ihr interessiert, weil sie aus Berlin kam.
„Kannst auch Feierabend machen, ich dachte Du wärst schon weg." Auch eine Begrüßung. Als lebte man auf Arbeitswegen zweckgebunden und nicht menschlich.
„Entschuldigen Sie bitte", sagt leise Lesru und wie vom Eis einen Schritt nur befreit, „darf ich Ihnen noch einige Fragen stellen zur Arbeit hier auf der Station und zur Hepatitis?" Fast flehentlich aus dem falschen Weißturm gerufen.
„Klar. Gern. Aber erstmal mache ich meinen Rundgang durch die Zimmer. Setz Dich doch ins Stationszimmer. Und das „Sie" kannste weglassen." Gesagt und losgestapft wie ein Bauer über Sturzacker. Das zuletzt

Gesagte, das mit dem „Sie" hat die an sich selbst zu Schanden Gewordene überhört. Sie hat nur ja und gern verstanden und geht wie ein ausgelaufener Tropf in die Helligkeit, wo neben dem Schreibtischstuhl noch ein Höckerchen an der Seite steht. Platz nehmen und die Beine bequem übereinanderschlagen, gibt's nicht, wie ein Sträfling im Zimmer des Gefängnisdirektors steht Lesru inmitten der Allmacht der Sterilisationsgeräte, der Medikamente in weißen gläsernen Schränken. Deutlich fühlt sie die hohe graue Mauer um sich, die die Infektion zur Straße und zum übrigen Leben abschließt, von der der Beleidigte gesprochen hat und deutlich fühlt sie, dass Rettung nur von den Antworten dieser Schwester kommen könnte: Alles möchte ich über die Hepatitis wissen. Und wenn sie doof ist? Das muss sich och noch einstellen. Ich werde niemals ein besserer Mensch, der ich doch unbedingt werden möchte, wenn ich nicht sofort alles über die Hepatitis erfahre, trommelt ein abhängiger Richter in ihr. Ich sterbe sonst.

Renate Bode hatte dieses schreckliche verfluchte Leben hinter sich, sie konnte nicht mehr von einem wildfremden Mann gezüchtigt werden. „Beweise es mir, sofort."

Eine Fragende im Dienstzimmer. Das ist insofern neu, weil sich die Umkehrung von Carolas bisheriger Erfahrung im medizinischen Beruf ankündigt. Während ihrer zweijährigen Schwesternausbildung stellte sie Fragen und wurden ihr Fragen gestellt und Antworten vor die Augen und Ohren der Ausbilder abgegeben.
Dass sie jetzt selber Auskunft zu erteilen hat, beschwingt sie ein wenig bei ihrem Rundgang; vor allem auch deshalb, weil nicht gemeine spitzfindige, schwierige Fragen vom Oberarzt Dr. Königs zu erwarten waren, die er regelmäßig bei der Visite vor den Patienten an die Schwestern stellt, um sie nach Strich und Faden zu blamieren. Vielleicht isse schon weg,

denkt sie, denn beim Krieg gibt es wie immer lebhaften Wortwechsel.
Lesru erschaudert. Jetzt beschwert er sich über mich und ich werde rausgeschmissen. Einfach in hohem Bogen in die nasse Regenlandschaft gesetzt, und sie überlegt sich, wo sie in der Wermsdorfer Landschaft aus dem Korb der Gemeinschaft ausgeschüttet werden würde. Vielleicht in der Nähe des Waldbades, wo sich die Straße den Berg hinaufzieht, wo ich am ersten Tag neidisch auf die Liebespaare im Grase liegend, war, wo ich diese verdammte Sehnsucht nach einem Mann spürte, das Waldbad ist geschlossen, also woanders.
Unten im kleinen Dorf Reckwitz, in den Straßengraben geschüttet? Und was mach ich dann, wo soll ich dann leben, im Regen, auf welchen Straßen im Land soll ich mich dann herumtreiben?

Fremde, unerklärliche Schritte nähern sich dem Dienstzimmer, eine Kolonne Soldaten wahrscheinlich, sie stauchen an der halb offenen Tür vorüber zum nächsten Flügel der Station. Es ist das erste Mal seit ihrer Ankunft und in ihrem neuen Arbeitsleben in Wermsdorf, dass sich Lesru als Gestalt erkennt, als eine erneut Gescheiterte, die im kalten herbstlichen Klatschregen nach einer Bleibe sucht. Trotz aller Duplizität der Fälle ist sie überrascht und nicht unglücklich, sich selbst so zu sehen, im nassen Nylonmantel, mit Blasenbrillengläsern, das triefende Fahrrad an einen Baum angelehnt. Grüß Gott, Lesru, wo kommst denn du her? „Also die Hepatitis wird von einem Virus übertragen und warum sie derart gehäuft auftritt, wie jetzt im Kreis Oschatz, kann ich Dir auch nicht sagen, das weiß nicht mal unser Oberarzt, der sonst alles weiß", erklärt die zurückgekehrte Erklärerin, nachdem sie sich an den beladenen Schreibtisch gesetzt hat. Sie schaltet die Schreibtischlampe an, steht noch einmal auf und schaltet das Deckenlicht aus. Das ist angenehm, es gibt ein hell und dunkel, Schatten und draußen noch immer den Klatschregen.

„Die Leber wird dadurch angegriffen, es kann zu Komplikationen kommen, bis zur Leberzirrhose, wenn sie unbehandelt bleibt, bis zum Exitus kann das führen." Die Stimme der Schwester mit der siebenfältigen makellosen weißen Haube auf dem glatten dunkelblonden Haar spaziert auf der Mittellage, weil sie nicht weiß, wen sie vor sich auf dem Hocker hat. Beim Hereinkommen hat sie eine Lernschwester gesehen, die so intensiv in die Dunkelheit des Abends lauschte, dass sie schon glaubte zu stören.
„Viren", sagt Lesru wie im Nachtraum, „das sind ja furchtbare Viecher, etwas anderes als Bakterien, nicht?"
„Da merke ich wieder mal, wie wenig exakte Kenntnisse man selbst in der Schwesternausbildung vermittelt bekommt. Klar, Bakterien sind andere primitivere Lebewesen als Viren, aber Krankheiten übertragen sie beide“, sagt Carola mit geneigterer tieferer Stimme, weil sie Lesrus Empörung über Viren zum Beinahelächeln gebracht hat. „Jedenfalls helfen Medikamente, Ruhe, feuchte Wärme und Geduld. Und strikte Isolation. Geduld hat nicht jeder hier. Auch die Kolleginnen haben nicht alle die Arschruhe wie Schwester Käthe und das ärgert mich. Beim Auftreten einer Seuche muss man Ruhe bewahren.“ „Und woher nehmen Sie die Kraft zum Ruhe bewahren?“ Genau gezielt und getroffen.
„Also erstens duzen wir uns doch oder? Zweitens kann ich diese Frage nicht beantworten, darüber muss ich erst nachdenken. Das hat mich nämlich noch keiner gefragt." Eine beredte Stille entsteht, Zeit, sich in die Augen zu blicken und wieder zurück zum Medikamentenschrank und zum offenstehenden Spritzenkocher, der auch seinen medizinischen Namen erträgt. „Die Schwierigkeit für die Patienten besteht nicht nur in der strikten Isolation, sondern auch im Nachspiel. Alle Gegenstände, die sich in einem Zimmer befinden, dürfen bei der Entlassung nicht mitgenommen werden, alles, was drin ist, muss desinfiziert werden, mehrmals und das kann dauern. Deshalb haben sie kein Radio, auch Bücher bleiben hier und kriegen die

Dusche ab. Und wenn Dich Herr Krieger nach Strich und Faden beschimpft, der bekriegt jeden, mach Dir nichts draus, nur beim Oberarzt hält der die Klappe."
Nun finden die Augenpaare ihrerseits Gefallen einander und bewegen sich auf eigenen Bahnen, unabhängig davon, was unten aus den Mündern, gespickt mit Zähnen, heraustrudelt.
Lesru hat diese letzte Erklärung dankbar vernommen. Ein Geständnis erübrigt sich, auch, weil es ungleich aufregender ist, in die Mitte dieses Menschen zu zielen und sie an den großen graublauen Augen unter den energischen Strichaugenbrauen das Wippen von Carolas Aufmerksamkeit spürt. Aber der ominöse Oberarzt raschelt im Stroh, er geistert von Zimmer zu Zimmer, Lesru hatte ihn von ferne, der Dauertoilette bereits mehrmals gesehen und seine Vor- und Nachwirkungen am Tage erlebt, wo alles sprachlos war und blieb und kusch machte. Es hatte sich nur noch keine Gelegenheit ergeben, nach dem Wesen dieses Mannes zu fragen, vor lauter Ehrfurcht.
„Was ist denn dieser Dr. Königs für ein Mensch?"
Reicht diese in der Luft hängende Überfrage bis in die Mitte Carolas? Und überhaupt, ist es nicht sonderbar, denkt Lesru, dass ich es wieder mit einer Carola zu tun habe. Wie ist diese Namensvetterin? Ich muss das rauskriegen. Carola beißt sich auf die Lippe und schaut über die Fragende zum Türrahmen, wo die kleine runde Lampe, fernbedient von den Zimmerpatienten, blass bleibt. Zu jedem anderen Menschen hätte sie losgefeixt und losgesprudelt, „en Schürzenjäger, jede neue Schwester ist vor dem nicht sicher", aber bei diesem Gegenüber überlegt sie wirklich und sagt, was sie selbst erstaunte: „Wer der ist, weiß ich gar nicht. Fachlich einwandfrei, er ist auch Chefarzt der Inneren Abteilung, Internist: Du stellst schwere Fragen und verwirrst mich, Lesru."

Lesru senkt ihren Kopf und sieht sich im D-Zug nach Berlin sitzen, wo sie von unbegreiflichem und nicht

unterdrückbarem Verlangen getrieben wurde, einen ihr gegenübersitzenden jungen gut aussehenden Mann zu fragen: „Entschuldigen Sie bitte, welch ein Mensch sind Sie?"
Die Grenzen zur Welt waren noch nicht zugemauert, der gut aussehende Mann stutzte. Sein friedliches Gesicht verwandelte sich in eine Mistgabel, die nun ihrerseits auf Lesru losging. „Wenn Sie denken, Sie können mich aushorchen, haben Sie sich geirrt. Blöde Kuh", sprach's und verließ seinen Fensterplatz und den Waggon. Was habe ich denn bloß Falsches gesagt, dachte die heiß von sich selbst bedrängte Neuenhagener Lesru, ich musste ihn doch fragen, ich weiß gar nicht, wer die Menschen sind! Ihr ungepflegtes bedrängtes Inneres, das Unbewusste ihres Selbst, gaukelte ihr vor, sie würde, wenn sie das Geheimnis des Menschseins erführe, erlöst, frei und glücklich sein können. Und ein klug aussehender, gefälliger junger Mann im Schnellzug nach Berlin säße nur deshalb ihr gegenüber, um ihre großen Fragen zu beantworten. Ich habe ihn doch nicht um eine Zigarette gebeten, ich habe ihm eine schwere Frage gestellt und er beschimpft mich. Das loderte in der schwer Enttäuschten weiter bis zum Berlin Ostbahnhof.

Diese Erinnerung erschreckt und warnt Lesru, aber als sie Carolas angenehme warme Antwort hört – „Du, darüber muss ich erst nachdenken", zum zweiten Mal, ist sie entlastet.

114

Am nächsten Tag regnet es nicht mehr durchgängig, sondern in einzelnen Schüben und wie zur Erinnerung an den gestrigen Tag. Lesru arbeitet geschützter auf derselben Station, als vor dem Gespräch mit Carola. Es ist, als begleitet sie die Vollschwester von Zimmer zu Zimmer und beim Betreten des Kriegszimmers in doppelter Kittellage, blickt sie dem Kriegshelden schon

etwas mutiger hinter die Ohren. Präzise und sorgfältig bereitet sie mit den feinen Holzspachteln die Abstriche auf der Toilette in beschrifteten Röhrchen, es stinkt nicht mehr zum Gotterbarmen, es ekelt nicht. Die Ausgesperrten gucken jederzeit über die Mauer zu den Eingesperrten. Nur der verdammte Virus, der nur dazu da ist, um Lesrus Fluch zu transportieren, in Wirklichkeit als Masse auftritt, diese Virenbande hat immer noch Erkrankte und Dinge in ihrer Hand.
Auch die Frühstücks- und Mittagsgespräche im besetzten Stationszimmer sind leichterdings zu ertragen: das Flohspringen von einem Ding zum anderen, wie es bei Menschen üblich ist, die fest in ihrem häuslichen Sattel sitzen und nur einen Weg kennen, den, wie sie so ungehindert und gut wie möglich zu ihrem eigenen Grabe gelangen.
Um siebzehn Uhr ist Lesru von Carola eingeladen, ein Privatgemach ist zu betreten, die Fortsetzung ihrer Gespräche darf stattfinden. Welch ein sonderbares und beglückendes Verlangen rekelt sich in Lesrus Arbeitszeit, gähnt interesselos, funkt, fuchtelt. Ein Eigenleben will, kaum war Renate Bode verstorben, von ihr Besitz ergreifen. Dazu muss sich Lesru anständig vorbereiten. Sie liegt auf ihrem volkseigenen Bett mit dem Blick zum Milchglasfensterchen in der Tür, dreht sich um, weil die Holztür kein Baum ist, schaut in die sich selbst jagenden Wolken und denkt, morgen geht's los. Morgen um 18 Uhr beginnt in der Schwesternschule der Lehrgang für Leute wie mich. Ich werde einige Grundlagen erhalten und etwas über Krankenpflege und Krankheiten lernen, über 200 Stunden verteilt. Schon wieder Schule. Ein lähmender Grundstoß stößt sie aus der entspannenden Körperlage hoch auf ihre Füße, wo sie von einem gesunden Heulen und Zähneklappern sogleich empfangen wird. Welch ein frischer und zugleich abgestandener Ekel gegen Sitzbänke und Dozenten aller Art bemächtigt sich der eingekickten jungen Gestalt in ihrem Sonntagsstaat, in den sie sich gekleidet hat. Die gute schwarze Hose, der kunstvolle

Schiffsumhang, den einst die Parteigenossen misstrauisch beäugt hatten, das Kunstgewerbeprodukt aus einem Köpenicker Kunstgewerbeladen, das. Alles schlottert und empört sich zum Fensteraufreißen, Reinbeißen in die flatternden bunten Herbstbäume und Blattlosen, in den Hügel, zum Rauchen der Mistzigaretten, der "Turf." Aber du willst das doch lernen sagt eine andere Stimme, aber nicht doch schulmäßig.

Die regennasse Landschaft mit ihrem aufstrebenden gelben Stoppelfeld, den glasklaren Wassertröpfchen an den nahen Zweigen, die Nähe einer großen Wasserfläche, die den Namen "Horstsee" trägt, die erreichbare Nähe zum nachdenklichen Mischwald mit seinen Herbstwundern beruhigt die Aufgebrachte allmählich wie es ihre Art ist. Sie fühlt, wie sie sich auszudehnen beginnt, eingeht in die trübe triefende Natur, um dann, nach einem Sonnendurchbruch durch die sich jagenden Wolken, jäh im blendenden Licht am Fenster zu stehen. Die Lust, irgendjemanden zu sehen, zu besuchen ward in der sich mit dieser Landschaft Vermählenden verflogen, und die dumme Zeit tickt. Hier, am Ort der Vermählung will sie doch lieber bleiben und die Schönheiten jedes Baumes, jedes feuchten Astes und noch auffindbarer Blumen der Gärten erleben und in sich hineintun. Immer stärker wird das Verlangen, draußen allein spazieren zu gehen, der Nase nach. Alleinsein mit den Bodenschätzen. Die dumme Zeit tickt.
Ihre anständige Vorbereitung auf das, ja, auf was denn eigentlich, auf eine Verabredung mit Schwester Carola ist also ein Sichgehenlassen, ein Einfließen in die Regenlandschaft. Eine halbe Stunde, nicht länger, dann geh ich meiner Wege denkt sie und fühlt sich wie ein freies Pferd, das zunächst auf eng begrenztem Koppelpfad zwischen Holzzäunen traben muss, ehe es auf die endlose Weide am Elbufer galoppieren kann.
Warum muss ich immer und ewig das tun, was ich gar nicht möchte, warum hört das niemals auf, fragt sie sich

und schnappt sich ich als Mitbringsel das große Fischertaschenbuch von O'Neill "Trauer muss Elektra tragen." Soll sie sich die Zähne ausbeißen. Sie schließt ihr Zimmer von außen ab und geht an der Tür der Physiotherapeutin vorüber, die regelmäßig männlichen Besuch erhält. Ihr Körper springt bei der Vorstellung einer glühenden Umarmung aus dem Häuschen, wer hätte das gedacht und sie schlendert auf den dunklen knarrenden Holzdielen beleidigt und eingeschnappt weiter zu einem geräumigen Vorflur, wo mehrere Türen standhalten. Viel lieber ginge ich jetzt auch zu einem Mannfreund, trompete ihr aus dem Häuschen gebrachter Körper. Der Trompetenton überrascht sie. Es ist dunkel im Gehäuse des Vorplatzes, als sie die Zimmernummer 12 nach der Schwenkung des Weges zum nächsten Flügel erkennt. Sie greift in ihre Hosentasche, dort wartet die schmale griffige Zigarettenschachtel auf ihre Berührung und sandte eine kleine Befriedigung ins Aufbrechende. Wenigstens Zigaretten habe ich, denkt Lesru. An das weiße schmale Namensschild "Wille" im oberen Teil der braunen Holztür klopft sie leise.

Welch ein schönes Anklopfen an eine Tür, die sich öffnen würde! In Berlin hatte Lesru keine Tür zu einem weiblichen Wesen, zu einer Mitstudentin auf Geheiß öffnen dürfen; hier beträgt die Entfernung bequeme zehn Meter, ohne Hut, mit einem Gesangbuch.
„Herein", wiederholt Carola von drinnen nach draußen, denn sie hat dieses bedeutende Wort schon mehrfach nach dem Tagesschlaf für Lesru ausgesprochen. Etwas Ungewöhnliches vor ihrer Tür, ein Typ, den sie noch nicht einschätzen kann. Und was in dieser Fragenden lebt, das sich von anderen Weibern scharf unterscheidet, will sie heute erforschen.
Carola ist ein Mensch klaren Sinnes mit einem festen Ziel vor den Augen, den graublauen hervortretenden Augen unter blassen Augenbrauen.

„Tag", sagt Lesru auf dem Meer segelnd und noch mit dem Schreck zwischen den Beinen, als sie von einem geräumigen halb dämmernden Zimmer gestupst wird, in dem Carola im schwarzen Trainingsanzug wie ein Torpfosten steht und sogleich eine grell arbeitende Stehlampe an das allgemeine Stromnetz anschließt.
„Tag, Lesru, ich brauche Licht. Mein Gott, Walter, Du hast Dich ja so schick gemacht, und ich sitze hier im Trainingsanzug, richtig beschämend", erwidert Carola und hält ihren Atem an.
Das Einzelzimmer ist in der Tat geräumiger als Lesrus Zweibettzimmer; es besitzt einen wunderschönen Ausblick auf einen ständig hereinblickenden alten Ahornbaum, dessen rote Blätter noch an den Zweigen baumeln; die Dachschräge; einen runden Tisch, braune Holzdielen zum Gehen und Ansehen; wenn man auf dem Fußboden sitzt, eine Couch und ein bunt bedecktes Bett, Schrank sowieso; ein geöffneter Plattenspieler belustigt eine Dielenecke, daneben erhebt sich ein Kerzenständer. Lesru betrachtet diese Dinge erst später und entdeckt dann auch, dass all diese angenehmen Dinge nicht miteinander verbunden sind, jedes Ding tritt einzeln hervor und sehnt sich nach dem Verbundensein.
„Wenn man zu Besuch geht, muss man sich schön machen", erklärt sie und beugt sich aus dem offenen Fenster zur Nord-Ostseite des großen Gebäudes.
Carola in der Mitte von Licht und Schatten stehend, empfindet ihre Plattheit wie einen Stillstand. „Muss man das, ist das so wichtig?"
„Nein. Es ist überhaupt nicht wichtig, was man für Klamotten trägt, aber manchmal kann man nicht anders." Ein Dialog von der Mitte des auseinanderfallenden Zimmers zum Rücken einer Gleichaltrigen, zum Fenster hinaus.
„Ich habe Dir Theaterstücke eines amerikanischen Dichters zum Lesen mitgebracht. Das eine von Elektra hat mich tief erregt, es gibt da eine furchtbare Muttergestalt." Kein weitersprechen. Warum erregt mich

diese Muttergestalt bloß so, was hat das mit mir zu tun, mit meiner Mutter? Kehrtwende vom Ahorn zum großäugigen Gesicht.

„Sag mal, kannst Du mir etwas über die Geschichte vom Schloss Hubertusberg erzählen? Du lebst doch schon zwei Jahre hier, ich muss unbedingt etwas über die Geschichte des Schlosses wissen."
Ein unheimlicher jäher Trieb nach Wissen drängt sich aus ihrem inneren Steinbruch nach draußen, so heftig, dass sie selber erschrickt. Was sie nicht wissen kann, ist der Trugschluss, dem sie erliegt. Der heftige Trieb nach Wissen, Aufklärung bezieht sich auf die frühsten und verwachsenen Beziehungen zu ihrer Mutter Jutta Malrid, hervorgerufen von O'Neills "Trauer muss Elektra tragen."
Weil er im Unbewussten nur anklopft, wird er auf das Feld der Geschichte verwiesen, muss das Schloss Hubertusburg seine Energie in Empfang nehmen. Die Geschichte dieses Schlosses - ein Vorwand im echtesten Sinne. Und die Begleitfrage - warum regt mich das so auf, schaut der überraschten Carola beim Korkenöffnen der Rotweinflasche genau in die Finger.

Fragen kann die stellen, da schnallste ab, denkt die an einem Stück Kork Ziehende. Es gefällt ihr, sie fühlt sich herausgefordert und plumps reicht sich der Korken mit dem kleinen braunen Korkenzieher vereint in die Außenansicht. „Gläser hab ich nicht, Lesru, wir müssen den Rotwein aus Kaffeetassen trinken." Das klingt aufmunternd und so eigensinnig lustig, dass Lesru, gehetzt und in ihre eigene Geschichte verkeilt, aufblickt in das teixende Gesicht Carolas. In ihr scharfes Auge und ihren Geierblick, die Freiheit wahrnehmend, nicht sofort mit Jahreszahlen aufzuwarten, sondern sich mit einer Flasche Rotwein beschäftigen kann, sodass zum ersten Mal ein kleiner Raum, ein gemeinsames Stück Leben entsteht. Freilich lässt sich nur denken, die hat die Ruhe weg, aber es ist wohltuend, bei einem

Menschen zu hocken, der seinerseits seinen Platz ausfüllt und nicht wie eine ferngesteuerte Rakete durch die Lande rasen muss. „Prost, Lesru", sagt der Trainingsanzug auf weiblichem Körper und lacht mit der lustigen Tasse in der Hand, einer blauen Steinguttasse mit weißem Henkel. Carola steht noch immer in der Mitte des von der Deckenlampe grell erleuchteten Zimmers. Sie muss sich erst ihren Platz in der neuen Gesellschaft suchen und setzt sich vorsichtig an den Rundtisch auf einen Stuhl. Es ist nicht nur ungemütlich, es ist so steif, eine Höchststufe von Nüchternheit, dass Lesru kopfschüttlig wird. Jetzt erkennt sie, dass die Dinge im Zimmer lieblos, leblos wie in Erstarrung stehen, hängen: Der Seemann-Kunstkalender harrt aus in der dunkelsten Ecke an der Tür; ein Kerzenständer verliert sich auf dem Tisch, als hätte er noch niemals schön gelächelt; der Plattenspieler trauert auf dem Fußboden in einer Schrankgewalt; eine Grünpflanze, Asparagus lässt ihre dünnen grünen Ärmchen bereitwillig einstauben, vom Regal herunterhängen.
Die Rakete ist abgestürzt und im Zimmer gelandet.
„Bei Dir ist alles so nüchtern, alles so tot im Zimmer, darf ich rauchen?" Eine Beleidigung.
„Klar, bitte. Das musst du mir erklären", bittet Carola.
„Als würde hier kein Mensch leben, sondern nur sein Schatten. Schau jedes schöne Ding hat seine Sehnsucht, erkannt und geliebt zu werden. Hier aber spüre ich, dass dir der Kalender, die Musik, selbst der Leuchter nur irgendwas bedeutet, Beliebiges, weil Du sie nicht wirklich brauchst, sie bedeuten Dir zu wenig. Man könnte glatt dreinschlagen, es würde Dir nichts wehtun."
Na prima. Carola fühlt sich am Steiß gekitzelt und spricht mit niedergeschlagenen Augen aus der Sitzhöhe zur unteren Belehrung mit dem Rauchfähnchen.
„Für mich ist das nur ein Zimmer in der Hub. Ich habe nur ein Ziel: Ich will unbedingt Medizin studieren. Nichts anderes. Nach dem Abi wurde ich abgelehnt aus unklaren Gründen. Wahrscheinlich, weil meine Mutter

bei der Kirche arbeitet. Dann habe ich die zweijährige Schwesternausbildung gemacht, mich wieder in Leipzig beworben, wieder abgelehnt. Jetzt arbeite ich hier, um Erfahrungen zu sammeln, zwei Jahre lerne ich im Schatten der Ärzte, dann bewerbe ich mich wieder, verstehst Du. Ich will hier nicht versauern, ich will mein Ziel erreichen."

Eine Landstraße, sonnenbeschienen, löst sich aus dem Zimmer, auf ihr marschiert allein ein weiblicher Mensch.

Lesru starrt in das helle hakennasige Gesicht mit den Geieraugen hinein, sie sitzt auf dem Fußboden, angelehnt an die Couch und wird völlig bezielt. Ein Mensch mit einem einzigen, starr ausgerichteten Ziel - was ist denn das für ein Widerspruch, für ein Unding, für ein Paradoxon! Eine Rakete.

„Aber man lebt doch niemals nur für ein Ziel, Carola, jeder Tag enthält tausend Möglichkeiten, so viele Schönheiten, unvorhergesehene Ereignisse. Du bist doch keine vorausberechnete Rakete, die an ihrem Zielort einschlagen muss. Im Gegenteil, Du lebst falsch, wenn Du nur das Eine im Auge hast. Du weißt ja gar nicht, was Dir alles im Leben entgeht!" Muss ausgerufen und in die Beschwörung gebracht werden. Carola steigt erschreckt herunter vom hohen Ross, zündet die Kerze mit Lesrus Streichholz an, trinkt einen großen Schluck Wein, knipst das Oberlicht aus, die Nachttischlampe an und sagt, „überzeugt hast Du mich nicht. Ich bin ein rationaler Typ, aber irgendwie begrenzt, kann vielleicht von Dir was lernen und das gefällt mir.“ Immer noch mit ganzer Körperbewegung gesagt, im wärmsten Ton, den sie seit ihren Gesprächen mit dem älteren Freund ihrer Mutter in Eilenburg nicht gebraucht hatte. Diese warme offene ganz ehrliche Stimme.

Jener siebzigjährige Kritiker des etablierten Ulbricht-Sozialismus hatte schon im Gefängnis gesessen und fristet in der Stadt Eilenburg an der Mulde ein Außenseiterdasein. Er kommt unerwartet mit ins Gespräch und ins Zimmer, sodass ein langes

Zwiegespräch und andererseits ein Schweigen zwischen den Anwesenden entstehen und keinen stört.

Lesru steht wieder auf und schaut sich ihren Freund mit bewundernden Augen an, den leibhaftigen dunkler gewordenen Ahornbaum, der wie eine beredte dunkle Gestalt mit festen unerschütterlichen Greifarmen dasteht und ihr ins Gesicht sagt: Du hast recht, du hast recht, Mädchen.
Heftige Stöckelschuhschritte beknarren den Dielenfußboden im Flur, von den unteren Etagen sind Stimmen und Tellerklappern zu hören, irgendwo, Carola weiß genau woher. Ein Telefon klingelt, es hat aufgehört zu regnen. Das Haus summt sein Leben, Autos kommen an der Vorderseite angelichtet, Türenklappern, ein Krankenhaustransport, weiß Carola. Veränderte Lichtverhältnisse.

„Nach dem Siebenjährigen Krieg wurde hier auf Schloss Hubertusburg das Friedensabkommen unterzeichnet, Mitte des 18. Jahrhunderts. Das hatte mit Preußens Schlesischen Kriegen zu tun, keine Ahnung, wie es wirklich gewesen sein mag. Siehst Du, das sagt mein siebzigjähriger Mentor zu Hause immer wieder: Sage nur das, was Du genau weißt. Alles andere ist Schwindel. Diese Maxime habe ich verinnerlicht. Und nur an das glaube ich, an nichts anderes.“
Zustimmung vom Ahorn und einem lauten groben Kraftfahrergespräch von der Hausecke.
Lesru sieht diesen aufrecht, in höchster Gradheit sitzenden Menschen im Halbdunkel, an die Schranktür ihr gegenüber gelehnt und weiß einen Schatz, etwas sehr Wertvolles gefunden zu haben. Es rührt sie tief an, auch, weil noch ein zweiter, ein Maßgebender, der für seinen unverbiegbaren Charakter im Gefängnis gesessen hatte, mit offenen Armen hinter Carola Wille steht. Gleichräumig wundert sie sich, dass die geschichtlichen Daten über Schloss Hubertusburg, eben noch wie Löschwasser für einen Brand, ersehnt,

abgleiten, wie an einer Steilwand und einen geschichtlichen Mief verbreiten, der unerträglich ist.

115

An einem der nächsten Nachmittage gehen Carola und Lesru zum ersten Mal nebeneinander, aufregend genug, das Nebeneinandergehen. Von ihrem großen Dreiflügelhaus kommend, über den breiten Vorplatz, wo die Krankenwagen halten und nach kurzer Zeit wieder abfahren, sieht Lesru mit leiser Freude neben sich den starken Willen auf zwei gewöhnlichen Beinen in grünen Hosen und einfacher Jacke mit dem Schnellblick gehen. Lesru trägt ihre sich arg beklagende Geige in der Hand, die Noten wollte, und trägt Carola, und der kühle Oktobertag trägt alles. Sie wollen zusammen musizieren, und dieser Wille schiebt und geht voraus, versetzt die beiden bereits in ein Notenblatt. Keine von beiden war durch die weitläufigen Anlagen der Krankenanstalt bisher auf einem Notenblatt spazieren gegangen. Es wird aber auch Zeit. Zu dieser sonderbaren Aussicht und Unterlage mischt sich noch ein Geschenk, das Carola Lesru ins Zweibettzimmer getragen hat, ein Geschenk. Carola hatte ihren Kopf hin und her befragt, was sie dieser Lesru schenken könnte, als ihr eine kleine Kunstmappe mit Bildern von Ernst Barlach in die Hände fiel. Otto, der Mentor und unentbehrliche Freund ihrer Mutter und Carolas Vorbild - von den Eilenburger Sicherheitsbehörden ständig beobachtet - hatte Mutter und Tochter auf den großen deutschen Bildhauer aufmerksam gemacht; dic besten Nachrichten und Empfehlungen werden noch immer von Mund zu Mund mitgeteilt ohne Zwischenhändler. Dabei hatte Carola ihr einziges Steckenpferd, die Bildende Kunst, wieder verrottet, wieder erneuert und sich mit einem Seufzer von Ernst Barlachs Gestalten getrennt. „Danke", hat Lesru gesagt, und viel Wärme gleichräumig empfunden, überrascht am exakt anzeigenden leibhaftigen Thermometer Kunst zu entdecken. Ernst Barlach liebt sie. Er schnitt Menschen aus Holz oder goss sie in Bronzefiguren, wie sie sie kennt und im verkanteten Grunde ihrer Seele trägt. Bekannte. Unbekannte. Verwachsene Gestalten. Es sind keine plakativen Gestalten mit Hammer und Sichel, mit einer roten Fahne in der Hand, geballten Fäusten, es sind Erbärmliche und Erhabene. So kann Lesru doch nicht wachen Sinnes neben Carola gehen, ihre Gedanken sind bei Barlachs "Tanzende Alte" und dem vorgebeugten kräftigen "Lesenden" mit dem Bronzebuch haften geblieben.

Auf dem ockerfarbenen Schlossplatz begehen sie die Hauptachse, die letzten blühenden Rosen tanzen an ihren Hochstöcken, die kühle Sonne betastet ihre Rücken nur vorsichtig, dezent. Krankenpfleger und Krankenschwester radeln kreuz und quer und Carola hatte vorgeschlagen, gemeinsam nach Dresden in die Gemäldegalerie zu fahren. Einfach einen anderen Weg angekündigt als denjenigen, den sie im Augenblick gehen. Davon ist Lesru, die bei Barlach hockt und unbedingt bei ihm bleiben will, irritiert, freudlos geworden. Irritiert heißt freudlos.
„Ich wusste gar nicht, dass es hier einen Kulturraum, einen Konzertsaal gibt, ham die uns nicht gesagt", sagt Carola nach Lesrus Verschwinden. „Aha", schöne wortreiche Antwort.
Über den langen ovalen Platz unter der Oberaufsicht des Turmes und der im Halbrund erbauten Nebengebäude gehen sie erst wieder zusammen, als Carola, die Lesrus geistige Abwesenheit bemerkte, erzählt: „Früher gab's hier eine Blindenschule."
Die Blindenschule geht augenblicklich in Lesrus Bewusstsein ein, sie macht fest. Ich bin ja auch blind, denkt sie und sieht Carola ins Profil. So gehen sie wieder zusammen in Richtung letztem Torbogen zur Pforte, wo sich der Verkehr staut.
„Ich habe mich erkundigt, Lesru, weil es mich gewurmt hat, so wenig über die Geschichte der Krankenanstalten

zu wissen. Also 1837 wurden hier die Landeskrankenanstalten gegründet, ein Landessiechenhaus, ein Landeshospital. Später wurde es eine Anstalt für geisteskranke Kinder und Frauen. Dann wurde es zur Blindenschule umfunktioniert. Auch Besserungsanstalt war sie gewesen. Im 2. Weltkrieg wurde die Heil- und Pflegeanstalt aufgelöst, sie wurde Lazarett, Militärschule, die Katholische Schlosskapelle zum Lagerraum gemacht."
Heruntergeschnurrt, als wäre diese Geschichte im Zeitraffer abzuspulen. Eine Anstalt für geisteskranke Kinder und Frauen aber schiebt sich in Lesrus Hörstrom, bleibt als Schloss voller Erschauern und Klage stehen, füllt ihren Begriff von Entsetzen ganz aus. „Entsetzlich", sagt sie und verlangt an der Pforte den Schlüssel zum Kulturraum, bitte.

Carola aber hatte das Verbrechen, das den Begriff der Euthanasie voll ausfüllt, von ihrer Stationsschwester nicht erfahren, von ihm kein Wort gehört, als sie sich bei ihr nach der Geschichte der Krankenanstalten erkundigte, um sich und Lesrus Neugier zu befriedigen. Das schrecklichste Verbrechen, das hier im Jahre 1940 begangen wurde, als große graue Busse in den Schlosshof fuhren .... Das zu hören, steht ihnen noch bevor. Staunend lässt sich Carola in das Nebengebäude führen, wo sie nur irgendeinen Verwaltungssitz vermutet hatte und Lesru mit dem glücklichen Schlüssel vorangeht. An den Schrecktüren vorüber, wo Lesru die Schreckszene nachspielt, weil sie längst gemerkt hat, dass Carola einen Sinn hat für Schreckszenen.
Etwas Falsches liegt in dieser Inszenierung, ein Durchschnittsfehler, etwas Angeberisches.
Es ist durchaus unnötig, eine Verwaltungsangestellte dadurch zu erhöhen, indem man sie verunglimpft und sich selbst wie eine richtige Note darstellt. Carola lacht mit breitem Mund, unvorsichtig. Sie hatte seit zwei Jahren ein Klavier nicht angerührt, und als sie in Lesrus

Zweibettzimmer einen ersten Blick auf die Noten zum Járdányí Konzert geworfen hat, flimmerte es ihr vor den Augen, „nein, das kann ich nicht spielen". Lesru aber schob ihren Einwand einfach beiseite und Carola ließ sich, bereits im Banne dieser Lebenskünstlerin, zur Seite schieben. Und wenn jemand zur Seite geschoben wird und zugleich ein gebrauchter und anwesender Zuschauer sein muss, ist Missbrauch im Spiel, lacht man unvorsichtigerweise mit breitem Mund, schieflagig. Mit einem klaren Wort: Lesru hat die große Fresse, und Carola bemerkt es nicht.
„Das gibt's doch nicht", ruft die Übertölpelte aus, als sie den verharrenden Konzertsaal mit seinen barocken Stühlchen betreten, wo eine runde Stuhllehne vor der anderen steht und die feierliche Stille froh ist, von menschlichen Tönen aus dem Dauerstillstand geweckt zu werden. Im Mittelgang träumt das helle, von einer Nachmittagswolke befreite Parkett, sonnenbraun. Der schwarze große geschlossene Flügel im Mittelpunkt der unbesetzten Stühle vorn redet bereits im Voraus mit der immer erregter werdenden Lebenskünstlerin, komm, komm, komm endlich.
Ein Lebenskünstler ist ein innerlich unreiner, ungewaschener Mensch, der, haste was kannste, zum Flügel rennt, den Deckel öffnet und nichts spielt.
Die Übertölpelte behält ihre steife grauschwarze Stoffjacke an, indessen Lesru wie in einer Küche bereits hantiert, wo sämtliche Töpfe anbrennen werden. „Das ist was", ruft sie begeistert aus und ein, befreit ihre ratlose Geige aus dem Kasten so schnell, dass ihr Hören und Sehen vergeht. Der Flügel wird mit Karacho aufgeklappt, die grünweißen Noten beherzen ein Stühlchen, der Bogen gestrafft und die Verstimmungen der Geige zu Gehör gebracht. Alle Seiten müssen gestimmt werden nach dem A-Ton des verdutzten Flügels. Carola sieht sprach- und witzlos ihrer Verbrennung auf dem hochgeschichteten Scheiterhaufen zu. Ihre Knie werden ihr schwer, sie nimmt ihre verbliebenen Kräfte zusammen und sagt

energisch, soweit sich in dieser anmutigen beschwingten Atmosphäre überhaupt etwas Energisches sagen lässt: „Lesru, ich kann das nicht vom Blatt spielen, ich kenne meine Fähigkeiten, wir brauchen gar nicht erst anzufangen." Lesru hat ihren Verstand auf dem Fußabtreter abgestreift, sie lodert, sie schwingt schon in der Musik, hat keinen Notenständer, braucht ihn auch nicht, denn den ersten Satz kann sie noch auswendig spielen. „Bitte, Carola", schon ein leises Flehen, als könnte dieses steif gewordene ängstliche Lebewesen sie doch nicht mitten im Fluge durch Unfähigkeit abschießen. „Komm setz Dich, spiel einfach los, auf Fehler kommt es nicht an. Wir wollen uns doch beide an der Musik erfreuen." Wieder dieses gehetzte Flehen. „Es wird ein Fiasko, das sage ich Dir", sagt widerstrebend, widerstrebend Carola im gelben Sommerpullover, der ja auch existiert im Musiksalon, nachdem die Jackenhülle durchgeschwitzt. Sie schreitet tatsächlich, von sich selber kommend, mit langen steifen Schritten zum Flügel im Mittelgang, wird von tausend feixenden Zuschauern angesehen und setzt sich auf den (Elektrischen) Stuhl vor den Flügel.
Lesru strahlt sie an. Zum Spielen muss sie Blickkontakt haben. Im nächsten Augenblick wird sich Carola Wille in Elvira Feine verwandeln und etwas überirdisch Schönes, Geliebtes wird sich endlich über dieses Kräfte fordernde Wermsdorf erheben, es besiegen, alles besiegen, was denkt, kreucht und fleucht.
Sie beginnen zu spielen und nach den ersten unkenden Begleitakten tritt eine abrupte Stille ein.
„Ich kann das nicht spielen. Ich habe es gleich gewusst. Warum sollte ich Dir das vorführen, Lesru."
Carola schließt leise den Flügel, hoch errötet und am Ende ihres Selbstbewusstseins, geht sie mit lauten stöckrigen Schritten aus dem Musiksalon. Peng.

Noch ehe der Winter um die Ecke lugt, zieht Lesru in Jagdlaune auf die Pirsch. In der Überzahl weiblicher Genossinnen kann sie leicht wie in einem Weibermeer ertrinken, glaubt sie. Ein Mann muss gefunden werden, ein männlicher Beistand. Nicht schon wieder eine Frauenliebe. Und ihr junger, erst zwanzigjähriger Körper, der ihr permanent ein X vorm U macht, rät dringend, Ausschau zu halten. Sich jemanden anlachen. Ihr auch sexuell verwilderter Körper lehnt jede Erweiterung ihres Wissens im zu erlernenden Halbberuf ab, indem er laufend Unbefriedigtsein produziert, schmachtend provoziert. Er ist, weil er selbstständig und ohne Kontrolle unter Lesrus Kopf quickt und zwackt und unbeherrschbar bleibt, einen ganzen Kopf größer als sie.
Sie muss an einem kühlen Oktoberabend die Gegend nach Männern abgrasen, so befiehlt es der unbequeme Untersatz. Aufs blaue alte Fahrrad, auf jenes, das einst mit einer anderen Lesru den Feldweg von Weilrode nach Torgau zu Viras “Stunde der Musik" gefahren, wo sie sich unterwegs ständig auf die Zunge gebissen und ihre erschreckend schlechte Sprache mit Viras Sprechweise vergleichen musste. Dieses Selbe wird kommentar- und erinnerungslos aus dem Keller getragen. Der Weg durch die schöne Schlossanlage wird gemieden, der Fahrumweg benutzt, aus dem hübschen Ortskern mit dem älteren Jagdschloss und jetzigen Rat der Gemeinde mit Tempo gefahren, am gelben Ortsschild vorüber in Richtung Weitfort gerast. Die Herbstlaune der Felder und der knallig bunten Bäume wird auf diesen Freiersfüßen trampelnd nicht anerkannt. Gesicht und Augen starren auf entgegenkommende breite Schultern, schmale Hüften und auf das Loch in der Hose. Schrecklich, denkt sie, es ist schrecklich, wenn man so getrieben wird, eine ganz große Gemeinheit, ich bin unanständig, ich bin total unanständig. Ja, ich will total unanständig sein, trompetet ihr jugendlicher Körper, was denkst denn du, wozu ich sonst da bin. Die Straße von Wermsdorf, eine

Chaussee mündet alsbald in einem Mischwald, im wunderschönen Kunterbunt, verkürzt gesehen und endet im einige Kilometer entfernten Dorf Luppa.

Der sich schon der Dämmerung zuneigende Wald aber ist ein bedeutender Erzieher. Ernst und still nimmt er jeden Reisenden auf und reagiert auf die wüstesten Vorstellungen unerbittlich - nicht. Er umfängt nur. Er duftet nur nach seinem vollen Leben. Ein entgegenkommendes Lichtauto lässt er durch, seinen näher kommenden Schall, sein Gedröhn auf gleicher Höhe und seinen verebbenden Schall, als sei nichts geschehen. Wieder die umfängliche Stille. Es will keiner kommen.

Einige Nachmittage später derselbe Weg. Nun schon von Enttäuschung durchsetzt. Ihr Körper vibriert und ihr Kopf tritt in den Generalstreik. Er weigert sich strikt, das ausgefurchte fruchtbare medizinische Grundlagenland aufzunehmen, jeden Dienstag um 18 Uhr in einem Klassenzimmer der Schwesternschule brav und hellhörig zu sitzen, neben anderen Altersgruppen und vom menschlichen Körper anatomische Gewissheiten zu hören und auswendig zu lernen. Lesrus Körper macht das nicht mit. Je klarer Venen und Aorten, der Blutkreislauf im vorstehenden Skelett in ihren natürlichen Wegen fließen, umso deutlicher sehnt sie sich nach einem Freundesmann, nach Liebkosungen, Küssen - nach dem Gegenteil von Wissen. Sie hängt durch auf ihrem Mittelplatz in der Schule. Ihre Brüste schleiften am Boden, als der Parteisekretär Herbert Rund den Lehrgang fröhlich und mit Elan eröffnete und die Teilnehmer in ihrem Bildungsdrang lobte.

Der Mann, der Ursachen zum 2. Weltkrieg privat erforscht, aber nicht weiter verfolgt hatte, kam mit seinen privaten Forschungen nur bis zum Bezirkssekretär und dieser hatte ihm seine eigene Überzeugung bestätigt, dass im sozialistischen System niemals eine Waffenlobby existiert und keiner an der Waffenproduktion Geld verdienen kann.

Er kam für Lesrus Liebe suchenden Blick nicht infrage. Sie musterte ihn und erhielt ihre Ausmusterung von der ABF zurück und war bedient. Lediglich beim Wort „Anamnese", Krankengeschichte, war Lesru ganz Ohr und Auge, gerichtet auf die Oberschwester Gertrud im weißen Laborkittel, das Wort, das sie auf den Stationen schon mehrfach gehört hatte. Es war wichtig. Es reizt nach einer Suche, einer Krankengeschichte, etwas Unheimliches. Und dieses Unheimliche auch trieb Lesru erneut wieder in die offenen Arme des Waldes. Denn nach dem abrupten Ende des Musizierversuchs mit Carola war ein verstocktes Schweigen eingetreten und hatte Guten Tag gesagt. „Du hast es mir ja nicht geglaubt, ich wollte nicht, weil ich wusste, ich kann das nicht spielen." „Aber Du kannst es doch üben." „Nein, ich spiele nicht mehr Klavier, das ist endgültig vorbei." Solche Sätze wateten auf dem Rückweg von der Pforte durch die Schlossanlagen im Schlamm des Missverstehens. Mit den schlammbedeckten Schuhen verabschiedeten sie sich vor Lesrus Tür und Carola stelzte zu ihrem Zimmer.
Umso mehr wurde händeringend etwas Liebes, Greifbares gesucht.

Im zweiten Wald biegt Lesru in einen Waldweg ab und läuft auf dem frühlingsgrünen weichen Grasboden einige Schritte, verzweifelt.
Warum habe ich keinen Freund, ist zu klagen, warum hat es mit keinem Auserwählten gehalten, wird zur Verwunderung einiger alter Kiefern, die neben gelbroten Buchen ihren ewigen Streit ausfechten über die Frage, wer schöner wäre, gestrauchelt, Auch die bunten Kleingewächse, die Brombeerhecken hören sich Lesrus Klage an und glitzern mit ihren sie überspannenden Spinnweben ordentlich ins schräg einfallende Abendlicht. Es rauscht der offene, dem Wind jederzeit

zur Verfügung stehende Wald, diese Genossenschaft der Bäume, Pflanzen und Tiere, der Verrottung und des Neubeginns. Es rauscht und riecht nach Gutdünken. Lesrus Blick vereinzelt sich immer mehr beim langsamen Gehen und stehen bleiben. Grasgruppen und nachwachsende Kiefern und Kiefernchen unterschied sie. Unter den grauglattstämmigen Buchen sieht sie den Kindergarten der Buchen, dann wieder die Blumentöpfe zur Harzgewinnung an einigen Bäumen, ein dunkler unverletzter Ameisenhaufen erhebt sich über dem geheimnisschweren Waldboden.
Das blaue verschmutzte Fahrrad, angelehnt an eine friedliche hohe Birke am Anfang des Waldwegs, es muss im Auge behalten werden, zweirädrig mit verchromtem Lenker und einem viel benutzten Sattel, steht es wie ein Unding zwischen den Atmenden. Traurig und mit gesenktem Kopf, als schämte es sich abgestellt zu sein. Aus etwa fünfzig Meter Entfernung trifft es Lesrus Augen, sodass sie unwillkürlich zu dieser seltsamen und traurigen Gestalt aufblickt, mehrmals. Wie das aussieht, flüstert sie gleichräumig. Mit diesem verlängerten Blick sieht sie einen Motorradfahrer in gemächlicher Fahrt in Richtung Wermsdorf knattern, der ihr Fahrrad ebenfalls erblickt, vorüber fährt und plötzlich umkehrt und zurück kommt. Er bleibt an der Waldschneise stehen und verbietet seiner Maschine jeglichen weiteren Laut.
„N´abend", sagt eine angenehme Stimme schon von Weitem, als sich Lesru ihrem Eigentum aus unerfindlichem Grund nähert.
„N´abend", antwortet Lesru gehorsam und vereint sich mit ihrem Unding. Ein junger hilfsbereiter Mann, der seine Beine auf dem Waldboden abstützt, und sie neugierig in sein weibliches Koordinatensystem einordnet.
„Ist was kaputt, kann ich helfen?" Ein fröhliches blitzen aus dunklen Augen verstärkt sein Hilfsangebot aus immerhin zwei Meter Entfernung.

„Danke, nein, ich hab mir nur den Wald angesehen."
„So allein? Das gibt's doch nicht", doziert der junge Mann mit Schirmmütze und schwarzem Hosenwerk so, dass Lesru denkt, wieder so ein Bekloppter, der Frauen nichts zutraut, nicht die geringste Selbstständigkeit.
„Ich bin gern allein, aber einen Freund hätt ich auch gern", das musste heraus, das wandert sofort an Ort und Stelle an den richtigen Ort. Aus allen Nähten geplatzt.
Dermaßen angesprochen lacht etwas in dem jungen Betriebsschlosser der LPG in Luppa, den wir Hermann nennen wollen. „Bist wohl noch nicht lange hier? Arbeitest Du in Wermsdorf?"

117

Lesru ließ sich nicht lange überreden mit Carola zur 5. Kunstausstellung der DDR nach Dresden zu fahren.
„Mal sehen, was unsere bildenden Künstler uns zu bieten haben", sagt mehrdeutig feixend die starke unternehmungslustige Gesprächspartnerin, als sie bereits im Bus nach Oschatz gemeinsam sitzen. Die Arbeitenden haben am Wochenende frei und der Samstag Mitte Oktober ist für die Anreise, der Sonntag für die Abreise vorgesehen, geplant, durchorganisiert von Carola mit der Erlebnislust. Ihre Erlebnislust ist immens groß und hoch und platzschaffend für eine Stadt wie Dresden mit ihren Schätzen.

Lesru staunt. Wie kann man sich nur so auf eine Stadt freuen, wenn man einen Liebsten hat und mit ihm unter einer Bettdecke liegt und also wieder vereint ist mit der menschlichen Natur, mit allen Liebespaaren der Welt wieder angebändelt hat, dann kann man sich unmöglich auf eine Stadt freuen. Sie sieht aus dem kleinen ungeputzten Fenster des Busses, sogar ein Nachtquartier hat die unternehmungslustige Nichtmehrklavierspielerin besorgt. Eine Reisende, die sich wider Willen von Hermanns Tollherzigkeiten entfernt und Gott sei's geklagt, sich lieber an seinen Motorradrücken geschmiegt und durch die Landschaft gejagt wäre. Aber, so denkt sie plötzlich, bei diesen Fahrten kann man sich gar nichts erzählen. Ich kann mit Hermann überhaupt wenig reden, umso mehr genieße ich seine Sprache und seinen Alltag. Ein Leben ohne Bücher und ohne Kunst - er lebt dennoch, weiß viel vom Wetter, von der Landwirtschaft und von Motorrädern. Lesru lächelt vor sich hin, weil es schön ist, das Leben eines Mechanikers zu erforschen. Immer denke ich, wenn er etwas sagt, es kommt noch etwas, ein Satz oder eine Bemerkung hinzu, aber es kommt nichts.

„Was hast Du gesagt?", fragt sie in Oschatz auf dem alten Marktplatz.
„Du bist nicht anwesend", sagt Carola kräftig ausschreitend und auf Türme deutend. Erschreckt versucht Lesru anwesend zu sein und schaut auf das dreigeschossige Renaissancerathaus mit schöner Treppenanlage und figürlichen Brüstungsreliefs. Gehorsam folgt sie der ausgestreckten Hand, die zu den beiden Türmen der Ägidienkirche zeigt, soviel traute Geschichte hat sie in dieser Stadt nicht erwartet. Bleibt hier, rufen die alten Wohlhabenheiten Lesru zu, setzt euch in das Stadtcafé, braucht gar nicht nach Dresden zu fahren, hier ist es auch angenehm.
„O Schatz", ruft Lesru in die erste Kaufmannssiedlung aus dem 12. Jahrhundert, die an den reich machenden Verkehrsverbindungen nach Polen und Schlesien gelegen war. Das anziehende Rathaus wurde nach einem Stadtbrand von Gottfried Semper wieder aufgebaut, wie sie von der emsig erklärenden Carola hörte, gehört hatte und immer noch hören würde. Die Geschichte dieser Stadt spult sich ab. Carola lachte laut, als ihre Begleiterin den alten Wortwitz vom O-Schatz ausrief. Etwas läuft schief, fühlt Lesru im Nylonmantel, ein Zwangsausflug.

Ihre geistige Abwesenheit beim Betreten des Oschatzer Busplatzes aber war nicht Hermann geschuldet, sondern der Schlossruine Osterland, die sie aus heiterem Oktoberhimmel vor den Toren der Stadt auf der Straße gesehen hat: Die Ruine hatte sie eigentümlich angeblickt. Wie etwas Verwandtes, sogar Vertrautes, das früher stattlich und erhebend gewesen und jetzt nur aus Mauerresten mit auffallend regelmäßigem Grundriss besteht. Eine schwer bedrückende Übereinstimmung war zu fühlen, ohne Erklärung, ein steinerner Hinweis auf sie selbst und ihre Ruinierung, der nur mit Jux Einhalt zu gebieten war.

„Woher weißt Du das alles von Oschatz? Habt Ihr das bei Eurer Schwesternausbildung gelernt?" Ein Blick vom Braunauge zu Carolas Hakennase und zurück beim Warten auf den Dresdner Bus. „Da lernste doch so was nicht, ich habe mich selbst erkundigt", antwortet Carola im schwarzen Winteranorak, der wie fast alles, was sie am Leibe trägt, ungetröstet um ihren Körper hängt. Ihr steht nur der weiße Arztkittel gut zu Gesicht. Helle Sicherheit strafft ihr voräugiges Antlitz, auf das die Renaissancesonne scheint und blendet. Endlich kann sie der Malrid auch mal etwas sagen und zeigen, was mit Eigentätigkeit zu tun hat. Geschichte ist für sie Kulisse und deshalb zum Aufblättern, Kennenlernen geeignet.
Auf Dresden freut sich Lesru nicht sonderlich, weder jetzt, wo sie im bequemen Zweitbus in Richtung Meißen sitzen, 34 km andere Dörfer abzuklappern sind, noch überhaupt.

Dresden, die schwer zerstörte Stadt, die für sie später auf dem Unterweg zur Selbsterkenntnis eine überragende Rolle spielen sollte, besteht für sie aus der Gemäldegalerie Alter Meister im Zwinger, dunklen Riesengemälden in schweren Rahmen, leuchtende oft unbekleidete Männer und Frauen, auch kleinformatige Bilder und einer schnell erreichbaren Müdigkeit. In der festen Formation einer Schulklasse als Zwölfjährige betrat sie die Heiligen Räume, noch verwirrt von einem Pionierpalast auf einem Berg, wo in einer zweistöckigen sonnenhellen Villa das Feinste für Kinder hergerichtet war. Für diese Kinder gab es alles, was Mund und Sinne begehrten: zum Spielen große wunderbare Räume, große ins Elbtal geneigte Fenster mit Garten und blühenden Anlagen, nette Menschen, saubere Toiletten mit Wasserspülung und ein Zusammentreffen mit anderen Kindern. Sogar mit dunkelhäutigen und Kindern mit asiatischen Gesichtern, von den Erwachsenen als großes Ereignis organisiert und vorgestellt, das aber von der bezopften Lesru als nicht so wichtig verstanden wurde. Sie war viel mehr erstaunt darüber, in welchen Palast hier allein die Kinder lebten und zu Besuch sein durften, nur die Kinder, alles für die Kinder! Das war in der Tat so außergewöhnlich und schuf sich in ihrem bezopften Kopf schier gewaltsam einen Platz, dass sie sich durch die Gemäldegalerie quetschte und diese Villa auf dem Berge mitnahm und nicht, keinen Moment fallen ließ und sogar bis nach Weilrode zum Mietshaus Grozer mitbrachte. Dort, wo sie nicht ein eigenes Zimmer, nur ein eigenes Bett und einen Spielkorb ihr Eigen nannte. Der Riesenabstand war unüberbrückbar und endete wie immer mit einem Absturz, Geschrei und Empörung.

Das war im Bus an Carolas Seite längst passé. Als die Erinnerung an den Dresdner Pionierpalast zwischen Meißen und Dresden freundlich aufkreuzt, aufhuscht, wird sie zum fernen Kinderereignis, auf das man im zwanzigsten Lebensjahr nur verächtlich und wie von oben herab herunterblickt. Kindheit, das ist doch nichts Wichtiges!
Um so blöder, weil gegen sich selbst gerichtet, schaut Lesru in die Wochenendstadt, überlässt sich Carolas Führung und einer tiefen Lustlosigkeit.

Das Buch “KINDHEITSMUSTER" von Christa Wolf erscheint erst Mitte der siebziger Jahre. Es wird wie ein Presslufthammer auf Lesrus versteinerte Vergangenheit einwirken. Solange muss sie warten und versuchen zu leben mit den Anteilen, die ihr zugeeignet.

Zeitgenössische Kunst. Werke von unsereins, von dir und mir über dich und mich. Das lockt beim Aufstehen im Übernachtungszimmer voller fremder Möbel und Gerüche, heraus aus dem elenden Ehebett, wo zwei kalte Manschetten nebeneinander schliefen. Schrecklich, die kalte Nähe. Lesru hatte andere Nähen erlebt und bevorzugt, als die von kaltem Arm zum kalten Arm. Carola litt nicht unter dergleichen, sie hatte das Zimmer besorgt, war schwatzhaft und fröhlich. Alles lief gut.
Lesru gab ihre ABF-Geschichte widerwillig preis und Carola hat sie kopfschüttelnd angehört, im Dunkeln der Plustrigen Ehebetten. Wegen so was beinahe kurz vor dem Abitur geext werden, wenn nicht die Mutter interveniert hätte. Da schnallste nur ab, dachte sie und übergangslos an ihren Freund Otto, der dem Staat DDR keine Zukunft gab. Solange im ganzen Land eigenes Denken verboten sei, die Diktatur Denken und Fühlen beherrschte, kann der Mensch nicht gedeihen, es wird alles über den Kamm des Durchschnitts geschoren, kleinmütig, mickrig bleiben. Eine dumpf machende Vorstellung, die sich nach dem Mauerbau in Berlin verstärkte und über die Länge der Zeit auswirken wird. Nur die sozialen Probleme können unter dieser Schirmherrschaft gelöst werden, aber was würde dann sein, fragte der Vordenker in Eilenburg.

Dieser Vordenker aus Eilenburg wurde im nächtlichen Ehebettengespräch zum siebzigjährigen Mann im grauen Anzug mit gelbem Schlapphut. Er nahm bei jedem Gespräch zwischen Carola und ihrer mitredenden Mutter stets die vorwitzigste Position ein, deutete jeden gesellschaftlichen Schritt im Land sowie den Weltschritt. Otto Maler wurde Lesru unheimlich und in seinem freien rigorosen Denken unsympathisch. Sie, die in ihrer eigenen inneren Statik gefangen war, sich nur unter dem Eindruck einer grenzenlosen Liebe, ja Leidenschaft entwickeln und aufbrechen lassen konnte, mied sämtliche revolutionäre Einzelkämpfer instinktiv, Bahnbrecher bewunderte sie von Weitem und suchte nicht ihre Nähe. So behauptete sich Otto Maler im gelben Schlapphut im Ehebett der zwanzigjährigen Frauen, wälzte sich mal zu einer Seite und zur anderen Seite. Das war auch die simple Ursache für die Kälte zwischen den Kopfkissen.

Kunst sollte uns den Spiegel vor die Gesichter halten, damit wir uns erkennen können und die Fragen beantworten: Wer sind wir, was tun wir, was machen wir falsch und was machen wir richtig. Und, weil echte eigene Erkenntnis immer Freude bereitet, indem sie den Schmerz in Ermutigung umwandeln kann, brauchen wir sie wie die Luft zum Atmen.
Vor diese Aufgabe gespannt wie zwei Pferdchen vor den Wagen der Selbsterkenntnis stehen die Mädchen am rauen Sonntagmorgen auf der Brühlschen Terrasse vor dem Albertinum. Die nahe Elbe unterhalb der Spaziergängerpromenade sagt nichts, der Morgen blinzelt ins Graue, die bunte Menschenansammlung vor dem riesigen rustikalen Quadersteingebäude schwatzt in Gruppen und busweise. Es sieht gar nicht danach aus, als wollte sich hier einer selbst begegnen.

Es wird geöffnet und die Leute „rammeln hinein", sagt Carola freudig und selbst gespannt wie ein Flitzebogen. Auf ihrem schmalen ausgeschlafenen Gesicht schimmert ein Glanz der Befriedigung, den Lesru vorher

noch nicht an ihr wahrgenommen hat. Carola scheint in ihre Blütezeit gekommen zu sein, die vorspringende Nase, die vorspringenden Augen, die kurzen glatten dunkelblonden Haare sind vereint zu etwas ganz Neuem, eine seltsame schöne Oberfläche bildend, vibrierend. Lesru muss zwei, dreimal dieses sich an der Garderobe mutig entmantelnde Wesen ansehen, ihr Interesse an diesem Menschen erwacht und gerät ins Staunen. Wie ist das möglich, welch eine Carola kommt hier zum Vorschein? In einem grünen Jackenkleid steht sie im Gemunkel der Massengarderobenräume, ganz Spitzohr, ganz Spitzauge und lächelt Lesru verwandt an, die am liebsten auf die Kunstausstellung gepfiffen hätte und mit dieser ins Schöne erhobenen Carola losgezogen wäre. Irgendwohin. Sie ist selbst das beste Bild, denkt Lesru, sogar ihr Gang ist weicher geworden, nicht mehr pferdeartig. Das wird gleich aufhören, wir werden gleich wieder getrennt befürchtet sie, jeder muss seins anglotzen, es schmerzt schon im Voraus, das Wunder Carola Wille wird jählinks zerplatzen.
„Du bist ein ganz anderer Mensch als in Wermsdorf", flüstert Lesru Carola ins aufstrebende Ohr; sie kann sich diesen bedeutenden Augenblick der erwachenden Nähe nicht entgehen lassen, hier muss sofort etwas getan werden. Ein Kopf muss zurückgeworfen werden, ein Blick aus der grau-grünen Augenmasse, „so, findest Du?" Ein erschreckend tiefes Gefühl der Zuneigung überfällt Carola, denn sie fühlt sich tatsächlich so frei wie lang nicht in ihrem Leben, es muss sofort verstaut werden.
Verunsichert betreten sie den ersten Saal der Kunstausstellung, wo sie reichlich Ablenkung von sich selbst an den Wänden, von den ins Auge springenden Bildern und an den sie beschauenden Menschen finden. „Nun gucke mal hier, das soll Kunst sein", ist zu hören und zu sehen.

Die V. Deutsche Kunstausstellung zeigt 280 Gemälde, 262 grafische Arbeiten, 98 Plastiken, 79 Werke der Industrieformgestaltung, 703 Arbeiten der Gebrauchsgrafik, 34 Arbeiten des Kunsthandwerks und in einer Sonderschau 629 Werke des bildnerischen Volksschaffens. Bitte schön, lieber Betrachter, gehe hinein und lasse dich breit schlagen.

Ganze Arbeitskollektive versammeln an sich am Eingang, lassen sich von zwei oder drei Stunden Sehen beschlagen und galoppieren danach ins Dresdner Graulicht.

Einige Bilder sind so platt glatt, dass man an ihnen vorübergehen kann, plakative Gesichter und Körper, sie beleidigen Lesru reihenweise. So bin ich doch nicht, so ist doch kein Mensch denkt und fühlt sie und wundert sich über das in kleinen Zirkeln davor stehende Publikum, das anderer Meinung zu sein scheint. Vorsichtig blickt sie in Carolas wichtig gewordenes Gesicht, aber es schimmert ein Wille zum Lernen auf ihm, wie ein Fettglanz, Unnatürliches und sie denkt: Auf diesem Bild, einem Aktivisten, gibt's doch gar nichts zu entdecken.

Über die Kunstausstellung kann man täglich etwas lesen in den Zeitungen, gebündelte Meinungen der

Besucher, einzelne, wenige zornige Ansichten, Lobestiraden in Bausch und Bogen, Erklärungsnotstände. Das Volk soll sich beteiligen an der Diskussion über Form und Farben, und vor allem gewiss sein, dass eine neue Kunst im Land des Sozialismus entsteht, ein sichtbarer Gegenentwurf zu künstlerischen Äußerungen im Kapitalismus, zu Dekadenz und Menschenverachtung.

Trotz mancher Plumpheit auf den Gemälden ist es schön, im Pulk in der Nähe von warmen, unbekannten Menschen, den Blick auf gemalte Ereignisse zu heben, mit ihnen zusammenzustehen, angestoßen, geschubst zu werden und ein “Entschuldigung" zu hören oder selbst auszusprechen. Eine Versammlung von Kunstinteressierten zu erleben. Sie leben weit entfernt von Krankenhausbetten, tatsächlich und weit entfernt von der Katastrophenstadt Berlin, hier summen keine vorüberfahrenden S-Bahnen an den hohen Fenstern vorüber, hier schaut man über die feststehenden schon unbelaubten Bäume mit sicherem, geweiteten Auge über die Elbe herüber zur Dresdner Neustadt. Es ist Lesru, als würde sie endlich herausgehoben aus dem Krankenhausalltag und hingeführt zu etwas Neuem, Angenehmen, zu den Menschen schlechthin. Zu jenen Menschen, die nicht sofort an der Kleidung erkennen, welch Geisteskind man sei, die überhaupt nicht beurteilen wollen, ob man aus Ost oder West kommt. Die wunderbare Nebensächlichkeit der Kleidung erlebt sie voller Dankbarkeit und innerem Staunen. Es ist gar nicht wichtig mehr, wer welches Bild gemalt hat, sie hat sich den Menschen angeschlossen, die die Bilder betrachten, und genießt ihr unversehrtes, wieder erreichbares Mitleben mit ihnen. Erschaudernd und anfangs noch zaghaft, im Laufe der Mitzeit erreicht sie ihr immer stärker werdendes Mitgefühl. Wir, ihr und ich bin ein Teil von euch. Menschenliebe - wie sie leibt und lebt.

In einem der sich weit reichenden Säle umringt eine Menschengruppe ein Gemälde, das Lesru nur mit einem scharfen Auge zwischen Köpfen und Schädeln, Haaren und Schultern, als eines von den meist diskutiertesten erkennt. Es ist der in graubraunen Tönern gemalte, sich über einen Holztisch beugende Pilzputzer von Wolfgang Mattheuer. 60 mal 68 cm groß, zu klein für eine Menschenmenge. Das ältere Gesicht des Mannes blickt in sich gekehrt auf seine kräftigen Hände, die helle Pilze putzen und schneiden, in einem Topf zerkleinerte Pilze. Ein Mensch, wie er unbeobachtet bei jeder Arbeit anzutreffen ist.
„Das sind Steinpilze oder?", sagt es aus einem weiblichen Kopf, „nu, der hier isn Butterpilz, aber groß", antwortet eine Bekannte. „Was isn nun groß an dem Bild? S'kann doch jeder machen, wo bleibt denn das sozialistische Menschenbild, das Bewusstsein?", erkundigt sich ein gewitzter jüngerer Mann im dunklen Jackett, das knapp über seinem Bauch sitzt. Die ihn Umstehenden kennen ihn und lachen und blicken vorsichtig nach Fremden um sich, sie sehen nur zwei junge Frauen mit ihrem Schürfblick. Andere schieben nach, die Gruppe muss Platz machen.
Lesru erkennt im Platzwechseln voller Erschaudern sämtliche Pilzeputzer aller Zeiten und es ödet sie vortrefflich an. Furchtbar denkt sie, wie kann man nur so blöde sein, Pilze zu putzen, immer nur mit dem Kleinsten beschäftigt, während die Welt um uns herum eine ganz andere Sprache spricht?

Da kriegt man Angst, wenn man an Kuba denkt, wo die Russen irgendwelche Raketen stationieren, in Hamburg dringt die Polizei in die Zeitungsredaktion des "Spiegel" ein, ein Skandal, den ich nicht verstehe. Lauter fernliegende Ereignisse denkt sie, aber trotzdem darf man nicht nur an die dämlichen Pilze denken. Dass

Lesru, was die Weltpolitik anbelangt, „im Bilde“ ist, obwohl sie kein eigenes Radio besitzt, liegt in ihrem Außeninteresse begründet, das vor allem in ihrer Berliner Zeit, eine ständige Mitwisserschaft mit realen weltpolitischen Vorgängen war. Eines ihrer Ohren hing an den Nachrichten zum Weltgeschehen, von klein auf sogar. Das braune schwer zu hörende kleine Radio auf dem Bücherregal im Malridschen Wohnzimmer sendete stündlich aus dem Munde des SFB oder RIAS sogenannte Nachrichten von einer noch fremden Welt. Näher lagen die Zeitungen, sie ließen sich anfassen, aufschlagen und später zu Toilettenpapier säuberlich schneiden. Mit der Kulturseite des Neuen Deutschland ist sie mitlebend verbunden, die sie auch in Wermsdorf, sobald sie diese Zeitung auf der Station irgendwo liegen sieht, aufschlägt, sogar gierig liest, sogar sehr gierig, als müsste sie nachholen, was sie an kulturellem Miterleben versäumt hat. Aus dieser Quelle hat sie auch ihre Information über das viel diskutierte Bild “Der Pilzputzer" von Wolfgang Mattheuer geschöpft und in sich hinein geschüttet.

„Ich kann kein Bild ansehen, wenn jemand neben mir steht und das Bild erklärt oder reinquetscht", flüstert Lesru in Carolas Ohr, das nahe zu haben, erfreut.
„Es gefällt mir, das Bild hat so was Zeitloses und Echtes", sagt Carola im wippenden grünen Jackenkleid, und ihr Gesicht leuchtet im langsamen Weggang und Platz freimachen wie nach einem schönen Besuch und Gespräch mit dem Pilzsucher in dessen Wohnung.
„Aber gibt es nicht wichtigere Gegenstände als Pilze putzen, ebenso kannste Mäuse melken darstellen", ereifert sich Lesru, empört und in immer größere Empörung ausschlagend. Vorsicht, ein wild gewordenes Rad ohne Führung und Bremse, den Berg herunterrollend.
„Finde ich nicht. Der Mann arbeitet ganz konzentriert. Und warum soll’s denn immer das Große, Übermenschliche sein? Das wird schnell nichtssagend

oder zur Karikatur oder denkst Du, es gäbe noch einmal einen Michelangelo?"

118

Beim Bettenbürsten hatte Schwester Käthe im Innenhof der Infektion zu Lesru einen Satz gesagt, der mit ihr von Station zu Station wandert, unveränderbar mit grenzenloser Verfallszeit:
„Du kannst nicht arbeiten, Lesru. Nicht systematisch, Du machst mal das, dann wieder das und nichts zu Ende."
Getroffen. Ins Allerschwärzeste und das Mädchen in Weiß stand mit der Kleiderbürste in der Hand - es mussten die Bettbezüge und Kopfkissenbezüge von Schmutzflaum in den Ecken befreit werden - wie von einer Steinschleuder getroffen da, sprach- und kopflos, denn sie fühlte: Das ist wahr! Verkrampft versuchte sie sofort ein System ins Bettenbürsten zu bringen, gegen ihre Laschheit und Unterbewertung ihrer Arbeit zu kämpfen. Jeder Kopfkissenbezug von den Patienten war ihr plötzlich teurer, wichtiger als der schöne Herbsttag, in den sie sich verliebt hatte. Energisch legte sie Stapel auf Stapel und blieb bei den Kopfkissenbezügen und griff nicht, wie es ihr beliebte, mal den Fetzen an, dann wieder diesen Fetzen. Schweißtreibend und gegen jede Versuchung, ihre Gedanken treiben zu lassen, klemmte sie sich ins Allerdämlichste und versuchte zu arbeiten. Eine tiefe innere Blockade schob sich in ihren inneren Schwungapparat, etwas Plattes, Bleiches, Herabwürgendes, Totes.
Ihre unausgesprochene Entgegnung, die doch auch vorhanden war – „Lesru kann arbeiten wie ein Mann, die schafft was weg" von Frau Hollerbusch zu Jutta Malrid am Küchentisch ausgesprochen - blieb Lesru im Halse stecken, wo sie nicht störte. Klotzen konnte sie also. Zentnerweise Kohlen schaufeln, Wasser tragen, mit Pferden umgehen und verzweifelt beim

Geigespielen gegen Ungenauigkeit und Schludrigkeit ankämpfen.

An ihrem letzten Arbeitstag auf der Infektion, dort noch nicht, aber am gleichen Nachmittag, als sich die beiden Halbvertrauten zum Spaziergang in das nahegelegene Dorf Mutschen verabredeten und schwungvoll auf der schmalen Landstraße in das anmutig, in einer Senke liegende Dorf hineingehen, kriecht die Kritik an Lesru wie ein Maulwurf aus der Erde. Aus den noch immer herbstlich grünen Wiesen zwischen den Koppelzäunen.
„Hat Käthe gesagt? Na, die spinnt doch. Ich kenne die von der Ausbildung." Eine geradlinige Erklärung, die Lesrus Eigenlast nicht mindern, nur ins Freundliche weitertragen kann.
„Ich wünsch Dir alles Gute für morgen“, das wird herzlich auf der schmalen Landstraße gesagt mit einem Beigeschmack.
Und nach einem vollen Augenblick fügt Carola hinzu: „Ich werde Dich vermissen auf Station."
„Warum denn?" Auch so eine Frage.
„Weil es sehr angenehm war, Dich zu sehen, ob Du’s glaubst oder nicht. Nicht immer denselben Gesprächen zuhören zu müssen, Lesru."
Etwas Warmes, Erweiterndes springt in Lesru auf und bleibt ein Weilchen erhalten. Die wellige Landschaft, die Baumgruppen auf den sich weiterreichenden Hügeln, das warme Licht aus dem Westhimmel, die noch blühenden Wiesenblumen wie Klee und weiße Kamille in der atmenden Stille ergreifen das Mädchen in ihren reinen Formen und Ausdrücken. Carolas Vermisstenmeldung und das volle Ganze der mit jedem Schritt sich noch erhöhenden, dichter werdenden Natur umarmt sie und Lesru erwidert diese Gesamtumarmung stumm, mit einem leichten Glücksgefühl. Endlich ist mal alles gut oder doch nicht?
Lesru denkt an Hermann. Wie der die augenblickliche Harmonie stört, dreinfährt wie ein Blitz, und grellstes Licht auf eine der Spaziergängerin wirft. Sie vertraut

mir, und ich schlafe mit Hermann. Dabei habe ich vor Kurzem noch gedacht: Wie gut ich's habe: für den Geist Carola, für den Körper Hermann, prima. Das gelbe Ortsschild allerdings scheint anderer Meinung zu sein.

Als sei die Natur mit all ihren lebenden Zutaten allzu lässig, allzu demokratisch und tolerant und die näher und näher kommende menschliche Besiedlung nicht dazu bereit, sich selbst belügen zu lassen, als verlangen die Unbekannten in den Giebel- und Fachwerkhäusern Stellungnahme und absolute Ehrlichkeit.

„Ich muss Dir etwas gestehen, Carola, ich habe einen Freund aus Luppa, nichts Ernsthaftes, aber es macht mir von Zeit zu Zeit Freude, ihn zu sehen und auf dem Motorrad durch die Gegend zu rasen." Trocken wie ein Pups herausgelassen. Peng.
„Ach so. Wusste ich nicht." Ein Schmerz an unvermuteter Stelle weitet sich in Carola im braunen Ackeranorak aus und bleibt in ihrem Herzen sitzen. Ihre Sympathie, zur Zuneigung ausgewachsen, stößt an einen fremden Mann auf engstem Raum. Einer von beiden muss sich dünnemachen, um dem anderen Platz zum Weitergehen zu machen, denn sie treffen sich beide in einem dunklen Hohlweg. „Wie ist er denn, Dein Freund?"
„Ach, nett, hilfsbereit, aber reden kann ich mit ihm eigentlich nicht, nicht so wie mit Dir."
Muss man immer mit einem Freund reden, wenn er über das ganze schmale Gesicht lächelt, sobald er seinen Motorradhelm abnimmt? Und wenn die Liebe überhandnimmt, hat sie nicht allein das Recht der Rechte auf ihrer Seite? Was weißt du, Unberührbare, Willensstarke, wenn man sich einfach küssen muss und nur die Augen, den Mund des Liebsten sieht und anerkennt? Wenn die Welt ringsum schlappmacht, zugrunde geht und zwei Menschen allein existieren? Was weißt denn du davon? Die Verteidigung der Liebe

ist so stark in Lesru erwacht, dass sie noch im Gasthof Mutschen, im Gastraum überrascht und bedeppert dasitzt und von der Weltpolitik, von Raketen und Kuba und John F. Kennedy nur mit schwerster, wie angeklebter Zunge mitreden kann. Es geht nicht. Sie trinken Kaffee aus schweren Tassen und Lesru fliegt zu Hermann, mit Haut und Haaren.

119

Am Abend kommt Hermann, unverabredet, steht er, seinen Motorradhelm in der Hand, wie Herr Plötzlich im Zimmer. Lesru, im Nachklang des Spaziergangs mit Carola befindlich, lag auf ihrem weißen Bett und starrte Löcher in die Luft. Sie springt auf und an Hermanns Hals, und sein kühler Herbsthals muss jetzt stark sein und all die bezweifelten Küsse und angefeindeten Liebkosungen aushalten.
„Na, heute so stürmisch", lacht der zwanzigjährige Mann und seine schwarzen Augen in dem wohlgeformten ebenmäßigen Gesicht torkeln.

Das Zimmer, Gott sei's geklagt, ist alles andere als ein Liebesnest. Der kahle Schrank steht während der Umarmung nur da wie ein leibhaftiger Schrank, es ist nichts zu machen, er verändert sich nicht im geringsten. Das Bett der Fernpraktikantin Ulrike, ihm gegenüber, ist mit einem Stück Privateigentum, einem bunten Kissen belegt, das aus dem Krankenhaus weiß, wie ein buntes Huhn aufragt: der runde Tisch mit der graublauen Gasthaustischdecke vor dem Spiegelchen mit Waschbecken und benutztem Handtuch, sieht aus, als hätte er noch nie zwei junge Liebende gesehen, geschweige einer lustigen Gesellschaft Stand gehalten; nur das Schräge des Zimmers zu beiden Seiten des Fensters scheint empfangsbereit zu sein. Die Schräge im verblichenen Weiß ist: Geborgenheit unter dem fühlbaren Dach, Ausweg, Ausblick ins Land der Pappeln

und in das abgeerntete Maisfeld, das selber hüglig wie Brüste und Pos da liegt.
„Und was hast Du heute gearbeitet, mein Liebster?" Diese vorwitzige Frage muss nach der höchst eigenwilligen und herrlichen Umarmung in Lesrus Bett aufgestellt werden wie eine kleine Hürde. Denn seitdem Lesru überführt worden war, in puncto Arbeiten eine Niete zu sein, will sie partout wissen, was Hermann und in welcher systematischen Weise gearbeitet hat.
„Das ist doch nicht interessant, immer fragst Du mich aus; wir haben heute einen kaputten Mähdrescher repariert, den ganzen Tag." Das klang abfällig und unbefriedigend, als läge neben ihm und seinen ausgestreckten nackten Füßen etwas Interessanteres, Liebes, das nichts mit seinen Kollegen und seiner Reparaturhalle zu tun hat. „Warum willst Du denn alles so genau wissen, Lesru? Ich habe nichts Interessantes zu erzählen, das ist doch bei Dir ganz anders. Ich staune immer, was Du alles so siehst und erlebt hast."
„Jede Arbeit ist interessant, jedes Werkzeug, jede kaputte Stelle", doziert die nackte Weiblichkeit in solch komischem Ton, dass Hermann lächeln muss und sich wohlig ausstreckt. Im hölzernen Bett aber ist am Kopf- und Fußende noch viel Platz.

120

Eingehüllt von Liebkosungen ihres Freundes, betont unterstützt von der Krankenschwester Carola, doppelt geschützt, kann man sich doch am nächsten Morgen der Psychiatrie nähern, dem Dienstbeginn auf der P2. Vom Berliner Niederleben drei Monate entfernt, stakst an den niedrigen dampfenden Wasch- und Küchengebäuden außerhalb der Schlossanlagen ein vorübergehend gefestigter Mensch auf das ersehnte Ziel uneilig los.

Lesru hat ihre erste Begegnung mit Frauen auf der P10 nicht vergessen, als sie mit Frau Oberin Parenseit im

Schloss den langen hohen Breitflur entlang ging und unbekannte jüngere und ältere Frauen ihre Arme öffneten und sie zuerst in ihre Umarmungen hineinzugehen hatte. Wie wohltuend dies war, wie ein Rausch. Da sind Frauen, die warteten auf mich und nehmen mich an, hatte sie vor drei Monaten gedacht und noch tagelang die sanfte Erschütterung nachgefühlt. Ihre in Berlin eingepferchte Seele konnte sich nicht genug wundern über die Liebesfähigkeit dieser Frauen. Wer so sanft ist und eine Fremde liebt, kann nicht verrückt sein, das brannte sich ins Verstockte. Nach diesem Frauenland hatte sie sich sehr gesehnt, als sie im September die Stufen zur Neurologie hinaufging und vom ersten Arbeitstag mit seinen strengsten Vorschriften eines anderen belehrt wurde. Das Frauenland rückte zwangsläufig in die nahe Zukunft. Es wurde vom Normalland Krankenhaus verdrängt, wo man nicht küssen, sondern den Puls zu zählen hatte, zu lernen und sich vor Fehlern zu hüten. Eisern. Während dieses Lernprozesses orgelte gelegentlich ihre Sehnsucht nach dem Frauenland auf der psychiatrischen Station in ihre ermüdete Aufmerksamkeit hinein, und sie schämte sich für ihr Verlangen und die allzu leichte Lebensauffassung. Es war doch besser, etwas zu lernen, doppelnamige Krankheiten wenigstens als Sprachlaut zu verstehen, vor einem unermesslichen Arbeitsgebiet zu stehen - der ganzen Medizin - und an einem ihrer Tore ein bisschen zu kratzen. Das Reale schlich sich durch Mark und Bein.

P2 war die Abkürzung von Psychiatrie Aufnahme, Frauenstation. Sie liegt am unbefestigten Wege unterhalb des Schlosses, der sanft abfallend am Dorfende auf die Straße nach Mügeln mündet. Dort glättet und wellt sich der fischreiche Horstsee, er spielt mit seinem Ufer und der Uferstraße, ein weiter grüner Wald umsäumt ihn in der Ferne und in der Nähe kann man das ihm weggenommene Terrain sehen, das

Strandbad mit kurzem Steg, einigen schläfrigen Booten und Buden.
Die P1 - die Aufnahme für Männer; beide Gebäude ducken sich flach im rotgelben Backstein an die Erde und unter der Oberhoheit des Schlossturms: wohl behütet scheinen sie unter hohen Bäumen zu stehen, die Fenster vergittert. Zwischen dem stattlichen Schloss, an dessen Breitseite man eine ganze Weile vorüberzugehen hat und den flachen Backsteingebäuden, die sich auf Augenhöhe gegenüberstehen, befindet sich ein Wäldchen, Schlossgarten genannt. Dort finden im Sommer Gartenfeste für hunderte Patienten statt, mit Blasmusik und Luftballons.

Mitte November sind die in den Wermsdorfer Gärten schön singenden Rotschwänzchen, Buchfinken und Nachtigallen längst abgereist, sie sind verreist und unauffindbar. Auf einigen Bänken im Wäldchen lagert gelbes, graues Blattwerk, von jedem Windstoß frisch draufgepackt, sodass Lesru mit einem Blick die ganze Melancholie der Jahreszeit abkriegt. Die entlaubten Robinien und Linden empören sich hinter dem Holzzaun, der sie umgittert regelrecht über ihre Nacktheit und Blöße. Wie soll das bloß weitergehen ohne Grün und Schutz, wir zusammengepferchten Nackten, rufen sie der langsam Vorübergehenden zu. Antworte! Antworte! Noch einmal antworte! Ich kann doch nicht, ich hab doch keine Ahnung, stottert Lesru, noch immer mit der Raschelkutte bekleidet, dem Nylonmantel. Sie sehnt sich nach ihrem warmen Schaffell. Warum haben die mich denn so angeguckt, muss gefragt werden und räsoniert, dass bereits der erste Arbeitsweg zur Psychiatrie seine Tücken hat. Wenn alles zu mir spricht, Frechheit, kann ich sowieso einpacken. Was bilden sich die eingeschlossenen Bäume überhaupt ein! Quatschen mich einfach an.

Ein weißer Krankenwagen fährt an ihr vorüber und hält an der Einfahrt zur P1, der Aufnahme für männliche Geisteskranke. Krankenwagen sah Lesru öfter, sie gehören zum Arbeitsalltag des riesigen Krankenhauses. Aber diesem starrt sie zaghaft und neugierig nach. Der Fahrer ist herausgesprungen, die Autotür zuknallendend, in einer Hand trägt er etwas Weißes, mit der anderen klingelt er an der Hoftür, ein Hof umgibt jedes der Empfangsgebäude, eine weitere Umzäunung. Zwei Pfleger in weißen Umsorgungskitteln laufen heraus und schreiten zum Tor, reden lustige Sätze mit dem Fahrer, kennen sich also, öffnen die Wagentür und warten. Ein schlanker Mann, Mitte Dreißig, steigt aus dem Krankenwagen, eingehüllt in einen blauen dünnen Mantel, schweigend, schnell, er wird sofort von den Umsorgungsarmen umschlossen und ins Flachhaus abgeführt. Keine Spur bleibt von ihm zurück, der Fahrer verlässt den Hof, setzt sich ins Fahrerhaus. Jetzt wird er eine rauchen, denkt Lesru, mitgenommen vom Geschehen, aber er startet sofort in Richtung Horstsee.

Wer ist der unbekannte Mann im blauen Mantel, abgeführt wie in ein Gefängnis, denkt Lesru voller Mitleid und Erschauern. Diese Frage nimmt sie unter ihre Füße und geht mit ihr durch den Hof zum Eingang, wo sich das flache Gebäude zu einer Hufeisenform ausdehnt, zu einer vergitterten Fensterreihe, gardinenlos. Sie wäre doch lieber ihrer Frage nachgegangen und klingelt lustlos an der falschen Tür, hinter der Stimmen und sogar Frauenlachen reichlich zu hören sind. Wer ist dieser Mann im blauen Mantel, der aus seiner Freiheit kam und hier mit unbekannten Leuten zusammenleben muss? Warum hat ihn kein Angehöriger begleitet? Welcher Arzt hat ihn in die “Klappsmühle" überwiesen?

Diese Fragen stehen Lesru im Gesicht geschrieben, als ihr die Tür von innen mithilfe eines klappernden ganzen Schlüsselbundes geöffnet wird und sie einer gutmütig

aussehenden und lächelnden Hilfsschwester - Lesru erkennt ihren Rang an der nur einmal gefalteten Haube – gegenübersteht.
„Guten Morgen, ich bin die Neue", erklärt sie plötzlich keck, als sei im Zustand der Verneinung Keckheit höchst angebracht.
„Morchen", antwortet Schwester Linda im breiten Halbsächsisch. Auf ihrem etwa vierzigjährigen Gesicht tummelt sich die Ruhe in persona, mittelgroß, mittelbrüstig in blauer Schwesternkleidung lädt sie die Neue sogleich ein, ein ruhiger Mensch zu sein, zu bleiben und überhaupt die Ruhe zu heiraten. Ihre Voranschritte zum Dienstzimmer gemächlich, nachdem die Eingangstür wieder verschlossen wurde. Lesru sieht über ihre Schulter hinweg in einen größeren Raum mit Tischen und Stühlen und im Türeingang neugierige Frauen, eine auffallend große Blondine, die die Neue mit keckem Blick verschlingt und wieder ausspeit. Der Mann im blauen Mantel rennt ängstlich davon, Lesru verliert ihn aus ihren erstaunten Augen und spürt den Verlust. Wieder ist etwas Neues, nie Gesehenes zu sehen, zu lernen und etwas Wesentliches geht verloren. Ständig geht etwas Wesentliches verloren, wenn man sich umstellen muss. Traurigkeit klemmt sich jetzt unter ihren Arm. Im hell durchleuchteten Stationszimmer steht am Fenster ein Schreibtisch, an den Wänden Schränke und in der Mitte ein größerer Esstisch, zwei Türen, geschlossen, weisen auf Behandlungsräume. Am Schreibtisch sitzt nunmehr im hörbaren Kleintumult des großen Gesellschaftsraumes, eine schwarzhaarige Vollschwester, die Leiterin der Station. Als Schwester Linda mit ihrer Fracht das Dienstzimmer betritt, erhebt sich Schwester Lena in einem Kraftaufstoß, strahlt der traurigen und verunsicherten Fracht aus Berlin mit blitzend schwarzen Augen entgegen, drückt kräftig Lesrus Hand und sagt: „Willkommen, ein neues Gesicht, ich freu mich auf Sie, Lesru. Aus Berlin hatten wir noch keine Kollegin."

Ihr Sprachton klang fest und mittellagig. Linda hat abgeliefert und verschwindet, sodass Lesru ihre wichtigste Frage stellen kann, die auch mit dem Mann im blauen Mantel zu tun hat, eine Bitte.
„Ich möchte auch gern Anamnesen lesen, wissen, wie die Geisteskrankheiten entstehen oder entstanden sind, diese persönlichen Krankengeschichten interessieren mich, Schwester Lena."
Dass die Vorgesetzte „Lena“ heißt, hat ihr Carola mitgeteilt. Sie war bekannt in der Psychiatrie als eigenwillige energische Schwester in der wichtigsten psychiatrischen Station, in der Aufnahme, wo die Unterscheidungen von Krank und Gesund noch getroffen werden müssen.
Lesru trug ihre Bitte mit der ihr eigenen innigen warmen Stimme vor und die Anhörerin schaut sie direkt und aus nächster Nähe dabei an. Denn es war, als spräche diese Neugestalt nicht nur aus einem gewissen Eigeninteresse, was Verdacht erregt, sondern eindringlich für eine ungenannte Zahl von Geisteskranken. Dies erstaunt Schwester Lena, deren einzige Tochter kurz vor dem Mauerbau ihrer Mutter und der DDR den Rücken zugekehrt hatte.
„Das ist nicht erlaubt, Anamnesen dürfen nur die Ärzte lesen", entscheidet das schwarzhaarige Temperament und blickt beglückt auf Lesrus wundersame Beine. Ein erstaunter scharfer Schrägblick aus der Mitte des Dienstzimmers wie ein Lichtstrahl, Staub aufwirbelnd, auf das, was sich in Kniehöhe nach dem Kittelweiß, abbildet. Zwei grellrote Strumpfbeine stehen hübsch nebeneinander in ihrem Dienstzimmer. Lesru verwittert unter diesem staunenden Aufblick, Abblick, habe ich schon wieder etwas falsch gemacht, denkt sie beim Verwittern. Dabei habe ich mir die roten Strümpfe aus Kanada doch extra aufgehoben für den ersten Tag bei den Geisteskranken. „Wie ein Storch im Salat, Lesru, das ist zu auffällig für unsere Patientinnen, morgen kommen Sie bitte ohne Rot zum Dienst, ja?" Beinahe mütterlich. Lesru schwimmen die rettenden Felle davon.

In diesen roten Strümpfen will sie sich doch unterscheiden von anderen Weißkitteln und Schwestern. Sie empfand sie beim Anziehen in ihrer Dachbude als genau richtig, als eine Maßnahme, die sie schützen sollte vor dem in Aussicht genommenen Untergang bei den Geisteskranken.
„Wenigstens darf ich sie heute anbehalten und muss mich nicht wie bei der Oberin umziehen, weil sie nicht mit mir in Shorts durch das Gelände gehen wollte", sagt die Errötete zur Allgemeinheit, leise wie zu sich selbst.
Schwester Lena lacht schallend, dem Kind beistehend.

In diesem Lachraum aber versammelt sich Lesrus bittere Enttäuschung über das Leseverbot der Krankengeschichten. Es schmerzt tief und weiträumig, sogar in die Zukunft hinein. Denn sie hatte sich von diesen geschriebenen persönlichen Leid-Entstehungsgeschichten Aufklärung über ihre eigene Rätselhaftigkeit versprochen. Versprochen. Weggelacht. Sie würde ihre dringendsten Fragen und Probleme hier nicht beantwortet und erklärt bekommen. Welch eine Zukunftszerschlagung, denn die ersehnte Erklärung kann nicht mündlich aus Mund und Nase abgelesen werden. Schwarz auf weiß formuliert müssen die biografischen Studien in die Hand genommen werden, lesend nur kann sie im Dialog mit dem Text das Urpersönliche herausfinden. Das weiß sie so tief und substanziell, dass es ihr nicht bewusst werden muss.

„Ich zeige Dir jetzt die Station und unsere Patienten, ich darf doch Du sagen. Du erinnerst mich an meine Tochter", sagt der Pfahl im Fleisch und verlässt das Zimmer, sich nach links wendend.
Mit der vorhandenen, aber verschlossenen Zukunft geht Lesru auf den zarten neuen Füßen einer spürbaren Zuneigung in den großen Gesellschaftsraum. Wie eine stolze alles wissende Gesellschaftsdame betritt Lena Ruf den vergitterten vierfenstrigen Gesellschaftsraum, mit einem freundlichen „Guten Morgen", die an langen

Tischen sitzenden oder stehenden Frauen grüßend. Einige antworteten ihr, andere nicht. Wartesaalstimmung. Auf den Tischen Tassen und Teller, sie werden von zwei Reisebegleiterinnen ausgeteilt. Es klappert und riecht nach der vergangenen Nacht.
„Das ist Schwester Lesru, sie kommt aus Berlin, Hanne, hast Du Dir immer noch kein Taschentuch geholt?" Frage zu einer kleinen vorübergehenden Frau im bunten Schürzenkleid, das, wie Lesru weit geöffnet entdeckt, in bunten Variationen von fast allen Frauen als Überkleid getragen wird. Es sind keine älteren Patientinnen darunter auch keine Mongoloiden. Scheu sieht Lesru von einem Gesicht zum anderen der Sitzenden. Zentnerlasten mit Frauengesichtern. Es wird ihr schwer in den Augen. Einige reden miteinander am Tisch, ohne die Chefin zu beachten. Das ist wie ein Lichtblick. Jede Geste, jeder Gesichtsausdruck und jede Körperbewegung stellt sich als furchtbare Frage auf: Bist Du gesund oder krank? Und gleich nachrückend: Was hast Du, warum bist Du hier im viereckigen Geschlossenen ohne Deine Familie? Warum gibt es soviel nebeneinandersitzendes Elend? „Ich würde mich gern mit Ihnen unterhalten, Schwester Lesru", sagt jene Frau, die ohne Taschentuch mit tropfender Nase vorüberläuft, und sieht die Neue aufmerksam an. „Gern“, erwidert Lesru und will es auf der Stelle tun, froh einen Gesprächspartner schnell gefunden zu haben, der das nebeneinandersitzende Elend aufhebt.
„Das ist Frau Hanne Schmidt, unsere Dichterin. Später kannst Du das Hanne", erklärt Schwester Lena mit leisem Nachdruck, sodass zwei Menschen sofort getrennt werden, was Lesru unmöglich findet.
„Hier sind die Waschräume, und hier die Schlafräume für die Patienten, die Aufsteher sind." Ein großer Schlafsaal mit breitem Mittelgang und etwa zehn sich gegenüberstehenden weißen Betten.
„Auf der anderen Seite gibt es den zweiten Schlafraum, wo Patientinnen eine Schlaftherapie machen. Manche

leiden an hochgradiger Depression, sie erhalten Medikamente und ruhen sich bei uns zunächst aus. Dorthin gehen wir jetzt und dort zeige ich Dir auch die Gummizelle."
Blödes Stück dachte Lena Ruf, sie weiß nicht, auf welchem dünnen Eis hier gelebt wird. Jeder Anfänger verhält sich so, aber hier ist kein Draußen. Das musst du erst kapieren, mein Fräulein.

Lesru hörte das Zieh-Ziel- und Zerrwort „Dichterin" und verschlang es. Es traf sie allseitig. Wie ein Lichtblitz schlug es ein und wird nun von der Vorgesetzten, ob sie will oder nicht, vom Anblick des zweiten Schlafsaals verdeckt. In einigen Betten liegen schlafende Frauen, halb wache mit müden oder starren Blicken.

„Bei uns werden die Diagnosen erstellt, und das dauert. Auch erste Therapien werden angewendet wie Schlaftherapie oder Elektroschocks. Die sind sehr unbeliebt und eigentlich scheußlich. Aber das brauchst Du nicht zu tun. Die Gummizelle benutzen wir nur noch selten. Zu ihrem eigenen Schutz kommen Frauen in die Gummizelle, hier drin ist alles weich, gut ausgepolstert."
Die Erklärungen langweilen Lena und sie schließt sie ab mit den Worten: „Du gehst heute mit Schwester Linda mit." Vor einer grünen Tür mit kleinem Fensterchen stehend, hinter dem ein Eisenbett mit Handschellen und Fußschellen steht, verdunkelt sich das Erleuchtete gänzlich.

Die Eingangstür wird von außen aufgeschlossen, deutlich ist dieses eiserne Schlupfgeräusch im Korridor zu hören, eine Außenperson mit sicherem Schlüssel hat Zutritt zum fürsorglichen Gefängnis. Lesru, auf der Wippe blanker Neuheit stehend, linst zur sich hereinschiebenden Gestalt, einer schlanken Frau in Weiß mit kurzer dunkelblauer Steppjacke und auffälligem hochintelligenten Gesicht. Dieses Frauengesicht ist schmal und ziseliert, Augen, Nase und Mund erscheinen wie geschnitzt und so fein gearbeitet, dass man eine Welt von Eigenem darin und dahinter vermuten kann. Solche sichtbare Intelligenz hatte die Beobachtende hier in Wermsdorf noch nicht erblicken dürfen, sie erinnert blass an Elvira Feines Intelligenz. Frau Dr. Eva Eisenberg, die leitende Oberärztin der psychiatrischen Stationen. Lesru hatte sie gelegentlich als schnell gehende, kerzengrade laufende, dennoch wie gegen einen unsichtbaren Feind steuernde Gestalt gesehen, die niemals mit freiem Blick um sich sah und niemals sich gehen ließ. Sie schließt geübt die Eingangstür, ohne in andere Anwesenheiten zu blicken, und steuert ins Dienstzimmer, wo Schwester Lena sofort die Tür schließt.

Wenn wir uns in einem neuen fremden Milieu befinden und die Aufgabe haben, Augen und Ohren offen zu halten, auf dem Lernposten nicht nur zu verharren, sondern uns einzufügen haben im unbekannten Tagesrhythmus, erleben wir die normalen alltäglichen kleinen Geschehnisse wie eine Reihe von Einschlägen. Noch mit der Gummizelle beschäftigt, noch in der Verlockung stehend, mit der Dichterin zu sprechen und soeben die Oberärztin gesehen zu haben, empfindet Lesru das erneute Aufschließen der Tür von außen wie die nächste Offenbarung, die sie schon in Schrecken versetzt. Dabei merkt sie nicht, wie sie von Minute zu Minute aus ihrem bisherigen Leben mit offenen Türen und freien Entscheidungen in ein Sonderleben hineingezogen wird. Frauenstimmen von außen, Frauen mit Kittelschürzen und Strickjacken treten, geschlossene Gefäße tragend in den Korridor, geführt von einer breitmündigen Schwester mit roter Strickjacke. Nachdem auch blaue Plastikkörbe in die Küche gegenüber der Eingangstür hereingetragen, wird die Tür zur Welt wieder abgeschlossen. Es ist Frau Breitner, die im grauen Wellenhaar mit ihren Außengängerfrauen in die Großküche zum Essenholen gefahren war. Der Handwagen mit Gummirädern steht ordentlich in der Hofecke wieder an seinem Platz. Es wird laut im Hause mit den geschlossenen Türen.

Lesru sieht eine Lücke, geht an dem geschlossenen Dienstzimmer vorüber, aus dem die hohe Stimme der Oberärztin geheimnisvoll aufklingt, in den Gesellschaftsraum, wo die Dichterin allein an den Fensterstäben steht. Um sie Frühstücksvorbereitungen. Ein kleiner unscheinbarer Hinterkopf, braunes strähniges Haar, kurz angebunden. Das runde Gesicht flackert auf, als Lesru sie anspricht.
„Sie schreiben Gedichte?", fragt Lesru einen Menschen mitten in einer anderen Landschaft, am See, am Waldrand stehend. Die Angesprochene tunkt ihre grauen Augen in Lesrus Nähe, legt einen Arm um sie und sagt: „Es ist ganz entsetzlich hier. Ich halte das nicht aus. Die anderen Frauen sind dumm wie Bohnenstroh. Zu Hause aber darf ich auch nicht leben. Ich habe Schizophrenie. Zu Hause gehe ich mit dem Messer auf meinen Mann los. Die Welt ist ja so schlecht, wie heißen Sie, woher kommen Sie, lieben Sie auch Gedichte?" Die Frau wendet sich plötzlich ab und eilt in ihre eigensten Vorstellungen.

„Lass die ruhig stehen, die quatscht jede Neue an", erläutert Linda beim Essen austeilen, Kaffee ausschenken und Brötchen aufschneiden.
Indessen trennt sich eine auffällige blondhaarige Frau in vorzüglichen Körperformen von der Kittelschürzenbrigade läuft direkt auf Lesru am Fenster noch stehend, zu. Ihr sprachlos machendes ebenmäßiges Gesicht, hochstirnig, schlanke Nase und ihr gut ausgebildeter Mund sehen aus wie das anlockende Gesicht auf der Titelseite einer Frauenzeitschrift. Sie flüstert der kleineren Lesru ins rechte Ohr „Willst Du mein Geliebter sein?" Pudelnass wird man von solcher Annäherung. Es ist Frau Reimann, die sich jeder Kittelschürze verweigert und

ebenfalls, wie Lesru erfragen wird, an der heimtückischen Schizophrenie leidet.
Wann kommt die Visite, die Visite muss sie doch jeden Augenblick machen, fragt sich Lesru, als sie die Haustür ins Schloss fallen und Schwester Lena „Auf Wiedersehen" sagen hört.

Das Sonderleben ist ein aus den Grenzen des normalen Lebens herausgeschnittenes eigenes Territorium mit Freiheiten und Gebärden, eigenen Grenzen. Die Schnittstellen sind die schwelenden Wunden, die jede der Patientinnen in sich trägt und sie bluten nach innen weiter, ohne Aussicht auf Heilung. Denn die Ursachen ihrer Erkrankungen, das eigene Selbst, das konkrete Feld ihrer Umgebungen und der ihrer Vorfahren, der Rattenschwanz von Ursache und Wirkung, bleiben unbekannt und werden auch in den sorgsam gehüteten Anamnesen nicht erfasst, erklärt, geschweige aufgehoben.

„Frau Schellenberg, Sie sind aus Berlin?", fragt Lesru im Schlafraum eine liegende schmalgesichtige dunkelhaarige Frau. Lesru hat beim Frühstück von Schwester Lena gehört, dass sich zurzeit auf der Station auch ein "hohes Tier" befindet, Frau Schellenberg aus Berlin, die im Zentralrat der FDJ bis vor Kurzem gearbeitet hatte. Diagnose: Epilepsie im fortgeschrittensten Stadium. Das zur Decke starrende Gesicht senkt sich über das Bettgestell und sucht in Lesrus Gesicht nach Bekanntem. Ihre dunklen Augen unterhalb schön geschwungener Augenbrauen glühen, ihre schlanken, kraftlos auf dem Bettbezug liegenden Hände ballen sich und sie sagt mit unendlich trauriger Stimme: „Kommen Sie auch aus Berlin? Was haben Sie in Berlin gemacht?" „Ich war zwei Jahre an der ABF", sagt Lesru leise, als drehte sie sich zweimal um sich selbst, sich wundernd, dass ihr Vergehen im Angesicht dieser Erkrankten null und nichtig zu sein scheint. „Kann ich Ihnen etwas bringen, eine Zeitung, vielleicht?" „Nein, danke, ich möchte nur noch schlafen.“ Lesru entfernt sich, denn sie wird von Schwester Lena viel zu laut gerufen.

Wie ein leibhaftiger Reisepass voller Einreisestempel in eine Handvoll fremder Länder geht Lesru am späten Nachmittag der mit dem Fahrrad vorausfahrenden ruhigen Schwester Linda nach. „Machs gut, Lesru und mach Dir keinen Kopf", sagte sie unter den unerschütterlichen kahlen Kastanien und Linden, ehe sie ihr rechtes Bein auf die Pedale schob. Und die Stationöse Lena Ruf hat in einer ruhigen Minute noch etwas anderes, ganz und gar Unvorhersehbares gesagt: „Übermorgen kommst Du mich bitte besuchen, unbedingt, ich möchte mit Dir mal so richtig erzählen", wobei das Wort “erzählen“ in dieser Umgebung, wie eine schöne seltene Melodie klang. Auch wie ein Notruf. Dermaßen unterstützt findet Lesru dennoch nicht in den Rhythmus ihres Gehens. Dass sie überhaupt gehen kann, soll, sich entfernen aus den auf schlanken Holzsäulen stehenden Schlafsälen, geschieht ohne sie selbst. Ihr Körper schleicht und wippt allein los. Na bitte, sagt sie sich, nun zeig mal, was du kannst. Alle anderen bleiben zurück.
Sie dürfen zu ihrem eigenen Schutz nicht spazieren gehen, die Schizophrenie kommt in Schüben, es gibt verschiedene Formen dieser elenden Krankheit, die Dichterin kommt immer wieder zur P2. Lesru bleibt in der Höhe des Wäldchens, umzäunt wie am Morgen, stehen und staunt über ihren Körper, der marschiert los, als hätte er Feuer unterm Hintern. Er geht ohne Überlegung schnurstracks an den langen Breitseiten des Schlosses entlang, biegt nach links ab, überquert den großen, von den ockerfarbenen Nebengebäuden umrahmten Schlosshof, der beerdigte Rosenstöcke sehen lässt, und wendet sich von einem Torbogen zum nächsten in Richtung Ausgang. Ins Dorf. Der ganze Körper verlangt nach dem Anderen, nach Häusern, Bürgersteigen, Gärten, nach einem HO-Schaufenster,

nach Kindern auf dem Reitplatz vor dem alten Jagdschloss, sogar das weiße Schild „Rat der Gemeinde" wird sehr gebraucht. Lesru Malrid lässt sich gehen und gehorcht ihrem Körper, der Ausgang hat. An der Bushaltestelle auf dem runden Platz gegenüber der Gaststätte "Weißer Hirsch", wo sie bei ihrer Ankunft noch in tausend Berlinängsten gesessen hatte, bleibt sie stehen und kann es selbst nicht ermessen, was sie in einem Vierteljahr Leben in Wermsdorf gewonnen hat: einen Berg voller Erlebnisse, dem jetzt noch ein ewiger Gletscher zuwächst. Eine notwendige Begegnung mit sich selbst: Es scheint, als rückte die Masse Erlebtes sich zurecht, verteilte sich auf die vom heutigen Tage verstopften Speicher, als drängte jedes Wichtige nunmehr an seinen Platz und gibt allmählich Raum frei für weitere Neuigkeiten.
Erleichtert, zumindest ein wenig, fühlt sich Lesru. Sie schaut auf die in beiden Seiten belebte Straße, die sich zwischen den Häusern in Richtung Oschatz und andrerseits in Richtung Luppa, Dahlen hinzieht. Komisch denkt sie, dass ich den ganzen Tag nicht an Hermann gedacht habe, auch nicht an Carola. Beide sind in diesem Moment und aus diesem Blickwinkel winzige und deshalb weit entfernte Gestalten.

121

"Erzählen", dieses Meisterwort führt den ausgerillten Fahrweg am Feldrand vom Schloss Hubertusburg herab zum Dörfchen Reckwitz, es springt aus dem umgepflügten Feld, aus seinen Schwarzschollen und verlagert sich wieder. Es ist herrlich dieses eine Wort "erzählen".

Ich bin eingeladen zum Erzählen, das kann sich Lesru auf dem täglichen Arbeitsweg von Schwester Lena, noch gar nicht vorstellen, wie es sein könnte. Aber das ausgesprochene Wort flattert wie ein Fähnchen vornweg. Es flattert bunt im kühlen

Novembernachmittag, tollkühn eigentlich, wenn man von den ausgebreiteten Schrecken kommt, die betroffene Frauen empfanden und ausgesprochen hatten, bevor sie sich im Behandlungszimmer auf die Liege legen mussten, um den Elektroschock zu erhalten. Wenn man ihr Weinen vorher gehört hatte und nach der kurzen Behandlung todkranke Frauen mit Schaum vor den Mündern in den Schlafsaal zurückfahren musste.
Der Elektroschock wird bei Frauen angewandt, die in völliger Katatonie erstarrt sind. Er wird nur von zwei Personen durchgeführt, von der Oberärztin und Schwester Lena, eine assistierende Schwester hinter der Tür.
Wie halten Sie das aus? Diese eine wichtige Frage will Lesru ihrer Gastgeberin stellen, denn sie hat zu diesem Zeitpunkt nur diese eine Frage. Sie heftet sich wie Lehmklumpen an ihre braunen Schuhsohlen, sie werden schwerer und schwerer, obwohl sie versucht sich vorzustellen, dass sie sich immer noch in Fensternähe zu ihrem Dachstübchen befindet.

Carola war natürlich am allerersten Tage zu ihr gekommen, hatte vergeblich an die Tür mit dem Rillenfensterchen geklopft, und später gesagt: „Mensch, wie war's denn?" Ihre Schwesternausbildung ließ die Psychiatrie außen vor.
Lesru antwortete verstört. Etwas Unaussprechliches hatte sich zwischen die beiden Freundinnenanfängerinnen geschoben und behauptet. Als sei das Sonderleben ein bewohnter vielgliedriger Abgrund und die Leute, die oberhalb des Abgrunds leben und herunterfragen, keine Gleichgestellten mehr. Erschüttert und besorgt war Carola nach ihrem Kurzbesuch den dieligen Gang und um die verbreiterte Ecke zu ihrem Einzelzimmer gegangen.

Dieses Nichterzählenkönnen wandert auch auf dem Feldweg mit zu Schwester Lena, es hat sich in Lesrus

“Astor"-Zigaretten eingenistet, die sie von ihrer Mutter in einem Päckchen, zusammen mit Nescafé und zwei bildschönen Pullovern, erhalten hat. Mit den guten Zigaretten will sie der rauchenden Stationsschwester Freude bereiten. Die werden ihr schmecken, denkt sie am Eingang einer Häuserreihe, die sich entlang einer Senke befindet. Eine Siedlung mit Vor- und Hintergärten, Holzzäunen und Briefkästen.
Der Himmel hat sein graues durchlöchertes Kleid angezogen, und in den Löchern schimmert es blau. An einem Apfelbaum im Vorgarten ist ein nagelneuer Starkasten befestigt, knallblau mit der runden offenen Tür, sodass jedermann, der auf dem unbefestigten Weg vorübergeht, unwillkürlich lächeln muss. Er sieht drollig und handgemacht aus. Vor dem Haus Nummer 8 stehend und vom Starkasten angesprochen, versucht Lesru einen Blick auf Frau Rufs Haus und die anderen Einfamilienhäuser zu richten, als unvermittelt ein „Denkste, Puppe" ihre Aufmerksamkeit wegschimpft.

Die Weilroder Gartenstraße taucht unangemeldet auf, die Einfamilienhäuser und das Anwesen des Unternehmers Kramer mit Wehrlichs Jugendzimmer. Sie schieben sich frech vor die Blumenfenster unter dem Dachstuhl, sie versetzen das in schöner Ruhe liegende einstöckige braune Haus mit seinen aufgeschlagenen grünen Fensterläden ins blanke Nichts. Dass sich Weilrode, der Ort ihrer unglückseligen frühen Kindheit, vordrängelt, ihr die unbefangene Sicht auf ein freudiges freundliches Ereignis brutal verstellt, entsetzt Lesru. „Denkste Puppe", was soll das bedeuten, wer hat es so gesagt, dass sich dieser Ausdruck als unauslöschbarer Eindruck befestigen konnte? Es wird ihr übel. Im neuen warmen blauen Winteranorak wie ein Stockfisch auf zwei Beinen stehend, öffnet sie, schwer wie zwei Zentner, die kleine Gartentür, schreitet an der Blumenkante, den jetzt ebenfalls ausweglosen abgeblühten Kleinblüten vorüber, der Hauseingang befindet sich auf der Hofseite. Was ist das bloß, was ist das bloß, denkend.

Und das ist es: die über alles geliebte amerikanische Puppe mit ihrem strahlenden Lächeln, die zur Freundin avancierte im überbelebten Umsiedlerhaushalt, mit der sie eine Symbiose von Liebe und Gemeinschaft einging, die sich gewaschen hatte, die ihre erste und echte Lebensgemeinschaft war. Die Puppe Rosemarie wurde zur Erzieherin und Zuhörerin, die Puppe Rosemarie entwickelte selbst soviel Fantasie und machte immerfort Vorschläge, was jetzt zu tun und zu lassen sei, die unsterbliche Geliebte! Sie wurde kurzerhand im Küchenherd verbrannt. Als der Neulehrerin Jutta Malrid die Puste gegen die Verdächtigungen ausging, sie würde ihre Kinder im Sinne amerikanischer imperialistischer Produkte negativ beeinflussen, wurde sie im September 1948 spätnachts verbrannt. Vertuscht wurde diese Untat mit der Erklärung, die Puppe Rosemarie sei zum Puppendoktor nach Halle gefahren. Welch ein Vakuum, welch eine rastlose und vergebliche Suche entstand in der Fünfjährigen, welch eine vierundzwanzigstündige Vermisstheit spannte sich in ihr auf, welch eine Gewalt legten die wieder herrschenden Dinge im Alltag an den Tag und in die Nacht, denen sich Lesru durch die Liebe zum Puppenmädchen entzogen hatte! Ihr erspieltes geliebtes Reich war zerstört, zerfetzt wie ein wunderbares Gewebe.

„Herzlich willkommen, Lesru, komm rein", sagt im grünen Strickkleid die wendige schwarzhaarige schwarzäugige Person im Hof, sie läuft rasch voran, die abwesende Lesru wie ein Hündchen nach sich ziehend. Sie kommt sich gefesselt vor. „Das ist meine Küche", die Tür wird ein wenig nur geöffnet und Lesru illert matt ins Blitzblanke. „Aber das interessiert Dich nicht, das sehe ich schon, Du bist eben doch wie meine Tochter". Tür zu und weiter im ebenen, nach entferntem Rauch riechenden Haus zur nächsten Tür, die weit geöffnet wird. Ein wohliges Wohnzimmer mit blauem Kachelofen, Sesseln, rundem Tisch mit festlicher Kaffeetafel, in dessen Mitte ein emsig duftender Apfelkuchen noch überlegt, ob er verletzt und angeschnitten werden würde. Ein viereckiger roter Keramikaschenbecher hockt an der Seite, wo die pausbäckige Kaffeekanne mit einer Kaffeemütze thront, sogar passende blaue Servietten hat die Gastgeberin für dieses Mahl gefaltet. Bei dem Tochtervergleich aber lebt Lesru auf, eine Welle Sympathie zu Lena Rufs Tochter ergriff sie und strudelt sie ans sanfte Ufer der Begegnung. Zudem hat sich Lesru an das grüne Strickkleid mit einem geflochtenen Gürtel zu gewöhnen, sie hat Schwester Lena im weißblauen Dienstkleid erwartet.

„Wie heißt denn Ihre Tochter, wo lebt sie und was ist sie für ein Mensch?" Diese dreiteilige Gesamtfrage wird während des Kaffee-Eingießens geäußert, wobei Lesru die Anmut, in der dieses Tun geschieht, genießt ebenso die Verwandlung ihrer Vorgesetzten in eine äußerst sympathische Frau. Lenas schmales Gesicht, das sich heute einen Pferdeschwanz genehmigt hat, verwittert unter der Gesamtlast, es treten Fältchen neben Fältchen auf Stirn und um die Mundwinkel auf. Die schwarzen Augen kugeln sich nach innen.
„Meine Britta studiert in Westberlin, ich fuhr oft hin, wir haben herrliche Ausflüge zum Wannsee gemacht. Von Ostberlin aus konnte sie mit mir telefonieren. Aber jetzt ist das Schlimmste eingetreten, Lesru, wir sind getrennt, und ich könnte jeden Tag die Wände hochgehen. Ich brauche doch meine Tochter, habe sie allein groß gezogen und sie braucht mich wie eine Freundin. Sie erhielt immer einen Rat, wenn sie ihn brauchte.“
Wie zwei abgerissene Taue, die in der Luft mit ihren unansehnlichen Enden auf einen gewaltsamen Verriss deuten, liegen hier die Verhältnisse zwischen Mutter und Tochter. Der noch warme Apfelkuchen mit einer Sahneschicht schmeckt Lesru, die plötzlich unter diesen Klagen ins Fressen gerät, ins grobe Verschlingen von

großen Kuchengabelstücken. Als wäre sie wieder ins unerträgliche Berlin zurückgeworfen, auch in sich abwechselnde Männerarme auf der rastlosen Suche nach Liebe, nach einem Fetzen Eigenem, nach einer Gegenmaßnahme. So flattern ihre Sinne und verschlingen, was auf dem blauen Teller liegt. Ein Rückschlag.

„Wenn ich wenigstens mit ihr telefonieren könnte! Aber diese Lumpen haben alle Verbindungen gekappt. Ist das vielleicht human? Ich hasse diese Leute."

Lesru sieht bestürzt, dass sie allein drauflos gegessen hat und vor ihr im Schalensessel kerzengrade eine Anklägerin sitzt, eine Mutter, die ihre Tochter liebt! Und wie! Sie schaut über den Rundtisch in dieses feine ins Diffuse blickende Frauengesicht, in dem Zorn und Traurigkeit verschmelzen zu etwas Wunderschönem, einem voll lebenden Frauengesicht, dass es ihr warm und immer wärmer wird im Innersten. Wie einen Strom fühlt sie diese belauschte Liebe, wie das Richtigste und Beste der Welt, dass es jemals zwischen Mutter und Tochter geben könne. Ein Geschenk fühlt sie, und ich darf es ansehen.

„Aber ich habe seit vierzehn Tagen einen Trost, guck mal", sagt Frau Schwester Lena und wölbt ihre grünen mittelgroßen Brüste mit einer Rückenbewegung zu einem frei stehenden Tischchen hinter sich, auf dem ein nagelneuer Fernseher, der Bildberichterstatter wie eine große Eins steht. Ihre dunklen Augen strahlen wieder ins geheizte Zimmer, sie flimmern in Lesrus verblüfftes Kleinbrillgesicht, das noch kauen muss.

„Jeden Abend stelle ich feierlich den Apparat an und verschwinde aus der DDR. Jetzt kann ich auch sehen, was meine Britta bewegt, mal einen Krimi sehen und Unterhaltungssendungen, die mich zum Lachen bringen. Die große Welt, Lesru, hier lebt sie in diesem Kasten." Noch immer strahlend wird das über sämtliche Rundungen hinweg verkündet. Lesru bleibt die Spucke weg.

Fernsehen, die Verkleinerung und somit die Erniedrigung der Welt, die bunte Oberflächlichmachung von Menschen mag sie nicht. Sie sah dieses Ding der technischen Revolution zum ersten Mal bei Frau Piener in Weilrode, als sie noch Oberschülerin in Torgau gewesen war. Das Ding hatte sie aus tiefster Seele empört, und es empört sie auch jetzt während des Lobgesanges.

Es muss aber etwas Bestätigendes oder etwas Neutrales gesagt werden, etwas unter die Spucke genommen.
„Ich mag dieses Ding nicht, es wird alles so verkleinert und das ganze Leben verkürzt, das in Wahrheit ganz anders ist", muss ohne Rücksicht auf Verluste leise entgegnet werden. Und sich dadurch in grellem Licht gezeigt, was ihr, der Anzeigetafel, sofort peinlich ist. Schnell befördert sie, weil es doch tunlichst nie darauf ankommt, sich selbst unverhüllt zu zeigen, die braune längliche Astor-Schachtel aus der Hosentasche und bietet Frau Ruf eine Zigarette an. So, als wollte sie das soeben ausgesandte Licht ihrer Seele sofort wieder vertuschen, ablenken, ja den ganzen Vorgang ungeschehen machen. „Du hast ja recht, aber lieber die verkleinerte freie Welt als die täglichen Parteiberieslungen, danke. Diese Marke kenne ich auch." Zwei Raucherinnen im Wohnzimmer, das einem gediegenen Geschmack entspricht.
„Was hast Du in Berlin gemacht, und wie kamst Du hierher?"
Nun muss Lesru, noch immer um Vertuschung ihrer Selbst bemüht, erzählen, und sie erzählt von ihren Obliegenheiten bis zu ihrer Wiederaufnahme in der FDJ durch den Parteisekretär Herbert Rund.
Lena Ruf hört Wort für Wort zu, denn jeder Satz bestätigt ihren Zorn auf das hiesige politische System. Lesrus Bericht wirkt wie ein Labsal in ihrer Speiseröhre. Und beim Parteisekretär Rund angekommen, der sie ungeschickt belehren wollte, als ihre Tochter nach dem

Abitur die Republik der Verzweifelten verlassen hatte, lacht sie vollmundig und laut mit ihren schönen kleinen weißen Zähnen. Das Gesicht trägt immer noch den vergangenen Sommer in sich, ein bräunlicher gesunder Teint erhellt ihren lachenden Mund. Lesrus Frage - wie halten Sie das Leben auf der P2 aus, geht unter wie ein Schiff im Sturm. Dieser Sturm trägt einen Namen: ein Nachmittag bei Schwester Lena.

122

Der Nachtdienst, die Wache, wie die Schwestern zu sagen pflegen, wird auf den psychiatrischen Stationen zu zweit getan. Aus Sicherheitsgründen. Lena Ruf bestimmte an einem der nächsten Tage, dass Lesru ihre erste Nachtwache mit ihrer jungen Stellvertreterin Luise Feldt beginnen soll. Es ihr wichtig, dass Lesru in den langen Nachtstunden Neues lernen kann und nicht nur den endlosen Haus- und Gartengesprächen ihrer Kolleginnen, mit Strickzeug in den Händen, zuhören. Die sind zu dumm für dich, erklärte sie Lesru kurzerhand. Schwester Luise war über eine Woche abwesend, und als sie zum Nachtdienst erscheint, ist es draußen dunkel und regnerisch.

Gemächlich und neugierig geht Lesru in der regenfrischen Dunkelheit aus ihrem noch hell erleuchteten Krankenhaus. Ab heute wird sie noch fester zu der großen Familie des Pflegepersonals gehören. Zum Nachtdienst, zum Dienst in der Nacht, die kranken Schlafenden sollen beschützt und behütet werden. Angenehm. In Neuenhagen hatten auslernende Lehrlinge gelegentlich Nachtwache, wenn Sauen ihre Ferkelchen gebaren, ein Dutzend und mehr. Daran denkt sie flüchtig. Überall in den Gebäuden der Krankenanstalt, wo reihenweise Licht brennt, befinden sich Stationen und dort, wo ein Gebäude dunkelumrissig bleibt oder nur ein, zwei Fenster beleuchtet sind, wohnen Angestellte in billigen Dienstwohnungen.

Carola wünschte Lesru eine „gute Wache" und als sie gehört, mit wem Lesru die erste Nacht zusammen sein würde, eigenartig ihr langnasiges Gesicht verzogen.
„Mit der war ich zwei Jahre in der Schwesternausbildung, die war bekannt für ein fröhliches Jugendleben, hatte sogar eine Abtreibung, Näheres weiß ich auch nicht." Dies sagte sie zu Lesru in ihrem großen Einzelzimmer, ein rotes Warnschild ward aufgestellt. Es missfiel Lesru, warum sagt sie so etwas über einen für mich unbekannten Menschen, den ich doch erst kennenlernen will? Warum reden die Leute solchen Mist? Carola aber fühlt, dass sich Lesru, seitdem sie auf ihrer ersehnten Station arbeitet, von ihr abrupt entfernt. Es gibt kein heiteres unbefangenes Sprechen miteinander mehr. Sie fühlt Lesrus Wegstreben bereits als Verlust, und sie kommt sich schon komisch vor, als müsste sie einer Rennenden nachlaufen und an jeder Biegung keuchend nachrufen: Warte doch, geh nicht so schnell. Sie will sich noch nicht eingestehen, wie sehr sie diese Malrid braucht und zu lieben beginnt. Diesen Menschen, der zu schweben scheint und ihr permanent auf die Zehen tritt, sobald er den Mund aufmacht. Nach jedem Dienst, ob Tag oder Nacht, spürt sie, dass alles frisch Erlebte auf der Infektion mit und ohne ihre Kolleginnen sich sinnlos auftürmt, wenn sie nicht Lesrus Gesicht und einige Worte von ihr gehört hat. Lesru versetzt Carolas Erlebnisse, die Frechheiten des Oberarztes Dr. Königs, die Fehler mitarbeitender Schwestern, ins Relative. Unter Lesrus Ohren entkrampft sich alles und das Kleinliche verfrachtet sich zum Kleinlichen. Ihre Freundin reinigt, ohne es zu wollen noch zu wissen.

Wieder an der langen Breitseite des Schlosses vorübergehend, der Weg zur Arbeit änderte sich nicht, er endet nicht plötzlich in einem Abgrund, erschaudert

Lesru bei der unabweislichen Erinnerung an den gestrigen Nachmittag.
Im oberen Saal des Schlosses fand etwas Unerhörtes, Ungesehenes, nicht für möglich Gehaltenes statt, sodass ihr Gehirn nicht aufhörte, zu fotografieren und am Ende der Veranstaltung eine ganze Speicherkammer für die Aufbewahrung des Unerhörten zur Verfügung stellen musste. Mit diesem unabweisbaren und bislang schwersten Erlebnis mit psychiatrischen Patienten läuft Lesru wieder am eingezäunten Wäldchen und Patientengarten vorüber, die dunkel und schicksalsergeben im mäßigen Regen leben, einem endlosen Winter entgegen.
Der Regen macht keinen Bogen um die Gehende, frisch nass pladdert er von vorn aus westlicher Richtung auf ihren Kopf, tröpfelt von ihren kleinen Brillengläsern auf ihre Wangen. Einen Regenschirm, jenes wandernde Dach in der Hand, besitzt Lesru nicht, sie verachtet Regenschirme. Zu bürgerlich bekloppt. Was die Natur uns schenkt, muss man aushalten. Außerdem kann man nichts sehen, wenn man sich mit einem betuchten Stock in der Hand mit Sichtweite von einem halben Meter in die schöne Welt begibt. Sie hielt es mit dem wilden Robert aus dem bekannten Erziehungsbuch "Struwelpeter", der trotz elterlicher Warnung im schönsten Sturm spazieren ging und von einer Windböe erfasst, zu den Wolken flog. Er hatte das Richtige getan. An den fliegenden Robert denkt sie aber nicht, als sie sich den beiden Flachbauten nähert, der P1 und der P2.

Die alles beruhigende Schwester Linda, wohnhaft in einem Nachbardorf, hatte nicht nur Lesru gebeten, sie ebenfalls unbedingt in ihrem stattlichen Hause zu besuchen, worüber Frau Breitner aus Wermsdorf mokiert ihr breites Gesicht ins Schmale verzog und dachte, die lade ich nicht ein.

Schwester Linda hat ihr auch unterwegs zum Schloss gestern Nachmittag erklärt, dass Schwester Lena Trost und Kraft von ihrem Geliebten erhält. Und der hat auch den blauen Starkasten in ihrem Vorgarten angebracht. Meine Güte, was die alles weiß. Dabei hatte die Ruhige im braungrauen Friseurhaar, ihre vorangehenden Frauen im Auge, acht sich hübsch gemachte Frauen, auf dem Weg zum Schloss, einen Moment losgelassen und Lesru neben sich mit einem vielsagenden Blick angesehen. Als sei der blaue Starkasten im Garten von Lena Ruf noch etwas anderes als ein Vogelhaus. Der Leiter der P1, der Männerstation Aufnahme, ein verheirateter Mann, dessen intelligent aussehender Kopf und seine besonnene Art zu sprechen, Lesru auch aufgefallen war, hatte eigenhändig den blauen Starkasten gebaut und am breitästigen Apfelbaum angenagelt. „Sein Einstand“ nannte es die feixende Schwester Linda. Lesru wurde jedoch mit beglückt von dieser Nachricht.
Dieser Mitte Vierziger, der gelegentlich zum Kaffee im Dienstzimmer der P2 eingeladen wird, dieser ist es also, den Lena Ruf liebt. Er ist nun zuzuordnen, wenn sie mit aufgestützten Ellenbogen am Schreibtisch telefoniert, ihr Gesicht zur nahen Wand mit dem Kalendarium neigt und mit ihrer anderen, tiefen, warmen Stimme spricht. Vielleicht kann er sie ja durch das blütenweiße Gardinenfenster sogar sehen.

Auf dem Klingelknopf ruhen einige mutige Regentropfen. Die noch erleuchteten Schlafsäle werfen in langen Kästen Licht in den nassen Hof und beleuchten die Baumwächter bis zur mittleren Höhe, ein Knopfdruck auf einen Schalter, und alles versinkt in Finsternis. Einen eigenen Stationsschlüssel für den Eintritt bei den Eingesperrten erhielt Lesru nicht für die kurze Zeit ihres Praktikums.

Bevor sie klingelt in der leuchtenden Finsternis, dringt durch die verschlossene Tür ein Jemand ein, der sich

als frisch geborenes, gepfeffertes Vorurteil beschreiben lässt. Die hat ein Kind abgetrieben, die hat's faustdicke hinter den Ohren, eine Schlie-Schla-Schlampe. Dieser Jemand ist einsfünfundsechzig groß, trägt einen grünen Anorak und klatschnasses braunes Haar tropft und verstellt sein schmales hochstirniges Gesicht zu einer spröden Maske. Eine eigene Stimme hat er nicht. Lesru, die nicht mehr allein ist, klingelt.
„Machs gut, Luise, gute Wache", Frau Breitners raue Stimme, das Schließgeräusch, Frau Elsa Breitner mit Regenschirm im Lichtkegel des Hauses. „So ein Sauwetter hast Du mitgebracht, Lesru, ach jetzt geht das Ding nicht mal off, Mensch."
Der Jemand tritt betreten zurück und lässt Lesru, bedeckten Aug's den Vortritt. Er erhält sogar von der natürlichen Äußerung der Kollegin einen Tritt in den A..... Er ist im Nachteil, als Lesru, die für das Sauwetter verantwortlich ist, in den trockenen Flur des Hauses eintritt und in das lächelnde schmale Gesicht unter hochkühner Schwesternhaube hineinsieht. Er beeilt sich nachzukommen und verheißt nichts Gutes. Ein trübes Wässerchen schiebt sich über die blauen Augen von Schwester Luise.
„Du bist ja ganz nass, komm rein", wird anstelle von Guten Abend gesagt mit einer ausgewogenen Stimme. Nicht die beim Dienstantritt übliche Stimme und Floskel, sondern ein kurzes blaues Augenaufleuchten wie bei einem lang ersehnten Besuch.
Der Jemand staucht, er wittert, dass sein letztes Stündlein geschlagen hat. Umso mehr will er seine letzte Nummer abziehen.

Sie gehen zusammen ins Dienstzimmer, wo die Schreibtischlampe brennt und ein sympathisches Extragehäuse bildet, es ist ungewohnt still auf Station. „Sind schon alle im Bett?", fragt Lesru beim Ausziehen des grünen Regenmantels, den sie auf eine Stuhllehne hängen will, den ihr aber Luise abnimmt und auf einen Kleiderbügel hängt. Wie zu Hause denkt Lesru erstaunt,

nur hätte meine Mutter jetzt eine halbe Stunde über meine Unordnung geredet und den ganzen Abend verdorben und verdürftigt. „Danke", sagt Lesru bemüht, die kleine Aufmerksamkeit Luisens herunterzuspielen, denn Jemand tritt ihr ins Schienenbein.
„Aber sie schlafen noch nicht, wir machen gleich gemeinsam einen Rundgang und das Licht aus. Alle zwei Stunden gehen wir durch den Schlafsaal", erwidert mit ruhiger Stimme Luise Feldt. Sie will sich nicht anmerken lassen, wie sehr sie sich auf diese Malrid gefreut hat, von der sie die dollsten Geschichten bereits im Dienstzimmer und mit Vergnügen gehört hatte. Ihr Jemand besteht aus einem anderen Material.
An der offenen sperrangelweiten Dienstzimmertür geht Erna Schmidt im Bademantel neugierig vorüber, bleibt stehen, grüßt die Damen und klappert in der Patientenküche mit Geschirr, die Dichterin. Lesru beobachtet den unerheblichen Vorgang, sie will entdecken, wie Schwester Luise auf Patientinnen dieser Art reagiert: ob hochnäsig, näsig, gleichgültig wie Frau Breitner oder mit fließender Freundlichkeit. Was sie im überaus mundgerechten Gesicht wahrnimmt, ist keine der vermuteten Reaktionen, eher eine Art Abwesenheit steht ihr gegenüber.
„Könnte ich vielleicht von Frau Schmidt die Krankengeschichte lesen, sie interessiert mich, weil sie Gedichte schreibt und Schwester Lena......" „Klar gebe ich Dir." Rückhaltlos, als sei's eine Gefälligkeit. „Und die von Frau Schellenberg auch?“ „Die Schellenberg ist gestern verlegt worden auf die P10. Endstation." Zwischen den jungen Damen in Weiß steht der Esstisch auf vier Beinen, und eine Stuhllehne fordert Lesru auf, sich auf sie zu stützen, als wehte ein kalter Windzug durch ein total beschädigtes Gebäude. Frau Schellenberg aus dem Zentralrat der FDJ in Berlin ist zur Schellenberg geschrumpft und von einer jungen Schwester ohne Bedauern zur Endstation gebracht worden. Das schmerzt. „Und Dir tut das gar nicht leid?", fragt Lesru und putzt sich die Wasserbrille mit einem

Zipfel ihrer weißen Dienstkleidung. „Wenn mir hier jeder leidtun würde, könnte ich hier nicht arbeiten. Außerdem, wer hat denn mit uns Mitleid? Ich habe noch kein Mitleid erlebt", dröhnt es sicher aus einem unbekannten Organ, aus dem schmalen Blauaugengesicht, dass es Lesru die Beine umhaut und die arme Stuhllehne eine Last zu tragen hat. Welch eine Enttäuschte, Lastensammlerin lebt ihr gegenüber, welch eine zweibeinige Bitternis, so jung, so schön und so mit den Kehrseiten des Lebens verstrickt.

Luise Feldt ist überrascht, dass sie von dieser als komisch lustig beschriebenen Gestalt sogleich, auf kürzestem Wege zu sich selbst geschleudert wird, sie stutzt und geht eilig ins Arztzimmer, um die Anamnese von Erna Schmidt zu holen. Das Verbotene tun. Sie fühlt, dass diese Lesru aus Berlin etwas Gutes, Wohltuendes verbreitet, das sich gegen ihre Menschenverachtung stellt, etwas Linderndes, Unverhofftes. „Setz Dich an den Schreibtisch, Du kannst ungestört lesen, ich gehe „Gutenachtsagen." Luise wollte sagen, den Rundgang machen, aber sie fand ein wärmeres Wort zu ihrem eigenen Erstaunen.

Unter der warmen Schreibtischlampe sitzt Lesru an Schwester Lenas Schreibtisch, an der Seite der Nacht und hört Schwester Luise mit leisen Schritten sich entfernen. Aus den Schlafsälen hört sie einzelne Worte, Gelächter und wieder die abgebrochenen Reden. Endlich darf sie die Biografie der Falkenberger Dichterin lesen, sie empfindet die zweite Dankbarkeit zu Schwester Luise. Eine umfangreiche Krankenakte mit persönlichen Daten auf der ersten Seite, maschinenschriftlich. Auf diesem mehrfach befassten ersten Blatt aber steht zwar der Familienname Schmidt, aber an Frau Schellenberg denkt sie. Wie ist es möglich, ich habe doch noch vor wenigen Tagen mit ihr vernünftig gesprochen, welch schreckliche Vorgänge laufen in ihrem Gehirn ab, sie hatte doch keinen Tumor.

Einfach abgeschoben auf die Endstation, lebendig in der Grube begraben. Das ist nicht zu verstehen.

123

Der Gang zum Verstand, der Nachtdienst hat, muss beschritten werden. Mit dem Fahrrad in der überaus hellhörigen Dunkelheit geht's schneller, betäubt, erhöht, umschlungen von der Liebe, setzt sich Lesru eine Woche später auf den braunen ausgemergelten Sattel und fährt zum Verstand. Wie war es möglich, dass aus Wermsdorf, dem Stadtcafé, dem prachtvollen Schloss samt schlimmstem Erlebnis, dem Patiententanz, der Landstraße nach Luppa zu Hermann, aus der Praktikantin und gelegentlichen Bettnachbarin Ulrikes ja schließlich aus der ganzen DDR, dass sogar aus der nie betretenen Welt ein einziger erfüllter Lebenstraum wurde?
Das soll mir mal einer erklären. Das lässt sich aber nie und nimmer erklären, denn solch eine Weltumkehrung muss gelebt und vor allem geliebt werden. Es muss in zwei Menschen eine Veranlagung vorhanden, verborgen und sogar gepflegt und behütet worden sein, um eine derartige Kraft in sich zu entwickeln, freizusetzen, die imstande ist, an den Grundpfeilern des Verstandes nicht nur zu rütteln, sondern ihn schlicht wie Pustekuchen beiseitezuschieben.

An die Mauer der Infektion (Verstand) stellt Lesru ihr Fahrrad ab mit brutalem Widerwillen. Sie hat hier nichts, wirklich nichts mehr verloren. Es gibt seit einer Woche nur noch einen großen Gesang, der zweistimmig und jeden Augenblick sich fortsetzend gesungen wird, und was hier in der beleuchteten Dunkelheit getan werden muss, ist der Eintritt in eine kurze musikalische Pause. Dennoch staunt die Liebende, Mitsingende immer wieder über diese Veränderungen. Das nächtliche Klingeln an Carola Willes Arbeitstür, hinter der sie doch auch emsig und fleißig gearbeitet und gelernt hatte, erscheint ihr jetzt, mitten im Liebesduett, ein ernster sonnenloser Lebensbezirk zu sein, der zwar auch seine Berechtigung hat, aber keinen Spezialplatz für sie aufweisen kann. Diese Kranken und diese Schwestern können gut ohne sie sein. Die Hepatitisseuche besiegt, bietet sich ein ruhigeres normaleres Arbeiten auch im Nachtdienst an. Die Empörer und Aufbegehrer sind geheilt und entlassen, und es gibt wieder freie Betten.

Carola sitzt am Schreibtisch, als sie das nächtliche Klingeln hört, Lesru denkt und wünscht sie. Seit einer Woche haben sie sich nicht gesprochen, irgendetwas Beängstigendes war passiert, Lesru war im Treppenhaus wie ein Fremdling an ihr vorbeigegangen, und das schmerzte. Das wucherte und schmerzte, als würde ihr am pulsierenden Leibe ein Organ entfernt. Klar, sie kann das, wir sind ja nicht verheiratet, dachte sie und musste feixen. Aber gestern Abend sah sie, als sie von der Toilette kam, Lesru aus dem Zimmer von Luise Feldt schweben, ferngesichtig und verklärt, dass sie nicht wagte, sie anzusprechen. Eine heftige Plattheit überfiel und lähmte sie, eine irre Traurigkeit und sie selbst überraschende Wut auf die Feldt ließ sie an ihrem Verstand zweifeln. Eine Weibergeschichte unter Weibern dachte sie und fand in dieser Formulierung weder Ruhe noch Trost. Wenn sie jetzt käme und sagte: Carola, wir könnten doch bitte wieder zusammen musizieren, ich würde alleine losrennen und Tag und Nacht üben, bis ich das Stück gefressen habe. Bei diesem Wunschdenken ertappt sie sich, als sie zur Tür geht und bang aufschließt. Ein Krankentransport wäre ihr telefonisch angekündigt worden. Es kann nur Lesru sein.

„Nambt", sagen beide Frauen gleichzeitig und beide so zäh, als stünden sie im Examen vor einer schweren Prüfungsaufgabe. Wenn Lesru kommt, wird's immer heller, denkt Carola und erwartet völlige Dunkelheit. Lesru schnuppert die Desinfektionslösungen, die

Hygiene, die Überordnung der Vorschriften und vergleicht sie mit dem sorgloseren medizinischen Einmaleins der psychiatrischen Station, wo die Menschen im Mittelpunkt stehen und keiner allein Nachtdienst tun muss. Stark spürt sie die Verlassenheit Carolas, und ihre früheren nächtlichen Gespräche über ein konkretes Thema fallen ihr ein, ihr gemeinsames Ringen um Wahrheit und Wissen. Es schmeckt wie trocken Brot, gut.

Luisens Zusammenbruch in Lesrus Zimmer, die aufragenden Abgründe, weit in ihre Kindheit reichend, ihr schreckliches und schönes Weinen und die Offenbarung, sie habe zum ersten Mal in ihrem Leben in dieser Weise zu einem anderen Menschen sprechen und weinen können; dieses tiefe verschleierte Blau ihrer Augen und diese Worte aus dem mundgerechten Gesicht, aus diesem haarscharf geschliffenen Lippenwerk, ihre zwei flehenden warmen und so kräftigen Hände, die Lesru umarmten ---- das muss im Dienstzimmer der Infektion an diesem Nachtbeginn vor den stochernden traurigen Augen Carolas ausgelassen werden, umgangen. Luise in diesem Zustand darf sich hier nicht zeigen, sie muss geschützt werden.

Ihre Gespräche stehen noch immer im Raum: Die Gespräche über Menschen, über den Sozialismus, die offenen Sinnfragen des Lebens, Ansprüche und Gestalten in der Bildenden Kunst; die Oberin Parenseit wie der Parteisekretär Rund, der Herrscher über die Stationen des Inneren und der Infektion, Dr. Königs, wie alle hier arbeitenden Schwestern, sogar Schwester Anna von der Neurologie, sie alle wurden von Carola angesehen und nach Lesrus Frage, welch ein Mensch ist er/sie von Carola so gut sie konnte, beantwortet. Und von Lesru, der Fragerin, mit süßen Ohren angehört und empfangen. Das waren Höhepunkte in ihren Gesprächen. Jeder bekannte Mensch wurde angesehen, beurteilt, infrage gestellt und mit einem

Charakteristikum versehen. Carola wurde aus dem wegfließenden Tag auf eine Insel gestellt, wo sie sich umsehen musste, den Kollegen heranholen und ihm ins Gesicht sehen. Sie empfand Vergnügen daran und bildete nach Tagen ohne Lesru regelrecht Sehnsucht nach diesen Gesprächen aus. Nach diesem sich Stellen, Anhalten, nach diesem eigenartigen Nachdenken. Aber es waren nicht nur diese Lebenden. Ein zerbrochenes Messer, eine Gehaltserhöhung, der Abzug der sowjetischen Raketen von Kuba, die Welt, alles konnte sich zum reizvollen Gegenstand entwickeln, sich herausheben aus dem wegfließenden Alltag und auf die Insel des Nachdenkens gebracht werden. Das war das unheimlich Reizvolle an Lesru, es gab immer eine überraschende Wendung, Hinwendung. „So habe ich das noch gar nicht gesehen", eine Redewendung von Carola. Ihr Alltag füllte sich mit interessantesten Dingen, an die Lesru ihre Fragen wie einen Kaugummi geklebt hatte, sodass Wermsdorf mit seinen Hügeln, Wäldern und Feldwegen, seinen Menschen im Dorf und die in den einzelnen Häusern der Krankenanstalt lebten, die interessantesten Menschen der Welt wurden und Carola nach jedem Zusammensein mit Lesru erstaunt, nachdenklich und in einem eigentümlichen Glücksgefühl schwamm. Fünf Minuten, nachdem Lesru gegangen war, fühlte sie sich noch glücklich und beschenkt. Dann aber begann die Auseinandersetzung mit Lesrus Gedanken und Ansichten, sodass sie sich Fragen aufhob für das nächste Gespräch. Carola merkte sich ihre Fragen genau, sodass sie, die Alleinkämpferin, noch gar nicht ermessen konnte, in welcher süßen Abhängigkeit sie von Lesru lebte. Mit diesen Fragen war sie tagaus tagein verbunden, ging leise an ihrer Zimmertür vorüber, fiel nicht mit der Tür ins Haus, wartete auf eine Verabredung oder auf den Zufall.

In diesem höchsten spitzen Augenblick im Dienstzimmer fällt Lesru das zuletzt erörterte Thema

ein, die Frage: Welche Bedeutung hat die Natur für uns rationaler gewordene Menschen noch? Eine ganz und gar hochwertige Frage, deren Hochwertigkeit Carola abgestritten hatte.
„Wir verstädtern, nutzen die Natur als Rohstoff und die Zeit der Naturliebe sei endgültig vorbei, siehe Romantik, Impressionismus, alles vorüber, Lesru." Eine ganz und gar aufwühlende Frage für Lesru - sie fiel in sich zusammen, sie erschlaffte durch die Berührung mit Luise Feldt.
Aber jetzt im Angesicht des aufgeschlagenen Übergabebuchs auf dem Schreibtisch, der gebrauchten Spritzen in einer Petrischale, angesichts der am Fenster stehenden Carola, ein trauernder Geier, stellt sich der Gegenstand Natur wieder auf, wird ein hohes zu verteidigendes Gut: Nein, die Natur ist und bleibt die größte Instanz. Wer sie nur als Ausbeutungsobjekt ansieht, als eine alltägliche Plattitüde, diesem toten Stock kann man in seine traurigen Augen hinein, etwas sagen.
„Carola", beginnt Lesru mit einer noch niemals zuvor gehörten dunklen Stimme, „mich braucht Luise Feldt. Ich wusste das nicht. Und sie braucht mich mehr als Du mich. Das wollte ich Dir nur sagen."
Wie zwei miteinander verzahnte Messer in einem Maschinenteil, von äußerer starker Einwirkung betroffen, auseinanderbrechen und auf den Boden fallen, klirrend, stehen sich Lesru in Türnähe und Carola am Fenster gegenüber. Schneidende Stille. Kein Patient klingelt und lässt die kleine runde Augenlampe über der Tür leuchten. Das schwarze Telefon auf dem braunen Schreibtisch hört nur zu, und die Vögel draußen waren längst in Afrika oder schlafen in den dunklen Sträuchern.
Hat sie dich rumgekriegt, denkt Carola.
Lesru sieht in Blitzesschnelle die Wiedergeburt Luisens: wie sich aus der tränennassen unglückseligen schlanken Gestalt Zärtlichkeit erhob, ein ganzer Stau von Zärtlichkeit erhob und sich scheu und so wunderbar

sanft auf Lesru ausdehnte, sie einhüllte und sich mit Küssen zu erkennen gab: ein lindes Übermaß Liebe.
„Und ich habe mir fest vorgenommen wieder Klavier zu spielen, jeden Tag will ich üben gehen", erläutert Carola ihre schwindende Anwesenheit. Blickwechsel auf der schiefen Ebene im Dienstzimmer. Lesru fühlt eine Rührung und sagt: „Du kannst doch auch ohne mich üben", und eine leise Sehnsucht liegt auf dem Fußboden. Ein Instrument spielt Luise nicht.

124

„Es war bitter für sie", sagt Lesru im Gemach von Luise eine Viertelstunde später. Wie ein Zaungast im Anorak an der Tür blickt sie in das schmale erschrockene Gesicht, das am Boden kauert.
Das Zimmer von Luise gleicht einer ausgepolsterten Muschel, sein kleines Fenster misst die Dunkelheit des Innenhofes, nicht die der großen Ahornbäume und überall im Raum stößt der Blick an Luise Feldt. Luise sitzt in einem großblumigen Kleid wie eine Rose auf einem Teppich. Der kleine runde Tisch, den größeren hat sie rausgeworfen, wie sie überhaupt die Dinge des Hauses austauschte mit eigenen Möbelchen. Sie wagt nicht, setz dich doch zu sagen. Eine gelbe Kerze erhellt die betretene Dunkelheit im Verbund mit den Straßenlampen vor dem Krankenhaus.
Der Weg von einer geistigen Verbindung zur andersartigen, zur ungescheuten Direktverbindung, zur wesentlicheren, dieser Weg ist noch nicht zu Ende gegangen, und eine schöne Fremdheit, Eiskruste bringt Lesru von draußen mit.

„Nie durfte ich in meinem Leben das tun, was ich wollte. Wenn ich etwas Schönes sah, musste ich aufräumen oder in der Küche arbeiten, plätten, die Wäsche im Schrank Naht auf Naht legen. Sie haben mir alles Schöne ausgetrieben."

Das war schon gesagt worden in Lesrus von fremder Hand eingerichtetem Schwesternzimmer. Und Lesru hatte darauf in ihrer Weise reagiert: Fürchterlich aufbegehrend, wütend, schwer verletzt. Weil ihr die Einzelheiten ihrer Kindheit, wo ihr die Liebe zum Schönen ausgetrieben und weggeschlossen wurde, mitsamt der Druckstellen und Narben, reagierte sie nur mit der Gesamtverfluchung dieser Eltern. Kein gutes Haar ließ sie an diesen unbekannten Kleinbürgerleuten in einer Kreisstadt in der Lausitz.
„Und mit Dir fange ich an, mich selbst zu entdecken, ein wenig wieder an mich zu glauben, Hoffnung, ein schöner Tag, ich weiß gar nicht mehr, was das ist." Das wurde auch schon gesagt. Und es war noch der Auslöser des Zusammenbruchs genannt worden, weil Lesru direkt gefragt hatte, drüben in ihrem Zimmer mit dem Blick über die hügligen Felder durch die kahlen Pappeln.
„Ich hatte keine Abtreibung, ich habe mir sehr das Kind gewünscht, ich hatte einen Abort, ich habe das Liebste verloren." Nach dem Vater des Kindes der Schwesternschülerin wagte Lesru, im Tränenlaufstall nicht zu fragen.

„War Dein Freund wieder da?", fragt Lesru die sich langsam Erhebende im großrotblättrigen Kleid, das ihre Gestalt wie etwas Schützendes, Besiegeltes, Verschlossenes umgibt.
„Er tobte wieder an der Tür, obwohl ich ihm geschrieben habe. Lass ihn toben." Dies wurde so gleichmütig und absolut sicher gesagt, dass Lesru staunen und ein wenig lächeln muss als sei sie jetzt erst angekommen.
Dass Luise den Begriff des Schönen für sich in Anspruch nehmen konnte und ihn ihrer Kindheit gegenüberstellte, war Lesrus Ausführungen bereits in der ersten Nachtwache geschuldet, wo Lesru behauptet hatte, dass die meisten Menschen keinen Begriff hätten von dem Leben schlechthin, nicht sehen, wie ungeheuer schön das Leben sei, sein könne. Und als

Beispiel hatte Lesru gleich sie beide gewählt, die erste Regennacht, die Schlafenden oder Träumenden unter den Säulen, die nassen Bäume draußen und die Kaffeetassen auf dem Tisch. Das sei unendlich schön, dieses Allnächtliche. Und, es konnte nicht ausbleiben, Luise fühlte sich nicht nur angesprochen, sondern eingewebt in die nächtliche Atmosphäre, sie stürzte aus ihrer ratlosen Leere, aus dem Wohindennich, in einen nie zuvor erlebten Zauber, in die Mitte der Dinge. Dies erschreckte sie tief.
Da saß ein Mensch im Dienstzimmer, weißkittlig wie sie und hatte keinerlei Ambitionen nach Karriere, guter Beurteilung, nach Gründung einer Familie, er erzählte nichts vom Essen, Waschen, vom Neid auf Parteigenossen, Vorteilen, nichts vom westlichen Fernsehprogramm, einen Fernseher wollte sich Luise demnächst anschaffen und sparte sparte, sondern sagte, was sie sah, erhöhte die übersehenen Dinge und damit sie selbst. Das war eine riesige, süchtig machende Entdeckung. Sie wirkte fort. Als hätte Luise Feldt zum ersten Mal einen Menschen getroffen, so schien es ihr und alle bisherigen Freunde, Bekannte, Lehrer und Kolleginnen seien allesamt nichtig. Und diese Eindrücke fasste sie in Lesrus Zimmer nach einigen gemeinsamen Nachtdiensten zusammen und zerbrach.

Dass Lesru ohne Umschweife und Kraftaufwand, allein durch ihr Wesen solche tiefe Einwirkung in einem anderen Menschen auslöste, löste in ihr ein tiefes unablässiges Staunen aus und veränderte auch sie selbst. Sie wurde weicher, zärtlicher, empfänglicher und aufmerksamer. Sie begann Gesten, Handbewegungen genau zu registrieren und zu deuten, Körperbewegungen aufzuspüren, die sie vorher nicht anerkannt hatte, sie begann mit ihrem ganzen Körper zu fühlen.

Das ist auch jetzt so, als Luise ihr die Jacke von den Schultern abnimmt im Kerzen- und Straßenlicht und Carola verabschiedet war. Sie fühlt den sanften Druck von Luisens Hand noch minutenlang auf ihrer Schulter nachwirken. Sie erkennt in Luisens stolzer Absage an den kräftig gebauten Handwerkersohn, der Luise sogar wahrscheinlich vom Fleck weg heiraten möchte, soviel Aufrechtes, Wiederaufgerichtetes, dass ihr ganz warm wird. Und, als sie sich endlich zu ihr auf dem schattigen Boden setzt, zu rauchen beginnt, den Aschenbecher hatte Luise wortlos, fraglos geholt, fühlen sie beide die Zweistimmigkeit wie ein großes Glück. Das noch wächst, das sie beide stumm und rauchend und aneinander zugeneigt, halten dürfen. Es wächst über den kleinen Raum hinaus, und Luisens Worte, „ich habe so auf Dich gewartet und gezittert vor Angst, Du könntest zu Carola zurückkehren", wirken wie die feindlichste Sense, wie ein Liebesabsauger, sodass Lesru Luisens kleines Ohr küssen muss, lange, solange, bis die Luft wieder rein ist.

125

Wider Erwarten wird Schwester Lesru von heute zu morgen auf die P10 versetzt, nach zweieinhalb Wochen, abgestimmt mit der Oberschwester Gertrud.

Die vertraut gewordene Stationsschwester Lena will trösten. Die Freundschaft zwischen ihrer Stellvertreterin Luise und der Praktikantin war ihrem scharfen Auge nicht entgangen, denn sie wirkte sich auf Station wie eine neue Luft, ein Odem, auch wie ein winziger schöner Teppich aus, den die übrigen gern betraten in der Eile. Die traurige Luise hat einen inneren Glanz erhalten, sie war fröhlicher geworden, nicht länger ein exotischer Vogel mit der Klatschvergangenheit. Bereitwillig ließ sie sich Rezepte von Linda und von Breitner erklären (denn sie kochte jetzt für zwei), und bei Lenas Abwesenheit arbeitete sie mit der Oberärztin

Frau Dr. Eisenberg ungewöhnlich aufmerksam zusammen. Hatten Luise und Lesru zusammen Tagesdienst, beobachtete Lena Ruf mit Freude und Erstaunen, wie die beiden Freundinnen ihre unterschiedlichen Dienstgrade und Rangstellung belustigt ausfüllten. Da rangierte die noch in der Hilfsschwesternausbildung befindliche Lesru unter der Vollschwester Luise, und sie ließen beide keine Gleichstellung zu, sie spielten mit Vergnügen und Schalk, wie es Lena vorkam, ihre Rollen. Standhaft. Sie ließ sich vollkommen täuschen.

„Ich kann meine Liebe zu Dir nicht unterdrücken, wegtun, wenn wir zusammen Dienst haben, es tut mir furchtbar weh“, sagte Luise denn auch in den Abend- und Nachtzimmern, „ich sarge mich ein.“
„Und ich schwebe nur noch in unserem wirklichen Traum, antwortete Lesru, ich lebe unter Wasser mit Dir im Dienst, eingehüllt in unsere Liebe, ich kapier überhaupt nichts mehr. Überall bist Du, auch wenn ich Frau Breitner die Hand gebe, und Du mit der Oberärztin Visite machst, alles ist von Dir durchtränkt. Ich brauche mich nicht zusammennehmen, ich kann’s gar nicht. Zum ersten Mal in meinem Leben verwirklicht sich mir ein Traum, Liebste: Ich muss nicht mehr auf dem Boden, auf Tatsachen gehen, ich darf von morgens bis abends schweben. Ich habe meine Schwerkraft verloren.“
Das war der Unterschied: Luise musste ihre Position ausfüllen und ihre tief aufwallenden Gefühle zurücknehmen, sobald sie sich auf Station trafen. Lesru aber schwebte. Sie musste nichts zurücknehmen. Alles, was sie im Dienst in die Hand nahm, tat sie wie im Schlaf, sicher und in den Räumen schwebend. Das sollte nun morgen ein Ende haben.

„Die Stationsschwester Erna von der P10 gehört noch zum alten Kaliber, eigensinnig, die Hierarchie beherrschend, keinen Widerspruch duldend", erklärt

pfiffig Schwester Lena am Nachmittagskaffeetisch der Schwebenden. „Da gibt's nicht viel zu lachen", ergänzt die Ruhe in Person, Linda und lacht hell auf.
Lesru erschaudert bei der süßesten Erinnerung an Luisens Hände, an die wahrhaftigsten Liebeshände, schaut auf die pfiffig rollenden schwarzen Augen ihrer Vorgesetzten und denkt: Ich lebe in einer anderen Welt, und ihr klopft freundlich an die Scheiben. Klopft ruhig, ich verstehe nichts.

Der Arbeitsweg verkürzt sich. Der Arbeitsweg bockt, nicht länger darf sie am Patientengarten, an den eingeschlossenen Bäumen vorübergehen, an der Breitseite des Schlosses vor der flachen geschwungenen Treppe endet wieder einmal das so erhebend gewordene Leben.

Ich habe meine Schwerkraft verloren, ist es eigentlich gut, wenn man seine Schwerkraft verloren hat? Wen kann ich fragen?, fragt sich auf dem verbockten Arbeitsweg Lesru in der dunklen kalten Frühe des Schondezembermorgens. Keine Antwort, nicht die leiseste Andeutung einer Antwort. Stattdessen wiegt die unendliche Zärtlichkeit Luisens am gestrigen Abend diese Frage, vermisst sie und setzt sie in die Rubrik „nichtig" ab. Die Schwerkraft lässt sich jedoch nicht mir nichts, dir nichts aushebeln, sie erinnert die dunkle Gestalt unter den Weglampen an ihren Ankunftstag in Wermsdorf, als sie mit dem Rad und Shorts des ockerfarbigen Schlosses und seines Rosengartens ansichtig wurde und sich wünschte, hier im Schloss zu arbeiten. Bei den Schlossbewohnern. Dagegen schwingt sogleich die verbotene, Himmel und Erde auslöschende Liebe ihr Zepter, tritt Lesru fest auf die Zehen und versenkt auch die Erinnerung in die Rubrik „nichtig". Darf denn das auch sein, fragt sich die dunkle Gestalt vor der ganzen erleuchteten Fensterfront und beschaut das hölzerne Spalier von falschen Weinranken. Fast ein wenig wehmütig denkt sie, unsere

Liebe setzt eben alles außer Kraft, eigentlich schade. Und weil wir das beide nicht aushalten können, hat Luise ein großes mit festem Einband versehenes Buch gekauft und gestern gesagt, getan.
„Wir schreiben ein Buch der Liebe, unser Buch der Liebe. Immer, wenn die Sehnsucht oder die Gedanken zu uferlos sind, schreibe ich etwas hinein. Als Stütze und Denkmal."
Vor der braunen ausgewaschenen Schlosstür stehend, begrüßt Lesru noch einmal diesen Gedanken, Plan und dieses schwarz eingebundene Buch, überrascht wie gestern Abend, als könnte sie noch nicht glauben, dass Luise auf den Gedanken der Etablierung ihrer Liebe kam.
In Seiten eingefasst, umrändert, als würde man den anderen Menschen lieben, um ein Buch daraus zu machen. Das geht entschieden zu weit, das darf man nicht, das dachte sie spät abends allein in ihrem Zimmer und ein Gran Verachtung mischte sich in ihre Liebe zu Luise. Ich schreibe kein Wort in dieses Buch. Ich will frei sein.

Mit diesem von der Schwerkraft hervorgebrachten Entschluss klingelt sie an der Schlosstür zwischen dem Weinspalier, wartet lange, ehe sich eine Schwester mit dem Schlüsselbund am Gürtel auf den Weg vom Dienstzimmer durch den endlosen Korridor in Bewegung setzt. „Guten Morgen", sagt unter dem Braut/Bräutigamsschleier verborgen, die neue Hilfsschwester zu einer mickrig jungen steif aussehenden Schwester in voller Ausrüstung, die mit einem trockenen „Morchen" antwortet. Kalte Dusche. Der Schleier muss ein wenig geöffnet werden, zumal kein anderes Wort gefallen und der Korridor im Schloss sehr hoch, sehr lang, sehr breit ist und in gebohnerter Sauberkeit glänzt. Licht dringt von hohen vergitterten Fenstern aus dem Innenhof, kein natürliches Licht, sondern das von anderen Räumen erhellte, sein Widerschein. Sie gehen in der Mitte des sprechenden

Korridors, wo eine Tür geschlossen, zu ihr sagt die Führerin „Das ist der Besucherraum". Die anderen Türen stehen offen, ein großes Bad wird einsichtig, wo Frauen rauchen und grüßen, und eine ältere Bebrillte sogleich nachläuft, um die Verschleierte zu begrüßen. „Mach Dich weg, Renate", befiehlt die Führerin, sodass die Verschleierte auch das zweite Auge öffnen muss. Es reißt schmerzhaft an ihrem Braut/Bräutigamsschleier und Lesru betritt das riesige Dienstzimmer. Es ist grässlich hell, die Augen, aus dem Halbdunkel des Korridors müssen direkt ins Überhelle sehen. In der Mitte des hohen Raumes ist ein Tisch gepflanzt, sechs Stühle und an den Wänden einige Schränke, eine weitere Tür. „Wir gehen zur Stationsschwester, Schwester Erna", sagt die Führerin immer noch im selben Ton, in welchem sie bislang alles sagte, eine Eintönige. Sie klopft an den Horizont, als lebte hinter dieser geschlossenen Tür die Schlosskönigin, die Schlossverwalterin oder wer weiß was. Lesru hört mit stockendem Atem ein „herein" knurren, die Begleiterin mit schmalem eintönigen Gesicht und harter Hand öffnet, und geht ab. In einem gleichgroßen Raum wie der vorherige sitzt die von Schwester Lena angeleuchtete Prinzipalin am Schreibtisch und erhebt sich nur schwerfällig.
„So. Das sind Sie also." Ihre Stimme, unbeweglich und knarrend, wie eine nicht geölte Tür, verstummt. Die Neue wird von oben bis unten gemustert. „Schwester Rita", ruft sie und watschelt zur Übergangstür an der hellwachen Lesru vorüber, „zeigen Sie dieser Praktikantin zuerst die Station und dann kommen Sie wieder zu mir." Und noch eins sagt sie: „Verstanden?"

Lesru beginnen die inneren Knie, die Stützen zu zittern, als sie sich dieser Rita anschließt. Links neben dem riesigen Dienstzimmer ist ein noch größerer Raum mit langen Tischen und Stühlen sichtbar. „Das ist der Speiseraum und zugleich die Arbeitstherapie", erklärt der jüngere Feldwebel und sagt kein weiteres Wort, weder zu den in Kittelschürzen hantierenden Frauen aller Altersgruppen noch zu der Zitternden. Sie gehen an einem Schlafraum mit zahlreichen Betten vorüber, an vergitterten Fenstern, die zum eingeschlossenen Patientengarten zeigen. „Hier schlafen die Aufsteher." Die Betten sind akkurat gemacht. Sie gehen und gehen und werden immer wieder von Frauen in Kittelschürzen gegrüßt, deren Gruß Lesru aufmerksam und dankbar erwidert. „Du brauchst hier niemanden zu grüßen, die grüßen Dich den ganzen Tag." Ein Geschoss und Lesru muss sich ducken. Auf der rechten Seite des Korridors, der am Dienstzimmer eine Wendung von 90 Grad macht, steht eine große Doppeltür auf, Rita bleibt stehen und sieht sich zu einer Erklärung veranlasst. Es ist ihr anzumerken, dass sie diesen von selbst laufenden Alltag auf der P10 nicht gern erklärt. „Hier leben die Bettlägrigen, im ersten Raum die noch einigermaßen was kapieren, dahinter liegen die Schwerstkranken." Die Augen müssen noch einmal weit aufgetan werden, damit das, was nun sichtbar, ungehindert hereingelassen werden kann. Vor Lesrus offenen braunen Augen mit dem Darüberbrillchen, weiße Betten, Eisengestelle nebeneinander. Alte Frauen liegen in ihnen, kleine Körperchen, kleine Köpfchen, die murmeln und grüßen, als sie der beiden Schwestern ansichtig werden; ganz hinten am Fenster singt eine Frau Kirchenlieder. Neben dem offenen Doppeleingang erhebt sich ein mächtiger grünblauer Kachelofen, in den eine mongoloid aussehende Frau Kohlen mit der Hand hineinwirft. Daneben der allen gemeinsame Abtritt, ein Holzstuhl mit Lehne und einem für alle Gesäßformen passendes Loch, darunter ein eimerartiger Topf mit Deckel. Auch ein Tisch steht im Gang des ersten Raumes mit zwei Stühlen, auf dem Tisch erkennt Lesru gerade noch eine Tischlampe. Die Luft stinkt.

Im zweiten ebenso großen Schlafraum, der durch die Mitte der Wand durchbrochen ist, ebenso viel Betten, zehn, zwölf, die alle belegt sind mit Menschen. Die

einsamsten Frauen der Welt starren Löcher in die entsetzliche Luft, eine winkt.
In der Mitte der Bettenbelagerung liegt Frau Schellenberg. Sie onaniert, die Bettdecke hat sie zur Seite geschoben, ihr schwarzes Haar ist fettig, strähnig, beim Onanieren lächelt sie irgendjemanden an, einen fernen Freund. „Das ist ja Frau Schellenberg", sagt Lesru entsetzt, mit einem Blick aus allem normalen und unnormalen Leben herausgeschleudert und in die Tiefe eines unheimlichen Mitleids zurückgeworfen. Es steht aber ein Mensch neben ihr, der frei ist von Krankheit, an diesen wendet sich Lesru jetzt mit der Frage: „Wie ist das möglich, vor zwei Wochen habe ich mich mit Frau Schellenberg noch gut unterhalten?" „Tja, so schnell kann es gehen, totaler Abbau des Gehirns", und „nun hör mal off zu fummeln." Die junge Schwester mit dem unnahbaren Gesicht, Ende zwanzig und schwarzen Halbschuhen dreht sich um und verlässt den zweiten Schlafraum, der voller Selbstgespräche bleibt. Lesru hört sie jetzt. Und das, was sie als ihr bisher schlimmstes Erlebnis in der Psychiatrie bezeichnete und Carola sowie Luise beschrieben hatte, den Patiententanz im großen Schlosssaal, eine Etage über diesem Elend, erfährt seine unerhörte Steigerung: die onanierende Frau Schellenberg. Inmitten der grauhaarigen Nochlebewesen, ihre entsetzlichen Einsamkeiten, einige liegen sogar angeschnallt an den Händen auf ihrem Folterbett, jahraus, jahrein.
„Schwester Erna erwartet Dich“, hört sie aus der Ferne die kalte Stimme mahnen.

Belastet mit sämtlichen Lieblosigkeiten der Welt, mit lautlosen und hörbaren Schreien, Winseln, mit den Erstarrungen, an Betten und an Hilfreiche gefesselt, schleicht Lesru dem Ruf nach, nicht ein und aus wissend. Gar nichts mehr wissend, nur krumm geworden unter dieser Last. Jede Frau im stinkenden Saal eine Anklage. Eine Anklage neben der anderen. Und keiner soll Schuld sein, beginnt sie im hohen und breiten fensterlosen Korridor, der in die Höhle der Prinzipalin führt, zu denken. So viele Schuldige! Überall in fernen Häusern sitzen die Schuldigen. Wo sind die Angehörigen? Wie kann man eine Mutter, Oma, Frau bis hierhin zum letzten Platz vor dem Sterben abschieben, allein lassen? Haben sie nicht alle als Kinder gelebt, mit Spielzeug gespielt, mit Freundinnen gesprochen? Lesrus Denken, aus dem nicht eingefassten Schmerz aufstürzend, wird von einer hohen Welle von Mitleid erfasst und einer immensen Bereitschaft zu helfen. Immerfort zu helfen, jeder einzelnen Kranken, mit ihr zu sprechen. Sie wäre gern sofort umgekehrt.

Im grellweißen Dienstzimmer wird von einer dritten Schwester mit kräftigen Unterarmen und misstrauischem Unterblick auf Lesru bereits der Frühstückstisch gedeckt.
Wie kann man hier sitzen und essen, während die kranken Frauen in ihren Betten zur Decke starren oder Kirchenlieder singen, denkt Lesru. Das ist unvorstellbar für Lesru. Hier kann man doch nichts essen, sollte man auch nicht, man kann ja zu Hause essen. Die hohe weiße Tür öffnet sich und die kleine, ihren dicklichen Leib vorschiebende Prinzipalin tritt ins baldige Frühstückszimmer, betrachtet Lesrus Schuhe mit dem Unterblick und sagt, sie solle hereinkommen.
„Na, wie finden Sie unsere Station?" Eine klirrende Stimme, als sei soeben eine Untertasse zu Bruch gegangen. Seit über dreißig Jahren in der lebendigen Psychiatrie tätig, war die unverheiratete Erna Schips selbst zu einer anstößigen Person geworden, ausgedörrt und nur noch den Anweisungen der Oberärztin verpflichtet. Sie liebt niemanden. Gutes Essen und eine bestimmte Art des Witzes können sie gesprächiger machen. Wie eine zerstörte Mühle, die auf ihre endgültige Verwitterung wartet. Allen neuen Kolleginnen stellt sie diese Frage, die Testfrage. Der erste Eindruck ist ihrem vergröbertem Gradmesser

angemessen, um beurteilen zu können, welche Person sich in ihrer Nähe fortan befindet.
„Ich möchte so gern mit den ans Bett gefesselten Frauen sprechen, möchte sie kennenlernen, Schwester Erna", sagt Lesru zur wieder Sitzenden bei offener Tür. „Bekommen die Kranken auch Besuch?" Mit beklommener Stimme hat Lesru gesprochen, einer eintönigen nicht vibrierenden Stimme und sich dabei von den platten Blicken der Vorgesetzten am Schreibtisch durchgläsern lassen. Sie friert, je länger sie dasteht.
„Natürlich können Sie das. Jeden Sonntag um zehn haben wir unseren Besucherraum geöffnet. Der ist schön, den müssen Sie sich ansehen."

Mit gehörigem Sturm im Rücken, die brüstet sich mit einem schönen Besucherraum, wird Lesru geschoben und getrieben aus der Schwesternfamilie, der sie niemals angehören will, und eilt den langen Korridor zurück zu ihren lieben Wartenden. In diesen langen Fluren geht keiner allein, sie erkennt die Kohlenanfasserin mit zwei wunderschönen schwarzen Händen. Sie lacht ihr entgegen.
„Ich bin die Ursel", sagt sie, „ich arbeite wie eine Schwester, abschiebern, waschen, füttern, Essen holen mit dem Wagen, sauber machen, alles kann ich."
Eine stolze Aufzählung aus dem Frauengesicht, das nur im Entfernten an das einer Schwachsinnigen erinnert. Das pflügt sich in Lesru ein, das sind wunderbare balsamische Worte, das ist die erste wirkliche Kollegin. Und erst jetzt, erinnert an die einfachsten menschlichen Worte und Hilfsworte, denkt Lesru zum ersten Mal seit ihrer Niederkunft auf dieser Station an Luise. An die Stationszweite der Frauen Aufnahme, die zierliche liebe Gestalt, die sie beim Betreten des ersten Verlassenheitssaals sofort wieder aus dem Auge und Gefühl verliert. Angesichts des endlich geöffneten Fensters, durch das ein fühlbarer Schub frischer

Dezemberluft einschwenkt, verliert sich Luise im sonst wo.

„Kommen Sie bitte mit, ich möchte Ihnen etwas zeigen", sagt die erste Kollegin, die stämmig ist, als könnte sie alle Darniederliegenden aus den Betten heben und ein Stück tragen. Die Patienten kümmern sich um mich, zeigen mir etwas, während die Schwestern das Frühstück vorbereiten im Dienstzimmer, denkt Lesru und geht der breitschultrigen Frau Ursel nach, am offenen Dienstzimmer vorüber, wo Schwester Rita einen kalten Blick auf das neue Gespann wirft.
„Hier wohnen wir", sagt Ursel, als sie einen kleineren reinlichen Schlafsaal betreten, wo fünf Betten weiß nebeneinanderstehen. Unbedingt etwas Eigenes zu besitzen, das an ein freieres Leben erinnern soll, die Bewahrung der Selbstständigkeit, das drückt sich im stolzen Gesicht der sehr langsam Sprechenden aus.
„Lesen kann ich nicht", wird plötzlich am Bettenpfosten stehend, hinzugefügt, aus heiterem Himmel, sodass Lesru erst recht nach Worten suchen muss. Die etwa vierzigjährige Frau mit kurzem gewellten Haar steht dicht neben ihr, atmet schwer und schaut mit sehnsüchtigem Blick durch das hohe graue Gitterfenster, im grau karierten Kittelkleid und kann nicht lesen und nicht schreiben. Ihre letzte Aussage bedrückt Lesru schwer wie eine Panzerhaut.
Sie sieht in eine Welt voller aneinander geklebter Buchstaben hinein, wo sich kein a löst, kein b verbindet sich mit dem a, es existieren nur die Dinge pur. Wer soll das aushalten, ohne Erklärungen und Hintergründe.
„Wie lange leben Sie schon in Wermsdorf?" „Ich? Ach mindestens schon fünfzehn Jahre." „Und kommt auch jemand von Ihren Verwandten zu Besuch?" Lesru fragt mit jener tiefen inneren Scheu, die man haben kann, wenn man sich mit einem Analphabeten unterhält und einen solchen noch nicht gesprochen hat. Ihre Seele bleibt im geistigen Diebstahl hängen, der an dieser Frau begangen wurde. Ja, sie wurde geistig ausgeraubt,

offensichtlich; wer soviel gute Dinge tun kann, kann auch lernen, wie die Buchstaben zu verstehen sind. Danach werde ich Schwester Erna fragen, denkt Lesru.
„Zu mir kommt niemand mehr, ich will auch nie mehr nach Hause. Zu Hause finde ich mich nicht mehr zurecht, ich arbeite hier und verdiene auch etwas Geld." Sehr langsam gesprochen und die Besichtigung abschließend. Frau Ursel ist bewegt von der Anrede, die die neue Schwester gebrauchte, vom „Sie", das hier keiner zu ihr sagt. Beunruhigt ist sie von diesem Gespräch, sodass sie umgehend mit ihr ins Bad zu den anderen gehen muss, wo drei rauchende Frauen vor geöffneten Gitterfenstern stehen.
„Das ist Berta, das ist Karin, das ist Monika", wobei sie zuerst zu einer alten Frau mit einem alten Taubengesicht geht, die auf einem kahlen Stuhl hockt.
„Guten Tag", sagt Lesru, und verspürt heiße Sehnsucht nach einer Zigarette. Sie wird sofort umringt von den rauchenden Frauen.
„Ich bin Frau Bitstuhl", sagt die Älteste mit dem bräunlichen faltenreichen Gesicht und in tiefer Stimmlage. Diese Frau kann bestimmt lesen und schreiben, in ihrem klugen Gesicht arbeiten zurückhaltende Augen, und, als hätte sie Lesrus Sehnsucht erkannt, bietet sie der Stehenden eine Zigarette an, die Lesru gierig und dankbar annimmt. Auch Feuer wird ihr von unten angeboten. Eine wunderbar entspannte Atmosphäre breitet sich im Großbad aus, eine rauchende Frauengemeinschaft, an der sich Lesru festhalten kann, einige kraftvolle Züge lang, bevor sie weiterfragen kann.
„Für Sie heiße ich immer Frau Bitstuhl, und nicht Berta", erklärt die Älteste, die Zigarettenspenderin, ich lasse mich nicht einfach duzen wie ihr Weiber alle." Diese lachen, und Lesru erschrickt. Denn sie ist bereits auf die schiefe Ebene geraten. Sie spürt, hier sitzt ein vollständiger Mensch, und sie hat sich bereits auf die schiefe Ebene der fraglosen Unvollständigkeit begeben. Sie duzt bereits, noch ehe es ausgesprochen, alle diese

„Weiber“. Es ist bequemer und handlicher, sie mit ihren Vornamen anzureden, weil sie im Isolierten, Lebensfernen, Unkomplizierten leben. Frau Bitstuhl hakt sich als ganzer Mensch in ihr Inneres, ein Wiederhaken, der sie bedrückt.

Warum, so muss doch gefragt werden, ärgert Lesru sich über eine Frau, die auf ihrem guten Recht, vollständig angeredet zu werden, beharrt? Warum macht eine, die auch nicht besser ist, als die anderen, mit sich soviel her, soviel Tamtam? Das denkt Lesru Malrid acht Stunden in ihrer Herzensstube, während ihre Augen und Hände folgsam den Anweisungen der Schwestern folgten, einige Frauen im Schlafsaal wuschen, abtrockneten, die Schwerkranken. Die Frage quält sie und bleibt in ihrem Herzen. Zur einzigen wahren Antwort kann ihr Nachdenken sie nicht führen: zur Unkenntnis von sich selbst, zu ihrer eigenen tiefen festgefahrenen Selbstverachtung.
Solange jahraus, jahrein ihre Erinnerung an sich selbst, an ihr frühkindliches Erleben blockiert ist, solange sie sich nicht sehen kann als unverändertes, nur älter gewordenes Wesen, solange vermag sie sich auch nicht zu korrigieren. Jeder Mensch kann sich jedoch nur voll in Besitz nehmen als korrigiertes Wesen und sein lebendig gewordenes Bewusstsein in Anspruch nehmen.

126

Menschen, die gehen können, Fuß vor Fuß setzen am späten Dezembernachmittag, mit der Kaltluft unterm Arm, einfach geradeaus gehen ohne Aufsicht, oder. Oder nach links abbiegen, über den Rosenschlossplatz, weiter, ins Dorf mit seinen Privathäusern. Welch ein Wunder! Welch eine Leichtigkeit in den Füßen. Die Feierabenden sehen in ihrer Hast, nun schon im ersten Schneegestöber. In weißen sanften Bettenfedern und ringsum die Stille. Fast automatisch geht Lesru durch die Torbögen zur sanft abschüssigen Allee, die zum Dorf führt, kahl und schon mit dem ersten weißen Schneeteppich, denn der Weg zu ihrem, auch zu Luisens Zimmer ist versperrt. Wer so viel Kranke in großen Sälen auf seinem Rücken trägt, passt nicht durch die Tür eines Schwesternzimmers. Passt nicht durch die Tür. Der muss an den nun schon winterlich einnickenden Gärten, an alten Kastanien an der leblosen Pferdekoppel vorübergehen mit weit ausschauendem Atem, mit Augen, die an jedem Fenster ohne Gitter entlang spazieren, wo vielleicht Kinder bei ihren Schulaufgaben sitzen.

In der Schlappe, einem kurzen schmalen Fußweg, der von der Allee quer an Häusern und Gärten zur belebteren Dorfstraße führte, dicht an der Dorfkirche mit dem Zwiebelturm vorüber, im Dickicht des Dorfes, sieht Lesru, wie eine beschwingte Frau Wäsche aufhängt. Sie hat eine Klammer im Mund, bückt sich und entnimmt einer blauen Wanne ein weißes Bettlaken, faltet es auseinander und hängt es Stück für Stück auf die Leine, die zwischen zwei Apfelbäume gespannt ist. Lesru bleibt in geringer Entfernung stehen, die Turmuhr schlägt zweimal, Halbfünf, als ein wuchtiger Schmerz von oben kommt, ein Schlag, ein Trommelschlag, der all die Frauen aus dem Schloss zusammen vereint, die nicht mehr zu wissen scheinen, was Wäscheaufhängen im Garten bedeutet. Die in ihrer Scheiße liegen und nicht mal darauf warten, dass sie jemand säubert, denkt Lesru. Sodass die blaue Strickjacke der älteren Frau mit kurzem Haar sich auch auf den Weg zu Lesru gesellt und sie nun noch eine blaue Strickjacke tragen muss.
Weil das nicht so weitergehen kann und sich Lesru ängstigt, sehnt sie sich nach Schwester Lenas Haus und Fernsehwohnzimmer, nach dem blauen Starkasten und nach jener feinen Art ihres Geliebten, nach seiner angenehmen Stimme, wenn er zum Dienstkaffee eingeladen, von der P1 herüberkommt. Mittelgroß, ein gutes Gesicht, dunkelrasiert, küsst er nie seine Geliebte im Dienst, obwohl es Lena glücklich gemacht hätte.
Und es fällt ihr endlich ein, beim Weitergehen, dass sie selbst ja auch eine Geliebte hat - Luise. Nur ein Nebengedanke, der ihr sofort wieder entgleitet, erst müssen die realen Dinge und Lebenserscheinungen wieder erlebt, studiert werden, erst muss sie sich vollständig als Mensch rekrutieren, bevor sie sich als Liebende wieder finden kann. Somit sind die schon mit Licht fahrenden Autos auf der Hauptstraße, die so nicht heißt, die anders heißt, eine Anschichtung wert, in Fahrtrichtung Oschatz, in Gegenrichtung Luppa, Dahlen, Torgau. Hermann ist der Laufpass nicht

gegeben worden, fällt ihr ein, er hatte sich vorher schon verabschiedet. „Wir passen nicht zusammen", hatte der junge Mann auf permanenter Brautschau befindlich, schließlich gesagt und war an Lesrus wohlklingendes Ohr gestoßen. Irgendwo hinter dem sich bereitwillig einschneienden Wald, in sechs Kilometer Entfernung, liegt das LPG-Dorf, das nur noch aus einem Motorrad zu bestehen scheint.
Soviel Licht in den Schaufenstern und in den wenigen Läden stellt Lesru fest, jetzt fangen die Ersten schon an Stollen zu backen, und sie hört die endlose Debatte im Dienstzimmer unter der mürrischen Oberaufsicht der Prinzipalin über Rezepturen zum Stollenbacken. Und Lesru hört sie wieder und ertappt sich jetzt, auf der Kaffeehausseite stehend, dass sie dasselbe wie vor zehn Minuten dachte: Die unterhalten sich darüber wie viel Rosinen, wie viel Kilo Mehl und wie viel Krimskrams man für zehn Stollen benötigt und keine drei Meter entfernt, sitzen die Frauen bei der Arbeitstherapie an langen Tischen und bauen irgendeinen Krimskrams zusammen, ein angeblicher Fortschritt, Tütenkleben war einmal. Sie können keine Stollen mehr backen, verdammt noch mal, fühlt sie im Schneien wieder, unverändert wie eben noch. Ein Zeichen dafür, dass die Realität des Dorfes noch ein Weilchen an ihr arbeiten muss, damit sich das ERLEBTE in kleinere Buchstaben verteilen, vermischen kann.

Ich werde Schwester Erna fragen, ob ich Frau Bitstuhl und die Ursula, wen noch, ins Café einladen darf, denkt Lesru, als sie die Treppe zum Stadtcafé hinaufgeht, wo hinter großen Glasfenstergardinen ewiges Kaffeehausleben pulsiert. Es erscheint ihr frevelhaft, allein und frei ins gastfreundliche Café zu gehen, während sie...
Irgendetwas tun, sofort ohne Verzug für diese anderen unendlich Benachteiligten, dieser Wunsch keimt unterwegs und setzt sich im gelben, verräucherten

Sesselcafé fest, und er schlägt jetzt in die Tasten der Zeit.
Die schon bekannte Kellnerin mit hohem Braundutt nähert sich mit freundlichem Gesicht und freundlichen Armen Lesrus Ecktisch, der frei ist. „Das Übliche?", fragt sie. Die Registriererin von Liebschaften, eine Einheimische, mit den Liebes- und Partnerschaftsverhältnissen im Krankenhaus und in den Häusern des Ortes berufsmäßig vertraut. Lesru findet ihre roten Lippen und ihren wohlproportionierten Hintern abstoßend, sie trägt Schimpf- und Schandewörter in ihrem eng verschlossenem Mund, weil an acht freien Tischen niemand sitzt und nicht, wie sie sich wünscht, die sich nach anderer Wirklichkeit Verzehrenden, die Patienten. Leere Sesselchen, leere Aschenbecher, leere Tische mit dem Bierdeckelhalter und eine dumme Trine, die von all dem nichts weiß. Zum Ereifern. Zwei junge Frauen am Fenster, sie haben offensichtlich etwas zu besprechen, sie haben ein Thema, ein jüngerer ortsbekannter Mann glotzt über sein Glas Bier flüchtig zu Lesru.
Die Erstarrte wird mir das nicht erlauben, was denken Sie sich denn, wird sie sagen, was bilden sie sich überhaupt ein. Ich bilde mir gar nichts ein, ich möchte anderen nur ein wenig Freude bereiten, antwortet Lesru, denn Sie haben es so bitter nötig. Was unsere Patienten nötig haben, das weiß ich. Dann erlauben Sie mir bitte, dass ich zu Weihnachten allen Patientinnen Weihnachtslieder auf der Geige vorspiele, in jedem Saal.
„Das wird sie Dir nie erlauben", sagt eine Stunde später Luise zu ihrer geliebten Freundin, auf die sie in Ängsten und Schmerzen wartete in Lesrus Dachzimmer. Da steht sie, Schneematsch im Haar, mit gerötetem Gesicht, noch im Anorak, ein Ausbund von Feindschaft gegen die ganze Welt.
„Du bist ja ganz wütend", sagt die leise zärtliche Stimme am Fenster.

„Ja, ich bin dermaßen wütend auf die ganze Welt, die solch ein Elend entstehen ließ und immer noch zulässt, Frau Schellenberg lag im hinteren Schlafsaal und onanierte vor allen Leuten. Die Leute, die doch Menschen sind, werden alle auf einen Scheißstuhl gesetzt, die Drecksarbeit machen die Aufsteher, und die Schwestern tafeln derweil im großen Dienstzimmer. Das Unrecht, das Verbrechen, das an diesen alten Frauen begangen worden ist, setzt sich täglich fort, und alle finden das in Ordnung. Ich habe solch eine Wut, ich könnte alles tatsächlich in die Luft sprengen, Luise."
Kalt, unfähig sich nur einen Zentimeter zum Fenster zu bewegen, steht Lesru in der Wüste ihrer Gedanken und erfrorenen Gefühle.
Luise kann diesen Körper voller Dynamit nur energisch neben sich legen, ihn streicheln, hin und wieder küssen, er gibt nicht nach.

Später denkt Lesru - Luise war traurig in ihr viel schöneres Zimmer gegangen - dass diese bisher niemals zuvor eiskalte gefühlte Wut irgendwie mit ihrer eigenen Biografie zu tun hat. Aber sie kann sich nichts erklären. Nur ein anstößiges Dämmern ist fühlbar und die bis zum Bersten gespannte Seele macht allmählich einer abgrundtiefen Ohnmacht Platz.

127

Die Kollegin Renate Schmidt ist Genossin und ein Lichtblick. Lesru hat bei den endlosen Sitzungen im Dienstzimmer wahrgenommen, dass man diese Kollegin selten beim Namen nannte, als gehörte sie nicht in die allgemeine Klatschszene, nicht zum Plätzchenbacken dazu, nicht in die Wintervorbereitungen und Westfernsehsendungen schon gar nicht. So blieb viel Platz für eine bessere Wirklichkeit. Und als sie endlich kam, jene Renate Schmidt, eine breitschultrige Frau mittleren Alters, erkannte sie Lesru als diejenige erste Frau wieder, die sie bei ihrer Ankunft am letzten Augusttag in der Pforte gesehen hatte. Sie hatte Lesru nicht ausgefragt.

Etwas Frisches, Charakterfestes strahlt Frau Schmidt aus, ihre Bewegungen sind weder hastig noch apathisch, die richtigen Bewegungen eines natürlichen Körpers und eine Stimme, melodisch und mittellagig.
„Na, schon etwas eingelebt?", fragt die Ältere zu Beginn der gemeinsamen Nachtwache die Jüngere beim Umkleiden und Indiestationhören.
„Noch nicht, ich bin noch mehrmals am Tage so entsetzt von den Kranken und auch von den Schwestern, sie sind schon hartgesotten und so gleichgültig, dass mir die Haare zu Berge stehen", antwortet Lesru wahrheitsgemäß. Verwundert, dass sie sogleich die Sprechmöglichkeit zu dieser unbekannten Frau fühlt und benutzt.
„Da hast Du was Wahres erkannt, ich darf doch Du sagen", Frau Schmidt hängt ihren schweren Katzenfellmantel in den Schrank, mit dem Rücken zum Tisch, wo Lesru für sich allein gesprochen hat. Mit einem blitzenden schwarzen Auge, auch mit dem zweiten mustert sie die Kritikerin ihrer Kolleginnen, ein innerer Luftzug berauscht sie, jetzt hat sie eine Partnerin.
„Du brauchst mit mir keine Angst haben. Was man hier braucht, um nicht stumpfsinnig oder hartgesotten, wie Du sagst zu werden, ist eine andere Lebensauffassung. Nämlich die, dass das, was uns jetzt umgibt, ungenügend ist und man um das Bessere kämpfen muss. Die Kolleginnen, die hier arbeiten, haben keinen neuen Lebensentwurf, sie trotten in ihrem Alltag. Und die meisten in den psychiatrischen Stationen arbeiten nur wegen der Erschwerniszulage auf der Psychiatrie. So machen wir erstmal unseren Rundgang, Lesru."
Draußen liegt eine dichte betrampelte Schneedecke und drinnen brennen nur einige der Flurlichter; Schwester Rita hat die Station als Letzte verlassen, die Übergabe war glatt verlaufen.

Lesru traut ihren Ohren nicht, solch eine Sprache, dieses nach neuen Lebensformen drängende Verlangen, das Wort “Lebensentwurf" hat sie nie und nimmer hier auf der Endstation menschlichen Lebens und Siechens erwartet. Es spukt, es spukt Glück und Herrlichkeit. Frau Schmidt ist der einzige gesunde Mensch, denkt sie benommen und schaut einen seltsamen Augenblick auf ihre gut sichtbaren Brüste unter dem weißen Kittel. Dabei fällt sie unversehens aus dem Rahmen der spätabendlichen Station, aus der frischen hilfsbereiten startbereiten Kollegin in Luisens Arme und Bett, ein Zusammenhang ist nicht herstellbar, sie fühlt nur, dass ihre Liebe in den Wolken schwebt und oben bleiben muss.
„Gehen wir", sagt Renate Schmidt mit der langen Taschenlampe in der Hand. Da schreitet die Partei durch den riesigen dunklen Gang zu den Schlafsälen, ein frischer Luftzug, den Lesru begierig einatmet, ein neuer Lebensentwurf leuchtet voran als beweglicher Lichtkegel. Ganz Ohr, ganz Auge. Alles wird besser sein, anders, besser, wenn die Genossin zu den Schlaflosen spricht, welch eine wunderbare Lehre wird sie erleben können. Von hinten nähert sich ein wandelndes Nachthemd, die beiden Schwestern drehen sich um.
„Ich muss noch eine rauchen", sagt mit Grabesstimme Frau Bitstuhl in die geräuschvolle Stille. „Mach das, aber auch das Fenster auf", sagt Frau Schmidt kameradschaftlich und geht weiter. Lesru registriert den kameradschaftlichen Ton. Auch die Luft in den Schlafsälen wird besser sein, vermutet Lesru, als sie den ersten im Dreivierteldunkel betreten, wo am Tisch unter der Tischlampe zwei muntere Gestalten sitzen. Zwei ältere Frauen aus der Arbeitsabteilung, Ursula und eine Unbekannte in Bademänteln, versehen, wenn sie Lust und die Erlaubnis haben, die erste Stunde Wachdienst.
„Ihr könnt jetzt gehen, danke", flüstert Frau Schmidt und geht ohne Handschlag und weitere Beachtung durch

den Mittelgang, wo die Luft, angefüllt mit Ausscheidungen aller Art, steht. Leise geht sie zum vergitterten Fenster und öffnet es. Unüberhörbar hören sie Frauenstimmen, aufdringliche, freche, leise, weinerliche aus allen Ecken der Schlafsäle kommend. Lesru erwartet, dass die Partei jede einzelne beachtet, aber Frau Schmidt geht keiner einzeln nach, im Gegenteil sie sagt: „Jetzt machen wir uns erstmal einen starken Kaffee." Ohne sich um die kranken Frauen zu kümmern, ohne sie nach ihren Wünschen und Träumen, nach ihren Ängsten zu fragen, schreitet die Partei mit fliegenden Fahnen zum Wassertopf.
„Aber die Frauen wollten uns doch sprechen", sagt erschrocken im Korridor Lesru. „Die sabbern die ganze Nacht, wenn Du erst anfängst, Dich mit denen zu unterhalten, bricht das Chaos aus."
Das grässliche Wort "sabbern" anstelle von sprechen, klagen und fragen und weinen, ein Schlagwort, das Lesru erschüttert und sofort auf Distanz bringt zur Partei. Die ist och nicht besser, muss gedacht und nachgelatscht werden. Die Kranken lassen Lesru jedoch nicht in Ruhe, und sie kehrt zurück zu den Unheimlichen.
Es ist leiser geworden, und der frische Luftzug vom hohen geschlossenen Innenfenster reicht sich von Gesicht zu Gesicht. Sie geht zu Frau Schellenberg, die fest und eingegraben in ihrem Bett schläft. Sie geht weiter zu einer Leiernden und streicht ihr übers Haar, sie sagt ihr ins Ohr, dass sie ein lieber Mensch sei, als diese fast haarlose Frau zu schreien beginnt und abrupt still wird. Sie hat ja recht ich darf mich mit ihnen nicht einlassen, sagt sich zurückweichend Lesru, warum will ich immer klüger sein als die Henne? Mit schweren Schritten, verängstigt, jede andere sie ansehende Frau umgehend, meidend, schleicht sie sich aus der Verantwortung hin zum gemeinsamen Kaffeetrinken.
„Heute haben wir endlich unsere Kohlen gekriegt, zwanzig Zentner Briketts und einige Rollen Holz, ich hatte keine mehr und musste mir Kohlen borgen", sagt

Renate am Tisch in der Mitte des anderen Schlosses, dazu packt sie Leberwurstschnitten aus. Am Tisch sechs Stühle, der an der Kopfseite für Schwester Erna bleibt unbesetzt, aber im Gefühl sitzt die Starre mit in der Nacht. Vom Aufschrei der Patientin, vom Weggang von den Hilflosesten bis zu einem Briketthaufen irgendwo in Wermsdorf in einem Hof ist es ein weiter Weg, den Lesru nur langsam gehen kann. Erleichternd die Tatsache, dass die Genossin Schmidt nicht wie ihre Kolleginnen kleine Töpfchen, kleine Besonderheiten zum Essen mitgebracht hat, die Mahlzeit auf Station nicht eine verlängerte Hausmahlzeit ist, die Töpfcheninhalte kein Gesprächsthema sein müssen, sondern wortlos die Schnitten gegessen werden. Sodass Lesru ihre von Luise gestrichenen Schnitten mit Wurst und Käse aus dem Papier wickeln kann, ohne sich einem hausfraulichen Vergleich zu stellen. Sie kann beim Kohlenhaufen bleiben.
„Mussten Sie die Kohlen allein reintragen?" Die Frage nach der körperlichen Last lässt sie auf dem Weg, dem Schuldweg, etwas schnell herankommen. Auf dem Winkelmannschen Hof im nur vierzig Kilometer entfernten Weilrode lag ebenfalls ein Briketthaufen. So entstand und entsteht Nähe. „Nö, ich hab doch meine zwei Söhne, kräftige Kerle", spricht munter das breitwangige Gegenüber mit den kräftigen Schultern. „Der eine neunte, der andere zehnte Klasse." O, zwei Brüder. Lesru hat den Schuldweg am „Ziel" erreicht und lässt sich von zwei jungen Brüdern, die der Mutter die Kohlen hereintrugen, beeindrucken. Es ist angenehm, dass sie das taten und wie selbstverständlich. Und wie selbstverständlich rücken die nahen Verlassenen in den Hintergrund. Sie verflüchtigen sich zu einem Hauch Wehmut, denn es muss unbedingt gefragt werden, welche Berufe die Söhne anstreben. Die Unschicklichkeit, sich Kohlen zu borgen, weil man nicht richtig geplant hatte, kostet Lesru ebenso aus, wie die Ehrlichkeit in der diese Tatsache genannt wurde. Es

muss alles getan werden, um die Stimmen aus dem Hintergrund zu verstoßen, mundtot zu machen.
„Bei uns können die Jungs lernen, was sie wollen, das sieht drüben schon anders aus. Nur kapieren viele bei uns nicht die wahren Unterschiede zwischen Kapitalismus und Sozialismus, das ärgert mich, das macht mich manchmal ganz krank. Sie sehen nur, dass es drüben bessere Waren gibt, Mord- und Totschlag im Fernsehen und das gefällt unseren Leuten.“
Bitter und in tieferer Tonlage aus den breiten Schultern, die wie ein Schirm den Wachstuchtisch bewachen, gesprochen. Die Hintergrundstimmen schweigen nun endgültig, die Gegenwart des ideologischen Kampfes schneidet die Hilflosesten völlig ab vom Dienstzimmer, Lesru beginnt herumzudrucksen. Sie hat keine klare grundsätzliche Meinung, denn sie hat den Kapitalismus nie erlebt. Mit lebhaften Augen sieht sie Renate Schmidt auf der Barrikade stehen, einsam mit der roten Fahne, verspottet von weißen Krankenschwestern. Hochachtung empfindet sie vor ihr.
„Weißt Du eigentlich, was die Nazis hier in der Hub mit unseren Patienten gemacht haben?" „Ne." „Nein?" „Nein, weiß ich nicht, Frau Schmidt." Die Anrede Frau Schmidt ergab sich, als Anerkennung ihrer Persönlichkeit formuliert, diese Frau ist mehr als eine Schwester Renate.
„Im Jahre 1940 wurden alle psychiatrischen Stationen geräumt. Graue große Busse fuhren in den Schlosshof, die Patienten wurden eingeladen und der Euthanasie zugeführt, einige nach Tschertnitz gebracht, die meisten wurden getötet."
Schrecken, Entsetzen in allen Himmelsrichtungen breitet sich in der Zuhörenden aus, fasst sie ganzleibig und hält ihr zwanzigjähriges Gesicht gewaltsam mitten in den bodenlosen Abgrund, tunkt ihn unter Wasser, lange. Alles raus, alles schnell raus, Sachen anziehen, die Siechenden zuerst, die gar keine Kleider und Mäntel mehr ihr Eigen nannten. Lesru klammert sich an Renates Nase fest, jene zweibögige Mitte des Gesichts,

an ihren Mund mit einem Brotkrümelchen im rechten Mundwinkel und an die Geräusche des Einpackens des restlichen Brotes zurück in die Brotbüchse. Der erste überfüllte Bus fuhr ab. Geradenwegs ins „Wir sind Deutschland."
„Und die Ärzte, die Schwestern, haben sich die nicht geweigert, ihre Patienten töten zu lassen? Das muss man sich mal vorstellen." „Das wurde von ganz oben befohlen. Soviel ich weiß, hat sich keiner geweigert. Nach 45 gab es in Leipzig einen Prozess gegen einige Ärzte, die die Euthanasie praktiziert hatten, ich weiß das nicht genau." Lesrus Tasse füllt Frau Schmidt mit Ostkaffee und gießt sich auch zum zweiten Mal ein. Keinem von beiden fallen die Hände ab.
„Dann wurde hier ein Lazarett eingerichtet und erst nach dem Krieg wieder eine psychiatrische Station." Die Erzählerin blickt zur gelblichen Wand, raucht mit tiefen Zügen, blickt nach rechts durch die offene Tür zum dunklen Korridor, ruhig, nach diesem Bericht sehr ruhig. Die Betroffenheit der Zuhörerin, ihr vom Verbrechen festgenagelter Blick, der nicht loskommt vom Bus, ihre zusammengepressten schmalen Lippen, die braunen Brillenaugen, die die Gegenwart verloren, zur rosafarbenen Zuckerdose starren, gefielen ihr.

Lesru kann nicht erzählen, was sie als Vierjährige erlebt und von ihrem im Sand spielenden Bruder Fritz erfahren hatte. Es ist hinter der zusammengewachsenen Mauer verschlossen und harrt auf seinen Aufschluss: das Ungeheure: Menschen, Frauen und Kinder wurden in ein Auto geladen, ganz viele, eng beieinander und in das Auto wurde etwas Unsichtbares eingelassen, Gift, zu welchem Fritz „Gas" sagte. Lesru nervte ihren achtjährigen Bruder, der mit einem Stöckchen Kreise zog in den Sand, was das sei: das Gas. Und noch weniger erinnert sich die zwanzigjährige Lesru an ihre damalige Reaktion, als sie hören musste, dass auch Kinder getötet wurden in diesem Auto. Dass sie mit einem Seelenschlag das Innigste, Wichtigste verlor und

schreiend im Schulhof wegrannte, was ein Menschlein zum Überleben braucht, gebraucht, am dringendsten nötig hat: den Glauben an den guten Menschen, an Menschlichkeit und Güte. Ihre kleine vierjährige Welt riss in Stücke, ihre ganz junge Seele blutete und blutete und konnte nur vom ersten hörbaren menschlichen Wort eines Nachbarn notdürftig bepflastert, notdürftig verbunden werden. Das Wort der Gartennachbarin, das sie verband lautete: „Gib mich mal Deine Harke rüber."
Ohne ihre Geschichte sitzt Lesru im Dienstzimmer, raucht und schluckt und kann es nicht ertragen.
„Und Du willst Psychologie studieren?", eine Fernfrage.
„Wahrscheinlich doch nicht, in Berlin gibt es nur die strenge mathematisch-naturwissenschaftliche Ausrichtung, und in Mathe bin ich eine Niete", hört sich Lesru mechanisch antworten.
„Und was willste dann machen?" Noch immer eine Fernfrage. Mein Gott, warum fragt die mich so was. Am liebsten Luise heiraten und weiter nichts. Warum muss man immer etwas wollen? Genügt es nicht, dass man hier im Schloss sitzt, sich unterhält, den Hilflosesten nahe ist. Wohin greifen all die ausgestreckten Arme und Gedanken in welche Zukunft denn? Wozu soll Zukunft nötig sein, wenn die Nacht voller Leben ist? Luise wacht diese Nacht auch, zusammen mit der strickenden Linda, mein Liebes ruft mich heute noch an, wenn Linda das Zimmer verlassen hat.
„Das weiß ich noch nicht, Frau Schmidt, vorläufig lebe ich in Wermsdorf mit Haut und Haaren."
Renate Schmidt lächelt über Haut und Haare, als schrill das Telefon aus dem Zimmer der Prinzipalin klingelt. Sie will schon aufstehen, aber Lesru steht Kopf und sagt verlegen, „das wird für mich sein" und eilt zum letzten einzigen Rettungsanker.
„Mein Liebes, ich kann es gar nicht aushalten ohne Dich, mein Herz klopft, Linda ist ewig nicht rausgegangen, ohne Dich kann ich gar nicht mehr denken, leben. Hörst Du?"

Inmitten der Normalität zwei ausgestreckte Hände, die eine goldene Leiter festhalten, sie reicht bis zum untersten Ende des Elends, der aufgebrachten, aufgelassenen Verbrechen, sodass es Lesru die Sinne beschlägt.
„Eine ganz andere Sprache sprechen wir, welch eine Wohltat sie zu hören. Ich bin süchtig nach dieser unserer Sprache, Luise, hier redet nur die Hülle von mir", das muss geflüstert und im dezenten Geschirrklappern gesagt werden. Eine furchtbare Sehnsucht überkommt, überstülpt Lesru nach Luisens Wirklichkeit, nach diesem ersten Suchblick, Anblick, Wiederblick nach stundenlanger Trennung. Nach diesem Aufzucken, Aufatmen des Glücks, das immer wieder neu gesucht und angefleht werden muss und nach dem schnellen, erst langsam beruhigenden Kuss. Ihre Wiedervereinigung, in der die wundersame Frage anfragt: Wie wird es heute sein, das Zusammensein mit Luise?
Wie wird es morgen sein, wenn wir beide aus der Nachtwache kommen, diese Frage stellt sich neben die Telefonierende plötzlich auf, groß und beharrlich, während sie Luisens Nektarstimme trinkt. Und dabei merkt sie natürlich nicht, wie ihre Umwelt versinkt, kleiner und kleiner wird, wie sogar die durchaus vorhandene Welt abnimmt, wegrollt, sich verkrümelt. Wie wird es sein, wenn ich Dich endlich sehen, Dich mit meinen Augen berühren kann. Weißt Du's? Sagte Lesru das oder fühlte diese Frage nur ihr ganzer Körper?

Unübersehbar steht die verkrümelte Renate Schmidt mit dem Küchenhandtuch in der Hand im Dienstzimmer und lacht die Liebende an, als hätte sie alles gehört und verstanden.
„Meine Freundin", sagt Lesru in die unfassbare und verlorene, verstoßene Urwelt, denn sie kann es nicht begreifen, wie jemand mit dem Geschirrtuch in der Halbnacht dastehen kann und lächelt. Eine, die sich gar nicht entfernt, die von keinem weggezogen wird, für den

das Leben doch ein kaltes Aufdemmondsein nur bedeuten kann.
Sie müssen aber beide den Schutzraum, Mondraum verlassen und umziehen in den ersten Schlafsaal zum Wachtisch, sich unter die Stehlampe setzen und die Schlafenden beaufsichtigen, mit Strickzeug und ohne Strickzeug. Es könnte jederzeit ein unheilvoller Traum sich der Hilflosesten bemächtigen, sie zum Aufstand reizen, die Nachbarin mit einem Todfeind verwechseln. Man musste an Ort und Stelle sein. Angefüllt mit glutvoller Sehnsucht, mit dem tatsächlich brennenden Liebesfeuer, das Luise in Lesru entfachte und niemand löschen kann, sitzt sie Frau Schmidt gegenüber. Das Fenster hatte Lesru geöffnet im Entsagungsgefängnis.
„Frau Dr. Eisenberg hat uns Fortschritte gebracht, sie hat das dämliche Tütenkleben abgeschafft. Unsere Frauen machen jetzt richtige Arbeitstherapie, bauen etwas zusammen. Hast Du schon gesehen?" Ja, ja, der Fortschritt, was bedeutet er für eine Fernliebende, Ferngeneigte, Abwesende?

128

Der Sommer mit seinen Verheißungen ist gekommen.
Der kleinere Teil Deutschlands, der sich gegen jahrhundertealte Traditionen und Wirtschaftsformen stemmt, hat Morde, Skandale, Affären aus seinem Lebensbereich herausgeworfen.
Der Kapitalismus mit Konkurrenzkampf, Banken, Korruption, Arbeitslosigkeit, Hunger, Armut wird von den Jüngeren nicht mehr verstanden. Dies trifft auch auf die Literatur zu. Balzacs Bücher, die Gesellschaftskritik Tolstois u. a. findet nur im Verstand Widerhall, aber nicht im mitfühlenden Herzen des Lesers. Er lebt in einer Gesellschaft, ohne die Abgründe von sehr reich und sehr arm zu erleben. Das Gesundheitswesen bevorzugt keinen Patienten. Eine Sparkasse für alle.

Im Jahre 1963 erscheint ein Buch, das in jeder Zeitung, von der Insel Rügen bis zum Erzgebirge diskutiert und bei vielen konfliktentwöhnten DDR-Bürgern liebend gern angenommen wird. Sogar Renate Schmidt lobt es im Dienstzimmer der P10 und verborgt das kostbare Buch an Kolleginnen weiter.
Lesru hat es von der schnell reagierenden Luise erhalten, gelesen und war während des Lesens von nicht nachlassender Empörung heimgesucht worden. „Der geteilte Himmel" von einer Christa Wolf, ein Liebes- und Gesellschaftsroman, in welchem zum ersten Mal eine volle zarte Liebe einer jungen Frau Rita zu einem jungen Ingenieur in der DDR-Wirklichkeit dargestellt ist, die ihr Ende findet. Für die liebende Lesru schon empörend, dass eine gewöhnliche Liebe solche Wellen schlägt, sie findet ihre Liebe zu Luise und Luisens zu ihr hundertmal interessanter. Aber der zarte Liebston, in der einschlägigen Literatur zum ersten Mal angeschlagen, berührt sie dennoch, ein angenehmer Ton. Dass nun diese Liebe scheitert, weil der Geliebte sich in der DDR nicht beruflich voll entfalten kann und sich gezwungen sieht, nach dem verteufelten Kapitalismus Ausschau zu halten und in den Westen geht, die Liebe aufgibt zugunsten einer Karriere, ist ein starkes Stück. Der Himmel – mindestens in Hälften geteilt, die imstande sind, eine Liebe auseinanderzureißen. Dieses Thema und seine Darstellung beschäftigen viele Menschen, Lesru erscheint dieses immense Erwachen, diese Hellhörigkeit, hervorgerufen durch ein einziges Buch, nicht normal und etwas unheimlich: Was ist das für eine Gesellschaft, die allein von einem Buch, einem Roman erweckt wird? Wohin haben die Leute denn all ihre Gefühle versteckt, ihre Weisen zu lieben, zu hassen? Wer hat sie zu bloßen Stöcken gemacht, die gereizt durch ein lebendes Vorbild, plötzlich alle wieder ausschlagen wie Weidentriebe?

Diese Gedanken erörtert Lesru mit Luise beim Spazierengehen am sommerlichen Horstsee.
Luise aber hegt andere Gedanken. Sie fürchtet sich vor dem nächsten Tag, der ein besonderer Besuchsempfangstag werden soll. Er hat sich nämlich (wer nämlich sagt, ist dämlich) die ganze Mischpoke aus Weilrode angekündigt, die Mischpoke hat nicht angefragt, ob sie kommen darf, die Mischpoke wird sich morgen einen Kleinbus mieten und durch das sommerliche Land über Schmannewitz, Dahlen, Luppa bis zum Schloss kajohlen. Das hat Lesru im saloppen Ton und ohne einen einzigen Gewissensbiss ihrer Luise vor einigen Tagen mitgeteilt. Sie empfand sogar Freude an der Unterbringung von ihrer Mutter, Frau Hollerbusch, Frau Piener und Frau Riemer in ein- und demselben Wort „Mischpoke." Sie machen einen Betriebsausflug, sitzen alle hinter Schloss und Riegel, auf Rädern und fertig. Das brachte Luise zum Lächeln. Davor fürchtet sie sich nicht, wenn nicht in diesem von Lesrus Mutter bezahltem Kleinbus nicht noch eine ganz andere Person sitzen würde, die auch im Abschwung der Worte, in der Menschenverachtung unter die Mischpoke gemischt wurde. Es ist die von Lesru hochgelobte, hochgeliebte Tante Gerlinde aus Amerika, die Schwester Jutta Malrids, die Weltfrau. Von ihr hatte Lesru unerwartet und immer wieder ein großes Bild gemalt, eine Reiche und eine Liebende. Dass sie, die für Lesru von klein auf der überragende weibliche Hintergrund war, die Geberin, die Anregerin, Bücherschenkerin auch in den Topf der Mischpoke geschmissen wurde, störte Lesru nicht im geringsten. Denn sie hat eine unheilvolle Wandlung vollzogen, die ihr nicht bewusst wird und auch von Luise noch nicht bemerkt worden ist.
„Willst Du nicht lieber allein mit Deinen Verwandten Wermsdorf besichtigen?", mitten im heißen Juli an den umwachsenen Ufern des Horstsees gefragt, kläglich, traurig. Luisens heller flachsartiger Pferdeschwanz umzottelt im Wind ihren lieben Kopf, sodass Lesru in

Kampfeslust erstarrt stehen bleibt am Straßenrand und die ganze Welt am liebsten zertrümmert hätte. Sie erschreckt vor dieser unheimlichen Kraft in sich, die nichts anderes ist als fehlgeleitete Liebe, als Menschenverachtung in höchstem Grade. „Das fehlte noch, dass diese Leute uns trennen", sagt ein plattes, ausdrucksloses Panzergesicht, mit dem Luise nun weiterzugehen hat. „Die haben schon genug Schaden angerichtet", maßt sich Lesru in steifester Wut an, zu sagen. „Aber Frau Hollerbusch doch nicht", sagt ein lieber Arm um Lesrus Schulter.

Fahrzeuge überholen sie, einige in beiden Richtungen und jetzt merkt es Lesru wieder: Sobald Luise sie körperlich berührt, verschwinden die Welt, die Vergangenheit und die Zukunft. Und sie steht und geht im zartesten Liebesraum, kein Baum, kein Strauch, keine Straße, nur ein leichter Arm auf ihrer Schulter und die Küsse und Umarmungen stehen Pate bei der Weltauflösung, aufrecht und unübersehbar. Lesru kennt das Fachwort nicht, aber sie hatte zum ersten Mal in ihrem Liebesleben körperliche Seligkeit erlebt. Das Wunder des Höhentiefflugs ihres Körpers.

„Halte mich fest, bitte halte mich", flüstert Lesru beim so gehen am Straßenrand, denn es ist zu schön, berührt und sofort wie automatisch der Welt entzogen zu werden, ganz in der Berührung und ganz in der Wiedersehnsucht zu existieren. „Hier sieht's doch keiner.", ein Nachsatz. Luise drückt fester ihren ganzen Körper in Form eines einzigen Armes an dieses geliebte Wesen. Manchmal hat sie ein wenig Angst vor dieser Leidenschaft, vor diesem Kraftausbruch Lesrus. Niemals kann sie sie durchschauen, immer anders, immer schön.

„Dass wir uns nie öffentlich zeigen können, eine verbotene Liebe ausleben müssen, das bringt mich heute wieder auf die allerhöchste Palme. Frauenliebe ist unsere ja nicht, wir beide lieben uns, und das kann man nicht als lesbisch oder Frauenliebe bezeichnen. Du und ich, wir sind Du und ich. Das ist etwas Einmaliges und

wir müssen uns bis in alle Ewigkeit einschließen, verschließen.“ „Aber wir haben doch unser Buch, Lesru." Die Erwähnung des von Luise geführten Buches der Liebe, das ihre Tages-und Nachtgedanken, ihre Gefühle enthält, Zettelnachrichten von Lesru, sorgfältig von Luise abgeschrieben und an Ort und Stelle unter dem fortlaufenden Datum versetzt, stärkt Luisens bedrohtes Selbstbewusstsein. Sie braucht nun ihren linken Arm selber, während ein Motorrad in Richtung Nerchau an ihnen vorüberdonnert, und beginnt sich zu erklären.
„Weil Du von Deiner Tante soviel erzählt hast, einer Amerikanerin, die in vielen Ländern schon gewesen ist, mit der Firma Bosch verbunden, komme ich mir so klein und wieder so kleinbürgerlich vor. Wir haben keine solchen Verwandten aufzuweisen." In der Tat, vor Kurzem waren die beiden Liebenden in die Kreisstadt Calau in der Niederlausitz zu Luisens Eltern gereist, besichtigten dort die Ordnung der Deckchen und Ziervasen, die Schuhe vor der Tür, ein Umstand, der Lesru sehr missfiel.
Man musste sich, bevor man den Leuten die Hand gab, erst bücken und die Schuhe ausziehen. So kam man schon unfrei, sehr gebückt zur Einmaligkeit der Eltern.
Selbst im Schlammdorf Weilrode nach einer Üppigkeit Regen, zog man sich die schweren Lehmschuhe nicht aus, wenn man in die Küche trat, kein Mensch ging dort auf Strümpfen zu Besuch. Es kam auch kein anständiges Gespräch zustande zwischen einer überbesorgten kleinen Hausfrau und einem Kraftwerksarbeiter, dem Stolz eine Neubauwohnung mit Heizung, Bad und Balkon zu besitzen und den Liebenden, Besitzlosen. Alles in Luisens Elternhaus reizte Lesru zum Lachen, auch zur Grundverachtung, zumal sich ihre Mutter freiwillig, der Vater aus Unterordnung dem Glauben der Neuapostolen hingegeben hatte. Wenigstens kommt sie dann heraus aus dem bekloppten Haushalt mit Deckchen und Staubvorschriften. Mehrmals die Woche durfte die

Mutter nach Herzenslust singen und beten außerhalb der Puppenstube. Lesru verachtete nicht den Glauben an sich, wohl aber das Gehabe und die Eiferei der Neuapostolen, die sich einbildeten, bessere Christen als andere zu sein. Lesru hatte zudem missfallen, dass sie, kaum in fremde Hausschuhe untergebracht und am Tisch in der Puppenstube sitzend, einen Schwall Hasstiraden gegen die DDR vor den Bug bekam, den der später vom Garten hereinkommende Vater versuchte, abzumildern. “Wir haben doch hier nicht die geringste Freiheit", klagte kalt die Kleinbürgerin, aber sie konnte nicht unter die Sonntagstischdecke sehen. Unter dem Tisch lagen zwei große Zehen übereinander und neckten sich und ließen Luise bis zum schönen schlanken Hals erröten. Lesru musste auftriumphieren, sie konnte sich gar nicht beherrschen. Denn in ihr drängte sich noch eine Spezialerinnerung an die Neuapostolen in Weilrode als vierte, später fünfte Person in die Wohnstube in den Block im Neubauviertel, der ihr wie ein strenger Schulbau vorkam. Die Neuapostolen errichteten in einem ehemaligen Speicher bei Grozers ihre erste Kirche im Dorf. Unter der steilen Treppe, die von der Straßenseite zum Eingang führte, lag die Aschengrube, wohin alle Mietparteien ihre tägliche Winterasche entleerten. Jeden Mittwoch und Sonntag tänzelten also die in den Feiertag gekleideten Weilroder Neuapostolen über diese Treppe mit der Blechtür und hielten höchstpersönlich Predigten (ohne Pfarrer) und sangen, was das Zeug hielt, direkt in Malrids Küche. Jutta Malrid machte sich nicht lustig über diese Gottanhängigen, wohl aber ihre pubertierenden Kinder. Und Conrad, der Witzbold und Schalk der Familie, höhlte zur Kürbiszeit einen großen gelben Kürbis aus und formte ihn zu einem Gesicht, stellte in ihn eine brennende Kerze und bugsierte das Gespenst auf die Toilette der Kirchgänger, die sich außerhalb der Speicherkirche unten auf dem Hof befand. Der Beobachtungsposten am Hoffenster wurde in Abwesenheit der Mutter von

Fritz, Lesru und ihm selbst eingenommen in der Gottesdämmerung. Nach kurzer Zeit öffnete sich am Ausgang die Tür, eine Tänzelnde schritt schnell durch den Hof zur Außentoilette, öffnete sie, sah das Gespenst, schrie und knallte die Holztür mit dem Herzen zu. Das wiederholte sich, weil die zuerst Betroffene vom Gespenst auf dem Abort dem Nächsten keine Mitteilung machte. Lesru lachte nicht, sie kullerte und kugelte sich im oberen Fenster.

Diese Beleuchtung saß mit am Tischchen und erheiterte Luise verspätet, als sie Wohnzimmer untergebracht waren. Lachen konnte Luise nicht, denn sie lugte in dieser elterlichen Umgebung festgefroren heraus und verabscheute alles. Vor allem hatte sie empört und tief gekränkt, als ihre blasse Mutter auf Lesrus Frage, ob sie denn auch schon eine Predigt im Gottesdienst gehalten hätte bzw. sich zutrauen würde, weil doch jeder Mensch prinzipiell Anderen etwas zu sagen hätte, hoch fahrend "nein" geantwortet hatte. „Wir sind und bleiben kleine Leute.“ Und die Fragerin mit einem kräftigen Schwall Verachtung gestraft hatte.
Diese Lehre von der Unveränderbarkeit sogenannter kleiner Leute war Luise Feldt eingebläut worden, das freiwillige Niedrigsein aus Überzeugung bis zum Lebensende. Ein erstaunlicher negativer Standesdünkel, den die blasse Mutter aus einer Reihe von sich abbuckelnden in Schlesiens Randbezirken übernommen hatte und nicht abschütteln wollte. Ihr kam die Mitleidslehre Christi sehr recht, an sie band sie sich wie an eine Nabelschnur. Wie ein natürlicher Gegensatz – Luisens Vater, ein tüchtiger Kraftwerksbauer in Vetschau, er hatte vor Kurzem eine Prämie zusammen mit seiner Brigade erhalten – stand im Georg Feldt im Wohnzimmerchen, quer und groß. Von der niedergeschlagenen Mutter erwähnt, ein trauriger Stolz vermehrte die Stimme Frau Feldts, sodass es Lesru erkennbar wurde: Der berufliche Erfolg ihres Mannes war nicht der ihre, sie verehrte ihr Herzeleid.

Auch nach Weilrode machten sich die beiden Liebenden auf. Unangemeldet, wie es Lesrus Art war, spontan entschieden mitten in der Woche, standen sie außerhalb der Busfahrzeiten am Rande von Wermsdorf am gelben Ortsschild, um zu trampen. Im Mai, wo der gelbe Löwenzahn sich umwandelte in Pusteblumen, der rote und grüne Klee blühten, der frische Sauerampfer schon ins Kraut schoss und noch die letzten Apfelbäume blühten, wo ein Singen und Sagen über den Wiesen, Feldern und Gärten lag und lagerte. Zum Hineinschmeißen schön. Man musste gesittet getrennt am Straßenrand stehen und Fahrzeughalter auf sich aufmerksam machen. Wenn das Ziel nicht eine trostlose, ordnungsliebende Lehrerinnenmutter gewesen wäre, die Luise sehr gern kennenlernen wollte, wie wild und heiß wäre dieser frühe Sommertag, der es ja gar nicht mehr war, schon nach zehn Uhr, wie unbeschwert hätten die Beiden das Abenteuer Trampen genießen können und wollen. Den Fingerhut Freiheit austrinken, die Weite hinter dem grünen Mischwald, dahinter wieder einen Wald, mit den Feldlerchen auf Ewigkeit zusammen sein. Die zum Zwergenwuchs erzogene Luise ängstigte sich vor dem Abenteuer Trampen. Ihre Ängstlichkeit löschte Lesru, neuerdings immer mehr zum Auftrumpfen geneigt, aus. Etwas ihr Unbekanntes beginnt sich in ihr zu verfestigen, eine neue Mutanlage, ein Kraftüberschuss, der sein wahres Gesicht, seine erschreckende Hässlichkeit, erst in einigen Wochen zeigen wird.

In Weilrode erlebten die vom Doppelbesuch völlig überraschte Jutta Malrid und die zögerlich eintretende Luise in der neubürgerlichen Wohnung eine kalte, ziemlich rücksichtlos auftretende Lesru. Sie lachte, sie grunzte vor Lachen, als sie vom Unfall erzählte, den der sie befördernde Handwerker mit seinem Kleinlaster in Luppa an einer Mauer verursachte.

„Das unmöglich laute plärrende Radio war plötzlich still, als er stur singend auf die Mauer zugefahren war. Das hat mich am meisten beeindruckt."
Jutta Malrid in der Küche mit ihren Wochentagsgästen sitzend, hatte einen Kaffee schnell zusammen geschustert, erschrak nachträglich und bewahrte ihr Erschrecken noch einige Stunden auf.
„Es hätte ja sonst was passieren können“ und „Ihnen ist nichts passiert?"
Eine Zufrage auf die schüchterne schlanke Gestalt, eine ordentlich ausgebildete Vollschwester, die sich jeden Löffel einzeln zu betrachten schien, den Haushalt taxierte. „Nichts Schlimmes, eine Prellung in der Schulter."
Für Lesru war dieser Pflichtbesuch zu Hause ein einziger Unfall. Sie musste es zulassen, dass ihre Liebe zur Freundschaft herabgestuft wurde, sie mussten sich wie zwei normale weibliche Wesen in einem Familienraum bewegen, Küsse nur denken, Berührungen auf den Flur verlegen, langweilige Nichtgespräche führen, vom Fortkommen und Fortschritten der Brüder hören, von den Fortschritten der LPG unter einem neuen tüchtigen Vorsitzenden. Es war grässlich.
Vor allem deshalb, weil Lesru nicht sie selbst war, eine Anhängige geworden war, die die sie doch auch interessierende Weilroder und familiäre Wirklichkeit steif von sich abhalten musste. Fast ihr ganzes Leben lag brach und hinter den dicken Milchglasscheiben der Liebe verborgen. Sie drückte sich die Nase platt, um etwas von den Menschen und Vorgängen, die die Mutter wohl proportioniert erzählte, etwas zu erleben, aber das vielfältige gewöhnliche Leben blieb ihr verschlossen. Eine furchtbare wahre Entdeckung, die sie beim Spazierengehen zum Friedhof und weiter in Richtung Zwethau mit Luise in ein neues unfruchtbares Niemandsland führte. Ich lebe ja gar nicht mehr, das musste gedacht werden und das schneidende Messer in sich angefühlt.

„Na prima." „Hast Du etwas gesagt?" Die zärtliche Nebenstimme, die sich immer mehr einduckte und achtgab auf jede Regung Lesrus, die Polizeistimme, die auf Lesrus Beschreibung der Gegend, der schönen Torgauer Schlosssilhouette im Horizont nicht achtgab, als würde sie die Gefahr des Liebesverlustes genau kennen.
„Luise, wir müssen wieder anfangen zu leben, wir lieben uns ja nur noch und das ist zu wenig", trotzte sich endlich auf der Kopfsteinpflasterstraße unter den mitsprechenden Ahornen durch und kaum entdeckt und ausgesprochen, fühlte sich Lesru wie befreit: Das Leben des großen Dorfes, die Geräusche von nah und fern, die Gräser der Wiesen, die schmalen blühenden Gärten der Hinterhäuser, der blaue großplustrige Wolkenhimmel – alles fasste sie von allen Seiten an und blieb in ihr wie eine Nachricht stecken.
„Ich liebe Dich unendlich, einen anderen Sinn finde ich nicht", antwortete in süßem Singsang Luise mit der geprellten Schulter. Und was soeben versuchte, in Lesru wieder einzudringen und sich anzusiedeln, wurde von einer glühenden und beleidigten Frau, der absoluten Liebe, mit Feuereifer aus Lesrus inneren Räumen ausgekehrt, mit Schimpf und Schande ins Nichts davongejagt.

129

Die freundliche Frauendelegation aus Weilrode ist am Straßenbogen zum Weißen Hirsch abgestiegen, in hochsommerlichen bunten Kleidern flattert sie auf den Sandplatz und ächzt nach Schatten. Der bietet sich gleich unter gelben Sonnenschirmen an herausgestellten Tischen und Stühlen an. Eine Lachsalve setzt sich, verändert die Tischordnung und Lesru gibt sich einen Ruck. Sie steht in der Nähe des alten Gasthauses zum Empfang noch nicht, aber zur Beobachtung in langen warmen Hosen. Seit sie Luise liebt, muss sie auch bei der größten Hitze ihren Körper vollständig bedecken, kein anderer als Luise darf ihre Knie, Füße, Beinformen ansehen. Sich anderen lieblichen Blicken aussetzen, ist ihr strikt verboten. Ein Selbstverbot.

Sonntagmittag gibt es wie immer sonntags Ausflügler aus Leipzig, die den kleinen Ort überschwemmen, für Gastwirte ein gutes Geschäft. Lesru hatte einen Sechsertisch bestellt, den Jutta Malrid im blauen Tupferkleid freudig ansteuert. Lesru sieht weiß Gott mit klopfendem Herzen in einem zweiteiligen rotgelben Sommerkleid die Weltfrau, mit der Zigarette im Mund und runden feurigen braunen Augen, ihre Tante Gerlinde und Wohltäterin dieser ganzen Gesellschaft. Sie überragt nicht in der Körpergröße alle anderen, auch die aufblickenden Leipziger, sondern durch ihre sich ungehindert auslebende Persönlichkeit fällt sie auf Schritt und Tritt auf. Und Lesru fühlt sie endlich wieder, diese tiefe andere Sehnsucht nach dieser Frau, nach einem innigen Gespräch, das sie wie früher strikt und auf dem kürzesten Wege zu sich selbst brachte. Nach diesem Sichansehen und Sofortganzdasein. Kaum angefühlt entgleitet ihr das wiedergefundene Gefühl, ein Gitter spreizt seine Stäbe auf, ein Fallgitter. Enttäuscht von sich selbst setzt sich Lesru in Bewegung zum Sichtbarkeitspunkt, Leuteseligkeit brabbelt in ihr.

„Herzlich willkommen in Wermsdorf" und den immer noch lachenden Frauen, denen Gerlinde einen gepfefferten Witz vorgesetzt hatte, reihum die Hand gebend. Lesru erhält einen strahlenden Aufblick von Gerlinde, als sich ihre Hände drücken. Die Liebe der Älteren zu dieser Nichte sagt „ach mein Liebes", und weiß nicht wohin. Sie fällt untern Tisch.

Die kleine Frau Piener im hellen Sommerkostüm – sie wollte Lesru ein eigenes Zimmer geben – erhebt sich sogar vom Gartenstuhl, ebenso Frau Hollerbusch, die schon einen intus hat, als sie Lesrus gewahr werden.

„Mich hat Deine Mutter auch mitgenommen", sagt glücklich die Älteste von allen, die gehbehinderte Frau Riemer, ohne sich zu erheben und so tief beglückt mit

ihren kleinen Augen rollend, dass ihr weißes Haar auf dem runden Kopf glänzt wie ein hübscher Hut.
„Immer, wenn Frau Gerlinde kommt, denkt Deine Mutter an mich", sagt Frau Stenzel, die Schwiegermutter von Conrad aus dem Nachbardorf Zwethau beim Begrüßen.
Es ist Freundschaft, die alle miteinander verbindet, die aus ihren Augen in unterschiedlicher Intensität leuchtet, die die Kellnerin sofort vorkassiert und die auch Lesru wie ein warmer Strom erfasst. Menschliche Wärme umfließt sie, etwas sehr Angenehmes, Tragbares und Weiterbeförderndes.
Jeder an der Freilufttafel benötigt ein Schnitzel und ein Glas Bier. Auch der Torgauer Kleinbusfahrer, er hat sich an einen im Hause befindlichen Kraftfahrertisch gesetzt. Und alle sind erlebnishungrig. Was sich da in den verlassenen Stuben an Sehnsucht nach Leben angesammelt hatte, das war schon beim Einsteigen kundig und beredt geworden. Beim Essen wird der Hunger befriedigt, auf der Zunge das Wohlschmeckende und in den Seitenaugen die neue Umgebung.
Die Sonne in den Brillengläsern der glücklichen Jutta Malrid, die wie Lesru weiß, an der Seite ihrer geliebten Schwester ein anderer Mensch ist, geliebt, aufgehoben und mit Flügelchen verstärkt. Blauweiße Wölkchen necken sich über ihnen, 25 Grad, ein passendes Ausflugswetter. Über das passende Ausflugswetter war im fahrenden Bus ausführlich gesprochen worden.

Gerlinde Kubus ist eine Millionärin und ein Freudenmensch. Jedes Wort, jede Begrüßung ihrerseits ist ungewöhnlich, sie spricht die Sprache ihres Herzens und Gerlindes Herz hatte die Welt mitgesehen.
Weder die mampfende Frau Hollerbusch noch die anderen Begleiterinnen wissen, dass Gerlinde Kubus eine Millionärin ist, die sich die Fürsorge für einzelne Erwählte zum Beruf macht, gelegentlich in Depressionen versinkt, und ohne einen Freundeskreis sich nicht aufrecht halten kann. Was die Herzensstimme

Gerlindes, von Frau Hollerbusch schon oft erlebt, zur unbedingt echten Stimme, Anrede und Rede überhaupt macht, ist das sie nie verlassende Bewusstsein, dass ihr Vermögen nicht von ihr selbst, sondern allein von ihrem geliebten Mann erarbeitet worden war. Sie sieht sich nur als Verwalterin, nicht als Erbin des Vermögens, das der Industrielle bei Bosch in der amerikanischen Filiale sich verdient hatte.
Der Mensch ist ihr wichtig und jeder in seiner Originalität. Das haben die Eingeladenen sofort gespürt, sodass sich eine hochfahrende Diskussion über politische Theoreme, weltweite Auseinandersetzungen zwischen den beiden gegensätzlichen Systemen nicht ergab. Im Gegenteil, sobald sie in den Umkreis anderer Menschen kommt, erhält jeder seinen Platz und seine Stimme.

Welch eine Lage denkt Lesru, das Eigentliche, das Liebste und Freiste, das Eingeschränkteste muss umgangen, verschwiegen werden, und die Ränder, das Schloss, Baustil und die in ihm inliegenden Krankenanstalten müssen erläutert werden, Ränderbegehung. Luise werden sie oben in den Rosenbeeten treffen, so war es verabredet. Mit der Weilroder "Bagage" will, soll, muss Lesru zunächst allein fertig werden. Sie gehen gemächlich die Baumallee zum Schloss "Hubertusburg" hinauf, Lesru erklärt mit müdem Mund etwas vom alten Renaissanceschloss und jetzigem Rat der Gemeinde. Gar nicht nötig, denn Frau Hollerbusch und Frau Riemer schauen mit größerem Interesse in die reichen bunten Gärten, stehen bei selbst gebauten Gewächshäusern am Zaun fest und lassen den sächsischen König und die Baumeister an den roten Feuerbohnen hängen und auswintern. So was. Es ist immer dasselbe, was ich erzähle, bleibt außerhalb ihres Horizonts, fehlt nur noch, dass sie sich über den Misthaufen hermachen und richtig, wie ein anständiger

Komposthaufen anzulegen sei, unterhält nun die Reisegesellschaft.
Lesru trägt eine weiße Hemdbluse und ihre schwarzen langen Hosen, sie schaut zu ihrer Tante, die Gott sei Dank zur anderen Seite, zur Pferdekoppel und weiter vorwärts zum Torbogeneingang blickt, sie wäre sehr gern mit ihr allein auf der Welt gewesen.
Gerlinde Kubus erinnert diese Exkursion lebhaft und fortschreitend an Elsa Brandström, die nach dem Ersten Weltkrieg in Sachsen Kinderheime für Kriegsweisen errichtete, auch an ihre eigene soziale Arbeit in den Hungerjahren in Berlin, wo sie im Wedding arbeitete. Es ist ihr lieb, dass ihre Nichte einen ähnlichen Weg zu den Ärmsten gegangen ist und sich selbst erzieht, zu einem guten Menschen erzieht. Manchmal dachte sie, wenn sie einen besonders leidenschaftlich verworrenen Brief von ihr erhalten hatte, dass in Lesru ein unheimlicher Dämon wohnt, eine Kraft, die noch nicht weiß, wem sie sich ganz widmen wolle. Etwas Fragwürdiges und nicht Ungefährliches.
Nur einmal in Lesrus Berliner Zeit hatte ihr Lesru am Müggelsee unter den warmen Kiefern etwas höchst Banales und Irreführendes gesagt, das sie entschieden zurückweisen musste. Diese Dirn hatte ihr kundmachen wollen, dass man einen Mann nur deshalb umarmt, weil man dafür eine schöne glatte, pickelfreie Gesichtshaut erhielt. Das schlug ihrem Fass den Boden aus, Gerlinde rang nicht nach Worten, auch sie hat zu jederzeit eine angefüllte Gallenblase und erwiderte also: „Da bist Du aber im Irrtum, mein Fräulein, wie kann man nur so abgrundtief daneben liegen!" Ein rundum verachtender Blick folgte ihren Worten und zeichnete in Lesrus verdutztes Gesicht Schamesröte. Vor zwei Jahren im Juli 1961 fand dieses letzte Gespräch statt und diese Gesamtkritik ist es, die auf unsichtbaren Füßen in der Lindenallee mitläuft.

Aber auch etwas anderes zielte in Tante Gerlindes Hinterkopf, eine dringende brennende Frage, die je länger sie unausgesprochen und unbeantwortbar bleibt, ihr Gewicht vergrößert. Die Lesrufrage: Hast Du mir ein Buch mitgebracht? Hast Du mir wieder Licht mitgebracht für meine Finsternis? Denn neben der großen und schönsten Liebe aller Zeiten muss es doch ein anderes Licht geben und ein Dasein, das das jetzige noch in den Schatten stellt, ein wirkliches schöpferisches Leben, in dem alles fruchtet, alles aufgehoben werden kann und auch Frau Hollerbusch ihren Platz erhält.

Die ist ganz aufgeregt in ihrem blauen Rock und ihrer rosafarbenen Schwitzbluse mit den langen Ärmeln, weil sie jetzt das Gelände der weit bekannten “Klapsmühle" betritt. „Ab nach Wermsdorf“, ein landläufiger Ausruf für die schiefe Ebene Geisteskranker.
„Nun gucke mal an, wie schön das hier aussieht", ruft sie auf dem Schlossplatz, kaum durch den zweiten Torbogen gekommen und das majestätische Schloss, die Rosenwege und Rosenrabattenarme, die im sanften Oval schwingenden Nebengebäude mit ansehend. „Das hätte ich nicht gedacht." Die von einem Permoser Schüler geschaffenen vier Jahreszeiten, die grauen Steinfiguren im Auge und die weißen Bänke müssen bewundert werden. Lesru erklärt mit ausgestreckter Hand, es fällt ihr leicht, weil sie fühlt, ihr seht ja doch etwas anderes als ich, und das sonnige ersehnte Buch tritt ab und in den Hintergrund.

Jutta Malrid lebt in der Dauerumarmung ihrer Schwester wie in einer anderen Welt. Die kieselsteinige DDR stört sie nicht länger, denn sie schwebt über den alltäglichen Schwierigkeiten. Das Dauerthema, welche Dinge es in den Torgauer Geschäften gibt, welche Dinge nur unterm Ladentisch, bleibt ausgesetzt. Auch heute beim Ausflug lebt sie im sonnengelben Leinenkleid (ihrer Schwester) auf und erblüht nach allen Seiten. Die kleine leicht abzählbare Gesellschaft sitzt bereits auf der ersten weißen gnädigen Bank, wer keinen Platz findet,

ist jung und kann die Erklärungen fortsetzen. Anderen Menschen eine Freude bereiten, das ist so leicht, denkt Jutta und durch ihre Tochter durchsehend. Weil Gerlinde eben nicht eine gesellschaftliche Hierarchie im Auge hat, nicht nur mit bedeutenden Persönlichkeiten befreundet ist, sondern auch mit einfachen Menschen zufrieden ist.
Die ersten langen Abende in Weilrode waren im sommerlichen Garten mit Mitteilungen u. a. über die Freundin und Literaturwissenschaftlerin Käte Hamburger gefüllt, die Essais über Thomas Mann geschrieben hatte und mit ihm persönlich bekannt war. Da konnte Jutta nur staunen und sich still freuen, den "Zauberberg" als ein nächstes Leseziel anvisierend. Auch vom verwitweten Professor Dr. Ulich, dem Mann Elsa Brandströms, einem Gelehrten hörte sie zum ersten Mal und von seinen Plänen, von den USA nach Deutschland überzusiedeln. Von einer liebenswürdigen Architektin in Stuttgart hörte Gerlindes Schwester weiterhin bei einem vierten Glas Rotwein, einer Vogelkundlerin, die ihr bei ihrer Umsiedlung von den USA nach Süddeutschland, nach Stuttgart, sehr behilflich gewesen war. Mit einem Seitenblick auf der weißen Bank erkennt Jutta, dass sich ihre hochgebildete Schwester und Kunstmäzenin - sie fördert besonders Begabte innerhalb der Robert Bosch Stiftung - auch am Arm von Frau Hollerbusch und der sie anhimmelnden Frau Riemer, der alten Schneiderin, wohlfühlt. Wie macht sie das? Es lebt in ihr etwas von der Güte unserer Vorfahren, vor allem unseres Vaters, der jeden Menschen achtete.

Während Lesru den Hubertusburger Frieden nach dem Ende des Siebenjährigen Krieges erwähnt und unruhig nach Luise Ausschau hält aus einem Augenwinkel, die Beschreibung des Schlossinneren mit wenigen Worten auch von sich abhält, als wollte sie die Rosenstöcke und ihre Besucher nicht belasten, denkt Gerlinde an Brita Ulich, die gemeinsame Tochter von Elsa

Brandström und dem Gelehrten. Brita hatte im Kampf gegen Drogen endgültig gesiegt und es sich zur Aufgabe gemacht, amerikanische Jugendliche von Drogen aller Art abzuhalten. Sie zieht mit ihrem Wohnwagen von Ort zu Ort und versucht Sponsoren zu finden, die diesen betroffenen Jugendlichen eine Entziehung bezahlen, Arbeitsmöglichkeiten verschaffen. Denn, wenn einer redet und sich selbst auslässt, kann man ungehindert seinen eigenen Gedanken nachgehen.
Und sie empfindet wieder Hochachtung vor diesem neuen deutschen Staat, in dem es keine Heroinabhängigen gibt, alle Jugendlichen Arbeit, Chancengleichheit haben, ja, besonders vom Staat gefördert werden. Wer so etwas aufbaut, darf an der Grenze auch jeden Koffer öffnen und kann es sich für eine gewisse Zeit leisten, die Grenzen dichtzumachen. Mit einem geistesabwesenden Blick zu Lesru und ihrem kurzen lockigen Haar über den Ohren, in die vom Schloss wegführende Allee blickend, denkt sie, ihr könnt doch wirklich froh sein, dass ihr nicht in den USA lebt, wo die Alten in großartigen teuren Altersheimen leben ohne Liebe, wo man nur solange etwas taugt und ist, solange man viel Geld hat. Sie stieß unversehens an den Entscheidungsgrund für ihre Übersiedlung von den Staaten nach Deutschland, an jenes Gefühl der Verwandtschaft mit heimatlich kleinen überschaubaren Orten voller Geschichte, alten Schlössern, die mit seltsamen Blicken immer noch in die modernen Zeiten blicken, die kleinen Seen im Hintergrund, die Buchenwälder. Tatsächlich, wegen dieser Urheimat Deutschland bin ich zurückgekommen, hier wird es mir viel klarer als in Stuttgart, wo ich ein unruhiger Stadt- und Gesellschaftsmensch bin. Ein exklusiver Mensch, aber hier in der DDR auf der weißen Bank, mit den Dorfbewohnern unter Lesrus Ausführungen, erlebe ich meinen Hintergrund.
Einen Gedanken ruhig zu Ende denken, umso mehr, sich selbst betreffend, gelingt selten. Umso erstaunter

ist Gerlinde Kubus, sich hier zu begegnen. Weil aber ihr Selbst an kein eigenes Material gebunden, sondern abhängt von Freundschafts- und Liebesbeziehungen zu anderen Menschen, sie einen Hilfsplatz im Leben nur beanspruchen kann, springen ihre Gedanken sofort wieder zu einem anderen Gegenstand, als sie hört, wie viel Betten es in dem Krankenhaus gibt, welche Stationen sich außerhalb der Psychiatrie hier noch befinden. Sie denkt an den großen Aufsatz Käte Hamburgers über Tolstoi, in den sie nicht wirklich eingedrungen war, es bedrückt sie und wieder sieht sie sich ihrer Unzulänglichkeit gegenübersitzen und ihren Hilfsplatz einnehmen. Sie alle lieben und verehren mich und wissen gar nicht, wie gräulich mir oft zumute ist.
So. Jetzt kommt diese Freundin von Lesru. Eine halbe Portion im Sommerkleidchen.

130

War es dies oder war es alles Menschliche, das Lesru am Abend dieses Besuchstages regelrecht in Panik versetzt? In einen Zustand, in welchem sich ihr ganzes unbegreifliches Leben wie Berge und Schluchten über sie erheben und drohten, zusammenzustürzen, sie unweigerlich begraben würden, wenn... Wenn es nicht dieses zweite Gedichtbuch "Anrufung des Großen Bären" von Ingeborg Bachmann auf ihrem runden Holztisch gäbe, mitgebracht von Gerlinde Kubus, das unaufhörlich Funksignale verbreitet. Nur eine Laus zu sein, ist nicht annehmbar. Es ist überhaupt nichts annehmbar, weder die kühle Missachtung, die Tante Gerlinde Luise entgegenbrachte, dieses Ausfragen nach ihren weiteren Lebensabsichten, noch Lesrus eigenes Eingesperrtsein im medizinischen Beruf. An das Wesentlichere, das Eingesperrtsein in ihrer frühen Kindheit kann sie nicht denken. Annehmbar ist nur der frische Sturm, den Gerlindes Besuch verursachte. Ein Mensch kann ein Sturm sein, indem er Unwichtiges, Bröckelndes einstürzen lässt und das Wesentliche entwirrt, als bloße Tatsache zurücklässt. Und als bloße Tatsache sieht sich Lesru an, am runden Holztisch sitzend, nach allen Seiten blockiert. Mit Luise konnte sie nur ein Wort sprechen, ich möchte allein sein, und aus und alles bis an die Wände hoch blockiert.

Luise Feldt ging traurig, schwerst belastet in ihr Zimmerchen. Dort fand sie Worte und Wortverbindungen, um ihre Gefühle in das Buch der Liebe einzutragen, denn es ist ein holdes Mittel, Lasten zu tragen.

Lesru hat begierig in das neue Gedichtbuch der Bachmann geschaut, und eine gleichfalls Geschlagene, von vielen Dingen und Zonen geschlagene Frau erkannt. Sie sitzt staunend und rauchend im Dachzimmer mit dem geöffneten Fenster zum Feldhügel, als sie sie urplötzlich wie eine Wegweiserin begreift. Nur Ingeborg Bachmann kann ihre hochstehenden Lebensprobleme lösen, nicht Luise Feldt. Luise, die Liebende und Liebliche, hat gar nichts mit mir zu tun, das muss entsetzlich klar gedacht, sofort wieder verworfen und wieder klar erkannt werden. Luise ist nur schön, aber das Leben ist etwas Ganzanderes. Es gibt nur einen Weg für mich, einen einzigen und alles Andere ist mir scheißegal, muss gedacht und weggeraucht werden, den zu Ingeborg Bachmann. Ich muss ihr sagen, dass ich da bin und irgendwann, nach einem endlosen Dunkel, in ihre Fußstapfen treten möchte. Das schlägt jetzt bis zum Hals, ein einziger großer Herzhalsschlag, der das kleine Zimmer auszufüllen droht; wonn nicht sofort ein Stück Papier und ein Federhalter bereitlägen, diesem Druck nachzugehen

„Liebe Ingeborg Bachmann", schreibt Lesru im Feuer sitzend und einige Worte mehr. Die Formulierung von den Fußstapfen fehlt nicht. Heiße Luft: Die Überzeugung, sie geht vor und ich folge ihr. Noch gar nicht die Überzeugung, sie sei eine Dichterin, eine Autorin, nur dieses Gefühl, fest und eindeutig: Ich habe auch etwas mit dem Schreiben zu schaffen, zu tun, es

ist mein einzig möglicher Lebensweg: Nur weiß ich nicht, wie ich dorthin gelange. Die heiße Luft aber versüßt sich beim Schreiben ihres Namens unter den halbseitigen Brief. Jetzt bin ich gerettet, vielleicht. Abgesichert.
Diesen ersten und einzigen Brief an Ingeborg Bachmann adressiert Lesru an den westdeutschen Verlag, in dem das Gedichtbuch erschienen war. Auf den Umschlag klebt sie eine Briefmarke, die sie nicht hat. Deshalb muss sie über den Korridor an Luisens Tür klopfen, sich wie eine Fremde entschuldigen, um eine Briefmarke bitten, die erschrockene Luise wieder, zum zweiten Mal sitzen lassen, mit dem Brief durch die Türen und Toreingänge am Schlossplatz vorüber zum einzigen Briefkasten an der Wache stürzen, rennen und rasen. Denn es geht wieder einmal um ihr Leben, das ohne eine Briefmarke von Luise getötet worden wäre.

131

„Das musst Du lesen, den “Hyperion" nehmen wir mit und fahren mit ihm nach Griechenland in den Urlaub", sagt Lesru am nächsten Abend vor einem wieder ausgepackten Koffer im Wermsdorfschen Dachzimmer. Ihre Stimme klang fest und leidenschaftlich inmitten der Unordnung. Das innere Zittern, als ginge es wieder einmal um Leben und Tod, bemerkt Luise nicht.
Zu den Dingen, die für einen zehntägigen Urlaub gemeinsam mit Lesru gebraucht werden, Badesachen, ein Festkleid für die Kartoffelklitsche, eine Zahnpasta für zwei, also das Buch von Hölderlin noch.
Luise packt. Sie packt Lesrus Sachen in das blaue Köfferchen, ihr Gepäck harrt fix und fertig in ihrem höchst aufgeräumten Zimmer. Lesru hat irgendwas in den Koffer geworfen, die zuverlässige Freundin alles herausgenommen, begutachtet, ans Licht des Sommerabends gehoben und anständig und klüger Lesrus Sachen wieder eingepackt. Was soll ich denn mit diesem Hölderlin, wagt Luise nur zu denken.

Und nach Griechenland fahren wir schon lange nicht, dahin fährt nur Deine Tante, die Madame Gerlinde, das arbeitet Luise schwitzend und in kurzen Shorts vor dem geöffneten Kleiderschrank stehend, zusammen mit zwei Taschentüchern in das bewegliche Material mit ein. Deine Diotima kommt nicht mit, dafür komme ich mit, sagt sie sich, rauch Du nur, und ein tiefes Gefühl der Befriedigung erfüllt sie restlos. Die kann mir gestohlen bleiben, diese Frau. Wo die sich hinsetzt, steht und geht, verbrennt sie alles, was welk ist, das fühlt Luise Feldt, aber sie denkt es nicht. Weil der Vernichtungsstachel noch in ihr steckt, muss geredet werden.
„Ist doch kein Wunder, dass diese Leute wie Deine Tante Gerlinde nicht nur anders aussehen, sondern welterfahrener sind als wir, die können nach Italien und nach Griechenland reisen, sooft sie wollen, wir müssen ja blöde bleiben, ständig die LPG Felder vor und hinter uns. Einen Ferienplatz kriegste auch nicht als Unverheiratete." Welch eine neue Sehnsucht klingt jetzt in das klangvolle Zimmer mit der Toilettenspülung von nebenan. Lesru am offenen Fenster stellt sich vor, dass Luise nur die großen Festtagshauptstädte Europas sehen will, das Glitzern und Glänzen nächtlicher Straßen, Bars und offener Plätze und gar nicht die Schönheit Hölderlins treffen will. Sie wird von dieser schweren süßen Sehnsucht nicht nur erfasst, sondern beinahe zu Boden gerollt, die die Wörter “Griechenland" und “Hölderlin“, die Eins sind, in ihr wieder auslösen.

Seit Viras Vorstellung des antiken Griechenland (vor fünf Jahren mittlerweile), hatte sie das Ideal eines liebenswerten Lebens mit dem Namen Griechenland verbunden. Darin folgte sie einer breiten Spur sehnsüchtiger deutscher Dichter. Und als sie in Berlin zur Selbstsuche angetrieben und in die Enge getrieben, wieder auf Hölderlin stieß und sich den “Hyperion" besorgte, als sie seinen süßen innigen Ton hörte und süchtig wurde nach dieser innigen schönen

Sprachmusik, nach dem Liebenden, der Briefe schrieb an seinen Freund, ergriff sie der Name “Diotima" wochenlang, erlöste sich aus dem Briefroman und heftete sich an den Namen Tante Gerlinde. Endlich hatte sie im kriegslüsternen Berlin ihre Diotima gefunden und durfte Briefe an ihre Diotima nach Stuttgart schreiben. Auch eine Überlebensstrategie.

„Wie ein Mensch ist, hängt doch nicht von seinen Reisemöglichkeiten ab", sagt sie zu dieser jungen Frau und betrachtet interessiert die Verpackung irgendwelcher Klamotten, die ihr nicht wirklich gehören.

„Darwins Albtraum." Ein hundertminütiger Dokumentarfilm über das Krepieren und dem Vorausleben in Tansania am Ufer des Victoriasees. Kinder sammeln die Reste von Plastikmüll, verbrennen sie am Ufer, füllen den ätzenden Dampf, vermischt mit Wasser in Flaschen und inhalieren dieses hochprozentige Gift. Durch dieses Einatmen können sie tief auf den nächtlichen Straßen schlafen.
Der fischreiche Victoriasee ernährte früher alle Fischerfamilien, jetzt wird der Fisch exportiert, mit Kühlflugzeugen nach Europa und Japan wegtransportiert. Die Fischköpfe und Fischskelette werden auf Lastkraftwagen geschmissen, bergeweise, ins Hinterland gefahren, vor die Füße Hungernder geschüttet, wo sie zum Trocknen auf lange Stangengerüste mit der Hand aufgespießt werden. Ein starker Ammoniakgeruch ätzt die Augen, eine Frau hatte bereits ihr linkes Auge verloren.
Tansania, ein ostafrikanisches Land, hatte in einer sozialistischen Zeit seine Banken verstaatlicht, Dorfgemeinschaften gegründet mit gemeinsamer Produktion von ausreichenden landwirtschaftlichen Produkten. Diese Erinnerung fehlte in der Dokumentation. Stattdessen wurden russische Piloten interviewt, die den Nilbarsch, verarbeitet in Mwanza,

ausflogen. Frauen, deren Männer an Aids gestorben waren, bieten sich zur Prostitution an, um ihre Kinder zu ernähren. In einem Lager für junge Fischer und Prostituierte werden an Aids Erkrankte in ihre Dörfer mit dem Bus zurückgeschickt, weil der Transport eines Lebenden billiger ist, als der Transport einer Leiche. Der Dokumentarist nannte keine Verantwortlichen!

Das Ende der Kunst kann nicht akzeptiert werden. Wir müssen den Selbstbetrug in Kauf nehmen. Wir können nicht wie Tolstoi von uns selber absehen. Ich laufe ruhelos in unserer Wohnung umher, mein Arbeitszimmer kann ich nicht mehr betreten, alles schmerzt. So werde ich aus meiner souveränen Erzählerposition, aus meiner Dunkelheit ins nackte, bloße Ich katapultiert. Die Dinge, die wir besitzen, wenden sich um und gegen uns. Die Menschheit ist ein Organ mit tausend kranken Gliedern. Wie soll ich zu Lesru und Luise zurückfinden?

132

Die Zugverbindungen, den Reiseplan hat die fahrtüchtige Luise herausgesucht und Lesru zottelt mit. Sie kommt sich wie ein Kind vor, das an die Hand genommen. Wohin soll die Reise gehen und mit wem? Keine Ahnung. Fremd stehen sie sich auf den Bahnsteigen gegenüber, fremd und vereist sitzen sie sich gegenüber und Lesrus Augen inmitten anderer naher Menschen wagen sich nicht heraus und herein. Eine komische Reise. Als sei ihre Liebe nur für einen sehr kleinen engen Raum gemacht und nicht reisefähig, nicht für die sich ständig verändernde Aussicht auf andere Leute, Familien, Pärchen, einzelne Reisende, geeignet. Nur schroffe Abweisungen sind zu erleben und das zweifache Eingeschlossensein. Eigentlich empörend fühlt Lesru, ich fahre mit der Unfreiheit in den Urlaub. Überall klebt sie mit dran, bei jedem Schritt kommt sie mit. Außerdem steht Luisens mehrfach

geäußerter Wunsch, lieber nach Paris oder nach Griechenland zu reisen, als in ein Nest in Mecklenburg wie eine hohle Wand zwischen ihnen.
„Aber das ist doch nicht möglich, warum beharrst Du denn darauf?", das muss Lesru wie ein alter Lehrer wiederholen und sich wundern, welche Beklopptheit in Luise ans Licht reicht. Es soll aber nichts ans Licht kommen, schlimm genug, dass sie die Nichttransportierbarkeit ihrer Liebe einzeln erleben.

Als sie in Berlin ankommen, am Ostbahnhof aussteigen und mit der S-Bahn zum Bahnhof Lichtenberg weiterfahren, als die große geteilte und unheimliche Stadt sich räuspert, bevor sie tausendstimmig und tausendzungig zu reden beginnt, sieht Lesru zufällig in das schmale schönlippige Gesicht Luisens, die ihr Gepäck und ihren Anorak trägt und denkt: Wer ist denn das, kennst Du die? Berlin will massiv in Lesru eindringen mit seinen intensiven Tagen und Nächten, mit Felizitas Kleine und den Puffer Verwandten, den umarmten Männern, die der damals Ertrinkenden nur als Schilfrohr dienten, die ihr, der Verstoßenen und Gehassten, unbedingt nötig waren als etwas Liebes, Unverzichtbares. Das muss doch jetzt dieser Stadt wieder abgehört werden. Gefragt, welche Macht sie noch hat über mich.
Das Erstaunliche: Weder der wohlbekannte Stahl tragende Ostbahnhof noch die ein- und ausfahrenden gelben S-Bahnen, noch die mit dem Endziel Strausberg gekennzeichnete S-Bahn in Richtung Lichtenberg, auch nicht der hoch- und niedriggleisige Umsteigebahnhof Ostkreuz lassen sich auf Lesru Malrid ein, sie bleibt außerhalb. Sie bleibt eine Durchreisende wie die nichtssagende Luise, und dieses Nichtmehrberührtwerden, ist unheimlich. Wie ist es möglich, fragt sie sich, dass von dieser Stadt, wo ich einschließlich der Neuenhagener Zeit vier Jahre höchst intensiv gelebt habe, nur eine Stadt übrig bleibt? Wo bin ich, wo sind all meine Erlebnisse, wer hat sie

verschluckt wie ein gefräßiger Zyklop? Enttäuscht, sogar schwer enttäuscht betritt sie mit Luise den Nordzug, der über Neustrelitz weiter an die Ostsee fahren wird. Alles so mir nichts, dir nichts weg.

Die Natur aber hat uns so geeicht, dass wir uns niemals in unserer Gegenwart, im Tag, im Augenblick selbst erkennen und sehen können; nur wenn wir uns verändert haben, können wir die Gestalt, die wir einst ausfüllten, annäherungsweise sehen. Keiner kann sich selbst ins Auge blicken.

Das Quartier für die jungen Mädchenfrauen hatte Jutta Malrid in Eile und Abwägung besorgt. Sie hatte einem hilfsbereiten und ehemaligen Arbeiter aus der bäuerlichen Wirtschaft in Ostpreußen geschrieben und angefragt, ob er für zehn Tage ein Zimmer, nicht zu teuer, in seiner Umgebung auskundschaften könne.

„Du bist mir so fremd, das tut so weh", flüstert Luise bei der dampfenden schnellen Abfahrt des Zuges im nicht voll besetzten Abteil des Montags in Lesrus eng anliegendes Ohr. Draußen die zur Rache stehenbleibenden Häuser und Straßen Berlins, parallel zur S-Bahn, das Gleis befahrend, immer nur dieses Gleis. Lesru fühlt sich schuldig und sprachlos.
„Ich habe soviel Erinnerungen an und in dieser Stadt, und ich komme nicht an sie heran, ich weiß auch nicht, was mit mir los ist, nur eine Riesenlast fühle ich. Ist eben alles Scheiß." Dabei drück sie ihren Unterarm an Luisens Unterarm. Lächerlich, dass man sich wieder so einschränken muss, denken sie beide, und hätten sich doch viel lieber geküsst. Von Mund zu Mund wäre die Fremdheit erloschen. Das alte, uralte Geheimrezept, sich ganz nahe zu kommen und die andere Wirklichkeit sofort zu verlieren, der doppelseitige Kuss wäre ach, in diesem fahrenden Augenblick so bitter nötig gewesen; er hätte sie wieder zurückgeholt auf ihre winzige Liebesinsel, in ihre Liebe und Liebesmitte. Luisens

blaue Augen rollen sich nach innen, Lesrus braune Augen spießen eine ältere Frau hinter ihrer Illustrierten auf.
„Ich kann Dich die ganze Nacht bei mir haben, wir schlafen zusammen, sind nie mehr getrennt", flüstert Lesru und staunt, dass sie sich auf diese neue körperliche Nähe nur platt, lasch freut. Auch noch diese Enttäuschung, zum Donnerwetter, ich freue mich ja auf gar nichts mehr. Die ganze Liebe geht zum Teufel, wenn man sich wieder auf diese grässliche Welt einlässt.
Die Landschaft wird enthäusert, bewaldet, befeldert und weich, blaue Gewässer lugen vorsichtig in die Augen der Reisenden. Die Welt ist nicht grässlich, sie ist schön und atmet. Von Luisens strengem angespannten Gesicht, von ihrer ganzen unnatürlichen steifen Körperhaltung, diesem flatternden Sommerkleid aber spaziert eine Unlust vorweg, sitzt gegenüber, eine einzige Anstrengung, die sich Lesru nicht erklären kann. Sie färbt ab. Lesru nimmt Luisens Unlust auf und hockt in ihr wie in einer dunklen Käseglocke, ohne Luft und Licht, blaue Gewässer und Fahrkartenkontrolleur. Mensch und Welt verschwinden wie in einem Vakuum, Schwarzen Loch.

Es muss verglichen werden: Wenn sie mit Carola Wille jetzt führe, hätte es ein sie gemeinsam interessierendes Thema gegeben, das sie kontrovers diskutiert hätten, es hätte Lachschwaden davor und dahinter gegeben, eine ständige, nie nachlassende Aufmerksamkeit. Ein Hinweis von Lesru hätte Carola zum Nachdenken gebracht, die Landschaft wäre höchstwahrscheinlich einbezogen worden in ihre Gespräche. Immer umeinander kreisend, begierig nach Neuem, Belehrenden, nach der erlebbaren Welt. Jetzt, neben der Unlust sitzend, nur mit dem einzigen Thema Liebe vertraut, dass an zwei Zimmer gebunden, nicht reisefähig und versetzbar ist, sind sie beide von allen guten Geistern verlassen. Das muss erstmal eingestanden werden. Ein Gegenüber, mit dem sie nicht gerechnet haben.

Erst als sie in Kratzeburg aus dem Zug steigen und von einem alten Mann mit wettergefurchtem Gesicht in dicker Wattejacke in armoffenen Empfang genommen worden, in ein lachendes Gesicht sehen, in sein Gesagtes hineinfallen. „Ich bin Euer Quartiermacher", belebt sich Luisens Gesicht wie Lesru erstaunt beobachtet. Sieh mal an, denkt sie, sobald ein Mann ins Gehege kommt, lebt sie auf. Der Quartiermacher Ottmar Skupsch verstaut sogleich das Gepäck auf seinem Moped, erklärt den Weg zum Quartier, der sich aus einer etwa zwei Kilometer langen Landstraße bis zum nächsten Ortsteil zusammensetzt, dessen Steine er persönlich gepflastert hatte. Er fährt voraus, wo er die beiden Urlauberinnen vor einem Haus erwarten wird. Wieder sind sie allein wie zwei Eingeweide.

„Der hat früher in unserer Landwirtschaft in Ostpreußen gearbeitet", antwortet Lesru auf Luisens Frage und auf weitere Fragen, ob er verheiratet sei, Kinder habe, weiß sie keine Antworten. Sein freudiges Lächeln aber hat Luise belebt und aus der tiefen Verlassenheit zumindest auf die sommerliche Landstraße gehoben.
Es stört Lesru, dass Luise diese Fragen nach Herrn Skupsch stellt und sogar weitere, wie er nach dem Kriege nach Mecklenburg gekommen sei und nicht ihr ungeteiltes Interesse auf die neue warme Dorflandschaft, auf einen ziemlich großen blauen See, teils umschilft, auf die Schwalben und die Stille lenkt. Wie kann man so gleichgültig sein der neuen Umgebung gegenüber. Was sie gezwungen war, von Ostpreußen zu erzählen, erzählte sie widerwillig, und wie es schien, mehrfach mit Beleidigungen beschichtet.
„Das ist doch lange her, damit haben wir doch nichts mehr zu tun, ist doch schietegal, wo man geboren ist, wenn man dort längst nicht mehr lebt", behauptet sie steif und kalt.

„Ich finde das nicht egal, ein Geburtsort ist ein Geburtsort."
„Du bist eben noch ein Baby", sagt Jemand leichthin und rennt voraus. Irgendwas läuft schief, irgendetwas ist total bescheuert, denkt dieser Jemand. Der Skupsch spricht och noch dieses breite Ostpreußisch, und was hat er noch im Bahnhof Kratzeburg alles erzählt, wo Neumanns wohnen, und wo seine Tochter, alles Leute aus Klein-Maxkeim, das geht mich doch gar nichts an, wie die sich nach dem Krieg hier gefunden haben.
Es zucken jedoch in diesem Jemand, der an seinen Geburtsort Klein-Maxkeim im Kreis Preußisch Eylau nicht erinnert werden will, eigene Erinnerungen, die aufhorchen, sich gegen die Lärmschutzwand auflehnen und in Lesru nur das Gefühl verstärken, dass alles ringsum beschissen ist.
Es ist wohl natürlich, dass ein Jemand nicht an seinen Geburtsort erinnert werden will.

„So, Marjellchens, hier ist Euer Quartier", sagt die grüne Steppjacke mit weißem wenigen Haar auf dem runden Kopf, lachend, vor einem grauen kleinen Haus stehend im anderen Ortsteil. „Drüben ist der LPG Gasthof, dort gibt's was zu essen. Und wenn Ihr Euch eingerichtet habt, kommt Ihr mich besuchen. Wir haben uns soviel zu erzählen. Ich wohne in der 25, rechts vom Bahnhof. Hier sind Deine Gäste", sagt er zu einer beschürzten stumpfsinnig wirkenden Frau, die aus der grauen Tür tritt und „Juten Tach" sagt.
Luise lächelt jeden an, auch das muss eingesteckt werden. Das Klo, zuerst gezeigt, draußen auf dem Hof, wo ein Hund fuchsteufelswild an der Kette zerrt und „der beißt nicht" gesagt wird.

„Grau kahl und nicht zum Aushalten", sagt Lesru, aber es wippt und kratzt die Weite freier Tage unter ihren Füßen, die Betten- und Patientenferne, das Neue guckt doch von allen Seiten ins saubere bescheidene Zimmer

mit zwei Ehe-Ahabetten, weißem Kleiderschrank, das Waschbecken mit dem Wassereimer frischen Wassers.
„Küss mich", sagt Lesru, freudiger geworden von all den neu zu entdeckenden Dingen, Landschaften, Menschen, als sie sich aufs Bett fallen gelassen hat. Es klang wie: Zieh mir die Stiefel aus. Luise lacht und packt weiter ihre Sachen von Koffer und Tasche in den geöffneten Schrank, ein ordentliches kleines Mädchen.
„Ich werde einfach nicht geküsst", stellt Lesru fest und beginnt zu rauchen. Der Hund ist still, das kleine Fenster weist über den Garten zum nahen grünen Wald, verlockend.
„Zu Besuch bei den Kartoffeln und dem nahen Wald, die Dorfbewohner haben uns schon beäugt, bevor wir gekommen sind, einige Kerle haben bestimmt schon Witterung aufgenommen, das kann ja heiter werden", sagt Luise mit ihren kleinen erröteten Ohren.
„Warst Du denn noch niemals in einem Dorf?" „Im Urlaub nicht."
Lesru wächst inmitten des sauberen Zimmers und im Rücken des fleißigen Zimmermädchens, des nahen zarten Rückens, auf dem ihr Blick frech spazieren geht, die Aufgabe zu, einer Kleinstädterin das Leben auf dem Dorfe zu erklären, nahe zu bringen. Dazu hat sie am wenigsten Lust. Zum Ärger ihrer Geburtsvergangenheit, Herkunft, kommt noch die schnöde, vermaledeite Weilroder Zeit an ihr Bett angehopst und soll Erklärendes, Beispielhaftes auftischen, damit die Kleinstädterin etwas lernen und begreifen kann. Bude zu, Atte tot. Bleiben die Seen, die Wälder, jeder Tag mit unbekannten Wegen und Baumgruppen, Wiesen und Kuhfladen und Küssen.
„Es wird in Kratzeburg nicht geküsst", das Einzige, was sich mit leichter Zunge sagen lässt.
Das ist denn doch ein Reiz, ein Ausreißer zu viel für Luise, ein fröhlicher Schwung wirbelt sie auf, auch Liebesnot, Liebesvollständigkeit genannt, sie muss diesem halben eigensinnigen Kind, das wie eine Frau nur aussieht und breitbeinig auf dem weißen Bett alle

viere von sich streckt, mit Küssen den Mund stopfen. Will es. Tut es mit Freude und Hingabe, die Meisterin der Liebe. Und prompt hetzen und hatzen die noch kläglich vorhandenen Gedankenreste, die Orientierungsversuche Lesrus im Schweinsgalopp ab in die finsterste Windung ihres Gehirns, und sie saugt und fühlt und erhält reichlich das Zünglein an der Waage. Ihr ganzer Körper stellt sich auf die Hinterbeine und lebt wie ein begossener Pudel auf. Es leben Luisens Hände und ihre offenen sehr nahen blauen Asternsternaugen, ihr schönlippiges Lächeln ihrer Lippen tun so, als hätten sie nie ein dummes Wort durchschlüpfen lassen, rot und fein geschliffen, Lesrus Hals, sogar ihre Brustspitzen wagen sich zusammen in ein Sehnsuchtsbett hinein. Aber mitten am Tage, in der Nähe der LPG-Arbeiterin im Hause, die noch nie vermietet hat und nur dem alten Gemeindearbeiter Skupsch zuliebe das obere kleine Zimmer morgens ausgewischt, mitten im Lebenshaushalt der Anderen kann und man sich der alles auslöschenden und alles verachtenden Leidenschaft nicht hingeben, nicht aussetzen. Kein Innenschlüssel an der weißen Tür. Auszudenken, sie würden überrascht, weil sie einen Meldeschein noch nicht ausgefüllt, mit Schimpf und Höchstschande aus dem Dorf gejagt, die Nachricht zu Jutta Malrid geeilt, das Ende.
„Gehen wir doch Deinen Herrn Skupsch besuchen, er hat uns so nett eingeladen." Dieses „so nett" hat Luise auch von Lesrus Sprachgebrauch ohne Lizenzgenehmigung übernommen, wie Lesru dieselbe Sprachwendung ohne Lizenz von ihrer Mutter übernommen hatte und Jutta Malrid den gleichen Zweiwortsatz von ihrer Schwester Gerlinde Kubus übernommen hatte.
Luise sagt es schweren Körpers an Lesrus schwer gewordener Körperseite. Denn schwer werden die Körper der Liebe mit gefüllter Sehnsucht, sie torkeln nur noch in einer Richtung, sie sind schwer lenkbar. Luise im eigenen offenen Langhaar liegend schwimmt in

ihrem Element, sie verhext Männer und Frauen, sie wird selbst Liebe und ein filigranes Organ. Sie fühlt sich endlich wieder glücklich und aufgehoben als Meisterin ihrer inneren Vorgänge, sie darf wieder ein bisschen über sich staunen, über das Flüstern, Sichanziehen, sich rettungslos Verlieren, eigentlich das Spielen auf einem Instrument, Liebeskörper geheißen. In der Schwebe, als Hingabe, in der Sehnsucht will sie ihr Leben tatsächlich verbringen, und wenn es so nahe ist, sagt sie „so nett".

133

Dauergefährdet ist die Kunst, weil das Leben schlechthin dauernd gefährdet ist. Gewaltsam werde ich von meinem Erzählfluss entfernt und in ein Kellerverlies eines österreichischen Hauses versetzt, wo ein 72-jähriger Familienvater über zwanzig Jahre seine eigene Tochter missbraucht, mit ihr sieben Kinder gezeugt und drei von ihnen, die Jüngsten gezwungen hat, im Keller auszuwachsen. Ohne Erde, Bäume und Straßen, nur mit Radio und Fernsehen, ohne andere Menschen. Niemand durfte die Kellerräume betreten.
Ich kann mich gegen dieses Verbrechen nur wehren, indem ich eine uralte und wieder neu einzuführende Strafe vorschlage: den Volkszorn. Dieser Mann müsste in einem Käfig den Augen seiner Mitbürger ausgesetzt werden, tagelang und erleben, wie sie über ihn denken. Er wird in unserer Rechtsprechung gerade davor geschützt. Er wird von Ärzten als Objekt behandelt, das untersucht wird, von den Gefängnisbeamten wie ein normaler Verdächtiger, Gefangener behandelt, es wird ihm Schutz geboten, den dieser Mann nicht verdient. Vielleicht straft ihn der Volkszorn auch in dieser Weise, dass ihn niemand sehen will, vielleicht wäre das für diesen Mann die wirklichste und ärgste Strafe.

134

„Komm, wir gehen gleich im Sommerwald spazieren, wir haben doch jetzt Zeit", schlägt Lesru vor, als sie auf der Dorfstraße sich befinden und den nahen Wald zwischen den niedrigen Häusern rufen und winken sieht. Enttäuscht von ihrem Quartier, sie hat sich ein Haus am See vorgestellt. Der herbe grüne Buchenwald muss ihre körperliche Sehnsucht nach Luise tragen, weitertragen. So was.
„Ich möchte nicht in den Wald. Ich habe Angst vor Wäldern", sagt eine Einundzwanzigjährige im Jahre 1963 in der DDR. Lesru bleibt stehen in ihrer langen braunen Trevirahose und dem rotblauen quer gestreiften Schifferpullover. Der schmale Feldweg wundert: sich auch, der zwischen zwei Häusern grasbewachsen sich so gern zum Waldrand ausdehnen möchte, sanft ansteigend über diese menschliche Ortsgebundenheit.
„Du hast Angst vor einem Wald, Luise?" Das muss wiederholt und bereits im Weitergehen gestottert werden, Luise treibt an und läuft energisch voran. „Warum denn das, woher kommt, das? Denkst Du, der schwarze Mann lebt noch und erwartet Dich?"
„Lach mich nur aus. Ich weiß es nicht. Als Calau bombardiert wurde, zogen wir in den Wald, seitdem meide ich Wälder."
Da steht plötzlich auch eine Wand auf und sie hat geredet, sie kann zumindest begründen und sich vor weiterem Unheil schützen. Lesru ist platt gehört. Sie gehen die Kopfsteinstraße unter dem sich bewölkenden Himmel weiter, langweilig Stein für Stein. Im Wald hätte es soviel Lebenslust und ein Aufatmen gegeben, soviel Freiheit.
Es handelt sich ohne Zweifel um eine Kriegsschädigung allererster Güte, aber weder dieses Wort noch diesen Begriff kann die Freundin und Geliebte von Luise denken, noch annehmen. Sie fühlt in sich eine Lust zum Hallotriaspielen, es juckt im Inneren, es stößt sie mit ballistischer Kraft ab von jener Wunde in Luise. Unfassbar: Angst vor dem Wald! Peinigend und peinlich

Meter um Meter, umgeben von den kleinen Pflaumenbäumchen auf der Landstraße. Zwei Menschen in zwei Kratern können sich nicht sehen. Keine Fragerin und keine Antworterin. Der noch immer Angst verursachende Wald bleibt unbetreten. Lesru, selbst noch in der Unheimlichkeit der Fluchterlebnisse von Schlesien nach Sachsen stecken geblieben und gefangen, wagt keine weitere Warum-Fragen auf der Landstraße zu stellen, überhaupt nicht, und Luise schweigt.

Die dreijährige Luise mit zwei dünnen blonden Zöpfen lief mit dem verängstigten Verwandtentross in jenen Wald, den sie von den Grimmschen Märchen "Rotkäppchen" und auch "Schneewittchen" als etwas Großes, Unheimliches fürchten gelernt hatte. Dort nämlich lauerten Ungeheuer, die Kreide fraßen und sich freundlich stellten. Ihre Großmutter hatte ihr eifrig und frisch von der Leber weg diese Märchen erzählt, unabhängig davon, was sich im deutschen Luftraum während des Krieges tat. So fielen Bomben von oben und von unten die Angstgeschosse aus den Märchen. Luise hatte alles geglaubt und wörtlich genommen, Fragen, Erklärungen gab es keine. Und als dann in jenen Lausitzer Kiefernwäldern Deserteure am Baum hingen, die in den Wald geflüchteten Menschen ihr Leid und jenes der Aufgehängten beklagten oder auch nicht, als sich das Chaos ausbreitete und kleine verängstigte Mädchen nur eine zusätzliche Plage waren, ein Dreck waren und endlich ihre Klappe halten sollten, vermengten sich die Beine der Erwachsenen mit den rissigen Kiefernstämmen. Das Brot wurde höchste Größe, sein Besitz die höchste Größenordnung, alles verklumpte sich zu einem Schau- und Schmerzensplatz, der eigentlich nie mehr betreten werden sollte. Er wurde aber wiederholt betreten trotz tränenreichen Protestes, die Kriegsfront nahm keine Rücksicht auf verängstigte Mädchen, gar nicht. Die Feldtsche Wohnung wurde zerstört, eine halbe Straße niedergelegt, und die

Großeltern zogen mit Tochter und Enkeln erneut in den Wald, kampierten in einem Erdloch, umgeben von Brombeeren; denn Luise hatte noch eine um drei Jahre ältere Schwester, die anders war, die schon fleißiger war und Pilze von Pilzen unterscheiden konnte.

„Deine Schwester, was macht sie eigentlich?", das lässt sich nach der Waldentfernung auf der Skupschen Landstraße fragen. „Sie ist auch Krankenschwester und hat einen Ingenieur geheiratet, zwei Kinder und der ganze Stolz meiner Eltern. Sie hat sich ins Höhere begeben und singt doppelt und dreifach mit bei den Apostolen."
Eine Schwester, Lesrus ewige Sehnsucht fühlt sich heraus. Eine leibhaftige Schwester hätte sie zu gerne gehabt und stattdessen, eine zierliche Geliebte, die Angst vorm Wald hat.
Also mit der versteht sie sich och nicht, denkt Lesru und bleibt vor dem Konsumgeschäft in einem Backsteinhaus stehen. Sie haben Kratzeburg wieder erreicht, und es ist zu überlegen, was Herrn Skupsch mitzubringen sei.

Eine während der Arbeit in der Psychiatrie entstandene Oberflächlichkeit reduziert bereits Lesrus inneres Leben, stoppt sensible Fragen zum Beispiel nach dem Schwesternverhältnis, verödet sie in zunehmendem Maße, ohne dass sich Lesru dessen bewusst geworden wäre. Als arbeitete mechanisch ein laufendes Messer in ihr, das alle tiefer gehenden Fragen nach anderen Menschen kurzerhand abschneidet. Auch jetzt vor dem kleinen Konsumgeschäft fühlt sie eine solche zähe Gleichgültigkeit zu Herrn Skupsch, die sie sich nicht erklären kann. Die Erklärung für ihr gestörtes Verhältnis zu anderen Menschen aber liegt auf der Hand: Lesru hat die Geisteskranken, die Reduzierungen ihrer Persönlichkeiten Tag für Tag und in den Nächten gesammelt und war überfüllt. Weil ihre Seele, das Empfangsorgan, nur eben das Eine tun kann: Eindrücke sammeln und das Andere, ihre eigene Bewegung blockiert ist. Weil die Kraft zur Erinnerung und Reproduktion fehlt, stumpfte sie unter dieser Last ab.

„Eine kleine Flasche Schnaps reicht doch", sagt sie lässig, als sei ihr alles lästig und die freundliche Verkäuferin zuwider. Sie sehnt sich noch immer nach erfüllter Sexualität, etwas anderes fällt ihrem Körper nicht ein. Eine Schande.
„Wir nehmen eine große", sagt Luise bestimmt und verlangt eine große Flasche Korn, bezahlt. Das wird nachher geteilt, sagt sich Lesru und staunt, weil Luise das Heft in die Hand nimmt, als sei sie in Kratzeburg zu Hause. Die Flasche wird eingepackt, Luise lässt sich sogar die Rabattmarken geben, die sie zu Hause in ein Heftchen einklebt. Du lieber Gott. „Kleinlich, aber wahr", spottet Luise mit hellem Pferdeschwanz im hellen Nacken, sie lacht mit ihren viellippigem Mund und bleibt unempfindlich der in der Luft schwebenden Kritik gegenüber. „Ich machs für meine Mutter." Auch das noch.
Die Verkäuferin akkurat gekleidet und frisch wie ein Blumenstrauß, auffallend hübsch und zuvorkommend, erzeugt in Lesru einen heftigen Widerwillen, eine unerklärliche Abneigung, ihre abgestumpften Sinne brechen wie eine Lawine hervor. Die is och bloß en Dreck wert, denkt Lesru, ohne mit der Wimper zu zucken. Stimmt das, ist das wahr, dies kann sie sich mit Müh und Not noch fragen und natürlich das alte Lied: Is doch sowieso alles scheißegal, dieses alte Lied kann noch gedudelt werden. In diesem lebensgefährlichen, jämmerlichen Zustand steht sie mit Luise vor einem der nächsten Backsteinhäuser vor der Nummer 25 und klopft an die Tür von Ottmar Skupsch.

Herein wird nicht gesagt, der alte von Wind und Wetter gegerbte Mann empfängt seine Gäste aus Ostpreußen mit offenen Armen in der geöffneten Tür. Seine grüne Steppjacke hängt jetzt an einem Nagel an der Tür, er trägt ein zerknittertes weißes Hemd und besteht nur aus

Freude. Luise betritt als Erste das total verschmutzte, verdreckte Gemach des alten Herrn, dessen zwei Fenster milchig blass keinen Ausblick nach draußen gewähren. Auf den wenigen Möbeln lagert mehrjähriger Staub, auf einem Wachstuchtisch feixt schmutziges Geschirr und auf einem Sessel drängeln sich diverse Kleidungsstücke, sodass die Form des Sessels nicht zu erkennen ist. Und so fort. „Herzlich willkommen in Mecklenburg, den Schnaps trinken wir zur Begrüßung", sagt der Fünfundsechzigjährige begeistert, einige Sachen fliegen von zwei besetzten Stühlen," jetzt feiern wir ordentlich unser Wiedersehen!"
Die beiden unbekannten Damen stehen sprachlos im alteingesessenen Dreck, man müsste hier mal sauber machen, denkt Lesru, aber wie. Während Luise schon den Gedanken hat, wie man den alten Herrn ausquartieren könnte, um hier gründlich sauber machen zu können. Es juckt ihr schon in den Händen. „Wann ist denn Ihre Frau gestorben?", fragt Lesru und „wo leben Ihre Kinder?" beim Schnaps eingießen in benebelte runde Gläser. Sie weiß so gut wie nichts von diesem Mann und es ist ihr auch gleichgültig.
Wieder fühlt sie diese Gleichgültigkeit, diese schale Laschheit zu einem anderen Menschen, er mochte erzählen, was er wollte, nichts davon dringt in Lesru wirklich ein. Weit entfernt fühlt sich Lesru, und das Schicksal dieser Familie am Kriegsende, ihren Neuanfang hier in Mecklenburg, das Schicksal anderer mit den Skupschens befreundeter Familien, allesamt Arbeiterfamilien Landarbeiterfamilien auf dem Gut ihres Vaters, bleiben im Nebel der Empfindungslosigkeit stecken. Sie raucht nur, was das Zeug hält.
Der Schmutz aber hat auch etwas zu sagen, wenn das Höhere, das Nähere, Lebendige nicht angenommen, nicht verstanden werden kann, er verbindet sich mit den negativ geladenen Teilen in ihrer Seele zu einem Gefängnis, das nur durch einen Befreiungsschlag verlassen werden kann.

„Wir möchten gern bei Ihnen sauber machen, Herr Skupsch", sagt sie unvermittelt mitten in seine Erzählung vom Arbeiten als Gemeindearbeiter in Kratzeburg. Peinliche Unterbrechung. Luise winkt mit ihren blauen Augen.
„Das ist nicht nötig, Ihr werdet doch hier nicht anfangen, meine Bude auf den Kopf zu stellen, wird sowieso wieder alles dreckig, von alleine", lacht der Gastgeber und schaut irritiert von einer Frau zur anderen. Sein rundes gefurchtes Gesicht mit den kräftigen graubraunen Augenbrauen, der breiten Nase, sein gedrungener Körper auf dem Kleiderhaufen des Sessels sitzend, hebt sich unbeholfen hoch, als hätte er einen Befehl erhalten.
„Wenn Ihr mich rausschmeißt, gehe ich eben. In die Kneipe hier, Ihr kommt dann nach", sagt er widerwillig und gehorsam. Plötzlich ist der Raum leer.
„Dürfen wir das überhaupt tun?", fragt nicht Luise, sondern Lesru. „Gott sei Dank, jetzt haben wir freie Fahrt", erwidert Luise und öffnet die vergriesten Fenster, "mit den Fenstern fang ich an, Du kannst abwaschen." „Der hat doch kein Klarofix", sagt Lesru von Luisens Tatkraft wie gelähmt. „Aber Wasser hat er", sagt sie. „Wie kann man nur in diesem Dreck leben, verstehe ich nicht. Also los geht's, Lesru."
Lesru aber setzt sich schwer wie die Nacht geworden an den Tisch und staunt über ihre putzmuntere aktive Freundin. „Der soll seine Bude nicht wieder erkennen", sagt Luise fröhlich und zerknüllt Zeitungspapier zum Trockenreiben der Fenster. „Und was soll ich machen?" „Na den Abwasch eben musst Dir alles zusammensuchen." „Aber ich kann doch nicht in seinen Schränken wühlen." „Musst Du aber, beim Herd steht eine Schüssel und Fit hat er auch, einen Lappen wirst Du auch noch finden, erst machen wir die obere Etage sauber, zum Schluss wird unten alles gewischt. Und die Sachen vom Sessel hängst Du einfach in den Schrank." Lesru staunt ohne Ende über Luise, die hier wie zu Hause zu sein scheint. Sie fühlt sich kraftlos, elanlos,

mies, als hätte jemand zu einer Kranken gesagt: Nimm dein Bett und wandle. Und wäre doch zusammengebrochen.

135

Nach zweistündiger lustvoller, lustloser Arbeit - Luise hatte das Bett abgerückt und Staubkaskaden, große graue Milbenhaufen aufgekehrt, die ihr den Weg unter andere Möbelstücke wiesen, nach zweimaliger feuchter Auswischung - sagt Luise: „Jetzt brauche ich einen Schnaps." „Du hast ja fast alles alleine gemacht, danke", sagt Lesru und versucht die frische Ordnung, die durchsichtig geputzten Fenster, die weißen Fensterbretter, den schönen rostfarbenen Ohrensessel, die blitzenden sauberen Holzdielen, die sogar gestapelten Zeitungen, die hinter dem Haus ausgeschüttelte Bettdecke, aus der dunkle Herbstwolken abflockten, mit dem Ersteindruck des Zimmers zu verbinden. Es war eine Oase in der Wüste entstanden. Das Innere des Küchenschrankes begann Luise auch gründlichst zu säubern, nachdem sie ihn inspiziert hatte und Lesru gedacht, jetzt sind wir endlich fertig, aber Luise fing noch einmal von vorne an.

Eine Mitbewohnerin ließ nicht lange auf sich warten bei diesen seltsamen Geräuschen und Knisterbewegungen, ihr erklärte Lesru die Lage, und die Mitbewohnerin verschwand und legte sich hinter ihrer Tür auf die Lauer. „Sind Sie verwandt mit Ottmar?", wollte sie wissen, die Frage musste verneint werden.

So ist es später Nachmittag geworden, die Sonne bescheint schon das Ostufer des Sees, den die Fremden auf der Landstraße kaum wahrgenommen, geschweige gewürdigt und begrüßt hatten. Lesru sehnt sich nach freier Bewegung, nach diesem blauen Gewässer, nach Schilf und den unbekannten Bäumen und Baumgruppen in der üppig bewachsenen Landschaft, sie hat Häuser bis zur Halskrause satt.

„Er hat uns doch eingeladen, außerdem brauche ich einen Schnaps, und essen können wir doch auch was."

Das dörfliche Gasthaus war umstanden von zwei kurz geschnittenen Lindenbäumen. Na ja, man kann ja mal reingehen, Bratkartoffeln mit saurem Fisch essen, sich von Leuten begucken lassen. Luise geht voran, bleibt vor der Tür zum Gastraum stehen, der übliche Bier- und Männergeruch. Sie legt noch im Schweiße ihres Angesichts, zwei Finger auf Lesrus Mund, lächelt in ihrer schönen Weise, was bedeutet, unserer Liebe ist jedes Kraut gewachsen, fürchte dich nicht, mein Liebes. Derart ermuntert, diese Stärkung wirklich aufsaugend, brauchend, so, als seien sie doch endlich sich wieder nahe und nicht länger zwei arbeitende Besen und Wischlappen, berührt Lesru Luisens zerzausten Pferdeschwanz mit ihrem Mund, und die Tür öffnet sich. Frischer Dunst, frischer Rauch und altes Kneipenleben öffnen sich mit einem Schlage auf schwarzem Dielenfußboden, vor der gelb glänzenden Theke, unter kleinen Tischen und unter den schweren Schuhen und Stiefeln einiger im Kreis stehender Männer, die sofort still werden und die jungen Frauen mit großen doppelt und dreifachen Augen anwiehern.
Mittendrin Herr Skupsch. Er tritt aus dem Kreis der Männer heraus, den jungen Frauen entgegen, die eine schlichte und formlose Wiederbegrüßung erwarten.
„Das ist die Tochter meines früheren Chefs, des Gutsbesitzers Ulrich Malrid in Ostpreußen und das ist ihre Freundin", sagt er nicht.
Er triumphiert es in blankem Stolz, schüttelt beiden Frauen die Hände, eine Pranke das Handgebilde, und sieht seine Kratzeburger an. Einige starren ungläubig, schweigen, andere sehen verächtlich zu der besagten Tochter eines Gutsbesitzers. Ein kühnes Schweigen sammelt sich im Gastraum an. Luise steuert schnell einen freien Ecktisch an, als wüsste sie, was in der leichenblass gewordenen Lesru vor sich geht.

„Jetzt haben wir keine Gutsbesitzer mehr, und es ist besser so.“ Einer.
„Die wollen wir och gar nicht wieder zurückhaben, jetzt geht’s uns viel besser."
Ein Anderer: „Die können uns gestohlen bleiben, die Kriegsverbrecher und Ausbeuter."
Ein Vierter: „Wir murksen lieber für uns selber." Ein Dritter und Gelächter.

Entlarvt. Bloßgestellt. Schlimmer.

Jetzt kommt alles raus. Die Fälschung im Fragebogen. Die Lebenslüge. Wir waren offiziell Großbauern, besaßen nicht mehr als einhundert Morgen Land.

Wenn sich einer von denen in Torgau erkundigt ...

Es war das erste Mal seit ihrer Rückkehr vom Gefangenenlager vom Ural, dass Jutta Malrid mit ihren kleinen und jüngsten Kindern ein Einzelgespräch führen wollte. „Die Mutti will mit mir ganz allein sprechen", sagte sich die dreijährige Lesru in der ersten gemeinsamen Engwohnung in der Weilroder Schule. Ein heißes aufregendes Gefühl. Allein mit mir hat sie noch nie gesprochen. Erst war Fritz dran, im Schlafzimmer, wo nur zwei Betten hintereinander standen und in ihnen drei Menschen schliefen. Es dauerte lange, aber nicht zu lange, bis Fritz mit vollem Gesicht herauskam.
„Lesru, Du bist schon ein vernünftiges Kind", sagte die hohlwangige Frau mit ernster Stimme. Sie saß auf dem Bett und sprach in das stehende Mädchen hinein, ohne sie zu berühren.
„Wenn Dich jemand fragt, wie viel Land wir in Maxkeim besessen haben, musst Du unbedingt hundert Morgen sagen." Die Stimme klang fest und absolut klar. „Wenn Du sagst, ich weiß nicht oder eine andere Zahl nennst, muss ich ins Gefängnis und wir müssen alle verhungern. Denn in einer Fabrik kann ich nicht arbeiten, dafür bin ich zu schwach. Wirst DU das sagen,

hast DU mich verstanden, Lesru?" Gewölbte Stirn, kalter Blick durch die Hornbrille. „Wir waren Bauern und nicht Gutsbesitzer." Das kleine todernst gewordene Mädchen hatte alles verstanden und versprach, Wort zu halten und niemals ihre Mutter zu verraten.
Jutta Malrid aber hatte diese Lüge gebraucht, um jenen Beruf zu ergreifen, der ihr und ihrer Ausbildung als studierte Gartenbautechnikerin am nächsten lag, um Lehrerin für Biologie an der Grundschule in Weilrode zu werden. Mit der Herkunft Gutsbesitzerin hätte sie ihr Talent und ihre Neigung niemals realisieren können.
Um die Lüge in den Bereich der Nichtlüge fest zu satteln, bat sie Herrn Skupsch etwas später, ihr doch in einem Brief zu bescheinigen, dass sie eine große Bauernwirtschaft besessen hatten und keine Gutsbesitzer waren. Was Herr Skupsch, froh, dass er von Frau Malrid, die er für tot hielt, umgehend und mit großer Freude in einem Brief bescheinigte. Dieser Brief wurde Gott sei Dank nie von fremdem Auge gelesen.
Woran sich Lesru in der Kneipe nicht erinnern kann und einen Teil ihrer sonderbaren Angst erklärt, in der sie sich am Ecktisch befindet, ist das Erleben im Anschluss an das Einzelgespräch mit ihrer Mutter.

Denn nun hatte die Dreijährige eine Verantwortung für die Familie zu tragen, der sie gewachsen sein musste. Jeder Erwachsene, der auf der Dorfstraße auftauchte, an ihr vorüber fuhr mit dem Fahrrad, aus dem Haus schritt, war ein großer Angsteinflößer und das neugierig schöne Schlendern, das Ansehen jeder Blume, jeden Vögleins und jedes Pferdes, das innige Zusammenleben mit all diesen Lebewesen außerhalb der Familie, war ab sofort gestört, sogar zerstört worden. Mit der Milchkanne in der Hand auf dem Weg zur Molkerei gab es ab sofort nur Männer und Frauen, die nichts anderes wollten, als Lesru auszufragen. Schrecklich, an der Schranke stand schon wieder ein unbekannter Mann. Lesru wurde steif, steifer, am steifsten und hatte im Köpfchen nur zwei festgewachsene Worte: „Hundert Morgen, hundert Morgen, hundert Morgen." Es schmerzte sehr, dass sie die Schwalben nicht mehr ansehen durfte, die kleinen Steinkinder, dass sich die ganze Morgenstraße entleerte und der schreckliche Mann sich ihr näherte und näherte. Als sie ihn, längst auf die andere Straßenseite ausgewichen, begegnete, stockten auch die zwei Wörter, sie fühlte seinen durchdringenden Blick, eine Angstwelle überschüttete sie, es wurde ganz dunkel und in dieser Dunkelheit musste sie weitergehen. Er hatte nichts gesagt. Dieses Tiefenspiel wiederholte sich an den nächsten Tagen, es blieb als große Angstschatulle erhalten und rührte sich erst jetzt, nach achtzehn Jahren, im 21. Lebensjahr in einem Mecklenburger Dorfgasthaus. Guten Tag, unbekannter Mann auf der Dorfstraße!

Aber jetzt fühlt sie mehr, als sie in der wieder gekehrten Dunkelheit erlebt, Luisens warmen Blick auf sich, hört in der Angstblase sitzend, wie Luise souverän das Essen bestellt, dazu zwei Bier, entgegengenommen von einer geziert fragenden Frau, die ihre Verachtung für Gutsbesitzer wie ein volles Tablett vor sich herträgt.
Herr Skupsch aber hatte mit den Mädchen in seiner Bude alles Nötige bereits abgesprochen, seinen großen Fehler erklärt, der darin bestand, Herrn Malrid nicht die letzte Waffe, die sich im Kleinstdorf Maxkeim noch in der Hand eines Menschen befand, abgenommen zu haben. Er hatte seinen Chef im Januar 1945 dringend gebeten, die Pistole zu überlassen, aber der Malrid gab sie ihm nicht, seinem Angestellten. Er erschoss sich, bevor die Russen ihn erschießen konnten. Aus Überzeugung, die Russen würden jeden Gutsbesitzer sofort abknallen. Das lodert noch in dem Gemeindearbeiter weiter, und deshalb kommt er auch nicht an den Tisch der Mädchen, sondern sitzt allein in der Nähe der Theke. Das erzählt er auch nicht Hinz und Kunz, die weiterhin im Kreis an der Theke stehen und allmählich über ihre eigenen Arbeitsprobleme

diskutieren. Aber die Vergangenheit sitzt im braunöligen Gastraum und ihre Entfernung wird allgemein und möglichst schnell erwünscht.

Muss ich jedem neuen Einschlag nachgehen und ihn untersuchen?
Die Unterbrechungen häufen sich. Ich muss es wohl tun, denn wir leben im lebendigen Zusammenhang mit allem, was wir Geschichte und Gegenart zu nennen gewohnt sind. Eine schwere, fast bleierne Müdigkeit hemmt mich, den lustvollen Faden meiner Geschichte wieder ins Strickzeug aufzunehmen. Die schwere Müdigkeit verabreichte mir Karl Schirdewan, der Kommunist. Elf Jahre von den Nazis interniert, gefoltert und in Sachsenhausen, Flossenburg, zuletzt auf dem Todesmarsch nach Dachau von der immer zuverlässigen Solidarität der Genossen in der ersten Reihe gehend geschützt, weil nur sie das Tempo des Marschierens bestimmte. Dieser Mann wurde ein Jahrzehnt später von Ulbricht als Feind der SED bezeichnet, weil er es wagte, am Führungsstil der Parteispitze Kritik auszusprechen.
Den Menschen sollte immer die Wahrheit gesagt werden und der Sozialismus ein menschliches Gesicht erhalten. Nunmehr musste dieser Mann die Krakenarme der Stasi am eigenen Leibe, wieder etwas am eigenen Leibe erleben: Überwachungen, Drangsalierungen seiner jugendlichen Kinder. Am eigenen Leibe und das ein Leben lang bis zum Ende der DDR. Auch er konnte sich nicht schützen und auf intellektuelle Hinterbeine stellen. Nehmen wir sie doch an, die noch immer sprudelnden Quellen der Müdigkeit!

„Ich komme mir vor wie ein Schwein, wie eine Tochter von einem Kriegsverbrecher", sagt Lesru am Schilfsee

endlich nach langem Schweigen zu Luise, die unentwegt und gar nicht entmutigt, Lesrus Hand fest in ihrer Hand hält. Denn es muss ein Mensch beschützt werden.
„Und wenn jemand von den Bauern nach Torgau schreibt und anfragt, warum eine ehemalige Gutsbesitzerin überhaupt Lehrerin an einer sozialistischen Schule geworden ist? Dann kommt die große Lüge ans Licht, meine Mutter ist erledigt und kommt vielleicht noch ins Gefängnis."
Das blaugraue Wasser des offenen Sees hat auch etwas zu sagen und was es sagt, ist gut. Der Himmel bewölkt, eine dunkle Wolkenwand schiebt sich vom Westen in das offene Land und kühlt mit Vorwind.
Luise war durch den Reinfall Geschichte fröhlich geworden. Dass Lesru eine Bauerstochter sein sollte, erschien ihr schon immer unwahrscheinlich, nun ist ihre Herkunft herausgeschlüpft in solcher köstlichen Kneipenszene, dass sie komischerweise ins Lächeln geriet. Nun hatte Lesru, die Übergeliebte und ihr Überlegene doch auch etwas auf dem Kerbholz, und es war nur gerecht, einen Makel in der Familie der Freundin zu finden, die der ihrigen überlegen war.
„Keiner von denen wird nach Torgau schreiben, die haben alle was anderes zu tun", sagt sie völlig entspannt und lächelt mit ihren schönen Zähnen ins Wasser.
Lesru aber muss an einen fremden Mann denken, der seine Pistole nicht Herrn Skupsch gegeben hatte. "Vater", das Wort kennt sie nicht. Auch nicht das Wort "Vati" wie es im kleinen gedrungenen Gutshaus in Ostpreußen gesprochen wurde.

136

Die Briefe von Vincent van Gogh an seinen Bruder Theo lagern in einem gelben Leineneinband auf dem Nachttisch und auf dem rechten Nachttisch Hölderlins "Hyperion". Luise hatte die beiden Bücher passend,

wozu, zurechtgelegt, bevor sie weggingen, als wollte sie den ersten gemeinsamen Leseabend in einem Zimmer vorbereiten.
„Das kannst Du doch nicht machen, wie sieht denn das aus, das Schöne lässt sich nicht organisieren", hatte Lesru gefaucht und die beiden Bücher in einen Topf geworfen.
Als die Rückkehrer von einem denkwürdigen Kneipenbesuch ihr leises Zimmer im ersten Hofstock wieder betreten, schlägt Lesru augenblicklich eine andere Liebesbeziehung entgegen, die Bruderliebe. Mit weitem gierigen Herzen fühlt sie die geistige und die leibliche Spannung zwischen diesen beiden Brüdern und sie muss sofort ohne Rücksicht auf eine nahe lebende Person in diese Beziehung hineingehen wie in ein herrlich geöffnetes Zelt. Zu jenem van Gogh, der sich selbst an verschiedenen Orten suchte, so leidenschaftlich suchte und seinen Weg zur Malerei spät fand und dabei immerfort sprechen musste, erklären, fassen musste, was ihn bewegte. Lesru wirft sich aufs Bett und liest den dritten Brief. Hier ist sie zu Hause, im Dialog, im Dauergespräch, im vorsichtigen Abklopfen von Farben, in verwandtschaftlichen Mitteilungen, im belgischen Bergbaurevier. Es wird ihr undeutlich, schemenhaft bewusst, dass ihr Herz, ihre Liebe diesem Vincent gehört, seinem Ringen nach seinem Gegenstand, es reißt ihre verwachsene Seele nicht endlich auf, aber Vincents Geist umkühlt die heißeste Stelle in ihrem Körper. Es weht, es ahnt, es will sich etwas weiten in ihr …
Luise beginnt den Briefroman “Hyperion" zu lesen, ihre Augen lesen die Sätze, aber ihr Geist sitzt noch in der Kneipe neben dem Kartoffelsalat mit Bockwurst. Sie wusste gar nicht, dass sie großen Hunger und am liebsten noch eine Portion gegessen hätte, aber Lesru sowie die scheel glotzenden LPG-Arbeiter drängten auf Trennung und auf das Ende der Gesamtstörung.

Nach dem nächsten und übernächsten Tag, die sie am See und auf Lesrus Wunsch auf Feldwegen erlebten, immer draußen, nahe der erntereifen stolz wogenden Roggenfelder, zusammen mit den Schmetterlingen und Libellen am Seeufer, wird aus dem schockierenden Vorfall im Gasthaus eine heikle Angelegenheit. Lesru beobachtet auf Schritt und Tritt im Dorf und darüber hinaus die Reaktionen der Kratzeburger, ob sie etwa mit dem Finger auf sie zeigen würden und sagten, pfui Teufel, Gutsbesitzertochter oder dasselbe dachten und hintenherum Abfälliges über sie sagen könnten. Spießrutenlauf. Das ist in den ersten Morgenstunden anstrengend, lockert sich am schmalen Seeufer, wo eine Badestelle für Wenige sich breitmacht, beiderseits vom ewig lispelnden Schilf geschützt und wo regelmäßig ein Fischer mit seinem Boot in der Mitte des Sees sichtbar ist. Luise versucht nur einmal noch Lesrus Befürchtungen ad absurdum zu führen, dann hat sie es satt und Lesru trägt ihre unabgeschwächten Befürchtungen tapfer allein.
Sie kann sie ertragen, weil sie van Goghs Lebensraum gefunden hat, mit ihm zusammenlebt, atemlos und voller bewundernder Liebe. Die Auseinandersetzungen Vincents mit seinem Pfarrervater versteht sie, seine Sehnsucht nach etwas Eigenem, Großen, was seiner Gottsuche nicht widerspricht, fühlt sie als ihre eigene Sehnsucht. Weil sie also ein Doppelleben entwickelt, ein geistiges selbstständiges führt und das Alltägliche neben und mit ihrer Freundin, schrumpft allmählich die Entlarvung ihrer Herkunft zu einer heiklen Angelegenheit, sodass sich auch die erste rettende Reaktion, sofort ihrer Mutter zu schreiben, sie zu informieren, vertagt und weiter vertagt, zumal Briefe mit heiklen Inhalten auch gelesen werden könnte. Sie will jedoch gleich nach dem Urlaub nach Weilrode fahren, um ihr diese Geschichte zu erzählen.

Denn die Gutsbesitzer, so steht es in Wort und Bild, in jedem Geschichtsbuch, waren die schlimmsten

Ausbeuter auf dem Lande gewesen, Drahtzieher reaktionärer Regierungen, Junker mit Stiefeln und Lederpeitsche, vom Volk noch mehr verachtet als Fabrikbesitzer.

Dass aber ihr Vater auf dem kleinen heruntergewirtschafteten Gut in Maxkeim kein solcher Typ war, sondern ein Gewissen hatte, dass er vom ersten, mit viel Fleiß und Mühe erwirtschafteten Gewinn sich nicht einen PKW kaufte, wie von seiner Frau gefordert, sondern ein erstes massives Steinhaus für eine kinderreiche Arbeiterfamilie bauen ließ, das weiß Ottmar Skupsch, aber nicht Lesru, die Tochter. Obwohl sie diese Geschichte kennt, weiß sie sie nicht anzuheben, gegen das Vorurteil zu stellen, denn sie kann sich selbst nicht sehen, nicht als vollwertiger Mensch begreifen. Sie lässt, weil ihr die ureigenste und frühste Vergangenheit abgeschnitten, verbaut ist, alle Zügel schleifen. Sie kann sich nicht verteidigen, nicht aufrichten, nur lieben kann sie und alles, was Recht ist, tun.

137

Am vorletzten Abend - Vincent erforscht und hadert mit seinen Farben und Gegenständen, er trägt bereits das hungernde Antlitz des armen Künstlers mit seiner Staffelei hinaus vor die herrlichen Gegenstände der Natur; er hat endlich eine Frau mit Kind gefunden und in seine Wohnung aufgenommen und viel Geld seinem Bruder Theo gekostet; er muss mit jedem Cent rechnen; er musste sich von seinem Elternhaus lossagen, weil er eine Hure mit Kind zur Frau genommen – findet im Kratzeburger Gasthof ein Tanzabend statt. Na und. Herr Skupsch redete den Mädchen sehr zu, für ihn sind es Mädchen, doch und sogar unbedingt zum Tanz zu gehen, er sei doch überall bekannt und sie gewissermaßen auch seine Gäste. (Für die Reinigung seiner Wohnung hat er sich hilflos und verlegen bedankt und sie nie wieder erwähnt.)

Ihre weibliche Vertrautheit ist indessen gewachsen. Luisens Gepflogenheit, sich die Zähne zu putzen, den Kopf weit nach hinten zu beugen beim Wassergurgeln, reizt die auf dem Bett liegende Freundin zum Lächeln, ein angenehmes komisches Geräusch.
„Warum putzt Du Dir die Zähne vor dem Knall und Fall?" Es Zeit zum Aufbruch, die Schwofmusik schon hörbar und Zeit zum Loswerden der Ballonkleidgeschichte beim ersten Tanzabend in Weilrode, zu dem die Brüder Lesru eingeladen hatten. Luise grient. Im weißen BH und Unterwäsche steht sie, die Geputzte, vor Lesru und grient so herzhaft über das Missgeschick ihrer Freundin, sieht sie förmlich nach neuster Pariser Mode gekleidet am Tisch sitzen unter den bunten Papiergirlanden vom vorjährigen Fasching, aus steifen Augenwinkeln beobachtet, der höhnischen Verachtung preisgegeben, aber quarzend wie eine alte unschuldige Dame, die Malrid aus Berlin. Sie muss ihre Freude, auch ihre eigene Lebensfreude sofort mit einem Kuss auf Lesrus Mund kundtun, die Sprache verändern, die Sprache ins Verließ jagen und die Zärtlichkeit arbeiten lassen. Die schöne Zärtlichkeit mit frisch geputzten Zähnen.
„Wollen wir nicht lieber hier bleiben", das spricht sich durch die zarte Zärtlichkeit, dicht in Körpernähe.
„Nein, wir haben es Herrn Skupsch versprochen. Außerdem können wir ja zusammen tanzen." Das lächelt und lockt und steht auf und kleidet sich an. Auch noch schön machen für die Dorfjugend, denkt Lesru, staunend und widerwillig. „Vor allen mit Dir zusammen tanzen, wie stellst Du Dir das vor, ich müsste Dich in einer Tour küssen", wendet Lesru ein und hört gern die zu erwartende spitzbübische Antwort, „dann tu es doch, mein Liebes." „Vielleicht verliebst Du Dich auch, und ich bin total abgeschrieben", sagt Lesru plötzlich mit tieferer Stimme, mit der Begleitstimme und sieht Luisens

Rücken im hellen glockenförmigen Sommerkleid an, sie dreht sich nicht um. Sie dreht sich nicht um, sondern blickt im Spiegel über dem Waschbecken in ihre blauen Augen. Bricht die Welt zusammen? Lesru wartet gespannt auf den Weltuntergang. Es kräht aber nur ein Hahn aus der Hühnernachbarschaft. „Na klar verliebe ich mich in einen wunderschönen jungen Dorfältesten mit Haus und Garten", antwortet Luise voller Verachtung für männliche Herrschaftswesen, ihre Stimme klang wie auf einem Kamm geblasen.

Kaum aber haben sie den Vorsaal und den grell wogenden Tanzsaal betreten, noch im Dissonanzton ihrer erschreckten Beziehungen, werden die beiden fremden weiblichen Wesen von jungen Tänzern erwartet und einzeln in Polkas, Walzer und Tangos gebogen, dass ihnen Hören und Sehen vergeht. Sie verlieren sich aus den Augen. Die männliche junge Dorfmannschaft hat tatsächlich auf die beiden Urlauberinnen gewartet, sie sind jetzt an der Reihe, die Bekannten vom alten Skupsch auf Herz und Nieren zu prüfen. Du lieber Himmel.

Der ehemalige Kämmerer von Klein-Maxkeim, zuständig für alles Besondere auf dem Gutshof, sitzt bei seinem Freund Herbert am Stammtisch in seinem schwarzen Anzug und weißem Hemd und strahlt Freude aus. Sein gefurchtes viereckiges Gesicht mit dem weißen Haar leuchtet trotz der Rauchschwaden in den Saal voller wogender junger Körper, mit dem Fuß unter dem Tisch klopft er den Takt mit, Herbert ist kleiner und älter als er, auch ein Witwer, aber versoffen. Ihm hat er von der nächsten Familienfeier bei seiner Tochter erzählt, von der baldigen Heirat seines Enkels in der Nähe von Feldberg und von einem kleinen Motorrad, das er sich von einem aus dem Nachbardorf abkaufen würde. „Dann knatter ich durch die Landschaft", sagt Ottmar. Aber im Gedröhn der Kapelle, drei Mann hoch, nix zu verstehen. Die Mädchen haben sich gut benommen, keine hat die Kerle bezirpst oder sich einen Verheirateten geangelt, ist alles gut gegangen mit den Marjellchen. Das werde ich auch Frau Malrid schreiben, denkt er und sucht mit den Augen mal die Blonde, mal die mit der Brille. Ist aber kaum was zu sehen.

138

Erregt, als hätte sie die sehnsüchtige Intelligenz, die Sehnsucht nach Eigenentwicklung persönlich getroffen und gesprochen, kriecht Lesru auf allen Vieren nach gut drei Stunden in das schlafende, stille dunkle Haus, wo der vertraute Hund gestreichelt werden muss und oben bei Luise noch Licht brennt. Nicht betrunken, sie ist vor Leben trunken.
Dieses Gesicht! Dieses schöne mit allen Gesichtsfasern spannende männliche Gesicht, das nur eines wollte, andere Gespräche, andere Bücher, andere Menschen, als ihm bislang bekannt, ein ganzer Mensch in geistiger Durchnot, dem auch die Neustrelitzer Oberschule keinen Auftrieb zu geben schien. Reinhard Amseln, selbst der Name durchweg schön. Das lässt sich doch noch gar nicht in Luisens kleines Ohr hineinsprechen, das passt überhaupt nicht ins Quartier. Eine andere Dimension, wenn ein Achtzehnjähriger nach Entwicklung schreit und nichts hat als den mutterlosen Haushalt eines privaten Seebesitzers, Fischers und das Lernprogramm in der Oberschule mit zickigen Weibern, dazu einen kleineren Bruder und keine geeigneten Bücher. Mein lieber Scholli.

„Du bist ganz anders, mit Dir kann ich so reden wie mit mir selbst nicht", sagte der groß Erstaunende im fahlen Dunkel des Gasthofs, im leiser werdenden Lärm auf der Dorfstraße, als Lesru ihre einfache Frage gestellt hatte: „Bist Du glücklich, und wie möchtest Du leben?" Als sei diese einfache elementare Frage ein Wunder an sich. Lesru stellte sie ihrem Dauertänzer nicht aus heiterem

Himmel, auch nicht in der ersten Viertelstunde klaren kühlen, sternenübersäten Nachthimmels, erst nach vollständiger Darstellung seiner Lebenssituation, als alles Notwendige beiseite geräumt war, erst dann.

Denn die Klage lag auf der Hand, im ganzen nächtlichen Dorfgebilde, ein junger Mann, der mit seinen besten Kräften nach seinem Weg zu sich selbst sucht und scheinbar nur gegen Mauern gestoßen war. Er wäre längst weg, abgehauen in den Westen, irgendwie, dort wo man sich entwickeln und ausprobieren könne und nicht wie hier auf vorgeschriebenen Wegen nachlaufen, immer im Geflecht des Arbeiter- und Bauernstaates mit der angeblich besten Weltanschauung, mit dem Fortschritt verheiratet. Wörtlich „mit dem Fortschritt verheiratet“. Wenn nicht sein geliebter Vater, der Fischer allein gelassen würde allein mit dem zwölfjährigen Bruder. Das war die Lage.

Lesru erschien seine Lage nicht unglücklich genug zu sein, ein jugendgemäßer Aufruhr, seine Hörner stießen sich naturgemäß an ideologischen Mauern. Aber sein alltägliches Leben im Fachwerkhaus, das sein Vater allein instand gesetzt hatte, seine Naturliebe, die auch hervorlugte während seines Stöhnens, das ließ die Frage nach dem Glücklichsein, Lebenszielen zu.

Es musste beim Gehen nicht seine Hand gedrückt, auch nicht seinen leicht schweren Arm um ihre Schultern gelegt werden, es musste nicht unbedingt gesagt werden, dass er noch niemals ein Mädchen näher kennengelernt hat, obwohl das auch eine liebe Neuigkeit war, nein Lesru konnte ihm ohne Umschweife und Verlegenheiten von Vincent van Gogh erzählen. Wie dieser Mann verbissen und unbeirrt nach sich selbst suchte, mit dreißig erst begann zu malen und sich nie aufgab. Das wirkte. Reinhard wollte immer mehr hören aus diesem weiblichen Mund von diesem

Maler, der ihm namentlich bekannt war. Große Erzählstraßen und Plätze boten sich an, die aus dem Ortsteil herausführten, zu den belgischen hungernden Bergarbeiterfamilien, zum Bruder Theo, der immer Geld für Farben und den Lebensunterhalt des noch suchenden Bruders zur Verfügung stellte. Der Hörweg führte nach Südfrankreich, ins milde Arles, bis vor das im schönen schwarz-weißen Dunkel stehende mit Ried gedeckte Fischerhaus in Kratzeburg. „Möchtest Du vielleicht mit in mein Zimmer hinaufkommen?" Keine überflüssige Frage, eine Frage voller Sehnsucht und Abschiedsschmerz. Sie gingen wieder zurück, Lesru rauchte auf dem Rückweg nach der Verneinung dieser letzten Frage. Sie lebte wieder mit einem geistig hungernden Menschen, wie unendlich wohltuend,

„Kommst Du auch schon?", freundlich aus der blendend weißen Betthälfte tiefblickend, also grinsend heraus- und hereingefragt, Luise im gelben Nachtfrack. Sie hat sich im gelben Buch Bilder von Vincent van Gogh angesehen, mit nackten Armen und das Buch zugeklappt, als die Erwartete endlich kommt. „Und gut amüsiert?" Eine Nachfrage. Gegenfrage, „und Du, wer war denn das, Dein Dauertänzer?" Ich habe hier keinen Platz, bin fehl am Platz, denkt Lesru mit und im Schrecken, der sich wie eine Düsternis in dem fahlen Lichtzimmer breitmacht und immer breiter wälzt. Luise, ein einziger sich ausdehnender Schrecken. Diese dämlichen dunkelgrünen Vorhänge vorm Fenster, alle Sterne hat sie weggehangen und ihre Klamotten wie üblich ordentlich über die Stuhllehne gehangen, obendrauf turnt der blütenweiße BH. Lesru hat die Tür geschlossen und steht starr wie eine Litfaßsäule im niedrigen Dorfzimmer, sie starrt den BH Luisens an, als hätte sie solch ein dünnes zweikörbiges Bekleidungsstück noch niemals gesehen, denn er wächst. Das luftige lustige Gehänge mit vier winzigen Ösen wächst, es beordert Lesru in Luisens Arme, der BH schlägt kräftig zu und die Küsse, die wie beleidigte

Leberwürste rund um die runde Kugellampe schweben, fallen herab und prasseln wie ein Hagelschauer in das andere schöne Lebensgespinst, in das vor der Haustür des Fischerhauses. Unreine Küsse, aber das Wort, die Sprache kann so nicht abgefertigt werden.

Luise widerstand in anderer Weise, ein Brigadier wollte sie partout in einen bestimmten Vorgang zwängen, sie hatte ihn gekonnt gereizt und an vielen Nasen herumgeführt und war vor geraumer Zeit, einer Stunde Weltzeit ins Quartier zurückgekommen. Hier lag sie ganz still unter dem Licht und wartete: Einmal und nie wieder gehen wir zusammen tanzen.

Ohne Zigarettenqualm kann kein reines Wort gesprochen werden, und jetzt, nach den falschen, nur sinnlichen hohlen Küssen, ist die Einsprache gefragter denn je. „Er heißt Reinhard Amseln, ist der Sohn von dem Fischer, dessen Boot wir oft auf dem See sahen, Mutter vor zwei Jahren an Krebs verstorben. Er sehnt sich nach Büchern, Luise, nach Entwicklung, verstehst Du." In ruhigem Ton am Schattentischchen gesagt und geraucht, in der Nacht.
Luise liegt auf dem Rücken, den großen unschuldig wirkenden jungen Mann mit großer Stirn und einigen Locken über den Ohren sieht sie vor sich. „Wieder einer, der sich nach Entwicklung sehnt", sagt sie zum Tischchen zugewandt, wo irgendein Maßnehmender sitzt.
Lesru überfühlt Hitze bei jenem von Luise ausgesprochenem Wort "Entwicklung". Sie weiß immer noch nicht, was es für sie bedeutet, noch objektiv, welchen Gehalt dieses Wort besitzt, aber sie sieht sich in ihrem Dachzimmer in Wermsdorf am runden Tisch sitzen und an Ingeborg Bachmann schreiben, in tiefster Erregung und einem inneren Befehl gehorchend. Dieses Seltsame - du musst.

Reinhard Amselns Drang und Schrei nach Veränderung, nach Entwicklung hallt nicht nur in Lesru eine Zeit lang wider, der Pfeil muss aus dem Herzen genommen und in der Hand bei jeder Beleuchtung untersucht werden, die Pfeilschaft mit Geweberesten. Er beeinflusst auch, ja, er nötigt sogar die beiden Freundinnen zu Überlegungen und gedanklichen Schiebereien um ihre Zukunft. Es muss nun allen Ernstes jede volle schöne Stunde ausgelassen, verlassen werden, um eine abstrakte Lebensplanung in die beiden Frauenzimmer zu bringen. Weil der Arbeiter- und Bauernstaat Lesrus Lebensplanung festgelegt hatte, ein Studium erst in einem Jahr möglich scheint, war sie, was ihre Zukunft betraf, sorglos geblieben. Aber dieser Fischersohn aus Kratzeburg stürmt und drängt, schreibt mit großen Lettern Briefe, muss getröstet, gestutzt und ermuntert werden, sodass Luise und Lesru auch festlegen wollen, wo sie in einem Jahr leben wollen. Wermsdorf muss verlassen werden. Reinhard möchte unbedingt nach seinem Abitur in Dresden an der TU studieren, eine Festlegung.

„Wenn Du nach Berlin zum Studium gehst, gehe ich auch nach Berlin. Ich werde mich an der Charité bewerben, bei der Neuropsychiatrie, das interessiert mich, und dort kann ich viel lernen", sagt Luise ohne Lesrus Gesicht anzugucken.
„Du willst nach Berlin?", fragt Lesru erschreckt, „Berlin ist doch eine schreckliche Stadt, in ihr kann man nicht leben, das sage ich Dir." Dieses „das sag ich Dir", klingt so keck und lustig, dass Luise wieder einmal lächeln muss. Zudem will doch ihre Liebste selbst in Berlin studieren - meine Güte. Wenn man sich einen Tag lang nicht gesehen hat, und erst am Abend vor dem Abend in Lesrus Spätzimmer sich endlich wieder in die Augen und in die Arme sehen kann, kann einem doch Berlin in einem Jahr gestohlen bleiben. Nur für Reinhards Windrichtung wird also geplant.

Zudem liegt das Nächstliegende näher. Und das betrifft nach der Rückkehr vom Urlaub aus Mecklenburg einige Veränderungen im Alltag, die sich nicht mit links machen lassen. Lesru aber denkt, sie lassen sich mit links abtun, denn die Hauptsache, ein Lebenszeichen, ein Brief von Ingeborg Bachmann, war nicht gekommen. Stattdessen schreibt der Einsame, dass er für Lesru und nicht auch für Luise, etwas bauen wird und es ihr zu Weihnachten schicken würde. Etwas Schönes. Gelinde Freude, aber ein Brief der Dichterin, in welchem geschrieben stände, dass sie sich über eine Nachfolgerin, über eine, die genau in ihre Fußstapfen hineinpasste, genaustens abgemessen, sehr freut, dieser Lebensweg, der einzige für Lesru infrage kommende, öffnet sich nicht.
Allmählich empfindet die Oberwartende eine tiefe, bohrende Enttäuschung, eine Schlappheit, die ihrerseits in den veränderten Alltag mitgenommen werden muss. Vor allem, wenn sie sich mit den neusten Veränderungen in der DDR beschäftigt, wenn sie versucht das "Neue ökonomische System" zu verstehen, das den einzelnen Betrieben eine größere Selbstständigkeit und ökonomische Eigenverantwortung zuordnet, packt die Schlange Schlappheit, das Nichtbeachtetwerden von Ingeborg Bachmann sie hinterrücks an, beißt und lässt die rote Broschüre aus den Händen gleiten. Gelegentlich verspürt sie einen regelrechten Heißhunger auf Teilnahme an den Vorgangen in ihrem Land. Von der Liebe zu Luise vor ihrem Urlaub beinahe ausgelöscht, weckte Reinhard Amseln wieder diesen Heißhunger. Mitleben, mitverstehen.

Zudem veranstaltete ihre ständig abwesende Zimmermitbewohnerin, Ulrike aus Oschatz, die Arzttochter und zukünftige Medizinstudentin in Leipzig, tatsächlich für Lesru ein winziges Abschlusskonzert im Dachstübchen. Die Schwarzlockige brachte ihre silberne Querflöte mit und spielte der bass erstaunenden Zurückbleibenden ein Liedchen vor, bevor sie sich verabschiedete. In Lesrus Sprache übersetzt, bedeutete dieses Nachspiel: Machs gut, ich gehe zu den Töpfen des Lernens, zu den wirklichen Studenten, du musst zurückbleiben.

Und kaum war sie, die Unwirklichste von allen gegangen, klopfte es an die starre Tür und eine unbekannte selbstbewusste Dame erklärte ihren Besitzanspruch auf Lesrus Zimmerhälfte. Nanu, was ist denn hier los.
„Guten Tag, ich bin Beate Bleibtreu, Kandidatin der SED, Abiturientin, ich habe dieses Zimmer zugesprochen bekommen.“
Sie öffnete sofort den dreiteiligen hölzernen Schrank, der ins Zittern geriet, wie man sich denken kann, untersuchte den leeren Nachttisch neben ihrem Bett, gab der auf ihrem Bett sitzenden Lesru nicht die “Pfote", gar nichts, sondern erkundigte sich nach dem im entfernten Korridor installierten Telefon, nach Küche und nach nichts. Lesru staunte über diese Besatzung. Eine Abiturientin mit kurzem wellenlosen Haar, ein strenges nichtssagendes Gesicht, ohne Eigenbewegung, du lieber Gott, das mehrmals nach dem Glas Westkaffee auf dem Tisch schielte, das in großer Ausführung auf dem runden Tisch thronte und das Ulrike übersehen hatte. Die Frage - wie heißt du? - stellt sich bei diesem magischen Hingucker nicht. Es klopft zum zweiten Mal und die Besatzerin sagte laut „herein", ein großer junger Mann öffnet die starre Tür von außen ein riesiger, endloser Mann mit rundem sympathischen Gesicht, der sogleich nett grüßte und Lesru zuerst die Hand gab.

„Das ist mein Verlobter Heinz, er ist Pilot bei der Volksarmee." Und er ergänzte freundlich: „Ich habe ständig mit der Polizei zu tun, weil ich immer zu schnell fahre. Wenn ich aus dem Flugzeug steige, habe ich die größere Geschwindigkeit noch so in mir, dass ich einfach nicht langsam fahren kann." Lachte mit vollen

Zähnen und tröstete Lesru mit seiner Anschaulichkeit vor den Eingriffen der Besatzersoldatin.

Lesru muss nach diesem Überfall sogleich zu Luise ins kleine Eckzimmer herüber fliegen. Es ist noch immer erstaunlich, dass sie fortan in zwei Zimmern, getrennt, abgeschnitten von der Anwesenheit des anderen leben müssen und die Nähe, das Erwachen des lieben Menschen nicht mehr erleben. Luise beklagt sich sehr und ihr Ankunftszimmer erschien ihr unbrauchbar zu sein. Ihre Liebe zu Lesru hatte sich noch verstärkt, daran konnte auch ein Reinhard nichts ändern. Davon sagte sie Lesru nichts: Wie sie im Ankunftszimmer in der Nacht einen Weinanfall produzierte, einen tüchtigen Lebensschmerz in Tränen auflösen musste. Lesru braucht nicht alles zu wissen und zu riechen.
Luise sitzt am runden Tisch auf dem Stuhl, aufrecht und schreibt in ihr gemeinsames Buch der Liebe Nachträge von Mecklenburg, kurze Sätze mit Ausrufungszeichen und Fragezeichen als Lesru wie ein Gewitter in die Stille stürmt. Mit wenigen vorwurfsvollen Worten wiedererzählt, vor allem die Empörung über die Inbesitznahme des Zimmers. „Meinen Namen wollte sie gar nicht wissen." Aber den Verlobten lässt Lesru einstweilen aus, er gefiel ihr, er schenkt ihr Energie, und sie braucht sie noch für sich. „Ziehst eben zu mir", das liegt in der Luft, sowieso. „Für heute Abend musst Du Dich vorbereiten, Lesru, das wird eine Umstellung von der Psychiatrie auf die Innere", mahnt fragend die Freundin auf dem zu einer Liege verwandelten Bett, das ohne Holzgestell auf dem Dielenfußboden wie ein schöner Traum lagert. „Das mach ich doch mit links, bin jetzt eine ausgebildete Hilfsschwester und trage eine Schwesternhaube mit einer Falte", erwidert Lesru selbst belustigt, als sei der heutige abendliche Dienstantritt im Klinikum auf der Inneren Station I, die erste Nachtwache, und zwar allein, ein ärgerlicher Klacks.

Es war in der Tat vereinbart worden, dass Lesru Malrid ab August auf der Inneren I, der Frauenstation arbeiten und weil eine Kollegin erkrankt, gleich mit dem Nachtdienst beginnen sollte.
Ingeborg Bachmann hatte nicht reagiert, sie hatte kein einziges Wort zur Ermunterung gesagt und in ein Briefkuvert verschlossen, also kann der Tiefwartenden alles andere, was sich an der Oberfläche des Lebens tut, sich verändert, schietegal und schietgleich sein.
Merkwürdig ist nur, dass sich ihre zukünftige Arbeitsstelle im gleichen Hause befindet, unter ihren Füßen und Küssen. Die schönen Jahreszeiten können auf dem Weg zur Arbeit nicht mehr berührt, eingeatmet werden, eine Gemeinheit.
Jedenfalls kam von Kratzeburg keine Anfrage nach Torgau über irgendeine Frau Malrid, das war bisher nicht geschehen, ein Trost, und ihre Mutter glaubte das auch nicht. Sie war erstaunlich sicher nach dem Vortrag ihrer Tochter, den Lesru unmittelbar nach ihrer Urlaubsreise in Weilrode abgeliefert hatte.

140

Wie das blühende Leben, sonnengebräunt von Kopf bis Fuß, im blendend weißen Kittel, mit der makellosen Schwesternhaube auf dem braunhaarigen Kopf, festgesteckt mit drei Haarnadeln, Proviant und Zigaretten geht Lesru eine Viertelstunde vor Arbeitsbeginn aus ihrem verlorenen Zimmer. Sie war überrannt worden. Als Praktikantin und Hilfsschwester hat sie keinen Anspruch auf ein eigenes Zimmer, das steht nur Vollschwestern, Physiotherapeuten, Röntgenassistenten zu. Auch einige Ärzte besitzen im Dachgeschoss eigene Zimmer, vor allem dann, wenn sie Bereitschaftsdienst haben.
Den kürzesten Weg zur Inneren I - eine Treppe heruntergehen, über die Station II an noch unbekannten Schwestern, Patienten in den Seitenflügel weiter zum Dienstzimmer der Frauenstation. Dieser Weg erscheint

der Debütantin zu intern zu sein, sie wählt den Umweg und offiziellen Eingang am Seiteneingang. Also die Treppe herabgehen wie sonst bis zur Haustür, an der Chirurgie vorüber, den warmen Augusttag angrüßen, an Carola Wille denken, die aus eigenem Willen auf der P 10 arbeitet, bei chronisch Kranken im Schloss und Lesru nicht erklären wollte, warum sie das tut. Der Kontakt zu dieser ersten Freundin ist noch immer unterbrochen, gestört. Der Weg führt nun nicht mehr geradeaus über die Innenhöfe zum Schloss, sondern um das Dreiflügelhaus zum Seiteneingang, zwei Treppen hinauf. Beim Treppensteigen durch das unbekannte Treppenhaus fühlt sie sich wie ein Dompteur, der die ihm zugeteilten Tiere schon bändigen wird: stark, lässig, selbstsicher bis zum Platzen.
An der offenen Station angekommen, schwenkt sie nach rechts, blickt aus Neugier aus der Fensterreihe nach unten, wo sie eben gewesen war und ins Dienstzimmer, dessen Tür immer offensteht. Am Schreibtisch sitzt eine zehn Jahre ältere Vollschwester, die sich sogleich erhebt und Lesru mit nüchternen Worten entgegentritt, sie begrüßt.
„Na, aufgeregt?", fragt sie in kollegialem Ton, die Schwester Ute. „Ach wo", sagt ordnungsgemäß Lesru, als sei diese Frage bereits eine Aberkennung von ihrem Leistungsvermögen. Warum soll ich denn aufgeregt sein, denkt Lesru, hier ist es doch genauso wie überall auf Station. Auf dem Schreibtisch liegt das Übergabebuch, in das ich morgens das Protokoll schreiben werde, dort liegen die benutzten Spritzen, die ich kochen muss, auf dem Tablett habe ich die Medizin für den Morgen (nicht für die Patientinnen) einzuteilen, in der Küche werde ich noch etwas zu trinken finden, welcher Arzt Nachtdienst hat, wird sie mir noch sagen, und weiter ist nichts. „Na, das ist ja prima. Kommen Sie, wir machen gleich einen gemeinsamen Rundgang, dann habe ich auch endlich Feierabend."
Im Bewusstsein, unbekannte verödete Frauengesichter zu sehen, die sie entweder anlächeln oder auf ihre

Hände glotzen, läuft Lesru den schnellen kleinen Schritten der Vorgängerin nach, und als sie in ein großes Zimmer mit mehreren belegten und einem freien Bett treten, staunt die Neue. „Noch Wünsche, meine Damen?", fragte die helle Frauenstimme aus einem schmalen Sommersprossengesicht mit rötlichem Kurzhaar. Die Neue rechnet mit irgendeinem Geplapper, sie hat über die Frauengestalten hinweggesehen wie über eine bekannte Last.
„Würden Sie bitte meine Post mitnehmen, Schwester Ute", sagt eine ältere Frau im weißen Bademantel, am Tisch sitzend zur Angesprochenen. Und wann komme ich dran, denkt Lesru.
„Das ist Schwester Lesru, sie arbeitet ab heute auf dieser Station und gleich im Nachtdienst." „Gute Nacht, meine Damen." Im breitwilligen Flur hören sie Frauengelächter und Lesru denkt, die trauen sich was. Sie wollte die Eilende fragen, welche Krankheiten diese Weiber haben, aber sie fragt nicht, weil die Frauen im großen Zimmer so einmütig lachen. Denn sie befindet sich von Minute zu Minute in einem gänzlich neuen Lernvorgang, mit dem sie überhaupt nicht gerechnet hat. Dauernd stolpert sie über ihre eigenen abgestumpften Sinne, die sich infolge des langen Umgangs mit Patientinnen mit schweren Persönlichkeitsschädigungen zurückgebildet und eingerollt hatten. Somit läuft ein permanentes Erschrecken vor sich selbst, ein ständiges Korrigiertwerden mit an der Seite von Schwester Ute. “Weiber" hat Lesru gedacht und Frauen erlebt. „Das ist der Gesellschaftsraum für unsere Frauen, aber auch für die Patientinnen von der II", erklärt sie mit entspannter Stimme, vor gemütlichen Sesseln und Tischen mit Zeitungen und aufgeräumten Spielkästen stehend. Aha, hier kann ich mal wieder das "Neues Deutschland", die Kulturseite lesen, denkt Lesru auf wackligen Beinen und freut sich auf die Kulturseite.

Gern hätte sie sofort Kulturnachrichten aus der DDR und darüber hinaus erfahren, sich in den weichen fruchtbaren Boden von künstlerischen Arbeiten eingepflanzt, von Theater, Ausstellungen, Büchern und Filmen gehört und gelesen. Sie ist sogar ganz scharf darauf, im Urlaub hatte sie dergleichen Denk- und Gefühlsanstöße nicht vermisst, aber jetzt liegen sie gestapelt vor ihr und sie kann nicht ran an die Bouletten. Schmerzhaft. Heftig schmerzhaft, der ganze Schmerz, der Abrissschmerz muss im Gesellschaftsraum liegen gelassen werden. Und als Schwester Ute vor der nächsten Tür stehen bleibt und etwas sagt, denkt Lesru, die ihre Ohren blockiert, die hat ja gar keine Ahnung vom Leben und misst die Ältere mit einem Verachtungsblick.
„Leberzirrrose, Frau Winkler, es kann heute Nacht zu Ende gehen, und was Sie dann tun müssen, wissen Sie ja."
Sie betreten das Zweibettzimmer, dessen Fenster zum Innenhof weist, im rechten Bett liegt die mit bräunlicher Hautfarbe gezeichnete Patientin wachen Auges, auf ihrem Nachttischchen stauen sich Blumensträuße, Gläser und eine Spanische Wand trennt die Betten. Mit hin- und herrutschenden Augen, als könnte Lesru nicht mehr ruhig einem Menschen ins Gesicht sehen, steht sie vor dem Bett, beugt sich nicht mit warmer freundlicher Stimme wie Schwester Ute zu der grauhaarigen, braunhäutigen alten Frau, die kaum lächelt. Lesru wird nur blümerant zumute, hoffentlich stirbt die nicht bei mir.
„Brauchen Sie noch etwas? Das ist unsere neue Schwester, sie wird Sie heute Nacht versorgen, liebe Frau Winkler. Gute Nacht." Betroffen vom miterlebten Leid einer unheilbaren Krankheit schließt Schwester Ute die Tür auf dem Flur.
„Wo ist denn der Ex-Keller?", hört sich Lesru eiskalt und erstaunt fragen, sodass sich die Schwester erstaunt nach ihr umdreht.

„Wenn Frau Winkler tatsächlich heute Nacht stirbt, was ich nicht glaube, dann versorgen Sie sie, benachrichtigen den Arzt, es ist heute Doktor Zirrer und bitten die Nachtschwester von der II, sie mit nach unten zu schaffen. Allein können Sie das sowieso nicht." Die Kulturseite der Zeitung hat sich selbst gelesen und Lesru hörte mit ängstlichem Elan in eine ferne Horrorgeschichte hinein, die sie nie im Leben selbst betreffen würde. Ein Angstherd ist im Entstehen, die rote Türlampe brennt, ohne abgestellt zu werden, das heftet sich fortan an ihre Fersen wie schwerer feuchter Lehm, der die Schuhe beschwert.
Es wandeln einige Frauen in wallenden Bademänteln an ihnen vorüber, betreten die offene Küche, verlassen sie mit einer Teekanne, kommen mit feuchten Händen von der Toilette, die rauscht und rauscht, sodass in Lesru die ersten Fragen zur Toterkrankten endlich aufbrechen. Ob sie Angehörige habe, einen Sohn, Enkelkinder sie besucht hätten, ja, aus welchem Ort sie käme, aus der Kleinstadt Mutschen, auch der Ehemann käme regelmäßig. Und warum man denn nichts gegen diese elende Krankheit tun könne, wisse, nicht mehr operieren könne. Erschüttert von ihrer anfänglichen, weil vorrätigen Eiseskälte, rettet sich Lesru in einen Fragehaufen und versteckt ihre erworbenen Defekte darin. Frau Ute Gerlach, eine verheiratete Frau mit zwei Kindern unter zehn Jahren, ist skeptisch zu einer Person, die freiwillig ein Jahr auf der Psychiatrie gearbeitet hatte und übergangslos auf ihre Station versetzt wird. Von oben bestimmt, sie hat eine bescheidene ängstliche Person erwartet und in wenigen Minuten einen Haudegen erlebt. Erst als die Neue hinter der Tür ein paar menschlich anmutende Fragen stellt, wird sie aus ihrer Kühle ins Neutrale versetzt.
Vor dem dritten Zimmer, das nach links führt, bleibt sie wieder stehen und sagt im veränderten Stimmenton: „Und hier lebt unsere Stammpatientin Frau Clemens. Sie hatte Brustkrebs und immer noch Beschwerden, meistens eingebildete, aber weil sie keine Angehörigen

mehr hat, lebt sie eben hier auf Station, der Chefarzt Dr. Königs erlaubt es."

Du lieber Herr und Gesangverein, hier hat jeder ne andere Schrulle, denkt Lesru, als sie allein im blitzblanken Dienstzimmer mit dem Weitblick zum Feld und zur entfernten Straße am Horstsee am Schreibtisch ihre Schieflagigkeit spürt. Irgendwas ist falsch in mir geworden, aber was. Als hätte ich lauter Ameisen im Bauch, es kribbelt lediglich in ihrem befragten Körper, auch eine Antwort. Komisch, jede Patientin muss hier ernst genommen werden, was bilden die sich ein, jede eine hochnäsige Person. Sie denkt sogar im Selbstgroll, denen werd ich's zeigen, die sollen sich ja nichts einbilden. Dabei sieht sie die muntere Frau Clemens vor sich, eine Aufsteherin von sechzig gesunden Jahren, die sie, nur weil Lesru neu war, eine Flasche Apfelsaft öffnen ließ, ausgenutzt. Alles Scheiße, deine Emma - sogar dieser frühkindlich erworbene Spruch geht ungehemmt in ihrem Gehirn spazieren. Schwester Ute war mit mulmigem Gefühl gegangen, endlich war diese Schnepfe weg. Um sich zu orientieren, beginnt sie im Übergabebuch und Tagesbuch der Station zu lesen. Verschiedene Handschriften von den Nachtschwestern mit Unterschrift, in makelloser gleichmäßiger Handschrift die Eintragungen von der Stationsschwester Gertraud Starke. Und bereits nach den ersten Worten der Halbseite und nach der ersten Seite im schwarz eingebundenen Stationsbuch fühlt sich Lesru sicherer werden. Ihre flattrigen Füße fest unter dem Stuhl, der Körper besetzt mit seinem Gewicht den Stuhl, sie verwächst mit dem Schreibtisch zu einem seltsamen Organismus, als sei die schriftlich niedergelegte und fixierte Sprache der einzige und wahre Orientierungsort, von jeher. Sie genießt es. Die wirklichen Menschen draußen in den Zimmern, auf dem Flur, die gelegentlich am Dienstzimmer vorbeigehen und einen neugierigen Blick zur Neuen riskieren, sind im Stationsbuch

entmachtet. Mit den Entmachteten, Beschriebenen lässt es sich leichter leben.
Im Stationsbuch werden nur besondere Vorgänge eingetragen, Exitusse, Zugänge, besondere Komplikationen, die den sofortigen Arzt benötigen, aber auch die Eintragungen: keine Vorfälle. Die Krankenakten liegen alphabetisch geordnet im weißen Schrank.

Die große runde weiße Uhr über dem Türrahmen tickt. Keine halbe Stunde in der Schreibtischverschlungenheit vergangen, als das schwarze Telefon neben dem Stiftglas wie ein Kriechgehäuse stehend, ungefragt und schrill, laut bis ins letzte Zimmer der Station hörbar, schringelt. Schwester Lesru, die ihre Haube wie einen Kochtopf in Stirnverlängerung auf dem Kopf trägt, wie einen Helm, war mit ihren aufgescheuchten und unkoordinierten Gedanken ohnehin nicht mehr bei der Schriftsache. Ihre Gedanken waren an einem Sofa im Heizungskeller dieses Gesamthauses stehen geblieben, wo sie mit ihrem Freund Hermann, dem Luppaer LPG-Schlosser, ein besonderes Treffen erlebt hatte, das erste dieser Art.
„Innere I, Schwester Lesru, guten Abend", monotoniert sie.
Eine männliche Stimme aus Dahlen kündigt einen baldigen Krankentransport an, wie bitte, eine Frau Oberall mit akuten, was, Magenbeschwerden, ein Bett sei ja frei, in Absprache mit Dr. Zirrer. Meine Güte, und das am Sonntagabend, kann die nicht bis morgen früh warten, und oben wälzt sich vielleicht die Kandidatin der SED mit ihrem Piloten in meinem Zimmer so rum und so rum, das muss mit heißem Nacken gedacht werden. Leider. Das schwarze Telefon - der unangenehmste Eindringling. Lesru starrt entgeistert auf die runde schwarze Zahlenscheibe und kapiert nichts.

Was hatte sie gelernt, wenn ein neuer Patient ins Krankenhaus aufgenommen wird, wie ist ihm der

Zugang zu erleichtern, die steife Umstellung von schützender Häuslichkeit ins nüchterne Fremddasein? Im Schulungsraum der Orthopädie, wo der Lehrgang zur Ausbildung für Hilfsschwestern, Hilfspfleger stattgefunden hatte, stehen die verwaisten Tische und Stühle in unbelüfteter sommerlicher Wärme. Mit siebenfältiger Haube stand Frau Oberin vor der Tafel, den Lehrgangsteilnehmern zugewandt und erklärte genau diesen Vorgang der Einweisung eines ängstlichen Menschen ins Krankenhaus. „Immer behutsam, verständnisvoll, vorsichtig sprechen und behandeln die neuen Patienten. Nehmen Sie seine mitgebrachten Sachen auf einem Zettel auf, informieren den Arzt, außerdem müssen Sie kontrollieren, ob SVK-Ausweis und Überweisungsschein da sind. Oberstes Gebot: Nehmen Sie keine Behandlung selbstständig vor, bevor nicht ein Arzt den Kranken untersucht hat." Oberin Sybille Parenseit.

Vor allem behutsam, verständnisvoll, erinnert sich Lesru und wird von heißem, hilflosen Zorn heimgesucht. Wer hat denn für mich Verständnis, da ist doch weit und breit kein Mensch, der für mich Verständnis hätte. Luise zählt nicht. Der liebe Zorn erhöht noch seine Intensität, belegt draußen die gesamte Treppe, auf der der Krankenfahrer mit der Frau - wie hieß die, herauf kommen würde, mit schwarzem Wut- und Verachtungsteppich, spitzen Steinen, Glassplittern. Denn die einzige Rettung und Erlösung von allem Lebensübel hatte nicht geantwortet, Ingeborg Bachmann hatte sie weggeworfen. Hatte sie als Glassplitter auf die Treppe geworfen. Lesrus Schmerz ist trotz Abwurf auf die Treppe grenzenlos und wuchernd. Als sei ihr ganzer Körper eine einzige Wunde, Ursache unbekannt, jeder Tag ein neues Leiden. Schwester Lesru erhebt sich, als das Lämpchen unter der Rathausuhr aufleuchtet, um ihrem Dienst nach zu gehen.

Gerufen hat Frau Clemens, die Frühaufsteherin und um ein Glas Apfelsaft gebeten und um das Aufschütteln des Kopfkissens. Lesru neigt sich und fühlt grimmiges Behagen. Sie nimmt sich vor, enthärtet von Frau Clemens grauem Haar und anspruchsvollem klugen Gesicht, zum Zugang freundlich zu sein. Am gegenüberliegenden Zimmer, wo die Totkranke liegt, klopft ihr Herz anständig. Ängstlich öffnet sie die Tür, geht bis zum Totenkopf, der noch lebt, sie spricht die Patientin an, Frau Winkler, leben Sie noch oder sind Sie schon gestorben, ich kann das so genau nicht sehen. Sie fühlt den Puls am sehr dünnen Arm, er schlägt leise. „Frau Winkler, haben Sie Schmerzen, möchten Sie etwas trinken?", flüstert sie endlich. Die braun gefärbte Kranke mit dem tausendfältigen Rillengesicht schlägt ihre müden blauen Augen auf, sodass Lesru erschauert. „Nein, danke", sagt sie so leise, dass Lesru ihre Ohren auf Fledermaustöne umstellen muss. Erst jetzt, vor der Totkranken, kann Lesru ihre restlichen Kräfte sammeln und ein normaler mitfühlender Mensch werden. Eine Chance.
„Waren Ihre Kinder zu Besuch?", fragt sie, auf die herrlichen bunten Dahliensträuße weisend, die noch auf dem Nebentisch stehen und die Lesru eigentlich vor die Tür zu stellen hat. Frau Winkler lächelt ein wenig. Ihr dunkler Mund dehnt sich zeitlupenartig langsam und ihre Augen schließen sich wieder zu. Die Patientin hat von Schwester Ute noch eine Morphiumspritze erhalten und ins Buch eingetragen. Das las Lesru, die Hilfsschwester, noch vor dem Anruf.

Hilfsschwestern durften nur “im" spritzen, intramuskulös und Morphium schon gar nicht, auch Blut aus den Venen dürfen sie nicht entnehmen. Wie sie das Letztere handhaben, die Schwestern Carola und Luise, hatte Lesru immer bewundert. Sie muss sich mit einer gewöhnlichen Spritze in den Pomuskel zufriedengeben und hatte während der Ausbildung gelernt, in welchem

Viertel des Gesäßes die Spritze verabreicht werden sollte.

Kaum hat die Hilfsschwester mit erweichten Knien die Nichtswollende verlassen, steht auch schon der Krankenfahrer in Begleitung einer unbekannten Frau mit energischem Blick im Korridor, in einer Hand Unterlagen, in der anderen ein braunes Köfferchen tragend. Lesru wird steif und mechanisch wie ein Roboter. Vielleicht empfange ich dich noch mit offenen Armen, denkt sie und wundert sich, dass der Krankenfahrer zielgerichtet ins Dienstzimmer mit seiner Fracht geht. „Wohl neu hier?", fragt der Mann aus Dahlen nach der schlichten Begrüßung, wobei er immer ein warmes Auge auf die Patientin im leichten blauen Sommermantel wirft und es auch nicht verliert. Lauter dummes Gerede denkt Lesru. Sie hat die neue Patientin noch nicht begrüßt, glatt vergessen, glatt missachtet. Die Formalitäten im Dienstzimmer sind schnell erledigt, weil der Krankenfahrer Bescheid weiß. Lesru denkt nur daran, dass sie Klamotten zählen und aufschreiben muss. Ein blauer Sommermantel zählt sie schon, während sie gemeinsam zum größeren Zimmer gehen, wo sich ein freies aufgeschlagenes Bett befindet. Ein paar braune Schuhe stellt sie fest, öffnet die Tür und sagt den erstaunenden Frauen: „Ein Zugang, das ist Frau Oberall aus Dahlen." Hier können Sie sich hinklatschen, fühlt sie, sagt aber etwas Gemäßigteres. Dabei fühlt Lesru erneut eine solche innere fremdartige Festigkeit in sich, dass sie noch einmal vor sich selber erschreckt. Es fällt ihr schwer, diese kleine selbstbewusste Frau mit Brille und Dutt nicht mit „Du" anzureden. Vor jedem „Sie" empfindet sie eine hölzerne Sperre, die erst aufspringen muss, bevor sie diese “Schlampe" mit dem herkömmlichen „Sie" anzureden vermag. Umso kälter wird sie, als Frau Oberall Fragen stellt nach dem Arzt, nach dem Schrank, der ihr gehören soll, och noch en Schrank für sich alleene will die haben.

„Gibt's nich, nur ein Fach dort ist für Sie", sagt Lesru höhnisch jetzt. Eine unerwartete gepanzerte Plattheit dringt aus dieser jungen Schwester mit dem gebräunten Gesicht, gebräunten Armen, dass es keine Art mehr ist. Eigentlich kannst du deinen Scheiß selber aufschreiben, du bist doch intelligent im Gegensatz zu anderen Leuten, denkt Lesru und sieht die Reihe Frauen vor sich, die im Gemeinschaftsraum auf der P10 mit stumpfen traurigen Gesichtern vor sich hinstarren, mit keinem Wort, mit keinem Lächeln zu irgendeiner Reaktion zu bringen waren, diese vielen grauen Gesichter, die ein Leben lang dort im Verschlossenen vegetieren müssen. Kommt einfach hierher mit irgendwelchen Magenbeschwerden und benimmt sich, als sei sie eine Königin und ich ihre Dienerin.
Ich bin aber nicht deine Dienerin, kravallt es weiter in Lesru. Die anderen Patientinnen im Zimmer verhalten sich ganz still, einige sehen interessiert zu, andere drehen ab.
„Sie werden morgen untersucht, Frau Oberall, das haben die Ärzte verabredet", erklärt Lesru im Befehlston und erwartet keine Widerrede. Sie hat Bestandsaufnahme von den "Klamotten" gemacht, den Koffer, worin die Utensilien enthalten sind, aber vergessen. Mit zwei wütenden Augen verlässt sie das Zimmer und einem blassen „Gute Nacht". Im lichthellen Dienstzimmer angekommen, fällt ihr ein, dass noch etwas anderes zu tun sei, die elementarsten Untersuchungen wie Temperatur messen, Puls messen, Blutdruck messen. Also noch mal zurück zu der Schote, denkt sie, beinahe hätte ich das Wichtigste vergessen. Schlecht Lesru, machst du deine Arbeit!
Der diensthabende Arzt ist sofort zu benachrichtigen, wenn ein neuer Patient auf der Station eingetroffen ist, also beeilt sich Lesru, die fälligen Daten von dem Zugang zu erhalten, dann will sie Dr. Zirrer anrufen. Vor ihm möchte sie sich nicht blamieren. Obwohl sie doch zur Betroffenen, Kranken ganz etwas anderes gesagt

hat, funktioniert ihr Tun und Verhalten angesichts der medizinischen Hierarchie reibungslos.
Mit den kleinen Gerätschaften bewaffnet, betritt sie das große Schlafzimmer noch einmal, erkennt die Befriedigung am sich entspannenden Gesicht Frau Oberalls, als sie ihr das Thermometer in die fünfzigjährige Hand legt, auf dem Überweisungsschein las sie ihr Geburtsjahr, es wird auch etwas Freundlicheres gesprochen, Lesru zäh und widerwillig. Beim Pulszählen an der Handwurzel sieht Lesru aus dem Fenster hellgraue Wolkenbänke und erinnert sich plötzlich, dass sie in diesem Hause ja auch lebt, eine Etage über Leben und Tod, das setzt sie dermaßen in Erstaunen, das platziert sich überhaupt nicht in ihren Kopf, als sei das Jetzterlebte und die Jetzterlebende nie und nimmer identisch mit der Lesru Malrid eine Etage höher. Die Messergebnisse von Puls und Blutdruck merkt sie sich mit schwindelnd erregtem Kopf.

141

Luise Feldt, ein Stockwerk höher, liegt lesend in ihrem Niederbett, aufgeschlagen das neuste Buch Lesrus "Liebesdichtung der Griechen und Römer". Vor allem Sapphos Gedichte sollte sie lesen, leider sind nur wenige erhalten. Spricht sich Sappho, nicht Sappo aus, hat Lesru erklärt. In ihrem grünen kurzen Pyjama ruhend, kann sich Luise nicht auf die berühmte Dichterin auf der Insel Lesbos im 6. Jahrhundert v. Chr. konzentrieren, ihr Kopf und Körper lebt auf der Inneren I. Du hast zwar schon im normalen Klinikum gearbeitet, aber nicht selbstständig und was du dort zu tun und zu lassen hast, ist etwas Anderes als in der Psychiatrie. Das arbeitet in der Nichtlesenden entwegt und unentwegt. Lesru hat sich einen Kurzbesuch verbeten, einen Anruf verbeten, sie müsse sich voll auf die neue Arbeit konzentrieren, das hat die Geliebte so energisch, wie eine Scheidung angekündigt. „Wenn Du kommst, sehe ich nichts anderes, und außerdem kann ich's auch ohne Dich.“ Luise im normalen Tagesdienst, sie werden sich wohl erst am späten Nachmittag sehen. Es war das nicht erste Mal, dass Lesru ihre Liebe in dieser kalten Weise beiseite stellte, so, als hätte sie sich verengt. Dabei wollte ich ihr doch nur helfen, wenn sie etwas nicht weiß, denkt Luise, aber manchmal ist Lesru unbegreiflich.

Neuerdings kann ich wenigstens mit Carola einige Worte sprechen, denkt sie über den rhythmischen Gedichtzeilen. „Ganz schön hart in der Psychiatrie, ich hätte das vorher nicht gedacht“, hört sie Carola auf dem Holzdielenflur vor ihrem Zimmer reden. „Aber ich wollte das auch mal kennenlernen.“ Einen Willen hat Carola, Luise fühlt ihn wie eine scharfe Kante.

Dann fällt ihr ein, welch neckische Gäste Lesru in ihrem Zimmer aufnehmen muss. Es ist ihr nicht unlieb, also wird sie öfter bei mir sein und ein sehnsüchtiges Sehnen überläuft sie, eines nach Zärtlichkeit und Berührung, nach Umarmung und Rausch. Lesru erlebte vor unserer Liebe noch niemals einen körperlichen Höhepunkt, sie kannte das gar nicht, erinnert sich Luise süß seufzend und schwer atmend im Dämmerlicht des sich verabschiedenden Tages. Sie war so perplex, als sie das zum ersten Mal erlebt hatte, und träumte noch stundenlang diesem Erlebnis nach. Auch an ihr haben sich Männer versündigt und sie nur missbraucht.

142

Zur gleichen Zeit im gleichen Haus zittert Lesru am ganzen Leibe vor der Sterbenden. Die Patientin wollte sterbend in die kräftig rot gezackten Dahliensträuße blicken, Lesru sollte sie nicht entfernen und auf den Flur stellen, aber sie blickt sie nicht mehr an. Ihre Augen sind geschlossen, der Atem kaum spürbar und der baldige Tod eine große Gestalt. Etwas entsetzlich Großes schwebt in diesem kleinen Zimmer, etwas Unfassbares - und Lesru fürchtet sich mit allen ihren Körperzellen. Etwas Kopfloses bemächtigt sich der

Hilfsschwester, ein Flattern und Ziehen und Zerren, ein Bitte nicht, ein Warte bitte, ein Dochnichtjetzt. Mit dem Sterben im Körper schleicht sich Lesru aus dem Zimmer, stelzt im Korridor umher, kein Zimmerlämpchen brennt, im Gesellschaftsraum wird sie von der Kulturseite blöde angestarrt, sie horcht auf alle Geräusche. Etwas in ihrem Körper zieht sich immer stetiger zusammen, immer enger und enger.
Beim Betreten der blitzsauberen Küche, dem zum Horstsee geöffneten Fenster, im letzten lauen Abendwind, angesichts von weißen Geschirrschränken und einer großen freundlichen Teekanne auf dem Abstelltisch verlässt alles Gegenwärtige Lesru mit einem Außensprung, und sie denkt: wie angenehm es hätte sein können, wenn der Zugang nicht gekommen wäre und es eine Sterbende nicht gäbe. Wie ruhig und allmählich sie alles Neue aufgenommen, abgewogen, mit welcher Lust und Interessiertheit sie den schneidenden Unterschied zwischen der Psychiatrie und einer klinischen Station erlebt hätte.

Der Außensprung wandert sogleich den schmalen Feldweg von der "HUB" herab zur Chaussee, wo sie vor einem halben Jahr in höchster, anderer Aufregung mit Schwester Linda auf der dringenden Suche nach einer Schizophrenen gestanden hatte, die ins Freie gerannt und wie sich später zeigte, per LKW ins noch Freiere gereist war. Eine Abtrünnige, von der ruhigen Schwester Linda eher belächelt, als ernst genommen. Die informierte Polizei brachte sie Stunden später wieder. Hiergeblieben! Die Angst holt den Außenseiter verstärkt ins innere Geschehen zurück. Allein mit dem Tod, wenn auch nicht ganz allein, zumindest die Zigarette muss, das Unheimliche mittragen. Die Augen müssen als Erstes geschlossen werden, die Lider niedergedrückt, hämmert das erlernte Wissen, sonst bleiben sie ewig offen stehen und die Anderen sagen, nicht mal die Augen konnte sie zudrücken. Die Anderen, die soviel mehr wissen, wo sind sie denn? Die Anderen,

das Haus, die Angehörigen, kein Mensch da, nur ich allein mit Frau Winkler, lebt sie noch?
Lesru, blass wie der Tod, rennt vor die Todestür, besinnt sich und fühlt mit schwachen Selbstkräften, dass sie nicht mehr bei Sinnen ist, dass sie vom Tod, dem Unbegrenzten hin- und hergeschoben wird, sich abhebt vom Boden der Station I und wie eine aufgezogene Puppenfigur abgespult wird.
Sie öffnet die Tür, wenige Schritte bis zum Unfassbaren, sie räuspert sich, fühlt plötzlich etwas Kaltes, Energisches in sich, sieht in die offenen blauen Augen der Patientin, fühlt keinen Puls mehr in der warmen Hand, sagt leise „Frau Winkler, leben Sie noch?" und wartet, auf eine Antwort. Mit entsetzten Fingern, jeder Einzelne trägt das Entsetzen mit in der Hand, mit zehn entsetzten Fingern drückt Lesru Frau Winkler die Augen zu und geht wieder zur Tür, dreht sich um und sieht mit größtem Erschrecken, dass sich die blauen Augen von der Sterbenden wieder geöffnet haben. Sie lebt noch!
Nun erst kann Lesru über sich entsetzt sein, gründlich und abstoßend.
Draußen vor der Tür unter der Nachtbeleuchtung begegnet ihr Schwester Ehrentraud von der Station II, einer munteren etwas älteren Frau mit voller, leicht sitzender Schwesternhaube, sie sagt mit warmer Frauenstimme freundlich und etwas schnippisch „Guten Abend, wollte mal sehen, wer Dienst hat beim Nachbarn".
Mitten im Fallen aufgefangen zu werden, mit seiner Schwere den Anderen mitreißen, das darf nicht auch noch sein, man muss sich leichter machen, als man wirklich ist.
„Gott sei Dank, dass Sie kommen, ich habe meine erste Wache hier, und einen baldigen Ex. Würden Sie bitte die Patientin ansehen?"

Die Abkürzung Ex, von Exitus nimmt einen Gutteil von Lesrus Schwere auf, ein Sprach- und Lebenswunder

sondergleichen, denn Lesru fühlt sich, kaum hatte sie diese beiden Buchstaben ausgesprochen, wieder normal, auf dem Gang der Station stehend, als hätte sie ihn nie verlassen. Wie ist das möglich, diese kleine aber nicht unwichtige Zwischenfrage begleitet sie, als sie zusammen ins Sterbezimmer gehen, die Hilfsbereite voran. Wie ist es möglich, dass ich an der Seite dieser Schwester keinerlei Angst mehr habe, dass das Wörtchen “Ex" meine ganze Not einsammelt und einkassiert? Diese Zwischenfrage geht sofort unter, als die erfahrene Schwester sich zunächst nach der Krankheit von Frau Winkler erkundigt, ohne einen Finger krumm zu machen, nach den Angehörigen, während Lesru doch wieder auf des Messers Schneide steht, lebt sie noch oder ist sie tot? Vom Fragezeichen eingeschlossen. Schwester Ehrentraud fühlt den Puls am Hals der Verfärbten und sagt: „Sie lebt noch, aber lange wohl nicht mehr. Wenn es soweit ist, rufen Sie mich, wir schaffen sie beide dann in den Keller. Allein schafft man das nicht. Was gibt's sonst noch?"
„Und den Arzt muss ich doch noch rufen, wenn es soweit ist", sagt Lesru doppelt und dreifach entgeistert draußen im Flur.
„Dr. Zirrer können Sie anrufen, aber der wird wohl kaum runterkommen. Weil hier alles klar ist."
„Und den Totenschein ausstellen?" „Das macht der morgen. Tschüss dann, bis später." Mit schnellen Schritten entfernt sich eine weiße Gestalt, die sich unerlaubt für kurze Zeit von ihrer Frauenstation entfernt hatte.

Mit in tiefsten Tönen gestoßenen Bassklängen - Ich habe ihr die Augen zugedrückt, aber sie lebt noch - muss Lesru fortan leben und weiter arbeiten. Mit einem inneren Gekräusel, mit einem geringelten Strick, der ausgedehnt reicht, sich aufzuhängen.
Mit der tiefsten Schande unterm Hals. Und doch fühlt sie einen Kitzel in sich, eine profane Lustigkeit, die im

Zuge der Selbstanzeige Begleiterscheinung sein mochte.
Der Kitzel kommt mit in das Dienstzimmer, wo reguläre Arbeit auf Lesru wartet. Die gebrauchten Spritzen säubern und sterilisieren, im Kocher kochen, die Morgenmedikamente müssen nach einer Patientenliste in winzige Schüsselchen eingelegt werden, sorgfältig abgezählt. Während der Kitzel sie in die Seite boxt, ich habe....ihr die Augen zugedrückt, ... obwohl sie noch lebt. Zu Frau Oberall muss auch gesehen, geguckt werden, ob sie denn schläft, unwahrscheinlich, etwas braucht, zusammen mit dem Kitzel, leise mit der Taschenlampe. Der Kitzel öffnet leise die Tür, ein Vorbote ohne Anstand und Gewissen, ein frecher Schnellläufer, der Platz macht für einen Offizier. Lesru sieht, wie das wache Gesicht der Patientin im weiß schimmernden Nachthemd sich sofort nach dem Kitzel umwandet, der reagiert nicht.
„Wie geht es Ihnen, Frau“, Name vergessen, fragt Lesru mit flacher Stimme und äugt in ein entspanntes Gesicht im Gefieder des nach unten gehaltenen Lichtstrahls. „Es geht mir etwas besser, danke Schwester."
„Der Arzt wird Sie morgen früh untersuchen, der Frühdienst wiegen und alles Andere messen", sagt Lesru mit spillriger Stimme. Als sie noch einen dankbaren und warmen Blick aus dem hoch liegenden Gesicht der Frau aus Dahlen erhält, umgeben von halb schlafenden unbekannten Frauen, erschrickt Lesru und der Komplize, der Kitzel rennt von dannen. Es ist, als erhielte ihre innere Abteilung, die den Namen “Menschlichkeit" trägt, einen neuen unverbrauchten Mitarbeiter, der sich auf einen umgekippten Stuhl setzt, und vielleicht, wenn er weitere Unterstützung von außen erhält, den inneren Saustall auszumisten versteht.
„Schlafen Sie gut", hört sich Lesru erstaunt sagen und drückt (der neue Mitarbeiter) Frau Oberall warm die Hand. Dabei brennt ein Feuerchen ab.
„Mensch", sagt sich Lesru draußen im Flur, sie hat einen Moment die Sterbende vergessen. Wie hart ich

geworden bin! Wie unmenschlich - das vermag sie noch nicht zu denken. Aber kaum erkannt, dass eine innere Korrektur bitternötig sei, dass sie eine lange Zeit immerfort auf falschem Wege, auf dem falschen Dampfer gesessen hatte, fühlt sie einen winzigen inneren Lufthauch in sich und eine noch kleine, aber intensive Sehnsucht klammert sich an den Lufthauch: Besser zu werden, andere Menschen wieder achten! Die sind nicht alle gleich, ich muss jeden Einzelnen wieder ansehen. Frau Oberall hat verschiedene Sachen in ihrem Köfferchen, und selbst die muss ich achten und beachten als die Dinge, die ihr zugehörig sind. Merk dir das Lesru! Sie sind nicht irgendein Scheiß, sondern Wäschestücke, die Frau Oberall gehören. Mein Gott, durchfährt es sie im weiteren Selbstkontakt, wo habe ich denn solange gelebt, dass ich die einfachsten Dinge nicht mehr anerkenne!

Die Ursache, für die Schwächung ihrer Empfänglichkeit, für ihre Verflachung, Verrohung, sieht sie in diesen ersten Minuten noch nicht sicher in der Psychiatrie liegen. Zunächst klopft ihr verlorenes Selbstgefühl an die verwachsene Tür. Wie schnell sie bereit und sogar prädestiniert war, von der ersten arbeitenden Sense einfach abgemäht zu werden, eben, weil sie nicht in sich selbst verwurzelt ist, kein Bewusstsein für sich selber entwickelt oder wieder ausgegraben hat, das lässt sich nie nimmer denken, aber es muss hervorgehoben werden. Ebenso, wie hervorgehoben werden muss, dass in der fortschreitenden Gesellschaft, die sich betriebswirtschaftlich auf eine neue ökonomische Berechnung umstellt, ideologisch immer mehr um das sozialistische Bewusstsein jedes DDR-Bürgers bemüht, eines Bewusstseins für alle, kein Mensch von Rang und Einfluss etwas ganz anderes fordert, nämlich Selbstbesinnung, Betrachtung der eigenen Kindheit, Kritik an der eigenen Biografie. Es bieten sich nur die groben Raster an: Herkunft Proletariat oder Bauer oder Intelligenz. Diese

Gesellschaft warnt und schützt noch nicht vor Verflachung und Gefährdung einer Menschenseele. Niemals aber darf sich ein Mensch herausreden, er muss sich hereinreden. Denn die unbedingte Liebe zu Luise und ihre unbedingte Wiedergabe, die sich die Welt vom Leibe hält, ermöglichte geradezu den rasanten Abbau von Menschlichkeit in Bezug zu anderen Menschen. Sie lässt selbst Kritik und Korrekturen nicht zu.
Das Absolute frisst Realität.

143

Zuletzt noch das Stationszimmer auswischen. Hände waschen, auf die Turmuhr über der Tür sehen, Hände abtrocknen, Fieberthermometer im Glas in die Hand nehmen, in die Zimmer gehen, leise, im Halbschlaf die Thermometer den Frauen unter die Achseln schieben. Was noch? Ist alles erledigt? Der warme bleierne Morgen, wolkenlos kommt wie eine andere Welt durch die Fenster. Überall die Fenster. Die Leute da draußen, kann mir nicht vorstellen, dass die Leute fröhlich aufstehen, frühstücken und Nachrichten anstellen. Lesru kann nur noch in kurzen Sätzen denken, die ihren Hantierungen unmittelbar vorhergehen. Am Schreibtisch vor dem stillen Telefon, näher das aufgeschlagene Stationsbuch mit festem Einband, wo sie ihre eigenen Eintragungen wie aus fremder Hand liest. Das soll ich sein, denkt sie und betrachtet das Zeichen für den Exitus, das zuerst unter dem Datum stand. Wer hatte das rote große Kreuz geschrieben? Ihre Augen unter dem Brillchen versuchen weiter zu lesen, Uhrzeit, Arzt benachrichtigt, Dr. Zirrer, der freundlich sagte „es ist gut, Schwester Lesru, alles andere morgen." Die weiteren Worte: „Keine besonderen Vorkommnisse“, die sie dem Textbuch wörtlich abgenommen hat, kann sie jedoch nicht mehr lesen.

„Die Uhrzeit des Sterbens, des Todes musst Du Dir unbedingt merken, die Angehörigen wollen diesen Zeitpunkt immer genau wissen“, das hat die helfende Hand, der helfende Kopf, die helfende Nachtschwester von der II, Ehrentraud der am Leibe Zitternden unterwegs, als die Lebenden die Tote auf einer Trage die Treppe herunter trugen, wie eine Bittermedizin eingeflößt. Aber Lesru hat nicht auf die Turmuhr geschaut, sie hat nur gezittert, als Frau Winkler totenstill im Zimmer lag, die Augen auf die nächtlichen Dahlien aus ihrem eigenen Garten gerichtet.
„Frau Winkler?" „Meine liebe Frau Winkler sind Sie?" „Mein Gott, Vater unser, der du bist im Himmel, geheiligt werde dein Name, dein Reich komme“, beteten Lesrus Lippen das halbe “Vaterunser". Es beruhigte sofort. Der ärgste, wütendste Schreck wurde mit dem halben “Vaterunser" abgeleitet. Das war sehr merkwürdig. Ruhe umfasste sie. Mit ruhigen wie besänftigten Schritten und sehr langsam ging sie zum Bad, öffnete die großen Fenster und rauchte eine Zigarette zum Sternenhimmel hinaus, der ja auch noch existierte, eine kühle, trockene Feldluft und Feuchtigkeit stießen vom Horstsee zusammen. Es war plötzlich alles so leicht und selbstverständlich. Der Tod war gekommen und hatte genommen. Unten auf der Chaussee beleuchteten, zwei Scheinwerfer eines Autos die dunklen Apfelbäume, von Mügeln kommend. Wer mochte am Steuer sitzen? Wer daneben?
„Und jetzt?" hat Lesru ihre Kollegin gefragt, als sie Frau Winkler auf einer Trage, bedeckt mit einem Laken, die endlose Treppe Stufe für Stufe, Ecke um Ecke in das Kellerlabyrinth heruntergetragen hatten, eine Tür aufgeschlossen, den Totenkeller beleuchtet und die Bahre abgestellt hatten. „Was wird nun mit Frau Winkler?" „Was soll mit ihr sein“, lächelte die Erfahrene, „schwer war sie, der Arzt stellt einen Totenschein aus, dann kommt ein Sargwagen, obduziert wird sie bestimmt nicht. Vielleicht doch." Ehrentraud hat Lesru geduzt, als sie das zitternde Weiß in ihrem

Stationszimmer eintreten sah, den Arm um sie gelegt und gesagt, „komm, gehen wir".

Nach dem Erstrauchen aber rief Lesru nicht sofort den diensthabenden Arzt an, sondern ging, von mächtigen Stricken gezogen, noch einmal in das Sterbezimmer von Frau Winkler. Das nicht zu Ende gesprochene Gebet, das halbe „Vaterunser" schmerzte sie plötzlich in unerwarteter Weise, es stach wie tausend Stecknadeln, das es eine eigene Art war. Vorsichtig und zart schloss sie die kühlwarmen Augenlider, stellte sich nun bewusst am Fußende hin, schloss ihre Augen und betete noch einmal und mit Inbrunst das frühzeitig erlernte christliche Gebet. Es ist doch keiner da, der es sonst täte, dachte sie, als es ihr danach einen Augenblick komisch vorkam.

„Haben Sie gut geschlafen?", fragt Lesru die Magenkranke beim Fiebermessen, das im kühlen Glas aufbewahrte Thermometer muss in die körperwarme Achsel des Arms gesteckt werden, was einen kurzen Begrüßungsschauer hervorruft. Lesru fühlt Weichheit in sich, die sie sich nicht erklären kann. Zu derselben Frau, der sie spätabends die Klamotten zählen und aufschreiben musste, den eingepackten „Scheiß", ist sie jetzt grenzenlos sanft. Das verstehe ich nicht, denkt sie widerwillig und geht zum nächsten Bett. „Ich habe kein Auge zugetan", flüstert Frau Oberall, „eine Frau ist gestorben, nicht wahr?" Schwester Lesru errötet, das große Ereignis wird zerredet, es gehört ihr nicht mehr. „Ja, eine Patientin verstarb in der Nacht, sie war sehr krank, dreiundsiebzig Jahre alt." Außerdem geht dich das einen Scheiß an, denkt Lesru und hat das Bedürfnis, einen objektiven Graben zwischen Patienten und Personal auf Station zu ziehen.
Manometer denkt sie draußen vor der Tür und läuft der ausgeschlafenen Schwester Ute - sie hatte ihre Kinder zum Bus ins Ferienlager im Elbsandsteingebirge fröhlich verabschiedet - in die warmen mütterlichen

Arme. Die verschließen sich, als sie der Nachtschwester mit schief sitzender Feuerwehrhaube ansichtig werden. „Morchen", sagt die sommersprossige junge Mutter zu einem angegriffenen Wesen. Lesru grüßt und schweigt, sie folgt der Vorgesetzten ins Dienstzimmer, die als Erstes einen Blick auf den schriftlichen Bericht auf dem Schreibtisch wirft. Mit beiden Armen stützt sie sich ab, während sie sich die rote lange Strickjacke aufknöpft. „Also doch Ex. Na ja. Und nen Zugang. Ganz schön zu tun, was?" Lesru schweigt. Diese Frau mit dem kurzen rötlichen Haar scheint mit allen Stöcken und Totteilen der Natur verheiratet zu sein, sodass allmählich Lesrus intellektuelles Interesse an dieser Figur erwacht und sie mit staunenden Augen und Ohren beobachtet, wie sich dieser Frauenmensch bewegt, wohin er guckt, sogar welche Schuhe er trägt.
Was sollte sie dieser Kollegin antworten? Dass sie gebetet hatte, sogar zweimal, das erste Mal nur ein bisschen und vor Schreck, das zweite Mal andächtig und vollständig, dass sie der Sterbenden vorzeitig die Augen zugedrückt hat und diesen Kitzel in sich gespürt? Dass sie von Frau Oberall erzogen wurde? Was ist erzählbar?
„Es geht", das lässt sich unbestimmt sagen, mit dem hohlen Gefühl an allem Wesentlichen vorbei gesegelt zu sein.

144

Die Stationsschwester Gertraud Starke, Jahrgang 1913, staunt immer mal, wenn sie auf dem Weg zur Arbeit, auf dem Schlossweg Kolleginnen trifft, grüßt oder gegrüßt wird, einige Worte wechselt, oder nicht, die in vergleichbarer Position arbeiten. Stationsschwestern mit der mittleren Befähigung, Qualifizierung zur Führung einer Station wie Lena Ruf von der P I oder Schwester Erna von der P10. Sie benehmen sich wie kleine watschelnde Herrschaftsangehörige, deren Besitz ein

Eiland, ihre Station mit Kranken und Angestellten war. Frau Ruf weniger, sie ist quirlig und vitaler als Frau Schips, dachte die Fünfzigjährige im hellen Sommermantel, als sie das vom Sonnenlicht blendende Schloss bereits passiert und unter dem ersten Torbogen verschwunden war. Dass sie heute zu Fuß geht, ist ihr nicht unangenehm, nur abends wird sie ihren Mann bitten, den Schlauch im Hinterrad zu reparieren. Dass ihr heute Morgen dieser Vergleich einfiel zwischen psychiatrischen und klinischen Stationen und ihrer Leiterinnen, liegt auch an der neuen Schwester Lesru, die von jenem Territorium kam und die sie für die Wache nicht ohne Besorgnis und Zweifel eingeteilt hatte. Eine Kollegin war unerwartet krank geworden, und sie hatte niemanden. Beim ersten flüchtigen Vorstellungsbesuch hatte sie einen guten Eindruck, Bildung war vorhanden, die Qualifizierung zur Hilfsschwester abgeschlossen, auf der Neurologie und Infektion gearbeitet. Eigentlich freue ich mich auf das neue Gesicht, ein Jahr wird sie bei uns bleiben, es wird neue Gesprächsthemen geben, es kann überhaupt nicht genug gute Schwestern geben. Unsere Kliniken gleichen Bahnhöfen, wo die Reisenden verweilen müssen, jeder mit seinem Köfferchen, von unbekannten Ärzten begutachtet und diagnostiziert, von uns Pflegepersonal zur baldigen Weiterreise instand zu setzen.

Jeder Mensch ist so flüchtig, denkt die Fußgängerin, kaum lernst du ihn ein wenig kennen, seine Angehörigen, lernst seine Krampfadern, seine Blutwerte, Medikamente kennen, seinen Krankheitsherd und schon reist er wieder ab, du musst das Bett säubern lassen und neu beziehen. Das ganze Leben ist eine flüchtige Angelegenheit, einem schnellen Wechsel unterworfen, und wo lernst du dieses Prinzip besser kennen als im Krankenhaus. Und doch musst du ganz da sein, du musst für den Angekommenen ganz da sein, so tun, als würde er immer bei dir leben, nicht gern, aber dieses Nichtgern musst du ihm so angenehm

wie möglich machen. Du darfst dich nicht aufdrängen, ihn aber auch nicht verlassen. Krankenschwestern sind merkwürdige Leute, denkt Gertraud Starke an diesem Augustmorgen, als sie die den langen fensterreichen Block der Orthopädie durchschreitet und wieder im warmen Sonnenschein des Innenhofes ausschreitet, sie müssen fest und zugleich etwas Schwebendes haben, während die Ärzte immer nur real und konkret sein können. Ihr Wissen zählt und hilft allein, gleichgültig, welchem Mund es entschlüpft. Den imposanten, klugen und sich wie einen besonderen Herrscher fühlenden Oberarzt Dr. Königs stellt sie sich jetzt nicht vor, er kommt von selbst an ihre Seite, mit dem ersten Blick, der immer nur zu sagen schien: Na, wie sehe ich heute wieder aus, gut, nicht wahr. Zu solchen Ärzten musst du nicht untertänig sein, aber auch nicht verklemmt. Partner kannst du ihnen ebenso wenig sein, du musst bei jedem Arzt deine Rolle und dein Gewicht erst finden. Auch hier steht nichts fest. Ein frohes Empfinden überrascht die ausgeschlafene nachdenkende Frau, ja, ich möchte in keinem Beruf sonst arbeiten. Du erhältst jeden Tag ein volles Tablett Leben serviert, das du dir selber füllen musst. Wie gut das ist.
Und wie gut es ist, dass in Berlin nicht irgendein Hitler oder Goebbels große Reden schwingt, das muss plötzlich dazugedacht werden und auch kein Adenauer sitzt, der nur von den Brüdern und Schwestern in der Ostzone quatscht. Wie gut.

„Guten Morgen, Schwester Lesru" grüßt mit freundlichem, aufmerksamen Gesicht, mit zwei ermunternden dunklen Augen direkt in zwei flatternde, bedeckte Augen die im frischen Blaukleid hereinkommende Stationöse. Ihre Stimme ruhig und von mittlerem Klang, ihren hellen Sommermantel hat sie sich im Kabuff ausgezogen. Ihr erstes Ziel, bevor sie noch jemanden sprach, war das Zimmer 4 von Frau Winkler, die sie nicht mehr antraf.

Lesru steht steif und starr vor dem Medizinschrank, dessen unterer Teil weißwändig geschlossen, dessen oberer Teil durchsichtig aus Glas Medikamente auf Vorrat sehen lässt.
„Sie haben die Armbanduhr und den goldenen Ring von Frau Oberall vergessen zu zählen und aufzuschreiben", sagt, ebenfalls ins Dienstzimmer hereinkommend, die Sommersprossige vorwurfsvoll und ändert, als sie Schwester Gertraud, ihrer Chefin ansichtig wurde, sogleich den spitzen Ton. „Ich habe es noch dazu geschrieben", sagt sie mit breitem anhaltenden Ton, als sei es das Selbstverständlichste der Welt, dass einer die versäumte Arbeit des anderen beendet. „Morgen."
„Entschuldigung", sagt Lesru und steht auf dem Fuß der Heuchelei.
Dort steht es sich nicht gut, vor allem, weil etwas Neues, Besseres ins Dienstzimmer gekommen zu sein scheint. Oder nicht? Wird sie mir jetzt einen Vortrag halten, dass sämtliche Dinge zu betrachten und aufzuschreiben sind, egal, was nebenan passiert, wird auch sie mir sagen, dass ich nicht arbeiten könnte, mal Dieses und Jenes in die Hand nähme wie Schwester Käthe, wird sie? Das war schon schwer zum Erröten.
„Schwester Ute, ich möchte gern allein mit Schwester Lesru reden", entscheidet Frau Starke, sie hat sich an den Schreibtisch gesetzt und sah die Ungleichen kurz an. Ihr Gesicht länglich und von auffallender Intelligenz, Nase und Mund geschliffen schön. Aus der Küche auf derselben Flurseite neue Morgenstimmen, zwei Küchenhilfen bemächtigen sich lautstark ihres Arbeitsplatzes und lachend geschieht das.
Gertraud aber hat die Stimmenkorrektur ihrer Stellvertreterin genau gespürt, sie ist ein Klotz, hat sie gedacht und sagt nun: „Nehmen Sie doch bitte Platz". Der Stuhl steht wie immer seitlich am Schreibtisch, für Ärzte, Patientinnen, Angehörige hingestellt. Vor einer Stunde thronte er auf dem Schreibtisch, als Lesru schwerfällig den Raum auswischte. Jetzt sitzt sie im Unwetter. In dieses ruhige, so auffällig intelligente

Gesicht aber kann Lesru nicht mehr hineinsehen, sie illert über ihren dunkelhaarigen Kopf hinweg ins Fenster, nach draußen, wo auch noch irgendetwas lebt.
„Frau Winkler ist verstorben, ich habe es schon gesehen, als ich ihr Zimmer betrat und sie begrüßen wollte. Sie haben eine schwere Nachtwache gehabt und ich danke Ihnen, dass sie eingesprungen sind. Wie ist es Ihnen ergangen?"
Lesru wollte sagen, ich bin total fertig, es war die schlimmste Nacht meines Lebens, aber die ruhige Aufmerksamkeit der so nahe sitzenden Frau, ihre schöne wie elektrisierende Intelligenz ruft in ihr eine andere Reaktion hervor.
Mit tiefen niedergeschlagenen Augen gesteht sie: „Ich habe vor Schreck gebetet. Schwester Ehrentraud von nebenan hat mir geholfen. Der Tod ist unheimlich. Doktor Zirrer kam nicht." Vor allem der letzte Satz lässt sie zurück auf den dienstlichen Auskunftsweg gleiten, und sie kann das wunderbar zusammengefasste Gesicht nun auch ihrer Chefin einen Augenblick ansehen. Wie ein neues fruchtbares Land.
„Das haben Sie gut gemacht, und nun schlafen Sie sich erstmal aus", sagt betroffen Gertraud Starke. So ein junges Ding macht gleich das Richtige, denkend. „Und morgen kommen Sie zum Frühdienst, also normal um sieben Uhr, für den heutigen Nachtdienst wird eine andere Schwester geholt. Danke nochmals."

145

Deshalb brauchen wir die Kunst: Sie kann Leben verkürzen und verlängern, sie kann in einem Satz zurückschauen und zugleich in die Zukunft weisen; sie setzt normale Grenzen außer Kraft.
Lesrus letzte Stunde in Wermsdorf im Kreis Oschatz hat Ende Juli 1964 tatsächlich geschlagen. Alle Wege sind bis zum Ende gegangen. Frei und von all den Menschenerlebnissen schwanger, hochschwanger, sitzt sie mitten in der Woche frühstückend in ihrem Zimmer

und sieht ein bisschen töricht aus. Die braunen Augen ausgeschlafen und frisch, das blasse Schwesterngesicht angespannt, der sitzende Körper in gelben Shorts, - es müssen wieder vierzig Kilometer mit dem Fahrrad durch heiße Dörfer gefahren werden - noch gespannter, zum Zerreißen. Wenn ich nicht wüsste, dass ich zu den Büchern gehe, dorthin, wohin es mich seit einem halben Jahr oder sonst wie lange so mächtig zieht, würde ich schon längst zerplatzt sein, denkt sie. Ein Sog. Solch ein starker Sog. Und ein innerer Befehl: Geh zu den Büchern. Seltsam, was? Luise, ich soll zu den Büchern gehen.
„Zu welchen Büchern denn?" Luises schönes aber immer entmutigendes Gesicht, sobald es sich um Bücher handelt. Hab sie angefahren. Das ist doch egal zu welchen Büchern. Zum Geist der Bücher eben. Das will ich werden, damit will und muss ich zutun haben.
Das Dachfenster offen, und die frühe Hitze strömt ungehindert vom hohen Luftdruck draußen ins feuchtere kühlere hinein. Könnte ich nicht nach Leipzig ab September, wo ich in den herrlichen Geist der Bücher eindringen werde, oh, nicht länger von Menschen umgeben, sondern nur noch von bedruckten Seiten, denkt Lesru rauchend, würde ich tatsächlich zerplatzen. Zu viele Menschen in sich zu tragen, ist ungesund. Dabei kann sie sich beim besten Willen nicht vorstellen, dass sie heute nicht mehr in die nächstgelegene untere Etage, nicht zu Schwester Gertraud Starke und nicht mehr zu Frau Clemens hinuntergehen sollte. Ich habe mich gestern verabschiedet und nun soll ich einfach an ihren Fenstern vorbeigehen, mein Fahrrad holen und abdampfen. Das geht doch überhaupt nicht. Ihr Blick gleitet im aufgeräumten Zimmer auf den anderen Stuhl, wo ihre letzten Sachen lagern, obenauf das umfängliche grünfarbige „Buch der Liebe". Luise, vorgestern schon in ihre neuen Gefilde abgereist, in die Berliner Charité, in das gezähmte Ungeheuer Berlin, hat es ihr übergeben. Ich gucke da sowieso nicht herein dachte Lesru bei der Übergabe. Du hast es doch geführt und

schreiben wollen. Eine Last lagert auf dem Stuhl, die versteckt werden muss. „Warum willst Du es nicht mitnehmen?" „Es gehört Dir, Lesru, ich habe es für Dich geschrieben." Mit dieser konkreten, überschaubaren Last im Auge kann sich Lesru vorübergehend von Schwester Gertraud und von Frau Clemens trennen. Denn eine Last hebt die andere vorübergehend auf und setzt sie an unbekannter Stelle wieder ab. Eine permanente Versetzung von Lasten scheint Leben zu sein.

Missmutig hatte sich Lesru vor einem Vierteljahr nach Berlin zur Humboldt-Universität begeben, um an einer erneuten Aufnahmeprüfung für das Psychologiestudium teilzunehmen. Irgendetwas musste wohl getan werden, irgendwo musste sie sich einem höheren Bildungsweg wieder anschließen, denn es konnte mit dem ruhigen beglückenden Arbeitsleben unter den lebhaften und wissenden Augen von Schwester Gertraud nicht einfach so weitergehen. Jeden Tag auf Station anderen Menschen dienen, glücklich sein, befriedigt sein, gebraucht werden, mit Lebensgeschichten angefüllt und an der Leine gehen, die straff gespannt, zu mehr medizinischem Wissen führt. Und all das unter den Augen einer Frau, die verheiratet war und davon kein Aufheben macht, einer in sich gefestigten Person, die den Kopf nicht hängen ließ, als John F. Kennedy in Dallas auf offener Straße ermordet wurde.

Der sympathische junge amerikanische Präsident, der auch Lesru in seinen Bann gezogen hatte, weil er Anlass gab, das eingebläute Bild vom bösen Imperialismus, vom bösen Amerika, zu korrigieren. Schwester Gertraud erschien wie immer an diesem Novembertag auf der Station, es gab keine Stellungnahme, kein „hamse schon gehört?" Die Patientin mit den faustgroßen Löchern im Gesäß, Frau Ritter, war und blieb ihre erste Sorge. Und doch spürte Lesru an diesem welterschütternden Tage das

Hellwache dieser Frau, sie erkannte es an ihrem still beredtem Gesicht, das noch umsichtiger als sonst Anweisungen erteilte, ihrem nachdenklichen Gesicht, das gelegentlich aus dem Fenster in Richtung Horstsee und Wald schaute, öfter als an gewöhnlichen Tagen. Erst zum Frühstück sprach sie mit ihren Kolleginnen über das Attentat im nahen Amerika. Aber in jener Weise, die sehr weit entfernt war vom Sensationsgeschrei der internationalen Radiostationen, auch weit genug entfernt von den sozialistischen Besserwissenden, die einen politischen Mord für systemimmanent hielten. Sie sagte das Erstaunliche: „Es tut mir sehr leid für seine Familie und für seine Kinder."

An die habe ich gar nicht gedacht, dachte Lesru erschreckt. Sind die denn so wichtig, wichtiger als der Verlust Kennedys für die internationale Entspannung, er ist doch ein Verlust für die Stabilität des Weltfriedens und sie denkt nur an seine Kinder.

An dieser Stelle musste doch gedacht werden, ist sie bescheuert und begrenzt oder bin ich bescheuert und begrenzt.

Als Lesru zusammen in einem Raum mit anderen jungen Bewerbern vor der Aufgabe saß, eine Integralrechnung aufs Papier zu bringen und keine helfende Mitschülerin an ihrer Seite saß, sah sie die Innere I vor sich, Frau Clemens, Frau Ritter, die längst entlassene Frau Oberall, sodass die mathematische Spezialaufgabe ins Hintertreffen völlig hineingeriet und sie am Bleistift drehte. Was ist denn wichtiger, dachte die Bewerberin, diese Zahlen oder die Menschen? Diese Zahlen beanspruchen nur ein und denselben Wert, aber Menschen sind vielgestaltiger, haben Augen und Stimme. Und, weil sie ohnehin nicht genau wusste, was sie mit ihrem Leben tun sollte und der Heißwunsch, Büchern nahe zu sein, nur ab und zu wieder auftauchte wie ein Langzeitschwimmer, der zum Luftholen hochkam aus dem Wassermeer, übersah sie die

Aufgabe und dachte an ein Gespräch mit einem Psychologen, das sie noch in ihrer ABF-Zeit unter Vermittlung ihres Onkels Georg in Friedrichshagen geführt hatte. Jener Ausgebildete hatte ihr erklärt, in Berlin würde nur die mathematisch bestimmte sowjetische Linie der Psychologie betrieben und gelehrt. Er würde ihr dazu nicht raten. Das Blatt blieb leer, die Absage für eine Immatrikulation kam erwartet und wurde ohne Bedauern angenommen.

Wohin aber mit der drängenden versetzungswütigen Existenz, wo befinden sich herrliche Bücher und nochmals Bücher, die Lesru umarmen könnten und nur darauf warteten, von ihr umarmt zu werden? Sie war sich sicher bei der nun folgenden etwas hektisch betriebenen Suche nach herrlichen wartenden Büchern einen Unterschlupf zu finden, wo sie lernen könnte. Nicht, was eine Harke ist, auch nicht, wie eine Ratte zu zerlegen, einfache und mittlere medizinische Kenntnisse hatte sie sich erworben, etwas Höheres sollte sich anschließen. Wo standen denn Bücher in diesem Land? Wo waren sie frei zugänglich versammelt? Sie überlegte tatsächlich einige Tage, wo sich jene sonderbaren Bücher in diesem Lande befänden, denn bei dieser instinktiven Suche war eine ausschlaggebende Persönlichkeit der Dreh- und Angelpunkt. Bei einer Persönlichkeit sollten diese furchtbar nötigen Bücher stehen, in ihrer Nähe in hölzernen Regalen aufbewahrt, an die Persönlichkeit gebunden und von ihr geliebt. Nur dieser persönlichkeitsnahe Ort käme infrage, ja, zum Teufel eine Privatbibliothek von einer großen Frau oder einem großen Mann. Bei Goethe in Weimar wäre es am besten, vielleicht, in der Amalienbibliothek, aber da schlurften vielleicht nur verknöcherte Bibliothekare durch die barocken Räume. Sie überlegte folglich, welche Persönlichkeiten in diesem Land sympathisch und ihr bekannt waren, welche mit Sicherheit über einen privaten Bücherschatz verfügten und denen sie einen kleinen Brief schreiben könnte. Es fiel ihr niemand ein. Die bekanntesten Persönlichkeiten waren Wissenschaftler wie von Ardenne in Dresden oder Künstler wie Franz Konwitschny, Walter Felsenstein, Musiker, Hocherhobene, denen sie nur die Schuhe zubinden und im Hinblick auf ihre abgebrochene musikalische Ausbildung als Geigerin nur mit düsteren Augen begegnen konnte. Dichter, Schriftsteller, deren Nähe ein Bannfeld sein könnte, fielen während der Überlegungsarbeit ebenfalls aus; es war ihr kein lebender Autor so lieb, dass sie seine Nähe gesucht hätte. Und Ingeborg Bachmann lebte in Rom, sie hatte sie nicht beachtet. Das Ideale war nicht zu verwirklichen. Schließlich fiel ihr ein, nachdem das Ideale abgetastet worden war, dass es schließlich noch die normalen öffentlichen Bibliotheken gäbe und sie den Beruf des Bibliothekars erlernen könnte. Aber nicht, um später in einer öffentlichen Bibliothek arbeiten zu müssen, sondern lediglich, um in ständiger Nähe von Büchern sein zu können, entschloss sie sich nach einer weiteren Überlegung an die Fachschule für Bibliothekare in Leipzig ein kleines Briefchen zu schreiben. Das wurde umgehend mit einer Einladung zu einem Aufnahmegespräch beantwortet. Warum denn so schnell?

PAUL FLEMING
1609-1640

An sich

Sei dennoch unverzagt. Gib dennoch unverloren.
Weich keinem Glücke nicht. Steh höher als der Neid.
Vergnüge dich an dir und acht es für kein Leid,
Hat sich gleich wider dich Glück, Ort und Zeit verschworen.

Was dich betrübt und labt, halt alles für erkoren.
Nimm dein Verhängnis an. Lass alles unbereut.
Tu, was getan muss sein, und eh man dir's gebeut.
Was du noch hoffen kannst, das wird noch stets geboren.

Was klagt, was lobt man doch? Sein Unglück und sein Glücke
Ist ihm ein jeder selbst. Schau alle Sachen an.
Dies alles ist in dir. Lass deinen eitlen Wahn.

Und eh du förder gehst, so geh in dich zurück.
Wer sein selbst Meister ist und sich beherrschen kann,
dem ist die weite Welt und alles untertan.

Printed in Germany
by Amazon Distribution
GmbH, Leipzig